中国文学艺术界联合会年鉴

China Federation of Literary and Art Circles Yearbook

《中国文学艺术界联合会年鉴》编委会　编

2013

新 华 出 版 社

图书在版编目（CIP）数据

中国文学艺术界联合会年鉴．2013/《中国文学艺术界联合会年鉴》编委会编．--北京：新华出版社，2013.11
ISBN 978-7-5166-0731-2

Ⅰ．①中…　Ⅱ．①中…　Ⅲ．①中国文学艺术界联合会－2013－年鉴
Ⅳ．①I2－232

中国版本图书馆CIP数据核字（2013）第274968号

中国文学艺术界联合会年鉴．2013

主　　编：《中国文学艺术界联合会年鉴》编委会

出 版 人：张百新
责任编辑：梁秋克　王晓娜
封面设计：厚积广告 · 朱 江

出版发行：新华出版社
地　　址：北京石景山区京原路8号　　**邮　　编：**100040
网　　址：http：//www.xinhuapub.com　　http：//press.xinhuanet.com
经　　销：新华书店
购书热线：010-63077122　　**中国新闻书店购书热线：**010-63072012

照　　排：北京厚积广告有限公司
印　　刷：北京中科印刷有限公司

成品尺寸：210mm×285mm　　**印　　张：**49.75
彩插印张：14.25　　**字　　数：**1404千字
版　　次：2013年12月第一版　　**印　　次：**2013年12月第一次印刷

书　　号：ISBN 978-7-5166-0731-2
定　　价：360.00元

图书如有印装问题请与印刷厂联系调换：010-63830316

《中国文学艺术界联合会年鉴》（2013）

刘漪滟　中国文联人事部主任

徐宝玉　中国文联机关党委常务副书记

王守明　中国文联离退休干部局局长

季国平　中国戏剧家协会分党组书记、驻会副主席

康健民　中国电影家协会分党组书记、驻会副主席

徐沛东　中国文联副主席，中国音乐家协会分党组书记、驻会副主席

吴长江　中国美术家协会分党组书记、驻会副主席

董耀鹏　中国曲艺家协会分党组书记、驻会副主席兼秘书长

冯双白　中国舞蹈家协会分党组书记、驻会副主席

罗　杨　中国民间文艺家协会分党组书记、驻会副主席兼秘书长

王郑生　中国摄影家协会分党组副书记

陈洪武　中国书法家协会分党组副书记、秘书长

邵学敏　中国杂技家协会分党组书记、驻会副主席兼秘书长

张　显　中国电视艺术家协会分党组书记、驻会副主席兼秘书长

黄啟钧　中国文联机关服务中心主任兼办公厅副主任

冉茂金　中国文联文艺资源中心副主任

廖　恳　中国文联文艺志愿服务中心副主任

傅亦轩　中国文联文艺研修院常务副院长

朱辉军　中国文联出版社副总编辑

向云驹　中国艺术报社社长兼中国文联文艺资源中心主任

姜　昆　中国曲艺家协会主席，中国文学艺术基金会副理事长、秘书长

郁钧剑　中国文联演艺中心主任

陈启刚　北京市文联党组书记、常务副主席

寇世恺　天津市文联党组书记

解晓勇　河北省文联党组书记、副主席
巴特尔　内蒙古自治区文联主席、党组副书记
张根虎　山西省文联主席、党组书记
郭兴文　辽宁省文联主席、党组副书记
尹爱群　吉林省文联党组书记、副主席
傅道彬　黑龙江省文联主席
宋　妍　上海市文联党组书记、专职副主席
王慧芬　江苏省文联党组书记、常务副主席
黄先钢　浙江省文联党组成员、副主席、书记处书记
陈　田　安徽省文联党组书记、副主席、书记处第一书记
张作兴　福建省文联党组书记、副主席、书记处书记
汪天行　江西省文联党组书记、副主席
于钦彦　山东省文联党组书记、副主席
吴长忠　河南省文联党组书记、副主席
刘永泽　湖北省文联党组书记、常务副主席
江学恭　湖南省文联党组书记、副主席
程　扬　广东省文联党组书记、专职副主席
韦苏文　广西壮族自治区文联党组成员、副主席
张　萍　海南省文联作协党组书记、海南省文联主席
蒋东生　四川省文联党组书记、副主席
王　超　重庆市文联党组书记、副主席
李碧川　贵州省文联党组书记、副主席
郑　明　云南省文联主席、党组书记
郭守平　西藏自治区文联党组成员、副主席
吴丰宽　陕西省文联党组书记、常务副主席
马少青　甘肃省文联党组书记、副主席

刘　伟　宁夏回族自治区文联党组成员、副主席

张　民　青海省文联党组成员、副主席

黄永军　新疆维吾尔自治区文联党组书记、副主席

李光武　新疆生产建设兵团文联主席

贾光生　中国石油文联执行副主席

才　凡　中国铁路文联副主席兼秘书长

梁嘉琨　中国煤矿工业协会副会长、中国煤矿文联主席

张海洋　中国电力文协常务副会长

王经国　中国水利文协副主席

曹恒武　中国化工文联主席

党　军　中国石化集团公司思想政治工作部副主任、中国石化文联副主席

张　策　全国公安文联秘书长

杨　明　中国检察官文联秘书长

贾立如　中国人民银行文联副主席

《中国文学艺术界联合会年鉴》（2013）
编辑部

《中国文学艺术界联合会年鉴》（2013）

撰稿人

（以年鉴目录中单位排序）

张天文　张　杭　高庆春　李翌辰　王　媛
董占顺　朱丽华　冷　玉　展华云　裴琳琳
焦　铎　李　华　王仞山　韩淑英　林德源
李笑寅　刘海阔　陈光宇　朱辉军　余　宁
陈立君　张　跃　莫惊涛　颖　莲　于　辉
田晓耕　张锡海　张大勇　绳长杰　郭　娟
裴　诺　尹飞飞　张潇羽　黄　群　熊晓晖
孙　茜　韩志昕　谢桂华　徐岫鹃　刘　清
吕慧波　郭云鹏　任　娟　李克琴　陈杨萍
陈　双　刘乃奎　李晓宇　张海莺　田　晓
于　双　常　明　丰　收　魏　薇　吴建勤
郑斯奇　黄　新　张　杰　王幼丽　林蔚然
章伟新　张娜娜　毛　杰　刘多斌　郑保纯
王涘海　刘　莹　何述强　严　琴　温航军
王　彦　贺　嫚　李　雯　赵　旭　李　琦
卢　亚　何见远　郭长春　石小军　何文青
刘　彦　佟进军　周康芬　刘　鹏　高贵宾
才　凡　刘　俊　刘　萍　王经国　李传珠
王　丹　戴东英　朱明飞　胡碧珠

《中国文学艺术界联合会年鉴》（2013）

工作人员

耿志海　王　佳　杨小燕　张　冉　陈　静
李　超　杜　超　党学伟　李　龙

《中国文学艺术界联合会年鉴》(2013)

核 稿 人 员

重要讲话及文献：武震鑫

重要会议、活动：李培隽、董占顺、焦　铎

全国性文艺大奖、艺术节：李培隽

品牌活动：李培隽、董占顺

重点文艺工程：王仞山、韩淑英

文化名人、著名艺术家纪念活动：李培隽

组织联络工作：李培隽

对外及对港澳台地区文化交流：董占顺

理论研究：朱丽华、魏　宁

权益保护：暴淑艳

出版管理：范小伟

社团管理：李培隽

机关建设：王守明、郑希友、张天文、焦　铎

中国文联机关服务中心：鲍次立

中国文联文艺资源中心：冉茂金

中国文联文艺志愿服务中心：邵志军

中国文联文艺研修院：孙德华

中国文联出版社：朱辉军

中国艺术报社：康　伟

中国文学艺术基金会：郭希敏

中国文联演艺中心：薛　岚

中国剧协：林　琳

中国影协：李景富

中国音协：韩新安、王　宏

中国美协：刘　建

中国曲协：黄　群

中国舞协：林立平

中国民协：谢桂华、徐岫鹃

中国摄协：吴砚华

中国书协：王　彦、郑培亮、洪顺章、邵世元、张日安

中国杂协：郭云鹏、任　娟

中国视协：裴月华

北京文联：陈杨萍

天津文联：赵洪俊

河北文联：李晓宇

山西文联：崔莹玺、张海莺

内蒙古文联：聂显辉

辽宁文联：金　芳

吉林文联：常　明

黑龙江文联：丰　收

上海文联：胡晓军

江苏文联：刘　杰

浙江文联：郑斯奇

安徽文联：黄　新

福建文联：王幼丽、林蔚然

江西文联：曹　杭

山东文联：王宇鹏

河南文联：董焕琳

湖北文联：刘多斌、郑保纯

湖南文联：王涘海

广东文联：曹利祥、孙秋峰

广西文联：何述强

海南文联：温航军

重庆文联：王　彦

四川文联：赵　晴

贵州文联：李　雯、赵　旭

云南文联：李　琦、卢　亚

西藏文联：何见远

陕西文联：郭长春

甘肃文联：石小军

青海文联：何文青

宁夏文联：刘　伟

新疆文联：佟进军

新疆生产建设兵团文联：张书刚

中国石油文联：康胜利

中国铁路文联：原瑞伦

中国煤矿文联：刘　俊

中国电力文协：张海洋

中国水利文协：王经国

中国化工文联：曹恒武

中国石化文联：王　丹

中国公安文联：戴东英

中国检察官文联：杨　明

中国人民银行文联：高特席

《中国文学艺术界联合会年鉴》（2013）
编辑说明

一、《中国文学艺术界联合会年鉴》（以下简称《中国文联年鉴》）由中国文学艺术界联合会（以下简称中国文联）主办，中国文联、新华出版社联合编辑出版。《中国文联年鉴》是一部全面反映我国文联系统工作情况的综合性年刊，创刊于2007年，面向全国发行。本卷为第七卷。

二、《中国文联年鉴》以邓小平理论、“三个代表”重要思想、科学发展观为指导，认真贯彻落实党的十八大精神，力求全面、准确、客观、真实地反映中国文联及各团体会员全年工作成就、事业发展状况和总体工作情况，以发挥年鉴的资治、宣传、交流、存史作用，总结经验、加强交流，不断开创文联工作新局面。

三、《中国文联年鉴》内容主要有：重要讲话及文献，重要会议、活动，联络、协调、服务，中国文联各团体会员工作情况，中国文联大事记等。《中国文联年鉴》内容翔实、数据准确、覆盖面广、史料性强，是中国文联各团体会员及相关部门、单位必备的参考工具书。

四、《中国文联年鉴》采用篇目、类目、分目、条目四级编辑体例，并分别以不同字体、字号加以区分，条目为本年鉴内容的基本载体。

五、文联工作与发展情况是本刊的主要内容，着重在以下篇目中反映：

《重要讲话及文献》：中央、上级主管部门领导同志和中国文联主要领导关于文联工作的重要讲话，有关重要文献。

《重要会议、活动》：中国文联的重要会议、具年度特色或品牌意义的重要活动，以及文艺界名人纪念活动等。

《联络、协调、服务》：中国文联及各直属单位开展的重要工作。

《中国文联各团体会员（一）》：中国文联所属各全国文艺家协会开展的主要工作。

《中国文联各团体会员（二）》：与中国文联有业务指导关系的其他团体会员的主要工作。

《中国文学艺术界联合会大事记》：对中国文联在2012年度所开展重要工作的记录。

《中国文联年鉴》主要内容由中国文联各团体会员、中国文联机关及各直属单位提供。

《附录》：各省（区、市）所辖市、县文联的有关情况（文字内容由新华出版社联系收录）。

Content

目录

重要讲话及文献

重要讲话及文献

重要会议、活动

重要会议活动

全国性文艺大奖、艺术节

品牌活动

重点文艺工程

文化名人、著名艺术家纪念活动

联络、协调、服务

组织联络工作

对外及对港澳台地区文化交流

理论研究

权益保护

出版管理

社团管理

为艺术家服务

机关建设

中国文联机关服务中心

中国文联文艺资源中心

中国文联文艺志愿服务中心

中国文联文艺研修院

中国文联出版社

中国艺术报社

中国文学艺术基金会

中国文联演艺中心暨中联百花文化艺术有限公司

中国文联各团体会员（一）

中国戏剧家协会

中国电影家协会

中国音乐家协会

中国美术家协会

中国曲艺家协会

中国舞蹈家协会

中国民间文艺家协会

中国摄影家协会

中国书法家协会

中国杂技家协会

中国电视艺术家协会

中国文联各团体会员（二）

北京市文联

天津市文联

河北省文联

山西省文联

内蒙古自治区文联

辽宁省文联

吉林省文联

黑龙江省文联

上海市文联

江苏省文联

浙江省文联

安徽省文联

福建省文联

江西省文联

山东省文联

河南省文联

湖北省文联

湖南省文联

广东省文联

广西壮族自治区文联

海南省文联

重庆市文联

四川省文联

贵州省文联

云南省文联

西藏自治区文联

陕西省文联

甘肃省文联

青海省文联

宁夏回族自治区文联

新疆维吾尔自治区文联

新疆生产建设兵团文联

中国石油文联

中国铁路文联

中国煤矿文联

中国电力文协

中国水利文协

中国化工文联

中国石化文联

全国公安文联

中国检察官文联

中国人民银行文联

2012年中国文学艺术界联合会大事记

附 录

索 引

彩色插页

第一部分

第二部分

第三部分

第四部分

第五部分

第六部分

中国文联九届二次主席团和全委会会议

1. 2月29日，中国文联第九届主席团第二次会议在京召开。图为会议现场。
2. 全国政协副主席、中国文联主席孙家正出席并主持主席团会议。
3. 3月1日至2日，中国文联第九届全国委员会第二次会议在京召开。图为会议现场。

中国文联九届二次主席团和全委会会议

1. 全国政协副主席、中国文联主席孙家正主持中国文联第九届全国委员会第二次会议，并传达了中央领导同志对文联工作的指示。
2. 中国文联党组书记、副主席赵实在中国文联第九届全国委员会第二次会议上作题为《爱国 为民 崇德 尚艺 努力推动社会主义文艺大发展大繁荣》的工作报告。
3. 中宣部副部长翟卫华在中国文联第九届全国委员会第二次会议上讲话。
4. 中国文联党组副书记、副主席覃志刚作中国文联第九届全国委员会第二次会议总结。
5. 中国文联党组副书记、副主席李屹宣读《关于中国文艺工作者职业道德公约的决议》。
6. 中国文联第九届全国委员会第二次会议现场。

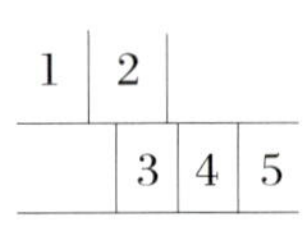

中国文联九届三次主席团和全委会会议

1. 7月5日，中国文联第九届主席团第三次会议在京召开。
2. 7月5日，中国文联第九届全国委员会第三次会议在京召开。
3. 全委会委员投票增选中国文联第九届副主席和主席团委员。

中央领导同志的亲切关怀

1. 11月27日上午，中国曲艺家协会第七次全国代表大会在京开幕。中共中央政治局委员、中央书记处书记、中宣部部长刘奇葆出席大会开幕式并发表重要讲话。图为大会开幕式前，刘奇葆在全国政协副主席、中国文联主席孙家正，中国文联党组书记、副主席赵实等陪同下亲切接见全体会议代表。
2. 在大会开幕式上，刘奇葆发表重要讲话。

纪念毛泽东同志《在延安文艺座谈会上的讲话》发表70周年座谈会

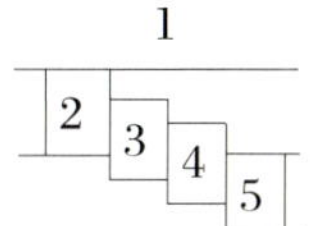

1. 5月17日，中国文联在京举行纪念毛泽东同志《在延安文艺座谈会上的讲话》发表70周年座谈会。全国政协副主席、中国文联主席孙家正出席并主持会议。
2. 知名艺术家代表王晓棠发言。
3. 知名艺术家代表侯一民发言。
4. 中国剧协主席尚长荣发言。
5. 中国音协副主席、海政文工团副团长宋祖英发言。

迎接庆祝和学习贯彻党的十八大

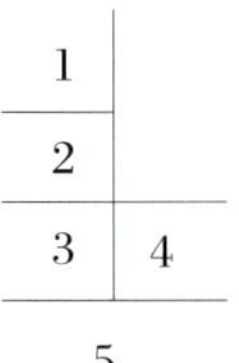

1. 7月12日至15日，为迎接党的十八大召开，由中国文联、北京市人民政府共同主办的“党的旗帜高高飘扬”大型系列音乐会在国家大剧院举行。音乐会分为“唱支山歌给党听”、“赞歌献给伟大的党”、“向着太阳歌唱”和“党啊，亲爱的妈妈”4场。图为“唱支山歌给党听”演出现场。
2. “党的旗帜高高飘扬”系列音乐会“赞歌献给伟大的党”演出现场。
3. 12月4日，由中国文联主办的“百花芬芳 盛世风华”表演艺术精品展演晚会在国家大剧院举行。图为张凯丽、孙淳、温玉娟、吴若甫、娜仁花、杨树泉朗诵《艺术家的歌唱》。
4. 黄豆豆和四川省少儿舞蹈直通车艺术团表演舞蹈《红星照我去战斗》。
5. 晚会结束时全体演员合影。

1
2 3
4 5

1. 11 月 16 日，中国文联召开全体党员干部大会，传达学习党的十八大精神。
2. 党的十八大代表、十八届中央委员，中国文联党组书记、副主席赵实传达党的十八大精神。
3. 在京文联副主席、老领导和文联系统党员干部与会，认真听取会议精神。
4-5. 11 月 20 日，中国文联召开文艺家学习贯彻党的十八大精神座谈会。

宣传践行文艺界核心价值观和《中国文艺工作者职业道德公约》

1	
2	3
4	5

1. 3月2日，中国文联在北京举办新闻发布会，正式向社会发布文艺界核心价值观和《中国文艺工作者职业道德公约》。
2. 8月23日，中国文联在中国文艺家之家召开韩雪同志先进事迹报告会。图为中国文联党组书记、副主席赵实向河北青县文联主席韩雪颁发荣誉证书。
3. 韩雪同志先进事迹报告会现场。
4. 9月26日，中国文联理论研究室和中国作协创研部在中国文艺家之家召开"榜样就是力量"文艺界先进典型座谈会。
5. "榜样就是力量"文艺界先进典型座谈会上，中国文联副主席、中国影协副主席、著名表演艺术家李雪健讲述电影《杨善洲》的人物塑造。

送欢乐、下基层

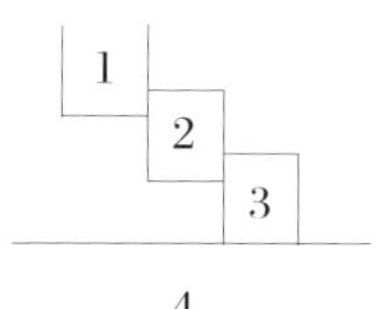

1. 2011年12月31日至2012年1月3日，中国文联组织“送欢乐、下基层”赴黑龙江边防线采风慰问演出活动。图为中国文联党组书记、副主席赵实向边防官兵赠送《新中国电影选萃》等作品集。
2. 魏金栋与战士们互动演唱。
3. 中国文联党组成员、书记处书记李前光率摄影家们向边防官兵赠送摄影作品。
4. 慰问演出采风团在“英雄的东方第一哨”前合影。

送欢乐、下基层

5
6
7
8
9
10

5. 赵实与刘兰芳等看望慰问当地少数民族群众。
6. 美术家们向边防官兵赠送美术作品。
7. 书法家们向边防官兵赠送书法作品。
8. 艺术家们和战士们一起包饺子。
9. 艺术家为炊事班战士们表演魔术。
10. 艺术家们和边防官兵进行座谈交流。

1. 1月15日，中国文联组织“送欢乐、下基层”赴重庆涪陵慰问演出活动。图为中国文联党组副书记、副主席覃志刚带领艺术家到三峡库区移民家中送春联拜年。
2. 张保和与当地学生演出民谣说唱《中国好人颂》。
3. 丁毅演唱《感恩》。
4. 演出受到当地群众的热烈欢迎。
5. 在涪陵两江广场演出现场。

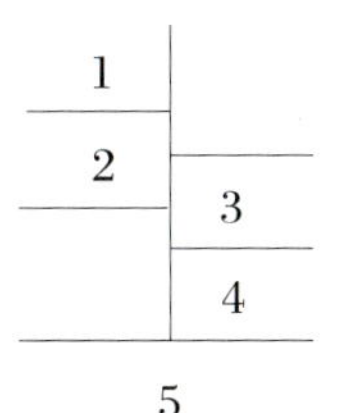

文艺志愿服务活动

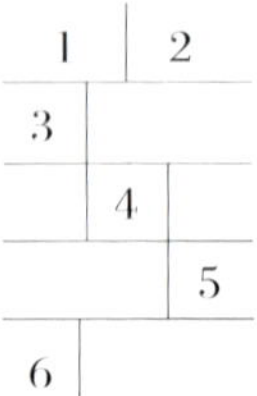

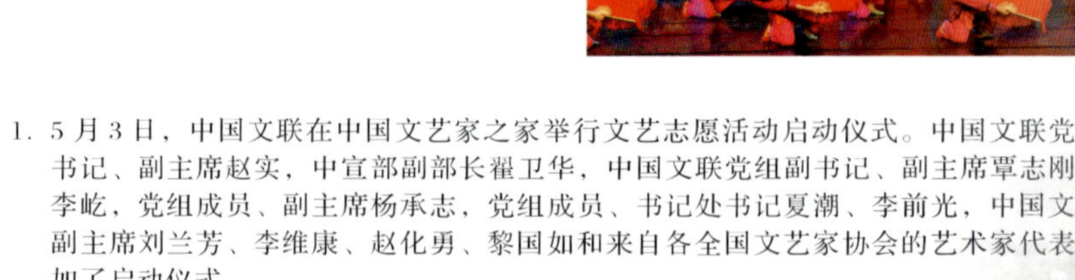

1. 5月3日，中国文联在中国文艺家之家举行文艺志愿活动启动仪式。中国文联党组书记、副主席赵实，中宣部副部长翟卫华，中国文联党组副书记、副主席覃志刚、李屹，党组成员、副主席杨承志，党组成员、书记处书记夏潮、李前光，中国文联副主席刘兰芳、李维康、赵化勇、黎国如和来自各全国文艺家协会的艺术家代表参加了启动仪式。
2. 在启动仪式上，赵实、翟卫华等领导分别给中国文联和各全国文艺家协会文艺志愿服务团授旗。
3. 为纪念毛泽东同志《在延安文艺座谈会上的讲话》发表70周年，5月8日至10日，中国文联、中国剧协、中国音协、中国舞协组织文艺志愿服务团赴延安举行采风慰问演出等活动。图为舞蹈《抗大之歌》。
4. 瞿弦和、张凯丽、刘远、蒋瑞征表演诗朗诵。
5. 5月9日，舞蹈诗《延安记忆》演出现场。
6. 5月9日，中国音协主席赵季平在鲁艺旧址体验当年的钢琴。

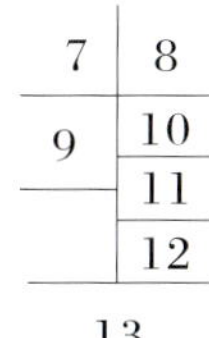

7. 5月10日，在大型文艺演出《我要去延安》现场，歌唱家吕继宏与观众互动。
8. 5月9日，刘丹丽在延安八一敬老院为老红军战士演出。
9. 5月9日，赵实、杨承志带领文艺志愿服务团的文艺家到延安八一敬老院慰问老红军战士 。
10. 5月9日，青年编导费波在安塞第二小学教孩子们舞蹈。
11. 5月10日，在大型文艺演出《我要去延安》演出现场，中国文联及各文艺家协会“文艺志愿服务团”旗帜飘扬。
12. 5月9日，中国音协文艺志愿服务团的文艺家们来到延安育才小学，和孩子们一起唱歌 。
13. 5月10日，大型文艺演出《我要去延安》现场。

文艺志愿服务活动

1. 5月26日，中国文联文艺志愿服务团赴中国石油吉林石化公司和吉林市大荒地村举办演出活动采风慰问。图为中国文联党组书记、副主席赵实，中国文联党组副书记、副主席李屹代表中国文联接受大荒地村赠送的锦旗。
2. 中国文联、中国书协向当地赠送书法长卷。
3. 演出结束后，中国文联文艺志愿服务团成员合影。
4. 于兰演唱京剧《杜鹃山》选段《家住安源》。

5-6. 慰问演出现场。

1 | 2
3 | 4
3 | 5
6

	7	
8	9	
	10	12
	11	

7. 9月26日，中国文联文艺志愿服务团赴河南濮阳革命老区举行采风慰问演出。图为殷秀梅、毋攀演唱歌曲《走向复兴》。
8. 中国文联党组副书记、副主席李屹代表中国文联文艺志愿服务团接受濮阳市委赠送的锦旗。
9. 李彦培表演魔术《变脸》，和观众互动。
10. 在吉林市大荒地村的演出受到当地群众热烈欢迎。
11. 中国文联、中国美协向当地赠送美术作品。
12. 杂技《东方的天鹅——芭蕾对手顶》。

百花迎春——中国文学艺术界2012春节大联欢

1	2
3	4
5	

1. 1月8日，“百花迎春——中国文学艺术界2012春节大联欢”在北京人民大会堂举行。王昆、秦怡、于洋、闫肃、贾作光、谷建芬等老艺术家表演特别节目——《革命人永远是年轻》。
2. 舞蹈版、电影版“琼花”齐聚一堂。
3. 青年艺术家们演唱歌曲。
4. 尚长荣、李维康、赵葆秀、耿其昌演唱徽剧与京剧《徽班春秋》。
5. 廖昌永、魏松、幺红、尤泓斐演唱《北京颂歌》。

6 7
8
9

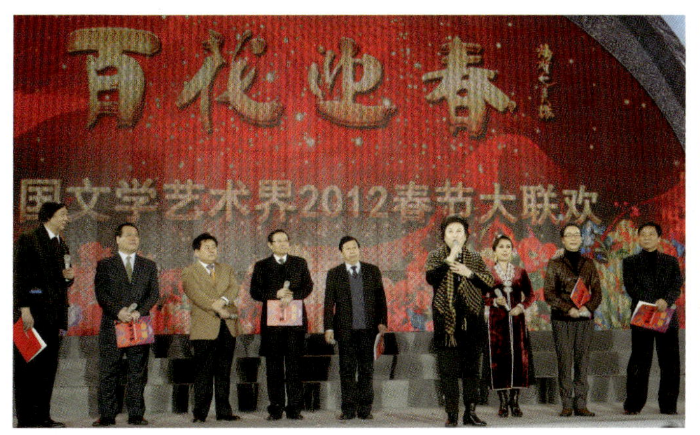

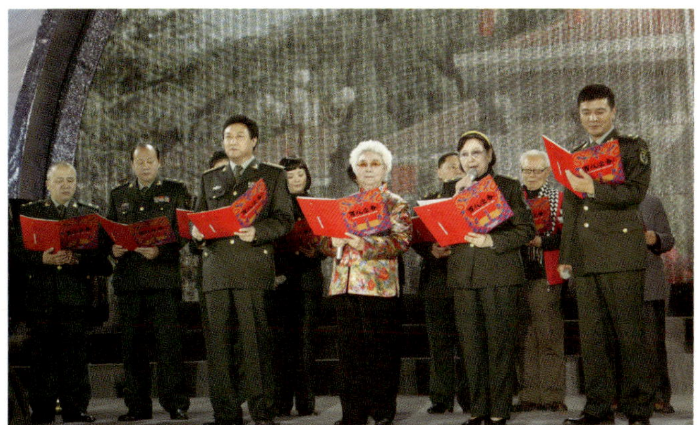

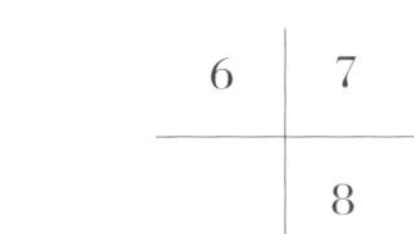

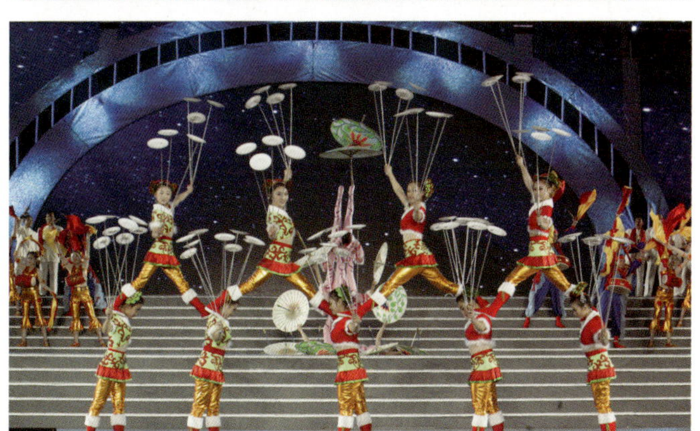

6. 冯骥才、边发吉、刘大为、刘兰芳、迪丽娜尔·阿布都拉、赵化勇、段成桂、徐沛东、奚美娟等中国文联副主席“新春抒怀”。
7. 王心刚、王晓棠、田华、林达信、张勇手等表演配乐诗朗诵《西柏坡抒怀》。
8. 河北省杂技团表演杂技。
9. 郭兰英、阎肃、胡松华、苏叔阳、才旦卓玛、王玉珍、李光羲、刘秉义、吴雁泽、邓玉华、耿莲凤、胡宝善、于淑珍、叶佩英、姜嘉锵等合唱《没有共产党就没有新中国》。

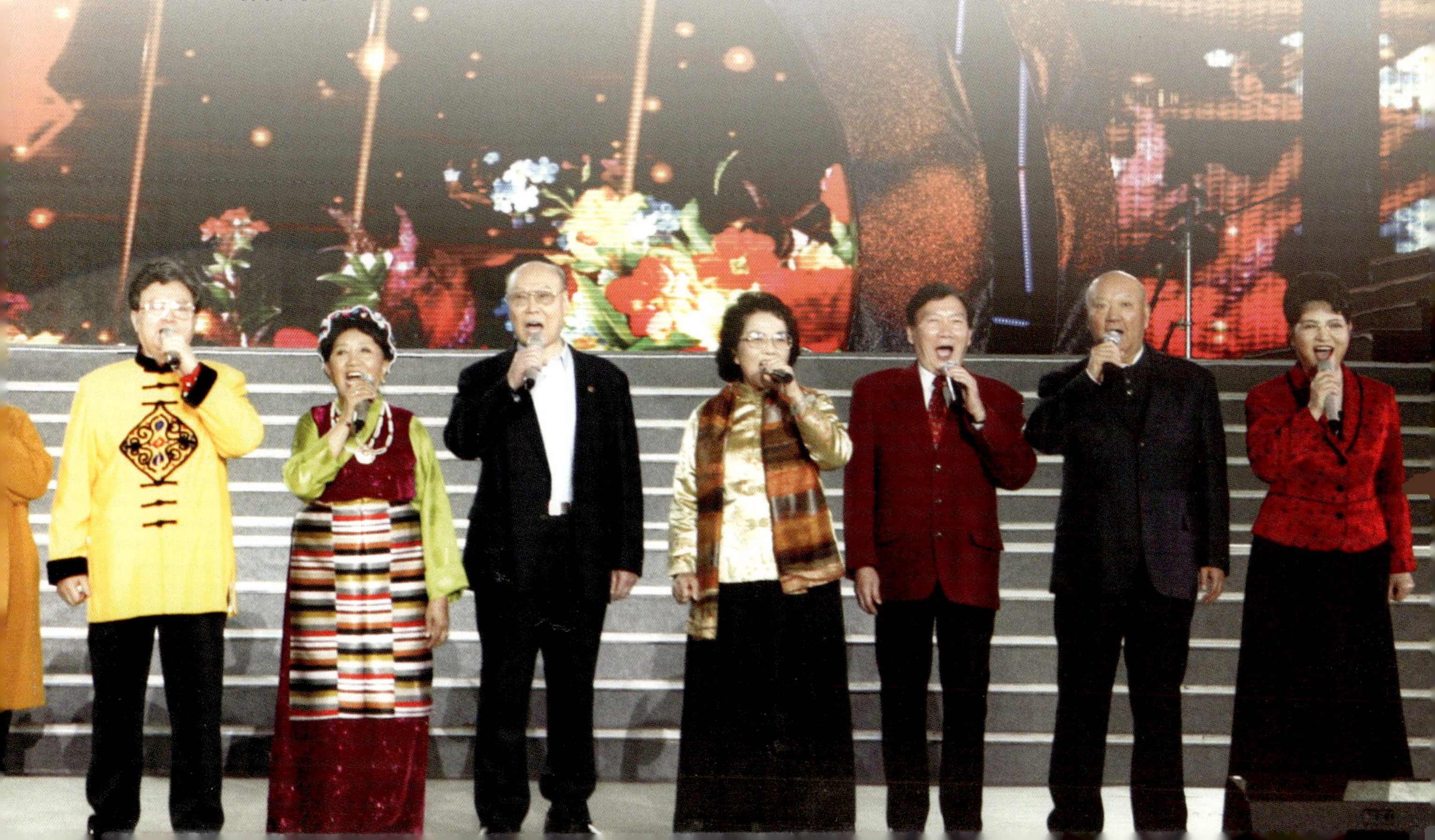

第三届中国职工艺术节

1
2 3
4 5

1. 12月9日，由全国总工会、中国文联、中央文明办和中央电视台联合主办的第三届中国职工艺术节闭幕式晚会在北京中国剧院举行。图为全国政协副主席李金华，全国总工会党组书记、副主席、书记处第一书记王玉普，中国文联党组书记、副主席赵实，中央文明办专职副主任王世明等领导与演员合影。
2. 赵曦鹏等演唱《咱们工人有力量》。
3. 宁波市鄞州区文化馆选送的越剧选段《梁祝・十八相送》。
4. 山西阳泉煤业集团选送的舞蹈《阳光骄子》。
5. 内蒙古森工集团选送的民乐演奏《万马奔腾》。

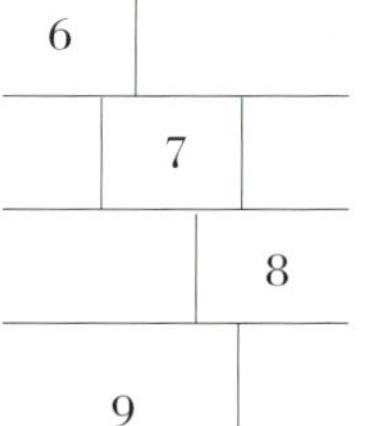

6. 歌唱家们演唱歌曲《阳光路上》。
7. 中国石化中原油田歌舞团表演舞蹈《气龙从咱山里过》。
8. 中国石化茂名石化公司选送的舞蹈《车间协奏曲》。
9. 来自石油、煤炭等产业行业文联的12位职工歌唱家演唱《盛世欢歌》。

	1			
2	3	4		
			5	6
	7			

1. 7月23日至25日，“中华文明历史题材美术创作工程”创作动员大会在四川峨眉山召开。
2. 在创作动员大会上，中宣部副部长翟卫华讲话。
3. 在创作动员大会上，中国文联党组成员、副主席左中一讲话。
4. 在创作动员大会上，中国文联副主席冯远通报有关情况。
5. 在创作动员大会上，美术家代表孙景波讲话。
6. 在创作动员大会上，美术家代表唐勇力讲话。
7. 1月17日，“工程”组委会办公室召集相关美术家、历史学家召开选题论证会。

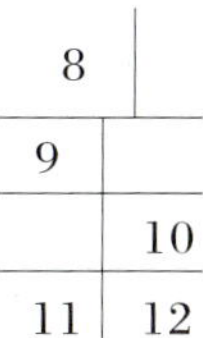

8. 12月24日至25日，“中华文明历史题材美术创作工程”第一次专家评审工作会议在中国文艺家之家召开。会议期间，孙家正、翟卫华和李屹、左中一等中国文联党组领导与刘大为、王震中等“工程”创作指导委员的美术家、历史学家一起观摩创作草图。
9. 靳尚谊、詹建俊等“工程”创作指导委员的专家在认真观摩评审创作草图。
10. “工程”创作指导委员的专家们对创作草图进行投票评选。
11. 11月，“工程”组委会副主任兼秘书长冯远、组委会办公室副主任徐里到福建省考察指导草图创作情况。
12. 11月，“工程”组委会办公室主任刘健到辽宁省考察指导草图创作情况。

“今日中国”艺术周（美国）

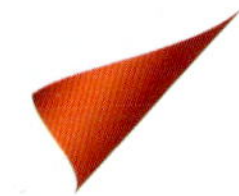

1	
2	
3	4

1. 9月15日，由中国文联主办的“今日中国”艺术周在美国纽约市林肯中心开幕。图为东方演艺集团中国歌舞团表演的舞蹈《水墨天书》。
2. 中国文联党组成员、书记处书记夏潮在艺术周开幕式招待酒会上致辞。
3. 在耶鲁大学，河北丰宁剪纸艺术家石俊凤在向嘉宾展示剪纸艺术。
4. 中国民间手工艺展示活动现场。

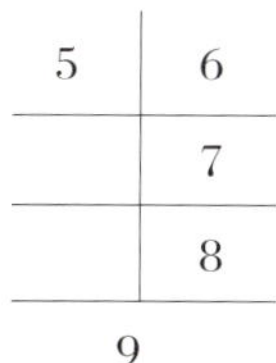

5. 东方演艺集团中国歌舞团在耶鲁大学表演舞蹈《山恋》。
6. 天津市杂技团表演杂技《耍花坛》。
7. 天津市杂技团表演杂技《柔术》。
8. 东方演艺集团中国歌舞团在哈佛大学表演舞蹈《天山放歌》。
9. 夏潮、驻纽约总领事馆总领事孙国祥与艺术团在林肯中心首演后合影。

2012 年土耳其中国文化年闭幕演出

1	2
3	4
	5
6	

1. 12 月 4 日，由中国文联、中国文化部、土耳其文化旅游部、中国驻土耳其使馆共同主办的"古道欢歌"2012 土耳其中国文化年闭幕式文艺晚会在土耳其安卡国家大剧院举办。图为中国、土耳其两国主持人共同宣布晚会开始。
2. 中国文联党组成员、副主席杨承志率代表团拜会土耳其文化旅游部。
3. 中国歌剧舞剧院表演民族器乐合奏。
4. 中国歌剧舞剧院表演打击乐。
5. 北京舞蹈学院艺术团表演舞蹈《秦王点兵》。
6. 演出结束后嘉宾与演员合影。

第四届海峡两岸艺术论坛

1	
2	3
4	5

1. 11月20日，第四届海峡两岸暨港澳地区艺术论坛在香港开幕。图为全国政协副主席、中国文联主席孙家正在开幕式上作主旨讲话。
2. 开幕式现场。
3. 孙家正代表中国文联为饶宗颐颁发荣誉委员证书。
4. 分组讨论。
5. “共话香港”圆桌交流。

文化名人、著名艺术家纪念活动

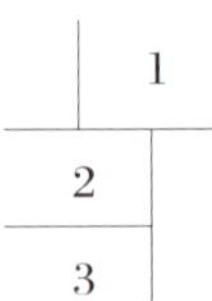

1. 12 月 18 日，由中国社会科学院、中国科学院、中国文联、中国对外友好协会主办的纪念郭沫若诞辰 120 周年纪念会暨第四届郭沫若中国历史学奖颁奖仪式在北京人民大会堂举行。
2. 5 月 12 日，由中国文联、中国音协、中央音乐学院主办的马思聪百年诞辰纪念会在京举行。
3. 12 月 12 日，由中国文联主办的“庆贺百岁贾芝从事革命文艺工作 80 周年座谈会”在北京人民大会堂举行。

1. 4 月 26 日至 5 月 6 日，由中国文联、文化部、全国政协书画室、清华大学、中国美协、中国美术馆主办的“笔墨尘缘——冯远中国画作品展”在中国美术馆举行。图为展览开幕式现场。
2. 9 月 9 日至 18 日，由文化部、国务院参事室、全国政协文史委、民进中央、中国文联、中国作协、天津大学、中国美协、中国民协、北京画院联合主办的“四驾马车——冯骥才的绘画、文学、文化遗产保护与教育”展览在北京画院美术馆举行。图为展览开幕式。
3. 11 月 18 日，由中国文联、中国剧协共同主办的裴艳玲从艺 60 周年专场演出座谈会在中国文艺家之家举行。

为艺术家服务

1. 3月2日，2012年文艺界全国人大代表全国政协委员联谊会在中国文艺家之家举行。图为孙家正和代表委员们在一起。
2. 在联谊会上，曲艺界代表委员在一起。
3. 在联谊会上，美术界代表委员在一起。
4. 5月29日至6月4日，中国文联组织部分主席团成员、荣誉委员及各协会主席团成员、顾问等知名艺术家赴云南采风调研。
5. 2月20日至26日，中国文联组织部分主席团成员、荣誉委员及各协会主席团成员、顾问等知名艺术家赴海南采风调研。
6. 7月29日至8月3日，中国文联组织部分主席团成员、荣誉委员及各协会主席团成员、顾问等知名艺术家赴吉林石化采风调研。

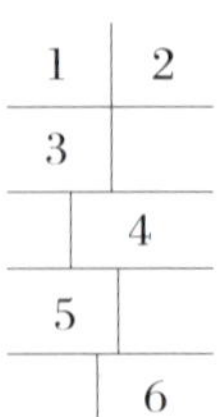

组织联络　行政管理

1. 2012 全国文联组联工作会议暨全国基层文联负责人学习培训班开幕式现场。
2. 全国文联组联工作会议现场。
3. 8 月 13 日至 15 日，中国文联办公厅在北京延庆举办 2012 年全国文联系统办公室业务培训会。
4. 北师大心理学专家为学员授课。
5. 学员们认真听课。

对外及对港澳台地区文化交流

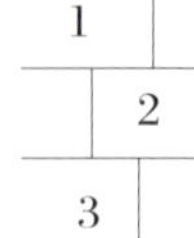

1. 8月，中国文联代表团访问日本、墨西哥、秘鲁。图为中国文联党组书记、副主席赵实与秘鲁文化部副部长拉法雷尔·巴隆等会谈。
2. 4月，越南文联代表团访华。图为中国文联副主席杨承志会见代表团一行。
3. 2月，中国文联在中国文艺家之家举办2012驻华使节新春招待会暨音乐专场晚会，26个国家的驻华使节以及国内相关单位负责人出席招待会并观看演出。

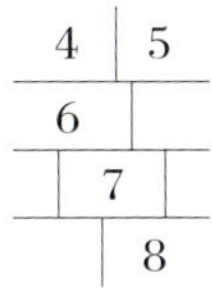

4. 5月，韩国文化艺术委员会代表团访华。图为中国文联党组副书记、副主席李屹与代表团团长权宁彬合影。
5. 8月，泰中艺术家联合会代表团访华。图为中国文联党组成员、书记处书记李前光会见代表团一行。
6. 5月，中国文联为澳门荣誉委员举行颁发证书仪式。图为中国文联党组成员、副主席杨承志与澳门文艺界人士合影。
7. 6月，中国文联代表团访问日本。图为代表团团长、中国文联副主席刘兰芳出席“日中文化名人书法展”开幕式并剪彩。
8. 3月，中国文联代表团访问泰国。图为代表团团长、中国文联副主席奚美娟与泰中文化艺术交流中心董事局主席蔡义批等为泰中书画院揭幕。

理论研究

1	
2	3
4	
5	

1. 10月30日，第八届中国文联文艺评论奖颁奖典礼暨第六届当代文艺论坛开幕式在云南昆明举行。图为中国文联党组书记、副主席赵实为第八届中国文联文艺评论奖获奖者颁奖。
2. 第八届中国文联文艺评论奖颁奖典礼暨第六届当代文艺论坛开幕式现场。
3. 7月28日，第六届中国文联中青年文艺评论家高级研修班在宁夏银川举行。中国文联党组成员、书记处书记夏潮在开班式上讲话。
4. 3月21日，全国文联文艺舆情信息工作会议在江苏常州召开。图为与会领导为舆情信息报送工作先进个人颁奖。
5. 第六届中国文联中青年文艺评论家高级研修班颁发结业证书。

权益保护

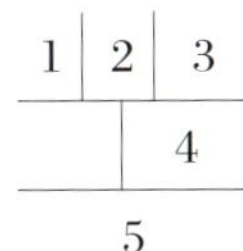

1. 8月20日，在内蒙古呼和浩特举行的全国文联系统维权研讨班，中国文联党组成员、书记处书记李前光做开班动员和授课讲话。
2. 8月22日，李前光为全国文联系统维权研讨班学员颁发结业证书。
3. 全国文联系统维权研讨班现场。
4. 6月26日，中国文联权益保护部到江苏省文联调研。
5. 5月22日，中国文联权益保护部成立，中国文联党组书记、副主席赵实，党组副书记、副主席李屹，党组成员、书记处书记李前光与权益保护部工作人员合影。中国文联成立权益保护部获2012年全国知识产权保护重大事件提名。

机关党纪委工作

1. 1月17日，中国文联机关工会联合会举办2012年中国文联职工新春联欢会。图为在京中国文联党组全体成员向干部职工拜年。
2. 5月4日，中国文联机关团委召开中国文联机关青年联合会成立大会。图为与会领导同机关青联委员合影。
3. 6月4日，中国文联机关党委召开中国文联学习型党组织建设与创先争优活动推进会。图为会议现场。
4. 6月13日至15日，中国文联机关青联举办中国文联机关青联委员培训班。图为与会领导同参训人员合影。
5. 6月底，中国文联机关党委举办入党积极分子培训班。图为新党员面对党旗宣誓。
6. 11月8日上午，中国文联机关党委组织知名艺术家、文联老领导及各协会、机关各部室和直属单位的干部职工400余人，集中收看党的十八大开幕式盛况直播。图为收看现场。
7. 11月16日下午，中国文联机关党委协助中国文联党组召开传达学习党的十八大精神大会。图为大会现场。
8. 11月20日，中国文联机关党委组织召开文艺家学习贯彻党的十八大精神座谈会。图为座谈会现场。
9. 11月22日至23日，中国文联机关党委协助中国文联党组召开理论学习中心组（扩大）会议，学习贯彻党的十八大精神。图为会议现场。
10. 12月6日，中国文联机关党委邀请中共中央党史研究室副主任李忠杰作学习贯彻党的十八大精神专题辅导讲座。图为讲座现场。

1		
2		
3	4	5
6	7	8
9	10	

离退休干部局工作活动

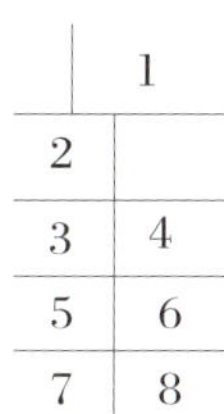

1. 7月，中国文联老艺术家赴东北参加红色之旅在哈尔滨抗日战争纪念馆前合影。
2. 5月中旬，文联党组领导为纪念《讲话》发表70周年老同志书法美术摄影展获奖者颁奖。
3. 5月8日至9日，文联机关高龄老干部集体过生日。
4. 1月16日，中国文联党组领导与中国文联老领导合影。
5. 11月28日，文联老干部学习十八大精神培训班老同志合影。
6. 4月19日，文联老干部阅文日老干部认真学习文件。
7. 4月9日，中国文联老年艺术大学摄影班学员外出教学。
8. 6月15至19日，中国文联老干部合唱团参加海峡两岸合唱节演出。图为演出后，中国文联党组书记、副主席赵实与合唱团成员合影留念。

中国文联机关服务中心

1	2
3	4
5	
	6

1. 为中国文联文艺志愿服务团采风慰问活动启动仪式提供礼仪服务。
2. 为文艺界全国人大代表政协委员联谊会提供接待服务。
3. 举办中国文联系统保卫干部培训班。
4. 召开后勤服务保障工作座谈会，定期征求意见和建议。
5. 提供营养均衡的工作餐。
6. 组织干部职工参加首都义务植树活动。

中国文联文艺资源中心

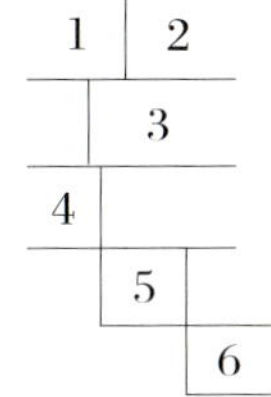

1. 中华文艺资源数据库建设项目讨论会。
2. 中国影协官网、中国影协资源数字化建设座谈会。
3. 网上文联——数字文艺工作平台设计架构图。
4-6. 多功能数据采集加工区效果图。

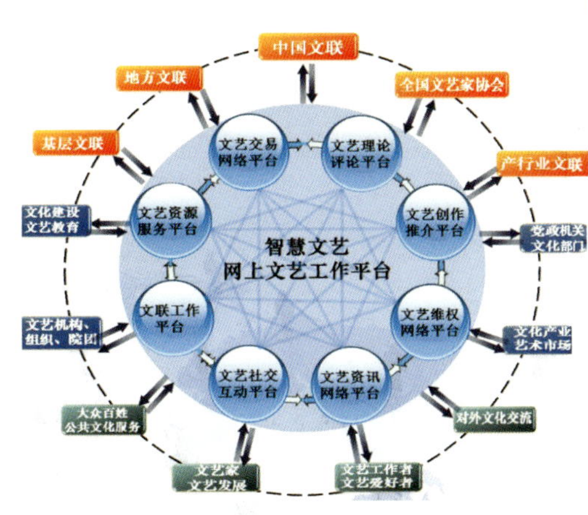

中国文联文艺研修院

1. 中国文联党组书记、副主席赵实出席全国地方文联负责人研修班座谈会。
2. 中国文联党组副书记、副主席李屹在第二期全国文艺家高级研修班开班式上作动员讲话。
3. 全国基层文联负责人研修班部分学员合影。
4. 学员在学习十七届六中全会和九次文代会精神培训班上认真讨论。
5. 《满载而归》——第二期全国文艺家高级研修班结业式。
6. 中国文联文艺研修院举办职工趣味活动后集体合影。

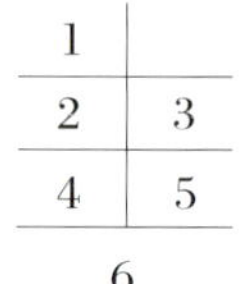

中国文联出版社

1. 5月，《大孔府》改编为电视连续剧签约仪式。
2. 2月，萧言中《整形BAR》新书发布会。
3. 4月，系列电视纪录片《中国精神》撰稿座谈会在京召开。
4. “七一”前夕党日活动。
5. 2012年出版的部分图书。

1 2
3
4
5

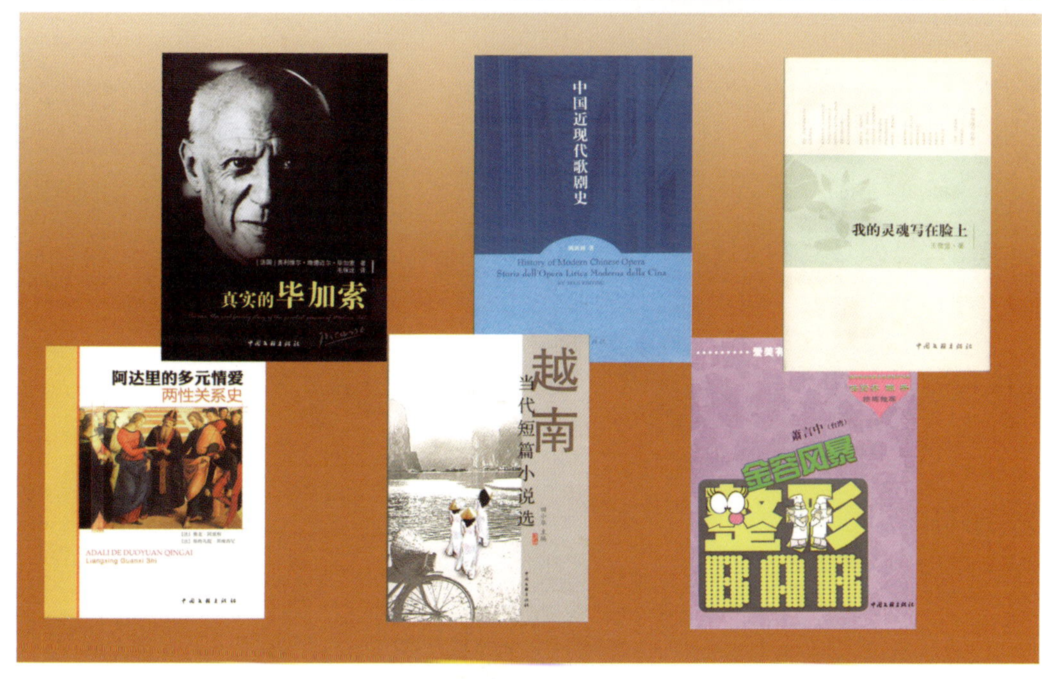

中国艺术报社

1. 9月12日，时任河南省委书记、省人大常委会主任卢展工在郑州会见中国艺术报社“走转改”中原行采访团。
2. 十八大召开期间，柳斌杰、蒋建国等新闻出版总署领导接见部分出席会议的新闻出版界代表。
3. 3月29日至30日，中国艺术报社2012年通联工作会议在重庆召开。图为会议现场。
4. 4月28日至5月4日，由《中国艺术报》社和河南省文联、信阳市人民政府联合主办的“‘信阳红’文化艺术周”系列活动在信阳开幕。图为开幕式现场。
5. 5月21日，由湖南省文联、《中国艺术报》社主办的“《讲话》精神指引与文艺理论阵地建设研讨会”在长沙举办。图为会议现场。
6. 中国文艺网截图。
7. 2012年中国艺术报部分版面图选。

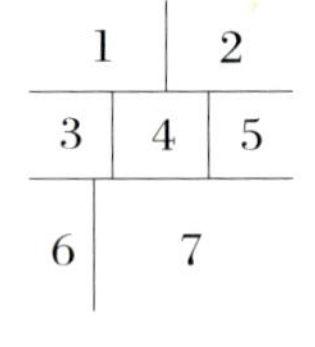

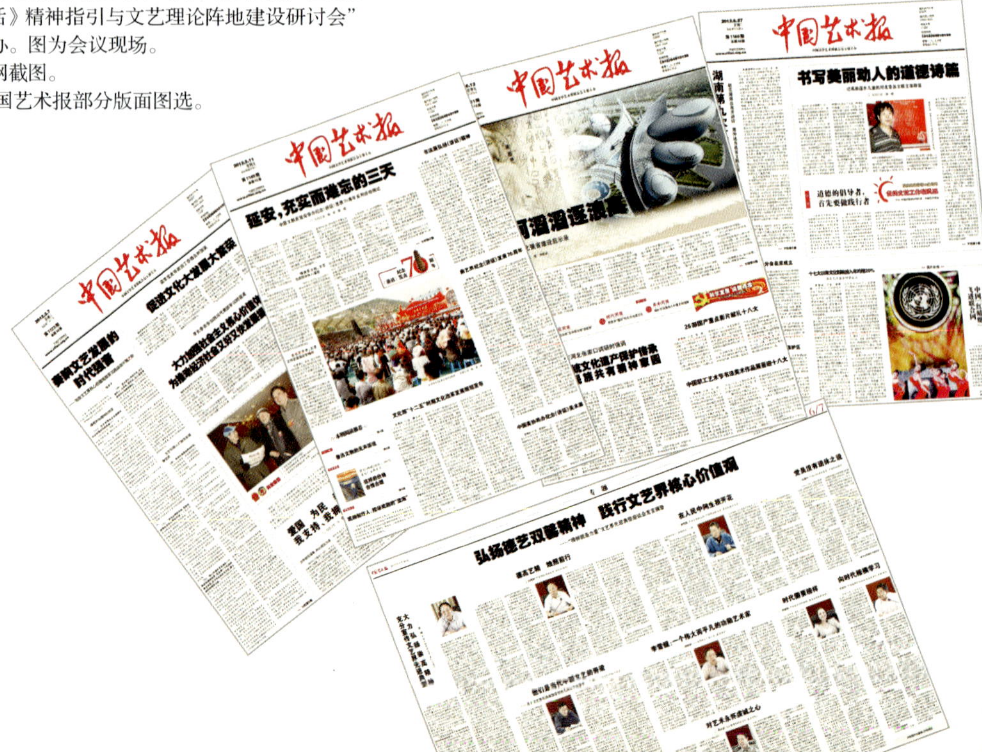

中国艺术报

书写美丽动人的道德诗篇

延安，充实而难忘的三天

弘扬德艺双馨精神 践行文艺界核心价值观

中国文学艺术基金会

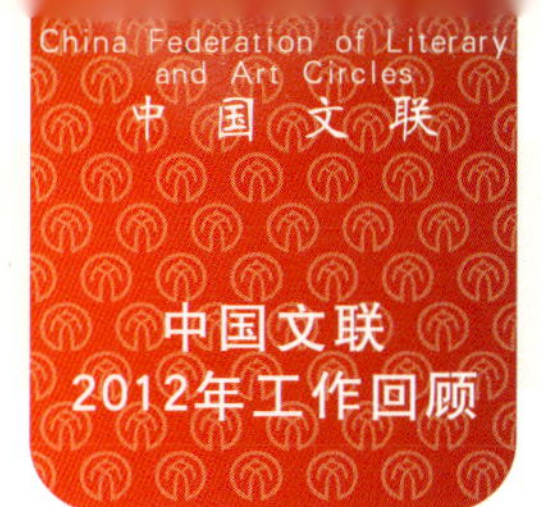

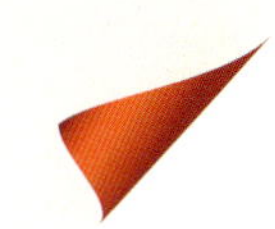

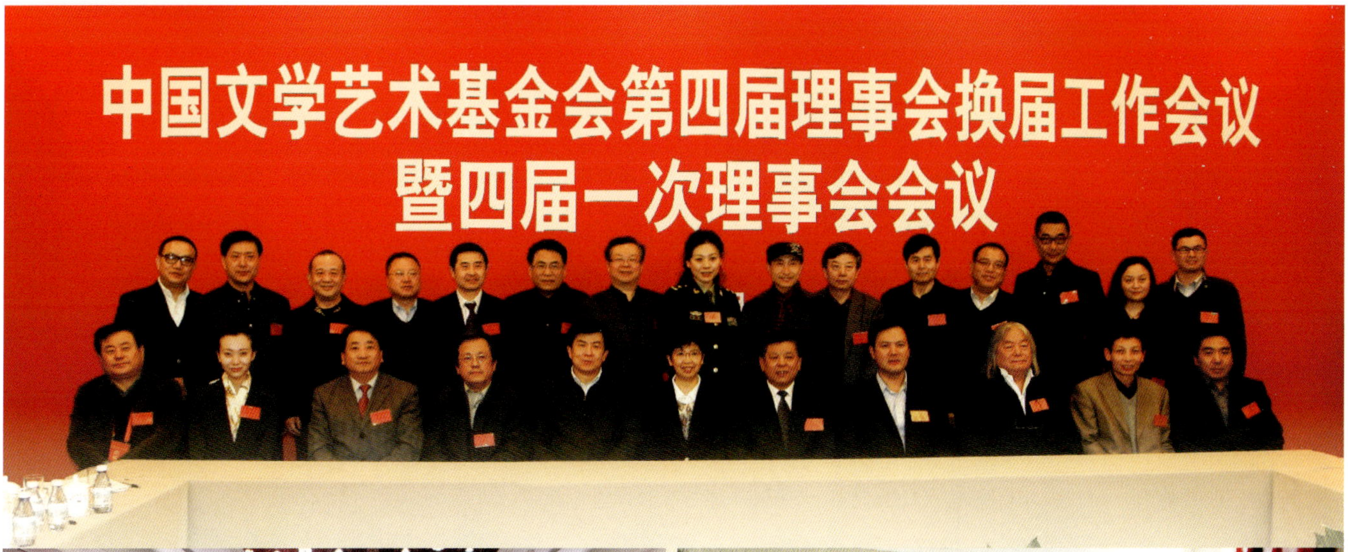

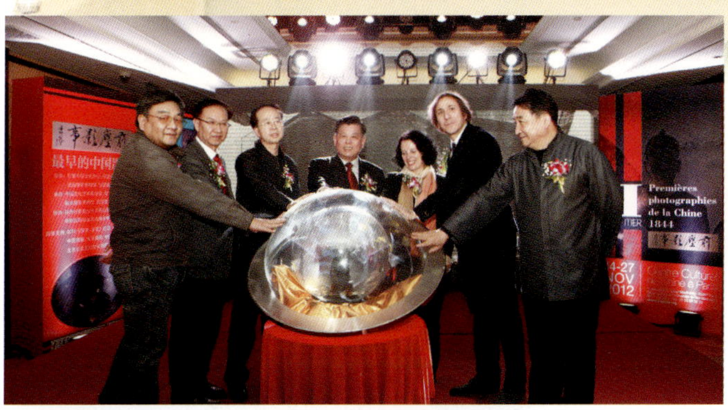

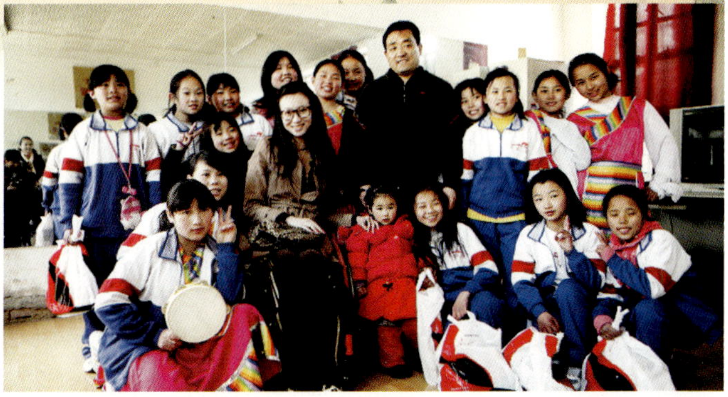

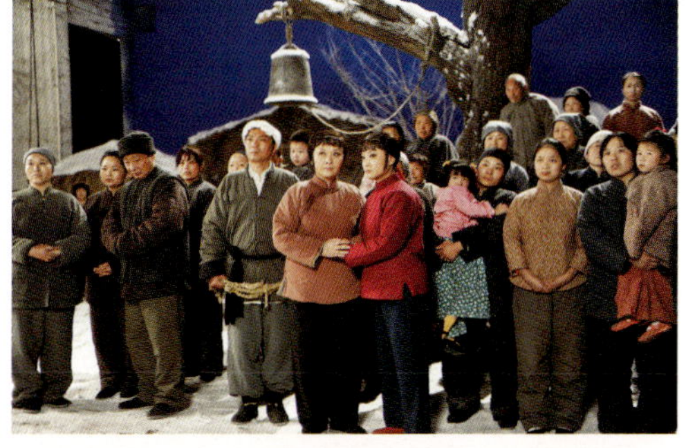

1	
2	3
4	5
6	

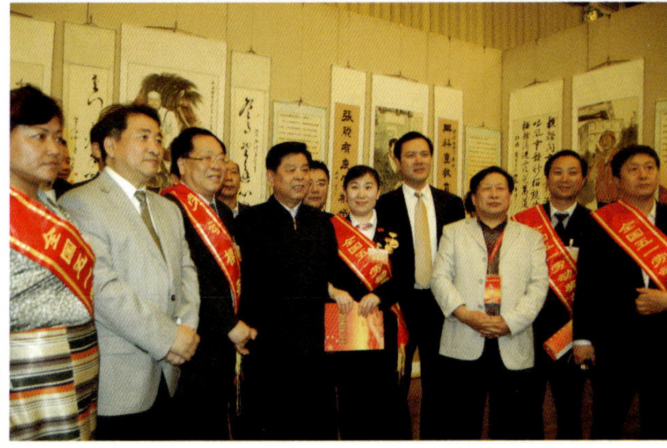

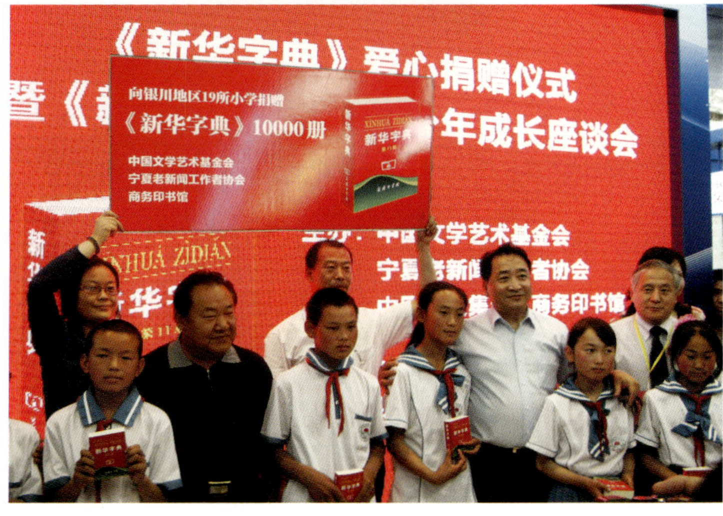

1. 中国文学艺术基金会第四届理事会换届工作会议暨四届一次理事会会议在京召开。
2. 12月20日晚，中国文学艺术基金会理事长胡振民，中国文联党组成员、副主席、中国文学艺术基金会常务副理事长左中一，中国曲协主席、中国文学艺术基金会副理事长兼秘书长姜昆，巴黎中国文化中心主任殷福，法国驻华使馆大使白林，法国埃松省议会主席杰罗姆·戈德杰，法国摄影博物馆馆长朱莉·高尔德韦勒以及中法摄影史专家学者等嘉宾出席了由中国文学艺术基金会主办的"前尘影事——最早的中国影像展"开幕式"。
3. 在刘岩文艺专项基金组织的贫困地区公益舞蹈课上，刘岩和光爱学校的老师孩子们在一起。
4. 5月14日，豫剧戏曲电影《铡刀下的红梅》在河南郑州首映。
5. 首届时代领跑者书画展在北京全国政协礼堂隆重召开。
6. 基金会组织的"爱心字典援助活动"，向银川地区19所小学捐赠《新华字典》10000册。

中国文联演艺中心

1. 1月8日，“百花迎春——中国文学艺术界2012春节大联欢”在北京人民大会堂举行。
2. 7月12日至15日，由中国文联、北京市人民政府共同主办，国家大剧院、中国文联演艺中心、中央电视台戏曲音乐频道承办的“党的旗帜高高飘扬”大型系列音乐会在国家大剧院举行。图为第二场音乐会“赞歌献给伟大的党”演出现场。
3. “党的旗帜高高飘扬”大型系列音乐会第三场“向着太阳歌唱”演出现场。
4. “党的旗帜高高飘扬”大型系列音乐会第四场“党啊，亲爱的妈妈”演出现场。
5. 12月4日，由中国文联、中国文化部、土耳其文化旅游部、中国驻土耳其使馆共同主办的“古道欢歌”2012土耳其中国文化年闭幕式文艺晚会在土耳其安卡拉国家大剧院举办。
6. “党的旗帜高高飘扬”大型系列音乐会第一场“唱支山歌给党听”演出现场。

1		
2	3	5
	4	
	6	

Important speeches、documents

2013

重要讲话及文献

重要讲话及文献

致中国文联文艺志愿服务活动的贺信

中共中央政治局委员、中央书记处书记、中宣部部长　刘云山

（2012年5月2日）

在纪念毛泽东同志《在延安文艺座谈会上的讲话》发表七十周年之际，中国文联组织开展文艺志愿服务活动。这是文艺战线继承发扬党的文艺工作优良传统、贯彻落实党的十七届六中全会精神的重要举措，对于动员广大文艺工作者热心公益事业、以社会志愿服务方式投身公共文化建设，推动“送欢乐下基层”等文化惠民活动经常化具有重要意义。

希望中国文联坚持为人民服务、为社会主义服务的方向，秉持文化惠民、文化为民、文化乐民的宗旨，探索建立文艺志愿服务体系与机制，组织开展形式多样的慰问演出、展览展示、专业培训、辅导讲座和文艺支教等志愿活动，为推动基层公共文化建设、促进社会主义文化大发展大繁荣作出新的贡献。希望广大文艺工作者自觉践行“爱国、为民、崇德、尚艺”的文艺界核心价值观，大力弘扬“奉献、友爱、互助、进步”的志愿精神，积极参加面向基层的文艺志愿服务活动，努力为人民群众送去精神食粮、送上欢乐温馨，以优异成绩迎接党的十八大胜利召开。

祝中国文联文艺志愿服务团采风慰问活动取得圆满成功！谨向参加活动的全体文艺工作者致以诚挚的问候和崇高的敬意！

在中国曲艺家协会第七次全国代表大会开幕式上的讲话

中共中央政治局委员、中央书记处书记、中宣部部长　刘奇葆

（2012年11月27日）

同志们、朋友们：

今天中国曲艺家协会第七次全国代表大会隆重召开，这是我国曲艺界的一件盛事，也是文艺界的一件大事。广大曲艺工作者济济一堂，认真学习贯彻党的十八大精神，总结过去、谋划未来，对于我们推动曲艺事业发展繁荣、兴起社会主义文化建设新高潮，具有十分重要的意义。在此，谨向大会胜利召开表示热烈祝贺，向各位代表、向全国曲艺工作者致以崇高的敬意和诚挚的问候！

曲艺是社会主义文艺的重要组成部分，是一种通俗的、以说唱为主要特征的艺术门类，具有悠久历史传统和广泛群众基础。五年来，广大曲艺工作者深入落实党的十七大和十七届六中全会精神，认真贯彻党的文艺方针政策，耕耘艺术沃土，深化艺术实践，推动曲艺事业实现更大发展。曲艺创作展现蓬勃生机，题材体裁、风格样式日益丰富，涌现出一批反映时代发展的曲艺精品；面向基层群众的曲艺公益活动广泛开展，“送欢笑到基层”、“道德模范故事汇”基层巡演、赈灾义演等活动产生良好社会反响，“文艺轻骑兵”的作用得到进一步发挥；曲艺人才队伍不断发展壮大，老一辈曲艺家焕发出艺术青春，一大批曲艺新人迅速成长，为曲艺事业发展提供了有力支撑。总的看，曲艺这门古老的中华传统艺术迎来新的发展契机，呈现出新的气象，为丰富人们精神文化生活发挥了积极作用，为促进社会主义文化繁荣发展作出了重要贡献。

刚刚胜利闭幕的党的十八大，是在我国进入全面建成小康社会决定性阶段召开的一次十分重要的大会，为我们描绘了全面建成小康社会、夺取中国特色社会主义新胜利的宏伟蓝图。大会站在时代和全局的高度，进一步明确了建设社会主义文化强国的目标任务，为推动文艺繁荣发展提供了新的机遇，也提出了新的更高要求。我们一定要深入学习贯彻党的十八大精神，以邓小平理论、“三个代表”重要思想、科学发展观为指导，坚持中国特色社会主义文化发展道路，坚持“二为”方向和“双百”方针，坚持贴近实际、贴近生活、贴近群众的原则，以高度的文化自觉和文化自信，开创曲艺事业新局面，让曲艺舞台更加璀璨，让文艺园地更加繁荣。这里，我就贯彻落实党的十八大精神、进一步繁荣曲艺事业，提四点希望。

第一，坚持以人民为中心的创作导向，更加自觉主动地为人民说唱。文艺植根于人民、来源于人民、服务于人民。坚持以人民为中心的创作导向，是贯彻落实“二为”方向和“双百”方针的具体体现，是社会主义文艺的本质要求。那些脍炙人口的文艺作品，那些流传久远的曲艺经典，无不反映着人民至上的价值理念，无不体现着浓厚的百姓情怀。要心系群众、面向大众，坚持把人民作为表现主体，把百姓生活作为曲艺作品的主要内容，写人民、说人民、唱人民，做人民喜爱的曲艺家，做人民欢迎的说唱家。要深化“走转改”活动，深入农村、社区、企业、校园、军营，把舞台搭建在基层，把欢笑传送到群众，把更多更好的精神食粮奉献给人民。

第二，坚持高质量高水准的艺术追求，推出更好更多的曲艺作品。质量是作品的生命，精品佳作是作家艺术家安身立命之本。推动文化的繁荣，关键是要推出更多的优秀作品；实现曲艺的发展，关键也要推出更多传得开唱得响的好节目。要坚持思想性、艺术性、观赏性相统一的原则，体现社会主义核心价值体系的要求，唱响唱好改革建设的火热生活，热情评说人们对美好生活的向往和憧憬，讴歌真善美，鞭挞假恶丑，以典型的艺术形象和生动的表现手法，展现高尚的思想道德，给人以美的享受。要强化精品意识，潜心研究、精心创作，坚持以对时代、对艺术高度负责的精神对待自己的作品，深刻挖掘作品的主题内涵，着力提高作品的艺术水平。

第三，坚持在继承中改进创新，增强曲艺发

展的生机活力。近年来，我国曲艺事业赢得好的发展局面，就在于不断地推陈出新、吐故纳新。要保持曲艺发展的旺盛活力，就必须在继承优良传统的基础上，大力推进改革创新。要以礼敬的态度、珍视的情怀，对待我国悠久的曲艺传统，发掘丰厚的民族民间曲艺宝藏，用以滋养当代中华曲艺。要适应社会环境和群众审美需求的新变化，继续深化曲艺院团体制机制改革，大力推进内容形式创新，不断增强曲艺发展的生机活力和艺术表现力。要遵循文艺规律，尊重作家艺术家的创造性劳动，发扬艺术民主，支持不同形式、不同风格的自由发展和竞争，鼓励不同流派相互切磋、取长补短、共同进步。

第四，坚持崇德尚艺的要求，充分展示曲艺工作者的良好形象。德艺双馨是文艺工作者的崇高追求，也是一个人民艺术家的基本要求。每一位有理想、有抱负的曲艺家都要始终把社会责任放在首位，认真考虑自己作品的社会效果，做到文以载道、以文化人，讲品位、讲格调、讲境界。要加强各方面知识的学习积累，在博采众长中提升自己，在探索实践中勇攀高峰。要大力践行“爱国、为民、崇德、尚艺”的文艺界核心价值观，坚定艺术理想、坚守艺术良知，秉持良好的职业精神、职业道德，倍加珍惜时代提供的舞台，倍加珍惜社会给予的荣誉，热心公益，甘于奉献，努力做人品和艺品俱佳的曲艺家。

中国曲艺家协会是党领导的曲艺界人民团体，是党和政府联系广大曲艺工作者的桥梁和纽带。近年来，中国曲艺家协会认真履行联络、协调、服务的基本职能，在举办重大活动、推出优秀作品、打造曲艺品牌、开展对外交流等方面，做了大量扎实有效的工作。衷心希望新一届曲协领导班子发扬优良传统，创新途径办法，更好地履行自身职责，团结和带领广大曲艺工作者，不断开创曲艺事业新局面，把曲艺家协会建设成为曲艺工作者的温馨和谐之家。

同志们、朋友们，当代中国正在朝着全面建成小康社会的宏伟目标奋力前进，中国特色社会主义文化展现出更为广阔的发展前景，广大曲艺工作者大有可为、大有作为。让我们紧密团结在以习近平同志为总书记的党中央周围，高举中国特色社会主义伟大旗帜，团结一心、开拓进取，谱写中国曲艺事业的新篇章，为促进文化大发展大繁荣、建设社会主义文化强国作出更大贡献！

最后，祝大会圆满成功！

在文艺界全国人大代表、全国政协委员联谊会上的致辞

全国政协副主席、中国文联主席　孙家正

（2012年3月2日）

各位文艺家、同志们、朋友们：

在喜迎全国“两会”召开的喜庆日子里，我们非常高兴地邀请文艺界全国人大代表、全国政协委员，光临“中国文艺家之家”，欢聚一堂、畅谈文艺、共叙友情。中国文联是广大文艺工作者的“家”，每年此时，请大家回“家”相聚，既是中国文联的惯例，也是我们的美好心愿，一来是想倾听大家宝贵的意见和建议，二来是向大家送去新一年的美好祝福。

2011年，是我国文艺事业和文联工作发展历程中具有特殊重要意义的一年。党的十七届六中全会通过《深化文化体制改革、推动社会主义文化大发展大繁荣若干重大问题的决定》，阐述中国特色社会主义文化发展道路，确立建设社会主义文化强国的战略目标，提出新形势下推进文化改革发展的指导思想、重要方针、目标任务、政策举措。胡锦涛总书记在九次文代会上发表重要讲话，充分肯定文艺工作取得的巨大成就，深刻阐述文艺的地位和作用，进一步阐明新时期文艺工作的基本要求和主要任务，并向广大文艺工作者提出殷切希望。这两件大事，必将推动文艺事业和文联工作进入一个新的重要阶段，对繁荣发展社会主义文艺产生重要而深远的影响。

一年一度的全国“两会”，是人大代表行使人民当家作主权利的重要途径，是政协委员履行政治协商、民主监督、参政议政职责的重要平台。文艺界的全国人大代表、政协委员，都是文艺界有影响、有作为的文艺家，为文艺事业和文联工作倾注了大量心血，为文艺事业的繁荣发展作出了重要贡献；同时，也肩负着党和人民的重托，在建设社会主义文化强国历史进程中承担着重要责任。在这里，我谨代表中国文联第九届主席团对大家几年来的辛勤付出表示衷心的感谢！衷心希望大家利用全国“两会”召开的重要契机，充分发挥文艺界全国人大代表、政协委员的重要作用，围绕事关文艺事业和文联工作发展的热点难点问题，提出有分量、有价值的议案、提案，为文艺事业和文联工作发展积极建言献策，为推动祖国文艺事业的繁荣发展作出新的更大贡献！

中国文联作为中国文艺家之家，将竭诚为广大文艺工作者提供更多更好的服务，努力成为广大文艺工作者的温馨和谐之家！真心希望各位代表和委员以及广大的文艺工作者常回“家”看看！最后，衷心祝愿大家新的一年身体健康、工作顺利、阖家幸福！

在第四届海峡两岸暨港澳地区艺术论坛开幕式上的致辞

全国政协副主席、中国文联主席　孙家正

(2012年11月20日)

各位专家学者、各位嘉宾、朋友们：

上午好！

第四届海峡两岸暨港澳地区艺术论坛今天隆重开幕了。来自大陆与港澳台地区的众多文化艺术领域的专家学者和艺术家欢聚一堂，共同探讨与谋划中华文化的发展与未来。在此，我谨代表中国文学艺术界联合会对论坛的举办表示热烈的祝贺，向出席论坛的各位嘉宾、各位专家学者表示诚挚的欢迎！

这个社会发展快，全世界的发展值得我们欣喜，但是这个社会很浮躁，我们要期望我们有一个美好的未来，任何一个民族，任何一个国家，都要有一批精英或有心人能有沉静的胸怀来思考长远的问题。文化不一定能解决大问题。文化看似柔弱，实则坚强。当历史的尘埃落定，许多喧嚣一时的东西都会归于沉寂，烟消云散，唯有文化，以物质的或者非物质的形态，会长留世间。文化是一个民族的灵魂，也是我们民族身份自我认定的凭证，是一个民族满怀自信走向未来的根基。说到底，中国的未来、世界的未来很大程度上取决于文化的状态。本世纪以来，"文化"几乎成了全世界最热门的话题。文化产业成了投资的热点和新的经济增长点。文化有一定的经济价值，文化可以挽救经济，这固然有其道理和客观现实性，但究其本质而言，文化的价值并非在于经济层面，而是在于精神层面，在于对一个民族心灵的抚慰和滋养，在于对民族素质的陶冶和提升。文化渗透在社会生活的各个方面，潜移默化地影响着我们。文化如水，滋润万物，悄然无声。中华民族优秀传统文化，是我们祖先创造精神的结晶。这世界上有一些人认为，中国的传统文化，最大的特征是保守，这是不对的，中国传统文化的本质是创新。在当时的时代，如果没有创新的精神，提出的观点或见解就难以流传于我们五千年的传统之中。所谓中国的传统文化是我们中华民族历代祖先创新的成果的结晶，它是全体中华儿女共同传承和培育的结果，它在坚守中创新，在创新中发展，成为海内外中华儿女的共有的精神家园。在今天，传承和弘扬中华民族优秀传统文化，永葆中华文化旺盛的生命力，实现中华民族的伟大复兴，这是海内外中华儿女共同的责任和担当。

当今世界正处在一个大发展大变革大调整时期，这既是一个伟大的时代，又是一个变化莫测的时代；既是一个有很多辉煌成就的时代，又是有许多让我们感到厌恶的时代。成就前所未有，一方面和平发展是主题，一方面硝烟炮火此起彼伏，在这样一个大的世界格局下，任何一个民族都要想想在这个世界格局中的地位如何。文化是十八大后一个艰巨的任务，收入的成倍增长并不代表幸福的成倍增长，文化很重要，怎样用文化沉浸胸怀，转变分歧，改善人与人之间的关系，这是最重要的。在世界的变局当中，我们要提倡中华文化，并不是把它简单的等同于展示，文化首先应该是养护我们自己的，是滋养我们自己心灵的，促进我们全面自由的发展，成为我们在世界面前展现尊严、教养的、有希望的方式，它不是简单的颠覆别人文化的方式，我们两岸四地对很多问题有不同看法是很自然的，世界就是丰富多彩的，经历不同，处境不同，对各种问题的认识有不同，不仅是正常的，而且是可贵的。中华文化是中国各民族共同创造的成果，两岸四地同宗同族，同根同源，为中华文化的传承与发展均做出了自己的贡献。文化不是几部书，几台戏，几幅画可以衡量。有没有文化，首先要看物态文化，文化首先体现在物态文化上面，例如房屋、器具所体现出来的文化。所以我们讲，一个民族、国家的产品就是一个国家文化素质的象征，其实是方式文化，生存方式是一种文化，特别是社会主义市场经济，商务活动实际上是一种文化，商务文化就是一种方式文化，是交换方式的文化。虽然情况有所不同，但毕竟加强两岸四地之间的文化交流，需要沟通，在沟通当中相互欣赏，相互借鉴，取长补短，加强合作，经常交流，有利于中华文化传承和创新发展。

海峡两岸暨港澳地区艺术论坛至今已经举办三届。前三届论坛分别在海南、台湾、澳门举办，本届论坛移至香港，以“文化交融和艺术发展”为主题，围绕两岸四地文化交流和发展的现状，探讨多元文化语境下中华文化艺术的繁荣和发展。香港在回归后地位连续上升，因为很多的人才汇聚于此，因为香港回归祖国，人才回来服务香港就等同于服务祖国，我们要在香港树立一块牌子，上面要写：你要了解世界丰富多彩的文化吗，请到香港来；你要了解中华民族的文化精粹吗，请到香港来。开幕式后我将去香港大学看望饶宗颐先生，他是国学泰斗，素有“南饶北季（羡林）”的说法，以饶先生为代表，香港永远不可能是文化沙漠。一个民族没有泰斗、大师是可悲的，有了泰斗、大师而不去敬仰他，这个民族更加可悲，所以我们要加倍的敬仰我们的大师。今年是杜甫诞生一千三百年，他的诗篇还流传至今，这就是文化的力量，今年是香港回归祖国十五周年，第四届海峡两岸暨港澳地区艺术论坛在香港举办，恰逢良机，意义非凡。这次论坛专门设置“共话香港”圆桌交流环节，我相信，通过各位专家、艺术家的充分交流探讨，这次论坛对香港文化发展必将有新的启迪、新的发现。

当前，海峡两岸关系正进入大交流、大合作、大发展的新时期，两岸四地人员往来之频密、各项交流之深入、合作领域之广泛，都是前所未有的。鲁迅曾经说过，世界上不同民族的人与人之间，心灵不应该存在一层隔膜，打破这种隔膜，心灵的沟通没有比文化再好的方式了。文化就是交流，文化是用来养心的，文化是沟通人们心灵的向导，这是最本质的东西。衷心希望各位专家学者敞开胸襟、畅所欲言，结合两岸四地艺术交流的现状，围绕多元文化语境下的艺术传播与教育、青年艺术培养、艺术教育与文明素养、中华文化的共通性和地域性、文化自觉与艺术创新、新兴媒体与当代文化艺术传播等议题发表卓见，加强沟通，增进友谊，努力为当代中华文化艺术的繁荣与发展贡献出自己的一份力量。

本届论坛的举办得益于香港艺术发展局等有关单位的大力支持和精心筹备。在此，谨向所有为筹备此项活动付出辛苦努力的人员表示衷心的感谢！

最后，预祝论坛各项活动取得圆满成功！

祝愿大家身体安康、心情愉悦！谢谢大家。

在中国电视艺术家协会第五次全国代表大会开幕式上的讲话

中宣部常务副部长　雒树刚

（2012年12月3日）

尊敬的孙家正主席，各位代表、各位嘉宾，
同志们、朋友们：

中国电视艺术家协会第五次全国代表大会隆重召开，这是我国电视艺术工作者的一次盛会，也是文艺界的一件大事。来自全国各地的电视艺术家代表欢聚一堂，认真学习贯彻党的十八大精神，总结工作、规划未来，对于推动电视艺术事业繁荣发展、兴起社会主义文化建设新高潮，具有十分重要的意义。在此，我受中共中央政治局委员、中央书记处书记、中宣部部长刘奇葆同志的委托，谨向会议召开表示热烈祝贺！向各位代表和全国电视艺术工作者致以崇高的敬意和诚挚的问候！

电视艺术是社会主义文艺事业的重要组成部分，是覆盖千家万户、影响亿万观众的大众艺术。五年来，广大电视艺术工作者深入落实党的十七大和十七届六中全会精神，认真贯彻党的文艺方针政策，以饱满的青春热情、出色的艺术劳动，推动电视艺术呈现出蓬勃发展的良好态势。始终坚持正确导向，传播党和政府声音，弘扬先进文化，反映百姓心声。创作空前活跃，主题内容、题材样式、风格类型更加丰富，《解放》、《媳妇的美好时代》等一大批精品电视剧主导荧屏，《中国好声音》等一大批国产优秀节目家喻户晓，《艺术人生》等一大批品牌栏目有口皆碑。电视艺术队伍不断发展壮大，老一代精神焕发，中青年担当主力，新人新秀脱颖而出。总的看，我国电视艺术发展迅速、成果丰硕，为丰富人民精神文化生活发挥了积极作用，为促进社会主义文化繁荣发展作出了重要贡献。

党的十八大描绘了全面建成小康社会、夺取中国特色社会主义新胜利的宏伟蓝图，对扎实推进社会主义文化强国建设作出了全面部署，为推动文艺繁荣发展提供了新的机遇，也提出了新的更高要求。我们一定要深入学习宣传贯彻党的十八大精神，以邓小平理论、“三个代表”重要思想、科学发展观为指导，坚持中国特色社会主义文化发展道路，坚持“二为”方向和“双百”方针，坚持贴近实际、贴近生活、贴近群众的原则，以高度的文化自觉和文化自信，开创电视艺术事业新局面，使荧屏绽放更加夺目的光彩，使文艺百花园呈现更加绚丽的景象。这里，我就贯彻落实党的十八大精神、进一步繁荣电视艺术事业，提四点希望。

第一，牢固树立以人民为中心的创作导向，始终不渝地用心写人民、用情演人民。以人民为中心的创作导向，反映着社会主义文艺的本质要求，体现了“二为”方向和“双百”方针。牢固树立这个导向，就是要把满足人民精神需求、增强人民精神力量作为根本目的，时刻关注群众期盼，以群众满意为标准，在满足和服务群众中引领群众。要把人民生活作为主体内容，传递人民心声，书写人民甘苦，反映人民忧乐，让百姓大众成为电视艺术的主角。要把群众喜爱的语言、样式作为表现形式，多说百姓话语，多用大众风格，创作人民群众喜闻乐见的艺术作品。要把深化“走转改”作为重要途径，更加主动深入到群众中，汲取丰厚艺术营养，增进与群众的感情，为人民提供优秀精神食粮。

第二，不断强化精品意识，打造经得起历史和实践检验的优秀电视作品。一个国家电视事业繁荣发展，就在于源源不断推出精品栏目节目；一名电视艺术家成就事业辉煌，就在于创作出传得开、叫得响的佳作力作。要按照思想性、艺术性、观赏性相统一的原则，体现社会主义核心价值体系的要求，反映改革建设的生动实践，展现人们对美好生活的向往，讴歌民族精神和时代精神，让人民在审美娱乐中受到教育、得到启迪。要把精益求精的要求贯穿到电视艺术创作拍摄、制作播出的各个环节，体现在每一个栏目、每一期节目、每一部作品之中。要沉下心来、厚积薄发，倾力创作、用心打磨，以对时代、对艺术高度负责的精神，努力创作更好更多的电视艺术精品。

第三，大力推进创新创造，充分激发电视艺术创作的活力。电视艺术是在科技创新中孕育发展起来的，创新始终是电视艺术保持生机活力的必然选择。要遵循电视艺术创作规律，从丰厚的优秀传统文化中、从激昂向上的革命文化中、从现代化建设伟大实践中提炼主题、挖掘素材，激发原创能力，提升创意水平，使电视艺术作品具有更加鲜明的中国特色、中国风格、中国气派。要追踪和掌握科技前沿成果，积极推动现代科技与电视艺术的融合，用科技手段增强艺术表现力。要加强对外电视艺术交流，坚持以我为主、为我所用，兼收并蓄、博采众长，不断提高我国电视艺术的整体水平。

第四，努力追求德艺双馨，展现电视艺术工作者良好形象。只有把人品与艺品相统一、道德力量与艺术魅力相结合，艺术家才能赢得人们的尊重和赞誉。广大电视艺术工作者要把德艺双馨作为孜孜以求的目标，大力践行“爱国、为民、崇德、尚艺”的文艺界核心价值观，履行好人类灵魂工程师的神圣职责。要不断加强学习，丰富艺术修养，增加知识储备，刻苦钻研技艺，努力攀登艺术高峰。要追求高品位、高格调、高境界，始终把社会效益放在首位，认真考虑作品的社会影响，恪守职业道德和职业精神，树立良好的社会形象。

中国电视艺术家协会是党领导的电视艺术界人民团体，是党和政府联系广大电视艺术工作者的桥梁和纽带。近年来，中国视协积极履行联络、协调、服务的基本职能，在举办重大活动、加强理论评论、服务基层群众、推进对外交流等方面，都取得明显的进展和成效。衷心希望新一届视协领导班子不断开拓创新，团结和带领广大电视艺术工作者，奋力开创电视艺术事业繁荣发展的新局面，把中国视协建设成为电视艺术工作者的温馨和谐之家。

同志们，朋友们，在推进社会主义文化大发展大繁荣的历史进程中，广大电视艺术工作者使命光荣、大有可为。让我们紧密团结在以习近平同志为总书记的党中央周围，高举中国特色社会主义伟大旗帜，同心同德，奋发进取，为建设社会主义文化强国作出新的更大贡献。

最后，祝大会圆满成功！

在中国摄影家协会第八次全国代表大会开幕式上的讲话

中宣部常务副部长　雒树刚

（2012年12月9日）

尊敬的孙家正主席，各位代表、各位嘉宾，
同志们、朋友们：

今天，中国摄影家协会召开第八次全国代表大会，认真学习贯彻党的十八大精神，总结过去、谋划未来，对于动员和激励广大摄影工作者推动摄影艺术事业发展具有十分重要的意义。首先，我转达中共中央政治局委员、中央书记处书记、中宣部部长刘奇葆同志对大会的胜利召开表示热烈祝贺，向会议代表以及全国摄影工作者致以诚挚的问候！

摄影作为一门视觉艺术，直观逼真，鲜活生动，反映快捷，深受广大人民群众喜爱。五年来，随着我国人民物质生活水平的不断提高，摄影艺术的参与者越来越多，摄影活动越来越活跃，摄影作品越来越丰富。我国摄影艺术不断创新发展，焕发出蓬勃生机，呈现出百花竞放、姹紫嫣红的繁荣景象。广大摄影工作者深入落实党的十七大和十七届六中全会精神，认真贯彻党的文艺方针政策，自觉投身改革开放和社会主义现代化建设的生动实践，讴歌伟大祖国、赞美火热生活，为时代写真、为人民留影，创作出一大批深受人民群众喜爱的精品佳作，留下了一大批历史价值高、社会影响大的影像成果，为我国摄影艺术事业的繁荣和发展做出了重要贡献。

前不久召开的党的十八大为社会主义文化建设指明了方向，强调要坚持走中国特色社会主义文化发展道路，建设社会主义文化强国。我们要深入学习贯彻党的十八大精神，以邓小平理论、“三个代表”重要思想、科学发展观为指导，坚持“二为”方向和“双百”方针，坚持贴近实际、贴近生活、贴近群众的原则，以强烈的事业心和昂扬的精神面貌，开创摄影事业新局面。这里，我就贯彻落实党的十八大精神、进一步繁荣摄影艺术事业，提四点希望。

第一，坚持以人民为中心的创作导向，始终不渝地把镜头聚焦人民。一切进步的摄影艺术都源于人民、为了人民、属于人民。要坚持把摄影艺术植根人民生活，努力从人民生活中汲取丰厚营养、夯实艺术根基。要蹲在基层，守在现场，多拍摄人民群众的劳动身影，多抓取普通百姓的喜怒哀乐，让人民成为镜头中的主角。要坚持群众标准，用人民群众易于接受的题材、内容、技法，真情关注人民，真心表现人民，努力使自己的摄影艺术为人民群众喜闻乐见。

第二，秉持崇高的艺术追求，潜心创作传世摄影作品。摄影艺术事业大发展大繁荣的一个重要标志，就是推出更多传得开、留得住的精美影像。要坚持把社会主义核心价值体系融入到摄影创作各个方面，以生动优美的镜头语言，深情聚焦伟大时代的发展脚步，忠实记录改革开放和社会主义现代化建设的火热实践，充分展现人民群众的精神世界，让摄影艺术焕发出强大的精神力量。要强化精品意识，不浮躁、不盲从，脚踏实地、精益求精，为江山留下壮美的画卷，为百姓留下美好的剪影，为生活凝固美丽的瞬间。

第三，大力推进艺术创新，不断增强摄影作品的艺术魅力。创新是摄影艺术永葆生机的不竭动力。丰富多彩的摄影艺术世界，离不开摄影艺术家的探索和发现。要强化创新意识，吸收借鉴世界上一切有益的文明成果，海纳百川、荟萃精华，努力实现不同创作方法和风格流派的充分发展。要把握当今世界摄影技术发展的新趋势，积极运用新的技术手段，拓展创作领域，丰富表现形式，让艺术插上科学技术的翅膀，努力实现思想艺术与技术手段的完美融合。要坚守中国文化立场，用好中国元素、中国符号，赢得良好口碑，形成过硬品牌，形成更大的国际影响力。

第四，按照德艺双馨的要求，展示摄影工作者的良好形象。德艺双馨，德为本、德为先。只有人品和艺品相统一，道德力量与艺术魅力相结合，艺术家才能赢得人们的尊重和赞誉。要大力践行“爱国、为民、崇德、尚艺”的文艺界核心价值观，用科学的理论、正确的思想方法来观察生活、反映社会、指导创作。要始终坚持把社会效益放在首位，讲品位、讲格调、讲境界，把美好的人文情怀传递给受众。要秉持良好的职业精神和职业道德，爱岗敬业、真情奉献，弘扬正气、热心公益，做人民喜爱的摄影艺术家。

中国摄影家协会是党和政府联系广大摄影工作者的桥梁和纽带，是建设社会主义先进文化的重要力量。近年来，中国摄影家协会认真履行联络、协调、服务的基本职能，在多出优秀作品、服务基层群众、加强对外交流等方面做了大量卓有成效的工作。衷心希望新一届摄协领导班子发扬优良传统，创新途径办法，团结和带领广大摄影工作者，不断开创摄影事业新局面，把摄影家协会建设成为摄影工作者的温馨和谐之家。

各位代表、同志们，全面建成小康社会的伟大征程如火如荼、波澜壮阔，摄影艺术前景广阔、大有可为。让我们紧密团结在以习近平同志为总书记的党中央周围，高举中国特色社会主义伟大旗帜，团结一心，开拓进取，为建设社会主义文化强国作出更大的贡献。

最后，祝大会圆满成功！祝同志们工作顺利、身体健康！

认真学习贯彻十七届六中全会和胡锦涛总书记在九次文代会重要讲话精神　努力开创中国特色社会主义文艺新局面

中宣部副部长　翟卫华

（2012年3月1日）

各位委员，同志们、朋友们：

在新的一年开始之际，中国文联召开九届二次全委会，认真学习贯彻十七届六中全会和中国文联第九次全国代表大会精神，总结经验、分析形势、谋划工作，很有意义。首先，我代表云山同志，代表中宣部，向会议的召开表示热烈的祝贺，向各位委员和全国广大文艺工作者表示亲切的问候！

2011年，中国文联及各团体会员深入贯彻党中央、国务院的重大决策部署，坚持用科学发展观统领文艺工作和文联工作，认真履行联络协调服务职能，充分发挥组织引导服务维权作用，积极服务党和国家工作大局，深入推进文化惠民活动，着力加大文艺人才培养力度，开创文艺理论评论新风，全面开展民间对外文化交流，加大文艺传播力度，努力建设文艺工作者温馨和谐之家，为推动社会主义文化大发展大繁荣作出了积极贡献。我感到有以下几个亮点：一是主题活动有声有色。围绕庆祝建党90周年、辛亥革命100周年，深入开展"唱响主旋律、坚定跟党走"主题宣传教育活动，举办庆祝建党90周年系列演出，组织文艺家赴老区慰问，组织文艺工作者参观四川震后重建成就等主题文艺活动，充分展现了文艺界发展繁荣的生动局面，显示了广大文艺工作者团结进取、奋发向上的精神面貌，唱响社会发展和时代进步的主旋律。二是文艺惠民蓬勃开展。按照中宣部等五部门《关于深入开展"走基层、转作风、改文风"活动的意见》要求，深入开展"送欢乐下基层"惠民文化活动，继续开展以"聚焦新农村、文艺为农民"为主题的系列文化活动，精心打造以"百花迎春"、"百花芬芳"为主要内容的"百花"系列活动等知名品牌，内容丰富，形式多样，成效显著。三是评论评奖开创新风。大力开展健康的文艺批评，特别是中国艺术报集中关注文艺热点话题，积极开展文艺批评，在文艺界产生良好反响，得到中央领导同志的高度赞扬。建立健全公开、公平、公正的评奖机制，加强文艺评奖的引导作用。通过举办一系列文艺评奖和艺术节，推出一大批文艺人才和优秀作品。四是自身建设扎实有效。中国文联主席团和书记处成员带队深入到全国各级文联和文艺工作者中调查研究，以创新精神研究新情况、解决新问题，进一步转变文联干部的思想作风和工作作风。通过调整完善机构设置，拓展服务职能，文联自身建设更加扎实，体制机制更加健全，文联组织的凝聚力影响力进一步扩大。

同志们，当今世界正处在大发展、大变革、大调整时期，各种思想文化交流、交锋、交融更加频繁，我国已经进入全面建设小康社会的关键时期和深化改革开放、加快转变经济发展方式的攻坚时期，文化领域也发生着广泛而深刻的变革，面对国内外形势新变化和文化建设面临的新情况，我们党召开了十七届六中全会，对文化改革发展做了新的战略部署。胡锦涛总书记在中国文联第九次全国代表大会、中国作协第八次全国代表大会开幕式上发表了重要讲话，充分肯定了文艺工作取得的重大成就，进一步阐明了新时期文艺工作的基本要求和主要任务，号召广大文艺工作者在推动社会主义文化大发展大繁荣、建设社会主义文化强国中建功立业。我们要认真贯彻落实十七届六中全会和九次文代会精神，深入学习贯彻落实胡锦涛总书记重要讲话精神，努力在推动文艺事业和文联工作繁荣发展上探寻新思路、迈出新步伐。

1. 坚持以社会主义核心价值体系为主导，坚定不移发展社会主义先进文化。党的十七届六中全会《决定》强调，社会主义核心价值体系是兴国之魂，是社会主义先进文化的精髓，决定着中国特色社会主义发展方向。把社会主义核心价值体系体现到文艺创作生产中，就要坚持用中国特色社会主义理论体系武装头脑、指导实践、推动工作，热情讴歌改革开放和社会主义现代化建设取得的伟大成就，生动展示人民群众奋发有为的精神风貌，唱响在中国共产党领导下，走中国特色社会主义道路、实现中华民族伟大复兴的时代主旋律。今年将召开党的十八大，还要隆重纪念毛泽东同志《在延安文艺座谈会上的讲话》发表70周年，各级文联和广大文艺工作者要紧紧围绕党和国家工作大局，精心组织一系列主题性文艺活动，为反映时代进步、讴歌发展成就、展现良好风貌创作一批精品力作，营造全社会和各族人民奋发有为、团结和睦的文化氛围。

2.坚持以人为本，植根于民，努力满足人民群众精神文化需求。一切进步的文艺创作都源于人民、为了人民、属于人民，一切进步的文艺工作者的艺术生命都源于同人民群众的血肉联系。要引领广大文艺工作者树立群众观点，站稳群众立场，始终坚持植根于人民，取材于现实，把人民群众作为文艺创作表现的主体和服务对象，创作更多“接地气”的文艺作品。要继续开展“送欢乐下基层”、文艺进万家等文艺活动，把更好更多的精神食粮奉献给人民，自觉做到为人民抒写、为人民放歌。要壮大文艺志愿者队伍，建立健全文艺惠民志愿服务工作机制，依托全国文艺家协会、地方文联、产（行）业文联等，统筹规划、整合资源、上下联动，积极开展多种形式的文艺惠民活动。

3.坚持以改革创新为强大动力，着力打造文艺精品、推出优秀人才。文化的生命力在于文化的创造力。精品力作是文艺繁荣发展的根本标志，在当今文化建设的春天里，人民群众呼唤更多思想性、艺术性、观赏性相统一的精品力作。要引领广大文艺工作者发扬十年磨一剑的精神，甘于寂寞、心无旁骛、潜心创作、精益求精，不断挖掘作品的深刻主题，不断丰富作品的表现形式，不断提升作品的艺术境界，努力创作生产更多经得起历史和人民检验的精品力作。打造文艺精品，队伍是基础，人才是关键，要牢固树立人才是第一资源的思想，加快培养造就一批德艺双馨、规模宏大的文艺人才队伍。继续加大中青年文艺人才的培养力度，积极为全国“四个一批”人才工程和文化名家工程举荐人才，继续开展全国德艺双馨文艺工作者评选表彰活动，造就各领域各门类高层次领军人物。

4.坚持以增强凝聚力和影响力为着眼点，不断提高文联自身建设水平。中国文联作为党领导的重要人民团体，是党和政府联系广大文艺工作者的桥梁和纽带。面对新的形势和任务，中国文联要进一步加强自身建设，不断增强凝聚力、扩大影响力，更好地团结广大文艺工作者为发展社会主义文艺作贡献。以创先争优活动和学习型党组织建设为载体，努力建设学习型、创新型、服务型、廉洁型领导班子和干部队伍，不断提高文联干部队伍素质。要加强各级文联的组织网络体系、管理制度体系、行业服务体系建设，大力加强文联的信息化建设，运用现代传播手段提升文联工作的信息化水平。

同志们，我们正处在文艺发展的大好时机，坚持中国特色社会主义文化发展道路、建设社会主义文化强国，对我们工作提出了新的更高的要求。让我们紧密团结在以胡锦涛同志为总书记的党中央周围，同心同德、扎实工作、开拓进取、努力奉献，为推动社会主义文艺事业大发展、大繁荣作出新的更大贡献！

打造中华文明的传播工程、中国美术的精品工程和国家级的重大文化示范工程

中宣部副部长　翟卫华

（2012年7月24日）

在中央领导同志的亲切关怀下，由中国文联、财政部、文化部共同组织实施的中华文明历史题材美术创作工程于去年正式启动。这是我国美术界的一件盛事，也是我国文化建设的一件大事。今天，我们在这里召开“中华文明历史题材美术创作工程”创作动员大会，这标志着工程进入了整体推进的关键阶段。

中共中央政治局委员、中央书记处书记、中宣部部长刘云山同志对这项工程十分重视，专门对这次会议作出重要批示。我们要进一步明确“工程”国家级重大文化工程的定位，落实刘云山同志的要求，广泛动员美术界、文化界和社会各界的力量，把中华文明历史题材美术创作工程扎扎实实推向前进。

一、要艺术地再现中华文明史，把“工程”打造成为中华文明的传播工程

中华文明具有悠久的历史，在五千年漫长岁月中，中华民族上演了一部波澜壮阔的宏大史剧。其中无数重大的历史事件、杰出的历史人物和创造发明，为人类文明的发展进步做出了巨大贡献，也为广大文艺工作者进行艺术创造提供了丰富的创作源泉。实施中华文明历史题材美术创作工程，发挥美术的独特优势展现中华民族悠久的历史、灿烂的文化，对于塑造和提升国家文化形象，帮助人民群众更好地了解我们伟大的祖国、增强民族自豪感和自信心，对于推动社会主义文艺大发展大繁荣，都具有十分重要的意义。这就要求工程坚持唯物史观，遵循党的十七届六中全会精神，准确理解和把握选题，正确表现历史上的重大事件和重要人物，把弘扬伟大的民族精神贯穿到工程的始终，体现到每一幅画作之中。要尊重精神产品创作生产的规律，艺术化地表现中华文明史，在尊重历史真实的前提下，进行合理的艺术想象，对工程选题进行艺术的审视、提炼和加工，力求创作出丰富生动的历史画卷。要通过一件件艺术高超、内涵深刻的优秀作品，描画中华民族生生不息的光辉历程，展示中华儿女顽强不屈的坚贞品格，展现中国人民昂扬进取的精神风貌，在给广大群众带来美的享受的同时，使其受到鼓舞，受到启迪。

二、要动员全国第一流的美术家积极参与，把“工程”打造成为中国美术的精品工程

精品力作的产生，有赖于艺术家的非凡创造和辛勤劳作。同时，优秀艺术作品创作的过程，又会促进艺术家的成长、成熟。可以说，优秀作品和优秀人才是相辅相成、相互促进的一对因素。中华文明历史题材美术创作工程主题鲜明、规模宏大、业界关注，无论是思想性还是艺术性都有很高的要求，必须举全美术界之力，集中一批一流艺术家共同创作。大家知道，这项工程本身就是由美术家协会和一批美术家发起的，他们为工程建言献策、具体谋划，作了大量工作，他们这种自觉参与重大题材，勇于担当历史责任的精神令人敬佩。现在工程已进入落实选题阶段，相信会有更多有实力的美术家加入到工程的创作活动中。工程组委会要大力宣传、精心组织，不拘一格选人才，充分调动各地文联、美协、画院、美术院校、研究单位等组织的积极性，打通体制内和体制外的界限，最大限度地把全国第一流的美术家动员和组织起来。要注意把优秀的青年美术家吸收到创作团队，在老一辈美术家的传帮带中，传承技艺、传承作风。创作中一定要坚持高标准，确保高质量。从草图到成稿的各个环节都要精心构思、精心打磨，在深入研究历史、把握题材内涵的基础上，在思想性、艺术性、观赏性相统一上下功夫，以锐意进取的精神、勇于创新的气度和精湛高超的技艺，创作生产出具有中国气派、中国风格、中国特色的优秀美术作品，为人民、为历史留下传之久远的文化精品。

三、要高度重视、齐心协力，把“工程”打造成为国家级的重大文化示范工程

通过组织重大文化工程来推动，是文化建设中的一条成功经验。在此之前，有关部门实施的重点文学作品扶持工程、重大革命历史题材美术创作工程，都取得了良好成效。中华文明历史题材美术创作工程的定位是国家级的重大文化工程，是一项系统工程，时间跨度大、涉及范围广、参与人员多、工作要求高，只有各方面高度重视、齐心协力，才能共同完成好这项任务。要精心组织、扎实推进，创造出实施重大文化工程的新经验。各级宣传文化部门要积极支持这项工程，做好协调工作，在有关资源整合、相关政策制定等方面提供有力保障，在组织队伍、采风写生等方面创造良好条件。财政部门作为工程的主办单位之一，为工程的启动实施提供了资金保证，希望继续做好资金支持工作，保障工程各阶段工作顺利推进，同时加强资金使用的监管，最大限度地提高资金使用效率，使每一笔资金的使用经得起审核和检验，使工程成为一个廉洁工程。中国文联和中国美协要充分发挥人民团体的优势，按照既定方案抓紧抓好组织工作，保证按计划完成工程各项任务。要本着公开、透明、择优的原则，按照有关规定做好招标、审核、验收等工作，严格按程序办事。各级新闻媒体要积极宣传工程的重要意义和预期目标，跟踪工程的进展情况，报道画家的创作热情，使工程真正走进社会，走进公众视野，不断扩大工程的社会影响力。通过各方面的团结协作，共同努力把工程打造成国家级的重大文化示范工程。

爱国　为民　崇德　尚艺　努力推动社会主义文艺大发展大繁荣

——在中国文联九届二次全委会上的工作报告

中国文联党组书记、副主席　赵　实

（2012年3月1日）

各位委员、同志们：

我受中国文联主席团委托，向全委会作工作报告，请予审议。

关于2011年的工作

2011年，是我国文艺事业和文联工作发展历程中具有特殊意义的一年。在党中央的坚强领导和中宣部的有力指导下，中国文联及各团体会员深入贯彻落实党的十七届五中、六中全会精神和胡锦涛总书记在九次文代会上的重要讲话精神，贯彻落实李长春、习近平、刘云山、刘延东等中央领导同志的重要指示精神，牢牢把握“高举旗帜、围绕大局、服务人民、改革创新”的总要求，坚持用科学发展观统领文艺工作和文联工作，认真履行联络协调服务的基本职能，团结凝聚广大文艺工作者，服务大局、服务群众，开拓进取、奋发有为，推动各项工作取得了可喜成就，为繁荣发展社会主义文艺事业、推动社会主义文化强国建设作出了积极贡献。

一是成功召开中国文联第九次全国代表大会。九次文代会是党的十七大以来文艺界的一次盛会，党中央高度重视，全国文艺界备受鼓舞、倍感振奋。中央政治局常委全体出席大会开幕式，胡锦涛总书记发表重要讲话，向广大文艺工作者提出了殷切期望，深刻阐述了文艺工作的重要地位和作用，进一步阐明了新时期文艺工作的基本要求和主要任务，为繁荣发展社会主义文艺指明了方向，在文艺界和全社会引起强烈反响。李长春同志在新一届全委会上发表重要讲话，总结了中国特色社会主义文艺工作的特点和规律，对贯彻落实六中全会精神和总书记重要讲话精神提出明确要求。大会工作报告总结回顾了过去五年的工作，提出了坚持走中国特色社会主义文艺发展道路、推动社会主义文艺大发展大繁荣的重要任务，描绘了今后五年文联工作的美好蓝图。章程的修改反映了时代的要求，体现了文艺工作者的意愿。选举工作组织有序，文联领导班子顺利实现新老交替。大会会务工作、新闻宣传、联欢展览等各项工作周密部署、精心组织，为大会胜利召开提供了有力保障、营造了良好氛围。经过各方面共同努力，九次文代会真正开成了一个高举旗帜、服务大局、民主团结、鼓劲繁荣的大会。

二是隆重举办庆祝建党90周年等主题文艺活动。中国文联及各团体会员精心组织“唱响主旋律、坚定跟党走”系列主题文艺活动。组织文艺家分赴井冈山、大别山、沂蒙山等革命老区进行采风慰问。举办“百花芬芳——党的旗帜高高飘扬”大型系列文艺演出，近千名文艺家和文艺工作者倾情奉献。开展“唱响中国——群众最喜爱的新创作歌曲”征集评选活动，举行“向党报告”曲艺演出周和“全国道德模范故事汇基层巡演”，举办纪念西藏和平解放60周年美术作品展和“天山南北”美术作品展，组织特型电影演员参演大型情景话剧《大地铭记》，举办革命历史题材影片专题展映、小戏小品专场献礼演出、全国美术作品展、大型舞蹈史诗《延安记忆》、全国红色故事会、全国鼓舞鼓乐展演、“人间正道是沧桑”摄影大展、中国书法交响音乐会、杂技艺术节精品节目展演、优秀电视文艺节目推选及研讨会，以及全国产（行）业书法美术摄影展览，石油工人心向党——红色经典歌曲比赛，赴西藏举办全国书法名家作品展、珠穆朗玛摄影大展，启动实施中华文明历史题材美术创作工程等，都产生了积极效果，引起良好社会反响。

三是深入开展“送欢乐下基层”等文化惠民服务。按照中宣部关于深入开展“走基层、转作风、改文风”活动的要求，中国文联及各团体会员在党的十七届六中全会召开前后和元旦春节期间，集中开展了一系列“送欢乐下基层”活动。

中国文联及全国文艺家协会共组织40多支文艺团队，2500多名知名艺术家和文艺工作者，分赴20个省区市，深入到农村、厂矿、社区、学校、部队等举行慰问演出近百场，观众达数十万人。中国文学艺术基金会拨专款支持西部12省区和新疆生产建设兵团共同举办“送欢乐下基层”活动。各地文联发挥自身优势，组织280多支文艺队伍、9000多名文艺工作者，举办各类文艺活动290多场次，直接受益群众达100多万人。各文艺家协会常年开展的文化惠民服务，如“百花放映——百县千村万场”活动，为基层群众公益放映优秀影片达2.5万多场，受益群众数千万人。“送欢笑、到基层”活动奔赴十多个省市慰问演出，观众达数十万人。“金钟奖艺术团”赴东莞开展“情系农民工”慰问演出、“梅花奖艺术团”开展贵阳行、青海行、江西行、郑州行慰问演出，“荷花奖”获奖艺术家赴贵阳、太仓慰问演出等，为广大基层群众送去丰富的精神食粮。积极开展爱心字典捐赠活动，为西藏、甘肃、贵州、河南等地学生捐赠字典十万余册。深入开展“聚焦新农村、文艺为农民”新农村少儿舞蹈美育工程、书法进万家行动、首届全国农民摄影大展、农村小康电视节目工程以及文艺采风创作等系列文艺活动，积极探索了转变作风、服务群众的新机制，受到广大农村群众的热烈欢迎。成功举办“百花迎春——2012年春节大联欢”，联合西藏、安徽、海南、河北文联组织了1000多名艺术家倾情演出，大联欢节目春节期间在央视连续四次播出，丰富了人民群众的节日文化生活，扩大了文联组织的社会影响。

四是切实加强德艺双馨文艺人才队伍建设。会同中宣部、人社部在文艺界开展第三届全国中青年德艺双馨文艺工作者评选表彰活动，为54位优秀人才授予“全国中青年德艺双馨文艺工作者”荣誉称号。开展文艺工作者职业道德公约重大课题研究，广泛征求各方面意见，概括研究文艺界核心价值观的表述和内涵。积极申报推荐8位文艺家被确定为全国宣传文化系统“四个一批”人才。深入实施中青年美术家海外研修工程，有10位美术工作者获研修资助资格。依托江西文联和青海文联，首次举办全国中青年德艺双馨文艺工作者高级研修班和全国文艺家高级研修班。各全国文艺家协会也相继举办读书班、培训班、创作班、研修班，培训各门类文艺人才。中国文联文艺学校更名为中国文联文艺研修院，为培训高层次文艺人才创造了条件。

五是积极开创文艺理论评论新风。认真贯彻落实刘云山同志关于文艺评论要开新风的重要指示精神，中国文联及所属各文艺家协会分别组织不同艺术门类的理论评论家、艺术家，针对当前文艺界存在的一些不良现象和不良风气，召开一系列座谈会和创作理论研讨会，倡导坚持正确创作方向，树立文艺评论新风，加强文艺理论评论工作。中国艺术报在改版扩版的基础上，以言论为先锋，把文艺新闻和新闻评论紧密结合起来，关注文艺热点话题，积极开展文艺批评，发表了数百篇观点鲜明、敢于直言、有针对性、有战斗力的评论文章，在文艺界产生良好反响。联合中国作协召开加强改进文艺评论工作座谈会，总结推广中国艺术报的经验，推动文艺理论评论工作健康发展。

六是努力改进文艺评奖办节。中国文联及各文艺家协会牢牢把握正确文艺导向，进一步加强文艺评奖管理，创新评奖机制，推出新人新作，总结评奖经验，不断加大对优秀作品和人才的奖励力度和宣传力度，受到广大文艺家的一致好评。一年来，成功举办中国戏剧奖、中国电影金鸡奖、中国音乐金钟奖、中国舞蹈荷花奖、中国民间文艺山花奖、中国杂技金菊奖等，共有312部作品、182名文艺工作者和63个精品项目获奖，另外还有25名文艺家获终身成就奖。同时，积极争取国家财政支持，对近6年来已获终身成就奖的129名文艺家给予重奖。认真办好各类艺术节，成功举办中国戏剧节、中国金鸡百花电影节、中国曲艺节、中国杂技艺术节、中国民间艺术节等，一批优秀作品和人才脱颖而出。

七是大力加强文联新闻宣传工作。中国文联及各团体会员围绕重大会议、重点工作、重要活动，广泛深入开展新闻宣传。在中宣部的指导下，密切协调中央和地方各级各类新闻媒体，以社论、专题、专栏、综述、侧记、访谈等形式，出色完成九次文代会的新闻报道工作，及时收集分析舆情信息，制作播出大型文献纪录电影《为人民放歌》，全方位、多角度地宣传九次文代会精神和文

艺工作者的精神风貌，整体宣传导向鲜明、亮点突出、规模宏大、影响广泛，形成了主流舆论的强大声势。据不完全统计，各类新闻媒体刊发、转载九次文代会消息达9万余条，为大会的胜利召开营造了良好的舆论氛围和文化环境。积极推动中国文联网升级扩建为中国文艺网，与央视合作共同推动CNTV文化社区成功上线运行，努力打造权威的中国文艺门户网站。

八是广泛开展对外和对港澳台地区民间文化交流。一年来，中国文联及各文艺家协会举办对外及对港澳台地区文化交流活动112项，参加人员1760多人次。在瑞典成功举办“今日中国”艺术周，24场展演展映活动吸引观众逾万人。成功举办太湖文化论坛首届年会，这是我国自主创立的以民间社团组织命名的文化品牌论坛，多国政要、专家学者、文化官员约500多人出席。首次在中国举办国际剧协第33届世界代表大会，来自65个国家和地区的260多名代表以及近百名观察员、中外嘉宾、戏剧学者参加。成功举办中国美术世界行赴葡萄牙美术作品展、燕赵风情曲艺专场赴法国演出，举办第3届海峡两岸暨港澳地区艺术论坛、海峡两岸合唱节、海峡两岸欢乐汇，在台湾、澳门命名两所兰亭学校等，开展了一系列民间对外及对港澳台文化交流活动。

九是竭诚为艺术家服务。进一步完善联系制度，通过举办联谊会、座谈会、走访慰问等方式，面对面听取文艺家对文艺工作和文联工作的意见建议。在九次文代会前后和元旦春节期间，走访慰问了在京荣誉委员、主席团成员和部分老艺术家，为他们发放到中国文艺家之家活动的温馨服务卡。为患有重病、生活困难的老艺术家、离退休老同志和特困职工发放慰问金。“两会”期间为在京荣誉委员、主席团成员组织体检等。为文艺家新赠阅《中国艺术报》1.2万份。深入推进文艺名家信息库建设，实施“艺坛大家”、晚霞工程。积极支持文艺家举办各类座谈会、研讨会、展览和演出等活动。加大维权工作力度，编撰印发《文艺维权实用手册》，拨付专项经费支持11个全国文艺家协会开展维权调研，创建维权机制。中国摄协为摄影家争取到了教科书摄影作品版权使用费140万元，中国视协新成立了演员工作委员会，其他各全国文艺家协会、各地文联和产（行）业文联也通过专题研讨、开展法律咨询等形式，为文艺工作者提供维权服务。

十是着力加强文联自身建设。结合学习型党组织建设和创先争优活动，中国文联及各全国文艺家协会认真组织学习贯彻胡锦涛总书记七一重要讲话、十七届六中全会精神和九次文代会精神，统一思想、提高认识、凝聚力量、推动工作。加强全国文艺家协会班子建设和文联机关干部队伍建设。顺利完成中国民协换届工作。积极推进处级干部竞争上岗，2011年先后对51名局处级领导干部提拔或交流任职。落实有关政策，选派干部到新疆、西藏等基层单位挂职锻炼。加强干部培训工作，相继举办中国文联外事干部培训班和离退休干部工作培训班等。选送50名干部到中央党校等机构学习培训。深入开展大调研活动。以改革创新精神研究新情况、解决新问题，进一步转变文联干部的思想作风和工作作风，围绕筹备召开第九次文代会，中国文联主席团和书记处成员带队深入到全国各地文联和文艺工作者中调查研究，广泛听取意见，完成《关于当前文联工作的调研报告》，受到中央领导同志的充分肯定，对起草好九次文代会工作报告和解决文联工作面临的主要问题提供了重要参考。认真开展文艺舆情信息专报和研究工作，为上级领导和文联工作科学决策提供了有效服务。不断加强中国文艺家之家建设。进一步调整完善内部机构设置，拓展服务职能，先后增设了中国文联权益保护部和文艺资源中心等相关部门。完成了文艺家之家数字电影放映厅、文联阁等设施的改造，扎实推进信息化办公平台建设，策划启动中华文艺资源数据库工程。中国摄协搬迁新址，办公条件和服务功能进一步得到改善。

总的来说，2011年是中国文联工作取得重要成果、产生重大影响的一年，广大文艺工作者精神面貌焕然一新，文联组织的社会地位和影响显著提升。这些成绩的取得，是党中央亲切关怀和坚强领导的结果，是中宣部有力指导的结果，是孙家正主席率领的主席团各位主席和全委会各位委员全力支持的结果，是文联各团体会员和广大文艺工作者、各级文联干部职工共同努力、真抓实干的结果。在此，我代表中国文联第九届主席团和书记处，向各位领导、各位主席、各位委员，并通过你们向全国广大文艺工作者和各级文联干部职工表示衷心的感谢和诚挚的敬意！

在充分肯定成绩的同时，我们也清醒地认识到，面对复杂多变的国际国内形势，面对建设社会主义文化强国的艰巨使命，我们的工作还存在很多不足和差距。比如：引导文艺创作的能力和组织文艺活动的质量还有待提高；深入基层、服务群众的手段和机制还有待完善；文联自身推动改革发展的能力实力还亟待增强；文联组织网络体系建设和服务体系建设还亟待完善；推动行业维权和行业自律工作的力度还有待加强；文联干部自身的素质和能力也需要进一步提高等等。对这些问题，我们要高度重视，并在今后的工作中认真加以研究和解决。

关于2012年的重点工作

2012年，党的十八大将隆重召开，这是党和国家发展进程中具有特殊重要意义的一年，是实施“十二五”规划承上启下的重要一年，也是文艺界深入学习贯彻党的十七届六中全会和九次文代会精神，推动文艺工作和文联工作朝着新的更高目标迈进的重要一年。做好今年的工作，对于巩固文艺界大团结大发展大繁荣的良好局面，为十八大召开营造良好的文化氛围，具有重大的现实意义。

2012年，文联工作的总体思路是：按照高举旗帜、围绕大局、服务人民、改革创新的总要求，全面贯彻落实党的十七届六中全会精神和九次文代会精神，以迎接宣传贯彻党的十八大为主线，深入贯彻落实科学发展观，坚持中国特色社会主义文化发展道路，坚持弘扬社会主义核心价值体系，更加广泛地团结动员广大文艺工作者，着力推动文艺精品创作和文艺评论，着力深化“走基层、转作风、改文风”和“送欢乐下基层”活动，着力加强以“爱国、为民、崇德、尚艺”为核心的职业道德建设，更好地发挥“文艺工作者之家”的重要作用，努力实现服务大局有新贡献，服务文艺创作有新成果，服务群众有新实效，服务文艺工作者有新举措，推动自身建设有新进展，以优异成绩迎接党的十八大胜利召开，为建设社会主义文化强国作出新的更大贡献。

2012年，要着力做好以下十个方面的重点工作。

第一，深入学习贯彻党的十七届六中全会和九次文代会精神，大力推进社会主义核心价值体系建设。

要认真组织引导广大文艺工作者深入学习贯彻党的十七届六中全会精神，深刻把握坚持中国特色社会主义文化发展道路这一文化建设主线，努力建设社会主义文化强国这一主要目标，大力弘扬社会主义核心价值体系这一根本任务，创作生产更多更好精神文化产品这一中心环节，积极推动文化事业产业协调发展这一基本思路和加快深化改革创新这一根本动力，不断增强文化自觉、文化自信，增强责任感、使命感，扎实推动文艺事业和文联工作创新发展。要认真践行胡锦涛总书记在九次文代会上对广大文艺工作者提出的殷切期望：始终坚持正确方向，更加自觉主动地承担起用社会主义先进文化引领社会进步的历史责任；始终坚持以人为本，更加自觉主动地承担起为人民抒写、为人民放歌的历史责任；始终坚持锐意创新，更加自觉主动地承担起推进文化创造的历史责任；始终坚持德艺双馨，更加自觉主动地承担起弘扬文明道德风尚的历史责任，更好地贯彻落实九次文代会部署的各项任务。要认真学习、全面领会《论文化建设——重要论述摘编》等重要文献，坚持不懈地用党的文化建设理论武装头脑、指导实践。

要认真贯彻落实中央即将颁布的《社会主义核心价值体系实施纲要》，落实中央领导同志的重要指示，在文艺界广泛组织开展践行“爱国、为民、崇德、尚艺”的核心价值观和《中国文艺工作者职业道德公约》教育实践活动，通过加强职业道德建设，引导广大文艺工作者不断提升思想道德素质，弘扬职业精神、规范职业行为，树立良好的社会形象。这次提交全委会讨论审议的《中国文艺工作者职业道德公约（审议稿）》，是自2010年8月以来，经过中国文联和部分地方文联深入调研起草，在广泛征求中国文联第九届主席团成员、全委会委员、荣誉委员、各团体会员和中国文联机关各部室、各直属单位等方面意见的基础上反复修改完成的。《公约》力求体现中央对文艺工作的方针原则和对文艺工作者的基本要求，体现我国一代又一代文艺工作者的生动实践和德艺双馨的优良传统，体现广大文艺工作者的共识

和智慧。

大家普遍认为，文艺界核心价值观是广大文艺工作者的共同价值追求。“爱国”，是文艺工作者的精神气节。祖国是我们的共同家园。每一位文艺工作者都应该自觉地热爱祖国、忠于祖国，满腔热情地讴歌祖国、讴歌时代，大力弘扬以爱国主义为核心的民族精神，努力促进祖国统一，维护国家利益和民族团结。“为民”，是文艺工作者的价值取向。人民是文艺工作者的母亲。每一位文艺工作者都应该自觉地植根人民、感恩人民、服务人民，始终坚持以人民为中心的创作导向，把满足人民群众的精神文化需求作为根本出发点和落脚点。“崇德”是文艺工作者的基本操守。德，是文艺工作者立身处世之根。每一位文艺工作者都应该自觉地追求高尚的道德情操，树立良好的社会公德、职业道德、家庭美德、个人品德，认真履行人类灵魂工程师的神圣职责，大力弘扬真善美、鞭挞假恶丑，自觉承担起弘扬先进文化和引领社会文明道德风尚的历史责任。“尚艺”是文艺工作者的职业追求。艺是文艺工作者成就事业之本。每一位文艺工作者都应该自觉地树立高远的艺术理想，坚守勇于创新、精益求精的艺术精神，锤炼潜心创造、追求卓越的艺术品格，展现富有个性、多姿多彩的艺术魅力，用真诚的艺术态度，努力为人民创作更好更多的精品力作。

第二，紧紧围绕迎接党的十八大和纪念延安文艺座谈会70周年，着力推动文艺精品创作，开展主题展演活动。

要以迎接党的十八大召开和隆重纪念毛泽东同志《在延安文艺座谈会上的讲话》发表70周年为契机，引导文艺工作者走与时代、与人民相结合的创作道路。精心组织文艺家深入到改革开放的最前沿和生产建设第一线开展“文艺采风下基层”活动，让广大文艺家从人民群众的火热生活中得到艺术感悟、思想启迪和创作灵感，大力推进文艺创新，用精益求精的态度打造文艺精品。

要积极引导推动重大革命和历史题材、重点现实题材、优秀少儿作品、少数民族题材作品的创作。深入实施中华文明历史题材美术工程、中华民族文明影像志大型工程、书法名篇名家名作工程，推进中国民间文化遗产抢救工程等重点项目。扎实开展第3届全国道德模范故事汇基层巡演。积极争取财政支持和社会资助，加大对中国文学艺术基金会的投入，实施对优秀文艺人才和文艺作品的扶持和奖励，重点资助一批代表国家水准、具有民族特色和地方特色的优秀艺术作品，积极发展新的艺术样式。

要以“百花扎根沃土、艺术奉献人民”为主题，精心组织优秀文艺作品的展演、展示、展播、展映，组织和协调各全国文艺家协会、各地文联等团体会员开展丰富多彩的文艺活动，唱响共产党好、社会主义好、改革开放好、伟大祖国好、各族人民好的时代主旋律，用良好的精神风貌和丰硕的艺术成果向党的十八大献礼。

第三，深入开展“走基层、转作风、改文风”和“送欢乐、下基层”活动，积极创建文艺志愿服务活动机制。

深化“走转改”活动，是文艺界贯彻落实中央部署，植根人民、服务人民，满足人民群众精神文化需求的重要举措，也是文艺工作者到人民中、到生活中、到实践中学习采风创作、不断提高自身思想素质和艺术素养的重要途径。要按照中央要求，创新活动机制和方式，动员全文联系统的资源和力量深入持久开展“送欢乐、下基层”、艺术进万家、职工艺术节、农民艺术节、“我们的节日”等活动，利用评奖办节的契机，组织获奖艺术家积极参加文化惠民活动。中国文联要积极探索建立与各地党委政府、与各地文联、各产（行）业文联的合作机制，在条件具备的地方，建立活动基地与创作基地，培育基层文艺骨干，汇聚优秀人才，创建活动品牌，精心组织“乌兰牧骑式”文艺小分队，深入农村地区、贫困地区、革命老区、边疆地区和少数民族地区，针对农民工、农村留守人员等群体，开展有特色、有品牌、有影响的文艺服务活动，“送文化”给群众、“种文化”到基层。

要深入探索建立文艺志愿者工作机制，依托各文艺家协会、地方文联、产（行）业文联和部队系统力量，组建由知名文艺家、中青年文艺工作者构成的文艺志愿者队伍。积极开展学雷锋活动，推行志愿服务理念，推动成立组织机构，完善志愿服务机制和管理制度。广泛开展经常性志愿服务和重大活动志愿服务，努力实现文艺志愿服务规范化管理、社会化运作。

第四，加强文艺理论评论，完善文艺评奖，努力引导提升文艺作品的思想艺术内涵。

要牢牢把握正确的文艺导向，加强对文联举办的文艺理论评论奖的指导。认真组织好第8届中国文联文艺评论奖及各文艺奖项中的理论评论奖。举办第3届理论评论工作研讨班、第6届中青年文艺评论家高级研修班等。完善特约研究员、特约评论员工作机制。适时召开全国文联系统重点报刊传媒工作会议，大力加强中国艺术报、中国文艺网等文联所属的报刊和网络媒体建设，促其形成导向鲜明、宽松和谐、激浊扬清的文艺批评氛围。认真组织第6届当代文艺论坛等各类文艺研讨活动。组织撰写中国艺术年度发展报告，突出专业性和权威性，壮大主流声音，努力促进各文艺门类健康发展。

要不断完善文艺评奖，进一步明确各文艺奖项的定位、特色和评选导向，努力把群众评价、专家评价和市场检验统一起来，形成科学的文艺作品评价标准，建立公开、公平、公正的评奖机制，加强文艺评奖的引导示范作用，不断提高权威性和公信度。认真做好中国戏剧奖、大众电影百花奖、中国美术奖、中国曲艺牡丹奖、中国舞蹈荷花奖、中国民间文艺山花奖、中国摄影金像奖、中国书法兰亭奖、中国杂技金菊奖、中国电视金鹰奖等各文艺门类评奖活动，做好全国相声新作品大赛等评奖工作。组织好全国青年美展获奖作品巡展。进一步办好中国金鸡百花电影节、中国摄影艺术节、中国民间艺术节、中国（天津）书法艺术节、中国金鹰电视艺术节等。认真作好第12届精神文明建设“五个一工程”作品推荐工作。

第五，依托数字化、网络化技术和现代媒体，整合文艺资源，搭建服务平台，加大文艺传播力建设。

适应现代信息技术发展的新趋势，大力加强文艺资源信息化建设，全面启动中华文艺资源数据库工程，完善文艺人才信息资源数据库建设，加快对各类优秀文艺作品、文艺资源进行数字化转换和集成，建立与广大文艺家和文艺工作者沟通交流的新渠道，不断提高文艺传播能力和文联协调服务能力，更好地解决当前大量文艺资料未能得到有效保管、整理、传播和再利用的问题。中国文联各团体会员也要积极创造条件，加快推进网络平台建设和内容建设，争取纳入国家数字化建设规划，构建完善的文艺资源信息采集、展示、传播平台，建成互联互通、共用共享的信息网络体系。适时召开信息化工作会议，推动网络阵地建设，积极发展健康向上的网络文化，努力推动优秀文化瑰宝和当代文艺精品的网络传播，密切联系广播、电视、报刊、网络、手机等传播媒体，加大优秀作品和优秀人才的推介力度，不断扩大优秀作品的覆盖面和影响力，扩大优秀人才的知名度和美誉度。

第六，加强对外文化交流品牌建设，大力推动优秀文艺走出去。

要自觉服务党和国家外交战略，围绕提高国家文化软实力，积极办好各类具有国际影响的民间对外文化交流活动。配合土耳其“中国文化年”、中韩建交20周年等国家外交大局，努力办好“今日中国”艺术周（美国）、“今日中国”主题展演（韩国）、土耳其“中国文化年”闭幕演出等重点交流项目。借助伦敦奥运会契机，开展大型音乐文化交流活动。办好第3届中国·东南亚·南亚电视艺术周、国际幽默艺术周、巴黎中国曲艺节、第5届北京国际美术双年展、“荷花奖”获奖者访美展演、中国（东盟）青少年舞蹈交流展演、中日邦交正常化40周年中日书法名家邀请展、中澳建交35周年中国书法展。鼓励代表国家水平的艺术团体积极参加国际交流活动。积极培育对港澳台文化交流品牌项目，办好第4届海峡两岸暨港澳地区艺术论坛、第5届海峡两岸合唱节、海峡两岸青少年舞蹈展演、欢乐汇暨曲艺交流研讨会、电视艺术节、民间艺术嘉年华和华语青年影像论坛等民间文化交流活动。

第七，加大培训力度，完善服务手段，大力推进文艺名家工程和中青年文艺人才工程建设。

要更加广泛、更加紧密地团结和凝聚广大文艺家和文艺工作者，不断加大培训服务力度，努力推出一批文艺领军人物和各门类创新型、复合型文艺人才。要作好老艺术家从艺纪念、诞辰庆贺等服务工作，推进艺坛大家音像工程。要搭建平台、广辟渠道，加大对中青年文艺人才的培养推介力度。积极为全国“四个一批”人才工程和文化名家工程举荐人才。要拓展实施青年文艺人

才海外研修工程，办好中青年德艺双馨文艺工作者高级研修班、文艺家高级研修班、青年剧作家研修班、全国优秀曲艺人才研究生班、少数民族摄影人才培养工程等。启动青年文艺人才创作扶持计划、新时代少儿音乐创作培训工程和中国青年音乐家培训计划等。举办梅花奖读书班、牡丹奖文学创作班、荷花奖编导读书班、国际杂技创作大师班。办好中国文联文艺研修院，开展中国特色社会主义理论、马克思主义文艺观、职业道德教育和文艺理论知识学习，加大对基层文艺工作者和文联工作者的培训力度。

第八，创新维权工作机制和服务方式，依法维护文艺工作者的合法权益。

要适应文艺界人民团体在联络范围、协调手段、服务对象等方面的新变化、新特点，创新维权工作机制和服务方式。支持各文艺家协会发挥行业维权的作用，建立各文艺门类行业规范，促进行业自律，完善行业服务，依法维护文艺工作者合法权益，不断开创文联维权工作新局面。要加强权益保护业务建设，抓紧制定工作规划，深入研究合法有效的维权措施，尽快建立科学高效的工作机制。配合国家立法部门积极制定和修改有关的法律法规，进一步推进与司法机关的合作，完善合作机制，降低文艺家和文艺工作者的维权成本，及时化解矛盾纠纷。加大法律和维权宣传力度,在办好“维权行动专版”的同时，利用新媒体的传播优势，建立网上法律宣传与信息交流平台。加强文联和各文艺家协会维权干部队伍建设，举办普法和维权培训班，提高维权干部的专业素质。加强与各地文联的交流与合作、与国内国际权益保护组织和法律服务机构的交流与合作，拓宽工作思路，逐步提高维权工作水平。

第九，加强组织网络体系建设，拓展服务职能，努力形成全国文联工作“一盘棋”。

随着文化体制改革的深入推进，各种所有制文化单位并存，我国文艺工作者的队伍构成及其所处的环境发生了深刻变化，如何最大限度地凝聚各方面、各层次文艺工作者的智慧和力量，推动社会主义文艺大发展大繁荣，依然是摆在文联组织面前十分重要的任务。我们要不断适应文化体制改革的新形势，积极探索符合文艺发展规律的管理体制、运行机制、组织形式、活动方式。要深化各级文联的组织网络体系、管理制度体系、行业服务体系建设，扩大组织联络范围，加强与各类文化单位的联系，广泛团结各种组织形态、各种所有制的文艺工作者。要进行深入调研，积极探索为他们在评定职称、参与培训、表彰奖励等方面提供服务的新途径和新办法，充分发挥文艺界人民团体在行业建设中的积极作用。要加强与基层文联的联系，依靠基层、支持基层、服务基层，不断创新服务手段，积极争取、适时表彰基层文联工作先进典型，形成全国文联工作“一盘棋”的良好局面。

第十，创新体制机制，推进文联自身事业改革发展。

要着力加强各级领导班子和党组织建设。文联党组、各协会分党组、机关各部室和各直属单位领导班子要以迎接宣传贯彻十八大为契机，按照建设学习型党组织和“五位一体”（思想、组织、作风、制度、反腐倡廉建设）的要求，努力把各级领导班子建设成为学习型、创新型、服务型、廉洁型的领导集体。要加强党风廉政建设和干部队伍作风建设，积极开展创先争优活动，不断增强各级党组织的凝聚力和战斗力。要加强文联干部队伍建设，不断深化干部人事制度改革，加大干部培训、交流、轮岗力度，逐步完善和推进竞争上岗制度，充分调动广大干部职工的积极性创造性。要精心组织、认真作好中国曲协、中国摄协、中国视协的换届工作。要按照中央关于深化文化体制改革的决策部署，抓紧推进文联所属非时政类报刊出版单位的改革，不断增强文联出版业的创新力和竞争力。要扎实推进文联所属事业单位内部机制改革，不断提升公益服务水平。积极争取国家和地方支持，推进文艺研修基地和国家大马戏院的基础建设。

今年，文联工作任务重、责任大，需要大家共同努力。中国文联全委会委员作为文联最高权力机构的组成人员，来自不同地方、不同文艺门类和不同工作岗位，既有德高望重的知名文艺家，也有年富力强的文艺骨干，既有来自文艺创作生产一线的专业人才，也有来自各类文化单位和各级文联组织的领导干部，大家都是文艺战线的中流砥柱，是推动文艺工作和文联工作的重要骨干，希望同志们本着高度负责、高度敬业的精神，发挥优长、各尽所能，认真履行职责，全力做好工作。

我们要倍加珍惜文化改革发展的难得历史机遇，进一步增强繁荣文艺事业的责任感和使命感。党的十七届六中全会全面部署了文化改革发展的各项任务，提出坚持中国特色社会主义文化发展道路、建设社会主义文化强国的宏伟目标。我国文化改革发展进入一个崭新的历史阶段。我们一定要增强责任感和使命感，找好文艺工作和文联工作在文化改革发展中的位置，找好工作的结合点和着力点，主动作为，积极作为，为文艺繁荣发展作出更大贡献。

我们要倍加维护文艺界团结和谐的大好局面，进一步增强文联组织的凝聚力和影响力。九次文代会的胜利召开，充分展示了文艺界大团结大发展大繁荣的良好局面，文艺事业已经站在一个新的历史起点上，党和人民对广大文艺工作者充满更高期待。要进一步强化全国文联工作“一盘棋”的观念，加强统筹协调，鼓励上下互动、左右联动，逐步形成全国文联系统大联合、大协作、大团结的良好势头，不断增强文联组织的发展实力和社会影响力。

我们要倍加认真履行职责，进一步提高服务大局、服务群众、服务文艺创作、服务文艺工作者的能力和水平。各级文联要认清党和政府的工作大局，把握广大人民群众和文艺工作者的需求，紧紧围绕“三个着力”的要求和“四服务一加强”的工作格局，突出重点，破解难题，狠抓落实，创造性地开展工作，努力探索联络服务广大文艺家的新途径，引导他们创作更好更多的优秀文艺作品，为广大人民群众提供更多优质的文化服务。

我们要倍加注重提高自身修养，进一步树立文艺工作者的良好社会形象。推动社会主义文化大发展大繁荣，需要建设一支宏大的德艺双馨文艺工作者队伍。我们要不断加强自身修养，带头践行文艺界核心价值观，模范遵守文艺工作者职业道德公约，认真对待文艺作品和文艺服务的社会效果，自觉抵制低俗之风，努力以高尚的道德情操、真诚的艺术态度和良好的社会形象，赢得人民群众的尊重和赞誉。

各位委员、同志们！

让我们更加紧密地团结在以胡锦涛同志为总书记的党中央周围，高举中国特色社会主义伟大旗帜，坚定不移地走中国特色社会主义文艺发展道路，同心同德，开拓进取，以更加昂扬的精神状态，积极投身建设社会主义文化强国、实现中华民族伟大复兴的宏伟实践，以优异的成绩迎接党的十八大胜利召开！

与时代同行　与人民同心

——纪念《讲话》发表70周年在中国文联文艺志愿服务活动启动仪式上的讲话

中国文联党组书记、副主席　赵　实

（2012年5月3日）

各位领导、各位艺术家、各位新闻媒体的朋友，同志们：

大家上午好！

五月的北京，生机盎然、百花竞放。在纪念毛泽东同志《在延安文艺座谈会上的讲话》发表70周年之际，我们欢聚一堂，共同举行中国文联文艺志愿服务活动的启动仪式，具有十分重要的意义。在此，我受孙家正主席的委托，代表中国文联主席团和党组全体同志，对中国文联和各文艺家协会文艺志愿服务团的组建表示热烈的祝贺！对热情支持并积极参与志愿服务活动的各位艺术家朋友和广大文艺工作者致以崇高的敬意！对大力支持此次活动的中宣部领导和所有记者朋友们表示衷心的感谢！

70年前，毛泽东同志在延安文艺座谈会上发表重要讲话，创造性地阐释了我们党关于文艺工作的一系列重大理论问题，鲜明地提出了文艺要为人民大众服务的著名论断，确定了党对文艺工作的根本方针，强有力地指导和推动了党领导的文艺事业蓬勃发展。70年来，我国一代又一代文艺工作者在《讲话》精神的指引下，在党和政府的亲切关怀下，与时代同行、与人民同心，积极投身革命、建设和改革开放的伟大实践，创作出一批又一批催人奋进、高扬民族精神和时代精神的优秀作品，涌现出一批又一批德艺双馨的文艺工作者，开创和巩固了文艺事业大发展大繁荣的良好局面。今天，我们在这里启动中国文联文艺志愿服务活动，目的就是要按照中央要求进一步继承弘扬《讲话》精神、发扬党的文艺工作优良传统，贯彻落实党的十七届六中全会精神，团结动员广大文艺工作者热心公益事业、以社会志愿服务的方式投身公共文化建设，更好地走进基层、服务群众，奉献社会、提高自身，进一步推动中国文联“送欢乐下基层”等文化惠民活动经常化、制度化，把文艺志愿服务推进到一个新的阶段、提高到一个新的水平，为不断满足基层群众的精神文化需求、推动社会主义文化大发展大繁荣作出新贡献。

志愿服务是现代社会文明进步的重要标志，体现着公民的社会责任，反映了社会发展进步的时代要求。文艺志愿服务是文艺工作者参与社会实践、奉献艺术才华、服务人民群众的重要途径，是文艺界在新的历史条件下继承弘扬《讲话》精神的重要体现。近年来，广大文艺家和文艺工作者不辞辛苦，不计报酬，放弃演出档期，放弃和家人团聚的机会，积极参加各种文艺志愿服务活动，在重大事件、重大活动的现场，都能看到文艺志愿者辛勤奔波、无私奉献的身影。广大文艺志愿者以高度的社会责任感、高尚的道德情操和高超的艺术才华，播撒文化和文明的阳光雨露，受到人民群众的热烈欢迎和广泛赞誉。当前，党和国家高度重视文艺志愿服务工作，党的十七届六中全会明确指出，要壮大文化志愿者队伍，鼓励专业文化工作者和社会各界人士参与基层文化建设和群众文化活动，形成专兼结合的基层文化工作队伍。国家“十二五”时期文化改革发展规划纲要，将支持文化志愿服务活动并实现制度化，作为健全社会保障体系的重要内容。中共中央政治局委员、书记处书记、中宣部部长刘云山同志高度重视中国文联文艺志愿服务活动，专门发来贺信明确要求我们，要积极参加面向基层的文艺志愿服务活动，努力为人民群众送去精神食粮、送上欢乐温馨。中宣部翟卫华副部长今天又专程赶来出席会议给予指导，这充分体现了文艺志愿服务活动的重要意义和深远影响。我们要认真贯彻落实中央的要求，最广泛地凝聚文艺界的力量，持续、持久地把文艺志愿服务送到基层、推向深入。

中国文联党组近日印发了《关于深入开展文艺志愿服务的意见》，对中国文联及各团体会员开展文艺志愿服务工作进行了全面部署。刚才，李屹同志又宣读了《意见》。这里，我想再强调几点意见。

深入开展文艺志愿服务，要坚持为人民服务、为社会主义服务的方向。希望文联系统各团体会员和各单位，积极引导广大文艺工作者面向基层、面向群众，始终把“文化惠民、文化为民、文化乐民”作为根本宗旨，把弘扬先进文化、体现“公益、无偿、利他”作为基本要求，把关爱他人、服务社会与实现个人价值有机统一起来，坚定不移地走与时代、与人民相结合的文艺道路，到艰苦地区、贫困地区、边疆地区、少数民族地区去，到最基层、最困难、最需要文化艺术的群众中去，从服务人民大众中得到思想启迪和艺术灵感，创作和展演更多为人民群众喜闻乐见的文艺精品。

深入开展文艺志愿服务，要大力弘扬志愿服务精神。希望各全国文艺家协会积极发挥表率作用，发挥人才集聚、名家荟萃的优势，广泛动员文艺家和文艺工作者、文艺爱好者自愿参与，不断壮大文艺志愿者队伍。希望广大文艺家和文艺工作者自觉践行“爱国、为民、崇德、尚艺”的文艺界核心价值观，大力弘扬“奉献、友爱、互助、进步”的志愿服务精神，以满腔的热诚、无私的奉献、高尚的情操、精湛的艺术，向社会传递人间温暖，展示大情大义，引领文明风尚，净化美好心灵。

深入开展文艺志愿服务，要力求内容形式丰富多样。我们的文艺志愿者来自不同岗位，我们的服务对象也会千差万别，这就要求我们的文艺志愿服务，必须结合实际、突出特色，发挥优势、挖掘潜力，拓宽思路、形式多样。要紧紧围绕基层党委政府的中心工作，密切关注群众的需求，尊重群众意愿，有针对性地开展志愿服务。我们要努力打造文艺志愿服务活动的品牌，既可以组织采风慰问演出、展览展示展映等“送文化”活动，也可以开展专业培训、辅导讲座、文艺支教等“种文化”活动，还可以开展扶贫济困、助残解难、尊老爱幼、抢险救灾、普及科学等“送温暖献爱心”活动。既可以在重要纪念日、节假日期间开展一些示范性活动，也可以在日常文化生活中开展定期定点的经常性、专项性活动。总之，我们要依靠各文艺家协会和各团体会员的精心策划和有力组织，依靠广大文艺家和文艺工作者的智慧和力量，努力做到真抓实干、务求实效。

深入开展文艺志愿服务，要建立和完善文艺志愿服务体系。希望文联各团体会员紧紧依靠各级党委政府的支持，积极争取各地党委政府把文艺志愿服务纳入社会志愿服务工作的总体规划，在工作上给予指导，在政策上给予支持，为文艺志愿服务的健康发展提供有力支撑。文联系统要积极拓展联络协调服务的职能，逐步建立覆盖广泛、上下联动、规范有序的文艺志愿服务网络，创造条件组建文艺志愿服务管理中心，完善服务运行机制，建立表彰奖励制度，加大协调管理力度，积极为文艺志愿者开展志愿服务创造条件、提供保障。同时，深入开展文艺志愿服务理论与实践的研究，积极探索新形势下文艺志愿服务的特点和规律，创新活动载体，及时总结经验，不断提高文艺志愿服务工作水平，推动各项文化惠民活动可持续发展。

我们衷心希望广大文艺家和文艺工作者勇于担当社会责任、结合自身实际、发挥聪明才智，更加积极、更加热情地参与文艺志愿服务活动，在志愿服务中获取灵感、汲取营养，在志愿服务中陶冶情操、磨砺品格，把人间温暖送到基层，把文化艺术种在基层，自觉做到为人民抒写，为人民放歌。

各位艺术家，同志们！

我们正处在全面建设小康社会、实现中华民族伟大复兴的时代，坚持中国特色社会主义文化发展道路、建设社会主义文化强国，对文联的工作提出了新的更高的要求。让我们在《讲话》精神和党的十七届六中全会精神、九次文代会精神指引下，积极响应时代的召唤，牢记党和人民的嘱托，同心同德、扎实工作，开拓进取、无私奉献，努力以优异成绩迎接党的十八大胜利召开，为推动社会主义文化大发展大繁荣作出新的更大贡献！

最后，衷心祝愿中国文联文艺志愿服务团的采风慰问活动取得圆满成功！

坚定不移走与人民相结合的文艺道路

——在中国文联纪念延安文艺座谈会70周年座谈会上的讲话

中国文联党组书记　副主席　赵　实

（2012年5月17日）

各位文艺家、评论家、新闻界的朋友们、同志们：

大家下午好！

今天，中国文联在这里召开座谈会，隆重纪念毛泽东同志《在延安文艺座谈会上的讲话》发表70周年。目的是进一步继承弘扬《讲话》精神，发扬党的文艺工作优良传统，贯彻落实党的十七届六中全会精神和全国九次文代会精神，团结凝聚广大文艺工作者坚持走中国特色社会主义文化发展道路，努力开创文艺事业新局面，为建设社会主义文化强国贡献力量。刚才尚长荣、王晓棠、侯一民、李准、姜昆、冯双白、赵长青、宋祖英、王一川9位艺术家、评论家结合自己的艺术实践和学习体会，作了很好的发言，充分体现了各位艺术家评论家对《讲话》精神的深刻理解，对弘扬《讲话》精神、繁荣文艺事业的真知灼见，大家的发言饱含深情、生动丰富，使我们深受鼓舞、深受启发。

70年前，在中国抗日战争的艰难岁月，我们党在革命圣地延安召开了中国新文艺发展史上第一个文艺座谈会，毛泽东同志发表了具有划时代意义的重要讲话，开启了中国文艺发展的新纪元。《讲话》把马克思主义基本原理同中国革命具体实际相结合，运用辩证唯物主义和历史唯物主义的立场、观点、方法，总结了中国革命文艺运动的基本经验，针对当时文艺实践存在的唯心论、教条主义和轻视实践、脱离群众等突出问题，明确提出了“我们的文学艺术都是为人民大众的，首先是为工农兵的”这一著名论断，深刻阐述了文艺为什么人这一方向性、原则性的根本问题，系统论述了文艺与人民、与政治、与生活、与时代的关系，内容与形式、继承与创新、歌颂与暴露、普及与提高、世界观与文艺创作等事关革命文艺发展的重要问题，确立了党对文艺工作的根本方针和理论观点，对我们党的文艺理论建设、文艺政策制定和文艺实践发展都产生了巨大而深远的影响。广大文艺工作者正是在讲话精神的指引下，端正了创作方向、转变了思想感情、改进了创作方法，坚持文艺为人民大众、为工农兵服务，创作出一大批适应革命需要、深受广大群众欢迎的优秀文艺作品。如，大型歌剧《白毛女》，新秧歌《兄妹开荒》、《夫妻识字》，平剧《逼上梁山》、《三打祝家庄》，小说《小二黑结婚》、《李有才板话》等等。这些优秀文艺作品极大地激发了亿万人民的旺盛斗志，极大地振奋了伟大的民族精神，在争取民族独立、人民解放、建立新中国的进程中发挥了重要作用。

70年来，《讲话》精神与时俱进，不断得到弘扬和发展。我们党适应时代发展的新要求，不断提出新的战略思想，丰富完善了社会主义文艺理论，推动我国文艺实践实现了历史性的巨大进步。在社会主义建设初期，以毛泽东同志为核心的第一代中央领导集体进一步提出百花齐放、百家争鸣，洋为中用、古为今用、推陈出新等重要理论观点，推动形成了新中国文艺繁荣发展的第一次高潮。在改革开放新时期，以邓小平同志为核心的第二代中央领导集体在总结历史经验教训的基础上，进一步指明了文艺为人民服务、为社会主义服务的方向，鲜明提出了人民是文艺工作者的母亲，人民需要艺术，艺术更需要人民的著名论断，深刻阐述了文艺工作在社会主义现代化建设事业中的重要地位作用和社会主义文艺事业兴旺发达的根本道路，开创了中国特色社会主义文艺发展的新征程，文艺事业迎来了百花盛开的春天。在改革开放的新阶段，以江泽民同志为核心的第三代中央领导集体在我国社会主义事业发展的重大历史关头，针对我国文化建设和文艺事业的繁荣发展作出了一系列重要部署，引领全党坚持先进文化的前进方向，鲜明提出文艺是民族精神的火炬、人民奋进的号角，以高尚的精神塑造人、以优秀的作品鼓舞人等重要论断，明确了当代文艺工作和文艺工作者的历史使命和崇高职责，号召广大作家艺术家在人民的历史创造中进行艺术的创造，在人民的进步中造就艺术的进步。我国社会主义文艺事业呈现出百花竞放、姹紫嫣红的喜人景象，为顺利推进我国改革开放伟大进程作出了重要贡献。党的十六大以来，以胡锦涛同志为总书记的党中央从全面建设小康社会、发展中国特色社会主义和实现中华民族伟大复兴的战略高度，作出了推动社会主义文化大发展大繁荣、兴起社会主义文化建设新高潮的重大决策部署。特别是党的十七届六中全会鲜明地提出了坚持中国特色社会主义文化发展道路，努力建设社会主义文化强国的宏伟目标，为繁荣发展文艺事业提供了难得的历史机遇和广阔的发展空间。广大文艺工作者按照胡锦涛总书记的要求，坚持与时代同进步、与祖国共命运、与人民心连心，更加自觉、更加主动地承担起用社会主义先进文化引领社会进步，推进文化创造、弘扬文明风尚的历史责任，为人民奉献了一大批思想性、艺术性、观赏性俱佳的优秀文艺作品，充分展现了亿万人民在党的领导下坚持走中国特色社会主义发展道路的信心和决心，文艺界涌现出一大批德艺双馨的优秀文艺工作者，呈现出大团结大繁荣大发展的生动局面。

今天，我们重温《讲话》精神，深切地感受到《讲话》所具有的强大生命力，闪耀着永恒的思想光芒。《讲话》是我们党领导文艺工作的经典文献，不仅直接指导和引领我国革命文艺的发展，而且极大地丰富和发展了马克思主义文艺理论，为探索和开辟中国特色社会主义文艺发展道路提供了丰富的思想源泉和理论指导，是矗立在我国文艺发展史上一座熠熠生辉的历史丰碑。

根据中央的统一部署，中国文联和各全国文艺家协会围绕纪念《讲话》发表70周年，开展了采风创作、慰问演出、展览展映、座谈研讨、培训辅导等一系列丰富多彩的文艺活动。5月初，文联党组和书记处专门印发了《关于深入开展文艺志愿服务的意见》，举行了文艺志愿服务活动启动仪式，对深入开展文艺志愿服务作出了全面部署，号召文艺工作者坚定不移走与人民相结合的文艺道路，更好地走进基层、服务群众，奉献社会、提升境界。中共中央政治局委员、中央书记处书记、中宣部部长刘云山专门发来贺信，希望我们坚持为人民服务、为社会主义服务的方向，秉持文化惠民、文化为民、文化乐民的宗旨，组织开展多种形式的志愿服务活动，为推动基层公共文化建设、促进社会主义文化大发展大繁荣作出新的贡献。5月份以来，中国文联及各全国文艺家协会率领广大文艺家深入基层，组织开展了大量形式多样的文艺惠民活动。其中，来自戏剧、音乐、舞蹈、书法等协会的著名艺术家奔赴革命圣地延安，同陕西和延安的文艺工作者一道开展了精彩的演出慰问活动，为延安人民送去精神食粮、送上欢乐温馨，充分表达了广大文艺工作者对老区人民的崇敬之情和感恩之情。艺术家们深入到延安的社区、农村、学校、敬老院等基层开展采风创作慰问活动，参观了延安革命纪念馆、鲁迅艺术文学院和宝塔山、枣园、杨家岭等革命旧址，看望慰问了老红军、基层群众和中小学生等。亲临革命圣地，重温延安精神和《讲话》精神，大家深受教育和鼓舞，老中青艺术家们纷纷表示，正是因为有了伟大的延安精神的哺育，一代又一代共产党人为了民族独立、人民解放，抛头颅、洒热血、矢志不渝、英勇奋斗，才换来了革命的胜利和今天的幸福生活；正是有了《讲话》精神的指引，一代又一代进步文艺工作者，始终站在时代前列，积极投身于我国革命、建设和改革发展的历史洪流中，创作出了大量深受人民群众喜爱的优秀文艺作品，才有了今天的社会主义文艺蓬勃发展的生动景象。特别是当艺术家们来到延安鲁艺旧址时，抚今追昔，感慨万千，大家既为革命文艺前辈们在极为艰苦的条件下创造出的历史功绩感到崇敬和鼓舞，又对努力开创社会主义文艺事业的美好未来充满信心和希望。当然，其他各协会也都开展了形式多样、丰富多彩的纪念活动，在此不一一列举了。

今天，我们弘扬《讲话》精神，就是要深入贯彻落实党的十七届六中全会和全国九次文代会精神，坚定不移走中国特色社会主义文化发展道路，进一步增强推动社会主义文艺大发展大繁荣的责任感和使命感，更加主动、更加自觉地担负起历史和时代赋予的崇高使命。

弘扬《讲话》精神，要求我们必须坚持以马克思主义中国化的最新理论成果为指导，确

保文艺工作沿着先进文化的正确方向前进。当今世界，思想文化交流交融交锋日趋频繁，文艺领域也更加纷繁复杂，用社会主义核心价值体系引领各种文艺思潮的任务更加紧迫。我们要始终坚持马克思主义在文艺领域的指导地位，更加自觉地运用中国特色社会主义理论指导文艺创作，科学看待和反映社会矛盾，准确把握社会发展的主流与方向，努力唱响时代进步的主旋律。我们要始终坚持正确的价值导向，把建设社会主义核心价值体系的要求贯穿到文艺创作、生产、传播、评论等各环节，深刻反映当代中国人民奋发向上的理想信念和精神追求，热情讴歌改革开放和现代化建设的伟大成就，大力弘扬以爱国主义为核心的民族精神和以改革创新为核心的时代精神，大力倡导中华民族优秀传统道德，弘扬真善美、贬斥假恶丑，壮大健康向上的主流文化，抵制落后低俗的腐朽文化，努力建设社会主义精神文明，不断激励人们自信自强、开拓创新，不断增强追求美好生活的精神力量，为建设富强民主文明和谐的中国特色社会主义事业营造良好的文化氛围。

弘扬《讲话》精神，要求我们必须牢固树立以人民为中心的创作导向，始终坚持与时代同行、与人民同心。人民是历史的创造者，是文艺工作者的母亲。人民群众的社会实践和社会生活是文艺创作最深厚的源泉。一切进步文艺工作者的艺术生命，都源于同人民的血肉联系，忘记和脱离人民群众是文艺创作最大的危险。我们要始终坚持以人民为中心的创作导向，以提高民族素质和塑造高尚人格为己任，把人民群众作为文艺创作的表现主体和服务对象，把个人的艺术追求融入人民创造美好生活的鲜活实践，以充沛的激情、丰富的想象、生动的笔触、优美的旋律、感人的形象，为人民放歌、为人民抒情、为人民呼吁，把最美好的精神食粮奉献给人民。要自觉把“三贴近”作为文艺创作的重要原则，深入开展“走转改”和“送欢乐下基层”活动，大力开展文艺志愿服务，不断地走进基层、沉下心来，深入群众、情系群众、尊重群众，把群众当成最好的老师，在增进和人民群众的真挚情感过程中保持创作的鲜活生命力，充分展示人民创造美好生活的伟大实践，让人们在文艺作品中看到希望、看到进步，不断满足人民群众日益增长的精神文化需求。要充分发挥人民群众的首创精神，大力繁荣发展群众文艺，让蕴藏于人民中的文艺创造活力竞相迸发。

弘扬《讲话》精神，要求我们必须坚持改革创新，不断解放和发展文艺生产力，推出更多更好的优秀作品。改革创新是文艺事业永葆生机活力的根本所在。当今社会文化交流日益频繁，人民群众的文化需求和审美情趣呈现出多层次、多样化的新特点，对文艺繁荣发展提出了新的更高要求。我们要勇于创新、大胆探索，不断推动文艺观念、内容形式、体制机制、传播手段的创新，大力促进不同体裁题材、风格流派的发展，提倡不同形式和风格自由发展。要努力弘扬中华民族优秀文化传统和五四运动以来形成的革命文化传统，努力学习借鉴国外文化创新的有益成果，潜心创作、精益求精，不断提高文艺作品的原创能力和思想艺术质量，增强作品的吸引力、感染力。要充分认识现代科技对文艺发展产生的革命性影响，积极运用高新技术提高文艺的表现力和传播力。

弘扬《讲话》精神，要求我们必须加强文艺理论和评论工作，努力开创文艺评论新风。当前，我国文艺事业呈现出繁荣发展的喜人景象。但是，随着文艺作品的数量急剧增加，质量却又参差不齐，特别需要科学健康的文艺评论加以辨析和引导。我们要高度重视文艺理论建设，认真研究文艺创作的新情况、新特点，准确把握文艺发展的新要求、新趋势，积极回答当前关系我国文艺发展全局的战略性问题和新时期文艺创作面临的重大理论问题，进一步丰富和发展马克思主义文艺理论和美学思想。要用马克思主义文艺观指导文艺评论，坚持实事求是、真诚友善，观点鲜明、敢于直言，使我们的评论既有鲜明的价值立场，又有鲜活的时代气息，既贴近现实，又反映本质，既思辨缜密，又清新生动，具有较强的针对性、吸引力、说服力。要坚持专家评论与群众评价、市场检验的有机统一，不断巩固文艺评论的大众基础。要在文艺界充分发扬艺术民主和学术民主，形成不同观点和学派自由讨论、平等交流的良好氛围，真正树立起文艺评论的新风正气。

弘扬《讲话》精神，要求我们必须自觉践行

“爱国、为民、崇德、尚艺”文艺界核心价值观，大力加强职业道德建设。社会主义文化大发展大繁荣，需要一支德艺双馨、规模宏大的高素质文艺人才队伍。我们要坚持尊重劳动、尊重知识、尊重人才、尊重创造，大力营造有利于优秀人才健康成长、脱颖而出的良好环境。广大文艺工作者要不断加强自身修养，努力践行“爱国、为民、崇德、尚艺”文艺界核心价值观，模范遵守《中国文艺工作者职业道德公约》（即：坚持爱国为民、弘扬先进文化、追求德艺双馨、倡导宽容和谐、模范遵纪守法）。要满腔热情地讴歌祖国、讴歌时代，努力为促进祖国统一，维护国家利益和民族团结贡献力量。自觉植根人民、感恩人民、服务人民，始终把满足人民群众的精神文化需求作为根本出发点和落脚点。自觉追求高尚的道德情操，树立良好的社会公德、职业道德、家庭美德、个人品德，认真履行人类灵魂工程师的神圣职责，主动承担起弘扬先进文化和引领社会文明风尚的时代责任。自觉树立高远的艺术理想，发扬勇于创新、精益求精的艺术精神，认真对待文艺作品和文艺服务的社会效果，自觉抵制低俗之风，努力以高尚的道德情操、真诚的艺术态度和良好的社会形象，赢得人民群众的尊重和赞誉。

同志们，文联是党领导的人民团体，是党和政府联系文艺界的桥梁和纽带，是繁荣社会主义文艺、发展先进文化、建设文化强国的重要力量，更是广大文艺家和文艺工作者的共同家园。我们要牢牢把握先进文化的前进方向，始终坚持为人民服务、为社会主义服务的方向和百花齐放、百家争鸣的方针，坚定不移地走与人民、与祖国、与时代相结合的文艺道路，更加自觉更加主动的服务大局、服务群众、服务文艺创作、服务文艺工作者，努力把文联建成一个以人为本、务实高效、温馨和谐的文艺工作者之家。5月23日，中央将在人民大会堂隆重召开纪念《讲话》70周年座谈会，中央领导同志将作重要讲话。我们要认真学习贯彻中央领导讲话精神，大力推动文艺事业和文联工作创新发展。

同志们，我们欣逢伟大的时代，建设社会主义文化强国的蓝图已经绘就、号角已经吹响，文艺事业繁荣发展的又一个春天已经到来。让我们高举中国特色社会主义伟大旗帜，高擎《讲话》精神的火炬，更加紧密团结在以胡锦涛同志为总书记的党中央周围，以邓小平理论和“三个代表”重要思想为指导，深入贯彻落实科学发展观，坚定走中国特色社会主义文化发展道路，辛勤耕耘，潜心创作，多出精品、多出人才，以优异的成绩迎接党的十八大胜利召开，为推动社会主义文艺大发展大繁荣、建设社会主义文化强国、实现中华民族伟大复兴作出新的更大的贡献。

努力增强文艺评论的说服力、影响力和公信力

——在第八届中国文联文艺评论奖颁奖仪式暨第六届当代文艺论坛开幕式上的讲话

中国文联党组书记、副主席　赵　实

（2012年10月30日）

各位专家评论家，同志们、朋友们：

在全国文艺界深入贯彻落实党的十七届六中全会精神和第九次文代会精神、以优异成绩喜迎党的十八大召开之际，我们在四季如春的昆明举办第八届中国文联文艺评论奖颁奖仪式暨第六届当代文艺论坛，表彰文艺评论的优秀成果，共话文艺繁荣发展的美好前景，具有十分重要的现实意义。刚才，云南省委常委、宣传部长赵金同志发表了热情洋溢的致辞，中国文联书记处书记夏潮同志宣读了表彰决定，理研室主任陈建文同志通报了评奖工作的有关情况，评委代表和获奖代表作了富有见地的发言，讲得都很好，听了很受启发。在此，我谨代表中国文联向各位获奖作者和获得组织工作先进单位的代表表示热烈祝贺，向各位专家文艺评论家和勤奋耕耘在文艺理论建设和文艺评论工作一线的同志们致以诚挚的问候和崇高的敬意！向大力支持文艺评论工作的中宣部，云南省委省政府、省委宣传部，以及省文联和承办论坛的各方面朋友表示衷心感谢！

党中央历来高度重视文艺评论工作，明确要求我们，要充分发挥文艺评论在加强对精神文化产品创作生产引导中的重要作用。胡锦涛总书记在全国第九次文代会上强调指出，“要高度重视文艺理论研究，加强文艺评论队伍和阵地建设，支持开展积极健康的文艺批评”。中共中央政治局常委李长春同志在今年纪念毛泽东同志《在延安文艺座谈会上的讲话》发表70周年座谈会上明确指示，“要紧密联系文艺创作实践开展积极健康的文艺评论，关注热点焦点问题，褒优贬劣、激浊扬清，形成有利于先进思想文化传播的良好氛围”。中共中央政治局委员、中央书记处书记、中宣部部长刘云山同志多次批示要求加强和改进文艺评论工作，开创文艺评论新风。云山同志在前不久召开的第十二届精神文明建设“五个一工程”表彰座谈会上再次强调指出：“文艺评论和文艺创作相生相伴、相辅相成，积极健康的文艺批评是文艺创作的一面镜子，是提升文艺创作水平的一剂良药。要重视加强文艺评论工作，倡导客观公正、实事求是的风气，倡导与人为善、以理服人的风气，倡导讲真话、建诤言的风气，加强对文艺现象的科学分析，增强文艺评论的说服力、影响力和公信力，更好地发挥文艺评论在引领创作方向、提升鉴赏水平方面的重要作用”。中央领导同志的一系列重要讲话和批示，充分表明了文艺评论工作的重要意义和重要作用，为我们繁荣文艺评论、提高评论工作水平指明了方向，提出了新的更高的要求。

近年来，中国文联认真贯彻落实中央领导的要求，我们通过抓队伍、建阵地、搭平台，大力加强和改进文艺评论工作，取得了积极成效。在人才队伍建设方面，我们聘请了一批知名文艺评论家，担任中国文联特约研究员、特约评论员；通过举办中青年文艺评论家高级研修班，建立文艺评论人才库等，凝聚了一大批中青年文艺评论骨干；专门召开工作交流会，推动各地建立文艺评论家协会，不断探索和研究新的工作机制。目前，全国各地已成立省级文艺评论家协会20个，团结凝聚了2万多名文艺评论工作者。在阵地建设方面，依托中国文联系统所属报刊、出版、杂志、网站等传播媒体，着力办好文艺评论专刊专栏。如，中国艺术报、中国文艺网紧密贴近文艺创作实践，积极开展有效的文艺批评，努力开创文艺评论新风，连续发表了数百篇观点鲜明、敢于直言、有针对性、有战斗力的评论文章，在文艺界和社会上产生良好反响，也多次得到中央领导的充分肯定。同时，各地文联也积极办好所属文艺评论报刊和网站，不断巩固和加强了主流文艺评论阵地。据统计，全国文联系统拥有公开发行出版的文艺专业报刊、网站120余家。在平台搭建方面，召开各类文艺理论和作品研讨会、座谈会，着手编撰年度中国艺术发展报告，认真开展文艺评奖、专题文艺论坛，积极组织全国“五个一工程”作品推荐评选，努力扩大文艺评论工作者的话语权和影响力。今年在第十二届“五个一工程”评选中，由中国文联组织推选的作品有5部获奖，在中央国家机关部委中并列第一。这次我们举办的中国文联文艺评论奖和当代文艺论坛就是加强文艺理论建设、推动文艺工作的重要平台。

中国文联文艺评论奖是在中宣部的指导下，由中国文联主办的、全国唯一的综合性、国家级文艺评论专项奖，评奖对象涵盖文学、戏剧、电影、音乐、美术、曲艺、舞蹈、民间文艺、摄影、书法、杂技、电视等12个文艺门类。该奖项自2000年设立以来，在中央领导和中宣部的有力指导下，中国文联各团体会员精心组织，广大文艺评论工作者积极参与，评选出很多优秀的文艺评论作品，取得了丰硕成果，已经成为文联系统推动文艺评论和文艺创作繁荣发展的重要平台。创办于2001年的当代文艺论坛，是与中国文联文艺评论奖联袂举办的文艺主题研讨活动。论坛邀请国内众多著名专家学者，就当前中国文艺发展的一些重大理论和实践课题开展充分研讨，为繁荣文艺评论和文艺创作发挥了重要作用，已经成为全国文艺评论界一个具有较大影响的品牌活动。这次论坛将以“文化自觉与当代文艺发展趋势”为主题，开展深入的交流研讨。

党的十六大以来，伴随着中国特色社会主义事业的深入推进，我国的文化建设取得了举世瞩目的历史性成就，实现了新的历史性跨越，这其中包括我国的文艺评论工作也呈现出蓬勃发展的生动景象。老一代理论评论家笔耕不辍、呕心沥血，中青年文艺评论家厚积薄发、脱颖而出，新一代文艺评论工作者崭露头角、茁壮成长，创作出一大批优秀文艺评论作品。第八届中国文联文艺评论奖的评选表彰就是对近年来文艺评论成果的一次集中检验和展示。从这次评奖工作和获奖作品情况看，具有以下几个突出的特点：一是突出组织优势，体现广泛性。这次评奖经过周密部署、广泛发动，文联系统42个团体会员和解放军总政宣传部艺术局共报送了493件作品。同时还向社会广泛征集优秀作品，共有26部著作和62篇文章参加评选。参评作品覆盖了31个省区市和12个艺术门类，获奖作品作者既有年届耄耋的老专家，也有初出茅庐的新秀；既有来自高校和科研院所的评论骨干，也有来自基层一线的文艺评论人才，作品和作者都具有较强的广泛性和代表性。二是突出主流价值，体现导向性。本次各团体会员选送的作品都具有鲜明的价值立场，能够自觉地运用马克思主义的文艺观分析文艺现象、文艺思潮和文艺作品，坚持了正确的评论导向。三是突出学术价值，体现专业性。这次选报和获奖的作品既有跨度较大的艺术史论著（如：《中国少数民族电影史》、《中国人民解放军舞蹈史》），也有反映各艺术门类理论评论发展水平的专著（如《书理思辨》、《舞蹈美学》），还有剖析具体艺术现象生动活泼、短小精悍的评论文章（如：《无伴奏清唱剧〈桃花扇〉审美阐释》等），都具有较高的专业学术价值。四是突出当代意识，体现针对性。这次报送和获奖的大部分作品都贴近时代、贴近创作实践、贴近文艺发展动态，针对当前文艺发展中面临的理论和实践问题展开论述，力图为文艺创作、文艺评论工作提出建设性的意见和建议，具有较强的针对性。

当前，我国文艺事业发展势头良好，文艺创作和文艺活动空前繁荣，文艺评论空前活跃，文艺在人民群众的社会生活中影响越来越大。伴随着经济社会的重大转型，包括文艺评论在内的文艺事业发展面临着难得机遇和严峻挑战。一方面，人民群众的文化需求更加旺盛，文艺作品的数量急剧增加，而质量却又参差不齐，艺术追求和商业运作以及社会效果时有相悖，文艺创作和文艺评论经常面临两难选择；另一方面，包括网络在内的各种媒体上的文艺娱乐信息大量增加、传播快捷，既开拓了文艺传播的新渠道新视野，为文艺发展提供了更大的空间和舞台，同时也存在着一些非理性、低俗化、过度娱乐化、跟风吹捧恶搞的创作和评论，不同程度地混淆了视听，模糊了艺术标准和价值取向，阻碍了文艺事业的健康发展。因此，如何引导文艺创作生产坚持正确导向，不断提高艺术作品的思想艺术价值；如何科学客观评介文艺作品，促进文艺创作更好地走以人民为中心、与时代相结合的发展道路；如何正确分析文艺思潮和文艺现象，引导广大受众树立正确的审美取向和文化品位；特别是如何增强文艺评论的说服力、影响力和公信力，充分发挥文

艺评论在引导创作方向、提高鉴赏水平方面的重要作用等问题，就成为当前文艺评论面临的重要理论和现实课题。

下面，我结合这次论坛的主题，就如何树立高度的文化自觉，科学把握当前文艺发展趋势，进一步做好新形势下文艺评论工作，不断增强文艺评论的说服力、影响力和公信力，谈几点意见，与大家交流。

一、增强文艺评论的说服力、影响力和公信力，必须坚持导向正确的原则

导向是文艺评论的生命。如果导向出了问题，文艺评论就失去了立足之本，更谈不上说服力、影响力和公信力。文艺评论坚持正确导向，就是要坚持为人民服务、为社会主义服务的方向，用中国特色社会主义理论指导文艺创作和文艺评论，在涉及发展中国特色社会主义事业、坚持党的领导以及国家统一、民族团结、改革开放等大是大非问题上，保持清醒头脑，做到旗帜鲜明，不能有丝毫含糊。就是要坚持用社会主义核心价值体系、用马克思主义文艺观分析文艺作品、辨析文艺现象，积极传承优秀的中华传统文化，大力弘扬先进文化、支持健康有益文化、努力改造落后文化、坚决抵制腐朽文化。就是要坚持社会效益第一，社会效益和经济效益相统一的原则。引导创作者树立以人民为中心的创作观念，把握时代的脉搏，大力弘扬真善美，贬斥假恶丑，自觉地抵制低俗媚俗庸俗，把最美好的精神食粮奉献给广大观众听众、读者欣赏者。如果单纯追求“收视率”、“票房率”、“点击率”、“市场占有率”等数据或经济效益，就会导致一些作品为了迎合市场，不惜采用颠覆经典、嘲讽崇高、恶搞历史、贬损人格等方式误导受众，就会导致低俗化和过度娱乐化倾向严重，不利于人们特别是青少年树立正确的人生观、世界观、价值观，更不利于提高人们的思想道德素养。针对这些不良倾向和现象，如果文艺评论不勇于担当，不敢于直言，不坚持正确立场，不进行科学分析，不加强正面引导，就很难具有公信力，文艺评论就会丧失了其存在的本质和价值，文艺评论工作者的社会责任和形象也会大打折扣。所以，坚持导向正确的原则，坚持先进文化前进方向，鼓励和推介那些价值取向积极健康、思想感情真挚美好、艺术表现生动感人的文艺作品，增强文艺评论的说服力、影响力和公信力，是社会各界的普遍期待，也是文艺评论工作者的社会责任和职业要求。

二、增强文艺评论的说服力、影响力和公信力，必须坚持实事求是的原则

文艺批评是一门科学。任何科学都必须坚持实事求是的原则，在尊重事实的基础上进行深入探索和研究。实事求是是马克思主义的灵魂，也是文艺评论的精髓，贵在敢于追求真理，敢于讲真话。在改革开放和市场经济的历史条件下，一批优秀的文艺评论家始终坚持客观公正科学的立场，始终坚守在文艺评论一线，直面现实、激浊扬清、扶植新人新作，在评介作家艺术家、评析文艺思潮等方面做了大量卓有成效的工作，受到了社会的尊重和爱戴。同时，也不容讳言，当前具有较高思想艺术感染力的文艺评论还不够多，具有较高理论权威的文艺批评家还不够多。同时，评论界也出现了一些无原则的“捧杀”和“棒杀”的评论现象，在社会上引起了一些负面影响。究其原因，根本上还是其作者没有坚持实事求是的精神，没有将研究和评论置于客观分析和准确把握评论对象的基础上，或浮光掠影、或望文生义，或意气用事、敷衍了事，这样的评论丧失了基本的职业品格，更谈不上有什么说服力。所以，我们要坚持实事求是的原则，从对具体文艺作品和文艺现象中去发现规律、把握规律，力求做到有一说一，讲真话、建诤言，多提建设性意见，努力做到“由表及里，由浅入深，去粗取精，去芜存菁”，从感性认识提升到理性认识，在真切的批评和充分的说理中实现褒优贬劣、激浊扬清，从而不断提升文艺评论的理论品格和学术水准，不断增强文艺评论的说服力、影响力和公信力。

三、增强文艺评论的说服力、影响力和公信力，必须坚持百花齐放、百家争鸣的原则

百花齐放、百家争鸣是党的文艺方针，也是文艺评论必须坚持的重要原则。早在上世纪50年代，我们党的第一代领导核心毛泽东同志就明确指出，“艺术上不同的形式和风格可以自由发展，科学上不同的学派可以自由争论。强制推行一种风格，一种学派，禁止另一种风格，另一种学派，就会有害于艺术和科学的发展。”这一重要论述正确地反映了文艺事业发展的内在规律，对各个时期的文艺发展都具有重要的、普遍的指导意义。在改革开放新时期，党的第二代领导核心邓小平同志力挽狂澜、拨乱反正，坚持解放思想、实事求是的思想路线，在全国第四次文代会上重申并发展了“二为”方向和“双百”方针，引领我们迎来了文艺事业百花齐放的第二个春天。以江泽民同志为核心的党的第三代领导集体和以胡锦涛同志为总书记的党中央，在世纪之交和社会主义现代化建设的新时期，更加高度重视文化建设，在坚持先进文化前进方向的同时，反复强调文艺界要始终坚持“二为”方向和“双百”方针，引领我们解放思想、实事求是、改革创新、与时俱进、科学发展，走出了一条中国特色社会主义文化发展道路，文艺事业取得了大发展大繁荣的历史性成就。

当前，我们正处在一个经济社会快速发展和思想文化剧烈变动的时代，社会生活的纷繁复杂，文艺现象的多姿多彩，必然要求文艺评论的多视角、多侧面、多种方法的探讨研究。如果评论家不能解放思想、与时俱进，不能广开视野、与人为善，不能及时关注和包容新生事物，我们的文艺评论就会与时代和社会格格不入，就会丧失群众基础和发展动力。所以，在坚持正确导向的前提下，只有坚持解放思想、实事求是、与时俱进，坚持发扬学术民主和艺术民主，充分尊重作家艺术家的创造劳动，充分尊重艺术规律，充分尊重文艺创新，不断研究新情况新问题、总结新实践新理论，才能形成客观公正、实事求是，与人为善、以理服人，宽松和谐、生动活泼的文艺评论风气，才能增强文艺评论的说服力、影响力和公信力。

四、增强文艺评论的说服力、影响力和公信力，必须坚持历史的和美学的原则

历史的、美学的标准，是马克思主义文艺批评的最高标准，是马克思主义哲学在文艺研究和批评领域的一个重要理论贡献。我们的文艺创作从来没有像今天这样繁荣，文艺样式从来没有像今天这样丰富，文艺思潮从来没有像今天这样活跃，文艺队伍构成从来没有像今天这样多元。面对这样纷繁复杂的文艺世界，在分析文艺作品、文艺现象和文艺思潮时，如果我们不坚持历史的、美学的批评原则，无视其与特定时代社会生活的相互关系，就无法准确揭示其反映现实社会生活的深度与广度；不具体分析其审美取向、美学价值，就无法揭示艺术思维所到达的高度。艺术不同于政治、经济、宗教、哲学等，它作为人们认识和把握世界的一种特殊方式，最本质的一点就是，能够以各种文艺表现方式建构起人与现实之间的审美关系，使人能够以情感和体验的艺术方式去感知社会现实、领悟人生真谛、满足精神需求。古今中外有影响的优秀文艺评论家都是对那个时代文艺进行理论上的沉思，尤其是进行历史的和美学上的总结与凝练。所以，增强当代文艺评论的说服力、影响力和公信力，就需要广大文艺评论工作者自觉走与时代、与人民相结合的道路，自觉运用历史唯物主义和辩证唯物主义的方法，坚持历史的、美学的批评标准，认真审视当代各类文艺现象和文艺思潮，充分阐明各种文艺作品的社会历史价值和美学价值，将代表时代文艺发展水平和反映时代精神特征的优秀作品推介出来并传至久远。

五、增强文艺评论的说服力、影响力和公信力，必须坚持文风朴实、生动活泼的原则

科学说理、生动活泼、朴实清新的文风是文艺评论保持生机活力的有效形式和内在要求。文艺评论有别于一般的学术论文，除了科学准确之外，还要求视角独特新颖、表述鲜明生动，富有文采和激情，具有丰富性、可读性。特别是在当前这个快速阅读的时代，文风清新朴实、生动活泼是文艺评论有效传播的重要前提，没有了可读性和吸引力，文艺评论的影响力就无从谈起。当前，文艺创作也好、文艺评论也好，都迫切需要贴近实际、贴近生活、贴近群众，我们的文艺评论工作者也要深入开展“走基层、转作风、改文风”活动，走出书斋、走出象牙塔，走向基层和群众，从群众和生活中获取智慧和营养，始终保持对时代发展与社会进步的敏锐性，始终关注创作实践，善于使用来自人民群众和社会生活的语言艺术，赋予文艺评论更加真切朴实、生动深刻的思想内涵和审美意蕴，提倡短、实、新，反对假、大、空，力避食洋不化、生吞活剥、佶屈聱牙，使文艺评论真正发挥在引领创作方向、提升鉴赏水平方面的重要作用。

同志们，各位代表！

党的十八大即将召开，全面建成小康社会和建设社会主义文化强国的宏伟目标正在召唤着我们。我们正处在一个文化发展、文艺繁荣的新的历史起点上。中外文艺发展史充分证明，凡是产生伟大作家、艺术家和传世作品的时代，通常会有伟大的理论评论家与之相伴随。每一次文艺高峰的出现，都离不开先进文艺思想的引领和科学评论的支撑。衷心希望各级文联组织、各文艺家协会、各文艺评论家协会，认真贯彻党的十七届六中全会精神、第九次文代会精神和即将召开的党的十八大精神，高度重视、切实加强和改进文艺评论工作，切实加强对文艺创作生产的引导，努力增强文艺评论的说服力、影响力和公信力，努力开创文艺评论工作的新局面，为推动社会主义文学艺术事业大发展大繁荣、建设社会主义文化强国作出新的更大贡献。

认真学习贯彻党的十八大精神　自觉担当建设社会主义文化强国历史使命

——在中国文联学习贯彻十八大精神会议上的讲话

中国文联党组书记、副主席　赵　实

（2012年11月16日）

同志们：

党的十八大于11月8日至14日在北京胜利召开，2309名代表、特邀代表出席了大会。全体代表以高度的政治责任感和历史使命感，认真行使代表权利，同心同德、齐心协力，圆满完成了大会各项任务，开成了一次高举旗帜、继往开来、团结奋进的大会。11月15日上午中央召开了十八届一中全会，选举产生了新一届中央领导集体，习近平总书记发表了重要讲话。昨天晚上，中宣部及时召开了全国宣传部长会议，中共中央政治局常委刘云山同志对宣传文化系统学习贯彻落实十八大精神进行了重要部署。今天上午文联党组会议讨论研究了文联学习贯彻的具体安排，今天下午我们召开文联干部大会，主要任务就是传达贯彻十八大会议精神和全国宣传部长会议精神，对文联系统的学习贯彻进行动员和部署。

自十八大开幕以来，中央新闻媒体给予了高透明、高密度的集中报道，文联党组高度重视，已先后组织大家收听收看了大会的实况转播，各全国文艺家协会和各部室、各直属单位认真地组织了学习座谈，同志们高度关注、认真学习，积极研讨、踊跃发言，形成了浓厚的学习氛围，体现了文联广大党员、广大文艺家和干部职工强烈的政治意识、大局意识和责任意识。

刚才，王瑶同志传达了十八大召开的盛况和主要成果，内容很丰富，很重要，希望同志们认真学习领会，深入贯彻落实。下面，我想结合出席大会的切身体会，就文联系统学习贯彻十八大精神讲几点意见。

一、把握大局，深刻认识学习贯彻党的十八大精神的重大意义

党的十八大的胜利召开，举国关注、举世瞩目，具有十分重大的战略意义和政治意义。这次大会标志着中国共产党的历史掀开了新的篇章，中国特色社会主义迈上新的征程，中华民族伟大复兴展现出新的前景。我想可以从三个层面来理解十八大的重大意义。

一是从我国的历史方位看，意义重大。这次大会是在我国全面建成小康社会决定性阶段召开的一次十分重要的大会，是一次高举旗帜、继往开来、团结奋进的大会，是动员和引领全党全国各族人民，朝着全面建成小康社会新目标、全面推进改革开放新征程的一次重要会议，对于凝聚党心军心民心、推动党和国家事业发展具有重大的意义。当前，我国的发展面临着前所未有的机遇和挑战，经过30多年的努力，我国改革开放和现代化建设取得了历史性成就，国家综合实力大幅提升，人民生活水平显著提高，全面建设小康社会扎实推进，党的建设不断加强。与此同时，我国经济社会发展也面临诸多矛盾和问题，各种潜在的挑战和风险并存。在这样的历史阶段，我们党与时俱进、科学判断，凝聚全党共识、动员全党力量，科学地回答和解决关乎党和国家前途命运的重大理论和现实问题，科学引领全党继续坚定信念、攻坚克难，把中国特色社会主义伟大事业推向前进。因此，这次大会具有十分重大的政治意义。

二是从大会的使命看，意义重大。大会听取和审议了胡锦涛同志代表十七届中央委员会所作的十八大报告，一致认为，报告主题鲜明、立意高远、思想深刻，确立了科学发展观的历史新地位，深化了中国特色社会主义的新认识，提出了全面建成小康社会的新目标，部署了奋力推进社会主义事业的新任务，对提高党的建设科学化水平提出了新要求，为党和国家事业进一步发展指明了方向，是我们党带领全国各族人民夺取中国

特色社会主义新胜利的政治宣言和行动纲领，是马克思主义的纲领性文献。大会通过的《中纪委工作报告》，充分显示了我们党从严治党、反腐倡廉的坚定信心。大会通过的《党章修正案》，体现了党的理论创新和实践创新的重大成果，对加强和改进党的工作和党的建设提出了新要求。党的十八大和十八届一中全会选举产生的新一届中央领导集体，是一个政治坚定、团结统一、坚强有力、奋发有为的政治家集团，是一个深得人民群众信任和拥护的中央领导集体，必将成为带领全党全国各族人民全面建成小康社会、夺取中国特色社会主义新胜利的坚强领导核心。

三是从国际影响看，意义重大。中国共产党是拥有8260多万党员的世界上最大的执政党，这次党代会不仅承载着我国亿万人民的热切期待，而且聚焦着国际社会的普遍关注，有2700多名中外记者到会采访报道，几十个国家的元首和政要发来贺电并给予高度评价。国际社会普遍认为，党的十八大将对于国际经济政治的发展产生重要和深远的影响。我注意到，俄新社、美联社、路透社、法新社、德新社、拉美社、美国之音、英国BBC、日本NHK等各大媒体争相报道十八大盛况。俄通社-塔斯社总编辑阿布尔哈金撰文指出“十八大的召开对中国和全世界都具有重大和深远意义”。美国中国问题专家库克认为“中国共产党是一个开明的政党，是一个时刻在学习、在进步的政党”。他说“我相信，这个政党已经超越了世界上其他政党”。英国共产党总书记格里菲斯说“中共领导下的中国是一个不断创造奇迹的地方”。法国专家皮卡尔认为“中国将成为一个友善合作的世界强国模式。中国的哲学思想能够让世界各国关系平衡，中国的文化还能给世界提供一种不同的视角”。瑞典专家格拉奎斯特说“中国共产党近30年来的历史改变了人们的错误印象，从某种程度上说，中共的执政能力甚至是世界上最好的”等等。

作为一名中共党员，作为文联的一名党代表出席这次大会，倍感振奋、备受鼓舞、深受教育。我从1987年出席十三大开始，共参加了五次党代会，每一次都是很好很深刻的党性锻炼。我深深体会到，中国共产党的坚强领导、中国特色社会主义的发展道路，中国改革开放的伟大奇迹、中国人民坚忍不拔的创造精神、中华文化的深厚底蕴，从来没有像今天这样，在国际上产生如此重大而深远的影响，从来没有像今天这样在人民心中产生这样巨大的凝聚力、感召力、向心力，这足以让我们感到无比自豪、自信、自强，足以让我们更加坚定对党的信念、对中国特色社会主义的信念、对全面建成小康社会的信念、对建设社会主义文化强国的信念。

我们中国文联党组、全体党员、干部职工和广大文艺工作者坚决拥护以习近平同志为总书记的党中央的坚强领导，要在思想上政治上行动上与党中央保持高度一致，不折不扣地贯彻执行中央的路线方针政策和重大决策部署，为文艺事业大发展大繁荣和中华民族的伟大复兴不懈奋斗。这是我们的政治立场，也是政治态度，更是政治责任。

二、认真学习，深刻领会十八大报告的主要精神

认真学习、深刻领会、全面贯彻党的十八大精神，是当前全党的首要政治任务，也是中国文联重中之重的首要任务。党的十八大精神集中体现在胡锦涛同志的工作报告中，报告内涵丰富、思想深刻，顺应了时代的要求和人民的愿望，体现了实事求是和解放思想的统一，体现了理论创新和实践创新的统一，具有很强的思想性、战略性、指导性，是一篇马克思主义纲领性文献。我们要深刻领会报告的重大理论观点、重大战略思想、重大工作部署。学习中，要突出把握以下六个方面的重点：

一是要深刻把握十八大的鲜明主题。报告用82个字，阐明了大会的主题，即：高举中国特色社会主义伟大旗帜，以邓小平理论、“三个代表”重要思想、科学发展观为指导，解放思想，改革开放，凝聚力量，攻坚克难，坚定不移沿着中国特色社会主义道路前进，为全面建成小康社会而奋斗。这个主题深刻回答了关系党和国家工作大局的4个核心问题，即我们党举什么旗、走什么路、以什么样的精神状态、朝什么样的目标继续前进的重要问题。这样的主题是基于对当前世情、国情、党情科学分析判断的正确选择，是总结党和人民长期实践的必然结论，符合全党同志和全国人民的心愿和期待。刘云山同志强调，这个主题既是十八大的主题，也是当前党和国家工作的主题。我们要深刻领会这个主题，牢牢把握党和国家工作的根本中心，把思想和行动统一到十八大精神上来，进一步坚定理想信念，坚持改革创新，凝聚力量、攻坚克难，为实现全面建成小康社会和全面推进改革开放新的目标而努力奋斗。

二是要深刻领会科学发展观的历史定位。报告科学总结了党的十六大以来10年的历史进程和重大成就，科学概括了党带领人民创造的新鲜经验和理论成果，把科学发展观同马列主义、毛泽东思想、邓小平理论、“三个代表”重要思想一道确立为我们党必须长期坚持的指导思想，实现了党的指导思想又一次与时俱进，这是十八大的历史性贡献。科学发展观是马克思主义同当代中国实际和时代特征相结合的产物，是马克思主义关于发展的世界观和方法论的集中体现，对新形势下实现什么样的发展、怎样发展等重大问题作出了科学的回答。科学发展观是中国特色社会主义理论体系的最新理论成果，是中国共产党集体智慧的结晶，是指导党和国家全部工作的强大思想武器。报告要求全党，更加自觉地把推动经济社会发展作为深入贯彻落实科学发展观的第一要义，更加自觉地把以人为本作为深入贯彻落实科学发展观的核心立场，更加自觉地把全面协调可持续作为深入贯彻落实科学发展观的基本要求，更加自觉地把统筹兼顾作为深入贯彻落实科学发展观的根本方法。我们要深刻领会科学发展观的科学内涵，牢牢把握解放思想、实事求是、与时俱进、求真务实这一科学发展观最鲜明的精神实质，把科学发展观贯彻到文艺工作、文联工作的各方面和全过程，使科学发展观真正成为指导文艺实践的强大思想武器。

三是要深刻理解中国特色社会主义的科学内涵。报告科学总结90多年来党和人民坚持和发展中国特色社会主义取得的重大理论成果和实践成果，深刻阐明了中国特色社会主义道路、理论体系、制度的丰富内涵以及中国特色社会主义的总依据、总布局、总任务，系统回答了在我国建设什么样的社会主义、怎样建设社会主义这个根本问题，鲜明提出了在新的历史条件下建设中国特色社会主义的8个“必须坚持”的基本要求，即必须坚持人民主体地位，坚持解放和发展生产力，坚持推进改革开放，坚持维护公平正义，坚持走共同富裕道路，坚持促进社会和谐，坚持和平发展，坚持党的领导。报告充实了对中国特色社会主义制度的阐述，以全新的视野深化了对共产党执政规律、社会主义建设规律、人类社会发展规律的认识，标志着我们党对中国特色社会主义的认识达到了新的高度。我们要准确把握中国特色社会主义的科学内涵和基本要求，进一步坚定发展中国特色社会主义的道路自信、理论自信、制度自信，坚定不移地走中国特色社会主义文化发展道路。

四是要深刻领会全面建成小康社会的奋斗目标。报告重申到2020年我们要全面建成小康社会，提出了努力实现“经济持续健康发展、人民民主不断扩大、文化软实力显著增强、人民生活水平全面提高、资源节约型环境友好型社会建设取得重大进展”的新要求。明确了“两个翻番、两个百年”的新目标，提出到2020年实现国内生产总值和城乡居民人均收入比2010年翻一番，提出在中国共产党成立一百年时全面建成小康社会，在新中国成立一百年时建成富强、民主、文明、和谐的社会主义现代化国家的宏伟目标，这给我们以强烈的方向感、紧迫感、使命感。党的十六大提出了全面建设小康社会奋斗目标，党的十七大根据形势发展，提出了实现全面建设小康社会奋斗目标的新要求。经过十年努力，全面建设小康社会迈出了坚实步伐、取得了巨大成就。2002年到2011年，我国国内生产总值从世界第六位跃升到第二位，人均国内生产总值从2003年的1000多美元增加到2011年的5000多美元，进出口总额从世界第五位跃居到第二位。城乡居民收入大幅度提高，城镇居民可支配收入从7703元增加到21810元，农村居民人均纯收入从2476元增加到6977元。经济结构调整取得重要进展，粮食实现“九连增”，农业基础地位巩固，自主创新能力大幅提高，文化建设迈上新台阶，保障和改善民生成效显著。这一切，都为到2020年实现全面建成小康社会奋斗目标奠定了坚实基础，也为我们实现宏伟目标增添了信心和力量。我们要牢牢把握推进现代化建设的努力方向，把握文化发展的黄金机遇期，强化为民惠民、共建共享的发展理念，把全面建成小康社会和全面推进改革开放的奋斗目

标与我们的具体工作任务联系起来，坚定信心、脚踏实地，真抓实干、攻坚克难，努力把推动文艺事业繁荣发展和深化文化体制改革的任务落到实处。

五是要深刻领会推进中国特色社会主义事业发展的重大部署。报告对我国经济建设、政治建设、文化建设、社会建设、生态文明建设作出全面部署，进一步提出了深化体制改革的要求。这些部署在理论层面阐明了指导思想和工作原则，在实践层面提出了具体工作目标和任务，具有很强的理论性、实践性和操作性。报告强调生态文明建设是长远大计，必须放在更加突出的位置，提出要“努力建设美丽中国”和建设“海洋强国”等一系列新思想、新论断，把生态文明建设从“四位一体”的总体布局扩展到“五位一体”，上升到中国特色社会主义事业总体布局的高度，标志着我们党对中国特色社会主义建设规律从认识到实践都达到新的水平。我们要认真学习领会，为传播“尊重自然、顺应自然、保护自然的生态文明理念”，为建设美丽中国做出新的贡献。

六是要深刻领会全面提高党的建设科学化水平的基本要求。报告分析我们党面临的执政考验、改革开放、市场经济、外部环境四个考验和精神懈怠、能力不足、脱离群众、消极腐败四个危险，告诫全党必须以更大的决心和勇气抓好党的自身建设，要牢牢把握加强党的执政能力建设、先进性和纯洁性建设这条主线，做到两个坚持，即坚持解放思想、改革创新，坚持党要管党、从严治党，全面加强五个建设，即党的思想建设、组织建设、作风建设、反腐倡廉建设、制度建设，全面提高党的建设科学化水平，确保党始终成为中国特色社会主义的坚强领导核心。报告从八个方面提出了新要求，并强调全党要增强四个意识，即忧患意识，创新意识，宗旨意识、使命意识，增强四个能力，即自我净化、自我完善、自我革新、自我提高的能力，建设学习型、服务型、创新型的马克思主义执政党，确保党始终成为中国特色社会主义事业的坚强领导核心。我们文联各级党组织和广大党员要认真学习领会，联系思想和工作实际，坚决贯彻落实，特别是要做到干部清正、组织清廉、政治清明。

以上六个方面既是报告的鲜明特点，也是报告的重大理论贡献，反映了我们党实事求是的科学态度，与时俱进的创新精神，以人为本的执政理念，人民至上的价值标准，从严治党的信心决心，也体现了我们党坚定、清醒、自觉、为民的政治本色。

三、凝聚共识，自觉担当起建设社会主义文化强国的历史使命

十八大报告中，关于扎实推进社会主义文化强国建设的重要论述，是我们党关于文化建设的最新思想理论成果，我们可以从四个层面来把握：一是要深刻总结文化建设的新成就。报告在总结过去成就中充分肯定这十年“文化建设迈上新台阶”，社会主义核心价值体系建设深入开展，文化体制改革全面推进，公共文化服务体系建设取得重大进展，文化产业快速发展，文化创作生产更加繁荣，人民精神文化生活更加丰富多彩，这些成就的取得，为建设文化强国奠定了坚实的基础，这其中也凝聚了广大文艺工作者的智慧和创造。我在大会分组讨论发言中，结合文化建设和文艺发展实际，概括了党的十六大以来文化建设取得的历史性成就：一是坚持以科学发展观为统领，成功探索出一条中国特色社会主义文化发展道路。二是坚持解放思想、改革创新，文化体制改革取得重大突破性进展。三是坚持以人为本、服务人民，公共文化服务能力大幅度提升，文化产业蓬勃发展。四是文艺事业形成了大发展大繁荣的良好态势。突出的是，文艺精品力作不断涌现，文艺人才队伍不断壮大，文联组织的服务能力不断提高，我们深深感到这些成就的取得来之不易，这些宝贵的经验，我们要结合学习很好地总结。二是要深刻把握文化建设的新目标。报告在全面建成小康社会宏伟目标中，专门论述了“文化软实力显著增强”的目标要求，即“社会主义核心价值体系深入人心，公民文明素质和社会文明程度明显提高。文化产品更加丰富，公共文化服务体系基本建成，文化产业成为国民经济支柱性产业，中华文化走出去迈出更大步伐，社会主义文化强国建设基础更加坚实”，这些目标要求令人鼓舞、催人奋进。三是要深刻把握文化建设的新要求。报告再次重申了文化建设的重要地位和作用，强调了建设文化强国必须遵循的指导原则，即“必须走中国特色社会主义文化发展道路，坚持‘二为’方向、‘双百’方针，坚持‘三贴近’原则，推动社会主义精神文明和物质文明全面发展，建设面向现代化、面向世界、面向未来的，民族的科学的大众的社会主义文化。”这是社会主义文化强国建设的指导思想、方针原则，我们文艺界必须认真学习、深入贯彻、长期坚持。四是要深刻把握文化建设的新部署。报告提出了建设文化强国的四项基本任务，围绕增强全民族文化创造活力，作出了“加强社会主义核心价值体系建设、全面提高公民道德素质、丰富人民群众精神文化生活、增强文化整体实力和竞争力”的重要部署。特别是提出了培育社会主义核心价值观的新要求，即三个倡导：倡导富强、民主、文明、和谐，倡导自由、平等、公正、法治，倡导爱国、敬业、诚信、友善。我们要结合文艺工作和文联工作实际深入贯彻落实，不断丰富完善。

文艺事业是中国特色社会主义事业的重要组成部分，是社会主义文化建设的重要内容。我体会，文艺工作者要自觉地肩负起建设社会主义文化强国的重大使命，就要更加突出地把握好四个方面的重点。

一是要更加自觉地把加强社会主义核心价值体系建设，作为文艺工作和文联工作的根本要求。社会主义核心价值体系是兴国之魂，决定着中国特色社会主义发展方向。我们要自觉用社会主义核心价值体系引领创作，引领文艺思潮，引导文艺工作者大力弘扬民族精神和时代精神，在作品中积极倡导富强、民主、文明、和谐，倡导自由、平等、公正、法治，倡导爱国、敬业、诚信、友善，积极培育和完善社会主义核心价值观。引导广大文艺工作者始终把社会责任、社会效益放在首位，用优秀作品生动表现共同理想信念，培育良好社会风尚，让更广大人民群众自觉认知、践行社会主义核心价值体系，努力为提高公民道德素质作贡献。

二是要更加自觉地植根人民、服务人民，把为人民提供更好更多的精神食粮，作为文艺创作和文艺发展的根本任务。让人民享有健康丰富的精神文化生活，是全面建成小康社会的重要任务。我们要始终坚持把人民利益放在心中最高位置，坚持以人民为中心的创作导向，着力歌颂人民群众的生动实践和精神风貌，为人民放歌、为人民抒写，为人民提供更好更多的精神食粮。要以人民为师，虚心向群众学习，使文艺作品真正源于生活、植根人民，为人民大众所喜闻乐见。

三是要更加自觉地团结凝聚一大批德艺双馨的文艺人才，为文艺事业繁荣发展提供有力的人才支撑。发展文学艺术事业，关键在于人才。文联工作要牢固树立人才资源是第一资源的观念，营造文艺人才大量涌现、健康成长的良好环境，更加广泛、紧密地团结凝聚广大文艺工作者。要加大培养力度，提升服务水平，努力推出一批文艺领军人物和创新型人才，努力推选中青年德艺双馨文艺工作者，为造就更多文艺名家大师和民族文化代表人物，做出更大努力。要引导文艺工作者自觉践行“爱国、为民、崇德、尚艺”文艺界核心价值观和文艺工作者职业道德公约，努力以良好的职业操守和社会形象，赢得人民群众的尊重和爱戴。要健全组织网络体系建设，推动服务范围向基层单位、新兴艺术领域、新的文化组织和自由职业者延伸。

四是要更加自觉地以改革创新精神，提高文联工作科学化水平，不断增强文联组织的创造活力。十八大报告明确要求，要强化人民团体在社会管理和服务中的职责。文联组织作为党领导下的人民团体，要更好地发挥联系文艺工作者的桥梁纽带作用，要进一步密切与文艺工作者之间的信仰纽带、事业纽带、维权纽带、感情纽带。要深入开展调查研究，及时准确了解文艺工作者的所思、所盼、所忧、所急，更好地反映文艺工作者的呼声，维护文艺工作者的合法权益，把服务工作做实、做深、做细、做透。要努力探索新形势下符合文联特点和规律的管理体制、运行机制、组织形式，加强行业服务管理、自律、维权的活动方式和具体措施。加强文联组织网络体系建设，不断增强文联的吸引力凝聚力创造力。

四、联系实际，扎实做好当前各项工作

同志们，2012年还有不到一个半月的时间，年底时间紧、任务重、要求高，我们要把学习贯彻十八大精神与做好当前重点工作结合起来，努力创造新的业绩、取得新的成效。

一是切实抓好十八大精神的学习宣传贯彻。中国文联机关、各文艺家协会和各直属单位和各级党组织，要以高度的政治责任感、高度负责地

组织好十八大精神的学习贯彻，在文艺界迅速掀起学习宣传贯彻的热潮，要引导广大文艺工作者和文联党员干部职工深刻理解党的十八大召开的重大意义，深刻理解党的十八大提出的新思想、新论断、新要求，深刻理解党的十八大作出的一系列重大战略决策部署，还要认真学习贯彻习近平总书记在一中全会和记者招待会上的重要讲话，认真学习贯彻中共中央政治局常委刘云山同志在全国宣传部长会议上的重要部署要求，认真贯彻中央即将印发的学习贯彻意见，切实把党员干部的思想和行动统一到党的十八大精神上来，切实把广大文艺工作者的激情、智慧和力量凝聚到为实现全面建成小康社会的奋斗目标上来。各协会各单位的主要负责同志要亲自组织，各级党员领导干部要带头学习，以理论学习中心组为龙头，处以上领导干部为重点、全体党员和职工为主体，采取座谈研讨、专题辅导、培训轮训、评论宣传等各项措施和形式，原原本本地研读好、领会好十八大精神，紧密联系实际，努力增强学习的针对性和实效性。中国文联党组拟在20日召开文艺家学习座谈会，在22、23日集中举行党组中心组学习务虚会，希望各协会也要从实际出发，认真组织在文艺界的学习安排。要按照中宣部的统一部署，认真做好学习十八大精神的宣传报道工作，中国艺术报、中国文艺网等文联所属各报刊和网络媒体，要采取设立专栏、组织专访、约请专稿等方式，加大对文联及各协会学习贯彻十八大精神的报道力度，加大对文艺家和广大文艺工作者学习贯彻十八大精神的报道力度，在文艺界营造学习十八大、宣传十八大、贯彻十八大的浓厚氛围。

二是切实抓好中国曲协、中国视协、中国摄协的换届工作。从下周开始，中国曲协、中国视协、中国摄协将先后进行换届。这三个协会换届不仅是曲艺界、电视艺术界、摄影界的大事，也是中国文联的大事。要认真学习、深入调研，做好换届文件起草工作，把党的十八大精神贯彻到工作报告和章程的修改之中，使报告主题鲜明、导向正确、富有时代感和感召力，使修改后的章程既体现与时俱进精神，又体现总体稳定原则，经得起实践、历史和广大文艺工作者的检验。要发扬民主，严格程序，稳妥细致地做好人事安排工作，认真做好组织推选、会议选举等工作，力求做细做实，选举产生一个让中央放心、让广大文艺工作者满意的协会领导班子。要精心组织，做好各项会务安排，建立集中领导、统筹协调、密切配合、运转有效的工作机制，确保各项工作责任到人、任务到人。

三是切实抓好元旦春节期间的文艺志愿服务活动。中国文联有关部门及各文艺家协会要深入贯彻三贴近原则和“走、转、改”要求，集中做好庆祝十八大精品演出、中国职工艺术节闭幕式、“百花迎春”大联欢等重点品牌活动，精心部署两节期间“送欢乐下基层”等文艺志愿服务活动，要积极创建和完善文艺志愿服务机制和活动载体，积极争取各级党委政府的支持，广泛调动各方面的积极性，始终坚持活动的公益性，努力取得最大社会效益。要把学习、宣传、贯彻十八大精神的成效，体现到努力打造思想性艺术性观赏性俱佳的文艺精品之中，动员广大文艺工作者以饱满的激情和无私的情怀，把丰富多彩的精神食粮送到基层群众中去，要做到贴近群众、喜闻乐见，统筹规划、节俭办事，特别要注重实效，不给或少给基层增加负担，坚决不做表面文章、不搞形式主义。

四是认真做好今年的工作总结，谋划好明年的工作思路。要认真做好中国文联九届四次全委会的各项筹备工作。文联党组近期将召开学习十八大精神理论中心组学习会和工作务虚会，与各部门各单位主要负责同志一道认真总结今年工作、深入研讨明年工作思路。各单位各部门领导班子要以学习贯彻十八大精神为主线，以科学发展观为指导，以改革创新为动力，强化忧患意识和责任意识，认真调研、深入总结，分析问题、查找差距，科学判断、科学决策，积极谋划好明年和今后一个时期的工作思路和重点措施，要想大事、谋全局、抓落实，要考虑在前、部署在前、决策在前，牢牢把握工作的主动权。要充分发挥文联作为党和政府团结凝聚广大文艺工作者的桥梁纽带作用，更好地反映文艺工作者的呼声，维护文艺工作者的合法权益，对文艺工作者反映重点、难点问题和涉及全局性问题要加强调查研究和科学诠释。

五是切实加强中国文联自身党的建设。我们按照十八大报告提出的要求，以改革创新精神全面推进党的建设新的伟大工程，全面提高党的建设科学化水平。各级党员干部首先要带头学习好、遵守好、贯彻好党章。党章是我们立党、治党、管党的总章程，是全党最基本、最重要、最全面的行为规范，每一个党员都要自觉执行、模范遵守。重点要做到八个方面的要求，一是坚定理想信念，坚守共产党人精神追求；二是坚持以人为本、执政为民，始终保持党同人民群众的血肉联系；三是积极发展党内民主，增强党的创造活力；四是深化干部人事制度改革，建设高素质执政骨干队伍；五是坚持党管人才原则，把各方面优秀人才集聚到党和国家事业中来；六是创新基层党建工作，夯实党执政的组织基础；七是坚定不移反对腐败，永葆共产党人清正廉洁的政治本色；八是严明党的纪律，自觉维护党的集中统一。

我们要按照党的十八大提出的要求，以建设学习型党组织和创先争优活动为重点，抓好文联各级党组织的建设、领导班子建设和队伍建设，为圆满完成文联各项工作任务提供有力的政治保证和组织保证。文联党组、各分党组、各部室、各直属单位党领导班组和各级党组织要加强学习，自觉以中国特色社会主义理论体系武装头脑，指导工作。要坚持党要管党，从严治党的方针，把党建工作放在更加突出的位置，一把手要亲自抓党建，班子成员要配合抓党建。要深入贯彻民主集中制，自觉按照党的组织原则和党内政治生活准则办事，任何人都不能凌驾于组织之上。要发扬党内民主，以党内民主带动人民民主，认真贯彻民主集中制，全面落实党风廉政责任制。要严肃党的纪律，特别是政治纪律，坚决与党中央保持高度一致，切实做到遵守纪律没有特权、执行纪律没有例外。深化干部人事制度改革，加强对领导干部的培训教育、管理监督，努力增强党员、干部的思想和业务素质。要从制度化规范化建设入手，更加密切同广大文艺家和文艺工作者的联系。要充分发挥基层党组织的战斗堡垒作用和党员的先锋模范作用，进一步激发广大干部职工的创造活力，形成奋发有为、昂扬向上、勇于创新、推动发展的良好氛围。

同志们，党的十八大描绘了全面建成小康社会、加快推进社会主义现代化的美好蓝图，我们的责任重大、使命光荣。我们一定要紧密地团结在以习近平同志为总书记的党中央周围，高举中国特色社会主义伟大旗帜，坚持以邓小平理论、“三个代表”重要思想、科学发展观为指导，锐意进取，开拓创新，更加自觉、更加主动地担当建设社会主义文化强国的历史使命，为实现党的十八大确定的奋斗目标和工作任务，为夺取中国特色社会主义新胜利作出新的更大贡献！

在中国曲艺家协会第七次全国代表大会开幕式上的讲话

中国文联党组书记、副主席　赵　实

（2012年11月27日）

尊敬的奇葆部长、家正主席，

各位代表、各位嘉宾、同志们、朋友们：

在全党全国各族人民深入学习贯彻党的十八大精神，满怀信心朝着全面建成小康社会新目标和全面推进改革开放新征程阔步前进的大好形势下，中国曲艺家协会第七次全国代表大会今天隆重开幕了！这是全国曲艺界的一件大事，也是文艺界的一件喜事，对于进一步团结动员广大曲艺工作者，推动社会主义文艺事业大发展大繁荣具有十分重要的意义。在此，我谨代表中国文联，向大会的召开表示热烈祝贺！向各位代表、各位艺术家，并通过你们向全国广大曲艺工作者致以诚挚的问候和崇高的敬意！向出席今天会议的中共中央政治局委员、中央书记处书记、中宣部部长刘奇葆同志和各位领导、各位嘉宾表示衷心的感谢！

曲艺艺术是中华民族传统艺术宝库的重要组成部分，具有悠久的历史传承、深厚的艺术底蕴、广泛的群众基础和鲜明的时代特征，在反映百姓生活、抒发美好理想、创造精神文明、引领社会风尚方面具有独特的优势和不可替代的作用。

中国曲协第六次全国代表大会以来的五年，是我国社会主义文化建设和文艺事业发展最快、成就最显著的五年，也是我国曲艺事业繁荣发展、累累硕果的五年。五年来，广大曲艺家和曲艺工作者认真贯彻党的文艺方针政策，始终坚持先进文化前进方向，与祖国共命运，与时代同进步、与人民心连心，深入生活、潜心创作、探索求新、辛勤耕耘，创作出一大批深受百姓欢迎的优秀曲艺作品，举办了一系列曲艺精品展演，为繁荣发展曲艺事业、弘扬民族精神和时代精神，丰富人民群众精神文化生活作出了重要贡献，全国曲艺界呈现出蓬勃发展的喜人景象。实践证明，我们的曲艺工作者队伍是一支理想坚定、素质优良，勇于担当、乐于奉献的队伍，是一支充满激情和活力，大有希望、大有作为的队伍，是一支值得党和人民信赖、能够为建设社会主义文化强国作出新贡献的队伍。

五年来，中国曲协始终坚持高举中国特色社会主义伟大旗帜，以邓小平理论、“三个代表”重要思想和科学发展观为指导，坚持“二为”方向、“双百”方针和“三贴近”原则，认真履行联络、协调、服务基本职能，充分发挥组织、引导、服务、维权重要作用，在围绕中心、服务大局，面向基层、服务群众，加强引导、服务曲艺创作，创新机制、服务曲艺工作者等方面，开展了一系列卓有成效的工作，取得了显著成绩，为巩固和发展曲艺界大团结大繁荣大发展的生动局面作出了积极贡献。围绕庆祝改革开放30周年、新中国成立60周年、建党90周年等重大节庆活动，举办各类主题鲜明、影响广泛的大型主题曲艺活动，大力唱响社会发展和时代进步的主旋律；积极举办中国曲艺节、中国曲艺牡丹奖、中国曲艺高峰论坛等重大品牌活动，推出一大批优秀曲艺作品和人才，促进曲艺事业健康发展；深入开展送欢笑到基层、全国道德模范故事汇基层巡演等文艺志愿服务活动，努力满足人民群众日益增长的精神文化需求；举办巴黎中国曲艺节、国际幽默艺术周、海峡两岸欢乐汇等对外和对港澳台地区的曲艺交流活动，扩大了中华曲艺的影响力；全面加强协会自身建设，努力改进会员服务，着力建设曲艺工作者的“温馨和谐之家”，协会的吸引力、凝聚力、影响力不断提升。

刚刚闭幕的党的十八大从新的历史起点上，进一步深刻阐明了文化建设的重要作用、指导原则，提出了坚持中国特色社会主义文化发展道路、建设社会主义文化强国的新目标，部署了加强社会主义核心价值体系建设、全面提高公民道德素质、丰富人民精神文化生活、增强文化整体实力和竞争力等主要任务，对推动文化建设和文艺繁荣发展提出了新的更高要求。这对于我们进一步抓住重要的战略机遇，推动文化改革创新发展指明了前进方向，开辟了更加广阔的前景。提高曲艺质量，发展曲艺事业，不断满足人民群众的精神文化需求、努力建设社会主义文化强国，是党和人民赋予广大曲艺工作者的庄严使命。我们衷心希望广大曲艺工作者，认真学习贯彻党的十八大精神，努力增强文化自信、文化自觉、文化自强，大力践行“爱国、为民、崇德、尚艺”的文艺界核心价值观，不断提高思想道德修养和文学艺术素养，争做德艺双馨的文艺工作者。自觉坚持以人民为中心的创作导向，继承传统、锐意创新、精益求精，努力创作出更多无愧于历史、无愧于时代、无愧于人民的优秀作品，努力为人民大众说唱，谱写新时代曲艺发展的新篇章。

中国曲艺家协会是中国文联的重要团体会员，是党领导下的全国各民族曲艺家组成的人民团体，是党和政府联系曲艺界的桥梁和纽带，在团结广大曲艺工作者、繁荣发展曲艺事业、建设社会主义文化强国中担负着重要责任。这次曲协换届大会是党的十八大召开之后，中国文联系统第一个开展换届工作的全国文艺家协会，文艺界十分关注，开好这次大会意义重大。衷心希望全体代表认真贯彻落实党的十八大精神，同心同德、群策群力，把这次大会开成一个高举旗帜、民主团结、鼓劲繁荣的大会，开成一个开拓创新、继往开来的大会。衷心希望大会选举产生的新一届中国曲协领导班子，不辱使命、不负众望，扎实工作、求真务实、锐意进取，努力创造新的业绩，开创新的局面，让党中央放心，让曲艺工作者满意。衷心希望中国曲协进一步适应形势发展的新要求，不断加强自身建设，不断创新管理体制、运行机制和组织活动方式，充分发挥自身特点和优势，创造性地加强行业服务、行业管理、行业自律，更好地反映曲艺工作者的呼声，维护曲艺工作者的合法权益，更加广泛地团结凝聚各民族各方面曲艺人才，为满足人民群众的需求，推动文艺事业大发展大繁荣做出新的贡献。

各位代表、同志们，中国特色社会主义伟大事业催人奋进，中华民族伟大复兴的美好前景令人鼓舞！让我们在新的历史起点上，更加紧密地团结在以习近平同志为总书记的党中央周围，高举中国特色社会主义伟大旗帜，坚持以邓小平理论、“三个代表”重要思想、科学发展观为指导，认真学习贯彻党的十八大精神，坚定不移地走中国特色社会主义文化发展道路，团结奋进、扎实工作，为建设社会主义文化强国和全面建成小康社会新目标而努力奋斗！

祝中国曲协第七次全国代表大会圆满成功！

在中国电视艺术家协会第五次全国代表大会开幕式上的讲话

中国文联党组书记、副主席　赵　实

（2012年12月3日）

尊敬的家正主席、树刚部长，

各位代表、各位嘉宾、同志们、朋友们：

在全党全国各族人民认真学习贯彻党的十八大精神的热潮中，中国电视艺术家协会第五次全国代表大会今天隆重开幕了。这是全国电视艺术界深入学习贯彻党的十八大精神，进一步团结和凝聚广大电视艺术工作者坚定信念、奋发有为，努力推动电视艺术事业大发展大繁荣的一次重要会议。在此，我谨代表中国文联，向大会的召开表示热烈的祝贺！向各位代表、各位艺术家，并通过你们向全国广大电视艺术工作者，致以亲切的问候和崇高的敬意！向专程出席今天会议的各位领导、各位嘉宾表示衷心的感谢！

文艺是民族精神的火炬，是人民奋进的号角。电视文艺是最贴近老百姓、覆盖面最广的大众艺术，是当代社会能够走进千家万户、拥有十多亿观众的重要艺术形式，在传播先进文化、引领时代风尚、丰富文化生活、促进社会和谐等方面，具有独特而重要的作用。自2007年中国视协第四次全国代表大会以来的五年，是我国文化建设和文艺事业蓬勃发展、取得辉煌成就的五年，也是我国电视艺术繁荣发展、创造历史性成就的五年。五年来，广大电视文艺工作者认真学习贯彻党的文艺方针政策，坚持“二为”方向、“双百”方针和“三贴近”原则，大力唱响民族精神和时代精神的主旋律，努力深入生活、锐意创新，勇于探索、辛勤耕耘，为广大观众奉献了一大批内容丰富、题材多样、脍炙人口、生动感人的优秀电视文艺作品，尤其是电视剧，在产量、质量和受众面上都堪称世界第一。为传承中华优秀文化、弘扬社会主义核心价值体系、丰富人民精神文化生活、繁荣电视事业作出了重要贡献，得到了全社会的广泛赞誉。

五年来，中国电视艺术家协会始终坚持先进文化的前进方向，高举旗帜、围绕中心，服务大局、服务群众，认真履行联络、协调、服务的基本职能，充分发挥组织、引导、维权的重要作用，团结凝聚广大电视艺术工作者开拓进取、奋发有为，做了大量卓有成效的工作，取得了可喜的进步和成绩。围绕办成大事、办好喜事、办妥难事，大力开展主题鲜明、影响广泛的重大主题文艺活动，充分展示了文艺工作者对祖国、对人民的真情挚爱和勇挑重担、服务大局的担当精神。成功举办中国金鹰电视艺术节和中国电视金鹰奖，积极推出优秀作品和优秀人才，评选表彰全国德艺双馨的电视艺术工作者。积极开展形式多样的“送欢乐、下基层”等文艺志愿服务，举办新农村电视艺术节，为基层群众送去优秀的精神食粮。加大电视艺术理论评论和学术研讨力度，促进电视艺术质量的不断提高。广泛开展对外电视艺术交流活动，努力扩大我国电视艺术的国际影响力。进一步加强协会机关建设，加强与地方视协及各类电视机构的合作，不断提升行业自律、行业服务、行业管理的能力，协会的吸引力、凝聚力、影响力显著增强。

刚刚闭幕的党的十八大，从全面建成小康社会、夺取中国特色社会主义新胜利的战略高度，对扎实推进社会主义文化强国建设作出重要部署，深刻阐明了文化建设的指导原则和努力方向，强调了加强社会主义核心价值体系建设、全面提高公民道德素质、丰富人民精神文化生活、增强文化整体实力和竞争力等四项主要任务。这对我们进一步推动文化建设和文艺繁荣发展提出了新的更高要求，也为包括电视艺术工作者在内的广大文艺工作者追求理想、施展抱负提供了坚强保证和广阔舞台。衷心希望广大电视艺术工作者深入学习贯彻党的十八大精神，认真学习贯彻中宣部领导的重要讲话要求，自觉承担起时代和人民赋予我们的历史使命，努力践行“爱国、为民、崇德、尚艺”的文艺界核心价值观，不断提高思想道德修养和文化艺术素养。始终坚持以人民为中心的创作导向，为人民立传、为人民放歌，努力创作出更多思想精深、艺术精湛、制作精良的优秀作品，积极参加文艺志愿服务，为满足人民群众的精神文化需求、建设社会主义文化强国作出更大贡献。

中国电视艺术家协会是中国文联的重要团体会员，是党和政府联系电视艺术界的桥梁和纽带，是繁荣发展电视事业、建设社会主义文化强国的重要力量。这次视协换届大会，是一次团结凝聚电视艺术工作者繁荣电视事业、建设文化强国的总动员，意义十分重要。衷心希望各位代表认真学习贯彻党的十八大精神，努力把这次代表大会开成一次高举旗帜、民主团结、鼓劲繁荣、开创未来的大会。衷心希望大会选举产生的新一届中国视协领导班子，不负众望、尽职尽责，同心协力、锐意进取，以更加开阔的视野、更加务实的作风，开创视协工作的新局面。衷心希望中国视协进一步适应新形势、新任务、新要求，不断创新工作思路、运行机制和组织活动方式，切实增强行业服务、行业管理、行业自律的能力，积极维护电视艺术工作者的合法权益，更加广泛地团结广大电视艺术工作者，为推动社会主义文艺大发展大繁荣作出新贡献。

同志们，党的十八大已经为我们描绘了宏伟的发展蓝图和美好前景，建设文化强国的号角已经吹响。让我们更加紧密地团结在以习近平同志为总书记的党中央周围，坚定不移地走中国特色社会主义文化发展道路，团结一心，奋发进取，为谱写社会主义文艺事业的新篇章，为建设社会主义文化强国、实现中华民族伟大复兴而努力奋斗！

祝中国视协第五次全国代表大会圆满成功！

祝各位艺术家再攀艺术高峰、再创艺术辉煌！

在中国摄影家协会第八次全国代表大会开幕式上的讲话

中国文联党组书记、副主席　赵　实

（2012年12月9日）

尊敬的孙家正主席、雒树刚同志，

尊敬的各位代表，各位嘉宾，同志们、朋友们：

在全党全国各族人民深入学习贯彻党的十八大精神的热潮中，中国摄影家协会第八次全国代表大会今天隆重开幕了。这是全国摄影界深入贯彻落实党的十八大精神，进一步团结动员广大摄影艺术工作者，在新的历史起点上推动摄影事业大发展大繁荣的一次重要会议。在此，我谨代表中国文联，向大会的召开表示热烈祝贺！向各位摄影艺术家代表、并通过你们向全国广大摄影工作者，致以亲切的问候和崇高的敬意！向专程出席今天会议的各位领导和各位嘉宾表示衷心的感谢！

摄影，是生动形象、真实直观的视觉艺术和传播媒介，是深受广大人民群众喜爱的艺术形式，在反映社会生活、记录时代脉动、推动社会文明等方面发挥着越来越重要的作用。自2007年中国摄协第七次全国代表大会以来的五年，是我国文化建设和文艺事业蓬勃发展、取得辉煌成就的五年，也是我国摄影事业创新发展、全面繁荣的五年，是摄影艺术精品纷呈、摄影人才不断涌现，社会影响显著扩大的五年。五年来，广大摄影艺术工作者始终坚持“二为”方向、“双百”方针和“三贴近”原则，努力深入生活、贴近百姓，锐意创新，辛勤耕耘，真实记录历史的进程，真情表现人民的创造，推出了一大批讴歌民族精神和时代精神的艺术精品，为弘扬社会主义核心价值体系、丰富人民群众精神文化生活、繁荣摄影艺术创作，作出了重要贡献。实践证明，我国的摄影工作者队伍，是一支理想坚定、素质优良，充满激情和活力的队伍，是一支具有高度社会责任感和创新精神的队伍，必将能够为建设社会主义文化强国作出新的更大贡献。

五年来，中国摄协始终坚持先进文化的前进方向，高举旗帜、围绕中心，服务大局、服务人民，认真履行联络、协调、服务的基本职能，充分发挥组织、引导、维权的重要作用。配合党和国家的中心工作，积极开展丰富多彩的主题摄影活动。大力组织摄影家送欢乐下基层，开展文艺志愿服务。认真组织中国摄影金像奖评选工作，成功举办农民摄影大展、《美丽中国》摄影展等特色展映活动，成功举办国际摄影艺术节等各类国际摄影交流活动。注重加强机关建设和会员管理，努力推进出版体制改革、机制创新，不断加强摄影著作权的管理和保护，圆满完成“摄影家之家”新址的改造扩建，摄协工作整体推进、全面拓展，取得了令人可喜的成就，为推动摄影事业大发展大繁荣作出了重要贡献。

刚刚闭幕的党的十八大，从全面建成小康社会、夺取中国特色社会主义事业新胜利的战略高度，对扎实推进社会主义文化强国建设作出了新的重要部署，进一步提出了加强社会主义核心价值体系建设、全面提高公民道德素质、丰富人民精神文化生活、增强文化整体实力和竞争力等主要任务。这为文艺事业的繁荣发展指明了前进方向，为广大摄影工作者实现理想抱负、施展艺术才华提供了广阔舞台，摄影事业面临着前所未有的重要发展机遇。繁荣摄影艺术，建设文化强国，是党和人民赋予广大摄影工作者的庄严使命。衷心希望广大摄影工作者深入学习贯彻党的十八大精神，认真学习贯彻雒树刚同志的重要讲话要求，大力弘扬社会主义核心价值体系，努力唱响民族精神和时代精神的主旋律。始终坚持以人民为中心的创作导向，把镜头焦点对准人民大众建设小康社会的伟大创造和伟大实践，真情地讴歌时代、记录历史、服务人民，努力创作出经得起历史和实践检验的摄影艺术精品，把更好更多的精神食粮奉献给人民。自觉践行“爱国、为民、崇德、尚艺”的文艺界核心价值观，努力追求德艺双馨，在推动社会主义文化大发展大繁荣的进程中再创佳绩。

中国摄影家协会是中国文联的重要团体会员，是党和政府联系摄影工作者的桥梁和纽带。这次摄协换届大会，是一次承前启后、开创未来的大会，也是一次团结凝聚摄影工作者繁荣摄影事业、建设文化强国的总动员，意义十分重要。衷心希望各位代表认真学习贯彻党的十八大精神，努力把这次大会开成一次高举旗帜、团结鼓劲、创新发展的大会。衷心希望大会选举产生的新一届中国摄协领导班子，不辱使命、不负众望，同心协力、开拓进取，进一步开创摄协工作的新局面。衷心希望中国摄协进一步适应新形势、新任务、新要求，不断创新工作思路、服务手段和活动方式，切实加强行业服务、行业管理、行业自律，积极反映摄影工作者的呼声，维护摄影工作者的合法权益，更加广泛地团结各民族各方面摄影艺术人才，为推动社会主义文艺大发展大繁荣作出新的更大贡献。

同志们，朋友们，党的十八大描绘了夺取中国特色社会主义新胜利的美好蓝图，为文艺事业开辟了广阔的发展前景。让我们更加紧密地团结在以习近平同志为总书记的党中央周围，坚定不移地走中国特色社会主义文化发展道路，团结奋进、锐意创新，埋头苦干、扎实工作，为谱写社会主义文艺事业的新篇章，为建设社会主义文化强国、实现中华民族伟大复兴而努力奋斗！

祝中国摄协第八次全国代表大会圆满成功！

祝各位摄影家朋友创作成果丰硕、事业更加辉煌！

为基层送去温暖，给百姓带来欢乐

中国文联党组书记、副主席　赵　实

（2012年2月1日）

为贯彻落实党的十七届六中全会精神和胡锦涛总书记在第九次文代会上的重要讲话精神，我们中国文联会同54个团体会员，集中开展了“送欢乐、下基层”活动，进一步拓展了“走基层、转作风、改文风”实践活动内容，为丰富和活跃基层群众文化生活，营造健康文明、欢乐祥和的社会氛围作出了积极贡献。

据不完全统计，从2011年下半年至今，中国文联及各全国文艺家协会共组织了40多支文艺队伍、2500多位知名艺术家和文艺工作者，深入到20多个省区市进行慰问演出活动近百场次，观众达数十万人。在中国文联的影响和带动下，各地文联发挥自身优势，组织了280多支文艺队伍、9千多名文艺工作者，举办各种文艺活动249场次，直接受益群众100多万人。让普通百姓共享了文化改革发展的成果。

我们的主要做法是：1.精心组织，上下联动，确保活动稳步推进扎实有效。中国文联党组高度重视“送欢乐、下基层”活动，专题研究，统筹协调，精心安排。各团体会员积极响应，密切配合，制定计划，发挥自身优势，扎实推进各项工作落实。2.内容丰富，形式多样，努力满足人民群众对精神文化生活的需求。此次活动主题鲜明，内容丰富，形式新颖，喜闻乐见，汇集了各个艺术门类，形成了整体合力。既有大型的慰问演出活动，更多的是文艺小分队的慰问、采风、创作活动。3.积极参与，提升境界，自觉增强文化惠民服务的责任感。艺术家们踊跃参与“送欢乐下基层”活动，不讲条件，不计报酬，真情服务，表现出艺术家们的社会责任和文化良知。在活动中，艺术家们也受益匪浅，获得了教育感召，得到了心灵净化，提升了精神境界。

“送欢乐、下基层”活动的实践，给了我们有益的启示：一是要建立长效机制，确保开展活动常态化、制度化。不仅要重视每年元旦春节期间的“送欢乐下基层”活动的开展，更要注重活动的经常性、广泛性、实效性。既要“送艺术”给群众，又要“种艺术”在基层。二是要健全工作机构，加快文艺志愿者队伍建设。要组建一支由知名文艺家、中青年文艺工作者和文艺爱好者构成的文艺志愿者队伍，建立文艺志愿者服务组织机构，使文艺志愿者成为“送欢乐、下基层”活动的骨干力量。三是要扩大活动平台，为持续健康发展创造有利条件。积极搭建“送欢乐下基层”活动平台，借助和依托重大节庆和纪念日等有利契机，整合和挖掘民族民间文化资源，促进“送欢乐、下基层”文化惠民活动长期有效地开展。

（《党建》杂志第2期《深入基层一线　回答时代命题》专栏文章）

奋力开拓社会主义文艺事业新局面

中国文联党组书记、副主席　赵　实

（2012年11月17日）

十年不懈奋斗，十年春华秋实。党的十六大以来，在以胡锦涛同志为总书记的党中央坚强领导下，社会主义文艺事业取得了举世瞩目的辉煌成就，谱写了催人奋进的盛世华章。十年来，我们迎接大事喜事，应对急事难事，用文艺抒发人间大爱，唱响胜利凯歌；我们送欢乐、下基层，开展文艺志愿服务活动，把欢乐播撒在祖国希望的田野上；我们响应时代召唤，顺应人民期待，潜心创作出大批精品力作；我们走出去，请进来，大力加强对外文化交流，推动中华文化走向世界；我们积极践行爱国、为民、崇德、尚艺的核心价值观，与党同心同德、与人民同甘共苦，涌现出一大批德艺双馨的文艺人才。回首十年，广大文艺工作者始终高举中国特色社会主义的伟大旗帜，始终坚持社会主义核心价值体系引领，始终贯彻“二为”方向和“双百”方针，文艺创作百花竞放、异彩纷呈，文艺队伍意气风发、积极活跃，文艺事业欣欣向荣、蓬勃发展，进一步巩固了大团结大繁荣大发展的生动局面。

党的十八大即将胜利召开，站在新的历史起点上展望未来，文化发展前景广阔，文艺事业充满生机。沐浴着文化体制改革的春风，肩负庄严使命的中国文艺将以高度的文化自觉和文化自信，举起民族精神的火炬，吹响人民奋进的号角，坚定不移走中国特色社会主义文化发展道路，奋力开拓社会主义文艺事业新局面，为推动社会主义文化大发展大繁荣，建设社会主义文化强国，实现中华民族的伟大复兴作出新的更大贡献！

（人民日报《思考·十年创造更加辉煌的未来》专栏文章）

中国文联九届二次全委会会议总结

中国文联党组副书记、副主席　覃志刚

（2012年3月1日）

各位委员、同志们：

经过全体与会同志的共同努力，中国文联九届二次全委会就要结束了。这次会议是中国文联在第九次文代会胜利闭幕后召开的第一次年度工作会议，对于中国文联及各团体会员按照党中央决策部署，深入推进文艺工作和文联工作改革创新，以优异成绩迎接党的十八大胜利召开，具有十分重要的意义。大家一致认为，这次会议内容充实、安排紧凑，达到了统一思想、认清形势、明确任务、增强责任感的目的，开得很成功。会议的主要收获有以下三个方面：

一、这次会议认真学习贯彻胡锦涛总书记在九次文代会上的重要讲话精神，对于中国文联及各团体会员准确把握当前形势、谋划布局2012年工作具有重要意义

这次全委会上，与会同志认真学习领会了胡锦涛总书记在九次文代会、八次作代会上的重要讲话。大家一致认为，党的十六大以来，在以胡锦涛同志为总书记的党中央坚强领导下，文艺工作和文联工作实现了新跨越、开创了新局面，形成了一系列具有长远意义的宝贵经验，走出了一条中国特色社会主义文艺发展道路。胡锦涛总书记的重要讲话，充分肯定了文艺工作取得的重大成就，进一步阐明了新时期文艺工作的基本要求和主要任务，号召广大文艺工作者奋力开创文艺发展新局面，为推动社会主义文化大发展大繁荣、建设社会主义文化强国建功立业。总书记的重要讲话是指导文艺事业发展的光辉文献，必将对繁荣发展社会主义文艺产生重要而深远的影响。这次全委会传达学习了刘云山同志2月19日关于中国文联工作的重要批示。大家认为，云山同志的重要批示，充分肯定了2011年文艺工作和文联工作取得的显著成绩，殷切期望我们在新的一年里，按照“高举旗帜、围绕大局、服务人民、改革创新”的总要求，以落实党的十七届六中全会精神和迎接宣传党的十八大为主线，着力推动文艺精品创作和文艺评论，着力深化“走基层、转作风、改文风”和“送欢乐、下基层”活动，着力加强以“爱国、为民、崇德、尚艺”为核心的职业道德建设，更好地发挥“文艺工作者之家”的重要作用，以优异成绩迎接党的十八大胜利召开。这既是对我们的巨大鼓舞，更是对我们的有力鞭策，为我们开好这次全委会、全面推动2012年文联工作提供了重要遵循。这次全委会，适逢《关于认真组织学习〈论文化建设——重要论述摘编〉的通知》下发。委员们说，一定按照中宣部通知要求，充分发挥《摘编》在深入学习贯彻十七届六中全会精神中的作用，认真学习我们党关于文化建设的重要文献，学习党中央关于文化建设的一系列重要观点、重要部署，特别是学习党的十七届六中全会精神，进一步增强深化文化体制改革、推动社会主义文化大发展大繁荣的自觉性。这次全委会上，翟卫华同志代表中宣部作了重要讲话，就深入学习贯彻胡锦涛总书记在九次文代会上的重要讲话精神进行了部署安排，同时，围绕党和国家工作大局，对中国文联工作进行回顾总结和展望部署，讲话的思想性、前瞻性、针对性很强。大家说，中国文联及各团体会员一定从战略和全局的高度，充分认清文化建设的重要地位和作用，充分认清中国文联及各团体会员、广大文艺工作者在文化建设中肩负的重大责任，深入学习贯彻党的十七届六中全会精神和九次文代会精神，切实把思想和行动统一到中央对宣传思想文化工作的部署上来，坚持“高举旗帜、围绕大局、服务人民、改革创新”，按照《国家“十二五”时期文化改革发展规划纲要》和第九次文代会确定的指导思想、重要方针、主要目标和明确要求，扎扎实实做好各项工作，认真履行好党和人民赋予的崇高职责。

二、这次会议讨论和审议了全委会工作报告、《中国文艺工作者职业道德公约》，明确了今年及今后一个时期的工作任务和要求

讨论中，大家对赵实同志代表中国文联主席团作的工作报告，进行了认真的审议。一致认为，这篇报告通篇贯穿了党的十七届六中全会精神、九次文代会精神和全国宣传部长会议精神，主题鲜明、重点突出、概括全面、清新朴实、高效务实、创新扎实，对于做好2012年文艺工作和文联工作具有十分重要的指导意义。全体委员和与会同志一致赞同赵实同志代表主席团所作的工作报告。大家认为，刚刚过去的2011年，文艺战线好事连连，党的十七届六中全会描绘了建设社会主义文化强国的宏伟蓝图，第九次文代会、第八次作代会开启了文学艺术事业繁荣发展的新征程。中国文联不仅圆满完成预定的各项工作任务，而且在不少方面取得了可喜的、实质性的进展。大家说，报告对去年工作成绩的总结和经验的提炼务实到位，催人奋进，给人启迪。讨论中，与会同志深入交流了工作经验，认为过去的一年，各团体会员、各地各级文联按照党委宣传部的部署，响应中国文联的号召，在隆重举办庆祝建党90周年等主题文艺活动、深入开展“送欢乐、下基层”等文化惠民活动、广泛开展对外民间文化交流、切实加强德艺双馨文艺人才队伍建设、积极开创文艺理论评论新风、加强文联自身建设等方面，创造性地开展工作，取得了富有特色、值得挖掘的成绩和经验。总的来看，2011年工作虽然任务繁重，但重点突出，紧张有序，执行力增强，影响力加大，整个文联工作取得了重要成果，成绩有目共睹，经验弥足珍贵，前景令人乐观。

大家认为，2012年是实施“十二五”规划承上启下的重要一年，是文艺界学习贯彻党的十七届六中全会精神和全国第九次文代会精神的重要一年。同时我们党将召开十八大，这是党和国家发展进程中具有特殊重要意义的一年。要坚定不移地走中国特色社会主义文化发展道路，坚持“二为”方向和“双百”方针，贴近实际、贴近生活、贴近群众，突出以人为本，坚持改革创新，抓住用好难得历史机遇，努力实现服务大局有新贡献，服务文艺创作有新成果，服务群众群众有新实效，服务文艺工作者有新举措，推动自身建设有新进展，以优异成绩迎接党的十八大胜利召开，为建设社会主义文化强国作出更大贡献。

大家认为，报告关于2012年的工作部署有方、举措有力、重点突出、操作性强。大家认识到，今年文联工作责任大、任务重。我们一定要按照赵实同志在工作报告中提出的要求，认真履行职责，全力做好工作，倍加珍惜文化改革发展的难得历史机遇，进一步增强繁荣文艺事业的责任感和使命感；倍加维护文艺界团结和谐的大好局面，进一步增强文联组织的凝聚力和影响力；倍加认真履行职责，进一步提高服务大局、服务群众、服务文艺创作、服务文艺工作者的能力和水平；倍加注重提高自身修养，进一步树立文艺工作者的良好社会形象，努力推动文艺工作和文联工作朝着新的更高目标迈进，不辜负党和政府的重托、广大文艺工作者的期望。

这次全委会的一项重要议程，是审议并通过了《中国文艺工作者职业道德公约》。大家认为，文艺界核心价值观和《中国文艺工作者职业道德公约》认真贯彻落实党的十七届六中全会精神，体现了中央关于加强社会主义核心价值体系建设和我国现阶段公民道德建设规范的基本要求，弘扬了我国文艺工作者的优良传统，经过了广泛讨论，凝聚了集体智慧，体现了大家的共同意愿，出台非常及时，文字准确凝练。对于中国文联及各团体会员引导广大文艺工作者加强行业自律和职业道德建设，培养造就宏大的德艺双馨文艺人才队伍具有重要的意义。大家表示，要根据这次会议的统一部署，结合各自的实际，广泛开展“爱国、为民、崇德、尚艺”的文艺界核心价值观和《中国文艺工作者职业道德公约》教育实践活动，更好地发挥在行业服务、行业自律方面的积极作用。

三、进一步增强使命感，突出工作重点，抓好各项部署和措施的落实

分组讨论中，大家以高度的政治责任感和对事业执着追求的态度，就推动新一年的工作跃上新台阶提出了很好的意见和建议。如，中国文联及各团体会员开展工作要注重把体现上级的要求、文艺工作者的追求和广大人民群众的需求统一起来；要加强文艺作品创作生产的引导，在扶持重大现实题材文艺创作、进一步完善和改进文艺评奖机制等方面取得新成绩；文联组织要在提升全社会审美层面、提高文艺创作对文化产业的贡献力方面多做工作；要带头践行中国文艺工作者职业道德公约，树立“爱国、为民、崇德、尚艺”的文艺界核心价值观，做到自尊、自律、自爱、自

强；要认真落实《国家“十二五”时期文化改革发展规划纲要 》，鼓励文艺工作者、艺术院校学生和热心文化公益事业的各界人士投身文化志愿服务，使“送欢乐、下基层”活动、“走转改”活动内容上丰富起来，形式上活跃起来；要重视文艺活动的区域平衡问题，加大对老少边穷地区的工作力度；要积极开展对港澳地区的文化艺术交流，同时，在有关部委和各艺术门类之间加强联系、形成合力，进一步做好对外文化交流工作；要加强同新闻媒体的沟通联系，多宣传文艺界的正面形象，等等。这些意见和建议，符合文艺工作和文联工作实际，符合全委会报告精神，我们一定在实际工作中给予认真的考虑和吸纳。

当前和今后一个时期，我国发展仍然处于可以大有作为的重要战略机遇期。文化领域正在发生广泛而深刻的变革，推动文化大发展大繁荣既具备许多有利条件，也面临一系列新情况新问题。我们面临的难得历史机遇、艰巨繁重的工作任务和各种考验挑战，要求我们树立良好精神状态，保持旺盛进取之心，切实增强做好工作的使命感。希望各团体会员同心同德、真抓实干，把九届二次全委会工作报告中提出的2012年目标任务和部署措施深化、细化、实化，落实到具体的部门和人员，提出落实的时间和标准，作到有目标任务、有责任分工、有措施办法、有进度要求，确保一抓到底，而不能停留在会上纸上。要加强对贯彻落实过程和结果的督促、检查和指导，确保一项一项地落到实处、取得实效。

各位委员、同志们，坚持中国特色社会主义文化发展道路、建设社会主义文化强国，对我们工作提出了新的更高的要求。新的一年里，让我们更加紧密地团结在以胡锦涛同志为总书记的党中央周围，以邓小平理论和“三个代表”重要思想为指导，深入贯彻落实科学发展观，锐意进取，扎实工作、努力奉献，为进一步兴起社会主义文化建设新高潮、建设社会主义文化强国作出新的更大贡献！

在2012全国文联组联工作会议暨全国基层文联负责人学习培训班上的讲话

中国文联党组副书记、副主席　覃志刚

（2012年4月16日）

同志们：

在全党全社会深入学习贯彻党的十七届六中全会精神，以优异成绩迎接党的十八大胜利召开的日子里，中国文联和各地方文联的组联干部以及基层文联负责人在这里欢聚一堂，谋划布置工作，进行业务培训，彼此畅叙友情，对于中国文联及各地文联深入推进文艺工作和文联工作改革创新，努力为推动社会主义文化大发展大繁荣作出贡献具有重要意义。

刚刚过去的2011年，文艺战线好事连连，党的十七届六中全会描绘了建设社会主义文化强国的宏伟蓝图，第九次文代会、第八次作代会开启了文学艺术事业繁荣发展的新征程。各级各地文联的组联部门不仅圆满完成了预定的工作任务，并且在不少方面取得了可喜的、实质性的进展，创造了许多可圈可点的工作新亮点：

一是把握主题主线，协调各方面力量，隆重举办主题鲜明、内容丰富、群众参与广泛的庆祝建党90周年等主题文艺活动，为奏响时代最强最美乐章作出了重要贡献。二是把握群众需求，深入开展“送欢乐、下基层”等文化惠民活动，为进一步强化上下呼应、全国联动的整体效应和常态化、长效化的工作机制作出了重要贡献。三是把握工作重心，认真做好九次文代会的联络服务和《中国文联章程》修改工作，为把九次文代会开成一个高举旗帜、民主团结、服务大局、鼓劲繁荣的盛会，进一步开创文联工作新局面作出了重要贡献。四是把握正确导向，努力改进和办好文艺评奖办节，为推出一大批认可度高、社会反响好的优秀新人新作作出了重要贡献。五是把握人才强国、人才兴文，积极培养文艺新秀，参与德艺双馨文艺工作者评选表彰活动，为提炼和弘扬爱国、为民、崇德、尚艺的文艺界核心价值观作出了重要贡献。六是把握基础工作，竭诚为艺术家服务，切实搞好组联部门自身建设，出台了新的措施办法，为树立文联组织的良好形象作出了重要贡献。

当今世界正处在大发展大变革大调整时期，各种思想文化交流交锋交融更加频繁，我国已经进入全面建设小康社会的关键时期和深化改革开放、加快转变经济发展方式的攻坚时期，文化领域也发生着广泛而深刻的变革，面对国内外形势新变化和文化建设面临的新情况，我们党召开了十七届六中全会，对文化改革发展做了新的战略部署。胡锦涛总书记在中国文联第九次全国代表大会、中国作协第八次全国代表大会开幕式上发表了重要讲话，充分肯定了文艺工作取得的重大成就，进一步阐明了新时期文艺工作的基本要求和主要任务，号召广大文艺工作者在推动社会主义文化大发展大繁荣、建设社会主义文化强国中建功立业。1月4日至5日召开的全国宣传部长会议，认真回顾总结了十六大以来宣传思想文化工作的成绩和经验，深入分析了当前的形势，对包括文艺工作在内的新一年宣传思想文化工作做出了全面部署。

2012年是文艺界学习贯彻党的十七届六中全会精神和全国第九次文代会精神的重要一年，是迎接党的十八大隆重召开的重要一年。今年文联工作责任大、任务重，希望全体组联干部和基层文联负责人一定要本着高度负责的态度，认真履行职责，加强统筹协调，扎实做好工作，切实当好文艺工作的排头兵、文艺工作者合法权益的忠实代表者和维护者、文艺工作的积极参与者和促进者。为此，我再强调几点。

一是按照党委宣传部的统一部署，紧紧围绕迎接党的十八大，坚持团结稳定鼓劲，充分利用一切资源和阵地，精心组织优秀文艺作品的展演、展示、展播、展映，组织艺术家深入改革开放最前沿和生产建设第一线采风创作慰问，开展唱响主旋律的文艺活动，大力弘扬以爱国主义为核心

的民族精神和以改革创新为核心的时代精神，创新内容、方式，增强吸引力、感染力，以良好精神风貌和丰硕艺术成果向党的十八大献礼，增强人们在党的领导下走中国特色社会主义道路的自觉性。

二是组织好纪念毛泽东同志《在延安文艺座谈会上的讲话》发表七十周年系列文艺活动，引导文艺工作者加强自身修养，树立爱国、为民、崇德、尚艺的核心价值观，努力做道德品行和人格操守的示范者；树立以人民为中心的创作导向，更好地深入生活、反映生活，努力做优秀文化的生产者、传播者，更好地为人民服务、为社会主义服务。

三是将“送欢乐、下基层”这个关系文化创新、惠民服务和增强文化发展活力的重要举措深入持久开展下去，健全工作机构，积极搭建公益性文化活动平台。依托重大节庆和民族民间文化资源，组织开展群众文化活动，精心培育植根群众、服务群众的文化载体和文化样式，总结来自群众、生动鲜活的文化创造新经验，推广大众文艺优秀成果，让蕴藏在人民群众中的文化创造活力得到充分发挥。

四是要加强文艺作品创作生产引导，积极引导和推动重大革命和历史题材、重点现实题材、优秀少儿作品、少数民族题材作品的创作，不断挖掘作品的深刻主题，不断丰富作品的表现形式，不断提高作品的艺术境界，努力创作生产出更多经得起历史和人民检验的精品力作、传世佳作。要建立公开、公平、公正的评奖机制，通过人民、市场和时间检验产生精品力作。积极运用主流媒体、公共文化场所等手段，不断拓展优秀文艺作品的推广、传播方式。

五是壮大文艺志愿者队伍，鼓励文艺工作者、艺术院校学生和热心文化公益事业的各界人士投身文化志愿服务，参与基层文化建设和群众文化活动，形成专兼结合的基层文化工作队伍。同时，要进一步加强行业自律，深入宣传贯彻《中国文艺工作者职业道德公约》，突出抓好职业道德、职业精神建设，在今年抓好中国影协、中国曲协、中国摄协三个行业规范制订试点单位工作的基础上，我们将加快推动制订各艺术门类的行业规范，引导广大文艺工作者自尊自重、崇德尚艺，切实履行好人类灵魂工程师的光荣职责。

六是努力转变观念、转变作风，不断提高文联自身建设水平。面对新的形势和任务，各地各级文联要进一步加强自身建设，转变观念、转变作风、科学服务、有效服务，不断增强凝聚力、扩大影响力，更好地团结广大文艺工作者为发展社会主义文艺作贡献。要以创先争优活动和学习型党组织建设为载体，努力建设学习型、创新型、服务型、廉洁型的领导班子和干部队伍，不断提高文联干部队伍素质。要加强各级文联的组织网络体系、管理制度体系、行业服务体系建设，大力加强文联的信息化建设，运用现代传播手段提升文联工作的信息化水平。

党的十六大以来，在以胡锦涛同志为总书记的党中央坚强领导下，文艺工作和文联工作实现了新跨越、开创了新局面，形成了一系列具有长远意义的宝贵经验，走出了一条中国特色社会主义文艺发展道路。文化领域正在发生广泛而深刻的变革，推动文化大发展大繁荣既具备许多有利条件，也面临一系列新情况新问题。我们面临的难得历史机遇、艰巨繁重的工作任务和各种考验挑战，要求我们树立良好精神状态，保持旺盛进取之心，切实增强做好工作的使命感。希望组联工作者同心同德、真抓实干，把2012年的工作目标任务和部署一项一项地落到实处，取得新的明显成效。

同志们，齐心协力铸伟业，同心奋斗谱新篇。让我们更加紧密地团结在以胡锦涛同志为总书记的党中央周围，以邓小平理论和“三个代表”重要思想为指导，深入贯彻落实科学发展观，锐意进取，扎实工作，不断巩固和发展文艺事业大团结、大繁荣、大发展的生动局面，为进一步兴起社会主义文化建设新高潮、建设社会主义文化强国作出新的贡献。

深入学习贯彻党的十七届六中全会和第九次文代会精神　努力推动文联工作创新发展

中国文联党组副书记、副主席　李　屹

（2012年3月8日）

同志们：

2011年，是我国文艺事业和文联工作发展历程中具有特殊重要意义的一年。党的十七届六中全会通过了《中共中央关于深化文化体制改革、推动社会主义文化大发展大繁荣若干重大问题的决定》。提出了走中国特色社会主义文化发展道路，建设社会主义文化强国的战略目标。胡锦涛总书记在第九次文代会上发表重要讲话，充分肯定了文艺工作取得的巨大成就，深刻阐述了文艺工作的地位和作用，进一步阐明新时期文艺工作的基本要求和主要任务，向广大文艺工作者提出殷切希望，并对做好文联、作协工作提出明确要求，必将对繁荣发展社会主义文艺产生重要而深远的影响。

2012年，是深入贯彻落实党的十七届六中全会精神和胡锦涛总书记在第九次文代会上的重要讲话精神，文联工作在新的发展阶段朝着新的更高目标迈进的重要一年。李长春、刘云山、刘延东同志分别在全国宣传部长会和全国文化体制改革会上发表重要讲话，要求深入学习贯彻落实党的十七届六中全会精神，以组织实施《国家“十二五”时期文化改革发展规划纲要》为重要抓手，进一步兴起社会主义文化建设新高潮。

在这个背景下，中宣部携中国文联、中国作协举办文艺研讨班，对于我们深入学习贯彻落实中央精神，进一步开创全国文联、作协工作新局面，意义十分重大。

中国文联党组，特别是赵实同志对这次研讨班很重视，安排几位党组同志参与教学组织，安排我与同志们作面对面交流。需要说明的是，考虑到是研讨班，今天交流的重点是对文联工作存在问题的梳理，甚至是放大问题来谈问题，况且我到中国文联工作时间不长，情况了解不多、不深，所以有些分析、认识、观点难免有不准确和偏颇之处，还望大家批评指正。还需要说明的是这次研讨班除了文联系统各单位负责人外，还有部分省作协的负责同志参加。文联、作协职能相同、组织形式、工作方式等相近，我今天虽然主要就深入学习贯彻落实党的十七届六中全会精神和胡锦涛总书记在第九次文代会上的重要讲话精神，从做好当前文联工作的角度，谈几点认识，与大家共同探讨，也希望能够引发作协负责同志的一些思考。

一、充分认识做好当前文联工作的重要意义

文艺是民族精神的火炬，文艺事业是中国特色社会主义事业的重要组成部分，文艺工作在党和国家工作全局中具有十分重要的地位。十七大以来，以胡锦涛同志为总书记的党中央关于文化建设、社会管理、群众工作作出了一系列重大决策部署，对文艺工作和文联工作指明了方向，提出了新的要求。以党的十七届六中全会和第九次文代会召开为标志，文艺事业和文联工作进入一个新的发展阶段。胡锦涛总书记在第九次文代会上的重要讲话中指出：“坚持中国特色社会主义文化发展道路、建设社会主义文化强国，对中国文联、中国作协提出了新的更高的要求。希望各级文联、作协组织坚持围绕中心、服务大局，发挥优势，履行职责，把文联、作协组织建设成文艺工作者的温馨和谐之家，继续团结和激励广大文艺工作者积极投身社会主义文化建设。”

深入学习贯彻党的十七届六中全会精神和胡锦涛总书记在第九次文代会上的重要讲话精神，是各级文联组织面临的头等重要的政治任务。按照中央的要求，坚持中国特色社会主义文化发展道路、建设社会主义文化强国，坚持正确文艺方向，坚持发挥自身优势，创新管理体制、组织形式、活动方式，更好地履行联络、协调、服务的基本职能，更好地发挥组织、引导、服务、维权的重要作用，文联组织责任重大，使命光荣。我们要适应当前形势，立足文联组织的职责和优势，

充分认识做好文联工作的重要意义，增强做好文联工作的历史责任感和紧迫感。

（一）面对社会思想文化日趋多元多样多变的新特点，充分认识文联组织在弘扬社会主义核心价值体系方面的重要作用

当前，我国经济社会发展正处在重要战略机遇期，同时也进入了改革攻坚期和矛盾凸显期，人们思想活动的独立性、选择性、多变性、差异性不断增强，社会思想文化更加活跃。文艺观念更加多样，文艺表达方式更加丰富，文艺思潮和文艺现象更加复杂。特别是随着社会经济成分、组织形式、就业方式、利益关系和分配方式的日益多样化，不同群体之间的利益关系更趋复杂，各类社会热点相互叠加，各种“两难”问题更加突出，信息传播渠道更加多样，社会舆论形成更加复杂，统一思想、凝聚力量的任务更加繁重。在社会成员总体精神面貌昂扬向上，民族自尊心、自信心和自豪感不断增强的同时，部分社会成员价值观扭曲，信仰模糊，拜金主义和享乐主义倾向有所滋长，诚信缺失现象时有发生，社会呼唤道德建设。如何在多元中立主导、多样中谋共识、在多变中把握正确方向，凝聚社会共识、促进社会和谐稳定，是一项重大而紧迫的任务。文联组织在服务和引导文艺创作方面具有独特优势，面对社会思想文化日趋多元多样多变的新特点，文联组织可以通过组织文艺家开展采风创作、开展积极健康的文艺批评、举办文艺评奖和内容向上、丰富多彩、影响广泛的文艺品牌活动，引领社会思潮、弘扬社会正气、培育文明风尚，彰显民族优秀传统文化，营造团结和谐的文化氛围，在弘扬社会主义核心价值体系方面充分发挥重要作用。

（二）面对现代信息技术迅猛发展形成的传播新格局，充分认识文联组织在传播社会主义先进文化方面的重要作用

发展积极健康向上的网络文化，加快发展现代文化传播体系，努力推动优秀传统文化瑰宝和当代文化精品的网络传播，是党的十七届六中全会提出的明确要求。当前，随着网络新技术的迅猛发展，人们对网络文化的需求越来越旺盛。据统计，截至2011年12月底，我国网民规模达到5.13亿，互联网普及率达到38.3%，手机网民规模达到3.56亿，乡镇互联网开通率达到100%。网络技术的迅猛发展和广泛运用，深刻改变了人们获取知识、传递信息、鉴赏文化的渠道和方式，对占领新兴文化阵地、运用现代传播技术传播先进文化提出了新的要求。文联组织具有独特的文艺资源优势，除了拥有优秀的文艺人才资源之外，还拥有大量的优秀文艺作品、珍贵的文艺档案资料等丰富的文艺信息资源。面对现代信息技术迅猛发展带来的传播新格局，文联组织可以通过整合各个艺术门类的资源，借助现代传播技术，通过文艺与科技的融合，搭建文艺作品网络传播平台，用先进技术传播先进文化，使主流文艺作品占据新媒体阵地和文化传播的制高点，在推动社会主义先进文化广泛传播、深入人心方面充分发挥重要作用。

（三）面对广大人民群众追求科学文明健康生活方式的新期待，充分认识文联组织在满足群众精神文化需求方面的重要作用

保障人民群众基本文化权益，满足人民群众多样化的精神文化需求，是社会主义文化建设的重要目的，也是文联工作的重要目标。国际经验表明，人均国内生产总值达到3000美元以上时，居民消费进入物质消费和精神文化消费并重时期。目前，我国人均国内生产总值已经达到4200美元，人民精神文化需求呈“井喷”之势迅速增长，呈现出多样性、多方面、多层次的特点。但是，我们的文化产品无论是数量还是质量，都还不能很好地满足人民群众日益增长的精神文化需求，文化领域已成为我国少数几个总供给不能满足总需求的领域之一。文联组织在丰富群众精神文化生活方面具有独特优势，面对广大人民群众追求科学文明健康生活方式的新期待，文联组织可以通过开展面向基层、服务群众的公益性文化惠民活动，组织文艺工作者创作群众喜闻乐见的优秀作品，指导和推动群众性文艺活动，开拓文化市场等途径，更好地让人民群众共享文化发展成果，在满足人民群众精神文化需求方面充分发挥重要作用。

（四）面对文化体制改革深入推进带来的文艺工作者队伍构成的新变化，充分认识文联组织在团结凝聚广大文艺工作者方面的重要作用

随着文化体制改革的深入推进，各种所有制文化单位并存，我国文艺工作者的队伍构成及其

所处的社会环境、体制环境、创作环境、成长成才环境都发生了深刻变化，如何最大限度地凝聚各方面、各层次文艺工作者的智慧和力量，推动社会主义文艺大发展大繁荣，是摆在文联组织面前十分重大而紧迫的时代课题。文联组织是文艺界人民团体，是党和政府联系文艺工作者的桥梁和纽带，在社会管理方面具有独特优势。面对文化体制改革深入推进带来的文艺工作者队伍构成的新变化，文联组织可以通过努力拓宽服务渠道、扩大服务范围、改进服务方式，加强与各领域各方面的文艺工作者的密切联系，把体制内外的文艺工作者最大限度地纳入各级文联及各文艺家协会服务范围和工作视野；通过为广大文艺工作者做好事、办实事、解难事，在政治上关心爱护，在创作上热情支持，在生活上真诚帮助，为艺术家提供良好的工作环境和生活条件，在团结凝聚广大文艺工作者方面发挥重要作用。

（五）面对经济全球化深入发展带来的新趋势，充分认识文联组织在提升中华文化的国际影响力方面的重要作用

随着经济全球化的深入发展，随着我国对外开放的不断扩大，一方面为我们学习借鉴世界优秀文化成果，推动我国文化走向世界、提高文化软实力提供了有利条件；另一方面，也使我国文化的发展面临激烈的国际竞争。改革开放以来特别是党的十六大以来，我国文化改革发展取得了历史性成就，但总体而言，我国文化整体实力和国际竞争力与我国国际地位还不相称，“西强我弱”的态势尚未根本扭转。比如，在当今世界文化市场，美国电影产量只占全球的10%，但占据了全球观看电影总时间的一半以上；全世界每100本图书，85本由发达国家流向不发达国家；全世界每100小时音像制品，74个小时由发达国家流向不发达国家。如果我们不形成我们的文化优势，不仅谈不上增强文化软实力，中华文化也难以在激烈的国际文化竞争中站稳脚跟。开展对外民间文化交流，是国家外交、政党外交、公共外交的有益补充，对于服务国家“大外交”、“大外宣”的格局，推动中华文化走向世界，扩大中华文化国际影响力具有重要作用。文联组织人才聚集、名家荟萃，在开展对外和对港澳台地区的民间文化交流方面具有独特优势。面对经济全球化深入发展带来的新趋势，文联组织可以通过“请进来”、“走出去”，举办艺术节、艺术周、论坛、演出，开展艺术组织的文化交流与合作，在对外和对港澳台地区民间文化交流方面充分发挥重要作用。

二、准确把握推动文联工作创新发展面临的问题

近年来，在中央的坚强领导下，在各方面的关心支持、特别是文联工作者和广大文艺工作者的共同努力下，文联工作作用凸显，文联组织的社会影响不断扩大。这是大家有目共睹的。但也要看到，文联工作从自身来讲，存在着不适应、不规范、不平衡、不到位等主客观问题；从外部来讲，在社会认知、重视程度、政策环境等方面存在着不适应、不到位、不如意等主客观问题；从长远来讲，存在着影响和束缚文联组织科学发展、可持续发展、繁荣发展的深层次问题。如何适应新形势、新任务、新要求，立足职能，找准定位，彰显文联组织的生机和活力，推进文艺事业和文联工作蓬勃发展，是摆在我们面前的紧迫问题。

面对这些问题，迫切需要我们以主人翁的姿态，拿起科学的、理性思维的武器，予以正视和思考。当前，很重要的一点，就是要认真处理好“热运行”和“冷思考”的辩证关系。既倾心于轰轰烈烈、亮点纷呈，又潜心于文联工作的理性思考。即，在满腔热情，全力推动文联工作的同时，善于冷静思考、总结提高、远近结合、科学把握。首先，要从紧迫性问题入手，思考解决推动当前工作急需解决的问题。要以围绕中心、服务大局为主线，立足职能，用心、用智、用力地谋划工作思路、工作目标、工作任务和措施项目，主动有为，服务到位，以实际行动履行好文联的职能，诠释文联的地位和作用。其次，要从普遍性问题入手，思考破解难题的途径、方式等。这里包括各级文联组织整体运行的内在质量问题，服务对象的覆盖面问题，文化服务、文化惠民活动向基层倾斜、向普通群众深入问题，文艺原创乏力问题，行业服务、行业维权、行业自律薄弱问题，文艺人才队伍健康发展问题，文化体制改革的健康推进问题，等等。最后，要从前瞻性问题入手，思考解决打基础、利长远的问题。胡锦涛同志在第九次文代会上指出，要适应文艺界人民团体在

联络范围、协调手段、服务对象等方面发生的新变化，积极探索符合文艺发展规律的管理体制、运行机制、组织形式、活动方式。习近平同志去年在谈到文联工作时指出，要深入调研，思考文联在现阶段所面临的新情况新问题，文联联络、协调手段和服务对象的新变化新发展，新形势下履行文联职能的新思路新途径，探索做好文联工作的新办法新举措。贯彻落实中央领导同志的指示精神，使文联工作顺应时代、适应形势，与时俱进，这既关乎眼前、更关乎长远。我想，文联的地位、作用、职能、任务、管理体制、运行机制等都将随着以上问题的思考探索和实践，通过创新发展而逐步得以解决，文联组织也将在这个探索发展过程中进一步显示出强大的活力和旺盛的生命力。

具体来说，当前文联工作要着重解决好以下几个方面的问题。

（一）关于进一步提升文联工作运行水平和内在质量问题

我认为，检验文联工作水平和质量高低，是否应该从以下几个方面去分析把握：一是是否紧紧围绕中心、服务大局来谋事干事；二是是否有力地团结凝聚广大文艺工作者，调动他们的积极性、创造性；三是是否在满足人民群众精神文化需求上有所作为并且受到广大群众欢迎；四是是否有力推进了文艺繁荣和精品创作；五是是否科学合理地整合资源，调动文联系统、上上下下、方方面面的积极性；六是是否强化了管理，锻炼了队伍，提高了队伍的综合素质。回到文联日常工作，我们讲，文艺活动是文联组织发挥职能作用的重要方式。近年来，各级文联以文艺活动为载体，在服务党和国家工作大局、丰富群众精神文化需求、开展民间对外文化交流方面发挥了重要作用。总体上看，文联组织的文艺活动收到了很好的社会反响，有力地提升了文联组织的社会地位，扩大了文联组织的社会影响，增强了文联工作的活力。但是，也应该看到，近些年来，我们在开展文艺活动时还存在一些需要注意把握的方面：一是重活动组织、轻总结提高，往往是活动搞得热热闹闹，但是对于活动的实际效果关注不够，与此相联系，对活动本身内在质量关注不够或者说下功夫不够。二是活动的品牌意识不强，往往是今年的活动今年办，明年的活动再琢磨，零敲碎打，活动数量不少，耗费精力不少，但是缺乏活动的示范性、渗透力和持久影响力。有些活动虽从形式上看已成为品牌，并定期开展，但也存在流于形式，内容充实跟进不到位、缺乏时代感和影响力的问题。三是活动组织各自为政的现象比较突出，从中国文联到各全国文艺家协会、省（区、市）文联，对活动组织的统筹力度不够，导致活动资源在主题、时间和地区分布上出现不均衡等问题。在中国文联九届二次全委会上，有的委员就反映，现在中国文联包括各全国文艺家协会组织的文艺活动在地区分布上不同程度地存在南“热”北“冷”的现象。就省（区、市）文联来讲，也不同程度地存在活动的区域时空分布不均衡等类似现象。再就各级文联整体工作来透视，重活动、轻原创，重应急、轻基础，重眼前、轻长远，重本级、轻基层，重运行、轻管理等也都不同程度地表现出来。

如何提高文联工作、特别是文艺活动的质量和水平：

一是立足于“动”起来，坚持把主题活动、品牌活动和日常文化惠民活动等搞得有声有色，努力提高文联组织的影响力。就文联组织来讲，“动”是优势、“动”是特点、“动”是常态、“动”是硬道理，有为才能有位。从全国范围看，文联组织的活动既有“集中过热”的现象，也有“尚未热起来”的问题。“集中过热”，要冷静分析，应更多地热在提高内在质量上；尚未“动”起来、“活”起来，则有问题，换而言之，不干、不动、无所作为，半点道理都没有，什么都无从谈起。可喜的是，近年来，随着形势的发展，文艺活动越来越成为文联组织开展工作的重要手段。因此，各级文联组织更加有必要集中精力把活动组织好。要充分利用文联组织文艺活动的优势，围绕服务党和国家的大局，围绕文化惠民，围绕服务和引导文艺创作，围绕民间对外文化交流，在坚持原有活动的基础上，多开发、多组织有影响、有规模的文艺活动，不断激发文联组织的活力，不断增强文联组织的社会影响力。

二是加强统筹，强化“中国文联一盘棋”、“全国文联一盘棋”的观念。首先，要加强中国文联这个层面的统筹。年初谋划组织好重大主题活动，安排部署好重大品牌活动，随机精心组织好即时重大文艺活动。要协调各全国文艺家协会就同一重大主题活动的具体安排，注意形式、时间、地域（城市）的科学合理分布，注意活动的社会综合影响力。其次，要加强全国文艺家协会这个层面的统筹。把积极主动地开展活动与活动的实际成效统筹起来考虑，把协会的资源与地方、行业及社会方方面面的资源统筹起来考虑，找准合作的结合点、共赢点、平衡点，谋求活动的最佳效果。最后，要加强省（区、市）的（行业）文联这个层面的统筹。省（区、市）文联是全国文联系统的重要一级，是全国文联系统组织架构中的重要基石。省（区、市）文联所处的位置决定了它要把为当地党委政府的中心工作服务与中国文联的重大主题活动及各全国文艺家协会评奖办节、文化惠民等重大活动有机衔接起来，同时把省（区、市）文联与地市县文联的重大活动统筹起来。形成以服务当地党委政府为主线，最大限度地发挥全国文联系统资源优势和活动影响力的生动格局。做好以上三个层面的统筹，做到上下左右相互贯通、有机衔接，需要建立起相应的工作机制，我认为这是摆在全国文联系统各级组织面前的现实问题，需要我们在工作实践中不断探索、磨合。

三是注重实效，把实际效果作为开展工作和组织活动的出发点和落脚点。要围绕中心、着眼职能，依托和整合资源，发挥优势，研究受众需求，善于换位思考，以此来谋划工作，设计活动内容，策划活动细节，力求使我们的工作和活动让党委政府满意，受到业内认同和支持，引起社会关注，吸引群众参与，真正体现文联工作的公益性质和社会价值。比如，“百花迎春”春节联欢活动作为中国文联迎新春的品牌项目，已经走过了10年历程，收视率和收视份额屡创历史新高，成为中国文联的“春晚”，之所以深受群众喜爱，注重组织策划、追求演播的实际效果是一个重要原因。

四是打造品牌，形成长效机制。在文化惠民活动方面，“送欢乐下基层”逐渐形成了长效机制，每年元旦春节期间，中国文联及各团体会员自觉面向基层、面向群众，组织系列文化演出，为节日期间的群众生活增添了许多亮色。文艺活动要形成长效机制，还要推动当地文艺资源开发和文化品牌建设相融合，突出地域特色。比如，吉林省文联参与主办的长春民间艺术博览会至今连续举办6届，一届比一届成功，在传承、发展民间艺术的同时，也推动了民间艺术的市场化和产业化，收到的经济效益也非常可观，第6届长春民间艺博会实现总成交额1.5亿多元。之所以这么成功，就是因为把民博会纳入提高城市形象、提高区域发展实力的总体框架。

五是体味基层，增强为民意识、惠民意识、服务意识，使所开展的工作和各项活动受到基层和群众的欢迎。文联组织的文艺活动虽然都属于公益性质、惠民性质，但要真正做到符合基层和群众的需求，把好事办好，也不容易。要把主观愿望与实际效果统一起来，把上级要求、文艺工作者追求和群众需求结合起来，把服务群众与引导群众结合起来，不搞劳民伤财的事，这样才能受到群众欢迎，才能调动基层积极性，才能使活动深植基层，深植于民，才能持续长久。需要强调的是，我们组织的各项文艺活动，需要有一定的形式和声光电等现代科技手段的支撑，但要始终把握好“主题为上，内容为王，节俭为本”的精神，切忌一味大制作、高成本，力求做到讲形式不唯形式，形式与内容、形式与物质支撑能力、与方方面面的认同力相匹配、相统一。

（二）关于进一步加强对文艺创作的服务和引导问题

创作是艺术的母体，文艺的繁兴得益和依赖于创作的繁兴。坚持以人民为中心的创作导向，服务和引导文艺创作是文联组织的重要职责。近年来，文联组织通过采风创作、文艺理论评论和评奖办节，在引导和服务文艺创作方面发挥了重要作用。比如，中国文联组织开展全国性文艺评奖，近5年共评出获奖作品865部，全国19个省级文联成立文艺评论家协会，对于催生精品力作、推出优秀人才发挥了积极作用。此外，各类艺术节的成功举办，使一大批优秀文艺作品得到展示、推介和宣传。

但是，由于主客观因素的影响，文联组织对文艺创作的引导作用发挥得还不够充分。主要表现为：一是文艺评论主流声音不强，文艺创作、传播和评判的导向受上座率、收视率、票房、拍

卖行影响很大；文艺理论评论家队伍分散，文艺理论评论经费投入不足，文艺评论阵地趋向萎缩，一些文艺评论刊物随时可能因为经费缺乏面临停办。二是文艺创作投入不足，文艺创作人员待遇低，重使用、轻培养，重演出、轻创作，要求多、扶持少。三是全国性文艺评奖亟须规范和调控，国家文艺奖项主办单位多头，部门办奖、党委办奖、政府办奖、文艺家协会办奖、媒体办奖并存，奖项内容大体类似，参与主体交叉严重，容易在社会上引起混淆，文艺评奖的权威性受到质疑。

服务和引导文艺创作，要把始终坚持正确导向贯彻到文艺创作、文艺评论、文艺活动各方面，引导文艺工作者自觉把社会效益放在首位，追求社会效益和经济效益相统一。当前，在服务和引导创作方面，要着力做好以下工作：

一是大力开展积极健康的文艺批评。要按照党的十七届六中全会的要求，加强文艺理论建设，培养高素质文艺评论队伍，深入开展形式多样的影评、戏评、书评、乐评等活动，倡导主流价值取向，引导群众审美鉴赏，坚决抵制低俗之风，着力净化文化市场，努力营造发展良好环境。充分发挥中国艺术报、中国文艺网等文联系统所属的文艺理论评论报刊和网站的作用，壮大主流文艺评论的声音。继续办好文艺论坛等各类文艺研讨活动，认真组织好中国文联文艺评论奖及各全国性文艺奖项的理论评论奖，通过办好理论评论工作研讨班、中青年文艺评论家高级研修班等，努力建设一支高素质文艺评论队伍。

二是不断改进和完善文艺评奖。目前，中国文联拥有包括：中国戏剧奖、中国音乐金钟奖、中国电影金鸡奖、大众电影百花奖、中国电视金鹰奖、中国舞蹈荷花奖、中国摄影金像奖、中国美术奖、中国曲艺牡丹奖、中国杂技金菊奖、中国民间文艺山花奖、中国书法兰亭奖、中国文联当代文艺评论奖13个全国性文艺奖项，各省文联也设有各自的省级文艺大奖，在鼓励新人新作方面发挥了重要作用。但是，需要不断改进完善文艺评奖，进一步明确各文艺奖项的定位、特色和评选导向，坚持把遵循社会主义文化前进方向、人民满意作为评价作品的最高标准，把群众评价、专家评价和市场检验统一起来，形成科学的评价标准。建立公开、公平、公正评奖机制，改进评奖办法，不断提高权威性和公信度。

三是探索引导创作新模式，重点发挥文艺基金的作用，扶持重大题材创作。党的十七届六中全会明确指出，实施精品战略，组织好“五个一工程”、重大革命和历史题材创作工程、重点文学艺术作品扶持工程、优秀少儿作品创作工程，鼓励原创和现实题材创作，不断推出文艺精品。近年来，中国文联和地方文联在这方面做了不少工作。从2007年到2011年的5年里，中国文学艺术基金会资助6018万元用于精品创作，仅2011年，依托国家财政支持，中国文学艺术基金会用于精品创作的资金就达3786万元，2012年拟用于人才培养和精品创作项目资助资金大概也是几千万元。与此同时，国家财政还加大了重大题材创作的投入，2011年批准投入1.5亿元实施“中华文明历史题材美术创作工程”。广东省也投入财政资金组织实施广东近当代重大历史题材美术作品创作工程；河北省文联争取省政府资金支持，设立“河北文艺繁荣奖”，鼓励新人新作等。在加大财政投入的同时，仍要不断探索引导文艺创作的新模式。比如，近年来，浙江文联成立“影视艺术创作委员会”，积聚省内外影视创作人才，提高文艺创作的组织化程度，推动精品文艺创作，收到了很好的效果。

四是加大优秀文艺作品传播力度。文联组织拥有丰富的文艺资源，要充分借助现代信息技术，加快文艺与科技的融合，加快各类优秀文艺作品、文艺资源的网络传播。目前，很多省级文联都建立了文艺网作为门户网站，应充分利用并在此基础上精心打造网络文艺传播平台。同时，要密切联系广播、电视、报刊、手机等传播媒体，大力宣传名家名作、新人新作，使反映社会主义核心价值体系的优秀文艺作品占领文艺传播的主阵地，不断扩大社会主义先进文化的覆盖面和影响力。

（三）关于进一步维护文艺工作者合法权益的问题

维护会员和文艺工作者的合法权益，是党和政府赋予文联组织的基本职能。回顾中国文联发展的历史，历次文代会通过的章程，第七次文代会到第九次文代会上中央领导的重要讲话都明确提出，要维护广大文艺工作者的合法权益。

维护文艺工作者的合法权益，是形势发展的

迫切需要。调查显示，近年来侵犯文艺工作者合法权益的行为不断增多，主要侵权方式是抄袭、剽窃、非法复制、非法出版、非法传播、“拍假画”、“假卖画”等等。广播电台、电视台、互联网等机构无偿使用文艺作品的现象十分严重，尤以网络侵权现象最为突出，据不完全统计，现在国内以发布盗版内容为主的文学网站有53万家之多。面对这种形势，广大文艺工作者强烈呼吁文联组织在文艺工作者维权方面发挥作用。

做好新形势下文艺工作者的维权工作，需要从面临问题入手。当前，文艺工作者维权工作还面临如下问题：一是立法有待完善，法律环境尚需优化。1990年以来，我国先后颁布实施了《中华人民共和国著作权法》及其实施条例等一系列法律法规，加大了著作权的保护力度。但是，现行法律法规中有些条款已经不适应新形势的发展需要。比如，虽然出台了《信息网络传播权保护条例》，但对提供下载、复制等服务的网络提供商的责任义务缺乏明确的规定。二是普法宣传不到位，公众法律意识亟须加强。社会公众的知识产权意识薄弱，尊重知识、尊重创造的良好文化环境还未形成。侵权案件中，除了侵权方主观故意的恶意侵权外，很多源于侵权者不知法、不懂法。三是文艺工作者维权意识不强，维权能力有待提高。有的碍于面子，尤其是面对强势媒体，选择“息事宁人”；有的对数字技术和新媒体的传播方式不够了解，不能及时发现掌握被侵权的事实与证据；有时是因为面对实力较强的文化传媒企业，艺术家和文艺工作者个人维权成本过高，被迫接受“和解”或者无奈放弃权利主张。

根据维权工作面临的问题，推进当前维权工作，需从以下几个方面入手：

一是建立和完善省、市、县三级文联维权工作体制和机制，建立符合各艺术门类特点的维权组织或机构。中国文联已经在筹备成立中国文联权益保护部，中国摄协2008年成立了“中国摄影著作权协会”，中国书法家协会2011年成立了“维权工作鉴定工作委员会”，四川文联2007年成立了四川省文联维权中心并逐渐形成省、市、县三级维权网络，上海文联成立上海演艺工作者联合会等，积极为维护文艺工作者合法权益和法律服务搭建平台。

二是与行政管理部门合作，积极推动艺术作品的立法、保护、宣传、使用及管理。为推动对九年制义务教育和国家统编教材中使用的作品付稿酬，中国文联与国家版权局共同举办了“教科书法定许可付酬研讨会”，为立法部门加快《教科书法定许可付酬办法》的出台进程起到了积极作用。2011年末人民教育出版社向中国摄影著作权协会支付了第一笔教科书摄影作品版权使用费140万元。

三是与司法机关建立合作机制，开辟维权绿色通道。2010年，中国文联与北京市高级人民法院建立全面合作机制，为艺术家维权开辟了一条绿色通道。在各艺术家协会的配合下，中国文联筹备成立“中国文联文艺作品专家咨询委员会”和“中国文联文艺作品知识产权纠纷调解委员会”，以专业团队的力量来维护艺术家的合法权益，改变了以往艺术家个人维权的弱势局面。

四是努力提高文艺工作者的维权意识。解决文艺工作者的维权问题，除了需要以政府为主导，完善法律法规，加强行政管理，加大执法力度外，也需要提高权利人权利意识和自我保护意识。要通过加大维权宣传力度，和媒体合作，搭建维权工作和信息交流的平台，提高艺术家和文艺工作者的维权意识和能力。从著作权人个人来讲，要通过采取技术措施，积极抵制网络侵权行为，提高自我保护意识，比如对网上作品实行加密保护；加入著作权集体管理组织，由个人维权变组织维权等方法来抵制和防范互联网上侵犯文艺作品的著作权行为等。

（四）关于进一步加强文艺人才队伍建设的问题

党的十七届六中全会指出，推动社会主义文化大发展大繁荣，队伍是基础，人才是关键。文联组织作为党领导下的文艺界人民团体，联络着各艺术门类的文艺人才。随着文化体制改革的深化，培养、服务文艺人才，发挥文艺人才研修培训基地的作用，已经成为文联组织的一项重要职责。

近年来，通过采风创作、评奖办节、行业服务等方式，文联组织在培养德艺双馨文艺人才方面发挥了重要作用。但是，也要看到，文联组织在人才队伍建设方面还面临不少问题：一是缺乏政策、资金等条件保障。与工、青、妇、科协、

作协等群团组织相比，至今没有一个专门培训文艺骨干的国家级文艺培训研修基地，难以对文艺工作者和文联工作者、协会干部开展规模性的职业教育。二是一些艺术门类的后备人才储备不足，有的地方中青年艺术人才出现断层，面临青黄不接、后继乏人的窘况。三是大量体制外、新兴领域的高级文艺人才，亟须纳入文联关注和培训视野，把他们紧密团结在党和政府的周围。

加强文艺人才队伍建设，文联组织重点要做好以下几方面的工作：

一是通过评奖办节、开展文艺活动，吸引、催生、发现人才。评奖办节、开展文艺活动是引导文艺创作、展示文艺作品的重要平台，也是培养、发现人才的重要途径。要继续坚持公平、公正、科学、合理的原则，组织好已有品牌评奖活动，办好专业艺术节。要在继承传统的基础上，发扬这一独特优势，把重心向新人新秀和基层文艺人才倾斜，创造有利条件，为青年文艺人才提供展示才华的舞台。近年来，广东省文联通过开展“跨世界之星”和“新世纪之星”推选活动，推举优秀中青年文艺家，展示优秀艺术作品，在培养人才、激励人才、发现人才方面起到了积极作用。

二是加大对中青年文艺人才的培养力度。中青年文艺人才是文化建设的主力军。近几年，文联系统在培养中青年文艺人才方面积累了不少经验，比如为全国“四个一批”人才工程和文化名家工程举荐人才，开展中青年德艺双馨文艺工作者评选表彰活动，实施青年文艺人才海外研修工程，举办各艺术门类的中青年文艺人才研修班等，这些好的做法都要继续坚持。同时，还要重点探索研究新时期文艺人才成长规律，了解不同艺术门类、不同所有制体制、不同年龄层次文艺工作者在发展上面临的问题、困难和诉求，掌握文艺人才队伍建设的新情况新变化，把体制外和新兴艺术领域的文艺人才纳入人才工作范围，更加广泛地凝聚和服务文艺人才。这方面，各地文联也开展了积极的探索，比如对人才状况的调研、摸底，进行分类管理，成立新型文艺组织等，取得了很好的成效。今后，中国文联还将大力实施青年文艺人才培养工程，以文艺名家、青年文艺人才、基层文艺骨干、文联工作者骨干和急需紧缺人才培养为重点，拓展人才服务领域，促进文艺领域各门类文艺工作者的成长和成才。目前这项工程正在论证筹划之中。为此，目前正在全力以赴筹办中国文联文艺研修院，争取经过几年的努力，基本配套研修院硬软件建设，为文艺骨干和文联干部学习进修、艺术创作交流、理论研讨等创造条件。

三是进一步加强职业道德建设和行业自律，规范职业行为。刚刚结束的中国文联九届二次全委会审议通过了文艺界核心价值观和《中国文艺工作者职业道德公约》。用中国文联委员们的话说，《公约》立意深远，观点鲜明，重点突出，针对性强，表述严谨，简洁易记，便于操作，为文艺工作者加强自身修养、弘扬职业精神提供了有力指导。《公约》重在宣传践行、重在典型示范。各级文联要充分认识加强文艺工作者职业道德建设的重要意义，通过各种有效形式和途径，积极宣传和推动《公约》的执行，引导广大文艺工作者积极践行“爱国、为民、崇德、尚艺”的文艺界核心价值观，自觉遵守“坚持爱国为民、弘扬先进文化、追求德艺双馨、倡导宽容和谐、模范遵纪守法”的道德公约，树立文艺工作者的良好形象。

四是进一步加大对老艺术家的服务力度，积极为老艺术家解决实际问题。老艺术家是国家的宝贵财富，要关心老艺术家的生活，积极为他们解决实际困难和医疗照顾问题。今年元旦春节期间，中国文联党组领导走访慰问了在京荣誉委员、主席团成员等老艺术家，为他们发放温馨服务卡，为患有重病、生活困难的老艺术家、离退休老同志和特困职工发放慰问金，“两会”期间为在京荣誉委员、主席团成员组织体检。今年春节期间中国文联为每位荣誉委员送了一张可以到中国文艺家之家看电影、理发、购食品温馨服务卡，这些举措，受到老艺术家、老同志的欢迎。中国文联还将进一步完善包括走访慰问在内的联系制度，通过举办联谊会、座谈会、走访慰问等方式，面对面听取文艺家对文艺工作和文联工作的意见和建议。不断完善老艺术家从艺纪念、寿诞庆贺制度，继续推进“晚霞”、“彩霞”工程、艺坛大家音像工程和“送温暖”工程等。

（五）关于进一步构建文联组织网络体系的问题

文联组织网络体系是由各级文联组织组成的

遍布全国的文联工作网络。根据《中国文学艺术界联合会章程》，文联组织实行团体会员制，从中国文联到省、市、县、乡级文联，每一级文联组织都有自己的团体会员，各自构成工作网络体系，联系着本级协会的会员，组成浩浩荡荡的文艺大军。改革开放以来，特别是进入21世纪以来，文联组织网络体系建设得到长足发展，所联系和服务的文艺工作者队伍也在不断壮大。中国文联拥有11个艺术门类的全国性文艺家协会，拥有各省（区、市）文联、新疆建设兵团文联和全国性产业（行业）文联等54个团体会员单位。据统计，目前全国31个省（区、市）有 28个省（区、市）的地级市区100%建立了文联，县级文联建立比例为78%，其中山西、福建、河南、海南等省的县级文联建立比例为100%。广东、江苏等省有100多个乡镇街道建立了文联，上海、湖北等省市还在积极探索社区文联建设。近年来，一些中学和大型企业、高校、科研单位等纷纷成立文联，积极开展文艺活动，推作品推人才，受到群众普遍欢迎。总体上来看，目前全国文联组织已经形成一个纵横交错、分布广泛、基础比较扎实的网络体系。

但是，文联组织网络体系建设仍然存在不少问题。主要是：一是文联组织发展不平衡。一些地方党委政府对文联性质地位作用认识不到位，特别是一些基层党委政府或者认为文联可有可无，没有把文联纳入党委政府工作体系；或者没有给予文联必要的政策、体制、机制、资金、人才保障，加上一些基层文联组织自身工作不力等因素，导致全国范围内文联工作发展很不平衡。二是文联组织自身建设不健全。现在还有个别省（区、市）的地级市文联还不健全，有的地级市文联虽然建立了，但经费、办公场所、办公人员都难保障。有的地级市文艺家协会被人戏称为“牌子协会”，门口牌子挂了十来个，看上去门类齐全，而其实是多个协会共用几张桌、几个人。三是文联干部队伍交流不畅、活力不足，干部超期“服役”，缺乏激励机制，只进不出的现象非常严重，对文联干部的积极性和文联组织的生机与活力造成很大影响。四是面对大量的体制外文艺工作者，缺乏基本覆盖手段和机制，相应的组织建设还比较滞后，缺乏有效的组织、培训和维权等行业服务。

健全文联组织网络体系，是推进文联工作的基础和组织保障。我们要按照胡锦涛总书记在第九次文代会重要讲话提出的要求，积极探索符合文艺发展规律的管理体制、运行机制、组织形式、活动方式，开展行业教育，促进行业自律，完善行业服务，维护文艺工作者的合法权益。当前，推进文联组织网络体建设，从文联自身来看，要着力做好以下几个方面的工作：

一是扩大覆盖面，更加广泛地团结各层次各领域的文艺工作者。文联核心是“文”，关键在“联”，要做到哪里有文艺工作者哪里就有文联的工作，哪里有文艺工作者哪里就有文联组织、哪里有文联组织哪里就有文联活动和文联组织作用的充分发挥。要把文艺单位、文艺人才、文艺精品都联系起来，充分发挥文联组织的作用。要探索管理体制和工作机制，加强与各类文化单位的联系，推动文联组织向厂矿企业、农村、城市社区等基层单位延伸，向新兴艺术领域延伸，吸纳体制外会员，建立新型文艺类社团组织。近年来，各地文联在这方面进行了有效探索。比如海南省文联吸收体制外的演艺公司法人代表作为省文联副秘书长。陕西省文联发展体制外会员近2万名，占全部会员总数的37%。浙江省剧协吸纳农村民营剧团优秀演职员作为剧协会员等，都是积极的尝试。

二是完善服务手段，增强吸引力。文联虽然不是掌管人、财、物的重要部门，但是却拥有当地丰富的人力资源——文艺工作者，这是我们开展工作的重要条件。对于辖区内的文艺资源，要做到心中有数，了解他们的情况，这样才能做好服务，才能充分发挥他们的作用。为此，文联组织要深入开展各种文艺社团、各种所有制文艺工作者以及民间文艺工作者状况调研，掌握各种体制的文艺人才数据，了解他们的心声和需求，研究他们最关心、最直接、最迫切的问题，及时反映他们的意见和建议，为他们提供必要的服务。在解决这个问题方面，各地文联都采取了积极有效的措施。比如四川文联每年都开展省级和国家级文艺人才数据收集工作，据此进行分类管理，对联络服务文艺人才起到了很好的作用。

三是加强和改进对团体会员的工作指导。文联的工作基础、服务对象、工作活力都在基层。

要依靠基层、支持基层、服务基层，不断总结推广基层文联的创新经验，密切全国文联组织之间的联系。要通过定期举办文联工作经验交流会、座谈会、培训班、表彰会、研讨会等形式，寓指导于培训、交流之中。同时，积极探索建立各种指导工作机制。在这方面，湖南省文联建立的省文联领导联系基层文联制度，四川省文联举办文联管理干部培训班，云南省文联举办基层文联工作经验交流会等，都是行之有效的办法。

三、推动文联工作创新发展需要把握的原则

以上分析列举的5个方面的问题，可以说是当前文联工作中存在的比较突出的问题。解决这些问题，需要做的工作很多，但是从根本上讲，关键在人，关键在领导班子，关键在文联工作者的精神状态和思想观念。从文联组织的实际出发，推动文联工作创新发展，我们应该着力在工作中把握好以下几个原则。

（一）必须坚持党对文联工作的领导

坚持党的领导，是文联组织履行职能、发挥作用的根本保证。目前，从中央到省（区、市），党委和政府都非常重视文联的工作。各级文联组织要始终坚持党对文联工作的领导，把认真贯彻党的重要决策部署和文艺方针政策作为首要任务，努力争取各级党委政府对文联工作的支持。文联工作的核心推动力在于各级党委、政府，从这个意义上讲，文联工作是“一把手”工程。文联“一把手”争取当地党委政府“一把手”的关注、理解、信任和支持，对强有力地推动文联工作（包括重大难题的解决、重大活动的开展）至关重要。这里实际上也是对文联“一把手”工作软环境营造能力的考验。

（二）必须坚持围绕中心、服务大局

文联工作是党的宣传文化工作的重要组成部分。文联工作只有自觉融入党和政府的工作大局，自觉在大局下思考，在大局下行动，才能真正找到自己的位置，实现自身的价值，才能争取到党和政府的有力支持，不断实现自身的发展壮大。近年来，各省（区、市）文联围绕当地经济社会发展大局，做了大量卓有成效的工作，取得了很好成绩。如，湖北省文联创建“一县一品”文艺品牌，推动全省文化建设，有力地服务了全省经济社会的发展，省文联的工作受到了省委省政府的肯定和支持。

（三）必须坚持以人为本、服务人民

文联组织是人民团体，具有鲜明的社会性、公益性和群众性。文联工作的天地在基层、在群众。要坚持以人为本、服务人民的根本宗旨，多做拾遗补缺、雪中送炭、温暖人心的工作。文化惠民活动要真正使基层群众受到实惠，送欢乐下基层要真正把欢乐送到基层群众的心坎上，同时，要积极探索“送文化”与“种文化”相结合的途径和机制。只有适应群众的需要，文联工作才能找到发展的空间，才能受到社会的尊重和欢迎。举个例子，比如，云南省祥云县文联从丰富群众的文化需要出发，组织全县文艺工作者和文艺爱好者成立交谊舞协会，组织开展社区广场健康舞活动。活动开展一年多来，每天吸引2500多人到社区广场参加活动，既丰富群众文化生活，也维护了社会稳定。群众满意，党和政府满意，县文联工作同时也赢来社会力量的支持。总结这件事，县文联同志的一个重要体会就是扎扎实实为群众办实事好事。

（四）必须坚持改革创新

坚持以改革创新的精神研究新情况、解决新问题，才能推动文联工作在继承中创新、在创新中发展。去年以来，中国文联在工作创新方面做了积极探索，比如为加强文艺传播力建设，成立了中国文联文艺资源信息中心，开通中国文艺网；为进一步加强对广大文艺工作者合法权益的保护，成立了中国文联权益保护部；为进一步加大文艺人才的培训力度，将中国文联文艺学校更名为文艺研修院；分层分类，统分结合，主辅结合，内外兼作，把各门类文艺人才培训和文联工作者培训做精、做优、做强；为加强文艺志愿服务工作，积极创造条件，探索建立文艺志愿者工作机制。各地文联也做了大量创新性的工作，比如：上海市文联成立演艺工作者联合会，对演艺工作者提供权益保障、职业推介、资质确认、教育培训及合作交流等服务，取得了良好的社会效果。当前，全国文联系统正面临非时政类报刊转企改制等改革任务，积极平稳地推进这项改革，对各级文联组织来讲，也是改革创新的实践和考验。

（五）必须坚持主动作为

文联工作的主体是广大文艺工作者和文联工

作者。立足职能、发挥优势、主动作为，是文联工作焕发生机活力的“源动力”。文联的地位和作用，决定了文联组织要敢于担当，主动作为，争取有为。有为方可有位，有位方可更加有为。文联工作的生机和活力在于，善于从党委、政府的中心工作和人民群众的精神文化需求中找准结合点、切入点。这就需要文联组织及文联工作者要始终保持一种积极、健康、能动的精神状态和工作状态。文联工作的性质、职能、优势等要求我们扬长避短，做到有所为、有所不为。要坚持紧贴中心、突出重点，做大优势，放大亮点，倾斜基层，真受欢迎。在有所作为、大有可为的工作进程中，使文联组织自身进一步得以健全、完善和优化，使文联队伍综合素质进一步得到整体提升。

国运昌文运必兴。当前，我国经济发展实力不断增强，人民文化需求十分旺盛，中央高度重视文化建设，文联工作可以说是既责任重大、使命光荣，又天地广阔、大有可为。虽然发展的过程中还面临许多急需研究的新情况、新问题。但是，只要我们牢记使命、坚定信心，坚持创新、主动作为，敢于担当、敢于实践，相互借鉴、注重提高，就一定能够不断推动文联工作创新发展。

中国文联2012年工作要点

2012年，党的十八大将隆重召开，这是党和国家发展进程中具有特殊重要意义的一年，是实施“十二五”规划承上启下的重要一年，也是文艺界深入学习贯彻党的十七届六中全会和九次文代会精神，推动文艺工作和文联工作朝着新的更高目标迈进的重要一年。根据全国宣传部长会议部署，结合文艺工作和文联工作实际，今年工作的总体思路是：按照高举旗帜、围绕大局、服务人民、改革创新的总要求，全面贯彻落实党的十七届六中全会精神和九次文代会精神，以迎接宣传贯彻党的十八大为主线，深入贯彻落实科学发展观，坚持中国特色社会主义文化发展道路，坚持弘扬社会主义核心价值体系，更加广泛地团结动员广大文艺工作者，着力推动文艺精品创作和文艺评论，着力深化“走基层、转作风、改文风”和“送欢乐下基层”活动，着力加强以“爱国、为民、崇德、尚艺”为核心的职业道德建设，更好地发挥“文艺工作者之家”的重要作用，努力实现服务大局有新贡献，服务文艺创作有新成果，服务群众有新实效，服务文艺工作者有新举措，推动自身建设有新进展，以优异成绩迎接党的十八大胜利召开，为建设社会主义文化强国作出新的更大贡献。

按照这个总体思路，今年要着力做好以下10个方面的重点工作。

1.深入学习贯彻党的十七届六中全会和九次文代会精神

认真学习宣传贯彻党的十七届六中全会和胡锦涛总书记在九次文代会上的重要讲话精神。通过举办培训班、座谈会、研讨会、系列讲座等多种形式，采取集中学习与个人自学相结合、精读文件与专题研讨相结合、扎实学习和推动工作相结合等方法，调动各方面积极性，引导广大党员干部全面、准确、深入地理解和把握六中全会和九次文代会的精神实质。认真学习全面领会《论文化建设——重要论述摘编》等重要文献，坚持不懈地用党的文化建设理论武装头脑、指导实践。

认真贯彻落实中央即将颁布的《社会主义核心价值体系实施纲要》，落实中央领导同志的重要指示，在文艺界广泛组织开展践行“爱国、为民、崇德、尚艺”的文艺界核心价值观和《中国文艺工作者职业道德公约》教育实践活动，引导广大文艺工作者不断提升思想道德素质，树立良好的社会形象。

2.围绕迎接党的十八大和纪念延安文艺座谈会70周年开展主题文艺活动

以迎接党的十八大召开和隆重纪念毛泽东同志《在延安文艺座谈会上的讲话》发表70周年为契机，精心组织艺术家深入到改革开放的最前沿和生产建设第一线开展“文艺采风下基层”活动。以“百花扎根沃土　艺术奉献人民”为主题，精心组织优秀文艺作品的展演、展示、展播、展映，组织和协调各全国文艺家协会、各地文联等团体会员开展丰富多彩的文艺活动，重点办好中国文学艺术界纪念讲话发表70周年座谈会、大型主题音乐会、全国美术书法摄影新作展、大型舞蹈诗展演等主题活动。

积极引导推动重大革命和历史题材、重点现实题材、优秀少儿作品和少数民族题材创作。深入实施中华文明历史题材美术工程、中华民族文明影像志大型工程、书法名篇名家名作工程，推进中国民间文化遗产抢救工程等重点项目。扎实开展第3届全国道德模范故事汇基层巡演。积极争取财政支持和社会资助，加大对中国文学艺术基金会的投入，实施对优秀文艺人才和文艺作品的扶持和奖励，重点资助一批代表国家水准、具有民族特色和地方特色的优秀艺术作品，积极发展新的艺术样式。

3.大力开展文艺惠民志愿服务活动

按照中央关于“走、转、改”活动的要求，创新活动机制和方式，深入持久开展“送欢乐下基层”、艺术进万家、职工艺术节、农民艺术节、“我们的节日”等活动，利用评奖办节的契机，组织获奖的艺术家积极参加文化惠民活动。

探索建立与各地党委政府、与各地文联、各产（行）业文联的合作机制，在条件具备的地方，建立活动基地与创作基地，培育基层文艺骨干，汇聚优秀人才，创建活动品牌，精心组织“乌兰牧骑式”文艺小分队，深入农村地区、贫困地区、革命老区、边疆地区和少数民族地区，针对农民工、农村留守人员等群体，开展有特色、有品牌、有影响的文艺服务活动。

深入探索健全文艺志愿者工作机制，依托各文艺家协会、地方文联、产（行）业文联和部队系统力量，组建由知名文艺家和中青年文艺工作者构成的文艺志愿者队伍。积极开展学雷锋活动，推行志愿服务理念，推动成立组织机构，完善志愿服务机制和管理制度。广泛开展经常性志愿服务和重大活动志愿服务。

4. 加强和改进文艺理论评论和评奖工作

加强对文联举办的文艺理论评论奖的指导。认真组织好第8届中国文联文艺评论奖及各文艺奖项的理论评论奖。举办第3届中国文联理论评论工作研讨班、第6届中国文联中青年文艺评论家高级研修班等。完善特约研究员、特约评论员工作机制。适时召开全国文联系统重点报刊传媒工作会议。大力加强中国艺术报、中国文艺网等文联所属的报刊和网络媒体建设，促其形成宽松和谐、激浊扬清的文艺批评氛围，进一步开创文艺评论新风。认真组织第6届当代文艺论坛等各类文艺研讨活动。组织撰写中国艺术发展年度报告。

不断改进文艺评奖工作，认真做好中国戏剧奖、中国电影百花奖、中国美术奖、中国曲艺牡丹奖、中国舞蹈荷花奖、中国民间文艺山花奖、中国摄影金像奖、中国书法兰亭奖、中国杂技金菊奖、中国电视金鹰奖等各文艺门类评奖活动，做好全国相声新作品大赛等评奖工作。组织好全国青年美展获奖作品巡展。办好中国金鸡百花电影节、中国摄影艺术节、中国民间艺术节、中国（天津）书法艺术节、中国金鹰电视艺术节。认真做好第12届精神文明建设“五个一工程”作品推荐工作。

5. 加大文艺传播力建设

大力加强文艺资源信息化建设，全面启动中华文艺资源数据库工程，完善文艺人才信息资源数据库建设，加快对各类优秀文艺作品、文艺资源进行数字化转换和集成，建立与广大文艺家和文艺工作者的沟通交流的新渠道，更好地解决当前大量文艺资料未能得到有效保管、整理、传播和再利用的问题。积极创造条件，加快推进网络平台建设和网络内容建设，争取纳入国家数字化建设规划，构建完善的文艺资源信息采集、展示、传播平台，建成互联互通、共用共享的信息网络体系。适时召开信息化工作会议，推动网络阵地建设，积极发展健康向上的网络文化，努力地推动优秀文化瑰宝和当代文艺精品的网络传播，密切联系广播、电视、报刊、网络、手机等传播媒体，加大优秀文艺作品和优秀人才推介力度，大力宣传名家名作、新人新作。

6. 积极开展民间对外及对港澳台地区文化交流

积极办好各类具有国际影响的民间对外文化交流活动。配合土耳其“中国文化年”、中韩建交20周年等国家外交大局，努力办好“今日中国”艺术周（美国）、“今日中国”主题展演（韩国）、土耳其“中国文化年”闭幕演出等重点交流项目。借助伦敦奥运会契机，开展大型音乐文化交流活动。办好第3届中国·东南亚·南亚电视艺术周、国际幽默艺术周、巴黎中国曲艺节、第5届国际（北京）美术双年展、“荷花奖”获奖者访美展演、中国（东盟）青少年舞蹈交流展演、中日邦交正常化40周年中日书法名家邀请展、中澳建交35周年中国书法展。鼓励代表国家水平的艺术机构积极参加相应国际艺术组织的活动。积极培育对港澳台文化交流品牌项目，办好第4届海峡两岸暨港澳地区艺术论坛、第5届海峡两岸合唱节、海峡两岸青少年舞蹈展演、欢乐汇暨曲艺交流研讨会、电视艺术节、民间艺术嘉年华和华语青年影像论坛等民间文化交流活动。

7. 推进文艺名家工程和中青年文艺人才工程建设

加大培养和服务力度，努力培养一批文艺领军人物和各门类创新型、复合型文艺人才。做好老艺术家从艺纪念、诞辰庆贺等服务工作，继续推进艺坛大家音像工程。加大对中青年文艺人才的培养推介力度。积极为全国“四个一批”人才工程和文化名家工程举荐人才。拓展实施青年文艺人才海外研修工程，办好全国中青年德艺双馨文艺工作者高级研修班、文艺家高级研修班、青年剧作家研修班、全国优秀曲艺人才研究生班、少数民族摄影人才培养工程等。启动青年文艺人

才创作扶持计划、新时代少儿音乐创作培训工程和中国青年音乐家培训计划等。举办梅花奖读书班、牡丹奖文学创作班、荷花奖编导读书班、国际杂技创作大师班。办好中国文联文艺研修院，开展中国特色社会主义理论、马克思主义文艺观、职业道德教育和文艺理论知识学习，加大对基层文艺工作者和文联工作者的培训力度。

8. 加大行业维权工作力度

创新维权工作机制和服务方式，支持各文艺家协会发挥行业维权的作用，建立各文艺门类行业规范，促进行业自律，完善行业服务，依法维护文艺工作者合法权益。加强权益保护业务建设，抓紧制定工作规划，深入研究合法有效的维权措施，尽快建立科学高效的工作机制。配合国家立法部门加快制定和修改有关的法律法规，进一步推进与司法机关的合作，完善合作机制，降低艺术家和文艺工作者维权成本，及时化解矛盾纠纷。加大法律和维权宣传力度，在办好“维权行动专版”的同时，利用新媒体的传播优势，建立网上法律宣传与信息交流平台。加强文联和各文艺家协会维权干部队伍建设，举办普法和维权培训班，提高维权干部的专业素质。加强与国内国际权益保护组织和法律服务机构的交流与合作。

9. 加强组织网络体系建设

适应文化体制改革的新形势，积极探索符合文艺发展规律的管理体制、运行机制、组织形式、活动方式。深化各级文联的组织网络体系、管理制度体系、行业服务体系建设，扩大组织联络范围，加强与各类文化单位的联系，广泛团结各种组织形态、各种所有制的文艺工作者。在评定职称、参与培训、表彰奖励等方面进行深入调研，积极探索为他们提供服务的新途径和新办法。加强与基层文联的联系，不断总结推广基层文联的创新经验，适时表彰基层文联工作先进典型，形成全国文联工作“一盘棋”的良好局面。

10. 推进文联自身事业改革发展

着力加强各级领导班子和党组织建设，以迎接宣传贯彻十八大为契机，按照建设学习型党组织和“五位一体”（思想、组织、作风、制度、反腐倡廉建设）的要求，努力把各级领导班子建设成为学习型、创新型、服务型、廉洁型的领导集体。加强党风廉政建设和干部队伍作风建设，积极开展创先争优活动。深化干部人事制度改革，加大干部培训、交流、轮岗工作力度，逐步完善和推进竞争上岗制度。认真做好中国曲协、中国摄协、中国视协的换届工作。按照中央关于深化文化体制改革的决策部署，抓紧推进文联所属非时政类报刊出版单位的改革，不断增强文联出版业的创新力和竞争力。扎实推进文联所属事业单位内部机制改革。争取国家和地方支持，推动文艺研修基地和国家大马戏院的基础建设。

文艺界核心价值观

文艺界核心价值观是：爱国、为民、崇德、尚艺。

一、爱国

爱国，是文艺工作者的精神气节。祖国是我们的共同家园。每一位文艺工作者都应该自觉地热爱祖国、忠于祖国，满腔热情地讴歌祖国、讴歌时代，大力弘扬以爱国主义为核心的民族精神，努力促进祖国统一，维护国家利益和民族团结。

二、为民

为民，是文艺工作者的价值取向。人民是文艺工作者的母亲。每一位文艺工作者都应该自觉地植根人民、感恩人民、服务人民，始终坚持以人民为中心的创作导向，把满足人民群众的精神文化需求作为根本的出发点和落脚点。

三、崇德

崇德，是文艺工作者的基本操守。德，是文艺工作者立身处世之根。每一位文艺工作者都应该自觉地追求高尚的道德情操，树立良好的社会公德、职业道德、家庭美德、个人品德，认真履行人类灵魂工程师的神圣职责，大力弘扬真善美、鞭挞假恶丑，自觉承担起弘扬先进文化和引领社会文明风尚的历史责任。

四、尚艺

尚艺，是文艺工作者的职业追求。艺，是文艺工作者成就事业之本。每一位文艺工作者都应该自觉地树立高远的艺术理想，坚守勇于创新、精益求精的艺术精神，锤炼潜心创造、追求卓越的艺术品格，展现富有个性、多姿多彩的艺术魅力，用真诚的艺术态度，努力为人民创作更好更多的精品力作。

中国文艺工作者职业道德公约

（2012年3月1日中国文学艺术界联合会第九届全国委员会第二次会议审议通过）

为大力加强职业道德建设，进一步规范职业行为，弘扬高尚的职业精神，积极践行“爱国、为民、崇德、尚艺”的文艺界核心价值观，争做德艺双馨的文艺工作者，更加自觉主动地推动社会主义文化大发展大繁荣，特制定本公约。

一、坚持爱国为民

忠于祖国，忠于人民，拥护中国共产党的领导，为人民服务、为社会主义服务，用优秀的文艺作品奉献人民、回报社会。坚决抵制一切分裂祖国、破坏民族团结和损害人民利益的言行。

二、弘扬先进文化

继承和发扬中华民族优秀文化传统，吸收人类文明成果，自觉运用社会主义核心价值体系指导文艺实践，唱响主旋律，讴歌真善美，贬斥假恶丑，把社会效益放在首位。反对在文艺创作中歪曲历史、亵渎崇高、宣扬色情暴力和封建迷信。

三、追求德艺双馨

坚守艺术理想和艺术良知，追求高尚的道德情操。诚实守信、勤奋敬业，深入生活、刻苦学习，锐意创新、精益求精，不断锤炼艺术品格，勇攀艺术高峰。反对粗制滥造、弄虚作假、急功近利，反对拜金主义和极端个人主义，自觉抵制低俗之风。

四、倡导宽容和谐

坚持百花齐放、百家争鸣，尊重艺术规律，发扬艺术民主，开展积极健康的文艺批评。提倡相互切磋、取长补短、共同进步，积极营造团结和谐的氛围。反对门户之见、文人相轻。

五、模范遵纪守法

勇担社会责任，弘扬社会正义，引领文明风尚。自尊自重、遵纪守法，热心公益、乐于奉献。反对损人利己、见利忘义，自觉抵制“黄、赌、毒、黑”。

各级文学艺术界联合会及文艺家协会要积极宣传和推动本公约的执行。全国文艺工作者要自觉遵守本公约，自觉接受社会监督。

Important meetings、events

2013

重要会议、活动

重要会议活动

中国文联第九届主席团第二次会议和第九届全国委员会第二次会议

2月29日，中国文联第九届主席团第二次会议在京召开。全国政协副主席、中国文联主席孙家正主持会议。会议审议通过了《中国文联第九届全国委员会第二次会议议程（草案)》，审议了《中国文联第九届二次全委会工作报告》、《中国文联2012年工作要点》和《中国文艺工作者职业道德公约》。

3月1日，中国文联第九届全国委员会第二次会议在京召开。孙家正主持会议并传达中央领导同志对文联工作的指示。中宣部副部长翟卫华出席会议并讲话。中国文联党组领导赵实、覃志刚、李屹、冯远、杨承志、夏潮、李前光，中国文联副主席丹增、边发吉、刘大为、刘兰芳、李雪健、李维康、陈晓光、迪丽娜尔·阿布都拉、赵化勇、段成桂、徐沛东、奚美娟、彭丽媛、黎国如，中宣部文艺局副局长孟祥林，中宣部干部局副局长杨小平，中国文联全委会委员出席会议。中国文联荣誉委员张海、李前宽、赵汝蘅，各全国文艺家协会及文联各直属单位领导班子成员、文联机关各部室负责人，15个副省级城市文联主要负责人列席会议。会议审议通过了赵实所作题为《爱国 为民 崇德 尚艺 努力推动社会主义文艺大发展大繁荣》的工作报告、《中国文联2012年工作要点》和《中国文艺工作者职业道德公约》。覃志刚作会议总结。

中国文联第九届主席团第三次会议和第九届全国委员会第三次会议

7月5日上午，中国文联第九届主席团第三次会议在京召开。全国政协副主席、中国文联主席孙家正主持会议。会议审议通过了《中国文联第九届全国委员会第三次会议议程（草案）》；推举左中一为中国文联书记处书记，冯远不再担任中国文联书记处书记；审议通过增补李军、宋妍、张萍、张作兴、蒋东生为中国文联第九届全国委员会委员，朱寒松、杨益萍、范碧云、赵景之、黄启国不再担任中国文联第九届全国委员会委员；审议通过关于接纳中国人民银行文联为中国文联团体会员的决议。

7月5日下午，中国文联第九届全国委员会第三次会议在京召开。孙家正主持会议。中国文联党组领导赵实、覃志刚、李屹、杨承志、左中一、夏潮，中国文联副主席丹增、冯远、边发吉、刘兰芳、李雪健、李维康、陈晓光、迪丽娜尔·阿布都拉、赵化勇、段成桂、徐沛东、奚美娟、黎国如，中组部干部三局副局长赵凡，中宣部文艺局副局长孟祥林，中宣部干部局副巡视员国丽霞，中国文联全委会委员出席会议。有关全国文艺家协会主席，中国人民银行文联负责同志，有关全国文艺家协会、中国文联有关机关部室和直属单位负责同志列席会议。会议通报了中国文联2012年上半年工作情况和下半年工作安排；通报了中国文联第九届主席团第三次会议关于调整中国文联书记处书记的决定，关于接纳中国人民银行文联为中国文联团体会员的决议和九届一次全委会以来中国文联全委会变动情况。会议增选左中一为中国文联第九届副主席，增选王瑶为中国文联第九届主席团委员。

纪念毛泽东同志《在延安文艺座谈会上的讲话》发表70周年

【中国文联纪念《讲话》发表70周年系列活动】

5月8日，由中国文联，中国剧协，中国音协，中国舞协，陕西省委宣传部，陕西省文联，延安市委、市政府等单位共同举办的纪念毛泽东同志《在延安文艺座谈会上的讲话》发表70周年系列活动在延安启动。当晚在延安解放剧院举行了首场大型演出“中国戏剧家延安行”。中国文联党组书记、副主席赵实，党组成员、副主席杨承志出席观看。演出以“发扬延安精神，讴歌时代风采”为主题，共分“延安情深”、“红色热土”和“时代乐章”三大板块。尚长荣、瞿弦和、张凯丽、刘丹丽、龙红、于兰、李梅、韩延文、郭达、王丽云、李东桥等老中青三代优秀艺术家的参演使晚会高潮迭起。此后，中国文联又组织文艺家在延安进行了一系列参观采风，举办戏剧发展、舞蹈创作等方面的理论研讨会，看望慰问老红军，深入基层开展文艺志愿服务活动。大型舞蹈诗《延安记忆》和由杨洪基、宋祖英、郁钧剑、丁毅、吕继宏、张也、霍勇、高保利、王莉、李龙、陈笠笠、姚贝娜、刘全和、刘全利加盟参演的大型文艺演出《我要去延安》也在5月9日和10日奉献给当地群众。

【纪念《讲话》发表70周年座谈会】

5月17日，中国文联在京召开纪念毛泽东同志《在延安文艺座谈会上的讲话》发表70周年座谈会。全国政协副主席、中国文联主席孙家正，中宣部副部长翟卫华，中国文联党组领导赵实、覃志刚、李屹、杨承志、左中一、夏潮、李前光，副主席冯远、刘兰芳、李雪健、李维康、黎国如与高占祥、胡振民、吴祖强、高运甲、甘英烈、李准、李牧、董良翚等老领导出席。尚长荣、王晓棠、侯一民、李准、姜昆、冯双白、赵长青、宋祖英、王一川9位艺术家、评论家从不同的角度畅谈了对毛泽东同志《在延安文艺座谈会上的讲话》的时代背景、基本精神、思想内涵和指导意义的学习体会，进一步学习领会了党中央三代领导核心和胡锦涛总书记关于党的文艺工作的重要论述，表达了把握历史机遇，牢记历史使命和社会责任，深入践行“爱国、为民、崇德、尚艺”的文艺界核心价值观，努力成为德艺双馨文艺家的理想和追求。赵实作总结讲话。

【纪念延安文艺座谈会召开70周年专题研讨会】

5月23日，由中国延安干部学院、中央文献研究室、中央党史研究室、中国文联和延安市委共同主办的“纪念延安文艺座谈会召开70周年专题研讨会”在延安举行。中央文献研究室常务副主任杨胜群，中共党史学会常务副会长龙新民，陕西省委常委姚引良，中国文联党组成员、书记处书记夏潮，中国延安干部学院常务副院长陈燕楠等领导出席。研讨会上，原解放日报社《在延安文艺座谈会上的讲话》发表时的编辑、全国毛泽东文艺思想研究会名誉会长黎辛进行了深情回忆，大家围绕《讲话》的时代价值、《讲话》精神与党的宗旨、《讲话》与马克思主义文艺理论中国化等问题进行了深入研讨。此外，还赴鲁迅艺术文学院旧址，现场体验并观看座谈会亲历者的口述历史专题片《延安文艺座谈会》。与会者一致认为重温延安文艺座谈会历史、深入挖掘《讲话》的丰富内涵，将对社会主义文化大发展大繁荣产生强大的助推作用。

迎接庆祝和学习贯彻党的十八大

【“党的旗帜高高飘扬”系列音乐会】

7月12日至15日，为迎接党的十八大胜利召开，由中国文联、北京市政府主办，国家大剧院、中国文联演艺中心、中央电视台戏曲音乐频道承办的“党的旗帜高高飘扬”系列音乐会在国家大剧院歌剧院举行。中共中央政治局委员、全国政协副主席王刚，全国人大常委会副委员长华建敏、陈至立、严隽琪，全国政协副主席张榕明，中组部常务副部长沈跃跃，中联部部长王家瑞，国务院副秘书长、国管局局长焦焕成，中国文联党组书记、副主席赵实，中宣部副部长蔡名照，熊光楷、张崇和、刘水生、杨士秋、罗平飞、阎晓宏等有关部委和军队领导及杨承志、左中一、夏潮、李前光等中国文联党组领导，部分在京中国文联主席团成员、荣誉委员出席观看了系列音乐会的相关场次。该活动是国家大剧院开幕以来艺术家阵容最强大的一次系列演出，王昆、才旦卓玛、郭兰英、韩芝萍、邓玉华、叶佩英、耿莲凤、王玉珍、杨洪基、李光羲、李双江、蒋大为、李谷一、刘秉义、胡松华、克里木、关牧村、殷秀梅、宋祖英、郁钧剑、阎维文、刘斌、戴玉强、张也、

谭晶、成方圆、蔡国庆、雷佳、吕薇、常思思、王莉、孙楠、解晓东等老中青三代百余位歌唱家汇聚，百余首人们耳熟能详的经典红色歌曲精彩唱响。“党的旗帜高高飘扬”系列音乐会分为“唱支山歌给党听”、“赞歌献给伟大的党”、“向着太阳歌唱”和“党啊，亲爱的妈妈”四场，集中展示了党领导的社会主义文艺事业建设的辉煌成果。交响合唱作品《在祖国的怀抱里·西北天》、钢琴协奏曲《长江》等新作也精彩亮相。节目于10月29日至11月7日在CCTV-15频道播出。

【中国文联传达学习党的十八大精神大会】

中国文联按照中央的统一部署，精心筹划，周密安排，采取有力措施，运用多种形式，认真抓好落实，在文联所属各单位及文艺界兴起了学习贯彻党的十八大精神的热潮。

为保证十八大召开期间各项学习活动顺利开展，中国文联党组于十八大召开前夕制定下发了《中国文联学习贯彻党的十八大精神工作方案》，对各项学习活动提前进行了安排部署。十八大召开当日，中国文联组织广大干部职工集中收听收看了大会开幕式现场直播，并迅速组织召开中国文联党组传达学习十八大精神座谈会，中国文联所属各单位也分别于当日下午召开座谈会进行传达学习。11月16日上午，中国文联召开党组扩大会议，传达学习党的十八大精神。11月16日下午，中国文联召开全体干部职工大会，传达学习党的十八大精神。中国文联出席党的十八大代表，中国文联党组全体同志，在京主席团成员，在京各全国文艺家协会主席，各全国文艺家协会、各直属单位和机关各部室负责人，中国文联驻文艺家之家全体干部职工、在外办公的处以上干部及各级党组织负责人全部参加会议。大会由中国文联党组副书记、副主席、机关党委书记李屹主持。会上，十八大代表、中国摄协分党组书记、副主席王瑶传达了大会盛况及十八大提出的新任务和新成果；中共中央委员、十八大代表、中国文联党组书记、副主席赵实传达了十八大精神，并对中国文联学习宣传贯彻十八大精神进行了全面安排部署。

【文艺家学习贯彻党的十八大精神座谈会】

11月20日，中国文联组织召开文艺家学习贯彻党的十八大精神座谈会。中国文联党组书记、副主席赵实，中国文联党组成员、书记处书记夏潮，文艺家代表李维康、孙毓敏、翟俊杰、刘秉义、妥木斯、张会军、张保和、王中山、刘岩、刘晔原、解海龙、李一、刘全利、尤小刚、臧金生以及各全国文艺家协会、部分文联机关部室和直属单位负责人出席会议。座谈会由夏潮主持，赵实发表讲话。各位文艺家代表围绕学习宣传贯彻党的十八大精神畅谈体会，踊跃发言，一致认为，党的十八大是在我国进入全面建成小康社会决定性阶段召开的一次十分重要的大会，既让人们深切感受到党中央建设社会主义文化强国的高度文化自觉和文化自信，也让人们深切感到中华民族复兴之日的清晰可见。与会文艺家们纷纷表示，坚决拥护党的十八大通过的各项决议、作出的各项部署，坚决拥护以习近平同志为总书记的新一届中央领导集体，恪守以人民为中心的创作导向，为人民抒写、为时代表演、为人民放歌，以更加优异的成绩为推动社会主义文化强国建设作出新的更大贡献。

【文艺界深入学习党的十八大精神】

11月22日至23日，中国文联党组召开理论学习中心组（扩大）会议，进一步学习贯彻党的十八大精神；12月6日，邀请中共中央党史研究室副主任李忠杰作了学习贯彻党的十八大精神专题辅导讲座；12月中旬，连续举办两期处以上干部学习贯彻十八大精神培训班。通过组织一系列学习活动，中国文联所属各单位兴起了学习贯彻十八大精神的高潮，同时，在中国文联的引导和带领下，文艺界也掀起了学习党的十八大精神热潮。

11月8日，中国杂协召开座谈会学习十八大精神，杂技家代表罗秉松、徐凤美等参加座谈。与会艺术家认为，党的十八大胜利召开，是党和国家政治生活中的一件大事，也是文艺工作者期盼的盛会，作为杂技艺术家，一定要把更多更好的杂技作品送到人民群众中去。罗秉松还当场赋诗：“喜庆党的十八大，全国都把红旗挂。党心民心心连心，文化艺术开红花”。同日，中国书协召开学习十八大精神座谈会，中国书协顾问李铎、张飙，中国书协副主席申万胜、苏士澍，中国书协理事白煦，学者郑晓华、叶培贵等参加会议。与会书法家纷纷表示要按照中国文联党组的统一部署，深入学习十八大精神，积极践行文艺界核心价值观，充分发挥书法艺术在国家文化建设中的重要作用，努力为人民群众和社会主义文化建设服务。11月12日，中国美协组织开展了以“重温历史·回顾经典·激发动力”为主题的十八大精神学习宣传活动，将一批重大党史题材美术作品以展板、海报的形式，在中国文艺家之家进行回顾展示，为学习宣传十八大精神营造了浓厚氛围。中国视协在《当代电视》、视协网站、手机报等媒体上发起了学习十八大精神专题笔谈，视协主席团成员赵化勇、张显、唐国强、周振天、胡玫，电视界艺术家代表王朝柱、张子扬、黄会林、高希希等分别畅谈了学习十八大的感想。12月3日，在中国视协第五次全国代表大会分组讨论会上，与会代表还把学习领会十八大精神作为一项重点内容进行深入讨论，代表们一致认为，党的十八大描绘了全面建成小康社会，夺取中国特色社会主义新胜利的宏伟蓝图，对扎实推进社会主义文化强国建设做出了全面部署，广大电视艺术工作者备受鼓舞，倍感责任重大，纷纷表示要责无旁贷地肩负起历史使命，始终坚持以人民为中心的创作导向，弘扬社会主义核心价值观，努力增强文化软实力，为建设社会主义文化强国作出应有的贡献。

【“百花芬芳　盛世风华”文艺精品展演晚会】

12月4日晚，中国文联在北京国家大剧院戏剧厅举办“百花芬芳　盛世风华”文艺精品展演晚会，集中展示近年来我国各个艺术门类的金奖作品和优秀成果，庆祝党的十八大胜利召开。全国政协副主席、中国文联主席孙家正，中国文联党组书记、副主席赵实，中宣部副部长翟卫华，中国文联党组副书记、副主席李屹，党组成员、书记处书记夏潮、李前光等与中国文联在京主席团成员、各全国文艺家协会负责人出席观看。温玉娟、张凯丽、娜仁花、杨树泉、孙淳、吴若甫、王丽达、李龙、戴玉强、孟广禄、袁慧琴、杜镇杰、于兰、姜昆、戴志诚、黄豆豆、迪丽娜尔、万玛尖措、周格特力加、陈笠笠、王庆爽等艺术家倾情演绎，表达中华儿女对祖国母亲的赤子情怀。晚会由著名舞蹈编导陈维亚出任总导演，央视著名主持人朱军、董卿担纲主持。

韩雪同志先进事迹报告会

8月23日，中国文联在中国文艺家之家举行韩雪同志先进事迹报告会，授予勇救落水儿童的河北省沧州市青县文联主席韩雪“见义勇为文艺工作者”荣誉称号，号召广大文艺工作者向他学习。中国文联党组书记、副主席赵实，党组副书记、副主席覃志刚、李屹以及党组成员、副主席杨承志、左中一，党组成员、书记处书记夏潮和文艺家代表、各全国文艺家协会、机关各部室、各直属单位的干部职工以及河北省文联、沧州市文联、青县县委宣传部及青县文联的有关同志近400人出席。会上，赵实向韩雪颁发了荣誉证书和奖金并讲话；李屹宣读了《中国文联关于授予韩雪同志“见义勇为文艺工作者”荣誉称号的决定》；中国文联副主席、中国音协分党组书记、驻会副主席徐沛东代表艺术家发言；与会人员观摩了韩雪先进事迹短片；青县县委常委、宣传部部长陈玉环介绍了韩雪的先进事迹。

【韩雪简介】

韩雪，男，汉族，河北省青县人，1963年5月出生，1985年8月加入中国共产党，1982年10月参加工作，为中国音协会员、河北省作协会员、省音协会员，2002年5月当选河北省青县文联主席。2012年6月15日，他奋不顾身在青县古运河救起一名落水儿童的事迹传出后得到了各方的好评和赞扬。身为一名基层文联的负责人，在他的团结带动下，青县文联连续8年被评为沧州市先进文联。而作为一名文艺工作者，他时刻不忘自己身上的责任，专注于音乐文学和儿童文学创作，还广泛涉猎其他文体的创作。先后在省以上报刊、电台、电视台等媒体发表各类文艺作品2400余件，公开出版歌词集、儿童诗集、寓言集7部，在省级以上征歌、征文比赛中获奖70多次。他还热心帮助有困难的群众，被受到帮助的群众尊称为“写书的好人”。其救人事迹在网上发布后，很快引起中国文联领导的极大关注。赵实第一时间指示《中国艺术报》就韩雪及其先进事迹进行宣传报道。报

社立即派出记者随河北省文联人员一起赶赴青县进行实地采访。6月27日，报社与中国文联理论研究室开设“践行文艺界核心价值观优秀文艺工作者风采”栏目，首先推出了关于韩雪的报道。在头版头条刊发的通讯《书写美丽动人的道德诗篇——记勇救落水儿童的河北青县文联主席韩雪》以及配发的题为《道德的倡导者，首先要做践行者》的评论文章，在全国文艺界引起了强烈反响。之后，中国文联又派人专程赶赴青县，考察学习韩雪的先进事迹，在此基础上，做出了关于表彰韩雪的决定。

2012年土耳其中国文化年闭幕演出

应土耳其文化旅游部邀请，12月3日至9日，中国文联会同中国文化部、土耳其文化旅游部、中国驻土耳其大使馆在土耳其安卡拉、保鲁两地共同主办了“2012年土耳其中国文化年”闭幕演出——“古道欢歌”。为高质量地落实两国元首达成的中土互办文化年的共识，作为文化年主办方之一，中国文联高度重视承办的闭幕演出，经过认真细致的筹备，精选了代表今日中国艺术最高水平的中青年艺术家和获奖节目，圆满而出色地完成了任务。中国文联党组成员、副主席杨承志率代表团赴土耳其出席相关活动并指导演出工作。

中国驻土耳其大使宫小生、土耳其文化旅游部部长埃尔图鲁尔·居纳伊、文化旅游部三位副部长、土耳其六位国会议员、突厥国际文化组织主席、各国驻土耳其使节、土耳其各界友好人士及知名艺术家等约600人出席并观看了在安卡拉国家大剧院举行的首场演出。

闭幕演出由两国著名的电视节目主持人联合主持，气氛轻松活泼，跨越语言障碍，演出高潮迭起，观众反响热烈。土耳其文化旅游部部长居纳伊对演出给予了极高的赞扬和评价。杨承志向全体艺术家的成功演出表达热烈祝贺和衷心感谢，同时向艺术家们付出的巨大努力表示敬意。

两国主流媒体对闭幕演出高度关注，进行了大量报道。土耳其国家电视台现场直播了在国家大剧院的中国文化年首场闭幕演出，把中国艺术家们精彩的演出以及现场热烈友好的气氛传递到千家万户。土耳其多安（Dogan）媒体集团、ATV电视台、NTV电视台等土耳其主流电视媒体、《Sabah》、《Haber》、《Milliyet》等主要报纸、中央电视台《新闻联播》、新华社新华网、中国国际广播电台国际在线、《人民日报》、人民网、《中国文化报》、《中国艺术报》、《文艺报》、文艺网、中土文化年官方网站等国内外多种媒体都做了相关报道。

全国性文艺大奖、艺术节

文艺大奖

【第四届中国戏剧奖】

中国戏剧奖由中国文联、中国剧协共同主办，为我国戏剧艺术最高奖，在戏剧界具有崇高声誉和广泛影响，为我国戏剧创作的繁荣发展做出了重要贡献。

9月5日至6日，第四届中国戏剧奖·曹禺剧本奖颁奖活动在湖北潜江举行。本届评奖共收到全国各地报送的戏曲、话剧、儿童剧、歌剧、音乐剧、秧歌剧、歌舞剧剧本66部，共有20部作品入围。9月6日晚在潜江市人民会堂举行颁奖典礼，中国文联党组成员、副主席杨承志等领导出席并向获奖者颁奖。颁奖仪式采取现场开奖与现场直播的方式，以保证评奖的公正性、提高剧作家的知名度、扩大奖项的影响力。最后，话剧《生命档案》等8部剧作荣获该奖。活动期间，与会者还参观了曹禺纪念馆、曹禺祖居，拜谒了曹禺陵墓。

第四届中国戏剧奖·理论评论奖于8月开展终评，全国43个单位选送的165篇文章参与了此次评奖。经过严格评选，单跃进的《京剧何以长荣——尚长荣艺术创作力探微》等9篇文章获得理论评论奖。9月18日在京举行颁奖仪式，中国文联党组成员、书记处书记李前光，中国剧协分党组书记、驻会副主席季国平，分党组副书记、秘书长刘卫红出席。本届评奖注重奖项的权威性，加强对理论评论工作的导向作用，以正确的价值观引领创作，以正确的学风创新思维，使理论评论工作真正成为讴歌“真善美”，鞭挞“假恶丑”的武器，真正成为时代精神的“风向标”。同时，注重批评和争鸣，为敢于直言、敢于追求真理者鼓掌喝彩；为关注当下戏剧现状，关注戏剧之振兴者摇旗声援。提倡有针对性的戏剧批评，注重理论评论工作的队伍建设，以发现新人、鼓励后学为使命，努力使戏剧理论工作者队伍走向年轻、走向壮大。

10月19日，第四届中国戏剧奖·校园戏剧奖在上海举行的第三届中国校园戏剧节期间展开评选。该奖旨在发挥戏剧在大学生和未成年人思想政治教育方面的生动载体功能和潜移默化作用、培养戏剧新人。参演剧目为校园新创戏剧剧目和学生演出的古今中外经典剧目，分专业组和普通组，在两年一届的中国校园戏剧节上评出。本届参赛剧目包括新疆、贵州、云南、广西等边远省份以及台湾地区在内的全国24个省区市的33所高校演出22台大戏和两台短剧专场，涵盖话剧、戏曲、音乐剧、小戏小品等多种戏剧形式，体现了我国现阶段校园戏剧发展的整体水平。这些作品是从全国各地百余所高校报送的132个戏剧作品中遴选出来的，反映当代大学生昂扬向上的精神面貌、丰富多彩的校园生活以及对社会百态人生况味的积极思考，具有时代特点和鲜明特色。颁奖典礼于10月27日晚在上海话剧中心剧场举行。本届评奖共评出上海交通大学的话剧《钱学森》、上海戏剧学院的话剧《国家的孩子》等10个优秀剧目奖和6个单项奖。

【第四届中国戏剧奖评奖结果】

理论评论奖评奖结果

（按得票数排序）

1.《京剧何以长荣——尚长荣艺术创造力探微》作者：单跃进

推荐单位：《中国戏剧》杂志社

2.《先锋与商业的对接和悖反》作者：穆海亮

推荐单位：《艺术广角》编辑部

3.《论戏曲剧种的变异——从歌仔戏说起》作者：陈世雄　推荐单位：中央戏剧学院学报

4.《张庚戏剧表演中心论初探》作者：王艺睿

推荐单位：中国艺术研究院戏曲研究所

5.《评新编历史京剧〈成败萧何〉》作者：汪人元

推荐单位：《艺术百家》杂志社

6.《勇者魏明伦》作者：廖全京

推荐单位：四川省剧协

7.《关于文化发展和艺术创作的四个问题与思考》作者：毛时安

推荐单位：上海市剧协

8.《莎士比亚：永恒的还是历史的？》作者：沈林

推荐单位：中国艺术研究院

9.《关于庐剧历史问题的思考》作者：王长安

推荐单位：安徽省剧协

曹禺剧本奖评奖结果

话剧

《生命档案》作者：孟冰、王宏、肖力

报送单位：总政宣传部艺术局

《红旗渠》作者： 杨林

报送单位：河南省剧协

《雾蒙山》作者：孙德民

报送单位：河北省剧协

秧歌剧

《米脂婆姨绥德汉》作者：阿莹

报送单位：陕西省剧协

戏曲

豫剧《朱安女士》作者：陈涌泉

报送单位：中国剧协全国青年剧作家研修班

京剧《将军道》作者：吕育中、罗周

报送单位：辽宁省剧协

闽剧《别妻书》作者：林瑞武

报送单位：福建省剧协

晋剧《大红灯笼高高挂》作者：贾璐

报送单位：山西省剧协

第四届中国戏剧奖·校园戏剧奖评奖结果

一、优秀剧目奖（按得票多少为序）

普通组

话剧《钱学森》 上海交通大学

话剧《太阳城》 浙江大学

话剧《日租房》 厦门大学

话剧《2012我们等待戈多》 吉林动画学院

音乐剧《毕业生》 重庆邮电大学移通学院

专业组

话剧《国家的孩子》 上海戏剧学院

音乐剧《为你疯狂》 中央戏剧学院

话剧《西望乐山》 武汉大学

话剧《永不凋谢的姊妹花》 湖南艺术职业学院

歌剧《大秦灵渠》 广西艺术学院

二、单项奖

普通组

优秀编剧奖：话剧《大学梦话》编剧罗鼎毅、许松根

优秀导演奖：话剧《家有九凤》导演张宏、张晰

优秀表演奖：话剧《钱学森》钱学森扮演者段思成

专业组

优秀编剧奖：话剧《国家的孩子》编剧孙祖平

优秀导演奖：话剧《杨门女将之穆桂英挂帅》导演张盛庆、黄潇潇

优秀表演奖：音乐剧《为你疯狂》波莉扮演者钟艺

三、特别奖

话剧《水晶心灵》 新疆艺术学院

【第31届大众电影百花奖】

大众电影百花奖为中国群众性电影奖，由中国发行量最大的电影刊物《大众电影》杂志编辑部主办，每年评选一次。由《大众电影》发放选票，由读者(群众)投票评奖，各项奖均以得票最多者当选。该奖以百花盛开象征影坛繁荣，鼓舞电影工作者为广大群众创作出更好的影片。

9月29日晚，第21届中国金鸡百花电影节颁奖典礼暨闭幕式在浙江绍兴举行。中国文联党组书记、副主席赵实，中国文联副主席李雪健、奚美娟，中国影协名誉主席谢铁骊、主席李前宽等出席。赵实与谢铁骊、李雪健、奚美娟一起为德高望重的老导演王为一和严寄洲颁发了中国电影金鸡奖终身成就奖。于蓝、秦怡、祝希娟、李谷一、刘晓庆、成龙、周杰伦、陈思思、赵薇、张靓颖、李克勤等众多知名演员登台为观众献上精彩节目。经101位观众评委对五部提名作品(《建党伟业》《辛亥革命》《唐山大地震》《失恋33天》《杜拉拉升职记》)的现场票选，《唐山大地震》获第31届大众电影百花奖最佳影片奖，优秀故事片和最佳导演、编剧、男女主角等各奖项也分别揭晓。

【第31届大众电影百花奖评奖结果】

最佳影片：《唐山大地震》

优秀故事片：《辛亥革命》、《失恋33天》

最佳导演：冯小刚《唐山大地震》

最佳编剧：苏小卫《唐山大地震》

最佳男主角：文章《失恋33天》

最佳女主角：白百何《失恋33天》

最佳男配角：孙淳《辛亥革命》

最佳女配角：宁静《辛亥革命》

最佳新人奖：张子枫《唐山大地震》

【第21届中国金鸡百花电影节中国电影金鸡奖终身成就奖评奖结果】

王为一　严寄洲

【第二届中国美术奖·终身成就奖】

“中国美术奖”是中国文联与文化部、中国美协联合主办的国家级美术最高奖，含“创作奖”、“理论评论奖”、“终身成就奖”三个子项。“终身成就奖”的设立，旨在表彰为推动中国美术事业的发展做出卓越贡献、德高望重的著名美术家。首届“终身成就奖”于2009年颁发。考虑到该奖名额少、评奖年限长、80岁以上的美术家比较多，经中国文联党组会议决定，“终身成就奖”由原订的五年一届改为三年一届。

第二届“中国美术奖·终身成就奖”评奖工作于4月正式启动，向中国美协的各团体会员发放评奖实施方案，请他们负责组织推荐所辖区域和领域的2名至3名候选人的申报工作，并在《美术》、《美术家通讯》、《美术报》、《中国书画报》、中国美协网等媒体上刊登广告、增加个人申报途径，在社会产生广泛反响。至8月15日报名截止日期为止收到94份报名表，实际有效报名人数是75人。10月24日经过初评，有22名入围者。11月17日由终评委员会集中审议和投票表决，最终有方增先等6位老艺术家荣获该奖。(颁奖仪式于2013年1月29日在京举行)

【第二届中国美术奖·终身成就奖评奖结果】

（按姓氏笔画排序）

方增先　孙其峰　杨之光　李焕民　侯一民　詹建俊

【第七届中国曲艺牡丹奖】

中国曲艺牡丹奖是由中国文联与中国曲协联合主办的曲艺艺术奖项，创办于2000年，每两年评选一次，为曲艺界的国家级最高奖项。奖项面向中国400余个曲种，包括诵说、幽默滑稽、鼓曲唱曲等七大类，用于鼓励和表彰在曲艺专业中做出突出贡献的专业人士。

9月15日，第七届中国曲艺牡丹奖颁奖晚会在江苏南京举行。全国政协副主席、中国文联主席孙家正，党组书记、副主席赵实，中国文联副主席、中国曲协主席刘兰芳，中国文联党组成员、书记处书记李前光等领导出席并向获奖者颁奖。侯耀华、姜昆、常贵田、赵炎、师胜杰、巩汉林、冯巩、黄宏、盛小云、郭达、戴志诚、赵津生、刘亚津、屠洪刚、谭晶、白岩松、周涛等文艺界名家与部分获奖者同台献艺。颁奖活动后，还进行了获奖曲目为民服务演出、中国曲艺名家“送欢笑、到基层”——走进高淳、“江苏文艺·名家讲坛”——马东走进南京大学等系列活动。本届评奖共报送269个节目，从中选取165个节目进入杭州、天津、东莞、合肥四个分赛区比赛。最终评出节目奖5个、表演奖12个、文学奖7个、新人奖8个、理论奖5个、终身成就奖6个、特别奖4个。

【第七届中国曲艺牡丹奖终评结果】

节目奖（5个）：

中篇扬州弹词《盛世红伶》　小品《红色珍宝》

四川扬琴《情怀》　小品《御史拜寿》

小品　《莎莎，我爱你》

表演奖（12个）：

王少洲（王大海）　李连伟　季静娟　方剑林　杨鲁平

顾竹君　任平　李白燕　刘颖　潘家富　薛维萍　贾俞玲（贾玲）

文学奖（7个）：

周玉峰编述、张戬炜整理的长篇常州评话《常州白泰官》

陈小平创作的西河大鼓《退奖牌》

焦随东、焦芸创作的大调曲子《留守娃》

杨子春、史琳创作的对口单弦《血宴》

徐惠新创作的新编短篇苏州弹词《梁祝·梳妆》

王立海创作的群口快板《好人的故事》

文华、兰建堂创作的南阳鼓儿哼《朱主任赶猪》

新人奖（8个）：

李响（29岁）　李想（28岁）

曹金（曹云金26岁）　王丹丹（31岁）

陶莺芸（31岁）　李然（30岁）

高君岩（高晓攀27岁）　逗乐（王磊28岁）

理论奖（5个）：

《曲艺音乐写作探要》　作者：于林青

《宁夏曲艺简史》　　　　　　作者：张爽

《经典<雷雨>：从话剧到苏州评弹》

作者：朱栋霖

《曲艺艺术ABC》　　　　　　作者：孙立生

《乱里世界、静里春秋——河南坠子艺术流变与传承》　　　　作者：李广宇、张凌怡

终身成就奖（6个，以姓氏笔画为序）：

马增蕙（女）　田连元　吴宗锡

金声伯　单田芳　常宝霆

【第二届中国舞蹈艺术·终身成就奖】

中国舞蹈艺术“终身成就奖”是经中国文联批准，在中国舞蹈“荷花奖”子项中增设的奖项。本届评选于2011年11月启动，候选人从75岁以上(含75岁)，从事舞蹈事业50年以上(含50年)，对新中国舞蹈事业的发展具有奠基作用和开拓性贡献的舞蹈家中产生。由中国舞协主席团投票评选，评选结果报经中国文联批复，最终产生获得者。

3月14日，中国舞蹈“荷花奖”子项的第二届中国舞蹈艺术终身成就奖在京颁发，冯国佩等8位舞蹈艺术家获此殊荣。获奖者都在75岁以上，最长者达98岁高龄，均在各自领域里做出了重要贡献，为中国舞蹈界留下了宝贵财富。中国文联党组书记、副主席赵实，党组成员、副主席杨承志，中国文联荣誉委员贾作光、白淑湘、吴祖强、尚长荣、赵汝蘅与中国文联副主席、中国音协分党组书记、驻会副主席徐沛东，中国舞协分党组书记、驻会副主席冯双白等出席典礼并为获奖者颁奖。盛婕、崔善玉、陈爱莲等著名舞蹈家也到会祝贺。8位获奖者发表了获奖感言，现场还播放了他们各自的生平介绍短片。青年舞蹈家则以丰富多彩的表演表达对获奖老艺术家的敬意和祝福。

【第二届中国舞蹈艺术终身成就奖评奖结果】

(以年龄为序)

冯国佩、李正一、李承祥、斯琴塔日哈、舒巧、孙加保、资华筠、赵青

【第八届中国舞蹈荷花奖现当代舞评奖】

中国舞蹈“荷花奖”为我国舞蹈界的专业最高奖，每两年举办一届。该奖设立之初，现当代舞蹈比赛就被列为其子项目之一，旨在倡导作品当代意识和时代精神。

11月24日至28日，中国文联与河南省委宣传部在郑州举办第八届中国舞蹈“荷花奖”现当代舞评奖活动，来自24个省、自治区、直辖市的279个作品报名参赛，其中当代舞226个、现代舞53个，经初评评委集中观摩录像投票选拔，最终有36个当代舞作品、15个现代舞作品入围半决赛。中国文联党组成员、副主席杨承志与中国舞协名誉主席白淑湘，分党组书记、驻会副主席冯双白等出席开幕式。

【第十/十一届中国民间文艺山花奖】

中国民间文艺“山花奖”是经中宣部批准、中国文联与中国民协共同主办的国家级民间文艺大奖，创立于1999年，为我国民间文化遗产的抢救与保护、中华民族优秀传统文化的传承和弘扬做出了巨大贡献。

1月5日，中国文联与中国民协、海南省委宣传部联合在海南海口举行第十届中国民间文艺“山花奖”颁奖典礼。全国政协副主席何厚铧、中国文联党组副书记、副主席李屹和海南省、中国民协有关领导出席。本届“山花奖”共有民间文学作品奖、民间艺术表演奖、民间文艺学术著作奖、民间工艺美术作品奖4个奖项。其中，《满族民间故事·辽东卷》《中国民间创世史诗集成·广西卷》《珞巴族民间故事》等13部作品获民间文学作品奖；土家族穿号子《细碗莲花》、海城高跷秧歌、高原鼓韵(鼓舞鼓乐)、二龙戏珠(舞龙)、越涧穿火展英姿(高桩醒狮)等23个节目获民间艺术表演奖；《中国宝卷研究》《中国各民族人类起源神话母题概览》《神话与神话学》等18部作品获民间文艺学术著作奖；大双竹提梁壶(紫砂陶)、甬城风情图(金银彩绣)、霸王别姬(面塑)等38件作品获得民间工艺美术作品奖。获奖者中既有德高望重的民间文艺专家学者和传承人，也有近年来崭露头角的民间文艺新秀。“山花奖”自本届开始由中央财政支持设立“山花奖”奖金制度，为推动民间文艺多出精品、多出人才提供有力的物质支撑。

第十一届中国民间文艺山花奖于4月8日至10月9日分别在河南开封、吉林长春、山东烟台、甘肃平凉进行了民间艺术表演奖(民间绝技绝艺)、民间工艺美术作品奖、民间艺术表演奖(民间广场歌舞)等子项的评奖活动。河南“孙氏十六挂转秋”等两个节目获得民间艺术表演奖(民间绝技绝

艺），江苏紫砂作品“吴经提梁”等10件作品获得民间工艺美术作品奖，辽宁高跷秧歌“庆丰收”等5个节目获得民间艺术表演奖(民间广场歌舞)。

【第十一届中国民间文艺山花奖评奖结果】

民间艺术表演奖（民间绝技绝艺）评奖结果

1.河南　孙氏“十六挂转秋”

表演者：河南省洛阳市白马寺镇孙村秋艺社

2.青海　土族轮子秋表演

表演者：青海省互助土族自治县轮子秋表演队

民间艺术表演奖（民间广场歌舞）评奖结果

1.辽宁　高跷秧歌《庆丰收》

表演者：辽宁省大洼县西安镇上口子民间高跷秧歌艺术团

2.贵州　《革家踩亲舞》

表演者：贵州黔东南凯里市龙场镇革家歌舞队

3.河北　《火火的秧歌扭起来》

表演者：昌黎县艺术团

4.湖北　土家族《撒叶儿嗬》

表演者：湖北长阳土家族自治县民间艺术团

5.陕西　腰鼓《欢天喜地》

表演者：绥德县文化馆

民间工艺美术作品奖评奖结果

1.江苏　紫砂　《吴经提梁》

作者：冯群星、徐芳

2.福建　石雕　《风吹芦花鱼满篓》

作者：林邵川

3.安徽　砚雕　《飞流直下三千尺》

作者：俞青

4.江苏　紫砂　《国色天香壶》

作者：季益顺

5.江苏　石雕　《人生三忆》一组三件作品

作者：蔡云娣

6.河南　汝瓷　《如意尊》

作者：朱钰峰

7.浙江　雕刻　《船鼓》

作者：吴圣东

8.广东　泥塑　《出花园》

作者：吴闻鑫、吴宏城、吴光让

9.福建　木偶　《布袋木偶》

作者：庄宴红

10.浙江　木雕　《百福如意》

作者：陈成科

【第九届中国摄影金像奖】

5月26日，第九届中国摄影金像奖在湖北武当山颁奖。第十届全国政协副主席李蒙，中宣部秘书长官景辉，湖北省委常委、宣传部部长尹汉宁，湖北省政协副主席陈天会，中国文联党组成员、书记处书记李前光，全国工商联副主席孙安民等出席颁奖晚会。本届金像奖坚持公平、公开、公正、科学严谨的评选制度，全面考量参评者的综合素养，经过严格评审，最终有30位优秀摄影人从符合参评条件的284人中脱颖而出。同时，裴植等6位摄影艺术家荣获本届金像奖终身成就奖。

【第九届中国摄影金像奖评奖结果】

创作奖

纪录类：

雍和　于德水　阿音　王建民　奚志农

李舸　余海波　李亚隆　张国通　张风

艺术类：

孙晋强　王建军　陈海汶　姜平　陈锦

肖吉地　冯建国　刘瑞新　王强

商业类：

王敬民

理论评论奖

刘宽新　韩丛耀　丁遵新　黄一璜　晋永权

图片编辑奖

张蔚飞　张小文

图书奖

王琛　张新泰　王达军

终身成就奖

裴植　张祖道　顾棣　钱嗣杰　孟昭瑞

时盘棋

【第四届中国书法兰亭奖】

中国书法兰亭奖是中国文联和中国书协联合主办的全国综合性书法专业奖项，创办于2001年，是授予在书法艺术创作、理论研究、书法教育、编辑出版等领域有重大成就和突出贡献的书法家、书法理论家、书法教育家和书法工作者的最高奖项和最高荣誉。

11月29日至12月2日，中国文联与中国书协在浙江绍兴举行第四届中国书法兰亭奖的评审。黄惇、曹宝麟、丛文俊、孙晓云、王冬龄、华人德、林剑丹、吴行、王友谊、张荣庆获艺术奖；共232人获入展佳作奖，冯印强等5人获一等奖，

另有10人获二等奖，13人获得三等奖；共19项专著和论文参选理论奖；尉天池等3位书法家获终身成就奖。

【第四届中国书法兰亭奖评奖结果】

终身成就奖

尉天池　陈方既　刘艺

艺术奖

黄　惇　曹宝麟　丛文俊　孙晓云　王冬龄

华人德　林剑丹　吴行　王友谊　张荣庆

佳作奖

一等奖：冯印强（内蒙古）　凌海涛（安徽）　朱明月（辽宁）

吴庆东（黑龙江）　倪和军（山东）

二等奖：李锐（广东）　刘长龙（辽宁）　刘永清（河北）

牛耕（河南）　柯学刃（福建）　季平（河南）

曾锦溪（福建）　潘文志（广西）　王乃勇（河南）

王官平（黑龙江）

三等奖：刘伊明（河南）　杨雯（山东）　孙宪华（广东）

吕金光（四川）　薛党军（河南）　刘聚森（河南）

王国柱（山西）　徐右冰（北京）　孙学辉（辽宁）

朱志刚（江苏）　李利（浙江）　张红杰（河南）

何来胜（浙江）

理论奖

一等奖：祁小春（广东）《迈世之风：有关王羲之资料与人物的综合研究》（上、下）专著

张天弓（湖北）《张天弓先唐书学考辨文集》专著

李慧斌（山东）《宋代制度视阈中的书法史研究》专著

二等奖：江波（湖南）《〈后汉书·赵壹传〉辨误》等3篇系列论文

向彬（山东）《中国古代书法教育研究》专著

张典友（河南）《宋代书制论略》专著

王晓光（山东）《秦简牍书法研究》专著

陈一梅（上海）《宋人关于〈兰亭序〉的收藏与研究》专著

蔡显良（广东）《宋代论书诗研究》专著

祝帅（北京）《在“科学”与“书学”之间——二十世纪前期中国书法理论研究的现代化进程极其学术反思》等9篇系列论文

三等奖：吴鹏（贵州）《舒卷炎凉：明人的书扇赠酬及其文化隐喻》论文

杨二斌（山西）《西汉“书法”制度研究》等3篇系列论文

曹建等（重庆）《20世纪书法观念与书风嬗变》合著

方波（浙江）《民间书法知识的建构与传播——以晚明日用类书中所载书法资料为中心》论文

吴晓明（浙江）《卷轴书法形制源流考述》专著

刘东芹（江苏）《射利与雅玩——论文彭书画鉴赏活动中的经济意识和行为》等4篇系列论文

杨宝林（辽宁）《刘熙载书学研究》专著

徐咏平（浙江）《浙江篆刻史》专著

毛万宝（浙江）《兰亭学探要》专著

【第八届中国杂技金菊奖】

中国杂技金菊奖设立于1998年，是由中国文联、中国杂协主办的杂技艺术专业大奖，旨在弘扬中国杂技艺术，奖励优秀杂技作品，推动杂技事业繁荣发展。

第八届中国杂技金菊奖第七次理论作品奖于2月24日在京进行终评。蓝凡等9人作品分获金、银、铜奖。

【第八届中国杂技金菊奖理论作品奖评奖结果】

金奖：1名

蓝凡　《作为艺术的杂技的哲学维度》

银奖：3名

尹力　《理性审视杂技剧中的杂技创作问题》

吴璇　《文化杂技：当代中国杂技的新形象》

木艺璇　《培养杂技人才　拓宽育才渠道》

铜奖：5名

聂翠青　《新语境下的杂技本体语言》

林宏伟　《试论文艺院团体制改革中的杂技创作》

张建生　《对杂技市场的再思考》

高月娟　《中国杂技中的道家意蕴探析》

付天杨 《论现代高科技手段与杂技艺术的结合》

【第26届中国电视金鹰奖】

中国电视金鹰奖是经中宣部批准，由中国文联与中国视协联合主办的全国性电视艺术综合奖，两年评选一次。

第26届中国电视金鹰奖评选工作于5月启动，组委会收到参评电视剧158部，电视文艺节目221部，电视纪录片183部，电视动画片41部，城市形象片及公益广告83部。经过两个阶段的投票评选，79个奖项全部评出。9月9日，第26届中国电视金鹰奖暨第九届中国金鹰电视艺术节颁奖晚会在长沙举行。

【第26届中国电视金鹰奖评选结果作品奖评选结果】

一、电视剧作品奖

最佳电视剧（1部）

《中国1921》 浙江影视（集团）有限公司

优秀电视剧（20部）

《厂花》 青岛名扬影视传播有限公司

《中国地》 辽宁广播电视台

《少林寺传奇之大漠英豪》 河南电视台

《风华正茂》 湖南广播电视台

《东方》 杭州南广影视制作有限公司

《北方汉子》 山东天麦文化传播有限公司

《古村女人》 北京利群影视文化发展有限责任公司

《永不磨灭的番号》 北京电视台

《江姐》 中国电视剧制作中心有限责任公司

《我叫王土地》 中共内蒙古巴彦淖尔市委员会宣传部

《辛亥革命》 天津电视台

《远去的飞鹰》 中国人民解放军总政治部歌剧团

《抬头见喜》 浙江华策影视股份有限公司

《奢香夫人》 中共贵州省委宣传部

《悬崖》 SMG尚世影业

《断刺》 江苏省广播电视总台

《雪豹》 四川广播电视台

《甄嬛传》 北京电视艺术中心有限公司

《誓言今生》 无锡广播电视集团

《黎明之前》 北京华录百纳影视股份有限公司

二、电视文艺节目奖

最佳电视文艺节目（1部）

《2012春节联欢晚会》 中央电视台

优秀电视文艺节目（10部）

《“民歌韵红歌情——我唱山歌给党听”——庆祝建党90周年大型音乐活动》 贵州广播电视台

《“声动清明”大型朗诵会》 河北电视台

《2011北京电视台春节联欢晚会》 北京电视台

《在灿烂的阳光下——2011年“六一”晚会》 中央电视台

《阳光路上情满怀——2012军民迎新春文艺晚会》 解放军总政治部宣传部艺术局

《明星童乐会》 河北电视台

《非诚勿扰——美国专场》 江苏省广播电视总台

《非常完美》 贵州广播电视台

《第八届金鹰艺术节闭幕式暨第25届中国电视金鹰奖颁奖晚会》 湖南电视台

《激情唱响——才艺秀第一期》 辽宁广播电视台

三、电视纪录片奖

最佳电视纪录片（1部）

《旗帜》 中央电视台科教频道

优秀电视纪录片（10部）

《人民大会堂》 北京电视台

《中国有个署立里》 深圳市电影电视家协会

《那山那老人》 重庆市万州区广播电视台

《走向海洋》 海军政治部电视艺术中心

《辛亥》 北京电视台

《哈军工》 广东省电视艺术家协会

《故宫100——第一辑》 中央电视台纪录频道

《春晚》 中央电视台纪录频道

《深呼吸》 广东南方电视台

《璀璨时空——石家庄历史文化影像志》 石家庄广播电视台

四、电视动画片奖

最佳电视动画片：空缺

优秀电视动画片（5部）

《水漫金山》 镇江市广播电视台

《成语国探秘》 河北德龙文化传播有限公司

《呆家家》 湖南金鹰卡通有限公司

《家有浆糊》 湖北银都文化传媒股份有限公司

《秦皇岛传奇》 秦皇岛市广播电视台

五、电视形象宣传片（含公益广告）

最佳电视形象宣传片（1部）

《CCTV-3“生活就是舞台”》 中央电视台综艺频道

优秀电视形象片（4部）

《地球很美也很脆弱》 上海广播电视台

《这里是北京》 北京电视台

《爱的表达式》 中央电视台广告经营管理中心

《新潍坊》 潍坊电视台

单项奖评选结果

一、电视剧创作单项奖

最佳编剧奖：

《辛亥革命》编剧王朝柱

最佳导演奖：

《中国地》导演阎建钢

最佳摄像奖：

《辛亥革命》摄像孙冶平

《中国地》摄像钱韬

最佳美术奖：

《奢香夫人》美术杨朝晖

最佳录音奖：

《断刺》录音李昂

最佳照明奖：

《中国1921》照明曹文

二、电视文艺和纪录片创作单项奖

最佳文艺节目导演奖：

《中国2010年上海世博会开幕式暨文艺演出》导演滕俊杰

最佳文艺节目摄像奖：

《第八届金鹰电视艺术节闭幕式暨第25届中国电视金鹰奖颁奖晚会》摄像龙建平

《中国2010年上海世博会开幕式仪式暨文艺演出》摄像陈晓林

最佳文艺节目美术奖：

《2012春节联欢晚会》美术陈岩

最佳电视纪录片编导奖：

《春晚》编导刘文

最佳电视纪录片摄像奖

《故宫100——第一辑》摄像刘畅

电视剧演员及电视节目主持人评选结果

一、电视剧演员奖

观众喜爱的男演员：文章　吴秀波　林永健　何晟铭

观众喜爱的女演员：陈数　马苏　岳红　宋佳

二、电视节目主持人奖

最佳电视节目主持人：孟非　崔永元

优秀电视节目主持人：张泉灵　栗坤　陈伟鸿　海琳　谢娜

组委会特别奖

1.《中国2010上海世博会开幕式暨文艺演出》上海广播电视台

2.《百花迎春——中国文学艺术界2012春节大联欢》中国文联演艺中心

3.《启航——第16届亚洲运动会开幕式文艺晚会》广州电视台

【第八届中国文联文艺评论奖】

第八届中国文联文艺评论奖由中国文联主办，中国文联理论研究室承办。评选工作从2011年年底启动。2012年3月初，向中国文联各团体会员单位发出《关于组织开展第八届中国文联文艺评论奖评选工作的通知》，各团体会员共报送405件作品（包括著作82部、评论文章323篇）。同时，评奖办公室共收到自荐作品87件。经初评、复评和终评，共评出著作类特等奖2部、一等奖6部、二等奖9部，文章类特等奖1篇、一等奖22篇、二等奖47篇。10月30日，第八届中国文联文艺评论奖颁奖典礼在云南昆明举行，中国文联党组书记、副主席赵实在颁奖典礼上作了题为《努力增强文艺评论的说服力、影响力和公信力》的重要讲话。中国文联党组成员、书记处书记夏潮主持颁奖典礼并宣读表彰决定。本届评论奖获奖作品呈现出艺术门类齐全、题材广泛、体裁多样、形式丰富等特点，质量和数量均比往届有明显提高和增多，并首次设立著作奖。获奖文章已结集出版。

【第八届中国文联文艺评论奖获奖作品和组织工作先进单位名单】

著作类

特等奖（2部）

陈方既　《书理思辨》

饶曙光等　《中国少数民族电影史》

一等奖（6部）

吕艺生　《舞蹈美学》

周海宏　《音乐何须“懂”——面对审美困惑的思辨历程》

刘敏　《中国人民解放军舞蹈史》

陈小波　《他们为什么要摄影》

吴宗锡　《走进评弹》

向云驹　《草根遗产的田野思想》

二等奖（9部）

逄增玉　《文学现象与文学史风景》

张志强　《中国现当代军事文学》

宋家宏　《阐释与建构——云南当代文学专论》

郭小男　《观/念——关于戏剧与人生的导演报告》

张振涛　《吹破平静：晋北鼓乐的传统与变迁》

藏杰　《民国美术先锋——决澜社艺术家群像》

刘青弋　《中国舞蹈通史·中华民国卷》

贾杲　《中国艺术品市场批评概论》

杨宝林　《刘熙载书学研究》

文章类

特等奖（1篇）

朱栋霖　《经典〈雷雨〉：从话剧到苏州评弹——纪念曹禺百年诞辰》

一等奖（22篇）

迟志邦　《书法——在象、数、理的对应中寻求适度之美》

张帆　《八十年代、话语场域与叙事的转换》

汪人元　《张庚与中国戏曲表演体系研究——纪念张庚先生诞辰百年》

熊立　《问题意识·科学方法·批评体制——危机中的电影批评之出路》

余丁　《试论1949年以来中国美术体制的发展与管理的变迁》

杨建国　《贴近老百姓　百姓才爱听——评郭刚与长篇评书〈话说马鸿逵〉》

罗斌　《中国舞蹈精神——由“荷花奖”舞剧、舞蹈诗比赛想到的》

郭云鹏　《中国杂技对外商演现状及对策》

张德祥　《影视创作，亟待破解三个问题》

陈晓明　《对中国当代文学60年的评价》

许柏林　《探寻穿透“三次革命”的价值观——关于革命历史题材文艺创作的笔记》

杨燕迪　《音乐批评相关学理问题之我见》

杨利慧　《语境、过程、表演者与朝向当下的中国民俗学——表演理论与中国民俗学的当代转型》

巫允明　《华夏文化对美洲印第安人古代文明和传统习俗的影响初探》

孙慨　《辛亥革命时期摄影的媒介价值》

胡晓军　《一支正在思想的花朵》

尚辉　《开创人类艺术史的新篇章——中国共产党对于建立与发展人类新型艺术形态的探索》

陈文　《三峡社会变迁与纪实摄影流变》

吴戈　《“形象种子”与演出形象：查明哲的舞台美感》

曾庆瑞　《电视剧：创作灵感消失在何处》

于宁　李慧斌《二十世纪考古新出土文字遗迹对当代书法创作的影响》

王次炤　《无伴奏清唱剧〈桃花扇〉审美阐释》

二等奖（47篇）

吕颖　《女性文学批评的几个关键问题思考——从“对话与参与”的角度谈起》

李朝全　《纪实文学：历史的积淀与现实的沉思》

徐利明　《文艺创作应引导当代人文修养走向雅化》

张玉能　《西方语境下的中国美学发展》

丁莉丽　《文化产业语境中的批评困境》

宋生贵　《文化创意视野中的民族艺术》

毛时安　《关于文化发展和文艺创作的四个问题及其思考》

刘忠诚　《论郑怀兴剧作的深层生成》

孙洁　《因为了解，所以慈悲——评王安祈改编的〈金锁记〉》

苏妮娜　《戏剧舞台可否抱朴守拙？》

周大明　《对当前我国戏剧评论若干问题的思考》

谷海慧　《从“高台”到“民间”——当代军旅话剧发展概论》

杨世君　《遵循“三贴近”原则创作的一部好戏——评话剧〈扎西岗〉》

张杭　《精神生活是戏剧的灵魂——谈最近几部老舍小说改编的戏剧》

卢雪菲 《心灵家园的探寻与重构——管窥华语文艺片的生存与发展》

杨远婴 《北京电影（1949—1966）》

郭树群 《读刘再生的鼎新力作〈中国近代音乐史简述〉——兼评“中国现代音乐史学转型”理论的创建》

瞿小松 《虚幻的“主流”》

乔建中 《当代二胡艺术现代精神——为2010年上海音乐学院“二胡论坛”而写》

钱亦平 《20世纪下半叶音乐语言特点及结构类型》

金荻 《俄苏钢琴艺术成就对中国钢琴艺术发展的影响和启示》

祝帅 《而立，未立：中国平面设计三十年》

邱正伦 《构建，必须立足本土美术的主体价值形象》

熊永松 《略论西藏当代绘画艺术的基本特征》

屈健 《“长安画派”绘画思想研究》

金芳 《丢失了本体艺术的二人转艺术还能走多远》

董大汗 《批评的勇气和被批评的恶声——说说姜昆近来遭遇的事》

王海涛 《山高水长——谈孙颖的“汉唐古典舞”和他的当代艺术贡献》

金浩 《论当代舞创作中的文化机杼——兼谈赵明舞蹈作品的艺术特色》

于平 《从〈诱僧〉到〈奔月〉——应萼定大型舞剧创作随想》

葛树荣 《云南民间舞蹈现状调查报告》

王菡 《试谈“桃李杯”与“学院派”民间舞教学的关系》

马知遥 《非遗保护的困惑与探索》

谢琳 《符号学理论视野中纪实摄影的真实性分析》

郑荣明 《解读康有为书法的贴学面目——从〈康有为手迹〉看真实的康有为》

陈龙海 《东巴象形文书法、印章的审美之维与艺术自觉》

常春 《唐宋女性书法文化》

何应辉 《风雨高歌　健笔凌云——辉耀现代书坛的刘孟伉书法》

盛东涛 《沙孟海对书法批评的贡献》

董争臻 《多元文化整合思维的解读与践行——原创作品〈中国结·空中技巧〉的创作思考》

蓝凡 《作为艺术的杂技的哲学维度》

王云峰 《从本土化到原创，中国娱乐节目创新趋势》

张洪武 《“悲剧”与“崇高”——兼评〈下南洋〉主题的位移与嬗变》

胡功胜 《经典重拍的障碍与超越——以新版电视剧〈红楼梦〉为个案分析》

焦锐　姚元 《当代军事题材电视剧创作的华丽转身》

赵彤 《命名记载的轨迹——新世纪十年我国电视剧名目读解》

黄怀璞　张威威 《析论西部题材电视剧的审美价值》

组织工作奖

中国戏剧家协会

中国音乐家协会

中国美术家协会

中国曲艺家协会

中国舞蹈家协会

中国摄影家协会

北京市文学艺术界联合会

辽宁省文学艺术界联合会

上海市文学艺术界联合会

江苏省文学艺术界联合会

云南省文学艺术界联合会

西藏自治区文学艺术界联合会

陕西省文学艺术界联合会

宁夏回族自治区文学艺术界联合会

中国人民解放军总政治部宣传部

【第十届造型表演艺术成就奖】

造型表演艺术成就奖创建于2002年，由日本友人深见东州先生捐资设立，原由文化部主办，2006年起改由中国文联、造型表演艺术创作研究基金理事会主办。主要用于奖励中国造型、表演艺术领域有杰出贡献的艺术家和研究学者，目的是为了褒奖为中国当代文化艺术事业发展做出重要贡献的国家级艺术家，推动中国当代文化艺术创作与研究，弘扬先进文化。

8月2日，第十届造型表演艺术成就奖颁奖典礼在北京中国文艺家之家举行，中国文联党组副书记、副主席覃志刚，党组成员、书记处书记夏潮，中国影协主席李前宽，中国美协分党组书记、驻会副主席吴长江与蓝天野、盛杨、刘健、张桐胜、杨寒英等评委会委员出席并为刘勃舒、叶毓山、伍必端、肖峰、周令钊、孟昭瑞、彭一刚(以上为造型艺术成就奖)、叶子、严良堃、张瑞芳(以上为表演艺术成就奖)10位获奖者颁奖。

艺术节

【第21届中国金鸡百花电影节】

9月26日至29日，由中国文联、中国影协、绍兴市政府主办的第21届中国金鸡百花电影节在浙江绍兴举行。全国政协副主席、中国文联主席孙家正，中国文联党组成员、书记处书记夏潮与中国影协名誉主席谢铁骊、主席李前宽等出席在绍兴体育中心举行的开幕式并为于蓝、金迪、祝希娟等“新中国22大电影明星”代表赠送纪念奖杯。文艺晚会则围绕本届电影节“诗与画的绍兴，你和我的电影”主题，突出绍兴温婉秀丽的水乡之美，本届电影节形象大使、绍兴籍演员江一燕携手毛阿敏、吕薇、谢霆锋、潘玮柏、孙悦、玖月奇迹以及“中国好声音”团队表演了精彩纷呈的文艺节目。随后，国产新片推介展映、金鸡国际影展、中国电影论坛、艺术家下基层采风、中外影片集中展映等主体活动相继展开，29日晚举行颁奖典礼及闭幕式。

【第九届中国摄影艺术节】

中国摄影艺术节为国内规模最大的摄影节庆活动，从1989年以来已成功举办八届，成为中国摄影人展示作品、交流技艺、探讨发展的盛会，在艺术界和社会上有着重要的地位和广泛的影响。

5月23日至26日，中国文联与湖北省委宣传部、中国摄协联合在湖北武当山举办第九届中国摄影艺术节。全国政协副主席、中国文联主席孙家正发来贺信，向来自全国各地的摄影家致以亲切的问候，并对艺术节的举办表示衷心的祝贺。本届艺术节以“生态、和美、多元、传承”为主题，在突出专业性和权威性的同时，着力倡导绿色环保、和谐美丽、文化共享等多重理念，活动丰富多彩且富于武当地域特色、摄影专业水准。其间，开展了第九届中国摄影金像奖颁奖典礼、本届金像奖获奖作者原作展、历届金像奖获奖者作品回顾展、金像论坛、对话策展人、国外摄影名家讲座、中国摄协媒体见面会、图书发布、采风创作、第二届“太极湖杯”中国武当国际摄影大展、“饮水思源创作之旅——南水北调工程(中线)全国摄影大展”等一系列活动。

【第九届金鹰电视艺术节】

9月7日至9日，由中国文联、湖南省政府、中国视协主办的第九届中国金鹰电视艺术节在湖南长沙举行。本届金鹰节包括开幕式晚会、电视主持人盛典、第26届中国电视金鹰奖颁奖晚会三大主体活动，此外还有“金鹰节荣誉大典”、金鹰明星走基层活动和“城市文明与现代传播”论坛三大主题活动。开幕晚会围绕“与时代同行”的主题，共分中国电视产业的高速发展、中国电视文艺的百花齐放、中国电视人的使命和担当三大篇章，以经典回眸、剧情再现、歌舞表演等艺术形式贯穿其中，配合实景和虚拟场景的交错，刘诗诗、韩雪、于小伟、陈赫、娄艺潇、孙楠、萧敬腾、王音乐、孙杨、赵忠祥、倪萍、李宇春、雷佳、高圆圆、蔡国庆等明星的精彩表演，带给观众一场华丽大气的视觉盛宴。“我爱主持人”颁奖盛典中，崔永元、白岩松、汪涵、孟非、撒贝宁、谢娜等主持人妙语连珠，则让晚会充满智慧与“笑果”。

9月8日的“现代传播与城市文明”金鹰国际论坛共设两个单元，一是“对话”单元，二是“赏析与评述”单元。在“对话”单元中，来自英、韩、新加坡、哥伦比亚等国的传媒人和城市管理者与中国电视精英采用城市代表、传媒代表、评议人等边三角发言的形式激情论剑，纵论传播与文明的勾连，从视觉造型、谈话结构、程序组合等方面来创新论坛的传达方式，使参与者更有互动感、丰富感和视听感，著名学者易中天做即兴主题感言。“赏析与评述”单元则播放国内外城市形象片和业界最新纪录片，由业界人士进行点评交流。

品牌活动

送欢乐、下基层文化惠民工程

本着“百花扎根沃土、艺术奉献人民”的宗旨，2012年“送欢乐、下基层”的主题为“深入基层、服务大众、促进繁荣、推动发展”文化惠民活动。活动深入基层生产生活第一线，组织广大文艺工作者到革命老区、民族地区、边疆地区和贫困地区，尤其是深入到基层农村、厂矿、社区、学校、部队等地，为乡村农民、农民工送艺术、送温暖、送欢乐，更好地推动文化服务向基层倾斜、向农村倾斜、向普通百姓倾斜，让文化改革发展成果更好地惠及人民群众。

【赴重庆綦江“送欢乐、下基层”】

2011年12月27日，中国文联、中国曲协“送欢乐、下基层”慰问演出队伍走进中国西部齿轮城”——重庆綦江。刘全和、刘全利、焦建东、石磊、奇志、张伟、刘佳妹、温淑萍、姜昆、戴志诚等艺术家在万盛体育馆与基层群众分享艺术的欢乐。董耀鹏、刁惠香、王超等中国曲协、重庆市文联领导以及重庆市、綦江区等有关方面负责人与2000余名观众共度这一欢乐的夜晚。

【赴北京房山“送欢乐、下基层”】

2011年12月30日上午，中国文联、中国美协组织10余位美术家到北京房山长阳保障房建设一线“送欢乐、下基层”，中国文联党组成员、副主席杨承志与侯一民、杜滋龄、吴长江、王明明、刘健、徐里、张旭光、马新林、丁杰、邹立颖、贺成才、李耀林等美术家冒雪在数九寒天中将“新年画”(以当代著名美术家代表作为内容的精美印刷画)、现场创作的春联和精美画册、美术书籍送给长期奋战在保障房建设一线的务工者。

【赴黑龙江边防线“送欢乐、下基层”】

2011年12月31日至2012年1月3日，为深入贯彻党的十七届六中全会精神和胡锦涛总书记在第九次全国文代会、第八次全国作代会上的重要讲话精神，落实中宣部关于深入开展“走基层、转作风、改文风”活动要求，中国文联与黑龙江省委宣传部、省文联、省军区政治部共同主办了“送欢乐、下基层”赴黑龙江边防线慰问演出采风活动，中国文联党组书记、副主席赵实，中国文联党组成员、书记处书记李前光，刘兰芳、吴长江、赵长青、邵学敏、罗成琰、徐里、金宁宁等协会和机关部室领导以及50余位各门类著名文艺家和文艺工作者赴“东方第一哨”、黑瞎子岛等地慰问边防守备部队，赴同江市赫哲族民族村慰问采风，为边防守备部队和基层群众送去欢声笑语和真诚祝福。

【赴湖北潜江“送欢乐、下基层”】

1月5日，中国文联党组成员、副主席杨承志和中国剧协分党组书记、驻会副主席季国平率领由尚长荣、裴艳玲、顾芗、陈俐、龙红、于兰、王静、金郑建、王蓉蓉、杜鹏、韩巨明、蒋建国、吴亚玲、张克勤、谷好好、孙敬华、李政成、陈晓红、郑国风、胡新中、李春华、韩延文等20余位含11个剧种的戏剧表演艺术家组成的梅花奖艺术团赴湖北潜江，在潜江市民体育中心为那里的父老乡亲送去欢乐和新年祝福。剧种多、名角多、红色经典扎堆儿、不同剧种同台演绎曹禺名剧名段是本次演出的四大特色。

【赴湖北仙桃“送欢乐、下基层”】

1月4日至5日，中国文联、中国影协“送欢乐、下基层”到素有“鄂中宝地、江汉明珠”之称的湖北仙桃，为那里父老乡亲送去两台丰盛的电影大餐——放映表现伟大母爱的电影《额吉》、举行盛大的“情系仙桃”公益慰问演出。中国文联党组成员、书记处书记夏潮和刘新池、许柏林、冯云乔、罗丹青、唐元涛、余述平等中国影协、湖北省有关部门领导出席活动。娜仁花、王馥荔、王霙、郭伟华、谷伟、刘全和、刘全利等艺术家奉献了精彩的表演。

【赴北京朝阳交通支队“送欢乐、下基层”】

1月7日，中国文联、中国书协“送欢乐、下基层”慰问北京朝阳交通支队活动举行。中国文联国内联络部主任罗成琰与中国书协赵长青、陈洪武、潘文海等领导带领协会机关干部职工和部分在京书法家30余人，来到北京朝阳交通支队，为一线交警送春联、写作品，丰富民警的精神生活，陶冶民警的文化情操。

【赴重庆涪陵“送欢乐、下基层”】

1月15日，由中国文联、重庆市委市政府主办的“送欢乐、下基层”赴重庆涪陵慰问演出活动主场演出在重庆涪陵区两江广场举行。中国文联党组副书记、副主席覃志刚、中国音协分党组书记、驻会副主席徐沛东率队参加活动。演出融汇了戏剧、电影、音乐、美术、曲艺、舞蹈、民间文艺、摄影、书法、杂技、电视各艺术门类，金曼、丁晓红、黄华丽、丁毅、黄训国、常思思、尤泓斐、沈铁梅、杨树泉、苏丽、王霙、郭伟华、谷伟、王小燕、张保和、金波等百余名艺术家和歌舞演员给涪陵人民送上了精彩的表演，中国书协、中国美协、中国摄协领导带领艺术家向涪陵人民捐赠了精美的书画摄影作品。演出结束后，艺术家们又分两队赴白涛镇和南沱镇睦和村演出，为当地居民送去新春的祝福。

【赴北京地铁建设工地“送欢乐、下基层”】

1月17日上午，中国文联、中国书协“送欢乐、下基层”慰问北京城建集团地铁建设工地活动在地铁八号线沿线回龙观建筑工地举行。中国文联党组副书记、副主席覃志刚出席了活动出发仪式。中国书协分党组书记、驻会副主席赵长青率申万胜、张飙等数十位书法家挥毫泼墨，为建筑工人书写书法作品百余幅、春联300余副，将党和政府的关怀送至工人心中。

【赴上海宝山“送欢乐、下基层”】

2月2日，由中国文联、中国视协、上海宝山区人民政府主办的“送欢乐、下基层”活动在宝山体育中心举行。中国文联党组成员、书记处书记夏潮，中国文联副主席中国视协主席赵化勇，中国视协分党组书记、驻会副主席张显，中国文联国内联络部主任罗成琰等观看演出。李谷一、田华、牟炫甫、李殊、丁毅、黄华丽、宗庸卓玛、扎西顿珠、杜旭东、卢奇、岳红、赵育莹、王奎荣、侯天来、张光北、王茜华、高发、王文杰、李三林、陈逸恒、哈斯高娃、伊琳、王霙、谷伟、卢奇、杜旭东、李薇等艺术家向当地观众送去元宵节的祝福。

【赴福建厦门“送欢乐、下基层”】

2月5日，由中国文联、中国民协主办的“送欢乐、下基层”厦门特区建设30周年专场慰问演出在厦门海天爱家红星美凯龙广场举行。中国文联党组副书记、副主席李屹及罗杨、夏朝华、刘漪滟、徐里、黄强、张毅恭、林朝晖、张萍等中国民协、中国文联有关部门和厦门市有关领导出席。董浩、笑林、李国盛、王小燕、阎福兴、庄陈华等和来自台湾的艺术家彭立及厦门本地民间艺术家同台献艺，大型歌舞、相声、民乐、木偶表演等精彩节目为鹭岛人民在元宵佳节增添了欢乐祥和的节日氛围。

【赴西藏山南地区“送欢乐、下基层”】

在2012藏历新年期间，中国文联、中国摄协与西藏自治区文联、自治区摄协组织蔡征、孙晋强、杨卫华、车刚、娄勇智等知名摄影家走进西藏山南地区错那县，深入开展“送欢乐、下基层”活动，行程1300多公里，在海拔5200米至2700米落差之间，翻山越岭、走村入户，深入到藏族、门巴族农牧民家中为群众拍“全家福”，到边境一线看望慰问边防官兵，把中国摄影金像奖获得者的摄影作品年画、“中国西藏珠穆朗玛摄影大展”画册、西藏风光台历、挂历、太阳能手电筒、摄影家的明信片、《西藏文艺》(藏文)杂志、《邦锦梅朵》(藏文)杂志等艺术作品、慰问品送至边疆军民手中，将党和政府的关怀送到基层。

【赴湖南湘西“送文化、走基层”】

4月21日至22日，中国文联、中国音协组织邓建栋、宋心馨、谭蔚、闫国威、李仓枭等获金钟奖的音乐家，由中国文联副主席，中国音协分党组书记、驻会副主席徐沛东率队赴湘西“送文化、走基层”，“一对一”辅导近110名琴童，现场听辅导的琴童达500余人。21日晚在吉首市举办的“春暖湘西”音乐会上，艺术家们与湘西琴童同台演奏二胡和古筝，使观众享受到一场民族音乐盛宴。邓建栋还现场为2011年在首届二胡展演中关注到的湘西贫困琴童徐凯玉送上在乐器厂特制的高档

二胡和自己录制的CD。刘天华阿炳中国民族音乐基金会、国韵华夏文化发展有限公司、湖南省文艺创作扶助基金会等单位和企业为湘西的音乐文化事业捐款55万元。湖南省文联主席谭仲池表示，将拿出湖南文化艺术创作扶助基金会的5万元捐赠给徐凯玉作为后续学琴经费，其余50万元则支持湘西地区丰富音乐活动。

【赴山东兖州“送欢乐、下基层”】

5月25日，中国文联、中国视协组织郭正民、岳红、杨树泉、臧金生、李殊、曾勇、王贝贝、宋丽、高玉庆、牛成志、王璐、耿为华、刘君侠等艺术家到山东兖州太阳纸业，为民营企业一线职工“送欢乐、下基层”，举行纪念毛泽东同志《在延安文艺座谈会上的讲话》发表70周年慰问演出。中国文联党组成员、书记处书记夏潮，中国文联副主席、中国视协主席赵化勇，中国视协分党组书记、驻会副主席兼秘书长张显出席。

【赴新疆“送欢乐、下基层”】

8月3日，中国文联与新疆维吾尔自治区党委宣传部主办，中国剧协、新疆文联承办的“梅花奖艺术团新疆行——自治区专场演出”在新疆人民会堂举行。中国文联党组副书记、副主席李屹，中国文联党组成员、副主席杨承志，中国文联副主席迪丽娜尔·阿不都拉与自治区有关领导和2500余位新疆各族群众一起观看演出。裴艳玲、尚长荣、李树建、吴凤花、林为林、史佳花、刘丹丽、龙红、韩延文、杨俊、武凌云、李鼎、武利平、陈澄、齐爱云、刘子微、谷好好17位“梅花”大将为现场观众送上了一出涵盖京剧、昆曲、秦腔、晋剧、淮剧、豫剧、黄梅戏等不同剧种在内的戏曲盛宴。次日晚，17朵“梅花”又在乌鲁木齐和平都会举行第二场演出——兵团慰问专场，为新疆生产建设兵团的600余位观众送去了欢乐。

【赴湖南开慧故里“送欢乐、下基层”】

9月9日下午，“开慧如歌·金鹰明星送欢乐、下基层”慰问演出在杨开慧的故乡——湖南长沙开慧镇举行。中国文联党组书记、副主席赵实，中国文联副主席、中国视协主席赵化勇、中国视协分党组书记、驻会副主席兼秘书长张显出席观看，并在演出前瞻仰杨开慧陵园，向杨开慧雕像敬献鲜花。林永健、吴秀波、何晟铭、马苏、丁柳元、江铠同、李霄云等众多电视剧“剧星”登上乡村舞台，与当地百姓一起联欢，这是金鹰节首次将舞台设在乡间地头。演出突出亲民性和互动性，节目通过民间民俗、地方戏曲和舞台艺术相结合的方式，拉近了与观众的距离。

百花迎春——中国文学艺术界2012春节大联欢

1月8日下午，由中国文联主办的“百花迎春——中国文学艺术界2012年春节大联欢”在北京人民大会堂举行。国务委员、公安部部长孟建柱，全国政协副主席张榕明，全国政协副主席、中国文联主席孙家正等领导，中国文联主席团成员、荣誉委员、全委会委员，2000余名各艺术门类文艺家和文艺工作者代表及各界嘉宾出席活动。节目由《龙腾新春》、《高原格桑美》、《江淮杜鹃秀》、《海南木棉红》、《燕赵太平颂》、《中国万岁》六大板块组成。演出阵容强大，周巍峙、秦怡、于蓝、贾作光、郭兰英、王昆、李默然、梅葆玖、杜近芳、田华、才旦卓玛、胡松华、姜嘉锵、王玉珍、邓玉华、吴祖强、于洋、谷建芬、王晓棠、王心刚、范曾、王蒙、白淑湘、阎肃、苏叔阳、祝希娟、牛犇、李丹阳等老艺术家纷纷登场，于蓝、李谷一、韦唯、宋祖英、姜昆、薛菁华、冯英、赵薇、何润东、吕继宏、郁钧剑、张也、李晖、常思思、王丹红、王明明、程圆圆、尚长荣、李维康、赵葆秀、耿其昌、于魁智、李胜素、韩美林、岳红等近百位中青年艺术家也纷纷亮相，激情和活力感染全场。

“百花迎春”中国文学艺术界春节大联欢自2003年首次举办，至今已走过硕果累累的十载。每年春节前夕，中国文联11个文艺家协会和来自全国各地的文学艺术家们便齐聚一堂，用文艺的百花编制成一个馥郁芬芳的花环，奉献给哺育文艺事业的时代与人民。这不仅是中国文联联络各界艺术家为人民服务的一种创新，同时也是培养艺术家坚持以人民为创作中心的成功的艺术实践。

文艺志愿服务活动

【中国文联文艺志愿服务活动启动】

5月3日，中国文联在京启动文艺志愿服务活动。中共中央政治局委员、中央书记处书记、中宣部部长刘云山专门发来贺信。中宣部副部长翟卫华，中国文联党组领导赵实、覃志刚、李屹、杨承志、夏潮、李前光，主席团成员刘兰芳、李维康、赵化勇、黎国如和来自各艺术门类的知名艺术家代表，各全国文艺家协会、中国文联机关各部室和各直属单位负责人以及中国文联干部职工、中央媒体记者400余人出席在中国文艺家之家举行的启动仪式。赵实发表了题为《与时代同行 与人民同心》的讲话；翟卫华宣读了刘云山同志的贺信；李屹宣读了《中国文学艺术界联合会关于深入开展文艺志愿服务的意见》。唐国强、罗杨分别代表文艺家与各全国文艺家协会发言。

【中国文联文艺志愿服务团赴吉林石化采风慰问演出】

5月26日，中国文联党组书记、副主席赵实，党组副书记、副主席李屹率领囊括舞蹈、音乐、杂技、曲艺、魔术、戏曲等多个门类文艺家的文艺志愿服务团赴吉林省吉林市举行采风慰问演出活动，纪念《讲话》发表70周年。吉林省领导竺延风、房俐、庄严、王化文会见了志愿服务团成员。26日清晨，服务团参观吉林市艺术中心并参加了中国书协授予吉林市“中国书法城”称号的活动。授牌仪式后，服务团小分队驱车赶往吉林大荒地村参观该地社会主义新农村建设并为乡亲们送去一场精彩演出。当日下午的主场活动中，刘兰芳、吴雁泽、冯巩、牛群、朱军、鞠萍、刘芳菲、吴长征、孔倩倩、陈东、于婉青、牟强、杨刚、李彦培、李志强、郭碧川、于兰、姜克美、范竞马、郑咏等艺术家在松花江畔吉林石化的体育场上，为生产第一线的工人兄弟和当地的群众表演了精彩纷呈的节目。演出开始前，中国文联向吉林市委市政府、中国石油吉化公司捐赠了书法长卷、美术作品以及民间工艺品；中国石油吉化公司、吉林市委市政府则向中国文联赠送了“艺展白山松水，情暖吉林石化”锦旗及“花开富贵”的木雕作品。一批著名书画家还于活动期间举办多场书画笔会，为工人、农民书写数百幅作品。中国文联副主席段成桂、边发吉以及吴长江、赵长青、邵学敏、罗成琰、陈建文、向云驹等文艺家协会、文联相关部门领导参加活动。

【中国文联、中国摄协文艺志愿服务团赴京郊“箭扣村”慰问】

8月7日，中国文联、中国摄协组织郭碧川、牛群、霍勇、文欣、孙维良、宁可、曲蕾、张德文、于志新、于云天、许志强、朱洪宇、白景生等艺术家到因箭扣长城而闻名的“箭扣村”开展文艺志愿服务活动，为村里的老军人送去慰问金、向村民们赠送曾于7月中旬来此为他们拍摄的“全家福”、为箭扣长城拍摄的春夏秋冬四季风光作品并表演节目。中国文联党组成员、书记处书记李前光，中国摄协分党组成员，副秘书长高琴等参加活动。

【中国文联文艺志愿服务团走进濮阳革命老区】

9月26日上午，中国文联党组副书记、副主席李屹率领中国文联文艺志愿者服务团小分队来到河南濮阳清丰县双庙乡单拐村，在冀鲁豫军区纪念馆前，刘兰芳、姜昆、戴志诚、刘全和、刘全利等艺术家为当地百姓送去评书、相声、杂技、声乐等诸多精彩节目以庆贺中华人民共和国63周年华诞。当日下午，刘兰芳、姜昆、戴志诚、姜克美、汪荃珍、高保利、刘全和、刘全利、焦健东、石磊、李彦培、殷秀梅、牛群、鞠萍等艺术家又在河南濮阳濮上园广场以精彩演出向当地观众表达最真挚的情感和最衷心的祝福。边发吉、邵学敏、罗成琰、张亚忠、张世军、李庚香、吴长忠、段喜中等中国杂协、中国文联相关部门和河南省有关领导出席活动。

【中国文联、中国舞协文艺志愿者赴郑州慰问演出】

11月25日上午，中国文联党组领导杨承志率领黄豆豆、吕继宏、陈笠笠、宋德全、王玉、郎丽华、张萌萌、高林等艺术家，冒严寒分赴郑州铁路局机务段机修车间和郑州师范学院，以舞蹈、声乐、相声、小品等艺术形式，为工人师傅和院

校师生送上中国文艺志愿者的衷心问候与祝福。白淑湘、冯双白、罗成琰、刘敏等相关领导出席活动。

第三届中国职工艺术节

【第三届中国职工艺术节开幕式】

4月25日，由全国总工会、中国文联、中央文明办和中央电视台联合主办的“阳光路上”——2012年“五一”国际劳动节大型文艺晚会暨第三届中国职工艺术节开幕式在北京工人体育馆举行。中共中央政治局委员、全国总工会主席王兆国，中共中央政治局委员、中央书记处书记、中宣部部长刘云山，中共中央政治局委员、中央书记处书记、中组部部长李源潮，全国人大常委会副委员长司马义·铁力瓦尔地，国务委员兼国务院秘书长马凯与全国劳模代表，获全国五一劳动奖状、奖章的工人代表和全国工人先锋号代表，香港、澳门工会“五一”代表团成员一同观看演出。全国总工会党组书记、副主席、书记处第一书记王玉普，中国文联党组书记、副主席赵实，中央电视台台长胡占凡，北京市总工会主席梁伟等领导也出席观看。晚会以“高举伟大旗帜、展示道路成就、讴歌劳动伟大、彰显时代动力”为主题，宋祖英、关牧村、殷秀梅、谭晶、张也、戴玉强、莫华伦、魏松、巩汉林、王洁实、江涛、严当当、刘一祯、降央卓玛、王宏伟、徐涛、吴京安、宋春丽、凯丽、杨洪基、温玉娟等艺术家热情高歌、以精彩的演出向广大劳动者献上了一份特殊的节日厚礼。晚会结束后，王兆国、刘云山、李源潮等亲切会见了全体演职人员。晚会于5月1日晚在CCTV-1播出。

【第三届中国职工艺术节民族器乐展演】

8月3日晚，第三届中国职工艺术节首个单项活动“朵日纳杯”民族器乐展演颁奖晚会在内蒙古呼和浩特举行。部分获奖节目进行了展演。中国文联党组副书记、副主席覃志刚，内蒙古自治区党委宣传部部长乌兰出席并为获奖单位及个人颁奖。活动共收到来自全国各地、各产业(行业)工会和文联选送的作品98件。经初评、复评和终评，共有48个节目入围，其中28个节目进入现场决赛，最终产生了各奖项的获奖节目：大同煤矿的唢呐重奏《百鸟朝凤》等4个节目获一等奖；中国人民银行营业管理部的古筝独奏《林冲夜奔》等10个节目获二等奖；吴起采油厂的巴乌独奏《春满傣乡》等14个节目获三等奖；承办单位鄂尔多斯市东方控股集团获“特殊贡献奖”；内蒙古自治区职工文联等13个单位获“优秀组织奖”；另有20个节目获“入围节目优秀奖”。

【第三届中国职工艺术节戏曲演唱活动】

9月9日晚，第三届中国职工艺术节“鄞州杯”戏曲演唱活动颁奖晚会在浙江宁波举行。全国总工会党组成员副主席、书记处书记倪健民，中国文联党组成员、副主席杨承志出席并向获奖者颁奖。戏曲演唱活动自3月启动以来，全国各地企业共有数百个节目报名参加，经各省区市、各产(行)业工会和文联层层筛选，向组委会推荐报送优秀节目上百个。经评委会初评和复评，共有64个节目入围，其中32个节目荣获优秀奖，32个节目进入终评。自9月8日终评决赛开赛以来，共举行了两场决赛，京剧《杨门女将选段——探谷》等7个节目获一等奖，京剧《空城计选段——我本是卧龙岗散淡的人》等11个节目获二等奖，京剧《春闺梦》等14个节目获三等奖，中国石油剧协等13个单位获“优秀组织奖”。颁奖晚会上，吴凤花、陈飞、杨俊、安平等戏曲表演艺术家与部分参赛选手表演了精彩节目。

【第三届中国职工艺术节声乐展演】

9月16日晚，第三届中国职工艺术节“开滦杯”声乐展演颁奖活动在河北唐山举行。中国文联副书记、副主席李屹，中国文联副主席、中国音协分党组书记、驻会副主席徐沛东出席并为获奖者颁奖。声乐展演启动以来，全国各地企业有数百个节目报名参赛。经评委会对252个参演节目进行认真初评和复评，最终评出一等奖11个、二等奖25个、三等奖36个；开滦(集团)有限责任公司获“特别贡献奖”；中国煤矿文联等24个单位获“优秀组织奖”。颁奖晚会上，郑咏、方琼、李杰、王凤云等著名歌唱家及音乐人与部分获奖选手表演了精彩节目。

【第三届中国职工艺术节舞蹈展演】

9月26日至27日，第三届中国职工艺术节“中原油田杯”舞蹈展演在河南濮阳举行。中国文联党组成员、书记处书记李前光出席了27日在中原油田文化宫举行的颁奖晚会并为获奖者颁奖。本次展演共有95个节目入围，其中57个节目获优秀奖，38个节目进入终评决赛。经评委会的认真初评和复评，最终评出一等奖16个、二等奖13个、三等奖9个。中国石化文联、中国煤矿文联、中国石油舞协等获舞蹈展演“优秀组织奖”，中国石化中原油田获“特别贡献奖”。

【第三届中国职工艺术节曲艺小品展演】

10月13日至15日，第三届中国职工艺术节“长庆杯”曲艺小品展演在陕西西安长庆油田举行。中国文联党组成员、副主席左中一出席了15日的颁奖晚会。展演经初审，共有20个省区市文联的36个参赛作品入围决赛。后经三场激烈角逐，最终，群口相声《找搭档》等4个节目获得曲艺类金奖；小品《不是钱的事》等8个节目获得小品类金奖；快板《赵国峰排险》等4个节目获得曲艺类银奖；小品《美丽的心灵》等10个节目获得小品类银奖；相声《家有雷儿》等3个节目获得曲艺类铜奖；小品《深情》等7个节目获得小品类铜奖。此外，《不是钱的事》等8个节目获“最佳导演奖”，安军涛等人获“最佳表演奖”，《鄂尔多斯之恋》等7个节目获“最佳创作奖”，长庆油田公司获“特别贡献奖”，北京市总工会等单位获“优秀组织奖”。

【第三届中国职工艺术节书法美术作品展】

10月10日至15日，第三届中国职工艺术节“神华杯”书法美术作品展在北京炎黄艺术馆举行。中国文联党组副书记、副主席覃志刚，党组成员、副主席左中一出席了10日的开幕式。展览展示了全国职工书法美术可喜的发展势头，入展的216件书画佳作是从全国各地基层企业的1500余件应征作品中经层层筛选出来的，共有448件入围(其中书法类279件、美术类169件)，最后评出书法类一等奖10个、二等奖20个、三等奖41个、优秀奖70个；美术类一等奖5个、二等奖10个、三等奖20个、优秀奖40个。另有37个工会和文联获“优秀组织奖”，神华集团公司工会获“特别贡献奖”。

【第三届中国职工艺术节摄影艺术展览】

11月17日，第三届中国职工艺术节“浙江能源杯”摄影艺术展览在浙江杭州开幕。展出的358幅作品充分展示了广大职工在建设中国特色社会主义道路上团结奋进的时代风采。全国总工会党组成员、副主席、书记处书记倪健民，中国文联党组成员、书记处书记李前光出席开幕式并为获奖者颁奖。展览共收到全国26个省区市文联、工会及各大行业59个大型企事业单位选送的2875位作者的32468幅作品，最终评出记录类作品一等奖5幅、二等奖15幅、三等奖30幅、优秀奖131幅，艺术类作品一等奖5幅、二等奖15幅、三等奖30幅、优秀奖127幅。另有62个单位获“优秀组织奖”，中国电力摄协获“特别组织奖”，浙江省能源集团有限公司获“特别贡献奖”。

【第三届中国职工艺术节闭幕式】

12月9日，由全国总工会、中国文联、中央文明办、中央电视台联合主办的第三届中国职工艺术节闭幕式晚会在北京中国剧院举行。全国政协副主席李金华，全国总工会党组书记、副主席、书记处第一书记王玉普，中国文联党组书记、副主席赵实，中央文明办专职副主任王世明，全国总工会党组成员、副主席、书记处书记倪健民，中国文联党组成员、副主席左中一，国家广电总局党组成员、副局长张丕民，中国文联副主席、总政宣传部副部长黎国如，中国文联党组成员、书记处书记夏潮、李前光，中央电视台副台长胡恩及有关部委相关部门负责同志出席观看了晚会。晚会汇集了本次艺术节各分项展演活动涌现的优秀作品，来自石油、石化、煤炭、铁路、电力、金融、航空、冶金、建筑、检察等十几个行业系统的职工表演了歌曲、器乐演奏、戏曲、小品等丰富多彩的文艺节目，展示了当代职工风彩。张也、王宏伟、郑咏、幺红、张英席、王丽达、汤子星等专业人士的参演更使晚会精彩纷呈。

中华经典系列咏诵

【感悟《论语》咏诵会】

3月1日，由中国文联主办的“仁者之歌——感悟《论语》咏诵会”在京举行。全国政协教科文卫体委员会副主任、中国文联荣誉委员胡振民、中国文联党组成员、书记处书记夏潮出席观看。雷佳、白雪、王宏伟、韩红、方明、徐涛、温玉娟、凯丽等艺术家与中国武警军乐团、中央少年

广播合唱团轮番登台、倾情演绎，让观众体味“仁义礼智信”等中华民族思想精髓和精神火花的另样绽放与回响。作为“中华经典系列咏诵”的组成部分，该咏诵会是在感悟《论语》大型交响组歌基础上进行深创的又一力作。

【感悟《孟子》咏诵会】

9月5日至6日，中国文联与北京大学和山东省委宣传部联合在京举办“大丈夫——感悟《孟子》咏诵会”，全国政协教科文卫体委员会副主任、中国文联荣誉委员胡振民，中国文联党组成员、书记处书记夏潮，全国人大副委员长严隽琪，全国政协副主席李金华等领导出席观看。咏诵会以《孟子》七篇为依据，以孟子的“道性善”思想、仁政理念以及他倡导的“浩然之气”、“大丈夫精神”为重点，采用入情入理的解读和感悟歌曲演唱相结合的形式，传递孟子的思想精华，展示孟子的大丈夫情怀。于魁智、李胜素、孟广禄、杨洪基、王宏伟、雷佳、白雪、王丽达、张迈、方明、徐涛、温玉娟等艺术家与武警北京总队十三支队合唱团、武警总医院合唱团以通俗易懂的方式呈现孟子思想、带领观众走近孟子。这是“中华经典系列咏诵”活动的又一最新成果。

中华情

【“《前进·进》中华情·唱国歌”文艺演出】

10月27日，中国文联与武汉市政府、田汉基金会联合在武汉举办“《前进·进》中华情·唱国歌”文艺演出。中国文联党组成员、书记处书记夏潮出席。演出内容与形式都极具个性，以田汉创作国歌《义勇军进行曲》这一伟大作品前后多年的个人思想发展、艺术探索为脉络，以那段中华民族不屈奋斗的中国现代史为背景，以舞台蒙太奇为连接手段，综合多种文艺表现形式对国歌诞生及其所蕴含做了一次高度艺术化、独具特色的诠释。演出共分“暴风雨所诞生的”、“不愿做奴隶的人们”、“血肉筑成的长城”、“民族解放的战歌”、“民族胜利的凯歌”、“永远的进行曲”六部分，鲜明体现了国歌酝酿、创作和深入人心的整个历史进程。前半场回顾了田汉一系列优秀作品，后半场则重温众多文艺大家的经典之作。苏叔阳、李羚、殷秀梅、王洁实、黄华丽、石维坚、董怀玉、张晶、曹灿、马梅等众多国家一级演员的倾情加盟也使整个舞台熠熠生辉。

第五届中国北京国际美术双年展

9月28日至10月22日。中国文联与北京市政府、中国美协在北京中国美术馆联合举办“第五届中国北京国际美术双年展”。展览以“未来与现实”为主题，吸引了84个国家的艺术家、700余件作品加盟。组委会特邀黄永玉、袁运甫、韩美林等中国著名艺术家参展，并设有“印度当代艺术特展”“亚美尼亚当代艺术特展”“佛朗西斯科·戈雅版画作品展”“墨西哥现当代艺术特展”四个特展，可使观众近距离欣赏到西班牙国宝级画家佛朗西斯科·戈雅、被誉为“墨西哥壁画三杰”之一的里维拉等大师的作品，引起海内外艺术界强烈关注。其间还开展议题为“艺术的未来与现实”的国际学术研讨活动。中央统战部常务副部长朱维群，中国文联党组书记、副主席赵实，中国侨联主席林军，中央外宣办副主任钱小芊，中国文联党组成员、副主席左中一与靳尚谊、刘大为、吴长江等中国美协领导出席开幕式。

北京国际美术双年展始办于2003年，已于2003年、2005年、2008年和2010年相继举办了四届，经9年发展，参展国已从42个增至84个，参展的国内外知名艺术家总计近3000人，成为展示世界各国美术家才能和风采的重要平台。展览因秉持鲜明的精神内涵和深厚的人文情怀，广泛吸纳各国具有代表性的美术新作参展，为广大美术家提供密切交流对话的艺术空间，堪称国际美术界的盛会。

“今日中国”艺术周

9月15日至22日，由中国文联主办、美国亚洲表演艺术协会承办、中国驻纽约总领馆作为支持单位的“今日中国”艺术周在美国举行。中国文联党组成员、书记处书记夏潮率代表团出席了艺术周开幕式等活动并对美有关文化机构进行了调研。中国驻纽约总领事馆总领事孙国祥、北美亚洲表演艺术协会会长乔万钧、林肯中心高级主管鲍莉·茹尔出席了在林肯中心举行的招待酒会和首场展演并分别致词。中国常驻联合国代表团李保东大使夫人及纽约政界、文化界知名人士百余人应邀观看了首场展演。康州州长及多位州议员、政府官员、大学校长等当地政要分别以发贺信或出席活动的方式对艺术周的举办表示祝贺和支持。

此次艺术周包括以“永远的旋律永远的爱”为主题的综艺演出和民间手工艺展示两部分，依次在纽约林肯中心、耶鲁大学、哈佛大学进行了巡回演出和展览。来自中国东方演艺集团、天津市杂技团、上海民族乐团等7个艺术团体的优秀演员和来自河北的民间工艺家共计50人参加艺术周的展演活动。本届艺术周以突出艺术实力、突出当代主题、突出民族特色、突出精品意识为特色，通过精心策划和周密组织，在各国有关方面的大力支持和配合下，受到观众和媒体的广泛好评。每场演出剧场满座，演出票早早售罄。观众被精彩的演出所打动和吸引，长达两个小时的演出观众无中途退场现象，每场演出结束进观众都发自内心地长时间起立鼓掌。凤凰卫视、美中文电视、ICN电视、新华社、中新社、中国日报、侨报、大公报等媒体对艺术周活动进行了现场采访，人民网、搜狐、新流和中青网等进行了转载。

第四届海峡两岸暨港澳地区艺术论坛

由中国文联、香港艺术发展局联合主办的第四届海峡两岸暨港澳地区艺术论坛于2012年11月19日至23日在香港举行。全国政协副主席、中国文联主席孙家正出席开幕式并做了主旨发言。中国文联党组成员、副主席杨承志，香港特区政府民政事务局局长曾德成，香港艺术发展局主席王英伟，澳门基金会主席吴志良和国务院港澳办、国务院台办、文化部、中央驻港澳联络办等有关部门负责人，以及来自海峡两岸暨港澳地区的80余位知名文艺家、专家学者出席了论坛活动。中国文联副主席丹增、赵化勇、边发吉以专家学者身份出席了论坛活动。97岁高龄的国学大师饶宗颐应邀出席了欢迎宴会。出席本届论坛的专家学者中既有德高望重的老一辈艺术家，也有不少才华横溢的中青年文艺骨干和专家，在很大程度上代表着当今中国文艺创作展演与研究的较高水平和发展趋势。

论坛开幕当天，中国文联副主席丹增、香港大学专业进修学院副院长陈永华、台北艺术家文教推广基金会执行长郭孟雍、澳门中华文化艺术协会会长苏树辉、香港夸啦啦艺术集汇行政总裁邱欢智、中国书协副主席胡抗美围绕本届论坛主题“文化交融与艺术发展”作了精彩的主题演讲。大会发言由李前宽主持。与会专家学者还结合两岸四地艺术交流的现状，围绕多元文化语境下的艺术传播与教育、青年艺术培养、艺术教育与当代文明素养、中华文化的共通性和地域性、文化自觉与艺术创新、新兴媒体与当代文化艺术传播等议题进行了讨论，气氛既热烈又融洽和谐。大家对新形势下进一步弘扬中华文化，增强中华文化国际影响力具有普遍的共识，同时也提出了一些很好的意见和建议。

作为本次论坛特别策划的一项内容，在中央电视台电视剧频道总监张子扬的主持下，中国民协副主席潘鲁生、中国电影资料馆副馆长饶曙光、香港话剧导演毛俊辉、香港教育学院兼任教授郑新文，以“千里共婵娟——香港与内地艺术交流回顾与展望”为题与现场听众进行了交流对话。他们从自己的亲身经历和切身感受出发，畅谈对内地与香港文化交流的经历和体会。大家认为，因为历史和体制机制上的原因，两地存在着文化差异，但都从对方的文化中获益良多，应发挥两地各自优势，实现差异化发展。

本次论坛还还特别设置了艺术讲堂，由中国影协主席、著名导演李前宽和北京师范大学文艺学研究中心主任李春青分别到香港浸会大学和香港教育学院，以“电影的文化品格——我对当下中国电影的思考”和“中国审美趣味的历史”为题，就青年学生所关心的艺术话题与两所大学的

部分学生进行了讲座和互动交流，受到听课师生的欢迎和好评。

论坛期间举办了丰富多彩的文化交流活动。与会专家学者参观了香港文化博物馆、萨凡纳艺术设计学院、香港赛马会和饶宗颐文化馆，实地了解香港文化艺术的历史与现状。

与会专家学者一致认为，海峡两岸暨港澳地区艺术论坛以跨地区、跨领域、跨专业形式并在两岸四地轮流举办，独具特色，成为两岸四地学者交流成果、增进了解、凝聚共识的重要平台，具有较高的学术性和权威性，对于凸显中华文化地域特色、推动举办地文化艺术的发展也具有积极意义。同时，对于论坛的举办和两岸四地文化交流，专家学者也提出了许多有益的建议和希望。

重点文艺工程

中华文明历史题材美术创作工程

【选题论证和发布工作】

“中华文明历史题材美术创作工程”自2011年12月启动以来，稳步推进选题论证等各项前期工作。2012年初，工程组委会委托中国社科院历史研究所进行选题的初步推荐。创作选题以中华文明五千年浩瀚历史的脉络为基础，依托文明历史的发展进程，从各历史朝代中挖掘遴选对推动中华文明进步具有重要影响的历史事件、人物和文明成果，涉及政治、经济、文化、教育、宗教、对外交流等诸多领域。在中国社科院历史研究所提出选题初稿基础上，工程组委会办公室召集相关美术家、历史学家召开两次选题论证会研究讨论选题，并通过走访等方式向部分高校历史学家征求意见。历经多次修改，几易其稿，征求财政部、文化部同意并报中宣部审核批准，最终确定150个选题，由中国社会科学院历史研究所撰写出选题内容简介。

5月，中国文联、财政部、文化部联合印发了《中华文明历史题材美术创作工程实施办法》，中国文联就选题申报工作发出通知，同时，150个创作选题通过媒体发布公告，面向全国公开选拔优秀作者。

【创作动员大会】

7月23日至25日，“中华文明历史题材美术创作工程”创作动员大会在四川峨眉山召开。中宣部副部长翟卫华，中国文联党组成员、副主席左中一，中国文联副主席冯远，财政部、文化部有关部门负责同志及四川省、乐山市相关领导出席会议。部分工程创作指导委员会专家，各省、自治区、直辖市和新疆生产建设兵团文联、文化厅（局）、美协及解放军方面的代表等170余人与会。

翟卫华代表中宣部讲话，传达了中共中央政治局委员、中央书记处书记、中宣部部长刘云山同志的重要批示，对创作申报工作进行动员，对工程的实施作出全面部署。左中一代表中国文联党组讲话，强调了“工程”的性质、内容、目的，明确提出工作要求。文化部艺术司副司长诸迪、财政部教科文司文化处处长宋文玉分别代表主办单位致辞。冯远通报了工程实施进展和工作计划，对创作审报、评审等具体工作做出说明。

有关专家还就工程选题、创作、展陈等具体层面进行讲解说明。中国美协分党组书记、驻会副主席吴长江就美术创作提出指导意见，对广大美术家提出希望。中国社科院历史研究所研究员万明对工程选题作了说明。国家博物馆副馆长陈履生介绍了未来作品在国家博物馆展陈的设想。美术家代表孙景波和唐勇力畅谈了从事历史题材美术创作的经验，表达了潜心创作精品力作的决心和信心。与会的美术家、各地美术工作组织者、专家学者纷纷表示，将以最大的热情做好创作申报工作，调动全国美术家的积极性和创造力，力争推出精品佳作。

【各地积极组织开展创作申报工作】

创作动员大会召开后，各地积极响应，先后采取成立组织机构、召开创作动员会、发动专业美术创作机构和院校、联络重点作者等各种方式开展创作选题申报工作。同时，工程创作指导委员会组织有关专家到中央美院和福建、辽宁等地考察，观摩指导草图创作情况。8月至12月间，工程组委会办公室陆续收到来自全国各地各美术院校机构和海外报送的创作草图1043件，包括中国画、油画、雕塑、版画以及装置、影像等众多体裁。

【第一次草图观摩暨专家评审工作会议】

12月24日至25日，中华文明历史题材美术创作工程专家评审工作会议在北京中国文艺家之家召开。全国政协副主席、中国文联主席孙家正，

中宣部副部长翟卫华，中国文联党组成员、副主席左中一，国家博物馆馆长吕章申出席24日上午的观摩评审活动并讲话。赵实等中国文联党组领导在评审会议期间观摩了草图并看望了专家评委。中宣部、文化部、财政部有关部门负责同志出席了观摩评审相关活动。美术家靳尚谊、侯一民、詹建俊、全山石、邵大箴和历史学家孙机、王震中、万明等40余位创作指导委员会专家作为评委，对1026件有效参评创作草图进行了评审。经过分组初评和集体复评，投票评选出82件入围作品，其中油画29件、中国画26件、版画8件、壁画2件、雕塑17件。此外，会议还商议了对空缺选题的邀标创作事宜。会后，工程创作指导委员会组织部分参评专家为每件入围作品撰写了修改意见，并反馈给创作者，以便创作者进一步修改完善草图。

文化名人、著名艺术家纪念活动

【纪念郭沫若诞辰120周年书画展】

12月2日，中国社会科学院、中国科学院、中国文联、中国对外友好协会联合主办的“纪念郭沫若诞辰120周年全国书画展”在北京劳动人民文化宫开幕。展览共分书法与绘画两大板块，参展作品均为全国书画界名家围绕郭沫若先生的一些文学作品为题材所创。

【郭沫若诞辰120周年纪念会暨第四届郭沫若中国历史学奖颁奖仪式】

12月18日，中国社会科学院、中国科学院、中国文联、中国人民对外友好协会联合在北京人民大会堂举办“郭沫若诞辰120周年纪念会暨第四届郭沫若中国历史学奖颁奖仪式”。中国文联党组副书记、副主席覃志刚出席并发表讲话，号召文艺界学习郭沫若对祖国、对党和人民忠贞不渝的坚定信念；学习他关注社会、关注生活，始终坚持“文艺为人民服务”的思想；学习他善于继承和弘扬中华民族源远流长的优秀文化传统，同时兼具创造开拓的激情、与时俱进的勇气、永葆求真求是的科学精神。郭沫若的亲属及生前好友后代和社会各界代表共300余人与会。

【纪念启功先生百年诞辰——启功遗墨展暨《启功全集》首发式】

7月26日，启功先生诞辰百年之际，中国文联与北京师范大学、全国政协书画室、九三学社中央委员会、国家博物馆、故宫博物院联合在北京国家博物馆举行“纪念启功先生百年诞辰——启功遗墨展暨《启功全集》首发式”。全国人大常委会副委员长韩启德、桑国卫，全国政协副主席、中国文联主席孙家正与启功先生的生前好友，书画界、文博界、学术界、企业界的代表出席。北京师范大学出版集团历时6年整理编辑出版的《启功全集》为“十一五”国家重点出版规划项目，共20卷，汇集了启动先生创作的册页、成扇、手卷、横幅、立轴、字课、临写等书画作品以及诗词创作、口述历史、讲学、书信、日记等著述，是目前启功先生著作中资料最完备、最权威的出版成果，具有珍贵的史料、点校和鉴赏价值，对于保存研究启功先生创作的文化成果具有重要意义。展览展出了启功先生各时期的书画作品百余件，全面反映他的书画成就。他为北京师范大学拟定并题词的校训“学为人师，行为世范”，已成为该校师生和全国教师的精神信仰。

【马思聪百年诞辰纪念活动】

5月12日，中国文联、中国音协与中央音乐学院共同在京举办马思聪百年诞辰纪念活动，共有纪念大会、学术研讨会和音乐会三项内容。上午的纪念大会在中央音乐学院琴房楼演奏厅举行，中国文联党组副书记、副主席覃志刚，中国文联荣誉委员、中国音协名誉主席吴祖强、傅庚辰，中国文联副主席、中国音协分党组书记、驻会副主席徐沛东，文化部艺术司副司长陶诚等领导出席。下午的学术研讨会上，汪毓和、卞祖善、金湘、蒲方、董立强、黄旭东、王勇、李岩、钟立民、姜夔等专家学者分别就马思聪的音乐创作、教育教学和学术精神发表各自见解。当晚于学院音乐厅举行的纪念音乐会上，中央音乐学院师生和校友首演了马思聪在美国创作的弦乐五重奏《高山组曲》及代表作小提琴独奏《内蒙组曲》、声乐套曲《雨后集》、钢琴独奏《舞曲三首》等。此外，由夏小汤执棒的中国青年交响乐团首次正式公演了马思聪的《欢喜组曲》，该部管弦乐作品为马思聪先生1949年9月作为全国文联代表参加首届中国人民政治协商会议并于10月1日出席天安门中华人民共和国成立大典时创作的。

【李默然同志艺术人生追思会】

11月8日17时53分，中国文联荣誉委员、中国剧协名誉主席、著名表演艺术家李默然因心脏病突发在北京医院逝世，享年85岁。胡锦涛、习近平、李长春、李克强、刘云山、刘延东、李源潮等中央领导同志以不同方式表示哀悼并对其家属表示深切慰问。李长春同志于11月9日向辽宁人民

艺术剧院发去唁函，对李默然同志不幸逝世表示沉痛哀悼，称赞其“不愧为成就卓著、德艺双馨、受人尊敬的人民表演艺术家”；赵实、翟卫华、杨承志等中宣部、中国文联领导也先后前往其家中探望慰问、表达哀思。

11月20日，中国文联、中国剧协、中国影协联合在京召开李默然同志艺术人生追思会，中国文联党组书记、副主席赵实出席并发表讲话。胡可、刘厚生、徐晓钟等文艺界人士共80余人围绕李默然为人从艺的品格纷纷发言，表达对其人格魅力和艺术成就的崇敬之情。

【庆贺百岁贾芝从事革命文艺工作80周年座谈会】

12月12日，为祝贺我国民间文艺界的世纪老人贾芝第100个生日、弘扬他的学术成就，由中国文联主办，中国民协、中国社科院民族文学研究所承办的“庆贺百岁贾芝从事革命文艺工作80周年座谈会”在北京人民大会堂召开，中国文联党组副书记李屹，中国社科院党组成员、秘书长黄浩涛等领导与民间文艺界的新老同仁、贾芝亲属及家乡的代表共百余人出席。会议高度评价了贾芝对新中国民族民间文艺事业的贡献，号召广大民间文艺工作者学习他对祖国和人民忠贞不渝的坚定信念，潜心事业、承担使命的奉献精神以及深入民间、扎根田野的工作作风。中国文联副主席、中国民协主席冯骥才以及台湾口传文学学会名誉理事长金荣华为此发来贺信。

【祝贺罗扬同志从事曲艺工作60周年暨《曲艺耕耘录》出版座谈会】

4月10日，中国文联、中国曲协在京联合举办祝贺罗扬同志从事曲艺工作60周年暨《曲艺耕耘录》出版座谈会。该书为中国文联“晚霞文库”为中国文联荣誉委员、中国曲协名誉主席罗扬出版的第三部个人文集(第一部为《新曲艺文稿》，第二部为《曲艺创新录》)。中国文联党组成员、书记处书记李前光出席并讲话。来自全国各地的文艺界人士及罗扬的老朋友和老部下集聚一堂，共同回顾罗扬同志60年来的艺术生活，总结他从事曲艺工作的宝贵经验和突出贡献，以推动我国曲艺事业乃至整个文艺事业的持续繁荣与健康发展。同时号召广大文艺工作者学习他的高尚品格、崇高艺德，艰苦奋斗的作风和坚持真理、精益求精的学风，认真梳理、总结、提炼老一辈艺术家在多年文艺工作中的有益经验、成功做法和深切体会，牢记时代赋予的神圣职责和使命，不辱老一辈艺术家的深切嘱托，为推动社会主义文化大发展大繁荣做出新的更大贡献。

【感谢祖国、感谢党——陈爱莲舞蹈艺术60周年系列活动】

4月26日，中国文联与文化部、致公党中央委员会、中华环保联合会联合主办的“感谢祖国、感谢党——陈爱莲舞蹈艺术60周年系列活动”在京启动。中国文联党组成员、副主席杨承志，致公党中央常务副主席王钦敏、副主席严以新以及吴祖强、白淑湘、杜近芳、瞿弦和、曹灿、李光羲、谢芳、耿莲凤等艺术家出席发布会。此次系列活动包括大型舞剧《红楼梦》的演出，“绿色环保，我在行动”——首届全国青少年“环保之星”爱莲杯评选活动，“环保，让生活更美好”大型公益巡演，《共和国的红舞鞋：陈爱莲传》的出版等，同时将资助一批贫困学生进入爱莲舞蹈学校并取名“爱莲班”，以展示这位古稀之年艺术家的青春活力和以实际行动回馈党和国家对艺术家培养的感恩之心。6月25日晚，由陈爱莲领衔主演的大型舞剧《红楼梦》在政协礼堂上演，该剧创作首演于1981年，一经面世便风靡华夏，曾上演600余场而不衰。全剧由黛玉进府、宝黛共读西厢、宝玉挨打、黛玉葬花、王熙凤献计投谋、宝玉被骗成婚、黛玉焚稿断痴情、宝玉出走八个幕次组成。此次演出是陈爱莲经历60年舞蹈生涯的探索和艰苦磨砺后精心复排而成的。

【“四驾马车——冯骥才的绘画、文学、文化遗产保护与教育”展览】

9月9日至18日，文化部、国务院参事室、全国政协文史委、民进中央、中国文联、中国作协、天津大学、中国美协、中国民协、北京画院联合在北京画院美术馆举办“四驾马车——冯骥才的绘画、文学、文化遗产保护与教育”展览。展出冯骥才的近80件绘画作品，160余种中文版本的文学作品，30种中外课本，18年来大量文化遗产抢救、保护和教学科研的出版成果以及他笔下一些文学名篇的手稿和早期古典绘画的摹本，汇集了他在绘画、文学、文化遗产保护与教育四个领域的重要成果。三联书店特为该展推出一部大型的画传式图书——《生命经纬》，分为《时光倒流七十年》和《四驾马车》，首次图文并茂地披露冯骥才曲折坎坷、顽强奋进的人生历程及其在几个领域同时取得的成就。全国政协副主席、民进中央副主席罗富和，中国作协主席铁凝，中国文联党组副书记、副主席李屹，文化部副部长王文章、北京画院院长王明明出席开幕式，王蒙、韩美林、姜昆、巩汉林、黄宏、濮存昕、朱迅、刘兰芳、金铁霖、郁钧剑等众多文化名人到场祝贺。9月18日下午，在展览现场还进行了冯骥才为观众与读者签名留念活动。

【裴艳玲从艺60周年座谈会】

11月16日至18日，中国文联、中国剧协共同在京举办裴艳玲从艺60周年座谈会。16日、17日，戏剧专场——《甲子四折》在首都剧场上演，裴艳玲为观众带来了经典昆曲《浣纱记·寄子》、京剧《翠屏山》、《平贵别窑》和《武松醉打蒋门神》。11月18日举行《甲子四折》专场演出座谈会。中国文联党组成员、副主席杨承志、中国剧协分党组书记、驻会副主席季国平与丁荫楠、刘长瑜、刘锦云、濮存昕等艺术家出席。会议高度评价了裴艳玲的艺术成就和深厚功力，肯定了她为中国戏曲的传承发展所做的杰出贡献。

【笔墨尘缘——冯远中国画作品展】

4月26日至5月6日，中国文联与文化部、全国政协书画室、清华大学、中国美协、中国美术馆联合在北京中国美术馆举办“笔墨尘缘——冯远中国画作品展”，这是冯远从艺40年来首次举行的个人作品展，共分“历史溯怀”、“传统追怀”、“苍生情怀”、“技道萦怀”四部分，全面展示了冯远创作的近200件美术作品，多角度展示冯远在中国画传承与发展上孜孜不倦的探索，特为本展而创的巨幅作品《今生来世》也首次与观众见面。全国人大常委会副委员长华建敏、周铁农，全国政协副主席李金华、郑万通与何毅亭、铁凝，中国文联党组书记、副主席赵实与李冰、翟卫华、高占祥、胡振民、刘振起、王兆海、李屹、杨承志、王文章、钱小芊、阎晓宏、周和平、顾海良、陈吉宁、李前光、陈崎嵘、左中一、吴长江等有关方面领导及众多美术家出席开幕式。全国政协副主席、中国文联主席孙家正为展览发来贺信。冯远致答谢词。中共中央政治局委员、中央书记处书记、中宣部部长刘云山，国务委员兼国务院秘书长马凯参观了展览。

【“临安七部”叶小钢声乐交响音乐会】

5月21日，中国文联与中国音协、杭州市委宣传部、中央音乐学院、胡智荣文化基金、中国交响乐发展基金会和中华文学基金会联合在北京国家大剧院举办叶小钢交响音乐会。全国人大副委员长韩启德，全国政协副主席、中国文联主席孙家正及铁凝、陈喜庆、覃志刚、杨承志、鲁昕、王文章、鲁炜、陈平等有关领导出席。著名指挥张艺先生执棒，中国国家交响乐团携手上海歌剧院合唱团、中国国家交响乐团合唱团、中央音乐学院音教系合唱团、中央音乐学院附中中国少年合唱团、著名女高音张立萍女士、著名男高音石倚洁先生、著名女中音杨光女士、著名男中音廖昌永先生、著名男中音孙砾先生共同演绎叶小钢在2011年创作的作品《临安七部》和大型清唱剧《共和之路》。《临安七部》是应杭州市政府委约所创，原名为《七阕西湖》，热情讴歌美丽的杭州西湖，作品旋律素材全部来源于浙江杭嘉湖平原的民歌与民间音乐，并将多首我国古代著名诗歌首次谱成了歌曲，创造了当代中国音乐史的新纪录。《共和之路》则是应中国人民对外友好协会之约为纪念辛亥革命100周年所创，共分九个乐章，全长近1小时10分钟，作品采用叙事与夹议交替穿插、格律诗词与现代诗词交织的形式表现孙中山先生大无畏的英雄气概。

Communication、coordination、service

2013

联络、协调、服务

组织联络工作

中国文联协会组联工作培训会

2月8日至9日，2012年中国文联协会组联工作培训会在京召开。来自中国文联国内联络部、各全国文艺家协会的70余名组联干部参加培训。中国文联党组副书记、副主席覃志刚、国内联络部主任罗成琰，副主任李培隽、徐里出席。会议传达学习了全国宣传部长会议精神，对2011年组联工作进行总结并对2012年组联工作进行部署与安排。各协会组联工作负责人就各单位2011年工作情况和2012年工作安排进行了汇报与交流。会议对今后更好地开展组联工作、为文艺工作和广大文艺工作者服务具有很好的指导意义。中央音乐学院教授宋瑾，中国摄协理事、著名摄影家于云天分别为与会者做了题为《后现代与音乐》、《照片背后的故事》的专题讲座。

全国文联组联工作会议

4月16日至19日，中国文联在湖北武汉召开2012全国文联组联工作会议暨全国基层文联负责人学习培训班。中国文联党组副书记、副主席覃志刚，党组成员、书记处书记夏潮等领导与来自各省、自治区、直辖市文联，新疆生产建设兵团文联、副省级城市文联的领导和组联干部，各地基层文联负责人代表200余人出席。会议传达了全国宣传部长会议精神和中国文联九届二次全委会精神；通报了国内联络部相关工作情况；湖北、云南、长春、东莞、南通崇川区等基层文联代表结合各自组联工作实际，就新形势下如何积极履行联络、协调、服务的基本职能，充分发挥组织、引导、服务、维权的重要作用，为各地经济建设和社会事业发展提供强大的精神动力和智力支持展开了研讨、交流了经验；与会代表还深入到湖北咸宁通山县进行考察。会议邀请北京大学教授张颐武、中央党校教授宋福范分别就《全球化与全国化——当下文化趋势》、《十七届六中全会文件精神解读》做了专题讲座。

对外及对港澳台地区文化交流

综　述

2月9日，中国文联在中国文艺家之家举办2012驻华使节新春招待会暨音乐专场晚会，26个国家的驻华使节以及国内相关单位业务部门负责人出席了招待会并观看演出。中国文联驻华使节新春招待会于每年的中国农历新年前后举办，旨在增进中国文联与各国驻华使节的了解和友谊，为促进中国文联对外文化交流工作搭建交流平台。

2月15日，中国文联副主席冯远、杨承志在中国文艺家之家会见并宴请台湾文艺协会理事长王吉隆，就今后加强双方文化交流与合作进行商讨。中国文联与台湾文艺协会一直保持着友好合作关系，双方定期派团互访，并多次联合举办展览、论坛、研讨会等交流活动。

3月11日至15日，应国际艺术理事会及文化机构联合会邀请，国际部主任黄文娟一行2人赴香港出席由香港艺术发展局承办的该联合会第33次执委会会议。本次会议主要对去年在澳大利亚举办的第五届世界文化艺术峰会暨第四次世界代表大会进行总结，并讨论未来几年的工作规划。

3月14日至19日，应泰中文化艺术交流中心董事局邀请，以中国文联副主席奚美娟为团长的3人代表团赴泰国出席泰中文化艺术交流中心成立仪式，并进行访问交流。

4月8日至13日，应中国文联邀请，以越南文联常务副主席杜金弓为团长的5人代表团访华。多年来，按照中越政府文化协定执行计划，中国文联与越南文联通过派代表团互访交流，建立了良好的合作关系。

4月21日至30日，应瑞士“山水”艺术基金会邀请，中国文联副主席覃志刚率中国美术家代表团一行4人赴瑞士和法国进行交流。代表团赴瑞士、法国阿尔卑斯等地区进行写生、创作，并互办展览，增进了西方观众对中国绘画艺术的了解。

5月8日，中国文联副主席李屹会见以权宁彬委员长为团长的韩国文化艺术委员会代表团一行。李屹对权宁彬荣任韩国文化艺术委员会委员长表示祝贺，对两组织多年来的交往与合作表示满意。双方就今后在文化艺术领域继续加强交流与合作进行了商谈。

5月19日至24日，中国文联副主席李屹会见到访的国际魔术联盟主席埃瑞克·埃斯文。访问期间，就中国文联组团参加即将在英国举行的第25届世界魔术大会具体事宜以及今后的合作进行了友好的会谈。埃瑞克主席此次应中国杂技家协会邀请访华，旨在巩固和加强双方的深度合作。

5月25日至29日，应美国加州大学伯克莱校区佛教研究中心和钦哲基金会邀请，中国文联副主席、云南省人大常委会原副主任丹增赴香港出席“佛典传译——汉藏互译策备研讨会”。

5月29日至31日，中国文联党组成员、副主席杨承志率团访问澳门，出席“2012濠江之春——澳门与内地艺术家大联欢”，并为中国文联澳门荣誉委员和中国文学艺术基金会澳门理事颁发证书。在澳期间，杨承志还拜会了澳门特区政府行政长官崔世安。

5月30日晚，由中国文联、中国剧协梅花奖艺术团担纲演出的“2012濠江之春——澳门与内地艺术家大联欢”活动在澳门成功举办。全国政协副主席李金华、澳门特区代理行政长官陈丽敏、中国文联副主席杨承志、澳门中联办副主任陈启明、全国政协港澳台侨委员会副主任陈佐洱，以及澳门文化界、工商界等各界嘉宾代表400余人出席活动。

6月3日至8日，中国文联副主席刘兰芳率中国文联代表团一行6人访问日本，出席“日中文化名人书法展”开幕式等交流活动。此次书法展旨在纪念中日邦交正常化40周年，由中国文联与日中

文化交流协会及日本诗文书法作家协会共同主办。中日双方各展出20幅中日文化界名人的书法作品，中日艺术家代表还进行了现场笔会。

6月28日至7月9日，应土耳其摄影艺术联合会、以色列职业艺术家协会、约旦摄影学会的邀请，中国文联主席团委员、书记处书记、中国摄协副主席李前光率3人代表团赴上述三国访问，在土耳其举办“让影像告诉世界——灿烂的中华文化”世界巡回展并展出图片40幅，并分别在以、约举办摄影研讨会。

7月12日至17日，应西班牙马德里普利赛马戏剧院邀请，中国文联副主席李屹率5人代表团访西。访问期间，代表团与邀请方等多家合作单位就开展国际性多元文化交流活动等议题进行工作会谈，以进一步推动国内各类文艺演出团体尤其是杂技魔术类节目前往西班牙等欧洲国家演出。

8月15日至21日，应中国文联邀请，以泰中艺术家联合会会长蔡义批为团长的6人代表团访华，访问北京、甘肃、上海三地。中国文联主席团委员、书记处书记李前光会见并宴请代表团。

8月23日，中国文联副主席赵实会见到访的瑞典电视集团母公司伯尼尔集团副总裁谢曼杨一行，就中国文联与该集团今后开展双边交流合作等议题交换了意见。有200年历史的伯尼尔集团是北欧最大的传媒集团，在全球16个国家拥有多个知名媒体品牌。谢曼杨也是一位具有相当影响力的资深媒体界人士。

8月24日至29日，应捷克民间艺术协会邀请，中国文联组派内蒙古达斡尔旗艺术团赴捷克参加民间艺术节，该艺术团以其独具民族特色的演出受到了当地民众的热烈欢迎。这是中国文联连续5年组派民间艺术团参加捷克举办的国际民间艺术节。

8月28日至9月8日，应日本株式会社角川集团、墨西哥作家协会、秘鲁文化部邀请，中国文联副主席赵实率6人代表团访问上述三国。此次访问主要是拓展中国文联与拉美国家的交流渠道，接受角川出版集团对中国文联基金会的捐赠并商谈双方开展数字出版合作事宜。

9月10日至15日，应澳大利亚艺术理事会邀请，中国文联副主席左中一率4人代表团访澳。访问期间，代表团与澳大利亚艺术理事会、大洋洲文学艺术界联合会、《大洋时报》等澳文化机构负责人及华人文艺界、传媒界代表进行了工作会谈和交流，并参观了维多利亚国立美术馆等重要文化设施。

9月15日至21日，中国文联副主席杨承志率6人访问团赴台湾出席“海峡两岸青少年舞蹈交流展演”活动，并与台湾中华文化总会、台湾文艺协会等台湾主要文艺机构和团体进行了友好交流。访问团还拜会了吴伯雄、江丙坤等台湾知名人士，就进一步加强两岸文艺界交流，建立长期交流机制与合作平台交换了意见。

9月15日至23日，中国文联主席团委员、书记处书记夏潮率4人代表团赴美出席“今日中国艺术周美国行”相关活动，并与美国有关文化组织进行交流。

9月18日，中国文联书主席团委员、记处书记李前光会见来华参加“尼泊尔文化节”的尼泊尔国家美术院院长吉兰·马南达尔等一行3人。双方就中国文联及中国美协将来与尼泊尔国家美术院开展交流与合作交换了意见。

9月23日至29日，应中国文联邀请，以尼泊尔学院副院长耿加乌普雷蒂为团长的9人代表团访华。中国文联副主席杨承志会见代表团一行，就中国文联及所属各全国文艺家协会与尼泊尔学院在戏剧、理论评论、优秀艺术作品译介等领域开展进一步交流与合作交换了意见。尼代表团还访问了西安和昆明，与陕西省文联和云南省文联进行了交流。

10月23日，全国政协副主席、中国文联主席孙家正在中国文艺家之家会见以日中文化交流协会会长辻井乔为团长的日中文交代表团一行,宾主进行了友好的会谈。日中文交代表团此次是应中国人民对外友好协会邀请对华进行友好访问的。

10月23日，应摩纳哥驻华使馆请求，中国文联副主席李屹在中国文艺家之家会见摩纳哥驻华大使凯瑟琳·福特里一行，就2013年春节前后在摩举办“中国文化周”以及定期在摩举办大型文化交流活动交换意见，并就开展多层次的交流合作进行了探讨。

11月4日至8日，中国文联国际部主任黄文娟一行2人赴英国伦敦出席国际艺术理事会及文化机构联合会第34届执委会会议。此次会议讨论了该组织财务、会员、研究项目等事宜，听取了定于2014年在智利举办的第六届世界艺术文化峰会筹备进展情况汇报。

12月4日至13日，应土耳其文化旅游部和泰国泰中艺术家联合会邀请，中国文联副主席杨承志率5人代表团访问土耳其、泰国，出席2012土耳其“中国文化年”闭幕演出并与土耳其文旅部、伊斯坦布尔文化艺术基金会、泰中艺术家联合会等文化机构座谈，以进一步加强双方的友好交流与合作。

12月25至28日，中国文联举办2012年外事干部培训班暨年度总结会，全国文艺家协会分管外事工作的负责同志和外事干部以及中国文联国际部全体干部出席会议。会议的主要内容是总结中国文联2012年对外文化交流工作，研究部署2013年工作，学习中央和相关部委下发的文件，听取外交部专家关于国际形势及热点问题的报告，结合党的十八大报告对如何深入推动中华文化走出去进行讨论。会议简朴务实，内容丰富，富有成效。

理论研究

综　述

2012年，理论研究室在中国文联党组的正确领导下，深入贯彻落实党的十八大、十七届六中全会、第九次文代会精神，坚持以科学发展观为统领，紧紧围绕文联的中心工作和党组作出的决策部署，全体工作人员以饱满的热情和务实的精神，切实履行职能，扎实推进工作，圆满完成了年度各项任务。

调查研究

【概括提炼文艺界核心价值观和起草《中国文艺工作者职业道德公约》】

按照中央大力推动社会主义核心价值体系建设的要求和第九次文代会工作部署，理研室组织完成了《中国文艺工作者职业道德公约调研课题总报告》。通过印发书面文件、组织专家研讨会等形式，在广泛征求中国文联全委会委员、各团体会员和部分专家学者意见的基础上，概括提炼了“爱国、为民、崇德、尚艺”文艺界核心价值观和起草了《中国文艺工作者职业道德公约》，在中国文联九届二次全委会上通过并向全社会发布。李长春、刘云山、刘延东等中央领导同志分别作出重要批示。

【开展《文联组织网络体系建设》课题研究】

围绕课题研究，拟定调研实施方案，先后在山西、内蒙古组织召开《文联组织网络体系建设》课题调研会和全国文联工作理论研讨会，就文联组织网络体系建设中的典型经验、存在问题、创新思路等内容进行深入交流与探讨。之后又在河南郑州召开部分省、市、县文联参加的专题研讨会，围绕社会主义文化大发展大繁荣背景下文联组织和文联工作存在的问题，以及如何加强和改进当前文联工作进行深入研讨。与此同时，还在全国各会员单位开展“基层文联组织网络体系建设典型经验征集活动”，搜集基层文联好的做法和成功经验材料近200篇，并组织专家对各地典型经验材料进行评审，筛选出部分典型案例编印出版，供学习交流。这一课题的研究成果，将为文联党组的科学决策以及今后进一步加强和改进文联工作提供重要依据。

【其他课题研究】

组织教育部社科中心、北京师范大学、光明日报、中国网络电视台、中国音乐家协会、中国艺术报、北京市文联等单位的相关专家召开座谈会，就文艺评论、文艺传播、文联组织网络体系建设等问题进行深入研讨；与北京师范大学文艺研究中心（国家教育部重点研究基地）合作组成课题组，对全国文艺理论评论工作现状及对策进行深入研究，以期对文联系统加强文艺理论评论工作提出有针对性的对策建议;与中国传媒大学、中国文联文艺资源中心联合，围绕顺应文艺传播内在规律，构建更加丰富多样的文艺传播格局，扩大宣传覆盖，提升主流文艺的影响力等方面，开展《文艺传播规律研究》课题调研。

文艺理论评论

【第十二届精神文明建设“五个一工程”参评作品选报工作】

按照中宣部《关于认真做好第十二届精神文明建设“五个一工程”评选工作的通知》，理研室对各报送单位的作品情况进行了认真的摸底，及时召开协调会，与相关部门多次沟通，力争做到好作品上报没有遗漏。组织专家评审委员会对各团体会员推荐报送的115部作品(其中戏剧作品12

部，电影作品11部、电视剧作品11部、歌曲59首、图书17部、广播剧5部）进行了初评与终评。最终，中国文联组织报送的作品中有五部获奖，在中央国家机关中并列第一，成绩显著。

【第六届当代文艺论坛】

10月，由中国文联主办，中国文联理论研究室、云南省文联承办的“第六届当代文艺论坛”在云南昆明举办，本届论坛的主题是“文化自觉与当代文艺发展趋势”。论坛共收集论文105篇，仲呈祥、王朝柱、于平、董耀鹏、向云驹、言恭达、白烨、田青、刘锡诚、饶曙光、李春喜、张德祥、朱栋霖、肖云儒、陈小波等不同文艺门类的专家学者，围绕主题分别作了发言。论坛收集的优秀论文已结集出版。

【第六届中国文联中青年文艺评论家高级研修班】

7月28日，中国文联主办，中国文联理论研究室、宁夏回族自治区文联承办的第六届中国文联中青年文艺评论家高级研修班。在宁夏银川举行。本次高研班采取“以文入班”的形式，参加研修班的学员需提交一篇当年撰写的未经发表的论文，经审查合格方可入班。共有90余名学员参加研修。中国文联党组成员、书记处书记夏潮出席开班式并讲话。全国政协委员、中国传媒大学艺术研究院院长、著名文艺评论家仲呈祥，北京大学中文系教授董学文，中国文联副主席、著名中国画家、艺术教育家冯远，北京师范大学副校长、教授韩震，武汉大学文学院教授、著名文学评论家与文艺理论家於可训为全体学员就文艺理论与评论的相关问题进行专题授课。高研班还采取专家授课与采风考察相结合，强调针对性、实践性和有效性。本次高研班学员提交的论文已结集出版。

【《2012年中国艺术发展报告》编撰工作】

根据第九次文代会工作部署，中国文联从2012年开始，组织撰写一年一度的《中国艺术发展报告》，旨在从宏观的层面、文化的视角，客观地汇聚和评价当今中国每年度的艺术发展成果、发展态势和对策建议，为艺术行业的健康发展提供借鉴和参考。《中国艺术发展报告》分主报告和分报告两部分，是对中国艺术年度总体发展状况包括戏剧、电影、音乐、美术、曲艺、舞蹈、民间文艺、摄影、书法、杂技、电视等各艺术门类年度发展状况的汇集、概览、辨析和总结的综合性文献。中国文联专门成立了《报告》编委会，孙家正主席担任名誉主任，赵实担任主任，党组其他领导担任副主任，夏潮担任执行副主任，组建了以北京大学艺术学院王一川教授为首席专家的主报告编写组，各文艺家协会也成立了分报告编写组，确立了编写组的负责人、首席专家、联系人，理研室负责《报告》的日常组织协调工作。理研室及分报告编写组分别组织召开了《报告》编前专家研讨会和编写组联席会议，就如何编撰好《报告》展开了深入研讨，确立了《概观》和分报告的框架和内容。《报告》的撰写过程中，注重运用科学的研究方法，从全局的联系上来理出支点和要点，注意科学的概括和提炼，体现出主流价值导向。力争资料和数据翔实，力图全面客观地反映当前本艺术门类发展的整体态势，找准说透文艺事业发展中的关键环节。《报告》于2013年4月付梓出版。

【第四届海峡两岸暨港澳地区艺术论坛承办有关工作】

作为承办单位之一，理研室参与第四届海峡两岸暨港澳地区艺术论坛有关筹备工作，完成相关出席领导文稿起草及有关专家提名、分组及其论文审读工作。完成与会者论文收集、编审、出版等事宜。

【召开系列研讨会】

举办了电影纪录片《为人民放歌》专题研讨会；与中国剧协联合举办“2010—2011年中国戏剧”研讨会；与中国曲协共同举办首届全国曲艺论坛；与中国视协和中国传媒大学共同举办“2012青年影像研讨会”；与北京市文联共同组织召开省级文艺评论家协会工作交流会等活动。

新闻宣传

【主要工作】

在文联党组的领导和中宣部新闻局的具体指导下，中国文联理论研究室积极统筹协调中国文联及各文艺家协会的重要会议、重大活动、重点工作的宣传报道，拟定新闻宣传报道方案，

先后加大对中国文联“百花迎春——中国文学艺术界2012新春大联欢”、文艺志愿服务活动、“送欢乐下基层”活动、纪念讲话发表70周年活动、太湖文化论坛、海峡两岸暨港澳地区艺术论坛等活动以及中国曲协、中国视协、中国摄协全国代表大会等活动的宣传报道工作。定期召开新闻通气会、座谈会，为新闻媒体做好联络、协调、服务工作。

【大力宣传“文艺界核心价值观”和《中国文艺工作者职业道德公约》】

组织召开新闻发布会，向社会发布“文艺界核心价值观”和《中国文艺工作者职业道德公约》。新华社、人民日报、光明日报、中央电视台等中央新闻媒体给予大篇幅报道。组织吴雁泽、关牧村、高希希等知名艺术家在人民网开展在线访谈，与中国艺术报、中国文艺网等媒体合作，开设专栏，大力宣传推动“文艺界核心价值观”和《公约》的贯彻落实。

【大力宣传文艺界先进典型】

联合中国艺术报开办“践行文艺界核心价值观优秀文艺工作者风采”专题专栏，集中宣传报道136名文艺工作者先进事迹；举办“榜样就是力量”文艺界先进典型座谈会，宣传推广李雪健同志先进事迹；联合国内联络部、人事部举办河北青县文联主席韩雪先进事迹报告会，中国文联授予韩雪“见义勇为文艺工作者”荣誉称号。

【中国文联与新闻媒体新春联谊会】

1月11日，中国文联与新闻媒体新春联谊会在中国文艺家之家举办，中国文联党组领导赵实、李屹、冯远、杨承志、夏潮、李前光，中宣部舆情局、政策法规研究室、理论局、文艺局等部门领导，中央有关新闻单位领导和新闻媒体记者以及各文艺家协会、机关各部室负责同志共100余人出席。赵实作重要讲话，中央电视台、文艺报记者代表发言，联谊会由夏潮主持。

文艺舆情信息

【主要工作】

2012年，各团体会员单位、中国文联机关和有关直属单位以及舆情直报点共报送舆情信息1418篇，其中采用356篇。理研室共编发《中国文联简报》30期，《文艺动态》27期、增刊11期，《文艺专题报告》12期，《文艺舆情摘报》17期、增刊2期。其中《当前文艺界思想动态情况报告》和第19期《文艺动态》中《伪合拍片值得关注》一文，被中宣部有关刊物采用，中央领导同志作出重要批示。

【建立中国文联文艺舆情信息研究基地】

首批在中央美术学院艺术管理系、中央戏剧学院艺术管理系、中国传媒大学电视剧研究所、中国青年政治学院中文系、鲁迅美术学院科研处五家单位建立中国文艺舆情信息研究基地，并在2012全国文联文艺舆情信息工作会议上，为五家研究基地颁发牌匾。初步制定研究基地的管理办法，对基地课题研究过程实行跟踪服务。基地陆续有成果报送。其中，中央戏剧学院艺术管理系报送的《公益性小剧场发展呼唤政策扶持》经整理编发后，被中宣部有关刊物采用。

【全国文联文艺舆情信息工作会议】

3月21日，由中国文联主办，中国文联理论研究室、江苏省文联承办，常州市文联协办的全国文联文艺舆情信息工作会议在江苏常州召开。中国文联党组书记、副主席赵实对会议作出重要批示。中国文联党组成员、书记处书记夏潮出席会议并讲话。中国文联各团体会员、机关各部室、相关直属单位分管领导、舆情工作部门负责人、舆情信息直报点负责人、舆情信息研究基地负责人、舆情信息员130余人参加会议。会议下发了《中国文联关于表彰2011年度舆情信息工作先进集体、先进个人和好信息的决定》，对文艺舆情信息工作先进集体和个人进行了表彰，授予中国美术家协会等8个单位“中国文联舆情信息工作先进集体”，授予王少伟等8名同志“中国文联舆情信息工作先进个人”。

权益保护

综　述

2012年，中国文联权益保护部在中国文联党组的领导下，认真学习贯彻党的十七届六中全会和党的十八大精神，落实第九次文代会的工作要求，在各全国文艺家协会的配合下，积极参与有关立法活动，深入开展维权工作调研，扩大文艺维权宣传，积极探索和推进文联系统的维权工作和组织建设。

成立权益保护部

经中央机构编制委员会办公室批准，中国文联机关设立权益保护部。5月22日，中国文联召开权益保护部成立会议。中国文联党组书记、副主席赵实，党组副书记、副主席李屹，党组成员、书记处书记李前光与权益保护部工作人员合影留念。

赵实同志在讲话中对权益保护部的成立表示热烈的祝贺，对新加入文联权保队伍的同志表示诚挚的欢迎。她指出，设立权益保护部，是中国文联贯彻落实党的十七届六中全会精神和九次文代会精神的重要举措，对于完善文联工作整体格局，推动文联工作，实现创新发展具有重要的意义。中国文联党组高度重视权益保护部的组建工作，对权益保护部今后的工作寄予很高的期望。李前光同志在讲话中指出，权益保护部的成立，是中国文联发展史上十分有意义的事情，体现了中国文联党组对权益保护工作的高度重视，标志着中国文联面向文艺家维权工作全面展开。在当前涉及文学艺术侵权案件不断增多的情况下，中国文联增设权益保护部，就是为了进一步保护文艺作品的知识产权，更好地维护文艺家的合法权益。对文联自身来说，做好维权工作也是增强中国文联在文艺界的凝聚力和向心力、不断扩大影响的良好契机。权益保护部的同志们要团结协作、开拓进取，确保圆满完成各项任务。

权益保护部是中国文联机关新增内设机构，其主要职责是：参与研究和拟定与文学艺术作品有关的著作权等知识产权方面的法律法规和政策草案，参与有关政策法规的宣传；对团体会员、文学艺术家和文艺工作者维护合法权益的诉求进行调研并提出建议，接待来信来访；指导中国文联所属全国性文艺家协会和地方、产（行）业文联组织开展维护合法权益工作。权益保护部下设法律工作处、维权服务处、综合处以及从办公厅划转的出版处。

各项工作

【参与《著作权法》第三次修改活动】

3月，国家版权局就《著作权法》第三次修改草案向社会公开征询意见。权保处积极组织各全国文艺家协会对《著作权法》修改草案进行研究和讨论，广泛征求和听取了业界代表和专家的意见，并对各协会提交的建议进行了汇集、分类和整理，于4月报国家版权局，受到国家版权局的高度重视与肯定。7月，国家版权局法规司专程到中国文联再次听取各全国文艺家协会对《著作权法》修改草案的意见。10月，为配合《著作权法》的修改工作，经文联党组批准，权益保护部接受了国家版权局委托的“著作权行政调解制度的设计和实施”、“著作权保护期限的调整”、“著作权集体管理制度的完善”三项课题的研究工作。通过积极参与立法活动，反映文艺界的呼声和诉求，扩大文艺维权的影响力。

【开展维权调研工作】

5月，权益保护部正式成立以来，自6月起开展

了一系列维权工作调研。走访了10个全国文艺家协会，了解各艺术门类维权工作现状和存在的问题，听取了各文艺家协会对维权工作的意见和建议；专程赴上海市文联和江苏省文联进行实地考察，了解和学习地方文联开展文艺维权的经验。同时，还走访了共青团中央、中华全国总工会、中国残疾人联合会、全国妇女联合会、中华全国工商业联合会等人民团体，了解其开展维权工作的情况。此外，权益保护部还以调查问卷的形式深入了解文联系统11个艺术门类的维权现状和存在问题，听取艺术家和文艺工作者对中国文联开展维权工作的意见和建议。

在各全国文艺家协会的协助下，共向各协会的部分主席团成员、理事和会员发放问卷3万余份，收回7542份。权益保护部针对本次调查问卷完成了数据统计和分析报告，受到了国家版权局、文化部等有关部门和业界的关注。

【举办全国文联系统维权研讨班】

8月，由中国文联权益保护部主办、中国文联文艺研修院承办、内蒙古自治区文联协办的全国文联系统维权研讨班在内蒙古呼和浩特市举办。中国文联党组书记、副主席赵实同志专门就加强权益保护工作做出重要批示，为今后开展维权工作指明了方向。中国文联党组成员、书记处书记李前光同志出席研讨班，做开班动员并为学员授课，对维权工作提出了明确要求。研讨班得到了中国文联所属各全国文艺家协会及各省市文联的积极响应。通过学习和研讨，学员们增长了知识，交流了经验，提高了对新形势下加强权益保护工作重要意义的认识，增强了做好文艺维权工作的责任感和紧迫感，增进了文艺家协会和地方文联之间的了解；同时为权益保护部深入了解各全国文艺家协会、各地方文联开展权保工作的现状和问题，了解维权工作经验和做法提供了宝贵的信息，也为建立维权干部培训的长效机制积累了实践经验。

【案件调查和纠纷调解】

根据中国文联党组领导的批示，9月，权益保护部牵头成立了中国文联音像出版社债权债务专项调查小组，对音像社的资产和债权债务进行了全面清理核查。11月，调查小组向文联党组提交了调查报告，得到文联党组领导的认可。同时，权益保护部还与相关全国文艺家协会通力合作，使涉诉纠纷能够妥善解决。

【加强法律宣传工作】

2012年，权益保护部继续与中国艺术报社合作，充分利用“维权行动”专版的宣传平台，普及法律知识，介绍维权经验，开展维权宣传。本年度共出版12期“维权行动”专版，其中2012年11月和12月的专版新设了“文艺维权进‘家’门”和《版权家庭》系列版权知识普及漫画连载两个栏目，倾听艺术家心声，普及法律知识。

10月，权益保护部又启动了《中国文联文艺维权手册与案例选编（2009—2012）》的相关工作，案例征集工作已于2012年内启动，计划于2013年完成图书出版。通过对侵犯著作权、名誉权等文艺维权典型案例的分析，帮助文艺工作者和从事维权工作的干部了解维权的途径、手段和方法，增强维权意识和能力。

【成立权益保护部党支部】

在中国文联党组领导的关心、支持和机关党委的指导下，10月31日，权益保护部召开了党支部成立会。中国文联党组成员、书记处书记李前光出席会议。他勉励权益保护部党支部以抓好迎接十八大和学习贯彻十八大精神工作为契机，开好头、起好步，在贯彻文联机关党建整体部署、推进文艺维权事业中发挥独特的作用。中国文联机关党委常务副书记徐宝玉，机关党委副书记、纪委书记刘国强出席会议。徐宝玉在讲话中代表机关党委对权益保护部党支部的成立表示祝贺，并提出了殷切希望。

权益保护部党支部成立后，创办了《支部生活》，为党员开展学习交流搭建平台。党支部根据文联统一要求，结合本部门工作实际，制定了部门学习贯彻十八大精神的具体实施方案，召开了党支部民主生活会，创建了网络学习交流平台，开展了“每日一题”和“体会十八大，今天我开讲”主题活动。

【加强版权交流与合作】

11月，在国务院台湾事务办公室和国家版权局的协助下，权益保护部与台湾智慧财产局就推动两岸建立文艺维权合作长效机制以及举办文艺维权主题活动等进行了磋商。12月，权益保护部干部参加了在上海和杭州举办的“中欧著作权法研讨会”、“数字环境下版权集体管理国际研讨会”、“中美版权执法研讨会”等活动。这些活动的参与，开阔了权保干部的视野，扩大了文艺维权的影响力。

出版管理

综　述

2012年，中国文联出版业改革领导小组办公室在文联党组和出版业改革领导小组的坚强领导下，认真学习贯彻党的十八大精神和中央关于深化文化体制改革工作的一系列部署，切实按照党组制定的整合重组、转型发展、走具有鲜明文艺特色的“专、精、尖”发展道路的基本方针，大力推进出版报刊单位的改革发展工作。一年来，文联所属14家非时政类法人报刊单位顺利完成了中央确定的转企改制阶段性任务，出版社转企改制以来的一些遗留问题得到了有效解决，出版报刊资源的整合重组工作取得实质性成果，日常出版业务管理进一步规范，各项工作取得了显著成绩。

【完成非时政类报刊转制阶段性任务】

3月以来，中国文联党组多次召开会议，传达学习中办、国办《关于深化非时政类报刊出版单位体制改革的意见》和在太原召开的全国文化体制改革工作会议精神，专题部署非时政类报刊转企改制工作。为切实加强政策宣传，4月，文联出版办分两次举办非时政类报刊转制工作政策培训班，邀请财政部、新闻出版总署、北京市人社局相关负责同志及专家进行政策讲解和辅导讲座，帮助各文艺家协会和报刊单位了解动态、掌握政策，为正式启动改革创造条件。

按照中央各部门各单位非时政类报刊体制改革工作联席会议办公室下发的通知，自5月以来，文联出版办会同办公厅、计财部、人事部，指导和推进列入第二批转企改制的《中国艺术报》社、《大众电影》杂志社、《美术》杂志社、《曲艺》杂志社、《舞蹈》杂志社、《民间文学》杂志社、《中国摄影报》社、《大众摄影》杂志社、《中国摄影》杂志社、《中国书法》杂志社、《杂技与魔术》杂志社、《当代电视》杂志社、《缤纷》杂志社、《神州》杂志社14家报刊单位编制转企改制方案。在文联党组的高度重视和相关协会的积极配合下，到2012年底，14家法人报刊单位全部向中央非时政类报刊体制改革工作联席会议办公室报送了转制方案，顺利完成了中央确定的阶段性任务。

此外，8月，文联向相关协会转发了新闻出版总署《关于非时政类报刊编辑部体制改革实施办法》，就文联所属报刊编辑部转制工作进行了动员。12月，根据民协的决定，推动《民间文化论坛》编辑部采取与《民间文学》杂志社合并转企的方式报送转制方案，成为文联系统首家完成转制方案编制工作的报刊编辑部，为下一步报刊编辑部体制改革工作的顺利推进积累了有益经验。

【出版社相关遗留问题得到妥善解决】

按照国家政策规定终止“两社一中心”与中航的划转协议。针对中国文联出版社、大众文艺出版社、中联影视中心与中国航空工业集团公司实施重组以来出现的问题，2月，文联出版业改革领导小组专门组织调研小组，赴“两社一中心”开展深入调研，与100多名在职职工个别谈话，了解和掌握职工思想动态、意愿和诉求。在此基础上，按照文联党组的部署，5月下旬，中国文联出版社、大众文艺出版社分别召开职工大会，对中国航空工业集团公司牵头制订的《“两社一中心”划转人员安置方案及实施细则》进行表决。通过表决，两社职工大会均未通过中国航空工业集团公司牵头制订的安置方案。按照国家相关政策，文联党组终止了与中航工业集团公司关于“两社一中心”划转的协议。

顺利完成原中国文联音像社职工安置分流工作。为切实保障原中国文联音像出版社职工的权益，7月，文联出版办根据党组的决定，制定了《原中国文联音像出版社职工安置分流办法》。经过多次与职工沟通协调，8月底，顺利完成了11名职工的安置分流工作，其中，10人选择到书协所属出版单位，1人选择分流。10月下旬至11月，文

联出版办与人事部、机关党委和中国书协一起，妥善解决了原中国文联音像出版社负责同志去世后的相关问题。

【出版报刊资源整合重组工作扎实推进】

指导推动《大众电影》杂志社与大连万达集团实施战略合作。在文联党组领导的直接推动下，8月，《大众电影》杂志社与大连万达集团签订战略合作协议，杂志社将在保有主体独立性和编辑出版权的基础上，与万达集团成立一家合资公司，由万达集团向合资公司投入资金，运营《大众电影》杂志社的广告、发行及其他国家政策允许范围内的业务，用于做大做强《大众电影》品牌及相关业务，并向杂志社提供一定的资金支持。

书法出版报刊业的整合重组取得积极进展。6月，文联党组决定将大众文艺出版社由中国文联主管主办变更为中国文联主管、中国书协主办。10月以来，文联党组分别向中宣部、新闻出版总署报送了整合重组书协所属出版报刊资源、大众文艺出版社更名为中国书法出版社以及创办中国书法报的请示。中宣部、新闻出版总署分别回复，对上述3个事项表示支持。

中联影视中心划转到中国视协。7月，举行了中联影视中心整体划转到中国视协的签字仪式，完成了资产、人员由中国文联向中国视协整体划转。

此外，在文联党组的直接推动下，5月，编制完成《关于组建中国文艺出版传媒集团公司的总体方案》，就文联系统出版报刊资源整合重组构建了初步的框架和实施步骤。

【对出版报刊单位改革发展的扶持力度进一步加大】

实施了2012年度中国文联出版报刊精品工程。根据文联党组决定，8月，文联出版办与中国文学艺术基金会联合印发《关于申报2012年度中国文联出版报刊精品工程项目的通知》。经过初审、初评和复评并报文联党组审定，12月，中国文学艺术基金会与各协会、文联直属出版报刊单位签订协议，向17个单位的24个出版项目提供了1500万元资金资助，力争打造出一批优秀的文艺类出版产品。

争取文化产业发展专项资金对文联已转企出版单位给予了重大扶持。5月至7月，文联出版办会同办公厅、计财部，积极做好文联系统申报文化产业发展专项资金项目工作。经过文联党组的反复争取，12月底，财政部正式回函，对文联所属的中国文联出版社、大众文艺出版社、中国电影出版社、中国摄影出版社、中国电影出版社印刷厂申报的5个项目给予总额4900万元资助，为文联所属已转企出版单位深化改革、加快发展创造了良好的条件。

继续实施“晚霞文库”项目。12月，文联党组确定本年度共有15个项目列入“晚霞文库”资助范围，资助总额60万元，项目数量和资助金额均超过去2年，在更好地服务文联老干部的同时，进一步体现了文联党组对出版社发展的重视和支持。

此外，为优化文联所属相关出版单位的办公环境，调整了中国文联出版社、大众文艺出版社、中联影视中心和中国书法杂志社的办公用房；积极争取国务院机关事务管理局的支持，落实了中国电影出版社相关办公用房的确权事宜，为下一步中国电影出版社改革发展创造了有利条件；积极推动中国摄影出版社做优做强，10月，中国摄影出版社作为中国文联出版单位的代表，被评为全国文化体制改革先进单位。

【编印中国文联精品图书套装】

为更好地服务文艺家和文联干部的学习生活，扩大文联系统出版单位的影响力，12月，文联出版办按照党组的要求，组织专家深入挖掘文联所属4家图书出版社近年来的优秀图书，编印了中国文联精品图书套装。

【日常出版业务的管理工作进一步规范】

重点出版环节的管理得到了进一步加强。2012年，文联出版办两次印发通知，对出版报刊单位严格执行重大选题备案制度、加强委印单管理、加强特殊时期出版内容管理等提出了明确要求。10月，按照新闻出版总署的要求，部署各出版单位以做好“书号实名制”系统升级工作为契机，进一步加强对书号使用的管理。12月，专项开展了年度出版质量检查工作，组织10名审读员对出版社出版的100多种图书进行质量检查，督促其提高编校质量，并以此为抓手规范其出版行为。

社团管理

中国金融文学艺术界联合会成立

4月20日，中国金融文学艺术界联合会成立大会在京举行。中国文联党组书记、副主席赵实出席大会并讲话。中国银监会副主席郭利根部署了工作。此前举行的首届金融文联一次全委会审议通过了《中国金融文学艺术界联合会章程》，推选郭利根担任主席，张东风、杨树润等12人担任副主席；聘任中国光大(集团)总公司党委书记、董事长唐双宁为名誉主席。

中国文联社团通讯录

1. 中国文学艺术基金会
地　址：北京市永安东里16号CBD国际大厦1701B室
邮　编：100022
电　话：(010）65005950 65951510

2. 中国石油文联
地　址：北京西城区安德路112号247室
邮　编：100011
电　话：(010）62059194

3. 中国煤矿文联
地　址：北京市朝阳区和平街13区35号煤炭大厦1805室
邮　编：100013
电　话：(010）64463708　64463592(传）

4. 中国公安文联
地　址：北京市东城区东长安街14号
邮　编：100741
电　话：(010）66261407　66262146(传）

5. 中国检察官文联
地　址：北京市海淀区彰化路9号（曙光花园中路）
邮　编：100144
电　话：(010）68897049　88960399(传）

6. 中国冶金文联
地　址：北京朝阳区安贞里三区26号楼
邮　编：100029
电　话：(010）64437930　64436271（传）

7. 中国铁路文联
地　址：北京复兴路10号铁道部内
邮　编：100844
电　话：(010）51844189

8. 中国电力文协
地　址：北京宣武区白广路2条1号
邮　编：100761
电　话：(010）63415290　63415294(传）

9. 太湖文化论坛
地　址：北京市朝阳区秀水街1号建国门外外交公寓1-1-52
邮　编：100600
电　话：(010）85323543　85325881

10. 中国楹联学会
地　址：北京市海淀区北太平路甲18号
邮　编：100039
电　话：(010）88628481　88279910(传）

11. 中国女摄影家协会
地　址：北京市海淀区马甸南路2号办公楼813
邮　编：100088
电　话：(010）82002035(传）

12. 中国工笔画学会
地　址：北京市海淀区莲花池西路28号
邮　编：100830
电　话：(010）63880196(传)

13. 中国国际标准舞总会
地　址：北京市安贞里二区1号楼金瓯大厦315室
邮　编：100029
电　话：（010）64459265　64420597(传）
14. 中国国际文化艺术中心
地　址：北京市西城区裕民路18号北环中心1510室
邮　编：100029
电　话：（010）82250557　82251205(传）
15. 中国国际文化传播中心
地　址：北京市朝阳区西大望路蓝堡国际中心2座17层中国国际文化传播中心
邮　编：100026
电　话：（010）65833366
16. 中国通俗文艺研究会
地　址：北京市丰台区右安门外大街99号
邮　编：100069
电　话：（010）66182639　56921999(传）
17. 中国保险书画艺术研究会
地　址：北京市西城区金融大街11号中国再保险大厦1816室
邮　编：100034
电　话：（010）66576132
18. 中国书画家联谊会
地　址：北京市海淀区紫竹院南路17号院4号楼401室
邮　编：100035
电　话：（010）62268780　64078302(传）
19. 中国贫困地区文化促进会
地　址：北京市海淀区彰化路9号
邮　编：100097
电　话：（010）62130911-806
20. 中国传记文学学会
地　址：北京市金融街19号富凯大厦B座1214室
邮　编：100708
电　话：（010）66573822　66573189(传）
21. 中国旅游文化资源开发促进会
地　址：广东省深圳市福田区景田南25栋702宅
邮　编：518034
电　话：（0755）83902212　83360211
22. 中国说唱文艺学会
地　址：北京朝阳区惠新北里甲1号中国艺术研究院
邮　编：100029
电　话：（010）64952414　64813415(传）
23. 中国扇子艺术学会
地　址：北京市海淀区西三旗建材城西路85号甲3号2单元301室
邮　编：100069
电　话：（010）82929396
24. 中国书画家研究会
地　址：北京市东城区民旺园28楼A座10F号
邮　编：100013
电　话：（010）84219105　84219106(传）
25. 中国田汉研究会
地　址：北京市东城区北新桥细管胡同9号
邮　编：100007
电　话：（010）64041874
26. 中国朝鲜族音乐研究会
地　址：吉林省延边市河南街18号延边歌舞团
邮　编：133000
电　话：（0433）83681010
27. 中国企业文化促进会
地　址：北京市东城区北河沿大街83号
邮　编：100009
电　话：（010）51232580　64254549
28. 中国根艺美术学会
地　址：北京市海淀区北三环中路67号
邮　编：100088
电　话：（010）82077452　62013180(传）
29. 中国艺术文化普及促进会
地　址：北京西城区永安路106-4号
邮　编：100050
电　话：（010）83153757　83150769(X）
30. 中国中外名人文化研究会
地　址：北京市东城区鼓楼外大街45号
邮　编：100011
电　话：（010）82023504　82081072　82023506
31. 中国伏羲文化研究会
地　址：北京市西城区三里河一区5号院6号楼2门102室
邮　编：100045
电　话：（010）68538704　68538772
32. 中国少林书画研究会
地　址：河南省郑州市桐柏路178号杜康大酒店

邮　编：450007
电　话：（0371）7186652

33. 中华五千年动画文化工程促进会

地　址：北京市海淀区黄庄27号院10号平房
邮　编：100088
电　话：（010）66869818(传)

34. 华夏文化促进会

地　址：北京市西城区复兴门内大街45号院2号楼910室
邮　编：100801
电　话：（010）63072945　66095379

35. 鲁迅文化基金会

地　址：上海市黄浦区瑞金二路235号
邮　编：200001
电　话：（021）56722220

为艺术家服务

文艺界全国人大代表全国政协委员联谊会

3月2日，2012年文艺界全国人大代表全国政协委员联谊会在北京中国文艺家之家举行。200多名文艺界全国人大代表、政协委员出席联谊会，畅谈文艺、共叙友情。全国政协副主席、中国文联主席孙家正，全国人大教科文卫委员会副主任李树文，全国政协教科文卫体委员会副主任胡振民，全国人大常委会副秘书长曹卫洲，中国文联党组书记、副主席赵实，中国文联党组副书记、副主席覃志刚、李屹，中国文联党组成员、副主席冯远、杨承志，中国文联党组成员、书记处书记夏潮、李前光，中国文联在京主席团成员，中宣部干部局、文艺局负责人，各全国文艺家协会、中国文联各直属单位、机关各部室主要负责人出席联谊会。赵实主持联谊会。

孙家正在联谊会上致辞。他指出，文艺界的全国人大代表、政协委员为文艺事业和文联工作倾注了大量心血，为文艺事业的繁荣发展作出了重要贡献，他衷心感谢各位代表、委员对文艺事业和文联工作的辛勤付出，希望大家利用全国“两会”召开之机，充分履行职责，积极建言献策，多提有分量、有价值的议案、提案，为推动祖国文艺事业的繁荣发展作出新的更大贡献。赵实向与会代表、委员通报了中国文联九届二次全委会会议的相关情况，并希望文艺界的各位代表和委员、各位艺术家能够带头践行、模范遵守《职业道德公约》，带动和引领广大文艺工作者努力成为德艺双馨的优秀文艺人才和文艺名家。代表、委员们表示，将认真践行文艺界核心价值观和《公约》，积极参加中国文联组织的文化惠民活动，创作更多更好的文艺作品，满足人民群众精神文化需求，为推动社会主义文化大发展大繁荣、建设社会主义文化强国作出新的更大贡献。

艺术家采风调研活动

为更好地履行联络协调服务职能，开创服务艺术家的新途径，根据文联党组指示，2月下旬至10月，办公厅会同机关服务中心，分五批组织部分中国文联荣誉委员、主席团成员及各协会主席团成员、顾问等知名艺术家赴海南、云南、吉林、四川等地采风调研。此项活动是2012年首次举办，经过认真筹备，提前与相关省文联联系沟通、拟定采风调研方案、并派出工作人员随团服务，将采风、调研和为地方文化建设献计献策有机结合起来，活动取得圆满成功，为今后持续举办此项活动积累了宝贵经验。艺术家们纷纷表示这项活动体现了文联党组对老艺术家的关怀，丰富了艺术积累和生活体验，激发了创作灵感，也促进了相互的感情和友谊。

看望慰问艺术家、组织年度体检

全年，办公厅协助文联党组成员先后为72位老艺术家送上了生日祝福，走访慰问艺术家百余人次。3月，在“两会”期间，办公厅还例行组织在京和来京参加“两会”的文联荣誉委员，主席团成员在北大医院进行“院士”待遇体检。

机关建设

行政管理工作

【制度建设】

根据新形势新要求，办公厅研究修订相关制度，通过建章立制为严格管理、提供优质服务打下良好基础。为贯彻落实中央八项规定，12月，由党组主抓，办公厅牵头与机关相关部室、相关直属单位起草制定了《中国文联关于贯彻落实中央规定改进工作作风、密切联系群众的实施办法》、《中国文联和各全国文艺家协会全国代表大会换届选举工作纪律》。全年，为推动改进协调督办、公文处理、信息化建设和值班等工作，先后制定了《中国文联各级领导班子成员请假报告备案制度》、《中国文联办公内网使用注意事项》等制度规定。全年有计划地推进健全财务规章制度，制定了《中国文学艺术发展专项基金管理办法》、《中国文学艺术基金捐赠收入财政配比资金办法》并报财政部，研究修订并出台了《中国文联行政单位工作人员差旅费管理办法》、《中国文联财政国库集中支付会计对账办法》。为贯彻落实中办、国办和中纪委等下发的有关领导经济责任审计规定等文件要求，制定了《中国文联领导干部经济责任审计办法》、《中国文联主要领导干部经济责任审计的主要内容和重要评价指标》等有关规定。根据《“十二五”时期全国保密事业发展规划》，经深入调研、广泛征求意见，制订了《“十二五”期间中国文联保密事业发展规划要点》。10月，办公厅向文联机关各部门收集汇总文联各类工作规章制度，编印了《中国文联机关规章制度汇编》。

【全国文联系统办公室业务培训会】

为提升文联系统办公室人员业务能力，加强人员培养和业务指导，8月13日至15日，办公厅在北京延庆举办了2012年全国文联系统办公室业务培训会。文联各团体会员、机关部室和直属单位以及各副省级城市文联的办公室负责人及工作人员共95人参加培训。中国文联党组成员、副主席左中一到会作开班辅导动员，从全局的高度对文艺事业和文联工作发展的总体形势和近期工作任务作了概括性归纳和提示，对新形势下文联系统办公室工作的职能地位和特点规律作了深入分析和阐述，对下一步如何开展办公室工作提出明确要求。培训会从协调沟通、统筹规划、办文办会、财务管理等角度安排了丰富的课程和交流实践，并在课程中加入了软件演示等新内容。与会同志还围绕如何把握新形势下文联办公室工作的新规律新特点、进一步提升办公室管理服务的质量和效率进行了深入探讨和交流发言。培训会取得了实效，受到参会人员的广泛好评。

此外，办公厅还根据业务工作实际需要，举办各类专项培训。在财务方面，文联财务与中宣部计财中心召开财务工作交流会；结合中纪委、财政部、国管局、审计署等主管部门的新要求新规定，先后组织文联系统财务人员参加“2013年度部门预算编制”、“中央部门决算编制”、“国库集中支付业务”等10余个专业培训班；及时组织文联系统财务等专业人员开展相应培训。在审计方面，举办了中国文联领导干部经济责任审计培训班、中国文联审计工作培训会等。在国有资产管理等方面，按照上级要求组织学习贯彻《机关事务管理条例》，召开文联系统的学习部署会议，并印发了《中国文联关于贯彻落实〈机关事务管理条例〉的实施意见》。

【为党组、书记处做好服务】

办公厅坚持着眼文联全局和工作大局，积极为党组出谋划策，协助抓好工作落实。完成了26次党组（书记处）会议的协调保障工作；编发6期《督办工作简报》，督办党组（书记处）议定事项和党组（书记处）领导交办工作约80余项；制定、下发了《关于定期报送每月重要活动和重点工作

安排计划的通知》、《中国文联各级领导班子成员请假报告备案制度》，从2月起每月汇总整理各协会、各部室、各直属单位的重点工作和重大活动安排，对文联系统各级领导班子请假报告备案，为党组（书记处）领导及时了解情况、统筹安排工作提供了参考依据；协调文联主席团成员、党组（书记处）领导同志出席各项会议、活动；协调做好文联党组（书记处）领导同志看望、慰问老艺术家的相关工作；收集汇总并录入2012年度党和国家领导同志关于文艺工作和文联工作的重要论述、讲话、批示和指示等，并汇编成册；对党组领导在文件、报纸、简报等材料上的批示意见及时进行传达办理。

【规范公文处理工作】

6月起，文联办公厅以中办、国办连续下发《党政机关公文处理工作条例》、《关于进一步精简文件和简报的意见》和《党政机关公文格式》等文件为契机，加强和改进文联系统公文处理有关工作。6月，印发了《中国文联办公厅关于进一步做好公文处理和精简文件简报工作的通知》，召开文联各单位办公室主任会议组织传达学习中办、国办有关文件，提出贯彻落实要求。8月，在全国文联系统办公室业务培训班上，左中一和办公厅有关负责同志对贯彻落实公文处理新规范新要求予以强调，并进行了相关专题培训。针对文联系统落实文件要求发现的问题和落实改进情况，9月，到各文艺家协会、机关有关部室、直属单位走访调研，与相关负责同志座谈交流。调研过程中，为使一些单位尽快掌握新的公文格式要求，办公厅同志还带去了文联新版公文的电子模板。调研结束后，根据调研情况和征求的意见，印发了《关于进一步贯彻落实〈党政机关公文处理工作条例〉和〈党政机关公文格式〉要求的补充通知》，并形成调研报告。为巩固调研成果，继续做好后续工作，对所属单位报来个别仍未完全按规范制作的文件，采用在复印件上批注花脸稿的方式予以纠正。

【协调推进文联系统信息化建设】

根据文联党组关于加快推进信息化建设的指示精神，由办公厅牵头负责协同办公平台等文联系统信息化建设的推进、协调和保障等工作。召开四次中国文联信息化建设领导小组办公室工作会，明确了中国文联信息化建设领导机构的职能和分工，讨论和议定了文联信息化建设相关事项，协调各单位落实了信息化建设分管领导责任制和信息化联络员制度，保障信息化建设的有序推进和意见的有效反馈，协调做好文艺资源中心筹建等有关工作。大力推进协同办公平台项目建设和试运行工作。8月，协同办公平台开始在部分文艺家协会和机关部室试点运行；10月，全面启动驻文艺家之家各单位的试运行，根据试运行发现的问题和新情况，及时调整完善办公流程和系统功能。做好驻外单位接入协同办公平台工作。在到中国影协、中国摄协、中国艺术报社、文艺研修院、文艺基金会和演艺中心现场调研的基础上，研究提出办公内网接入工作方案，并组织集中采购相关设备，公开招标确定了承建方并签订合同、启动施工。另外，还筹备并实质推进文联系统资产清查盘点和信息系统升级改造工作。

【文联发展史展厅建设工程启动】

6月中旬起，按照文联党组领导的指示精神，启动中国文联发展史展厅建设工作。在部分博物馆、有关部委进行调研考察的基础上，起草了筹备工作方案，成立了展厅建设领导和工作机构，召开展厅建设工作部署会并印发了工作方案和《关于征集中国文联发展史展厅展览资料的通知》；组织撰写展览大纲和艺术片脚本；进行史料征集和申报项目立项工作，并先后两次组织有关人员对展厅进行模拟设计；适时召开展厅建设工作推进会，在初步进行史料征集的基础上，根据工作计划和实际需要，向各单位进一步明确进行定向史料征集的内容。截至年底，展厅设计和施工招标等工作顺利进行。

【信息收集和史料留存工作】

全面收集第九次文代会相关资料，经过认真检查整理，完成了第九次文代会文件材料和影像资料整理归档工作。编印了《第九次文代会文件资料汇编》，获得好评。督促、指导、检查机关2011年档案收集整理移交，共完成档案移交2207件。年初出版了《中国文学艺术界联合会年鉴（2011）》，并编撰完成《中国文学艺术界联合会年鉴（2012）》。

【机要保密工作】

按照中宣部有关要求，积极落实宣传信息网分级保护测评整改有关工作，采取了一系列整改措施，经中宣部派出的专业人员检查，通过了本次测评。根据中央保密委、国家保密局有关通知要求，在文联系统内集中开展了保密防范和网络清理检查，健全了相应保密防范措施。按照相关保密规定做好机要文件登记、传阅、办理、下发工作，做好机要文件资料清退销毁工作；完成了2011年中央绝密文件清退工作，在中央绝密文件管理、使用、清退过程中无差错。

【计划财务工作】

做好文联重大活动资金安排。围绕文联党组确定的中心工作，积极申报和合理安排财政资金，确保机关本级和11个协会及服务中心等事业单位的财政资金供给，重点保障了“春节大联欢”、“纪念延安文艺座谈会70周年”、“送欢乐下基层”、“中华文明历史题材美术创作工程”、“第三届职工艺术节”、庆祝“十八大”召开演出活动等重大文化活动经费，“今日中国”艺术周、“中土文化年”和“第四届海峡两岸论坛”等大型对外文化交流经费，统筹安排好各级各类人员培训、文艺家之家运行维护、文联信息化建设、中国文学艺术专项基金、中华文艺资源数据库工程等专项经费。

确保文联系统预算执行进度，做好预算编报工作。多次召开预算执行工作会议，督促做好各单位各部门的预算执行工作，全年共发19期预算执行情况通报，还采取定期约谈、及时梳理财政预算项目、适当压缩项目合作方代垫款规模、开通财政零余额账户网上银行、督促报账还款等措施。文联预算执行工作取得良好成绩，在156家中央预算单位中稳居前50名，多次受到财政部通报表扬，10月份财政部预算执行通报中专门对中国文联预算执行工作的经验做法作了推广。妥善做好文联2012年度部门预算和2011年度部门决算、“三公”经费公开工作，自国务院要求公开以来，文联此项工作未受到社会质疑。认真进行2013年部门预算编报工作，制定了《中国文联2013年部门预算工作进程表》，加强资产配置预算、政府采购预算编制。财政部下达文联2013年预算财政拨款总规模比2012年又有较大幅度增长。

做好财务服务工作。根据财政部批复预算和经费开支范围、标准，做好行政事业、党委工会运行及职工工资、津贴补贴、医药费等各项经费支出工作。按照财政、纪检、税务、统计等主管部门要求，及时完成部门预决算、企业决算、基建决算、住房改革支出预决算、行政“三项”费用（出国费、公务接待费、车辆运行费）预决算、外汇收支预决算、政府采购计划信息统计、工会经费决算、街道经济统计等数十种财务经济专项报表的编制、审核、汇总和上报工作。做好出国团组、外事访问团有关支出统计工作，制定了《文联出国业务统计报表》、《文联外事招待业务统计报表》。完成住房公积金约定提取以及2013年文联职工住房公积金缴存核定工作。

积极做好财务专项工作，加强所属单位财务建设。年内做好财政票据管理和使用情况专项检查和国管局对2011年度离退休基本支出经费使用情况专项检查，受到了检查部门肯定。为做好财务指导和服务工作，下发了《中国文联2012年财务业务工作要点》、《文联财政拨款预算执行通报》、《中国文联财政专项拨款通知书》等，提出具体要求。通过文联财务制度公告栏、财务公共邮箱将有关财经法规、工作要求和经验等信息予以通告，供学习参考。按照文联党组指示要求，办公厅和人事部门一道与财政部积极沟通，争取财政部对文联新设立的11个艺术中心等单位支持。积极指导协助文艺资源中心和文艺志愿服务中心办理登记、代码分配工作及银行账户开户工作。

做好内部审计工作，加强财务监督管理。完成文联三年“小金库”专项治理总结上报中央“小金办”。开展文联系统各单位2011年预算执行情况的自查工作，对三个单位2011年预算执行情况进行审计，及时纠正预算执行过程中存在的问题，进一步规范和加强了文联财政资金的管理，强化了预算的严肃性，有效防范违法违规问题发生，提高了文联财政资金的使用效益。

【国有资产管理工作】

做好政府采购工作。认真执行《中央预算单位政府集中采购目录及标准》，严格采购项目的限额标准，在满足采购需求的前提下，积极采购列入节能环保清单的产品和优先购买国内产品，抓好节能产品、环境标志产品政府采购政策落实，促进节能减排工作。编制报送2011年企业国有资产统计报表、2011年国有资产决算及2011年行政事业单位资产管理信息系统统计报表等，受到国

资委、国管局及财政部表扬。中国文联再度被评为“企业国有资产统计工作先进单位”，受到通报表彰。

做好厉行节约工作。根据中办国办和中纪委、国管局、发改委、财政部、中央国家机关工委关于做好厉行节约工作的有关通知精神，中国文联精心安排部署，认真执行规定，健全规章制度，加强预算经费管理，努力压缩行政经费支出，积极推进节约型机关建设，取得了明显的效果，在6月份四部委开展厉行节约工作专项检查中受到肯定。

开展公车治理专项工作。根据中央公车治理办要求，文联成立了中国文联公务用车专项治理工作领导小组，办公厅相关部门积极与各单位公车管理部门保持沟通，确保报表填报规范、数据准确，并及时向国管局反映文联各单位的公务用车需求。完成了文联系统相关所属单位公车核编及车辆报废更新工作。

人事工作

【中国文联党组成员、副主席调整】

中组部通知：左中一同志任中国文联党组成员，免去冯远同志党组成员职务。

增选左中一为中国文联第九届副主席、推举为书记处书记，冯远不再担任书记处书记职务。

【中国曲协、中国视协、中国摄协换届】

11月27日至29日，中国曲艺家协会第七次全国代表大会在京召开。会议选举产生了中国曲协新一届领导机构。

中国曲艺家协会第七届领导机构人员名单：

主　席：姜昆

驻会副主席：董耀鹏

副主席（按姓氏笔画排序）：马小平（回族）、王汝刚、冯巩、李时成、吴文科、翁仁康、郭刚、黄宏、盛小云（女）、崔凯、籍薇（女）

秘书长：董耀鹏（兼）

12月3日至5日，中国电视艺术家协会第五次全国代表大会在京召开。会议选举产生了中国视协新一届领导机构。

中国电视艺术家协会第五届领导机构人员名单：

主　席：赵化勇

驻会副主席：张显

副主席（按姓氏笔画排序）：万克、马维干（回族）、李兴国（满族）、李京盛、陈华、欧阳常林、周莉（女）、赵多佳（女）、胡玫（女）、胡恩、唐国强、程蔚东、裘新

秘书长：张显（兼）

12月9日至11日，中国摄影家协会第八次全国代表大会在京召开。会议选举产生了中国摄协新一届领导机构。

中国摄影家协会第八届领导机构人员名单：

主　席：王瑶（女）

副主席（按姓氏笔画排序）：王悦、王文澜、王达军、邓维、李舸、李伟坤、李学亮、李树峰、张桐胜、罗更前、索久林、雍和

秘书长：高琴（女）

【班子调整配备和干部选拔任用工作】

根据文联党组的部署，按照个体优秀、总体优化、岗位所需、人岗相适的基本原则，结合文联班子和干部队伍建设实际，对剧、影、音、曲、舞、摄、书、视8个协会班子成员、文联机关5个部门领导成员和3个直属单位班子成员进行了调整，有力地改善了局级班子的整体结构，激发了活力和动力。

各协会、各直属单位领导班子成员和文联机关局级领导干部调整名单：

中国影协分党组成员、副秘书长李景富晋升副局级

韩新安任中国音协秘书长

中国曲协分党组副书记、秘书长刁惠香晋升正局级

王瑶调任中国摄协分党组书记、秘书长

中国摄协分党组副书记、副秘书长王郑生晋升正局级

王仁刚任中国文联办公厅副主任

邓光辉任中国文联理论研究室副主任

杨发航任中国文联理论研究室副主任

薛伶调任中国文联国际联络部副主任

刘晓霞调任中国文联权益保护部主任

暴淑艳任中国文联权益保护部副主任

刘国强改任中国文联机关党委副书记、纪委

书记（副局级）

傅亦轩任中国文联文艺研修院常务副院长

赵文民任中国文联文艺研修院副院长

孙德华任中国文联文艺研修院副院长

冉茂金任中国文联文艺资源中心副主任

罗成琰兼任中国文联文艺志愿服务中心主任

廖恳任中国文联文艺志愿服务中心副主任

邵志军任中国文联文艺志愿服务中心副主任

康健民兼任中国文联电影艺术中心主任

吴长江兼任中国文联美术艺术中心主任

曲华江兼任中国文联曲艺艺术中心主任

罗杨兼任中国文联民间文艺艺术中心主任

张显兼任中国文联电视艺术中心主任

中国剧协副秘书长齐子峰退休

中国影协分党组成员、副秘书长柳秀文退休

中国舞协分党组成员、副秘书长李淑芬退休

中国书协分党组成员、副秘书长戴志祺退休

中国视协副秘书长王占海退休

中国文联国际联络部巡视员、副主任范斌退休

大众文艺出版社社长艾东退休

中国文联音像出版社副社长江淮退休

【深化干部人事制度改革】

加快推进竞争性选拔干部的步伐，结合中国文联实际，先后组织了文联办公厅1名副主任、理论研究室2名副主任、权益保护部1名副主任、文艺志愿服务中心1名副主任等5个局级领导岗位的竞争上岗，开展了文联机关5个处长岗位的竞争性选拔。推动干部交流和挂职锻炼有序开展，对1名局级领导干部、8名处级干部、2名科级干部进行交流和轮岗，选送了1名科级干部到国家信访局挂职锻炼，接收新疆文联1名干部到中国艺术报社交流锻炼。

【机构和编制管理工作】

7月，中编办批复设立11个协会艺术中心和中国文联文艺志愿服务中心。人事部经与各协会进行充分的研究讨论和反复磋商后，逐一确定了各艺术中心的主要职责、内设机构和人员编制，对艺术中心的机构设置、名称、排序和职能任务等进行了统一规范。完成了中国文联权益保护部、文艺资源中心、文艺志愿服务中心、文艺研修院等四个局级机构主要职责、内设机构和人员编制的方案制定。

【干部教育培训工作】

制定了《中国文联2012年干部培训计划》，以文联系统领导干部为重点，举办了中国文联局处级干部任职培训班、省级文联秘书长培训班以及三期全国基层文联领导干部研修班。配合机关各部室举办了中国文联办公室工作研讨班、组联干部培训班、外事干部培训班、人事干部培训班、党务干部培训班等各类机关业务工作培训班。认真开展干部调训和局级干部选学工作，组织20名局级干部报名参加选学。继续办好“中国文联大讲堂”系列讲座，邀请中国文联副主席、著名影视演员李雪健等文艺名家到文联作讲座，既丰富了干部职工的文化生活，也对提高文联工作者的文艺素养发挥了积极作用。

【人才工作】

与中国延安干部学院、中国井冈山干部学院、广东省文联、江西省文联合作，成功举办了两期全国文艺家高级研修班和第二期全国中青年德艺双馨文艺工作者高级研修班。指导中国文联所属各全国文艺家协会和文艺研修院成功举办了全国中青年剧作家剧本创作研修班、全国曲艺精品创作班、中国当代优秀青年词曲作家高级研修班、第六届全国中青年文艺评论家高级研修班、第四届全国未来词曲作家演唱家研习班等多个以优秀青年文艺骨干为对象的培训班。开展了2012年享受国务院政府特殊津贴人选推荐上报工作。协助中央人才工作领导小组组织开展2012年院士专家新春联谊会，配合人力资源和社会保障部开展“给予有名望的老艺术家、老运动员、老教练员生活补贴”工作，文艺界有8位老艺术家享受生活补贴。2012年春节、元旦期间，对40多名生活困难老艺术家进行了慰问。组织召开了中国文联出版专业高级职务评审委员会第25次会议，对40名申报高级职称人员进行了评审，18人通过评审获得了编审、副编审任职资格。

中国文联出版专业高级职务评审委员会第25次会议评审通过的高级职称人员名单：

通过编审任职资格的10人：

吴冠平、翟建农、辛家宝、张扬、李伟、刘德伟、李波、陈仲元、徐秋、张文燕（代评）

通过副编审（美术、技术）任职资格的8人：

武丹丹、吉晓倩、崔巍、朱芦勤、谢雨玫、

胡斌毅、邓友女、崔晓华

【事业单位人事工作】

研究制订《中国文联事业单位人事管理暂行规定》，对事业单位人事管理的基本原则和职责分工，进人程序和途径、人员任免权限和推进事业单位改革做出了明确的规定。统一组织了中国文联系统2012年度事业单位应届大学毕业生公开招聘工作，接收应届大学毕业生12名。下发《关于重新进行事业单位岗位设置工作的通知》，指导各单位按照新的职能任务做好岗位设置工作。

【人事档案管理工作】

按照中组部关于做好文件改版涉及干部人事档案有关工作的通知要求，对中国文联人事部所管理的现职215本干部人事档案进行了重新审核和改版整理。

党委工作

2012年，中国文联机关党委在中直工委和文联党组的正确领导和具体指导下，深入学习贯彻党的十八大精神，紧紧围绕党和国家工作大局，围绕文联中心工作，认真履行工作职能，扎实推进机关党的全面建设，为圆满完成文联各项工作任务提供了有力的思想政治保证和组织保证。

【理论武装工作】

全年，中国文联机关党委坚持用中国特色社会主义理论体系武装党员干部，坚持以部局两级中心组学习为龙头，以处以上干部为重点，运用多种形式，扎实推进理论武装工作。学习贯彻党的十八大精神是2012年的首要政治任务。中国文联机关党委早谋划、早行动，在十八大召开前，制定了《中国文联学习贯彻党的十八大精神工作方案》。11月8日上午，组织知名艺术家、文联老领导及各协会、机关各部室和直属单位的干部职工400余人，集中收看党的十八大开幕式直播盛况；当天下午，协助中国文联党组召开座谈会，学习党的十八大工作报告。同时，11个全国文艺家协会、机关8个部室和6个直属单位也分别组织了学习讨论。11月16日下午，召开了由中国文联党组成员和中国文联历届党组领导，在京中国文联副主席，各文艺家协会主席，驻中国文艺家之家全体干部职工，不在中国文艺家之家办公的中国文联处以上干部和各级党组织负责人，以及离退休干部党支部书记共500余人参加的大会，传达学习党的十八大精神。中共中央委员、十八大代表、中国文联党组书记、副主席赵实传达了党的十八大精神，并对中国文联学习宣传贯彻党的十八大精神进行了全面安排部署。11月20日，组织召开了文艺家学习贯彻党的十八大精神座谈会。11月22日至23日，协助中国文联党组召开了理论学习中心组（扩大）会议，学习贯彻党的十八大精神。12月6日，邀请中共中央党史研究室副主任李忠杰作了学习贯彻党的十八大精神专题辅导讲座。12月中旬，连续举办了两期处以上干部学习贯彻十八大精神培训班。中国文联机关党委通过组织一系列学习活动，在中国文联各单位兴起了学习贯彻十八大精神的高潮，进一步提高了中国文联机关党员干部队伍的理论素质，推进了机关党的建设。

【基层党组织建设工作】

2012年，党中央作出重要部署，在创先争优活动中开展基层组织建设年工作。中国文联机关党委把基层组织建设年作为推动基层组织建设的一件大事和重要契机，重点开展了3项工作。一是做好党的十八大代表和中直党代表推选工作。上半年，中国文联机关党委根据中组部和中直工委的统一部署，充分发扬民主，组织各级党组织采取自下而上、上下结合、反复酝酿、逐级遴选的办法，推选中直党代表和党的十八大代表。中国文联各级党组织和广大党员高度重视，积极参与，党组织参与率达100%，党员参与率达97%。推荐产生了党的十八大代表推荐人选2名，中直党代会代表推荐人选5名，推荐人选兼顾了领导干部和生产工作一线党员，既有艺术家代表，又有优秀党员代表，既有女性党员，又有少数民族党员，也充分考虑了离退休党员的意见和建议，体现了先进性和代表性。在经过中直工委批复后，中国文联机关党委与文联人事部联合对推荐人选进行了考察，并在全文联范围内进行了公示。历时半年的推选工作，坚持了民主集中制原则，坚持了走群众路线的要求，促进了基层党组织建设和党员队伍建设。二是扎实开展创先争优活动。中国文联各级党组织按照中央关于创先争优活动的统一部署和中直工委的要求，以“推动文艺繁荣、服务科学发展、促进社会和谐”为实践载体，把创先争优活动不断引向深入。中国文联机关党委围绕“强组织、增活力，创先争优迎接十八大”这一主题，研究制定了《中国文联关于在创先争优活动中开展基层组织建设年的实施方案》，召开了中国文联学习型党组织建设与创先争优活动推进会，举办了基层党支部书记培训班，通过专家授课、经验交流、考察调研等方法，不断提高基层党组织负责人的能力素质。根据中央创先争优活动领导小组关于认真开展创先争优理论研讨的通知精神，中国文联机关党委认真组织力量进行理论研讨，中国文联党组署名文章《以创先争优活动为契机，努力推动文艺事业大发展大繁荣》，被全国创先争优理论研讨会和中央直属机关工委评选为优秀论文。同时，积极参加全国创先争优优秀共产党员的推荐工作，中国剧协刘厚生同志荣获全国优秀共产党员称号。三是做好基层党组织换届改选、党员培训、党员发展等工作。中国文联机关党委指导中国影协、中国书协等单位党组织顺利完成了换届、补选工作，指导中国摄协成立了机关党委，指导中国文联权益保护部、中国文联文艺资源中心成立党支部，中国文联各基层党组织结构得到进一步优化。在党员干部培训工作方面，中国文联机关党委先后选派两批共10名同志参加了中直党校培训；举办了1期入党积极分子培训班，培训积极分子64名；会同中国文联文艺研修院，举办了3期处级以上干部学习贯彻十七届六中全会和第九次文代会精神轮训班。在党员发展工作中，中国文联机关党委注意在业务骨干和优秀青年中发展党员，共发展党员14名。

【精神文明建设工作】

中国文联机关党委运用多种形式、利用各种时机，开展中国特色社会主义理论体系教育、社会主义核心价值体系教育、形势政策教育、法纪教育和职业道德、社会公德、个人品德教育。2012年是雷锋同志诞辰七十周年，中国文联机关文明办开展了“学雷锋见行动”活动。组织参加了中直机关文明家庭和中直机关“首都文明单位”的评选活动，有1个家庭被评为中直机关文明家庭，1个单位被评为首都精神文明标兵，2个单位被评为首都精神文明单位，1个单位被评为中直机关精神文明单位。同时，中国文联机关党委坚持开展“送温暖、献爱心”活动，在重大节日期间，走访看望有贡献的老党员，对生活困难的党员职工进行慰问；协同有关部门组织了公务员法、著作权法的学习，邀请国务院法制办公室副主任袁曙宏作了法制专题辅导报告；坚持做好维护稳定工作。这些活动的开展，对加强中国文联机关精神文明建设，保持机关内部稳定，促进社会和谐，起到了有效的推动作用。

【群团工作】

中国文联机关党委注重发挥机关工会、团委、妇工委等群团组织的桥梁纽带作用，支持和引导工青妇组织发挥自身优势，围绕中心，创造性开展工作。1月17日，中国文联机关工会联合会在中国文艺家之家举办2012年中国文联职工新春联欢会；按照中直工会《关于做好参加九种重大疾病互助保障人员统计工作的通知》要求，为文联系统各单位1026名职工办理了九种重大疾病互助保障；联合中国文联机关服务中心，在中国文艺家之家定期开展了职工服务日活动；4月24日至26日，组队参加中直机关工会举办的中直机关职工乒乓球比赛，男队荣获亚军，女队荣获季军，中国文联代表队获得总分第二名的好成绩；积极与中国农机院工会协调，保证文联干部职工在每周五、六下午均可利用农机院体育场馆进行健身活动；8月，在中国书协、中国美协等单位的大力协助下，为中直机关“喜迎十八大”书画展征集书画作品30幅参展；为迎接党的十八大胜利召开，9月5日至7日，联合中国美协工会、中国书协工会、中国艺术报社，在中国文艺家之家举办了“中国文联职工喜迎党的十八大书画展”。同时，中国文联机关工会联合会还广泛开展了给困难职工送温暖活动。中国文联机关团委为进一步加强文联青年工作，促进青年成长成才，充分调动广大青年的潜能与活力，5月4日，召开了中国文联机关青年联合会成立大会，成立了中国文联机关青联；6月13日至15日，举办了中国文联机关青联委员培训班，对中国文联机关青联委员和各单位机关党组织相关负责人进行培训；9月，按照中直团工委《关于深入开展“创建青年文明号、争当青年岗位能手”活动的通知》要求，完成了中直机关青年岗位能手人选的推荐工作；9月18日至27日，按

照中直团工委相关通知要求，选派基层团干部作为中直机关青年代表参加由团中央组织的中国青年代表团，赴马来西亚进行友好访问。中国文联妇工委利用“三八”节的有利契机，邀请中国妇联妇女研究所所长谭琳为全体女职工作了题为职业女性自我建设与成长的心理辅导讲座，并组织开展了中国文联局以上女性领导干部聚餐活动；5月，为470余位女职工办理“女职工特殊疾病保险”参保工作；六一前夕，组织青年职工及其子女参观动物博物馆；12月，开展美丽时尚——台湾百变魔术围巾展览、展示活动；继续做好百姓健康舞在文联女职工中的推广和普及工作。这些活动，增强了群众组织的凝聚力，发挥了桥梁和纽带作用，密切了党群关系。

纪委工作

2012年，中国文联机关纪委在中直纪工委的领导和中国文联党组的具体指导下，坚决贯彻党中央关于党风廉政建设和反腐败工作的重要指示精神，贯彻落实第十七届中央纪委第七次全会和中直纪工委工作会议精神，以迎接、服务、宣传、贯彻党的十八大为主线，突出重点，开拓创新，狠抓落实，顺利开展年度各项工作，促进并保证了文联各项任务的圆满完成。

【党风廉政教育】

全年，中国文联机关纪委按照中央纪委和中直纪工委的要求，及时印发了学习贯彻第十七届中央纪委第七次全会通知，召开了中国文联纪律检查工作会议，集中学习贯彻了胡锦涛、贺国强同志的重要讲话精神；组织党员干部围绕保持党的纯洁性“四个结合”、“四种能力”和“五个大力”的总体要求和工作重点，开展了从政道德教育、党的优良传统和作风教育、国家法律法规和党纪政纪教育活动；开展了遵守党的政治纪律专项检查，有力配合了党的十八大代表和中直党代会代表的推荐选举工作；组织了处以上干部开展廉洁从政知识竞答活动；与中国曲协联合开展了“全国道德模范故事汇”文联机关专场演出。同时，中国文联机关纪委注重发挥文联文艺资源优势，推进廉政文化创建活动，对此，中央纪委和中直纪工委《廉政文化专刊》均给予报道。

【作风建设】

中国文联机关纪委采取多种措施，全面加强领导干部作风建设，重点做了以下五项工作：一是会同有关部门组织召开各级领导班子“坚持以人为本执政为民理念、发扬密切联系群众优良作风”专题民主生活会。二是采取召开组织生活会、座谈会、个别谈话、查阅资料、问卷调查等多种形式，对有关单位和部门保持党的先进性和纯洁性进行专题调研。三是深入开展“走基层、转作风、改文风”活动。四是开展党政机关公务用车、公款出国（境）旅游、清理“小金库”、清理“假发票”、清理和规范津贴补贴等专项检查。五是督促有关部门认真贯彻执行中央关于党政机关厉行节约有关规定，加强和改进文联机关作风。2012年，中国文联机关减少因公出国（境）团组2个，人数6人，节约经费25万元；压缩会议12次，节约经费333.2万元。

【反腐倡廉制度建设】

中国文联机关纪委把建立完善反腐倡廉制度建设作为一项治本抓源头的工作来落实，认真组织做好《建立健全惩治和预防腐败体系2008—2012年工作规划》实施办法的总结评估工作，督促中国文联各单位、各部门认真贯彻执行惩治和预防腐败体系责任制，推动《工作规则》各项任务的完成；为贯彻落实中央“八项规定”和“实施细则”，会同有关部门制定了《中国文联关于贯彻落实中央规定改进工作作风、密切联系群众的实施办法》；认真贯彻落实《关于实行党政领导干部问责的暂行规定》，对文联系统贯彻执行党政领导干部问责制情况进行了专项检查；认真贯彻落实《2012年全国党务公开要点》，重点抓好组织建设、分类制定党务公开目录和“回头看”工作；建立和完善中国文联开展庆典、研讨会、论坛活动管理规定，推动中国文联重大文化活动健康有序开展；会同有关部门对中国文联所属中国美协、中国民协、中国文学艺术基金会进行经济审计，督促有关单位认真落实财务制度。

【党内监督工作】

中国文联机关纪委严格执行党内监督条例，切实加强对权力运行的制约和监督，认真做好《关于领导干部报告个人有关事项的规定》和《对配偶子女均已移居国（境）外的国家工作人员加强管理的规定》的申报工作，各单位处级以上干部308人次（其中局级73人次、处级235人次）报告了个人有关事项；会同有关部门参加各级领导班子年终考核考评，听取了70人次局级干部、173人次处级干部的述职述廉情况；加强对新录用人员、拟提拔的处级以上干部廉政情况进行监督，为15名局级干部、15名处级干部的调任提拔提供了廉洁自律情况；对中国文联网络建设工程、中国文联展室建设工程、中国文联文艺志愿服务中心办公用房装修工程、中国美术双年展美术作品装饰工程、中华文明美术精品工程等招标投标工作进行了程序上的监督。

【群众来信来访及违纪案件查处工作】

中国文联机关纪委深入学习贯彻全国纪检监察机关查办案件工作座谈会精神，加大查办案件工作力度。按照《党的纪律检查机关案件检查工作条例》及国家法律法规，配合检察机关查处中国文联有关出版单位贪污挪用公款95万元，对出版单位外聘人员涉嫌经济犯罪，依法追究了刑事责任。积极配合有关出版单位纠正违规处置国有资产等问题。同时，中国文联机关纪委注重研究案件发生的特点和规律，督促有关单位和部门总结教训，完善制度措施。2012年，中国文联机关纪委共受理群众来信20件，接待群众来访6人次，查办案件5起，按照分级负责，归口办理的原则，妥善解决群众反映的突出问题，及时化解矛盾和纠纷。

离退休干部工作

【慰问走访老干部】

1. 2012年春节前夕，为更好地体现文联党组对离退休干部的关怀，采取走访、慰问的方式，组织开展“送温暖、办实事、促发展”新年慰问活动，共计发放保暖裤900余条，把温暖送进离退休干部家中。让每一位离退休干部得到实惠，充分感受到文联大家庭的温暖，过上一个欢乐、祥和、平安的节日。

2. 劳动节、国庆节前夕，重点探望了参加工作早、从事文艺事业较长的老干部，并为他们详细介绍了近年来文联的发展变化，文艺事业大繁荣、大发展的良好局面。

3. 围绕喜迎十八大召开，走访党龄50年以上的30余位老干部，为他们送去组织的关怀，向他们为党的事业奋斗终生的精神表达了深深的敬意。

4. 对患病住院和特别困难的老干部，及时进行探望，了解老干部的身体状况、生活情况，及时帮助他们解决各种困难。如在走访中了解到郭毅、乔化国等5名老干部因为居住地变更看病极为不便。经多次努力与卫生部门联系协调，几经周折终于为老同志变更了就近医院。

【服务工作】

1. 严格落实执行各项惠及老干部的制度措施，以大量细致入微的工作，保证老干部各项待遇真正落到实处。落实老干部津贴待遇，完成了老干部医疗护理费、离退休费、津贴补贴、抚恤金、部级医疗待遇、医保卡等调整发放工作，发放独生子女一次性奖励费和老同志报刊费。

2. 落实离休干部疗养政策，组织18名离退休干部到北戴河进行疗养。针对离休干部年龄大的情况，积极与国管局联系沟通，精心周密地规划疗养行程，协调时间、房屋等具体事宜，并安排工作人员进行贴身服务等。

3. 组织文联系统44名退休局级干部到南戴河进行了为期5天的疗养。精心设计筹划疗养方案，除安排游泳、观海等活动外，还组织老干部到奥运公园、海滨市场等处游览，既开阔了老干部的眼界，又让他们了解了当地的发展变化。

4. 落实帮扶政策，深入开展夕阳红救助申报工作。从老干部情况摸底调查到申报资料审核，每一个环节都做到及时、准确、无遗漏、无差错。全年共为12名符合条件的老干部发放救助金8万余元，并为3名存在特殊困难的老干部申请了一次性补贴3万元。

5. 为老干部提供贴心周到服务，先后多次协调多个部门，为54名老干部报销供暖费、物业费。积极争取条件，为91名行动不便的老干部免费安装了求助门铃。组织160余名离退休干部分别到306医院、北大医院、慈铭体检中心进行了身体检查。坚持每月定点上门收报医药费，全年共代收报医药费120余人次，累计费用30余万元。针对老

干部权益容易受到侵害的情况为134名老干部精心挑选购买了贴近老干部生活实际、符合老干部读书兴趣的《老年法律维权读本》。为4名原党组领导办理文艺家之家温馨卡，为20余名老干部办理电影卡，极大地方便了他们的活动。

6.建立节日祝福机制，按照传统习俗，将8个重大节日定为祝福日，坚持以短信的形式，为老同志寄送祝福，充分展现党对老干部的深切关怀。

7.开展“生日祝福送上门”活动，在老干部生日当天，为每一位机关离退休老干部送上一份生日蛋糕，将温暖送到了床头。

8.将老干部的长寿经进行推广，鼓励老同志调整心态，坚持锻炼。为80岁以上的老干部送上了计步器、血压仪等礼物。

【老干部文化娱乐活动】

1.1月10日，举办机关老同志春节团拜会。文联党组书记赵实，文联党组成员、书记处书记、副主席杨承志及文联相关部门负责人与80余名老同志欢聚一堂，共庆佳节。与会领导向每一位老干部敬酒，表达节日的祝福，并赠送了慰问信、龙年吉祥物、羽绒裤、干果等节日礼品。

2.5月8日至9日，为丰富离退休干部文化生活，同时为65周岁、70周岁、75周岁及80周岁以上的机关离退休干部集体祝寿，营造祥和、幸福的老干部生活氛围，组织文联机关离退休干部，赴北京延庆华风温泉大城堡举办春游采风暨离退休干部祝寿活动，并组织老同志参观了古崖居、玉渡山等风景名胜。

3.7月3日至8日，组织文联系统离退休干部120余人赴哈尔滨、五大连池、满洲里、呼伦贝尔大草原等地进行红色之旅采风活动，活动中老同志了解了老一辈革命者在哈尔滨、满洲里等地的不朽斗争事迹，深刻感受了革命前辈永不褪色的革命精神，激发了老同志的爱国爱党热情。

4.10月10日至11日，结合重阳节活动，组织文联广大老干部、老党员80余人到京郊参观学习，开展“科学发展、成就辉煌”主题教育活动，充分认识党的十七大以来文化建设的伟大成就和宝贵经验，认识党执政能力建设和先进性建设取得的重大进展，使老同志保持政治坚定、思想常新、理想永存的良好精神风貌；在喜迎重阳、健康出游的愉快氛围中，让老同志充分感受北京建设的新变化、新成就，坚定了在党的领导下走中国特色社会主义道路的信念。

【中国文联老年艺术大学建设】

2012年，中国文联老年艺术大学累计招收文联系统离退休干部及家属共计160余名学员，教学管理、后勤服务保障水平不断提高。一是改进教学方法，在适宜的时节先后四次组织学员开展室外摄影、写生课程；二是完善学员电子管理系统，对每位学员的信息进行了确认、核实，更换新的学员证；三是健全后勤保障机制、尽量压缩非教学性开支，优先满足教学的实际需求；四是加强教师队伍建设，实行评估制、聘任制。

【老干部学习】

1.组织文联机关和各文艺家协会15名老干部党支部280名老党员集体参加“喜迎十八大”知识竞赛活动，为党的十八大营造良好氛围。

2.举办中国文联老干部学习贯彻党的十八大精神培训班，组织全体老干部认真学习贯彻十八大精神，学习领会习近平总书记一系列重要讲话精神，出版《桑榆天地》“中国文联老干部学习贯彻党的十八大精神”专刊，从思想上、政治上把党的十八大精神全面落实到老干部学习工作中，以学习为手段有力推进老干部思想政治建设和党组织建设。

3.组织中国文联老干部纪念《在延安文艺座谈会上的讲话》发表70周年座谈会，征集老干部撰写相关文章，刊发在《桑榆天地》杂志上，宣传老干部座谈和学习心得，在老干部中产生积极影响。

4.开展老干部阅读文件活动，让老同志及时掌握中央文件精神。根据党和国家的形势动态和文联老干部实际情况，分别于4月19日、6月14日组织老干部学习中央有关文件，积极落实老干部政治待遇，为不断加强老干部思想政治建设积累经验。

5.不断提高《桑榆天地》办刊质量，更好发挥其老干部思想交流阵地作用。主动联系老干部，在老干部中广泛宣传《桑榆天地》办刊宗旨，注重围绕当前思想政治形势组稿编稿，帮助老干部在思想上与党中央始终保持一致。

6.深入到老干部党支部活动当中，参加老干部党支部活动，推动老干部创先争优活动走向深入，对做得好的老干部支部活动进行大力宣传，形成学习氛围。

【搭建老有所为平台】

1.5月中旬，举办了“庆祝延安文艺座谈会召开七十周年暨喜迎党的十八大召开”中国文联老同志书法、美术、摄影作品展，赵实书记等7位党组领导出席展览开幕式。文联系统百余位老同志踊跃参加，共创作美术、书法、摄影作品130余件。

2.6月15日至19日，中国文联老干部合唱团赴福州参加海峡论坛·第五届海峡两岸合唱节系列活动，并取得了展演第五名的好成绩。这是中国文联老干部合唱团成立三年来首次走出北京，在国内重大合唱赛事中取得的一次重大突破。

【外部交流工作】

1.9月中旬，响应中组部老干局的号召，积极联系文联系统离退休老艺术家为全国离退休干部“诗书画影抒情怀、喜迎党的十八大”作品展挥毫泼墨，贡献了刘艺、权希军等知名老艺术家的精品力作。

2.9月26日，为展现广大离退休老干部老有所为、老有所乐的精神面貌，宣传展示老年大学丰硕的教学成果，协助国务院机关事务管理局，承办了中央国家机关老年大学书法绘画创作交流会，特别邀请了来自中国书协、美协的张虎、于曙光、李中贵、马德春四位书画大家担任活动的专家评委，与来自20个部委老年大学的众多老干部代表共同参加了活动。应国管局要求，承担该交流会书画作品的整理、出版工作。

【老干部活动中心建设】

老干部活动中心为老干部阅读学习提供了课堂、为文体娱乐提供了场所，是文联党组领导关心老干部的具体体现，是老干局联系老干部的纽带。2012年，为进一步做好老干部活动中心的管理与服务工作，一是加强了老干部活动中心工作建设，增强活动中心工作人员的服务热忱和服务自觉性，提高服务质量；二是增强老干部活动中心创新动力，积极推陈出新，发挥优势，组织戏剧票友会、交谊舞会等丰富多彩的活动；三是积极尝试拓展活动中心服务职能，开展健康讲座和义诊活动。

【信访工作】

热情、认真地对待每一件来信来访，并通过实行首问负责、全程代办、跟踪服务等，积极主动地帮助老干部排忧解难。全年共接待处理来电、来信、来访30余件，未出现上访事件。

中国文联机关服务中心

综　述

2012年，中国文联机关服务中心在文联党组正确领导下，积极贯彻落实党的十七届六中全会精神和九次文代会精神，认真学习宣传贯彻党的十八大精神，不断加强自身建设，着力提高保障能力、管理能力、服务能力，更加自觉地为各全国文艺家协会、机关各部室、各直属单位提供强有力的后勤服务保障。

服务保障工作

【联络服务艺术家】

年初，为老艺术家制作、发放了文艺家之家温馨服务卡，积极为艺术家提供餐饮、观影、理发等服务；每周三上午为老艺术家安排电影专场，并提前向艺术家发送观影资讯。2月至10月，会同办公厅，共同组织了五次老艺术家采风活动。五批老艺术家分别赴海南、云南、吉林、四川等地采风疗养。在每次采风活动中，机关服务中心承担并认真做好联络艺术家、票务、行程、食宿安排、随行保障、交通等大量具体服务工作。3月，配合办公厅，完成了在京和来京参加两会的中国文联荣誉委员、主席团成员健康体检工作。

【大型文艺活动服务保障】

落实党组工作部署，配合各全国文艺家协会、机关各部室、各直属单位，认真做好各类大型文艺活动、会议、接待、安全等方面的服务保障工作。配合做好中国文联九届二次、三次全委会以及中国曲协、中国视协、中国摄协全国代表大会的医疗、交通、保卫等工作。完成了中国文联2012年外国驻华使节新春招待会、2012年全国曲协工作会议、2012年文艺界全国人大代表全国政协委员联谊会、中国文联文艺志愿服务活动启动仪式、全国道德模范故事汇中国文联专场演出、第二届全国新农村文化艺术节新闻发布会、第十届造型表演艺术成就奖评奖颁奖典礼、韩雪同志先进事迹报告会、文艺家学习贯彻党的十八大精神、“中华文明历史题材美术创作工程”评选工作会等大型活动的服务保障工作。承担了中央领导莅临文联视察、全国地方文联负责人研修及各省市文联领导来文艺家之家参观访问等接待服务工作。配合做好老艺术家从艺纪念活动以及大型电视文献纪录片《大鲁艺》等各类专题研讨会的会议服务工作。配合中国影协、中国视协、中国剧协等单位，承担了“百花放映、情系基层”百县千村万场大型电影惠民系列慰问活动启动仪式等活动的礼仪服务工作。积极配合离退休干部局、机关工会、中国摄协等单位完成美术、书法、摄影作品的展览服务工作。在重点做好大型会议、活动的服务保障工作的同时，认真负责地做好日常会议服务工作。全年共提供会议服务400余次，为大型会议、活动提供服务保障40余次。

【日常性服务保障】

继续采用社会化服务方式，做好餐饮、保洁、保安、绿化等方面的服务工作。加强与餐饮公司的沟通，严格食品安全管理，做好成本核算，不断丰富品种、改善口味，积极办好工作餐和宴会餐。认真做好日常医疗服务，共接诊、出诊3318次；组织机关、中心及离退休干部职工326人参加健康体检，对检出的问题给以解释，并对重点内容予以干预。加强网络设备和信息系统维护，统筹做好外网、内网及文联阁维护工作，并继续为驻楼单位提供网络、计算机、电话的日常维护和故障维修服务。加强司机安全教育，切实做好公务车辆维护保养，全年累计安全行驶76万公里，无重大责任事故；提供洗车服务2100余辆次。通过转变文艺家之家文印室运营模式，实行承包经营，添置了新设备，增加了服务项目，为机关和协会提供更多、更好、更便捷的文印服务。继续做好报刊、邮件收发工作。每周二、四中午播放电影，工作日开放运营咖啡吧，定时开放健身房、台球室、乒乓球室。充分利用现有条件，为干部职工提供休息、娱乐、健身等各方面的服务。

【物业管理服务】

加强对设备设施的日常运行保障和维护保养，对部分设施设备及时进行维修，重点做好消防安全、夏季防汛、冬季供暖等工作。加强对各办公区、宿舍区的绿化养护，美化环境。文艺家之家办公楼完成了电梯升级改造、中央空调系统维保、外墙清洗、地面结晶维护、生活饮用水许可证办理等工作以及信息机房供电扩容改造、文联阁工程。安苑北里22号办公楼完成了中央空调系统检测检修、后小院彩钢板平房改造，协调文艺研修院入驻大楼，解决了文艺资源中心机房用房、电力增容占地问题。农展馆南里10号办公楼完成了变电站电力增容改造、供暖低区设备设施增容改造、大厅门楣加装遮雨等工程，协调中国作家出版集团完成餐厅消防验收、设立标识牌工作。各宿舍区严格规范管理，广泛征求居民的意见和建议，认真做好物业管理服务，完成了北京市物业管理备案登记、双旗杆小区4号楼电梯专项维修等工作，并荣获北京市2011—2012年度供暖先进单位称号。

后勤管理工作

【房地产管理】

落实党组领导指示，按照国管局要求，积极联系中国艺术研究院，完成了东四八条52号办公楼腾退、移交工作；加强与国管局、中国影协、中国电影出版社沟通，积极推动北三环东路22号办公楼产权划转工作；重新调配安苑北里22号办公楼，解决了中国文联文艺研修院、中国文联文艺资源中心办公用房问题。协调出版业改革领导小组办公室，着手解决文联出版社、大众文艺出版社、书法杂志社等出版单位的办公用房问题。会同办公厅，在文艺家之家解决了中国文联文艺志愿服务中心办公用房问题。认真做好职工住房的调配、管理，为干部职工办理各类房屋权属手续，积极推进历史遗留问题的解决。调查统计文联职工住房状况，积极向国管局申请房源；调研相关部委，起草制定了中国文联职工住宅配售实施办法及细则（征求意见稿）。落实国管局要求，完成了土地产权、办公用房使用情况填报工作。此外，认真做好住房公积金、维修基金管理及住房补贴审核工作，并配合办公厅办理了使用售房款发放住房补贴的申报工作等。

【安全保卫】

坚持与各单位签订消防安全责任书，定期对中国文联各办公区、宿舍区进行安全检查，对发现的问题要求立即整改，及时消除安全隐患。5月，联合办公厅举办了消防演练活动和安全知识培训，增强干部职工消防安全防范意识、掌握应对突发火灾处置和逃生技能。8月底，举办了中国文联系统保卫干部培训班，切实提高各单位专兼职保卫干部的工作能力。联系专业公司，完成了文艺家之家消检、电检及一卡通人车智能验证系统检测维保工作。加强文艺家之家网络系统监控，确保内网、外网安全运行。全年共保障国内活动99次，外事活动11次，处理突发事件3起，配合协助警方调查处理推销假货诈骗案件1起。

【基建维修】

坚持做好基础性、功能性、公共性项目建设。落实党组部署，对文艺家之家南楼一层、二层文艺志愿服务中心办公用房进行改造装修，顺利交付使用。完成了文艺家之家办公楼地面和院区地砖检修工作。根据夏季防汛中发现的问题，联系万陆公司，协调解决文艺家之家裙楼防水维修问题。协调办公厅，对贵宾接待室进行装修布置。

【节能减排】

年初，按照国管局节能工作要求，协调成立了中国文联节能工作领导小组，进一步健全节能工作管理机构。制定切合实际的节电、节水、节油、节粮、节气措施，每季度按时完成能耗统计的汇总、上报工作，认真落实中央关于节能减排工作要求，努力完成节电、节水、节油2%的目标。6月，结合2012年节能宣传周安排，重点开展了能源紧缺体验等节能宣传系列活动。积极配合国管局完成节能调研工作。7月，配合办公厅完成了中央国家机关厉行节约专项检查和重点抽查工作。

本年度，文艺家之家通过了水平衡检测，并获得了北京市节水模范单位称号。

【其他行政事务管理】

4月，协调成立了中国文联爱国卫生运动委员会、人口和计划生育委员会，健全了爱国卫生、计生管理机构。开展“爱国卫生月”活动，购买发放药具，开展灭鼠灭蟑活动。参加中直机关“健康食堂”和北京市餐饮机构“笑脸”评选，组织病媒生物防治工作、为救助贫困母亲捐款、环境卫生整治、男性健康日宣传等活动，大力推进中国文联爱国卫生各项工作。积极为文联系统干部职工办理《生育服务证》、《独生子女光荣证》等计生手续。落实国管局人防工作要求，加强对地下空间和人防工程的管理，配合做好地下空间综合整治工作。加强集体户管理，完成了文联系统集体户口的新增、变更、迁移等各项管理工作。配合办公厅，积极推进中国文联发展史展厅前期筹备等工作。加强交通安全管理，文联系统交通违章率下降了10%；4月至5月，配合做好公车改革工作，召开文联系统公务用车管理调研会，起草上报了《中国文联建立健全公务用车管理长效机制课题研究报告》。4月初，组织了机关干部职工赴京郊参加首都义务植树活动。

经营管理工作

继续做好各项合同的执行工作。协调中国作家出版集团，妥善解决了农展馆南里10号办公楼公共区域电费、水费分摊、收取问题。落实党组工作部署，针对安苑北里22号楼相关文艺家协会出版单位和文联直属单位办公用房重新调配的实际情况，及时与相关单位签订了新的物业管理服务协议，理顺了关系；协调出版业改革领导小组办公室，积极推进文联出版社、大众文艺出版社、书法杂志社等出版单位的物业管理服务协议的签订工作。

中心内部建设

【定期开展征求意见活动】

中心定期开展了后勤服务保障工作征求意见活动，并形成了长效机制，每季度向文艺家之家、农展馆南里、安苑北里三处办公区的所有驻楼单位征求意见。征求意见活动中，邀请各单位对中心承担的保洁、餐饮、安全保卫、办公楼设施设备维护及保障、会议服务、交通、通信网络、文印、收发、放映厅、理发、洗车等近50项服务工作进行满意度评价，提出存在的问题和建议。通过认真整理、汇总由各单位反馈回来的征求意见表，召开中层以上干部办公会、专题工作会，对照各单位提出的问题及建议逐一研究整改措施，并认真督促落实，对因客观条件限制无法解决的问题及时向相关单位做好情况说明和解释工作。9月，在党组领导关怀和各单位支持下，成立了文艺家之家伙食管理委员会，认真听取各单位干部职工关于餐饮服务工作的意见和建议，不断提高餐饮服务水平。通过定期开展征求意见活动，为做好后勤服务保障工作努力开拓了新的渠道和空间，有利于提高干部职工的主动性、积极性、创造性，不断强化服务意识，进一步提高服务质量和服务水平，认真改进和完善服务工作，增强服务能力，切实发挥好为文联机关和协会做好后勤服务保障工作的职能。

【职工队伍建设】

坚持主任办公会、中层以上干部办公例会制度，实行民主决策，研究部署日常各项工作。8月至9月，结合中心实际，组织了中层管理干部竞聘上岗工作。9月底，举办第三届岗位技能竞赛，加强专题学习和技术培训，提高一线职工的积极性、主动性和创造性，努力打造一支技术过硬、作风优良、服务一流的队伍。

【制度建设】

坚持做好制度建设，坚持用制度管人、管事。不断完善各项规章制度，新制定了《中国文联交通安全工作管理办法》、《中国文联机关服务中心管理岗位竞聘上岗工作暂行办法》、《中国文联职工食堂节水、节电、节气办法》、《中国文联关于中直机关病媒生物预防控制工作管理办法实施细则》等规章制度。进一步加强、完善值班制度，特别是严格执行汛期值班值守等工作制度；不断规范资产管理，严格执行政府采购制度，规范资产的购置、报销、登记、领用和日常使用管理；严格执行公文运转程序，进一步规范文件档案管理；严格落实预算制度，统一办理了公务卡，加强会计核算，认真配合做好财务审计工作，促进机关后勤服务工作规范化、科学化。

【思想文化建设】

努力做好党、团、工、青、妇等各方面工作。坚持开展理论中心组学习和全体职工每月不同主题的知识答题活动，组织干部职工认真学习党的十七届六中全会精神，深入学习宣传贯彻党的十八大精神，扎实推进创先争优活动和学习型党组织建设活动，切实提高干部职工的思想政治素质，更好地服务于文联工作和文艺工作。组织团员青年参观国家博物馆、开展“学雷锋”等活动，利用读书角等学习阵地，开展读书学习活动。中心工会举办了迎新春联欢会，开展乒乓球、扑克牌比赛等文体活动。妇女组织为女职工办理了女性疾病保险，关注女职工健康。通过各项工作和活动的开展，不断增强中心的凝聚力和向心力，大力推进机关服务中心思想文化建设。

中国文联文艺资源中心

成　立

中国文联文艺资源中心是中国文联为大力加强信息化建设，扩大对文艺资源的保护和利用而设置的事业单位。2011年中央机构编制委员会办公室批复设立，2012年9月获颁事业单位法人证书。宗旨是开展中华文艺资源的信息化、数字化建设工作以及行业信息化建设相关工作，发展文艺信息服务业，推动文联工作方式的智能化、信息化，增强文联联络协调服务维权能力、公共文化服务能力、信息技术应用能力。

主要职责是负责中华文艺资源数据库建设工作，参与全国文联系统信息化建设的推进工作，负责文艺领域和文联系统文艺资源信息的整合、协调工作，负责全国文联系统网络渠道的整合、协调工作，负责文联系统报刊资源数字化整合存储工作，搭建全国文艺资源数据交换公共平台，负责文艺资源信息化服务的应用开发工作，负责中国文联系统资源信息传递的技术保障工作。

综　述

2012年是中国文联文艺资源中心正式组建与启动各项工作的一年，资源中心肩负着中国文联党组领导大力加强信息化建设战略部署的重任，一年来，在中国文联党组的正确领导下，资源中心紧紧围绕中国文联工作大局和中心工作目标，坚持从实际出发，以资源中心组织机构建设、中华文艺人才信息数据库建设、中国文艺网建设为重点，结合自身实际，解放思想，努力开拓，逐步建立健全科学管理新机制，各项工作取得了实质性进展。

各项工作

【启动中华文艺资源数据库建设】

中华文艺资源数据库是体现文化科技创新、探索新形势下开展文艺工作、文联工作新形式新渠道，系统整理传承优秀文艺资源、充分发挥文艺资源综合效益的重大文化数字化工程。一年来，资源中心积极开展数字资源及网络信息传播、利用有关的各种信息技术、各种数字化资源建设成功案例调研，按照当前最先进的理念和模式规划设计中华文艺资源数据库建设方案，并根据实际情况逐步启动资源库各项建设工作，以期跟进信息化时代的信息应用和知识组织新趋势，在文艺资源数字化建设中占据主动地位。

1. 全面启动中华文艺人才信息数据库软硬件建设

中华文艺人才信息数据库是中华文艺资源数据库的第一个项目，此项目的建设将能充分发挥中国文联的组织优势和资源优势，通过对中国文联所属各全国文艺家协会10余万名会员资料的系统化采集、整理、存储，构建包含基本信息、作品信息、影响力信息等多种内容、文献、图片、音视频多种数据介质在内的文艺人才信息资源数字化采集、信息管理与信息服务平台，实现文艺人才信息资源存储的数字化、服务的智能化、资源共享的最大化，成为文化建设、文艺工作、文化产业经营管理选拔人才的权威信息基地，各级文联系统联络服务文艺家的现代化渠道，中国文艺人才资料信息系统整理、保存的数字化档案馆，中国文艺人才外宣的权威窗口。一年来，资源中心把中华文艺人才信息库建设作为最重要工作任务，开展了一系列工作。一是调研、规划中华文艺人才信息数据库建设方案。文艺资源中心先后调研了太极计算机股份有限公司、中国软件与技术服务股份有限公司、北京捷成世纪科技股份有限公司、北京九瑞网络科技有限公司、浪潮集团有限公司、百度公司、人民搜索等公司，考察了雅昌艺术中心、中国知网、文化部艺术资源库、农科院农业知识服务系统等大型资源数字化项目，按照行业先进模式编制了中华文艺人才信息数据库建设方案；二是组织了人才库软硬件项目各项招标工作。7月至10月，文艺资源中心委托中国电子进出口总公司组织了中华文艺人才信息数据库软硬件建设（包括机房建设）招投标工作，经过严格的招投标程序，中国软件与技术服务股份有限公司中标；9月，资源中心组织了人才库软硬件建设监理项目邀标工作，北京中百信工程咨询有限公司中标；12月，资源中心组织了人才库项目供电工程招标工作，北京市华安瑞祥公司中标。三是启动中华文艺人才信息数据库软硬件建设。11月，资源中心与中软公司正式签署协议，中软公司软硬件项目组正式进驻资源中心，全面启动人才库软件研发和数据中心机房建设。

2. 启动文艺资源采集渠道和协会资料库建设，探索资源采集有效模式

资源的有效采集是资源库建设的重点和难点，常态性、长期性的信息采集渠道是中华文艺资源数据库有效建设和使用的重要保障。2012年，文艺资源中心与中国艺术报社、中国电影家协会合作进行信息交换平台的试点建设工作。一是建设中华文艺资源数据库与《中国艺术报》资源信息采集交换平台。该项目由北大方正电子承建，建设完毕后《中国艺术报》采编体系将能有效融入中华文艺资源数据库资源采集平台，实现《中国艺术报》采编系统与中华文艺资源数据库之间数据的有效交换。二是启动中国电影家协会官方网站和协会资料库建设。资源中心与中国影协达成携手推进信息化建设的合作意向，共建中国电影家协会资料库和中国影协官网，为协会工作搭建“前网后库”的网络化平台，实现“网上影协”的丰富功能，强化影协活动宣传与传播，开辟电影百花奖专用网上投票平台，促进影协对外联络交流和内部建设，系统采集与存储中国电影家协会相关资料，记录、积累、保存电影行业组织发展与运行信息，实现影协资料存储数字化、服务智能化和服务标准化。该平台的建成将为电影相关资源的再利用及中国文联、中国影协服务电影艺术工作者提供新平台新形式，建立中华文艺资源数据库、中国影协、电影艺术家互动的资源共建共享渠道。影协官网将于2013年上半年开通并为电影百花奖评奖服务，影协资料库首批资料采集已经开始。三是规划中国文艺期刊数据库建设。资源中心与部分文艺家协会达成合作意向，共建协会杂志数据库和电子期刊，为中国文联刊物的信息化数字化建设和“中国文联艺术电子期刊”方阵进行试点，探索中华文艺资源数据库信息多样化采集方式和多形态传播形式。四是规划中国文联对外交流资料库建设。鉴于目前中国国际民间艺术节、今日中国艺术周、海峡两岸暨港澳地区艺术论坛等中国文联对外交流品牌活动影像资料迫切需要数字化保存现状，文联国际部委托资源中心建设中国文联对外交流活动资料数据库，数据库技术方案已完成咨询设计。

3. 开展中国文艺网运维和二期建设工作，进一步完善网站架构，提升传播力和影响力

中国文艺网建设是中国文联信息化建设和中华文艺资源数据库工程重要内容。目前中国文艺网由资源中心和报社共同管理。一年来，资源中心配合艺术报社，加强网站建设，重抓结构升级和内部机制，取得了良好效果。一是加强网站日常内容运维。中国文艺网上线运行一年来，共发布文字类信息近8万条，平均每天发稿维持在300条左右。发布图片10余万幅，视频1000余条，制作大型专题近70个，平均每个专题包含70余篇文章、百余张照片，信息量巨大。一年来，中国文艺网访问量从改版前单日不重复IP点击量几十次，到2012年底每日不重复IP点击量突破万次，访问量增长快速；从上线之初全球排名100多万名，到近期已维持在18万名左右，排名激增，已成为国内综合类文艺网站的排头兵。新华网、人民网、新浪网、搜狐网、中国经济网等数十家网络媒体纷纷主动与中国文艺网建立了合作关系。许多艺术名家和艺术机构主动联系中国文艺网要求宣传报道。二是开展中国文艺网二期建设，为中华文艺资源数据库构筑良好的资源采集渠道和展示平台。中国文艺网二期建设是2012年中华文艺资源数据库建设的重要任务，二期建设围绕提升网站点击率与影响力、真正成为文艺工作和文联工作网站平台的目标，对网站版面、频道、栏目、功能进行了一系列建设。在频道建设上除继续重点

打造新闻、评论、视听、艺术四个一级频道外，将中国文联、视听、艺术教育、文化、图片中心列为重点建设的一级频道，推出了英文页面。

4.启动文艺资源的采集、处理工作

文艺资源中心整合现有的采集力量，开始分门类、分介质采集和整理中华文艺人才信息数据库、中华文艺资源数据库相关资源，进行先期数据储备。10月，展开对文联主席团、荣委、全委和各全国文艺家协会主席团、全国理事等以及文联各项活动全面的资料采集工作。

【中国文联专用邮箱系统建设】

遵照中国文联党组领导指示，文艺资源中心、中国艺术报社与中企动力科技股份有限公司合作，建设开通了中国文联专用邮箱系统，为文联系统增添了又一基本的信息化应用工具。中国文联专用邮箱每个用户邮箱空间为300G,具有正常的邮件收发、语音邮件等功能，还针对文联工作需要特殊配置了文联通讯录选项功能。专用邮箱首期500个用户已经分配给文联机关各部室、各全国文艺家协会和直属单位。专用邮箱的开通既能增强文联内部信息沟通和系统办公能力，提高工作效率，提升文联内部人员之间的凝聚力，又能在外联内联工作中加强文联形象宣传，还能为未来文联系统整合邮件、传真、短信、电话、视频于一体的现代化办公通信服务打下基础。

【文联系统信息化、资源数字化建设现状调研】

自9月开始，资源中心开展了文联系统信息化、资源数字化建设现状调研，走访了各全国文艺家协会、部分机关部室和直属单位，以及部分地方文联，并向地方文联发放了有关问卷。一是了解各单位、各系统信息化、数字化建设现状、需求和规划；二是听取对资源中心工作开展的建议，探索资源中心、中华文艺资源数据库与各单位共同推进数字化建设的机制和途径；三是形成有分量的调研报告，并编制文联系统信息化建设规划建议，提交党组领导作决策参考。

【参与文联办公信息化建设】

2012年，文艺资源中心参与了中国文联信息化建设领导小组办公室工作常态化机制的建设，深入研究、规划文联信息化建设工作，并在文联协同办公平台项目的协调、对接及资金方面积极配合办公厅的工作，推进了协同办公平台的试点运行工作，为今后接手文联办公自动化建设与管理运行维护打下了基础。

中国文联文艺志愿服务中心

综　述

2012年，为贯彻落实党的十七届六中全会精神和第九次文代会精神，在中国文联党组的领导下，国内联络部深入调研，积极组织启动中国文联文艺志愿服务活动，筹备建成中国文联文艺志愿服务中心，为广泛动员文艺家和文艺工作者深入开展文艺志愿服务，自觉践行“爱国、为民、崇德、尚艺”的文艺界核心价值观，大力弘扬“奉献、友爱、互助、进步”的志愿精神，推动文艺志愿服务规范化、常态化、事业化发展创造了有利条件。

会议与活动

【开展文艺志愿者队伍组建调研】

3月，国内联络部分别到11个全国文艺家协会、团中央青年志愿者工作部、北京市文化局文化志愿者服务中心，围绕志愿服务机构设置、人员组成、管理制度、活动项目、经费保障等问题进行调研，完成了《关于组建中国文联文艺志愿者队伍的调研报告》，提出了尽快建立文艺志愿者服务组织机构，出台相关文件，组建文艺志愿者队伍，推行文艺志愿者注册登记制度等建议，得到中国文联党组的充分肯定。

【中国文联文艺志愿服务活动启动】

5月3日，中国文联在京启动文艺志愿服务活动。中共中央政治局委员、中央书记处书记、中宣部部长刘云山为活动发来贺信，指出，在纪念毛泽东同志《在延安文艺座谈会上的讲话》发表70周年之际，中国文联组织开展文艺志愿服务活动。这是文艺战线继承发扬党的文艺工作优良传统、贯彻落实党的十七届六中全会精神的重要举措，对于动员广大文艺工作者热心公益事业、以社会志愿服务方式投身公共文化建设，推动“送欢乐下基层”等文化惠民活动经常化具有重要意义。

刘云山希望中国文联坚持为人民服务、为社会主义服务的方向，秉持文化惠民、文化为民、文化乐民的宗旨，探索建立文艺志愿服务体系与机制，组织开展形式多样的慰问演出、展览展示、专业培训、辅导讲座和文艺支教等志愿活动，为推动基层公共文化建设、促进社会主义文化大发展大繁荣作出新的贡献。希望广大文艺工作者自觉践行“爱国、为民、崇德、尚艺”的文艺界核心价值观，大力弘扬“奉献、友爱、互助、进步”的志愿精神，积极参加面向基层的文艺志愿服务活动，努力为人民群众送去精神食粮、送去欢乐温馨，以优异成绩迎接党的十八大胜利召开。

中宣部副部长翟卫华，中国文联党组书记、副主席赵实，中国文联党组副书记、副主席覃志刚、李屹，中国文联党组成员、副主席杨承志，中国文联副主席、中国曲协主席刘兰芳，中国文联副主席、中国剧协副主席李维康，中国文联副主席、中国视协主席赵化勇，中国文联副主席、解放军总政治部宣传部副部长黎国如，中国文联党组成员、书记处书记夏潮、李前光和来自各艺术门类的知名艺术家代表，中国文联所属各全国文艺家协会、机关各部室和各直属单位负责人，以及中国文联干部职工、中央媒体记者400余人出席了当天在中国文艺家之家举行的启动仪式。

启动仪式由覃志刚主持。启动仪式开始时，全场起立，高唱国歌。翟卫华宣读了刘云山的贺信。李屹宣读了《中国文学艺术界联合会关于深入开展文艺志愿服务的意见》。文艺家代表、中国视协副主席、著名艺术家唐国强和全国文艺家协会代表、中国民协分党组书记、驻会副主席罗杨分别发言。赵实发表了《与时代同行，与人民同心》的重要讲话。翟卫华和赵实分别为中国文联和各全国文艺家协会文艺志愿服务团授旗。在全

场热烈的掌声中，翟卫华、赵实、覃志刚、李屹、杨承志、刘兰芳、李维康、赵化勇、黎国如、夏潮、李前光和老艺术家代表、中国文联荣誉委员、中国书协主席张海共同按动激光球，正式启动了中国文联文艺志愿服务活动。

各项工作

【中国文联文艺志愿服务中心筹备建成】

国内联络部、人事部深入调研，拟定了中国文联文艺志愿服务中心主要职责、内设机构和人员编制方案。3月21日，中国文联向中编办报送《中国文联关于调整事业单位机构编制的请示》（文联党组报【2012】6号）。7月6日，中编办发来《关于设立中国文联戏剧艺术中心等事业单位的批复》（中央编办复字【2012】157号），同意设立中国文联文艺志愿服务中心，负责组织文艺志愿者开展文化惠民等活动，核定财政补助事业编制20名，其中领导职数1正（正局级）、2副（副局级）。8月21日，《中国文联关于印发〈中国文联文艺志愿服务中心主要职责、内设机构和人员编制方案〉的通知》（文联人字【2012】36号）正式印发。至12月，中国文联文艺志愿服务中心完成了法人注册、账户开立、办公场所装修、人员选调等基础性工作。2013年2月6日，中国文联文艺志愿服务中心挂牌成立。

【开展文艺志愿服务专项调研】

11月，为认真贯彻落实党的十八大精神和中国文联《关于深入开展志愿服务的意见》，充分发挥文联组织的工作优势和各文艺家协会的人才优势，加快推进文艺志愿者队伍建设，广泛开展文艺志愿服务，团结凝聚和组织引导广大文艺工作者服务人民、奉献社会，推动文艺志愿服务事业实现跨越式发展，中国文联文艺志愿服务中心会同国内联络部，分别到中国舞协、中国音协、中国摄协、浙江省文联、广东省文联、贵州省文联，集中就文艺志愿服务开展情况、文艺工作者志愿服务需求、2013年工作思路，开展了文艺志愿服务专题调研，并结合杭州市、广州市、深圳市、邯郸市、潍坊市等城市文联资料，完成了《文艺志愿服务专题报告》，为2013年工作提供了工作思路。

中国文联文艺研修院

综　述

2012年，是中国文联文艺研修院发展的开局之年。一年来，在文联党组的正确领导下，在文联机关各部室、各全国文艺家协会和地方文联的大力支持下，文艺研修院围绕文联党组中心工作，服务文艺事业发展大局，全院上下团结一心，奋发有为，在研修培训工作中迈出了坚实的一步。全年共举办各类研修培训班次18期，培训学员1347人次，是2011年的5倍。学员来自各全国文艺家协会，中国文联机关各部室、各直属单位，全国31个省（自治区、直辖市）的省级文联，110余个地县级文联，新疆生产建设兵团文联，解放军总政治部，产（行）业文联，以及广播电视台、文艺院团、影视传媒公司、自由职业等，覆盖了文学、戏剧、电影、电视、音乐、舞蹈、美术、摄影、书法、曲艺、杂技、民间文艺、文艺评论13个领域。

赵实书记在给中国文联文艺研修院的批示中提出，要“不断创新，走出一条导向鲜明、特色突出、按需施教、教学相长的文联培训之路”。这是文艺研修院发展的总体要求。经过近一年的调研、实践摸索和深入思考，我们进一步明确了文艺研修院的发展目标和功能定位，即不断提高研修培训工作对文艺发展、对文联党组中心工作的贡献率。将文艺研修院定位于：文联党组工作的一个重要抓手、全国中青年文艺人才和文艺家研修交流的重要平台、提升文联系统干部素质能力的重要基地和文化艺术国际交流的重要窗口。

文联培训工作规律探索

按照中国文联文艺研修院发展的总体要求“不断创新，走出一条导向鲜明、特色突出、按需施教、教学相长的文联培训之路”，结合一年来办班实践中的总结和思考，初步探索出了一条具有中国文联特点的研修工作新模式，主要包括以下七点经验和启示：

一是要牢牢把握围绕中心、服务大局的指导方针。这个“中心”就是文联党组的中心工作，这个“大局”就是我国文艺事业的大发展、大繁荣。二是要以培训需求为导向，把握规律，按需施教。真正做到文艺事业、文联工作科学发展需要什么就培训什么，文艺人才、文联干部成长缺什么就补什么，切实提高培训研修工作的针对性、实效性和综合满意度。三是要以科研引领培训，以培训推动科研。当前和今后要着力研究新时期文艺发展、文艺工作的规律，研究新时期干部培训、研修工作改革创新的规律。四是要坚持现代培训理念，创新培训研修方式。改革创新是提高干部教育培训质量的不竭动力，是干部教育培训工作保持生机活力的必由之路。推进干部教育培训改革创新，要在创新培训方式方法上下功夫。五是要坚持开放协作，资源互补，发挥合力。研修班的举办离不开中国文联机关各部室的有力指导和配合，离不开与各全国文艺家协会的密切合作，离不开地方各级文联的大力支持和配合，离不开兄弟干部学院和相关机构的通力协作。六是要发挥特色优势，打造品牌研修项目。探索和培育出文艺研修院特有的研修模式、研修方式、研修课程体系和科研体系，坚持特色立院、品牌强院。七是要加大宣传力度，提高知名度。

培训研修工作

【中国文联处级以上干部学习贯彻党的十七届六中全会和九次文代会精神培训班（三期）】

3月20日至4月13日，中国文联处级以上干部学习贯彻党的十七届六中全会和九次文代会精神培训班由中国文联文艺研修院承办，共三期。参加培训共有237人，分别来自11个全国文艺家协会、文联机关各部室和各直属单位的处级以上干部。中国文联党组副书记、副主席，中国文联文艺研修院院长李屹出席作主题报告，康健民、徐

沛东、冯双白、傅亦轩、宋福范、胡冶岩、马辛等为研修班授课，在中影基地、电影博物馆、朝阳规划艺术馆、798艺术区等组织开展了多次现场教学，开展了多次分组研讨和调研汇报。

【全国基层文联负责人研修班（三期）】

5月14日至6月8日，全国基层文联负责人研修班在京举办，共三期。学员共152人，分别来自全国31个省（自治区、直辖市）的省级、部分地级和县级文联，新疆生产建设兵团文联，5个产（行）业文联，4个计划单列市文联。其中，第一、二期研修班学员为全国地市、县级文联负责人，第三期学员为全国省级、产（行）业文联、计划单列市文联负责人。中国文联党组书记、副主席赵实，党组副书记、副主席李屹，党组成员、书记处书记夏潮亲临研修班，为学员们解疑释惑。中国文联办公厅、国内联络部、理论研究室、权益保护部、人事部等多个部门领导参加学员座谈研讨会，倾听基层文联的声音。研修班在培训方式上，融合课堂讲授、座谈交流、小组研讨和参观考察等多种教学形式，课程内容涵盖文化发展的形势任务、文艺发展动态、文联工作实际、文艺维权以及国内经济形势、国防安全等内容。

【中国文联局处级干部任职培训班】

6月18日至21日，中国文联局处级干部任职培训班在京举办，65名2010年以来提拔的局处级干部参加培训，来自中国文联所属各全国文艺家协会、文联机关各部室及各直属单位。中国文联党组副书记、副主席李屹作开班动员讲话，中国文联党组成员、书记处书记夏潮作主题报告，傅亦轩、刘尚军、闫少非等作专题讲座。研修期间，学员前往北京现代汽车有限公司和燕京啤酒有限公司进行了考察调研。

【全国省级文艺家协会秘书长研修班】

8月13日至17日，中国文联文艺研修院举办全国省级文艺家协会秘书长研修班，33人参加学习，分别来自作协、剧协、影协、音协、美协、曲协、民协、摄协、书协、杂协、视协、企业文联和翻译家协会13个协会。中国文联党组成员、书记处书记夏潮作主题报告，高书生、罗杨、傅亦轩、骆芃芃、顾立群等作专题讲座和案例教学，在中国木偶剧院、高碑店文化创意园区和西城区文联开展现场教学。

【全国文艺家（中青年德艺双馨文艺工作者）高级研修班（三期）】

9月至10月，中国文联文艺研修院在延安、广州和井冈山分别举办了两期全国文艺家高级研修班、一期全国中青年德艺双馨文艺工作者高级研修班，有近80位学员参加学习，都是在各自艺术领域享有盛誉的文艺名家。研修班着重做到“三个结合”：一是在办班理念上，将革命传统教育与文艺发展的时代要求相结合；二是在模块设计上，将文艺发展专题讲座与实地采风实践相结合；三是在研修形式上，将基层文联座谈调研与组织艺术家研讨交流相结合。

【中国文联首届全国中青年编剧高级研修班】

10月16日至29日，由中国文联主办，中国文联文艺研修院承办，中国戏剧家协会、中国电影家协会、中国电视艺术家协会协办的首届全国中青年编剧高级研修班在京举办。共有来自全国各地的45名编剧、剧作家参加学习，学员平均年龄41岁，涵盖了戏剧、电影、电视剧等不同创作领域。中国文联党组副书记、副主席李屹作动员讲话，尚长荣、李前宽、唐国强、王朝柱、何建明、翟俊杰、周振天、路海波、苏小卫、王晓鹰、张思涛、罗怀臻、赵葆华、孟冰、陈晓明、查明哲、程晓玲、宋小明、苗晓天、赵博等25位专家授课。研修班实现了“三大突破”：一是中国文联多艺术门类编剧班零的突破，被学员称之为中国文联开展编剧培养的“黄埔一期”；二是打破了传统单一艺术创作领域培训模式，将不同领域创作人才集中到一起，交流学习，相互激发，融合发展；三是将行动学习和参与式学习理念融入教学中，注重跨界交流和激发，注重小组辅导和研讨，注重学员交流和分享。

【中国文联处级以上领导干部学习贯彻党的十八大精神培训班（两期）】

12月13日至19日，为深入学习贯彻党的十八大精神，中国文联机关党委与中国文联文艺研修院共同举办了两期“中国文联处级以上领导干部学习贯彻党的十八大精神培训班”，130余名处级以上干部参加学习，中国文联党组副书记、副主席李屹作动员讲话。中央党校教授李海青作十八大精神解读，傅亦轩、刘国强组织传达《十八届中央政治局关于改进工作作风、密切联系群众的八项规定》，学员分小组进行了专题讨论。

【国际研修：中国传统文化艺术展示与体验】

10月18日、11月9日，中国文联文艺研修院先后与商务部国际商务官员研修学院和广电总局国际传媒研修中心开展合作，将“中国传统文化艺术展示与体验”课程引入援外培训项目，为弘扬中华优秀传统文化做出了有益探索。活动和课程采用了舞台表演和现场互动相结合，讲授与体验并用的方式，使外国学员们在轻松生动的氛围中对中国传统文化产生了直接和亲切的感受。

【合作办班】

中国文联文艺研修院还围绕加强文艺维权工作、文艺理论评论、青年音乐人才培养等内容，与中国文联权保部、中国文联理研室、中国音协分别联合举办了首届全国文联系统维权工作研讨班、第六届全国中青年文艺评论家高级研修班、全国优秀青年词曲作家高级研修班、“成才之路”研习班等班次。

“大调研”活动

按照文联党组的指示精神，中国文联文艺研修院在2012年组织开展了“大调研”活动。中国文联党组副书记、副主席李屹及院领导亲自带队，全院人员广泛参加，共计130人次参与调研，完成调研报告11份。通过开展深入细致的“大调研”，准确把握文艺人才的培训需求，积极探索培训新思路、新理念和新方法

调研对象主要分为三类：一是全国组工干部学院、全国宣传干部学院、中央文化管理干部学院、鲁迅文学院、中国艺术研究院、中央社会主义学院、中直党校、商务部国际商务研修学院、广电总局培训中心、中石化管理干部学院、中粮集团忠良书院等10余家部委、行业教育培训机构，团中央中国青少年研究中心、全国妇联妇女研究所等人民团体科研机构。通过调研，学习借鉴了其他培训和科研机构的先进培训理念、教学方法和科研成果，同时也为新基地建设积累了有价值的资料。二是中国剧协、影协、音协、民协、摄协、视协等全国文艺家协会，面向协会的文联干部和文艺专业人才展开大范围、多领域的调研，听取他们对文艺培训的意见和建议，分类整理、准确把握他们的培训需求，以此为依据开发相关课程和设计培训项目。三是广东、湖北、云南、四川、上海、江苏、浙江、陕西、江西等地方文联和文艺家协会，召开座谈会了解地方文艺人才队伍建设情况、文艺人才和干部培训工作现状、未来培训需求等，为深入开展课题研发和课程开发积累了资料。

文艺研修院把“按需施教”作为全年培训研修工作的基本原则，形成了“一班一调研、一班一设计、一班一总结”的工作机制，坚持以科研引领培训，重点加强了培训调研工作。在培训班筹备前期和举办期间，通过发放问卷、召开座谈会、重点访谈等形式对学员进行培训需求调查。全年共计回收培训需求调查问卷1167份，访谈110余人次，涉及国家、省、市、县四级文联和文艺家协会。

研修院自身建设

中国文联文艺研修院在2012年下大力气加强内部建设，着重从思想、队伍、制度、文化、信息化等方面的加强自身建设，切实推动实现“人人有专业方向、人人有成就感、人人心情舒畅”的团队氛围，成效显著。

思想建设上，印制《时事政策学习读本》，通过组织学习，转变思想认识，把握科学规律，为做好各项工作奠定基础；队伍建设上，根据新的职能定位，认真做好人员调整、选拔、招聘工作，定期组织员工内训，一年来先后开展了“培训设计与实施”、“培训需求与科研”、“行动学习法”、“参与式教学”、“培训师培训”等专题内训12次，累计60学时；科研方面，针对文艺研修院目前工作中面临的重点和难点问题，以处室为单位确定了5个科研课题，结合实践开展理论研究；制度建设上，先后颁布实施中国文联文艺研修院《财务管理办法》、《车辆管理办法》、《工作人员聘用管理办法》、《考勤管理办法》、《网站管理办法》等5项管理规章制度，规范培训项目工作流程；建成中国文联文艺研修院网站并投入运行，为加强对外宣传、促进交流、发布信息提供了网络窗口、平台和渠道；启动了文艺研修院公共形象识别系统设计工作，全院职工广泛讨论和设计了文艺研修院LOGO，形成了院训“求是博文，弘德修艺”、愿景“桃李芬芳，百花惠民”和员工行为准则“责任、奉献、团结、修己、务实、创新”等，基本健全了团队文化。

同时，按照文联党组要求，中国文联文艺研修院将新基地筹建工作作为2012年的一项重点工作来抓。近一年时间，先后考察了30余处地点，选址工作积极推进。

中国文联出版社

综　述

2012年是具有历史意义的一年。举世瞩目的中国共产党第十八次全国代表大会胜利召开，为实现中华民族伟大复兴的“中国梦”作出了新的战略部署。十八大关于建设社会主义文化强国的论述，为进一步推动社会主义文艺事业大繁荣的发展指明了方向。

中国文联出版社也经历了不寻常的一年。5月，在中国文联党组的正确领导下，中国文联出版社正式回归文联大家庭，基本结束了自2010年以来的动荡局面。在中国文联党组和中国文联出版业改革领导小组的坚强领导下，中国文联出版社及时传达学习了党的十八大精神，学习贯彻了党的方针政策和法律法规，各项改革和工作得到了稳步推进。

党的十八大胜利召开后，中国文联党组和中国文联出版业改革领导小组启动了对出版业的一系列扶植措施，文联社的干部职工备受鼓舞、积极行动，紧锣密鼓地策划了《中国新文艺大系》（纸媒新版、数据库）、《非物质文化遗产百科全书》、《文艺国门——走向世界的中国文艺大师》、《域外馆藏中国字画》、《中国文联文艺维权手册与案例选编》等一批新项目和好选题，部分已经初见成效。

2012年文联社出版的图书《我的灵魂写在脸上》荣获第十届少数民族文学创作骏马奖，《走进敦煌》荣获第23届香港“印与艺”印制大奖；由文联社所属中国文联音像出版公司主持策划拍摄的中华民族传统经典电视连续剧《学堂故事·弟子规》完成制作。这些可喜成绩的取得，不仅是对相关业务人员的极大鼓励和肯定，对整个文联社而言更是激励了士气、增强了信心。

2012年为加强劳动纪律、建立健全正常的工作秩序，文联社修订了《中国文联出版社考勤管理规定》并予实施；之后又相继出台了《图书印制流程工作细则》，规范出版流程，加强质量管理。同时成立了新的选题论证委员会，恢复了选题论证制度，对图书内容进行质量把关，提高准入门槛。

在转企改制的大背景下，文联社退休职工的安置问题一直悬而未决，经过与中国文联党组和中国文联出版业改革领导小组的有关领导的多次沟通和努力后，《特殊时期退休人员管理办法》得以实行，这对退休人员的妥善安置无疑起到了一定的保障作用。

会议与活动

【参加亚太国际诗歌节】

2012年初，中国文联出版社总编辑奚耀华应越南文联主席的邀请，赴越南参加了亚太国际诗歌节，会见了越南文联主席和越南文联出版社社长，就双方的出版合作问题进行了友好交谈。并于2012年下半年出版了《越南当代短篇小说选》，这是我国新时期以来出版的第一部越南当代文学图书，为今后的进一步合作奠定了基础。

【参加2012年春季图书订货会】

2012年1月，中国文联出版社参加了2012年春季图书订货会。中国文联出版社出版的《阿达里的多元爱情》、《真实的毕加索》、《中国近现代歌剧史》等新书参展，社领导奚耀华、朱辉军坐镇会场指挥，订货会取得了较好的成绩和收益。

【文怀沙《毛泽东诗词吟赏》新书发布会】

2012年1月，文怀沙《毛泽东诗词吟赏》新书发布会在北京今日美术馆举行，文联社副总编辑朱辉军主持，文怀沙、王立平、庞中华等在京专家学者两百余位出席。

【萧言中《整形BAR》新书发布会】

2012年2月，台湾著名漫画家萧言中新作《整形BAR》发布会在京举行，萧言中先生和文联社总编辑奚耀华、副总编辑朱辉军等参加。

【参加2012年浙江省图书馆配订货会】

2012年3月，浙江省图书馆配订货会在杭州举行，社领导朱辉军率队参加，取得了较好业绩。

【罗扬《曲艺耕耘录》出版座谈会】

2012年4月，罗扬《曲艺耕耘录》出版座谈会在全国政协礼堂隆重召开，贺敬之、冯远、刘兰芳、董耀鹏、吴文科等出席，文联社副总编辑朱辉军同志参加。

【参加2012年“音联体”图书订货会】

2012年5月，2012年“音联体”图书订货会在广西北海举行，社领导朱辉军率队参加。

【《大孔府》改编为电视连续剧签约仪式】

2012年5月，长篇小说《大孔府》改编为电视连续剧签约仪式在曲阜举行，副总编辑朱辉军同志代表中国文联出版社在协议书上签字。

【2012年党日活动】

2012年“七一”前夕，文联社组织全体党员和入党积极分子，在党总支委员朱辉军率领下赴铁道游击队故里参观学习。通过学习，进一步增强了党性，明确了职责。

【张晶《艺术美学论》出版座谈会】

2012年7月，《艺术美学论》出版座谈会在中国传媒大学召开，仲呈祥、廖祥忠、周星、丁亚平、李心峰等出席，文联社副总编辑朱辉军同志参加并做重点发言。

【参加“魅力丫山——逍遥行 庄子故里中国当代书画名家精品展”】

2012年9月，“魅力丫山——逍遥行 庄子故里中国当代书画名家精品展”在安徽芜湖丫山举行，同时推出了《逍遥行》书画作品集，文联社副总编辑朱辉军同志出席。

【参加2012年“文图联”图书订货会】

2012年9月，2012年“文图联”图书订货会在湖南长沙举行。新闻出版总署副署长邬书林、中国出版集团副总裁潘凯雄及全国文艺出版单位负责人出席，文联社领导朱辉军率队参加。

其他工作

2012年中国文联出版社颁发了修订的《编辑部年度生产目标责任书》，确定了编辑人员的年度利润指标，明确了超额完成任务即可领取奖金的办法，并于年底兑现执行了相关规定。这不仅激发了职工的工作积极性、主动性，也使文联社的生产力得到迅速有效地恢复。截至2012年年底，文联社不仅偿还了上百万元的债务，而且出版了百余种图书，丰富了图书品种、促进了和兄弟协会单位的联系与合作。

党的十八大召开后，文联社在党总支委员朱辉军的带领下，在第一时间召开了全体党员会议，安排布置学习十八大文件，贯彻十八大精神。有关学习情况为中国文联机关党委《学习简报》摘发。

为提高队伍素质，文联社组织了两次编辑业务培训，请专业人士讲解图书市场的状况，及选题策划与市场预测等问题，使编辑开阔了眼界。

在日常工作中，中国文联党组分管领导经常指导文联社工作，特别是在大力扶植出版项目专项资金启动后，赵实书记专门批示：要把项目专项资金管好、用好、办好事。文联社遵照赵实书记的指示精神，对专项资金进行科学论证，建立了实施项目的专项团队，引进新机制、新人才，有计划有步骤地推进项目工作。

文联社的老干部工作顺利开展，特别是在中国文联2012年春节送温暖行动中，多次与离退休老干部沟通说明，配发棉裤，得到了老同志们的支持和好评。

中国艺术报社

综　述

2012年，《中国艺术报》社在中国文联党组的正确领导下，紧紧围绕党和国家工作大局，始终坚持正确舆论导向，密切关注文艺界热点话题，努力跟踪发现文艺新经验、新典型、新人物，不断改进、提高报道质量和报纸品质；深入开展“走基层、转作风、改文风”活动，大力宣传报道中国文联和各文艺家协会、各省文联、产（行）业文联的各项工作与成绩，在2011年报纸发展上大台阶的基础上，保持良好发展势头，持续、快速、高效发展，继续在各界人士和广大读者中不断获得好评。一年来，中国艺术报社为文艺事业和文联工作的大发展、大繁荣搭建了具有广泛影响力的媒介平台，营造了良好的舆论氛围。

主要工作

【学习贯彻中央领导同志对《中国艺术报》刊发文章作出的重要批示精神】

3月27日，刘云山同志在《中国艺术报》3月26日刊发的《网络自制节目：再不管，就会晚》和《刹住网络自制剧的“色、狠、野”》（前文为《中国艺术报》记者采写的新闻述评，后文为《中国艺术报》特约专家分析）两文上向国家广电总局领导作出批示，要求就自制节目已出现的倾向性问题调研提出意见，加强引导和管理。中国文联党组书记、副主席赵实同志也作出批示，认为文章写得很及时，很有针对性。2012年7月9日，广电总局在广泛调查研究的基础上，联合国家互联网信息办共同出台了《关于进一步加强网络剧、微电影等网络视听节目管理的通知》，对如何有效保证网络自制文艺节目（文艺表演、视频剧、微电影等）健康发展，遏止低俗节目泛滥，制定了一系列政策和规定，在国内外产生广泛影响。

7月3日，刘云山同志在《中国艺术报》7月2日第一版先进人物典型报道《做一个名副其实的演员——李雪健的人生追求》上作出重要批示，要求媒体要多宣传李雪健这样的有强烈社会责任感和高尚艺德的艺术家。榜样就是力量。中国文联、中国作协要把“三项学教”活动、“走基层”活动和向优秀文学艺术家学习结合起来。此后，《人民日报》、《光明日报》、人民网、光明网、中国文艺网先后推出“榜样就是力量”的专栏、专题宣传，报道宣传了一大批文艺界和社会各界的先进典型人物。

9月26日，中国文联理论研究室、中国作协创研部联合在京召开“榜样就是力量”文艺界先进典型座谈会。时任中国文联党组成员、书记处书记夏潮，中国作协党组成员、书记处书记白庚胜出席会议并讲话，陈建文、梁鸿鹰、李雪健、周大新、柳建伟、吴碧霞、刘厚生、向云驹、王郑生等在会上发言。《中国艺术报》社长向云驹在会上介绍了报社开展文艺界典型宣传的体会和经验。

自2011年《中国艺术报》改版增刊以来，《中国艺术报》质量大幅提升，特别是言论专栏，多次得到刘云山等中央领导同志的关注与好评，多次作出批示。2012年，中央领导同志对《中国艺术报》作出的重要批示，已经扩展到选题报道、深度报道、专题报道、人物报道，并且引发了广泛的媒体宣传导向和政策法规制定与出台。《中国艺术报》的影响力在进一步深化，品质的提升在向广度和深度拓展。

对于中央领导同志的重要批示精神，《中国艺术报》以各种形式认真学习贯彻，报社全体人员表示，要不断进取，更好地发挥舆论和评论阵地作用，大力践行社会主义核心价值体系。

【电视综艺节目新变化系列报道】

自6月开始，《中国艺术报》针对《关于进一步加强电视上星综合频道节目管理的意见》（俗称

"限娱令"）实施半年后荧屏综艺娱乐节目以及电视媒体业态的整体变化，连续发表文章进行深度报道和专业评论，受到国家广电总局高度重视和好评，被相关专业网络媒体广泛转载，产生了良好影响。7月11日，《中国艺术报》推出评论文章《走出电视综艺节目的五大误区》。7月20日，《中国艺术报》刊发了记者采写的重点报道《荧屏娱乐正在发生历史性变化——"限娱令"实施半年观察》。关于"限娱令"的一系列报道在广电系统和广大读者中引发了强烈反响，国家广电总局党组书记、局长蔡赴朝在国家广电总局宣传管理司上报的《中国艺术报》等媒体宣传报道情况总结上作出批示。同时，时任国家广电总局党组成员、副局长李伟也作出批示："中国艺术报一直关注广播电视艺术发展，特别近期几篇报道，及时、客观、生动地反映了上星频道调整的积极变化，对创新创优节目予以肯定，同时帮助我们改进工作，发挥了媒体导向作用。"国家广电总局《广电简报》全文转发了本报相关文章。

【《新华文摘》等转载《中国艺术报》"艺术大讲堂"文章】

9月5日出版的2012年第17期《新华文摘》"文艺评论"栏目，摘发了《中国艺术报》6月25日"艺术大讲堂"栏目以通版形式刊登的全国政协委员、中国美术家协会理事、浙江省美术家协会副主席何水法的文章《宋代以降花鸟画的嬗变与赏析》。在2011年，《新华文摘》"文化"栏目就曾全文转载了《中国艺术报》此一栏目刊发的时任全国政协副主席、中国文联主席孙家正的长篇文章《文化与人生》。此次《新华文摘》对《中国艺术报》"艺术大讲堂"栏目文章的转载，再次彰显出这一栏目定位和选约文章的高品质。此外，《红旗文稿》、《作家文摘》及各大网站也大量转载了《中国艺术报》文章。

重大报道

【"科学发展　成就辉煌——党的十八大胜利召开"宣传报道工作】

11月8日至14日，中国共产党第十八次全国代表大会在北京胜利召开，《中国艺术报》新闻部主任余宁同志作为基层一线优秀党员当选为十八大代表，出席本次党代会。中国艺术报社、中国文艺网在十八大的新闻宣传报道工作上精心准备、周密筹划，圆满完成了报道任务，完成了中央领导和十八大新闻组交办本报的专项宣传任务。

《中国艺术报》对十八大的宣传报道工作主要呈现以下特点：1.认真做好十八大主题宣传，营造良好氛围。自7月16日起，《中国艺术报》在一版开设"科学发展　成就辉煌——文艺界喜迎党的十八大"专栏，拉开了报道的序幕，之后各个版面陆续开设了"十六大以来文联系统文化惠民成就巡礼"、"十六大以来文化系统成就巡礼"、"十八大代表风采"、"献礼十八大"、"代表手记"等特色专栏，多角度、深层次、全方位地展开了关于十六大以来文艺界取得的巨大成就以及十八大的系列宣传报道工作，有效地提升了报道的传播力和影响力。2.运用多种新闻体裁，稿件搭配可读性强、富有感染力。报道点面结合，既有宏观、整体的新闻事实的反映，如十八大开闭幕式、重要新闻发布会、中国文联组织文艺家收看座谈十八大报告等，又有生动、活泼的细节和重点环节的报道，如对十八大代表的报道，以及对各个艺术门类为喜迎党的十八大胜利召开举办的相关活动的报道等，运用消息、专题、综述、言论、系列报道、专访、特写、图片等多种方式开展宣传报道工作，将新闻宣传的"规定动作"与"自选动作"充分配合，互为呼应，相得益彰。

在《中国艺术报》展开丰富多彩报道的同时，中国文艺网也发挥新媒体优势展开了全方位的宣传。从8月开始陆续推出"文艺界十八大代表风采"、"喜迎党的十八大——十六大以来文艺界成就巡礼"专题，在十八大开幕前夕又隆重推出"中国共产党第十八次全国代表大会"专题，专门对十八大进行即时、全程的报道。由于中国文艺网的专题报道，特别是精彩的原创内容多，在业界引起了良好反响，很多专业网站转载了中国文艺网有关十八大的专题报道内容，中国文艺网的点击率也因此直线上升，至十八大结束时，日均IP点击量比十八大开幕前上升了一倍。

十八大会议期间，根据中央领导同志指示，

十八大会议新闻组还交给本报专项宣传任务。本报派出骨干记者圆满完成报道任务。

【纪念毛泽东同志《在延安文艺座谈会上的讲话》发表70周年系列活动宣传报道】

2012年是毛泽东同志《在延安文艺座谈会上的讲话》发表70周年。围绕《讲话》发表70周年，报社精心谋划选题，创新报道方式，在同类媒体的相关报道中显示出自己鲜明的特色。开设“纪念《讲话》发表70周年”栏目，对中国文联、各地文艺界、高等院校等的纪念活动给予充分的报道，组约董学文、谭仲池、肖云儒、张德祥等理论家的理论文章论述《讲话》的当代意义，刊登文艺界为纪念《讲话》70周年创作的作品。进入5月，重点报道中央纪念《讲话》发表70周年座谈会、文艺演出等相关活动的盛况；隆重推出本报评论员文章《几回回梦里回延安——为纪念毛泽东同志〈在延安文艺座谈会上的讲话〉发表70周年而作》；充分报道中国文联纪念《讲话》发表70周年座谈会和各文艺家协会的相关纪念活动和电视专题片《大鲁艺》。中国文艺网开设了“纪念《在延安文艺座谈会上的讲话》发表70周年”专题。

《中国艺术报》开展的纪念《讲话》发表70周年宣传，启动时间早、宣传声势大，理论上有高度、形式上丰富多彩，受到中央领导同志好评、肯定和推介，也得到广大文艺家的赞扬。

【宣传文艺界核心价值观】

3月初，中国文联公布了文艺界核心价值观和《中国文艺工作者职业道德公约》。《中国艺术报》3月5日头版全文刊发了中国文联党组书记、副主席赵实同志题为《爱国 为民 崇德 尚艺——努力推动社会主义文艺大发展大繁荣》的中国文联九届二次全委会工作报告，3月7日刊发了根据中央领导同志和中国文联党组领导同志指示要求而撰写的本报署名文章《奏响文艺发展的时代强音》，全面深入解读文艺界核心价值观；结合全国“两会”的采访报道，连续用大篇幅报道和重要版面，集中反映代表委员对文艺界核心价值观和文艺工作者职业道德公约的热烈讨论。3月中旬开始，开设“爱国 为民 崇德 尚艺 积极践行文艺界核心价值观”专栏，中国文艺网同时开设“文艺界核心价值观和文艺工作者职业道德公约教育实践活动”专题，通过大量的新闻报道、人物专访、理论文章，大力营造了引导广大文艺工作者自觉践行社会主义核心价值体系，培养造就宏大的德艺双馨文艺人才队伍，推动社会主义文化大发展大繁荣的良好氛围。其中，关于对见义勇为模范、河北省青县文联主席韩雪事迹的报道，在全国文艺界产生巨大反响。

【全国“两会”宣传报道】

围绕2012年全国“两会”的召开，3月5日至3月16日，推出6期报纸、共计120个版的超大版面量，全面涵盖社会文艺热点、深度解读文艺方针政策、及时反映文艺界代表委员对文化建设和国是民生的深切关注、密切关注各界别对文艺发展的建言献策，圆满完成了“两会”报道任务。在上会记者人数明显少于同类媒体的情况下，无论报道质量还是版面、稿件数量，以及版式设计，《中国艺术报》的“两会”报道都超越同类媒体，也比《中国艺术报》往年“两会”报道有显著提高，成为反映全国“两会”文艺文化建设话题最权威、全面的平台，受到文艺界代表委员的广泛好评。

【“送欢乐、下基层”慰问活动和中国文联文艺志愿服务活动宣传报道】

2012年元旦春节期间，报社先后派出20余名骨干记者，跟随中国文联及各协会组成的文艺家小分队赴黑龙江、重庆以及浙江、安徽、湖北等10多个地区采访，用重点版面对2012年“送欢乐、下基层”慰问活动进行浓墨重彩的报道，生动地反映了中国文联2012年“送欢乐、下基层”慰问活动的整体情况。

5月3日，中国文联在京启动文艺志愿服务活动。中国文联文艺志愿团先后奔赴延安、吉林、上海等地进行志愿服务活动。报社先后派出骨干记者随团进行采访报道，在5月9日头版头条刊发新闻《中国文联纪念〈讲话〉发表70周年系列活动在延安启动》；5月11日头版头条刊发通讯《延安，充实而难忘的三天》；5月16日9—12版运用综述、侧记、特写，生动的新闻摄影等新闻形式，全景式地展现了赴延安志愿服务活动的全貌；5月28日头版刊发了新闻《中国文联文艺志愿服务团赴吉林省吉林市采风慰问演出》；5月30日9至12版图文并茂地展现了赴吉林志愿服务活动的热烈场景。

【中国曲艺家协会、中国电视艺术家协会、中国摄影家协会换届宣传报道】

中国曲协、中国视协、中国摄协三个协会陆续召开的换届大会是党的十八大召开之后，中国文联系统非常重要的会议。报社积极派出多名记者，及时、全面报道三个协会换届大会的盛况，推出多个专题报道，撷取精彩的活动瞬间，图文并茂地展现大会的盛况。在报道中首次采用开幕式报道配发本报评论员文章的方式，对三个协会成就分别作出了深度述评。

重要活动

【“走转改”中原行采访活动】

为深入贯彻落实中央“走基层、转作风、改文风”大型主题采访活动视频动员会重要精神，用基层鲜活实践成果反映社会主义文化大发展大繁荣的喜人局面，为党的十八大胜利召开营造良好氛围，9月6日至15日，中国艺术报社“走转改”中原行采访组奔赴河南各地深入采访。在社长向云驹的带领下，采访组一行5人深入郑州、开封、洛阳、周口、安阳等地基层文化单位、农村、文化体制改革先进单位，与河南文艺界座谈，深切感受河南作为“华夏历史文明传承创新区”在文化建设方面取得的突出成就，深入调研河南在文化建设方面的新做法、新经验。

河南省委对中国艺术报社“走转改”中原行采访活动高度重视。9月12日，时任河南省委书记、省人大常委会主任卢展工在郑州会见了中国艺术报社“走转改”中原行采访团。卢展工在会见时对《中国艺术报》积极响应中央号召开展“走转改”活动、深入河南各地采访报道表示欢迎和感谢。河南省委常委、秘书长刘春良，省委常委、宣传部部长赵素萍和省委副秘书长、办公厅主任白建国，省委宣传部副部长、河南日报报业集团董事长、社长朱夏炎，省文化厅厅长杨丽萍，省文联副主席郑彦英等河南有关方面领导和《中国艺术报》副总编辑康伟、中国文联文艺资源中心副主任冉茂金等采访团成员参加会见。

此次采访成果以大型通讯《大河滔滔逐浪高——河南文化强省建设启示录》在《中国艺术报》刊发，并在中国文艺网刊发《走读河南》长篇报道，在河南文艺界产生重大影响并收获广泛好评。此外，《中国艺术报》“走转改”活动还派出记者深入辽宁、江苏、山东等省进行采访，发表了一系列重点报道。

【《中国艺术报》2012年通联工作会议】

3月29日至30日，《中国艺术报》2012年通联工作会议在重庆召开，时任中国文联党组成员、书记处书记夏潮，《中国艺术报》社长向云驹，重庆市委宣传部副巡视员夏长荣，重庆市文联党组书记、副主席王超，《中国艺术报》副总编辑康伟等，以及来自全国各省市自治区文联、产业文联的领导和负责本报通联工作的代表出席了会议。

会上，大家认为《中国艺术报》目前在地方文联和文艺工作者中的威信显著提高，内容厚重，视野开阔，可读性强，深具文化情怀和文化品格，希望《中国艺术报》保持这一良好发展势头，继续做大做强，通过报社工作把中国文联和各地文联更加紧密地联系起来，进一步实现全国文联一盘棋的格局，利用报社平台为文艺界和各地文联服好务。

【“‘信阳红’文化艺术周”系列活动】

4月28日至5月4日，由《中国艺术报》和河南省文联、信阳市人民政府联合主办的“‘信阳红’文化艺术周”系列活动在信阳开幕。时任河南省委书记、省人大常委会主任卢展工，中华全国供销合作总社党组书记、理事会主任杨传堂，河南省政协主席叶冬松，河南省委常委、秘书长刘春良，省委常委、省军区政委周和平，省军区司令员刘孟合，省人大常委会党组书记、副主任曹维新，副省长王铁，省军区副司令员杨宏杰等观看了展览。《中国艺术报》社长向云驹、信阳市委书记郭瑞民陪同参观。艺术周是信阳第20届国际茶文化节暨2012中国（信阳）国际茶业博览会重要组成部分，由美术作品邀请展、古代茶器展等构成。活动结束后，信阳市人民政府向中国文联和报社发来感谢信。

【《讲话》精神指引与文艺理论阵地建设研讨会】

5月21日，由湖南省文联、《中国艺术报》主办，湖南省文艺评论家协会、《创作与评论》杂志社、湖南省文联文化产业投资有限公司承办的

"《讲话》精神指引与文艺理论阵地建设研讨会"在长沙举办。湖南省政协副主席、湖南省文联主席谭仲池出席并讲话。中国作协副主席谭谈出席会议。《中国艺术报》副总编辑康伟在会上致辞。湖南省文联党组书记、副主席江学恭主持会议。来自全国各地的60余位文艺理论家、文艺理论刊物和媒体代表出席会议。与会专家对《讲话》的历史地位、当代价值和现实意义进行了深入分析。

组织建设

【中国艺术报社党支部被推荐为中国文联创先争优活动先进党支部】

中国艺术报社有一支年轻的党员队伍，在中国艺术报党支部的领导下，广大党员同志充分发挥先锋模范作用，推动年轻人的创造活力得到进一步激发，爱岗敬业在报社蔚然成风，多次得到中国文联党组领导的表扬和文艺家的赞赏。中国艺术报社党支部也因此被推荐为中国文联创先争优活动先进党支部。

6月4日，《中国艺术报》社长、党支部书记向云驹在中国文联机关党支部书记培训班暨创先争优活动、学习型党组织建设经验交流会上，进行了先进经验介绍。来自各全国文艺家协会、文联机关各部室、各直属单位的党总支书记、党支部书记等党务干部对《中国艺术报》在创先争优活动中所取得的成绩和有益经验给予了一致好评。

11月，党的十八大胜利召开，本报新闻部主任余宁同志作为十八大代表参加会议，这是中国文联的光荣，也是中国艺术报的光荣。这也是中国艺术报创刊以来首次获得如此殊荣。

【中国艺术报社青年联合会成立】

4月23日，中国艺术报社青年联合会成立，并成为中国文联机关青年联合会的成员单位。中国艺术报社青联会员共计45人。报社青联委员会推选康伟同志担任中国艺术报社青联主席。经主席提名、全体委员同意，余宁同志担任报社青联秘书长。青联成立后，在报社举办了多期青年编辑记者业务培训讲座；与兄弟单位联合举办了全国青年书画大展，开展送图书进工厂、学校等公益活动。

【加强报社内部管理】

在2012年，报社领导班子率先垂范，一心一意办报；中层干部发挥骨干作用，各部门比学赶帮，各版采访报道亮点频出；采编队伍业务普遍提升，各项工作扎实有效，士气高昂，凝聚力、战斗力大大增强。全年发行量稳步提升，报社经济效益显著提高。

所得荣誉

【在第二十二届中国新闻奖报纸副刊作品初评暨"2011年全国报纸副刊年赛"活动、第八届中国文联文艺评论奖评选中摘取多个奖项】

第二十二届中国新闻奖报纸副刊作品评选评出金奖29篇，银奖58篇，铜奖108篇。《中国艺术报》推荐的评论《煞一煞另类英雄风》获得银奖；报告文学《科加村的金色花朵》获得铜奖。2011年度中国报纸副刊版面作品评选共收到各会员单位推荐的177个版面，99个版面分获一、二、三等奖。《中国艺术报》推荐的2011年8月22日第三版获得三等奖。2011年度中国报纸副刊专栏作品评选共收到各会员单位推荐的139个专栏，83个专栏分获一、二、三等奖。《中国艺术报》推荐的《艺术大讲堂》获得一等奖。

11月，在第八届中国文联文艺评论奖评奖中，本报推荐的《草根遗产的田野思想》（向云驹）获著作类一等奖，《批评的勇气和被批评的恶声》（董大汗）获文章类二等奖。

中国文学艺术基金会

综　述

2012年中国文学艺术基金会在中国文联党组的领导下，全面贯彻落实党的十八大和十七届六中全会精神，按照胡锦涛同志在第九次文代会上的重要讲话精神和“高举旗帜、围绕大局、服务人民、改革创新”的总要求工作，要求在新一届理事会和姜昆秘书长的带领下，扎扎实实地做好每项工作，在基金募集、项目合作、资助范围和社会影响等诸多方面都取得了较大的发展。

在这一年里，中国文学艺术基金会选举产生了第四届理事会，修订了基金会的章程，确立了今后一段时间的基金会发展方向。在这一年里，中国文学艺术基金会在国家财政的支持下，在社会各界爱心人士的帮助下，资金募集和项目资助取得了新的发展，社会募集和公益资助资金的总额均超过了5000万元；设立了多项专项基金，接受了多笔超过千万的社会捐赠；持续开展了扶助贫困地区文化建设的工作；基金会的外事活动也有了新的突破，首开向境外派遣文化志愿者的先河。在基金会全体员工团结协助下，圆满完成2012年的各项工作任务。

会议与活动

【组织学习十八大】

2012年11月8日中国共产党第十八次全国代表大会在北京人民大会堂隆重开幕。遵照文联的指示，基金会组织全体党员职工集体收看了十八大的开幕式，认真听取了胡锦涛同志所作的《坚定不移沿着中国特色社会主义道路前进　为全面建成小康社会而奋斗》的报告，开幕式结束后姜昆秘书长率先对大会的胜利开幕发表了感言，全体同志均发表了感想。

【中国文学艺术基金会召开了第四届理事会换届工作会议暨四届一次理事会会议】

2012年2月29日，中国文学艺术基金会第四届理事会换届工作会议暨四届一次理事会会议在京召开。本次会议是根据基金会管理条例和中国文学艺术基金会章程的规定，在第九次文代会圆满结束的良好局面下，在中国文联新一届党组的大力支持下召开的。中国文联党组书记、副主席、书记处书记赵实同志出席会议并作了重要指示，换届工作会议由中国文联党组副书记、副主席、书记处书记李屹同志主持。

会议选举王家新、冯远、冯双白、巩汉林、刘岩（女）、刘敏（女）、孙蒋涛（澳门）、杨飞云、苏士澍、李前光、吴兵（香港）、吴长江、张显、陈泽盛（香港）、罗杨、季国平、邵学敏、胡振民、赵长青、姜昆、徐沛东、郭希敏（女）、康健民、黄建华（香港）、董耀鹏为中国文学艺术基金会第四届理事会理事，胡振民同志为第四届理事会理事长，冯远同志为常务副理事长，李前光、姜昆、黄建华同志为副理事长，姜昆同志兼任基金会秘书长。孙光奇、金宁宁、刘国强为中国文学艺术基金会第四届理事会监事会监事。

推选孙家正、高占祥同志为中国文学艺术基金会第四届理事会名誉理事长，李牧、才旦卓玛（女）、白淑湘（女）、刘大为、刘兰芳（女）、吴雁泽、胡珍为中国文学艺术基金会第四届理事会顾问。会议还通过了新修订的《中国文学艺术基金会章程》和第三届理事会工作报告和财务报告以及有关办事机构和人员任免决议。

赵实在会议上作了重要讲话。她肯定了基金会过去五年的工作并提出三点要求：一是要把握机遇，乘势而上。要充分利用国家给予的各项政策，加大资金募集力度，使基金会的工作上一个新台阶。二是要突出重点，加强服务。要紧紧围绕党和国家工作大局，自觉服务文联的中心工作，充分发挥其资金募集和专项资助的职能，着力在

繁荣文艺精品创作、服务基层群众、扩大中华文化走出去、培育中青年文艺人才、服务老艺术家等各项重点项目上下功夫，作好各项工作，切实把基金用在刀刃上、用在最需要扶持的项目上。三是要依法办事，科学管理。依法依规办事和科学管理，是保持基金会工作畅通高效，科学化水平不断提升的重要保证。

【中国文学艺术基金会第四届理事会第二次会议】

2012年7月5日，中国文学艺术基金会第四届理事会第二次会议在北京召开，会议由秘书长姜昆同志主持，胡振民理事长，中国文联党组成员、副主席、书记处书记左中一出席，共19位理事到会。

会议的主要内容是：调整基金会理事、副理事长。因工作调整的需要，中国文联党组成员、书记处书记、中国文学艺术基金会副理事长李前光；中国文联副主席，原党组成员、书记处书记，中国文学艺术基金会常务副理事长冯远不再担任中国文学艺术基金会理事及副理事长。中国文联党组成员、副主席、书记处书记左中一同志增补为中国文学艺术基金会理事、常务副理事长；中国摄影家协会分党组书记、驻会副主席、秘书长王瑶同志增补为中国文学艺术基金会理事。

【中国文学艺术发展专项基金工作】

1.按照文联党组指示，精心选择资助项目，抓精品，出实绩。

自2008年中国文学艺术发展专项基金设立以来共资助了数十个精品创作项目，其中绝大多数项目已经完成，经过反复修改打磨不少项目已成为名副其实的精品，有多个项目获得国家大奖。其中戏曲电影《响九霄》、戏曲电影《铡刀下的红梅》、大型舞蹈诗剧《延安记忆》，以及中国电视艺术发展专项基金资助的电视剧《小站风云》、我会支持的动画电影《西柏坡》获得2012年中宣部“五个一工程”奖。《响九霄》还获得第28届金鸡奖的“最佳戏曲片奖”。

2.加强项目监管，严格照章办事，确保中国文学艺术发展专项基金的使用严谨规范。

2012年中国文学艺术发展专项基金经专家评审资助精品工程共资助创作类项目38个，其中7个为延续性项目，31个为新增项目，主要有《曲艺精品创作工程》，舞剧《长生殿》、《金孔雀》，《中国口头文学遗产数据库工程》，《铡刀下的红梅》，《重走建党之路》，《王稼祥》，《新中国曲艺之路》，《全国青年美术作品展》以及12.5百部农村电影计划，电影《启功》；《临安七部》叶小纲声乐交响作品音乐会；新时代少年儿童音乐创作工程，大型电视实景评书《星火燎原》，舞剧《七夕情》，摄影展《中华民族文明影像志》，《中国书法》年展，艺术中国十年纪实影像工程，2012年第二届造型艺术新人展，《前尘影事》老照片展，文艺评奖及服务联络老艺术家;同时首次经初评、复评等程序，确定了对文艺出版报刊精品工程共9个重点资助项目和15个扶持项目，合计资助1500万元，以期明年出版一批精品图书。

【广泛开展社会募集】

在2012年基金会收到了来自社会各界的捐赠，截至2012年12月底我会共接受各类捐赠资金6097万元，其中重要的捐赠活动有：

1.为援助贫困地区的群众文化建设，基金会向文联系统及各文艺家协会发出了捐赠图书的号召。十一个文艺家协会及各相关出版社积极响应，踊跃捐献图书共计6000余册，其中中国文联副主席冯远同志一人就捐献了艺术专业类书籍千余册。现在所有捐献的书籍已陆续在捐往我会援助的各贫困地区的学校与社区。

2.著名国画家范曾先生为我会捐赠国画作品一件，用于支持我会文艺志愿者的各项公益活动。

3.中国文学艺术基金会接受宿州煤电集团捐赠1000万元。

4.北京法政实业集团有限公司自愿向中国文学艺术基金会捐赠人民币1000万元用于组织和资助检察文化艺术创作、展演活动。

5.广东惠民集团向我会捐赠1000万元用于支持中国文学艺术基金会艺术品保护基金组织的中国历代艺术精品巡展活动。

6.中国文联党组书记、副主席、书记处书记赵实代表中国文学艺术基金会在日本接受角川文化振兴财团理事长角川历彦先生捐赠人民币100万元。

7.厄瓜多尔画家向中国文学艺术基金会捐赠作品《太阳神女祭司系列》之三。

【新设立的社会专项文艺基金】

1.2012年2月，设立东方文化专项基金；

2.2012年3月，设立砚文化专项基金；

3. 2012年4月，设立中国检察官文学艺术发展专项基金；

4. 2012年6月18日，设立中国艺术品保护与开发专项基金，简称“艺保基金”；

5. 2012年9月4日，设立中国油画艺术专项基金；

6. 2012年10月，设立影视纪录片基金。

【重点资助的社会公益活动】

1.“朝霞工程”绚丽多彩，充满生机与活力。

7月28日，由中国文学艺术基金会、云南省文联主办，玉溪市文联承办，昆明市文联等11家单位协办的“云南省‘朝霞工程’成果展览展演”在玉溪开幕。“十一”前夕西藏第二届金色朝霞少儿文艺电视晚会举行。

2012年4月9日，由中国文学艺术基金会“朝霞工程”扶持创办的全国第一个“朝霞侗歌培训基地”，在“侗族大歌之乡”——贵州省从江县高增乡小黄村小学挂牌成立。“朝霞侗歌培训基地”建立后，中国文学艺术基金会对小黄少儿文艺人才和侗族大歌传承人的培养给予资助。基金会选派的“小黄朝霞少儿侗族大歌合唱队”8名小演员赴韩国首尔参加第五届“彩虹杯·歌韵东方”国际合唱艺术节，一举夺得“民歌组金奖”和“卓越风雅艺术表演奖”两个大奖。

受中央电视台少儿频道的邀请，5月10日，西江千户苗寨朝霞艺术团32名师生奔赴北京，在中央电视台少儿频道《大风车》特别节目《大手牵小手》栏目亮相表演。

2.“爱心字典”援助活动持续进行。

由中国文学艺术基金会倡议实施的“字典援助活动”在过去两年多的时间里，基金会捐赠字典与图书的脚步已经踏过了包括广西、河南、贵州、吉林等多个省市的贫困地区。2012年又将字典送到了西藏、宁夏、云南等地，2012年6月1日，在第22届全国书博会上，商务印书馆再次联合中国文学艺术基金会向西部农村贫困地区小学生捐赠《新华字典》1万册。截至2012年年底基金会联合社会各方力量共为十余贫困地区儿童累计捐赠十万余册《新华字典》。

3. 五老专项基金资助《时代领跑者——大型绘画、书法、摄影展》。

为弘扬社会主义核心价值观，基金会五老基金资助举办了“时代领跑者——大型绘画、书法、摄影展”。展览展出作品300余件，以诗词、对联、书法、摄影、美术等多种艺术形式，展现新中国成立以来最具影响的60位劳动模范的风采，讴歌了他们无私奉献、开拓创新，永做“时代领跑者”的精神。

4. 中国检察官文学艺术发展专项基金资助中国检察官文联开展系列文化活动。

为纪念毛泽东同志《在延安文艺座谈会上的讲话》发表70周年，首届中国检察官文化论坛在延安举行。论坛以“重温《讲话》精神，推进检察文化建设”为主题，旨在进一步推动检察文化和法治文化理论研究，加强检察文化建设，推动检察工作科学发展。12月11日，“全国检察机关廉洁从检书画摄影展”在北京首都博物馆开幕。本次书画摄影展共在全国检察系统征集作品14800多件，精选545件展出。作品全方位反映了检察机关廉政文化建设的新经验和自身反腐败的新风貌。

5. 刘岩文艺专项基金开展系列慈善活动。

刘岩文艺专项基金自2011年4月11日开始举办“贫困地区儿童公益舞蹈课”。每周六下午为北京近郊孤儿和听力障碍儿童（残疾儿童）提供免费的舞蹈艺术教育课程，现有162名儿童接受该艺术课的资助。其中，96名孤儿分别来自房山孤儿福利院、北京光爱孤儿学校、北大附中丰台分校和海淀区实验外国语小学（玉树地震灾区孤儿，现在北京就读），66名残疾儿童来自北京市海淀区聋儿康复中心。

2012年12月18日至25日由中国文学艺术基金会主办，中国文学艺术基金会刘岩文艺专项基金承办的“天使的微笑”2012孤残儿童慈善摄影展在北京华彬中心展出。摄影作品记录了那些孤儿和残障儿童微笑的瞬间。这次展览反映了刘岩文艺基金公益活动的成果，展览期间还将举行慈善义卖，所有拍品均由刘岩文艺基金提供，所得收益均用于孤残儿童的艺术教育。

6. 文房四宝发展及砚文化专项基金资助“首届中国歙砚大展”。

举办这次大展的目的，旨在进一步贯彻落实全国政协关于“文房四宝的过去、现在与未来”为主题的调研成果，促进国家级非物质文化遗产歙砚传统技艺的保护和传承，进一步提升中国歙砚的文化品位，挖掘、发现、培养新型歙砚雕刻艺术人才，以促进中国歙砚进一步创新发展，推动中国文房四宝大发展、大繁荣。10月6日至8日“首届中国歙砚大展”在安徽合肥首展，12月8日移师北京国粹苑展出。

7.砚文化基金举办中国历代砚台精品展。

展览共分为三个部分，从各个不同角度，展示了砚台在我国历史长河中的发展史。第一部分：砚台春秋，介绍砚台的发展历史及各个地方不同的流派，第二部分：众砚争辉，介绍中国的十大名砚及各个地方的砚台，第三部分：名砚精品，展示历史名砚、现代名人砚（是党和国家领导人及当代艺术家的用砚和藏砚）和名砚精品（当代砚雕大师的作品）。

8.“珠海文化行·点亮一座城市的慧生活”活动在珠海举行。

4月22日，在世界读书日的前一天，中信地产珠海投资有限公司总经理黄朝省先生代表中信地产向中国文学艺术基金会捐赠30万元，这笔费用将全部用于珠海的小学、福利院以及社区图书馆的爱心图书捐赠。现场，中信地产、中国文学艺术基金会和TOP杂志共同为东风小学的学生代表捐赠了第一批爱心图书，受到了学生们的热烈欢迎。

【对外文化交流活动】

1.《纪念中新建交四十周年——中国书画作品展》在新西兰举办。

由中国文联、中国文学艺术基金会、新西兰新中友协和新西兰七彩中国文化传媒集团共同主办的《纪念中新建交四十周年——中国书画作品展》于2012年4月30日至5月5日在新西兰奥克兰举行。这是中国绘画作品走出国门，走进新西兰的重要文化交流活动。

2.中国文学艺术基金会派出首位国际志愿者。

2012年7月13日，中国文学艺术基金会为基金会的第一位国际志愿者赴厄瓜多尔举行了欢送仪式。这是中国文学艺术基金会的破冰之旅，也意味着今后将有更多的志愿者带着中国文化走向世界。

3.举办“前尘影事”——最早的中国影像专题展览。

12月19日，基金会联合法国Essonne省委员会、法国摄影博物馆、法国摄影博物馆协会、巴黎中国文化中心、中国摄影家协会共同举办《“前尘影事”——最早的中国影像专题展览》在北京华彬艺术博物馆举行。展览向公众展现法国摄影博物馆仅存的1844年用摄影技术第一次把中国的人文景观永久地记录下来的摄影作品。由于年代已久，这些银版照片极其脆弱，极少向公众展出，十分珍贵。此次展览在中国北京、武汉、丽水三个地区进行了巡展。

4.“墨韵华风”——中韩书画艺术名家联展在韩举行。

为庆祝中韩建交20周年，由中国文学艺术基金会、中韩志愿者协会主办的“墨韵华风”——中韩书画艺术名家联展在韩国首尔韩国美术馆隆重召开。此次参展的作品既有我国近现代画家陈半丁、郭风惠、吴幻荪、关山月、娄师白的精品之作，又有范曾、黄永玉、张道兴、杜滋龄、苏士澍、冯大中、姜昆、郁钧剑、吴震启等当代书画家的精心之作以及韩国书画家共计170多件作品参加展览。

内部建设

【增加基金会公信力和透明度】

1.调整各部门职责，逐步完善体制机制

按照中国文学艺术基金会四届一次理事会会议决议，根据基金会开展工作的需要，将基金会五个部门调整为办公室、基金财务部一部、基金财务部二部、项目部一部、项目部二部、项目部三部和对外联络办公室共七个部门。

同时根据各部门的职能调配了合适的人员，使工作效率得到了相应提高。

2.努力做到公开透明增加基金会公信力

2012年10月，基金会官网正式改版上线。网站设计更加主题鲜明，图文并茂。公益活动内容更加突出、宣传力度更大。首页设置上按民政部《公益慈善捐助信息披露指引》等相关要求，增加了基金会信息公开内容，公布了基金会七年的工作报告，其中包括财务报表、审计报告、理事会情况、重大公益项目收支、年检情况等。并在网站上正式公布了基金会官方微博、博客链接将基金会活动更广泛地与各界网友沟通提升了基金会社会公益形象。基金会官网将成为基金会宣传的窗口努力做到公开透明增加基金会的社会公信力。

3.发挥党支部和党员的模范带头作用

基金会党员较少，经过近两年的工作，今年我们新发展了一名积极分子入党，有两名同志参加了机关党委举办的入党积极分子培训班，年轻同志的政治觉悟明显提高，要求入党人数也不断增加。

中国文联演艺中心暨
中联百花文化艺术有限公司

综　述

2012年中国文联演艺中心和中联百花文化艺术有限公司的工作，主要围绕迎接中国共产党第十八次全国代表大会这个中心开展，举办系列活动并赢得广泛好评。

重要活动

【百花迎春——中国文学艺术界2012春节大联欢】

2012年1月8日下午，来自全国各地的2600余名文艺工作者相聚在人民大会堂，参加一年一度的“百花迎春——中国文学艺术界2012春节大联欢”。2012春节大联欢正好是第10次举办。

2012年是我国传统龙年。本次大联欢围绕龙的精神、龙的风采、龙的气概这条主线展开。

首先呈现在大联欢舞台的是《序·龙腾新春》。在著名歌星韦唯，青年歌唱家薛皓垠、孙砾、周晓琳、钟丽燕，以及中国武警合唱团共同演绎的一曲激昂的歌声中，六条巨龙在大联欢现场腾空而起，上下翻飞。96岁高龄属龙的周巍峙先生为巨龙“点睛”，将大联欢的开场推向高潮。随即在著名主持人瞿弦和、姜昆、杨澜、黄宏、周涛、朱军、董卿、王小丫的陪伴下，秦怡、贾作光、王昆、李默然、阎肃、谷建芬、范曾等7名德高望重的艺术家共同登台，表达对新一年的展望，老艺术家们的每一句感言，都是他们真实的精神感悟，他们是我们民族文化之瑰宝，他们创造的作品是我们民族文化长廊的精品。他们的感言得到全场观众雷鸣般的掌声。

2012春节大联欢，还是由东西南北四个省市自治区4个节目板块组成。

第一板块：西藏——高原格桑美

《西藏歌舞集锦》

（1）才旦卓玛、李谷一《一个妈妈的女儿》；

（2）宗庸卓玛、刘一祯、阿斯根、泽仁央金《翻身农奴把歌唱》；

（3）吕继宏《歌唱二郎山》；

（4）李丹阳、姜丽娜《心中的歌儿献给解放军》；

（5）常思思、金婷婷、白致瑶、王相周、马奕明、金瑶、丁晓红、夏阳《洗衣歌》；

（6）扎西顿珠、雪莲三姐妹《回到拉萨》；

（7）李晖、王庆爽、曲丹《北京的金山上》；

（8）郁钧剑、泽旺多吉、吕宏伟《格桑美朵》；

（9）张也《香巴拉并不遥远》；

（10）中国武警男声合唱团《天路》。

参演单位：拉萨市城关区娘热民间艺术团、林芝地区民族艺术团、吉林市歌舞团、三亚市艺术团。

第二板块：安徽——江淮杜鹃秀

1.徽剧与京剧《徽班春秋》。

演唱：尚长荣、李维康、赵葆秀、耿其昌。

[访谈梅葆玖先生和他的弟子胡文阁并清唱京剧《贵妃醉酒》]

[访谈徽剧艺术家王丹红、王明明和程圆圆并清唱徽剧《贵妃醉酒》]

2.《安徽戏曲联唱》。

（1）祖海《凤阳花鼓》；

（2）蔡国庆、张燕《对花谜》；

（3）韩再芬《谁料皇榜中状元》；

（4）于魁智、李胜素《夫妻双双把家还》。

演奏：吴玉霞（琵琶）、宋飞（二胡）、陈莎莎（笛子）、王中山（古筝）

3. 访谈高希希和《楚汉传奇》剧组。

4. 访谈胡玫和《英雄曹操》剧组。

5. 何润东《记得我爱过》。

6. 访谈赵薇。

7.《安徽歌舞集锦》。

（1）雷佳《江南江北我的家》；

（2）丁毅、王莉等《在希望的田野上》。

参演单位：安徽省泗州戏剧院、合肥市演艺公司歌舞团、吉林市歌舞团、三亚市艺术团。

特别节目：新春抒怀

冯骥才、边发吉、刘大为、刘兰芳、迪丽娜尔、赵化勇、段成桂、徐沛东、奚美娟等9位新当选的中国文联副主席发表新春感言，表达新一年的愿望。“你是血脉我是血，铁锤镰刀的誓言开天辟地，热血澎湃披荆斩棘，我们的幸福如朝阳升起”。著名歌唱家殷秀梅一曲深情的歌曲《血脉》，正是他们感言的升华。

第三板块：海南——海南木棉红

1. 歌舞《请到天涯海角来》。

演唱：冯瑞丽、师鹏、曹芙嘉。

2. 访谈杜近芳、丁晓君并清唱京剧《红色娘子军》片段。

3. 访谈白淑湘、薛菁华、冯英，回顾芭蕾舞剧《红色娘子军》。

4. 访谈王心刚、祝希娟、牛犇、黄准，回顾电影《琼花》。

5. 芭蕾舞与合唱《万泉河水》。

表演：中央芭蕾舞团合唱：中国武警合唱团。

6. 曲艺节目《海南说海》。

表演：姜昆、杨澜、唐杰忠、王馥荔、郭达、魏积安、巩汉林、戴志诚

7.《海南歌舞集锦》。

（1）李双江、戴玉强、张英席《我爱五指山我爱万泉河》；

（2）吕薇、刘和刚《西沙可爱的家乡》；

（3）谭晶《南海谣》；

（4）汤子星、顾莉雅《永远的邀请》。

参演单位：海南省歌舞团。

特别节目：青春寄语

来自中央芭蕾舞团战薪潞、马晓东，中央音乐学院郭思言，中国音乐学院曲丹，青年歌手王晰，中国戏曲学院侯珊珊，北京舞蹈学院邹佳别，北京电影学院周冬雨、张一山等9位青年艺术人才登上舞台，发表青春寄语。他们英姿勃发，表示要追寻着老一辈艺术家的足迹，勇攀艺术高峰，在各自领域取得更加优异的成绩。

第四板块：河北——燕赵太平颂

1. 河北省杂技团《杂技集锦》。

2.《河北民歌、戏曲集锦》。

（1）陈思思《北风吹》；

（2）阿鲁阿卓、李炜鹏《放风筝》；

（3）刘秀荣《火红的太阳出东方》；

（4）王喆、王志昕《小放牛》；

（5）朱明瑛、魏金栋、方琼《回娘家》。

3. 访谈王蒙，张铁林朗诵王蒙诗作《青春万岁》。

4. 合唱《没有共产党就没有新中国》。

演唱：郭兰英、李光羲、胡松华、阎肃、才旦卓玛、王玉珍、刘秉义、胡宝善、叶佩英、姜嘉锵、于淑珍、苏叔阳、吴雁泽、邓玉华、耿莲凤。

5. 配乐诗朗诵《西柏坡抒怀》。

表演：王心刚、王晓棠、田华、林达信、张勇手、刘江、师伟、袁霞、卢奇、庞敏、祝新运、刘之冰、侯天来、岳红、巫刚、刘继忠、赵晓明、苏丽、祁潇潇、张曦文。

演奏：吕思清（小提琴）、朱亦兵（大提琴）、孙颖迪（钢琴）。

6. 歌舞《北京颂歌》。

领唱：廖昌永、魏松、么红、尤泓斐。

合唱：中国武警合唱团。

参演单位：河北省定州子位民间吹歌艺术团、石家庄市艺术学校、吉林市歌舞团、三亚市艺术团。

2012春节大联欢在宋祖英与中国武警合唱团、吉林市歌舞团、三亚市艺术团，以及来自西藏、安徽、海南、河北的艺术家们共同演绎的歌舞《中国万岁》中结束。

中央电视台综艺频道2012年2月25日14:30（大年初三）和2月27日（大年初五）19:30播出了本届大联欢的实况，收视率名列前茅。在2012年度全国春节文艺晚会及春节特别节目评选中，本届大联欢荣获“春节文艺晚会特别奖”。

2012年9月8日，在第26届中国电视金鹰奖中《百花迎春——中国文学艺术界2012春节大联欢》

被评为电视文艺节目组委会特别奖。

2012春节大联欢由覃志刚总体设计，郁钧剑任总策划兼总导演，朱彤任艺术总监，曾庆淮任艺术总顾问。

【全国人大机关迎春联欢会】

2012年1月9日下午，全国人大机关迎春联欢会在人民大会堂宴会厅举办，这是第2次为全国人大机关党委组织的联欢会。吴邦国委员长、王兆国副委员长等领导同志与全国人大机关近千名干部群众出席本届联欢会。全国人大副秘书长李连宁在联欢会现场的讲话中，专门提到中国文联对联欢会的大力支持并表示最真挚的感谢。

联欢会由李扬、周涛主持。节目内容包括：

一、开场歌舞

表演：北京顺元祥龙狮舞团、合肥市演艺公司歌舞团、安徽省泗州戏剧院。

二、合唱《中国中国鲜红的太阳永不落》《革命人永远是年轻》

表演：全国人大机关部级领导。

三、时装秀《万家灯火颂和谐》

表演：全国人大机关离退休老同志。

四、京剧清唱《四郎探母》坐宫一折

演唱：全国人大常委会副秘书长、港澳基本法委员会主任乔晓阳。

五、歌舞《盛世花开》

表演：人民大会堂管理局。

六、相声《爱的代驾》

表演：冯巩等5人。

七、歌曲串烧

演唱：全国人大机关干部。

八、黄梅戏《女驸马》选段《谁料皇榜中状元》

演唱：韩再芬。

舞蹈：安徽省泗州戏剧院、合肥市演艺公司歌舞团。

九、歌舞《江南江北我的家》

演唱：雷佳。

舞蹈：安徽省泗州戏剧院、合肥市演艺公司歌舞团。

【院士专家新春联谊会】

2012年1月10日下午，院士专家新春联谊会在人民大会堂宴会厅举办，这是继2010年之后的第三届。正在国外访问的李源潮部长发来贺电表示祝贺，中组部其他领导和中央人才工作领导小组组成单位的部委领导，与近千名专家院士出席本届新春联谊会。李智勇副部长在联谊会现场的讲话中，专门提到中国文联对联谊会的大力支持并表示最真挚的感谢。

联谊会由朱军、董卿主持。节目内容包括：

一、歌舞《中国龙》

表演：北京顺元祥龙狮舞团、三亚市艺术团。

二、新民乐《梦开始的地方》

演奏：绽放女子乐团。

三、歌舞集锦

1. 刘一祯、泽仁央金《翻身农奴把歌唱》；

2. 李晖、王庆爽《北京的金山上》；

3. 泽旺多吉《格桑美朵》。

舞蹈：三亚市艺术团。

四、小品《爱的代驾》

表演：冯巩等。

五、合唱

1.《军民大生产》

演唱：参加院士专家理论研究班（延安干部学院班）的中科院院士、中国工程院院士。

2.《毛委员和我们在一起》

演唱：参加院士专家理论研究班（井冈山干部学院班）的中央联系专家，“千人计划”国家特聘专家。

六、舞蹈《荷花赋》

表演：苟婵婵、蔡梦娜、骆文博、张丝蕊、李艳超。

七、合唱《祖国不会忘记我》

演唱：第八期科研院所长、现代管理高级研修班学员。

八、男声独唱《儿行千里》

演唱：王宏伟。

九、相声《欢歌笑语》

表演：姜昆、戴志诚等。

十、肩上芭蕾《化蝶》

表演：吴正丹、魏葆华。

十一、女声独唱《祖国万岁》

演唱：谭晶。

舞蹈：三亚市艺术团。

【党的旗帜高高飘扬——大型系列音乐会】

2012年7月12日至15日，为迎接党的第十八次

全国代表大会的胜利召开，由中国文学艺术界联合会、北京市人民政府联合主办，由国家大剧院、中国文联演艺中心联合承办，由中国音乐家协会协办的“党的旗帜高高飘扬”大型系列音乐会在国家大剧院歌剧厅隆重上演。这次系列音乐会由“唱支山歌给党听”（7月12日）、“赞歌献给伟大的党”（7月13日）、“向着太阳歌唱”（7月14日）、“党啊，亲爱的妈妈”（7月15日）共4场主题音乐会组成。

这次系列音乐会，具有阵容空前强大、曲目非常丰富、编排十分新颖等特点。

这次系列音乐会共邀请到目前活跃在我国文艺舞台上的老中青三代近百名音乐名家和500余名文艺工作者参加演出，其中既包括王昆、郭兰英、李光羲、胡松华、才旦卓玛、邓玉华、王玉珍、胡宝善、李双江、于淑珍、叶佩英、卞小贞、姜嘉锵、耿莲凤、李谷一、蒋大为、克里木、杨洪基、熊卿才、韩芝萍等老一辈音乐名家，也包括关牧村、宋祖英、郁钧剑、董文华、阎维文、刘斌、韦唯、张也、吕继宏、王秀芬、魏松、廖昌永、戴玉强、吕思清、梁宁、么红、郑咏、丁毅、成方圆、解晓东、蔡国庆、腾格尔、李丹阳、方琼、吴碧霞、谭晶、陈思思、吕薇、雷佳、王丽达、王莹、刘和刚、张燕、王莉、吕嘉、尤泓斐、张英席、沈灏、吴娜、李晖、马梅、张海庆、姜丽娜、师鹏、严当当、邓容、钟丽燕、周晓琳、常思思、阿鲁阿卓、王喆、汤子星、高保利、耿为华、泽旺多吉、王志昕、李炜鹏、乔军、陈永峰、郭芳芳、吕宏伟、金婷婷、曲丹等中、青年音乐名家。赵忠祥、瞿弦和、刘芳菲、姜昆分别担任这次系列音乐会4场演出的主持人。国家大剧院管弦乐团和合唱团，将军后代合唱团，吉林市歌舞团也参加了演出。正如国家大剧院王蕌荣副院长所说，此次系列音乐会的演出阵容是国家大剧院开幕近4年来最为强大的。

举办此次系列音乐会的经费有限，但参加演出的演员毫不计较，像宋祖英、戴玉强等演员还是推掉了商演前来参加演出。更令人敬佩的是一些老艺术家，尽管他们其中有的已是90岁以上的高龄，歌声也不像从前那样优美，但他们仍坚持要登上国家大剧院的舞台，哪怕带上自己的学生一起演唱，也要表达自己的一丝心声。像在歌剧《洪湖赤卫队》里扮演韩英的王玉珍老师，已经几十年未登台演出了，为了参加此次演出，还特意订做了一套“新版”韩英服装，再现当年的风采。

此次系列音乐会的曲目也非常丰富，展示了为广大观众耳熟能详的经典作品近100首。这些既充满革命现实主义，又充满革命浪漫主义的经典作品作为我国社会主义文艺的重要组成部分，在团结民众、鼓舞士气、取得解放和建设事业的胜利等方面发挥了不可磨灭的作用。在党的十八大即将召开的前夕，以举办大型系列音乐会的形式集中展示这些经典音乐作品，是对党所领导的社会主义文艺事业建设成果的一次展示和检阅，起到承前启后、继往开来的积极作用，也为迎接党的十八大胜利召开营造喜庆和谐的良好氛围。

这次系列音乐会的编排十分新颖。此次系列音乐会的4场演出是在国家大剧院歌剧厅进行，而且每场演出的内容不同，又是连续4天举办，因此，在编排上颇费匠心。让广大观众看到了4场与其他音乐会形式有所不同的演出。

此次系列音乐会还充分运用国家大剧院歌剧厅的独特装置，在舞美设计和制作方面打造新的亮点。中央电视台著名舞台设计师陈岩参与了此次舞美的创意，由北京奥运会开幕式灯光总设计沙晓岚和著名音响设计师何飚率领的舞美团队在经费极其有限的情况下，发扬奉献精神，为此次系列音乐会搭建了令人耳目一新的舞台。

【古道欢歌——2012土耳其中国文化年闭幕式文艺晚会】

2012年12月4日晚，古色古香的土耳其国家歌剧院灯火辉煌，从中国远道而来的40多位艺术家和优秀演员，在这里为热情的土耳其观众奉献了一场精美绝伦的东方舞台艺术盛宴，为历时一年的“2012土耳其中国文化年”画上了圆满句号。这台题为“古道欢歌”的闭幕式文艺晚会，与贯穿整个土耳其中国文化年的“丝路之源，魅力中国”主题呼应，再次令中华文化艺术之美璀璨绽放于欧亚两大洲交汇之处，使历经多样文明熏陶的土耳其观众如痴如醉。

闭幕晚会由中国文联、中国文化部、中国驻土耳其大使馆、土耳其文化旅游部联合主办，中国文联国际联络部、中国文联演艺中心承办。土耳其文化旅游部部长埃尔图鲁尔·居纳伊，中国文联副主席杨承志，中国驻土耳其大使宫小生，中国音协主席赵季平，中国文联国际联络部主任黄文娟，中国文联演艺中心主任郁钧剑，中国驻土耳其大使馆文化参赞余建等与当地观众一起观看了演出。

整台晚会内容丰富，格调高雅，气氛热烈，既具有鲜明的民族特色、中国魅力和东方美感，同时也包含西方歌剧、声乐、舞剧等艺术经典片段，呈现出鲜明的东西方文化交流交融之美，颇为契合土耳其横跨欧亚两洲、地处东西文化交汇处的文化特色，将曾为古丝绸之路连接起来的中土文化艺术的交流，再次做出时代的精彩演绎。

此台晚会组建的演出团队阵容强大、名家云集，所选节目均为艺术精品。邓建栋、么红、山翀、张英席、吴正丹、魏葆华、王亚彬、降央卓玛等众多来自国内各大文艺院团的一流艺术家在演出当晚的精彩表现，使这台包括了中国民族器乐演奏、民族歌舞、杂技及声乐演唱等多种艺术形式的晚会，极具艺术观赏性和感染力。

当晚8时，随着清悦的开场钟声，一组中国民族器乐集锦立即将观众带进了浓郁的中国文化气场中。器乐合奏《花好月圆》、《步步高》喜气洋洋、节奏明快，丝弦五重奏《欢乐的夜晚》犹如银瓶乍破、珠落玉盘，打击乐重奏《龙腾虎跃》气贯长虹、撼人心魄，二胡独奏《葡萄熟了》、笙独奏《火车进侗乡》热烈活泼、俏皮幽默，让观众领略了二胡、柳琴、古筝、琵琶、笙等中国民族乐器的独特魅力。随后，几部中国古典舞精品陆续登场，《牡丹七仙》将牡丹国色天香、雍容华贵的气质以及东方女性的柔婉演绎得淋漓尽致、满台芳菲；《秦王点兵》则以世界闻名的秦始皇兵马俑为创作原型，充分展示中国历史文化的磅礴厚重，动作劲健流畅，尽显阳刚之美；《扇舞丹青》刚柔相济，融汇中国水墨、传统武术等文化意境于其中，将虚实、动静、阴阳、形韵等中国传统文化理念形象地展示在土耳其观众面前。此外，中国艺术家奉献的小提琴独奏《马刀舞》、民歌《父亲的草原母亲的河》、《吉祥的日子》，世界经典名曲《我的太阳》、《今夜无人入睡》等，以及本次艺术团团长著名歌唱家郁钧剑即兴演唱的歌曲《小白杨》，都多次赢得现场观众的热烈掌声，从中不难感受到当代中国艺术家散发出的面向世界、融入世界的文化自信和独特魅力。而堪称全场演出最大亮点的，非杂技表演艺术家吴正丹、魏葆华带来的“东方天鹅”莫属。完美融合了中国传统杂技艺术和西方古典芭蕾艺术的《东方天鹅——芭蕾对手顶》一亮相，就征服了所有土耳其观众的心，将整场演出推向了最高潮。

晚会在《爱我中华》的歌声中圆满结束，当全体演员一一走上舞台谢幕时，全场掌声雷动，观众们久久不愿离去。

宫小生看完演出后激动地说：“没有想到闭幕式演出竟然如此精彩！”他对中国艺术家们说，我是大使，你们也是“大使”，你们是文化交流的“大使”，你们带来的这场精彩演出一定会在中土文化交流史上留下美好而难忘的一页。埃尔图鲁尔·居纳伊也对演出给予高度评价，认为许多节目的精彩程度几乎令人“难以置信”。他感谢所有来到土耳其为中国文化年付出心血的中国艺术家，同时也希望明年即将在中国举办的土耳其文化年能够为中国观众带去同样的精彩。杨承志向艺术家们的成功演出表达了热烈祝贺和衷心感谢，也向艺术家们付出的巨大努力表示敬意。她希望这次交流演出也能够使艺术家有所收获，在心中永远留下一份美好的记忆，并在今后的对外文化交流活动中继续发挥艺术家的才能。

闭幕式演出之后，中国艺术家们又在保鲁为大学生演出了一场，当演出结束后，许多土耳其大学生冲上舞台，甚至涌入后台的化妆间，手指着节目册上中国艺术家的照片，热烈地要求合影留念。还没有卸妆的艺术家被他们拉住，拍照、签名、拥抱，一直到艺术家们登上了返回驻地的汽车，还有一些观众不肯离去。几位土耳其女大学生追到汽车里，大声对着满车的艺术家高喊：“中国朋友，我爱你们！”“希望你们常来土耳其！”“土耳其欢迎你们！”

中国戏剧家协会

1. 5月，纪念毛泽东同志《在延安文艺座谈会上的讲话》发表70周年“中国戏剧家延安行”活动在延安举行。图为中国文联党组书记、副主席赵实，中国文联党组成员、副主席杨承志与戏剧家代表在鲁迅艺术文学院旧址前合影。
2. 1月14日，中国剧协迎新春联谊会在北京饭店举办。中国文联党组书记、副主席赵实出席联欢会，与戏剧工作者共迎新春。
3. 2月，中国剧协七届二次理事会暨2012年工作会议在河南郑州召开。中国文联党组成员、副主席杨承志出席会议并讲话。
4. 10月，中国剧协全国青年导演艺术家研修班在上海举办。中国剧协主席尚长荣出席开班典礼并为全国戏剧创作高端人才研修中心授牌。
5. 中国剧协十分关心老戏剧家的工作与生活。图为3月，中国剧协分党组书记、驻会副主席季国平看望中国剧协顾问、老戏剧家陈伯华。
6. 4日，以中国剧协驻会副主席季国平为团长的中国戏剧家代表团赴日访问。图为代表团与日中文协副会长、日本艺术家栗原小卷等合影。

1	
2	4
3	
5	6

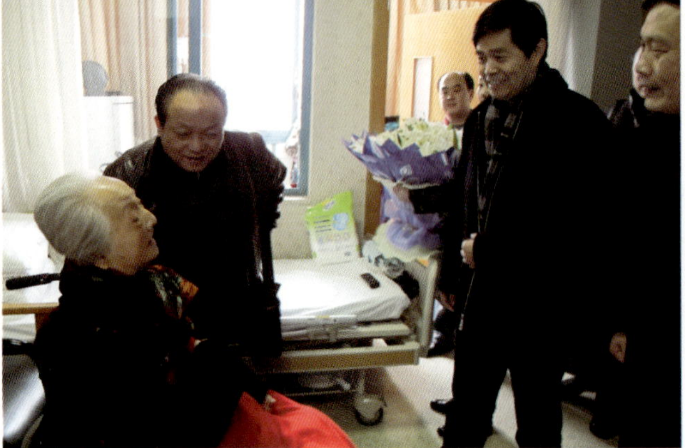

7	8
9	
	10
11	12

7. 9月，第四届中国戏剧奖·理论评论奖颁奖式在京举行。中国文联党组成员、书记处书记李前光，中国剧协分党组书记、驻会副主席季国平等为获奖者颁奖。
8. 6月28日，全国创先争优表彰大会在北京人民大会堂召开。中国剧协年已九旬的戏剧家刘厚生同志被评为全国创先争优优秀共产党员。
9. 9月，第二十届曹禺戏剧文学奖（第四届中国戏剧奖·曹禺剧本奖）颁奖晚会在湖北潜江举行。中国文联党组成员、副主席杨承志，中国剧协分党组书记、驻会副主席季国平等为获奖者颁奖。
10. 8月，中国文联、中国剧协梅花奖艺术团在中国文联党组副书记、副主席李屹和中国文联党组成员、副主席杨承志的带领下，首次来到新疆进行演出和采风活动。图为艺术家们在毡房里与牧民联欢。
11. 11月，党的十八大胜利召开。11月15日，大会闭幕后，中国文联党组副书记、副主席李屹，党组成员、副主席杨承志亲切看望了部分回剧协联谊的戏剧界代表。
12. 10月，由中国文联、教育部、上海市人民政府主办的第三届中国校园戏剧节在上海举行。图为上海戏剧学院的参赛剧目话剧《国家的孩子》。

中国电影家协会

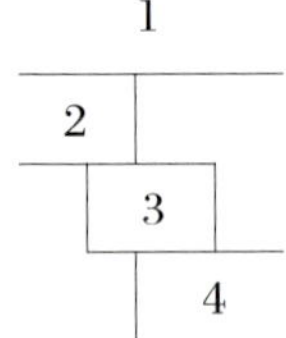

1. 7月26日，中国文联党组书记、副主席赵实出席“百花放映　情系新疆”电影惠民工程活动，并到新疆阜康市老艺人热合曼·阿不祖家进行慰问。
2. 3月2日，中国电影家协会第八届主席团第五次会议在北京召开。中国影协主席李前宽出席并主持会议。
3. 4月26日，“百花放映　情系基层”大型电影惠民工程在北京全国政协礼堂举行启动仪式。
4. 5月16日，纪念毛泽东同志《在延安文艺座谈会上的讲话》发表70周年暨《2012中国电影产业研究报告》发布座谈会在北京举行。

5	6
7	8
	9

10

5. 11月6日，中国电影家协会电影史料抢救工程一期、二期验证会在北京举行。
6. 11月9日，第七届华语青年影像论坛闭幕式暨年度新锐华语影人颁奖盛典在北京举行。
7. 11月7日，第七届华语青年影像论坛青年导演峰会在北京举行。
8. 4月12日，全国电影家协会秘书长会议在浙江省杭州市召开。
9. 9月26日，第21届中国金鸡百花电影节开幕式在绍兴体育中心开幕。
10. 9月29日，第31届大众电影百花奖颁奖典礼在绍兴柯桥国际会展中心举行。

中国音乐家协会

1	2
3	4
5	6
7	8
9	10

1. 3月，中国音协主席团会议在京举行。
2. 6月，“跨越巅峰”宋祖英、郎朗、波切利三大巨星音乐会。
3. 2月，中国音协承办中国文联驻华使节新春招待会。
4. 2月5日，中国文联党组副书记、副主席覃志刚在中国音协春节联谊会上讲话。
5. 3月，中国音协在京主办李谷一个人演唱会。
6. 1月11日，全国打工获奖歌曲作品交流会。
7. “快乐一起来——2012全国儿童歌曲大奖赛”发布会。
8. 4月，中国音协赴湖南湘西吉首“送文化走基层”。
9. 5月，中国音协在革命圣地延安举行纪念毛泽东同志《在延安文艺座谈会上的讲话》发表70周年大型文艺演出《我要去延安》。
10. 5月，叶小钢《临安七部》音乐会。

11

12 13

14 15

16 17

18

11. 6 月，中国音协在北京国家大剧院主办“中国音协二胡学会成立三十周年庆典‘盛世弦和’音乐会”。
12. 6 月，中国音协在福州主办“第五届海峡两岸合唱节”。
13. 7 月，中国音协、中共云南省委宣传部在云南共同主办“纪念聂耳诞辰 100 周年”系列活动。
14. 8 月，中国音协、《歌曲》杂志编辑部在北京举办“成才之路”第四届全国未来词曲作家、演唱家研习班，中国音协主席赵季平在开班仪式上讲话。
15. 8 月，“中国管乐杯”全国中小学生管乐独奏展演暨夏令营活动开营仪式。
16. 8 月，中国音协、《歌曲》杂志编辑部在京举办“成才之路”培训班。
17. 12 月，中国音协在天津开发区召开第七届理事会第二次会议。
18. 2012 年全国打工歌曲创作演唱大赛颁奖晚会。

中国美术家协会

1. 10 月 27 日，中国文联党组书记、副主席赵实，中共中央统战部常务副部长朱维群，中宣部副部长翟卫华与中国美协领导刘大为、吴长江等在中国美术馆参观作品并交流艺术心得。
2. 7 月 3 日，“感知中国——中国当代国画展”在东京中国文化中心开幕，中国美协主席刘大为致开幕辞。
3. 7 月 24 日，中国文联党组成员、副主席左中一在“中华文明历史题材美术创作工程”创作动员大会上致辞。
4. 11 月 20 日，中国美协在德国柏林中国文化中心举办“中国当代美术作品展”，中国驻德大使史明德（右）在刘大为主席（中）、陶勤副秘书长（左）介绍下参观作品。
5. 元旦期间，中国美协分党组书记、驻会副主席吴长江在北京市房山区长阳镇建设工地为一线的务工者贴“福”字。
6. 6 月 29 日，中国美协分党组书记、驻会副主席吴长江向中国人民大学艺术学院徐唯辛院长赠送《海外研修成果集》等专业书籍。
7. 6 月 29 日，2012 年度中国中青年美术家海外研修工程派遣暨“研修工程成果进校园”捐赠仪式在中国人民大学举行。

1	
2	3
4	5
6	7

8	9
10	11
12	13
14	

8. 3月21日，中国美协写生团在河北省井陉县大梁江村头召开座谈会。
9. 10月27日，“浩瀚草原——中国美术作品展”在中国美术馆开幕。
10. 9月28日，“未来与现实——第五届北京国际美术双年展”在中国美术馆开幕。
11. 3月21日，“为中国美术立言”首届“高端论坛”——“美术理论与文化强国”研讨会在北京举行。
12. 3月13日，中国美协写生团赴广西龙胜各族自治县采风。
13. 12月28日，“中国美协会员油画、版画精品展”在广州市美林美术馆举办。
14. 9月18日，中国美协全国组联工作会在广东珠海举行。

中国曲艺家协会

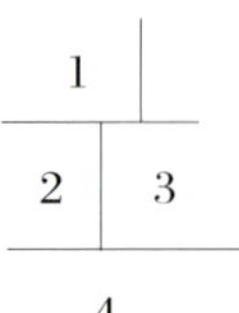

1. 中共中央政治局委员、中央书记处书记、中宣部部长刘奇葆同志接见第七次曲代会全体代表并合影。
2. 曲艺界纪念毛泽东同志《在延安文艺座谈会上的讲话》发表70周年研讨会在京召开。
3. 第六届CCTV电视相声大赛颁奖晚会在京举办。
4. 第七届中国曲艺牡丹奖颁奖晚会。

5	6	7
8	9	10
11		

5. 全国道德模范故事汇基层巡演贵州安顺专场。
6. “泰州杯”第五届全国少儿曲艺大赛在江苏泰州举办。
7. 第四期全国曲艺精品创作班在黑龙江宝泉岭举办。
8. 2012 北京·国际幽默艺术周在北京举办。
9. 中国曲协代表团全体成员在埃菲尔铁塔前合影留念。
10. 中国曲协“喜迎十八大 曲艺走基层”送欢笑专场演出在云南省红河州开远市举行。图为姜昆、戴志诚表演相声。
11. 第二届海峡两岸欢乐会暨曲艺理论研讨会在台湾成功举办。

中国舞蹈家协会

1	
2	3
4	

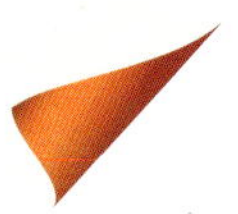

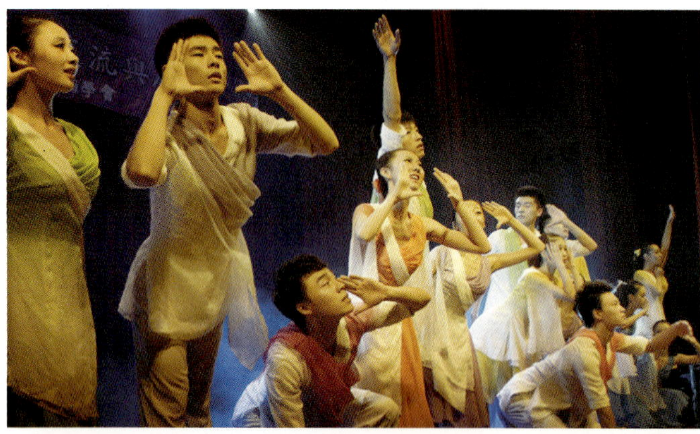

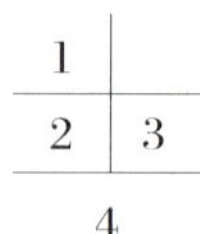

1-2.《海峡两岸，共舞未来》赴台交流活动，大陆学生表演《海那边》，在台湾阿里山与原住民共舞。
3. 第八届荷花奖现当代舞获奖作品《决胜千里》南京军区政治部前线文工团演出。
4.《红色少年》。

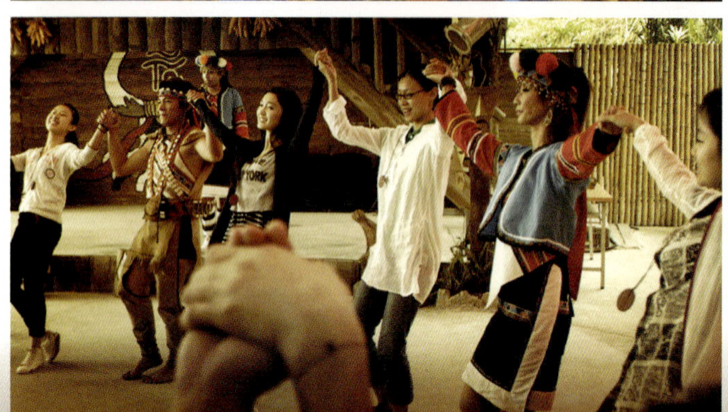

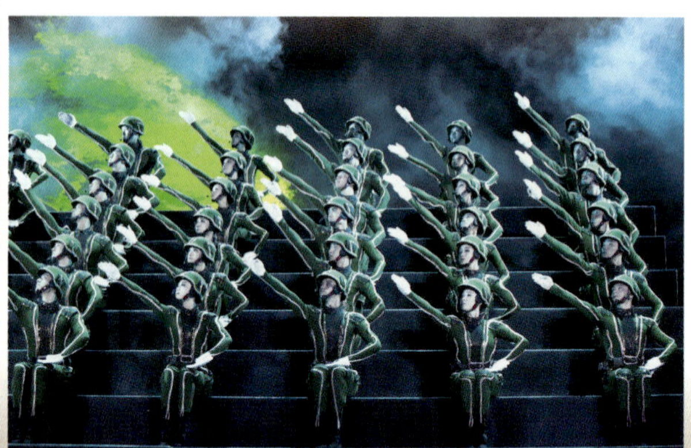

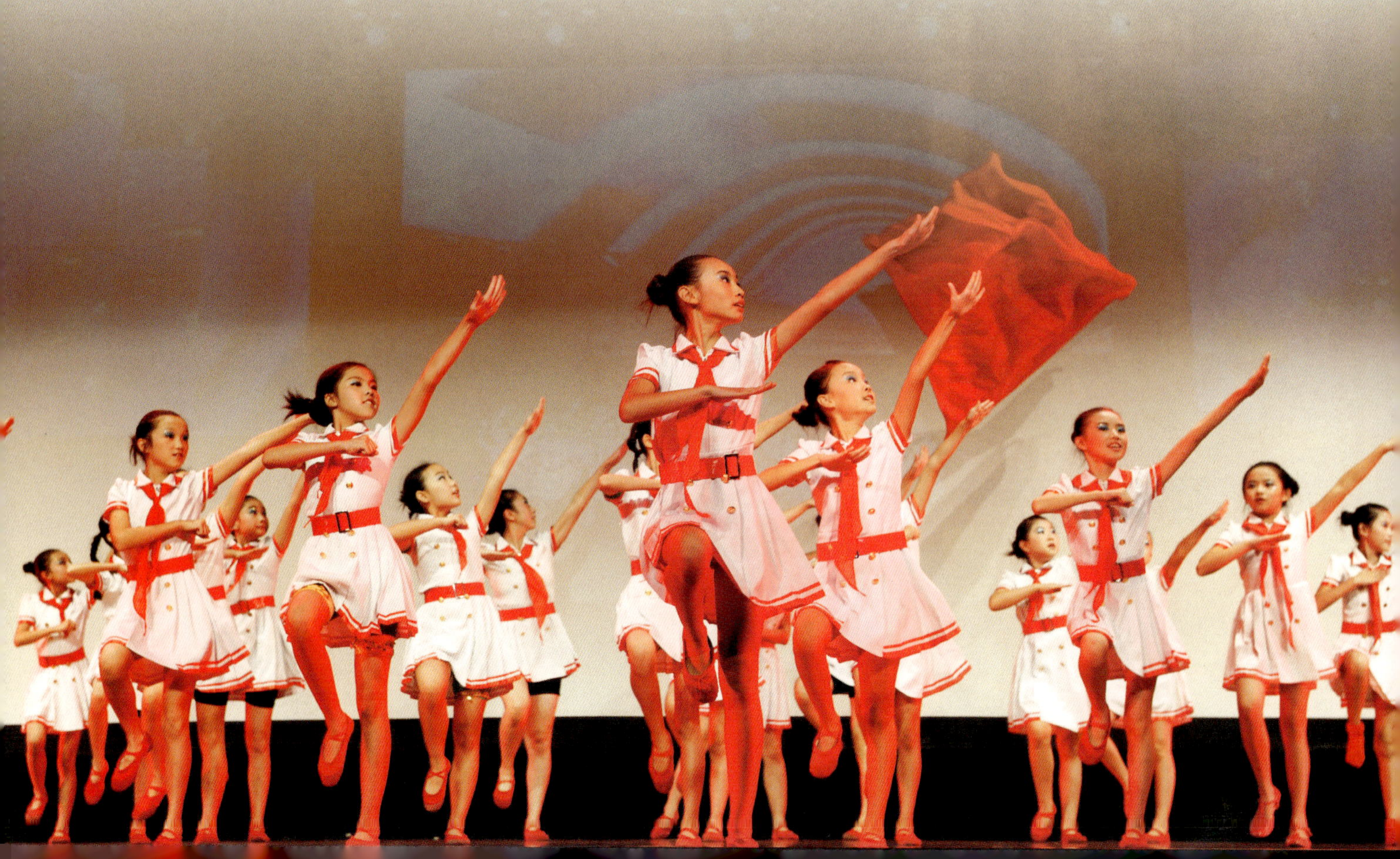

5
6 7
8

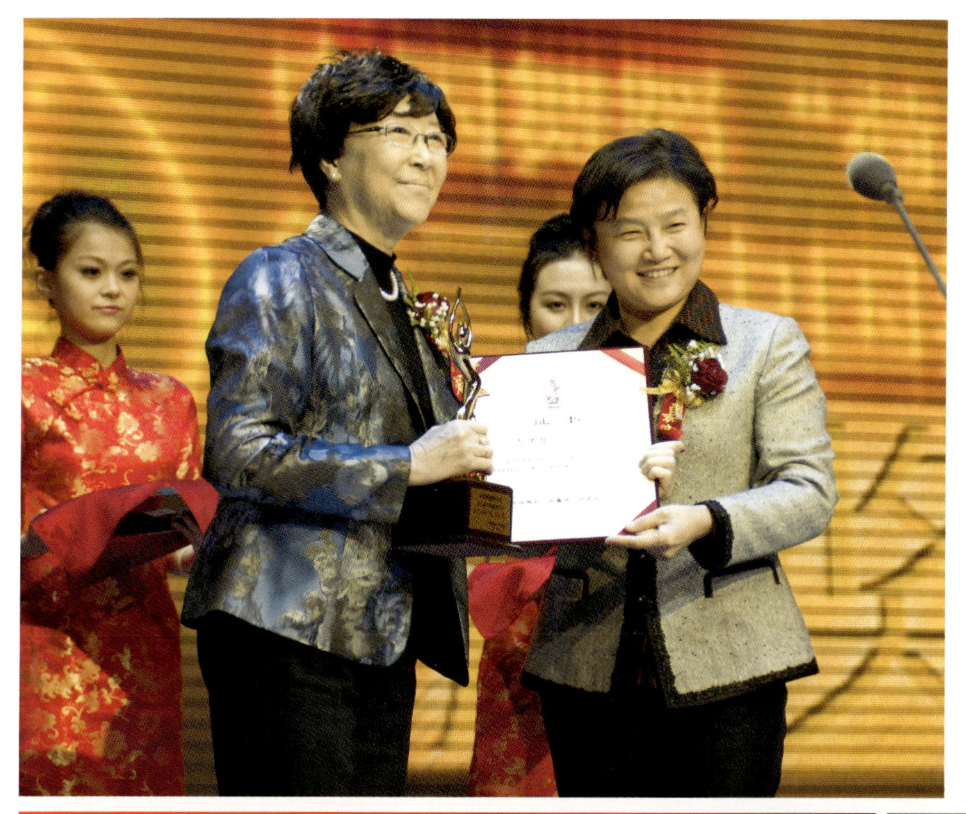

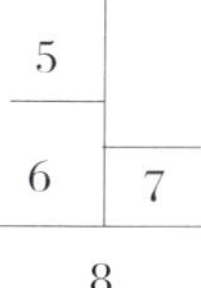

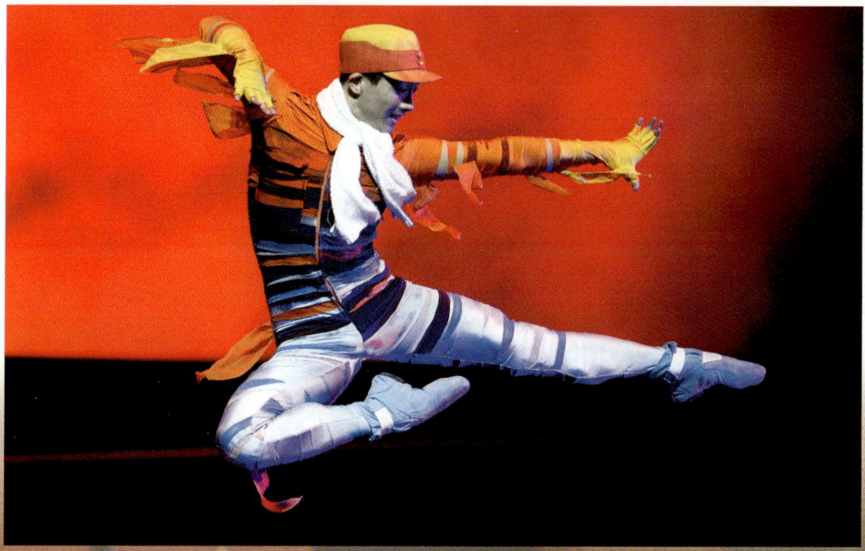

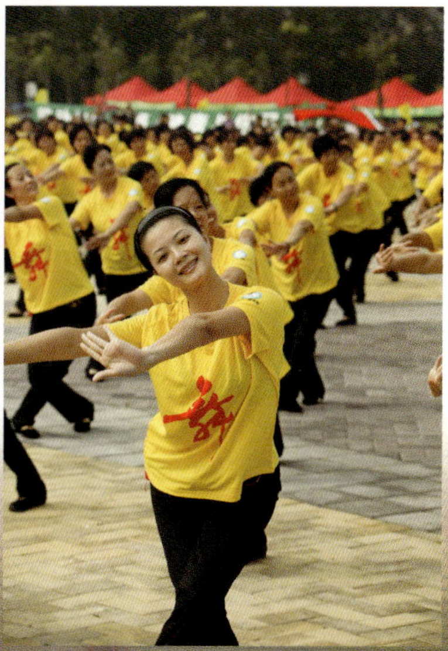

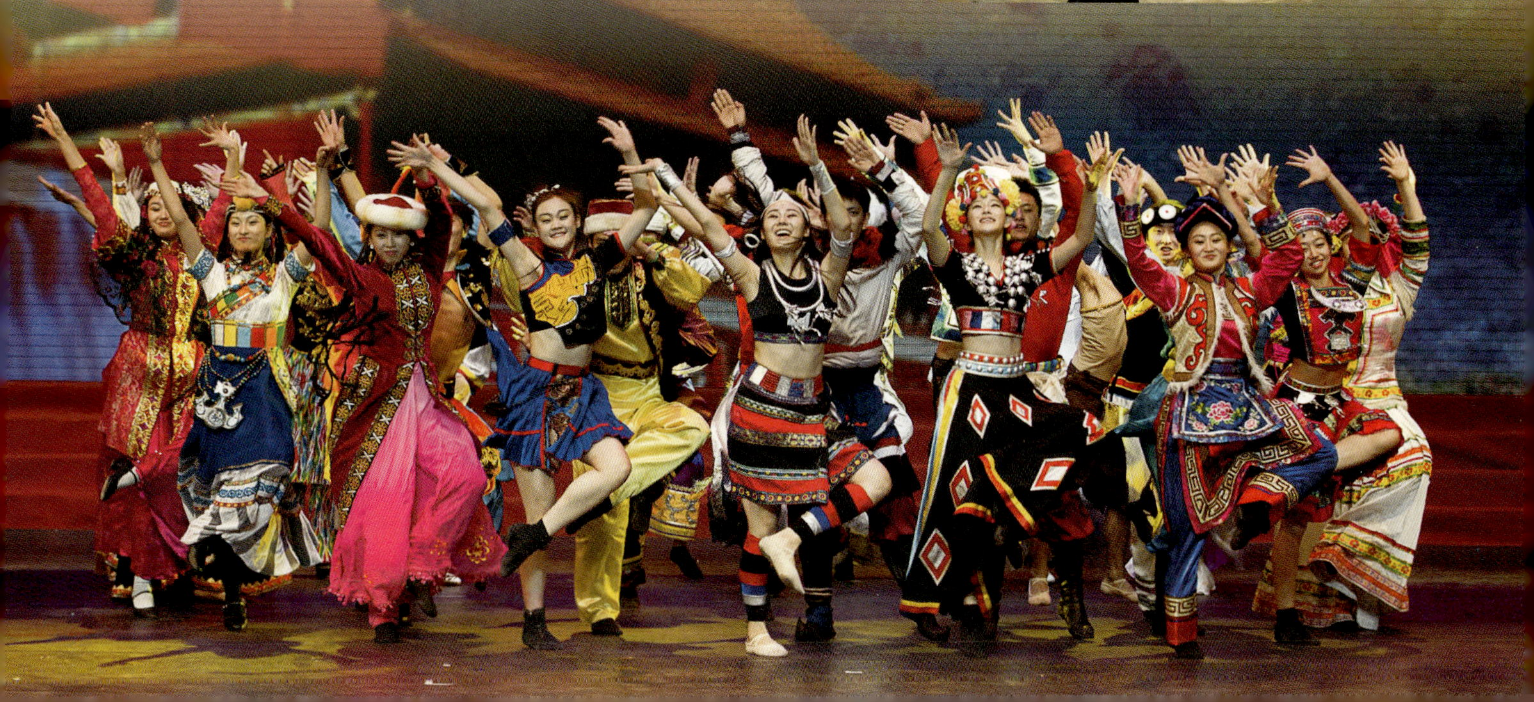

5. 第二届中国舞蹈艺术“终身成就奖”，中国文联党组成员、副主席杨承志为获奖者资华筠颁奖。
6. 舞蹈诗《延安记忆》武警文工团演出。
7. 中国舞协在全国推广“百姓健康舞”。
8. 歌舞集锦《爱我中华》。

中国民间文艺家协会

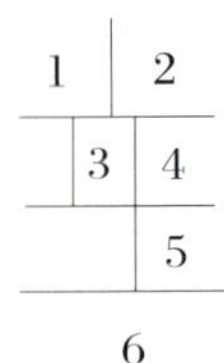

1. 4 月 1 日至 10 日，由中国文联、中国民协、河南省人民政府共同主办的“我们的节日・清明——2012 中国（开封）清明文化节”在河南省开封市成功举办。中国文联党组书记、副主席赵实宣布“2012 中国（开封）清明文化节”开幕。
2. 1 月 5 日，由中国文联、中国民协、中共海南省委宣传部主办的第十届中国民间文艺“山花奖”颁奖盛典在海南省海口市举行。
3. 中国文联副主席、中国民协主席冯骥才看望年画艺人王学勤。
4. 9 月 9 日至 18 日，由中国文联、文化部、中国民协等 10 家单位联合主办的“四驾马车——冯骥才的绘画、文学、文化遗产保护与教育”展览在北京画院隆重举行。
5. 8 月 3 日至 8 日，由中国文联、中国民协、吉林省人民政府、长春市人民政府共同主办的第七届中国（长春）民间艺术博览会在长春市成功举办。
6. 12 月 12 日，由中国文联主办、中国民协和中国社会科学院民族研究所承办的“庆祝百岁贾芝从事革命文艺工作 80 周年座谈会”在北京人民大会堂举行。

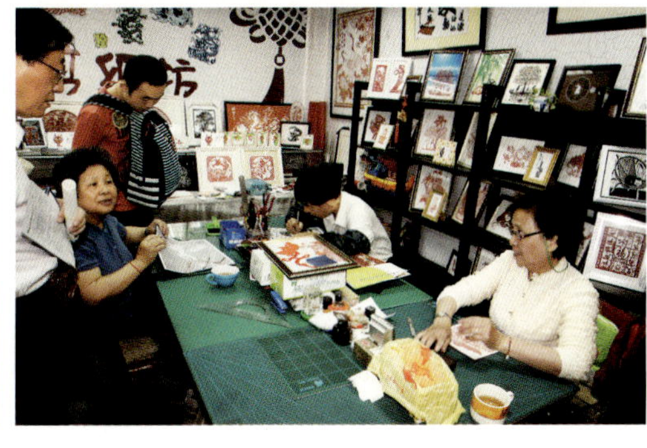

7	8
9	10
11	12
13	

7. 6月30日，百余位专家学者齐聚新疆阿克陶，共同探讨交流享誉世界的中国三大英雄史诗——藏蒙史诗《格萨（斯）尔》、蒙古族史诗《江格尔》、柯尔克孜族史诗《玛纳斯》保护、传承、发展问题。

8-9. 3月至6月期间，由中国文学艺术基金会资助、中国民协主办的“全国古村落工作经验交流会暨第二届中国古村落保护与发展研讨会”、“全国古村落保护现场会暨村落文化论坛”、“中国北方村落文化遗产保护工作论坛”分别在梅州、吉安、济南举行。

10. 中国文联、中国民协于年初、年底组织民间文艺志愿服务演出分赴福建省厦门市和四川省遂宁市大英县开展文艺志愿服务。

11-12. 4月16日至5月13日期间，由中国文学艺术基金会资助、中国民协主办的“少数民族民歌手培训及采风创作活动”、“中国民间工艺传承人培训班”、“晋陕蒙秧歌伞头选拔赛”分别在桂林、上海、榆林举行。

13. 9月12日，由中国文联、甘肃省人民政府、中国民协主办的第九届中国民间艺术节在甘肃省平凉市开幕。艺术节期间进行了第十一届中国民间文艺山花奖·民间艺术表演奖（广场歌舞）的角逐。

中国摄影家协会

1		
2	3	
4	5	
6	7	
8	9	10

1. 第八次摄代会后，中央政治局委员、中央书记处书记，中央宣传部部长刘奇葆同志（一排中）亲切会见中国摄影家协会新老主席团成员。
2. 中宣部常务副部长雒树刚在大会开幕式上发表重要讲话。
3. 全国政协副主席、中国文联主席孙家正在会前亲切接见参会代表并合影 。
4. 中国文联党组书记、副主席赵实在大会开幕式上发表重要讲话。
5. 中国摄协分党组书记王瑶在第八次摄代会上代表第七届理事会作了题为《深入学习贯彻党的十八大精神 为发展繁荣中国摄影事业努力奋斗》的工作报告。
6. 1月15日，由中国文联、重庆市委市政府主办的2012中国文联"送欢乐、下基层"赴重庆涪陵，中国摄协分党组副书记、副秘书长王郑生向重庆市涪陵区委书记张鸣赠送由摄影家拍摄的地区风光作品。
7. 3月2日，中国摄协与中国人民革命军事博物馆、上海希望工程办公室联合主办了"不朽的丰碑 永远的榜样"雷锋事迹大型原创摄影作品展。
8. 3月3日，2012年全国人大代表全国政协委员摄影联谊会在京举行。
9. 4月20日至23，由中国机械工业联合会、中国文化办公设备制造行业协会、中国摄影家协会联合主办，中国文化办公设备制造行业协会、中国摄影家协会共同承办的第十五届中国国际照相机械影像与技术博览会在北京举办。
10. 5月23日至26日，第九届中国摄影艺术节在湖北武当山成功举办。

11 12 13
14 15
16
17
18

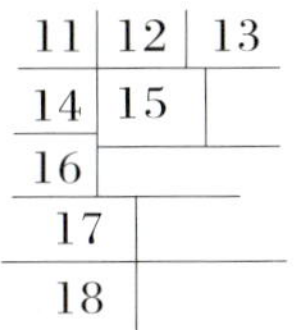

11. 中国文联党组书记、副主席赵实，农业部副部长高鸿宾，中国文联党组成员、书记处书记李前光在中国摄协分党组书记、副主席兼秘书长王瑶的陪同下观看第二届全国农民摄影大展影展。
12. 8月7日，中国文联、中国摄协采风服务团一行30余人，来到北京市怀柔区雁栖镇西栅子村开展采风慰问活动。
13. 9月17日至24日，新疆生产建设兵团文联、中国摄影家协会和新疆生产建设兵团摄影家协会联合组织“全国著名摄影家走进兵团采风创作”活动。
14. 10月30日，中国摄协组织摄影家向北京莼嬴老年公寓赠送摄影作品。
15. 中国文联党组书记、副主席赵实宣布影展开幕；中国文联党组副书记、副主席覃志刚，中国文联党组副书记、副主席李屹，中国文联党组成员、副主席杨承志，中国文联党组成员、副主席左中一出席“百花竞芳为人民——迎十八大召开，展文艺界风采”图片展开幕式。
16. 11月1日，“温暖边疆 辉煌历程”——祖国边疆建设成就摄影展在北京中华世纪坛世界艺术馆开幕。
17. 12月14日，中国摄影家协会与丽水市人民政府就关于共同建设丽水摄影强市签署战略合作协议。
18. 12月19日，“前尘影事——最早的中国影像”展览在北京华彬艺术博物馆举行新闻发布会开幕式。

中国书法家协会

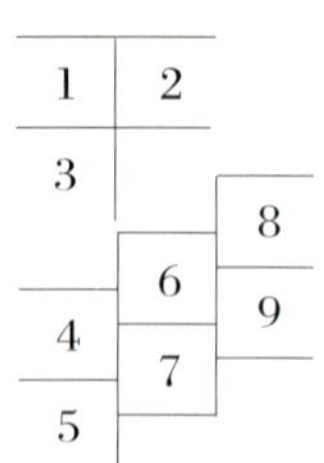

1. 中国文联党组书记、副主席赵实，中国文联副主席段成桂向吉林市颁发“中国书法城”牌匾。
2. 中国书协举办迎接和庆祝党的十八大系列活动，中国文联党组副书记、副主席覃志刚，中国书协分党组书记、驻会副主席赵长青等出席观看书法展览。
3. 在第四届中国书法兰亭奖评审工作现场，中国书协主席张海等专家评委观摩入围作品。
4. 中国书协举办纪念毛泽东同志《在延安文艺座谈会上的讲话》发表70周年书法作品展。
5. 全国第九届书学讨论会。
6. 中国书协六届三次理事会。
7. “中国书法进万家——走进山西芮城”活动现场。
8. 中国文联、中国书协组织书法家踏雪慰问首都交警，赵长青、陈洪武、潘文海等中国书协分党组成员与中国文联国内联络部主任罗成琰等参加活动。
9. 中国书协在甘肃省舟曲县柳坪小学举行“兰亭小学”捐建授牌仪式。

中国书法家协会六届四次主席团会议

10	
11	12
13	14
15	

10. 中国书协六届四次主席团会议。
11. 兰亭学校书法教师培训班开班仪式。
12. 首届王羲之奖全国书法作品展。
13. 纪念辛亥革命100周年长城笔会百米长卷捐赠中山陵。
14. 壬辰年重阳中国书法名家祭祀轩辕黄帝典礼。
15. 由国际书法家联合总会与马来西亚书艺协会联合主办的第十届国际书法交流大展在马来西亚首都吉隆坡开幕。

壬辰年重阳中国书法名家祭祀轩辕黄帝系列活动

主持開幕

中国杂技家协会

1. 11月29日，2012北京国际幽默艺术周在北京举行。开幕式演出结束后，中国文联党组书记、副主席赵实等领导接见演职人员。
2. 7月22日，第五届两岸四地大学生魔术交流大会在北京大学百年纪念讲堂举行。中国文联党组副书记、副主席李屹，中国文联副主席、中国杂协主席边发吉为获金奖的大学生魔术师颁奖。
3. 9月26日，中国文联文艺志愿服务团赴革命老区河南濮阳采风慰问演出。
4. 10月22日，遂宁市杂技团的《比翼——男子双人技巧》和上海市马戏学校的《兄弟——三人倒立技巧》在第14届意大利拉蒂那国际马戏节双双夺金。

1	2
3	4

5. 10月23日，摩纳哥驻华大使凯瑟琳·福特里一行应邀到中国文艺家之家访问。

6. 5月19日至24日，应中国杂协邀请，国际魔术联盟国际主席埃瑞克·埃斯文来华访问。全国政协教科文卫体委员会副主任胡振民与中国杂协主席边发吉、分党组书记、驻会副主席邵学敏会见埃瑞克。

7–8. 1月19日，上海杂技团《腾跃——大跳板》、《男子艺术造型》在有着“杂技奥林匹克”美誉的第36届蒙特卡洛国际马戏节共同荣膺“金小丑”奖。

9. 12月13日，第五届东北三省杂技论坛在长春召开。

10. 10月11日至14日，中国杂技创意与创作高级研修班暨美式滑稽培训班在南京举办。

11. 5月26日，纪念毛泽东同志《在延安文艺座谈会上的讲话》发表70周年中国文联文艺志愿服务团赴中国石油吉林石化公司采风慰问活动在吉林省吉林市举行。

中国电视艺术家协会

1	2
3	4
5	6
7	

1. 12月3日至5日，中国电视艺术家协会第五次全国代表大会在北京召开。
2. 中国文联副主席、中国视协主席赵化勇在中国视协第五次全国代表大会上致开幕辞。
3. 6月21日，“全国卫视看甘肃”大型主题采访活动启动仪式在兰州举行。
4. 2月17日，中国视协开展走访慰问老艺术家、老干部活动，中国视协分党组书记、驻会副主席张显走访中国视协名誉主席杨伟光。
5. 2月2日，中国视协赴上海宝山送欢乐、下基层。
6. 7月31日，军地电视艺术家建军节联谊会在京举行。
7. 12月25日，电视剧《刘伯承元帅》创作研讨会在京举行。

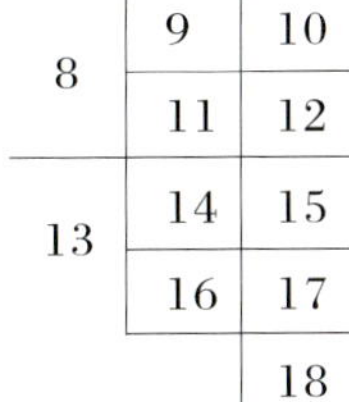

8. 在第九届中国金鹰电视艺术节上，中国文联党组成员、书记处书记夏潮，中央电视台副台长罗明为获奖者颁奖。
9. 2012 首届中国·东南亚·南亚影视节目交易展。
10. 6 月 21 日，“全国卫视看甘肃”大型主题采访活动启动仪式在兰州举行。
11. 在第四届新农村电视艺术节颁奖仪式上，谢兰、颜丙燕、沈春阳获优秀农题材电视剧最佳女主角。
12. 电视剧《向东是大海》创作研讨会在京举行。
13. 2 月 10 日，中国视协代表团赴澳大利亚考察澳大利亚制片人协会。
14. 5 月 28 日，中国文联、中国视协“送欢乐、下基层”走进山东兖州。
15. 中国金鹰艺术节开幕式文艺晚会现场。
16. 中国视协和央视 7 套联合举办的 2012 农民工春晚。
17. “中国视协艺术家书画展暨创作基地启动仪式”在天津丁一博物馆开幕，杨在葆等艺术家观赏书画作品。
18. “中国视协艺术家书画展暨创作基地启动仪式”在天津丁一博物馆开幕，王铁成在自己的作品前接受采访。

China Federation of Literary and
Art Circles Group Members (Ⅰ)

2013

中国文联各团体会员（一）

中国戏剧家协会

综　述

2012年，中国戏剧家协会在中国文联的正确领导下，围绕中心，服务大局，深入基层，服务群众，结合自身特点，组织开展了一系列有较大影响的戏剧活动。成功举办“中国戏剧家延安行活动”；举办“第三届校园戏剧节”；完成第四届中国戏剧奖·曹禺剧本奖、理论评论奖、校园戏剧奖的评奖颁奖工作；梅花奖艺术团继续深入开展“送戏下基层”活动；梅花奖数字电影工程喜结硕果；开办各类编、导演培训班等等，这些工作均取得新突破、新进展，为推动戏剧事业繁荣发展，为弘扬先进文化、建设和谐文化作出了积极贡献。

重要活动

【“中国戏剧家延安行”活动】

2012年是毛泽东同志《在延安文艺座谈会上的讲话》发表70周年。5月8日至10日，中国文联、中国剧协、陕西省委宣传部、延安市委市政府、陕西省文联等单位，在延安隆重举行了纪念《讲话》发表70周年“中国戏剧家延安行”活动。此次活动也是5月3日中国剧协文艺志愿者服务团成立后第一次有组织的文艺志愿服务活动。

5月8日晚，“中国戏剧家延安行”活动仪式及专场演出在延安解放剧院举行。尚长荣等艺术家演绎了不同时期、不同剧种的戏剧红色经典，令全场观众激情澎湃。带队前往的赵实书记赞叹道：“这是一台主题鲜明、正气向上、震撼人心的好晚会”，“这台晚会饱含深情，满怀对延安的敬仰，对延安人民的感恩之心，让人看了感动流泪，好久没有看到这么动人的晚会了”。为深刻理解70年前《讲话》发表的时代意义，重温延安革命的光辉历程和伟大的延安精神，戏剧家们还赴延安革命纪念馆、鲁艺旧址、宝塔山、枣园、杨家岭等地采风参观，感悟学习。5月9日下午，在“中国戏剧家延安行座谈会”上，大家紧紧围绕《讲话》提出的时代问题以及作出的回答，结合当前戏剧发展，进行了深入细致的理论研讨。大家从中国文联近年来的“送欢乐下基层”、“德艺双馨”等品牌活动，到“梅花奖艺术团”等文艺惠民活动，再到戏剧家们的创作经验和具体作品的艺术内涵，结合此次延安行的演出和采风活动，畅谈着对《讲话》内涵的深入理解和传承弘扬。中国文联倡导的文艺界核心价值观和文艺志愿服务活动，更是被大家一再提及，并将其视为文艺界对《讲话》精神在新时代的诠释和实践。

【梅花奖艺术团活动】

1. 潜江行

1月5日，中国文联、中国剧协梅花奖艺术团“送欢乐、下基层”慰问演出活动在潜江举行。艺术团由中国文联党组成员、副主席杨承志和中国剧协分党组书记、驻会副主席、梅花奖艺术团团长季国平带队，汇集了中国剧协主席、梅花大奖获得者尚长荣，中国文联副主席、中国剧协副主席、梅花大奖获得者裴艳玲，梅花大奖获得者顾芗等11个剧种的20余位戏剧表演艺术家。当晚艺术家们表演的各剧种的传统名段、拿手好戏美不胜收，整晚掌声不断，演出受到热烈欢迎，取得圆满成功。

2. 昆山千灯行

4月23日至26日，在毛泽东同志“5·23”《讲话》发表70周年前夕，中国剧协梅花奖艺术团来到昆曲发源地——江苏省昆山市千灯镇进行慰问演出和采风活动。4月24日晚，由中国剧协、昆山市委宣传部共同主办的梅花奖艺术团千灯行《梅花飘香满园春》演唱会在千灯古镇举行，中国文联党组成员、副主席杨承志，中国剧协分党组书记、驻会副主席季国平，分党组副书记、秘书长刘卫红，江苏省剧协主席汪人元，昆山市委副书记、市长路军，苏州市文联、千灯镇有关方面的领导与千余名观众观看了演出。中国剧协主席、梅花大奖获得者尚长荣，中国文联副主席、中国剧协副主席、梅花大奖获得者裴艳玲以及王芳、刘丹丽、吴凤花、龙红、小王彬彬、韩延文、吴京安、单仰萍、武凌云、陈澄、吴晶晶、李政成、刘子薇、于兰等20余位梅花奖得主，奉上了一场汇聚京剧、昆曲、晋剧、越剧、高甲戏等10多个剧种的戏曲视听大餐。千灯古镇是昆曲鼻祖顾坚的故里，4月25日，艺术团一行开展了采风寻根活动，参观了顾坚纪念馆以及千灯城乡一体化成果展的炎武社区。

3. 澳门行

继2006年首次赴澳门演出取得圆满成功后，5月30日，梅花奖艺术团代表中国文联第二次赴澳门，参加由澳门中联办文化教育部、中国剧协、澳门中华文化联谊会共同主办的“2012濠江之春——澳门与内地艺术家大联欢”活动。梅花奖艺术团不仅再次表演了精彩的节目，而且还与澳门艺术家进行了联欢，加深了两地艺术的交流与合作。全国政协副主席李金华和澳门特别行政区代理行政长官陈丽敏、澳门中联办副主任陈启明、外交部驻澳门特派员公署副特派员宋彦斌、全国政协港澳台侨委员会副主任陈佐洱、中国文联副主席杨承志等各界嘉宾代表400余人出席活动。

4. 新疆行

为喜迎党的十八大胜利召开，贯彻落实“走基层、转作风、改文风”活动精神，丰富边疆基层群众的文化生活，8月2日至10日，中国文联、中国剧协梅花奖艺术团在中国文联党组领导李屹、杨承志的带领下，首次来到新疆进行演出和采风活动。艺术团在新疆人民会堂和新疆兵团和平都会举行了两场精彩演出，展示了中国戏剧的博大精深，受到热烈欢迎。艺术团还深入石河子、吐鲁番、阿勒泰、伊犁等地，与当地兵团战士及哈萨克族、维吾尔族等少数民族干部群众亲密交流、互动联欢。

5. 张家港行

10月28日至11月9日，梅花奖艺术团赴张家港参加第五届长江流域戏剧节开幕式活动。10月28日下午，中国剧协梅花奖艺术团戏曲专场作为开幕式演出为长江流域戏剧艺术节拉开了帷幕。中共张家港市委宣传部部长杨芳，中国剧协分党组书记、驻会副主席季国平等领导出席开幕式并致辞。梅花大奖获得者尚长荣、裴艳玲，二度梅花奖获得者林为林、吴凤花、陈巧茹，梅花奖获得者王蓉蓉、吴亚玲、陈飞、蒋建国、黄静慧等为观众献上了一台涵盖京剧、锡剧、越剧、黄梅戏、川剧、昆曲等长江流域不同剧种的精彩节目，受到观众热烈欢迎，全场不时掌声雷动。

6. 无锡行

11月2日晚，中国戏剧家协会梅花奖艺术团“阿福吉祥·梅花绽放”京剧名家演唱会在新落成的无锡大剧院隆重举行。艺术团由中国剧协分党组书记、驻会副主席季国平和分党组副书记、秘书长刘卫红带队，汇集了中国剧协主席、梅花大奖获得者尚长荣，中国文联副主席、中国剧协副主席、梅花大奖获得者裴艳玲，二度梅花奖获得者孟广禄，以及梅花奖获得者叶少兰、杨乃鹏、陈少云、王蓉蓉、李海燕、袁慧琴、常东、于兰、张军强、王艳、常秋月等十余位老中青三代各行当、各流派的京剧表演艺术家，可谓名角荟萃、盛况空前。

【梅花奖数字电影工程】

本年度中国戏剧梅花奖数字电影工程喜结硕果，完成了《大树西迁》、《董生与李氏》、《木兰传奇》、《傅山进京》、《野猪林》、《兰梅记》等6部优秀剧目的拍摄。梅花奖数字电影工程以数字电影的形式，记录、宣传中国戏剧梅花奖获得者及其代表剧目，对于传承中国戏曲、弘扬民族文化有着重要意义。

艺术节与评奖

【第三届中国校园戏剧节】

10月19日至27日，由中国文学艺术界联合会、中华人民共和国教育部、上海市人民政府主办，中国戏剧家协会、上海市文学艺术界联合会、中共上海市教育卫生工作委员会、上海市教育委员会、上海市戏剧家协会承办的第三届中国校园戏剧节在上海成功举办。

开幕式于10月19日晚在上海戏剧院举行。中共上海市委常委、宣传部长、本届组委会主任杨

振武致欢迎辞，中国文联党组成员、副主席、本届组委会主任杨承志，教育部体卫艺教司副司长刘培俊分别致辞，上海交通大学学生代表在开幕式上发言。杨承志在致辞中说："中国文联、中国剧协一直将发展校园戏剧作为丰富校园文化生活、提高学生艺术修养、培养戏剧人才和知音观众的重点工作以及繁荣戏剧事业的基础工程。第三届中国校园戏剧节将继承前两届的优良传统，为丰富校园文化生活、提升当代大学生的人文素质和艺术修养做出积极努力。"最后，文化部副部长王仲伟与杨承志、杨振武共同启动水晶球，为本届校园戏剧节揭幕。

中国文联主席团委员、中国剧协分党组书记、驻会副主席、本届组委会副主任季国平主持开幕式。中国剧协主席尚长荣，中宣部文艺局副巡视员李小虹，中国剧协顾问魏明伦、瞿弦和，中国剧协副主席王晓鹰、李树建、罗怀臻、濮存昕，上海市委宣传部副部长燕爽，中国剧协分党组副书记、秘书长刘卫红，上海市文联主席施大畏，上海市文联巡视员、副主席迟志刚等出席开幕式。仪式结束后，由上海戏剧学院演出了参评剧目话剧《国家的孩子》。

本届校园戏剧节的主题为"魅力校园·青春飞扬"，代表着年轻学子们的青春活力和蓬勃朝气。参加比赛的32个剧目（包括21台大戏和由11个短剧组成的2台短剧专场），是从含台湾在内的全国28个省区市的91所高校及1所中学报送的132个大小剧目中评选产生的。在为期8天的比赛中，它们分为普通组和专业组角逐"中国戏剧奖·校园戏剧奖"的各个奖项。最终，上海交通大学的话剧《钱学森》、上海戏剧学院的话剧《国家的孩子》等10部作品荣获优秀剧目奖，罗鼎毅、孙祖平等人分获6个单项奖，新疆艺术学院的话剧《水晶心灵》荣获"特别奖"。由组委会特邀演出的莫斯科艺术剧院附属戏剧学院的话剧《我们都是卡拉马佐夫兄弟》获得"特别演出奖"。

戏剧节期间举办了三场专家戏剧论坛及一次俄罗斯戏剧工作坊活动。濮存昕与邹红，罗怀臻与谷好好，王晓鹰与卢昂等知名编剧、导演、演员、教育家走进上海高校与学生互动交流戏剧的巨大魅力，受到学生热情欢迎。

【第三届中国校园戏剧节"中国戏剧奖·校园戏剧奖"获奖名单】

（按得票多少为序）

优秀剧目奖

普通组

话剧《钱学森》　上海交通大学

话剧《太阳城》　浙江大学

话剧《日租房》　厦门大学

话剧《2012我们等待戈多》吉林动画学院

音乐剧《毕业生》　重庆邮电大学移通学院

专业组

话剧《国家的孩子》　上海戏剧学院

音乐剧《为你疯狂》　中央戏剧学院

话剧《西望乐山》　武汉大学

话剧《永不凋谢的姊妹花》　湖南艺术职业学院

歌剧《大秦灵渠》　广西艺术学院

单项奖

普通组

优秀编剧奖：罗鼎毅、许松根　话剧《大学梦话》

优秀导演奖：张宏、张晰　话剧《家有九凤》

优秀表演奖：段思成　（话剧《钱学森》钱学森扮演者）

专业组

优秀编剧奖：孙祖平　话剧《国家的孩子》

优秀导演奖：张盛庆/黄潇潇　话剧《杨门女将之穆桂英挂帅》

优秀表演奖：钟艺　（音乐剧《为你疯狂》波莉扮演者）

特别奖

话剧《水晶心灵》　新疆艺术学院

【第四届中国戏剧奖·理论评论奖】

9月18日，由中国文联、中国剧协主办的第四届中国戏剧奖·理论评论奖（原第七届中国曹禺戏剧奖·评论奖）颁奖式在北京举行。中国文联党组成员李前光，中国剧协分党组书记、驻会副主席季国平，中国文联国内联络部副主任李培隽，中国剧协党组副书记、秘书长刘卫红，以及王蕴明、刘祯、刘玉琴等本届评委、获奖单位及作者代表出席了颁奖仪式。

全国43个单位选送的165篇文章参与了此次评奖。经过严格的评奖程序，单跃进的《京剧何以长荣——尚长荣艺术创作力探微》等9篇文章获得理论评论奖。万素的《撕裂：体味萧何之痛——新编京剧〈成败萧何〉题旨的思辨性探析》等11篇文章获得提名奖，北京剧协等13家单位获得组织奖。此次评奖有几个显著特征：1.注重奖项的权威性，宁缺毋滥，尽可能选出2010—2011年度最优秀的文章。2.加强对理论评论工作的导向作用，以正确的价值观引领创作，以正确的学风创新思维，使理论评论工作真正成为讴歌“真善美”，鞭挞“假恶丑”的武器，真正成为时代精神的“风向标”。3.注重批评和争鸣，为敢于直言、敢于追求真理者，鼓掌喝彩；为关注当下戏剧现状，关注戏剧之振兴者，摇旗声援。提倡有针对性的戏剧批评。4.注重理论评论工作的队伍建设，以发现新人、鼓励后学为使命，努力使戏剧理论工作者队伍走向年轻，走向壮大。

颁奖式后召开了“调查与思考——2010—2011年度的中国戏剧”研讨会，任鸣、刘祯、刘彦君、谭静波等戏剧界专家学者80余人，就戏剧各剧种现状进行了专题发言和深入研讨。

【第四届中国戏剧奖·理论评论奖获奖名单】

（按得票多少为序）

《京剧何以长荣——尚长荣艺术创作力探微》单跃进

《先锋与商业的对接和悖反》穆海亮

《论戏曲剧种的变异——从歌仔戏说起》陈世雄

《张庚戏曲表演中心论初探》王艺睿

《面对历史与艺术的当代意识——评新编历史京剧〈成败萧何〉》汪人元

《勇者魏明伦》廖全京

《关于文化发展和文艺创作的四个问题与思考》毛时安

《莎士比亚：永恒的还是历史的？》沈林

《阡陌文化定位的得与失——关于庐剧历史问题的思考》王长安

【第四届中国戏剧奖·曹禺剧本奖】

9月5日至6日，中国文联、中国剧协主办的第二十届曹禺戏剧文学奖（即第四届中国戏剧奖·曹禺剧本奖）颁奖活动在潜江举行。本届评奖共收到全国各地报送的戏曲、话剧、儿童剧等剧本66部，话剧《生命档案》、戏曲《朱安女士》等8部剧本获奖。颁奖采取现场开奖和电视直播的方式。本届获奖者和提名者中有多位作者参加过中国剧协中青年编剧研修班的学习，表明中国剧协着力培养中青年戏剧编剧的举措已取得明显成效。

【第四届中国戏剧奖·曹禺剧本奖获奖名单】

（按得票多少为序）

戏曲剧本

豫剧《朱安女士》作者：陈涌泉

京剧《将军道》作者：吕育忠、罗周

闽剧《别妻书》作者：林瑞武

晋剧《大红灯笼高高挂》作者：贾璐

话剧剧本

话剧《生命档案》作者：孟冰、王宏、肖力

话剧《红旗渠》作者：杨林

话剧《雾蒙山》作者：孙德民

秧歌剧剧本

秧歌剧《米脂婆姨绥德汉》作者：阿莹

【京剧电影《响九霄》荣获中宣部“五个一工程”奖】

由中国文学艺术基金资助、中国剧协组织创排和拍摄的京剧电影《响九霄》，荣获中宣部第十二届精神文明建设“五个一工程”奖（电影类），这也是中国剧协组织拍摄的梅花奖数字电影工程优秀剧目首次荣获“五个一工程”大奖。

创作与研究

【中青年编剧研修班】

2月21日至25日，中国剧协、云南省文联、云南省剧协主办的“2012中国剧协（云南）中青年编剧研修班”在玉溪举行。7月11日至23日，由中国剧协、江西省文联、江西省剧协主办的“中国剧协2012第四届中青年编剧研修班”在庐山举办。这两期学员大多来自基层创作一线。研修班提供了多样的学习方式，进一步调动了基层地区中青年编剧的积极性，带动了基层戏剧创作热情，推动了戏剧基础工程建设。

【“戏剧与中原经济区建设”论坛】

2月26日，中国剧协与河南省委宣传部主办的“戏剧与中原经济区建设”论坛在郑州举行。来自

北京、上海、江苏、河南的多位学者、专家参会。此次论坛是河南省委、省政府在《中原经济区建设纲要》中将文化发展列为中原经济区建设一项重要内容的背景下召开的。专家为戏剧艺术如何在中原经济区建设的历史进程中更好地弘扬社会主义核心价值体系，满足人民群众精神文化的需求，出人出戏、发展创新、献言献策。

【小戏小品编剧研修班】

3月13日至24日，中国剧协第四期小戏小品编剧研修班在张家港举办。来自全国各地的30名学员们进行了作品研讨、专题汇报、剧本朗读、观摩演出和录像等课程。研修班使得全国各地的优秀小戏小品编剧齐聚一堂，汇聚了一批具有强烈时代气息和地方特色的优秀作品，为繁荣小戏小品创作作出了贡献。

【中国戏剧(戏曲)导·表演艺术体系论坛】

4月20日至24日，由中国剧协与辽宁省文联、辽宁省老艺术家协会、中央戏剧学院、中国戏曲学院、上海戏剧学院联合主办的“中国戏剧(戏曲)导·表演艺术体系论坛”在辽宁省沈阳市举办。论坛由中国剧协名誉主席李默然和中国剧协顾问徐晓钟等老艺术家发起举办。全国包括港澳台地区的50多位著名戏剧戏曲导演、演员、理论家出席论坛，系统地梳理、总结了中国戏剧(戏曲)导·表演艺术体系发展历程，分析了近年来重要的理论与实践成果，力图推动中国戏剧(戏曲)导·表演艺术体系的建立和发展。

【岭南戏曲艺术传承与创新研讨会】

5月12日，由中国剧协、广东省政协、广东省文联共同主办的“岭南戏曲艺术传承与创新研讨会”在广州举办。来自北京、上海、香港等地，以及广东省的戏曲专家、学者近40人齐聚一堂，共同分析了当前岭南戏曲艺术传承与创新的现状，充分探讨了在党中央提出文化大发展大繁荣的新形势下，如何更好地使具有悠久历史和独特品格的岭南戏曲艺术发扬光大。

【第二届中国戏剧梅花奖演员读书班】

8月29日至9月7日，中国剧协、湖北省文联、潜江市人民政府主办的第二届中国戏剧梅花奖演员读书班在潜江举办。来自全国16个省区市的19位梅花奖演员参加，涵盖了13个戏曲剧种。这是中国剧协抓创作、出人才的重要举措之一，希望以此激励梅花奖演员以得奖为契机，再接再厉，勇攀戏剧艺术高峰，成为戏剧艺术大家。

【中国剧协全国青年导演艺术家研修班】

继2011年在上海成功举办全国青年剧作家研修班后，10月18日至11月1日，由中国剧协、上海戏剧学院主办的中国剧协全国青年导演艺术家研修班在上海举办。导演班汇聚了全国60位活跃在创作一线的优秀青年导演，刘恒、张继刚、李前宽、濮存昕、王洛勇等11位当代著名文艺家担任讲座教授，曹其敬、陈薪伊、王晓鹰、查明哲、杨小青等10位当代著名戏剧导演担任讲评教授。研修班期间，举办了题为《民族戏剧艺术的当代回归》的“中国青年戏剧导演”论坛，召开了以《论话剧与戏曲艺术相互学习与借鉴》为题的中国剧协全国导演艺术委员会研讨会，观摩了第14届中国上海国际艺术节中外经典演出。研修班强大豪华的导师阵容，充实丰富的课程安排，紧密联系创作实际的教学导向，丰富多样的学习方式使学员们深受教益。研修班开班之日成立了“中国剧协全国戏剧创作高端人才研修中心”，中心将面向全国戏剧精英和戏剧院团，着力培养和推出新一代青年戏剧创作的领军人才。

【裴艳玲从艺60周年研讨会】

11月16日至18日，由中国文联、中国剧协共同主办的裴艳玲从艺60周年庆祝活动在京举行。16日、17日晚，《甲子四折·裴艳玲从艺60周年戏剧专场》在首都剧场上演，裴艳玲出神入化的精彩演出倾倒了全场观众。18日上午，“祝贺裴艳玲从艺60周年暨《甲子四折》专场演出座谈会”在京举行，杨承志、裴艳玲、季国平和丁荫楠、刘长瑜、刘锦云、濮存昕、刘卫红、周光、林兆华、王蕴明、李春喜、安志强、崔伟、赓续华、汪刚、贾吉庆、贾占生、谢荣泉、张慧敏、杨汉茹等有关方面领导、文艺评论家、演员出席了座谈会，对裴老师深厚的功力和高超的艺术给予了高度的评价。

其他主要活动

【迎新春联谊会】

1月14日，2012年中国剧协迎新春联谊会在北京饭店隆重举办，老中青三代戏剧工作者代表千余人欢聚一堂，喜迎新春。出席联谊会的领导有中国文联党组书记、副主席赵实，中国文联党组副书记、副主席李屹，中国文联党组成员、副主席杨承志等。联谊会由中国剧协分党组书记、驻会副主席季国平主持，尚长荣作了热情洋溢的新春贺词。联谊会洋溢着喜庆、祥和、团结、奋进的气氛，成为倡导德艺双馨、联络会员情感的一个有效载体。

【中国剧协七届三次主席团会】

1月14日上午，中国戏剧家协会第七届主席团第三次会议在北京召开。季国平在会上作了《中国剧协2011年工作总结和2012年工作要点（审议稿）》的报告，刘卫红宣读了关于主席团审议通过该报告的决议（草案）。经主席团审议，一致通过工作报告和关于通过工作报告的决议（草案）。主席团还审议通过了《关于任命齐子峰同志为中国剧协第七届副秘书长的决定》。此外，主席团成员介绍了各自一年来的工作情况，交流了工作经验。

【中国剧协七届二次理事会】

2月25日，中国剧协七届二次理事会暨2012年工作会在河南郑州召开。中国剧协理事及各地剧协负责人、中国剧协各处室干部及新闻媒体共计140余人参会。季国平代表第七届主席团作了题为《崇德尚艺、奋发进取，为推动戏剧事业繁荣发展作出新的贡献》的工作报告，总结了中国剧协过去两年的工作，规划部署了2012年工作任务。会上，进行了更替、增补理事事宜。杨承志出席会议并讲话，充分肯定了中国剧协两年来的工作成绩，并对今后戏剧工作和剧协工作提出了“把握导向，推动戏剧精品创作”等指导意见。理事会期间，还与河南电视台《梨园春》栏目举办了中国剧协七届二次理事会联欢晚会，30余名理事、梅花奖获得者和特邀嘉宾表演了丰富多彩的节目。

【积极推进戏剧维权工作】

3月13日、14日，中国剧协在京召开了戏剧作品权益保护研讨会，邀请了十余位专家学者出席会议。会上，专家们纷纷阐述了对戏剧作品权益保护的见解，并借鉴成功维权的案例，为今后更好地开展戏剧维权工作做了铺垫。

4月，按照中国文联《关于〈中华人民共和国著作权〉修改草案征求意见》的通知要求，中国剧协邀请了多位戏剧业内专家，针对戏剧作品和表演的权益进行了深入讨论和研究，并将反馈意见整理上报到中国文联权益保护部。

10月，中国剧协协助中国文联权保部发放了《中国文联维权调查问卷》一万余份，并回收统计，年底提交戏剧界维权现状报告。11月，与文联权保部的同志举行了座谈。

【中国戏剧奖·小戏小品奖优秀作品展演】

5月21日至25日，由中国剧协、杭州市余杭区人民政府主办的“中国戏剧奖·小戏小品奖”优秀作品展在杭州市余杭区及周边乡镇举办，来自广东、黑龙江、山东、江苏和余杭区的7个节目参加了展演。参加演出的团队既有专业院团也有业余团体，作品题材广泛，风格多样，内容十分贴近生活。中国剧协主办的“小戏小品奖”已举办了十多届，此次组织获奖作品下基层，以优秀的作品满足了广大群众的观赏需求，对基层戏剧工作者也起到了学习借鉴作用。

【“花样年华”——全国第三届大学生短剧小品大赛】

6月13日至15日，由中国戏剧家协会和教育部中国艺术教育委员会联合主办，沈阳市人民政府承办，中共沈阳市委教科委、沈阳市文化广电新闻出版局、沈阳大学执行承办的“花样年华——全国第三届大学生短剧小品大赛”在辽宁省沈阳市隆重举办。本次大赛有全国各地高校大学生原创的短剧小品共132部参赛，经过评委专家的认真初选，共有33部优秀作品参加决赛角逐。经过专业评委和学生评委的认真审看，充分讨论，最后评选出本次大赛演出一等奖两个，二等奖三个，三等奖五个；以及优秀剧本、导演、演出奖若干。

【第十六届少儿戏曲小梅花荟萃活动】

8月9日至12日，中国剧协、江苏省文化厅、泰州市人民政府主办的第十六届中国少儿戏曲小梅花荟萃活动在泰州举办。共有23个省区市的120名小选手分获本年度小梅花“金花”称号和“银花”称号。作为戏曲从娃娃抓起的战略措施，经过十六年的发展，小梅花荟萃已成为一项具有广泛影响力与高度权威性的少儿戏曲艺术检阅、评判、鼓励活动，此项活动对于中华民族传统文化的传承与发展、中华民族传统美德的继承与弘扬起到了推动作用。

【第九届滨州·博兴小戏艺术节】

9月20日至25日，第九届“中国滨州·博兴小戏艺术节”在山东博兴举办，共有全国各地30家剧团的35个作品参加了演出。本届小戏节一改以往以小戏为主的演出模式，增加了百姓喜爱的戏剧小品。参评剧目除了设在企业的主会场演出外，还组织了进社区的演出，为广大一线职工和农民群众送去精神食粮，深受百姓欢迎。

【第二届中国（抚州）汤显祖艺术节】

9月22日至28日，中国剧协、抚州市人民政府、江西省文化厅、江西省文联联合举办的第二届中国(抚州)汤显祖艺术节在抚州举行。艺术节期间举办了优秀剧目展演、传统民俗活动展演、文化进社区等系列活动，弘扬了传统文化，满足和丰富了广大百姓的精神文化需求。

【第五届长江流域戏剧艺术节】

10月28日至11月9日，中国剧协、张家港市人民政府主办的第五届长江流域戏剧艺术节在张家港举行，来自上海、江苏、安徽、江西、湖南、重庆、云南等7个省区市的10台优秀剧目参加了戏剧艺术节。本次活动首次尝试以政府主导、社会参与、百姓消费相结合的新型运作机制，很多优秀剧目出现了一票难求的热烈场面，令热爱戏剧的港城戏迷大饱眼福。

【第六届西北五省区秦腔艺术节】

11月6日至13日，由中国剧协、甘肃省文化厅主办的第六届西北五省区秦腔艺术节在兰州举办。本届秦腔节的宗旨是“繁荣、创新、精彩、圆满”，来自陕西、新疆、青海、宁夏、甘肃等西北五省区专业院团的10台剧目参加了演出。秦腔艺术节自2000年创办以来，受到广大西北人民群众的喜爱和欢迎，为西北地区戏剧事业的繁荣发展起到了重要推动作用。

【李默然同志艺术人生追思会】

11月9日，中国剧协名誉主席李默然去世，享年85岁。11月20日，中国文联、中国剧协、中国影协联合在京召开李默然同志艺术人生追思会。会议开始前，全体与会人员集体起立默哀，表达对李默然同志的哀思之情。赵实书记代表中国文联讲话，胡可、徐晓钟、刘厚生等戏剧家深情追忆了李默然同志的艺术人生，表达了对李默然同志人格魅力和艺术成就的崇敬之情。

【审批2012年新会员、发放会员工作调查问卷】

2011年下半年到2012年上半年共发展入会人员184名，目前每批新会员的信息都已公布到中国剧协网站上，有利于及时有效地与会员相互沟通。为更好地了解会员动态，及时掌握会员对剧协工作的希望和要求，中国戏剧家协会印制发放了一万多份会员问卷调查表。会员们积极响应，认真填好后已陆续寄回。对这些问卷我们将进行认真整理归纳研究，以后将进一步拓展服务手段，提高服务水平，更好地为会员服务。

【邀请外地剧组进京演出】

2012年，中国剧协邀请了河南省话剧院《红旗渠》剧组、长治市上党落子剧团现代戏《申纪兰》剧组等地方剧团进京演出，组织专家观摩并召开座谈会，受到各地院团欢迎。

【启动中国历代文化名人剧目创作计划】

在中国文联领导的指导与支持下，经反复研究论证，并与有关合作单位和创作人员充分沟通落实，开始启动中国历代文化名人剧目创作计划。中国历代文化名人剧目工程旨在为推动创作彰显历代文化先贤对中华文明作出突出贡献的优秀戏剧作品。计划初期拟创作《李白》和《杜甫》两部剧目，并向社会公开征集屈原、司马迁等文化名人的舞台剧本。

【编辑《当代中国戏剧家丛书》】

中国剧协于2012年开始编辑出版《当代中国戏剧家丛书》。目前，已征集4部丛书稿件。该丛书集中展示当代中国戏剧在剧本创作、理论研究和表导演艺术等方面取得的最新成果，对于当代戏剧成就的积累和理论建设必将发挥积极作用。

对外及对港澳台地区文化交流

【接待俄罗斯戏剧家代表团访华】

3月7日至13日，应中国剧协邀请，以俄罗斯剧协负责人高尔察克女士为团长的俄罗斯戏剧家代表团一行4人访问了北京、上海两个城市，和中国戏剧家就两国戏剧界的交流进行了广泛深入的探讨。代表团在北京观摩了京剧和话剧并访问了国家话剧院，和周志强院长就剧院建设、剧目选择、演员培养等问题进行了友好的交谈。在上海，代表团观摩了浙江小百花越剧团越剧《陆游与唐琬》和上海戏剧学院表演系学生的毕业演出。在上海话剧艺术中心，代表团参观了各个剧场，了解该中心的运作情况，和杨绍林总经理等人交流了对现当代话剧艺术发展的看法并对话剧艺术中心所取得的成绩给予了很高的评价。

【中国戏剧家代表团出访日本】

4月1日至6日，根据中国剧协与日中文化交流协会的互访计划，应该协会邀请，以中国剧协驻会副主席季国平为团长，中国剧协副主席沈铁梅、陕西省戏曲研究院院长陈彦、中国剧协办公室主任朱正明、外联部主任李华艺为团员的中国戏剧家代表团一行五人赴日本进行了友好访问。代表团先后访问了北海道阿伊奴民族博物馆、东京早稻田大学戏剧博物馆、青年座剧团、民艺剧团、京都矢来能乐堂、里千家茶道资料馆等文化艺术团体，对日本文化及戏剧发展现状有了进一步的了解。在日方热情接待和周密安排下，访问活动取得了圆满成功，达到了预期的访问目的。

【赴巴黎出席国际剧协第134次执委会会议】

5月1日至5日，中国剧协派员赴法国巴黎参加国际剧协第134次执委会，与会者回顾了2011年在中国厦门举办的第33届世界代表大会，并给予高度评价，认为本届大会是国际剧协历届大会中最成功的一届，为今后举办世界代表大会树立了成功典范。

【中国戏剧家代表团出访土耳其】

5月1日至5日，应国际黑海戏剧节组委会邀请，以中国剧协副主席、剧作家罗怀臻为团长的中国戏剧家代表团一行3人出访土耳其，对土耳其特拉布宗市进行友好访问，参加并观摩了第13届国际黑海戏剧节开幕式及部分演出。这是中国剧协率团首次出访土耳其，戏剧节期间，我代表团观摩了土耳其国家剧院的演出，对国际黑海戏剧节参演剧目的标准、剧场条件等有了直观认识。为了进一步发展与土耳其戏剧组织的合作关系，代表团还先后与土耳其国家剧院国际关系与戏剧节部负责人进行了卓有成效的工作会谈，为今后双方全方位的交流活动奠定基础。

【在西藏举办“瑞典戏剧工作坊”】

7月31日至8月9日，由中国戏剧家协会与瑞典戏剧联盟联合主办的“瑞典戏剧工作坊”在西藏举办。中方学员在工作坊中增长了见识，对瑞典的儿童戏剧有了直观而深入的了解，瑞典戏剧家亦从西藏艺术家那里获取不少艺术灵感。本次活动经费由瑞典戏剧联盟提供，也为中国剧协以后举办类似交流活动提供了成功的借鉴。

【接待加拿大戏剧家代表团访华】

8月8日至13日，加拿大蒙特利尔国际青少年戏剧节艺术总监雷米・布彻先生以及蒙特利尔剧场联盟副主席雅克・维奇纳先生应邀访华。他们出席并观摩了在江苏泰州举办的第16届中国戏曲小梅花的评奖、演出等活动。小选手精彩绝伦的汇报演出，赢得了2位加拿大戏剧家的高度评价。在观摩比赛与汇报演出之余，2位加拿大戏剧家还与部分评委和专家进行了交流。通过此次观摩访问，进一步增强了加方邀请我少儿戏曲艺术团访加巡演的信心，并为中国剧协明年外事工作的开展做了必要的铺垫。

【赴日本参加首届“亚洲导演大赛”】

由日本舞台艺术财团演剧人会议主办的首届“亚洲导演大赛”于9月2日至9日在日本富山县利贺艺术公园举办。应其邀请，中国剧协组派青年导演王翀携“戏剧新浪潮”一行12人参赛，协会外联部派员一同赴日进行协调及组织工作。这是中国剧协首次推选年轻民营剧团参与国际戏剧活动，主办方对中国剧协能够以包容的胸怀推介新锐戏剧人的做法表示由衷赞赏。从整体交流效果来看，可以说收获颇丰，国外同行对我国多元化的戏剧面貌亦有了新的认识。

【赴韩国参加第19届BESETO（中韩日）戏剧节】

9月4日至9日，由中国剧协与韩国、日本戏剧家共同主办的第19届BESETO（中韩日）戏剧节在韩国举行。中国剧协组派以副主席王晓鹰为团长的中国剧协代表团一行5人赴韩国参加，并推荐大连话剧团《雷雨》亮相本届戏剧节，广受好评。戏剧节期间还举行了中韩日三国国际委员会圆桌会议。

【接待越南戏剧家代表团访华】

10月18日至24日，以越南舞台艺术家协会秘书长阮文博先生为团长的越南戏剧家代表团一行4人应邀访华。代表团访问了上海和北京两个城市。在华期间主要参加了第三届中国校园戏剧节的相关活动，同时参观了上海戏剧学院、上海话剧艺

术中心及中国国家话剧院等戏剧团体，并进行了相关专业交流活动。

【邀请莫斯科艺术剧院附属戏剧学校演出团参加第三届中国校园戏剧节】

10月22日至28日，莫斯科艺术剧院附属戏剧学校《我们都是卡拉马佐夫兄弟》剧组应邀赴上海参加第三届中国校园戏剧节。剧组在上海戏剧学院还举办了以“文本即戏剧，戏剧的文本”为主题的工作坊。这是校园戏剧节创办以来，首次邀请国外戏剧院团参与演出。组委会为其颁发了“特别演出奖”。

【赴布基纳法索出席国际剧协第135次执委会】

11月22日至12月1日，国际剧协执委会委员、中国中心主席季国平等二人赴非洲，参加了在布基纳法索举办的国际剧协第135次执委会会议。中国剧协代表为国际剧协今后发展积极建言献策，提出了打造国际剧协自有品牌、加强与联合国教科文组织合作、创办世界表演艺术之都等构想，赢得了秘书处及执委们的广泛支持与响应。代表团在访问了布基纳法索之后，又前往埃塞俄比亚进行了交流活动。

【中国戏剧家代表团访问越南】

12月23日至28日，应越南舞台艺术家协会邀请，以中国剧协分党组成员、副秘书长周光为团长的中国剧协代表团一行4人赴越南访问，参观了胡志明故居，观摩了极富越南特色的水上木偶表演并进行座谈。

机关建设

【开展创先争优活动】

认真组织开展创先争优活动。在庆祝中国共产党成立91周年前夕，中组部开展了评选表彰100位全国创先争优优秀共产党员活动，中国剧协年已九旬的戏剧家刘厚生被评为全国创先争优优秀共产党员，中直系统仅有两名优秀党员获此殊荣，为中国文联争得了荣誉。

【舆情信息、简报和宣传工作】

2012年，共出剧协简报29期。向文联报送舆情信息31篇，其中被《中国文联（绿头）简报》采用1篇，《文艺动态及增刊》采用3篇，《文艺舆情摘报》采用9篇。中国剧协舆情宣传工作得到了文联研究室及有关部门的支持和指导。中央电视台对本年度剧协的重大活动均有报道，新华社、人民日报、光明日报、中国文化报、文艺报、中国艺术报对剧协活动进行了大量宣传，进一步扩大了中国剧协在社会上的影响。

【网站建设】

中国剧协网站能全面反映剧协各项工作，重大活动均有专题报道，起到积极的宣传效果。梅花奖、小梅花等栏目浏览量不断上升。理论文章逐渐拥有一定的关注度。剧协网站与央视网站开展合作，启动了《中国大师路》戏剧专题的拍摄工作。

【机关干部业务培训】

为加强业务培训，组织处级干部分批参加中国文联处级以上干部轮训班，在协会机关开设了《现代汉语与公文写作》、《外国戏剧史》等课程，不断提高干部队伍素质。

【老干部工作】

组织老干部进行政治学习，关心他们的生活和健康，特别关注年迈体弱及生活困难的老同志，全年共走访慰问老干部50余人次。4月，为老干部举办集体生日会，共有40余位老同志参加，协会领导出席并祝寿。根据老同志的需求并针对目前协会空巢老人居多的情况，组织老同志到老年公寓参观，给离退休老干部安装紧急呼叫器。组织老同志参加春秋游活动和文联组织的纪念《讲话》发表70周年书法、美术、摄影展及赴黑龙江、内蒙古的红色旅游活动。12月，完成2012年“长寿老人”和“健康之星”评选活动。

直属单位

【《中国戏剧》杂志】

《中国戏剧》经过三年的努力，杂志改版后的风格已初步形成，广受好评。“沙龙”、“笔谈”、“打开封面”等栏目，深入分析、精辟点评，重点推出了一批优秀剧目和优秀演员。3月，在海口召开了《中国戏剧》2012年理事会，12月初，在京召开了“张曼君导演艺术研讨会”等一系列专业研讨活动。积极参与协会重大活动的宣传工作。

【《剧本》杂志】

2012年是《剧本》创刊60周年，在《讲话》发表70周年之际，举办了纪念《讲话》发表70周年和《剧本》创刊60周年座谈会，并开辟纪念专栏，组织老中青剧作家撰写纪念文章。重视培养中青年剧作家，遴选中青年编剧研修班学员的优秀作品发表，产生了积极的社会影响。加强内部管理，实行新的奖惩制度，促进了刊物质量的不断提高。

【《中国戏剧年鉴》杂志】

年初，《中国戏剧年鉴》在全国开展了戏剧现状调研活动，在全国遴选了20个代表性的剧种进行年度调研，并从已经转企和正在转企的院团中选出10个进行跟踪调研。9月，在调研的基础上，召开了“调查与思考——2010—2011年度的中国戏剧”研讨会，对中国戏剧现状进行了分析和探讨，论文结集出版。编辑完成《中国戏剧年鉴》(2012卷)，共941千字，全面而系统地记录了2011年中国戏剧界的整体活动和发展状态。

中国电影家协会

综　述

2012年是实施“十二五”规划承上启下的重要一年，是喜迎和庆祝党的十八大隆重召开的重要一年，也是纪念毛泽东同志《在延安文艺座谈会上的讲话》发表70周年的一年。对中国电影界而言，这一年也是不断开创电影工作新局面的重要一年，中国电影产业改革也迎来了第十个年头。

一年来，中国影协在中国文联的悉心指导下，坚持以邓小平理论和“三个代表”重要思想为指导，深入贯彻落实科学发展观，全面贯彻落实党的十七届六中全会精神和认真学习党的十八大精神，按照“高举旗帜、围绕大局、服务人民、改革创新”的总要求，认真履行“联络、协调、服务”的基本职能，充分发挥“组织、引导、服务、维权”的重要作用，努力践行“爱国、为民、崇德、尚艺”的文艺界核心价值观，在服务大局上作出了新贡献，在电影惠民上迈出了新步伐，在电影创作和理论评论上收获了新成果，在团结和服务电影工作者上积累了新经验，在推动自身建设上取得新进展。

会议与活动

【电影艺术家送欢乐到湖北省仙桃市】

1月4日至5日，中国文联、中国影协组织艺术家来到湖北省仙桃市，开展以“深入基层、服务大众、促进繁荣、推动发展”为主题的“送欢乐、下基层”文化惠民活动。本次电影放映活动为仙桃观众带去了获得第28届中国电影金鸡奖最佳故事片提名的民族题材影片《额吉》，凭借该片获得第28届中国电影金鸡奖最佳女主角奖的著名电影演员娜仁花亲临现场与仙桃观众见面。中国影协分党组副书记、秘书长许柏林，中共仙桃市委副书记周谊群等出席活动。

【中国影协年度工作会暨理论中心组学习座谈会】

2月7日，根据中国文联党组的指示精神，中国电影家协会分党组召开中心组学习（扩大）会，专题学习李长春同志、刘云山同志在全国宣传部长会议上的讲话。中国影协分党组书记、驻会副主席康健民，分党组副书记、秘书长许柏林，分党组成员谢力、李景富以及影协各部处室正副职领导和中国电影出版社、《大众电影》杂志社社领导班子成员共30余人参加集体学习。学习会议由康健民主持。

【第八届主席团第五次会议】

3月2日，中国电影家协会第八届主席团第五次会议在北京召开。中国影协主席李前宽，分党组书记、驻会副主席康健民，副主席童刚、奚美娟、张会军、尹力出席了会议，中国影协分党组副书记、秘书长许柏林，中国影协分党组成员谢力、李景富，中国文联人事部干部处处长张晓辉以及中国影协相关部门负责同志列席会议。会议由中国影协主席李前宽主持。

会议主要听取了中国影协2011年工作总结以及2012年工作要点；研究通过了关于任命中国影协副秘书长的问题；研究确定了中国电影金鸡奖终身成就奖的人选。

【第三届中国影协杯优秀电影剧本表彰活动】

4月2日，由中国电影家协会、中国影协电影文学创作委员会主办的第三届“中国影协杯”优秀电影剧本表彰典礼在北京举行。《飞天》（编剧：柳建伟、刘宏伟、王强、赵峻防、梁水宝）、《岁岁清明》（编剧：程晓玲）、《成成烽火》（编剧：郎云）、《金陵十三钗》（编剧：刘恒、严歌苓）、《幸福的向日葵》（编剧：黄丹、张铂雷、赵玉莹）、《钢的琴》（编剧：张猛）、《信义兄弟》（编剧：邢原平）等七部剧本获“优秀电影剧本”荣誉，《我的少女时代》（编剧：张海迪）获“特别表彰优秀剧本”荣誉。中国文联党组书记、副主席赵实，国家广电总局副局长张丕民，中国文联党组成员、书记处书记夏潮，中国电影家协会分党组书记、驻会副主席康健民，以及喇培康、闫晓明、许柏林、谢力、饶曙光等电影界各方面领导，谢铁骊、王晓棠、于蓝、田华、谢芳、陆柱国、苏叔阳、翟俊杰、尹力等著名电影艺术家出席了表彰典礼并为获表彰的编剧颁发奖杯、证书。

【全国影协秘书长工作会议】

4月9日至12日，中国影协组织全国电影家协会秘书长赴浙江省东阳市横店镇进行采风调研活动，并在杭州市召开了2012年全国电影家协会秘书长工作会议。中国影协分党组书记、驻会副主席康健民，中国影协分党组副书记、秘书长许柏林，中国影协分党组成员、中国电影出版社社长胡子光，中国影协分党组成员、副秘书长谢力、李景富，来自全国各省市自治区电影家协会（影视家协会）的秘书长以及中央新闻纪录电影制片厂、八一电影制片厂等电影单位的相关负责同志参加了活动。

【“百花放映·情系基层”大型电影惠民工程活动启动】

4月26日，“百花放映·情系基层”大型电影惠民工程启动仪式在北京举行。中国文联党组书记、副主席赵实，中宣部副部长翟卫华，中国文联党组成员、书记处书记夏潮，汤恒、李前宽、夏朝华、罗成琰、陈建文、姜昆、康健民、许柏林、胡子光、喇培康、马维干、李守镇、朱晓征、秦国英、樊汉国、林立、谢力、李景富等主办单位及国家广电总局、全国总工会、全国妇联、公安部交通管理局、中国文学艺术基金会、八一电影制片厂、中国妇女发展基金会等支持单位的领导，田华、翟俊杰、陶玉玲、岳红、侯勇、阎青妤、赵越、苗圃、刘全和、刘全利等艺术家代表，以及来自四川、贵州、湖北、山东、河南等部分省市县委宣传部、文广新局以及农村数字电影院线的代表等200余人出席了启动仪式。启动仪式由中国影协分党组书记、驻会副主席康健民主持，中国文联党组成员、书记处书记夏潮在启动仪式上致辞。

【中青年电影人联谊会】

5月4日，由中国电影家协会青年电影工作者委员会、中视传媒（北京）有限公司、GBD公共外交文化交流中心共同主办的“2012年中青年电影人联谊会”在北京桥艺术中心举办。中国影协主席李前宽，中国文联国内联络部主任罗成琰，中国影协分党组书记、驻会副主席康健民，中国影协分党组副书记、秘书长许柏林，中国文联国内联络部副巡视员林立，中国影协分党组成员、中国电影出版社社长胡子光，中国影协分党组成员、副秘书长谢力、李景富等，以及中国电影资料馆、中国电影评论学会、中国台港电影研究会、北京大学艺术学院、中国艺术研究院、国家广电总局人才交流中心、中国电影报社、电影海外推广公司、中国电影制片人协会、中央新影集团、北京市朝阳区委宣传部等支持单位的领导出席了联谊会。岳红、吴刚、张光北、陈炜、周小斌、卢奇、高发、郭碧川、陈逸恒、郭伟华、赵越、王茜、苗苗、阎青妤、温桂钰等近百名中青年电影人欢聚一堂，共叙友情、共话合作。

【春之光——电影界纪念《在延安文艺座谈会上的讲话》发表70周年大型电影音乐会】

5月15日，由国家广电总局、中国文联、北京市人民政府联合主办，广电总局电影局、北京市广播电影电视局、中国电影家协会、中国电影基金会承办，电影频道节目中心、中国广播艺术团、北京电视台协办的“春之光——中国电影界纪念《在延安文艺座谈会上的讲话》发表70周年大型电影音乐会”在北京隆重举行。全国政协副主席、中国文联主席孙家正为音乐会题写了“春之光”的主题名称。中宣部副部长、国家广电总局党组书记、局长蔡赴朝，中宣部副部长翟卫华，中国文联党组书记、副主席赵实，北京市委常委、宣传部长、副市长鲁炜，中国文联党组副书记、副主席李屹，中国文联党组成员、书记处书记夏潮，中国电影家协会主席、中国电影基金会会长李前宽，中国电影家协会分党组书记、副主席康健民，国家广电总局电影局局长童刚，北京市委宣传部副部长张淼等有关领导出席了音乐会。

【中国影协青年联合会组织学习胡锦涛总书记在纪念建团90周年大会上的重要讲话】

5月21日下午，新成立的中国电影家协会青年联合会组织召开全体青年大会，认真学习胡锦涛总书记在纪念中国共产主义青年团成立90

周年大会上的重要讲话精神和赵实书记在中国文联机关青年联合会成立大会上的讲话精神。会议由中国影协青联主席、《电影艺术》编辑部副编审谭政主持，中国影协20余名青年同志参加了会议。

【“百花放映·情系矿工”大型电影惠民工程暨慰问采风活动走进西山煤电集团】

由中国文联、中国影协、山西省文联主办的“百花放映·情系矿工”大型电影惠民工程暨慰问采风活动于6月27至28日在山西省西山煤电集团隆重举行，近30位艺术家随慰问团前往西山煤电集团，为矿区人民送去了一台精彩纷呈的文艺节目。慰问团在矿区为煤矿工人放映了影片《毛泽东去安源》、《张思德》，影片主创与当地矿工及群众现场互动，体现了热爱人民、服务人民的炽热情怀。

【“百花放映·情系新疆”大型电影惠民工程暨慰问采风活动】

7月26日至30日，由中国文联、中国影协联合新疆维吾尔自治区党委宣传部、新疆维吾尔自治区文联、新疆生产建设兵团文联在新疆成功举办了“百花放映·情系新疆”大型电影惠民工程暨慰问采风活动，取得了积极热烈的社会反响。此次“百花放映·情系新疆”活动，由中国文联党组书记、副主席赵实同志亲自带队，中国文联党组成员、书记处书记夏潮，中国影协分党组书记、驻会副主席康健民和陶玉玲、翟俊杰、岳红、刘之冰、杜旭东、佟凡、石小群、张少博等老中青三代电影艺术家、文艺工作者以及中央电视台、新华社等中央媒体的记者参加了全程活动。五天的时间里，慰问采风团从乌鲁木齐启程，一路辗转颠簸，行经昌吉回族自治州的休闲之城阜康市、北庭故城吉木萨尔县、旱码头奇台县、乌拉斯台口岸边防连、新疆生产建设兵团农六师驻地等五地，为新疆各界群众送去优秀的文艺节目和电影作品。

【中国影协分党组召开理论中心组学习扩大会议】

10月18日，中国影协分党组召开理论中心组学习扩大会议。专题学习了李长春同志《在全国文化体制改革工作表彰大会上的讲话》、刘云山同志《在第十二届精神文明建设“五个一工程”表彰座谈会上的讲话》和《在全国宣传部长座谈会上的讲话》。中国影协分党组领导、各部门副处级以上干部以及中国电影出版社、大众电影杂志社社领导出席了会议。上午、下午的会议分别由中国影协分党组副书记、秘书长许柏林和分党组成员、副秘书长谢力同志主持。

【电影史料抢救工程一期、二期验证会】

11月6日上午，中国电影家协会电影史料抢救工程一期、二期验证会在北京召开。来自中国电影资料馆、国家档案馆、国家图书馆、中国艺术研究院、北京电影学院、北京高校档案协会等6家验证单位的领导傅红星、王良城、陈力、丁亚平、张会军、陈军参加了会议。中国电影家协会分党组书记、驻会副主席康健民，分党组成员、中国电影出版社社长胡子光，中国文联办公厅副主任金宁宁、中国文联文艺资源中心副主任冉茂金，中国电影家协会分党组成员、副秘书长谢力，原分党组成员、副秘书长柳秀文，中国电影艺术研究中心主任、中国电影资料馆副馆长饶曙光，史料抢救工程专家推荐小组部分成员张兆龙、黄嘉明、陈宝光、刘浩东，业界专家解治秀、郦苏元、舒晓鸣、刘军、高小健以及中国影协有关部门的负责同志出席了会议。会议由谢力主持。

电影节与评奖

【第21届中国金鸡百花电影节】

9月26日至29日，由中国文学艺术界联合会、中国电影家协会、绍兴市人民政府主办的第21届中国金鸡百花电影节在浙江省绍兴市隆重举办。本届电影节包括开幕式、国产新片推介展映、金鸡国际影展、香港特别行政区和台湾地区专题影展、中国电影高峰论坛、中国电影科技论坛、艺术家采风、第31届大众电影百花奖提名奖颁奖仪式、大众电影百花奖颁奖典礼及闭幕式等多项主体活动。近两千名海内外电影界同仁、专家、学者、媒体记者欢聚绍兴，共同参与了中国金鸡百花电影节。

电影节开幕式暨文艺晚会。全国政协副主席、中国文联主席孙家正，浙江省委书记、省人大常委会主任赵洪祝，中国文联党组成员、书记处书记夏潮，以及赵一德、郑继伟、黄旭明、谢铁骊、李前宽、夏朝华、康健民、许柏林、张金如、钱建民等相关领导出席了电影节开幕式。孙家正宣布第21届中国金鸡百花电影节开幕，并与赵洪祝共同为于蓝、金迪、祝希娟等“新中国22大电影明星”代表颁发纪念奖杯。夏潮代表中国文联在开幕式上致辞。开幕式后举行了以“诗与画的绍兴，你和我的电影”为主题的大型开幕式晚会。

国产新片推介展映。共有49部国产新片参展，其中32部影片在电影节期间举办了首映式、观众见面会、新闻发布会、交易签约仪式等活动。

中国民族电影展映。展映了《鲜花》、《天边》、《寻找刘三姐》等多部民族题材的电影作品，举办了多场观众见面活动

金鸡国际影展。共有来自韩国、波兰、罗马尼亚、越南、古巴等国家的近30部影片参展。期间，还举办韩国电影展和中韩电影研讨会。在国际影展闭幕式上，俄罗斯影片《同一场战争》、古巴影片《然而》获最受观众喜爱的外国影片奖；韩国影片《断剑》的导演郑智泳、新西兰影片《爱情鸟》的导演保罗·莫菲获得最受观众喜爱的外国导演奖；德国影片《化敌为友》男主角理查德·隆泽斯基、波兰影片《明天会更好》男主角阿列克·雷巴获最受观众喜爱的外国男演员奖；罗马尼亚影片《弗朗西斯卡》女主角莫妮卡·布勒迪亚努、奥地利影片《另一种人生》女主角乌尔苏拉·斯特劳斯获得最受观众喜爱的外国女演员奖。

香港特别行政区和台湾地区专题电影展映。首次举办了“香港经典爱情电影回顾展”和“台湾市场热映电影展”，集中放映了4部香港经典爱情电影和6部在票房上取得良好成绩的台湾影片。来自香港、澳门、台湾三地的70余名电影界代表、参展影片主创出席电影节，与绍兴的观众进行了面对面的交流。

中国电影论坛。本届论坛将主题确定为“重温《讲话》精神，电影抒写时代——创意求新与文化自信力提升”，30余位研究学者、技术专家、艺术家和教育家共同重温了毛泽东同志《在延安文艺座谈会上的讲话》精髓，共同探讨电影创作如何更好地坚持“二为”方向、“双百”方针。

中国电影科技之光论坛。邀请了国内资深的电影技术专家、教育家、一线创作者，以“动画电影创作与高新技术应用”为主题，从我国动画电影现状和走向、动画及高新技术人才培养、动画电影的高新技术应用等方面进行了深入探讨。

“中国金鸡百花电影节优秀学术论文奖”评选和“金鸡百花杯”学生影评大赛。本届“金鸡百花电影节优秀学术论文奖”评选共收到参评论文37篇，经过评委会评审，最终有9篇优秀学术论文分获一、二、三等奖。“金鸡百花杯”学生影评大赛共收到影评文章近700篇，其中10篇征文获得大赛特等奖。

大众电影百花奖提名者颁布仪式。9月28日，从全国数百万投票的观众中抽取的101名观众评委为获得本届大众电影百花奖提名的影片和影片主创人员颁发了提名证书和奖杯。

第31届大众电影百花奖颁奖典礼和电影节闭幕式。9月29日晚，第21届中国金鸡百花电影节颁奖典礼暨闭幕式在浙江绍兴举行，第31届大众电影百花奖各大奖项亦逐一揭晓。中国文联党组书记、副主席赵实，浙江省委常委、宣传部部长、副省长葛慧君，浙江省人大常委会副主任吴国华，浙江省军区副政委马家利，中国文联副主席、中国影协副主席李雪健、奚美娟，以及谢铁骊、李前宽、康健民、许柏林、张金如、钱建民等中国影协、绍兴市委市政府相关领导出席了精彩而盛大的典礼。赵实与谢铁骊、李雪健、奚美娟一起，为德高望重的老导演王为一和严寄洲颁发了中国电影金鸡奖终身成就奖。颁奖典礼结束后，第22届电影节的举办城市武汉市领导（副市长刘英姿）从绍兴市领导（副书记王文序）手中接过电影节节旗。

【第31届大众电影百花奖评选】

根据《大众电影百花奖章程》规定，大众电影百花奖共设有最佳影片、优秀影片、最佳导演、最佳男主角、最佳女主角、最佳男配角、最佳女配角和最佳新人8个奖项。2012年，经过积极申请，恢复了“最佳编剧奖”。

候选影片产生。在规定的评奖周期内，即2010年3月初至2012年2月底，在票房达到500万、电视播出观众达3000万人次的近百部影片中，由中国电影发行放映协会属下的100名骨干影院经理，投票产生10部候选影片。2012年4月25日，在第21届中国金鸡百花电影节的新闻发布会上，中

国影协向全社会公布10部候选影片和单项奖候选人名单，并从当日起启动观众投票。

观众投票。截至7月31日，共收到各类选票共计8327029张，总投票量较上届589万张增长了41.3%。根据《大众电影百花奖章程》的规定，在此轮观众投票中票数排前五名者将获得大众电影百花奖的提名。2012年8月21日，第21届中国金鸡百花电影节第二次新闻发布会向全社会公布了第31届大众电影百花奖各奖项的提名名单。

终评情况。根据《大众电影百花奖章程》的规定和组委会的统一安排，在北京市方正公证处的监督下，中国影协分别于6月21日、7月24日、8月16日分三批完成了本届百花奖观众评委的抽取工作，并平衡地区、行业、性别、年龄等因素后最终确定了101位来自全国各地的幸运观众，组成第31届大众电影百花奖的终评委员会。101名观众评委在第22届中国金鸡百花电影节举办地绍兴，对所有获提名的影片进行集体观摩和充分讨论，在9月29日大众电影百花奖颁奖典礼的直播现场，以按表决器的方式当场投票，评选出第31届大众电影百花奖每个最佳奖项：

影片名称	获奖情况	
《唐山大地震》	获最佳故事片奖	1. 冯小刚获最佳导演奖 2. 苏小卫获最佳编剧奖 3. 张子枫获最佳新人奖
《失恋33天》	获优秀故事片奖	1. 文章获最佳男主角奖 2. 白百何获最佳女主角奖
《辛亥革命》	获优秀故事片奖	1. 孙淳获最佳男配角奖 2. 宁静获最佳女配角奖

理论评论

【第三届“中国影协杯”电影编剧论坛】

4月2日，第三届“中国影协杯”电影编剧论坛在北京举行，本届论坛将议题确定为“关注现实生活，引领社会进步”。入围第三届“中国影协杯”优秀电影剧本的编剧代表、推选委员会成员以及电影理论评论家近30人参加了论坛。中国影协分党组书记、驻会副主席康健民，分党组副书记、秘书长许柏林，分党组成员、副秘书长谢力以及中国影协电影文学创作委员会主任张思涛、副主任赵葆华等领导出席论坛。论坛由赵葆华主持。

【《2012中国电影艺术报告》发布会】

4月17日，中国电影家协会《2012中国电影艺术报告》发布会在京举行。中国文联理论研究室主任陈建文，中国电影家协会分党组书记、驻会副主席康健民，中国电影家协会分党组副书记、秘书长许柏林，知名学者尹鸿、黄会林、黄式宪、陈旭光、周星、李道新、陆绍阳等共40余人出席了发布会。发布会由中国电影家协会产业研究中心主任刘浩东主持。

【《2012中国电影产业研究报告》发布会】

5月16日，中国影协《2012中国电影产业研究报告》发布会在北京召开。中国文联党组成员、书记处书记夏潮，中国文联理论研究室主任陈建文，中国影协分党组书记、驻会副主席康健民，中国影协分党组副书记、秘书长许柏林，中国影协分党组成员、中国电影出版社社长胡子光以及黄会林、饶曙光、刘嘉、刘军、耿西林、高军、陆遥、张昭等专家学者和业界代表出席了发布会。发布会由中国电影家协会产业研究中心主任、《2012中国电影产业研究报告》主编刘浩东主持。

【第三届海峡两岸闽南语电影文化研讨会】

7月18日至21日在由中国电影家协会、福建省文学艺术界联合会、福建省晋江市文化体育新闻出版局、福建省晋江市文联联合主办，福建省电影家协会及福建晋江大剧院承办的“第三届海峡两岸闽南语电影文化研讨会”在福建晋江市举行。中国文联主席团委员、中国电影家协会分党组书记、驻会副主席康健民，中国电影家协会分党组副书记、秘书长许柏林，福建省人大教科文卫体委员会主任王豫生，福建省文联党组书记、书记处书记、副主席张作兴，福建省人民政府台湾事务办公室主任吴国盛，福建省文联副主席、省政协常委、教科文卫体委员会副主任、原省文联党组书记范碧云，福建省文联副主席、省影协主席章绍同和中国电影家协会组联部主任孙崇磊出席了会议。中华文化总会秘书长杨渡率领台南艺术大学音像学院院长井迎瑞、闽南语电影资深导演郭南宏、前任台湾电影资料馆馆长李天礢、闽南语电影《苹果的滋味》导演万仁、闽南语电影资深导演蔡扬名、电影《鸡排英雄》、《阵头》制片人范建祐、电影《抢救老爸》导演潘志远、电影学者蔡庆同和皇朝影业公司负责人杜又陵等十位台湾电影界代表也参加了研讨会。

【第三届“中国电影科技论坛”】

7月23日，由中国电影家协会、北京电影学院主办，《中国电影年鉴》编辑部，北京电影学院动画学院，中国影协动画电影工作委员会和中国影协电影高新科技委员会承办，北京影视动画协会协办的2012“中国电影科技论坛”在北京国际会议中心开幕。中国文联党组成员、书记处书记夏潮，中国电影家协会分党组书记、驻会副主席康健民，中国电影家协会分党组副书记、秘书长许柏林，广电总局科技委副主任、中国影协高新科技委员会会长鲍林岳，中国电影发行放映协会会长杨步亭，中国电影家协会分党组成员、副秘书长李景富等领导出席开幕式，本届“2012中国电影科技论坛”的主题确定为“动画电影与高新科技应用”。

【第七届“华语青年影像论坛”】

10月30日至11月9日，第七届“华语青年影像论坛”在北京、台北两地举办。10月30日在台北开幕，11月9日在北京闭幕。论坛期间，北京、台北两地共展映两岸三地青年导演的优秀作品34部，举办了“年度杰出青年导演峰会”、“如何创造两岸电影市场双赢座谈会”等主题峰会活动，数百名电影人聚汇论坛。在北京举办的闭幕晚宴暨年度新锐影人颁奖盛典上，表彰并推介了年度新锐编剧鲍鲸鲸(《失恋33天》)，年度新锐导演程耳(《边境风云》)，年度新锐女演员白百何(《失恋33天》)、倪妮(《金陵十三钗》)，年度新锐男演员张书豪(《转山》)、雷佳音(《黄金大劫案》)，年度新锐摄影师朱志刚(《危城》)、沙金城(《画圣》)，年度新锐美术师金杨(《画圣》)、林木(《杀生》)，年度新锐录音师杨江(《画皮2》)、王长锐(《白鹿原》)，年度新锐剪辑师肖洋(《画皮2》)、李点石(《搜索》)，年度新锐特效化妆师肖进(《画皮2》)，年度新锐制片人王筱卉(《国医》)。

【第三届中国电影发展论坛暨电影设备展览会】

11月29日，在2012“上海国际电影技术论坛暨电影设备展览会”期间，中国电影家协会、中国电影发行放映协会、中央新影集团、中国文化传媒集团、国家广电总局《综艺报》社等共同主办了“电影科技与中国电影发展研讨会”。中国电影家协会分党组书记、驻会副主席康健民，中国电影发行放映协会会长杨步亭，国家广电总局科技委副主任、中国电影家协会电影高新科技委员会会长鲍林岳，上海电影家协会主席、著名导演张建亚，以及电影界的专家学者，围绕“中国电影科技的现状和未来”为主题，发表了各自的看法。“电影科技与中国电影发展研讨会”的举办，标志着为期一个月的“第三届中国电影发展论坛”正式拉开序幕。

12月17日，“中国电影发展论坛”分论坛之一“电影观众与中国电影发展互动研讨会”在京举办。中国电影评论学会会长章柏青、中影南方电影新干线总经理赵军、中国艺术研究院影视研究所副所长赵卫防、北京大学影视戏剧研究中心主任陈旭光以及中国电影博物馆副馆长刑建毅等业内专家莅临现场，与到场的影迷和媒体共同讨论了观众在中国电影产业中的地位等问题。

12月24日，“中国电影发展论坛”分论坛之一“资本推动力与中国电影发展论坛”在京举行。全国政协委员、中国文学艺术基金会副理事长兼秘书长、中国曲艺家协会主席姜昆亲赴论坛现场，与麒麟影业CEO、《画皮》系列电影制片人庞洪，乐视影业总裁、《敢死队2》、《消失的子弹》等影片的制片人张昭，大盛国际总裁、《叶问2》、《锦衣卫》制片人安晓芬、中信建投副总裁、保荐代表人董军峰等围绕“资本为电影助力的重要性”、“文化企业的上市与投融资”、“电影投资的风险控制”、“合拍片的投资模式与途径”等议题展开热烈讨论。

对外及对港澳台地区文化交流

【古巴电影放映及学术交流活动】

3月21日，中国影协与北京电影学院、古巴驻华使馆共同举办的“古巴电影放映及学术交流活动”在北京电影学院举行，中国文联党组成员、副主席、书记处书记杨承志，中国文联国际部主任黄文娟，中国影协分党组书记、驻会副主席康健民，中国影协副主席、北京电影学院院长张会军，古巴驻华大使白诗德等出席。活动放映了古

巴影片《哈瓦那组曲》。

【波兰电影周】

3月23日至29日，中国影协与浙江省文联、世界电影联盟及浙江省影协在杭州市联合举办“波兰电影周”。浙江省委宣传部副部长龚吟怡，省文联副主席吴天行，中国影协分党组书记、驻会副主席康健民，波兰影协主席布朗姆斯基等出席开幕式等有关活动。

【中国影协代表出席首届闽南文化影展和论坛活动】

4月27日至5月1日，中国影协分党组书记、驻会副主席康健民率福建影协代表团赴台南出席首届闽南文化影展和论坛活动。

【中国影协代表出席第31届香港电影金像奖颁奖典礼】

4月15日，中国影协分党组成员、副秘书长谢力率团参加第31届香港电影金像奖颁奖典礼等活动，并分别拜会驻港澳特区中联办有关部门负责人，先后与香港影业协会、澳门影视传播协进会等两地电影产业机构负责人座谈。

【中国影协代表出席第11届罗马尼亚特兰西瓦尼亚国际电影节】

6月5日至10日，中国影协分党组成员、副秘书长李景富率团出席第11届罗马尼亚特兰西瓦尼亚国际电影节“聚焦中国”电影展映活动，并与罗马尼亚电影界有关人士进行了广泛接触。

【中国影协代表访问越南】

7月3日至8日，中国影协分党组书记、驻会副主席康健民书记率团访问越南，分别会见越南影协领导及部门负责人，双方主要就今后深化交流、组织培训、开展合拍等事项交换意见。

【中国影协代表出席第17届韩国釜山国际电影节】

10月3日至8日，中国影协分党组书记、驻会副主席康健民率团出席第17届韩国釜山国际电影节开幕式，观摩有关影展，与韩方电影工作者座谈，并会见电影节主席李庸观及有关负责人，双方主要就今后加强中韩电影交流，深化双方电影节及电影机构长期合作交换意见。

【首届大陆少数民族影展】

10月20日至27日，中国影协民族电影工作委员会会长马维干，中国影协分党组成员、副秘书长谢力率团出席在台北和新竹举办的首届大陆少数民族影展开幕式，参加有关影片首映式、见面会及座谈会，并会见少数民族两岸文经促进会、“蒙藏委员会”等当地主办机构负责人。“民族电影展”遴选了近年大陆拍摄的11部少数民族题材的电影，分别在台北、新竹、高雄、台中市和东华大学（花莲县）等地进行公益展映。展映活动历时50天，于12月9日结束。

【中国影协代表出席法国斯特拉斯堡首届“红水晶”华语国际电影节】

11月8日至13日，中国影协分党组副书记、秘书长许柏林率团出席法国斯特拉斯堡首届“红水晶”华语国际电影节开幕式，观摩有关影展活动，并会见主办方法国欧洲—中国当代艺术与文化国际协会、法国影协等机构负责人，双方就今后加深两国电影机构相互了解与开展影展合作交换意见。

出版期刊

【中国电影出版社】

2012年，中国电影出版社在中国文联党组、中国影协分党组的领导下，面对新时期出版行业发生的结构调整和市场变化，严格把握正确的出版导向，努力做好图书、期刊的编辑出版工作，积极探索出版社的战略重组模式和企业发展方向。

全年，中国电影出版社共出版图书192种，其中新版图书174种，重印图书18种；出版《环球银幕》月刊12期，增刊1期。面对日趋激烈的行业竞争和新媒体出版的强大压力，中国电影出版社努力开拓选题资源，不断强化专业特色，编辑出版了一批具有较高学术水平的影视专业图书。如：电影史学类图书《〈中国电影发展史〉出版50周年学术研讨会论文集》、《程季华自选集》等；影视专业教材及参考书《电视剧理论与编剧技法》、《故事·类型·产业——电影编剧讲义》、《影视鉴赏写作新论》、《镜头前的表演教学》、《电影声音艺术与录音技术：历史、创作与理论》、《动画概论》等；服务于电影产业研究的图书《2011中国电影市场报告》、《2012中国电影产业研究报告》、《2012中国电影艺术报告》，以及电影家传记之《云白石坚——苏云传》，电影节系列之《绍兴与中国电影》等等。电影史学类图书《中国少数民族电影史》获得中国文联理论性著作评选特等奖。此外，为适应读者的需求，中国电影出版社开发制作了《环球银幕》月刊数字版，试刊反响良好，市场影响力得到进一步提升。

中国电影出版社充分利用国家对图书出版项目的扶持政策，先后精选23个选题参加了“国家出版基金”、“中国文联2012年度文艺出版报刊精品工程”等图书资助项目的申报，其中7个选题入选。组织申报的“数码喷墨印刷平台工程”和“电影数字出版和新媒体营销工程”两个项目首次获得财政部文化产业发展专项资金的支持。

按照上级部门的整体思路，中国电影出版社积极推进战略重组，先后与多家行业内外的优质企业进行意向性会谈，虽然整体工作尚未取得实质进展，但为今后改革工作的推进，尤其是为建立现代企业制度积累了一定的工作经验。

【大众电影】

2012年，大众电影杂志社始终坚持以振兴中国电影为己任，突出报道中国电影创作和产业进程，进一步完善新中国电影历史的开掘，加强评论工作，紧密跟进外国电影最新进展，努力做好电影文化有特色、深层次的话题拓展。全年共编发各类文章约260余万字，图片3300余幅。围绕纪念毛泽东同志《在延安文艺座谈会上的讲话》发表70周年以及党的十八大召开等重要事件，刊发了专题文章，开设了专栏；对第21届中国金鸡百花电影节、第31届大众电影百花奖评奖等重点活动进行了全面细致的宣传。在新闻报道方面，杂志社坚持以国产影片的报道为主，用各类形式介绍了230余部国产新片，影视一线人物200余人，基本涵盖了2012年各类型优秀影片和代表性影片，以及各门类主创人员。在影视评论方面，一方面积极开拓与当今时事联系较为紧密的话题类选题，加强对读者、观众关心的作品、现象的深刻分析与尖锐评论，树立主流权威；另一方面以夹叙夹议等方式，对于中外电影文化进行比较和对于外国电影文化进行解析，扩大了评论类栏目的范围和角度。全年刊载评论文章300余篇。在中国电影史类的版面上，围绕着人物、事件、影片的中心，刊载了《心向神州回归路》、《为“新儿女英雄”立传》、《逆光》、《“小蝌蚪”震动大世界》、《夺印》、《群英会》、《筚路蓝缕架“桥梁”》、《傅艺伟：怀念美好的80年代》、《谱写新时代“毕业歌”》，以及石维坚、高保成、黄宗江、里波、方辉、高英、臧金生、程季华、何伟等有关红色经典电影、著名电影艺术家、重大电影事件等文章50余篇。全年《大众电影》杂志印发数为67.85万册。

8月，大众电影杂志社与大连万达集团正式实施战略合作，双方共同出资设立北京万达电影文化传媒有限公司，管理和运营《大众电影》杂志广告、发行、活动等经营性业务。目前合资公司已注册成立，正式运营。

【中国电影年鉴】

《2012卷中国电影年鉴》主要反映的是2011年中国电影产业和事业发展全貌，2011年的中国电影产业进程依然保持高速迈进的速度，2011年中国生产故事影片558部；全国电影总票房达到131.15亿元，再次突破纪录。在年鉴的编辑过程中，我们坚守宣传底线，营造健康、和谐的舆论氛围。坚持学术为实践服务，理论引领电影事业与产业的改革与发展，起到经验归纳、观点支撑、智慧指点等作用。重点在“电影理论评论”，“电影机构”，“电影市场”等栏目下功夫，侧重记录、选载在电影产业发展中存在的深层次问题，并具有真知灼见、鲜明的时代色彩和现实意味的文章，并花力气组织更多的原创文章。此外，年鉴编辑部还编辑出版了《光辉的历程——纪念建党90周年电影创作研讨会画册》（中国电影出版社）；以及正在编撰《动画电影创作与高新科技应用——中国电影科技论坛（2012）论文集》（暂定名）。

2012年，年鉴继续做好发行工作，严格控制印制成本，募集到理事会资金十多万元；同时积极争取广电总局电影频道的十万元补助，以及北京电影学院协作的2万元合作经费，并继续与北大方正、清华同方等单位继续合作电子版网上资料的服务工作，也为在即将到来的数字化时代，进一步开拓办刊思路打下基础。

年鉴编辑部还具体承办了中国电影科技论坛（2012）和金鸡百花电影节期间的“科技之光”活动，本届论坛以“动画电影与高新科技应用”为主题，为期两天的论坛中，专家们就动画电影的技术革新、数字时代电影的动画化与游戏化、3D动画的发展等问题展开了深入研讨。

年鉴具体负责的中国影协民族电影工作委员会，分别在九、十月份与金鸡百花电影节组委会和台北市少数民族两岸文经交流促进会联合举办了两次“2012中国少数民族电影展”，在合肥和台湾多地展映了多部少数民族电影，受到当地观众的热烈欢迎。

年鉴持续运作“老电影沙龙”的周末观影活动，并于新影联院线等多家单位达成合作，继续将“老电影沙龙”打造成为影协的一项知名品牌。“老电影沙龙”放映了《老井》、《哪吒闹海》、《似水流年》、《芙蓉镇》等各类经典影片达50余场，观众近3000人次。除了每个周末的固定放映活动，老电影沙龙还主办了陈强纪念影展，主办了陈强纪念影展在金鸡百花影城公益放映《红色娘子军》、《瞧这一家子》等陈强主演的经典影片。此举进一步扩大了中国电影家协会和老电影沙龙的影响力，强化了影协联络、服务的职能。

【电影艺术】

2012年，《电影艺术》一如既往地致力于打造杂志的专业性和学术权威性，热切关注中国电影创作及产业发展的最新动向，紧密结合实际，做好选题策划和组稿工作，取得了学术及创作界的好评。在最具权威的中文社会科学引文索引来源期刊CSSCI（2011—2013年）排名中，《电影艺术》蝉联电影类期刊第一。

与此同时，杂志自主创办的华语青年影像论坛活动已举办7届。台北开幕、北京闭幕，是本届论坛的一大亮点。由康健民书记任团长，尹力、张一白、庞洪、尹鸿、周星、贾磊磊等一行18人组成的大陆电影代表团到访台北，这是近年来规模最大的大陆电影代表团出访台湾；随后，台湾电影界同样在两岸电影交流委员会主委李行导演和朱延平导演的率领下，由24人构成的台湾电影代表团出行北京，这是继2009年第四届华语青年影像论坛之后，又一次大规模出访大陆的台湾电影代表团。规模空前的两岸电影代表团互访为两岸的文化交流写下了靓丽的一笔，尤其是为两岸青年电影人的交流搭建了一个宽广务实的平台。论坛期间，在北京、台北两地共展映两岸三地青年导演的优秀作品34部，并成功举办了“年度杰出青年导演峰会”、“如何创造两岸电影市场双赢座谈会”等主题峰会活动，《画皮Ⅱ》导演乌尔善、《痞子英雄》导演蔡岳勋、《车手》导演郑保瑞等数百名电影人汇聚论坛，青年导演、青年影评人以及制片人对当下热点问题展开了激烈讨论，获得与会嘉宾的深切共鸣。年度新锐影人颁奖盛典共推介出15位“年度新锐影人”，他们是组委会从2011年10月至2012年9月出品或公映的华语电影作品中通过几轮筛选，并经由谢飞导演担任主席的9人评委会评选产生。

《电影艺术》2012年共刊发稿件182篇，发稿量为170.6万字，绝大部分稿件都是编辑部经过精心策划和组稿而来。此外，为配合党的十八大的胜利召开，杂志连续多期对《雨中的树》、《忠诚与背叛》、《西藏的天空》、《冰雪11天》、《许海峰的枪》等重点影片在封二、封三进行宣传，并在电影批评、访谈录、业界资讯等相应栏目也拿出较大版面对各重要影片进行配合宣传。本年度年编辑部继续加强与各专业院校的横向联系，延续“走出去”战略，与北京大学影视戏剧研究中心合作举办了“《赛德克·巴莱》学术研讨暨导演专家对话会”、“《搜索》学术研讨会”等交流活动，结交了一些青年作者，推广了杂志品牌，取得了不错的双赢效果。

【世界电影】

2012年适逢《世界电影》创刊六十周年，在影协分党组的关怀领导下，认真学习领会各级领导的指示，将发展社会主义文化的宏伟目标与本职工作联系起来，一如既往地严格遵循“二为”方向和“双百”方针，严格按照该刊“洋为中用、翻译介绍国外电影理论、提供国外电影创作的成功经验，提高我国电影工作者在电影理论上的知识和修养”的办刊宗旨，圆满如期完成了全年编辑出版工作，出刊六期，共计120万字。

《世界电影》2012年基本摸清了适合《世界电影》在当今国内电影文化及出版物市场的定位，走差异化的发展道路，继续增加刊物内容的多样性，寻找热点，开阔思路和稿源。特别是根据在众多新媒体影响下成长的新一代读者和社会转型期的新情况，有意识有针对性地逐步加大电影文学方面的内容比重，特别是对有时效性的外国电影精品新片的介绍，每期刊登二到三个精品电影文学剧本，全年共发表十五个优秀作品，受到读者欢迎，已成为有广泛口碑的品牌。

中国音乐家协会

综　述

2012年，中国音协在中国文联党组和音协主席团的领导下，认真贯彻落实党的十八大精神，牢牢把握“高举旗帜、围绕大局、服务人民、改革创新”的总要求，认真履行联络协调服务的基本职能，秉持“创新”理念，把“文化惠民”作为着力点和突破口，振奋精神，锐意创新，各项工作取得了新进展、新成效，服务音乐事业的水平再上新的台阶。

建设高效能、兼具权威性和专业性的人民团体是中国音协自身建设的重要目标。2012年，中国音协开展的各项工作都紧紧围绕履行职能，科学认识和界定新形势下音协工作的特点与思路，开展了一系列主题鲜明，有声势、有特色、有影响的文艺活动。2012年，中国音协通过评奖办节、采风创作、促进对外文化交流以及打造系列音乐文化品牌等途径，有力地推动了音乐创作、表演、理论研究以及音乐交流活动的新发展。当前，以中国音乐金钟奖等旨在繁荣创作与表演的专门奖项为引领的评奖活动空前活跃，以各团体院校为主要力量的音乐队伍不断巩固，以弘扬中国民族音乐为宗旨的文化交流日益扩大，走出了一条具有中国特色的音乐艺术发展道路。

综观2012年全年可以概括为几个板块的工作：

一是以纪念《讲话》发表七十周年为契机，唱响时代主旋律。先后举办李谷一从艺50年演唱会、座谈会，主办纪念张寒晖诞辰110周年系列活动，与中国文联共同举办“我要去延安”大型文艺演出活动等。

二是开展丰富多样的音乐惠民活动。通过到湘西开展“送文化、走基层”、举办第一届全国打工歌曲大赛、启动实施青少年专项培训工程等，进一步满足人民群众多重音乐需求。

三是坚持服务群众，举办一系列特色音乐活动。举办“那片阳光”——平安俊作品交响音乐会、第五届海峡两岸合唱节、组织纪念人民音乐家聂耳诞辰100周年系列活动、启动中国青年音乐家培训计划工程（2012年）、举办全国少儿电子琴优秀选手展演活动、举办管乐节系列活动、与央视共同举办2012全国儿童歌曲大奖赛、举办“长江杯”第三届全国少儿钢琴展演比赛等，打出惠民牌取得较好社会效益。

四是坚持对创作的引导和扶植，音乐创作进一步活跃。2012年先后举办第四届“成才之路”业余词曲作者、演唱者研修班，推动《红河谷》入选中国文学艺术基金会资助项目。

五是坚持组织采风活动，音乐资源得到进一步挖掘和利用。中国音协先后组织举办“永远的江南”全国歌曲征集评选活动，“江苏行”、“古韵今风·家在苏州”采风以及江南文化节常熟采风和“唱响海南”等音乐家采风创作活动等。这一系列采风活动重在发掘、展示、提升城市的文化价值，推出一批提升城市文化品位的歌曲精品，进一步丰富和扩充音乐事业的社会功能。

六是进一步加强自身建设，协会的职能作用得到更好发挥。其一是依托文化体制改革，整合所属刊物的资源优势，在推出优秀作品和优秀人才方面取得新突破。《人民音乐》学术性和影响力进一步提升，《歌曲》发行量跃上新高，《词刊》注重弘扬主旋律和内容多样化相结合，《儿童音乐》成功开展“儿童封面宝贝”的选拔活动，《音乐创作》编辑质量有新的进步和提升，《中国音乐》时效性、导向性有较大提升，中国音协官方网站的建设得到加强，功能得到进一步拓展。其二是进一步激发协会做好本职工作的积极性，协会各部门职能作用发挥明显。组联部认真组织了国内的比赛演出、征歌采风、座谈研讨等诸多音乐活动，在推动音乐发展方面作出积极努力。社会音乐部在音乐考级工作中不断创新方式方法，

共在全国27个考区下辖的200多个考点全面开展考级工作，参加中国音协音乐考级的考生人数已经达到35万人，约占全国考级人数的三分之一，创造了良好的社会效益和可观的经济效益。外联部组织全年共完成进出国项目9项，进出国总人数488人，通过开展国际交流进一步扩大了中国音协的国际知名度和中国音乐的国际影响力。会员部认真做好会员发展工作，全年审批发展新会员433人。研究部较好地完成《中国音乐》专刊的编辑出版工作，完成大量新闻稿件等文字撰写工作。办公室充分发挥“枢纽”作用和协调、保障功能，围绕协会中心任务开展工作，并加大了与各地音协的联络沟通和与上级部门的协调联系。全年协会自身建设、基础设施建设等各方面都得到全面加强，协会工作环境和工作人员的精神面貌呈现新气象。

重要会议

【中国音协工作会议】

2月3日至4日，中国音协全国工作会议在北京召开，中国音协主席赵季平，中国文联副主席、中国音协分党组书记、驻会副主席徐沛东，中国音协分党组成员、副秘书长王建国、田晓耕、韩新安出席工作会。徐沛东作了题为《把握机遇　勇于创新　优化服务　积极作为　以锐意进取精神谱写音乐事业繁荣发展新篇章》的讲话。来自全国各省、市、自治区及产业音协的负责同志齐聚一堂，总结工作，分析形势，研究谋划新年度音协工作的发展思路，为推动音乐事业的发展繁荣献计献策。

【2012年中国音协新春联谊会】

2月5日，2012年中国音协新春联谊会在北京举行。中国文联党组书记、副主席赵实，全国政协教科文卫体副主任委员胡振民，中国文联党组副书记、副主席覃志刚，中国文联党组成员、副主席冯远，中国文联党组成员、副主席杨承志，中国文联副主席陈晓光，中国文联党组成员、书记处书记李前光等领导同志和中国音协名誉主席傅庚辰，中国音协顾问孙慎、王世光、严良堃、谷建芬、金铁霖，中国音协赵季平、徐沛东等主席团成员，王昆、阎肃等音乐家、艺术家代表，中宣部文艺局、文化部艺术司、中国文联机关各部室及各文艺家协会等单位的领导同志和嘉宾近千余人参加了联谊会。

【李谷一从艺50年演唱会、座谈会】

3月11日，由中国文联、文化部艺术司、中国音协联合主办，中国东方演艺集团承办的“李谷一从艺50年演唱会”在北京国家会议中心上演。音乐会上，李谷一演唱了《乡恋》、《我和我的祖国》等歌曲。4月9日，由中国音协、中国东方演艺集团主办的李谷一艺术实践研讨座谈会在中国文联举行。中国音协徐沛东，中国音协副主席、中国东方演艺集团董事长兼总经理顾欣，中国文联国内联络部巡视员、中国文联演艺中心主任郁钧剑等出席了座谈会。

【第七届主席团第五次会议】

3月12日，中国音协第七届主席团第五次会议在北京召开。赵季平主席主持会议，副主席徐沛东、王次炤、叶小钢、印青、余隆、宋飞、宋祖英、顾欣、努斯来提·瓦吉丁、张国勇、廖昌永、谭利华出席会议。中国音协王建国、田晓耕、韩新安列席会议。与会人员结合当前音协工作和音乐事业面临的新形势展开热烈的讨论，从实际出发，有针对性地提出了许多富有建设性的意见和建议。

【在三坊七巷设立创作基地】

4月3日，三坊七巷首批国家级文艺创作基地签约授牌仪式在福州举行。中国音协在三坊七巷设立创作基地。

【“送文化、走基层”走进湘西】

4月21日至22日，中国文联、中国音协“送文化、走基层”在湘西刮起一场“音乐风”。在徐沛东的带领下，邓建栋等艺术家不仅为观众献上了一场民族音乐的盛宴，还对当地琴童进行了一对一辅导。

【“那片阳光”——平安俊作品音乐会】

5月5日，由中国音协主办的“那片阳光”——平安俊作品音乐会在北京保利剧院举行，全国政协副主席黄孟复、中国文联党组书记赵实等出席了音乐会。戴玉强、吕继宏、吕薇、姚贝娜、曹芙嘉、张建一、黄越峰、王燕等歌唱家携手中国国家交响乐团演绎了作曲家平安俊创作的音乐作品《走向辉煌》、《大爱无疆》、《我爱熔炉我爱钢》以及交响组曲《新年组曲》等。音乐会突出了时代性、艺术性、思想性和观赏性，为观众带来高雅的艺术享受。

【张寒晖诞辰110周年暨惠民活动】

5月5日，由中共河北省委宣传部、中国音协、河北省文联主办的“走在文艺的春天里”——纪念毛泽东《讲话》发表70周年暨人民音乐家张寒晖诞辰110周年暨百花乐万家文化惠民活动在河北定州市举行，专家学者深入研讨张寒晖的艺术创作成就及其对当下文艺创作的启示意义。

【《我要去延安》大型演出】

由中国文联、中国音协倾力打造的《我要去延安》大型演出于5月10日在延安举行。中国文联赵实、杨承志，中国音协赵季平、徐沛东与现场万余名观众一起观看了演出。

【马思聪百年诞辰纪念活动】

5月12日，由中国文联、中国音协和中央音乐学院主办的马思聪百年诞辰纪念活动在中央音乐学院举行。覃志刚、傅庚辰、徐沛东，中国文联荣誉委员、中国音协名誉主席、中央音乐学院名誉院长吴祖强，文化部艺术司副司长陶诚等参加了大会。大家对马思聪的人格品质、艺术贡献、社会地位给予了充分肯定与高度评价，对他的学术造诣、特别是音乐创作进行了深入的探讨和研究。

【深圳大学金钟音乐学院成立】

5月17日，深圳大学金钟音乐学院宣告成立。中国音协徐沛东，文化部艺术司司长董伟等出席并为学院揭牌。学院成立了以徐沛东为理事长，韩新安等为副理事长的金钟学院理事会。深圳大学金钟音乐学院由中国音协、深圳大学、深圳广电集团合作建设。学院的专业设置涵盖声乐表演、乐器演奏、词曲创作、音乐制作、艺人经纪、知识产权保护等整个流行音乐的创作产业体系。

【叶小钢声乐交响作品音乐会】

5月21日，由中国文联、中国音协、中共杭州市委宣传部、中央音乐学院、胡智容文化基金和中国交响乐发展基金会联合举办的叶小钢声乐交响作品音乐会在国家大剧院上演。全国人大常委会副委员长韩启德，全国政协副主席、中国文联主席孙家正，中国文联党组副主席覃志刚、杨承志，文化部副部长王文章，中国文联副主席、解放军艺术学院院长彭丽媛，中国音协分党组书记、驻会副主席徐沛东等出席了音乐会。音乐会上，演出了叶小钢的《临安七部》和《共和之路》两部作品。

【纪念聂耳诞辰100周年活动】

7月17日至19日，由中国音协、中共云南省委宣传部、玉溪市委市政府主办“纪念聂耳诞辰100周年文化系列活动”在玉溪市举行。陈晓光、徐沛东、金铁霖以及来自全国的专家学者参加了包括“聂耳文物回故乡——纪念聂耳诞辰100周年特展”等一系列文化活动。

10月25日，纪念聂耳诞辰100周年——聂耳图片全国巡回展北京展在北京吴东魁艺术馆开幕。中国文联名誉主席周巍峙，孙慎出席开幕式并饶有兴致地观看了展览。徐沛东宣布纪念聂耳诞辰100周年聂耳图片全国巡回展北京展开幕并和谭利华分别向吴东魁艺术馆赠送《聂耳全集》、《百年聂耳》书籍。

【中国音乐家创作采风基地在舟山群岛新区挂牌】

8月15日，中国音乐家创作采风基地在浙江省舟山群岛新区正式挂牌。中国音协分党组书记、驻会副主席徐沛东出席挂牌仪式。

【第九届中国音乐金钟奖论证会】

10月22日至25日，中国音协邀请著名作曲家、指挥家、演奏家在北京召开“第九届中国音乐金钟奖”论证，就钢琴、钢琴与弦乐、二胡、民族组合、古筝、民族声乐、美声、合唱等表演奖项目听取专家意见和建议。

【中国音协七届理事会第二次会议】

12月5日至7日，中国音协七届理事会第二次会议在天津召开。陈晓光、徐沛东、王建国、田晓耕、韩新安，中国音协主席团及理事会成员等共110余人汇聚津门，共商中国音乐事业发展繁荣大计。

艺术节与评奖

【2012全国打工歌曲创作大赛】

针对农民工歌曲鲜有作品、鲜有精品的现状，5月，在组织“情系农民工”文化惠民赴东莞演出的基础上，中国音协与东莞市人民政府合作，组织2012全国打工歌曲创作大赛，力争推出一批能够真实反映农民工现实生活，贴近他们内心世界，深受他们喜爱的新创歌曲，最终从5000多首应征作品中遴选出30首向全国推广，进一步丰富农民工兄弟的文娱生活。同时，作为配套措施，中国音协还在东

莞塘厦举办全国优秀青年词曲作家高级研修班，集结近年来崭露头角的青年音乐工作者，以抒写打工生活为主题，深入工矿、车间、生产线等体验生活，创作一批有生活、情感真、艺术水准高的农民工歌曲精品，徐沛东、韩新安、宋小明、小柯、车行等出席并研讨。2013年1月11日晚在广东东莞体育馆举行了隆重的颁奖晚会，王世光、中国音协副主席孟卫东和韩新安秘书长等出席颁奖并讲话。这既是引导和繁荣音乐创作的具体举措，也是中国音协创新实施音乐人才培训战略的重要一步。

【第五届海峡两岸合唱节】

中国音协、台湾新竹市政府、福州市政府共同主办的第五届海峡两岸合唱节于6月15至20日在福州举行。来自台湾和内地的约30支参赛团队参加。合唱节期间，举办合唱指挥讲座、论坛、合唱观摩比赛和盛大颁奖典礼等系列活动。海峡两岸合唱节目前已作为一项榕台两岸合作的长期艺术交流活动，正式列入“海峡论坛”国家重点文化交流项目。

【2012全国儿童歌曲大奖赛】

中国音协与中央电视台联袂举办了“快乐一起来”——2012全国儿童歌曲大奖赛，以电视大赛的形式，面向全国少年儿童集中推广少儿声乐精品。2012全国儿童歌曲大奖赛从4月中旬开始启动，活动历时三个月，历经初评和复评，从报名参赛的近千首作品中遴选出30首优秀儿童歌曲(儿童组、少年组各15首)，并于7月24日至25日进行了四场决赛，最终评选出作品金、银、铜、优秀奖，以及表演奖、优秀组织奖等奖项。7月29日，大赛颁奖晚会在中央电视台一号演播大厅成功举办。大赛“鼓励少儿歌曲创作、推广少儿声乐精品、繁荣少儿文化生活、引领少儿快乐成长”的宗旨得到了社会各界的肯定和好评，通过比赛，不但推出了一大批内容健康、旋律优美、寓教于乐的儿童歌曲，更让孩子们拥有了“在歌声中成长，和快乐一起来”的美好经历。

【首届“中国管乐杯”独奏展演暨夏令营】

由中国音协、青岛市政府主办的首届“中国管乐杯”全国中小学生管乐独奏展演暨夏令营活动于8月5日至10日在青岛举行。活动期间安排管乐独奏展演3轮，专业演奏家音乐会、展演辅导课、大师讲座、管乐艺术欣赏课及专场音乐会30余场次。展演旨在发掘和培养青少年优秀演奏人才，以“超越梦想，实践自我”为主题，通过管乐展演比赛、大师讲座、演奏家音乐会、世界管乐欣赏、中国管乐欣赏、参观游览、颁奖闭幕式音乐会等一系列活动，为青少年学习管乐艺术提供了成才、展示的平台。徐沛东、韩新安、中国音协管乐学会于海会长以及青岛市政府领导参加了开幕式并观看了各管乐团花式队列的展演。

【“雅马哈杯”第三届全国青少年电子琴优秀选手展演】

“雅马哈杯”第三届全国青少年电子琴优秀选手展演活动于8月23日至27日在大连举办。本次活动由中国音协、中共大连市委宣传部主办，大连市广播电视台承办。来自全国各省、市、自治区的近240名优秀电子琴独奏乐手和20组重奏乐手齐聚大连，活动邀请了我国电子琴方面的著名演奏家、教育家以及作曲家共同组成专业的展演评审委员会。在活动期间邀请部分展演评审委员进行多场次的专题讲座，同时获得展演优异成绩的部分优秀乐手还同电子琴演奏家同台演出，参加闭幕式颁奖音乐会，闭幕式于8月27日在大连广电中心剧场举行。

【第二届长江钢琴节】

11月17日至21日，由中国音协、中共湖北省委宣传部、宜昌市人民政府联合主办，中国音协大型活动办公室、中国音协高校音乐联盟等承办的第二届中国长江钢琴节在湖北宜昌举行。音乐节活动包括一个论坛、两大赛事、三场讲座、八场演出。以及音乐节除了“长江杯”第三届全国少儿钢琴优秀选手展演及“长江钢琴杯”第二届中国音协高校联盟全国钢琴展演两大赛事外，期间还有徐沛东、石叔诚、金佛三位音乐名家的专题讲座。此外还邀请到国内外钢琴音乐家举办了系列专题音乐会，其中包括：来自香港的郭品文、许宁钢琴二重奏音乐会；王雅伦钢琴独奏和协奏音乐会；古静丹、潘林子双钢琴音乐会。音乐名家的现场解惑，钢琴演奏家的亲临演奏，使得本届长江钢琴音乐节成为一场饕餮的音乐盛宴。

创作与研究

2012年，中国音协组织的歌曲创作活动在多元化的创作环境中平稳地向前发展，并呈现着良好态势。主要如下：

【“永远的江南”歌曲征集及评选】

3月，由中国音协与常熟市政府联合举办的“永远的江南”歌曲征集及评选活动拉开帷幕。4月，以协会徐沛东和韩新安为首的一批词曲作家参加了采风活动。随之，词曲作家们陆续创作出了一批歌曲新作，最终评选出10首歌曲获得“江南音乐奖”：《又忆江南》（陈道斌词，付林曲），《亲爱的江南》（车行词，戚建波曲），《来的都是客》（车行词，李昕曲），《春来茶馆》（宋小明词，李昕曲），《常来常往，常来常熟》（化方词，刘青曲），《天下常熟》（宋小明词，刘青曲），《江南小城好迷人》（虞文琴词，顾春雨曲），《蓝调江南》（金曾豪词，郭晓峰曲），《灵秀江南》（金曾豪词，吴小平曲），《水乡，春天的家园》（谢立明词，刁玉泉曲）。这些作品以不同的艺术风格和个性特征，尽情讴歌了常熟及江南各地、各条战线在深化改革开放中所呈现出的新山水、新气象、新面貌、新风采。经过录音制作后，以《永远的江南》唱碟的形式问世，继而在各地演唱、推广。其中有的作品已经开始在群众中传播，丰富着人们的文化生活，满足着人们不断增长的歌曲消费与审美需求。

【“成才之路”研习班开班】

8月，由中国音协会与中国文联文艺研修院主办的“第四届全国未来词曲作家、演唱家成才之路研习班”活动开班。来自全国各地的400余名学员们聚集一堂，聆听了词曲作家、歌唱家、声乐教育家阎肃、陈晓光、赵季平、付林、王晓岭、宋小明、孟卫东、印青、王黎光、车行、孟玲、蒋大为、马秋华、郑咏等名家的当面授课，获取了前辈们宝贵的创作与演唱艺术体验，开阔了眼界，增长了见识；与此同时，还有百余名学员的创作作品，分别在作词、作曲与演唱类别的评奖中获得了一、二、三等奖与优秀奖；《歌曲》杂志在第10、11期专门开辟专栏，选发了作曲班学员们创作的14首获奖歌曲作品。所有这些，无论是对于业余歌曲作者和演唱者们自身的创作、演唱水平的提高，还是对于他们所在地区群众性歌曲创作、演唱活动的进一步活跃，都会是一种有力的推动。

【歌曲创作高级创作研修班】

8月，由中国音协与东莞市政府举办的“全国打工歌曲创作大赛”活动在全国全面铺开之际，为了发现和培养歌曲创作人才，“全国首届歌曲创作高级创作研修班”在东莞举办。通过词曲作品交流与研讨以及采风、座谈等系列活动，大大激发了学员们的创作热情，有力地提高了他们参与创作的自觉性，一批优秀打工歌曲脱颖而出，其中《土豆花儿开》（杨玉鹏词，韩刚曲）等3首歌曲获得金奖，《蒲公英》（韩葆词曲）等6首歌曲获得银奖，《打工的姐姐》（需民、永旺、杨涛词，李需民曲）等9首歌曲获得铜奖，另有《天气预报》（陈道斌词，田汨曲）等12首歌曲获得优秀奖。这些获奖歌曲的部分作品在东莞举办获奖作品演唱会时，当场便受到了以进城打工的农民工为主的观众的真诚欢迎，从而见证了这次大赛获得的丰硕成果。

【“唱响海南”全国歌曲创作征集】

10月，由中国音协、中共海南省委宣传部共同主办的“唱响海南”全国歌曲创作征集评选活动取得了丰硕的成果，由孟卫东、韩新安、戚建波、屈塬、李昕、车行、王晓锋、李杰、陈道斌等组成的词曲作家采风团曾先期赴海南进行采风活动，他们兴致勃勃地观赏了海南美丽迷人的自然风光与丰富多彩的民俗文化，领略了海南深厚悠久的人文历史，尤其是亲身看到海南作为国际旅游岛自改革开放以来所展现出的一派崭新风貌和所取得的令人惊叹的丰硕成果，无不感到激情澎湃，都决心将心中的深切感受化为佳词妙曲，奉献给这片生长多彩希望的土地和勤劳智慧的人民。在2013年揭晓的此次“唱响海南”征歌评奖中，《请你常到海南来》（何沐阳、蒋平词，何沐阳曲）等30首作品分别获得金、银、铜奖和优秀奖，这些作品的问世，必将在全社会产生广泛、深远的影响，

11月，中国音协第七届理事会第二次会议在天津滨海新区召开，期间，协会分党组书记、驻会副主席徐沛东与秘书长韩新安、副秘书长田晓耕同与会的部分词曲作家宋小明、戚建波、屈塬、王晓锋、小柯等一起参观了滨海新经济开发区，词曲作家深入实地参观、游览，体验生活，更加激发了他们的创作灵感和热情。

对外及对港澳台地区文化交流

2012年，中国音协对外音乐交流及对港澳台地区交流取得了显著成绩，共完成进出国项目9项，进出国总人数488人。其中来访项目4项，来访人数15人；出访项目4项，出访人数13人；港澳台项目1项，人数460人。中国音协与菲律宾、日本、印度、新加坡、瑞典、匈牙利、奥地利、巴哈马、古巴、美国等三大洲的共10个国家及台湾地区开展了音乐交流活动，为中国文联对外文化交流工作的繁荣发展贡献出一份力量。

【“跨越巅峰”宋祖英、郎朗、波切利三大巨星音乐会】

由中国音协参与主办的“跨越巅峰”宋祖英、郎朗、波切利三大巨星音乐会于6月5日在伦敦皇家阿尔伯特音乐厅举行，徐沛东作为演唱会总策划出席音乐会。本次音乐会不仅集结了宋祖英、郎朗、波切利三位艺术家跨界合作，更是由著名指挥家余隆担任指挥，英国皇家爱乐交响乐团演奏，英国皇家爱乐合唱团、英国皇家合唱协会合唱团伴唱，可以说演出阵容强大，堪称世界顶级水准，是一次中西方音乐文化的超级跨界合作。音乐会在中英建交40周年、英国伦敦奥运会开幕前、英国女王登基60周年庆典之际举行，具有十分重要的文化意义。

【第五届海峡两岸合唱节】

由中国音协和福州市政府共同主办的“和谐之声”第五届海峡两岸合唱节于6月15日至18日在福州举行。作为国台办和中国文联连续多年的对台交流重点项目，海峡两岸合唱节已打造成为中国音协对台交流的品牌项目，对促进两岸音乐文化交流起到了重要的桥梁和纽带作用。来自两岸的28支合唱团共1500多人参加了本届合唱节的比赛、展演和交流活动，其中台湾合唱团10支，共460人参加。国台办常务副主任郑立中，中国文联党组书记、副主席赵实，中国文联党组成员、副主席、书记处书记杨承志与中国音协徐沛东等领导出席闭幕式颁奖音乐会。合唱节突出时代特征和海峡特色，既体现专业性，又富有群众性，成为海峡两岸合唱艺术的一次盛会。

【中国音乐小组赴巴哈马、古巴和美国访演】

应巴哈马拿骚音乐协会、中国驻古巴大使馆和美国鲍顿国际音乐节邀请，中国音协组派音乐演出小组一行6人于7月5日至8月4日赴巴哈马、古巴和美国开展访演活动，取得圆满成功。演出小组包括由西安音乐学院四位青年教师组成的弦乐四重奏组，在三国共演出六场，受到当地观众和音乐界的热烈欢迎和好评。在巴哈马首场音乐会上，巴哈马总督福克斯和中国驻巴哈马大使胡山出席。中国驻古巴使馆临时代办陈平以及古巴文化部和国家音乐委员会等机构相关负责人出席在古巴的演出。音乐小组随后参加美国鲍顿国际音乐节的演出交流活动。此次访演是中国音协对外交流的一次突破，对增进中外音乐文化交流具有积极的意义。

【日本音乐家代表团访华】

应中国音协邀请，以日中文化交流协会常任委员、东京艺术大学教授、声乐家永井和子为团长的日本音乐家代表团一行5人于7月27日至8月2日访华。在京期间，田晓耕会见代表团。代表团访问了新疆，与新疆音协和当地音乐界开展交流活动。中国音协副主席、新疆音协主席、新疆艺术剧院名誉院长努斯来提·瓦吉丁接待代表团并做了精心安排，访问取得了很好的效果。

【印度音乐家代表团访华】

应中国音协邀请，以印度音乐家联合会主席拉里特·柯布拉加德为团长的印度音乐家代表团一行4人于9月8日至14日访华，访问取得了丰硕的成果。

【纪念柯达伊诞辰130周年音乐会在匈牙利举行】

由中国音协和匈牙利音乐教师协会共同主办的纪念匈牙利音乐家柯达伊诞辰130周年音乐会9月30日在匈牙利首都布达佩斯举行，以印青为团长的中国音协代表团出席音乐会。音乐会恰逢中国国庆中秋佳节，来自中国的河南电视台少儿艺术团和郑州爱乐女声合唱团与匈牙利音乐家、音乐爱好者同台演出，共贺佳节，三个多小时的演出掌声不断，连获好评。中国驻匈牙利使馆武官张仲敏出席音乐会。中国音协与匈牙利音乐教师协会还签署了《双边友好合作协议》，为今后的合作交流奠定了基础。

【2012印度——中国音乐节】

由中国驻印度大使馆、中国音协、印度音乐家联合会共同主办的“2012印度——中国音乐节”

于11月21日至28日在印度新德里和孟买举行，努斯来提·瓦吉丁率中国音协代表团出席音乐节系列活动。中国广播民族乐团一行100人应印方邀请参加音乐节演出，并与印度音乐家同台献艺，在印度社会各界和媒体获得了很好的反响。印度主流媒体UTV电视台对音乐会做了全程录播播出。“印度——中国音乐节”成为中印音乐交流史上规模最大、人数最多、意义深远的一次活动，谱写了中印民间文化交流的新篇章。

【中国音协代表团访问印度、新加坡】

应印度音乐家联合会和新加坡华乐协会邀请，以努斯来提·瓦吉丁为团长的中国音协代表团一行3人于11月21日至30日访问了印度和新加坡。

机关建设

【监督和廉政建设】

2012年，中国音协进一步加强对重大活动项目的过程监督，特别是对评奖办节、打造音乐品牌等各项活动的监督。深入开展严格禁止利用职务上的便利牟取不正当利益、财政预算执行和其他财务收支情况的审计清理“小金库”等专项检查，有力地杜绝了各项违规行为。全年下来，协会无一例违反相关制度的事件发生。领导班子成员在用人、管物、理财等方面的自律意识、政策法纪观念得到进一步增强，在全年工作中能够坚持秉公办事、公正用权。

【学习培训】

2012年，协会认真学习贯彻胡锦涛总书记九次文代会重要讲话、十七届六中全会和党的十八大精神，推动开展积极有效的政治理论、业务素质提升等专项学习活动。召开分党组民主生活会，四次贯彻党的十八大精神的专项学习座谈会，组织协会工作人员参加文联组织和倡议发起的各项教育活动，并先后安排党组成员及各处室处以上干部参加中央党校中直分校和在职选修学习，在十八大召开以后安排协会中层干部参加十八大精神宣讲学习。组织协会干部先后参加了各项党务、人事、财务、资产管理、自动化办公系统、工会等工作及业务培训。

【办公室工作】

全年办公室充分发挥枢纽作用和协调、保障功能，围绕协会中心任务开展工作，认真做好协会的日常行政管理、人事管理、财务管理、固定资产管理、文电报刊收发、老干部管理、办公活动保障和联络协调等方面的工作，完成所有在编人员的档案整理工作，并加大了与各地音协的联络沟通和与上级部门的协调联系。根据协会工作需求，及时采购更新配发办公用品和设备，及时同文联机关协调解决了协会办公运行中的问题和困难，较好地保障了协会各部门工作的正常运转和协会各项活动的开展。进一步加强和规范公务用车配备使用管理，严禁公车私用。应文联机关的要求，协会重新梳理了国有资产管理工作，并在中央行政事业单位国有资产管理平台网上做好登记和备案。全年协会的自身建设、基础设施建设得到全面加强，协会工作环境和工作人员的精神面貌呈现新气象。

【领导班子建设】

在选拔任用干部上，坚持干部原则和标准条件，公开公正，严格程序。2012年，经中国音协党组研究，上报中国文联并得到中宣部批准，韩新安任中国音协秘书长，这是中国音协领导班子一次重要的调整。随着干部队伍建设的不断深入，协会干部结构进一步科学化。

【干部轮岗】

实行公务员岗位轮换，是党和政府为培养高素质专业化国家公务员队伍而采取的一项重要措施。2012年，协会在综合考量工作实绩的基础上，在文联党组和人事部的指导下，展开了大规模的轮岗工作，在办公室、组联部、会员部、社会音乐部及理论研究部等部门间实现了以中层领导为主的跨部门干部岗位轮换，确保人员到位、履行职责到位，取得较好效果。

【设立艺术中心】

为适应时代发展的潮流和改革大局的要求，在中国文联的指导下，2012年，中国音协设立了中国文联音乐艺术中心，在事业单位改革方面做出了大胆尝试并初显成效。

中国美术家协会

综　述

2012年，中国美协在中国文联的正确领导下，坚持科学发展观、坚持正确文艺导向，积极倡导文艺界核心价值观、中国文艺工作者职业道德公约，顺应国家发展大局，服务广大人民群众，以出精品、出力作为重要抓手，把握美术创作规律，稳步推进事业发展。依据美术工作实际、人民现实需求，针对国内发展现状、国际交流趋势，总结经验、创新思路，尤其是在学术引领、服务人民、人才培养、写生创作、展览组织、国际交流、理论研讨、协会建设等方面进行了新的探索，采取了相应措施，并收到一定成效。

会议与活动

【2012年中国美协全国工作会议】

2月10日，中国美协全国工作会议在兰州召开，中国文联领导，中国美协主席团全体成员，中国美协各部室负责人，各地美协负责人，以及中国美协各艺术委员会代表参加了会议。会议由中国美协秘书长刘健主持。中国文联副主席、中国美协主席刘大为在工作会上讲话，对新年度工作提出新要求；中国美协分党组书记、驻会副主席吴长江作了题为《加快实施人才战略，持续推出精品力作，为建设社会主义文化强国贡献力量》的工作报告，总结了2011年的协会工作；刘健秘书长向代表们详细介绍了对“中华文明历史题材美术创作工程”筹备进展情况。中国美协主席团成员、各团体会员代表和艺术委员会代表分两组对工作报告和讲话进行了讨论，对中国美协2012年工作计划和中国美协2011年工作成绩给予了充分肯定。

【中华文明历史题材美术创作工程动员会议】

7月24日，“中华文明历史题材美术创作工程”创作动员大会在四川峨眉山召开。中宣部副部长翟卫华，中国文联党组成员、副主席、书记处书记左中一，中国文联副主席、中国美协副主席冯远，四川省委常委、宣传部部长吴靖平，四川省人大常委会副主任、省文联主席郭永祥，中国作协党组成员、书记处书记白庚胜，中国美协分党组书记、驻会副主席吴长江，文化部艺术司副司长诸迪，财政部教科文司文化处处长宋文玉及四川省、乐山市有关方面负责人，美术创作工程部分组委会、创作指导委员会的美术家、专家，各省、自治区、直辖市和新疆生产建设兵团文联、文化厅（局）、美协及解放军方面的代表等170余人出席会议。翟卫华同志代表中宣部发表重要讲话。他传达了中共中央政治局委员、中央书记处书记、中宣部部长刘云山同志的重要批示，对创作审报工作进行动员，对工程的实施作出全面部署。他指出，美术创作工程是国家级重大文化工程，各相关单位要进一步落实云山同志提出的要求；要艺术地再现中华文明史，把“工程”打造成为中华文明的传播工程；要动员全国第一流的美术家积极参与，把“工程”打造成为中国美术的精品工程；要高度重视、齐心协力，把“工程”打造成为国家级的重大文化示范工程。左中一同志受中国文联党组书记、副主席赵实同志委托，代表中国文联党组讲话。强调了“工程”的性质、内容、目的，通报了有关情况，并对下一步工作作出部署，明确提出工作要求。

【中国美协新春联谊会】

2月5日，壬辰龙年中国美协新春联谊会在人民大会堂举办。中国文联、中国美协领导、美术界及媒体近千人参加了本次新春联谊会。中国文联副主席、中国美协副主席冯远和中国美协分党组书记、驻会副主席吴长江在联谊会上进行了讲话。中国美协主席刘大为率领主席团领导同志向在场及广大的美术界朋友拜年。同时，中国美协领导班子向第四届青年美术作品展的获奖作者颁发了获奖证书及奖金。

【中国美协全国组联工作会】

9月18日，由中国美协主办，珠海市委宣传部、珠海市文联承办，珠海市美协、珠海特区画院协办的“2012年全国美协组联工作会议”在广东省珠海市召开。中国文联党组成员、副主席、书记处书记左中一，中国文联副主席、中国美协主席刘大为，中国美协分党组书记、驻会副主席吴长江，中国文联国内联络部主任罗成琰，珠海市委常委、宣传部长陈英，广东省文联党组书记白洁，中国美协副主席、广东美协主席、广东画院院长许钦松，中国美协分党组成员、副秘书长张旭光，澳门中联办文化教育部副部长张晓光，中国美协理事、中国美协组联部主任马新林，以及全国各省市区美协的驻会负责人、组联工作负责人，全国各地创作中心、写生基地的负责人等百余人参加了会议。

会上，左中一书记发表了题为《强化组联工作服务职能，推动我国美术事业繁荣发展》的讲话，充分肯定了中国美协组联部在中国美协分党组领导下所获得的成绩。刘大为主席肯定了中国美协组联部取得的优异成绩，并把美协组联工作比喻为整个美协工作的一个中枢神经，希望美协组联工作者们高度重视，在会员管理和服务美术家工作上迈上新台阶。吴长江书记赞扬了组联部近些年在会员发展、联络协调，服务基层，组织重大活动以及文艺惠民等方面取得的成绩，并要求组联工作人员在总结经验的基础上，清醒地认识差距和不足，进一步加强学习，提高大局意识；进一步加强自身建设，完善服务机制；进一步把握组联工作发展的规律和特性；进一步做实面向基层、服务大众的惠民文化活动；进一步做好创作中心、写生基地等外设美术机构的管理和指导工作。要在建设社会主义文化强国战略思想上进一步加强会员队伍建设。

【2012年中国美协艺委会工作会议】

8月30日，由中国美协主办、河南省美协承办的“2012年中国美协艺委会工作会议”在河南省郑州市召开。中国文联党组成员、副主席、书记处书记左中一，中国文联副主席、中国美协主席刘大为，中国美协分党组书记、驻会副主席吴长江，分党组副书记、秘书长刘健，分党组成员、副秘书长张旭光，中共河南省委常委、宣传部部长赵素萍，河南省人民政府副省长张广智，中共河南省委宣传部副部长李庚香，河南省文联党组书记吴长忠，河南省文联主席、省美协主席马国强等有关领导，以及中国美协各专业艺委会代表共70余人出席会议。

左中一在会议上对艺委会工作谈了五点希望：一是希望中国美协要高度重视艺委会工作，充分发挥专家的重要作用；二是希望关注趋势、把握导向，以彰显中国美术独特审美价值为己任，倡导正确创作方向和崇高艺术追求；三是希望以学术为本，注重学术质量、提高学术品质，推出更多留有时代标记、为业界所称道、为大众所欢迎的精品力作；四是希望加强战略规划，开阔视野、长远设计，为美术事业的持续繁荣发展奠定坚实基础；五是希望积极创新组织形式和工作方式，努力形成有利于发挥艺委会作用的良好环境。

吴长江在会议上作了《切实加强学术引领　不断提升创作水平　进一步推动社会主义美术大发展大繁荣》的工作报告，全面总结了2011年以来中国美协艺委会各项工作，部署了今后的工作任务。会议公布了新修订的《中国美协艺术委员会条例》，使艺委会的职责定位更为科学清晰，有利于工作规范有序开展。代表们围绕《工作报告》等议题进行了广泛交流，就艺委会要以推动中国美术的繁荣发展和提升专业学术水平为己任等观点达成了共识，并表示艺委会要坚持学术引领、把握学术纯粹、提升学术品质、树立学术自尊、实现学术自律、建立学术诚信，继续充分发挥正能量，发挥学术引领和艺术指导的双重作用，为“熔铸中国气派、塑造国家形象”的战略实现发挥重要作用。

【美术惠民活动】

元旦期间，中国美协组织美术家赴北京市房山区长阳镇建设工地“送欢乐　下基层”，向长期奋战在建设一线的务工者赠送“新年画”、“福”字及画册、书籍，现场创作春联等。并随中国文联文艺志愿服务团赴黑龙江虎林县黑瞎子岛守岛部队慰问，并向部队和地方赠送了大幅美术作品。8月份，组织30多位美术家赴青海武警总队进

行慰问活动，向武警战士捐赠图书、画册，创作美术作品慰问广大基层官兵。将“送欢乐 下基层”系列活动与美术展览、写生创作结合起来，此前也先后到海南、延安、天津大港为“红色娘子军”、老红军、老八路、烈士后代、老区人民和建设一线的工人画像。并继续推进“版画进万家”系列活动。

【中国美协百名画家赴山东滕州采风】

7月20日，中国美协组织百名画家走进滕州进行采风。全国政协委员、中国美协副主席、广东画院院长、广东美协主席许钦松，中国美协分党组成员、副秘书长张旭光，山东省美协常务副主席朱全增，滕州市领导董沂峰、孟宪纲、程春常、王晓辉、顾天鸽、孙士泉出席活动启动仪式。本次活动由中国美协和滕州市委、市政府、市委宣传部主办，龙泉街道党委办事处、山东尚贤实业有限公司承办，旨在推进龙腾水街文化产业园项目建设，进一步提升滕州城市建设品位和档次，增强文化内涵，推进城市转型发展。滕州市委书记董沂峰在启动仪式上讲话，市委常委、宣传部部长孟宪纲在欢迎仪式上致辞，许钦松为中国美协滕州创作写生基地授牌，张旭光、朱全增和山东尚贤实业有限公司负责人共同为该基地落户龙腾水街文化产业园签约。

【中国版画进万家赴贵州作品展暨作品捐赠仪式】

9月24日，“喜迎党的十八大召开·中国版画进万家·走进多彩贵州瀑乡安顺行”作品展暨作品捐赠仪式在安顺文庙举行。中国美协分党组书记、驻会副主席吴长江，贵州省委宣传部副部长周晓云，省文联党组成员、副主席李远刚等出席活动。“中国版画进万家”活动是中国美协适应时代发展新创的一个常设性全国美术公益活动品牌，它诠释了艺术来源于生活、服务人民、服务社会的真谛，是中国美术界践行“三贴近”，回馈社会的重要举措。在仪式上，中国美协向五家基层单位捐赠了16幅全国名家创作的版画作品。

展览与评奖

【第五届北京国际美术双年展】

9月28日，“未来与现实——第五届北京国际美术双年展”在中国美术馆开幕。共有84个国家的700余件优秀美术作品，作品以绘画、雕塑为主，同时也吸纳了一些装置、影像等新媒体形式，其中2件获最佳作品奖、5件获优秀作品奖、3件获中国中青年艺术家作品奖，显示出北京双年展与时俱进的包容性和开放性。展览以“未来与现实”为主题，将对未来的精神追求和对现实的人文关怀结合起来，获得了参展艺术家的广泛认同和积极响应。中央领导刘云山同志参观了展览，充分肯定展览并对进一步培育北京双年展的文化品牌作出了重要指示。观众累计20余万人次，为历届参观人数之最。

【浩瀚草原——中国美术作品展】

10月27日，由中国文联、中共内蒙古自治区委员会宣传部、中国美协、中国美术馆、中央民族大学共同主办的“浩瀚草原——中国美术作品展”在中国美术馆开幕。参展作品415件，作品围绕内蒙古独具特色的风土人情，全方位、多角度地展现60多年来内蒙古丰厚的人文社情。268位美术家的528件作品入编《浩瀚草原——中国美术作品集》。内蒙古自治区主席巴特尔、宣传部长乌兰等参观了展览。展览收集了艺术家的画作、创作草图、速写、创作笔记以及视频纪录片，以求全方位记录和捕捉艺术家创造过程，给观者全面的视觉感受，并针对在内蒙古美术史上具有重要地位的侯一民、妥木斯、詹建俊、谭权书、尹瘦石、刘大为、胡勃、李爱国、龙力游、朝戈、苏新平等11位艺术家进行个案展示。中国文联党组书记、副主席赵实，中共中央统战部常务副部长朱维群，中宣部副部长翟卫华，内蒙古自治区党委常委、宣传部部长乌兰，中国文联党组副书记、副主席李屹，中国文联党组成员、副主席杨承志，中国文联副主席、中国美协主席刘大为，中国美协分党组书记、驻会副主席吴长江等出席了本次展览的开幕式并剪彩。

【2012中国百家金陵画展】

11月16日，由中国美协、中共江苏省委宣传部、省文化厅、省文联主办，省美协承办的“时代风采——2012中国百家金陵画展(油画)”在江苏省美术馆开幕。

本届油画展以“时代风采”为主题，旨在倡导和引领广大美术工作者紧贴时代脉搏，立足现实生活，以艺术的形式展现时代变迁，描绘时代新貌，突出时代特色，彰显时代风采，创造出具有中国风格和中国气派的优秀作品。入展作品100件，其中10件作品荣获金奖。江苏省人大副主任赵龙，副省长曹卫星，江苏省政协副主席张九汉，省政府副秘书长肖泉，中国美协展览部主任杜军等为获奖者颁奖并为开幕式剪彩。全国各相关省市美协的负责人、获奖作者、各艺术院校师生、美术爱好者等500余人一同参观了画展。开幕式由江苏省文联党组书记、常务副主席王慧芬主持。

【中国美协会员油画、版画精品展】

12月28日，“中国美协会员油画、版画精品展”在广州市美林美术馆举办。入选作品92件，优秀作品63件。中国美协分党组书记、驻会副主席吴长江在展览上致辞，他指出，党的十八大对文化、对美术的发展提出了新的要求，美术家们面临着新的课题，要运用画笔更好地表现当今社会发展，表现人民的生活、人们的思想变化和他们的情感。他希望入展的作者们，以此为基础，更好地深入生活，了解今天社会发展的变化，了解人民的需求，保持旺盛的创造力，多出精品力作。此次展览是中国美协会员在当下中国油画和中国版画创作一次集体展示与交流的舞台，对于繁荣广东艺术创作、丰富人民群众的精神文化生活，服务会员美术家将发挥积极的作用。

【2012大同国际壁画双年展】

9月26日，首届大同国际壁画双年展在大同和阳美术馆开幕，展览由中国美协、中央美术学院、大同市人民政府联合主办，由中国美协壁画艺术委员会、中央美院壁画系和大同市文物局承办。展览以“天工”为主题，意取人巧造物，智夺天工，以此为道，通达万物的中国文化精神内涵。本次展览在15000平方米展场面积中展出500多件展品，是世界首创以壁画为展览内容的国际双年展。展品中90%以上的作品为原作，从传统的国画、油画、版画、漆画等绘制材料，到石材、铜材、木材、钢材、琉璃等建筑材料，最大限度地呈献了壁画的多样性。展览邀请敦煌莫高窟美术研究院、龟兹石窟研究所、麦积山石窟艺术研究所将中国古典壁画的经典名作的复制作品吸纳到全国壁画大展中同台展出，将传统佛教文化与当代城市发生关联，将壁画与公共空间、与百姓发生关联，让观众体验到城市的人文历史。

【嘉兴国际漫画双年展】

11月5日，由中国美协、浙江省嘉兴市人民政府主办，中国美协漫画艺委会、浙江省美协、嘉兴市文联、嘉兴市文化局承办的“2012第六届中国·嘉兴国际漫画双年展暨首届漫画节”在浙江嘉兴开幕。全国政协常委、中国文联副主席、中国视协主席赵化勇，中国美协分党组书记、驻会副主席吴长江，浙江省文联党组成员、书记处书记高克明，中国美协漫画艺委会主任徐鹏飞等出席会议。本届展览以“水·人类·家园”为主题，致力于凸显全球关注的共性主题，得到了国内外漫画界和社会各界的积极认同和大力支持。开幕式同时还举行了“中国漫画创作基地”授牌仪式。同时，嘉兴与素有国际漫画之都称号的保加利亚加布罗沃市签约建立了国际漫画友好交流关系。

【首届中国当代陶瓷艺术大展】

12月5日，由中国美协主办，中国美协陶瓷艺术委员会承办的“首届中国当代陶瓷艺术大展”在北京中华世纪坛开幕。全国政协副主席郑万通，全国政协副主席王志珍，中国艺术研究院院长王文章，全国政协机关副秘书长卢昌华，中国文联党组成员、副主席、书记处书记左中一，中国美协分党组书记、驻会副主席吴长江，全国政协常委、中国美协陶艺委员会主任韩美林，凤凰出版传媒集团董事长陈海燕等出席开幕式。本次陶艺展是新中国成立以来首次集中将陶艺作品进行高标准的展览，以陶瓷艺术独有的中国属性和中国身份，反映出中华文化复兴的原创产业态势。

创作与研究

【为中国美术立言“美术理论与文化强国”学术研讨会】

3月21日，为中国美术立言“美术理论与文化强国”学术研讨会在北京举行。活动由中国美协理论委员会主办。中国美协理论委员会主任、中央美术学院教授薛永年致辞，理论委员会副主任王仲、刘曦林、吕品田、张晓凌、李一、陈传席、杭间、梁江和来自全国各地的委员们、青年理论家们共同出席了开幕式。

"美术理论与文化强国"学术研讨会结合学习十七届六中全会决定和九届文代会精神，从文化战略高度和宏观的视野，探讨在文化大发展大繁荣的当下，中国当代美术如何进一步发展的问题。与会专家们从"现代美术的中国模式"、"中国元素与民族传统"、"理论创新与民族根脉"、"美术理论的中国道路"、"美术理论的时代性、开放性与民族性"等多个方面，围绕"美术理论与文化强国"的主题进行研讨。研讨会涵盖各种媒体和形态的美术，并着眼于传承民族文化精神与基本元素等美术理论发展的关键要素，立足于学术，从学理上进行深入交流。大家一致认为，文化建设要以中国文化为血脉，紧密依托学术建设，充分尊重艺术规律，构建中国艺术批评话语体系；充分发挥美术理论的引导作用，以提高文化自觉性为己任，构建适合中国文化建设的当代美术理论；在继承中国文化优良血脉的基础上，引领当代文化艺术的新风气。

【"为中国而设计"第五届全国环境艺术设计大展暨论坛】

10月27日,"为中国而设计"第五届全国环境艺术设计大展暨论坛在中央美术学院美术馆隆重开幕。中央美院院长、中国美协副主席潘公凯，中国美协顾问、原全国人大常委、原中央工艺美院院长常沙娜，中国美协环境设计艺委会主任、中央美院建筑学院教授张绮曼等出席开幕式。"为中国而设计"全国环境艺术设计大展暨论坛由中国美协环境设计艺委会创办，每两年举办一次，自2004年已成功举办了四届。该项目立足中国本土、考虑中国国情，具有利国利民的长远意义，以学术性和专业性在全国领先搭建了学术建设和友好交流的平台，对中国环境艺术设计的发展起到了积极的推动作用。

【中国美协写生团赴河北、山西革命老区创作】

3月21日，中国美协写生团赴河北、山西革命老区进行采风创作活动。中国美协分党组副书记、秘书长刘健担任写生团团长，周永家、谷纲、杨必位、崔俊恒、王宏剑、黄启明、杜华、古锦其、王大鹏、罗田喜、梅启林、杨家永、郐振明、王国斌等美术家参加了写生。采风写生活动途经平山、井陉、灵石、平遥四个县市，累计行程千余公里。3月22日，采风写生团到达西柏坡并举行启动仪式。采风团成员先后参观了西柏坡革命纪念馆和中共中央遗址，系统了解了中共中央和新中国第一代领导人在西柏坡的革命实践活动，真切感受新中国的历程。美术家们用速写形式记录了珍贵的素材。刘健秘书长指出，深入生活、讴歌时代是美术家们义不容辞的重要责任，同时也是中国美协始终在倡导的美术创作之路。采风活动就是要真正深入到生活中去，下基层去体验生活，拓展创作的视野与宽度，收获真实的创作素材，向社会奉献出接地气、有力度的佳作。

【中国美协写生团赴广西龙胜自治县革命老区创作】

3月13日，中国美协写生团赴广西龙胜自治县创作。龙胜县位于广西北部的三江侗族自治县内，由马安寨、平寨、岩寨、平坦、懂寨、程阳大寨、平埔、吉昌等八个自然村寨组成，保存完整，民族文化多彩多姿，极富特色，是南侗群体的典型缩影。美术家们搜集了大量创作素材。孙震生、康蕾、焦洋等70年代末80年代初的青年美术家也参加了写生，他们表示，和前辈一起写生，观摩他们的创作技法，学习他们的敬业精神，感受他们对艺术的执着，让自己受益匪浅。美术家在写生过程中收获了对民族文化的了解、生活体验的积累、文化担当的自觉和对现实生活的思考。

【中国美协随中国文联文艺志愿服务团赴吉林慰问】

26日上午，中国文联文艺志愿服务团小分队赴吉林市大荒地村慰问，中国美协分党组书记、驻会副主席吴长江向大荒地村的村民们赠送了由美术家王梦湖、施江城创作的丈二幅美术作品《高原瑞雪图》。中国文联党组副书记、副主席李屹在开幕式上致辞。他指出，在纪念《讲话》发表70周年之际，全国广大文艺工作者来到生产第一线，是继承弘扬《讲话》精神，发扬光大党的文艺工作优良传统，积极践行"爱国、为民、崇德、尚艺"的文艺界核心价值观的生动体现。吉林省委常委、宣传部部长庄严，吉林市委书记张晓霈，吉林市委常委、中国石油吉化公司总经理王光军也分别致辞。开幕式由吉林市委常委、宣传部部长邹铁军主持。中国美协分党组书记、驻会副主席吴长江代表全国美术家向中国石油吉化公司捐赠了由山水画家吴庆林、郭金服、李伟等合作的丈二幅美术作品《幽壑潜云图》。著名美术家马新林、吴庆林、邹立颖、郭金服、孙维国参加了慰问活动，并为吉林省吉林市人民创作并赠送了美术作品。

对外及对港澳台地区文化交流

【水墨阿尔卑斯——中国当代国画精品展】

10月21日，由中国美协、荣宝斋、瑞士水墨基金会共同主办的“水墨阿尔卑斯——中国当代国画精品展”在北京荣宝斋美术馆开幕。瑞士联邦前总统及瑞士驻华大使出席开幕式，并对展览予以高度评价。本次展览共展出12位中国当代著名国画家以瑞士风情为表现主题的精品力作，借助中国传统绘画材料，对东西方艺术观念的融合进行了积极探索，对绘画语言和表现题材的拓展进行了有益尝试。中国美术家代表团曾于4月份应瑞士阿尔卑斯水墨基金会的邀请，前往瑞士阿尔卑斯山区交流考察、写生创作。

【赴德国举办中国当代美术精品展】

11月20日，为庆祝中德建交四十周年和“中国文化年”，由中国美协、荣宝斋集团和柏林中国文化中心共同主办的中国当代美术精品展在柏林中国文化中心开幕。此次展览汇聚了中国当代美术名家杜滋龄、郑百重等的40件美术作品，囊括了中国画、版画、油画、水彩画以及雕塑等艺术门类，作品均是以我国西部为题材创作，多角度向德国观众解读了中国当代美术家们对我国西部人文社情的探索与思考，展现了当代中国美术的独有魅力，同时也是中国美术家尝试在当代社会语境下对中国传统人文精神的集体展现。

中国驻德国大使史明德在致辞中强调，改革开放30多年来，中国发生了翻天覆地的变化，取得了举世瞩目的经济成就。中国美协主席刘大为在致辞中说，西洋油画在中国的民族化以及中国传统水墨画的改良，无不折射出中国美术界崇高的艺术追求。相互了解、求同存异和共同发展日益成为一种国际化的趋势，中国美协提倡的“熔铸中国气派，塑造国家形象”的艺术目标也正是这一时代潮流的体现。以此次画展为契机，中国美术家将扩大与德国同行的交流，提升中德美术交流的广度与深度。

【感知中国——中国美术作品展】

6月25日，中国美协配合国务院新闻办公室，在东京中国文化中心联合主办的“感知中国——中国当代国画展”开幕，为日本观众呈现中国当代40位中国画名家的40幅水墨新作，以契合建交40周年的美好含义。国新办主任王晨、中国美协主席刘大为、日本中国文化交流协会副会长松尾敏男等中日美术界代表出席开幕式。作为纳入中日国民交流友好年的重要活动，此次水墨展工笔、写意兼有，题材涵盖山水、人物、花鸟等科目，展现四季更替，描绘都市情景，描写乡间生活，反映民族风情，审美基调上显示了浓郁的东方韵味，集中展现了中国当代国画家们继承并发扬传统水墨技艺的各种探索。展览在当地产生了广泛的影响，赢得了日本美术界及观众积极的评价。此次展览体现出中国美术家所代表的中国人民对希望中日两国关系处于和平稳定发展状态的重视和努力。

中国曲艺家协会

综　述

2012年是胜利召开党的十八大和七次曲代会的喜庆之年，是深入贯彻落实党的十七届六中全会和九次文代会精神的重要一年，也是曲艺界、曲协工作和曲艺事业继续朝着大团结大繁荣大发展战略目标，开拓奋进、有所作为的不平凡的一年。一年来，在中宣部和中国文联的正确领导下，中国曲协及各团体会员始终坚持高举旗帜、围绕大局、服务人民、改革创新的总要求，以科学发展观为指导，集中力量抓大事，扎扎实实打基础，一心一意谋发展，突出重点，成功召开了中国曲协第七次全国代表大会；体现特点，营造了迎接学习宣传贯彻党的十八大的良好文化氛围；凸显亮点，在完善评奖办节、展演比赛和出人出书走正路方面传递了正能量；突破难点，在加强曲艺理论建设、学术研究和提升曲艺影响力方面发挥了新的作为；搭建支点，在开展对外曲艺民间交流、加强内地与港澳台合作方面实现了新的提升；夯实基点，曲协自身建设和内部管理迈上了新台阶，为繁荣曲艺事业、建设文化强国尽职履责，作出了符合时代要求的积极贡献。

会议与活动

【2012年全国曲协工作会】

2月14日至16日，2012年全国曲协工作会在北京中国文艺家之家隆重举行。会议的主要任务是深入学习贯彻党的十七届六中全会和九次文代会精神，总结去年工作，研究部署今年任务。14日晚，中国曲协第六届主席团第六次会议召开，会议听取了中国曲协2011年工作总结和2012年工作安排的汇报，审议并通过了《关于任命曲华江同志为中国曲协副秘书长的决定》。15日上午，2012年全国曲协工作会开幕。中国文联党组书记、副主席赵实就中国曲协工作会的召开作出重要批示，她在批示中高度赞扬了中国曲协2011年的工作，并对2012年的工作提出希望。会议期间，与会代表还观看了北京小剧场优秀节目展演，参观了中国文艺家之家。

【2012全国道德模范故事汇基层巡演】

4月25日，由中央文明办、中国文联和中国曲协主办，国务院国资委协办，神华集团有限责任公司承办的全国“道德模范故事汇”基层巡演启动仪式暨首场演出在北京剧院成功举行。赵实、王世明、黄丹华、李前光、涂更新、罗成琰、徐宝玉、董耀鹏、赵树杰、刁惠香、曲华江观看演出。刘兰芳、杨鲁平、闫淑萍、佟长江、史琳、宋丹红、杨婷等老中青三代11名曲艺家齐登舞台，深情演绎第三届全国道德模范的动人事迹。5月19日至26日、6月17日至25日、7月4日至11日，辗转安徽、福建、湖南，贵州、新疆、甘肃，天津、吉林、内蒙古9个省（区、市）16个城市，行程13000多公里，共完成29场基层巡演，现场直接观众约10万人，通过电视、广播、网络直播等途径收看、收听演出的间接受众达1000多万人，取得了圆满成功。7月30日汇报演出后，中央文明办、中国曲协在中国文艺家之家召开有艺术家、观众代表和新闻媒体等60余人参加的座谈会，交流心得体会，听取意见和建议。

【纪念毛泽东同志《在延安文艺座谈会上的讲话》发表70周年表彰大会和专场演出】

5月9日，曲艺界在人民大会堂河南厅隆重召开纪念毛泽东同志《在延安文艺座谈会上的讲话》发表70周年表彰大会，旨在进一步贯彻落实党的十七届六中全会和九次文代会重要精神，倡导广大曲艺工作者自觉践行文艺界核心价值观，表彰一批面向基层、心系群众、服务百姓的优秀曲艺家和曲艺工作者。李前光、刘兰芳、董耀鹏、冯巩、刁惠香、曲华江和曲艺界、文艺界代表100多人出席会议。刁惠香在会上宣读了《中国曲协关于表彰参加“送欢笑、到基层”惠民文化活动先进个人的决定》，中国曲协对参加“送欢笑、到基层”公益性文化惠民活动的98名先进个人进行了表彰并颁发了奖杯。刘兰芳、王文水、宋德全、范军、李蓉、那仁套格套、彭俐等先后发言，从不同侧面、不同角度深入探讨了《讲话》精神的现实意义和深远影响。李前光在讲话中回顾了我党文艺工作指导方针的发展历程，肯定了曲艺界多年来深入生活、深入群众，拜人民为师，为百姓说唱的成功做法和经验，并希望广大曲艺家和曲艺工作者更加自觉、更加主动地承担起为人民抒写、为人民说唱的历史责任，把个人的艺术追求和促进社会进步有机结合起来，把弘扬主旋律和提倡多样化结合起来，积极践行“爱国、为民、崇德、尚艺”的文艺界核心价值观和中国文艺工作者职业道德公约，努力创作更多反映现实生活、深受人民喜爱的优秀曲艺作品，促进社会主义文化大发展大繁荣，以一流的工作成绩迎接党的十八大和七次曲代会的胜利召开。多年来，广大曲艺家和曲艺工作者在《讲话》精神指引下，坚持走与时代、与人民紧密联系的文艺发展道路，坚持贴近实际、贴近生活、贴近群众，开展了一系列曲艺惠民、为民、乐民的活动。特别是自2005年，中国曲协启动“送欢笑、到基层”活动以来，一大批优秀的曲艺家和曲艺工作者栉风沐雨不畏寒暑，辛勤耕耘不惧奔波，七年间，组织了119场演出，将欢乐和温暖送到了全国25个省市、68个地方，用实际行动为构建和谐社会、服务人民群众，奉献上曲艺人的一腔热血与真挚情怀。

5月9日至10日晚，由中国文联、中国曲协、中央人民广播电台共同主办的“纪念毛泽东同志《在延安文艺座谈会上的讲话》发表70周年——听书看戏品国粹专场演出”在北京梅兰芳大剧院上演，此次演出将评书与京剧两种传统艺术形式有机融合在一起，围绕大家耳熟能详的“三国赤壁”故事展开。评书名家连丽如与尚长荣、叶少兰、杨赤、朱强、陈少云、黄柏村、李宏图、陈俊杰等老中青三代京剧名家新秀在两场演出中，为观众演出了《群英会》、《华容道》等经典名段，为广大书迷和戏迷呈现出具有特殊视听感受的“赤壁之战”。

【中国曲协六届三次理事会】

7月21日至23日，中国曲协六届三次理事会在连云港召开。李前光、刘兰芳、杨小平、刘漪滟、董耀鹏、王慧芬等中宣部、中国文联、中国曲协、江苏省、连云港市有关方面领导以及中国曲协第六届理事会理事、中国曲协部分专业委员会主任、各地曲协和行业曲协的驻会负责同志160余人出席会议。李前光在开幕式上讲话。会议向全国曲艺工作者发出了《关于践行文艺界核心价值观和〈中国文艺工作者职业道德公约〉倡议书》，号召广大曲艺工作者自觉履行文艺界核心价值观和职业道德公约，争做德艺双馨的曲艺工作者，为弘扬曲艺艺术，推动社会主义曲艺事业大发展大繁荣，努力建设社会主义文化强国作出新的贡献。会议审议通过了《关于召开中国曲艺家协会第七次全国代表大会的决议》、《中国曲艺家协会六届三次理事会工作报告》，讨论了《中国曲艺家协会章程修改草案（征求意见稿）》以及《中国曲艺事业五年（2012-2017）发展规划》。中国曲协六届七次主席团会议同期举行，会议表决通过了关于接纳全国公安曲协为中国曲协团体会员的决议。

【中国农业银行道德模范故事汇首场演出】

9月28日下午，由中国曲艺家协会和中国农业银行共同主办的“庆祝国庆节　喜迎十八大”中国农业银行道德模范故事汇首场演出在北京中国农行大楼成功举行。董耀鹏、刁惠香、张云、车迎新以及中央纪委、中组部、中央文明办、中央国家机关工委、共青团中央、全国总工会、中国金融工会、人民银行、银监会、保监会、北京市证监局、中国银行业协会等单位的领导和嘉宾出席并观看演出。此次活动是中国农业银行为加强本系统道德建设，受全国道德模范故事汇的启发，委托中国曲协以中国农业银行系统涌现出来的先进人物和道德模范的事迹为原型，定向创作的一场道德模范故事汇专场演出，刘兰芳、赵炎、田连元、杨鲁平、周炜、佟长江、闫淑萍、宋丹红、逗笑、逗乐、杨婷、杨蔓、杨苗、杨倩，运用讲故事、曲艺说唱、二人转、群口快板等不同的曲艺形式，为观众讲述和演唱了中国农业银行系统的先进事迹和光辉形象，在观众中引起强烈共鸣和反响。

【中国曲艺家协会第七次全国代表大会】

中国曲艺家协会第七次全国代表大会于11月27日至29日在北京京西宾馆隆重举行。这次大会是在全党全国各族人民和各行各业立足新起点，以科学发展观为指导，兴起学习贯彻党的十八大精神热潮，满怀信心地夺取中国特色社会主义事业新胜利的新形势下，召开的一次承前启后、继往开来，总结过去、规划未来的重要会议，也是我国曲艺界和广大曲艺工作者分析形势、交流经验，推动繁荣、共谋发展的一次盛会，社会各界普遍关注。来自全国31个省、自治区、直辖市和产（行）业曲协，解放军、中央国家机关以及香港特别行政区、澳门特别行政区的285名代表，12名特邀代表以及4名台湾地区、海外嘉宾满怀喜悦之情，带着美好祝愿，以昂扬向上的精神状态出席了大会。11月27日，中共中央政治局委员、中央书记处书记、中宣部部长刘奇葆同志与全体会议代表合影留念，出席大会开幕式并发表重要讲话。全国政协副主席、中国文联主席孙家正出席开幕式并为大会题写贺词。全国人大常委会原副委员长顾秀莲、热地，全国政协原副主席张怀西，中国文联名誉主席周巍峙，全国政协教科文卫体委员会副主任、中国文学艺术基金会理事长胡振民，以及相关文艺家协会、单位、团体、海外友好机构也向大会发来热情洋溢的贺信、贺词、贺电。中国文联党组书记、副主席赵实，中宣部副部长翟卫华，中国文联党组副书记、副主席李屹，中国文联党组成员、副主席杨承志、左中一，中国文联党组成员、书记处书记夏潮、李前光，文化部副部长董伟，中国文联副主席、解放军总政治部宣传部副部长黎国如等出席开幕式。赵实、董伟、黎国如在开幕式上致辞。特别是作为新一届中央领导集体成员，刘奇葆同志上任伊始，在百忙之中出席大会并发表了重要讲话，从学习贯彻党的十八大精神、推动文化大发展大繁荣、建设文化强国的高度，肯定了曲协工作和曲艺事业取得的显著成就，分析了当前我国曲艺工作面临的新形势，阐明了曲艺事业在繁荣发展先进文化中的地位作用，对广大曲艺工作者提出了四点殷切希望，思想深刻、内涵丰富、催人奋进，在全体代表中引起了强烈反响和共鸣。赵实同志在讲话中对六次曲代会以来曲协围绕中心、服务大局，面向基层、服务群众，加强引导、服务曲艺创作，创新机制、服务曲艺工作者等方面所做的一系列卓有成效的工作给予了高度评价和充分肯定，对曲协今后如何更好地履行联络、协调、服务基本职能，发挥组织、引导、维权重要作用，推动曲协工作科学发展提出了新要求新课题。大会审议通过了董耀鹏同志代表中国曲协第六届理事会所作的题为《以科学发展观为指导　推动曲艺事业大发展大繁荣　为建设社会主义文化强国而奋斗》的工作报告，审议通过了修改后的《中国曲艺家协会章程》，选举产生了由125名理事组成的中国曲协第七届理事会，选举姜昆为主席和马小平、王汝刚、冯巩、李时成、吴文科、翁仁康、郭刚、黄宏、盛小云、崔凯、董耀鹏、籍薇为副主席的中国曲协第七届主席团。中国曲协七届一次主席团会议审议通过了《中国曲艺事业五年发展规划》，任命董耀鹏为第七届秘书长、曲华江为副秘书长，推举罗扬、刘兰芳为第七届名誉主席，聘请土登、朱光斗、吴宗锡、余红仙、程永玲、薛宝琨为第七届顾问。会前，编辑完成了《中国曲艺家协会第一至六次全国代表大会资料汇编》、《曲韵沁芳——中国曲协五载奋斗共铸辉煌（2007-2012）画册》、《领导艺术家题词贺信集》和中国曲协五年成就宣传展板等一系列宣传材料，与中国艺术报合作编辑出版了一期中国曲协第七次全国代表大会特刊，得到领导同志和与会代表一致好评。

艺术节与评奖

【2012河南宝丰马街书会全国曲艺邀请赛】

2月3日至4日，由中国曲艺家协会、河南省文联、中共平顶山市委、市政府共同主办的“2012河南宝丰马街书会全国曲艺邀请赛”在宝丰举办。程永玲、曲华江、李宏伟、马国强、苗树群、范军等出席了开幕式。在为期两天的比赛中，来自全国13个省市20余个曲艺团体的100多名曲艺演员献艺宝丰。在4日晚举行的邀请赛颁奖晚会上，程永玲、耿莲凤、田连元、克里木、赵炎、付强、宋德全、周宇等艺术家助阵演出，用精湛的表演为宝丰百姓送去了欢笑，将本次活动推向高潮。

【第七届中国曲艺牡丹奖】

5月14日至18日，由中国文学艺术界联合会、中国曲艺家协会、浙江省文联、杭州文化广播电视集团主办的第七届中国曲艺牡丹奖全国曲艺大赛杭州赛区的比赛成功举办。杭州赛区为评弹、滑稽、小品赛区，集中了35个节目，盛小云担任主任，评委会委员包括刁惠香、巩汉林、李时成、徐筱安、黄晓娟、蒋希均、葛明铭、程桂兰。经过5场比赛的激烈角逐，最终评出进入牡丹奖终评的各奖项提名。18日晚，杭州赛区颁奖晚会在杭州电视台演播厅隆重举行。顾秀莲、胡振民、李前光、刘兰芳、董耀鹏、刁惠香、李时成、盛小云、徐宏俊、吴天行、徐全升等出席颁奖晚会，牛群担纲主持，唐杰忠、李伟健、武斌、巩汉林、金珠、程桂兰等先后登台献艺，为杭州观众奉上精彩的曲艺大餐。杭州赛区的比赛新人表现亮眼，作品质量上乘，评审制度创新，受到社会各界的广泛关注。

5月29日至6月1日，由中国文学艺术界联合会、中国曲艺家协会、中共天津市委宣传部、天津市文学艺术界联合会、天津今晚报社、天津广播电视台共同主办的第七届中国曲艺牡丹奖全国曲艺大赛天津赛区的比赛成功举办。天津赛区为鼓曲唱曲北方片赛区，共有来自全国10个省市和解放军的230名演员、40个节目报名参赛。该赛区评委会主任由崔凯担任，评委会委员包括曲华江、吴文科、杨洪基、武利平、郭刚、种玉杰、郝秀香、常祥霖。经过4场比赛的激烈角逐，最终评出进入牡丹奖终评的各奖项提名。6月1日晚，天津赛区颁奖晚会在中国大戏院隆重举行。颁奖晚会构思奇巧，特点突出，富有新意，体现出“高、精、新”的特点。

6月12日至15日，由中国文学艺术界联合会、中国曲艺家协会、广东省文学艺术界联合会主办的第七届中国曲艺牡丹奖全国曲艺大赛东莞中堂赛区的比赛成功举办。东莞中堂赛区为鼓曲唱曲南方片赛区，共有32个节目参加。该赛区评委会主任由王汝刚担任，评委会委员包括王毅、白云海、曲华江、刘锡津、苏惠良、顾春雨、程永玲、籍薇。经过4场比赛的激烈角逐，最终评出进入牡丹奖终评的各奖项提名。15日晚，东莞中堂赛区颁奖晚会在中堂镇潢涌体育馆举行。在演出开始前举行了“中国曲艺之乡”授牌仪式。比赛期间，还举办了岭南（广东）曲艺发展论坛。

6月27日至7月1日，由中国文学艺术界联合会、中国曲艺家协会、合肥市人民政府主办的第七届中国曲艺牡丹奖全国曲艺大赛合肥赛区的比赛成功举办。合肥赛区为相声、小品、三书赛区，参赛节目共47个。本赛区评委会主任由姜昆担任，评委会委员包括刁惠香、李慧桥、张志宽、杨小燕、沈永年、高洪胜、常贵田、黄恺。经过5场比赛的激烈角逐，最终评出进入牡丹奖终评的各奖项提名。7月1日晚，合肥赛区颁奖晚会在合肥大剧院举行，宋德全担纲主持，郭达、师胜杰、石富宽、奇志、翁仁康、冯欣蕊等先后登台，各位艺术家幽默诙谐的语言、精湛的表演技艺，赢得了观众的阵阵掌声。

9月15日，第七届中国曲艺牡丹奖颁奖晚会在江苏省南京市隆重举行。孙家正出席并宣布颁奖典礼开幕。赵实、张连珍、石泰峰、林祥国、何权共同启动颁奖晚会，近万名现场观众共同见证了这一每两年一度的曲艺盛典。由著名导演马东精心筹备、白岩松和周涛担纲主持的这台晚会名家云集、群星荟萃，众多曲艺名家和于丹、谭晶、玖月奇迹等文化名人及明星加盟担任颁奖和演出嘉宾。晚会自始至终充满着欢歌笑语，同时也呈现出区别于以往一般综合性晚会的鲜明特色。苏州弹词《江南吟》把观众带入了杏花春雨、莲叶田田、情深雨巷的旖旎江南；屠洪刚重新演绎京韵大鼓《丑末寅初》，“三弦王子”马小祥与城市民谣歌手郝云合作表演曲艺新唱《护城河》，鼓曲联唱各具地方特色，《如此开发》、《夫妻日记》、《红色珍宝》云集名家大腕，最后6位终身成就奖获奖老艺术家的登场将晚会推向了高潮。颁奖活动期间，还举行了牡丹奖获奖曲目为民服务演出、中国曲艺名家“送欢笑到基层”走进高淳、“江苏文艺·名家讲坛”马东走进南京大学等系列活动，体现牡丹奖不断推出优秀曲艺人才和精品力作，面向人民群众、服务广大观众的宗旨。

【“泰州杯”第五届全国少儿曲艺大赛】

8月14日到16日，由中国关心下一代工作委员会和中国曲艺家协会主办的“泰州杯”第五届全国少儿曲艺大赛，在江苏省泰州市广播电视中心演播厅进行了6场比赛和1场颁奖晚会。通过评委

打分和评委会评定，最终评出少儿组、少年组名次以及作品奖、园丁奖、优秀组织奖和特殊贡献奖牌。18日晚举行颁奖晚会，刘峰岩、李前光、董耀鹏、姜昆、刁惠香、王慧芬、张雷、徐郭平、盛小云以及大赛评委牛群、巩汉林、金珠和蔡国庆、刘全和、刘全利等众多领导和嘉宾亲临颁奖晚会现场并为获奖的小选手们开奖和颁奖，使参赛小选手备受鼓舞和激励。晚会由中央电视台著名少儿节目主持人鞠萍、黄炜和上海东方电视台节目主持人毛威联袂主持，上海东方电视台著名导演王尔利执导。

【第五届中部六省曲艺大赛】

8月15日至18日，由中国曲艺家协会、山西省文学艺术界联合会、中共长治市委、市政府主办的晋豫皖鄂湘赣第五届中部六省曲艺大赛在山西长治成功举办。大赛立足于配合国家中部崛起的战略部署，旨在提高节目质量、扩大参赛规模、推出新人新作、为中部地区经济社会发展营造良好氛围。在为期两天的比赛中，来自中部六省的34个不同形式的曲艺节目、近150名演员献艺长治，经过3场比赛的激烈角逐，最终，长子鼓书《小两口回娘家》等13个节目获得一等奖。18日晚举办颁奖晚会，戴志诚担纲主持，师胜杰、邹德江、杨菲、高洪胜、焦建东、石磊、霍勇等先后登台献艺，为长治观众奉献精彩的曲艺大餐。

【第六届CCTV电视相声大赛】

9月17日到23日，由中央电视台主办、中国曲艺家协会协办的第六届CCTV电视相声大赛以现场直播的方式在中央电视台演播厅进行了6场比赛和1场颁奖晚会，刘兰芳、董耀鹏、姜昆、刁惠香、罗明、彭健明等出席了23日晚的颁奖典礼并为获奖选手颁奖。大赛的举办为迎接党的十八大的召开营造了喜庆的氛围，也为繁荣相声艺术起到了推动作用。通过评委会认真评定，最终高晓攀、尤宪超表演的相声《救，不救》和张攀、刘铨淼表演的相声《忘词》分获职业组和非职业组的金奖，曹云金、张攀分获职业组和非职业组最佳逗哏奖，李菁和刘铨淼分获职业组和非职业组最佳捧哏奖，相声《救，不救》、《韵调诗》分获职业组和非职业组最佳作品奖，曹云金、刘云天夺得首个由观众投票产生的“最受观众喜爱的相声演员”奖。本届大赛作品题材广泛，反映现实、贴近生活；参赛选手呈现出年轻化和高学历的现象；大赛的赛制有所创新；在电视艺术呈现和舞美设计上更加精美。同时也存在参赛作品质量不够高、新作品缺乏、参赛选手的广泛性还有待加强等一些明显不足之处。

【2012北京·国际幽默艺术周】

11月28日至12月1日，由中国文联、北京市政府主办，中国曲协、中国杂协、北京市文联、北京电视台共同承办的“2012北京·国际幽默艺术周”在北京成功举办。28日，外国幽默艺术家专场演出在北京电视台BTV大剧院华丽登场，拉开了本届幽默艺术周演出的序幕，29日艺术周隆重开幕，赵实、王安顺、李屹、杨承志、夏潮、李前光、鲁炜、张淼等领导出席开幕式。来自美国、韩国、法国、瑞士、俄罗斯、荷兰等国的表演团体和幽默艺术家，与国内知名曲艺表演艺术家联袂登场，向首都人民呈现融合相声、小品、滑稽、哑剧、魔术和杂技等多种幽默艺术，展示国内外幽默艺术的别样风采，为京城市民奉献了一系列异彩纷呈的幽默艺术盛典。30日晚，在国安剧院，中山公园音乐堂同时上演中国铁路文工团相声杂技魔术专场和《京味相声名家专场》；12月1日，在北京国安剧院举行中国广播艺术团相声小品名家专场暨闭幕式晚会。幽默周期间还陆续推出包括周末相声俱乐部、嘻哈包袱铺、星夜相声会馆、鸣乐汇、乐丰斋等在内的十余场小剧场演出。本次艺术周以“幽默丰富生活、欢笑连接世界”为主题，以“汇聚中外幽默艺术、展现中外名家风采，促进国际文化交流、繁荣发展曲艺事业，引领首都文艺发展、展示首都示范形象”为宗旨，充分展示北京首善之区城市形象，为首都市民注入快乐积极、乐观向上的生活理念。

【中国曲协文艺志愿服务团“喜迎十八大　曲艺走基层”送欢笑活动】

6月26日,“送欢笑到基层”慰问演出暨中国曲艺之乡授牌仪式在山西省沁县隆重举行。刘兰芳、籍薇、曲华江、赵东军、李太阳、张保等有关领导出席活动并与当地近千名观众共同观看了演出。演出前，刘兰芳向山西省首个获得“中国曲艺之乡”称号的沁县授牌，曲华江代表中国文联、中国曲协向德艺双馨、德高望重的山东快书表演艺术家李鸿民颁发慰问金和慰问信。演出在当地热闹欢快的沁州三弦书《我们的节日·端午》中拉开帷幕，李金斗、李建华、李伟建、武宾、朱韶宇、张露曦等相声名家先后登台。

6月26日，“喜迎十八大　曲艺走基层”送欢笑专场慰问演出在天津港东疆港区隆重举行。夏潮、孙福海、刁惠香和天津市、天津港有关方面的领导与港区的近万名干部职工一同观看由牛群、鞠萍、程志、戴玉强、黄华丽、师胜杰、石富宽等众多艺术家带来的盛大演出。

7月21日，中国曲协“喜迎十八大　曲艺走基层”送欢笑走进东海专场慰问演出在江苏省连云港市东海县举行。此次演出曲艺名家云集，姜昆、冯巩、王汝刚、籍薇、牛群、李金斗、李建华、师胜杰、石富宽、巩汉林、金珠、奇志、戴志诚、刘全和、刘全利等联袂出演。

8月31日，安亭镇中国曲艺之乡挂牌仪式暨喜迎十八大、曲艺走基层送欢笑专场慰问演出在上海安亭举行。董耀鹏、王汝刚、刁惠香、宋妍、陈锦华、刘海涛、吴孟超等与基层干部、群众600多人欢聚一堂，温淑萍、刘全和、刘全利、程桂兰、王汝刚、霍勇、巩汉林、金珠等参加。

9月16日，“喜迎十八大　曲艺走基层”中国曲协送欢笑走进高淳专场演出在高淳体育馆举行。赵实、李前光、李全林、包国新、董耀鹏、陈建文、黄啟钧等有关领导出席并观看演出。此次中国曲协送欢笑走进高淳专场演出由鞠萍与牛群担纲主持。朱韶宇、张露曦、闫淑平、佟长江、奇志、张伟、刘全和、刘全利、大兵、赵卫国、黄荣、郭达、王丽云、邵峰、师胜杰、石富宽等艺术家参加演出。

9月22日，中国曲协“喜迎十八大　曲艺走基层”送欢笑走进山西芮城专场演出在芮城县会展中心隆重举行。董耀鹏、刁惠香、王正风、董旭光等有关领导及近千名观众现场观看了演出，芮城县通过电视直播和广场大屏直播的方式，让芮城的30多万群众在第一时间欣赏到曲艺家的精彩演出。鞠萍、朱韶宇、张露曦、温淑萍、李伟健、武宾、韩延文、刘全和、刘全利、张保、郭达、高梦娇、巩汉林、金珠、程志等参加演出。

9月25日，中国曲协“喜迎十八大、曲艺走基层”慰问演出暨“中国曲艺之乡”授牌仪式在遂宁市会展中心举行。董耀鹏、郭永祥、刁惠香、蒋东生、陈黔鲁、崔保华等领导同志出席了授牌仪式并观看演出。张露曦、朱少宇、李世儒、籍薇、李金斗、李建华、奇志、张伟、霍勇等参加演出。

9月28日，“喜迎十八大　曲艺走基层”送欢笑走进嘉善专场慰问演出在浙江省嘉兴市嘉善县体育馆举行，曲华江、柳国平及嘉兴市和嘉善县的有关领导出席了晚会。此次演出名家云集，师胜杰、石富宽、巩汉林、金珠、奇志、戴志诚、鞠萍、刘全和、刘全利、翁仁康、张伟等曲艺名家联袂出演，为当地父老乡亲奉献了一场高水准的文艺演出，让观众在国庆、中秋两节前夕度过了一个充满欢声笑语的夜晚。

10月14日，“喜迎十八大　曲艺走基层”送欢笑专场演出在云南省红河州开远市迎旭广场隆重举行。姜昆、刁惠香率领中国曲协文艺志愿服务团的艺术家们深入边疆，为开远市的近万名观众带来了美好祝福和无限欢乐，丹增、郑明、杨发航、刘一平、杨福生及云南省红河州和开远市的有关领导观看了演出。鞠萍、夏嘉伟、朱少宇、张露曦、刘全和、刘全利、陈寒柏、王敏、宗庸卓玛、巩汉林、金珠、韩延文、姜昆、戴志诚等艺术家为当地百姓带来欢笑。

10月20日，中国曲艺家协会文艺志愿服务团“送欢笑到基层”走进嘉祥专场演出在嘉祥县人民剧院隆重举行。此次演出由宋德全和于紫菲主持，张露曦、朱少宇、刘瑞莲、温淑萍、刘全和、刘全利、闫淑平、佟长江、巩汉林、金珠、田连元、姜昆、戴志诚参加演出。当天下午，中国文学艺术基金会有关人员和中国曲艺家协会文艺志愿服务团的艺术家一行，来到嘉祥县金屯镇薛庄海阳小学，为学生送去了3000本新华字典，并到金屯镇敬老院看望孤寡老人，为他们捐赠了一台空调，献上了一台精彩的文艺节目，陪他们一起度过了一次难忘的重阳节。

10月30日，“喜迎十八大　曲艺走基层”送欢笑专场晚会在湖南省娄底市新化县党校礼堂举行。刘兰芳、伍美华及新化县有关领导出席晚会并观看演出。汪文华、朱少宇共同主持，师胜杰、石富宽、巩汉林、金珠、刘全和、刘全利、奇志、佟长江、闫淑平、李伟健、武宾、张伟、张露曦、阿宝等名家新秀为新化的老百姓奉献了

一台精彩的演出。

创作与研究

【第二届“包公杯”全国反腐倡廉曲艺作品征集颁奖系列活动】

5月23日晚，第二届“包公杯”全国反腐倡廉曲艺作品征集活动颁奖典礼暨文艺演出在合肥大剧院隆重举行。由中国曲艺家协会、中共合肥市纪委、中共合肥市委宣传部、合肥市文联共同主办的第二届“包公杯”全国反腐倡廉曲艺作品征集活动在经过历时一年的征集评选后结果正式揭晓，整个活动圆满落下帷幕。中纪委副书记李玉赋和王宾宜、吴存荣、杨小平、吴秀兰、刘国强、刁惠香、曲华江等出席颁奖典礼并为获奖作者颁奖。姜昆、雍成瀚分别代表主办单位致辞。本届“包公杯”全国反腐倡廉曲艺作品征集活动共征集曲艺作品1267篇，涵盖70余个曲种，再创曲艺作品评选活动征稿数量、曲种数量之最。经过评审，共评选出一等作品2篇、二等作品4篇、三等作品8篇和优秀作品20篇。颁奖晚会以获奖作品为主，体现出鲜明的廉政主题和突出的曲艺特色，充分展示了本届“包公杯”在推动廉政曲艺创作方面所取得的累累硕果。由陈寒柏、王敏、李立山、王文水、何云伟、李菁等曲艺名家新秀二度创作、精心演绎的获奖作品相声《我丢什么了》、数来宝《局长的茶杯》、相声《老鼠的传说》和常德丝弦《新来的书记》、鼓曲联唱《正气歌》等虽然是首次呈现在舞台上，但已展现出作品较高的艺术水准，引起了现场观众强烈的反响和共鸣。23日上午，举办了第二届“包公杯”全国反腐倡廉曲艺作品征集座谈会，对本届“包公杯”的成果影响、组织形式、活动模式进行总结和梳理，就廉政文化建设进一步展开全局性深入探讨和前瞻性理性思考。颁奖活动期间还举办了《“包公杯”全国反腐倡廉曲艺作品征集优秀作品集2》新书首发式，曲艺家们还赴合肥市蜀山区开展了“廉政曲艺进社区”活动，安徽省全省廉政文化建设推进会也同期在合肥召开。

【骆玉笙逝世十周年纪念活动】

5月29日至30日，中国曲艺家协会、天津市文联等单位共同举办的“锵锵鼓韵传世情”著名京韵大鼓艺术家骆玉笙逝世十周年纪念活动在天津举行，通过举办纪念活动，表达了曲艺界对骆老的崇高敬意和深切缅怀，回顾和总结骆老的艺术人生，号召广大曲艺工作者学习她的崇高品格和高尚艺德，传承和弘扬她的艺术精神和艺术成就，不断创新出新，推动曲艺事业的繁荣发展。孙福海、薛宝琨、吴文科、刁惠香、曲华江和来自京津两地的专家学者以及骆老的亲属、弟子60多人参加研讨会。与会代表围绕骆玉笙生平、艺术经历、重要贡献以及对当下曲艺发展的学习借鉴等内容展开研讨。

【第4期全国曲艺精品创作培训班】

7月12日至16日，中国曲协与黑龙江省文联、黑龙江省农垦总局宝泉岭管理局共同举办的第4期全国曲艺精品创作培训班在中国曲艺之乡宝泉岭举行。董耀鹏、刁惠香、崔凯、计世伟、黄恺、高跃辉、刘炳东、刘长友等领导出席创作班有关活动。董耀鹏在开班动员讲话中希望学员们认真听讲，听有所思；热烈讨论，论有所得；深入思考，思有所悟，创作出更多能够反映人民现实生活、表现群众真情实感、深受人民群众欢迎、思想艺术水平俱佳的优秀曲艺作品。本期创作班内容丰富、形式多样。崔凯、赵连甲、郝赫、宋德全、李伟建等分别就曲艺的继承与创新、小品创作实践、快板的创作、曲艺语言的艺术、相声创作实践技巧等话题为学员们作了精彩讲解。创作班汇聚了来自全国各地的学员50余名，最终打磨推出一批有水平、有特色、有亮点的作品，如相声《裸婚》、《宅男也疯狂》，小品《邻居》、《撞车》、《月牙儿弯弯》，山东快书《一壶香米酒》，快板《最美妈妈》，二人转《天上人间》，河洛大鼓《矿山的汉子矿山的魂》，湖北小曲《香溪女》等。创作班期间，宝泉岭管理局的业余演出队和部分学员一起举行了专场文艺演出，学员们还赴梧桐河农场抗联纪念馆、普阳文化中心、绥滨农场等地进行采风。

对外及对港澳台地区文化交流

【中国曲协艺术团赴新加坡演出】

1月6日至11日，由崔凯为团长的中国曲协艺术团一行13人应新加坡全国华族文化节总工委会之邀，赴新加坡进行为期五天的中新文化交流活动。1月8日下午、晚上及9日晚上，艺术团在新加坡大会堂演出三场，受到了新加坡观众的热烈欢迎。此次赴新参演的10位中国曲艺演员均为全国性曲艺大赛的获奖者，陆鸣、许勇的相声《音乐家》将说唱技艺与器乐演奏巧妙地融为一体，向海外华人展示了中国新一代相声演员所具备的多才多艺的综合素质；马小平、李彦生的新编相声《我从山西来》用一曲曲民间传唱的表现爱情生活的山西民歌做串联，让新加坡观众领略到独具韵味的中国西北风情；倪明、夏文兰的相声《夸老公》表演风格清新活泼，春风拂面，王文长表演的快板书《武松打店》表演细腻，功力深厚，令新加坡观众拍手叫绝；贾仑、连春建表演的相声《彬彬有礼》合作默契自然，基本功扎实，将各自的说唱优势展示给观众，赢得了观众的阵阵掌声；单联丽的主持风格清新亮丽。精彩的演出不光吸引来中老年观众，在观众席中也不乏儿童和青年人，他们同样笑得前仰后合。演出活动为促进新加坡华族对中国传统文化和中国曲艺艺术的了解，增进两国的文化交流作出了积极贡献。

【中国曲协艺术团赴新西兰慰问演出】

2月3日至4日，由中国曲艺家协会、中国文学艺术基金会、新西兰七彩中国文化传媒集团和新西兰投资贸易促进会共同主办的“庆祝中新建交40周年暨慰问新西兰华人华侨新春文艺晚会”专场演出在新西兰第一大城市奥克兰隆重举行。董耀鹏率殷秀梅、郭达、巩汉林、金珠、奇志、李伟建、武宾、张伟、高梦娇等著名演员倾情献艺，新西兰各界代表近2000人现场观看演出。演出结束后，中国曲艺家协会和新西兰七彩中国文化传媒集团签订了合作意向书，双方商定，共同打造“七彩中国　欢歌笑语”这一文化交流品牌和平台，促进中国与南太平洋地区各国的文化艺术交流活动，不断推动中华文化走出国门，发挥更大的影响力。

【2012巴黎中国曲艺节】

6月16日至21日，以董耀鹏为团长、姜昆为艺术顾问的中国曲协艺术团一行39人赴法国巴黎参加2012巴黎中国曲艺节，本届曲艺节被称为中国曲艺再访法国的“探索之旅”。17日下午，应中国驻法国大使馆领事部邀请，赴法的艺术家们首站来到驻法使馆，为到场的近300名华侨侨领及其子女、旅法的台胞、藏胞和留学生们献上了一场别开生面的中国传统艺术盛宴。慰问演出在民族特色浓郁的彝族月琴弹唱中拉开序幕，魏金栋、程桂兰、刘全和、刘全利、姜昆、戴志诚表演的节目将现场欢乐的气氛推到了高潮。演出结束后，孔泉大使为艺术家的精彩演出表示衷心地感谢，并指出，艺术是个桥梁，曲艺家用欢乐搭建了华裔几代之间沟通的桥梁，这是别的形式做不到的，这次慰问演出意义非凡！访问期间，董耀鹏与巴黎中国文化中心主任殷福进行了会晤，并就今后五年巴黎中国曲艺节的文化交流活动达成了框架协议。法国华商会还就曲艺的海外演出市场化运作与中国曲协进行了磋商。

【中国曲协艺术团首次赴法属圭亚那交流演出】

6月21日，姜昆率领7人小分队应江浙沪华侨联合会的邀请，首次踏上法属圭亚那这块披着神秘面纱的土地。这是一次意义非比寻常的文化交流之旅，不仅开创了中国曲协出访法属圭亚那的先河，也开创了中国国家级艺术家们到此演出的先河，法属圭亚那第一次迎来了祖国的艺术家们。6月23日晚，华人华侨期待已久的由中国曲协、法属圭亚那华侨公所、江浙沪华侨联合会、东莞同乡会、卡宴妇女会共同主办的“欢歌笑语叙乡情——中国曲艺家协会艺术团卡宴专场晚会”在法属圭亚那地区文化中心剧场隆重举行，能容纳400余人的剧场里座无虚席。华侨公所主席陈文新、江浙沪华侨联合会会长郭胜华以及法属圭亚那各界代表和华人400余人观看了演出。

【第二届海峡两岸欢乐汇】

12月9日至15日，由中国文联、中国曲协、福建省文联共同主办，福建省曲协与台北曲艺团承办，桃园县政府文化局协办的第二届海峡两岸欢乐汇暨曲艺理论研讨会在台湾成功举办。姜昆、马照南、刁惠香带领戴志诚、李伟建、武宾、陈晓萍以及福建省的曲艺演员和台北曲艺团的演员一道，向宝岛人民奉献了3场精彩的演出，开展了一系列交流活动，进一步增进了两岸曲艺人的交流与合作，深化了海峡两岸同根同源的共识，受

到宝岛人民的热烈欢迎和社会各界的关注。第二届“海峡两岸欢乐汇”以“两岸同曲　海峡传情”为主题，凸显两岸文化同根同源，将福建方言说唱作为交流演出的主要内容，集中展示了台湾观众熟悉的南音、漳州锦歌、福州评话和竹板歌等福建曲艺形式。此次海峡两岸欢乐汇吸引了广大台湾观众，演出场场爆满，观众始终保持饱满的情绪，为演员送上热烈的掌声和呐喊声。台北曲艺团演员叶怡均特别提出，希望今后能够有机会参与大陆的演出，给两岸曲艺人提供更多的舞台和学习交流的机会。此次赴台交流团还在芦竹乡长期照顾中心为敬老院的老人和医护人员举行了一场公益性演出；为了进一步探讨海峡两岸曲艺的合作发展趋势，交流团在台北王朝大酒店会议室召开了以“两岸曲艺创新发展”为主题的座谈会，台湾著名学者、大学教授以及台湾地区曲艺艺术家、爱好者出席了会议，对两岸曲艺的创作与创新、曲艺传承发展、曲艺市场等问题进行了研讨。

机关建设

【看望曲艺家和协会离退休老同志】

在壬辰龙年新春佳节即将来临之际，董耀鹏、刁惠香、曲华江分别走访看望了一批为曲艺事业作出重要贡献、德高望重的老曲艺家，代表中国文联、中国曲协对他们表示亲切慰问，并向他们致以诚挚的问候和新春的祝福。1月12日，董耀鹏专程赴天津看望花五宝、王毓宝、苏文茂、薛宝琨、常宝霆、董湘昆、朱学颖；1月20日，刁惠香、曲华江分别前往马增蕙、赵连甲、回婉华、蔡源莉家中，向他们致以新年的诚挚问候。1月18日，中国曲协组织在职和离退休老同志联欢活动，19日，董耀鹏、刁惠香、曲华江在协会中层干部的陪同下走访慰问部分离退休老同志和困难职工，为每一位老同志送去了慰问信、慰问品、慰问金和节日的祝福。

【中国曲艺家协会副主席道尔吉仁钦病逝】

2月15日，中国曲艺家协会副主席、著名少数民族曲艺家、好来宝和乌力格尔表演艺术家、内蒙古自治区直属乌兰牧骑艺术团国家一级演员道尔吉仁钦同志因病去世，享年65岁。道尔吉仁钦是我国好来宝和乌力格尔名家，他表演的乌力格尔《嘎达梅林赞歌》、好来宝《腾飞的骏马》、《冠军之马赞》等作品脍炙人口，多次获得国家和省部级奖励，是一位深受内蒙古各界群众喜爱的少数民族曲艺家。2月18日，刁惠香赶呼和浩特参加道尔吉仁钦同志遗体告别仪式。

【学习贯彻中国文联九届二次全委会精神】

3月7日，中国曲协召开全体干部会议，认真学习贯彻中国文联九届二次全委会精神，曲华江主持会议。会议首先学习了刘云山对中国文联工作的批示，之后全体干部就赵实同志所作的《爱国　为民　崇德　尚艺　努力推动社会主义文艺大发展大繁荣》工作报告和《中国文艺工作者职业道德公约》进行了学习和交流，大家纷纷表示一定要以曲协机关开展的“服务落实年”为契机，引导广大曲艺艺术家自觉践行“爱国　为民　崇德　尚艺”的核心价值观，大力推动曲艺行业的职业道德建设；要按照赵实同志提出的要求，认真履行职责，全力做好曲协各项工作，努力推动曲艺事业和曲协工作再上新台阶。

【成立中国曲协曲艺创作与教育委员会】

3月22日，中国曲协曲艺创作与教育委员会工作会在苏州评弹学校召开。董耀鹏、陆军、崔凯、盛小云、刁惠香、叶飚荣以及曲艺创作与教育委员会成员30余人出席会议。会上，刁惠香宣读了曲艺创作与教育委员会组成名单。委员会主任、副主任分别由崔凯和周沛然担任，聘请王宏、王云根、田洁、包德宾、孙立生、孙静波、刘俊杰、邢晏芝、陈亦兵、张祖健、赵福玉、崔砚君为委员。崔凯介绍了中国曲协曲艺创作与教育委员会2012年工作设想，董耀鹏表示创作与教育委员会的成立生逢其时，令人充满期待，他希望艺委会要突出学术性、探索性、前瞻性和权威性，明确定位、注重开局，加强沟通、密切协作，齐心协力推动曲艺创作与教育工作可持续发展。会上还举行了苏州评弹社会艺术水平考级中心揭牌仪式，向到场的周良、杨乃珍、王丽堂3位中国曲艺牡丹奖终身成就奖获得者颁发了奖金。

【成立中国曲协苏州评弹艺术委员会】

6月27日，中国曲协苏州评弹艺术委员会成立仪式在苏州举行。董耀鹏、陆军、叶飚荣、余红仙、成从武、盛小云和江浙沪地区有关单位的领导、嘉宾和评弹界代表30余人出席成立仪式。董耀鹏在讲话中强调评弹艺委会的建设和发展要着眼于增强评弹界的大团结，营造融洽和谐、奋发有为、共同发展的良好氛围，坚持继承创新，推出一批舞台上立得住、艺术界叫得响、社会上传得开、历史上留得下的精品力作。中国曲协苏州评弹艺术委员会由余红仙、杨乃珍、盛小云担任名誉主任，陆军任主任，赵开生、蒋希均任副主任，孙惕、邢晏芝、吴新伯、陆嘉乐、周介安、金丽生、姜永春、袁小良、高博文、秦建国、黄海华任委员，芦明为秘书长，章燕为副秘书长。当晚，为祝贺苏州评弹艺术委员会的成立，在光裕书厅举行了苏州评弹名家名段展演。

【中国曲协工会举行卡拉OK比赛】

9月6日，中国曲协工会举办了2012年度卡拉OK比赛。比赛旨在为迎接党的十八大召开营造和谐欢乐的氛围、丰富协会干部职工业余文化生活。参赛选手在比赛中表现出丰富的想象力和高超的表现力，围绕“我爱……”这一主题，用歌声表达出对祖国、对家乡、对亲情的热爱与依恋之情。

【中国曲协全体干部认真学习贯彻党的十八大精神】

11月8日，中国曲协组织全体干部学习党的十八大报告，董耀鹏、刁惠香、曲华江参加会议。董耀鹏同志指出，十八大报告是一部闪耀着马克思主义真理光芒的光辉文献；是一篇向世人昭示中国共产党在新的历史条件下团结动员带领中国人民全面建成小康社会的政治宣言；是一个继续推进改革开放和现代化建设、夺取中国特色社会主义新胜利的行动纲领，旗帜鲜明地回答了举什么旗、走什么路，以什么样的精神状态，朝着什么样的目标前进这一重大问题。整个报告催人奋进、振奋人心。他要求全体党员干部要把学习贯彻党的十八大精神同筹备召开中国曲协第七次全国代表大会结合起来，精心组织、务必过细，认真履行程序；要对党忠诚，积极工作，遵守党的纪律，切实加强党员党性锻炼；要加强思想教育、维护团结统一，努力推动发展、服务群众、凝聚力量、促进和谐。全体党员干部也纷纷结合自身的关注点谈了感受，大家表示，要在今后的工作中继续加强学习，深刻领会精神，牢牢把握精髓，把十八大精神落实到工作生活的方方面面，为实现全面建成小康社会宏伟目标贡献力量。12月7日，中国曲协分党组理论学习中心组召开扩大会议，学习领会党的十八大精神。会上，中国曲协分党组成员结合曲协工作和曲艺工作实际，提出了自己对十八大精神的理解和看法，并表示要把深入学习党的十八大报告作为当前首要的政治任务，深刻领会十八大报告精神实质，准确把握基本内涵，真正把思想统一到党的十八大精神上来。

【中国曲协推进学习型党支部建设】

为深入推进学习型党支部建设，按照中国曲协“服务落实年”活动的要求，结合协会年轻干部多、学习愿望迫切的实际，中国曲协分党组决定向干部推荐一批曲艺专业学习者参考书目，有组织地引导曲协干部多读书、读好书、读专业书，提高干部专业知识水平，提升干部综合素质，不断增强曲协干部为曲艺家服务的能力。在各方面的共同参与和努力下，《中国曲协干部曲艺专业学习者参考书目》正式完成，重点推荐曲艺历史、曲艺理论、趣闻轶事、名家传记等四个方面的书目63册。

中国舞蹈家协会

综　述

2012年是党的历史上的重要一年，党的十八大胜利召开，党中央新一届领导班子产生，这一年是文联工作和文艺事业取得重大成就的重要一年，同时也是舞协工作和舞蹈事业再接再厉、奋发有为，取得显著成绩的重要一年。一年来，在中宣部和中国文联的正确领导下，中国舞协及各团体会员认真贯彻党的十七届七中全会、全国九次文代会、十八大精神，坚持以科学发展观为统领，创新理念和思路，加强和改进自身建设，认真履行联络、协调、服务基本职能，充分发挥组织、引导、服务、维权重要作用，团结和引导广大舞蹈工作者，进一步解放思想、着力提升工作水平，夯实基础抓突破，典型引路创特色，开拓创新谋发展，全年的各项重点工作任务进展势头良好。

会议与活动

【中国舞协九届三次主席团会议】

2月，召开了中国舞协九届三次主席团会，提交并审议了2012年中国舞协全年工作计划要点，主席团成员充分交换工作意见，制定了全年重点工作日程表及工作表。其中，建议针对中国舞协重点项目之一中国舞蹈“荷花奖”，重新估量评奖办节的定位和具体举措，在探索中国舞协重点项目的延续性、地标性、广泛性上开了好头。

【纪念“三八”国际妇女节102周年中外妇女招待会】

3月7日，中华全国妇女联合会纪念“三八”国际劳动妇女节102周年中外妇女招待会在人民大会堂隆重举行，近1600人与会。受中国文联党组的委托，中国舞协负责招待会文艺演出的任务。招待会正逢“两会”期间，宴请的嘉宾均是“两会”女代表、女委员，两院女院士，全国妇联表彰的“三八”红旗手，以及外国驻华女大使、女专家等重要人士。在时间紧、任务重的情况下，中国舞协迅速分配工作任务，积极投入人力、物力、财力，精心挑选和组织了一台种类丰富、艺术水准极高的文艺节目，为近百位中外嘉宾送上了温馨的节日祝福。

【中国舞蹈终身成就奖】

3月14日在北京国家大剧院成功举办了第二届中国舞蹈艺术“终身成就奖”颁奖典礼，推动荣典制度落到实处。这届颁奖典礼是继2009年第一届中国舞蹈艺术“终身成就奖”成功举行后的又一次盛典。本届“终身成就奖”评选工作于2011年11月启动，候选人均为75岁以上、从事舞蹈事业50年以上、对新中国舞蹈事业的发展具有奠基作用和开拓性贡献的舞蹈家。经中国舞协主席团投票选举，最终，冯国佩、李正一、李承祥、斯琴塔日哈、舒巧、孙家保、资华筠、赵青等8人被授予“终身成就奖”。在颁奖盛典上，活跃在当今舞台上的青年舞蹈家以丰富多彩的舞蹈形式登台表演，表达对获奖老艺术家的真挚祝贺和美好祝愿。在评奖执行过程中，中国舞蹈艺术“终身成就奖”评选严格掌握评审标准，做到层级分明，充分体现国家文艺荣典的权威性和崇高地位，该项工作得到了舞蹈界的广泛好评。

【纪念毛泽东同志《在延安文艺座谈会上的讲话》发表70周年主题文艺演出《延安记忆》】

5月9日，由中国舞协具体指导，中国武警文工团演出的舞蹈诗《延安记忆》在延安解放剧院隆重上演。纪念《讲话》精神是今年的大事之一，是一项政治性、政策性很强的工作，中国舞协相当重视此项工作的开展，2010年的“红色经典”采风便是引导舞蹈家深入革命老区搜集素材，为随后的革命历史题材舞蹈创作做了充分的准备。2011年，《延安记忆》开始创作，历经多次修改，

2012年日臻成熟。中国舞协在运作这台舞蹈诗过程中充分发挥幕后“推手”作用，深入到创作的各个环节，精心设计，搭建“老中青”三代创作班底，尝试注入新的创作理念，力图将这部舞蹈诗打造成视角新颖、时代感强、好看好听而感人的一部艺术经典，新修改的《延安记忆》与去年第一版相比，主题更加突出，舞蹈更为流畅，风格更为准确，撷取延安辉煌历史中的九个值得颂扬的故事片段，为观众展现了延安军民在那个激情燃烧的年代里朴实的情感和为抵御外来侵略，建立新中国所作出的巨大贡献。随后，5月15日，《延安记忆》在西安易俗大剧院公演，并于5月25日在北京国家大剧院演出。

【推广“百姓健康舞”】

“百姓健康舞”创立时间已有三年，与时俱进地为群众舞蹈事业注入了具有中国特色和时代精神的健康、快乐、和谐的舞蹈元素，教材的普适性和受欢迎度已经逐步显现。全国不少地市都开设了教师培训班，学习健康舞的人数呈几何级的增长。5月份，河南郑州金水区举行“百姓健康舞”展演，全区共有3万人同时起舞，阵势空前。中央台《午间新闻》、河南卫视等做了专题报道。6月份，黑龙江省哈尔滨市分三个场地举行“舞动哈尔滨——第三届大众舞蹈节暨百姓健康舞精品展演”，总计参与人数超过3万人，创近年来此项工作之最。贵州省贵阳市把“百姓健康舞”当做全年重点工作部署，湖南则开始积极筹备百姓健康舞大赛。12月份，与中央电视台《舞蹈世界》栏目合作，举办了全国百姓健康舞舞蹈大赛。另外，中国舞协在中国文艺家之家定期教授每周三次的“百姓健康舞”已两年有余，丰富了文联系统干部职工的工间休息活动，增强了职工体质。

【推进“新农村少儿舞蹈美育工程”】

自2011年9月开始，“新农村少儿舞蹈美育工程”改变工作模式，在安徽开始试点，由培训农村教师转为培训农村孩子的“新农村舞蹈教室”，在县以下中小学设立教室，由中国舞协理事或高校知名教师担任志愿者进行免费教学。本年度3月份，新农村舞蹈教室工作会暨少儿舞蹈创作研讨会在安徽合肥举行，对首批“新农村舞蹈教室”在安徽落户一年来的开展情况进行总结梳理，并由庐江县城关小学的孩子们现场展示了初期教学成效。7月3日，“新农村舞蹈教室”安徽成果汇报演出在合肥安徽艺术剧场举行，来自安徽省19个县以下乡镇的500多名中、小学“新农村舞蹈教室”受益小学员表演了《打谷场上赶雀雀》、《嗨，蛋炒饭》等18个原创舞蹈作品和新农村教学组合集锦。这些舞蹈作品题材多样，内容丰富，有着浓郁的乡土芳香，饱含着舞蹈志愿者们的辛劳与智慧，蕴含着农村孩子对舞蹈的喜爱与梦想。7月17日中国舞协副秘书长李甲芹带队对内蒙古莫力达瓦旗进行少数民族地区民族舞蹈发展情况的调研，考察了“新农村舞蹈教室”在少数民族地区实施的可行性。通过调研发现少数民族地区舞蹈艺术亟须保护和传承，拟通过中国舞协派驻的舞蹈志愿者辅导当地少年儿童从小学习本民族的传统舞蹈，并把它学精、学透，结合当地民族特色进行舞蹈创新。同时，邀请舞蹈专家对当地的非遗舞蹈艺术，例如当地的民间舞蹈鲁日格勒进行整理、保护和传承，开辟了“新农村少儿舞蹈美育工程”的一条新路。“新农村舞蹈教室”目前已经进入相对稳定发展阶段，效应也在不断延续和增强，有的县教育局还专门为当地小学拨付了相关专项经费。2012年“新农村舞蹈教室”在河北、广东两省积极开展，计划在2013年6、7月份举行“新农村舞蹈教室”成果汇报演出。它将带动更多社会力量投入到农村孩子的舞蹈美育教育中。上述工作，面向基层、服务社会，进一步丰富和满足了人民群众多层次、多方面、多样化的精神文化需求。

【《舞蹈生态学》首发式】

10月29日，由中国舞协、中国艺术研究院和北京舞蹈学院主办的著名舞蹈表演艺术家、舞蹈理论家资华筠著作《舞蹈生态学》首发仪式在北京举行。中国文联党组书记、副主席赵实，中国文联党组成员、副主席杨承志和中国舞协分党组书记、驻会副主席冯双白，文化部非遗司司长马文辉，中国艺术研究院常务副院长刘茜，北京舞蹈学院院长李续，中国艺术研究院舞蹈研究所所长欧建平等在首发式上发言，对资华筠身患重病依然坚持舞蹈学术研究的精神深表敬意。赵实在首发仪式上讲话。她表示，作为中国当代舞蹈艺术的创造者之一和舞蹈理论大家、舞蹈教育家，

资华筠先生在舞蹈表演、舞蹈教学、舞蹈学科建设、中国非遗工作等诸多方面造诣精深、成就卓越。《舞蹈生态学》著作是资华筠先生最具代表性的学术成果，是她贡献给中国舞蹈学术界最宝贵的财富，其对舞蹈实践的探索、对舞蹈理论的创新、对舞蹈学科的建设意义重大且影响深远，堪称中国舞蹈史上的一座学术丰碑。这本专著在十八大召开前夕问世，也表达了资华筠献给党和国家一份礼物的美好心愿。

【赴河南郑州开展“送欢乐、下基层”活动】

11月25日，中国文联、中国舞协“送欢乐、下基层”慰问演出的“文化列车”开进郑州铁路局郑州机务段，为一线铁路职工献上了一场文化盛宴。中国文联党组成员、副主席杨承志阐述此行的目的和意义，中国舞协名誉主席白淑湘和中国舞协分党组书记、驻会副主席冯双白向百姓健康舞郑州机务段培训基地授牌，向广大铁路职工推广“百姓健康舞”。在将近100分钟的慰问演出中，歌舞、相声、小品贯穿始终。歌唱家吕继宏演唱的《咱老百姓》、《向快乐看齐》，新哏派代表人物宋德全、王玉的对口相声《姓名研究》，孪生兄弟刘全和、刘全利表演的小品《兄弟拍电影》以及青年舞蹈艺术家黄豆豆表演的《闪闪的红星》等节目，都受到现场观众的热烈欢迎。

艺术节与评奖

【第三届“中国秧歌节”】

5月25日，由中国文联等主办，中国舞协等承办的第三届“中国秧歌节”开幕式暨主题晚会在山东省胶州市开幕，12支国家级非物质文化遗产秧歌队伍及胶州市优秀秧歌队伍同时精彩亮相，一展中国民间艺术的魅力。中国秧歌节是中国舞协在2008年推出的全国性民间歌舞展演，作为一项常设活动，每两年举办一次。本届中国秧歌节以“龙腾盛世舞秧歌”为主题，节庆活动时间由以前的3天延长至一个月，分为三大板块：开幕式文艺演出、全国优秀秧歌展演、全国“中老年健身秧歌”展演、踩街表演、全国民间工艺博览、中国秧歌艺术继承发展高峰论坛。另外，创建“中国秧歌传习研究所”，为保护、传承、发展中国秧歌艺术提供了一个可持续发展的平台。并且，本届秧歌节组委会为摆脱以“政府主导、社会参与”的固有运营方式，着力探索市场化办节模式，与全国各大企业合作，借中国秧歌节的平台，宣传推广企业形象，实现企业品牌效益和中国秧歌节社会效益的双赢。

【2012中国·青海西宁国际原生态舞蹈暨现代舞艺术节】

8月15日上午，在原生态舞蹈的故乡西宁，由中共青海省委宣传部、西宁市人民政府、中国舞蹈家协会主办的首届中国·青海西宁国际原生态舞蹈暨现代舞艺术节在青海大剧院隆重开幕，这一影响深远的国际文化交流盛会将在舞蹈艺术的优雅神韵中，加强西宁与世界对话，带给人们又一次惊喜。来自国内外近20支原生态舞蹈团队同台竞技，开幕式演出分为《南之韵》、《西北风》、《高原情》、《北国恋》4个单元，15场精彩的舞蹈艺术表演，将原生态舞蹈和现代舞有机地结合，在原始韵律与现代元素的碰撞中感受原生态舞蹈的纯朴与神秘，体验现代舞蹈的自由与浪漫。本届艺术节主题为“探秘舞蹈之源传承舞蹈文脉”，为期三天，自8月15日至17日在西宁市青海大剧院和中心广场上演一场原生态舞蹈与现代舞蹈碰撞和交融的盛会。活动包括现代舞专场、国内外原生态舞蹈展演、国际民间舞与现代舞集锦、青海原生态舞蹈展演等在内的多场展演，有近20支国内外原生态舞蹈团队同台技艺。此外，艺术节期间还开展了“舞源风采”群众文化活动、“探秘舞之源”采风等精彩活动。

【第八届中国舞蹈“荷花奖”当代舞、现代舞大赛】

11月24日至28日，第八届中国舞蹈“荷花奖”当代舞、现代舞大赛于郑州举行，本届大赛共有来自全国24个省的279个作品，共计2000余人参加大赛，其中当代舞226个、现代舞50个。经过评委会初评，共有33支队伍、48个作品入围半决赛，其中当代舞33个、现代舞15个。历时5天，经过层层筛选，评委会专家认真评议，最终评选出了本届“荷花奖”当代舞、现代舞大赛的编导、表演、作品各类别的金银铜奖。其中，南京军区政治部前线文工团的《决胜千里》、解放军艺学院的《新军靴》、郑州歌舞剧院的《我们在黄河岸边》和海军政治部文工团《八女投江》等4部作品获得金奖。本次赛事遵循公开透明、公正公平的原则，突出评奖的社会导向性、行业专业性和艺术权威性。除了圆满完成第八届中国舞蹈“荷花奖”现当代舞的评奖工作，还成功举办了颁奖晚会，充分注意剧场演出、现场亮分与电视直播转播的结合，探索互联网视频播出，舞蹈艺术受众面大幅度提高。实践证明，“荷花奖”评奖机制的改革符合艺术发展的规律，有效提高了品牌的知名度，大力推动了精品创作，提高了评奖质量，强化了评奖机制，起到了激励和导向作用。

创作与研究

【《红色少年》首演】

为向党的十八大献礼，7月27、28日晚，由中国舞蹈家协会、四川省委宣传部、四川省文联主办，四川省舞蹈家协会创作承办的大型少儿音乐舞蹈诗《红色少年》于成都市锦城艺术宫隆重首演。中国文联党组成员、副主席杨承志，四川省委常委、宣传部长吴靖平等有关领导出席观看了演出。此次演出是继2011年《红色少年》成功演出之后进一步创新打造的精品之作，作为新中国成立以来首部以红色经典历史题材为背景并紧扣时代的大型少儿音乐舞蹈诗，全诗波澜壮阔，有时代气息，以富有儿童特色的视听形式，呈现和塑造出8个典型的少年英雄。潘冬子、王二小、刘胡兰、小萝卜头、草原英雄小姐妹、仙鹤姑娘、石娃、地震小英雄，从万人中精心选拔的548名平均年龄不足十岁的小演员的倾情演出，让观众感受到了光、影、声、像带来的视觉震撼和灵魂升华，堪称一卷具有珍藏价值的，集思想性、艺术性、观赏性、寓教于乐为一体的少儿版“红色史诗”。

【召开中国舞蹈界纪念《讲话》发表70周年研讨会】

5月10日，根据中国文联党组领导的指示精神，中国舞协在延安举行了“中国舞蹈界纪念《讲话》发表70周年研讨会”。与会者共同回顾了70年来中国舞蹈界践行《讲话》精神的历史，倡导“为人民而舞、为大众而舞、为民族而舞、为人生而舞”的新舞蹈艺术主张，最后，全体与会者发出了《致全国舞蹈工作者的倡议书——“从人民中来，到人民中去”》。本次活动以纪念延安文艺讲话发表70周年作为出发点，思考当下舞蹈批评的现实问题为落脚点，针对目前舞蹈创作和批评之间的失衡，召开舞蹈学科理论建设研讨会和汇聚优秀舞蹈艺术家举行献礼展演，力求以诚实的态度、共享的价值观、良好的渠道、提高批评界艺术素养等方式入手，最终形成舞蹈批评和舞蹈创作的良好氛围。

【“荷花奖”章程论证会】

鉴于“荷花奖”章程自1998年奖项创立以来未经修改，6月5日，由中国舞协主席赵汝蘅动议，召开“荷花奖”章程论证会，旨在问计于各位专家，整理评奖思路，希望“荷花奖”能更加与时俱进，进一步扎实有效地推动舞蹈评奖办节工作的规范化、制度化、科学化。与会专家们认真审议了“荷花奖”章程并针对“荷花奖”未来建设和发展纷纷献计献策，同时对“荷花奖”在业界所起的引领作用给予充分肯定。会后，冯双白书记做了要大力跟进调研并落实此次论证会的指示，有效地维护了“荷花奖”品牌，扩大了舞蹈艺术的影响力和传播力。

【筹建中国舞蹈理论评论委员会论证会】

改革开放以来，舞蹈理论评论工作取得了历史性的进步，成绩很大，理论工作的经验总结迫在眉睫。为了在当前大环境下坚持舞蹈理论评论的正确导向，更好地推动舞蹈批评健康发展，实现理论与创作的双轮驱动，6月5日中国舞协在“中国文艺家之家”召开筹建中国舞蹈理论评论委员会论证会。有关舞蹈艺术院团、研究单位、高校的多位专家学者积极献计献策，提出了很多建设性意见。同期中国舞协还进行了一些专门的论证工作，拟重新确立中国少儿舞蹈专业委员会。

【第二届中国舞蹈“荷花奖”理论评论奖评选】

从4月开始启动第二届中国舞蹈“荷花奖”理论评论奖评选工作。该奖项是由中宣部批准，中国文联和中国舞协共同举办的全国性重要舞蹈艺术理论奖项，下设“理论”和“评论”两个类别，分设一、二、三等奖，每两年举办一届，2004年举办了第一届，今年是第二届，此次侧重舞蹈评

论文章的评选，理论评论奖评选。它坚持舞蹈评论的正确导向，努力推动理论评论与创作实践相结合，促进舞蹈批评的健康发展与繁荣，通过舞蹈创作和舞蹈理论的“双轮驱动”，切实促进舞蹈事业的良性发展，以实际行动推动社会主义文化大发展大繁荣。

【舞蹈的原生态性与现代舞的原始精神国际学术论坛】

8月17日，由中共青海省委宣传部、西宁市人民政府、中国舞蹈家协会、青海省社会科学院联合主办的“生命的呈现和灵魂的呐喊——舞蹈的原生态性与现代舞的原始精神国际学术论坛”在西宁成功举行。中国文联党组成员、副主席杨承志，中共青海省委常委、宣传部部长吉狄马加等，以及国内外相关专家学者，文化艺术、科研机构的相关专业人士和嘉宾参加论坛。论坛期间，来自北京、香港、海外和青海各地的与会专家学者围绕论坛主题从不同文化视角，就世界原生态舞蹈的研究与保护、推动现代舞蹈的发展等方面进行了学术交流和探讨。大家普遍认为，借助得天独厚的资源优势和文化支撑，举办“舞蹈的原生态性与现代舞的原始精神”这样一个国际学术论坛，就是建立一个不同文明、不同文化彼此沟通的渠道，打造不同种族、不同地域相互交流的高地，促进人与自然的和谐共荣和多样性文化之间的对话沟通。另外，杨承志还为西宁颁发了“中国舞蹈家协会舞蹈研究基地”牌匾。

【舞蹈创作恳谈会】

9月5日，以美籍华裔舞蹈家王晓蓝回国为契机，中国舞协组织了一次关于舞蹈创作方面的恳谈会，邀请了包括丁伟、佟睿睿、万马尖措、许锐、肖向荣在国内较为活跃的舞蹈编导和舞蹈教育工作者参与讨论。与会者都从各自的专业角度，对中国舞蹈界目前的现状和存在的问题进行了自由、真诚、务实的交流，比如强调艺术创作需要一定的自由度和空间、舞蹈创作不能盲目跟从导致自我迷失、舞蹈工作者应该秉持自觉维护艺术的尊严和坚持对艺术理想的执着追求，以及众人呼唤更加具有人文关怀的舞蹈艺术作品，在审美多元化的时代，扎根于生活，不仅呈现这个时代，也对时代进行思考。

对外及对港澳台地区文化交流

【2012海峡两岸青少年舞蹈交流与展演】

9月12日至21日，在连续两年成功举办2010、2011“海峡两岸青少年舞蹈交流展演”活动的基础上，“2012海峡两岸青少年舞蹈交流与展演”活动在台北举办。本次交流展演依旧延续“海峡两岸·共舞未来”的主题，依旧强调“一对一”、“舞对舞”、“心对心”的深度交流，并继普通中学舞蹈普及教育领域交流之后，将交流触角首次延伸至专业院校舞蹈教育领域。特意选取了两岸在开展专业舞蹈教育方面均有着代表性和知名度的院校，以北京师范大学传媒学院舞蹈系和台湾艺术大学表演艺术学院舞蹈学系作为定点单位。除了生动的交流课，本次活动的两次展演同样是可圈可点。北师大同学参加了台北市文化局打造的“101文化就在巷子里——社区艺术巡礼”演出，并且双方同学在新北市客家文化园区举办了面对所有台湾民众的免费公益演出。另外，由中国和平统一促进会、黄埔军校同学会等共同主办的“2012海峡两岸青少年艺术交流”活动也在我协会的大力支持和协助下在台湾成功举办。大陆学子走进台湾多所大学，与台湾的大学生们展开艺术与心灵的碰撞。

【“荷花奖”艺术团巡演】

为了更好的弘扬中华文化，扩大中华文化在海外主流社会的影响力，应美国休斯敦亚美舞蹈团的邀请，中国舞协派出由中国文联副主席中国舞协副主席迪丽娜尔担任团长，北京舞蹈学院青年舞团舞者为基本演出班底的“荷花奖”艺术团，9月28日、29日在美国休斯敦米勒剧院参加“锦绣中华”大型公益演出。“锦绣中华”大型晚会由休斯敦政府资助支持，至今已举办六年，每年均有数千当地观众观看。这是中国舞协连续第三次派出“荷花奖”获奖优秀舞者参加该活动，精心选择了5个高品质的中国古典舞和中国民族民间舞剧目，不仅是对中国舞蹈“荷花奖”的有力宣传，更是中华优秀舞蹈文化的精彩呈现。该活动得到中国驻休斯敦领事馆文化处的大力支持，驻休斯敦领事馆领事也亲临现场观看了演出，当地的《南美日报》、电台等媒体给予了及时报道。

【中国—东盟青少年舞蹈交流展演】

8月在越南河内成功举行“中国—东盟青少年舞蹈交流展演”。中国舞协一直很注重发展和东盟国家艺术家的友好交流以及舞蹈文化交流，“中国—东盟青少年舞蹈交流展演”便是中国舞协与东盟国家搭建文化桥梁和青少年文化交流平台的一个品牌项目。自2008年开始，该项交流活动先后在马来西亚、新加坡、泰国举行。该活动由中国人民对外友好交流协会与中国舞协共同主办，作为中国-东盟民间友好组织大会的文化交流项目，明年将继续在文莱举办。

【组团出访越南】

4月17日至24日，应越南舞蹈家协会邀请，中国舞蹈家协会代表团赴越南河内及胡志明市回访越南舞协。越方代表主要就越南舞协开展的文化活动和收集整理民族舞蹈文化的经验作了简短汇报，中方代表就中国改革三十年的文化发展情况和现阶段面临的体制改革等现状做了讲述。越中双方针对舞蹈艺术如何交流、发展、保护非物质文化遗产方面进行了探讨。参观期间，中国舞协还考察了越南舞蹈教育建设现状，参观了越南高等舞蹈学校、越南国家歌舞剧院、越南歌剧芭蕾舞剧院等。

【参加德国杜塞尔多夫国际舞蹈博览会】

8月底，赴德国杜塞尔多夫参加国际舞蹈博览会，展会由德国北威州现代舞蹈协会（科隆）主办。活动形式以展销为主，设信息展位和销售展位两部分。博览会期间，同时举办各种舞蹈论坛、工作坊以及演出，国际影响面广，意义深远。此次是中国舞协首次参加国际性舞蹈展会，展会期间，代表团不仅观摩了多场来自世界各地优秀舞团的精彩演出，更加通过精心准备的视频、海报、宣传册等资料大力宣传中国舞协，同时积极与参加展会的各国舞团、演出经纪、艺术机构及相关舞蹈产业厂商进行沟通，搜集带回了大量资料，以便于中国舞协今后与国际舞蹈界更多更好的交流与合作。

【“小荷风采”慰问驻港部队】

8月1日，为纪念中国人民解放军建军85周年暨香港回归15周年，中国舞协组织“小荷风采”优秀获奖节目，来到中国人民解放军驻香港部队昂船洲海军基地进行慰问演出。孩子们用精彩的节目为驻守在香江之畔的威武之师、文明之师，送去了节日的问候与祝福，表达了全国少年儿童对驻港部队官兵执着与坚守的敬意。驻港部队也向中国舞协回赠了象征使命、责任、忠诚的荣誉之剑，中央电视台军事频道、少儿频道对本次活动均给予了大力支持及报道。

机关建设

【寻求出版和培训等工作的新思路、新机制】

结合非时政类报刊转企的上级要求，实事求是地说，这一年来，非时政类报刊转企对于协会相关人员来说，是一件非常重大的事情，引发了很大的思想震动和工作动荡，成为中国舞协最操心、费心、劳心的一件大事。面对此种情况，中国舞协分党组一方面积极耐心地做好思想工作，稳定相关人员情绪并鼓励其做出工作成绩，组织《舞蹈》杂志社全体同志召开了转企改制主题讨论会，就创新杂志内部的管理体制和运行机制等问题进行讨论，同时，也就人员安置等问题进行了反复多次的积极研究，力求寻找最佳的转企方案。另一方面，中国舞协分党组积极从大局出发，认真研判当前形势和中国舞协未来发展方向，寻求整个中国舞协事业发展的新出路，探究出版和培训等工作的新思路、新机制，就如何进行资本运作和产业经营展开讨论，努力将“改制”的巨大压力转变为中国舞协快速发展的新起点。

【加强党建工作，把党员思想教育落到实处】

根据分党组有同志退休的情况，中国舞协分党组及时调整了分工，积极推进工作责任制。同时，认真贯彻落实党风廉政责任制，不断提高廉洁从政意识和人民公仆意识，认真落实党风廉政建设责任制，特别关注党员干部的思想工作，严格要求党员队伍自觉遵纪守法，勤政廉洁，努力带头做好各项工作。中国舞协以深入学习实践科学发展观活动为契机，认真落实抓基层打基础的各项工作任务，采取集中学习与自学相结合，政治学习与业务学习相结合，保证学习的实效性和实用性。在党员会上，分党组书记冯双白带头敞开心扉，深入谈思想，剖析精神层面的感悟，敢

于碰触现实问题，积极解决思想实际问题，使得党员队伍和党的基层组织建设得到明显加强。通过学习，党员干部整体素质不断提高，促进了全体干部职工积极向党组织靠拢，积极要求入党的同志不断增多，协会正气逐步上升。

【加强协会机关思想政治建设】

分党组领导带领广大干部群众认真学习党的十八大精神，深入推进学习型党组织建设，积极开展创先争优活动，加强领导班子、干部队伍和党组织建设，完善规章制度，努力提高整体素质和业务能力，为推动舞协工作和舞蹈事业提供了有力保证；深入学习贯彻党的十七届七中全会、十八大指示精神，根据中央领导同志的重要批示，召开座谈会，向舞蹈界发出倡议，探讨舞蹈在坚持社会主义先进文化前进方向、繁荣发展文艺事业方面的重要作用，坚决抵制庸俗、低俗、媚俗之风，在全社会树立了舞蹈工作者和舞蹈界的良好形象。

【为舞蹈工作者办实事、做好事、解难事】

7月15日，中国舞协赴深圳进行舞蹈演员再就业调研。了解了舞蹈演员在深圳的就业情况以及深圳市近年来对专业技术人员的具体扶持和援助政策，了解到更多面临改制的舞蹈工作者的切实问题和困难，为中国文联、中国舞协与地方政府在推进舞蹈院团转企改制过程中制定相关政策方案提供了切实依据，为更好地实现平稳、有序的推进改制创造了条件，也让每一位舞蹈工作者更能感受到中国舞协作为舞蹈者之家的切实作用与重要意义。另外，会同相关方面推动会员权益保障工作有序展开，积极探索服务民营小剧场和舞蹈从业人员的新途径新办法。年初，组联等部门集中探讨了如何加强对会员的服务工作，坚持“理清规范、优化创新、引导培育、协调服务”的工作思路，开始推进全国会员的重新登记，包括为新老会员制发新会员证，为构建会员短信平台搜集资料，拓宽管理范围，延伸服务触角，与各团体会员加强沟通与合作，对舞蹈界全局性、战略性、前瞻性问题进行研究。上述工作，进一步提高了舞协工作的规范化、制度化、科学化水平，增强了舞协组织的吸引力、亲和力和凝聚力，建设各方面各领域舞蹈工作者“温馨和谐之家”成效显著。

【加强人才建设，实施干部交流和轮岗，鼓励业务培训】

充分发挥行业协会的骨干与引领作用，重视协会自身道德建设，建立定期学习制度，全年多次组织舞协全体人员学习十七大会议精神，传达中国文联工作精神，将文件精神与具体工作紧密结合，牢固树立注重品行、崇尚实干、重视基层、鼓励创新、群众公认的用人导向，把一线出干部、从一线选干部作为一个重要导向，在严格按标准条件考核评价的基础上，优先提拔了一批埋头苦干、做出突出成绩的中层干部，激发了基层干部积极进取性。有计划有步骤地实施干部交流和轮岗，鼓励组织联络、理论研究、外事、人事、杂志报刊业骨干参加理论和业务培训工作，力图将中国舞协建设成为一支高素质的社会主义先进文化建设的重要团队，从根本上增强广大舞蹈工作者对中国舞协的向心力和认同感，真正把舞协建成各方面各领域舞蹈工作者的“温馨和谐之家”，更好地为中国舞蹈发展服务。

中国舞协2012年工作以“年有计划，季有重点，月有安排，周有落实”为工作运行之法则，使工作不断精确，事业不断发展壮大，这既符合有效应对国际国内形势发展变化对舞协工作提出的新考验，也符合作为中国文联团体会员深入学习实践科学发展观、推动文艺事业科学发展的新要求。

中国民间文艺家协会

综　述

2012年，在中国文联党组的正确领导下，中国民协坚持以马克思列宁主义、毛泽东思想、邓小平理论和“三个代表”重要思想为指导，坚持先进文化前进方向，深入贯彻落实科学发展观，认真落实九次文代会的工作目标和民协第八次全国代表大会提出的工作任务，各项工作坚持围绕中心、服务大局、面向基层、服务群众，坚持以走基层、转作风，改文风的实际行动真抓实干，进一步展示长项工作的独特优势，不断提升品牌工作的社会影响力，抓紧抢救工程重点项目的启动实施，着力拓展节日文化的内涵；继续以规范评奖办好节会，推动民间文艺出人才、出作品、出成果；以深度调研和专题论坛促进民间文艺理论建设；以专家力量保障民间文艺之乡命名的专业性和权威性；以艺术报专刊专版和网站为平台，充分展示民间文艺大发展大繁荣的生动局面。

重大活动

【第十届中国民间文艺“山花奖”颁奖盛典】

1月5日，由中国文联、中国民协、中共海南省委宣传部共同主办的第十届中国民间文艺“山花奖”颁奖盛典在海南省海口市举行。全国政协副主席何厚铧，中国文联党组副书记、副主席李屹，海南省政协主席于迅，中共海南省委副书记李宪生等出席颁奖盛典。包括民间文学作品奖、民间艺术表演奖、民间文艺学术著作奖、民间工艺美术作品奖4个奖项的获奖者中，既有德高望重的民间文艺专家学者和传承人，也有近年来崭露头角的民间文艺新秀。从本届“山花奖”开始，中国文联设立了奖金制度。

【苗族英雄史诗《亚鲁王》抢救成果发布】

2月21日，由中国民协主办，中国文学艺术基金会协办的“苗族英雄史诗《亚鲁王》出版成果发布会”在人民大会堂举行。中共中央政治局委员、中央书记处书记、中宣部部长刘云山为《亚鲁王》出版专门发来贺信表示祝贺。《亚鲁王》是有史以来第一部苗族长篇英雄史诗，改写了苗族没有长篇英雄史诗的历史，是当代文学史上的重大新发现，也是当代中国口头文学遗产抢救的重大成果。

【“四驾马车——冯骥才的绘画、文学、文化遗产保护与教育”展览】

9月9日至18日，“四驾马车——冯骥才的绘画、文学、文化遗产保护与教育”展览举办期间，中共中央政治局常委、全国政协主席贾庆林，中共中央政治局委员、中央书记处书记、中宣部部长刘云山，中共中央政治局委员、国务委员刘延东，国务委员马凯及中宣部副部长翟卫华、申维辰等有关部委领导分别前往北京画院参观并给予高度评价。展览以“四驾马车”为喻，彰显了冯骥才在绘画、文学、文化遗产保护与教育四个领域里倾其心血、辛勤耕耘的历程和丰厚殷实的成果，其中包括冯骥才文学作品中外版本160余种以及6部小说的手稿、各时期的绘画代表作品80幅、18年来民间文化遗产保护和在大学的教学科研成果。9月18日,“四驾马车——冯骥才的绘画、文学、文化遗产保护与教育”展完美落幕后，国家博物馆将冯骥才的画作《解冻》、《黄山三奇》永久收藏。

【庆祝百岁贾芝从事革命文艺工作80周年座谈会】

12月12日，由中国文联主办的“庆祝百岁贾芝从事革命文艺工作80周年座谈会”在北京人民大会堂隆重举行。中国文联党组副书记、副主席李屹,中国科学院党组成员、秘书长黄浩涛出席座

谈会并讲话。会上宣读了中国文联副主席、中国民间文艺家协会主席冯骥才，台湾口传文学学会理事长金荣华给贾芝同志发来的贺信。中宣部文艺局副巡视员陆侃，中国文联国内联络部主任罗成琰，在京的民间文艺界专家、学者，曾经与贾芝同志长期共事的老同事、老朋友，家乡代表和亲属、有关媒体等近两百人出席座谈会，共同回顾贾芝同志德艺双馨的高尚品格和为中国民间文艺事业做出的杰出贡献。12月11日，中国文联党组书记、副主席赵实到北京协和医院，看望了这位德高望重的民间文艺家。

会议与活动

【2012年新春联谊会】

1月18日下午，中国民协2012年新春联谊会在老舍茶馆举行。中国文联党组副书记、副主席李屹，中国民协分党组书记、副主席罗杨，副主席乔晓光，民间文艺界专家陶阳、杨亮才、刘锡诚、卢正佳、刘铁梁、张锠、赵书，中国民协老干部和在京会员等近400人出席联谊活动。罗杨在祝辞中对2011年民协工作进行了简要回顾。中国民协副秘书长张志学、吕军、周燕屏分别向在座嘉宾及广大民间文艺工作者献上了新春的祝福。

【民间文艺志愿服务演出】

2月5日，由中国文联、中国民协举办的情系外来工“送欢乐、下基层”演出在厦门海天爱家红星广场举行。中国文联党组副书记、副主席李屹，中国民协分党组书记罗杨，中国文联办公厅主任夏朝华，人事部主任刘漪滟，国内联络部副主任徐里以及厦门市有关领导出席活动。董浩、笑林、李国盛、王晓燕、阎福兴、庄陈华等与来自台湾的著名艺术家彭立及厦门本地民间艺术家同台献艺。

12月27日，由中国文联、中国民协组织的民间文艺志愿服务演出走进四川省遂宁市大英县。中国文联副主席刘兰芳，中国舞协副主席王晓燕，第十届山花奖获奖者雒胜军，著名相声演员李伟健、武宾，著名滑稽小品名家刘全和、刘全利，为当地群众送去了一台精彩的文艺节目。活动中，中国文联文艺研修院副院长赵文民，四川省文联党组副书记李兵代表中国民协向大英县赠送了图书。

【第八届主席团第四次会议】

2月21日晚，中国民协第八届主席团第四次会议在京举行。中国民协主席冯骥才，副主席罗杨、王勇超、叶舒宪、刘华、乔晓光、吴元新、索南多杰、曹保明、潘鲁生出席会议。中国民协分党组成员张志学、吕军、周燕屏及中国民协各部门负责同志列席会议。会议由冯骥才主持。会议认真学习了党的十七届六中全会、第九次文代会和全国宣传部长会议精神；听取了2012年中国民协工作计划通报和“山花奖”评奖工作进展情况汇报；就抢救工程重点项目《中国唐卡文化档案》、《中国民间剪纸集成》以及传承人口述史、民间文艺高层论坛等有关工作进行了沟通。

【2012年工作会议】

2月22日，中国民协2012年工作会议在京召开。中国文联党组副书记、副主席李屹，中国民协主席冯骥才，中国民协分党组书记兼秘书长、驻会副主席罗杨，中国文联国内联络部主任罗成琰，中国民协副主席王勇超、叶舒宪、刘华、乔晓光、吴元新、索南多杰、曹保明、潘鲁生，副秘书长张志学、吕军、周燕屏，各省、自治区、直辖市、新疆生产建设兵团民协负责同志及协会机关各部门负责同志出席会议。会议由罗杨主持。李屹同志在讲话中充分肯定了中国民协2011年取得的成绩，希望中国民协按照中国文联工作的总体思路，继续深入学习贯彻党的十七届六中全会和九次文代会精神，以优异的工作成绩喜迎党的十八大胜利召开。冯骥才在讲话中强调，作为民间文化工作者要坚守原点、抢救第一，真正做到对非物质文化遗产的科学性保护和创造性传承。张志学通报了2012年中国民协主要工作。上海、北京、河北、广东、湖北民协负责人围绕新时期民间文艺工作的特点和开展工作的经验体会作了大会发言。

【纪念《讲话》发表70周年花儿会采风暨研讨活动】

5月18日，由中国文联、中国民协、甘肃省委宣传部、甘肃省文联共同主办的“纪念《讲话》发表70周年花儿会采风暨研讨活动”在甘肃省和政县举行。中国民协副主席马雄福，中国民协分党组成员、副秘书长吕军，甘肃省委宣传部副部长高志凌，甘肃省文联党组书记、副主席马少青等领导，以及来自全国的30多位花儿研究专家参加了本次活动。

节日文化建设

【2012第二届中华情海峡两岸民间艺术嘉年华】

2月4日，由中国文联、中国民协等主办的2012第二届中华情海峡两岸民间艺术嘉年华暨厦门第八届元宵民俗文化节在厦门湖里区开幕。中国文联党组副书记、副主席李屹，中国民协分党组书记罗杨，中国文联办公厅主任夏朝华，人事部主任刘漪滟，国内联络部副主任徐里以及厦门市委宣传部、湖里区委、区政府的有关领导出席开幕式。两岸的民间手工技艺项目如漆线雕、影雕、剪纸、木偶、鱼骨画、农民画、木雕、铜板浮雕、皮影、中国结、陶艺、刺绣、春仔花等在艺术节期间得到充分交流展示。

【第四届中国鹤壁民俗文化节】

2月4日至6日，由中国民协、河南省文化厅、河南省文联、鹤壁市人民政府共同主办的第四届中国鹤壁民俗文化节在河南省鹤壁市艺术中心举行。来自40多支社火表演队的舞狮子、高跷、秧歌、划旱船、舞龙灯、抬阁、背阁等，为当地群众送去了精彩的文化大餐。第三届中国春节文化高层论坛暨推进申遗工作研讨会同期举办。与会的民俗学专家从不同角度对如何挖掘和提升春节的文化内涵进行了阐述。

【广东省首届花灯文化节暨2012第三届洪梅花灯节】

2月4日至6日，“我们的节日”系列活动之一的“广东省首届花灯文化节暨2012第三届洪梅花灯节”在东莞市洪梅镇文化体育广场举行。中共广东省委常委、宣传部长林雄，广东省副省长雷于蓝，中国民协副秘书长周燕屏，广东省文联党组书记白洁等领导出席文化节开幕式。来自广州、番禺沙湾、洪梅、南海、顺德、新会等15个代表队的25000多盏形态各异、造型独特的花灯作品参加本次花灯节展示。“广东省花灯之乡”授牌仪式以及广东省花灯文化研讨会、灯谜竞猜、传统花灯现场制作等丰富多彩的文化活动在开幕式上同期举行。

【吕梁市第二届年俗文化节】

2月4日，吕梁市第二届年俗文化节在汾阳市拉开帷幕。中国民协顾问陶思炎，副秘书长吕军，山西省委宣传部副部长杜学文，吕梁市委宣传部部长吕改莲，民俗文化专家学者苑利、孙建君、杭间、刘晔原、刘托、康玉岩、项阳、刘文峰等参加了文化节活动，并就如何充分发掘和利用年俗资源，促进吕梁文化旅游产业的发展与繁荣进行了深入探讨。

【民间艺术巡游闹元宵】

2月6日下午，广东省东莞市大朗镇大井头社区锣鼓喧天、鞭炮齐鸣，该社区群众组织的民间艺术巡游闹元宵活动吸引了全村数千男女老少走上街头。中国民协副秘书长周燕屏宣布巡游活动开始，广东省民协名誉主席罗学光在开幕式上致辞。

【2012中国（开封）清明文化节】

4月1日，由中国文联、中国民协、河南省人民政府共同主办的“我们的节日·清明——2012中国（开封）清明文化节”在河南省开封市成功举办。中国文联党组书记、副主席赵实，河南省委常委、宣传部部长赵素萍，中国民协主席冯骥才，中国文联办公厅主任夏朝华，中国民协分党组书记罗杨，副主席曹保明，顾问郑一民、夏挽群，副秘书长张志学、周燕屏以及河南省、开封市等有关领导和专家学者出席开幕式。文化节期间还举办了清明文化论坛、清明书会、书画作品展及清明踏青大巡游、武术展演、宋式婚礼展示、民俗绝活、大型水上实景演出、女子马球、蹴鞠以及祭奠先贤等系列民俗文化活动。

【2012年中国·都江堰清明放水节】

4月4日，由中国民协、成都市人民政府、中国非遗保护中心、文化部非遗司等单位共同主办的“我们的节日·清明——2012年中国·都江堰清明放水节”开幕式在都江堰举行。全国政协教科文卫体委员会副主任邓楠，四川省委常委李登菊，中国民协分党组书记罗杨，副秘书长周燕屏，成都市相关领导以及来自32个国家的驻华使节出席了开幕式。放水节除了传统活动，还举办了

“国风·蜀韵”民间艺术及非物质文化遗产展演、清明放水节申报联合国人类非物质文化遗产专题研讨会等活动。

【2012海峡两岸端午文化节】

6月9日至11日，“我们的节日——2012海峡两岸端午文化节”在厦门举办。中国民协分党组书记罗杨，副秘书长周燕屏，福建省文联书记处书记罗训勇，厦门市文联党组书记张萍等领导出席文化节活动。来自中国大陆、台湾、香港的80余支龙舟队伍以竞赛共同迎接即将到来的端午节。

6月10日，“海峡两岸端午莲花褒歌（山歌）会”在厦门市同安区举办，海峡两岸歌手同台竞歌，共享“两岸一家亲”的热烈氛围。

【第六届中国和顺牛郎织女文化旅游节】

8月20日至26日，由中国民协、山西省委宣传部、山西省文明办等单位共同主办的“我们的节日·七夕——第六届中国和顺牛郎织女文化旅游节”在山西省和顺县举行。同期举办的书画摄影采风、民俗婚庆活动和开幕式文艺晚会充分彰显出“中国牛郎织女文化之乡”的独特文化底蕴。

【月圆桂香——咸安祭月暨中秋民俗歌舞晚会】

中秋前夕，中国民协在湖北咸安新落成的嫦娥广场上举办了“月圆桂香——咸安祭月暨中秋民俗歌舞晚会”。晚会以中秋、月亮、嫦娥、桂花为元素，以当地民俗歌舞为艺术表现形式。活动期间，民间文艺专家深入到大屋雷村，考察了村民自发组织的“中秋祭”和“守月华”等原汁原味的民俗活动。中国民协分党组书记罗杨，副秘书长周燕屏一行还出席了“中国嫦娥文化之乡”、“中国中秋节俗传承基地”命名及授牌仪式。

【中国上蔡第十届重阳文化节】

10月22日，由中国民协、河南省文联、驻马店市人民政府共同主办的“我们的节日·中国上蔡第十届重阳文化节”在上蔡县开幕。中国民协分党组书记罗杨、副秘书长周燕屏，国务院参事任玉岭，驻马店市委、市政府，河南省民协及文化部遗产保护协会等单位的领导和嘉宾出席开幕式。本届重阳文化节以“弘扬传统文化、喜迎十八大、同庆老人佳节、共建和谐社会”为主题，举办了老年礼品展示展销、首届现代刻字艺术及“重阳金秋”摄影作品展、为幸福长寿老人免费照相、赠送相片等活动。

【羌年庆祝活动】

11月14日，由中国民协主办的羌年庆祝活动在北川县曲山镇举行。中国民协分党组书记罗杨，副秘书长周燕屏等将此次活动作为“我们的节日”系列活动之一前往调研，并与羌族群众共度羌历新年。以“欢庆十八大，喜迎羌历年暨山花奖获奖作品展演”为主题的系列活动，丰富了羌年的文化内涵和时代色彩。

抢救工程工作

【《中国唐卡文化档案》中期推动工作会】

3月11日下午，中国民协抢救工程重点项目《中国唐卡文化档案》中期推动工作会在京召开。中央统战部常务副部长朱维群，国家民委副主任丹珠昂奔，中国民协主席冯骥才，中国民协分党组书记罗杨以及韩书力、尼玛泽仁、杨嘉铭、杜芳、兰却加等知名藏文化研究专家及各卷本编纂人员出席工作会。会议对已出版卷本进行了评估总结，就后续卷本普查和编纂工作进行了深入探讨。《中国唐卡文化档案》各卷本编纂人员就唐卡普查编撰过程中涉及的跨部门协调、图文搭配、产地分类、数据库建设、经费等问题进行了充分交流并达成了共识。

【全国古村落工作经验交流会】

3月20日至22日，由中国民协、广东省委宣传部、广东省文联等单位共同主办的“全国古村落工作经验交流会暨第二届中国古村落保护与发展研讨会”在广东省梅州市举行。来自广东、江西等地的代表围绕古村落的保护与发展进行经验交流。与会的专家学者就目前我国古村落的现状，保护中存在的问题和困惑等进行了交流和研讨。由中国文学艺术基金会资助的《中国历史文化名城名镇名村全书》示范卷《茶山村》、《前美村》的首发与赠书仪式同期举行。

【晋陕蒙秧歌伞头选拔】

4月16日至5月13日，由中国民协、中国文学艺术基金会、中共榆林市委宣传部、榆林市文广新局、榆林市文联主办的“晋陕蒙秧歌伞头选拔”经过初赛、复赛，最终评选出23名获奖选手。颁奖晚会暨优秀传承人汇报演出在陕西榆林举行。5月14日，参赛选手和秧歌队以及专家评委150余人赴佳县坑镇赤牛洼村，同当地秧歌队交流了技艺。晋陕蒙秧歌伞头专题片摄制、晋陕蒙优秀秧歌伞头艺术档案库启动同期举行。

【少数民族民歌歌手培训及采风创作活动】

4月18日至22日，“少数民族民歌歌手培训及采风创作活动”在桂林举行。中国民协专家组专家、中央音乐学院和云峰，中央民族大学音乐学院柯琳、中国传媒大学传播音乐学院何晓兵与广西本土杰出民歌传承人、研究学者覃祥周为学员讲授了山歌创作基础理论和非物质文化遗产知识，并对学员的演唱进行现场点评与辅导。参加培训的20余名基层业余歌手分别来自广西15个市区县，涉及壮、瑶、苗、仫佬、布依、高山汉等6个民族。此次培训还组织歌手前往三江、龙胜等少数民族聚居区集体采风即兴创作，开展实地体验式教学。

【全国古村落保护现场会暨村落文化论坛】

4月25日至28日，由中国民协、中国文学艺术基金会、江西省文联、吉安市委市政府联合主办的“全国古村落保护现场会暨村落文化论坛”在江西吉安举行。江西省副省长朱虹，中国民协分党组书记罗杨，副主席刘华、曹保明，顾问常嗣新，副秘书长周燕屏等出席了活动。来自全国各地的民俗学、历史学、乡土建筑、城市景观设计等专业的知名专家学者，10余个省市自治区的民间文化工作者实地走访考察了渼陂、钓源、燕坊、陂下、蜀口、富田等古村落、古街巷，并就“江西古村落的文化价值”、“新农村建设与传统文化保护”、“历史文化名村（镇）考察历程及其反顾”、“江西古村与传统民居的文化资源”等众多议题进行了广泛研讨，为古村落的抢救性保护与新农村文化建设积极建言献策。

【中国民间工艺传承人培训班】

5月6日至8日，由中国民协、中国文学艺术基金、上海市文联主办，上海市民协、中国民协贡品文化研究中心承办的“中国民间工艺传承人培训班”在上海举行。来自全国的民间工艺传承人、民间文艺工作者和民间文化产业经营者80余人参加培训活动。培训班特邀张道一、陈勤建、吴海燕、郑土有、孙建军等民间文艺界资深专家学者授课。中国民间文化杰出传承人、历届山花奖民间工艺奖得主和文化创意产业的优秀带头人姚建萍、李守白、张宇、安郁民等相继发言，向参加培训的民间工艺传承人传授他们多年来积累的创作心得与实践经验。

【中国北方村落文化遗产保护工作论坛】

6月5日，“中国北方村落文化遗产保护工作论坛”在山东济南召开。本次论坛由中国民协、中国文学艺术基金会与山东省文联共同主办。中国民协主席冯骥才，分党组书记罗杨，副主席潘鲁生，顾问郑一民、夏挽群，副秘书长周燕屏，来自全国历史学、民俗学、人类学、建筑学、艺术学等不同领域的20位知名专家学者出席论坛，围绕现代社会语境下中国北方村落文化遗产保护进行了交流与研讨。

【《中国民间剪纸集成》工作会议】

11月30日下午，中国民协副主席乔晓光主持《中国民间剪纸集成》工作会议，对2012年开展的工作进行了总结，对2013年的工作做了安排和规划。项目组有关人员出席会议。截至11月，剪纸项目组一共启动了陕北卷、浙江乐清卷、湖南湘西卷、内蒙古包头卷、福建闽南卷、闽北卷，湖北卷、山西卷、河南豫北卷、湖北卷、东北三省民族卷、贵州卷、甘肃庆阳卷等14个省区剪纸集成工作。其中陕北卷、浙江乐清卷、河南豫北卷、福建卷（闽南卷、闽北卷）等4个省前期投入资金已落实到位。项目组力争2015年完成《中国民间剪纸集成》总编纂出版30卷的工作目标。

【《亚鲁王》列入2012年六件学术大事件】

苗族英雄史诗《亚鲁王》与2月15日发布的《国家“十二五”时期文化改革发展规划纲要》、胡锦涛同志在纪念毛泽东同志《在延安文艺座谈会上的讲话》发表70周年座谈会上的讲话，中国作家莫言获得2012年诺贝尔文学奖等事件并列为中国社会科学院评选出的2012年六件学术事件，凸显出《亚鲁王》在当代的学术价值和社会影响力。

【“中华福爷爷”形象全球发布盛典】

12月26日，“中华福爷爷”形象全球发布盛典在北京太庙举行。“中华福爷爷全球形象甄选活动”自10月启动，吸引海内外数万名设计师和艺术爱好者参与。评委团由十位文化界、艺

术界、设计界的知名人士组成，冯骥才任大赛顾问。他们从创意、文化内涵、专业设计等多个维度对作品进行评审，最终选出了八幅获奖作品。

【中国口头文学遗产数字化工作稳步推进】

截至2012年底，中国口头文学遗产数字化工作组已全部完成口头文学资料4852本（含709本手抄本）、8.6亿字的图像扫描、图像处理、版式分析、文字处理等工作。图书数据第一批的1000本图书完成了数据加工，通过了专家验收，并完成了二级分类工作。神话、传说、民间故事、民间歌谣四类通过了专家评估；第二批2000本图书完成了数据加工并通过了专家验收，等待二级分类；第三批1852本即将完成数据加工。为了给广大用户提供直观、动态的口头文学形象，数字化工作组还设计了中国口头文学遗产数据库系统前端flash演示动画，时长为2分钟左右。

艺术节、博览会与评奖

【2012中国民间工艺品博览会】

5月14日，由中国民协、安徽省文联、合肥市人民政府共同主办的“2012中国民间工艺品博览会”在安徽国际会展中心落下帷幕。来自全国31个省市自治区的民间艺术家带来了近年创作的雕刻、印染、刺绣、陶瓷、文房四宝、古典家具等各类民间工艺精品参展，其中不乏名家大师的力作。博览会期间，经专家评选产生了本届博览会金奖、银奖和最佳展台设计奖。

【第三届中国秧歌节暨全国非物质文化遗产制作展】

5月24日至31日，第三届中国秧歌节暨全国非物质文化遗产制作展在山东省胶州市举行。来自北京、天津、山东、山西，陕西、河南、江苏、广西及台湾地区的20多个民间艺术大师和传承人参展。著名的泥人张、汪氏皮影、壮族绣球、赫哲族鱼皮等传人的现场演示，让观众近距离感受到民间工艺的神奇魅力。

【第三届中国剪纸艺术节】

6月16日至18日，由中国文联、中国民协、河北省委宣传部、河北省文联、张家口市人民政府等单位联合主办的第三届中国剪纸艺术节在河北省蔚县成功举办。中宣部文艺局副巡视员路侃，中国文联国内联络部副巡视员林立，中国民协顾问郑一民，副秘书长吕军、周燕屏，河北省副省长杨汭、省委宣传部部长艾文礼等领导出席开幕式。贵州反排木鼓、陕西华阴老腔、内蒙古安代舞、河北昌黎秧歌等民俗表演相继在开幕式上亮相。剪纸艺术保护与发展高层论坛、中外剪纸精品展等同期举办。

【中国首届水上民歌展演】

7月4日至6日，由中国民协、广东省文明办、广东省文联等单位共同主办的中国首届水上民歌展演活动在广东省东莞市沙田镇举办。水上民歌作为疍家和渔民的主要娱乐方式，是疍家文化的重要标志，在沿海地域广泛流传。云南的异龙湖恋歌、浙江的舟山渔歌号子、广西的原生态疍家歌、陕西的汉江渔歌、广东沙田镇的猜花名等全国10个省的16个水上民歌节目异彩纷呈。活动期间，还举办了“水韵文化论坛”。

【第七届中国（长春）民间艺术博览会】

8月3日至8日，由中国文联、中国民协、吉林省人民政府、长春市人民政府共同主办的第七届中国（长春）民间艺术博览会在长春市成功举办。吉林省委书记孙政才，省长王儒林，中国文联党组成员、书记处书记李前光，中国民协分党组书记罗杨，副主席曹保明、乔晓光，副秘书长张志学、周燕屏等出席开幕式。本届民博会共有来自全国30个省区市以及11个国家和地区的58类22万种民间艺术品参展。展品分布在大师精品、陶艺瓷艺、玉石珠宝、木艺根艺、民间艺术5个主题馆展出。中国民间文艺山花奖（工艺美术作品奖）评选活动同期举行。据悉，本届博览会企业签约金额高达17.6亿。

【2012首届中国情歌（藏族拉伊）大赛暨首届全国藏族拉伊研讨会】

8月3日至7日，由中国民协、青海省文联共同主办的2012首届中国情歌（藏族拉伊）大赛暨首届全国藏族拉伊研讨会在祁连山下举行。中国民协分党组书记罗杨，青海省文联党组书记、主席班果，党组成员、副主席李晓燕，中国民协副主席索南多杰出席活动。来自云南、甘肃、四川、西藏、青海等五省藏族三大方言区的50多名情歌选手深情放歌。

【第二届中国滦河文化节】

9月3日至5日，由中国民协、河北省委宣传部、河北省文化厅、河北省文联、唐山市人民政府共同主办的第二届中国滦河文化节在河北滦县举行。“中国皮影艺术之乡”、“中国皮影艺术研究基地”授牌和第二届中国滦河文化论坛等系列活动同期举办。

【第九届中国民间艺术节】

9月12日至15日，由中国文联、甘肃省人民政府、中国民协主办的第九届中国民间艺术节在甘肃省平凉市开幕。中国文联党组书记、副主席赵实，甘肃省委书记、省人大常委会主任王三运为艺术节发来贺信。中国文联党组副书记、副主席李屹，甘肃省委常委、宣传部部长连辑在开幕式上讲话。中国民协分党组书记罗杨宣读赵实的贺信。中国民协副主席韦苏文、王勇超，副秘书长张志学、吕军、周燕屏以及平凉市领导陈伟、臧秋华等与当地群众3500多人参加了艺术节开幕式。艺术节期间，来自15个省、自治区、直辖市的16支表演队伍角逐第十一届中国民间文艺山花奖·民间艺术表演奖（广场歌舞）；来自全国各地的工艺美术大师、国家级非遗项目传承人在崆峒古镇展示民间手艺绝活；“中国当代守望家园”剪纸艺术展、民间踩高跷潍坊大型风筝放飞表演等活动同期举办。

【第七届中国民间工艺品博览会】

10月26日，由中国民协主办的第七届中国民间工艺品博览会在山东烟台开幕。中国民协副秘书长张志学出席开幕式并致辞。本届博览会以“传承、交流、合作、发展”为主题，为期5天，吸引了全国30个省、区、市以及俄罗斯、巴基斯坦、缅甸、韩国等9个国家的民间工艺大师携作品参展。展厅共设陶瓷、紫砂、珠宝玉石、文房四宝、名绣编织、书画剪纸、古典家具、石雕木雕以及传统民间工艺和各省市文联、民协十大展区，吸引众多市民和游客前往参观淘宝。

【中国第二届客家文化节】

11月18日，由中国民协联合广东省文联、广东省旅游局及河源市委市政府共同主办的“中国第二届客家文化节”在广东河源拉开帷幕。广东河源地区客家历史源远流长、客家文化积淀厚重，是全国为数不多的纯客家地级市，至今仍保留有众多独特的客家民居、客家习俗、客家歌舞、客家戏曲、客家美食、客家方言，是一座充满原生态客家风情的文化宝库。来自全国多个客属地区、客属社团的嘉宾与市民参加了“客家黄酒之都”暨“客家酒文化馆”和“客家文化学院”揭幕、客家交响史诗、客家民间艺术巡游、客家山歌大家唱等系列活动。

【全国山歌展演】

12月16日至18日，由中国民间文艺家协会、江西省文联、江西省旅游局、上饶市人民政府共同主办的全国山歌展演在婺源拉开帷幕。来自新疆、云南、内蒙古、贵州等15个省、市、自治区的维吾尔族、蒙古族、彝族、侗族等近10个民族的民歌手参加了展演和颁奖活动。

【第三届中国（浙江）廉政故事大奖赛】

12月19日，由中国民协、浙江省纪委、省作协等主办的第三届中国（浙江）廉政故事大奖赛终评会在杭州落下帷幕。在入围的116篇作品中，共评出一等奖4篇，二等奖8篇，三等奖16篇。被誉为廉政故事版“中国好声音”的第三届中国（浙江）廉政故事大赛共收到来稿2421篇，绝大部分应征稿件的内容紧扣“勤政廉政”主题。

学术研究

【彩绘唐卡长卷《文成公主进藏》专家审定会】

4月14日，以展现大型历史传说《文成公主进藏》的彩绘唐卡长卷项目在人民大会堂通过专家审定。此唐卡长约108米，由相关题材的23部唐卡组成，再现了1300多年前文成公主远赴吐蕃联姻的生动场景和历史民俗情景。全国人大民委委员、中国藏学研究中心副总干事洛桑灵智多杰，国家民委副主任丹珠昂奔，中国民协分党组书记罗杨，副主席索南多杰，副秘书长周燕屏、青海海南州相关领导，全国知名藏学专家出席审定会议。谢继胜、陈庆英、王建民、张亚莎等藏学专家针对作品细节的科学性、严谨性提出了很好的建议。

【2012年《民间文学》新故事创作研讨会】

5月25日至27日，为纪念毛泽东同志《在延安文艺座谈会上的讲话》发表70周年，进一步推动

新时期故事创作，《民间文学》杂志社在河北省石家庄市召开了“2012年新故事创作研讨会”。来自北京、天津、河北的11名作者出席研讨会，并结合创作经历交流了新故事创作体会，为增强作者素质，提高创作水平，繁荣新故事创作提出了许多建议。

【中国忠义文化研讨会】

5月29日，由中国民协、四川省西充县人民政府举办的中国忠义文化研讨会和“中国（纪信）忠义文化之乡”授牌仪式同期举行。研讨会以“唱响忠义文化旋律，建设民族精神家园”为主题。中国民协副主席、四川省民协主席沙马拉毅，中国民协副秘书长张志学，中国政法大学、四川大学、四川师范大学的专家学者共50余人出席研讨会。

【首届中国观音文化高层论坛】

6月9日，首届中国观音文化高层论坛在河南省平顶山市举行。中国文联副主席边发吉，中国民协分党组书记罗杨，副主席王勇超，顾问夏挽群，河南省文联相关领导出席活动并为“中国观音文化之乡”授牌。中国社会科学院、北京大学等社科研究机构及国内知名高校的众多专家学者围绕观音文化的发展、传承与发扬光大进行了深层次的探讨和研究。

【冀鲁豫晋辽五省历史文化名村（镇）村（镇）长论坛】

6月21日至23日，由中国民协、中共河北省委宣传部等共同主办的“冀鲁豫晋辽五省历史文化名村（镇）村（镇）长论坛”在河北省蔚县举办。中国民协副秘书长张志学，顾问郑一民、夏挽群、常嗣新，84位历史文化名村的村镇长代表，来自清华大学、中央民族大学等单位的专家学者及各地民间文化工作者共260人参加论坛。与会代表围绕古村落的保护、传承、发展和开发共同探索实现古村镇文化遗产保护与新农村建设的“双赢”之路，并签署了《冀鲁豫晋辽五省保护古村镇蔚县宣言》。

【“中国三大英雄史诗”传承与保护学术研讨会】

6月30日，百余位国内外专家学者齐聚新疆阿克陶，共同探讨、交流享誉世界的中国三大英雄史诗——藏蒙史诗《格萨（斯）尔》、蒙古族史诗《江格尔》、柯尔克孜族史诗《玛纳斯》保护、传承、发展问题。与会专家一致认为，由中国民协组织的此次研讨会开创了中国史诗综合研究、比较研究、交叉研究的先例。中国民协副主席曹保明，分党组成员、副秘书长张志学，新疆文联副主席叶尔克西和来自中国民协、中国社科院、北京大学、西北民族大学等研究机构和高等院校的专家学者参加了研讨活动。

【中国七夕文化研讨会】

8月23日，由中国民协、陕西省文联主办的中国七夕文化研讨会在陕西省西安市召开。中国民协分党组书记、驻会副主席罗杨，陕西省文联党组成员、副主席黄道峻，中国民协副主席王勇超等领导分别在研讨会上讲话。我国知名民俗专家、非遗专家和文化学者乌丙安、叶舒宪、宋兆麟、柯杨、叶涛、肖云儒、李稚田、傅功振、赵宇共等分别作了主题讲演。专家们一致认为应将七夕列入国家假日，并共同签署了一份《关于将七夕节列为国家法定节假日的倡议书》。

【第三届中国（吉林）国际萨满文化论坛】

9月2日，由中国民协、吉林省萨满文化协会共同主办的第三届中国（吉林）国际萨满文化论坛在长春举行。本次论坛的主题为“南方民族民间文化、北方萨满文化的特点以及南北方民间信仰的比较研究”。中国民协副主席曹保明出席论坛。与会的30余位国内外著名萨满文化及民俗文化专家就萨满文化与傩文化的比较研究、中国萨满教遗存研考以及萨满文化与旅游文化的关系进行了研讨。

【共论明月——中国月亮文化研讨会】

9月25日，由中国民协、江西省文联、宜春市第六届月亮文化节组委会共同主办的“共论明月——中国月亮文化研讨会”，在江西省宜春市天沐·明月山度假区举行。中国民协副主席叶舒宪、刘华，副秘书长周燕屏，宜春市有关领导及来自全国各地的知名专家学者60余人出席了研讨活动。北京大学社会学系教授高丙中、中国民协节庆委员会主任李汉秋，北京师范大学教授万建中，北京大学中文系副教授陈连山，中国社科院文学所副研究员施爱东等专家学者先后就月亮文化作了精彩发言。

【苏轼“中秋词”暨中秋文化研讨会】

9月28日，由中国民协主办的苏轼“中秋词”

暨中秋文化研讨会在山东诸城举行。中国民协分党组书记、驻会副主席罗杨出席活动并致辞。来自北京联合大学、山东大学、中国苏轼研究学会、复旦大学、人民政协报、苏东坡研究会及诸城诗词楹联学会的专家学者分别从不同角度对中秋文化及苏轼中秋词进行了探讨交流。

【第二届关中民俗文化艺术研讨会】

10月12日至14日，由中国民协、中共陕西省委宣传部联合主办的第二届关中民俗文化艺术研讨会在西安举行。中国民协分党组书记、驻会副主席罗杨，陕西省委宣传部副部长、省文联党组书记刘斌，中国民协副主席王勇超出席开幕式并致辞。叶舒宪、石兴邦、朱凤瀚等来自全国各地的60余位专家学者围绕关中民俗文化艺术的地位、资源保护和开发利用、关中民间艺术研究、民俗艺术与创意产业等进行了研究和探讨，为关中民俗文化更好地传承与发展献计献策。

【《民间文化论坛》创刊30周年学术座谈会】

11月1日，为纪念《民间文化论坛》创刊30周年，中国民协在京召开“耕耘田野沃土　创新学术理念”学术座谈会。刘锡诚、陶阳、杨亮才、陶立璠、贺嘉、刘铁梁、祁连休、向云驹、李耀宗、刘晔原、郎樱、苑利、安德明、陈连山、陈永超、谢继胜、林继富、王善民等民间文艺界著名学者，中国文联国内联络部评奖处处长罗江华，中国文联权益保护部出版处副处长霍旭升，中国民协副秘书长吕军及各处室、编辑部负责人等出席座谈。中国民协分党组书记、驻会副主席罗杨主持会议并宣读了冯骥才主席发来的贺信。与会的专家学者回顾了《民间文化论坛》创刊30年的历程，结合民间文艺学术研究发展现状，为进一步办好论坛，促进民间文艺理论研究发展提出了许多重要的建议。

【“山花奖”评奖工作研讨会】

11月12日至13日，中国民间文艺“山花奖”评奖工作研讨会在上海举行。中国文联国内联络部主任罗成琰、中国民协分党组书记、驻会副主席罗杨、主席团成员及“山花奖”评审专家共四十余人参加研讨活动。主席团成员与专家分别就“山花奖”学术著作、民间艺术表演、民间工艺美术三个类别的评奖工作、评奖思路及评奖规则等进行了研讨。

文化交流

【台湾口传文学学者赴江西考察客家文化】

7月17日至24日，应中国民协邀请，以台湾“中国口传文学学会”名誉理事长金荣华为团长，中国文化大学中文系博士、讲师林彦如、陈美玲、张瑞文、黄玉缎为团员的一行5人学术交流团对南昌、赣州、龙南、兴国和石城的客家宗教、民俗、民居、民歌开展深入考察，获取照片上千张、采访录音及录像资料十几个小时、相关参考书籍二十余本，为两岸学者的学术论文和调研报告提供了宝贵的资料。中国民协副主席刘华、副秘书长吕军陪同考察。

【第37届以色列耶路撒冷国际艺术和手工艺艺术节】

8月6日至18日，中国民协分党组成员、副秘书长周燕屏率中国民协手工艺代表团前往以色列参加了2012年第37届以色列耶路撒冷国际艺术和手工艺艺术节。参加本届艺术节的艺术家有中国民间工艺“山花奖”得主、剪纸艺术大师刘洁琼，内画艺术大师刘江华，葫芦雕刻工艺家王晓琦，脸谱绘画艺术家林泓魁。中国工艺家们精彩的表演和精湛的技艺使中国展区始终是艺术节上人气最旺的，令游客们流连忘返。

【中国民协在澳大利亚建展示基地】

由中国民协国家遗产旅游研究委员会与澳大利亚纳兰德拉市政府共同发起建立的中国文化展览馆（英文缩写ACCEH）在亚纳兰德拉市落成开馆。该展览馆占地2000余平方米，业务范围包括：展览展示、书画及手工艺品创作、鉴定、评估，组织中国青少年澳洲文化体验营、中澳友好城市对接，国际文化交流，中澳投资咨询服务等。每周四为展馆开放日，每周由一位纳兰德拉市政府议员值班为公众讲解。中国文化展览馆每月主办一次不同主题的中国文化宣传日活动，每季度开展一次不同内容的展览活动，内容包括中国瓷器、中国雕刻、中国刺绣等传统手工艺精品。

【李福清中国文化研究国际学术研讨会暨追思会】

10月20日至21日，李福清中国文化研究国际学术研讨会暨追思会在天津大学冯骥才文学艺术

研究院举办。俄罗斯驻华公使陶米恒，中国民协主席冯骥才，分党组书记、驻会副主席罗杨，与李福清生前密切合作过的刘锡诚、刘魁立、科罗博娃等中俄两国20余位民间文化专家学者，共同追忆了李福清在中国文学、中国民间文学和民俗、中国民间艺术研究等领域做出的卓越贡献，并给予高度评价。

【赴加拿大考察调研】

11月28日至12月3日，中国民间文艺家协会分党组成员、副秘书长吕军，抢救保护中心主任侯仰军，交流中心副主任王皓如一行前往加拿大进行考察调研，与加中文化发展协会就在渥太华、多伦多、蒙特利尔三个城市举办一系列的中国民间工艺品和非物质文化遗产的展览、展示与交流活动进行座谈。

【2012海峡两岸民间文学学术研讨会】

11月28日至12月3日，中国民协分党组成员、副秘书长张志学，办公室主任徐岫鹃，江苏省民协顾问康新民等一行赴台北市参加了2012海峡两岸民间文学学术研讨会。此次研讨会由台湾中国文化大学中国文学系和台湾中国口传文学学会共同主办。来自台湾十几所大学的近百名专家学者分别宣读了论文，并对中国民协开展的民间文化遗产抢救工程表现出极大的兴趣和热切的关注。

调研采风

【赴河南新乡考察中原文化】

4月2日至3日，冯骥才等赴河南新乡对中原文化进行考察，重点对新乡市非物质文化遗产传承和保护状况展开调研。冯骥才先后参加了“新乡市中原文化研究院”成立揭牌仪式，参观了平原博物院，与新乡市文化界专家进行交流座谈，实地考察了潞王陵、比干庙、小店河明清故居、小杨村木版年画。中国民协副秘书长张志学陪同考察。

【赴山西调研古村落保护成果】

4月4日至5日，冯骥才对晋东南地区古村落保护、泥彩塑遗存及传承等工作进行调研，先后考察了晋城市皇城相府、郭峪古城、上庄古城、砥洎城、谢家大院、玉皇庙二十八宿泥塑和长治市彩塑艺术研究院。这是他一年之内第二次到上党大地考察。每到一地，冯骥才都根据古村落的文化特点和价值，向当地的同志提出指导性意见，并介绍了国外保护古建筑的理念和做法，提出了可以因地制宜建设古村落文化遗址等多种选项方案的建议。中国民协顾问常嗣新、副秘书长吕军陪同调研。

【考察郑商瓷实验基地】

4月初，罗杨等一行前往河南郑州，实地考察了著名陶瓷艺术家阎夫立创办的郑商瓷实验基地，对阎夫立所取得的成果给予充分肯定。阎夫立在继承商代青瓷特点并吸收“五大名瓷”精华的基础上创立而成的郑商瓷，取“郑州、商代、瓷之国粹”首字命名，其工艺不仅发扬了中国陶瓷的传统制作技法，而且首创了“无缝烧制，高温立体釉，微观意境”的烧制方法。据悉，郑州市政府将于年内在郑州龙西湖文博森林公园建立中国郑商瓷文化艺术博物馆。

【赴内蒙古正蓝旗调研】

在7月18日结束的第36届世界遗产大会上，元上都遗址正式成为世界文化遗产。为庆祝元上都遗址申遗成功，正蓝旗上都镇举办了一场别开生面的那达慕大会。罗杨，周燕屏等一行应邀与牧民们一起参加那达慕大会，并就如何弘扬察哈尔宫廷奶食文化进行论证。

【赴杭州调研】

9月5日至9日，为了探索一条符合民间艺术发展规律，能够有效保护、传承、发展民间文艺事业的新途径，带着如何使传统民间技艺在当下社会得到有效传承的课题，中国民协分党组书记罗杨一行赴杭州进行考察。其间，考察组先后出席了“传承与弘扬——浙江民间文艺十大特聘专家师生精品展”、“传承与创新论坛暨浙江省民间工艺传承人培训班”开班仪式。

民间文艺之乡

2012年，中国民协共组织考察命名民间文艺之乡42个，建立民间文化研究中心、保护传承基地、博物馆等16个。截止2012年底，中国民协命名的各类民间文艺之乡、民间文化研究中心、保护基地、传承基地、民间文化艺术类博物馆已达220余个，并为这些文艺之乡、传承保护基地及研究中心建立了电子和文本档案。其中一大部分民间文艺之乡和传承保护基地举办了相应的节会和展览展示活动、文艺之乡发展与建设学术研讨会、专家评审会、论证会、座谈会以及宣传推介和文化交流活动，并对文化生态区保护、未来发展和产业建设等进行了充分调研、规划和论证，以此促进地方落实了事业编制，设置了专门机构和研究及工作人员，增加了事业经费，推出了一系列民间文艺之乡文化成果。

会员队伍建设

2012年中国民协共发展新会员463名。目前，中国民协共有会员8788人，5000余会员信息已录入电脑。

机关建设

为做到人尽其才，才尽其用，最大限度地调动和发挥干部的工作积极性，中国民协改变了以往机关化、行政化的管理模式，在体制机制方面进行了大胆探索和创新，通过轮岗改变了工作难以突破的局面，一批中层干部开始在重要岗位勇挑重担；大胆发现和启用年轻干部，中青年业务骨干开始主持抢救工程重大项目的策划和实施。为年轻同志在业务培训、职称考核、职级晋升等方面创造条件，使大家安心、愉快地投入工作。协会各部门呈现出齐心协力、团结奋进，想干事、能干事，努力办成事的工作局面。

直属单位

中国民协按照“一大两高”的办刊原则，推动所属《民间文学》、《民间文化论坛》、《缤纷》三个刊物顺应时代潮流，把握文化发展新契机，结合协会重点工作，整合社会资源，悉心策划，积极探索，创新协会的工作形式，努力探索传统民间文学作品、民间文化理论传播的新形势，促进民间文艺理论、民间文艺作品在抢救、保护、开发等过程中的创新，开辟了稳健发展新思路，为民间文艺家和广大会员搭建起了一个崭新的交流平台与展示园地。

《民间文学》杂志社通过举办中国故事节系列故事会、建立故事基地、新故事创作研讨会等活动，极大地促进故事文化的落地、生根和发展，使群众参与的积极性更高，社会影响面更广泛，保障了故事文化的健康持续发展。《民间文化论坛》积极参与民间文艺界学术活动，努力丰富刊物内容，提高办刊质量，与民间文艺界的学术动态结合得更加紧密。《缤纷》杂志积极调整策略，增加了与设计师互动、体现生活方式等内容，通过举办相关活动使杂志在整体水平上得到一定的提高，深受业内外人士的好评。

文化思考

【春晚的纠结与电视传播】

冯骥才认为，“春晚”虽然是一种新民俗，但还不能进入年俗的序列。这里边一个重要的原因是“春晚”不符合年俗的性质。中国所有的年俗都是个人主动参与的，不论是年夜饭、贴春联和燃放鞭炮，人都是主角。春联的内容、祝酒的话语和鞭炮的多少，都由人来定。每个人都发自内心，自由地选择、表达和宣泄，以达到满足。但面对电视时，人是被动的。人的一切愿望和心理都无法表达，也无法满足。电视上表演的只是导演的想法，它不能代替亿万国人在年俗中那种主动而自由的宣泄。对“春晚”不满，并不是老百姓对晚会本身有意见，而是电视这种现代传播方式的特点无法与年俗要求相符合。无论“春晚”如何创新，人们永远都不会满意，但又离不开它。这就需要我们从“年心理”的角度重新审视当代“年文化”，构建当代的年俗系统，使我们的年味能浓郁、美满和充满魅力地延续。

【冯骥才：“梁林故居被拆是文化的耻辱”】

早在2009年，“梁思成、林徽因故居”被强行拆除一事就引起社会广泛关注，冯骥才曾专程前

往梁林故居现场考察并积极呼吁抢救保护。尽管拆除工作被中途叫停，但“梁林故居”却难逃厄运。龙年伊始，这处遗址终成一片废墟。冯骥才痛惜地表示，“梁思成和林徽因是中国人热爱自己文化和一种文化自觉的象征。这个象征是非常高贵的，我们应该具有尊重我们的历史、热爱我们的历史、热爱我们的民族这样一种文化自觉精神，这个精神的象征就是他的故居”。“因为梁思成是北京人，是热爱北京文化的一个象征，甚至可以说是中国人热爱中国文化遗产、中国文化的一个象征，对这样一个非常重要的文化，我们对它都没有觉悟，甚至用强拆的办法把它毁掉，难道它不是一个耻辱的事情吗？”

【政府对非遗的非专业行政处置有悖文化规律】

日前，中国民协主席冯骥才在《人民日报》上撰文，对当下“非遗”保护中出现的问题表示担忧。他认为，非遗保护具有很高的科学性与专业性，倘若单凭政府非专业的行政处置，则必有悖文化规律；执行力愈大，副作用反而愈大。尽管我们的非遗保护体系看似日趋完善，但其濒危与消亡的速度并未放缓。他说，政府行为是必不可少的，如法律和名录的建立健全，然而更需要的是科学的管理、保护、执行与监管。所谓科学，就是按照事物本身的性质与规律行事。那就要政府依靠与采用各方面的优势与力量，使保护体系更加科学化，否则政府行为最后成为一种形式，而全社会对非遗自觉的关爱还没有形成。因此，我们仍为非遗担忧。

【潘鲁生呼吁设立“国宝工艺大师”奖项】

在中国民协第八届主席团第四次会议上，中国民协副主席潘鲁生强烈呼吁在“山花奖”中设立“国宝工艺大师”奖项。他说，手工艺离不开民间艺人的坚守和坚持。手工艺作为国家稀缺的战略性文化资源，是记录中国人生活文化的“活化石”。“国宝工艺大师”有别于一般意义上的“工艺美术大师”称谓，它不仅更加拓展和聚焦了“手工艺”的形态和内涵，更重要的是，作为一个国家最高级别的文化奖项，这个奖项在突出了“学术标准”、“艺术价值”的身份荣誉外，更代表一种国家的文化精神和象征。“国宝工艺大师”奖项的设立，将以最高的国家名义放大手工艺传承人的社会、经济和声誉价值，结合舆论外围造势引领先进文化方向，从而激发和释放民间艺人传承保护的主动性及创作生产的热情。

【冯骥才：“传统村落的困境与出路”】

12月7日,《人民日报》第24版刊发了冯骥才题为“传统村落的困境与出路”的署名文章和编者按。文章以“每天消失100个传统村落”的冷峻现状强调了中国古村落保护的必要性和紧迫性；以“区别于物质文化遗产和非物质文化遗产”定义传统村落是另一类文化遗产；以“调查启动和名录收集”提出中国古村落保护的出路与转机；以“用现代文明善待历史文明”指出传统村落保护任重道远。“传统村落的困境与出路”是冯骥才多年深入全国古村落调研的深刻思考，也是对中国民协正在开展的古村落保护工作的理论梳理和实践指导。中国文联党组书记赵实同志在阅读这篇文章后作出重要批示：“传统村落的保护，对于贯彻十八大提出的‘建设优秀传统文化传承体系，弘扬中华优秀传统文化’具有十分重要的价值和意义。”

维权工作

【国家版权局领导关注民间文艺维权】

新闻出版总署副署长、国家版权局副局长阎晓宏同志给中国民协来函，就民间文艺维权问题作出重要指示:“在知识产权领域中，民间文艺是我国等文明历史悠久的发展中国家的仅有的优势领域，但重视上不够。美欧等发达国家不重视有其原因与必然性，但我们国人自己也不重视就说不过去了。非常感谢中国民间文艺家协会在这方面做出的努力与贡献，这既是非常之有意义的，也是应当记载在我国知识产权、版权、民间文艺保护的里程之中的。”

【民间表演艺术维权与国际接轨】

6月26日，在京召开的世界知识产权组织保护音像表演外交会议上诞生了《北京条约》。该条约中关于传统民间表演艺术维权的表达使民间表演艺术维权进入了一个与国际接轨的崭新阶段。有关专家认为，许多国家对表演者权利的保护并不包括民间文学艺术的表达，根据我国《著作权法》规定，关于表演者的定义，是对文学、艺术作品进行表演。而根据《北京条约》的规定，则不限于文学、艺术作品的表演，还包括民间文学艺术的表达，这就使得表演者得到了扩大性解释，赋予更多的民间艺术表演者权利，并保护其权利，这将会大大促进中国传统文化的传承和发展。

【《中国民间文艺权益保护》出版】

5月，中国文史出版社推出了由中国民协主持编写的《中国民间文艺权益保护》一书。书中精选了近20位国内民间文艺权益保护方面专家的文章和案例分析，从多角度、多层次、多方位论述了民间文艺权利主体的特征、确定原则与法律地位，民间文艺维权与保护的背景、现状、重点与难点，以及民间文艺司法保护状况与问题等。

媒体关注

【中国乡土艺术春节晚会】

6月29日，由文化部艺术服务中心和中国民间文艺家协会共同主办的“2013年中国乡土艺术春节晚会”新闻发布会在北京人民大会堂举行。乡土春晚是第一次尝试以完整的民族、民间乡土艺术为主题制作的春节晚会。晚会将以56个民族具有浓郁地方特色的传统舞蹈、音乐、曲艺、民间技艺等乡土艺术节目为主要题材，精心创编组合成一台传统与现代、民俗与时尚相结合，风格新颖的民族民间乡土艺术春节晚会。

中国摄影家协会

综 述

2012年，党的十八大胜利召开，对扎实推进社会主义文化强国建设作出新的重大部署，对推进文艺繁荣发展提出了新的更高要求。这一年，也是中国摄影界深受鼓舞的一年。中国摄影家协会第八次全国代表大会胜利召开，鼓舞着全国各地、各行业的摄影家和摄影工作者，以昂扬的斗志、饱满的热情积极投身蓬勃发展的摄影事业。一年来，在党中央的坚强领导和中宣部、中国文联的有力指导下，中国摄影家协会深入学习贯彻党的十八大和第九次全国文代会精神，高举中国特色社会主义伟大旗帜，以科学发展观为指导，坚持先进文化前进方向，认真履行联络协调服务职能，充分发挥组织引导服务维权作用，团结和带领广大摄影工作者，锐意进取，扎实工作，为进一步推动社会主义摄影事业大发展大繁荣作出了积极贡献。

会议与活动

【2012中国摄影界迎春联谊会】

1月9日，中国摄影界迎春联谊会在中国摄影家协会新址隆重举办。中国文联党组成员、书记处书记兼中国摄影家协会分党组书记、副主席、秘书长李前光到会祝贺并代表中国文联党组书记赵实、代表中国摄影家协会向全国摄影人拜年。中国摄影家协会主席团部分成员、分党组成员及摄影界老前辈简庆福、黄贵权、陈勃等在场向全国摄影人祝贺新春。此次以“回家过年”为主题的迎春联谊会，令与会的摄影人倍感亲切和温暖。中国摄影家协会网通过视频现场直播联谊会盛况，让广大摄影人共同感受“回家过年”的温馨。

【“不朽的丰碑　永远的榜样”雷锋事迹大型原创摄影作品展】

2012年是雷锋逝世50周年，3月2日，中国摄影家协会与中国人民革命军事博物馆、上海希望工程办公室联合主办了“不朽的丰碑　永远的榜样”雷锋事迹大型原创摄影作品展。影展共展出近353张照片，以雷锋生前战友、为雷锋拍摄照片最多的两位摄影家张峻和季增的原创作品为主，同时收入了其他作者部分作品，以最大规模的雷锋摄影作品见证了他短暂而伟大的一生，这些影像为弘扬雷锋精神发挥了作用。不少单位和个人纷纷来到军博参观展览，他们怀着对雷锋的崇敬心情观看展览，学习雷锋精神。

【全国人大代表全国政协委员2012年摄影联谊会】

3月3日，2012年全国人大代表全国政协委员摄影联谊会在京举行。白立忱、李蒙、赵实等领导出席活动，近200位两会代表委员和特邀嘉宾共聚联谊，为摄影事业建言献策。李前光在联谊会上宣布，由中国文联、湖北省委宣传部、中国摄影家协会主办的第九届中国摄影艺术节将于5月23日至26日在湖北武当山举办。湖北省政协副主席、十堰市委书记陈天会盛情邀请与会嘉宾、各界人士前往武当山摄影采风。中国文联党组成员、书记处书记兼中国摄影家协会分党组书记、副主席、秘书长李前光代表中国摄影家协会致欢迎辞并感谢与会嘉宾对中国摄影家协会工作的帮助、对中国摄影事业的支持。联谊会上，拍摄雷锋生平最多的张峻、季增两位老人成为重要嘉宾，全场用影像生动重温了雷锋精神。

【“弘扬雷锋精神　构建和谐文化——向雷锋同志学习”主题活动】

3月5日，中国摄影家协会举办“弘扬雷锋精神　构建和谐文化——向雷锋同志学习”主题活动，特邀中国摄影家协会会员、雷锋生前的亲密战友和拍摄大量雷锋经典照片的摄影家——81岁的张峻和76岁的季增同志结合影像作专题报告。海军原副政委冷宽中将，中国社会福利基金会学雷锋基金会有关负责同志与两位老人一道，共同讲述了雷锋拍摄照片背后鲜为人知的故事和切身传承雷锋精神的感人事迹。

【中国摄影家协会新任分党组书记王瑶看望在京协会顾问并组织开展调研活动】

中国摄影家协会新任分党组书记王瑶在分党组成员、副秘书长顾立群陪同下，于5月上旬期间看望了在京的中国摄影家协会顾问吕厚民、陈勃、袁毅平、于健、贾明祖等同志。五位顾问对摄协分党组的看望表示感谢，并表示一定会继续支持和配合摄协的工作，最大限度发挥自己的作用。

6月6日至11日期间，中国摄影家协会召开三场调研座谈会，近60名摄影家、理论家、组织工作者、专业委员会委员、媒体人士以及协会中层和骨干代表等参与了调研活动。与会人员就如何深入贯彻十七届六中全会精神、中国文联第九次文代会精神，推动摄影事业的繁荣发展；什么是摄影强国，如何打造摄影强国；中国摄影家协会今后一段时期的重点工作并如何开展积极踊跃地建言献策，贡献了很多宝贵的经验和建设性的建议。

【七届六次主席团会和2012全国摄影工作会议】

5月16日，中国摄影家协会第七届主席团第六次会议在京召开，会议审议通过了《关于调整中国摄协正、副秘书长的决定》，任命王瑶为中国摄影家协会秘书长，任命高琴为中国摄影家协会副秘书长。王瑶作《中国摄影家协会2011年工作和2012年重点任务》报告，全面回顾2011年中国摄影家协会的工作，对2012年工作作出部署；7月28日至8月1日，第七届理事会第二次会议暨2012年全国摄影工作会议在上海召开，各位理事、各团体会员负责人等共180余人汇聚申城，共商中国摄影事业发展繁荣大计。与会人员对报告中提出的中国摄影事业未来发展战略总体目标："加快推进摄影事业发展繁荣，加快提高中国摄影事业的综合实力和国际影响力，加快形成中国特色、中国风格、中国气派、中国品质的社会主义摄影事业新格局。通过全体摄影人的奋力开拓，到2020年，跻身国际一流，创造当代中国摄影的新辉煌，为发展繁荣社会主义文化和现代化建设做出新贡献。"表示一致认可。8月2日，中国文联党组书记、副主席赵实对会议主题报告做出重要批示："报告很好！目标明确、思路清晰、措施得力，有新思想、新举措、新要求，望团结摄影界奋力实践，以优异成绩迎接十八大，为建设文化强国做出新贡献！"

【承办第十五届中国国际照相机械影像与技术博览会】

4月20日至23日，第十五届中国国际照相机械影像与技术博览会（CHINA P&E）在北京国家会议中心成功举办。博览会由中国机械工业联合会、中国文化办公设备制造行业协会、中国摄影家协会联合主办。来自中国、日本、泰国、美国、英国、德国等十多个国家的著名影像设备制造企业、经销商和媒体近200家，汇集了佳能、尼康、索尼、富士、徕卡、三星等著名相机、镜头及影像行业相关生产厂商参展。近8万名观众在博览会期间入场参观。

【第二届全国农民摄影大展】

6月5日，由中国文联、农业部、中国摄协主办的第二届全国农民摄影大展在中国美术馆开幕。中国文联党组书记、副主席赵实，党组成员、书记处书记李前光，农业部党组成员、副部长高鸿宾，中国文联办公厅主任夏朝华，国内联络部主任罗成琰，理论研究室主任陈建文，中国摄影家协会分党组书记、副主席兼秘书长王瑶，副主席邓维，以及活动主办单位有关领导和来自全国各地的大展入选作者代表、评委代表、部分新农村摄影志愿者出席影展开幕式。大展共收到来自全国30个省、市、自治区880位农民摄影人的15755幅作品。来稿人数是首届的2.4倍，来稿总量是首届的近2倍，最终有192幅作品入选。这些珍贵影像生动记录了新农村建设的实践，热情讴歌了新农村建设的卓越成就，并深情礼赞了祖国的锦绣河山。本次影展还创造性招募新农村摄影志愿者，将"送摄影"和"种摄影"相结合。大展在探索和拓宽摄影艺术面向基层、服务农民的渠道方面有了新突破。新华社、中央电视台、人民日报、光明日报、中国艺术报、农民日报、北京电视台、人民网等近30家媒体对本次影展活动给予了报道。

【与北京电影学院签署战略合作协议】

7月3日，中国摄影家协会与北京电影学院签署战略合作协议，并举办合作发展研讨会。中国摄影家协会分党组书记、副主席兼秘书长王瑶、中国摄影家协会副主席邓维、朱宪民、罗更前，中国摄影家协会分党组成员、副秘书长顾立群，北京电影学院院长张会军、北京电影学院摄影学院主要创始人之一张益福、北京电影学院摄影学院院长宋靖等师生及北京摄影函授学院工作人员、媒体等参加了签约仪式。希望通过双方的精诚合作，培养造就具备国际化视野的高端复合型摄影人才，探索高等教育与行业协会发展的新型合作模式。

【“百花竞芳为人民——迎十八大召开，展文艺界风采”图片展】

8月24日，由中国文学艺术界联合会主办，中国文联国内联络部、中国摄影家协会和中国艺术报承办，中国文联机关服务中心协办的“百花竞芳为人民——迎十八大召开，展文艺界风采”图片展开幕式在北京中国文艺家之家举行。中国文联党组书记、副主席赵实，党组副书记、副主席覃志刚、李屹，党组成员、副主席杨承志、左中一出席开幕式。中国文联各全国文艺家协会、机关各部室、各直属单位负责人，机关干部职工和文艺家代表参加开幕式。赵实宣布展览开幕。展览展出的90幅影像真实再现了中国文联及其团体会员、广大文艺工作者自觉的十七大召开以来，广泛开展惠民文艺演出和文艺服务的情景，将文艺家为基层服务的倾情付出与生动风采，展现在社会大众面前。该展成为中国摄影家协会迎接十八大系列活动重要组成部分。

【启动第24届全国摄影艺术展览】

9月12日，第24届全国摄影艺术展览在京启动。本届国展在征稿规则上进行了多项重要调整：取消了青年类的奖项设置，增设了多媒体类评选；对作者来稿限投10幅，且须在投稿前上网注册；征稿细则更加科学严谨，对于违规的惩罚措施更加明确；“组织工作奖”规则也有所调整。展览定于2013年“五·一”在中国南海第五届“珠三角休闲欢乐节”期间举办首展开幕及颁奖仪式。为了适应新形势的发展，本届国展首次增设了多媒体类评选，这体现了国展对于当今媒介融合大趋势的高度关注，同时也是对国展来稿分类科学性、严谨度的一次大胆探索，为多媒体评选规则的完善、评价体系的构建作出贡献。

【2012“伯奇杯”全国创意摄影大展】

10月11日，由中国摄协、广东摄协、广东省佛山市南海区人民政府主办的2012“伯奇杯”全国创意摄影大展在北京798“悦·美术馆”开幕。中国摄影家协会分党组书记、副主席兼秘书长王瑶，广东省文联巡视员廖曙辉，中国摄影家协会副主席邓维、李伟坤、罗更前，分党组副书记、副秘书长王郑生，分党组成员、副秘书长顾立群、高琴，中共南海区委宣传部常务副部长陈志刚、南海区文体旅游局副局长周晓勇、大沥镇党委委员丁坚和数百名来自时尚界、传媒界、艺术界、广告界、摄影界的专业人士和发烧友出席开幕式。本次大展在2011首届“伯奇杯”的成功举办获得品牌效应的基础上，收获来稿24479幅，经评选，134位摄影人的154幅作品脱颖而出，分享各项荣誉。作为首个主打创意摄影品牌的全国性摄影活动，“伯奇杯”在连办两届之际亮相京城艺术氛围浓郁的创意文化产业园区，向各界人士展示了中国创意摄影的现实生态。

【首届“印象西藏”摄影大赛作品展】

10月15日，由中国西藏网和中国摄影家协会共同主办的首届“印象西藏”摄影大赛作品展在北京国家大剧院开幕。中央外宣办七局局长刘萱，中国摄影家协会分党组书记、副主席兼秘书长王瑶，中央统战部副部长陈喜庆、斯塔，中央统战部秘书长安七一等为开幕式剪彩。展览包括从参赛作品中精选的200余幅佳作，30余幅外国著名摄影家的作品，以及一些国内著名西藏题材摄影家的20余幅作品。全部近300件作品忠实地再现了社会主义新西藏的经济发展、社会进步、文化繁荣、民生改善和民族团结。

【“温暖边疆　辉煌历程”——祖国边疆建设成就摄影展】

11月1日，“温暖边疆　辉煌历程”——祖国边疆建设成就摄影展在北京中华世纪坛世界艺术馆开幕。中国文联党组副书记、副主席、书记处书记李屹，中国文联党组成员、副主席、书记处书记杨承志，中国文联党组成员、书记处书记李前光，中国摄影家协会分党组书记、副主席兼秘书长王瑶等领导出席了开幕式。130幅摄影作品分为

"温暖篇"和"辉煌篇"两个篇章，展现了十六大以来祖国边疆地区（新疆、西藏、云南、广西、辽宁、吉林、黑龙江、内蒙古、甘肃）建设的辉煌成就和人民群众积极向上的精神风貌，体现了党和政府对边疆省区的高度重视和大力投入。

【"文明生态　美丽中国"摄影大展】

12月5日，由中国文联、中国摄影家协会共同主办的"文明生态 美丽中国"摄影大展在北京王府井步行街举行。中国文联党组成员、书记处书记李前光，办公厅主任夏朝华，国内联络部主任罗成琰，理论研究室副主任杨发航，机关党委书记徐宝玉，离退休干部局局长王守明；中国摄影著作权协会主席李仁臣；中国摄影家协会分党组书记、副主席兼秘书长王瑶，副主席邓维、李学亮、张宇、罗更前，顾问于健，中国摄影家协会分党组副书记王郑生，副秘书长顾立群、高琴等主办单位领导以及钱海浩中将、冯凯文少将、宋举浦少将等嘉宾出席开幕式。展览展出作品共计116幅，从近年来国际国内各类重量级影展获奖作品中严格遴选而来，地域涵盖全国31个省、市、自治区及港澳台地区，题材涉及自然、经济、社会各个方面，参展的作者中，既有著名的摄影家，也有普通的摄影爱好者。透过他们的镜头，人们看到了伟大祖国天蓝、地绿、水净的美好家园。

【中国摄影家协会第八次全国代表大会】

12月9日至11日，中国摄影家协会第八次全国代表大会在北京远望楼宾馆召开。八次摄代会胜利闭幕后，中央政治局委员、中央书记处书记，中央宣传部部长刘奇葆同志专门亲切会见了中国摄影家协会新老主席团成员。12月9日开幕式当天，全国政协副主席、中国文联主席孙家正亲自到会，接见全体参会代表并与代表合影。中宣部常务副部长雒树刚转达了刘奇葆同志对全体与会代表及全国摄影工作者的诚挚问候并讲话。全国政协副主席白立忱，第九、第十届全国人大常委会副委员长许嘉璐，第十届全国人大常委会副委员长蒋正华，第十届全国政协副主席李蒙等国家领导人向大会发来贺信。中国文联党组书记、副主席赵实，中宣部副部长翟卫华，新闻出版总署纪检组组长宋明昌，解放军总政治部宣传部副部长黎国如，中国文联党组副书记、副主席李屹，中国文联党组成员、副主席左中一，中国文联党组成员、书记处书记夏潮、李前光，中宣部文艺局局长汤恒，中宣部干部局局长蒲增繁，本次大会执行主席、中国摄影家协会第七届顾问、各兄弟文艺家协会负责人及与会代表出席了大会开幕式。赵实、宋明昌、黎国如等先后在大会开幕式上讲话，对大会召开表示热烈祝贺，在肯定过去五年摄协工作成绩的同时，对中国摄影家协会和中国摄影事业未来的发展提出新的期望和要求。大会开幕式由中国摄影家协会第七届副主席朱宪民主持。与会代表认真听取并审议通过了中国摄影家协会第七届理事会工作报告，代表们一致认为，报告实事求是、主题鲜明、目标明确，既有对过去五年工作全面总结和系统回顾，又有对摄影事业发展规律的概括，同时对今后五年的工作提出了切合实际的部署，具有很强的指导性，体现了时代的要求，反映了广大摄影人的愿望和诉求，是一个求真务实、催人奋进的工作报告。大会审议通过了新的《中国摄影家协会章程》；认真学习了中宣部领导以及赵实书记在开幕式上的讲话精神；在民主、融洽的气氛中选举产生了中国摄影家协会新一届领导机构。大会取得圆满成功。

【与浙江丽水市人民政府签订战略合作协议】

12月14日，中国摄影家协会与丽水市人民政府关于共同建设丽水摄影强市战略合作协议签约仪式在中国摄影家协会六楼多功能厅隆重举行。中国摄影家协会分党组书记、主席兼秘书长王瑶，分党组成员、副秘书长顾立群，丽水市委书记、市人大常委会主任卢子跃，市委副书记、市长王永康，市政协主席虞红鸣，市委常委、宣传部长陈建波出席签约仪式。王永康和顾立群分别代表丽水市人民政府和中国摄影家协会在双方战略合作协议上签字。根据协议，中国摄影家协会与丽水市人民政府将本着平等互利、优势互补、长期合作、实现共赢的原则，在摄影生态、服务平台、品牌影响、摄影产业等领域开展友好合作，共同举办国际赛事和节庆活动，打造有较大国际影响力的品牌赛事和节庆活动；搭建更多的交流平台，建设广泛、便捷、有效的公共摄影文化服务体系；整合优势资源，不断拓宽合作领域。

【首届凤凰国际摄影双年展】

12月18日至22日，由中国摄影家协会和湖南省湘西土家族苗族自治州人民政府共同主办的

2012首届中国凤凰国际摄影双年展，在文学家沈从文的故乡湘西小城凤凰举办。中国摄影家协会顾问王玉文、中国摄影家协会副主席索久林，省政协副主席武吉海，州委书记何泽中，州委副书记、州长叶红专，州委副书记郭建群，州人大常委会副主任宋友达，州副厅级干部、州委秘书长张永中出席开幕式。省政协原主席王克英宣布2012年中国凤凰国际摄影双年展开幕。首届双年展以“民俗·回家”为主题，旨在以摄影展览及学术活动作为载体和平台，用影像留住人类民俗活动的记忆，深入挖掘非物质文化遗产项目和浓郁的人文风情，拓展湘西民俗文化的内涵和外延。

【“中华民族文明影像志大型工程”和“少数民族摄影人才培养工程”启动】

在2011年12月28日举办的中国摄影家协会2011年新闻媒体答谢会上，“中华民族文明影像志大型工程”和“少数民族摄影人才培养工程”正式发布启动。中国文联党组成员、书记处书记，兼中国摄影家协会分党组书记、副主席、秘书长李前光出席活动并致辞。中国摄影家协会分党组副书记、副秘书长王郑生讲话，人民日报摄影部主任李舸代表媒体发言，中央电视台、人民日报、新华社、光明日报、中国青年报、中国艺术报、北京电视台、北京青年报、京华时报、新京报、新浪网、腾讯网、蜂鸟网、色影无忌网等近30余家新闻媒体部门负责人、编辑记者出席了活动。在向广大专家学者进行走访、咨询的基础上，拟定了工程实施方案和时间进度表。两项工程在2012年3月3日的两会代表委员摄影联谊会上分别进行了工程宣传推介。5月8日，中华民族文明影像志大型工程召开筹备组会议，通报工程计划手册；提名、讨论任用专家组成员；启动分项负责单位的议程。第三、四季度期间，与汉王科技有限公司重要影像资料的数字化保存项目，搭建数字化平台，建设影像工程数据库建设项目，初步整理出56个民族的作品近1000幅。年底，两项工程均向上级单位报送工程项目阶段性成果报告书，完成年度项目审查。

【中国摄影家协会、中国摄影著作权协会召开《教科书使用作品支付报酬办法》座谈会并开通教科书使用摄影作品网上查询平台】

12月28日，中国摄影家协会和中国摄影著作权协会共同召开《教科书使用作品支付报酬办法》座谈会，新闻出版总署法规司司长王自强等有关单位领导到会倾听了十余位著名摄影家和美术家对《办法》提出的建设性意见。

12月底，由中国摄影著作权协会和中国摄影家协会网联合构建的网上查询平台（http://www.cpanet.cn/plus/list.php?tid=976）正式开通，相关摄影著作权人可以通过查询平台了解自己是否有作品被教科书使用，从而获得使用稿酬。

文艺志愿与公益活动

【文化惠民摄影公益活动】

2012年元旦前后，中国摄影家协会组织多批分党组成员带队的摄影小分队先后赴黑龙江东极哨所、重庆涪陵、福建宁德市和屏南县、宁夏银川市河永宁县、山东沂蒙山地区、北京西城和朝阳供暖所以及江西、西藏等地开展“送欢乐、下基层”活动。以拍摄“全家福”、举办展览和送摄影年画、开展摄影辅导等多种形式，在元旦春节期间，把党和政府的关怀与祝福送到基层群众身边，受到当地群众的欢迎。2月6日，首届全国农民摄影大展随中国文联、中国摄影家协会“送欢乐 下基层”活动赴山西省昔阳县大寨村巡展，所有制作精美的展品捐赠给大寨村永久收藏。8月7日，30余位摄影人赴北京市怀柔区雁栖镇西栅子村开展采风慰问活动，于云天、于志新、朱洪宇、刘书义、许志强、张德文等摄影家代表志愿者向村民赠送“全家福”和箭扣长城摄影作品。9月1日，配合新闻出版总署扶贫点组织摄影家赴山西平顺参与举办“晋善晋美·大美平顺”摄影创作活动，为当地做宣传。9月9日，首届中国·山阴“我家在长城下”旅游文化摄影展在山西省山阴县旧广武村开展。吕厚民、王悦、朱宪民等摄影家为每户村民都送上了一幅为他们拍摄的“全村福”。

【万名摄影志愿者·万幅作品送万家公益活动】

7月份启动主题为“万名摄影志愿者·万幅作品送万家”的文化公益活动。该活动是中国文联文艺志愿者系列活动的一部分，由中国摄影家协会及其52个团体会员共同发起，一年来，已吸收全国各地和各行业1万余名摄影志愿者参与，志愿者选取1幅至2幅代表作或优秀作品赠送给基层，如老党员、老革命、劳动模范、先进工作者、军属烈属或干休所、敬老院、文化馆、图书馆、文化站等，该活动受到基层群众欢迎。

【共建摄影曙光学校，开展“阳光成长，感动假期”公益摄影活动】

2012年，中国摄影家协会派出工作团队，从7月开始，先后在北京、广州、武汉、西安、昆明、杭州、长春、宁波、柳州、晋江等地打工子弟学校和孤儿学校陆续共建18所“摄影曙光学校”，同时在暑假期间启动“阳光成长，感动假期”公益摄影活动，使文化惠民工程落在实处。

【启动“祖国边疆万里行”活动】

由中国文联、中国摄影家协会主办的“祖国边疆万里行”活动，于8月中旬在中华世纪坛“祖国边疆建设成就展”上启动。活动主要包括组织摄影家队伍赴边疆十几个少数民族人口较多地区进行摄影创作采风活动和发起“曙光课堂接力”活动，摄影家走进中小学尤其是偏远地区民族中小学，为学校师生普及摄影知识，赠送相机，资助其建立“摄影兴趣小组”，为中小学生的美育工作做出积极贡献。

【“摄影艺术进社区”讲座】

9月13日，由中国摄影家协会所属北京摄影函授学院与北新桥街道工委主办的“喜迎十八大，感受镜头里的和谐之美”系列摄影讲座在北京市东城区北新桥街道九道湾社区居委会隆重举行。系列讲座由两次摄影知识讲座、一次采风活动组成，并在社区居民中征集摄影稿件，于10月底在社区举办“喜迎十八大，感受镜头里的和谐之美”的摄影展览。

【“边疆情　边疆行”摄影展览暨双汇集团援建西藏学校捐赠仪式启动】

12月15日，由河南省人大常委会、中国摄影家协会主办，河南双汇集团、河南省摄协协办的美丽中国“边疆情　边疆行”摄影展览暨双汇集团援建西藏学校捐赠仪式，在北京中华世纪坛隆重举行。全国人大农业和农村委员会副主任、原河南省省长李成玉倡导并带队，历时一年完成了一次社会考察与抒发情怀相结合的摄影创作活动，并将部分作品汇集于“边疆情　边疆行”摄影展和《美丽中国》摄影作品集中。联系双汇集团捐赠2000万元在西藏援建5所学校，中国摄影家协会也将在拉萨市第四初级中学建立“摄影曙光学校”。

艺术节与评奖

【第九届中国摄影金像奖评选工作】

4月21日至25日，由中国文联和中国摄影家协会联合主办的摄影艺术领域全国性个人成就最高奖——第九届中国摄影金像奖评选在京进行。经过16位专家评委对284位参评者的参评资料的认真阅评和细致甄选，并加入除摄影作品以外对参评者崇德尚艺、业界影响在内的综合素质评定，最终，创作奖、理论评论奖、图片编辑奖、图书奖、终身成就奖共36位中国摄影界的佼佼者折桂。

【第九届中国摄影金像奖颁奖晚会及第九届中国摄影艺术节】

5月23日至26日，由中国文联、中共湖北省委宣传部和中国摄影家协会联合主办的第九届中国摄影艺术节在湖北武当山举办，作为本届中国摄影艺术节活动的重中之重，金像奖颁奖晚会5月26日在武当山体育中心举行。全国政协副主席、中国文联主席孙家正发来贺信。全国政协原副主席李蒙，中宣部秘书长官景辉，湖北省政协副主席陈天会，湖北省人大常委会原副主任韩忠学，中国文联荣誉委员胡珍，中国摄影家协会分党组书记王瑶，副主席王悦、王玉文、朱宪民、李伟坤、张宇、张桐胜，分党组成员、副秘书长顾立群、高琴以及军旅摄影家宋举浦、贵州省政协副主席陈海峰等及有关部门负责人，和中外近千名摄影家共同见证了这次盛会。本届艺术节以“生态　和美　多元　传承”为主题，在突出专业性和权威性的同时，着力倡导绿色环保、和谐美丽、文化共享等多重理念。活动丰富多彩而富于武当地域特色及摄影专业水准。艺术节期间，共举办了上百个精彩展览，以及学术论坛、名家讲座、图书首发、采风创作、媒体见面会等各种活动，为当地群众奉献了一场视觉盛宴，也书写了影像历史新的辉煌。同时在艺术节上隆重推出了“为了人民的影像”——纪念毛泽东同志《在延安文艺座谈会

上的讲话》主题影展。

【积极组织参加第八届文艺评论奖评选】

积极组织广大摄影工作者参与第八届文艺评论奖评选活动。新华社高级编辑陈小波所著《他们为什么要摄影》（纪实卷、新闻卷）荣获著作类唯一的一等奖。另外江苏孙慨的《辛亥革命时期摄影的媒介价值》、湖北陈文的《三峡社会变迁与纪实摄影流变》荣获文章类一等奖；广东谢琳的《符号学理论视野中纪实摄影的真实性分析》荣获文章类二等奖。中国摄影家协会荣获优秀组织奖。

创作与研究

【举办第二届全国农民摄影大展理论研讨会】

6月13日，伴随着第二届全国农民摄影大展在中国美术馆落下帷幕，第二届全国农民摄影大展理论研讨会在中国摄影家协会召开。研讨会围绕第二届全国农民摄影大展的作品征集方式、征集内容、展出形式、展出影响等方面的问题进行了深入研讨。

【“中国摄影推介计划”启动】

7月份启动中国摄影推介计划，该项目由“中国摄影推介·典藏”、“中国摄影推介·图录”、“中国摄影推介·画廊”三方面构成。在深入研究中国影像市场的现状、问题和机遇，倾听摄影家的建议和呼声，思考如何提升中国摄影家和其作品的地位影响，怎样与国际图片市场接轨等相关问题后，中国摄影家协会决定利用自身优势，引导聚合各方力量，以“中国摄影推介计划”实施促进中国摄影事业向更加专业化、市场化、国际化方向迈进，推动中国图片收藏市场的发展完善。

【全国著名摄影家走进兵团采风创作】

9月17日至24日，与新疆生产建设兵团文联、新疆生产建设兵团摄协联合组织“全国著名摄影家走进兵团采风创作”活动。新疆生产建设兵团党委常委、副司令员、宣传部部长成家竹，中国摄影家协会副主席张桐胜，中国摄影家协会分党组成员、副秘书长顾立群等出席采风活动创作启动仪式。在近10天时间里，近10位摄影家分成三个创作组，深入兵团20多个团场、企业、学校、医院、连队，为100多位先进人物和老军垦战士拍摄，创作了一批反映兵团人风采和屯垦戍边事迹的优秀摄影作品。兵团督导组副组长、兵团原党委常委、著名摄影家宋志国还专程前往北疆看望了参加采风创作的摄影家。

【《新传播环境下的摄影》文选出版】

10月份，第十届全国摄影理论研讨会《新传播环境下的摄影》文选出版发行。该文选收录了本届理论研讨会征集文章中的优秀作品和论坛发言人的主题发言，以及报刊发表过的主题相关的文章，多角度全面展示了新传播环境下摄影人的思考和探索。

对外及对港澳台地区文化交流

【派代表团出访日本】

4月8日至13日，中国摄影家协会应日本株式会社中日新闻社的邀请，组派以中国摄影家协会副秘书长顾立群为团长的代表团一行5人访问了日本中部，并同株式会社中日新闻社、中日写真协会及日本著名摄影家在名古屋举办了题为“中日摄影现状与未来合作”的研讨会，切磋摄影技艺，交流摄影理念。代表团还访问了日本中部运输局以及日本中部的鸟羽、惠那和高山，进行了摄影采风活动。

【中国摄影家协会网英文频道开通】

7月25日，中国摄影家协会网英文频道正式开通。该频道主要由协会简介、资讯、国际影展、交流、佳作等六大版块组成。内容涵盖协会对外交流项目以及历届国际影展的佳作欣赏等，在传播国外摄影界最新资讯的同时，也将中国摄影界的新发展、新动向展现给国外摄影人。通过网络实现国际间的摄影广泛联系与合作。

【“让影像告诉世界——灿烂的中华文化”世界巡展】

6月到9月，派代表团先后出访立陶宛、西班牙、意大利、土耳其、以色列、约旦、墨西哥、美国。与各国摄影机构进行交流座谈，并分别在立陶宛、土耳其、墨西哥举办了“让影像告诉世界——灿烂的中华文化”世界巡回摄影展。展览得到了当地观众和摄影同行的肯定和赞誉。

【港澳台摄影文化交流活动】

9月20日至27日，应台湾中华艺术摄影家学会的邀请，派代表团赴台，并在台北举办《两岸青少年摄影作品联展》。八次摄代会上，来自港澳台地区摄影界的17名代表应邀出席。这是中国摄协全国代表大会召开以来，港澳台摄影人首次以正式代表身份出席会议。

【与罗马尼亚摄协签署协议】

9月28日，中国摄影家协会与罗马尼亚艺术摄协代表团座谈会召开，双方共同签署《中国摄影家协会与罗马尼亚艺术摄影家协会双边合作协议》。该协议将是中罗两国文化交流协议中的重要部分。中国摄影家协会分党组书记、副主席兼秘书长王瑶，分党组成员、副秘书长顾立群，罗马尼亚艺术摄影家协会主席史蒂芬·托特，副主席乔博·巴拉斯、特拉伊安·尤金·内格雷亚等出席签约仪式。

【《文化中国》摄影展首次在华盛顿举办】

国庆期间《文化中国》摄影展首次在华盛顿中国文化节上亮相。40幅国内摄影佳作，以人性化视角，展示十七大以来国内文化发展建设的要闻热点和重大事件，以及中外文化交流与合作的重要成果，增进国际社会对我国文化体制改革、国内文化事业发展和中外文化交流情况以及中国文联工作的深入了解，用影像呈现文化、民主、开放、进步的国家形象。中国驻美大使馆的侨务参赞张毅亲临现场参观。

【“前尘影事——最早的中国影像”展览】

12月19日，由巴黎中国文化中心、中国摄影家协会、法国埃松省议会、法国摄影博物馆、法国摄影博物馆协会主办，中国文学艺术基金会、北京华彬文化基金会、丽水摄影博物馆、武汉美术馆承办的“前尘影事——最早的中国影像”展览在北京举办。全国政协科教文卫体委员会副主任、中国文学艺术基金会理事长胡振民，中国文联党组成员、副主席、中国文学艺术基金会常务副理事长左中一，中国文联党组成员、副主席杨承志，中国曲协主席、中国文学艺术基金会副理事长兼秘书长姜昆，中国摄影家协会副主席李舸、分党组副书记王郑生，法国驻华使馆大使白林，法国埃松省议会主席杰罗姆·戈德杰，法国摄影博物馆馆长朱莉·高尔德韦勒及中法摄影专家学者等出席开幕式。展览共展出法国摄影博物馆藏埃及尔作品中的15幅展现170年前真实中国的珍贵老照片，还呈现了法国摄影博物馆收藏的数十幅银版老照片和30件法国立体老照片，以及达盖尔摄影术的15件难得一见的珍贵器材。展览还在浙江丽水摄影博物馆和武汉美术馆巡回展出。

机关建设

【开展创先争优活动】

1月份组织各党支部认真做好群众评议工作，60余名党员全部参加了评议活动。6月4日至6日，在中国文联举办的党支部书记培训班暨学习型党组织建设与创先争优活动推进会上，作典型发言，受到与会人员好评。成立机关党委后，党务干部走出机关、走进基层、走近群众，到房山区张坊镇大峪沟村学习该村党支部带领村民发家致富、创建最美乡村的事迹；10月至11月，与工会共同组织到张坊镇进行采风创作活动。在北京“7·21”遭遇特大水灾后，机关党委牵头组织党员群众向受灾最为严重的张坊镇奉献爱心。从4月份与张坊镇开展结对共建以来，还陆续为当地乡村干部传授摄影知识、技术讲座等活动，深受乡镇干部的欢迎。

【学习型党组织建设】

2月14日，学习贯彻李长春、刘云山同志在全国宣传部长会议上的讲话精神，认真学习贯彻执行《国家“十二五”时期文化改革发展规划纲要》，总结十六大以来宣传思想文化工作的成绩和经验，深入分析面临的新形势、新任务，部署当前和今后一年协会宣传思想文化工作的主要任务。3月30日，学习传达中国文联党组会议和全国文化体制改革工作会议精神，并对会议精神的贯彻落实进行了具体部署。5月11日，学习刘云山同志在学习型党组织建设理论研讨会上的讲话精神。7月24日，邀请中国艺术研究院博士祝帅讲授《20世纪西方美学思潮》。7月27日，传达学习宣传贯彻胡锦涛总书记7月23日在省部级主要领导干部专题研讨班上的重要讲话精神和习近平同志7月24日在省部级主要领导干部专题研讨班结业式上讲话精神。传达学习刘云山同志的重要讲话和赵实书记

在文联理论中心组的学习辅导讲话。11月8日，组织全体员工及协会历届老领导集中观看了十八大开幕式实况直播并召开座谈会。11月19日，召开传达学习党的十八大精神大会。10月25日、12月24日，两次特邀中央党校教授、博士生导师、全国领导科学研究会副秘书长兼学术部主任刘炳做有关胡总书记“7·23”重要讲话解读及学习贯彻十八大精神专题讲座。

【推进干部人事制度改革和干部教育培训】

中国摄影家协会分党组一贯坚持党管干部的原则，坚持德才兼备、以德为先的用人标准。根据工作需要，组织信息中心副主任公开竞聘会，完成对《大众摄影》、信息中心、函授学院、出版社等6名相关干部进行考察、公示、任职前谈话、签订工作聘约、下发任职通知等工作；对8名试用期满的协会中层干部进行考核，签订当年工作聘约、下发任职通知；对16名协会中层干部的2011年度工作聘约中的经济指标进行考核，签订2012年度工作聘约；组织32名处以上党员干部分三期参加中国文联机关党委和文艺研修学院举办的六中全会精神轮训班，其中有13名同志的学习体会文章被中国文联收录到体会选编。选送1名党员干部到中央党校中直分校驻校3个月脱产培训。

【舆情信息、简报和宣传工作】

2012年，协会共编发简报50期，对协会举办的重要活动及时、快速反应到上级部门。编发《舆情摘报》11期，共计89000余字，及时反映协会工作情况和业界动态，共计14篇简报和消息被文联简报、舆情摘报、文艺动态等刊物采用。

【维权工作】

2012年，是我国全面修改《著作权法》的重要一年，摄著协在这次关乎摄影家权利命运的修法中发挥了重要作用，新的《修法草案》在历经三次修改后，“延长摄影作品保护期”被无争议地保留下来，而广大摄影家期盼已久在拍卖市场能够主张权利的“追续权”入法工作也有了新进展。

【老干部工作】

组织老干部进行政治学习，关心他们的生活和健康，特别关注年迈体弱及生活困难的老同志。协会领导和各部门工作人员分别走访看望吕厚民、袁毅平、陈勃、贾明祖、于健、林少忠等摄影界老顾问、老领导。对于不在京的扎西次登、杨绍明、陈复礼等老摄影家，撰写慰问信并送去鲜花和慰问品。

【协会各企事业单位】

2012年，协会各直属单位经营状况良好，取得了一定的经济效益和社会效益。

《中国摄影》在坚持社会效益第一位的前提下，整体经济效益较前一年度同期有了较大幅度的增长。通过改进适合当下摄影读者的内容，设置适合本刊读者需要连续阅读的相关栏目，设计适合当代读者的最新式样，读者反馈良好，也在一定程度上带动了本刊众多广告客户的关注度。6月底，iPad收费版正式上线销售，通过近半年的运行，电子版《中国摄影》已经引起了读者的兴趣，目前正在积极改造《中国摄影》网站，重新划分版块，丰富资讯内容。

《大众摄影》杂志成功完成全年运营目标，整体效益保持增长，员工待遇稳步提高。在内容为王的基础上，积极推进“品牌价值是关键”的核心理念，规范完成了杂志社整体CI设计。进一步细化发行管理，解决遗留问题，向深化管理要利润。经过努力，《大众摄影》整体发行数量稳定，有效达到率仍位居行业首位。进一步关注和加强新媒体建设，进行了网站改版、微博开通、手机终端阅读升级、注册了IOS APP企业账户等一系列工作，为传统媒体的新媒体布局做一些有益的尝试。完成数据库硬件升级换代，2012年更新了原有的存储方式，建立了企业级数据库。

《中国摄影报》在2012年采编团队的“大采编、大活动、大广告、大发行”的“四大”意识渐已形成。策划推出了“开拓进取，摄坛新风”系列专题报道10余期，深入开展“走基层，转作风，改文风”活动，通过记者深入一线的采访，了解更多来自基层的鲜活资讯，展现摄影业界良好生态，展示摄影界的新风。在全国35个城市举办了摄影联谊会，启动了45个摄影大展项目。截止10月份，报纸的发行量比2011年同期增长了8个百分点。创立并开始运作两年一届的“中国凤凰国际摄影双年展”。

信息中心不断发展壮大，整合了中国摄影手机报资源，负责运营的中国摄影家协会网不断更新改版。英文频道的开通进一步增强了协会网的覆盖面。

中国摄影出版社在2012年作为全国文化体制改革先进单位受到中央表彰，全体员工备受鼓舞。影像数字化工作取得阶段性成果，目前以“正度视觉”网站为平台的数字影像传播网络已基本完成搭建，即将进行后台系统开发。2012年本版书回款实洋1030万元，同比增长16%；营业收入1900万元，同比增长19%。

中国摄影展览中心2012年除负责策划、实施协会大型展览和评选活动外，还参与多个中国文联主办的摄影展览、画册编辑的相关工作。与各地合作举办了包括首届农村土地整治摄影大展、首届中国建筑摄影艺术大展等十余个摄影展览项目以及评选活动。打造中国摄影展览网，研发了适应数码影像时代发展趋势的在线投稿、在线评选和现场电子评选系统。

北京摄影函授学院圆满完成招生、教学任务，2012年函授站与院本部学员与2011年相比均保持30%以上的增长幅度。新设唐山、宁波函授站，并协助新设函授站设计课程，选配师资，理顺教学。进一步加强网络建设，完成网站改版，保证网站教学职能、信息宣传职能、学员交流职能的提升。

中国书法家协会

综　述

2012年，中国书协认真学习贯彻党的十七届六中全会和十八大精神，坚持以科学发展观为统领，遵循“在全局中定位、在大局下行动”的工作理念，围绕“三贴近”原则，圆满完成了全年各项工作任务，在艺术创作、学术研究、展览评审、惠民活动、对外交流等方面取得了新的进展；书法艺术的文化属性及社会责任得到充分重视；全国评奖展览和雅集展览相继举办，一批名家被推选出来，一批创新力作备受关注；书法理论的专业化程度加深，书法批评的重要性不断凸显；书法教育问题被进一步关注；对港澳台和对外民间书法交流不断加强。

会　议

【六届四次主席团会议】

2月3日，中国书协六届四次主席团会议在北京召开。中国书协主席张海主持会议。中国书协分党组书记、驻会副主席赵长青，中国书协副主席王家新、申万胜、苏士澍、吴东民、吴善璋、何应辉、何奇耶徒、言恭达、张业法、张改琴、陈振濂、胡抗美、聂成文出席了会议，中国书协分党组副书记、秘书长陈洪武，分党组成员、副秘书长戴志祺、潘文海和中国书协机关各部室及直属单位的负责人列席了会议。

【2012年中国书法家协会新春联谊会】

2月4日，由中国书法家协会、中央数字电视书画频道联合主办，安徽省物资能源有限公司承办的2012年中国书法家协会新春联谊会在人民大会堂举行。联谊会上，中国书协主席团、分党组领导向全场与会嘉宾、广大的书法家、书法爱好者拜年，并展示了新春寄语书法长卷，借此寄托书法家们对新的一年的美好祝愿，表达了书法家们对书法界大团结、大繁荣、大发展的共同心声。

【2011年度“中国书法进万家”工作总结会】

2月4日，2011年度“中国书法进万家”工作总结会在北京召开。中国书协分党组副书记、秘书长陈洪武主持会议。中国书协分党组书记、驻会副主席赵长青讲话。

【中国书法名城（之乡）联谊会工作会议】

2月4日上午，中国书法名城（之乡）联谊会工作会议在北京召开。中国书协分党组书记、驻会副主席赵长青代表中国书协发表讲话。宋华平作了联谊会2011年工作总结和2012年工作计划的报告。会上，各书法名城（之乡）与会代表就书法名城（之乡）的繁荣与发展问题展开热烈的交流与讨论。

【楷书专业委员会第一次会议】

4月29日，中国书法家协会第六届理事会楷书专业委员会第一次会议在北京召开。中国书协副主席、楷书专业委员会主任王家新等出席会议。会议由吴震启主持。会议传达了中国书协六届三次、四次主席团会议精神。研究了第四届中国书法兰亭奖“艺术奖”推荐工作。讨论了楷书专业委员会近期主要工作和重要展览计划。

【中国书法名城（之乡）联谊会二届一次理事会】

4月29日，由中国书法家协会、中国书法名城（之乡）联谊会主办，山东省书法家协会承办的“中国书法名城（之乡）联谊会一届三次理事扩大会”、“中国书法名城（之乡）联谊会二届一次理事会”在山东省济南市南郊宾馆举行。

【中国书协妇女工作委员会第一次会议】

6月7日，中国书法家协会妇女工作委员会第一次会议在河南省新乡市国际饭店召开。会议期间，在新乡市博物馆举办“全国著名女书法家作品邀请展”。

【篆书专业委员会2012年工作会议】

6月15日上午，中国书协篆书专业委员会2012年工作会议在大同召开。言公达、陈洪武、包俊宜、丛文俊、高庆春、许雄志等篆书委员会委员及部分特邀篆书名家36人到会。言公达作工作报告。陈洪武主持会议。会议就《中国书协篆书专业委员会2012—2013工作计划》广泛征求意见并展开讨论。

【六届三次理事会】

6月27日至28日，中国书协六届三次理事会议在上海市松江区举行。中国文联党组副书记、副主席覃志刚，中国书协主席张海在会上作了重要讲话。中国书协分党组书记、驻会副主席赵长青作了题为《关于全国六次书代会以来的工作总结和下步工作安排》的报告。中国书协分党组副书记、秘书长陈洪武主持会议。会议向书法界发出了《关于践行〈中国文艺工作者职业道德公约〉的倡议书》。与会代表对覃志刚和张海的讲话以及赵长青所作的工作报告进行了分组讨论。会上还颁发了2011中国书法年度佳作奖。

【六届五次主席团会议】

6月27日，中国书协六届五次主席团会议举行。会议审议通过了《中国书法家协会关于团体会员入会条件细则及管理办法》，表决通过了接纳全国公安书法家协会、中国职工书法家协会作为中国书协团体会员单位的提议。会议通过了人事任免事项：由于戴志祺同志已到退休年龄，按照有关规定不再担任中国书协分党组成员、副秘书长职务，任命张陆一同志为中国书协分党组成员、副秘书长。赵长青作了《关于创建“中国书法传媒总公司”的说明》，宣读了中国文联《关于大众文艺出版社变更主办单位的决定》。大众文艺出版社由中国文联主管主办变更为中国文联主管、中国书协主办。

【中国书法媒体联谊会成立大会】

7月1日，由中国书法家协会主办，中国书协信息传媒中心承办的中国书法媒体联谊会成立大会在杭州召开。中国书协分党组书记、驻会副主席、中国书法杂志社社长赵长青，中国书协副主席、新闻出版工作委员会主任苏士澍、何应辉，中国书协副主席何奇耶徒、陈振濂，中国书协理事，全国政协书画室主任赵学敏，中央数字电视书画频道董事局主席王平，大众文艺出版社社长王利明，中国书协理事、《美术观察》主编李一，中国书协理事、《中国书画》副主编张公者，中国书协理事、《书法导报》总编辑王荣生，书法报社社长、总编辑舟恒划，中国书法杂志社常务副社长郭志鸿，《中国书法》副主编朱培尔以及全国70余家专业及社会媒体代表共一百余人出席了会议。

【2012年组联工作会议】

7月11日，中国书协2012年组联工作会议在甘肃省瓜州县召开。会上，中共甘肃省委常委、宣传部部长连辑等分别致辞，中国书协分党组书记、驻会副主席赵长青发表讲话，潘文海传达了六届三次理事会精神，张陆一部署了2012年中国书协组联工作，刘恒就中国书协展览工作的相关事项作了说明，戴志祺介绍了第四届中国书法兰亭奖的策划组织情况，郭志鸿介绍了中国书法杂志明年的编辑出版与发行情况。会议由中国书协组联部副主任段军主持。下午，会议进行了座谈讨论，中直分会常务副会长兼秘书长白煦等作了重点发言。张陆一作总结发言。

【燕京当代中国书法博物馆意向签约仪式】

7月19日，由中国书协与河北三河市委市政府共同创建“燕京当代中国书法博物馆意向签约仪式”在燕郊开发区举行。该馆的建成将会填补了国内空白，对推动书法事业和产业发展起到龙头带动作用。中国书协领导赵长青、张飙、王家新、苏士澍、胡抗美、赵学敏、潘文海、张陆一及三河市领导张金波、谷正海等出席。

【草书专业委员会工作会议】

10月20日，中国书协草书专业委员会第二次全体会议暨草书艺术理论研讨会在江西省萍乡迎宾馆召开。

【教育委员会工作会议】

12月9日上午，中国书协教育委员会工作会议在江苏省常州市召开。中国书协副主席、教育委员会主任申万胜、言恭达等70余人出席了或旁听了会议。会议由言恭达主持。9日下午和10日上午，与会人员还分别考察了常州的书法特色学校——三井实验小学和苏州的书法教育基地——山塘中心小学，并听取了学校领导和教师的经验汇报。

迎庆党的十八大主题活动

【迎庆党的“十八大”中国书法之乡十八县（市）书法巡展】

9月26日，为迎庆党的“十八大”召开所举办的中国书法之乡十八县（市）书法巡展在郑州市升达艺术馆开幕。展览汇集了浙江省诸暨市、义乌市，新疆维吾尔自治区鄯善县，宁夏回族自治区隆德县，山西省芮城县，陕西省三原县，甘肃省镇原县，辽宁省大石桥市、盖州市，山东省临邑县，吉林省柳河县，河北省秦皇岛市山海关区，河南省偃师市、郸城县、固始县、内乡县、洛宁县、孟津县18个中国书法之乡的书法作品。这些作品诸体兼备，风格多样，特色鲜明，是中国书法之乡整体创作实力的一次代表性展示。12月14日，迎庆党的“十八大”中国书法之乡十八县（市）书法巡展（芮城展）在山西省芮城县展览馆举行。巡展还将在各书法之乡陆续举行。

【迎庆党的“十八大”部长将军名家书法作品邀请展】

10月8日，“党的旗帜高高飘扬、文艺事业繁荣发展”——迎庆党的“十八大”部长将军名家书法作品邀请展在中国人民革命军事博物馆隆重举行。全国人大常委会副委员长、民革中央主席周铁农，中国文联党组副书记、副主席覃志刚，中国书协分党组书记、驻会副主席赵长青等出席开幕式。

【学习十八大精神座谈会】

12月，积极组织召开“认真领会十八大报告精神，全面推进书法事业繁荣发展”等系列专题座谈会。

纪念毛泽东同志《在延安文艺座谈会上的讲话》发表70周年纪念活动

【纪念毛泽东同志《在延安文艺座谈会上的讲话》发表70周年书法作品展】

5月10日，“百花扎根沃土，艺术奉献人民——纪念毛泽东同志《在延安文艺座谈会上的讲话》发表70周年书法作品展”开幕式在北京中国人民革命军事博物馆隆重举行。中国文联党组副书记、副主席覃志刚，中国书协分党组书记、驻会副主席赵长青，中国文联党组成员、书记处书记夏潮，中国作协党组成员、副主席廖奔等出席开幕式。本次活动特邀了一些重要领导和书法名家的作品参展。参展作品以毛泽东同志诗词、语录等为主要内容，以昂扬的精神风貌抒写人民奋进的时代华章，缅怀过去，瞻望未来。每幅作品都饱含了对党、对社会主义的无限深情。

【中国书法进万家——走进革命圣地延安】

5月18日至20日，“百花扎根沃土、艺术奉献人民——纪念毛泽东同志《在延安文艺座谈会上的讲话》发表70周年暨中国书法进万家——走进革命圣地延安”活动在陕西省延安市举行。活动期间，纪念毛泽东同志《在延安文艺座谈会上的讲话》发表70周年书法作品展开幕式在延安革命纪念馆举行。随后，举行了中国书协纪念毛泽东同志《在延安文艺座谈会上的讲话》发表70周年座谈会，赵长青主持了座谈会。活动期间，书法家们参观了枣园、杨家岭、宝塔山、鲁艺旧址等革命历史遗迹，接受了革命历史教育。

【向延安市赠送70米书法长卷】

5月10日下午，由中国文联、中国音协、陕西省政府、陕西省文联、延安市政府共同举办的“我要去延安”大型演出活动在延安市举行。中国文联党组书记、副主席赵实，中国文联党组成员、副主席杨承志，省政府副省长郑小明，省政府副秘书长孟建国，省委宣传部副部长、省文联党组书记刘斌，中国音协主席、陕西省文联主席赵季平，中国音协分党组书记、副主席徐沛东，中国书法家协会党组副书记陈洪武和延安市领导等观看了演出。演出中举行了中国书协向延安市赠送70米书法长卷仪式。

【赴大荒地村、吉林石化采风慰问】

5月26日，由中国文联党组书记、副主席赵实率领的“纪念毛泽东同志《在延安文艺座谈会上的讲话》发表70周年·中国文联文艺志愿服务团”分赴吉林市大荒地村、中国石油吉林石化公司，进行采风慰问演出活动。中国书协八位书法家在赵长青书记的带领下为大荒地村、吉林石化公司创作了100余幅书法作品，并在大荒地村、吉林石化采风慰问演出现场。由赵实、赵长青同志代表中国文联和中国书协分别赠送了书法作品和由12位书法名家书写的20米书法长卷。

活　动

【赴黑龙江边防线慰问演出采风】

2011年12月31日至2012年1月3日，中国文联等单位组织“送欢乐、下基层”赴黑龙江边防线慰问演出采风活动。在为期3天的活动中，采风团艺术家分别赴“东方第一哨”抚远镇乌苏镇哨所和黑瞎子岛等地慰问边防守备部队，赴同江市赫哲族民族村慰问采风。慰问活动期间，中国书协分党组书记、驻会副主席赵长青、中国书协理事李洪海、于恩东、张戈等书法家为战士们创作了《保卫祖国》、《英雄哨所》等书法精品。

【慰问首都交警】

1月7日，中国文联、中国书协组织中国书协机关的书法家40余人、来到位于北京市百子湾的北京市交管局朝阳交通支队举行新春笔会，挥洒翰墨，把一份浓浓的爱心和祝福送给春节前夕坚守岗位的执勤民警们。中国书协分党组书记、驻会副主席赵长青，中国文联国内联络部主任罗成琰，中国书协分党组副书记、秘书长陈洪武，中国书协分党组成员、副秘书长潘文海，中国书协办公室、组联部、展览部、外联部、研究部，《中国书法》杂志社，《中国书法通讯》，《中国书法手机报》以及中国书协培训中心的在职与离退休干部参加了当天的笔会与慰问活动。笔会上，书法家们共创作了300余幅春联和书法作品，内容高雅、书艺精湛，受到了干警们的热烈欢迎。赵长青、罗成琰、陈洪武、潘文海等还冒雪赶到东长安街，向正在执勤的首都交警赠送了红彤彤的春联，致以节日的问候。

【慰问北京城建集团地铁建设工地】

1月中旬，“中国文联、中国书协2012年‘送欢乐、下基层’慰问北京城建集团地铁建设工地活动”举行。中国文联党组副书记、副主席覃志刚，中国书协顾问、中国书协中直分会会长张飙，中国书协分党组书记、驻会副主席赵长青，中国书协副主席申万胜，中国文联国内联络部主任罗成琰，中国书协分党组副书记、秘书长陈洪武，中国书协分党组成员、副秘书长潘文海等领导和在京书法家参加了这次活动。书法家冒着零下十多度的严寒来到北京市城建集团地铁8号线建设工地，共创作书法100余件，春联300余幅。

【慰问广西百色驻军】

2月21日至23日，中国书协分党组书记、驻会副主席赵长青等随“爱国拥军、情系边关”慰问团赴广西壮族自治区百色市慰问驻田阳空军某部部队官兵。

【女书家送书法进校园】

2月29日下午，由中国书法家协会妇女工作委员会与海淀区彩和坊小学共同主办的迎“‘三·八’女书家送书法进校园”活动在京举行。在京委员一行13人走进校园开展考察交流，并将精心创作的书法作品赠送给学校师生。赵长青、张改琴出席此次活动。

【《中国书法》杂志捐赠西部地区万名大学生活动】

4月26日，由中国书法家协会、中国书法杂志社与中晨圣维投资控股集团有限公司共同举办的《中国书法》杂志捐赠西部地区万名大学生活动在北京中央数字电视书画频道演播大厅举行。西南民族大学副校长沙马拉毅与五名西部大学生代表接受了捐赠。

【为各地书法之乡（书法城）、创作培训基地授牌】

4月11日，“中国书法家中国闽台缘博物馆创作培训基地”授牌仪式在福建省泉州市中国闽台缘博物馆举行。仪式结束后参加授牌领导和嘉宾共同参观“明清以来两岸百人书画扇面展”。

4月15日，“中国书法之乡”授牌仪式在河南省洛宁县书法馆举行。仪式结束后参加授牌领导和嘉宾共同参观了“全国名人名家书法邀请展”。

4月17日，“中国书法之乡”授牌仪式在河南省孟津县文化中心广场举行。

5月13日，“中国书法家大理旅游集团创作培训基地”授牌仪式在云南大理南诏风情岛举行。

5月26日，“中国书法城·吉林市”授牌仪式在吉林省吉林市艺术中心举行。

5月28日，“中国书法家创作培训基地”命名授牌仪式在浙江省丽水市文化馆举行。

6月16日，“中国书法之乡”授牌仪式在高安

市举行。

6月10日，“中国书法名山”授牌仪式在莱州市云峰山举行，授牌仪式结束后，参加仪式的领导和国内外嘉宾参观了“云峰刻石书法史料展”、“云峰风光摄影展”、“郑文公碑、论经书诗碑”、“云峰雅颂·纪念云峰刻石1500年中外书法名家作品展”等，并在书法长卷上题字留念。

7月23日，“中国书法之乡”授牌仪式在河北省承德市隆化县举行。授牌仪式结束后，领导和嘉宾们观看了百米书法长卷创作，并参观了隆化民族博物馆和董存瑞烈士陵园，赵长青代表中国书协向董存瑞烈士纪念碑敬献了花篮。

7月26日，第六届中国·山海关国际长城节暨“中国书法之乡·山海关”命名授牌仪式在秦皇岛市山海关区天下第一关广场举行。同时，在山海关长城博物馆举行龙之韵·山海关长城书法精品展。

8月28日，“中国书法城——阜阳市”授牌仪式在安徽省阜阳市举行。

8月23日，“中国书法之乡”、命名授牌仪式在黑龙江省巴彦县人民广场举行。

8月26日，“中国书法之乡”命名授牌仪式在江苏省邳州市会议中心举行。

9月6日，“中国书法之乡”命名授牌仪式在河北省正定县子龙广场举行。

9月14日，“中国书法之乡——长治县”命名授牌仪式在山西省长治县职工俱乐部广场举行。仪式结束后，与会领导还参观了“中国书法之乡——长治县”书法名家作品邀请展。

9月15日，中国书法家石膏山景区创作培训基地授牌仪式在山西石膏山风景名胜区卧龙山庄举行。

9月27日，“中国书法之乡——富阳”授牌仪式在浙江省富阳市东吴文化广场举行。

11月20日，上海市松江区“中国书法城”命名授牌仪式在松江美术馆隆重举行。为了配合此次命名授牌活动，松江区举办了“翰墨耀云间”2012书法作品展。

11月26日，“中国书法之乡——平谷”授牌仪式在北京市平谷区世纪广场举行。参加授牌仪式的所有来宾一起参观了“全国名家书法邀请展”。

12月23日，“中国书法之乡”授牌仪式在江西省东乡县体育馆举行。

【中国书法进万家——走进山西芮城】

8月2日，“中国书法进万家——走进山西芮城”在山西省芮城县隆重举行。中国书协副主席吴善璋，中国书协分党组成员、副秘书长张陆一，中国书协理事、展览部主任刘恒，中国书协组联部副主任段军，中国书协理事、山西省书协主席石跃峰等和来自全国各地的书法家以及新闻媒体100余人参加了活动启动仪式。活动期间，书法家们饱含激情，挥毫泼墨，共同书写长卷，为山西芮城献上了一份精神厚礼，并到芮城县七一示范小学为学校的师生点评书法作品。

【中国书法进万家——走进黑龙江巴彦】

8月23日，“中国书法进万家——走进黑龙江巴彦”在黑龙江省巴彦县举行，书法家们满怀激情为巴彦县书写了40余幅书法作品。

【壬辰年重阳中国书法名家祭祀轩辕黄帝典礼系列活动】

10月22日至23日，由中国书法家协会、陕西省文联、黄陵县政府主办的“壬辰年重阳中国书法名家祭祀轩辕黄帝典礼系列活动”在陕西省延安市黄陵县举行。中国书法家协会分党组书记、驻会副主席赵长青，中国书法家协会副主席申万胜、吴善璋、言恭达、张改琴、聂成文等及社会各界近8000人参加了活动。

【兰亭学校教师书法培训班开班】

10月21日，中国书协“兰亭学校教师书法培训班”开班仪式在郑州市中牟县河南农业职业学院举行。原中国书协分党组成员、副秘书长戴志祺，中国书协分党组成员、副秘书长张陆一，中国书法名城（之乡）联谊会会长、河南省书协主席宋华平，中国书协组联部副主任段军，中国书协培训中心主任刘文华，中国书法名城（之乡）联谊会副会长、河南省书协副主席吴行等及参加培训的学员们参加了开班式。

【中国书法进万家——走进西山矿区】

12月27日上午，“中国书法进万家”活动走进西山矿区在山西举行。来自全国各地的20多位著名书法家来到西山煤电集团，书写了100多幅作品，之后，联手在百米长卷上献艺并捐赠给企业。

【命名“兰亭小学”活动】

8月23日，中国书协在黑龙江省巴彦县人民广场举行“兰亭小学”命名授牌仪式。

10月16日，中国书协在青海省玉树州隆宝镇中心寄宿学校举行“兰亭小学”捐建授牌仪式。同时，参加授牌仪式的书法家为“兰亭小学”和隆宝镇文化部门捐赠书法作品。

11月7日，中国书协在甘肃省舟曲县柳坪小学举行“兰亭小学”捐建授牌仪式。

12月23日，中国书协在广西柳城县大埔镇第一小学举行大埔一小“兰亭小学”授牌仪式。中国文联党组副书记、副主席、全国政协常委、全国政协科文卫体委员会副主任覃志刚等参加了授牌仪式。

展览与评奖

【全国第十届书法篆刻作品展览（北京展）】

1月1日至1月8日，全国第十届书法篆刻作品展览（北京展）在中国美术馆隆重举行，共展出上海和广西两个展区的优秀作品、部分优秀提名作品68件。

【风雅颂·首届中青年书法提名双年展】

2月1日，“风雅颂·首届中青年书法提名双年展”在北京启动。同时，还举办了学术研讨会。

【“墨舞神州”全国电视书法大赛】

2月22日，由河南省张海书法艺术发展基金会提供资金支持的“墨舞神州”全国电视书法大赛颁奖文艺晚会在河南电视台8号演播厅举行。全国政协副主席、中国文联主席孙家正，省政协主席叶冬松，中国文联党组副书记、副主席覃志刚，司法部党组成员、中纪委驻司法部纪检组长韩亨林，人力资源和社会保障部副部长杨士秋等领导与嘉宾出席。

【“恒源祥·书画同源”首届全国书画名家学术邀请展】

3月18日，“恒源祥·书画同源”首届全国书画名家学术邀请展（北京展）在北京国粹苑美术馆举行。展览邀请了当代60多名知名书画家展出作品100多件。

【“书法与税法”第21个税收宣传月书法名家邀请展】

4月15日，“书法与税法”第21个税收宣传月书法名家邀请展及主题笔会举行，中国书法家协会和全国税务系统的50余位书法名家齐聚一堂，展示书法艺术，宣传税收文化。

【2011中国书法年度佳作评选活动】

4月19日，2011中国书法年度佳作评选活动在北京举行。经严格评审，评委会从263件入围作品中评选出了31件作品进入终评，经投票最终评选出2011年度佳作15件。本次评选活动的参评范围包括：1、2011年度中国书协（含各专业委员会）主办展览中的优秀作品；2、《中国书法》等专业媒体2011年度重点推介的作品。3、省级及有关单位举办的重大展览中的佳作。

【“中国瘗鹤铭奖”全国书法作品展】

5月4日，由中国书法家协会、江苏省文化厅、江苏省文联、镇江市人民政府联合主办的“中国瘗鹤铭奖”全国书法作品展在镇江开幕。评审阶段，从一万两千多件作品中初选出了一千四百件作品入围，最终共评出10件优秀作品，20件优秀提名奖作品，364件入展作品。

【全国第三届青年书法篆刻作品展】

5月30日上午，由中国书法家协会主办，江苏悦达集团、中国书法家协会艺术发展中心、北京锦龙堂文化艺术传播中心承办的“全国第三届青年书法篆刻作品展”开幕式在中国人民革命军事博物馆举行，中国书协主席张海，中国书协顾问、解放军书法创作院院长李铎，军事博物馆副馆长黄亦兵等领导与嘉宾出席开幕式。本次展览共展出398件作品。

【首届“王羲之奖”全国书法作品展】

8月26日，由中国书法家协会、中共山东省委宣传部、山东省文化厅、山东省文联联合主办，山东省书法家协会承办，倪氏海泰集团协办的“首届王羲之奖全国书法作品展”开幕式在山东省博物馆隆重举行。评审阶段，经中国书法家协会评审委员会认真评选，最终评选出优秀作品19件、入展作品318件（含优秀作品）。

【第六届中国·临沂中小学生书法节】

9月4日，第六届中国·临沂中小学生书法节在山东省临沂市文化中心隆重开幕。活动自4月30日征稿以来，受到了全国广大师生书法爱好者的积极响应，由中国书协共评出入展作品605幅，并结集出版了《第六届中国·临沂中小学生书法节作品集》。

【第九届全国刻字艺术展暨第十四届国际刻字艺术展】

9月23日，由中国书法家协会、中国书法家协会刻字研究会、浙江省书法家协会联合主办，永康市人民政府和浙江省书法家协会刻字委员会承办，杭州典集文化艺术有限公司协办的第九届全国刻字艺术展暨第十四届国际刻字艺术展在浙江省永康市博物馆隆重举行。本次展览展出作品539件，集中展示了中国、日本、韩国、新加坡、马来西亚等国的刻字艺术水平，国际间刻字大家庭的作品汇聚一堂，表现了各国多元融合、同源异流、百花争艳的现代刻字艺术。

【首届“张芝奖”全国书法大展】

9月24日，由中国书法家协会、甘肃省委宣传部、甘肃省文联主办，甘肃省书法家协会、酒泉市委宣传部、瓜州县委、县政府承办的首届“张芝奖”全国书法大展开幕式在瓜州举行。此次大展共收到来自全国各地的书法作品1万余幅，经过评审，共有297幅作品入围参展，有10幅作品被评为优秀作品。

【首届“赵孟頫奖”全国书法作品展】

9月28日，首届“赵孟頫奖”全国书法作品展在湖州博物馆开幕。此次书法展共展出作品360余件，其中包括60位书法名家邀请作品。

【“农行杯”首届中国电视书法大赛启动仪式】

9月26日，“农行杯”首届中国电视书法大赛启动仪式暨新闻发布会在北京举行。中国农业银行党委副书记车迎新，中国书法家协会顾问李铎、书法家刘艺，中国文联党组副书记、副主席覃志刚，中国文联副主席段成桂，中国书法家协会分党组书记、驻会副主席赵长青，中央数字电视书画频道董事局主席王平，以及书法界、文化艺术界名人，新闻界100余家媒体出席了此次新闻发布会。中国农业银行企业文化部副总经理赵文生，中国书协分党组书记、驻会副主席赵长青，书画频道董事局主席王平分别回答了记者提问。

【第二届“孔子艺术奖”全国书法作品展】

9月28日，由中国书法家协会主办，山东省书法家协会、中国书法杂志社、中共济宁市委宣传部、济宁市文学艺术界联合会联合承办的第二届“孔子艺术奖”全国书法作品展在曲阜市孔子研究院开幕。经过中国书法家协会评审委员会的评选，共有310件书法作品从13500件投稿作品中脱颖而出，入围本届作品展。

【第五届中国（天津）书法艺术节】

10月9日至14日，第五届中国（天津）书法艺术节在天津国际展览中心举行。全国第三届隶书大展、第五届全国书法百家精品展、历届书法“十杰”作品展、全国书法名家邀请展、天津市第七届书法篆刻展等20余项展览同时亮相。

【首届全国“三名工程”书法作品评审】

10月10日，首届全国“三名工程”书法作品评审会于北京圆满结束。当代书坛“三名”精品工程于2011年启动，经过遴选传世经典名篇、推选“提名”书法家、“提名”书法家创作三个准备阶段，再经评委会、监委会三轮认真有序的初评、复评和终评，共选出入展作品50件。预计2013年9月在中国美术馆举行首届全国“名篇·名家·名作”书法作品展览。

【第三届全国行草书展】

11月17日，由中国书法家协会、安徽省文学艺术界联合会、合肥市政协主办，中国书法家协会行书委员会、草书委员会、安徽省书法家协会和合肥之友书画院承办的“第三届全国行草书展”在合肥开幕。全国第三届行草书展优秀作品作者、参加全国行草书创作暨江淮书风研究论坛的专家，以及安徽省、合肥市相关部门领导参加了开幕式。评审阶段，共征集作品1.2万幅。最终选出入展作品367幅，优秀作品19幅。

【2012《中国书法》年展·当代中青年60名家提名展】

11月24日，“2012《中国书法》年展·当代中青年60名家提名展”在中央数字电视书画频道隆重开幕。此次参展的120件作品由入选“当代书坛中青年60名家”的书家所创作，是从中国书协历次展览获奖作者中提名，经《中国书法》读者投票、专家评审产生的。由大众文艺出版社出版的2012《中国书法》年展·当代中青年60名家提名展作品集也同时首发。

【全国第二届册页书法作品展】

11月27日，由中国书法家协会主办，江门市人民政府、广东省文学艺术界联合会、广东省书法家协会和广东书法院联合主办，开平市人民政府和江门市英吉利华投资有限公司承办的全国第二届册页书法作品展开幕式暨开平市谭逢敬艺术院落成典礼在广东省开平市谭逢敬艺术院隆重举行。评审阶段，最终评出优秀作品27件、入展作品383件。

【第四届中国书法“兰亭奖”评审】

3月23日，“兰亭回家”——第四届中国书法“兰亭奖”新闻发布会在绍兴隆重举行。中国书协分党组书记、驻会副主席赵长青，中国文联国内联络部主任罗成琰，绍兴市副市长冯建荣分别发表讲话。中国书协分党组成员、副秘书长戴志祺就记者提出的奖项调整、评委构成、评审机制、违规处理以及退稿等问题，回答了记者的提问。

11月29日，第四届中国书法“兰亭奖”评审预备会召开。中国书协主席张海讲话，中国书协分党组书记、驻会副主席赵长青对各项筹备工作给予肯定，并提出了具体要求。中国文联内联部主任罗成琰代表中国文联表示将一如既往地关心和支持兰亭奖。预备会由中国书协分党组副书记、秘书长陈洪武主持。

12月2日，第四届中国书法“兰亭奖”评审总结会举行。中国书协分党组副书记、秘书长陈洪武，中国书协原分党组成员、副秘书长戴志祺，中国书协分党组成员、副秘书长张陆一分别总结理论奖、艺术奖、佳作奖的评审工作。中国书协展览部主任刘恒主持会议。中国书协主席张海做总结讲话。

第四届中国书法“兰亭奖”共评出终身成就奖3人，艺术奖10人，佳作奖入展作品232件（其中一等奖5件、二等奖10件、三等奖13件），理论奖19项（一等奖3项、二等奖7项、三等奖9项）。

【个人展览】

5月12日，“知白守黑——张良勋张学群书法作品展览”在安徽省博物馆隆重开幕。

5月25日，为纪念毛泽东同志《在延安文艺座谈会上的讲话》发表70周年，“2012·东莞”邵秉仁书作展开幕式在广东东莞岭南美术馆隆重举行。邵秉仁向岭南美术馆捐赠了书法作品。

5月27日至29日，由中国书协、中国宋庆龄基金会主办的“辛亥革命人物赋”书法展在北京开幕。全国政协副主席、中国文联主席孙家正出席了开幕式。

2012年6月6日，“薪火相传，翰墨流光——章太炎·姚奠中师生书艺展”在北京国家博物馆开幕。共展出章太炎先生、姚奠中先生120余幅书法作品。同时还展出章太炎先生其他几位弟子的作品。

佟韦章草书法艺术展在北京柯岚艺术馆开幕。本次展览共展出佟韦章先生32件草书法精品。

7月21日，“陈巨锁墨迹展”在全国政协礼堂隆重举行开展仪式。

8月22日，“家在富春山”羊晓君隶书展开幕式在北京中国美术馆隆重举行。

8月29日，“胡抗美书法艺术展”在吉林省长春市东北亚艺术中心开幕。重点推出胡抗美近期创作的书法作品80余件。

9月28日，“月满垂虹·张旭光书法全国巡展”在吴江隆重开幕。本次大展展出张旭光先生新近创作的79件书法作品。

11月10日，“徽风蜀韵——张学群李兵书画作品展”在全国政协礼堂开幕。

11月14日，“风展红旗——刘明先生书法作品展”在中国人民革命军事博物馆开幕。

学术、创作、培训

【第九届全国书学讨论会】

5月2日至4日，由中国书法家协会、中共山西省古县县委、县人民政府主办，中国书协研究部、中共山西省古县县委宣传部承办的第九届全国书学讨论会在山西古县顺利召开。中国书协副主席、学术委员会主任陈振濂，中国书协分党组副书记、秘书长陈洪武，中国书协学术委员会专家学者朱以撒、曹宝麟、侯开嘉、胡传海等，以及获奖和入选作者共50余人参加了讨论会。会议由郑晓华主持。陈洪武代表中国书协、学术委员会作了重要讲话。学术活动由陈振濂主持，获奖作者张恒奎、祝帅、杨频、李阳洪等就获奖论文作报告，曹宝麟、胡传海、侯开嘉、朱以撒4位专家分别作了点评。会议期间，与会人员分书法史论、书法理论和书法教育三组，就书学研究的诸多问题进行了深入探讨和融洽交流。最后，姜寿田、刘宗超、王伟林代表讨论小组作了汇报。

【白煦《水墨书法评论集》首发座谈会】

3月31日，由中国书法家协会、中国书协中央国家机关分会联合主办的“白煦《水墨书法评论集》首发座谈会”在京举行。中国书协顾问张飚，中国书协分党组副书记、秘书长陈洪武，以及二十多名书法家出席。座谈会由中国书协学术委员会副主任周俊杰主持。

【西部书界新秀系列书法研修班开班】

5月14日，由中国书协主办、中国书协主席张海倡议并资助的“西部书界新秀系列书法研修班（行草班）”在河南省偃师市张海书法艺术馆开班。10月8号上午，“西部书界新秀系列书法（楷书）研修班”在河南省偃师市张海书法艺术馆开班。第一、二期行草书、楷书培训班共招收、培训了来自西部13个省、市、自治区的135名学员。通过遴选当代书坛优秀书家，采取全脱产集中面授的教学方式，围绕专业课、公共课、专题研讨、观摩展评等环节，高质量完成了首批两期研修班的教学培训任务。一批西部地区书法人才和骨干力量得到了成长，产生了强烈的示范、引导和社会效应。

【2012中国书法·金陵论坛】

7月15日至16日，由中国文联、江苏省人民政府主办，中国书法家协会、江苏省委宣传部、省文化厅、省文联执行主办，南京市浦口区人民政府、江苏省书法家协会、江苏省文化发展基金会承办的“2012中国书法·金陵论坛”在南京浦口珍珠泉风景区举行。

全国政协副主席、中国文联主席孙家正，江苏省政协主席张连珍等出席开幕式并启动论坛开幕。中国文联党组成员、书记处书记夏潮，中国文联理论研究室主任陈建文，中国书协主席张海，中国书协分党组书记、驻会副主席赵长青等领导和嘉宾出席了开幕式。开幕式由言恭达主持。谢和平、周文彰、苏叔阳、张颐武、梁江、向云驹、肖云儒、王平、丛文俊、黄宗贤、张颢瀚、黄惇、孟建等30多位文化学者、当代书法学术界理论家以及入选本次论坛的论文作者参加了论坛。

论坛前期工作中，由来自中国书法家协会学术委员会的专家评审团，对中国书法家协会面向全国各地、各领域、各阶层征集到的关于此次论坛活动的主题论文一百二十余篇进行了初评工作。经过专家们的认真评选与审议，最终选定23篇论文入选本次论坛。

【书法专业师资班开班】

2011年12月12日中国书协与河北省廊坊燕京职业技术学院联合创办“书法专业师资班”签约仪式在廊坊职业技术学院礼堂举行。2012年，“书法专业师资班”招收80人，为全国26所兰亭学校培养师资力量。

【首届中国书法·王羲之论坛】

8月26日，由中国书法家协会、中共山东省委宣传部、山东省文化厅、山东省文联联合主办，山东省书法家协会承办，倪氏海泰集团协办的首届王羲之奖全国书法作品展开幕式在山东省博物馆隆重举行。开幕式当天下午，首届中国书法·王羲之论坛在博物馆一层报告厅举行，中国书协学术委员会副主任、南京艺术学院博士生导师黄惇教授为大家作了题为《当代书坛格局的形成、由来及其走向》的学术报告。

【全国首期妇女书法临摹与创作培训班】

9月17日至21日，全国首期妇女书法临摹与创作培训班在北京中国书法家协会书法培训中心开学。

【《中国法书全集》出版座谈会】

11月5日，《中国法书全集》出版座谈会在文物出版社召开。出席座谈会的有：全国政协副主席李金华，全国政协原副主席张思卿，中国书协分党组书记、驻会副主席赵长青，中国书法杂志社常务副社长郭志鸿等。《中国法书全集》各分卷主编汇集了目前国内各相关领域的一流权威：先秦两汉卷主编宋镇豪、魏晋南北朝卷主编王靖宪、隋唐五代卷主编苏士澍、宋代卷主编马宝杰、元代卷主编王连起、明代卷主编萧燕翼、清代卷主编单国霖。文物出版社董事长张全国同志介绍了《中国法书全集》出版的基本情况。《中国法书全集》副主编苏士澍同志介绍了《中国法书全集》的突出特点。

【全国行草书创作及江淮书风研究论坛】

11月17日下午，全国行草书创作暨江淮书风研究论坛在合肥举行。中国书协副主席言恭达主持论坛。省高级人民法院党组副书记、副院长、省书协主席张学群讲话。论坛上，来自全国各地的专家们，围绕当代行草书创作研究、行草书的历史演变和风格研究、当代书法创作动态研究、江淮书风的风格特征研究、江淮书风的历史与未来研究等进行了研讨。

【“当代中国文化与中青年书法创作”高峰论坛】

11月24日，由中国书法家协会、中国文学艺术基金会主办，中国书法杂志社承办，CNTV艺术台、中央数字电视书画频道协办的“2012《中国书法》年展·当代中青年60名家提名展”在中央数字电视书画频道隆重开幕。开幕式结束后，举行了“当代中国文化与中青年书法创作”高峰论坛。陈振濂就《关于当代书法创作的价值观与方向感问题》作了精彩的主题演讲，并与中国人民大学、首都师范大学、北京师范大学等高校的书法研究生，国家画院沈鹏精英班学员及其他与会书法家、书法爱好者进行了讨论与互动。

【明清江南刻帖研讨会】

12月16日，由中国书协学术委员会、《中国书法》杂志、江苏省书协、市委宣传部、市政府办公室、市文联主办的“明清江南刻帖研讨会”在无锡举行。中国书协副主席陈振濂等出席研讨会。此次与会的专家、学者多为高校教授或专业机构研究者，论文切入点较为独特，有的对刻帖作文献学研究，有的进行社会文化学的分析，有的则立足于江南经济与刻帖的关系进行论述，体现了较高的水平。来自各地的近70位专家学者还到无锡博物院、寄畅园等地观刻赏帖，实地考察刻石环境，感悟江南刻帖的文化精神。

对外及对港澳台地区文化交流

【“翰墨香江，书画同源”中国书画名家香港邀请展】

2月16日，由中国书协、中华汉璞书画研究院主办的“翰墨香江，书画同源”中国书画名家香港邀请展在香港展览中心举行。此次展览共展出李铎、覃志刚、赵长青、孙浩、王铁牛、刘声雨等16位名家作品。

【“书业60年·大乐华雪的世界”书法展】

3月23日，为庆祝中日邦交正常化40周年，由中国书协展览部、中国书画收藏家协会、日本每日新闻社、每日书道会共同主办的“书业60年·大乐华雪的世界”书法展在中国美术馆举行。此次展览共展出日本书法家大乐华雪创作的37件作品。

【第20届纪念国际高校生选拔书展中国研修团与中国高中生书法交流会】

3月25日，日本每日书道会举办的“第20届国际高校生书法选拔赛”16人访华团访华，在北京举行与中国高中生书法交流会。

【汉字之美——中国书法展在悉尼举行】

7月3日至7月7日，由文化部外联局、中国书协、中国艺术研究院中国书法院举办的“汉字之美——中国书法展”在澳大利亚悉尼市政大厅举行。悉尼市官员、中国驻悉尼总领事馆文化参赞及当地观众500余人出席了开幕式。展览以图片和文字形式简要介绍中国书法、篆刻的起源与演变历史，同时展示了66幅当代中国著名书法家、篆刻家、刻字家的作品。由中国书协副主席言恭达率领的中国书协代表团一行7人于7月1日至8日赴澳大利亚参加展览开幕式及文化交流活动。

【中国书协代表团赴日颁发“兰亭新星奖”】

4月1日，应日本成田山全国竞书大会组委会邀请，中国书协分党组书记、驻会副主席赵长青率中国书协代表团访日，参加了日本第28回成田山全国竞书大会书法展开幕式并向日本获奖学生颁发“兰亭新星奖”。

【纪念中日邦交正常化40周年——中日代表书法家作品展】

4月3日，“纪念中日邦交正常化40周年——中日代表书法家作品展”在东京开幕，展出中、日当代著名书法家作品各40件。中国书协副主席何奇耶徒率团参加展览活动。

【捐赠“纪念辛亥革命100周年长城笔会百米长卷”活动】

4月14日，由中国书协、台湾中国书法学会、人民画报社主办的捐赠“纪念辛亥革命100周年长城笔会百米长卷”活动在南京中山陵园孙中山纪念馆举行。2011年10月，来自大陆的70位著名书法家和台湾的30位书法家在北京居庸关长城出席举办“海峡两岸百位书法家百米书法长卷长城笔会”，并在现场共同创作百米长卷。根据两岸百位书法家的意愿，在本次活动中将“纪念辛亥革命

100周年长城笔会百米长卷”其中的一卷捐赠给南京中山陵。

【第23届中日友好自作诗书交流展】

5月27日，“第23届中日友好自作诗书交流展”在郑州升达艺术馆开幕。此次展览共展出作品173件，其中中方作品87件，日方作品86件，均为参展书法家的自作诗词。

【第28届成田山全国竞书大会中日友好青少年书法交流笔会】

8月2日，应中国书协邀请，由日本全国竞书大会会长桥本照稔先生率领的第28届成田山全国竞书大会少年少女书法交流团一行53人访华。同时，第28届成田山全国竞书大会中日友好青少年书法交流笔会在京举行。

【2012伦敦奥运中国书法音乐会】

8月10日，2012伦敦奥运中国书法音乐会在伦敦萨德勒斯威尔士舞剧院上演。

【龙腾中华——海峡两岸百家书法邀请展】

9月8日，由全国政协港澳台侨委员会、全国政协书画室、中国书法家协会、中华书学会(台湾)、海峡两岸民意交流基金会(台湾)主办，人民政协报社、《中国书法》杂志社承办的“龙腾中华——海峡两岸百家书法邀请展”在北京全国政协礼堂开幕。本次展览共展出了海峡两岸百名书法家的百幅佳作精品(大陆和台湾各50家)，内容体现了两岸同胞血脉相连、命运与共、携手同心、共同开创中华民族美好未来的祝愿。开幕式后，两岸书法家共同举办了书法笔会。

【第十届国际书法交流大展】

12月 8 日，由国际书法家联合总会与马来西亚书艺协会联合主办的第十届国际书法交流大展在马来西亚首都吉隆坡开幕，展出作品364件。参加本届国际书法交流大展的作品来自亚、欧、澳、北美、南美各大洲的18个国家和3个地区，亚洲有中国、马来西亚、新加坡、泰国、韩国、日本、印尼、菲律宾、文莱等国和中国的台湾、香港、澳门地区，欧洲有法国、英国、荷兰、比利时、意大利，此外还有美国、加拿大、巴西和澳大利亚，其中多数国家和地区的书法组织派出了代表团参加本届交流大展开幕式。中国书协代表团和观摩团与他们交流书艺，增进了友谊。来自世界20多个国家和地区的近千名书法家、书法爱好者出席了开幕式。本届大展历时9天，其间举办了两次书法笔会。

【翰耕墨耘50年书艺回顾展——中国书协组团赴贺】

12月22日，庆祝台湾中国书法学会成立50周年——翰耕墨耘50年书艺回顾展在台北举行，中国书协组团赴贺。本次展览展出台湾中国书法学会历任领导、优秀会员的作品，同时还展出中国大陆、日本、韩国、新加坡、马来西亚、泰国、加拿大、巴西、英国、法国、比利时、意大利等国书法家作品，共计286件。

机关建设

【“学、创、树”自我教育活动】

3月，深入开展“学、创、树”自我教育活动，加强协会党建、廉政和作风建设。

【档案管理信息化建设】

5月，进一步开展机关档案管理信息化建设，加强了国有固定资产、财务以及公文等工作的管理。

【十八大精神辅导报告会】

11月，组织干部职工参加十八大精神辅导报告会等系列学习活动。

【党总支换届改选】

12月，进行党总支换届改选工作，党的基层组织作用不断加强。

直属单位

【中国书法手机报开通仪式暨迎新春书法媒体联谊会】

1月18日，中国书法手机报开通仪式暨迎新春书法媒体联谊会在中央数字电视书画频道演播大厅举行。

【中国书法家协会天津市书法考级中心成立】

3月29日，中国书法家协会天津市书法考级中心在天津意式风情街正式挂牌成立。

【2013年度《中国书法》发行工作会议】

9月21日，由中国书法家协会主办，《中国书法》、辽宁省文联、省书法家协会承办的2013年度《中国书法》发行工作会议在沈阳举行。

中国杂技家协会

综　述

2012年是深入贯彻落实党的十七届六中全会和九次文代会精神的关键一年，是纪念毛泽东同志《在延安文艺座谈会上的讲话》发表70周年、隆重召开党的十八大的重要一年。在中宣部、中国文联的坚强领导和具体指导下，中国杂技家协会根据中国文联统一部署和中国杂技家协会六届五次主席团会议确定的工作计划，创新思路、突出重点、凝聚力量、锐意进取，为繁荣发展中国杂技事业，推动建设社会主义文化强国作出了积极贡献。

重大活动

【学习型党组织建设】

2012年，是中国杂技家协会认真学习宣传贯彻党的十七届六中全会和胡锦涛总书记在九次文代会上重要讲话精神的关键一年，也迎来了世人瞩目的党的十八大的胜利召开。党的十八大是中国共产党在全面建成小康社会关键时期和深化改革开放、加快转变经济发展方式攻坚时期召开的一次十分重要的大会。根据中央的统一部署和中国文联的总体安排，中国杂技家协会分党组对深入学习、宣传贯彻十八大精神活动高度重视，并作为当前和今后一个时期的重大政治任务来抓。分党组结合中国杂协工作实际，与建设学习型党组织相结合，进行周密的研究布置，并认真组织实施。通过集中学习与个人自学、精读文件与专题研讨相结合，以分党组理论学习中心组学习会、组织生活会、讨论交流会等形式和方法，深入理解和把握会议的基本精神。对会议提出的新思想、新理论、新论断，结合杂技事业发展和协会工作实际，梳理思路、武装头脑、指导工作，努力把学习成果转化为解决问题的本领和改进工作的措施，力求使学习能力、知识学养、工作本领和政治素养得以进一步提升。

【中国文联文艺志愿服务团赴中国石油吉林石化公司采风慰问活动】

5月26日，纪念毛泽东同志《在延安文艺座谈会上的讲话》发表70周年中国文联文艺志愿服务团采风慰问活动在吉林省吉林市举行。由杂技、戏剧、音乐、舞蹈等艺术门类100多名演职人员组成的志愿服务团，为工作在生产第一线的吉林石化公司的工人们以及吉林市社会各界群众奉献了高水准的文艺演出。

5月26日下午，大型综艺演出在吉林石化公司职工体育场举行。中国杂技团、广州军区战士杂技团、济南市杂技团、遂宁市杂技团等在国际、国内重大赛场上摘金夺银的精品节目为演出掀起一个又一个高潮。评书、相声、舞蹈、歌曲、京剧、京胡独奏、诗朗诵等节目，让20000多名社会各界群众享受到了一次丰盛的文艺盛宴。演出中间，书法家、美术家、民间文艺家分别向吉林市、吉林石化公司赠送艺术作品。5月26日一早，志愿服务团还派出小分队奔赴吉林市昌邑区大荒地村为村民们表演了杂技、诗朗诵、魔术、戏曲、评书、歌曲等精彩的节目，美术家、书法家还把精心创作的作品赠送给大荒地村。

中央电视台、新华社、人民日报、光明日报、工人日报、农民日报、中国文化报、中国艺术报等中央国家级新闻媒体以及吉林省、市的共计20余家新闻媒体对此次活动进行了采访报道。5月27日，中央电视台《新闻联播》进行了报道。

【中国文联文艺志愿服务团赴革命老区河南濮阳采风慰问演出】

9月26日，“庆祝新中国成立六十三周年、迎接党的十八大胜利召开”中国文联文艺志愿服务团采风慰问演出在河南省濮阳市举行。

9月26日下午，大型综艺演出在濮阳市濮上园激情广场举行。在国际重大杂技赛场屡获金奖的《比翼——双人倒立技巧》、《俏花旦——空竹》、《空中彩绸》，刘全利、刘全和的滑稽《兄弟拍电影》赢得观众热烈的掌声。此外，评书、相声、京胡独奏、魔术、民歌、豫剧等艺术领域的名家倾情演绎，让20000多名濮阳市社会各界群众尽享了这场精品荟萃的文化盛宴。在广场演出前，文艺志愿服务团还来到濮阳市清丰县单拐村冀鲁豫边区革命根据地旧址进行慰问演出。艺术家为村民们表演了杂技、独唱、魔术、滑稽、京胡独奏、相声、评书等精彩的节目。清丰县的老军人、老干部、道德模范等与2000多名群众一起观看了演出。演出后，文艺志愿者服务团参观了冀鲁豫边区革命根据地旧址纪念馆并接受爱国主义教育。

中央电视台、新华社、人民日报、光明日报、农民日报、中国文化报、中国艺术报等中央国家级新闻媒体以及河南省、濮阳市的10余家新闻媒体对此次活动进行了报道。濮阳市电视台还对整场演出进行了现场直播。

【孙家正主席为中国杂技界题词并向全国杂技工作者表达问候】

全国政协副主席、中国文联主席孙家正在大连杂技团建团60周年之际，欣然为杂技界题写贺词。题词写道："杂技是把伤痛留给自己将快乐奉于他人的艺术，杂技的每一份成功和精彩都是从业者汗水和心血的结晶。借此机会向全国杂技界的朋友们表达我的敬意和问候。"孙家正主席的题词，对全国杂技界极大的鼓舞和鞭策。7月31日，边发吉、邵学敏出席了题词赠送仪式。之后，大连杂技团组织精品节目为沈阳军区65053部队进行了"送欢乐进军营"慰问演出。

【中国杂技家协会第六届理事会第三次扩大会议】

3月20日至21日，中国杂协第六届主席团第五次会议、第六届理事会第三次扩大会议在云南省昆明市召开。

3月20日晚，中国杂协第六届主席团第五次会议召开。会议听取了中国杂协2011年工作总结和2012年工作计划的报告，审议通过了第六届理事会第三次扩大会议议程。

3月21日上午，中国杂协第六届理事会第三次扩大会议召开。来自全国28个省、自治区、直辖市、新疆生产建设兵团、解放军的52个杂技院团（校）、协会的理事、嘉宾120多人参加会议。李屹发表重要讲话。边发吉传达了中国文联九届二次全委会精神，宣读了《中国文艺工作者职业道德公约》。邵学敏作中国杂协2011年工作总结，通报了2012年工作计划，并特别指出，杂技界要掀起践行文艺界核心价值观活动的高潮。

21日下午，与会人员认真学习并讨论了《中国文艺工作者职业道德公约》，并在云南省文学艺术界共同倡议遵守《公约》的联名牌上签名。此外，各地杂协、杂技院团负责人就工作报告和计划，结合自身工作实际进行了深入交流和广泛探讨，并对杂技事业的繁荣发展积极建言献计。

会议期间，还举办了第八届中国杂技金菊奖第七次理论作品奖颁奖仪式。与会领导为金菊奖理论作品奖，以及组织工作奖、优秀论文奖的获奖单位和个人代表颁奖。

【第10届中国武汉国际杂技艺术节】

10月26日，由文化部外联局、文化部艺术司、中国杂协、武汉市人民政府等单位联合主办的第10届中国武汉国际杂技艺术节在武汉开幕。2012年的武汉国际杂技艺术节喜逢十届庆典，共有来自16个国家和地区的28个节目参赛，节目涵盖空中杂技、地面杂技、魔术、滑稽和兽类五大类别，参赛国家和地区数量为历年来最多的一次。经过8位国际评委的打分和审定，武汉杂技团的《飞轮炫技》、朝鲜平壤杂技团的《空中飞人》、俄罗斯国家马戏公司的《高空钢丝》、浙江曲艺杂技总团的《墨荷——蹬伞》4个节目获黄鹤金奖，成都军区战旗杂技团的《顶——太极》获芳草金奖。

杂技节期间还举办了杂技理论研讨会，为中外杂技家搭建了交流与学习的平台。此外，组委会邀请了美国火鸟公司、美国旧金山杂技艺术中心、保加利亚斯达芬尼演出公司、瑞典路德维卡马戏团等一批知名国内外杂技团队、演出商在杂技节期间来汉观摩、洽谈、交流。

本届杂技节继续秉持"人民的节日"的办节宗旨，通过政府购买，超低的亲民票价，文化惠民的方式开展多种惠民活动，吸引更多的市民走进杂技厅，组织更多的参赛杂技选手走进社区、学校、广场、农村，让广大群众与世界顶尖杂技艺术家亲密接触，近距离地体会杂技的魅力。

【第五届两岸四地大学生魔术交流大会】

7月22日晚，由中国杂技家协会、中国少数民族文化艺术基金会、东方电子集团有限公司共同主办的第五届两岸四地大学生魔术交流大会在北京大学百年纪念讲堂圆满落下帷幕。本次交流大会吸引了两岸四地近百所高校的大学生魔术师踊跃参与，经过层层选拔，最终有26所高校的26位大学生魔术师进入了决赛，产生出金奖4名、银奖6名、优秀奖14名。来自中国、德国、匈牙利、澳大利亚、韩国、日本的魔术大师进行了精彩表演。本次大会还安排了“魔法讲堂”和魔术道具展销等活动。

两岸四地大学生魔术交流大会经过五年的打造和培育，社会影响力越来越大，已从最初的两岸四地影响到整个东南亚甚至全球范围，成为弘扬中华民族文化、促进两岸四地大学生文化交流的一项文化品牌活动。

【第三届中国西湖国际魔术交流大会】

9月19日至22日，由中国杂技家协会、浙江省文联、浙江日报报业集团主办，浙江省杂技家协会等单位承办的“第三届中国西湖国际魔术交流大会”在杭州举行，此次魔术大会共有来自14个国家和地区的300余名魔术师和魔术爱好者参加。大会安排了国际魔术比赛、国际魔术讲座、国际魔术嘉宾展演、魔术道具展销等丰富多彩的活动。

经过初赛选拔，有27名选手进入决赛，分为舞台魔术和近台魔术两组进行比赛，节目分别有情景魔术、鸽子、球、牌、扇等魔术表现形式。经过激烈角逐，台湾的李昂轩获得舞台魔术比赛金奖，浙江宁波的董亮获得近台魔术比赛金奖，各有两名选手获得舞台和近台魔术比赛银奖，各有三名选手获得舞台和近台魔术比赛铜奖。

【2012北京国际幽默艺术周】

由中国文联、北京市政府主办，中国曲艺家协会、中国杂技家协会、北京市文联、北京电视台承办的2012北京国际幽默艺术周，于11月29日在北京电视台BTV大剧院拉开帷幕。

开幕式晚会上，来自法国、俄罗斯、荷兰、瑞士、韩国及中国台湾等地的幽默大师和首都曲艺表演艺术家们为首都观众奉献了一场异彩纷呈的幽默艺术盛典。此外，11月28日，在北京电视台BTV大剧院还举办了本次国际幽默艺术周的重头戏——国外幽默艺术专场。参加该场演出的国内外嘉宾全部由中国杂协邀请，共有来自荷兰、瑞士、法国、俄罗斯、韩国、美国以及中国七个国家的魔术、滑稽艺术家表演了11个风格各异、魔幻神奇的精品节目。

除“国外幽默艺术专场”外，2012北京国际幽默周还有“京味相声名家专场”“中国铁路文工团相声杂技魔术专场”“中国广播艺术团相声小品名家专场暨闭幕式晚会”等专场演出及十余场小剧场演出，涵盖魔术、滑稽、杂技、曲艺等诸多艺术门类。

【首届中国北京国际魔术大会】

11月30日，由文化部、中国文联、北京市人民政府共同主办，文化部艺术司、中国杂技家协会、北京市文化局等单位承办的首届中国北京国际魔术大会在昌平体育馆开幕。首届中国北京国际魔术大会会期三天，期间举办了开幕式暨国内外顶级魔术大师专场演出、国际魔术邀请赛、高端国际魔术论坛、国际魔术道具展和闭幕式等多项活动。共有来自世界22个国家和地区的约50名魔术大师出席大会。其中，20名参赛选手进行舞台魔术、近景魔术两个“金长城”奖的角逐，最终，阿根廷的亨利·埃文斯赢得近景魔术冠军，德国的索索与维多利亚组合摘得舞台魔术金牌，成为首届“金长城”金奖得主。著名魔术师刘谦和他的团队还应邀在闭幕式上进行专场表演。

对外文化交流

【参加第36届蒙特卡洛国际马戏节、第33届“明日”世界杂技节和第1届“新一代”国际青少年马戏节】

1月19日至2月5日，中国杂协组团赴摩纳哥和法国参加第36届蒙特卡洛国际马戏节、第33届“明日”世界杂技节和第1届“新一代”国际青少年马戏节。边发吉出任蒙特卡洛国际马戏节评委、邓宝金出任“明日”世界杂技节评委、邵学敏担任代表团团长。

1月19日，第36届蒙特卡洛国际马戏节首先拉开帷幕。来自俄罗斯、德国、法国、西班牙、中

国等20个国家的29个节目展开了激烈角逐。最终，上海杂技团的《大跳板》和《男子艺术造型》共同荣膺马戏节最高奖“金小丑”奖。这是中国参加这项国际顶级赛事30年来，首次两个节目同时捧得“金小丑”奖，谱写了中国杂技历史新的篇章；1月26日至29日，第33届“明日”世界杂技节在法国巴黎举行，中国铁路杂技团《双人手技》的两位年轻演员，与来自美国、俄罗斯、乌克兰、刚果等16个国家的杂技艺术家同场竞技，捧得杂技节铜奖；第1届摩纳哥“新一代”国际青少年马戏节于2月5日落下帷幕。中国杂技团的《蹦拐顶技》在14个参赛国家的20个节目中脱颖而出，获得本届马戏节杂技类节目首奖“第一银奖”。

从本届开始，中国杂协在蒙特卡洛国际马戏节和法国“明日”世界杂技节两大赛场永久设立“长城杯”，提升了中国杂协在国际杂技界的影响力和话语权。在本届蒙特卡洛国际马戏节上，中国杂协将“长城杯”颁给了俄罗斯的《双人空中吊子》；在“明日”世界杂技节上，中国杂协将“长城杯”颁给了乌克兰的《高空秋千》。

此次组团出国参赛，第一次由中国杂协作为派出单位，推荐国际评委和参赛节目。从这一届开始与大赛组委会建立起长期合作关系，今后每年都将由中国杂协选派优秀的杂技节目参赛。

【参加第14届意大利拉蒂那国际马戏节】

第14届意大利拉蒂那国际马戏节于10月18日至22日在意大利拉蒂那市举行。意大利拉蒂那国际马戏节是当今意大利举办的规模最大的马戏节。2012年，欣逢拉蒂那市建市80周年，拉蒂那市政府将其列为80周年庆典的重要文化活动。本届拉蒂那国际马戏节设金奖2名、银奖3名、铜奖5名。共有来自亚洲、非洲、欧洲、美洲的14个国家和地区的27个节目参加奖牌的角逐，节目涵盖了地面杂技、空中杂技、滑稽、驯兽各个马戏门类。来自匈牙利、瑞士、俄罗斯、中国等11个国家的14位在国际马戏界享有盛誉的知名人士组成了阵容强大的评委会，凸显了马戏节的权威性。经过激烈角逐，遂宁市杂技团的《比翼——男子双人技巧》和上海市马戏学校的《兄弟——三人倒立技巧》双双夺金，囊括本届国际马戏节金奖，这是中国参加拉蒂那国际马戏节以来首次囊括金奖。

【参加第13届法国瓦兹河谷国际马戏节】

第13届法国瓦兹河谷国际马戏节于9月28日至30日在巴黎大区的都蒙市举行，由中国杂协选送的盐城杂技团的《转动软钢丝》参赛，摘得马戏节铜奖。

【参加第25届世界魔术大会】

中国杂协派出中国杂协副主席戴武琦等一行3人，参加了7月9日至15日在英国黑泽举行的第25届世界魔术大会。大会设有魔术比赛、嘉宾演出、道具展销、魔术讲座等项活动。大会期间，进行了国际魔术联盟换届选举并投票确定了下届主办城市。多米尼克·当特当选2012年至2018年国际魔术联盟主席，海瑞特·本杰明和皮特·丁当选副主席，意大利的瑞米尼市被确定为2015年第26届世界魔术大会举办地。多名中国选手参赛，中国原创魔术道具“空筒变台灯”“中国古代钱币”等在道具展销中受到青睐。

【随中国文联代表团访问西班牙】

7月12日至17日，应西班牙普利斯马戏院等单位邀请，以中国文联党组副书记、副主席李屹为团长的中国文联代表团访问西班牙。代表团此行的主要目的是推动中国文联与西班牙相关文化艺术机构的交流与合作，特别是将中国杂技介绍到西班牙演出市场。访问期间，代表团分别与普利斯马戏院、索纳演出集团公司、西班牙国际文化艺术基金会等单位负责人进行了工作会谈。代表团还拜会了中国驻西班牙大使馆，听取了朱邦造大使和庄丽霄文化参赞关于加强中西文化交流的建议。

【蒙特卡洛国际马戏节副主席来华访问】

应中国杂协邀请，蒙特卡洛国际马戏节副主席兼艺术总监、世界马戏联合会主席乌兹·皮尔斯于4月20日至25日来华访问。访华期间，皮尔斯分赴北京、太原、石家庄等地观看了多个杂技团的节目，并确定了参加第37届蒙特卡洛国际马戏节和第2届“新一代”国际马戏节的参赛节目；参加了中方举办的第三届“世界马戏日”活动；拜会了中国文联领导，并与中国杂协举行了工作会谈。

【国际魔术联盟主席来华访问】

应中国杂协邀请，国际魔术联盟国际主席埃瑞克·埃斯文于5月19日至24日来华访问。访华期间，埃斯文拜会了中国文联领导，并与中国杂协商议、落实并审看中方参加英国第25届世界魔术大会的嘉宾、专家及参赛节目。

【摩纳哥驻华大使到中国文艺家之家访问】

10月23日，摩纳哥驻华大使凯瑟琳·福特里一行应邀到中国文艺家之家访问。中国文联党组副书记、副主席李屹会见了大使一行。邵学敏与福特里大使进行了工作会谈，就今后进一步加强中国杂协与摩纳哥蒙特卡洛国际马戏节的合作进行了沟通和探讨。

理论研讨和调查研究

【中国杂技创意与创作高级研修班】

10月11日至14日，由中国杂技家协会、江苏省文联共同主办，江苏省杂技家协会承办的2012中国杂技创意与创作高级研修班暨美式滑稽培训班在南京正式开班。来自全国各地杂技家协会和杂技团选送的学员30余人参加了此次培训。本次高级研修班邀请了来自美国的哑剧表演大师ZAVALA、加拿大舞蹈杂技编导谢依娜和中国文联副主席、中国杂协主席边发吉等国内外著名杂技编导、专家，以及央视《国际艺苑》制片人雷莹、八一电影制片厂著名导演翟俊杰等国内影视界专家、学者，他们学识修养渊博、创作经验丰富，以跨界的思想交融给学员以智慧的启迪。

【第五届东北三省杂技论坛】

12月13日，由中国杂技家协会、黑龙江省文联、吉林省文联、辽宁省文联共同主办，吉林省杂技家协会承办的第五届东北三省杂技论坛在长春召开。来自东北三省各杂技团、校、艺术研究所以及全国10个省市杂协、杂技团的60多位代表参加了论坛。

本届论坛既是对东北三省杂技艺术现状发展的总结，也是对全国杂技艺术及前沿理念的概括和思索。同时，更加突出杂技艺术理论的地域特征，对市场走向与杂技发展关系的问题尤为关注。研讨会期间，与会者就杂技艺术的发展走向，历史脉络及艺术审美的规律，新形势下的市场化冲击与改革范畴，进行了深入细致的研讨。在此次论坛上，东北三省杂技团、校、艺术研究所共提交论文31篇，由中国杂技家协会理论研究委员会成员等组成的评委对论文进行评比。

【调查研究和文艺舆情】

按照中国文联统一部署，中国杂协完成了《2012年度中国艺术报告杂技分报告》的撰写工作。此外，在全国开展了杂技界权益保护专题调研，发放调查问卷800份，并形成相关调研报告。

2012年，中国杂协共报送杂技舆情信息22篇，被采用16篇，采用率达72.7%。其中，2篇被《中国文联简报》全文刊用，1篇被《文艺动态（增刊）》全文刊用，2篇被《文艺动态》全文刊用，11篇被《文艺舆情摘报》刊用，为上级领导机关及时掌握杂技界动态，进行科学决策和指导工作提供了有效的服务。

【新闻出版和信息服务】

《杂技与魔术》杂志全年共出刊6期，发稿约40万字，照片600余幅；编辑出版《中国艺术报》杂技专版1期、《中国杂协简报》11期、《杂协通讯》3期、《杂协通讯特刊》2期；制作了《赴吉林石化慰问演出》、《赴河南濮阳慰问演出》画册、纪念光盘2套。向社会各界宣传杂技事业发展的新趋势、杂技创作的新成就、国际赛场的新成绩，对于提升杂技的社会影响力等方面发挥了积极的作用。

机关建设

一年来，中国杂协不断加强和改进服务杂技界的能力和水平，在促进团结、凝聚力量方面加大工作力度，努力把广大杂技工作者团结在中国杂协周围，把协会建设成为杂技工作者的温馨和谐之家。

2012年，中国杂协按照中国文联统一部署，在中国文联党组领导下，国家大马戏院选址工作取得突破性进展，马戏院选址确定于北京市昌平区北七家镇海鶄落公园西侧，占地200亩，规划建设主场馆、排演馆、演员公寓、兽舍、杂技博物馆以及其他相关配套设施。

中国杂协利用中央部委组织的各类大型国际文化交流活动，积极推荐优秀节目参加对外文化交流、展演等。天津杂技团参加了中国文联在美国举办的“2012今日中国艺术周”演出活动，河北省杂技团、郑州天宇演艺集团参加了中国青年代表团赴朝鲜、马来西亚的外事交流活动。协会还利用“百花迎春——中国文学艺术界2012春节大联欢”、全国“两会”召开等时机，组织杂技界联谊活动，增进交流与友谊，促进团结与合作。

中国杂协把加强自身建设，重视基础管理作为协会开展工作、发挥作用的基本前提和重要保障。一年来，通过采取各项有效措施，切实加强协会各方面的建设和管理，努力形成用制度管人、按规矩办事的长效机制，协会机关凝聚力和战斗力不断增强。中国杂协分党组被中国文联评为2011年度“好班子”，这是协会分党组连续三年获得此项荣誉。中国杂协组联部获得集体嘉奖。中国杂协被中国文联授予“2011年度舆情信息工作先进单位”荣誉称号。此外，协会多名同志获得中国文联的各类表彰。协会上下合力，展现出中国杂协蓬勃向上的崭新形象。

中国电视艺术家协会

综　述

2012年，中国视协组织、动员和引领广大电视艺术工作者，认真学习领会党的十八大精神和中国文联第九次全国代表大会战略部署，坚持“百花齐放、百家争鸣”的方针，积极履行联络、协调、服务职能，团结和引导广大电视艺术工作者，坚定政治方向，把握文化导向，为促进我国电视艺术事业健康发展做出了积极努力。为迎接党的十八大召开，举办了“喜迎十八大——电视艺术家书画展”。为配合西部大开发的文化建设，举办了“全国卫视看甘肃”大型电视采访活动。坚持做好“文化惠民”活动，先后组织多次“送欢乐、下基层”慰问演出。圆满地举办了第26届中国电视金鹰奖评选，第九届中国金鹰电视艺术节，第六届“小康电视节目工程”和第四届“新农村电视艺术节”。举办各类型研讨和学术交流活动二十多项。举办了第十二届“中日韩电视制作者论坛”，第三届“中国·东南亚·南亚电视艺术周”，为增强中华文化的国际影响力，加强国际电视文化沟通与交流做出了积极贡献。

会议与活动

【2012全国农民工春节大联欢】

1月12日，由中国电视艺术家协会、中国农业电影电视中心、四川省委宣传部、四川省文学艺术界联合会联合主办，中国视协农村电视委员会、四川省文学艺术研究会、CCTV－7·阳光大道·栏目承办的2012全国农民工春节大联欢晚会在四川省成都市四川大学体育馆内录制。来自全国各地的艺术家和优秀农民工代表欢聚成都，用音乐、用歌舞，表达辞旧迎新的喜悦，并向全国的农民工兄弟致以新春的问候。

【中国文联、中国视协赴上海“送欢乐、下基层”】

为贯彻十七届六中全会精神，中国文联、中国视协于2月2日组织艺术家到上海市宝山区进行“送欢乐、下基层”活动。

中国文联党组成员、书记处书记夏潮，中国文联副主席、中国视协主席赵化勇，中国视协分党组书记、驻会副主席张显，中国文联国内联络部主任罗成琰，中国视协分党组副书记、秘书长王锋，中国视协分党组成员、副秘书长张彦民，中国文联国内联络部副巡视员林立、中国视协专委工作部主任林卫；中共上海市宝山区委书记斯福民，区委副书记、区长任泓，区委副书记袁鹰等领导同志参加了这次活动。参加这次活动的艺术家有田华、李谷一、王奎荣、耿莲凤、张光北、王霙、卢奇、岳红、陶泽如、王茜华、李殊、杜旭东、侯天来、宗庸卓玛、赵育莹等。

【2012电影电视艺术界元宵联谊会】

2月4日下午,“2012电影电视艺术界元宵联谊会”在国家会议中心举行。中国文联党组书记、副主席赵实,中国文联党组成员、副主席、书记处书记冯远,中国文联党组成员、副主席、书记处书记杨承志,中国文联党组成员、书记处书记夏潮,中国文联党组成员、书记处书记李前光,全国政协常委、中国文联副主席、中国视协主席赵化勇,中国影协主席李前宽,中国视协分党组书记、驻会副主席张显,中国影协分党组书记、驻会副主席康健民以及来自中宣部、中国视协、中国影协、八一电影制片厂、中国电视剧制作中心有限责任公司、中国广播电影电视节目交易中心、中影演艺经纪有限公司、北京御景江山影视文化发展有限公司、北京文化硅谷等多家单位的领导和嘉宾,还有刘江、袁霞、师伟、高希希、王霙、卢奇、吴若甫、岳红、佟凡、李三林、王文杰、黄宏、王奎荣等数百位艺术家济济一堂,共庆元宵佳节。

【走访慰问老艺术家、老干部】

在新春佳节即将到来之际，视协领导走访慰问了部分老艺术家、老干部，送去了代表党和政府的关怀和温暖，并向他们转达了文联党组对他们的新春祝福。走访慰问中，协会领导同志还详细询问了老艺术家们的身体状况和生活情况，介绍了中国文联、中国视协对电视艺术工作的重视和对电视艺术工作者的关心，听取了老艺术家们对文联工作和协会工作的意见建议，希望老艺术家们在坚持身体第一的前提下继续发挥余热，积极传帮带，培育文化新人，创作优秀作品，为促进文化大发展大繁荣献计献策。

【中国视协市县电视委员会成立】

3月18日，中国视协市县电视委员会成立大会暨“三门峡杯”首届全国市县形象电视宣传片推选活动颁奖典礼、首届市县电视台长高峰论坛在北京举行。九届全国政协副主席王文元出席并宣布中国视协市县电视委员会成立。全国政协常委、经济委员会副主任郑新立，全国政协常委、中国文联副主席赵化勇，内蒙古自治区人大常委会第九、十届副主任陈瑞清出席大会。国家广电总局、中国文联、中国视协、中国城市发展研究会、全国中小城市发展委员会、三门峡市委市政府、义马市委市政府及全国29个省市自治区影视主管部门领导，国内影视传媒界著名专家学者，各省市自治区视协负责人、中国视协市县电视委员会会员代表、“三门峡杯”首届全国市县形象电视宣传片推选活动获奖单位代表，人民日报、新华社、中央电视台、经济日报、凤凰卫视等国内主流媒体记者近300人参加会议。

【“中国国际广告艺术节暨第二届海棠湾A8论坛”】

3月19日至21日，由中国文联、中国电视艺术家协会、三亚市人民政府、中央电视台财经频道、中央电视台广告经营管理中心共同主办的“中国国际广告艺术节暨第二届海棠湾A8论坛”在三亚海棠湾举行。

出席艺术节及论坛的嘉宾有：中国文联副主席、中国视协主席赵化勇，中国文联党组成员、书记处书记夏潮，中国视协分党组书记、驻会副主席张显，三亚市委常委、宣传部长孙苏，三亚市副市长、海棠湾管委会主任邓忠，中央电视台财经频道总监郭振玺，中央电视台广告经营管理中心副主任何海明，中国视协专业委员会工作部主任林卫，中国电视广告艺术委员会常务副主任兼A8论坛组委会秘书长郑冀峰等。

论坛邀请了“达沃斯”在华外资排行榜的世界八强国家的众多高端外资企业领袖和艺术界、电视界、广告界和媒体等近三百余人出席活动。论坛还隆重发布了三亚宣言——成立中国电视公益广告联盟。倡议中国电视媒体在年度内为欠发达地区发布5000条公益广告。

中国视协分党组书记、驻会副主席张显在仪式上致辞。他希望基地能够充分挖掘资源潜力，成为国内西部地区、民族地区最具影响力和带动性的影视文化产业基地。

【中国电视艺术家协会2012年工作会议】

4月11日，中国电视艺术家协会2012年工作会议在四川省成都市召开。全国政协常委、中国文联副主席、中国视协主席赵化勇，中国视协分党组书记、驻会副主席张显，中国视协分党组副书记、秘书长王锋，中国视协分党组成员、副秘书长张彦民，四川广播电视台党委书记、台长陈华出席了本次会议。全国各省市视协秘书长，各专业委员会秘书长和负责人60余人参加了会议，与会者分组讨论了各地视协和委员会的工作情况，总结了中国视协2011年度的工作，并对2012年工作进行了部署和安排。

【电视系列片《文化：中国的故事》创作联席会议】

6月2日，由中国电视艺术家协会主办、中国视协电视纪录片学术委员会、北京电视台发起并承办，全国各省、自治区、直辖市电视台及港、澳、台电视机构共同参与的电视系列片《文化：中国的故事》创作联席会议在北京会议中心隆重召开.

全国政协常委、中国文联副主席、中国电视艺术家协会主席赵化勇，中国电视艺术家协会分党组书记、驻会副主席张显，中共北京市委宣传部常务副部长王海平，中国视协电视纪录片学术委员会会长刘效礼，北京广播电视台总编辑赵多佳等领导与来自中央电视台和北京、上海、山东、广东、湖南、新疆、西藏及港、澳、台地区的全国31家电视台、电视机构相关负责人，共同出席了此次创作联席会。

《文化：中国的故事》总导演、中国电视艺术家协会电视纪录片学术委员会会长刘效礼表示：悠久的中华文化曾经抚育了一代又一代华夏儿女，让我们汲取她丰厚营养,用纪录片工作者的双眼和勤奋地工作,发现、记录中国文化的精髓,思考并讴歌新时期文化的承载与繁荣。

【“全国卫视看甘肃”大型主题采访活动】

由中国视协和中共甘肃省委宣传部主办、甘肃广电总台承办的“全国卫视看甘肃”大型主题采访活动启动仪式于6月19日在甘肃兰州举行。甘肃省委书记、省人大常委会主任王三运,甘肃省委副书记欧阳坚,全国政协常委、中国文联副主席、中国视协主席赵化勇,甘肃省委常委、宣传部长连辑,甘肃省委常委、副省长咸辉,甘肃省人大常委会副主任崔玉琴,甘肃省政协副主席栗振亚,中国视协分党组书记、驻会副主席张显、中国视协分党组副书记、秘书长王锋,中国视协分党组成员、副秘书长张彦民以及甘肃省委宣传部,省文化厅,省广电局,省文联的领导和全国三十多家媒体代表参加了启动仪式。启动仪式后,记者们将奔赴甘肃各地采访,助推甘肃经济跨越发展。

【2012年军地电视艺术家建军节联谊会】

为庆祝中国人民解放军建军85周年，由中国电视艺术家协会与总政宣传部联合举办的2012年军地电视艺术家建军节联谊会于7月29日在北京举行。

中国文联党组成员、副主席、书记处书记杨承志，总政宣传部副部长、中国文联副主席黎国如，中国视协驻会副主席、分党组书记张显，总政宣传部艺术局局长秦威，中国视协副主席、海政文工团艺术指导周振天，以及中宣部、中央电视台、北京电视台、八一电影制片厂、总政话剧团电视部、总政歌剧团电视部、总后电视艺术中心、总装电视艺术中心、海政电视艺术中心、空政电视艺术中心、二炮电视艺术中心、北京军区电视艺术中心、武警电视艺术中心的领导和军地电视艺术家们共同出席了联谊会。

军地电视艺术工作者在联谊会上欢聚一堂，畅叙友谊，交流经验，分享艺术心得，尽显军民鱼水情深，共同欢度建军85周年。

【中国视协四届七次理事会议】

8月5日，中国电视艺术家协会四届七次理事会议在北京召开。全国政协常委、中国文联副主席，中国视协主席赵化勇，中国文联党组成员、书记处书记夏潮，中宣部干部局副局长杨小平，中宣部干部局副巡视员国丽霞，中国文联人事部主任刘漪滟，中国文联人事部副主任郑希友，中国文联国内联络部副巡视员林立，中国视协分党组书记、驻会副主席张显，中国视协副主席、国家广电总局电视剧管理司司长李京盛，中国视协副主席、中国传媒大学戏剧影视学院院长李兴国，中国视协副主席、北京广播电视学会会长张晓爱，中国视协副主席、江苏广播电视总台党组书记周莉，中国视协副主席、海政文工团艺术指导周振天，中国视协副主席、中央电视台副台长胡恩，中国视协副主席、中国电影集团一级导演胡玫，中国视协副主席、中国国家话剧院一级演员唐国强，中国视协分党组副书记、秘书长王锋，中国视协分党组成员、副秘书长张彦民及中国视协理事百余名参加会议，各省视协主席、秘书长列席会议。

会上，夏潮作了重要讲话，刘漪滟作关于推荐中国视协新一届领导机构人选的说明，张显作四届七次理事会议的工作报告，介绍了2011年以来中国视协的工作进展情况及年内工作安排，胡玫胡宣读了《关于召开中国视协第五次全国代表大会的决议（草案）》。

【中国文联、中国视协“送欢乐、下基层”演出活动】

8月10号，由中国文联、中国视协主办的“送欢乐、下基层”演出活动在山西省朔州市右玉县举行。全国政协常委、中国文联副主席、中国视协主席赵化勇，中国视协分党组书记、驻会副主席张显，中国文联国内部主任罗成琰，中国视协分党组成员、副秘书长张彦民，山西省委常委、宣传部部长胡苏平以及朔州市委和右玉县的领导出席活动。八一电影制片厂著名导演李三林，国家一级演员卢奇、刘劲、王奎荣、岳红、侯天来、李殊、宗庸卓玛，歌唱家耿为华、常思思等众多知名艺术家参加演出活动。

【中国电视艺术家协会青岛书画展】

由中国文学艺术界联合会、中共青岛市委宣传部、中国电视艺术家协会共同主办的“迎接党的十八大——中国电视艺术家协会青岛书画展”

于8月19日在青岛市博物馆开幕。书画展汇聚了国内众多影视表演艺术家、著名节目主持人、歌唱家、著名书画家的优秀作品百余件，展示了中国当代艺术家们的文化内涵及书画修养，是2012年中国艺术界的一件盛事。

中国文联党组书记、副主席、书记处书记赵实，全国政协常委、中国文联副主席、中国视协主席赵化勇，中国文联党组成员、书记处书记夏潮，中国视协驻会副主席、分党组书记张显以及山东省、青岛市的有关领导和嘉宾出席了开幕式。著名表演艺术家、中国视协副主席、诗书画学会会长唐国强以及张铁林、张金玲、许还山、李成儒、赵静、洋光等艺术家热情地创作书画作品参加展览并出席了开幕式。

中央文史馆馆员、全国政协委员、首都师范大学中国书法院名誉院长欧阳中石先生应邀出席开幕式并饶有兴致地观看了展览。

【第二届名优电视栏目推选表彰暨第二届电视节目创新论坛会议在北京召开】

2012年8月25日至26日，第二届名优电视栏目推选表彰暨第二届电视节目创新论坛会议在北京召开，中国视协领导赵化勇、张显、王锋、张彦民及有关领导出席了会议。

本次活动由中国视协电视节目制作委员会主办。经过推选，产生了160部优秀电视栏目作品，10名优秀电视策划人，10名优秀电视制片人。会议对获奖栏目和获奖代表进行了表彰。

会议还举办了第二届电视节目创新论坛，来自中国传媒大学和电视一线的优秀制片人在论坛上与获奖代表进行了交流探讨。

【2012年全国电视节目宣传片及文艺节目包装评优表彰暨春晚创新研讨会在济南召开】

中国视协电视文艺委员会于11月1日至2日在济南举办了《2012年全国电视节目宣传片及文艺节目包装评优表彰暨春晚创新研讨会》。全国政协常委、中国文联副主席、中国视协主席赵化勇，山东省委宣传部常务副部长姜铁军，中国视协分党组书记、驻会副主席张显，中国视协秘书长王锋，副秘书长张彦民，山东省广播电影电视局局长刘长允，山东广播电视台党委书记魏绍水，山东广播电视台台长韩国强，总编辑祝丽华，副总编辑王英，中国视协副主席张晓爱，中国视协文艺委员会秘书长解芳，副秘书长江则理，中央戏剧学院教授陆海波，中国传媒大学教授戴晴，上海广播电视局艺术总监滕俊杰，陕西电视台副台长王渭林，湖北广播电视台副台长姜公映，青海电视台副台长李夫成，广州广播电视传媒集团副总裁宁肖周，长春电视台台长王志强等专家、领导及来自全国各电视台的80余名节目包装、电视宣传片、春晚创作人员参加了此次活动。

这次评优活动，共收到全国申报的各类作品349部。经过评选委员会的专家评选，最终有3部作品获得特别奖，30部作品入选最佳作品奖、6部作品获得最佳创意奖。

《2012年全国电视节目宣传片及文艺节目包装评优表彰暨春晚创新研讨会》有两个主题，一是把近些年来，各电视台、电视从业人员以及传媒机构为讴歌时代主题所做的宣传片和为提升节目质量所创作的包装作品进行评选和表彰；另外就是对在春晚创作中涌现出来的新的样式——网络春晚进行深入研讨。

【中国视协艺术家书画展在天津开幕】

12月8日，由中国电视艺术家协会、天津广播电视台共同主办，中国视协艺术家诗书画学会、天津电视艺术家协会、丁一博物馆等单位承办的“中国视协艺术家书画展暨创作基地启动仪式”在天津丁一博物馆开幕。

书画展展出王铁成、赵忠祥、唐国强、姜昆、徐沛东、倪萍、朱军、马精武、杨在葆、李嘉存、杨洪基、张金玲、李成儒、闫月明、高放、赵静、杜旭东、臧金生、王伯昭、尹燕琦、洋光等近百名艺术家和有关领导的作品200余件。

中国文联党组成员、书记处书记夏潮、国家广电总局电视剧管理司司长李京盛、中国曲协主席姜昆、中国视协驻会副主席、分党组书记、秘书长张显、天津电视台台长万克等领导出席活动并与艺术家热情交流。

【第五届女性题材优秀电视作品评选表彰会在京举行】

12月20日，由国务院妇女儿童工作委员会办公室、中国电视艺术家协会、全国妇联宣传部、全国妇联妇女发展部联合主办的第五届女性题材优秀电视作品评选表彰会议在北京隆重举行。来自全国各影视机构的获奖作品主创代表、电视工作者、专家评委以及新闻媒体记者等100余人参加会议。

国务院妇女儿童工作委员会副主任、全国妇联党组书记、副主席、书记处第一书记宋秀岩，中国文联副主席、中国视协主席赵化勇，全国妇联书记处书记范继英，中国电视艺术家协会分党组书记、驻会副主席、秘书长张显，全国妇联书记处书记崔郁等领导出席表彰会并为获奖者颁奖。张显介绍了评选活动的情况。

【“人文中国——世居系列”全国电视纪录片、专题片推选表彰活动在深圳举办】

12月21日，由中国视协主办、深圳广播电影电视集团承办的“人文中国——世居系列”全国电视纪录片、专题片推选表彰活动在深圳举办。全国政协常委、中国文联副主席、中国电视艺术家协会主席赵化勇，中国电视艺术家协会分党组书记、驻会副主席、秘书长张显，以及获奖者代表共近100人参加了活动。

张显在颁奖典礼上讲话。他说，纪录片是形象记录和展示中国历史、中国文化和当代中国发展进步的重要文化传播载体，是国家文化战略的一部分。大力推动纪录片创作，对于展现国家发展变化，传承民族优良传统，满足人民群众精神文化需求，促进国际文化交流合作，推动中华文化走出去，提高国家文化软实力，具有十分重要的意义。

在颁奖典礼上，中国视协副主席、中国传媒大学戏剧影视学院院长李兴国对获奖作品作了精彩点评。获奖代表就各自的创作谈了切身体会。

此次共有50部作品最终在推选中获奖。所有这些参评和获奖作品都将镜头对准至今仍然鲜活的老宅、老院、老村、老镇、老街、老巷、老城等文化遗存，以精致的镜头语言展示了我们民族独特的历史、文化、生活方式和审美创造，从一个侧面记录和反映了所表现地区的文化发展的过程。

【《文化：中国的故事》展映仪式在京举行】

由中国电视艺术家协会主办，中视协纪录片学术委员会、北京电视台发起并承办的电视文化活动《文化：中国的故事》于12月14日晚在北京电视台大剧院举行。中国文联书记处书记夏潮，中国文联副主席、中国视协主席赵化勇，中国视协分党组书记、驻会副主席、秘书长张显，北京市委宣传部常务副部长王海平，中国视协副主席、北京广播电视台总编辑赵多佳等领导出席展映仪式。

《文化：中国的故事》电视系列片展映，不仅是一次覆盖全国的文化体裁纪录片的集中展示，也是采用纪实影像方式，对中国文化历史的一次系统梳理，是一次具有深远意义的中国文化全景式巡礼。《文化：中国的故事》以五年规划为第一单元，打造《文化：中国的故事》电视年鉴，并将发展论坛、主题研讨、主题晚会等系列活动以及文字、影像出版物，纳入《文化：中国的故事》系列活动之中。

艺术节与评奖

【第四届新农村电视艺术节暨第六届农村小康电视节目工程颁奖晚会】

8月20日，由中国电视艺术家协会、中国农业电影电视中心联合主办，中国电视艺术家协会农村电视委员会、《乡村大世界》栏目组联合承办的“第四届新农村电视艺术节暨第六届农村小康电视节目工程”颁奖活动在北京举行。本次活动包括“艺术节论坛——《乡村大世界》栏目开播十五周年专题”,“小康电视节目工程颁奖典礼”以及“第四届新农村电视艺术节暨第六届小康电视节目工程颁奖晚会”三项内容。全国政协常委、中国文联副主席、中国视协主席赵化勇，中国视协分党组书记、驻会副主席张显，中国农业电影电视中心党委书记、主任傅玉祥，中国视协分党组副书记、秘书长王锋，中国视协分党组成员、副秘书长张彦民，中国农业电影电视中心艺术总监范宗钗等领导和嘉宾及获奖代表和艺术家李双江、赵忠祥、刘和刚、戴玉强、曹云金、刘云天、赵宝乐等艺术家共二百余人参加了本次颁奖晚会。中国电视艺术家协会每年举办的新农村电视艺术节，成为服务“三农”、沟通城乡，展示农村电视界的辉煌成就的重要平台。

【第26届中国电视金鹰奖评选结果新闻发布会】

8月21日，中国电视艺术家在京召开新闻发布会，中国电视艺术家协会分党组书记、驻会副主

席张显通报了第26届中国电视金鹰奖评选情况，第26届中国电视金鹰奖评选结果同时发布。新华社、中央电视台、人民日报、光明日报等在京各大主流媒体参加了新闻发布会。

第26届金鹰奖评选总收到全国各类参评电视作品806部，是历届参评作品中数量最多的一届，其中电视剧168部、文艺节目232部、电视纪录片203部、动画片41部、电视形象宣传片（含公益广告）87部、电视节目主持人参评75人。

根据《中国电视金鹰奖章程规定》，由观众、中国视协会员、评委会评委三方投票评选的奖项包括：电视剧、电视剧男女演员、电视文艺节目、电视纪录片、电视节目主持人；由评委会评委、中国视协会员二方投票评选的奖项包括：动画片、电视形象宣传片以及电视剧、电视文艺、电视纪录片的创作单项奖。

《中国1921》荣获电视剧最佳作品奖；《辛亥革命》等20部作品荣获电视剧优秀作品奖。

《2012春节联欢晚会》荣获最佳文艺节目奖；《阳光路上情满怀——2012军民迎新春文艺晚会》等10部作品荣获优秀文艺节目奖。

《旗帜》荣获最佳电视纪录片奖；《春晚》等10部作品荣获优秀电视纪录片奖。

最佳动画片奖空缺；《水漫金山》等5部作品荣获优秀动画片奖。

《CCTV-3"生活就是舞台"》荣获最佳电视形象宣传片奖；《地球很美也很脆弱》等4部作品荣获优秀电视形象宣传片奖。

电视剧《辛亥革命》的编剧、《中国地》的导演、《辛亥革命》和《中国地》的摄像、《奢香夫人》的美术、《断刺》的录音、《中国1921》的照明，分获电视剧最佳编剧、导演、摄像、美术、录音和照明单项奖。

电视文艺节目《中国2010年上海世博会开幕式暨文艺演出》的导演、《第八届金鹰电视艺术节闭幕式暨第25届中国电视金鹰奖颁奖晚会》和《中国2010年上海世博会开幕式暨文艺演出》的摄像、《2012春节联欢晚会》的美术，分获电视文艺最佳导演、摄像、美术单项奖。

电视纪录片《春晚》的编导、《故宫100——第一辑》的摄像，分获电视纪录片最佳编导、摄像单项奖。

以上作品奖和单项奖以及电视剧男、女演员奖和电视节目主持人奖，将在第九届金鹰电视艺术节期间颁发。

【第九届中国金鹰电视艺术节落幕　第26届中国电视金鹰奖颁发】

9月9日晚，第九届中国金鹰电视艺术节在湖南长沙圆满落幕。闭幕式公布了第26届中国电视金鹰奖观众喜爱的电视剧男演员奖和观众喜爱的电视剧女演员奖，前者由文章、吴秀波、林永健、何晟铭获得，后者的获奖者为陈数、马苏、岳红、宋佳。之前公布的第26届中国电视金鹰奖最佳电视剧奖《中国1921》，获得电视剧最佳导演奖的《中国地》导演阎建钢、电视剧最佳编剧奖的《辛亥革命》编剧王朝柱也在闭幕式上获颁各自奖项。第九届金鹰电视艺术节也颁出了观众喜爱的港、澳、台演员奖、最佳表演艺术男演员奖、最佳表演艺术女演员奖、最具人气女演员奖、最具人气男演员奖，分别由钟汉良、吴秀波、宋佳、杨幂、文章获得。

本届金鹰节由中国文联、湖南省人民政府、中国视协主办，长沙市人民政府、湖南省广播电影电视局、湖南广播电视台承办，于9月7日开幕。全国政协副主席、中国文联主席孙家正出席开幕式并宣布第九届中国金鹰电视艺术节开幕。

中国文联党组书记、副主席赵实，湖南省委书记、省人大常委会主任周强，湖南省委副书记、省长徐守盛，湖南省政协主席胡彪，文化部副部长、国家文物局局长励小捷，国家广电总局副局长田进，中国文联党组成员、书记处书记夏潮，中国文联副主席、中国视协主席赵化勇，湖南省领导梅克保、陈润儿、李微微、郭开朗、许又声、李有新、易炼红、陈叔红、李友志、阳宝华、魏文彬、谭仲池，中国视协分党组书记、驻会副主席张显等有关方面领导出席了金鹰节相关活动。

开幕式晚会上，之前充满悬念的金鹰节形象代言人——"金鹰女神"揭晓，演员刘诗诗身着一袭金色长裙，脚踏巨型"金鹰"模型，缓缓"飞"向观众，将晚会现场气氛推向首个高潮。孙楠、萧敬腾、李宇春、蔡国庆、毕福剑等登台献唱，赵忠祥、倪萍寄语电视事业接班人承前启后、奋斗不止，2012年伦敦奥运冠军孙杨献唱《泳动》赢得满堂喝彩。

金鹰节期间举办了"第26届中国电视金鹰奖

颁奖典礼”。颁奖典礼颁发了除男女演员单项、主持人单项、最佳电视剧、最佳导演、最佳编剧等之外的奖项，包括1个最佳电视文艺节目奖《中央电视台2012春节联欢晚会》、1个最佳电视纪录片奖《旗帜》、1个最佳电视形象宣传片奖《CCTV-3“生活就是舞台”》，以及20个优秀电视剧奖项、10个优秀电视文艺节目奖、3个电视文艺节目组委会特别奖、5个优秀动画片奖、10个优秀电视纪录片奖、4个优秀电视形象宣传片奖、11个最佳个人创作单项奖。

首次举行的“我爱主持人”主持人盛典晚会揭晓了第26届中国电视金鹰奖主持人奖项。央视主持人崔永元、江苏卫视主持人孟非获得最佳电视节目主持人奖，张泉灵、张栗坤、陈伟鸿、海琳、谢娜获得优秀电视节目主持人奖。晚会现场名嘴们“斗智斗勇”、笑声不断，充分展示了中国电视荧屏主持人的良好职业素养与精神风貌。

金鹰节期间举办的“现代传播与城市文明论坛”，主办方邀请长沙市的保安代表出席论坛旁听，以求更好地服务于城市文明建设。易中天、丁俊杰等专家学者出席了论坛。

值得关注的是，本届金鹰节特别举办了金鹰明星“送欢乐、下基层”慰问演出。演出在长沙县开慧镇杨开慧烈士故居前坪举行，让当地的老百姓热切地感受到金鹰明星“送欢乐、下基层”带来的温暖。

【第四届新农村电视艺术节“新农民才艺风采大赛”颁奖晚会】

9月18日，由中国视协、中国农业电影电视中心主办，中国视协农村电视委员会、《乡村大世界》栏目组、内蒙古自治区万通集团联合承办的第四届新农村电视艺术节“新农民才艺风采大赛”颁奖晚会在内蒙古自治区鄂尔多斯达拉特旗举办。来自中国文联，中国视协、中国农业电影电视中心、内蒙古鄂尔多斯市政府、内蒙古自治区万通集团的领导以及特邀点评嘉宾李光曦、张帝、常思思、李进、姜超还有来自全国各地甄选出的乡村牛人和农民书画家出席了本晚会。

【第四届新农村电视艺术节农村题材曲艺小品展演晚会】

9月22日，由中国视协、中国农业电影电视中心主办，中国视协农村电视委员会、《乡村大世界》栏目组联合承办的第四届新农村电视艺术节农村题材曲艺小品展演晚会在京举办。来自中国视协、中国农业电影电视中心的领导和嘉宾出席晚会。整台晚会以我国新农村建设成就为视角，著名表演艺术家姜昆及多位曲艺界艺术家用曲艺、小品的形式，展现新农村建设的精神风貌和丰富多彩的民间民俗文化。晚会由姜昆及毕铭鑫主持。

【第五届中国旅游电视周】

9月26日至28日，由中国视协、河南信阳市委市政府联合主办的第五届中国旅游电视周在河南信阳举行。本次活动是以“与电视同行，看大美山水”为主题，集文艺颁奖晚会、“旅游与电视”高峰论坛、优秀旅游电视节目推选颁奖和多家电视台联合采访于一体的全国性旅游电视艺术盛会。本届优秀旅游电视节目的推选共分旅游电视专题、旅游电视栏目、旅游报道、旅游广告宣传片、景点景区宣传片、红色之旅电视节目六个类别，推选出了121部优秀作品。

全国政协常委、中国文联副主席、中国视协主席赵化勇，中国视协分党组书记、驻会副主席张显，中国视协分党组副书记、秘书长王锋，中国视协分党组成员、副秘书长张彦民，中央电视台音像资料馆副馆长王甫，中国传媒大学教授刘俊杰，与郭瑞民、乔新江、冯鸣、杨慧中、李水等信阳市领导，以及各地方电视台百余位代表参加开幕式。

第五届旅游周期间，举办了获奖电视节目颁奖仪式；“旅游与电视”高峰论坛；大别山革命老区公益采访采风活动；丰富多彩的活动为宣传推动革命老区旅游、电视事业发挥出积极作用。

【2012中国大学生电视节】

2012中国大学生电视节闭幕式晚会10月28日晚在北京星光影视园举行。历时7个月，影响遍及全国的本届中国大学生电视节圆满落幕。由中国电视艺术家协会和中国传媒大学联合主办的该项活动受到了社会各界的广泛关注和支持。中国文联党组副书记、副主席、书记处书记李屹，全国政协常委、中国文联副主席、中国视协主席赵化勇，中宣部文艺局局长汤垣，中国视协分党组书记、驻会副主席张显，教育部体卫艺司司长王登峰，中国视协分党组书记张显、副秘书长张彦民，

中央电视台副总编辑张宁，江苏广播电视总台党委书记周莉，中国传媒大学党委书记陈文申、校长苏志武、党委副书记田维义、副校长袁军出席闭幕式晚会。

各项最受大学生瞩目的电视节目和电视剧推举结果相继产生，推举结果分别是：

社会人文类节目：《小崔说事》

综艺及真人秀类节目：《天天向上》

电视纪录片：《辛亥革命》

革命历史题材电视剧：《永不磨灭的番号》

社会生活题材电视剧：《北京爱情故事》

古装传奇题材电视剧：《甄嬛传》

电视节目主持人：崔永元和陈鲁豫

电视新闻节目主播：康辉和欧阳夏丹

电视体育解说员：韩乔生

电视剧演员：文章和海清

【海峡两岸电视艺术节】

12月7日至10日，中国视协与台湾中华广播电视节目制作商业同业公会、重庆市文联、重庆广播电视集团（总台）、重庆市北碚区人民政府联合举办了“海峡两岸电视艺术节”。共有来自海峡两岸的一百多名电视界代表在重庆参加本次活动。

全国政协常委、中国文联副主席、中国视协主席赵化勇，（台湾）中华广播电视节目制作商业同业公会理事长汪威江，中共重庆市委常委、宣传部长徐海荣，重庆市广电集团（总台）总裁、重庆市文联副主席、重庆市电视艺术家协会主席刘光全，重庆市委宣传部秘书长马岱良，重庆市文联副主席杨矿，中国电视艺术家协会副秘书长张彦民，国务院台湾事务办公室新闻局宣传处副处长周强，中国文联国际部港澳台处副处长朱孟宇，中共北碚区委副书记、北碚区人民政府区长龙华等相关单位的领导和代表；台湾中华电视股份有限公司经理车庆余，台湾八大电视股份有限公司副总经理赖聪笔，台湾三立电视股份有限公司总经理谢慰雯，邓丽君文教基金会董事长邓长富以及海峡两岸著名演员吕中、侯勇、邵峰、马少华、寇世勋、方芳、六月、张庭等多位海峡两岸的电视艺术家应邀出席了本次活动。

艺术节期间，海峡两岸电视界同仁，对各自推出的优秀电视节目进行了观摩研讨。特别对两岸电视剧、纪录片和旅游电视节目的选题、制作、推广和播出等方面的合作进行了深入的交流。并对海峡两岸在电视节目制作方面各自的优势及不足之处，进行了详细的分析，为海峡两岸电视艺术健康发展提出了良好的意见和建议。

学术研究

【电视连续剧《誓言今生》创作研讨会】

2月11日，30集电视连续剧《誓言今生》创作研讨会在京举行。中宣部、中国文联、中央电视台、中国视协的领导赵化勇、汤恒、胡恩、王强、罗成琰、陈建文、王锋、张彦民以及李准、仲呈祥、曾庆瑞、王伟国、彭程、贾磊磊、张德祥、赵彤等专家出席。该剧制作方的代表和部分主创人员介绍了基本情况。与会人员对该剧通过曲折的故事情节和层层推进的悬念展现我党反间谍人员在复杂时局中审时度势的机智和才能，在血雨腥风中处惊不变的勇气与激情给予了高度评价。

【电视剧《向东是大海》创作研讨会】

3月15日，电视剧《向东是大海》举行创作研讨会。中国文联副主席、中国电视艺术家协会主席赵化勇，中国电视艺术家协会分党组书记、驻会副主席张显，以及著名文艺评论家仲呈祥、李准、尹鸿、张德祥等出席了研讨会。专家从政治、历史、人文、美学、情感等方面对《向东是大海》的艺术特色、社会价值、现实意义作了深入探讨，高度评价了该剧。

【电视剧《儿女情更长》创作研讨会】

3月25日，电视剧《儿女情更长》创作研讨会在京召开。该剧是20世纪90年代创造过收视之王的《儿女情长》原版人马打造之续集，讲述了童家六兄妹15年后的故事。曾庆瑞、王伟国、马继红、向云驹、彭程、郝戎、周由强、赵彤等专家及该剧的制作方领导和主创们对该剧进行了充分研讨。专家一致认为，在当今利益驱动下的电视剧市场，能坚持讲述普通百姓家普通情感并以此来表达人们对真善美的追求，这种艺术坚守难能可贵。

【电视剧《女人如花》创作研讨会】

4月6日，电视剧《女人如花》创作研讨会在京举行。专家们对该剧表现的女性独立、平等地位的追求以及对改革开放、时代进步的赞扬给予肯定。该剧导演曾晓欣在会上作了导演阐述，李准、仲呈祥、曾庆瑞、王伟国、朱景和、李春利、赵彤电视剧专家分别作了主题发言。全国政协常委、中国文联副主席、中国视协主席赵化勇，中国视协分党组书记、驻会副主席张显，中国视协分党组副书记、秘书长王锋，山东视协常务副主席兼秘书长戴文江，中国视协电视剧专委会常务副主任、秘书长翟辉以及该剧制作方的代表出席了会议。

【电视剧《北方汉子》创作研讨会】

4月28日，由中国电视艺术家协会主办的电视剧《北方汉子》创作研讨会在京举行。李准、仲呈祥、姜昆、陈建文、彭程、高小立、张德祥、赵彤等专家分别作了主题发言，就该剧的时代背景、思想内涵、人物刻画各方面进行了充分研讨。全国政协常委、中国文联副主席、中国视协主席赵化勇，中国视协分党组书记、驻会副主席张显，中国视协分党组成员、中国视协副秘书长张彦民，山东视协常务副主席兼秘书长戴文江以及该剧制作方的代表出席了会议。

【电视剧《金陵秘事》创作研讨会】

5月7日上午，中国视协主办的电视剧《金陵秘事》创作研讨会在京举行，与会专家学者认为，该剧题材新颖、立意独特，以国民党败退前上层政权、金融界的腐败为表现内容，阐释了历史为什么选择了共产党，为什么抛弃了蒋介石政权的根本原因，既显示了创作者的勇气，也展现了一定的叙事智慧，为同类题材影视剧创作提供了一些新的启示。研讨会上，有评论家将该剧称为“甲申300年记”、现实版的“官场现形记”，可见该剧在历史挖掘的深度和现实关照的广度上所进行的努力。

【电视剧《生死依托》创作研讨会】

5月7日下午，中国电视艺术家协会在京召开电视剧《生死依托》创作研讨会。研讨会上，编剧林海鸥、导演康宁分别对本剧进行了介绍；仲呈祥、李准、曾庆瑞、詹新华、王一川、赵彤等专家分别作了主题发言。中国视协领导赵化勇、张显、王锋、张彦民，中宣部文艺局影视处处长王强，内蒙古自治区党委宣传部副部长陈宝泉，鄂尔多斯市副市长潘志峰，卫生部农卫司合作医疗处处长诸宏明，中央电视台综合频道副总监黄海涛，内蒙古自治区党委宣传部文艺处处长包银山，中宣部文艺局影视处肖一，《生死依托》责任编辑赵小波以及该剧出品方的代表出席。

【电视剧《我叫王土地》研讨会在京举行】

由中国电视艺术家协会《当代电视》杂志社与内蒙古巴彦淖尔市宣传部、内蒙古电视艺术家协会共同举办的长篇电视剧《我叫王土地》研讨会于5月20日在北京举行。中国文联、中国视协领导赵化勇、夏潮、张显、王锋、张彦民，中宣部文艺局影视处、内蒙古自治区党委宣传部、内蒙古视协的领导以及影视专家李准、仲呈祥、梁鸿鹰、杜高、李舒东、王伟国、张德祥、阎晶明、向兵，中央电视台综合频道副总监黄海涛，总导演张多福，主演林永健等和媒体记者共40余人参加研讨会。

【电视剧《知青》创作研讨会】

5月22日，由中国视协主办的大型电视连续剧《知青》创作研讨会在北京召开。该剧由著名作家梁晓声编剧、著名导演张新建执导。凭借庄重而不失浪漫的表达、清新而富有诗意的画面，电视剧《知青》第一次全景式地再现了“知青”这个特殊群体充满理想又坚韧不拔的青葱岁月，描绘了那个特殊年代千百万知识青年的生存状态，表达了对“残酷青春”的敬意。

中国文联、中国视协、山东省广播电影电视局、中宣部文艺局影视处、中央电视台综合频道、山东影视中心影视部的领导，著名文艺评论家李准、仲呈祥，著名作家、《知青》编剧梁晓声出席研讨会并发言。

【电视纪录片《大鲁艺》创作研讨会】

5月27日，由中国视协和中国艺术报联合主办的大型文献纪录片《大鲁艺》创作研讨会在中国文艺家之家召开，来自中宣部文艺局、中国文联、中国视协及业界专家学者和嘉宾出席了会议。

五集大型文献纪录片《大鲁艺》以口述史的形式，以毛泽东同志《在延安文艺座谈会上的讲话》为切入点，记录了延安鲁迅艺术学院从创立、发展到辉煌的历史。近日，该片在中央电视台多个频道联动播出。如此大面积、高密度的播出，在央视的播出史上极为鲜见。该片在观众中也引起了强烈的反响。

【电视剧《古村女人》研讨会】

6月29日，电视剧《古村女人》研讨会在北京

举行。该剧是一部具有时代特征、弘扬主旋律的现代农村题材作品。全剧展示了我国20世纪70年代末以来南方农村的变迁历程和人们传统观念的转变轨迹,以及红土地文化和赣西北的乡土风情。李准等著名文艺评论家,中国视协、江西文联、江西视协、安义县的领导及电视剧《古村女人》的主创人员参加了研讨会。

【2011—2012上海优秀电视剧创作研讨会】

7月9号,由中国电视艺术家协会、上海市重大文艺创作领导小组主办,上海市文学艺术界联合会、上海市作家协会、解放日报、文汇报协办,上海文化发展基金会、上海电视艺术家协会承办的2011—2012上海优秀电视剧创作研讨会在上海举行。

在研讨会上,来自京沪两地的著名评论家、专家学者、媒体和业界人士共70余人参加,集中探讨了近两年来上海主导出品的优秀电视剧,如《开天辟地》、《幸福密码》、《悬崖》、《誓言今生》、《儿女情更长》、《风和日丽》、《焦裕禄》等。全国政协常委、中国文联副主席、中国视协主席赵化勇,上海市委常委、宣传部部长杨振武出席研讨会并讲话。

【电视剧《营盘镇警事》创作研讨会】

8月8日,电视剧《营盘镇警事》研讨会在北京举行,该剧由中国电视剧制作中心有限责任公司、公安部金盾影视文化中心联合出品,以河北省枣强县大营镇派出所所长、全国“十佳民警”、二级英模范党育同志生前事迹所改编创作而成。作为中宣部选定的中央电视台向十八大献礼的重点剧目,《营盘镇警事》以生动幽默的笔触,亲切平实的叙事风格,塑造了一位扎根基层、脚踏实地办实事的“草根警察”形象。中国文联、中国视协、中国电视剧制作中心、中央电视台、公安部金盾影视文化中心以及著名文艺评论家仲呈祥等出席研讨会。

【电视剧《长白山下我的家》创作研讨会】

9月12日,由中国视协主办的电视剧《长白山下我的家》创作研讨会在北京中国文艺家之家召开。中国文联、中国视协、中国电视剧制作中心、中央电视台、延边广播电影电视局、中宣部文艺局影视处的领导,著名文艺评论家李准、仲呈祥、丁振海、王伟国、路海波等以及剧组成员陈逸恒、丛珊、张琳、孙茜出席会议。出席会议的媒体有新华社、《人民日报》、《光明日报》、《文艺报》、中央电视台等。

【电视剧《焦裕禄》创作研讨会】

在党的十八大召开前夕,由中国电视艺术家协会举办的电视剧《焦裕禄》创作研讨会在北京举行。出席研讨会的专家有:著名文艺评论家李准、仲呈祥,《文艺报》主编闫晶明,中国电视剧制作中心有限公司副总裁苟鹏,中央电视台发展研究中心主任李舒东,《当代电视》主编张德祥,《光明日报》文艺评论版主编李春利,《文艺报》评论部主任高小立。中国文联、中国视协、中宣部文艺局影视处、中央电视台电视剧管理中心的领导,出品方代表和该剧主创人员以及数十家媒体记者参加会议。

【纪录片《中国有个暑立里》创作研讨会】

12月17日,由中国视协、深圳市委宣传部、深圳市文联主办的电视纪录片《中国有个暑立里》研讨会在中国文联举办。中国视协主席赵化勇,中国电视艺术家协会分党组书记、驻会副主席、秘书长张显,深圳市文联副主席钱强、梁宇及纪录片创作者李亚威和30余位专家学者参加了研讨会。专家们对李亚威多年来创作的纪录片以及《中国有个暑立里》的创作理念进行了评议,认为这是一部国内优秀的纪录片,并对深圳文联对于艺术创作的支持力度给予了高度肯定。

【电视剧《刘伯承元帅》创作研讨会】

12月25日,由中国视协主办的电视剧《刘伯承元帅》创作研讨会在北京中国文艺家之家举行。全国政协常委、中国文联副主席、中国视协主席赵化勇,中国视协分党组书记、驻会副主席、秘书长张显,中国视协分党组成员、副秘书长张彦民,中宣部文艺局影视处处长王强等领导,李准、仲呈祥、马维干、陈建文、王甫、张德祥、李春利等专家和出品方及主创人员出席研讨会。刘伯承元帅的女儿刘弥群将军作为特邀嘉宾出席。

【电视剧《民兵葛二蛋》创作研讨会】

由中国视协举办的电视剧《民兵葛二蛋》创作研讨会12月27日在北京举行。《民兵葛二蛋》的编剧束焕、导演韦大军、制片人李立功介绍了创作经过。著名文艺评论家李准、仲呈祥,中国传媒大学教授曾庆瑞、王伟国,北京师范大学教授黄会林，中央戏剧学院教授路海波，中国艺术研究院影视艺术研究所所长丁亚平，《当代电视》主编张德祥，《光明日报》文艺评论版主编李春利等专家对该剧进行了研讨并给与肯定。中国视协领导赵化勇、张显、张彦民，中宣部文艺局影视处徐阳出席研讨会。

对外及对港澳台地区文化交流

【中国视协代表团访问澳大利亚和新西兰】

2月8日至18日，以中国视协分党组书记、驻会副主席张显为团长中国视协代表团一行七人出访了澳大利亚和新西兰，考察了澳大利亚制片人协会及新西兰奥克兰digipost后期制作公司，并初步达成合作意向。

【第三届“中国·东南亚·南亚电视艺术周”在昆明举办】

由中国电视艺术家协会、云南省对外文化交流协会、云南省文联、云南电视台等单位共同主办的第三届“中国·东南亚·南亚电视艺术周”于6月5日在昆明拉开帷幕。中国文联书记处书记夏潮，中国文联副主席、中国视协主席赵化勇，中共云南省委常委、宣传部部长赵金，副省长高峰，中国文联副主席丹增，中国视协分党组书记、驻会副主席张显，云南省文联党组书记、主席郑明，云南电视台台长赵树清，中国视协秘书长王锋，副秘书长张彦民以及中宣部、国家广电总局和中国文联相关部室主任，还有来自东南亚、南亚等国的电视媒体代表出席了开幕式。

【第十二届中日韩电视制作者论坛在韩国庆州举行】

10月11日至16日，中国电视艺术家协会国际联络部赴韩国庆州参加第十二届中日韩电视制作者论坛，共有来自中日韩三国的100多名电视界代表出席本届论坛。

本届论坛的主题是“历史中的人类，历史中的想象力”，中日韩三国围绕主题选送十二部参评作品，作品题材主要为电视剧、电视纪录片和综艺节目。中国代表团选送了电视剧《叶落长安》和《楚汉传奇》、纪录片《舌尖上的中国》、综艺节目《我们结婚了-七夕晚会》四部具有代表性的作品参加本次论坛研讨评审，全部获组织委员会奖。

中国电视艺术家协会还与论坛联合主办方韩国PD联合会和日本放送人会，就明年将在我国举办的第十三届中日韩电视制作者论坛的筹备事宜进行了简单的磋商，并初步确定了论坛预备会和正式论坛的举办时间。

【中国视协代表团出访捷克、匈牙利、希腊】

10月16日至21日，应捷克共和国金色布拉格国际电视节组委会以及匈牙利、希腊有关广播电视行业协会的邀请，中国视协分党组副书记、秘书长王锋率中国视协代表团对这三个国家进行了友好工作访问。

金色布拉格国际电视节在欧洲享负盛名，在捷克期间，中国视协代表团拜会了组委会，并与组委会负责人员进行了工作会谈，双方各自介绍了本国电视业界的发展状况与各自机构的工作职责和范围，就今后两国间电视艺术界开展文化交流进行了详细充分地探讨，通过沟通形成了良好的共识。双方提议今后将以中国电视金鹰电视艺术节与金色布拉格国际电视节奖互相邀请对方参加活动为契机，开展双方的交流合作。在捷期间，代表团还应邀出席了金色布拉格国际音乐节的颁奖典礼。

10月20日至24日、25日至26日，代表团还应邀访问了匈牙利与希腊，与两国的广播电视行业协会组织分别进行了工作会谈，就电视节目在各自国家进行推广，以增进国家间人民对不同文化的进一步了解的合作可能性进行了热情洋溢地探讨，初步达成了共识。分别约定将在之后保持工作信息联络，以更加详细地制定有关具体合作计划。

中国视协代表团圆满完成了对上述三国的友好出访，通过对本国协会工作成就的推广介绍，增进了与访问国同行机构的互相了解与认识，为开展与这些国家电视文化机构的合作奠定了良好的工作基础。

【中国视协代表团出访马来西亚】

10月21日至26日，中国电视艺术家协会分党组成员、副秘书长张彦民率队的电视代表团出访了亚洲友好国家——马来西亚，对这个多民族聚居、多种信仰和谐相处的友好邻邦有了一个初步接触和友好交流。

在参观了马来西亚电视台博物馆、电视台新闻直播间、华语新闻编辑室、后期制作机房等处之后，双方进行友好交流沟通。马来西亚电视台也多次接待过国内电视台访问交流，他们对中国电视事业的发展水平和节目制作能力表示钦佩，并期待有更多机会互相交流。

中国电视艺术家协会副秘书长张彦民在交流中表示：同是亚洲国家，国内都存在着多种信仰并存、多民族聚居这样类似情况，马来西亚电视台和中国国内电视台有着更多共同的兴趣点和相似之处，可以有更多更好的合作方式和渠道。

张彦民副秘书长详细介绍了已经举办3届的由中国电视艺术家协会、云南省对外文化交流协会、云南省文联等联合举办的“中国·东南亚·南亚电视艺术周”，“中日韩电视制作者论坛”等具有亚洲特色、有影响力的大型电视文化交流活动，期待着马来西亚电视台积极参与，共谋明天美好发展前景。

北京市文学艺术界联合会

1. 12月3日，中共中央政治局委员、中共北京市委书记郭金龙在市文联小剧场举行的全市宣传系统座谈会上讲话。
2. 7月8日，由北京、天津、河北、山西、内蒙古五省区市文联和舞蹈家协会联合主办的第六届华北五省区市舞蹈大赛在清华大学新学堂开幕。
3. 9月23日，由北京市文联主办的“喜迎党的十八大 绽放北京精神——2012北京市区县（局）、产（行）业文联优秀文艺节目展演”在北京西城区文化中心举行颁奖晚会。
4. 6月12日，由北京市文联主办的援藏文化慰问活动在拉萨市政府会议中心举行。
5. 12月3日上午，北京市文联组织首都文艺家召开学习贯彻党的十八大精神座谈会。
6. 12月12日，由北京市文联主办，北京作家协会、东方少年杂志社承办的“东方少年·中国梦”新创意中小学生作文大赛在北京海淀外国语实验学校召开启动仪式。
7. 12月13日，由北京市文联主办，市文联研究部承办的2012年文艺论坛在北京九华山庄举行。图为论坛会议合影。

2012·北京文艺论坛

当代北京与文艺：城市精神的艺术呈现

天津市文学艺术界联合会

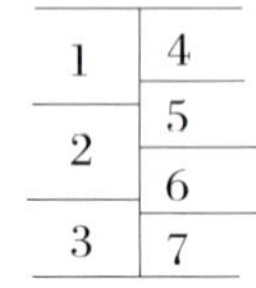

1. 由中国文联、中国曲协、中共天津市委宣传部、天津市文联、天津市文广局、今晚报社和天津广播电视台共同主办，天津市曲协等承办的第七届中国曲艺牡丹奖全国曲艺大赛（天津赛区）暨第十五届“津门曲荟”于5月29日至6月4日成功举行，图为颁奖现场。
2. 由天津市文联和天津市海河办、天津河北区委区政府等主办的“意风区金秋文化艺术博览月暨情暖津门——500名艺术家走进意式风情区采风”活动于10月18日至11月5日隆重举行，图为活动现场。
3. 由天津市人民政府、中国文联、中国书协主办，天津市文联和天津市委宣传部、天津市美协、天津市书协、天津市民协、今晚报社、中国书画报社等承办的第五届中国（天津）书法艺术节于10月9日至14日举行。6天展期，24项大展，数千件翰墨精品同时亮相，展示了中国书法（绘画）艺术的独特魅力，彰显了天津深厚的城市文化底蕴。图为书法节现场。
4. 天津市文联积极组织开展“大地行”采风活动。2012年先后组织十余个采风小分队的近千名文艺家深入工厂、农村、部队、学校、社区体验生活，并积极组织参与艺术惠民、热心公益等献爱心活动。图为天津市摄协“大地行”摄影采风团到河南平顶山马街采风。
5. 由中共天津市委宣传部、中国曲协、中共天津市南开区委区政府、今晚报社、天津广播电视台和天津市文联主办，天津市曲协、中华曲艺学会、中国曲协相声艺术委员会等承办的“‘南开杯’第二届全国（天津）相声新作品大赛”是继2009年天津市成功举办首届全国（天津）相声新作品大赛之后，为全国相声爱好者奉献的又一次相声盛宴。图为大赛闭幕式暨“笑闹津沽——笑的晚会”演出现场。
6. 10月9日至14日，第三届天津市民间艺术展在天津国展中心展出，共有260余件（套）各艺术门类的精品之作入展，吸引了众多观众。
7. 6月22日，由天津市文联、天津市摄协、韩国写真作家协会仁川广域市支会共同主办的“第二十届中韩国际摄影交流展”在天津市美术展览馆开幕，图为开幕式现场。
8. 6月26日晚，天津港东疆港区一片沸腾，沉浸在喜悦的节日氛围中。由中国曲协、天津市文联、天津港（集团）有限公司联合举办的“欢乐东疆”——纪念天津港东疆港区开发建设十周年中国曲协“送欢笑、下基层”慰问演出暨第三届天津港湾旅游文化节开幕式在东疆港邮轮母港前广场隆重举行，图为晚会现场。

河北省文学艺术界联合会

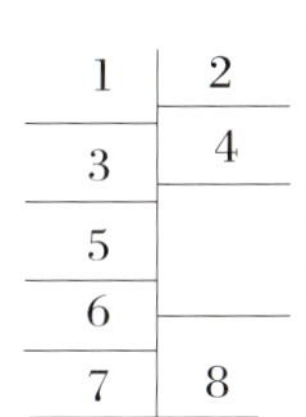

1. 9 月 12 日至 15 日，河北省文学艺术界联合会第九次代表大会、河北省作家协会第六次代表大会在石家庄隆重召开。
2. 6 月 5 日至 11 日，河北省文联承办的 2012 年韩国丽水世博会河北活动周文化展演活动，在韩国美丽的海滨城市丽水隆重举办。
3. 8 月 1 日，河北省委宣传部、河北省文联、河北省文化厅联合主办了“我们在一起——河北省书画名家赈灾笔会”。
4. 5 月 22 日，河北省文联召开“走在文艺的春天里”——纪念毛泽东同志《在延安文艺座谈会上的讲话》发表 70 周年河北省文艺界座谈会。
5. 1 月 8 日，河北省文联组织文艺家参加“百花迎春——中国文学艺术界 2012 春节大联欢”。
6. 河北省文艺界学习贯彻党的十八大精神座谈会。
7. 4 月 27 日，河北省委宣传部、河北省文联主办的欢乐城乡——“百花乐万家”文化惠民活动在平山温塘举行。
8. 11 月 21 日，河北省文联主办的欢乐城乡——“百花乐万家”文化惠民活动·“盛世和韵 放歌威县”在邢台市威县举行。

山西省文学艺术界联合会

1. 5月22日，为纪念毛泽东同志《在延安文艺座谈会上的讲话》发表70周年，举办山西省中国山水画与油画风景画作品展。
2. 4月11日，赴黑茶山参观“四八”烈士纪念馆和晋绥边区革命纪念馆。
3. 8月31日，“中国戏剧梅花奖”得主下乡慰问演出。
4. 5月，太原市文联“芬芳五月、花满龙城”系列文艺展演社火专场。
5. 7月，山西民协非遗展进校园。
6. 3月7日，山西文联干部职工参加健身舞比赛。
7. 山西美协名画家“送欢乐、下基层”。

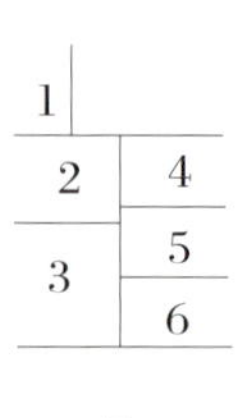

内蒙古自治区文学艺术界联合会

1. 3月28日，《草原文学重点作品创作扶持工程》和《优秀蒙古文文学作品翻译出版工程》在呼和浩特举行签约仪式。图为内蒙古文联副主席、作协主席特·官布扎布与签约作家、内蒙古文联名誉主席阿云嘎握手。
2. 4月18日，内蒙古文联在呼和浩特召开纪念毛泽东同志《在延安文艺座谈会上的讲话》发表70周年座谈会。
3. 5月，内蒙古电影家协会组织的内蒙古民族电影代表团，带着8部民族电影新片赴法国参加了第65届戛纳国际电影节。
4. 5月30日至6月7日，内蒙古文联组团赴欧洲进行文化交流演出。
5. 9月，内蒙古舞蹈家协会举办了第三届中国蒙古舞蹈大赛暨第三届内蒙古电视舞蹈大赛。图为群舞《波浪萨吾尔登》。
6. 9月，内蒙古舞蹈家协会举办了第三届中国蒙古舞蹈大赛暨第三届内蒙古电视舞蹈大赛。图为群舞《龙盘凤舞》。
7. 8月1日至3日，由内蒙古职工文联承办的第三届中国职工艺术节“朵日纳杯”民族器乐展演在呼和浩特举行。图为中国文联党组副书记、副主席、书记处书记、第三届中国职工艺术节组委会主任覃志刚，内蒙古自治区党委常委、宣传部长乌兰，中国文联国内联络部主任罗成琰等出席颁奖晚会并为获奖单位和个人颁奖。

1
2 3
4 5
6
7

辽宁省文学艺术界联合会

1．在全省各市开展“百姓健康舞”推广普及活动。
2．春节前夕，组织1600余名书法家在全省开展“千名书法家走基层、送春联”活动。
3．主办“喜迎十八大和谐满辽宁”辽宁省首届大地书法大赛。
4．主办“激情十二运精彩在辽宁”迎全运辽宁美术、摄影、书法（楹联）展，省委常委、宣传部部长张江，副省长滕卫平，省政协副主席程亚军等领导出席开幕式。
5．主办“延安风 中国魂”——纪念毛泽东同志《在延安文艺座谈会上的讲话》发表70周年音乐会。
6．组织辽宁民俗文化代表团赴波兰举办辽宁民俗文化展示活动。
7．主办辽宁省道德模范颂曲艺调演。
8．组织艺术家开展“文艺进基层辅导面对面”活动。
9．全年组织多场百姓健康舞展演活动。图为辽西五市展演场。

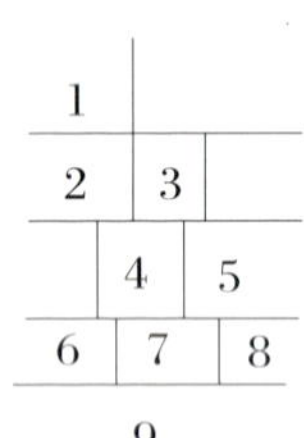

吉林省文学艺术界联合会

1. 吉林省第六届大学生戏剧节颁奖现场。
2. 5月22日，吉林省文联文艺志愿服务团“送欢笑、下基层”走进双阳区山河街道举行慰问演出，受到热情欢迎。图为演出现场。
3. 5月21日，继承创新发展，纪念毛泽东同志《在延安文艺座谈会上的讲话》发表70周年座谈会在长春召开。图为座谈会现场。
4. 6月8日，“吉林、江西、海南三省书法联展”首展开幕式在吉林省博物院举行。
5. 8月24日，中国长春电影节期间，向电影大家致敬——张笑天影视作品研讨会在长春举办。图为研讨会现场。
6. 5月26日，中国文联党组书记、副主席、书记处书记赵实出席吉林市书法城授牌仪式暨“关东风”东北三省教师书法联展开幕式并为书展剪彩。
7. 东北地区舞蹈电视大赛演出现场。
8. “第五届东北三省杂技论坛”在长春市举行。图为论坛现场。
9. 5月29日，吉林省首届建设社会主义新农村摄影大展巡展走进梨树霍家店村。图为开幕式现场。

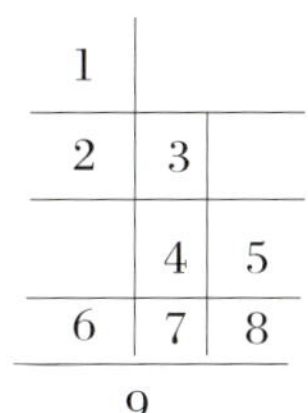

黑龙江省文学艺术界联合会

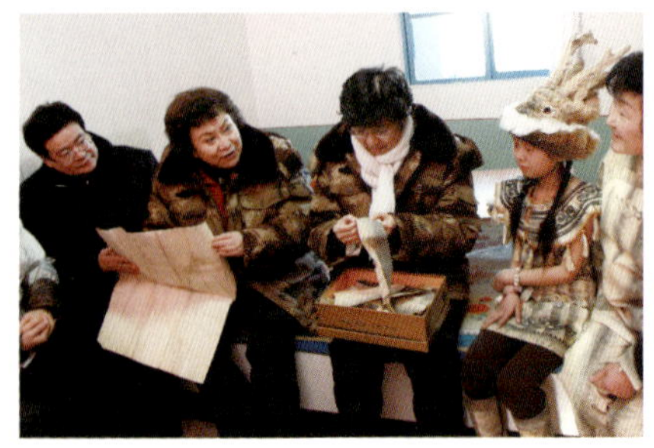

1. 2011 年 12 月 31 日至 2012 年 1 月 3 日，中国文联组织“送欢乐、下基层”赴黑龙江边防线采风慰问演出活动。图为采风团成员赴赫哲族家庭慰问。
2. 5 月 22 日，“这片黑土地——纪念毛泽东同志《在延安文艺座谈会上的讲话》发表 70 周年‘龙歌’音乐会”在哈尔滨国际会展中心环球剧场举办。音乐会由中共黑龙江省委宣传部、黑龙江省文联、省延安精神研究会主办。
3. 5 月 23 日，“黑龙江省美术馆 50 年——哈尔滨艺术学院师生美术作品回顾展”在黑龙江省美术馆展出。展览由中共黑龙江省委宣传部、黑龙江省文联主办，省美术馆承办。
4. 11 月 3 日，“第 24 届黑龙江省摄影艺术展览”在哈尔滨市哈药集团当代美术馆开幕，展览由黑龙江省摄影家协会主办。
5. 1 月 4 日，“黑龙江山东妇女书法刻字作品交流展”在黑龙江省博物馆展出。展览由黑龙江省文化厅、黑龙江省文联、山东省文联、黑龙江省书协、山东省书协主办。
6. 10 月 16 日，“黑龙江省曲艺之乡”授牌仪式在黑龙江省齐齐哈尔市泰来县和平镇举行。同时举办“曲艺名家下基层 百姓文化促繁荣”文艺演出。
7. 中国文联采风团成员在东方第一哨合影。

1 2 3
4
5 6
7

上海市文学艺术界联合会

1. 上海市文学艺术界联合会第七次代表大会。
2. 上海市文联第七届委员会第一次全体会议。
3. 第 29 届上海之春国际音乐节。
4. 2012 上海文艺界新春团拜会。
5. 上海市第七届书法篆刻大展。
6. 2012 上海国际摄影节。
7. 第 22 届上海白玉兰戏剧表演艺术奖颁奖晚会。

1 2 3 4 5 6 7

江苏省文学艺术界联合会

1. 第七届中国曲艺“牡丹奖”颁奖晚会在南京五台山体育馆举行。图为颁奖晚会结束后，领导同志与艺术家合影。
2. 2012 中国书法·金陵论坛在南京举行。全国政协副主席、中国文联主席孙家正，江苏省政协主席张连珍，江苏省人大常委会副主任李全林，江苏省副省长曹卫星启动论坛开幕。
3. 首届中国·江苏文化艺术节在南京人民大会堂开幕。图为开幕式演出结束后，中宣部副部长、文化部部长蔡武，省委书记、省人大常委会主任罗志军，省委副书记、省长李学勇，省政协主席张连珍与全体演员合影。
4. 2012 中国百家金陵画展（油画）在南京举行。
5. 江苏省百名文艺家百场惠民活动在高淳县蒋山村举行。
6. 江苏省中青年德艺双馨文艺工作者先进事迹报告会在全省巡回举行。

浙江省文学艺术界联合会

1. 省委常委、宣传部长葛慧君参观“喜迎十八大”浙江摄影系列大展。
2. 省文联、省民协举办“传承与弘扬——浙江民间文艺十大特聘专家师生精品展”。
3. 省文联、省音协组织创作大型音乐会组曲《东海之歌》成功上演。
4. 省文联、省剧协举办首届“浙江戏剧奖”颁奖晚会。
5. 省文联送欢乐、下基层。
6. 省文联、省舞蹈家协会举办首届“浙江舞蹈奖”颁奖典礼。
7. 中国美协、浙江省文联、省美协举办第二届中国画双年展。

1	
2	3
4	5
	6
7	

安徽省文学艺术界联合会

1. “百花迎春”之“江淮杜鹃秀”。
2. “新农村舞蹈教室”教学成果展演。
3. “盛世百花”合肥市滨湖新区广场演出。
4. 阜阳市成功申报“中国书法城”。
5. 小品《御史拜寿》获第七届中国曲艺“牡丹奖”奖。
6. 《中国民间故事全书·黄山卷》出版发行。
7. 首届鲁彦周文学奖获奖者合影。
8. “徽风”2012安徽新徽派美术赴美作品展。

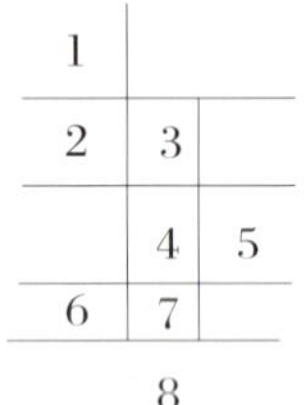

福建省文学艺术界联合会

1. 6 月 18 日，中国文联党组书记、副主席赵实一行到福建省文联调研指导工作。图为福建省文联向中国文联领导汇报工作现场。
2. 6 月 30 日，陈奋武翰墨书法展在中国美术馆隆重开幕。图为赵实等领导为开幕式剪彩。
3. 10 月 30 日，“激情海西——摄影家眼中的福建科学发展跨越发展”大型摄影作品展在福州画院隆重举办。图为省委常委、宣传部长袁荣祥，人大副主任李红，省政协副主席李祖可等领导为开幕式剪彩。
4. 5 月 22 日，纪念毛泽东同志《在延安文艺座谈会上的讲话》发表 70 周年座谈会在福建会堂举行。图为省委常委、宣传部长袁荣祥出席座谈会现场。
5. 9 月 21 日，省委常委、副省长陈桦一行到省文联调研指导工作。图为陈桦副省长参观“八闽书院”，与书画家合影。
6. 12 月 26 日至 28 日，全省文联系统学习贯彻党的十八大精神读书班在厦门举办。图为省文联党组书记张作兴在读书班上作总结讲话。

1	2
	3
	4
	5
6	

江西省文学艺术界联合会

1. 5月23日，江西省纪念毛泽东同志《在延安文艺座谈会上的讲话》发表70周年座谈会在南昌隆重举行。
2. 9月10日至17日，省文联组织开展全省道德模范故事高校巡讲活动。10日，省委常委、宣传部长姚亚平会见了巡讲团成员。
3. 4月25日至28日，全国古村落保护现场会暨村落文化论坛在吉安举行。副省长朱虹等领导出席活动开幕式。
4. 12月16日至18日，全国民歌展演暨2012婺源中国乡村文化旅游节在婺源隆重举办。
5. 11月18日至12月2日，喜庆十八大——江西十大名家书画精品联展在南昌举办。
6. 9月22日至28日，第二届中国（抚州）汤显祖艺术节在抚州隆重举办。
7. 4月13日，由中国美协、江西省文联主办的“大美鄱阳湖—百位画家画江西”大型采风写生活动在南昌启动。
8. 11月25日至27日，江西省第二届摄影艺术节在萍乡隆重举办。

1	
2	3
4	5
	6
	7
8	

山东省文学艺术界联合会

1. 8月19日，在第五届山东国际大众艺术节开幕式暨山东省“泰山文艺奖”颁奖典礼上，中国文联党组书记、副主席赵实，中共山东省委常委、宣传部长孙守刚共同启动第五届山东国际大众艺术节。
2. 4月25日至5月12日，省委宣传部、省文化厅、省文联联合举办文艺工作者赴基层慰问演出系列活动。图为4月25日文艺工作者赴山东省地矿局地质探矿机械厂慰问演出现场。
3. 1月10日，省文联组织书画家赴章丘举行送文化下、基层活动。图为书画创作现场。
4. 8月19日，第五届山东国际大众艺术节开幕式暨山东省“泰山文艺奖”颁奖典礼在齐鲁电视台演播大厅隆重举行。中国文联党组书记、副主席赵实，中共山东省委常委、宣传部长孙守刚，山东省人大副主任柏继民，山东省政协副主席栗甲，中共山东省委原常委、省军区原政委刘国福，山东省人大原副主任王玉玺，济南军区空军原副政委李绍林等领导和省直有关部门负责同志、各界嘉宾出席开幕式。
5. 4月28日，由中共山东省委宣传部、山东省文联主办，省美术家协会承办的“齐鲁颂·山东中国画山水作品晋京展”开幕式在北京中国美术馆隆重举行。图为开幕式现场。
6. 8月26日上午，由中国书法家协会主办，中共山东省委宣传部、山东省文化厅、山东省文联联合主办，山东省书法家协会承办，倪氏海泰集团协办的“首届王羲之奖全国书法作品展”在山东省博物馆隆重举行。图为开幕式现场。
7. 8月18日晚，山东省第九届“小飞天”奖儿童舞蹈大赛暨山东省第七届青少年舞蹈比赛颁奖晚会在山东剧院举办。图为舞蹈表演现场。
8. 6月15日，在山东省京剧优秀青年演员折子戏展演颁奖晚会上，中共山东省委常委、宣传部长孙守刚，山东省政府副省长张建国，省人大原副主任时立军等领导为获奖者颁奖。

1	
2	3
4	5
6	7
8	

河南省文学艺术界联合会

1	2
3 4 5	
6 7 8	
9	10

1. 3月31日，中国文联党组书记、副主席赵实一行到河南省文联调研。
2. 5月，“中原行——中国当代著名画家大型采风”活动在河南开展。图为启动仪式现场河南省委书记卢展工会见画家。
3. 8月29日，“中国作家馆”开馆仪式暨“文学中原崛起”新闻发布会在北京国际图书博览会隆重举行。
4. 1月14日上午，河南省文联组织美术家、书法家、摄影家等30人来到郑州市中牟县姚湾村，慰问南水北调工程移民。
5. 9月6日晚，由河南省剧作家陈涌泉、杨林、贾璐创作的3部作品同时获第四届“中国戏剧奖·曹禺剧本奖”。
6. 纪念建党91周年，河南省音乐家协会主办“信仰·使命”庆“七·一”管乐专场音乐会。
7. 2月，由中国曲艺家协会、河南省文联等主办的马街书会。
8. 庆祝党的十八大胜利召开，“河南省杂技魔术精品展演”节目《转碟》。
9. 由中国文联、河南省政府主办的2012中国（开封）清明文化节于4月1日在开封清明上河园隆重开幕。
10. 第二届河南舞蹈“洛神奖”专业组一等奖获奖作品双人舞《今生欠你的拥抱》。

湖北省文学艺术界联合会

1. 第二届湖北书法艺术节举行。
2. 湖北省政协副主席涂勇颁发艺术工作室牌匾。
3. 2012 湖北省新春音乐会。
4. 湖北文化交流团赴德国考察。
5. 电视剧《国门英雄》首播仪式。
6. 第九届中国摄影艺术节开幕式。
7. 湖北省文联第九届主席团、名誉主席合影。
8. 湖北省文联第九次代表大会、省作家协会第六次代表大会召开。

1
2 3
4 5
6 7
8

湖南省文学艺术界联合会

1. 6月25日至26日，湖南省文学艺术界联合会第九次代表大会在长沙隆重召开。省委书记、省人大常委会主任周强，中国文联党组书记、副主席赵实，省委常委、省委宣传部长许又声在大会上作重要讲话，全体省委常委出席。
2. 11月26日，省委宣传部、省文联、省作协在长沙联合召开湖南文艺界深入学习贯彻十八大精神座谈会。省政协副主席、省文联主席谭仲池，中国作家协会副主席谭谈，省委宣传部副部长魏委，省文联党组书记、副主席江学恭等出席会议。
3. 9月11日至16日，"湖南省重大历史题材美术创作工程"美术精品展览在北京中国人民军事博物馆举行。中纪委原副书记夏赞忠，中央文献研究室常务副主任杨胜群，新华社副社长路建平，中国文联副主席刘兰芳，省委常委、省委宣传部长许又声，湖南省政协副主席、省文联主席谭仲池等出席了开幕式。
4. 11月5日，省委、省政府隆重举行首届湖南省文学艺术奖颁奖大会。省委常委、省委宣传部长许又声，省人大常委会副主任肖雅瑜，省政协副主席、省文联主席谭仲池等出席。
5. 5月21日《讲话》精神指引与文艺理论阵地建设研讨会在长沙隆重举行。研讨会由省文联党组书记、副主席江学恭主持。省政协副主席、省文联主席谭仲池，中国艺术报社副总编康伟等主办单位领导及来自全国各地的专家学者40余人出席研讨会。
6. 10月30日，长株潭两型社会试验区文艺采风创作活动启动。省委常委、长株潭"两型社会"建设综合配套改革试验区工作委员会书记张文雄，省政协副主席、省文联主席谭仲池等出席启动仪式。
7. 11月5日晚，"颂歌献给党，喜迎十八大"省会大型交响音乐会在湖南大剧院举行。省委常委、省委宣传部部长许又声，省政协副主席、省文联主席谭仲池等出席了音乐会。

1 | 2 | 3 4 | 5 6 | 7

广东省文学艺术界联合会

1	2
3	4
5	6
7	

1. 5月23日，省委宣传部、省直机关工委、省文联在广州友谊剧院联合主办“纪念毛泽东同志《在延安文艺座谈会上的讲话》发表70周年戏剧晚会”。中共中央政治局委员、省委书记汪洋，省委副书记、省长朱小丹，省委常委、秘书长林木声，省委常委、宣传部长庹震，副省长雷于蓝等领导出席观看演出。图为领导嘉宾与演员合影。
2. 12月28日，由省委宣传部、省文联主办的“2012首届广东省百姓艺术健康舞展演”在广州英雄广场举行。图为顾作义、白洁为获“组织奖”的地市代表队颁奖。
3. 6月24日至29日，组织由白洁任团长，曹利祥、刘小毅任副团长，涵括音乐、舞蹈、美术、书法、杂技、电视等6个门类艺术家和部分地市文联主席的广东文艺志愿服务团，赴延安八一敬老院、“鲁迅艺术文学院”旧址、枣园、杨家岭、宝塔山等开展主题为“寻根之旅、感受之旅、学习之旅”的广东文艺志愿服务暨艺术采风学习活动。图为广东省文艺志愿服务团艺术家在延安宝塔山、延河大桥边合影。
4. 3月1日至7日，省委宣传部、省文联等在广州市黄埔区南海神庙举办首届岭南民俗文化节、第八届广州民俗文化节暨黄埔“波罗诞”千年庙会。图为传统舞龙表演。
5. 9月15日，由省政协、省文联主办，省曲协等协办的第九届“四洲杯”粤港澳粤曲演唱大赛颁奖晚会在友谊剧院举行。图为汪洋、黄龙云、朱明国、汤炳权与获奖者合影。
6. 5月11日至18日，澳大利亚华人团体协会、省文联、广东中华民族文化促进会、省民协等在澳大利亚悉尼市车士活中华文化中心举办了“醉美连南——中国广东连南瑶族工艺美术展”。图为澳大利亚观众对精美的刺绣作品赞叹不已。
7. 5月23日，“广东文艺志愿服务团授旗仪式”在广州友谊剧院举行。省委常委、宣传部部长庹震为省文联、广东文艺职业学院和戏剧等12个省级文艺家协会文艺志愿服务团授旗，标致着文艺志愿服务工作全面启动。

广西壮族自治区文学艺术界联合会

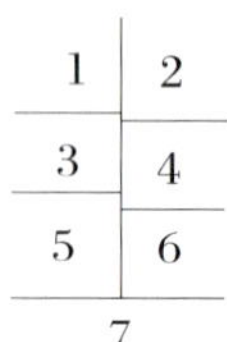

1. 5 月 13 日，广西近现代重大历史题材美术创作工程作品展在广西博物馆隆重开幕。5 月 22 日，自治区主席马飚到现场观展。
2. 5 月 18 日，纪念毛泽东同志《在延安文艺座谈会上的讲话》发表 70 周年广西文艺界座谈会在邕举行。
3. 5 月 21 日，广西文联文艺志愿服务活动启动仪式在南宁隆重举行，韦守德、刘咏梅、黄德昌、赵如锋、黄志豪、林万里等共同按动启动球。
4. 9 月 2 日至 4 日，2012 年全区文联系统文艺家读书班在南宁举行。
5. 9 月 5 日至 16 日，由广西文联党组书记、副主席韦守德为团长的广西文联代表团，赴法国、德国、比利时开展文化交流活动。
6. 9 月 27 日，广西文联机关党委联合文艺志愿服务活动办公室，到南宁市福利院开展“文艺志愿献爱心　携手老人庆佳节”的志愿服务活动。
7. 12 月 18 日至 21 日，广西文联第九次代表大会在南宁召开，会议代表 663 人。

海南省文学艺术界联合会

1. 1月6日，省文联送欢乐到儋州排浦镇沙沟、沙脊村，图为舞蹈《红色印象》。
2. 1月，在“百花迎春——中国文学艺术界2012年春节大联欢“晚会上，“海南木棉红”板块表演的芭蕾舞剧《红色娘子军》和合唱《万泉河》。
3. 7月24日晚，在庆祝三沙市成立“爱我三沙”大型文艺晚会上表演的歌舞《西沙，可爱的家乡》。
4. 8月23日，《一种有远见的生活方式》图书首发式暨鹦歌岭先进青年团队图片故事展在海南省博物馆开幕。
5. 9月13日，“珍珠海岸、美丽陵水”中国当代书法名家作品展在陵水开幕，图为领导嘉宾和观众观看展览。
6. 9月26日，创建中国书法之乡——千人挥毫颂儋州大型活动，书法家与书法爱好者在文化广场现场挥毫。
7. 9月27日，海南当代国画晋京作品展在省博物馆开幕，图为省政协主席于迅倾听画家乔德龙（右一）介绍创作心得。
8. 10月17日，参加“唱响海南”全国著名词曲作家采风三沙永兴岛留念 。

1		
2	3	
	4	5
6	7	
	8	

重庆市文学艺术界联合会

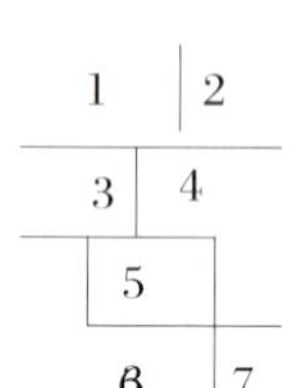

1. 5 月 21 日，重庆市纪念毛泽东同志《在延安文艺座谈会上的讲话》发表 70 周年美术书法摄影作品展在重庆中国三峡博物馆开幕。
2. 重庆市纪念毛泽东同志《在延安文艺座谈会上的讲话》发表 70 周年美术书法摄影作品展 140 幅展品，集中展示了近年来重庆市美术、书法、摄影艺术的创作成果。
3. 11 月 8 日至 14 日，由重庆市文联承办的第 22 届西部文联工作会议在渝圆满召开。
4. 3 月 26 日至 4 月 28 日，第四届重庆大学生戏剧节在重庆高校举行。图为话剧《青春之歌》剧照。
5. 1 月 13 日，重庆市文联“送欢乐、下基层”活动走进第三军医大学。重庆市文联党组书记、副主席王超向第三军医大学赠送书法美术作品。
6. 1 月 15 日，2012 中国文联“送欢乐、下基层”慰问团赴重庆市涪陵区两江广场进行了慰问演出，艺术家向涪陵区委区政府和群众代表捐赠了美术、书法、摄影作品。
7. 3 月 29 日至 31 日，《中国艺术报》2012 年通联工作会议在重庆市召开。

四川省文学艺术界联合会

1. “宋词雅韵”演出现场。
2. 花开的声音——四川首届少儿曲艺大赛比赛现场。
3. 四川第七届巴蜀文艺奖杂技类初评以比赛方式在四川自贡举办。
4. 2012年四川省第十届春熙放歌。
5. 四川电影界首次举办少数民族题材电影文学剧本研讨会。
6. 省文联重点打造的少儿音乐舞蹈诗《红色少年》在成都首演。
7. 四川省首届传统民歌大赛比赛现场纳溪当地的《永宁河船工号子》选用了富有表现力的道具，荣获银奖。
8. 省文联主办第五届中国西南六省区市摄影联展。

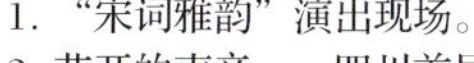

1	
2	3
4	5
6	7
8	

贵州省文学艺术界联合会

1. 贵州省文学艺术界联合会第七次代表大会上，中共贵州省委书记赵克志、中国文联党组书记、副主席赵实与参会代表亲切握手。
2. 走进经典音乐——李岚清音乐会。
3. 贵州省文学艺术界联合会第七次代表大会开幕式现场。
4. “朝霞侗歌培训基地”开班第一课，受聘歌师为学生授课。
5. 鲁迅文学院第二届西南六省区市青年作家培训班。
6. “贵州文艺百花园创作基地”签约仪式。
7. “多彩贵州·山花竞放”——2012贵州文艺界春节大联欢活动结束后，领导嘉宾与演员合影。

1	
2	3
4	5
	6
7	

云南省文学艺术界联合会

1. 1月17日晚，省委常委、宣传部长赵金，省文联名誉主席梁公卿出席“春满彩云南——云南文艺界大联欢”活动。
2. 10月30日，中国文联党组书记、副主席赵实，云南省委常委、宣传部部长赵金视察云南文苑。
3. 5月17日，云南省纪念毛泽东同志《在延安文艺座谈会上的讲话》发表70周年座谈会在昆明举行。图为出席会议的领导和文艺家为百岁老文艺家唐碧波祝寿。
4. 6月5日，第三届中国东南亚南亚电视艺术周在昆明开幕，中国文联副主席赵化勇、丹增，省委常委、宣传部部长赵金等领导出席开幕式。
5. 5月29日，中国文联文艺家采风团调研云南文苑，图为著名艺术家刘兰芳向云南文苑捐赠展藏品。
6. 10月21日，全国政协常委、著名雕塑家袁熙坤向云南文苑捐赠雕塑作品。
7. 省文联党组书记、主席郑明及省文联“四群”工作队与彝族群众联欢合影。

1	2	
3	4	5
6		
7		

西藏自治区文学艺术界联合会

1. 2月21日至25日，中国文联、中国摄影家协会组织摄影家走进西藏错那县，为农牧民群众拍全家福，看望慰问边防官兵。
2. 4月12日，由西藏文联和西藏美术家协会共同举办的“大美西藏——中国当代绘画展”，在德国柏林中国文化中心开展，受到德国观众一致好评。
3. 9月28日，由自治区党委宣传部、中国文学艺术基金会、西藏文联、西藏自治区广电局共同主办的“《祖国的怀抱里》——西藏自治区第二届金色朝霞少儿文艺电视晚会”在拉萨市歌舞团举行。
4. 9月26日，由自治区创先争优强基础惠民生活动领导小组主办、西藏文联和西藏摄影家协会承办的“深入开展创先争优强基础惠民生活动——驻村工作图片展”在西藏图书馆开幕。
5. 7月21日，由西藏文联、西藏美术家协会、北京寺上美术馆联合主办的“见即愿满唐卡艺术展”在自治区群艺馆开幕。
6. 11月8日，西藏文联组织全体党员干部集中收看了党的十八大开幕式盛况。
7. 5月18日，西藏文艺界隆重召开纪念毛泽东同志《在延安文艺座谈会上的讲话》发表70周年座谈会。
8. 8月1日，由西藏自治区党委宣传部、西藏文联、拉萨市人民政府、中国摄影家协会和西藏军区主办的“第五届中国西藏珠穆朗玛摄影大展”在布达拉宫广场举行开幕式。

1	
2	4
3	5
6	7
8	

陕西省文学艺术界联合会

1.“根植生活 情系人民”——5·23陕西文艺界走进革命老区大型采风慰问活动镇安笔会现场。
2.“展陕西风采 献礼十八大”大型图片展。
3.2012陕西新年音乐会。
4.5·23采风慰问团启动仪式合影。
5.领导参观“长安精神——陕西当代中青年国画作品展”。
6.陕西文艺工作者赴西飞集团采风参观。
7.陕西省市、县（区）行业文联负责人培训班。
8.陕西文艺界学习贯彻党的十八大精神座谈会。

1	
2	3
4	5
6	7
8	

甘肃省文学艺术界联合会

1.中共甘肃省委书记、省人大常委会主任王三运，中共甘肃省委副书记、省长刘伟平接见2012年中国美术家协会工作会议代表。
2.2012年中国书协组联工作会。
3.甘肃省文联“双联”行动书画义卖捐赠仪式。
4.甘肃省文联党组书记、副主席马少青同“双联”农户交谈。
5.甘肃诗歌八骏上海论坛。
6.首届杂技菊花奖杂技大赛、魔术大赛颁奖晚会。
7.第九届全国高校京剧周暨演唱研讨会。

1	2
3	4
5	6
7	

青海省文学艺术界联合会

1. 1月10日，2012年新春文艺界大联欢暨纪念玉树地震两周年“玉树欢歌”主题晚会在西宁香格里拉会所举办。图为玉树州红旗小学的学生在表演节目。
2. 省摄影家协会承办的《江源玉树幸福家园》——纪念玉树4·14地震两周年重建家园摄影展在青海博物馆开展。省委常委、宣传部长吉狄马加、省政协副主席鲍义志、原省政协副主席陈瑞珍等领导出席开幕式。
3. “义海之夏”——青海省文联“送文艺、进企业”文艺采风创作活动。省委常委、省委宣传部部长吉狄马加讲话并亲笔题字寄语义海公司“扎根海西，回报青海”。
4. 省文联党组书记、主席班果陪同省委常委、宣传部长吉狄马加等领导观看青海省“纪念毛泽东同志《在延安文艺座谈会上的讲话》发表70周年美术书法摄影展”。
5. 8月15日，2012年中国·青海西宁国际原生态舞蹈暨现代舞艺术节——“天路之约·舞动夏都”在青海大剧院举行首场演出。
6. 7月8日晚，2012第二届“中国·西北音乐节——西海音乐会、互助油菜花音乐节”在青海会议中心举行西海音乐会闭幕式暨会旗交接仪式，省委常委、宣传部长吉狄马加同志将会旗交给第三届西北音乐节主办方代表甘肃省委常委、宣传部长连辑手中。

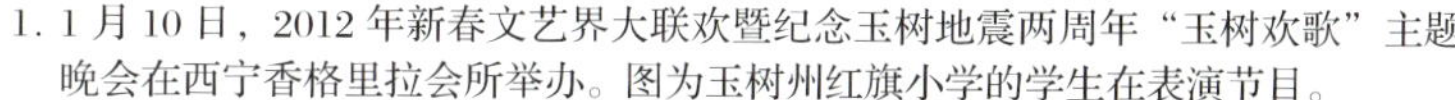

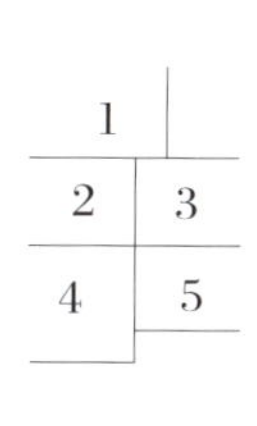

宁夏回族自治区文学艺术界联合会

1. 宁夏党委常委宣传部长蔡国英为第三届回族舞蹈大赛获奖演员颁奖。
2. 宁夏文联围绕中心开展工作，组织艺术家到移民新村开展采风活动。
3. 宁夏文联组织艺术家开展送欢乐、下基层活动。
4. 宁夏文联组织职工观看十八大开幕式。
5. 宁夏选手摘得西北音乐节金奖。
6. 由宁夏文联等单位联合主办的“高原行迹——杨继国摄影作品展”开幕。
7. 中国商业电影产业发展研讨会在银川举办。

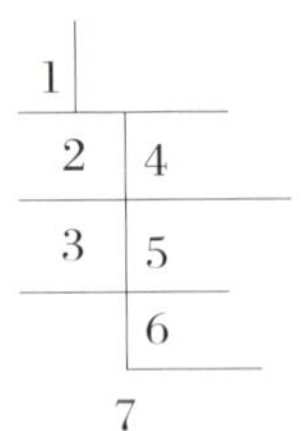

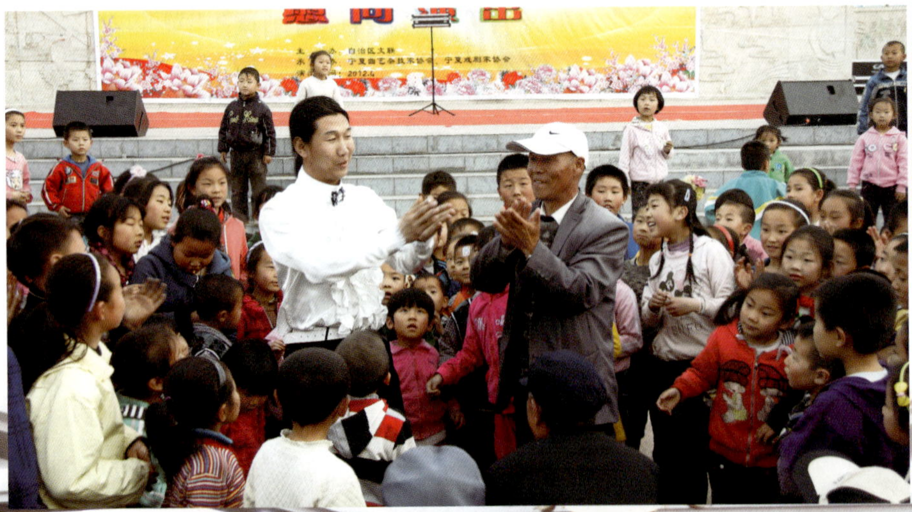

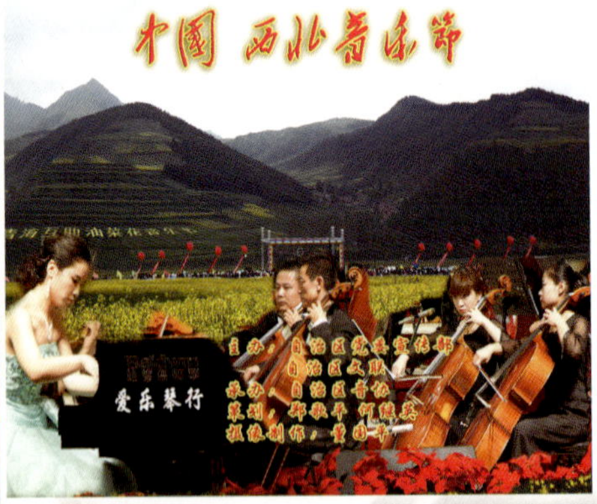

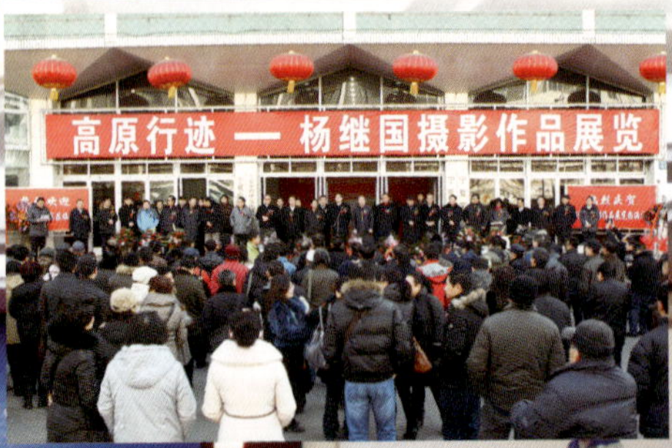

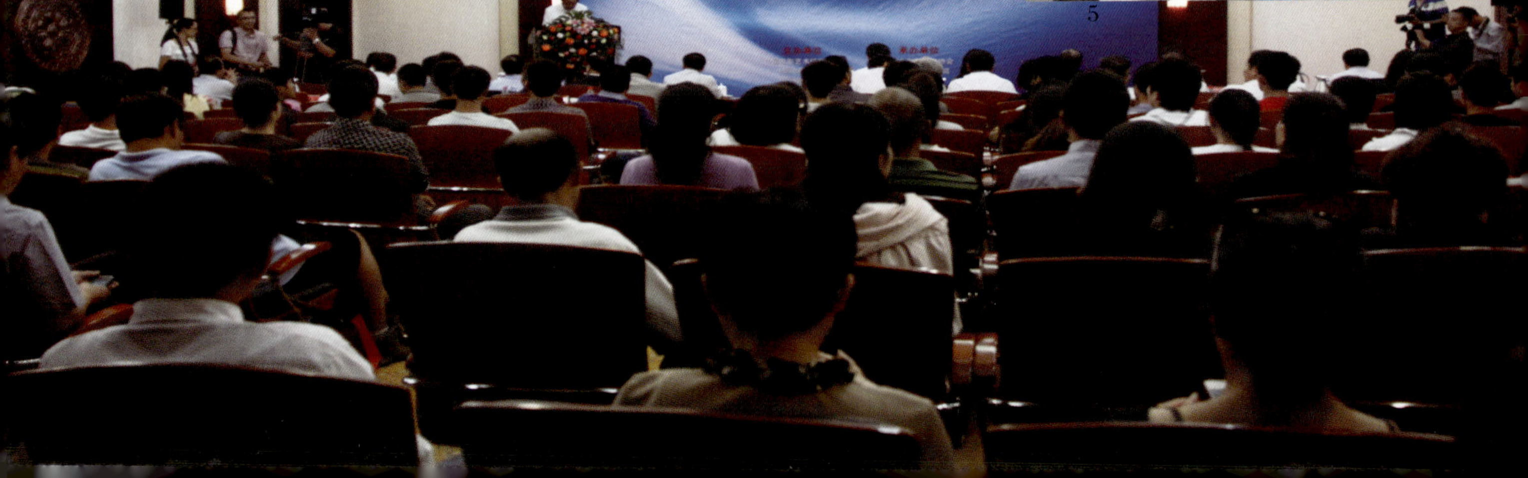

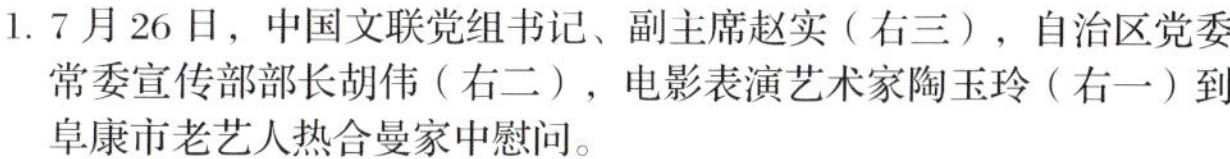

新疆维吾尔自治区文学艺术界联合会

1. 7月26日，中国文联党组书记、副主席赵实（右三），自治区党委常委宣传部部长胡伟（右二），电影表演艺术家陶玉玲（右一）到阜康市老艺人热合曼家中慰问。
2. 7月26日晚，“百花放映·情系新疆”大型电影惠民工程在阜康市瑶池园拉开帷幕。
3. 中国文联副主席、新疆文联副主席、中国舞蹈家协会主席、著名表演艺术家迪丽娜尔·阿不都拉在基层表演舞蹈《想念》。
4. 8月3日，中国文联、中国剧协梅花奖艺术团在新疆人民会堂举行自治区专场演出。
5. 11月4日，新疆木卡姆艺术团演员在昌吉滨湖镇为各族群众表演双人舞《恋人》。
6. 新疆文联组织艺术家送欢乐、下基层，台上台下艺术家和各族群众跳起欢乐的麦西来甫。
7. 新疆文联举办“感受新变化，喜迎十八大”送欢乐、下基层活动。图为滨湖镇演出现场。

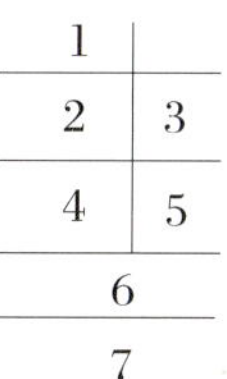

新疆生产建设兵团文学艺术界联合会

1. 中国文联、兵团文联组织开展文艺“送欢乐、下基层”慰问活动。
2. 兵团文联主席李光武（右一）带队慰问兵团贫困职工。
3. 兵团文联主席助理、援疆干部麻振山（右四）带领文艺家到职工家中慰问演出。
4. 兵团文联副主席郭成云（右一）带领文艺家到职工家中慰问。
5. 兵团文联党组成员、副巡视员刘宁（右一）为兵团职工送春联。
6. 兵团文联四届四次全委会在乌鲁木齐召开，兵团党委常委、秘书长成家竹（左四）出席会议并做重要讲话。
7. 兵团文联四届五次全委会在乌鲁木齐召开，兵团文联主席李光武（左三）总结2012年上半年工作，安排2012年下半年工作任务。
8. 兵团文联举办“喜迎党的十八大胜利召开”——兵团美术、书法、摄影展，兵团党委常委副司令员刘建新（前排左五）出席开幕式。

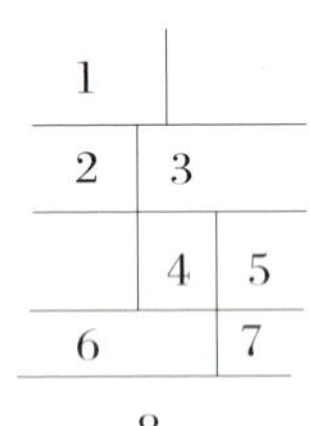

中国石油文联

1 2 3
4 5 6
7
8

1. 第六届中国石油职工艺术节代表团。
2. 中石油副总经理李新华为职工艺术节获奖演员颁奖。
3. 石油文联赴长庆油田“送欢乐、下基层”慰问演出观众与演员联欢。
4. 第三届中国职工艺术节长庆杯曲艺小品展演颁奖晚会。
5. 走进兰州石化——放歌一线员工活动合影。
6. 石油歌唱家在意大利罗马国际音乐比赛中夺得大奖。
7. 中国书法进万家——走进长庆油田活动在银川长庆油田基地举行。
8. 石油文联文艺家小分队赴中缅管线开展慰问活动。

中国铁路文联

1. 12月，中国铁路文联、中国铁路书法家协会组织书法家深入铁路建设工地送书法。

2–3. 1月，中国铁路文联美术分会笔会。

4. 采风小组在拉日铁路施工现场的二级医疗站了解施工医疗保障情况。

5. 铁道部拉日铁路总指挥部副指挥长王小兵在向铁路作协主席才凡等采风小组人员介绍隧道施工情况。

6. 采风小组在隧道掌子面上与建设者在一起。

7. 铁路摄影家送摄影作品到青岛铁路职工手中 。

8. 铁路作家创作会议暨《中国铁路文艺》重点作者座谈会。

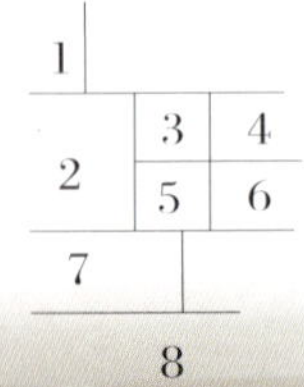

中国煤矿文联

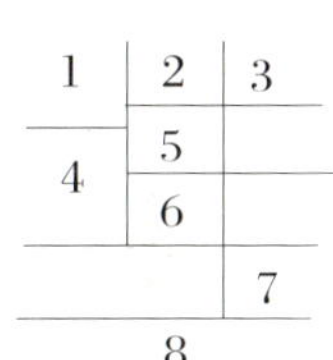

1. 5 月 26 日，第四届中国煤矿艺术节在河北冀中能源集团隆重开幕。
2. 10 月 6 日，第四届中国煤矿艺术节“徐矿杯·全国煤矿职工集邮展览”在江苏徐矿集团开幕。
3. 11 月 28 日，第四届中国煤矿艺术节“汾西矿业杯·全国煤矿职工书法展览”在山西焦煤汾西矿业集团隆重开幕。图为观众观看现代木刻艺术。
4. 8 月 12 日，第四届中国煤矿艺术节“平庄煤业杯·全国煤矿职工文艺成果展览”在平庄煤业集团公司开幕。
5. 8 月 16 日至 18 日，第四届中国煤矿艺术节“靖远煤业杯·全国煤矿职工声乐器乐大赛”在甘肃靖远煤业集团举行。
6. 10 月 22 日，在湖南常德召开了《阳光》杂志暨中国煤矿文化网工作会议。
7. 2012 年在办好《阳光》杂志文学版的基础上，又创办了《阳光》杂志艺术版，发表与介绍煤矿书法、美术、摄影、曲艺小品、舞蹈、集邮等方面的成就。图为《阳光》杂志艺术版前 4 期。
8. 4 月 7 日，第二届寻找感动中国的矿工颁奖大会在北京京西宾馆隆重举行。图为颁奖大会上第二届感动中国的矿工百名入选人物合影。

同煤杯
第二届感动中国的矿工
颁奖仪式

中国电力文协

1. 5 月 23 日，中国电力作家协会组织 32 名作家赴延安，纪念毛泽东同志《在延安文艺座谈会上的讲话》发表 70 周年。
2. 全国第三届电力书法作品展览。
3. 7 月 2 日，中国电力作家协会召开全国电力长篇小说创作座谈会，与会电力作家畅谈创作规划。会议号召全国电力作家，以电的激情拥抱文学。
4. 9 月 29 日，第三届中国职工艺术节“浙江能源杯”摄影艺术展览作品评选会评委以及工作人员合影。
5. 电力文协 2012 第一次主席团（扩大）会议。
6. 电力作家高歌。
7. 10 月 16 日上午，第一届全国电力职工摄影大展开幕式在北京中华世纪坛隆重举行。获奖代表领奖合影。

1	2	
3	4	5
		6
	7	

中国水利文协

1. 11 月，治水与中华文明暨李仪祉水利思想研讨会在西安举办。
2. 11 月，参加李仪祉水利思想研讨会的同志参观李仪祉纪念馆。
3. 中国水利作协从 2002 年至 2012 年共出版了六辑《中国水利丛书》，50 本，500 万字，推出了几十位作者的专著。
4. 10 月，中国水利摄影协会组织会员在福建泉州拍摄水利工程。
5. 长江委主任蔡其华向采风团介绍长江防洪形势。
6. 在行走长江看水利采风活动中，作家在施工现场听取南水北调中线工程情况介绍。

1
2 3 4
5
6

中国石化文联

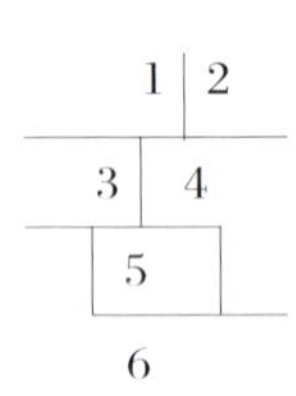

1. 集团公司党组领导观看“开启新航程——中国石化喜迎党的十八大”摄影展览。
2. 外籍员工在中国石化2012年新春团拜会表演节目。
3. 中国石化音乐舞蹈家协会开展“送文化、下基层”活动。
4. 中国石化书法家协会举办首届行书大赛。
5. 中国石化作家协会组织百名作家采风活动。
6. 承办第三届中国职工艺术节“中原油田杯”舞蹈展演。

全国公安文联

1	2	3
4	5	6
		7

8

1-2. 全国公安文联二届三次理事会议在北京召开。
3. 全国公安院校 “青春·理想·警徽”主题征文颁奖仪式。
4. 全国基层公安文化经验交流会暨林西公安文化现场会。
5. 首届全国女警官书画作品展。
6. 祝春林主席参加首届全国女警官书画作品展。
7. 祝春林主席接见参加全国基层公安文化经验交流会暨林西公安文化现场会演职人员。
8. 电视剧《看守所》开机新闻发布会在京举行。

中国检察官文联

1. 12月11日至18日，曹建明等领导出席全国检察机关“廉洁从检”书画摄影展。
2. 7月13日，中组部、中直工委、中国文联来调研党建工作。
3. 11月16日，中国检察官文联秘书处召开党的十八大精神专题学习会。
4. 2月29日至3月1日，在江苏省南京市举行“以梅喻检”文化活动。
5. 5月24日至26日，在陕西省延安市举行首届中国检察官文化论坛。
6. 8月4日至6日，在山东省枣庄市举行“以荷喻检”文化活动。
7. 5月25日，中国检察官文联第一届委员会第一次常委会在延安召开。
8. 9月16日，中国检察官文联在第三届中国职工艺术节“开滦杯”声乐展演中获“优秀组织奖”。
9. 12月1日，中国检察官文联会刊《检魂》创刊问计座谈会在京召开。
10. 6月11日，《中国特色社会主义检察文化理论研究》课题组会议在北京召开。
11. 9月17日至27日，中国检察文化代表团访问土耳其司法学院。
12. 1月6日至8日，首届“迎新春、送文化”活动在北京举行，全体人员集体送“福”。

1	2	3
4	5	6
7	8	9
10		11
		12

中国人民银行文联

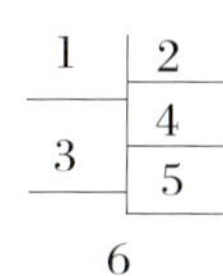

1.中国人民银行行长周小川在2012年春节联欢会上讲话。
2.人民银行党委委员、纪委书记王华庆为《央行文苑》题字。
3.人民银行文联主席初本德等同志与参加第三届中国职工艺术节的演员合影。
4.人民银行书法协会推荐选拔系统书法美术作品参加第三届中国职工艺术节。
5.人民银行舞蹈协会表演舞蹈《在阳光下》。
6.人民银行文联有关同志参加第三届中国职工书法美术获奖作品开幕式。

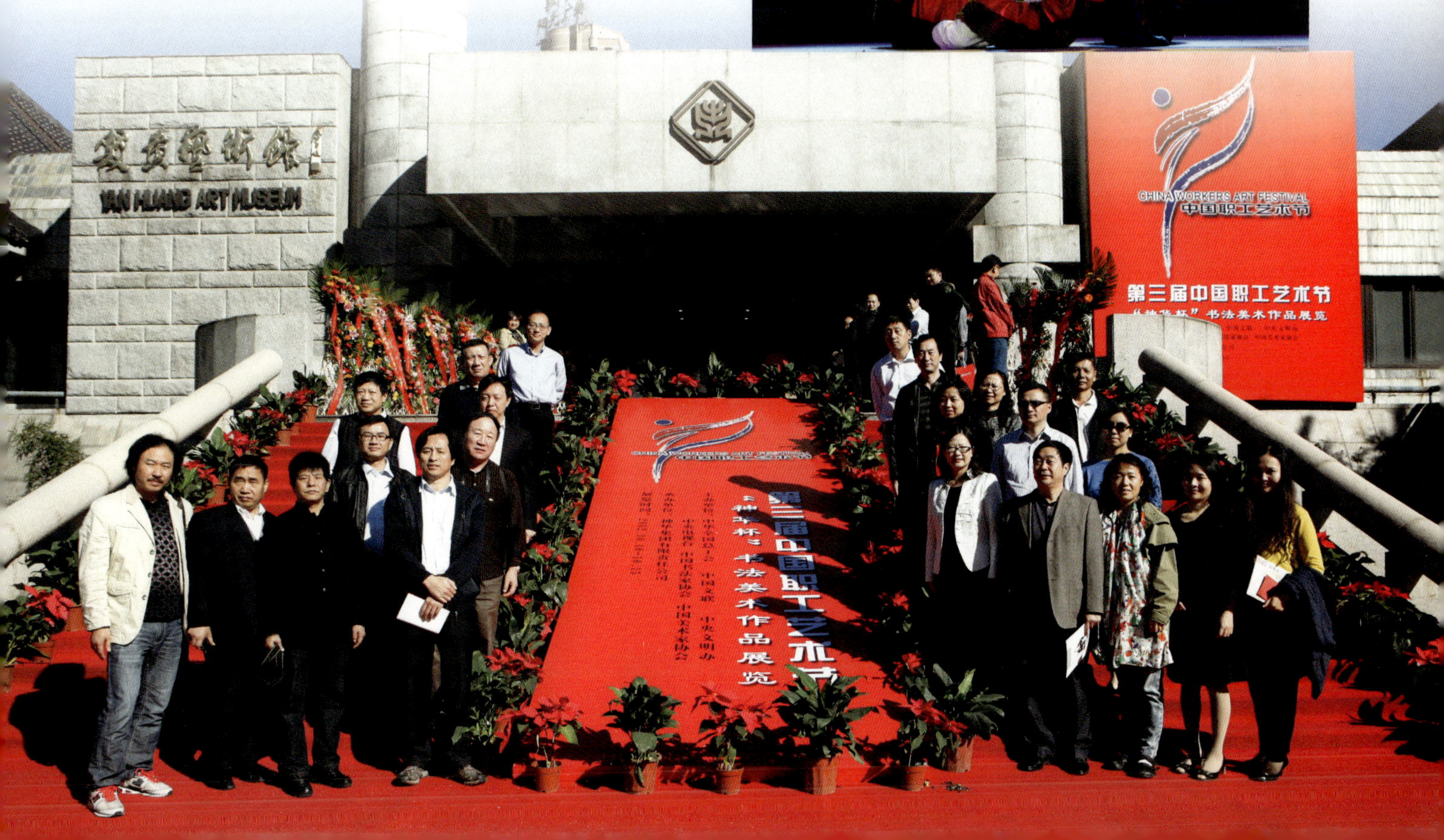

China Federation of Literary and
Art Circles Group Members (Ⅱ)

2013

中国文联各团体会员（二）

北京市文联

2012年，北京市文联深入贯彻落实党的十七届六中全会和市第十一次党代会精神，紧紧围绕迎接学习宣传贯彻党的十八大，积极履行联络协调服务管理职能，努力提高文化自觉、增强文化自信，扎实推进工作，为首都文艺事业繁荣发展作出了积极贡献。开展首都文艺界“走转改”、纪念《讲话》发表70周年、文艺品牌、文艺创作、文化交流、文化援藏、文化援疆、文联大讲堂等丰富多彩的文艺活动，推进人才队伍发展壮大，加强文联自身建设，先后组织首都文艺家4000多人次,开展各类文艺活动250余场。

会议与活动

【走转改】

北京市文联围绕中心，服务大局，深化“走转改”，先后组织首都文艺家3000余人次，深入到16个区县的社区、农村、学校、企业、工地、部队等，开展慰问演出、辅导讲座、赠送书画、创作歌曲和文学作品等活动120余场，受众达70000余人，受到各级普遍欢迎。

【纪念老舍诞辰113周年活动】

1月16日，市文联与北京老舍文艺基金会、北京作家协会、老舍纪念馆共同举办“老舍与北京精神”系列活动——“瞧·这一家子”书画联展、“老舍笔下的北京春节”主题图片展览以及纪念老舍文艺演出。

【第十二届“京味文化之旅”】

2月19日至21日，应台北曲艺团邀请，由北京市台办主办，北京市文联承办，北京市新闻办协办的第十二届“京味文化之旅”系列活动深入台湾屏东县和嘉义县，分别在屏东县艺术馆、里港乡河堤公园以及嘉义县表演艺术中心举行3场精彩演出，向台湾民众充分展现了中华优秀传统文化魅力。市文联党组书记陈启刚参加。

【北京市检察官文学艺术联合会成立】

2月23日下午，北京市检察官文学艺术联合会成立大会暨第一次会员代表大会在京召开，市文联党组书记陈启刚出席。

【植树绿化活动】

4月6日，组织机关干部职工40余人到房山区长阳镇参加中国文联组织的植树绿化活动。出席领导有中国文联党组书记赵实，市委宣传部常务副部长王海平，北京文联党组书记陈启刚、党组副书记程惠民同志。

【《讲话》发表70周年纪念活动】

4月12日，市文联召开《〈讲话〉与中国当代文艺发展——纪念〈讲话〉发表70周年》理论研讨会。4月23日至5月20日，举办纪念《讲话》发表70周年群众网络摄影大赛活动。5月18日，举办纪念《讲话》发表70周年北京合唱专场演唱会。5月28日，举办《北京之春》演唱会。7月12日，举办“忆之声”经典名曲音乐会。

【“践行北京精神，弘扬清正廉洁”反腐倡廉文艺作品大赛】

5月份，市纪委、市委宣传部、市文联主办的“践行北京精神，弘扬清正廉洁”反腐倡廉文艺作品大赛正式启动，参赛作品分为艺术作品类、文艺节目类、文学作品类和动漫类。9月3日，在中华世纪坛举办了为期一周的由书法、摄影、漫画和民间艺术作品四部分组成的“践行北京精神，弘扬清正廉洁”艺术作品展，共展出从收到的4405件各类作品中评选出的200件作品。11月27日，在北京会议中心举行了《廉洁颂——北京市反腐倡廉文艺作品大赛汇演》文艺晚会。

【首都影视法律服务中心成立】

5月8日，市文联、北京电视艺术家协会、北京市律师协会、北京仲裁委员会调解中心共同举办首都影视法律服务中心成立仪式。全国政协常委、中国文联副主席、中国电视艺术家协会主席赵化勇，中国电视艺术家协会常务副主席、分党组书记张显，市文联党组书记陈启刚参加活动。

【《东方少年》创刊30年纪念活动】

5月15日，《东方少年》创刊30年纪念活动在京举行，中国作协副主席、儿童文学委员会主任高洪波，市文联党组书记、常务副主席陈启刚出席并致辞。

【“中国名家画北京”主题创作展览活动】

5月25日，由市文联、北京美协主办，历时一年的“中国名家画北京”主题创作展览活动正式启动。活动采取邀请名家创作与面向全国广泛征稿相结合、命题创作与画家自由创作相结合的方法征集作品。通过活动，用美术之笔，留住北京、留住记忆、留住历史，也为推动首都美术事业的繁荣与发展起到积极作用。活动分阶段推进，年内已对草图进行了两次评审，2013年6月举办大型展览。

【文化援藏、援疆】

为深化“走转改”，加强北京与拉萨、和田两地文学艺术交流，促进北京文化援藏（疆）工作，市文联党组书记陈启刚率首都文艺家及媒体代表团一行50余人，分别于6月11日至20日、8月3日至12日赴西藏拉萨、新疆和田开展文化援藏（疆）活动。先后为北京援藏（疆）干部职工，拉萨、和田党政军、学生和市民以及农村群众、社区居民举办了8场慰问演出，看望了北京援藏（疆）指挥部干部职工，参观了北京援藏（疆）项目工地，与拉萨、和田、北京援藏（疆）指挥部领导及拉萨、和田文艺界代表进行了9次座谈交流，举办了7场书画艺术交流笔会，深入拉萨、和田7个藏（维）族群众家庭看望慰问、体验生活和座谈交流，在援藏干部和拉萨、和田人民群众中引起强烈反响，艺术家们也收获了很多的感动、振奋和灵感。

【房山区良乡苏庄三里社区文学艺术界联合会成立】

7月5日，北京市首家社区级文联——房山区良乡苏庄三里社区文学艺术界联合会挂牌成立。

【北京工商文学艺术联合会成立】

7月24日，北京工商文学艺术联合会成立大会在海淀工人文化宫举行，市文联党组书记陈启刚出席大会。截至目前，市产、行业文联已达10家。

【“青春国粹联盟曲艺专场”启动】

8月18日，由市文联、北京国粹艺术传承促进会主办的“青春国粹联盟曲艺专场”在前门老舍茶馆正式启动。刘兰芳、陈启刚、史绍洁、冯远征等同志及300余名京城曲艺迷和游客参加活动。

【2012北京市区县（局）、产（行）业文联优秀节目展演】

9月22日至23日，市文联举办“喜迎十八大 绽放北京精神——2012北京市区县（局）、产（行）业文联优秀节目展演”，16个区县文联以及工商、公安、邮政、铁路、全聚德等产（行）业文联选送的40多个节目参加展演。经过评选，9个节目分别获得曲艺类、音乐演唱类、舞蹈类和综合类节目一等奖。11月24日，在房山良乡影剧院举行颁奖晚会，中国文联国内联络部副主任李培隽，市文联主席金铁霖、党组书记陈启刚，房山区委书记刘伟等出席颁奖晚会，700余名观众观看演出。

【第六届老舍散文奖颁奖】

11月16日，市文联主办，北京文学杂志社承办的第六届老舍散文奖在京揭晓。阎纲的《孤魂无主》、陈奕纯的《月下狗声》、凸凹的《山石殇》、马语的《一言难尽陪读路》、王十月的《父与子的战争》、耿立的《谁的故乡不沉沦》、毕淑敏的《马萨达永不再陷落》、凌仕江的《西藏的石头》、韩小蕙的《面对庐山》、雪小禅的《风中的鸟巢》10位作家的10篇作品获奖。

【庆祝中共十八大、致公党十四大全国书画联展】

12月1日下午，由致公党北京市委、致公党中央宣传部、市文联联合举办的“翰墨致公心、豪情庆盛会”——庆祝中共十八大、致公党十四大全国书画联展，在北京荣宝斋大厦开幕。全国人大常委、致公党中央副主席严以新，中共北京市委常委、宣传部长、副市长鲁炜，北京市人大常委会副主任、致公党北京市委主委李昭玲，北京市政协副主席沈宝昌，致公党中央宣传部长王翔，市文联党组书记、常务副主席陈启刚等出席开幕式并为展览开幕剪彩，李昭玲、陈启刚分别在开幕式上致词，严以新宣布展览开幕。展览共展出来自致公党全国各省市书画院、北京美协、北京书协、北京龙泉今子书画院之手笔的100余幅作品。

【市委书记郭金龙到文联调研】

12月3日下午，市委书记郭金龙一行到市文联调研，在市文联主席金铁霖和党组书记、常务副主席陈启刚的陪同下参观了市文联大厦，会见了知名艺术家代表，充分肯定市文联近年来的工作成绩，称赞市文联利用讲座、演出、征文等多种形式，展现践行北京精神、贯彻落实十八大精神的工作。

【首都文艺家学习贯彻十八大精神座谈会】

12月3日下午，市文联召开首都文艺家学习贯彻党的十八大精神座谈会。市文联主席金铁霖、党组书记陈启刚，主席团成员吕浩才、刘恒、陈维亚等和德艺双馨代表、中青年文艺人才代表、文艺家协会代表等40余人参加座谈会。会议由文联党组书记陈启刚主持。

【“东方少年·中国梦”新创意中小学生作文大赛】

12月12日，由市文联主办，北京作家协会、东方少年杂志社承办的“东方少年·中国梦”新创意中小学生作文大赛在海淀外国语实验学校拉开帷幕，将于2013年5月31日截稿，暑期颁奖。

【首都文艺家利用文艺形式宣传十八大精神】

11月、12月，市文联为落实市委宣传部鲁炜部长指示要求，组织首都文艺家走基层宣传十八大精神，先后深入到社区、农村、学校、企业和部队，分别举办了15场文艺演出，15场“文联大讲堂”文艺讲座，受众达28000余人，受到社会的普遍欢迎。

对外文化交流

【文联代表团赴俄罗斯文化交流】

3月24日至4月2日，应莫斯科国立大学邀请，由北京市文联党组副书记程惠民为团长和文艺家代表为团员的市文联代表团一行11人，赴俄罗斯进行了为期8天的友好访问和文化艺术学习、交流、考察，受到邀请方的热情欢迎。此次赴俄开展的文化交流访问，不仅提升了对俄民族艺术的认识和了解，开阔了眼界，加深了北京与俄民间文化艺术的联系和交流，而且为进一步推进北京文学、戏剧、音乐、杂技、舞蹈、美术、书法、民间文艺等艺术门类对外交流与合作进行了有益的探索。

【杂协赴蒙特利尔马戏节观摩】

7月22日至29日，文联党组副书记王德新带队赴加拿大观摩蒙特利尔国际马戏艺术节并顺访太阳马戏团国际总部暨唯一的项目创作和制作中心。代表团一行参观了加拿大全国马戏学校所在地以及太阳马戏团的常驻地，还有TOHU独特的圆形表演场馆内有着可变几何状的表演空间，此次观摩交流活动让代表团一行大开眼界，在进一步了解了国际杂技市场，接触世界领先的杂技艺术创作理念的同时，有机会近距离感受国际一流杂技艺术节的艺术氛围。

【民间艺术家赴土耳其、印度文化交流】

10月15日至24日，北京市文联党组书记、常务副主席陈启刚带队赴印度和土耳其进行文化考察。北京民间文艺家协会副主席、著名风筝艺术家哈亦琦，北京民间文艺家协会理事、剪纸艺术家付秀清，北京音乐家协会会员、唢呐演奏家孙云岗，市文联研究部副主任赖洪波随团参加了此次活动。其间，考察团分别与印度文化关系委员会加尔各答分部负责人、印度文化关系委员会新德里总部负责人等人举行了会谈。此次文化考察，增强了与印度、土耳其文化机构的相互了解，搭建了北京艺术家和印、土两国艺术家进一步进行交流合作的桥梁。

【摄影艺术家赴美交流】

11月25日至12月1日应联合国文化教育基金会邀请，由北京市文联副主席朱明德。北京摄影家协会主席叶用才、驻会副主席兼秘书长王越、理事李宗印组成的摄影代表团于赴美进行交流访问。

【赴澳大利亚、新加坡考察社区文化建设活动】

11月29日至12月8日事业发展部组织部分社会组织负责人赴澳大利亚、新加坡进行了文化交流访问，考察团一行5人重点考察了解了所到地区开展社区文化的方式、组织形式，社会组织与政府的关系及经费来源等方面问题，开阔了视野，拓宽了思路。

【评论家赴欧洲进行文化交流】

12月16日至25日，由市文联副秘书长张恬带队，中国人民大学文学院院长、教授孙郁、北京画院研究部主任宛少军、中国社会科学院文学研究所副研究员陶庆梅一行5人，应德国弗莱堡市政厅文化局邀请，赴德国、波兰进行文化交流与考察。

创作与研究

【“当代北京与文艺：城市精神的艺术呈现——2012年北京文艺论坛”】

12月13日至14日，由市文联主办，市文联研究部、北京文艺评论家协会承办的“2012·北京文艺论坛”在京举办。该论坛已成功举办七届，本届论坛主题为：当代北京与文艺——城市精神的艺术呈现。谢冕、董学文、黄会林等60余位资深专家、学者和艺术家出席会议。

【编辑出版《新中国北京文艺60年（1949—2009）》大型丛书】

《新中国北京文艺60年》大型丛书（总13卷）在已出版7卷的基础上，2012年出版了音乐卷、电视卷、美术卷、舞蹈卷4卷。

获奖情况

3月21日，市文联在全国文联舆情信息工作会上被授予“中国文联2011年度舆情信息工作先进集体”；在第八届中国杂技“金菊奖”第七次全国理论作品评奖活动中，市文联推荐的《再谈杂技必须不断地创新》（作者王建民）、《太阳马戏团动态综合资料研究》（作者黄介农）、《学什么？怎样学？——从太阳马戏团的〈龙狮〉谈起》（作者周红）获优秀作品奖。市文联党组书记陈启刚出席并颁奖。

3月25日，市文联组织9名青少年书法爱好者参加日本大阪“第二十届国际高中生书法选拔赛”访华团书法交流笔会。4名青少年荣获“第二十届国际高中生书法选拔赛”优秀奖。

6月份在开展创先争优活动中，推荐作协支部参加市直机关工委先进基层党组织评选，作协党支部被评为市直机关系统先进基层党支部。

10月20日，参加市宣传系统第一届职工运动会，在运动会上先后有66人参加比赛，集体项目6个，个人项目11个，有4名同志取得名次。文联获得宣传系统第一届职工运动会优秀组织奖。

10月30日，由市文联推选的理论文章《对中国当代文学60年的评价》、《语境、过程、表演者与朝向当下的民俗学》，在第八届中国文联文艺评论奖评奖中分别获得文章类一等奖，北京市文联获得组织奖。

12月31日，文联团支部在2012年度北京市共青团“达标创优”竞赛活动中荣获“五四红旗团支部”。

北京摄影家协会再次荣获北京市文学艺术奖。由北京市文联、北京摄影家协会共同举办的“北京——我们可爱的家”摄影展览自推出后，先后在北京、伦敦、墨尔本、哥本哈根等多个国际大都市展出，受到各界好评。在市委宣传部和人力资源社保局主办的第七届北京市文学艺术奖评选中荣获该奖项。这是摄影类作品第三次荣获此项殊荣。

机关建设

【市文联第七届理事会增补陈启刚同志为市文联常务副主席】

2012年3月，根据《关于陈启刚同志为市文联第七届理事会常务副主席人选的通知》（宣干字〔2011〕55号），市文联七届理事会第十次会议增补陈启刚同志为北京市文学艺术界联合会第七届理事会常务副主席。

【市委宣传部任命张光一、刘开阳同志为市文联副秘书长】

2012年7月22日，根据《关于张光一、刘开阳同志任职的通知》（宣干字〔2012〕16号），张光一、刘开阳同志任北京市文学艺术界联合会第七届理事会副秘书长。

【市编办同意调整市文联机关机构编制，市文联成立宣传信息部】

2012年1月21日，根据《关于同意调整市文联机关机构编制的函》（京编办行〔2012〕11号），同意北京市文联增设宣传信息部，作为市文联机关内设机构。宣传信息部的主要职责是：负责市文联的对外宣传和舆情工作；负责拟订市文联信息化发展规划并组织实施，承担有关信息系统、数据库和网站建设、维护和管理工作。组织联络部不再承担宣传职能。

【市编办同意调整市文联机关机构编制，调整人事保卫部为人事部】

2012年1月21日，根据《关于同意调整市文联机关机构编制的函》（京编办行〔2012〕11号），同意将人事保卫部承担的有关机关安全保卫职责，调整由办公室承担，并将人事保卫部更名为人事部，同时增加负责文联系统文艺人才的发现和培育培养工作的职责。

【信息化、机关办公业务网及文艺家之家建设】

市文联信息化系统建设9月份已经完成项目招投标。一期建设10月正式启动，2013年转入二期建设；按照市委办公厅要求，2012年年底文联机关办公业务网正式建成并投入运行；文联大厦硬件设施升级改造已完成整体设计招标工作，后续建设工作正在稳步推进中，建成后可有效改善首都文艺家活动环境，为文艺家提供更好的服务。

【北京文艺】

2012年，《北京文艺》报按照市委宣传部鲁炜部长批示“要进一步办好《北京文艺》，逐步形成文艺界的号角、传达精神、反映呼声、交流经验、展现风貌的阵地，逐步形成美术、曲艺、书法等专版（刊）”精神，进行了一系列改版、扩版，从四开四版扩大为四开八版，从新闻纸印刷改为铜版纸印刷，开辟了“美术”、“书法”、“民间文艺”、“文学”、“影视”、“戏剧”、“品书”等专版，共出版20期报纸，刊发400余篇新闻报道，文艺作品、理论文章240余篇（幅），向中国文联理论研究室舆情处上报信息90余条。其中，刊发的陈启刚理论文章《做学习宣传贯彻十八大精神的排头兵》、著名诗人西渡的组诗《海棠》被中央大报和大型网站全文转载。

各文艺家协会

【作家协会】

1月1日至12月31日，北京作协利用北京作家网和《北京作家》杂志，举办了“喜迎十八大”和“北京精神在身边”两个征文活动，共收到征文作品1000余篇，其中的优秀征文作品刊登在《北京日报》上。

3月至9月，北京作协组织百余位诗人分两批深入全市交通战线，以诗人的独特视角和切身体验，创作了近500首广泛宣扬首都交通建设成就的诗歌作品，结集出版诗集《情满公交》和《北京交通礼赞》两部，以此弘扬北京精神，向党的十八大献礼。

5月3日至4日，由北京市文联、北京作协组织召开的“文学繁荣与文化发展的我们——北京青年作家恳谈会”在京举行，首都“80后”作家及白烨等著名评论家、出版编辑等40余人参加会议。

5月25、26日，北京市文联、北京作家协会、东方少年杂志社联合举办北京儿童文学创作座谈会。大会提出倡议，号召儿童文学作家们以社会主义核心价值体系和中华民族传统美德为指引，充分发挥儿童文学在未成年人思想道德建设中的重要作用，帮助少年儿童形成正确的积极的人生观、价值观。

7月31日，北京作协带领作家10余人来到北京市房山区青龙湖镇北车营村，为受灾群众送去了食物、棉被、毛毯和药品等物资，并在现场再次为受灾群众捐款。北京作协还组织创作了一批表现北京精神、鼓舞信心战胜灾难的文学作品，发表在《北京日报》上。

8月24日至30日，北京作协组织青年作家赴黑龙江大庆地区深入生活，参观了“铁人”王进喜纪念馆。通过学习、感悟“铁人”精神，引导青年作家树立正确的人生观和价值观，提升他们的思想境界。活动结束后，青年作家们有感而发，主动写下了心中的感悟，还有的作家根据感受书写了诗歌作品。

12月14日，由北京市文联、北京作家协会推出的“文学精品项目制”正式启动，为北京作家能创作更多“北京的、当代的、原创的”作品保驾护航。刘庆邦、徐坤等作家的12个精品项目正式签约。文学精品项目制被评为2012年北京市宣传系统优秀工作。

刘恒、邹静之、金波获得中宣部精神文明建设“五个一工程”奖，宁肯的长篇小说《天·藏》获北京市文学艺术奖，祝勇编剧的纪录片《辛亥》获26届大众电视金鹰奖优秀纪录片奖、全国十佳纪录片奖等。

【戏剧家协会】

3月22日，北京剧协组织联合首都16家重要的民营小剧场戏剧团体和民营剧场，发起成立了“北京剧协小剧场戏剧联盟”。

5月至7月，北京剧协与怀柔区文联等单位在怀柔举办了2012北京《红螺杯》戏曲票友大赛。

8月2日至12日，北京地区经过选拔，组织推荐业余组别选手6名，专业选手10名赴江苏省泰州市参加第十六届中国少儿戏曲小梅花荟萃活动。十六名选手在此次比赛中，全部获得金奖，为北京地区争得了荣誉。协会荣获优秀组织奖。

8月9日，在朝阳区文化馆9剧场联合举办了一年一度的“金刺猬”大学生戏剧节。今年是大学生戏剧节举办第十二年，全国各高校剧社踊跃参与，报名作品达149部，大学生戏剧节的官网点击率超过765万。

8月13日，北京剧协联合北京作家协会，邀请了文学界的作家、评论家与戏剧界的编剧、导演及研究者一道，在京举办了话剧剧本《玩家》的座谈会。

9月3日晚，由市文联、共青团北京市委员会主办，北京戏剧家协会和北京青年戏剧工作者协会共同承办的2012北京国际青年戏剧节在国家大剧院小剧场隆重开幕。北京戏剧家协会主席濮存昕主持开幕式，市文联党组书记陈启刚致辞，中国文联党组成员、书记处书记、副主席杨承志宣布2012北京国际青年戏剧节开幕，嘉宾和观众还一起欣赏了西班牙作品《关于飞翔的湖泊》。市委宣传部副部长张淼出席开幕式。至30日，来自13个国家的63部风格各异的精彩好戏，在北京12个剧场和艺术空间轮番进行了135场精彩的演出。

【美术家协会】

4月13日，由市文联、房山区政府主办的“北京意象·大美房山”——大型美术创作工程暨第五届琉璃河梨花文化节正式启动。市文联党组书记陈启刚出席并讲话，中国文联党组成员、书记处书记李前光，市委宣传部文资委主任张慧光，房山区相关领导出席仪式。11月19日至26日，绘画作品展在中国美术馆举办，展出了百名画家历时7个月创作的优秀作品中的128幅。市文联党组书记陈启刚等领导出席开幕式并参观展览。

【书法家协会】

3月23日，由北京市文学艺术界联合会、中央数字书画频道、阎村镇人民政府、北京书法家协会、北京紫园艺海文化创意发展有限公司联合主办的第三届“永远的清明”追思先贤书法诗歌吟诵会在央视数字书画频道演播厅举办。

4月11日，适逢北京对口支援什邡灾后恢复重建第四年，应四川省什邡市市委宣传部邀请，北京书协组成了由驻会副主席兼秘书长田伯平，副主席孟繁禧、副秘书长贾伟、北京书协理事邢光辉一行六人的书法交流团走进四川省什邡市，展开为期五天的书法交流活动。

4月28日起，“第四届北京国际书法双年展”征稿开始，“第四届中国少年儿童优秀书法作品展”、“第十六届北京书法篆刻精品展”面向社会征稿。6月20日，对参加北京六城区书法展的作品进行评审，共评审出177幅书法作品，这些作品将作为“第四届北京国际书法双年展”的其中一个展项在中国人民革命军事博物馆展出。7月23日，对双年展中第四届中国少年儿童优秀书法作品展、第十六届北京书法篆刻精品展进行评审。其中第十六届北京书法篆刻精品展评选出237件作品，第四届中国少年儿童优秀书法作品展评选出98件作品。8月28日下午，由北京市文联和北京书法家协会联合主办的“东方墨舞·第四届北京国际书法双年展”新闻发布会在职工之家举行。北京市文联党组副书记、双年展组委会副主任刘开阳主持发布会。

10月26日，由市文联、市农工委、北京书法家协会、大兴区委区政府主办，大兴区委宣传部、区文委、区文联承办的“第三届北京·美丽乡村书法艺术展”在大兴区西瓜博物馆开幕，展出200余幅作品，市文联党组副书记刘开阳，市农工委，大兴区委宣传部、文委、文联等相关领导和北京书协主席团成员及书法家、书法爱好者300余人参加活动。展览共7天。

【摄影家协会】

5月27日至8月15日，市文联、北京摄影家协会举办“迎十八大——我心中的北京摄影大赛”，共收到全国各地来稿近4000幅，评选出一等奖2幅；二等奖6幅；三等奖10幅；优秀奖150幅。10月17日下午，在朝阳“798”艺术区隆重举办展览，共展出130余幅摄影作品，首次展出3D摄影作品。同一天，在线摄影图片展在北京摄影家协会网站和微博同时开展。

7月26日，由北京摄影家协会和房山区摄影家协会共同举办的“感动·北京——风雨尽显北京精神”抗击7·21北京特大暴雨在线纪实影展在北京摄影家协会网站及官方微博同时开展。据统计，展览期间影展页面浏览人数突破20万。

【民间文艺家协会】

9月11日，北京市文联、北京民间文艺家协会在中华民族艺术珍品馆主办“北京葫芦艺术展”，展出葫芦雕刻、葫芦烙画、工笔绘葫芦艺术精品200余件。

11月22日至23日北京民协组织民间艺术会员赴河北蔚县考察。艺术家们深入剪纸村落南张庄的焦氏剪纸、张氏剪纸、周氏剪纸等剪纸户，观赏蔚县剪纸，与当地农民艺术家探讨剪纸技艺。

10月2日至9日,市文联、北京民间文艺家协会主办的“北京市中青年民间艺术家优秀作品展”在中华民族艺术珍品馆开幕，展览荟萃了北京20余位中青年民间艺术家的百余件艺术精品。

【音乐家协会】

7月15日，由北京市文学艺术界联合会、北京音乐家协会、北京市东城区文化委员会主办，北京管乐协会、北京管乐交响乐团承办的国际管乐艺术盛会——第七届北京国际管乐节于在北京拉开帷幕，7月18日在国家大剧院音乐厅举办2012年北京国际管乐节闭幕式音乐会。北京市文联党组副书记张占琴、王德新等领导观看了闭幕式音乐会。

8月5日上午，由北京音乐家协会、北京音协少儿小提琴教育学会主办的第五届“金色北京·马思聪杯”少年小提琴、中提琴艺术节，在北京文联剧场拉开帷幕。本届艺术节为期6天，报名总人数力超往届，多达930人。经过6天共17场展演，评选出了金星奖、银星奖、铜星奖奖项。评委会还从金奖得主中推选出28位优秀选手，于2013年1月1日在北京文联剧场举办优秀获奖者新年音乐会。

11月21日，协会带领北京地区选拔出的11位选手参加了第三届全国少儿钢琴展演比赛。经过激烈的角逐，获得了5个年龄组中的3个金奖，4个铜奖，协会获得“优秀组织奖”。

11月25日，由市文联、北京音乐家协会主办的“《神州共举杯》——2012北京新人新作独唱音乐会”在天桥剧场隆重举行。市委宣传部副部长张淼，市文联主席金铁霖、党组书记陈启刚等领导与1000余名首都观众一起观看演出。

12月6日，由市文联、音协、剧协共同主办的《国音颂》梨园欢歌交响音乐会在人民大会堂隆重上演。青年京胡演奏家陈平一与“京胡圣手”燕守平同场献艺，梅葆玖、李世济、叶少兰、裴艳玲、兰文云、耿其昌、李维康、张建峰等老中青三代京剧名家登台演唱拿手名段。音乐会通过对传统名段、红色经典和交响京韵的全方位展现，演绎京剧音乐的独特魅力，为观众奉献中华戏曲的音乐盛宴。

【舞蹈家协会】

3月24日至25日，由市文联、中国国际标准舞总会联合主办的第14届CBDF国际标准舞“院校杯”公开赛在北京市地坛体育馆举行。来自全国各地国标舞专业院校和清华大学、北京大学等普通高校的60余支参赛团队近1000对的舞者参加了22个组别的激烈角逐。

7月8日至15日由市文联、北京舞蹈家协会承办的第六届华北五省区市舞蹈大赛在北京举办，来自北京、天津、河北、山西、内蒙古五省区市的5052名参赛人员、359个参赛节目，进行了14场演出，观众逾2万人次。北京市286个作品进入复赛、127个作品进入决赛，共取得各个组别的表演创作一等奖8个，特别奖1个，特殊贡献奖1个，组织奖3个。

10月3日，由北京市文联、北京舞蹈家协会主办，怀柔区文联、区文委、区舞协承办的北京第四届国标舞大赛在怀柔体育馆落下帷幕。中国文联荣誉委员胡珍，北京市文联党组副书记王德新，北京舞协副主席顾小英，怀柔区委常委、宣传部长彭丽霞等出席颁奖典礼并为获奖选手颁奖。本届大赛以“喜迎十八大”为主题，分为非职业青年组、常青组、少儿组、壮年组、老年组及专业院校组等70多个组别，共有12个区县的900多名选手参加了角逐。

10月10日至13日，由宁夏回族自治区党委宣传部、中国舞蹈家协会、宁夏回族自治区文学艺术联合会主办的第三届全国回族舞蹈比赛在银川市举行，北京舞协推荐的《尕妹情哥》和《水润·三色》分别获得回族舞蹈比赛一金一银。

11月28日，由中国文联、河南省委宣传部主办，中国舞协、河南省文联、郑州市人民政府承办的第八届中国舞蹈“荷花奖”当代舞、现代舞评奖活动在河南郑州闭幕。闭幕式上揭晓了本届“荷花奖”当代舞、现代舞大赛的作品、编导、表演各类别的金银铜奖名单。北京共有15个作品入围决赛，通过激烈的角逐，北京代表队取得可喜的成绩；现代舞金奖空缺；中央民族大学舞蹈学院的双人舞《我的兄弟》、解放军艺术学院《水中行》两个作品获表演银奖；当代舞中，解放军艺术学院《新军靴》，海军政治部文工团《八女投江》两个作品获作品金奖；空军政治部文工团《到战火中去》获编导银奖，总政治部歌舞团《鹤之语》获表演银奖；海军政治部文工团《海的追寻》获作品铜奖，空军政治部文工团《少年时》等三个作品获表演铜奖；北京心灵呼唤残疾人艺术团的群舞《我的未来不是梦》获组委会特别奖。北京舞蹈家协会获得优秀组织奖。

【曲艺家协会】

6月至7月，由首都文明办、市文联和北京曲艺家协会联合组织在全市20几所高校开展了“首都道德模范故事高校巡讲”活动。活动期间，我会组织创作了以诚实守信、孝老爱亲、见义勇为、助人为乐、敬业奉献五类道德模范为原型创作的故事，以评书、快板、京韵大鼓、北京琴书、连珠快书等艺术形式，李绪良、孙洪宴、唐玄默、崔琦等20余位曲艺演员参加。

8月14日至18日，在第五届全国少儿曲艺大赛上，市文联选送的快板《风雨同窗情》和京韵大鼓《万里春光》进入决赛并分获本届大赛少儿组和少年组三等奖，由崔琦老师创作的快板《风雨同窗情》荣获作品奖，北京曲协获优秀组织奖。

9月17日，在中国文联、中国曲协主办的第七届中国曲艺“牡丹奖”评选中，市文联选送的李想、曹云金、高晓攀、李然均获新人奖，刘颖获表演奖，单田芳获终身成就奖。

9月29日至11月16日，市文联、北京曲艺家协会主办第八届“天桥杯”曲艺比赛，10多种曲艺形式、90多个节目参加了预选赛，52个节目进入决赛。通过4场决赛产生成人组一等奖6名，二等奖16名，三等奖12名；少儿组一等奖5名，二等奖8名；作品奖6个。11月上午，在前门建国饭店梨园剧场举行了颁奖典礼。

11月16日晚，由市文联、北京曲艺家协会共同主办的“笑语连珠·欢乐派对——青年笑星相声晚会”在中山公园音乐堂举行，拉开了第三届北京青年相声节的帷幕。第三届北京青年相声节将举办两场优秀青年演员专场演出，一场老艺术家文艺展演，同时还要举办北京相声传承发展研讨会和京城小剧场相声发展论坛。市文联党组副书记刘开阳出席活动。

11月30日，市文联、北京曲协在中山公园音乐堂举办“京味相声名家专场”，北京老中青三代相声名家同台演出。市文联党组副书记刘开阳出席并观看演出。此项活动与北京20个相声小剧场演出作为“2012北京·国际幽默艺术周”的两个重要内容展示给首都观众。

【杂技家协会】

5月21日至28日，由北京市文联党组副书记王德新、张光一带领来自北京杂协、北京舞协、北京剧协的专业人才赴云南采风学习，并参加云南省文联举办的“京—滇两地舞台艺术研讨座谈会”。

6月16日至10月21日，由市文联、北京杂技家协会主办的“首届北京大学生魔术交流大会”在京举行。来自中国人民大学、北京师大等三十所首都高校的近万名大学生参与其中，欧美的魔术大师表演了绝活并与大学生进行互动和交流。10月21日晚，在天桥杂技剧场举行闭幕式暨世界魔术师炫演。中国杂技家协会副秘书长、分党组成员邹玉华及市文联领导观看演出。

8月13日至21日，为了深入开展“走转改”活动，促进不同艺术门类专家之间的了解和交流，北京杂协、研究部联合组织杂技魔术表演艺术家及文艺评论家到新疆进行采风。

11月28日由北京杂协与北京杂技团联合在北京杂技剧场举办《魔幻音乐盒》成果汇报演出，30日，北京杂协专门为此召开了“科学发展观引领创作、精品力作为时代表演”——北京杂技团《魔幻音乐盒》成果汇报研讨会。受邀参会的专家来自经营、编导、舞台美术、理论研究、剧本编剧等多个不同领域，以及杂技界老艺术家近30人参加会议。

《探梦·蹦拐顶技》在首届摩纳哥新一代国际马戏节荣获杂技类节目首奖。《暗香·扛蹬伞》在朝鲜四月之春国际友谊艺术节荣获金奖。《圣斗·地圈》节目在中国武汉国际杂技艺术节荣获

"荣誉金奖"。

【电视家协会】

4月9日，视协与中国传媒大学等单位共同举办的第三届中国大学生电视节启动仪式在中央电视塔举行。视协主席孙向东与相关领导共同开启了涵盖全国大学生电视作品大赛、最受大学生瞩目电视剧和电视节目推举及大学生电视影响力论坛等诸多精彩内容的2012中国大学生电视节。

5月15日上午，视协召开了第26届中国电视金鹰奖北京地区推选会议。由视协推选的40部作品共获得金鹰奖38项最佳、优秀及提名奖项，获奖数量位居全国参评省市前列。同时组织获奖会员代表参加第26届金鹰奖暨第九届金鹰节颁奖晚会。

7月26日协会秘书长张连生带队，会员代表丁为民、徐一文等赴西部创作采风，并出席在兰州市举行的"西部题材影视剧本推介会暨西部影视创作论坛"。其间，北京视协与甘肃视协以及兰州影视制作业协会就促进"东西部影视精品创作"，签署了《战略合作协议》。

8月19日至21日，在中国电视艺术家协会举办的第四届新农村电视节上，市文联推选的《樱桃》、《美丽乡村2012北京最美的乡村主题晚会》、《乡村爱情》等6部作品分别获得最佳和优秀节目奖；8月25日至27日，在中国电视艺术家协会举办的"第二届名优电视栏目推选表彰暨第二届电视节目创新论坛"活动中，市文联推选的《丰台故事》获得"2012十好电视栏目"，《首播记录》获得"2012十大创新电视栏目奖"。

9月10日，在第26届中国电视金鹰奖评选暨第9届中国金鹰电视艺术节上，由市文联推荐的长篇电视剧《东方》、《永不磨灭的番号》、《古村女人》《黎明之前》等7部电视剧获得优秀电视剧金鹰奖；《2011北京电视台春节联欢晚会》获得优秀电视文艺节目奖；北京视协理事林永健获得观众喜爱的男演员奖；北京视协编剧委员会顾问王朝柱获《辛亥革命》最佳编剧奖；会员栗坤获得优秀电视节目主持人奖。本届中国电视金鹰奖共设奖数量为79个，北京视协获奖作品共有38个。

9月14日，市文联电视艺术家协会召开"春燕奖"网络视听节目奖评委会会议，对入围的76部网络视听节目参评作品进行了认真审议，评选出10部最佳奖、6部提名奖。该奖是全国唯一的省级网络视听奖项，对促进互联网视听节目健康发展起到积极的促进作用。

【电影家协会】

3月25日由市文联、北京电影家协会与大学生电影节组委会共同举办的第四届北京大学生电影节影评大赛启动，6月20日截稿，共收到全国各高校投稿500余份，评选出本科生组和研究生组一等奖各2名、二等奖各3名、三等奖各5名、优秀奖各15名。7月5日终评工作结束并在网上公布结果。11月23日在北京市文联小剧场隆重举行了影评大赛颁奖典礼。

2012年4月27日下午，影协组织承办的第二届北京国际电影节电影音乐论坛在中央音乐学院隆重开幕。北京市委常委、宣传部长、副市长鲁炜同志代表北京国际电影节组委会致辞，北京电影家协会主席张和平致开幕词。

7月24日，在市文联党组副书记张占琴和协会秘书长马丛峰的带领下，分别奔赴沈阳、长春和哈尔滨进行了为期六天的考察交流活动。

9月5日至11月23日，由市文联、北京电影家协会主办的第三届"北京影协杯"电影剧本征集评选活动在京举办，共收到330部剧本，最终评选出9部获奖剧本。其中，优秀电影剧本奖一部《孟小冬》；创意电影剧本奖两部，《蝶影有声》、《生死签》；入围电影剧本奖六部，分别为《老腔》、《一只特立独行的猪》、《命悬一线》、《走着瞧》、《与贼同屋》、《忧伤的夏季》。第四届大学生影评大赛收到500余篇作品。大学生影评大赛最终评选出本科生组和研究生组一等奖各2名、二等奖各3名、三等奖各5名、优秀奖各15名。市文联党组书记陈启刚出席颁奖典礼并讲话。

9月24日，由北京市文联和北京电影家协会主办，中央戏剧学院、北京电影学院和优酷网协办，北京网络媒体协会支持的首届"北京影协杯"微电影创作评选大赛在北京市文联大厦小剧场启动。

天津市文联

综 述

2012年，在中国文联的指导帮助下，在天津市委、市政府的亲切关怀下，天津市文联求真务实，抢抓机遇，迎难而上，开拓创新，在发展繁荣社会主义文艺事业上取得突出成绩。

重要活动

【第七届中国曲艺牡丹奖全国曲艺大赛（天津赛区）暨第十五届“津门曲荟”】

被列入中共天津市委、市委宣传部和中国文联、中国曲协2012年工作要点，由中国文联、中国曲协、中共天津市委宣传部、天津市文联、天津市文广局、今晚报社和天津广播电视台共同主办，天津市曲协、天津市曲艺团、今晚报社文艺部、天津电视台文艺频道《鱼龙百戏》和天津文艺广播《曲苑大观》等承办的第七届中国曲艺牡丹奖全国曲艺大赛（天津赛区）暨第十五届“津门曲荟”于5月29日至6月4日在天津举行，并取得圆满成功。

本次大赛体现三个特点：一是参赛演员众多，达267名，创历届参赛演员最高纪录。二是参赛节目和曲种多，节目达40个，涵盖了我国北方鼓曲唱曲的17个曲种，为历届最全。三是名家多、新人多、创新多。天津参赛演员不负众望，7个节目获奖，在参赛人数、曲种、流派和获奖总数上，均居各参赛队之首，彰显曲艺之乡的雄厚实力。

大赛推出的“牡丹花开在津门”颁奖晚会构思奇巧，富有新意。参演演员均为国家曲艺“牡丹奖”获奖者。90岁的花五宝、86岁的王毓宝、79岁的陆倚琴等多位著名艺术家联袂献艺，令观众如醉如痴，再次感受到天津曲艺的魅力。

大赛期间，还举办了“锵锵鼓韵传世情”骆派京韵大鼓专场暨第十五届“津门曲荟”开幕式、纪念阎秋霞先生诞辰八十五周年京韵大鼓专场演出、纪念张昆吾曲艺作品专场演出、天津市曲艺新秀专场演出和“永远的金嗓鼓王——纪念骆玉笙先生逝世十周年理论研讨会”、“纪念张昆吾先生逝世一周年暨作品研讨会”、“纪念阎秋霞先生诞辰八十五周年艺术研讨会”等多项艺术和学术活动。全面展示了天津曲艺在创作、表演上取得的可喜成绩。

【“南开杯”第二届全国（天津）相声新作品大赛】

由中共天津市委宣传部、中国曲协、中共天津市南开区委区政府、今晚报社、天津广播电视台和天津市文联主办，天津市曲协、中华曲艺学会、中国曲协相声艺术委员会等承办的“‘南开杯’第二届全国（天津）相声新作品大赛”是继2009年天津成功举办首届全国（天津）相声新作品大赛之后，为全国相声爱好者奉献的又一次相声盛宴。

大赛以创新发展，弘扬传统艺术为宗旨，努力在大赛上体现高品位、高规格和高水平，并在五个方面实现突破：一是在挖掘和整理传统节目上实现突破。二是在相声的内涵和概念上实现突破。三是在创新形式上有所突破。四是在推出新秀上有所突破。五是在抓精品创作方面实现突破。

短短2个月时间共收到来自全国30个省、自治区、直辖市以及台湾地区和海外华人报送的参赛作品300余部。这些作品风格各异、特色鲜明，涌现出一批思想性艺术性并重的好作品，最终有30部优秀作品入选决赛。在决赛中，90%以上是80后、90后的年轻演员，他们当中的很多人既有创作能力又有表演功底，令人印象深刻。

本届大赛的另一亮点和重头戏是对传统相声的挖掘、传承和创新。为让广大观众充分领略中国传统相声的精髓，传承和发展相声事业，大赛

组委会下大力气挖掘整理了十余段传统相声，并对其进行了取其精华去其糟粕式大篇幅的反复修改。此外，大赛组委会还精心策划了多场特色鲜明的专场演出，如“笑傲江湖——八大棍儿专场”、“笑的传奇——三书专场”、“笑侃人生——单口相声专场”等均为首次亮相。“笑闹津沽——笑的晚会”也在阔别舞台60余年后再次呈现给观众。

大赛期间还推出了“笑的盛宴——新节目决赛专场”、“笑传津门传统相声专场”、“笑飞海峡——天津海峡两岸经贸文化交流联合会特邀专场”、和“笑满茶苑——吉林、上海、南京、西安、天津茶馆相声专场”、“北京东城相声俱乐部祝贺演出相声专场”、“北京曲艺家协会祝贺演出传统相声专场”等十几个特色各具、精彩纷呈的专场演出，开创了相声大赛专场演出场次最多的纪录。

【第五届中国（天津）书法艺术节】

由天津市人民政府、中国文联、中国书协主办，天津市文联和中共天津市委宣传部、天津市美协、天津市书协、天津市民协、今晚报社、中国书画报社等承办的第五届中国（天津）书法艺术节于10月9日至10月14日举行。六天展期，二十四项大展，数千件翰墨精品同时亮相，展示了中国书法（绘画）艺术的独特魅力，彰显了天津深厚的城市文化底蕴。

书法节是天津市首创的文化品牌。迄今为止，已分别于1997年、2002年、2005年、2008年连续举办了四届。历经十年的精心打造，在海内外产生广泛深远影响，成为中国书坛和天津的知名文化品牌，被誉为“书坛奥运”。

本届书法节共推出第三届全国隶书作品大展、全国书法名家作品邀请展、第五届全国书法百家精品展、历届“书法十杰”优秀作品展、天津市第七届书法篆刻展览、中国书协天津市书法考级中心考生作品汇报展、当代天津市山水画名家作品展、天津油画提名展、第三届天津市民间艺术展等二十四项大展，开创了历届书法节展览数量最多的纪录。

为不断提升文化内涵，书法节期间还举办了隶书展获奖作者座谈会、书法大讲堂等系列学术交流及丰富多彩的亮点活动。书画名家签名、联句有奖应对、书法考级咨询、名师讲堂、书法交流等，使参观者能够参与其中，受到广泛好评。

【天津市第六届舞蹈艺术节】

由天津市文联主办，天津市舞协承办的天津市第六届舞蹈艺术节以推新人、出新品、出成绩为宗旨，全面展示近年来天津市舞蹈事业取得的可喜成果。

本届舞蹈节汇聚了曾荣获中央电视台CCTV舞蹈大赛、中国“荷花奖”舞蹈大奖赛、“桃李杯”舞蹈大赛和国际舞蹈大赛的金奖节目以及代表当今我国顶尖水平的青年舞蹈精英的开幕式演出暨《金牌舞蹈盛会》为龙头，期间举办了第六届华北五省（区）市舞蹈比赛天津赛区选拔赛、中国舞蹈家协会第157届少儿舞蹈展演暨天津市第六届少儿舞蹈比赛、天津市第五届群众舞蹈比赛、天津市第六届广场舞暨服饰表演大赛及天津音乐学院舞蹈系舞蹈专场演出和天津市舞蹈创作理论研讨会等多项丰富多彩的活动。全市200余个单位近两万人参加了比赛，参赛人数和参赛节目数量均创历届参赛数量新高，推出了一批主题鲜明、立意新颖、构思精巧的原创作品，培养了一批具有发展潜力的优秀演员，为推动天津舞蹈事业的快速发展做出新的贡献。

【意风区金秋文化艺术博览月】

由天津市文联和天津市海河办、中共天津市河北区委区政府、天津市海河建设发展投资有限公司等主办，天津市意风区文化艺术中心、天津市音协、天津市美协、天津市民协、天津市摄协、天津市杂协等承办的“意风区金秋文化艺术博览月暨情暖津门——500名艺术家走进意式风情区采风”活动于10月18日至11月5日在天津市意风区意式风情区隆重举行。

本次活动先后推出了联合国教科文国际民间艺术组织授予的工艺美术大师和工艺美术家民间艺术展演、全国风筝大赛获奖者放飞风筝表演、“情暖津门——百名管乐艺术家走进意式风情区采风管乐周”、全国插花大赛获奖者现场插花表演、全国近台魔术大赛获奖者近台魔术表演、国际滑稽大赛获奖者滑稽表演、“我眼中的意风区”摄影大赛获奖作品展览和来自天津市艺术院校美术专业的学生和摄影爱好者在意风区开展现场写生创作和摄影采风活动等。活动期间，先后有500多名艺术家深入意风区，开展艺术展示活动，并与广大市民和游客近距离交流，在丰富意风区文化旅游活动的同时，也为艺术家拓宽和搭建了展示才华、贴近群众的平台。

近二十天时间里，七项主题鲜明、特色各具的展演活动轮番上演，精彩纷呈，极大地丰富了广大市民和外地游客的金秋文化旅游生活，彰显了天津意风区深刻的文化内涵，进一步扩大了天津文化旅游项目在海内外的影响。

【“欢乐东疆”——纪念天津港东疆港区开发建设十周年中国曲协“送欢笑到基层”慰问演出】

6月26日晚，由中国曲协、天津市文联、天津港（集团）有限公司联合举办的“欢乐东疆”——纪念天津港东疆港区开发建设十周年中国曲协“送欢笑到基层”慰问演出暨第三届天津港湾旅游文化节开幕式在东疆港邮轮母港前广场隆重举行。中国文联党组成员、书记处书记夏潮，中国曲协分党组副书记、秘书长刁惠香等出席。艺术家们为大家奉献了精彩的节目。为表达天津市文艺家对天津港数万职工的深厚情谊，天津市十位著名书法家唐云来、毕开文、孙宝发、王全聚、张建会、李泽润、况瑞峰、顾志新、邵佩英、陈启智现场向东疆港赠送了十幅精品力作。

【艺术家“大地行”采风活动】

2012年，天津市文联和各文艺家协会先后组织十余个深入生活采风小分队的近千名文艺家深入工厂、农村、部队、学校、社区，在体验生活的同时，积极组织参与艺术惠民、热心公益等献爱心活动，先后组织开展了“翰墨情·春暖河东”天津市书画家扶贫助困活动、天津市书画助残活动、天津市援疆美术作品展等。通过这些活动，使艺术家更深地融入到社会生活之中，进一步增强了社会责任感和使命感，极大地激发了艺术家的创作激情。

创作与研究

【获奖情况】

（1）在连续荣获“七连冠”基础上，音协组织报送中宣部的“五个一工程”优秀歌曲《我们的天空》再次获奖，实现“八连冠”，成为全国连续荣获此奖的少数省市之一。

（2）在第十六届“中国少儿戏曲小梅花荟萃”评选活动中，由天津市剧协选送的李明朗、刘皓宇、王春懿、边瑜四位小演员全部荣获金奖，天津市剧协荣获“优秀组织奖”。

（3）在中国美协主办的全国纪念《毛泽东在延安文艺座谈会上的讲话》发表70周年的大型展览上，天津市13件作品入选。

（4）在“马街书会”上，由天津市曲协推荐的节目分获金、银奖。

（5）在“第七届中国曲艺牡丹奖北方片鼓曲唱曲大赛”上，天津演员李响、王丹丹获曲艺牡丹奖新人奖，著名表演艺术家常宝霆先生获终身成就奖。天津市曲协获最佳组织奖。

（6）在第五届全国百家精品展中，我市17人入展，其中赵桂中、余海翔荣获中国（天津）书法艺术节“书法十杰”称号。

（7）在第二届全国册页书法展览中，崔寒柏获奖，3人入展。

（8）在第九届全国刻字艺术展中，天津市13人入展。

（9）在瑞士举行的“2012冬季达沃斯论坛——文化艺术展”上，天津市民协选送的李岳林葫芦雕《五百罗汉》、常诚布雕《连年有余》等6名民间文艺家作品入展，并获优秀奖。

（10）在第三届中国剪纸艺术节上，董俊丽的单色剪纸《福寿双全》和天津市民协剪纸艺术专业委员会集体创作的折纸套册《天津老行当》均获银奖，天津市民协获优秀组织奖。

（11）在中国长春第七届民间艺术博览会上，朱增利的泥塑《科菲·安南》获银奖。

（12）3D动画电影《梦幻飞琴》在第八届中美电影节上捧得“金天使奖”。

（13）《解放》、《辛亥革命》、《小站风云》获第12届精神文明建设“五个一工程”奖优秀电视剧奖。

（14）在第26届中国电视金鹰奖评选中，《辛亥革命》、《我叫王土地》获优秀电视剧奖，《幸福来敲门》等6部作品获提名奖。

【理论研究】

天津市文联重点做了两方面工作：

一是不断扩大刊物影响。文联所属《文学自

由谈》等杂志的办刊质量和水平不断提升，得到更多读者的喜爱。文联和各协会今年先后出版《文联快讯》、《天津文艺界》和文艺报刊81期，及时迅速地反映我市文艺界的动态和信息，总结推广各艺术门类的经验和做法，成为各级领导、有关部门和广大文艺家、文艺工作者了解文联动态和信息的重要载体。二是理论研讨活跃，课题研究深入。我们先后举办了“全国隶书高研班”、“天津市第二届歌词创作培训班”、“ 天津舞蹈名师讲座”、“相声艺术研讨会”等十余个专题研讨会，并出版了《相声艺术论文集》。在中国文联举办的第八届中国文联文艺评论奖评选活动中，我市音乐理论家郭树群的论文《刘再生的鼎新力作“中国近代音乐史简述”——兼评中国现代音乐史学转型理论的创建》获文章类二等奖。在第八届中国杂技金菊奖第七次理论作品评奖中，我市夏冬的《杂技脚本创作理念探微》、肖桂森的《浅谈“使口”在戏法表演中的作用》获优秀论文奖。

服务文艺家和基层文联

【为卓有成就的老文艺家举办艺术生涯庆贺、理论研讨和纪念追思活动】

“北碑巨匠孙伯翔回乡汇报展”、“纪念李鹤年先生诞辰100周年系列活动”、“纪念冯星伯先生诞辰100周年系列活动”、“革命情怀永留人间——王雪波同志追思会、张牧石先生逝世一周年纪念展”、“吴玉如书法展”和“苏文茂先生收徒仪式”等。

【为各艺术门类及文艺家举行了专场演出、展览、研讨会等活动】

举办了“陈连羲书画新作展”、“壬辰吉祥——著名画家杨德树、晏平、梁金琦、刘志君新春画展”、“百花迎春·肖映梅中国画展”、“天津山水画名家纪振民、孙长康、姬俊尧、向中林‘剑门蜀道采风’作品展”等。

【基层组织得到加强】

一是成立了中国书法家协会天津市书法考级中心，这是全国第一家省级书法考级中心，为推动书法考级工作的规范和制度化建设打下很好的基础。中心成立以来，共有报考3、4、5、6四个级别的300余名考生参加了考试，并全部考级成功，合格率达100%。

二是成立了天津美术家协会插图、装帧艺委会和钢笔画专业委员会。市美协钢笔画专业委员会成为我国美术界第一个正规的省级钢笔画专业组织。

三是基层文联组织得到进一步发展完善，今年又相继成立了6个区县（行业）文联。截至目前，全市已成立了20个区县（行业）文联。

四是文艺家队伍不断发展壮大，全市已有国家级会员2148名，市级会员9780名。

机关建设

一是不断加强机关和干部队伍建设。深入开展“创先争优”活动，及时对所属支部进行换届选举，加强组织建设，组织党员开展承诺、践诺和评诺活动，充分发挥党员在各项任务中先锋模范作用。天津市文联离退休老干部支部被评为中共天津市委宣传部先进基层党组织，郝秀香、谢永达被分别评为优秀党务工作者和优秀共产党员。

二是德才兼备选贤任能搞好干部的选拔。在这一原则指导下，2012年，天津市文联党组先后对多名干部进行了选拔任用，进一步激发和调动了干部职工的积极性，保持了文联机关团结和谐上进的良好氛围，有力地促进了各项工作的开展。

三是深入开展“走、转、改”活动，把关心干部职工生活和不断改善干部职工工作生活条件落在实处。天津市文联重点做了如下工作：一、专门安排资金为包括离退休干部在内的全体干部职工进行健康检查。二、组织慰问老艺术家、老艺术工作者和有困难、患病的干部职工达数十人。三、组织老干部参观北京顺义抗日根据地，焕发了老同志发挥余热的积极性。四、进一步改善干部职工生活，职工食堂花色品种不断提升。上述工作的开展，进一步加强和完善了天津市文联基础工作，为繁荣发展文艺事业提供了可靠的保障，受到广大干部职工的好评。

各文艺家协会

【音乐家协会】

1月14日，在天津音乐厅举办庆祝天津海河合唱团成立53周年演唱会。

1月16日，举办庆祝海河合唱团成立53周年座谈会。

4月11日，第二届“麦SHOW西岸·寻找都市最美之音”民间青年歌手大赛总决赛举行。

4月21日，举办第三届全国青少年电子琴优秀选手展演（天津地区）选拔赛。

5月5日至7月1日，举办第二届歌词创作培训班。

5月8日，举办天津市学生器乐节。

5月11日，“中华情——谢元教授师生钢琴音乐会”。

5月19日至20日，由天津市文联、天津音乐学院和天津市音协共同主办的纪念毛泽东《在延安文艺座谈会上的讲话》发表70周年暨2012年天津市第九届城市之光合唱音乐会在天津音乐学院举行。本次合唱音乐会历时两天，举办了四个专场演出。来自全市23家群众业余合唱团和14家社区合唱团的1400余人为观众演唱了43首曲目。这43首曲目多选材于当年流行的歌曲，既有展现在中国共产党领导下的红军突破重围进行两万五千里长征雄伟画面的《过雪山草地》、《四渡赤水出奇兵》，也有反映中国人民同仇敌忾、抵御日本侵略者，最终把日本侵略者赶出中国领土的壮丽诗篇的《在太行山上》、《保卫黄河》，更有表达全国人民对中国共产党由衷热爱和拥护的《党啊亲爱的妈妈》、《歌唱我的祖国》等，充分展现了合唱艺术魅力。

6月10日，举行歌曲创作座谈会。

7月14日，举办第三届全国青少年钢琴优秀选手展演（天津地区）选拔赛。

8月9日，“和平杯”天津市第二届合唱艺术节在津湾广场举行。

8月23日至27日，参加第三届全国青少年电子琴优秀选手展演。

9月15日至10月3日，举行“敦煌杯”首届古筝大赛。

【戏剧家协会】

2月28日，由天津市文联、天津市文广局等单位主办的“革命情怀永留人间——王雪波同志追思会”在天津美术展览馆举行。天津文联党组书记孙福海、市文广局副局长游庆波，王雪波的老战友、“群众剧社”老同志肖云翔、刘鹏、王从信、甄光旺、王慧芬、陈继续、颜美怡，各戏剧院团领导、本市文艺界代表和王雪波家属出席活动并发言。会议由天津市剧协主席高长德主持。

4月21日，由天津市关心下一代工作委员会、天津市延安精神研究会、天津市老区建设促进会、天津市剧协、天津市表演艺术咨询委员会、天津市陈塘庄美术科技展览馆等单位联合主办的纪念毛泽东同志《在延安文艺座谈会上的讲话》发表70周年，“津门戏剧舞台艺术摄影美术作品联展”在陈塘庄美术科技展览馆举行开幕式，天津市老同志杨惠洁、石坚、滑兵来、何国模、王成怀出席了开幕仪式并剪彩。主办单位的负责同志及来自我市书画界、戏剧界的艺术名家等一百余人参加了开幕式。

9月24日，为纪念戏剧大师曹禺诞辰102周年，彰显天津戏剧文化的深厚底蕴，由天津市剧协、曹禺故居纪念馆、天津人民艺术剧院联合主办的“永远的曹禺——2012天津戏剧周”，在北京国家大剧院拉开帷幕。由天津市曹禺故居纪念馆举办的“曹禺戏剧史料展”和天津人民艺术剧院上演的曹禺经典名剧《原野》，成为当晚开幕仪式之后的主要活动内容。

10月21日，由天津市文广局、天津市剧协主办，天津市群艺馆、今晚报社文化部、共青团天津大学委员会承办的天津市第三届外来务工人员艺术节闭幕式暨喜迎党的十八大召开——大型民族交响越剧《一颗红心献给党》首场演出活动在滨湖剧院举行。

11月，举办天津市大学生戏剧展演系列演出活动。

12月22日，由天津市剧协承办的“新春的祝福——海河情艺术团系列慰问演出”活动首场演出——“金梅迎春”梅花奖获奖演员专场演出在津南大剧院举行。

【美术家协会】

3月8日，由天津市美协、天津市妇女活动中心、天津港有限公司工会、天津滨海新区文广局共同主办的“翰墨巾帼 滨海华章——津门女书画家滨海行优秀作品展”开展。

5月5日，由天津市文联、天津美术学院、天津画院、天津市美协共同举办的纪念毛泽东同志《在延安文艺座谈会上的讲话》发表70周年天津市美术作品展览在天津美术学院展览馆开幕。此次展览共展出323件作品，其中包括一、二、三等奖共41件作品。展出的作品包括国画、油画、版画、雕塑、水粉、水彩画、连环画等多种艺术形式。

5月27日，由天津市美协、天津市书协主办，以津派著名山水画家孙长康名字命名的书画苑成立仪式暨水墨丹青——孙长康、霍春阳、刘文生作品展举行。

6月16日，由天津市美协、天津工艺美院主办的“师生情·艺苑五十年”美术作品邀请展在河西区少年宫举行。

8月15日，由中共天津共青团市委、天津市文联、天津滨海新区宣传部、天津滨海新区文广局、天津市美协主办的“魅力滨海 领航新区”天津滨海新区美术采风写生创作活动在滨海新区举行。该次活动创作的作品于10月13日在滨海新区展出。

8月25日，由天津市美协艺委会、天津市教育学会美术专业委员会、天津市群众艺术馆和天津市河西区文学艺术联合会共同主办的“同在一方热土，共建美好家园”写生作品展开幕。

10月9日，由天津市美协主办的“当代天津山水画名家作品展”、“天津市油画提名展”在天津市国际展览中心举行。

【书法家协会】

3月1日，“天津精神”书法大赛作品展览在天津市美术展览馆开幕。

3月3日，天津书协刻字委员会赴宁河进行创作辅导。

3月6日，“弘扬天津精神，赞美海河胜景”——庆三八天津市女书法家作品邀请展在意式风情街区美术馆开幕。

3月23日，由天津市文联、天津市文史馆、天津市政协文史委和市供销总社共同主办的“纪念李鹤年先生诞辰100周年系列活动”在天津市美术展览馆举行开幕式。

4月26日，由天津市文联、天津市文史馆、今晚报社共同主办的“纪念冯星伯先生诞辰100周年系列活动”在弘一——李叔同纪念馆举行开幕式。

7月20日，墨香百年——津门近代百家书画精品展在曹锐旧居展出。同时，意风区文化艺术展示中心正式挂牌。

8月31日，80年代青年书家作品展在滨海新区开幕，天津市书协副秘书长刘彦明主持开幕式。

9月28日，为纪念吴玉如先生逝世三十周年，由天津市书协、天津人民美术出版社、《中国书画报》、《今晚经济周刊》等单位联合主办的“吴玉如书法展”在地纬路经纬艺术街区鸿德艺术馆举办。

10月27日，北碑巨匠孙伯翔回乡汇报展在武清区雍阳楼举行。

【舞蹈家协会】

1月9日，天津市舞协举办中国舞师资培训班7-8级。

3月22日至23日，天津市舞协举办名家讲座，中国舞协分党组副书记、秘书长罗斌，著名少儿舞蹈编导曹尔瑞讲座。

7月8日，参加第六届华北五省（区）市舞蹈比赛开幕式，其中天津歌舞团获得第八届中国舞“荷花奖”单双三人舞铜奖作品《泥人的事》代表天津展演。

7月9日至14日，天津舞协率团60个优秀作品赴京参加第六届华北五省（区）市舞蹈比赛，少儿、幼儿、专业少年、专业青年、群众中老年、群众青年组的各项比赛，并获得了16个表演金奖、17个创作金奖的优异成绩。

10月2日至3日，天津市舞协成功举办第五届中国（天津）标准舞、拉丁舞国际公开赛。

【曲艺家协会】

1月1日，由天津市文联、天津市曲协、天津日报、每日新报联合举办的“新锐相声评选”在天津日报社举行新闻发布会，当晚在中国大戏院举行开幕式演出。天津市文联党组书记、秘书长孙福海出席并讲话。

5月18日，由天津市文联、天津市曲协、天津市杂协举办的送欢笑、下基层专场演出在天津市龙顺庄园举行。

6月25日，纪念侯耀文先生逝世五周年在天津大礼堂举行。侯耀文先生弟子悉数上阵参加演出。演出由著名笑星侯耀华主持。

【民间文艺家协会】

1月24日至29日，“2012冬季达沃斯论坛——文化艺术展”在瑞士开幕，天津市民协会员参展，包括：李岳林的葫芦雕《五百罗汉》，常诚的布雕《连年有余》、《白菜蟋蟀》、《金鱼》，张宇的彩塑《寿星彭祖》，王新年的内画鼻烟壶《四大美女》，王欣的橄榄核雕《十八罗汉》、《四大美女》，翟寅的天津风筝《小燕》等。

2月2日，天津市民协副主席、秘书长何丽荣，副主席扈其震等一行30余人赴蓟县参加旅游基地论坛活动，带去了丰富多彩的民间艺术作品，并现场表演制作，与狐狸峪的村民共度新春佳节。

5月15日至18日，普及弘扬民间艺术公益讲座在民主道9号举行。本年度讲座的艺术门类及艺术家是王有为的泥塑，李顺根的风筝，王金义的蛋雕，李伯江的结艺。

6月5日，由天津市民协、天津市南开区文联和南开区民协主办的“泥人张世家”津门泥塑家精品展在泥人张美术馆开幕。

6月8日，由天津大学冯骥才文学艺术研究院主办，南开区文化和旅游局、天津市民协、冯骥才民间文化基金会协办的天津皇会再抢救启动会，在天津大学冯骥才文学艺术研究院举行。

6月21日，天津市民协印石艺术专业委员会在和平文化宫举办展览，此次展览是印石艺委会成立以来规模较大的一次展示，也是迎接第三届天津民间艺术展的一次擂台赛和选拔赛。

8月20日开始，天津市文联、天津市民协与今晚传媒集团《渤海早报》、渤海网全力策划共同主办了“寻找天津民间手艺绝活”活动。9月15日，黄兴国市长特别给市委规建交工委做出批示：“找天津乃至全国民间手艺绝活，非遗（物质）有开发价值的产品在天钢老厂展示销售，带动产品开发是有意义的。”

9月11日，由天津市文广局非遗处、天津市非遗保护中心、天津市民协、天津市河西区文化局联合主办，天津市民协剪纸艺术专业委员会、天津市河西区文化馆承办的天津市第二届剪纸艺术擂台赛隆重举行。在本次活动中，刘忠文的《彩蝶》，聂良玉的《福寿双全》，张培华的《蝶恋花》获得三等奖；周金生的《百福图》，曹彩霞的《金鱼戏莲》获得二等奖。

10月9日至14日，“第三届天津民间艺术展”亮相于国展中心。本届展览是“中国（天津）第五届书法艺术节”展览中的一项特展。今年的届展特别设计了“大师风采”、“天津记忆”和“山花烂漫”三个展区。整个展览共征集到近百种民间艺术门类的近千件（套）作品，有260余件（套）精品力作入展，最终评选出金、银、铜、最佳新人、最佳创意等若干奖项。

【摄影家协会】

1月，天津市摄协联合天津人民广播电台经济广播，共同打造“我爱摄影”栏目。

2月，天津市摄协组织会员赴河北保定进行大地行摄影采风创作。

3月，天津市摄协协办“乐凯杯”世界文化遗产清西陵摄影作品展赛。多次组织摄影家进行跨区域性摄影定点采风并取得较好的成绩。

4月19日，天津市摄协主办《美在家乡-天津》农民摄影大赛。

5月9日，天津市摄协联合天津人民广播电台经济广播共同主办《爱我美丽天津》摄影大赛。天津市摄影家协会首次采用网络报送评选。

5月20日，天津市摄协刘瑞峰秘书长带队，携协会骨干力量深入基层赴天津市北辰区天穆村参加中国最大的村级摄影家协会——天穆摄影家协会成立大会，会后对现场的农民及摄影爱好者进行摄影培训讲座。

6月，天津市摄协组织会员参加“雪花纯生中国古建筑摄影大赛”并多次组织会员赴承德、蓟县等地进行摄影采风，并承办了天津地区比赛。

6月22日至6月26日，由天津市文联、天津市摄协、韩国写真作家协会仁川广域市支会共同主办的“第二十届中韩国际摄影交流展”在天津市美术展览馆展出。随后，中韩两国摄影家赴山西等地进行摄影采风学术交流。

7月，天津市摄协响应中国摄协号召，组织落实主题：“万名摄影志愿者 万幅作品送万家”文化公益活动动，先后有千余名摄影家参与活动。

7月，为展示天津这座历史名城日新月异的变化和城市新貌，展现津城市民和谐美好的生活，

具体体现“爱国、诚信、务实、创新、开放、包容”的天津精神。天津市摄协与天地图有限公司共同主办“天地图”杯 - 聚焦天津摄影大赛。

8月4日至8月15日，天津市摄协组织会员赴青海、甘肃等地途径10余个省市行程6500多公里进行“大地行”摄影采风活动。

8月25日，天津市摄协组织摄影家深入到滨海新区汉沽，举办摄影培训讲座，并组织定向“葡萄节”摄影采风交流。

【杂技家协会】

3月16日，由天津市杂协、天津市杂技团、天津市滨海新区空港经济区管委会主办的传承中国文化、发扬传统艺术——国家级非物质文化遗产中国古典戏法专场演出在滨海新区空港剧场举行。会员肖桂森、朱喜清、王迎、杨奇军、韩志强等参加了演出，他们表演的古典戏法、口技、杂技等节目赢得了全场观众的阵阵掌声。

5月15日至5月31日，天津市杂协组织会员走进上海道小学和滨湖小学举行慰问演出，肖桂森、朱喜清、杨奇军、杨进波、徐子正等表演了古典戏法、民间戏法、魔术、杂技、口技等节目，受到同学和老师的热烈欢迎。

【电影家协会】

2012年上半年，《兔侠传奇》与美、日等国签订发行协议，至此已成功销往71个国家和地区，获广电总局电影“走出去”突出贡献表彰。根据该片制作经验和成功启示所创作的《兔侠传奇2》已完成前期筹备工作，并已与俄罗斯、伊朗、中东等国家和地区签订了发行协议。

先后完成了被国家广电总局定为迎庆党的十八大重点献礼片故事片《南泥湾》，由孙红雷、倪大红、王珞丹主演故事片《边境》，以意式风情区真实历史人物、故事为主要内容的纪实电影《神秘花园》以及以天津蓟县为背景的大型古装电视连续剧《龙跃盘山之王者清风》，大型历史剧《建元风云》和《裸婚》、《首付·爱情》、《点金者》、《英雄先遣连》等多部影视剧的制作。

天津市影协还与中国影协、西藏影协共同策划数字电影《国旗阿妈啦》，此片通过讲述一位年过花甲的藏族老人数十年如一日升国旗的故事表达了全国各族人民对祖国深沉的爱。

启动银光院线进校园活动，建成天津第一家符合国家电影放映标准的大学校园影院，以最低成本新增1100个坐席。银光院线进校园，突出公益性和教育功能，将电影文化与校园文化紧密结合，进一步发挥载体功能，在引导青年学生树立正确的人生观和价值观的同时，充分发挥电影在学生群体中的娱乐功能。

【电视家协会】

组织报送各类电视艺术作品参评各类奖项及活动并取得优异成绩。在第26届中国电视金鹰奖评选中，《辛亥革命》、《我叫王土地》获优秀电视剧奖。《幸福来敲门》获6部作品获提名奖。

承办中国电视艺术家协会第五届中国旅游电视周优秀旅游电视节目推选会议。

联合天津市广播电视学会共同举办2011年度优秀电视艺术作品评选。

河北省文联

综　述

2012年，河北省文联在中国文联的亲切关怀下，在河北省委、省政府的正确领导下，围绕中心、服务大局，以构建和谐河北、建设文化强省为目标，以加强自身建设为基础，以推介文艺人才和精品为重心，以提高文联服务水平为着力点，按照“瞄准目标、夯实基础、强化机制、抓好大事”的工作思路，立足自身优势，履行联络协调服务职能，发挥桥梁纽带作用，不断增强文联的吸引力和凝聚力，积极采取多种形式组织文艺工作者深入群众、深入生活、深入实际，指导和推动群众性文艺活动，圆满完成了各项工作任务，为河北文艺事业的发展繁荣做出了突出贡献。

会议及主要活动

【河北省文学艺术界联合会第九次代表大会在石家庄隆重召开】

9月12日至15日，河北省文学艺术界联合会第九次代表大会、河北省作家协会第六次代表大会在石家庄河北会堂隆重召开。河北省委书记、省人大常委会主任张庆黎，中国文联党组书记、副主席赵实，中国作协党组书记、副主席李冰，河北省委副书记、省政府省长张庆伟，河北省委副书记赵勇，河北省军区司令员史鲁泽，河北省委常委、组织部部长梁滨，河北省委常委、省政府副省长聂辰席，河北省委常委、石家庄市委书记孙瑞彬，河北省委常委、办公厅主任景春华，河北省委常委、统战部部长田向利，河北省委常委、宣传部部长艾文礼，河北省人大副主任宋长瑞、马兰翠，河北省政府副省长杨汭，河北省政协副主席王玉梅等在石家庄的四大班子领导成员接见与会代表、出席大会，并与大家一起观看省文明办等主办、省文联承办的“善行河北”主题道德实践活动大型演出。

河北省作协党组书记、副主席魏平主持开幕式，河北省文联主席裴艳玲致开幕词，赵实代表中国文联、李冰代表中国作家协会发表重要讲话致贺，河北省总工会党组书记、常务副主席栗建华代表省总工会、团省委、省妇联等人民团体向大会致贺词，宣布发来贺电的全国各省市文联、作协名单，张庆黎发表重要讲话。

河北省文联党组书记、副主席李军主持闭幕式，新当选主席裴艳玲和省作协主席关仁山发表就职感言，艾文礼发表重要讲话，并与代表、工作人员一起联欢。

经过全体代表认真讨论、审议，以举手表决方式通过李军所作的河北省文学艺术界联合会第八届委员会工作报告和研究提出的今后五年工作设想和规划、修改后的河北省文联章程。以无记名投票形式选举产生110名河北省文联第九届委员会委员。委员以无记名投票形式选举产生主席、副主席。裴艳玲当选主席，李军、刘金凯、潘学聪、柴志华、祁海峰、王力平、王景武、乌力根、白云乡、边发吉、武鸿儒、周喜俊当选副主席。经主席裴艳玲提议通过，李军兼任秘书长。

开幕式前，与会领导亲切会见了出席河北省文学艺术界联合会第九次代表大会、河北省作家协会第六次代表大会的代表，并与大家一起合影留念。

【故乡情——2012河北籍在京文化名人恳谈会】

1月3日，由河北省委宣传部、河北省文化厅、河北省广电局、河北省文联、河北省作协联合主办的“故乡情——2012河北籍在京文化名人座谈会”在北京梅地亚中心隆重举行。河北省委常委、宣传部长艾文礼出席恳谈会并讲话。河北省政府副省长孙士彬主持恳谈会。

【组织文艺家参加中国文联2012年“百花迎春”全国文艺界大联欢】

1月8日，中国文联主办的“百花迎春”中国文学艺术界2012春节大联欢在北京人民大会堂宴会厅隆重举行。大联欢共分为“龙腾新春”、“高原格桑美”、“江淮杜鹃秀”、“海南木棉红”、“燕赵太平颂”和“中国万岁”。河北省文联组队参加了晚会第四板块——“燕赵太平颂”的演出，河北民歌《放风筝》、《小放牛》、《回娘家》，戏曲联唱《北风吹》、《火红的太阳出东方》，合唱《没有共产党就没有新中国》以及配乐诗朗诵《西柏坡抒怀》等节目成为了晚会的一大亮点。这是河北省文联第一次在中国文联大型文艺晚会上整体展示燕赵文化的独特风采，扩大了河北文艺在国内外的影响力。

【欢乐城乡——全省系列群众文化活动新闻发布会】

2月20日，河北省委宣传部、河北省文化厅、河北省文联、河北省广电局在石家庄联合召开建强省 促和谐 迎接十八大欢乐城乡——全省系列群众文化活动新闻发布会。河北省委宣传部副部长王景武，河北省文化厅副厅长彭卫国，河北省文联副主席郑世芳，河北省广电局副局长何振虎，石家庄市委常委、宣传部部长孙万勇及相关领导出席会议。

【“中国牡丹文化之乡”命名暨首届中国汉牡丹文化节】

4月29日，中国民协、河北省委宣传部、河北省文联、邢台市委、邢台市政府主办，柏乡县委、县政府承办的“中国牡丹文化之乡”命名暨首届中国汉牡丹文化节在柏乡县隆重开幕。河北省人大常委会副主任宋太平、河北省政协副主席赵文鹤出席开幕式。中国民协顾问郑一民宣读中国民协命名柏乡县为“中国牡丹文化之乡”的决定，与会省领导和中国民协领导向柏乡县颁发“中国牡丹文化之乡”“中国牡丹文化研究基地”牌匾。

【纪念毛泽东同志《在延安文艺座谈会上的讲话》发表70周年河北省文艺界座谈会】

5月22日，走在文艺的春天里——纪念毛泽东同志《在延安文艺座谈会上的讲话》发表70周年河北省文艺界座谈会在石家庄举行。中国文联副主席、河北省文联主席、著名戏剧表演艺术家裴艳玲，河北省文联党组书记李军，河北省作协党组书记相金科，河北省文联副主席潘学聪，河北省作协副主席兼秘书长王力平，及河北省文学、戏剧、音乐、美术、曲艺、舞蹈、民间文艺、摄影、书法、杂技、影视等各领域的老、中、青三代艺术家代表40余人参加座谈会，畅谈对《讲话》精神的理解与感悟。相金科主持座谈会。郑一民、曹贤邦、胡学文、铁扬、大解、周大明、刘兴会、汪帆、郎岗峰、赵宇、李清洲、张海英等作家、艺术家、评论家结合自己的艺术专长和创作实践，畅谈对《讲话》精神的理解。座谈结束后举行河北文艺志愿服务活动启动仪式。河北省文联、河北省作协向全省文艺界发出《文艺志愿服务倡议书》，并向河北文艺志愿服务团授旗。现场的作家、艺术家纷纷签名，表示将积极加入志愿服务，深入生活，扎根基层，自觉承担起扶持基层文化建设的责任，把文艺为了人民的宗旨落实到具体行动中。

【肖吉地、刘瑞新获第九届中国摄影金像奖创作奖（艺术类）】

5月26日，第九届中国摄影艺术节暨第九届中国摄影金像奖颁奖典礼在湖北武当山举行。我省肖吉地、刘瑞新喜获第九届中国摄影金像奖创作奖（艺术类）。这也是继摄影家于俊海（第三届）、周万萍（第五届）、王子国（第七届）、杨越峦（第八届）、衣志坚（第八届）之后，河北摄影界第四次获得金像奖的创作奖。

【承办2012年韩国丽水世博会中国馆河北活动周文化展演活动】

6月5日至11日，河北省文联承办的2012年韩国丽水世博会河北省活动周文化展演活动在韩国美丽的海滨城市丽水隆重上演。河北省委常委、副省长、河北省参与丽水世博会工作领导小组组长聂辰席出席开幕式，并代表河北省人民政府向中国馆赠送著名书法家潘学聪先生书写的“人海相依”书法作品。世博会中国馆馆长赵振格和副馆长凌凤杰及上千观众出席、观看展演。河北省文联组织的《家在渤海边》展演，专为丽水世博会量身定做，舞蹈、音乐、服装全新打造，以沧州《茉莉花》音乐为基调，用抽象的舞台剧形式，把舞蹈、杂技、魔术演员分别贯以海精灵、海之子、海莲花的漫步情侣人物形象，加上河北梆子、河北成语、武术太极、吴桥杂技等特种演技，使河北特色演绎得唯美浪漫、时尚大气。精彩纷呈的演出在丽水世博会总的题旨下，突出的是“经济强省、和谐河北，人海相依，绿色发展”的主题。此外，河北省文联还带去了文化产业的拳头项目——世界非物质文化遗产武强年画和蔚县剪纸，吸引各国游客一睹河北文化的精彩与深厚，在韩国丽水世博园里刮起一阵中国风、河北风。

【根固文脉——第二届海峡两岸书画名家交流展】

6月13日，由中国文联港澳台办公室、台湾中国文艺协会、河北省文化厅、河北省文联主办，河北省美协、河北省书协、河北画院、河北美术研究所承办的“根固文脉——第二届海峡两岸书画名家交流展”在河北美术馆开幕。共展出河北艺术家美术、书法作品90余件，台湾艺术家美术、书法和篆刻作品15件。河北省人大副主任宋太平，河北省文化厅党组书记王离湘，河北省文联党组书记李军，河北省台办副主任赵韶华，河北省委外宣局副局长赵建国，河北省文联副主席郑世芳、潘学聪、柴志华，台湾中国文艺协会理事长王吉隆、作家官有位和诗人杨启宗、孙健吾，河北省美协艺术指导委员会副主任李明久，河北省美协主席祁海峰、河北省美协副主席徐福厚、河北省美协副主席、河北画院院长张国君等出席开幕式。

【第三届中国剪纸艺术节暨第二届蔚州国际剪纸艺术节】

6月16日至18日，中国文联、中国民协、河北省委宣传部、河北省文联等主办的第三届中国剪纸艺术节暨第二届蔚州国际剪纸艺术节在蔚县举行。河北省政协主席付志方，河北省委常委、宣传部部长艾文礼，河北省人大常委会副主任王增力，河北省政协副主席丛斌，中宣部文艺局副巡视员路侃，中国文联国内联络部副主任林立，中国民协分党组成员、副秘书长吕军、周燕屏，河北省文联党组书记李军、副主席郑一民，张家口市委书记王晓东及美、日等8个国家和全国28个省市自治区和台湾地区的剪纸艺术家、专家学者，蔚县各界代表5000余人出席开幕式。活动的举办进一步扩大了蔚县剪纸在海内外的影响。

【“中国书法之乡”命名授牌仪式】

7月23日，“中国书法之乡”命名授牌仪式在河北隆化县伊兴湖公园举行。隆化县成为继沧州市沧县之后全省第二家、承德市首家获此殊荣的县城。

河北省委常委、宣传部部长艾文礼，中国书协分党组书记、驻会副主席赵长青，中国书协顾问、河北省文联名誉主席、河北省书协主席旭宇，河北省文联党组书记李军，河北省人大副秘书长、中国书协理事、河北省书协副主席郭永利，河北省新闻出版局副局长、河北省书协副主席刘金凯，承德市委副书记、市长赵风楼，市委常委、宣传部部长赵险峰，市政府副市长李维，河北省书协秘书长褚大伟等出席揭牌仪式。

隆化县具有深厚的书法艺术底蕴，自1980年成立县书法协会以来，已发展会员800余人，全县书法爱好者达数万人。近几年，该县编辑出版了《墨海写意》、《秋韵流丹》、《芝兰秀发》等书法专著，涌现出的诸多书法人才在国家、省、市各类书展中获奖近100次，部分作品远赴海外展出，受到国内外书法界好评。

【我们在一起——河北省书画名家赈灾笔会】

8月1日，河北省委宣传部、河北省文联、河北省文化厅主办，河北省书协、河北省美协承办的“我们在一起——河北省书画名家赈灾笔会”在石家庄举行。河北省委宣传部常务副部长杨永山、副部长武鸿儒，河北省文联党组书记李军，河北省文化厅党组书记王离湘，河北省文联名誉主席旭宇、副主席郑世芳、潘学聪、柴志华、祁海峰出席仪式。著名书法家任桂子、肖建科、陈茂才、范硕、褚大伟等40余人，著名画家李明久、李丰田、白云乡、曹宝泉等20余人参加活动。笔会现场，60多位书画名家踊跃挥毫泼墨，奉献爱心。共创作书画作品162幅，其中书法长卷1幅、国画长卷1幅，价值100多万元，在河北省举办的赈灾义捐晚会上，全部捐献给了灾区人民。河北涞源、涞水、易县等县遭遇几十年未遇特大暴雨洪涝灾害，广大人民群众的生命财产受到严重损失。“一方有难，八方支援”，灾区人民的不幸紧紧牵动着河北文艺家的心。为积极响应省委、省政府抗洪救灾号召，主办方举办此次活动，以特有的赈灾方式，传达河北文艺界强烈的社会责任感和社会大道仁心。

【韩雪同志先进事迹报告会】

8月23日，中国文联在中国文艺家之家举行韩雪同志先进事迹报告会。中国文联党组书记、副

主席赵实，中国文联党组副书记、副主席覃志刚、李屹，中国文联党组成员、副主席杨承志、左中一，中国文联党组成员、书记处书记夏潮，中国文联副主席、中国音协分党组书记、驻会副主席徐沛东，河北省文联党组书记、副主席李军等领导和各艺术门类艺术家代表、中国文联各文艺家协会、机关各部室干部职工，河北省文联、沧州市文联、青县县委宣传部及文联的相关同志近400人参加报告会。

韩雪同志是一名来自基层的文艺工作者，是河北沧州青县文联主席，中国音乐家协会会员。6月15日下午，韩雪正在青县运河边散步，突然听到群众的呼救，发现一名儿童正在水中挣扎。不熟水性的韩雪不顾一切跳入河中，经过10多分钟的不懈努力，在周围群众的帮助下，奋力将落水儿童救上岸，对孩子安抚后，悄然离开了。后来，被救儿童和父亲一起，经过多方查询才找到救命恩人韩雪。

河北省音乐家协会、沧州市文联、青县县委等单位，发出向韩雪同志学习的倡议。河北省文联授予他“见义勇为文艺家”称号，河北省文明办授予他“河北省道德模范”称号。报告会上，大家观摩韩雪同志先进事迹短片，河北青县县委常委、宣传部部长陈玉环介绍韩雪同志先进事迹，李屹宣读《中国文联关于授予韩雪同志“见义勇为文艺工作者”荣誉称号的决定》，徐沛东代表艺术家发言，赵实向韩雪颁发证书和奖金，发表重要讲话。

【河北省文艺界学习贯彻党的十八大精神座谈会】

11月8日，中国共产党第十八次全国代表大会在北京盛大开幕。为迅速掀起学习、宣传、贯彻党的十八大精神热潮，河北省委宣传部、河北省文联、河北省作协在河北会堂石家庄厅召开河北省文艺界学习贯彻党的十八大精神座谈会。河北省委宣传部副部长武鸿儒，河北省文联党组书记李军，河北省作协党组书记魏平、主席关仁山，河北省文联党组副书记、副主席刘金凯，河北省文联党组成员、副主席潘学聪、柴志华、祁海峰，河北省作协党组成员，副主席王力平、李延青及全省各艺术门类的老、中、青作家、艺术家代表，就胡锦涛总书记所作工作报告，结合自身艺术创作和实践，畅谈心得体会。艺术家们纷纷表示，一定要认真学习领会十八大精神，转化为推动河北文艺事业发展的精神动力和自觉行动，充分利用桥梁和纽带作用，营造学习党的十八大良好氛围，根据文艺发展形势需要，做好文联、作协工作，反映河北文艺成果、展示河北文艺风采，努力创作更多更好的优秀作品，为文艺大发展、大繁荣和建设经济强省、和谐河北发挥独特作用，作出应有贡献。李军主持会议，魏平传达省委宣传部学习贯彻十八大精神会议决定，各门类艺术家踊跃发言，武鸿儒发表总结讲话。

【“百姓眼中的和谐河北”摄影展览】

12月28日，河北省委宣传部、河北省文联主办、河北省摄协承办的“百姓眼中的和谐河北”大型摄影展览在石家庄展出。展览突出百姓拍、拍百姓，通过百姓的视角，展现燕赵大地的美妙乐章和崭新风采，抓住人民生活的生动瞬间和动人场景，利用丰富的摄影语言来展现和谐河北，反映我们身边所发生的巨大变化，挖掘日常生活的魅力和乐趣，展示寻常百姓工作生活的方方面面。

文化惠民活动

【欢乐城乡——“百花乐万家”文化惠民活动·鹿泉裴村行】

2月27日，由河北省委宣传部、河北省文联主办，河北省曲协、河北省剧协、河北省音协、河北省舞协、河北省杂协、河北省影协承办的欢乐城乡——“百花乐万家”文化惠民活动鹿泉裴村行隆重举行。河北省委宣传部副部长王景武、河北省文联党组副书记李军、副主席郑世芳率领60多名表演艺术家，冒着春寒，到鹿泉市裴村慰问演出，并同广大农民朋友一起观看演出，受到当地群众的热烈欢迎。

【欢乐城乡——“百花乐万家”文化惠民活动·走进平山温塘】

4月27日，河北省委宣传部、河北省文联主办，河北省舞协、河北省曲协、河北省剧协、河北省音协、河北省杂协、河北省影协承办的欢乐城乡——“百花乐万家”文化惠民活动在平山温塘举行。河北省文联副主席郑世芳、河北省委宣传部文艺处处长王振儒率领70多名表演艺术家组成的慰问演出团来到平山温塘镇，与广大农民朋友共同联欢。

【走在文艺的春天里——纪念毛泽东同志《在延安文艺座谈会上的讲话》发表70周年、人民音乐家张寒晖诞辰110周年暨欢乐城乡——“百花乐万家”文化惠民活动·定州行】

5月5日，河北省委宣传部、中国音协、河北省文联联合主办，定州市委、定州市政府、保定市委宣传部、河北省音会、河北省剧协、河北省舞协、河北省曲协、河北省杂协、河北省影协承办的走在文艺的春天里——纪念毛泽东同志《在延安文艺座谈会上的讲话》发表70周年、人民音乐家张寒晖诞辰110周年暨“百花乐万家”文化惠民活动在定州隆重举行。河北省文联党组书记李军，中国音协分党组成员、副秘书长韩新安，教育部艺术教育委员会副主任周荫昌，河北省文联副主席曹贤邦，保定市委宣传部副部长王淑彦，保定市文联党组书记郭树林，定州市委书记杨宝东、市长吴亚飞及省内外学者、音乐家、张寒晖家人亲属、新闻媒体记者等2000余人分别参加各类活动。张寒晖是著名人民音乐家，1902年出生于定州西建阳村，1927年参加革命，1946年逝世。一生创作了大量革命歌曲，代表作《松花江上》在20世纪三四十年代被誉为“流亡三部曲”之一。

【欢乐城乡——“百花乐万家”文化惠民活动·武安（洪山村）行】

5月5日，由河北省宣传部、河北省文联主办，武安市委、市政府协办，河北省剧协等单位承办的欢乐城乡——“百花乐万家”文化惠民活动武安（洪山村）行大型文艺演出在洪山村隆重举行。省文联党组成员、副主席郑世芳、省委宣传部文艺处副处长孙雷、省剧协副主席贾吉庆、苗文华、顾问郭乃群、邯郸市文联主席张海英、中共武安市委常委人大常委会主任齐林顺、市委常委宣传部长王建霞等领导出席了演出活动并与洪山村的广大农民群众一起观看了演出。

【欢乐城乡——“百花乐万家”文化惠民活动·走进河北民政总医院慰问演出】

9月29日，为迎接党的十八大召开，河北省委宣传部、河北省文联、邢台市委宣传部、邢台市文联组成艺术家慰问队到邢台河北省民政总医院慰问演出，带去党和政府为中国革命、建设、改革事业作出重要贡献的老功臣、老革命、老前辈的亲切问候。慰问队在现场赠送了河北省文联党组副书记刘金凯、副主席潘学聪、巡视员郑世芳的书法作品，并用慷慨激昂的优美歌声和器乐曲传递党的温暖和关怀。

【欢乐城乡——“百花乐万家”文化惠民活动·盛世和韵 放歌威县】

11月21日，河北省文联主办，河北省曲协、河北省剧协、河北省音协、河北省舞协、河北省杂协承办欢乐城乡——“百花乐万家”文化惠民活动·盛世和韵 放歌威县文艺演出在威县影剧院隆重举行。此次活动以“善行河北”为主题，唱红了威县，受到当地干部群众的热烈欢迎。中国文联副主席、中国剧协副主席、河北省文联主席裴艳玲，石家庄机械化步兵学院原政委魏东普，河北省文联党组副书记、副主席刘金凯，河北省文联副主席柴志华，石家庄市政协原主席李宏英，省科协原党组书记唐树钰，省公安厅纪检副书记张旭，邢台市委常委、宣传部部长路洪昌，邢台市人大党组副书记赵庆刚，邢台市政府副市长王东，邢台市政协副主席范永丰及威县四大班子领导、离休老干部代表、企业家代表，各级书画家代表、新闻媒体记者等与威县干部群众1500多人出席系列活动、观看演出。这次丰富多彩的文艺演出将高雅的艺术送到基层，使当地群众切实分享到了河北省文化发展的丰硕成果。

对外文化交流

9月14日至23日，由河北省文联党组书记、副主席李军同志带队，组织河北民间工艺家一行9人，赴美国参加“今日中国”艺术周活动。河北省文联选择了木版年画、剪纸、内画、芦苇画、面塑、易水砚、蛋雕七种既能代表河北民间工艺水平，又能够现场制作表演的民间工艺，在展示工艺精品的同时，由民间工艺大师现场制作，演示制作过程，让美国人和华人、华侨大饱眼福，看到了河北民间工艺品的精美与制作奇巧，记住了艺术家，记住了河北。此次活动推介、宣传了

河北民间工艺和艺术家，扩大了河北文化在海外的影响力。“今日中国”艺术周是中国文联落实“中华文化走出去”战略的品牌项目，民间工艺是首次参加“今日中国”艺术周活动，这也是中国文联第一次委托地方省文联承办参加此次活动。

机关工作

【人事变动】

省文联调入人员1人，办理退休手续人员3名。

【河北省文联开办“河北文艺讲堂”】

7月27日起，为提高文联干部职工的综合能力河北省文联创造性的开办了“河北文艺讲堂”，全年共举办各种课题讲座6期，先后由省文联党组书记、副主席李军，省文联党组副书记、省书协副主席刘金凯，省文联副主席、美协主席祁海峰等授课，参与人数400多人次。

【河北省文联机关党委组织党员干部职工参观《复兴之路》大型展览】

12月21日，为进一步增强全体党员学习贯彻落实党的十八大精神的自觉性，河北省文联机关党委组织党员干部职工到北京中国国家博物馆参观《复兴之路》大型展览。

《复兴之路》大型展览的一幅幅图片、一张张图表、一件件实物、一段段视频，使参观的同志感受到1840年鸦片战争以来中国人民上下求索复兴之路的艰辛奋斗，现阶段取得的举世瞩目光辉成就来之不易、中国特色社会主义道路无比正确。此次活动给党员干部职工以深刻的教育和启示。大家纷纷表示，一定牢记习近平总书记“空谈误国、实干兴邦”的重要讲话精神，更加自觉地投入到学习贯彻党的十八大精神热潮之中。

【老干部工作】

省文联现有离退休干部51人，每月组织集体学习2次，每年组织外出参观考察2次。

各文艺家协会

【戏剧家协会】

5月17日，由河北省委宣传部、河北省文联主办，河北省剧协、唐山市文联、丰南区委、丰南区政府承办的“丰南杯”第二届河北省戏曲票友大赛在唐山市丰南区举办。中国戏剧梅花大奖获得者、著名京剧表演艺术家、中国文联副主席、中国剧协副主席、河北省文联主席、河北省剧协主席裴艳玲致辞。中国剧协分党组成员、副秘书长周光，河北省文联党组成员副主席郑世芳，河北省委宣传部文艺处处长王振儒，河北省文联副秘书长陈小平、梁秀辰，河北省剧协顾问郭乃群，唐山市委宣传部副部长刘宝富，唐山市文联主席袁宁，唐山市丰南区委书记王东印等出席了颁奖晚会。

8月12日，第十六届中国少儿戏曲小梅花荟萃大赛在江苏泰州落幕。由河北省剧协选送的7名小选手荣获佳绩。其中来自河北艺术职业学院的权京胜、唐山市路北区西山路小学的刘乙润、保定市爱民小学的董天歌、唐山市丰南区黑沿子小学的闫蕊荣获十佳金奖，石家庄市艺校的齐子建、唐山市丰润区东实验小学的郑晶晶和卢佳荣获小梅花金花称号。河北省戏剧家协会荣获优秀组织奖。

9月6日，第二十届曹禺戏剧文学奖（第四届中国戏剧奖·曹禺剧本奖）在湖北省潜江市揭晓。由河北省戏剧家协会选送的我省著名剧作家孙德民创作的话剧《雾蒙山》获得了曹禺戏剧文学奖。

9月18日，第四届中国戏剧奖·理论评论奖（原第七届中国曹禺戏剧奖·评论奖）颁奖仪式在北京举行。河北省剧协推荐的河北省艺术研究所周大明的《对当前我国戏剧评论若干问题的思考》一文荣获提名奖；河北省剧协荣获组织奖。

10月27日，第三届中国校园戏剧节颁奖典礼在上海话剧艺术中心举行。河北省剧协选送的河北农业大学的话剧《约定无期限》荣获第三届中国校园戏剧节“优秀剧目”称号。剧中刘云华的扮演者陈亚东获得第三届中国校园戏剧节“校园戏剧之星”称号，河北省剧协荣获组织奖。

11月21日至23日，第26届中国戏剧梅花奖河北省选拔赛在邯郸举办。大赛评委会主任由河北省文联主席、省剧协主席裴艳玲、河北省文联副主席柴志华担任；大赛监审组由省文联副秘书长陈小平、省文联机关党委副书记、纪检组长梁秀辰担任；大赛评委由贾吉庆、王竹平、李宪法、牛淑贤、蒋宝英、张慧敏、罗慧琴、郭英丽等专家组成。最终评选出：保定艺术剧院河北梆子剧团的董素坤、邯郸市平调落子剧团的王红、唐山市演艺集团的张俊玲、河北省河北梆子剧院的许荷英4位演员代表河北省参加中国戏剧梅花奖一度梅和二度梅的评选。

【音乐家协会】

2月2日至3日，河北省音协承办的2012年度寒假全国音乐考级在石家庄人民会堂举行。2012年度寒假音乐考级设有钢琴、电子琴、二胡和古筝四个专业。共有来自全省一千多名考生参加了考级，共有900多名考生顺利通过，占考生总数的88%。

3月28日至29日，河北省音协主席团扩大会议在石家庄市格瑞大厦召开。省音协主席曹贤邦，省音协副主席白朝辉、陈虹、李建林、王伟华、张建钢、邓跃龙与会，省音协副秘书长倪新、《河北音乐家》杂志主编张丛海列席会议。驻会副主席白朝辉就2012年音协的各项重点工作做了详细的规划与说明，曹贤邦最后做总结发言。

4月7日在省音协西打艺术委员会A级打击乐培训基地暨石家庄市秦川艺术学校“花香维也纳”音乐活动大厅，举办了“2012年小鼓及行进鼓专业培训交流”活动。中国音协打击乐学会副会长兼秘书长、中国音协打击乐学会所属鼓手联合会主席、行进乐联合会主席、中国人民民解放军军乐团打击乐教授、著名打击乐演奏家、教育家郑建国先生及行进乐联合会副主席齐鑫老师莅临此次培训交流活动现场，先后为参加培训的教师及学生进行了专业授课及示范交流。

4月19日，由河北省音乐家协会、沧州市文联、沧州师范学院联合主办的“春约沧州——邢红梅独唱音乐会”在沧州大剧院举行。

5月25日，由河北省文化厅、河北省教育厅、河北省广电局、河北省文联及衡水市委、市政府主办，河北省音协管乐艺术委员会、武强县委、县政府及河北金音乐器集团有限公司、璐德国际艺术学校承办的“2012麦田音乐节”暨河北省第二届非职业优秀管乐团队展演活动在衡水市武强县举行。河北省文联党组书记李军、衡水市委书记刘可为等领导出席开幕式。

【美术家协会】

3月21日至27日，由中国美协主办、河北省美协承办的“纪念毛泽东同志《在延安文艺座谈会上的讲话》发表70周年中国美术家协会写生团赴太行山写生创作活动”在石家庄举办。中国美协党组副书记兼秘书长刘健、河北省委宣传部副部长王景武，河北省文联党组副书记李军等领导出席活动并讲话。

4月18日，由河北省委宣传部主办、河北省文化厅、河北省文联、河北省美协协办、河北画院、河北义诚文化传媒有限公司承办的“中国油画名家展”在河北美术馆开幕。共展出李天祥、张文新、闻立鹏、赵友萍、苏高礼、刘晓、唐秀菊、祁海峰、魏奎仲、李维世等画家作品70余件。

5月16日，由河北省文联、河北省美术家协会、浙江省美术家协会、舟山市文学艺术界联合会、舟山市美术家协会主办的“海风・王飚中国画展览”在石家庄美术馆举行。

6月7日，由中国美协艺术委员会、河北省文化厅、河北省文联主办，河北省美协、河北省美术研究所承办的“张静伯中国画展”在中国美术馆开幕。

6月28日，“2012年河北美术发展论坛”在石家庄市召开。各市美协及省美协各艺委会负责人等90余人参加了会议。与会人员在拓展工作思路、开展合作交流、如何更好、更快地推动河北美术事业的繁荣发展等方面进行了探讨。

7月15日，由河北省文联、河北省美协、河北省工艺美协、秦皇岛北戴河区委区政府主办的“荷风瓷韵——王加林、赵国青等陶瓷艺术展”在北戴河贵德艺术馆举行。

8月31日，由中国美协、中国画学会、河北省文化厅、河北省文联、河北省美协主办的“王怀骐艺术回顾展”在中国美术馆开幕，展出王怀骐先生的中国画、油彩、版画、雕塑等作品百余件。开幕式后，在中国美术馆报告厅举行了“王怀骐学术研讨会”。

10月18日，由中国美协、沧州市政府主办，河北省美协、沧州市委宣传部、沧州市文联、沧州市文广新局承办的“2012全国中国工笔画展”，在沧州（名人）美术馆和市名人植物园名人堂隆重开幕。展览共展出290件作品。其中59件获优秀作品奖。河北省共有49件作品入选，其中17件作品被评为优秀作品。“2012年全国中国工笔画展”

充分展示了全国工笔画创作的整体实力和水平，此次展览在河北举办极大提升了河北美术、美术家在全国的美誉度，扩大了河北美术在全国的影响力，促进了河北美术的精品创作，使河北美术创作呈现出蓬勃发展的良好态势。

【曲艺家协会】

6月29日晚，中国曲协、河北省文联主办、河北省曲协承办的侯门相声精英会“笑声中的追忆”——纪念侯耀文先生逝世5周年河北大型公益演出专场在石家庄人民会堂隆重举行。河北省文联党组成员、副主席柴志华，河北省精神文明办公室副主任梁志中，河北省曲协主席崔砚君，河北省文联副秘书长、省曲协副主席兼秘书长陈小平，著名笑星侯耀华和侯门传人，及省曲协主席团成员，石家庄市委宣传部等领导出席新闻发布会，并与1500多人观看演出。此次公益演出专场极大地推动了侯门相声艺术的传承与发展。

9月13日，河北省委宣传部、河北省文明办、河北省文化厅、河北省广电局、河北省文联主办的，河北省曲协承办的“善行河北”主题道德实践活动大型综艺晚会在河北会堂隆重举行。省委书记张庆黎，省长张庆伟，省委副书记赵勇，省军区司令员史鲁泽，省委常委、纪委书记臧胜业，省委常委、办公厅主任景春华，省委常委、统战部部长田向利，省委常委、宣传部部长艾文礼，省人大常委会副主任宋长瑞、王增力、王玉梅，原省领导杨泽江等与出席省第九次文代会、省第六次作代会的全体代表，全省各地的道德模范、河北好人代表等1500余人一同观看晚会。晚会创作排练历时两个月，全部由河北导演、编剧、演员承担，参演单位、团体59个，演职员多达1300余人。整场晚会以“善行河北”主题道德实践活动中涌现出的感人事迹为原型，以大型歌舞、经典诵读、河北地方曲艺等多种艺术形式，突出助人为乐、诚实守信、爱岗敬业、孝老敬老主题，大力弘扬了社会主义核心价值体系，引起极大的社会反响。

【舞蹈家协会】

3月14日，河北省舞协2012年工作会议在石家庄市中山宾馆召开。来自各地市舞协、省市艺校、歌舞院团的30余名代表参加了会议。省文联党组书记李军、省文联副主席郑世芳、省文联副秘书长陈小平等参加了会议，李军书记和郑世芳副主席作了重要讲话。

5月17日至20日，由河北省文联、河北省舞协主办的第五届河北省舞蹈比赛暨由中国舞协、河北省舞协主办的中国舞协第169届少儿舞蹈展演于在石家庄市艺术学校礼堂举行。参加此次比赛的节目共计308个，参赛人数高达3000多人。

7月8日至15日，“第六届华北五省区市舞蹈比赛”在北京清华大学新清华学堂举行。河北省舞协选拔了55个作品赴京参加决赛，作品涵盖了专业青年组、专业少年组、中老年组、业余青年组、业余少年组、幼儿组、少儿组七大组别。通过比赛，推出了一批优秀人才和一批精品力作，由石家庄市艺术学校创作的专业少年组作品《那是一朵美丽的花》、《走山梁》、《梅兰芬芳》、石家庄市歌舞剧院创作的专业青年组作品《绣灯笼》、廊坊市老干部活动中心创作的中老年组的《逛花灯》、付嵋舞蹈培训中心创作的少儿舞蹈《夏日清荷》、《劳动最光荣》等共18个作品获金奖，石家庄市艺术学校的刘治宗和河北艺术职业学院的郝丽坤荣获“园丁奖”。

12月3日至8日，由中国舞蹈家协会和中央电视台联合主办了全国百姓健康舞系列展演活动。河北省舞协选送的《扭拉花》、《放风筝》、《福到农家》在北京中央电视台参加了“舞蹈世界”栏目的录制。

【民间文艺家协会】

1月5日，由中国文联、中国民协、海南省委宣传部主办的第十届中国民间文艺山花奖颁奖盛典在海南海口隆重举行。全国政协副主席何厚铧、海南省政协主席于迅、中国文联副主席李屹、中共海南省省委副书记李宪生等出席颁奖盛典。河北共有8人（项）荣获第十届山花奖。获奖数量名列全国第三，其中新故事作品奖全国共设6个名额，河北取得4个奖。井陉县教育局选送的《井陉拉花》荣获广场歌舞奖；周广的剪纸作品《八仙》、刘佳文的皮影《乐亭皮影——五虎上将》、张汝财的内画《天然水晶内画烟壶四代伟人肖像一套》荣获民间工艺美术作品奖；邢东的《五分钟事件》、周宝忠的《小偷还钱》、刘六良的《惊心的子弹壳》、杨辉素的《亲不亲，一家人》荣获民间文学作品奖。河北省民协荣获“第十届中国民间文艺山花奖”优秀组织工作奖。

3月26日至28日，为加强河北民间文艺队伍的人才建设，为建设文化强省服务，河北省民协在河北易县举办了“保护与弘扬民俗文化培训班”活动。活动邀请北京师范大学民俗学与文化人类学研究所所长、教授、博士生导师万建中先生和河北省文联副主席、河北省民协主席，著名民俗学专家郑一民先生主讲，对来自全省各市、县、区的三十名民间文艺骨干进行了培训。通过举办培训班，使全体学员对当前背景下民俗文化的定义和内涵有了更深刻的认识和了解，进一步增强了保护和弘扬民族优秀文化责任感和使命感，加强了各地学员之间的相互协作和联络，为河北省民间文艺事业的繁荣发展起到了积极的推动作用。

6月21日至23日，河北省委宣传部、河北省文联、河北省文物局等在蔚县举办“冀晋鲁豫辽五省历史文化名村（镇）村（镇）长论坛”。来自河北、山西、山东、河南、辽宁五个省的专家学者与80个历史文化名村(镇)的村(镇)长共260余人共同参加了此次论坛。与会者共同签署了《共建我们的幸福家园——冀晋鲁豫辽五省保护古村镇蔚县宣言》，掀开了古村落保护的新篇章。

9月3日至5日，由中国民协、河北省委宣传部、河北省文联等单位主办的“第二届中国滦河文化节”在河北省滦县举行。开幕式上还举行了“中国皮影艺术之乡”和“中国皮影艺术研究基地”的命名和授牌仪式。会议期间，与会者共同签署了旨在携手合作，保护、弘扬、发展滦河文化的《第二届中国滦河文化滦县宣言》。

【摄影家协会】

2月12日，河北省摄协启动“2011河北摄影十杰”评选活动。5月18日，由中摄协副主席王文澜、张桐胜、中摄协原副秘书长解海龙、中国摄影艺术研究所所长李树峰、中国体育记协体育摄影学会主席郭延民组成的评审团最终评选出十位摄影家获得“河北摄影十杰”荣誉称号。

8月11日，河北省摄协在廊坊香河县“第一城”召开全省摄影工作会议。省摄协副主席刘瑞新主持会议。秘书长杨越峦传达了中摄协七届二次理事会暨2012全国摄影工作会议上的报告。来自全省各地市摄影家协会负责人参加了会议。会议紧密结合主题报告精神，研究和部署了下半年工作内容、具体安排了“万名摄影志愿者万幅作品送万家”活动、国展及省展的动员部署等。会议结束后，“河北摄协走基层——第一城行”活动在香河中信国安第一城举行。活动同时举办了影友“擂台赛”。来自省内的200多位摄影家及爱好者参加了活动。“河北摄协走基层”活动启动后，先后在河北抚宁、易县、赞皇、霸州、晋州、任丘、香河等地开展，为基层文化组织送去摄影文化讲座10多次，赠送优秀摄影作品100多幅，累计超过1000人次摄影爱好者参与。

12月13日至16日，河北省文明办、河北省文联主办，河北省摄协承办的“爱心燕赵——‘善行河北’艺术记录成果展”在省会举行。展览通过摄影艺术形式再现河北公益道德模范的感人事迹及光辉形象。

【书法家协会】

2月27日，由中国书协、河北省文化厅、河北省文联主办的“游目骋怀·陈文增自作诗词书法巡回展”在石家庄市美术馆开幕。河北省人大常委会副主任宋太平、省文化厅厅长冯韶慧等领导、全省书法界同仁及观众500余人出席了开幕式。

5月13日，由河北省书法家协会、中国颜体书法研究会主办的“‘天一广场杯’全国颜体书法大字展”在邢台鑫海大酒店开幕。

6月20日，河北省书协行书委员会在霸州市人民政府会议室成立。中国书协顾问、河北省书协主席旭宇，河北省书协副主席刘金凯、郎岗峰，河北省廊坊市书协主席张纬东，霸州市委常委、组织部长、书协名誉主席刘志亮等出席并分别致辞。来自河北省各地书协的主要负责人、河北省书协行书创作骨干近百人参加了成立大会。

10月10日上午，由保定市委宣传部、张家口市委宣传部、省书协共同主办，保定市文联等单位承办的“塞外风·李根茂书画作品展”在保定市博物馆隆重开幕。省文联党组副书记、副主席、省书法家协会副主席刘金凯出席开幕式。

10月16日至18日，由河北省书协主办、省书协学术委员会、沙河市总工会、邢台市书协承办的“河北省书协第五届学术委员会成立会议暨首届燕赵书法论坛”在沙河市举行。

11月10日，河北省文联党组副书记、副主席，省书协副主席、中国书协新闻出版委员会副主任

刘金凯“翰逸神飞——喜迎十八大书法展”在石家庄八一书画院隆重开幕。中国书协顾问、河北省文联名誉主席、河北省书协主席旭宇，省书协副主席陈茂才、郭永利，秘书长褚大伟等出席了开幕式。此次展览共展出中堂、对联、斗方、扇面等50余幅作品，无论是八尺整纸的长幅巨制，还是尺幅较小的扇面斗方，都体现了作者书法艺术的独特魅力。

11月19日，由河北省书协主办，省书协草书委员会、邯郸市书法家协会和金顺老有茶文化传播有限公司共同承办，邯郸阳光美术馆协办“金顺老有杯”河北省首届草书展，在邯郸市新世纪阳光美术馆隆重开幕。中国书法家协会顾问、河北省文联名誉主席、河北省书法家协会主席旭宇，中国书法家协会理事、省书协副主席李尚才、刘月卯、郎岗峰、陈茂才、韩玉臣、孙学东等出席了开幕式。

省书协在确保质量的基础上，经过严格审查积极稳妥地向中国书协上报全国会员30余人、发展省级会员110人。

【影视家协会】

6月26日至7月4日，河北省影协副主席兼秘书长汪帆同志率领河北文化创意交流代表团一行10人，赴台考察交流。期间参加了“两岸文化产业合作论坛”，通过文化创意团的交流，加强了我省文创家与台湾艺术界的合作，加深了双方了解，促进了冀台两地文化交流。

7月16日至18日，河北省影视家协会第十一次主席团会议暨第17届省影视艺术奔马奖评奖会议在秦皇岛昌黎召开。秦皇岛市委常委、宣传部部长时晓峰出席会议并致欢迎词。省影视家协会副主席兼秘书长汪帆主持会议。

7月16日至18日，第17届省影视艺术奔马奖和第八届河北省十佳影视艺术工作者评奖会议在秦皇岛昌黎举行。

9月7日至9日，第26届中国电视金鹰奖评选暨第九届中国金鹰电视艺术节在湖南长沙举办。省影协推荐21部作品参加了此次金鹰奖的评选，共取得了五个优秀大奖，十个提名奖的历史最好成绩。纪录片《璀璨时空——石家庄历史文化影像志》；动画片《秦皇岛传奇》（52集）、《成语国探秘》（26集）；电视文艺：《明星童乐会》、《“声动清明”大型朗诵会》五件作品荣第26届中国电视金鹰奖优秀节目奖。纪录片《没有共产党就没有新中国》、《长河》、《辛亥滦州起义》、《追忆达什达瓦》、长篇电视剧《洪武大案》、短篇电视剧《小丫头子》、戏曲电视剧《杨三姐出嫁》、电视动画片《小好奇奇遇记》、电视文艺节目《龙娃闹春——2012河北电视台少儿春节晚会》、电视形象宣传片《善行河北之周汝珍》也分获提名奖。

8月2日，由中国影协、省广电局、省文联主办的“公益电影《一诺千金》观摩座谈会”，在北京中国电影家协会举行。仲呈祥、康健民、许柏林、彭程、高小立、赵葆华、张思涛、章柏青、王一川、张金尧、申晓义、汪帆等领导专家参加了此次研讨会。

9月9日，由省委宣传部、省文明办、省教育厅、省广电局、省文联等共同主办的“公益电影《一诺千金》首映礼”在石家庄河北艺术中心音乐厅隆重举行。该片一经上映便得到业界专家领导及广大观众一致好评。《文艺报》、《光明日报》、《中国电影报》、《大众电影》、《共产党员》、河北电视台、河北电台、《河北日报》、《河北青年报》、《燕赵都市报》、《燕赵晚报》等媒体均给予连续报道，《当代人》杂志九月号为本片开辟了专版。

为了配合宣传推介电影《一诺千金》，由河北省广播电影电视局、河北省文联主办，河北省影视家协会等单位承办，于2012年7月至9月开展了“善行河北·一诺千金”微电影主题大赛活动。此次微电影主题大赛以“一诺千金”主题为切入点，彰显“诚信河北·善行天下”的精神。9月28日，剧组携《一诺千金》参加了第21届金鸡百花电影节新片展映，在200余部新片中脱颖而出，荣获国产新片展映奖杯。

【杂技家协会】

1月8日，由中国文联主办的“百花迎春—中国文学艺术界2012春节大联欢”在北京人民大会堂隆重举行。由省杂技团（55人）为主体，吴桥县杂技团（8人）参与的《杂技集锦》参加大联欢演出，为现场观众奉献了《转碟》、《坛技》、《抖空竹》、《草帽》等中国传统杂技赢得观众不断的喝彩声。

2月，中国杂协评选出的第八届中国杂技金菊奖第七次理论作品，河北省杂协选送的《中国杂技中道家意蕴探析》（作者：高月娟，石家庄铁道学院）、《浅论杂技训练演出中伤害事故的成因与解决对策》（作者：王洋、吴桥杂技艺术学校）分别荣获铜奖和优秀作品奖。河北省杂协荣获组织工作奖。

5月23日，河北省杂技家协会第三届二次理事扩大会在沧州市召开，中国文联副主席、中国杂协主席、河北省文联副主席、省杂协主席边发吉，河北省文联副主席郑世芳，省杂协主席团成员及沧州市文广新局、沧州市文联领导，全省各杂技团体、民营杂技团体的协会理事、嘉宾50多人参加会议。会议围绕杂技发展面临的机遇与挑战、杂技理论队伍、杂技教育现状、杂技之乡发展建设、杂技节、杂技旅游、杂技非遗保护等展开讨论。此外，各杂技团体结合自身工作实践，深入交流和广泛探讨，建言献计。

11月6日，吴桥杂协艺术研究会在沧州吴桥成立，省文联杂协秘书长张宽代表边发吉主席发表了热情洋溢的祝辞，并与吴桥有关领导以及各杂技团体负责人，共同商讨杂技事业的发展、规划、壮大等一系列问题。

其　他

【河北省企业(行业)文联】

9月5日至7日，河北省文联、河北省企业（行业）文联组织著名书画、摄影专家深入到河北省交通运输厅交通建设生产一线进行采风创作。河北省交通运输厅党组成员、副厅长刘广海，河北省企业（行业）文联副主席兼秘书长范硕，河北省交通运输工会主任营新录等有关领导全程参加了活动。艺术家一行先后来到黄骅港码头，曹妃甸港码头，承秦高速公路等生产建设现场进行采风创作。在9月8日下午举办的书画摄影艺术家座谈会上，河北省交通运输厅党组书记、厅长高金浩、河北省文联副主席柴志华出席并作了重要讲话。河北省交通运输工会主任营新录汇报了活动情况，河北省书协副主席、省企业（行业）文联副主席兼秘书长范硕作了采风感言。随后，各位艺术家在座谈会现场进行了书画创作笔会，河北省文联党组书记李军在笔会期间看望了艺术家们。

9月21日至27日，由河北省文联、河北省企业（行业）文联、河北省美协、河北省书协、河北省摄协、东方地球物理公司主办的“东方物探杯”河北省企业、行业界第十届书法、美术、摄影大型展览在石家庄美术馆展出。此次活动收到来自物探、石油、电力、建投、煤炭、能源各大企业、行业艺术家、艺术爱好者及各市级文联专业艺术家的书画摄影作品两千余幅，由评委会遴选出300余幅优秀作品参加展出。原省委常委宣传部长张群生，省委宣传部副部长武鸿儒，省总工会党组副书记、副主席袁刚，省文联党组副书记、副主席刘金凯，省文联副主席柴志华等相关领导出席了开幕式。展览开幕式由省书法家协会副主席、省企业（行业）文联副主席兼秘书长范硕主持，河北省文联副主席柴志华致开幕词。

【当代人杂志社】

《当代人》、《民间故事选刊》、《小小说月刊》3个杂志全年完成各自的24期编辑、出版、发行工作。

山西省文联

综　述

2012年，山西省文联以锐意改革，创新思维，遵循“思路决定出路”的理念，“有所作为，争取地位”的工作思路，践行“爱国、为民、崇德、尚艺”的文艺界核心价值观为主题，围绕中心、服务大局，面向基层、服务群众，积极开展“送欢乐·下基层”惠民文化服务活动，组织大型专题文艺活动，为党的十八大胜利召开营造喜庆热烈的文化氛围，精心打造文艺精品，着力推出一批思想性与艺术性相统一的优秀文艺作品向党的十八大献礼，是山西文联本年度工作的重中之重。

文化惠民活动

【“书法进万家”活动】

2012年“书法进万家”活动的主题为“助推转型跨越发展、促进文化艺术繁荣”，由山西文联副书记、副主席、山西书协主席石跃峰带队，山西书协理事以上的书法家参加活动。

1月10日至15日、8月14日，组织书法家200人次先后赴深入到富士康(太原)科技工业园、山西西山煤电集团屯兰矿、太原市纪检委、太原市公安局交警支队迎泽二大队、长治市平顺西沟村、“醋都”清徐等地开展了文化惠民活动。书法家们踊跃参与，每次20～40名，为群众义务书写春联、书法作品2000余幅。

【2012微公益·新春送福到农家】

2月1日，山西摄协与太原市文明办、色无界摄影网等单位联合举行的2012微公益·新春送福到农家活动，300多名摄影家来到山西阳曲县侯村乡尧子尚村，为贫困山区180多户农民家庭义务拍摄全家福，免费现场打印装框，并送去大米、白面、食用油，带去新春的祝福。

【“送欢乐、下基层”情系大寨】

2月6日，由中国摄协、山西摄协共同举行2012“送欢乐、下基层”情系大寨活动，首届全国农民摄影大展巡展也在大寨画上了句号。摄影师们为大寨每家每户义务拍摄全家福，并在现场免费打印送到乡亲们手中。山西文联党组副书记、副主席李太阳出席活动并讲话，还亲自端起相机为村民拍摄全家福。

【摄影家李伟光连续5年独自下乡送福】

山西著名摄影家李伟光连续5年大年初一放弃和亲人团聚，独自一人赴吕梁老区，为生活在这里生存条件较为艰苦村民义务拍摄全村福合影。据统计，5年来的大年初一，李伟光一共拍摄了碛口李家山等23个自然村的全村福，3000多村民参与了全村福的拍摄，冲洗全村福片1600多张。

【万人万幅作品进万家】

为响应中国摄协“万人万幅作品进万家”活动，山西摄协招募400余名摄影志愿者将亲手创作的400余幅优秀摄影作品制作并精心装裱后，无偿赠送给平遥县、山阴县、太原市杏花岭区、乡宁县的文化馆、敬老院、残联康复中心以及乡村文化站。

【“抖空竹”进社区】

2月2日（正月十一）、2月6 日（正月十五），两次组织空竹协会会员赴太原市劲松社区、老军营社区进行“抖空竹”专场表演，将精彩的空竹表演“夫妻双双把家还”、“长绳空竹”、“叠罗汉”、“高杆空竹”、“中国龙”等节目奉献给社区居民。

【送书画下乡】

2月4号，山西美协组织画家“送欢乐、下基层”赴吕梁段家焉村送书画下乡。

【书画艺术家走进阳煤集团新大地矿】

5月20日，为纪念《讲话》发表70周年，山西文联、山西美协组织带领30余名优秀书画艺术家走进阳煤集团新大地矿，书画家们现场创作3

个多小时，将作品送到矿工兄弟手上，活动丰富了矿工的精神文化生活，活跃了矿区文化。

【“喜迎十八大，杂技下基层”演出】

9月26日，组织太原市杂技团部分会员赴晋源区罗成村举行了“喜迎十八大，杂技下基层”慰问演出，表演呼啦圈、单手顶、晃管等精彩的杂技节目，受到当地村民的欢迎。

会议与活动

【《笑笑笑》晚会】

2月7日（正月十六），由中国曲协、中共山西省委宣传部、山西文联、省文化厅共同主办，山西曲协承办的大型曲艺晚会《笑笑笑》在梨园大剧场演出。著名评书艺术家刘兰芳、曲艺家侯耀华、杨进明和马小平、李彦生的相声《我爱山西》把晚会推向高潮。省人大常委会副主任杜玉林等领导与省城近千名市政、环卫行业的一线工人共同观看了演出。

【“风华三晋”——山西省青年美术作品展】

2月8日，由山西文联、山西省文明办、山西美协共同主办，山西大学美术学院承办了“风华三晋”——山西省青年美术作品展。展出全省青年美术家的国画、油画、版画、水粉水彩画和雕塑作品316件。展览作品出版画集。

【“中国曲艺之乡”——沁县】

2月21日至23日，中国曲协分党组书记、驻会副主席董耀鹏率专家组一行来山西曲协视察工作，赴沁县就创建“中国曲艺之乡”工作进行为期两天的实地考察。

3月26日，经过严格的评审，中国曲协正式授予沁县“中国曲艺之乡”称号，填补了山西省空白，成为全国第33个曲艺之乡。

6月26日，中国文联副主席、中国曲协主席刘兰芳为“中国曲艺之乡”沁县授牌。山西文联宋新柱书记、李太阳副书记等领导出席活动并为李鸿民颁奖。全国曲艺界名家刘兰芳、李金斗、籍薇、种玉杰、李伟建等参加授牌仪式，并为沁县观众献上精彩的演出。

【百幅龙字庆龙年书法展】

2月23日，由山西文联、山西中华文化促进会、山西省名人联合会、山西大众书画院、山西书协在龙潭公园“悦雅龙舫”举办“百幅龙字庆龙年”书法展，展出龙字书法作品146幅。

【赴爱国主义教育基地参观学习】

4月11日、12日，组织文联机关、协会干部职工赴吕梁兴县、交城的爱国主义教育基地参观学习，在黑茶山“四·八”烈士纪念馆和“晋绥边区”革命纪念馆，大家听取先烈的事迹，实地了解革命先辈在晋绥边区指挥和领导人民进行民族解放的革命斗争史，接受保持党的纯洁性教育。

【山西空竹大赛】

4月18日，山西文联、山西杂协在青春滨秀园举办首届山西杂技“金菊奖”空竹大赛颁奖仪式暨闭幕式。山西文联党组领导宋新柱、石跃峰，山西杂协主席杜进民等出席，参赛选手、空竹爱好者们参加。

举办此项大赛旨在以空竹这一民众喜闻乐见的活动作为切入点，开展群众性杂技活动，促进杂技艺术的普及与提高。大赛经过半个多月紧张激烈的预赛和决赛，从近200名参赛者中评出了技能组、表演组、健身组等各个项目的一、二、三等奖，共30名获奖者。

【“与自然对话”——山西省中国山水画与油画风景画展】

5月22日，由中共山西省委宣传部、山西文联、山西美协主办的纪念毛泽东同志《在延安文艺座谈会上的讲话》发表70周年“与自然对话”——山西省中国山水画油画风景作品展在山西美术馆开展。省委常委、宣传部部长胡苏平，省人大常委会副主任安焕晓，副省长、中国作协副主席张平，省政协副主席李潭生，山西文联主席李才旺，省文化厅厅长张明亮等领导为展览剪彩并参观展览。山西文联党组书记、常务副主席宋新柱主持开幕式。

展览展出60位画家精心创作的120幅作品，山水画和油画风景画各60幅。展览以“与自然对话”与自然共存为主题，旨在唤醒人们热爱、尊重、敬畏自然，与自然共生共荣意识。

【全国文联组织网络体系建设课题调研会议在太原召开】

5月31日，中国文联理论研究室在太原召开全国文联组织网络体系建设课题调研会。陈建

文主任出席会议。来自云南、广东、江苏、湖北、陕西、山西六省文联的负责人就文联组织建设、工作职能、文联体制及各省文联工作特色等进行研讨，并拟定了全国文联组织网络体系建设会议议题。

【赴革命纪念地采风活动】

为纪念毛泽东同志《讲话》发表70周年，重温党的光荣历史和奋斗历程，弘扬党的优良传统，接受革命传统教育，6月至7月间山西文联组织机关、协会干部职工分两路三批赴贵州、青海采风。

6月12日至17日，党组副书记、副主席石跃峰率第一批一行20余人赴贵阳、遵义等地进行采风。采风团参观了遵义会议旧址、红军政治部旧址及著名的黄果树瀑布和青岩古镇，并与贵州省文联进行了座谈交流。

7月13日至23日，由党组副书记、副主席李太阳和书记处书记冯海涛率领的第二、三批赴青海采风团成行，在领略大美青海自然风光、人文景观的同时，还专程赴海晏县参观了中国第一颗原子弹、氢弹的研发基地——原子城二二一基地地下指挥中心和原子城博物馆、西北歌王王洛宾纪念馆等。在指挥中心大家亲身体验了两弹工程指挥者们在地下掩体工作生活的场景。

【第五届全国少儿曲艺大赛山西赛区总决赛】

6月17日，由山西文联、山西曲协等单位共同主办，晋城市文联、晋城市曲协承办的第五届全国少儿曲艺大赛“信合杯”山西赛区总决赛在晋城市举行。

大赛自3月启动，以“培育曲艺新苗、发现曲艺新人、传承曲艺艺术、推动曲艺发展”为活动宗旨。参赛节目涉及快板、鼓书、相声等十余个曲种。经过层层选拔、逐级评选，最终有20个节目进入了山西赛区总决赛。

【“百花放映·情系矿工”中国电影艺术家赴西山煤电集团慰问演出】

6月28日，由中国文联、中国影协、山西文联主办，山西影协承办的“百花放映·情系矿工”大型公益慰问演出活动在西山煤电集团举行。陶玉玲、王馥荔、岳红、王霙、卢奇、王伍福、谷伟、吴军等著名电影表演艺术家和郑咏、张英席、咏峰、任真、李君等歌唱家和刘全和、刘全利、陈韩柏、王敏等曲艺艺术家为广大矿工表演了精彩的节目。

6月27日，慰问团还赴杜儿坪煤矿为职工放映电影《毛泽东在安源》等优秀影片，主创人员康健民、王霙、吴军和大家见面。

山西省副省长张平与中国文联党组成员、书记处书记夏潮，中国影协分党组书记、常务副主席康健民，山西文联党组书记、常务副主席宋新柱，党组副书记、副主席李太阳等领导和5000余名观众观看了晚会。

中国文联、中国影协为山西影协成功承办此项活动颁发“百花放映·情系基层”2012年度优秀组织单位奖。

【华北、东北文联工作会议在太原召开】

7月8日至13日，2012年华北、东北文联工作会议在太原召开。来自北京、天津、河北、内蒙古、辽宁、吉林、黑龙江及特邀贵州、云南、甘肃、湖北等省、市、自治区的文联领导和组联部的负责人20余人参加会议。中国文联国内联络部地方文联工作处调研员马康强出席会议。

与会代表分别介绍本地文联为纪念毛泽东同志《讲话》发表70周年和喜迎党的十八大胜利召开举办的各项纪念和庆祝活动；座谈交流探讨文联在新时期、新形势下履行“联络、协调、服务”的职能，介绍在组织、引导、服务、维权等方面的好经验、好做法，为做好文联工作和文艺工作探索新思路、新途径。

【陈巨锁墨迹展】

7月21日，由中国书协、山西文联、山西书协与忻州市委、市政府主办的陈巨锁墨迹展在全国政协礼堂开幕。中国山西省委常委、宣传部部长胡苏平出席展览开幕式并致辞。展览展品以章草为主，共展出书法作品120件。

陈巨锁曾担任中国书协理事、评审委员会委员，并于2001年荣获中国书法艺术荣誉奖。

【第五届中部六省曲艺大赛（长治）】

第五届中国中部六省曲艺大赛（长治）在经过两天三场的激烈角逐后，于8月18日晚在长治市潞州剧院举行隆重的颁奖晚会，共有13个节目获得大赛一等奖，21个节目获二等奖。

来自晋豫皖赣鄂湘六省150名演员带来的17个曲种、34个曲艺节目参加了大赛。

【山西“中国戏剧梅花奖”获得者下乡慰问演出】

8月31日，由山西文联主办的“植根乡土·情系农民”——中国戏剧“梅花奖”得主慰问演出团赴浑源县蔡村镇演出。山西文联副巡视员、党组成员、书记处书记刘廷明代表山西文联党组致辞。

慰问演出团由中国戏剧“梅花奖”得主山西剧协秘书长史佳华、太原市实验晋剧院副院长武凌云、忻州市北路梆子剧团团长成凤英、朔州市北路梆子剧团团长詹丽华等组成，一行20余人。艺术家们为当地村民演出晋剧、北路梆子、豫剧、黄梅戏等戏曲剧种的精彩唱段，倾情表演赢得现场数千观众的热烈掌声。

当地有关领导，山西文联党组成员、副巡视员李和平及文联下乡驻村调研人员、扶贫队员与数千名当地群众一同观看了演出。蔡村镇党委、政府向山西文联赠送了“植根乡土·情系农民”锦旗。

【首届工艺美术大师作品暨艺术精品博览会】

11月1日，山西省首届工艺美术大师作品暨艺术精品博览会和“红海杯”山西省首届工艺品创新设计大赛开幕式在太原中国煤炭博物馆隆重举行。活动由山西省经济和信息化委员会、省文化厅、省商务厅、省农业厅、省旅游局、山西文联、山西中华文化促进会、山西日报报业集团、山西广播电视台主办，省国际经济技术合作协会、省美协、省工艺美术协会、省工艺品旅游纪念品生产经营协会、晋宝斋艺术总公司协办，省民间工艺美术家协会和山西黄河风情文化艺术有限公司共同承办。

省委常委、宣传部部长胡苏平、省人大常委会副主任王雅安、副省长任润厚、省政协副主席令政策等出席。山西文联党组书记、常务副主席宋新柱在开幕式上致辞。令政策代表省政协、山西中华文化促进会，对这次博览会和设计大赛的成功举办表示热烈的祝贺，并提出三点建议：一是要以“世界眼光”，谋划工艺美术产业的发展思路；二是要以“创意引领”，推动工艺美术产业发展方式的革新；三是要以“先行先试”，完善文化产业发展的政策体系。

博览会为期5天，共有119家工艺美术企业和个人参展，展出玻璃艺术器皿、黑陶、刺绣、金银贵金属、青铜、木雕、刻花瓷、推光漆、云雕、澄泥砚、石砚、上党堆锦、剪纸、沙陶、彩灯、花鼓、古代刀剑、铜器、艺术陶瓷、布艺、石雕、麦秆画、黎侯虎、木板年画等30余个工艺品品种。

博览会结束后，举办山西省首届工艺美术大师作品暨艺术精品网上博览会，展出时间为180天。同时开通山西省工艺品网上交易平台。编辑出版《山西省工艺美术大师作品暨艺术精品集》。

【山西省美术作品展】

11月10日至16日，由中共山西省委宣传部、山西文联主办，山西美协承办的庆祝中国共产党第十八次全国代表大会胜利召开山西省美术作品展览在山西省民俗博物馆开幕。

本次展览分为4个展厅，展出美术作品357件，其中获奖作品80件。参展的300余位作者的美术作品有国画、油画、版画、雕塑、水彩、水粉等十几个画种。

【首届平面设计艺术论坛】

11月18日，由山西文联主办、山西艺术研究创作中心在太原举办了山西省首届平面设计艺术论坛。省委宣传部、山西文联、山西大学、太原理工大学、中北大学、省城大型设计公司等单位负责人及各大专院校的相关专业师生、专家教授100多人参加论坛。山西文联主席李才旺致开幕词，山西艺术研究创作中心主任李明主持开幕式。特邀中国设计艺术研究领域的学科带头人、同济大学教授、博士生导师林家阳先生作了主题演讲。

【“雪海流香”——赵梅生画展】

12月3日至13日，由中共山西省委宣传部、中国美术馆、中国美协、中国画学会、中国国家画院、山西文联联合主办的“雪海流香”——赵梅生画展在中国美术馆开展。中宣部副部长申维辰、中纪委驻文化部纪检组组长李洪峰、国防大学原校长裴怀亮上将、原山西省委书记胡富国，塞尔维亚、叙利亚、乌克兰等国家的驻华使节；中共山西省委常委、宣传部长胡苏平，省人大常委会副主任安焕晓，省政协副主席令政策出席开展仪式。胡苏平部长在开展仪式上致辞，代表中

共山西省委、山西省政府向画展的成功举办表示热烈祝贺。

展览期间举办了赵梅生画展研讨会等活动。

对外及对港澳台地区文化交流

【曲艺表演艺术家参加赴新加坡演出】

应中国文联、中国曲协邀请，山西曲艺界著名艺术家马小平、李彦生于1月6日赴新加坡参加2012首场文化交流演出。山西曲艺表演艺术家专门创作了相声《我从山西来》，介绍和宣传山西的文化、旅游、人文等情况。

【山西省百名摄影家聚焦台湾】

3月19日，山西省世界文化遗产和非物质文化遗产摄影展开幕式暨山西省百名摄影家聚焦台湾启动仪式在台北市台湾文创会馆举行，这是山西省摄影家协会首次在海外举办摄影展览。

本次摄影展展出近百幅山西省世界文化遗产和非物质文化遗产摄影作品，把山西的文化、风情、风貌展现给台湾人民。

启动仪式由台湾文创会馆执行长刘永逸先生主持，山西省摄影家协会副主席、秘书长武勇与台湾文创会馆总经理徐浩源共同为展览揭幕。武勇与台湾文创会馆董事向权宗、中华摄影协会监事陈次雄等先后致辞。

山西省摄影家一行22人在台湾进行了为期8天的采访活动。随后，近百名山西摄影人分三批赴台进行摄影采风比赛活动。

【参加全国产业（企业）文联系统文化交流考察团赴匈牙利等四国考察交流】

5月底，为了进一步推动国际文化交流与发展，给产业（行业）系统广大文艺工作者提供一个学术交流和展示的平台，经中国文联产业（企业）文联工作委员会推荐，组织了由刘廷明为副团长的全国产业（企业）文联系统的艺术工作者文化交流考察团一行27人赴匈牙利参加2012布达佩斯国际民间艺术节交流活动，同时参加了纪念匈牙利著名音乐教育家柯达伊诞辰130周年纪念和演出活动。匈牙利活动结束后，考察团赴捷克、斯洛伐克及奥地利等国进行文化交流。

创作与研究

【“世界知识产权日”著作权法讲座】

4月19日，山西文联举办世界知识产权日·著作权法讲座。特邀太原市版权局党组成员、副调研员郭桂红和王振华科长进行讲授。讲座就文艺作品知识产权保护、网络著作权保护、作品版权登记、作品权利归属、如何处理侵权等著作权法方面的有关知识进行培训，并现场答疑。

讲座还对新近开展的作品登记工作以及怎样维护著作权人的合法权益等进行详细的讲解。通过讲解使大家对文艺作品的制作、出版、发行等知识产权保护有了新的认识。对如何保护文艺作品、如何通过网络和版权局对文艺作品宣传、如何提高作品的知名度和影响力、提高作品的法律效力等具体问题有了深入的了解。同时，对作品的维权方式、途径、办法，文艺作品的交易渠道等有了更多的理解。

【第八届山西省文艺评论奖活动】

山西文联组织举办的第八届山西省文艺评论奖评选工作在评奖组委会的组织领导下，经全体评委严格按照程序认真评选，全部工作于6月结束。评奖工作历时4个月，共收到参评评论文章75篇。经初评、复评和终评，从入围文章中评选出文艺评论奖一、二、三等奖及组织工作奖。

【网络体系建设工作】

在中国文联理论研究室组织开展的基层文联组织网络体系建设典型经验材料征集活动中，山西文联结合本省各地文联工作成绩与经验，推荐报送阳泉市、河津市、五台县、平遥县、安泽县、陵川县、曲沃县文联和山西产业（企业）文联的材料均获奖，其中获一等奖1个、二等奖1个、三等奖3个、优秀奖3个，山西文联文研室获组织工作奖。

【编印《山西省文学艺术界联合会年鉴（2011）》】

完成《山西省文学艺术界联合会年鉴（2011）》收集、编撰、出版工作，录入文字18万字、图片83版；《年鉴》充分反映了山西文联及各团体会员单位2011年工作、活动的开展情况及会员创作情况，发挥了资治、宣传、交流、存史作用。

【获奖情况】

（1）在全省宣传调研工作会议上，山西文联党组书记宋新柱撰写的《立足文化资源禀赋特质打造文学艺术特色品牌》获优秀调研成果特别奖；樊丽红撰写的《做好舆情信息工作的几点体会》获二等奖。

（2）在第16届中国少儿戏曲“小梅花”荟萃活动中，山西获得7金、1银的好成绩；山西剧协获优秀组织奖。

在第20届曹禺戏剧文学奖评比（第四届中国戏剧奖·曹禺剧本奖）中，晋剧《大红灯笼》获曹禺戏剧文学奖。

（3）5件美术作品入选纪念毛泽东同志《在延安文艺座谈会上的讲话》发表70周年全国美术作品展。

（4）赵国柱荣获2011中国书法十大年度人物；第四届中国书法兰亭奖中，王国柱获得佳作奖三等奖，2位作者入展；杨二斌获得理论奖三等奖。在全国第五届妇女展中，刘俊彦、刘丽萍、彭瑶获优秀奖，8位作者入展。12位作者作品入展第三届隶书展。在第九届全国刻字艺术展中，柴力获优秀提名，20位作者入展。2012年“中国书法进万家”活动中，孝义市、芮城县被评为先进基层单位；马子明、苑慧平、庞宏亮、袁筠被评为先进个人。

（5）山西著名老摄影家顾棣荣获第九届中国摄影金像奖终身成就奖。参加2012上海国际摄影节暨上海第11届国际摄影艺术展览，石志强获金奖，贺子毅、王建功、刘朝晖、樊丽勇、武强、白志明、杜东明、李伟光获优秀奖。李伟光获第二届中国摄影“和谐金鼎奖”；作品《逝去的辉煌》入选第二届台湾国际摄影展。在第二届全国农民摄影大赛中，杨双柱获铜奖、4人获优秀奖。

（6）在第六届华北五省区市舞蹈大赛上，山西舞协推荐45个舞蹈节目参赛均获奖，太原市盲童学校的舞蹈《我的阳光我的梦》获得特别奖。太原市舞蹈团的节目《红色恋人》入选第八届中国舞蹈“荷花奖”当代舞、现代舞评奖。在中央电视台“舞蹈世界”特别节目——全国百姓健康舞系列展演活动中，选送潞城市文化馆中老年组节目《海英和她的妈妈们》、太原怡然舞蹈团中老年组节目《蝴蝶春情》参加均获优秀表演奖。山西舞协获优秀组织奖。

（7）山西影协获“百花放映·情系基层”2012年度优秀组织单位奖。

（8）山西视协组织作品参加第四届新农村电视节暨第六届“中国农村小康电视节目工程”专题片推选活动：获优秀对农电视栏目好栏目奖1个、优秀对农电视作品专题片优秀作品奖1个、优秀对农电视作品专题片好作品奖2个。参加第五届中国旅游电视周活动，获电视专题类：最佳作品奖、优秀作品奖、好作品奖各一个；获旅游广告宣传片类：优秀作品奖、好作品奖各一个。

（9）在河南宝丰举办的马街书会上，选送乔俊宝创作、詹俊林、詹俊芬等表演的小品节目《我爸俺嗲》获一等奖；滑稽表演节目获二等奖。参加第七届中国曲艺牡丹奖大赛（天津赛区），高平鼓书《谷子好》获得节目提名奖。参加第五届全国少儿曲艺大赛，山西曲协选送的泽州鼓书《孔子回车》获得二等奖，天津快板《猫和老鼠》、高平鼓书《谷子好》获得三等奖，山西曲协获优秀组织奖。

（10）山西杂协代表队参加2012中国·保定国际空竹艺术节，荣获团体一等奖。在第八届中国杂技“金菊奖”第七次理论作品评奖中，聂翠青论文《新语境下的杂技本体语言》获铜奖。

（11）参加“晋陕蒙优秀伞头秧歌”选拔赛，吕梁市临县伞头赵江荣获一等奖；其余7名参赛伞头刘林利、樊春明、张林峰、李荣让、郭引居、刘建国、刘建全分别获三等奖和优秀奖。参加第三届中国剪纸艺术节暨第二届蔚州国际剪纸艺术节，杨毅获金奖，李淑贤、赵宝仙获银奖，李小青、刘五五获铜奖，辛润才获优秀奖，山西民协获优秀组织奖。参加中国首届“水上民歌”展演，《小拜年》获得银奖，山西民协获优秀组织奖。

机关建设

【领导班子调整】

晋干字【2012】398号文件关于张根虎等同

志职务任免的通知，经省委常委会议2012年12月21日研究决定：张根虎同志任省文学艺术界联合会党组书记。免去宋新柱同志省文学艺术界联合会党组书记职务。

晋干字【2012】396号文件关于提名张根虎等同志职务任免的通知，经省委常委会议2012年12月21日研究决定：提名张根虎同志任省文学艺术界联合会常务副主席。免去宋新柱同志省文学艺术界联合会常务副主席。

【干部任用工作】

按照省委组织部的要求，完成了山西文联副巡视员的民主推荐、组织考察、材料审核上报。晋干字【2012】293号文件关于刘廷明等同志任职的通知，经省委常委会议2012年7月30日研究决定，刘廷明、李和平任山西省文学艺术界联合会副巡视员。

【机构和编制管理工作】

根据晋文改发【2012】1号文件关于《山西文化艺术传媒中心组建方案》的批复和晋编办字【2012】197号文件关于撤销中外故事杂志社等5个单位的通知，办理了中外故事等5个杂志社的转企改制、核销编制和注销法人工作，省编办批复核销5个杂志社的64个自收自支事业编制。5月，成立山西文化艺术传媒中心，该中心为山西文联所属报刊出版单位的主办单位。

【2012年山西文联部门预算信息公开发布】

为贯彻落实《中华人民共和国政府信息公开条例》，加强预算科学化、精细化管理，保障公民对财政预算的知情权、参与权、表达权和监督权，促进依法理财、民主理财，根据相关法律法规的规定，遵循《中华人民共和国预算法》、《中华人民共和国保守国家秘密法》，结合文联工作实际，山西文联的2012年财政预算信息公开发布于《山西文联通讯·2012夏之号》。

【保持党的纯洁性教育活动】

为进一步深入和扎实推进“创先争优”活动，迎接党的十八大胜利召开，3月2日，山西文联召开“保持共产党员纯洁性学习教育”活动动员大会，开展了为期三个月的“保持党的纯洁性学习教育”活动。3月，组织党员到省档案馆参观“光辉的历程”——山西省档案馆馆藏革命历史档案珍品展；4月11日、12日，到吕梁兴县、交城的爱国主义教育基地参观学习，开展了重温党的光荣历史和奋斗历程，继承优良传统，牢记宗旨使命的“红色党日”教育活动；4月，参观“大山的品格·民族的脊梁”——剪纸艺术“颂太行精神”作品展；6月27日，开展培塑典型学习典型活动，邀请省晋剧院国家一级演员苗洁来文联作《省文联保持党的纯洁性教育活动事迹报告会》；10月10日，组织了由党组书记宋新柱作题为《用开放的视野理解和把握发展着的中国特色社会主义理论体系》的讲党课活动；10月10日，举办山西文联机关党建“名嘴演讲”比赛活动。轮派党员参加省直机关党员干部保持党的纯洁性教育的培训班学习。召开中心组保持党的纯洁性教育活动的专题民主生活会。通过动员部署、学习提高、问题查摆几个阶段，采取集中学习与分散自学相结合、党章教育与典型教育相结合等学习方式，保证活动的健康发展。

【学习十八大会议精神】

11月8日，集中组织干部职工收听、收看党的十八开幕式，认真聆听了胡锦涛同志代表第十七届中央委员会所作的工作报告；及时传达省委关于对“兴起学习宣传贯彻党的十八大精神热潮作出部署”的会议精神，并制定了山西文联学习十八大的具体安排意见。

【精神文明创建工作】

5月，成立山西省文联精神文明建设委员会（文明办设在机关党委），山西文联党组书记、常务副主席宋新柱任文明委主任；副书记、副主席李太阳、石跃峰任副主任。

山西文联连续七年被评为“省直机关文明和谐单位”。

【离退休人员工作】

老干处对全体离退休人员进行春节走访、慰问；为离退休人员组织全面体检；为老干部活动室订阅大量报刊，做好服务工作。组织“九九”重阳节座谈会，副书记、副主席石跃峰，党组成员、副主席李和平参加座谈并代表文联党组对全体离退休人员表示慰问；认真听取老同志们提出的建议，并对提出的问题一一作答。金秋9月，组织离退休人员40多人赴祁县农村进行田间果园采摘、到村里吃农家饭活动。

扶贫工作

【下乡驻村】

文联党组书记宋新柱两次深入扶贫点，率第24批扶贫工作队与村干部一起对文家庄村的水利、农业、林业和村级道路改造、优良品种培育等进行研究。根据省委驻浑源县农村工作队定点扶贫工作五年规划，结合山西文联的工作特点以及文庄村的实际情况，进一步明确今年的扶贫工作。

【第23批扶贫工作队受表彰】

山西文联第23批扶贫工作队于2011年4月赴浑源县蔡村镇文庄村开展工作，深入农户调查了解农民劳动和生活情况，与村、镇干部共同研究制定农村发展规划，帮助解决农村发展的具体问题，撰写了《浑源县文庄村农民生活状况》调研报告。在搞好基础工作的同时，创建和完善了村党员之家、文化活动室，硬化了1500平方米文化广场；争取培训资金，培训农民80人次；争取到救助金加山西文联捐赠8400元，救助209户贫困家庭和五保户以及老党员、老革命；开展了村里打井、自来水管道建设工程等，村风村貌得到一定的改变。受到省扶贫办表彰。成员韩清波、张媛被评为先进工作队员，李剑斌被评为优秀大队长。

直属单位

【山西艺术研究创作中心】

7月中旬，受中国艺术研究院邀请，组织有关部室负责人赴北京中国艺术研究院进行访问学习并召开工作座谈会。中国艺术研究院常务副院长刘茜及所属研究生院、中国画院、戏曲研究所、档案馆等部门负责人和专家教授参加。会上，双方介绍了各自单位的基本情况，拟在今后的工作中加强联系，探索为山西的艺术研究事业的发展建立交流合作机制。

【赵树理故居】

召开了名人故居保护座谈会，学习鲁迅博物馆及郭沫若、冰心纪念馆等优秀名人故居的经验和做法，研讨山西省名人故居保护与发展的目标和方向。协助香港凤凰卫视、上海东方网站和太原电视台拍摄赵树理专题片；协助太原电视台来故居拍摄太原老街老巷专题片；太原理工大学20余名学生到故居研究考察山西民居建筑。开办了赵树理作品插图展。

【火花杂志社】

火花杂志社现任社长、主编尚随刚上任后，锐意改革，融入经营理念，对杂志的定位与发展做了全新规划。在本年度的山西省期刊质量评估活动中，《火花》杂志由三级期刊提升为二级期刊。

文艺家协会活动

【戏剧家协会】

10月13日至15日，山西剧协秘书长史佳华主演的晋剧《大红灯笼》应邀进京参加由文化部主办的“讴歌伟大时代，艺术奉献人民”2012年全国优秀剧目展演，在中国评剧院剧场演出两场。中宣部、文化部、中国文联、中国剧协等有关领导、专家及首都观众观看演出。

【音乐家协会】

山西音协先后举办山西省电子琴比赛，首届省城管乐、吹奏乐大赛，“2012年快乐阳光”第十届中国少年儿童歌曲卡拉OK电视大赛山西赛区选拔赛，省首届二胡表演艺术论坛。与省歌举办省第五届大提琴夏令营，与省歌青少年管乐团举办音乐会；与多个院校举办音乐演出活动。

【美术家协会】

5月4日至8日，由山西美协、山西出版传媒集团、山西大学、山西省收藏家协会主办，山西人民出版社、山西大学美术学院、山西新华印业有限公司承办的俄罗斯油画大师西多罗夫油画作品展开幕式暨《当代世界艺术大师·俄罗斯·西多罗夫》作品集首发式在山西大学美术馆举行。百余位省城文化艺术界专家、学者参加活动。西多罗夫在发言中表示，中国文化对自己的影响深厚。开幕式后，还在山西大学与当代大学生探讨艺术创作之路。《当代世界艺术大师·俄罗斯·西多罗夫》作品集（山西人民出版社出版）

精选各个时期的代表作219幅，是西多罗夫迄今收录最全的一部作品集。

12月12日，由山西美协主办，省版画家协会、省收藏家协会、山西大学美术学院、太原画院、山西北方书画研究院承办的2012山西省中青年版画精品展在山西美术馆开幕。展出山西省20位优秀中青年版画家的近百幅版画精品。展览还特别展出力群、董其中等著名版画家的十余幅版画作品。此次中青年版画精品展集中展示了近年来山西版画创作的最新成果，版种包含木版、铜版、丝网版、综合版，创作内容丰富，技法娴熟，展品风格面貌多样，为体现了全省中青年版画家的创造精神和整体水平。

【书法家协会】

山西书协先后举办了山西省首届草书展、“凯嘉杯”山西省第十届书法临摹展、“文墨春秋”——姚奠中、张颔、林鹏书法作品展、山西省首届群众书法篆刻作品展等展览。由省纪委、省监察厅、山西书协共同举办了“山西廉政文化”书画展，省委书记袁纯清参观了展览。

8月14日，由中共清徐县委、县政府，山西书协和山西紫林醋业主办的中国太原（清徐）国际醋文化节“紫林杯”书法大展暨“中国书法进万家”山西省书法家协会走进醋都清徐启动仪式在清徐县举行，此次活动是中国太原（清徐）国际醋文化节的系列活动之一。启动仪式由中共清徐县委常委、宣传部长王耀武主持，山西文联主席、山西书协名誉主席李才旺，文联党组副书记、山西书协主席石跃峰致辞。部分著名书法家参加活动，冒雨参观了酿醋车间。84岁高龄的林鹏先生为笔会开笔，林鹏、赵望进、李才旺、石跃峰四任山西书协主席共书“紫墨醋香”。与会书家书写“醋都尚品，紫林厚道”百米长卷，还现场书写50余幅书法精品。8月20日至26日，以“紫墨醋香”为主题的“紫林杯”书法大展在太原煤炭交易中心展出。

本年度，书法创作讲座共举办9期，培训学员900余人次。该活动已连续举办3年，共有3000余人次参加学习培训。

【摄影家协会】

山西摄协先后举办了山西摄协团体会员作品展览，展出40个团体会员的500多件摄影作品；“中国·岚县面塑”国际摄影展颁奖仪式在岚县岚城古镇举行；开展了主题为“晋风·晋韵·晋魂”的“芦芽山杯”山西省首届风景园林摄影比赛；与省科学技术协会共同举办首届中国科普摄影大赛；与山西博物院共同举办“爱上博物馆”主题摄影大赛；联合举办“中国·古县第六届龙腾杯花之韵”摄影作品展；第八届五台山国际摄影大展评奖会；联合举办第九届五台山国际摄影大展；“寻踪自然·探幽回归”——首届“中国·五寨沟寻胜”摄影大赛展览；共同举办中国太原（清徐）国际醋文化节“东湖杯”国际摄影大赛；共同举办首届“金桃园杯·山水交城”全国摄影大赛暨“山水交城·文化寿阳”吕梁太行摄影作品联展；首届中国·山阴“我家在长城下”旅游文化摄影展；联合举办第12届平遥国际摄影大展；9月22日，在太原市中涧河乡长沟村举办“社会主义新农村——美丽长沟”摄影大赛暨百名摄影家聚焦太原长沟村启动仪式；山西摄影家获奖、入选上海第11届国际摄影艺术展作品展览。

11月9日至11日，2012“长治杯”山西省第19届摄影艺术展览评选会在长治市成功举办，此项展览活动首次由地市承办。展览共收到来自全省11个市、省直和部队1058人的来稿作品共计11042幅（组）。在来稿总量和投稿人数上创历史最高。经评委会评选出获奖作品252幅（组），其中金奖14幅（组），银奖29幅（组），铜奖49幅（组），评委推荐奖11幅（组），优秀奖149幅（组），优秀组织工作奖6个，特别贡献奖2个。12月29日，在平顺县西沟村举行山西省第19届摄影艺术展览开幕式暨颁奖典礼，同时举办画册首发式。组织到会的摄影家在平顺县进行了“送欢乐、下基层、下企业”采风活动。

山西摄协重视摄影教育培训工作，第22期摄影函授班毕业学员74个；聘请省内外著名的摄影家轮流讲课，坚持每个星期六下午为广大摄影爱好者免费举办摄影讲座；4月14日，邀请《中国摄影报》副总编辑柴选作了题为《风景的观看样式及视觉可能》摄影讲座；组织著名摄影家深入到山西省监狱管理局、太原钢铁公司、汾西矿业集团、朔州市、霍州市、古县为近千名摄影爱好者进行了理论讲授，并深入实地拍摄，并对每个学员的作品进行认真点评。

【舞蹈家协会】

太原市学校艺术教育活动月学生舞蹈比赛是由太原市教育局主办、山西舞协承办的品牌活动，每年举办一次，已连续举办21届。4月，举办的第22届舞蹈比赛，参赛节目有600多个，4000人余名学生参加演出，是历年来参赛节目量最多的一届，也是参赛人数最多的一届。由专家评审组经过初赛、复赛，最终评选出一、二、三等奖，并报太原市教育局对获奖者进行表彰。

7月8日至15日，由北京、天津、河北、山西、内蒙古五省区市文联及舞协主办，北京文联和北京舞协承办的以“精彩华北·炫舞北京”为主题的第六届华北五省区市舞蹈大赛总决赛在北京清华大学堂举办。大赛分为专业青年组、专业少年组、业余中老年组、业余青年组、业余少年组、业余少儿组、业余幼儿组7个组别，参赛舞种包括民族民间舞、古典舞、芭蕾舞、现代舞等。大赛的评委会由来自五省区市的20位舞蹈家组成。山西推荐45个获奖舞蹈节目参赛均获奖，太原市盲童学校的舞蹈《我的阳光我的梦》获得特别奖。4月底，在太原举办了第六届华北五省市（区）舞蹈比赛山西赛区选拔赛。从参赛的300多个节目中评选出创作一等奖、表演一等奖的舞蹈节目参加第六届华北五省市（区）舞蹈比赛。

【电影家协会】

5月22日，举行“2012春之约”——山西省纪念毛泽东同志《讲话》发表70周年朗诵音乐会。省政协副主席周然、省委宣传部副部长杜学文，山西文联领导宋新柱、李才旺、李太阳等与省城朗诵爱好者欢聚一堂，倾情吟诵“红色经典”。

11月3日，“歌从银幕来喜迎十八大”——山西省“常家庄园杯”第二届影视歌曲演唱大赛颁奖音乐会在山西大学音乐厅举行。大赛活动从5月启动，历时5个多月。

8月10日至12日，山西影协与山西视协在五台山举办山西省影视剧制片人培训班。省、市电视台、省影视集团、省作协影视制作中心、有影视剧拍摄资质的民营影视制作公司的影视剧制片人参加了培训。本次培训班特邀中国视协分党组副书记、秘书长王锋，宁夏电影集团董事长杨洪涛、中国著名影视制片人包建民等名家莅临授课。

12月27日，山西影协、省广播电影电视局电影处召开了山西省电影创作工作座谈会。来自全省各地的50余名有关专家、编剧、电影机构负责人就如何发展、繁荣山西省的电影行业进行了研讨。

【电视家协会】

5月，举办了山西省第19届电视艺术评奖，经过评委认真、严谨、公正的评选，评选出电视形象宣传片、电视专题片、电视纪录片、动画片、电视晚会、电视剧、电视剧单项奖、主持人类一等奖作品推荐报送中国视协参加第26届中国电视金鹰奖评奖。

【曲艺家协会】

6月17日，由山西文联、山西曲协等单位共同主办，晋城市文联、晋城市曲协承办了第五届全国少儿曲艺大赛“信合杯”山西赛区总决赛。大赛自3月启动，以“培育曲艺新苗、发现曲艺新人、传承曲艺艺术、推动曲艺发展”为活动宗旨。参赛节目涉及快板、鼓书、相声等十余个曲种。经过层层选拔、逐级评选，最终有20个节目进入了山西赛区总决赛。

6月24日，由山西曲协和沁县人民政府主办了山西省“沁州黄谷子爱”杯沁州书会曲艺邀请赛。这是首次在县里举办省级曲艺赛事活动。

第五届中国中部六省曲艺大赛（长治）在经过两天三场的激烈角逐后，于8月18日晚在长治市潞州剧院举行隆重的颁奖晚会，共有13个节目获得大赛一等奖，21个节目获二等奖。来自晋豫皖赣鄂湘六省150名演员带来的17个曲种、34个曲艺节目参加了大赛。

【杂技家协会】

《山西民间杂技》一书按照计划完成年度编写任务。本书预计20万字，本年度完成《踩高跷》、《舞龙》、《舞狮》、《舞中幡》、《火流星》、《抬阁》、《鼓技》、《耍灯》、《绳技》、《“斗”技》、《荡秋千》、《九连环》、《击壤》、《幻术舞》、《抖空竹》、《抽陀螺》、《踢毽子》等三分之二的文字及相关部分图片的搜集、拍摄工作。

【民间文艺家协会】

4月，山西民协秘书长李剑斌陪同中国民协主席冯骥才赴晋城考察古村落。11月，组织部分

民间艺术家和学者，赴吕梁、忻州等地调研考察剪纸、雕刻、伞头秧歌等民间艺术活动情况。

5月11日至14日，由中国民协、中国文学艺术基金会、陕西省榆林市有关部门主办，陕西省民协、榆林市文联、市民协承办，山西省民协、内蒙古自治区民协等协办了“晋陕蒙优秀秧歌伞头”选拔赛和培训活动。选拔赛分复赛、决赛两个阶段，共有130多名选手参赛。

5月18日，由山西文联、省文物局、省民俗博物馆、山西民协等单位举办了第36届国际博物馆日暨山西民俗专题展览，展出剪纸、面塑、布艺等山西民俗题材的作品152件。

10月，山西民协与山西旅游职业学院举行了“民间艺术进校园”展览活动，在旅游职业学院展出民间艺术家的多品种的艺术精品60件。

内蒙古自治区文联

综　述

2012年，内蒙古文联按照中央和自治区党委的统一部署和要求，圆满完成了“创先争优”活动，积极开展了文艺界迎接十八大、学习贯彻十八大精神系列活动，承办了文艺界学习宣传贯彻党的十八大精神座谈会，举办了“聚焦内蒙古——自治区成立65周年大型图片展”和喜迎十八大暨庆祝内蒙古自治区成立65周年内蒙古自治区美术作品展览，开展了“喜迎十八大、送欢乐下基层”文化慰问活动。在全区范围内开展了“一旗一品”文化品牌创建活动，召开了文艺界纪念毛泽东同志《在延安文艺座谈会上的讲话》发表70周年座谈会。在第九届草原文化节期间，承办了“聆听草原——经典民歌演唱会”、“聆听草原——马头琴专场音乐会”和“草原诗画——蒙语诗歌朗诵会”等活动；承办了全国文联维权工作座谈会、全国文联工作理论研讨会、内蒙古当代蒙古族诗人研讨会、“进一步繁荣少数民族文学事业”座谈会，协助组织了“浩瀚草原—中国美术作品展览”，举办了第三届中国蒙古舞蹈大赛暨第三届内蒙古电视舞蹈大赛，承办了“朵日纳杯”第三届中国职工艺术节民族器乐展演活动，组织内蒙古民族电影代表团参加了第65届戛纳国际电影节，举办了中蒙电影合作协议签约仪式，《草原文学重点作品扶持工程》和《优秀蒙古文文学作品翻译出版工程》第一期已经签约出版。

会议与活动

【“一旗一品”文化品牌创建工程】

为加强与基层文联的联系，提升文联的整体影响力，2012年内蒙古文联在全区范围内开展了“一旗一品”文化品牌创建活动。该活动基于旗（县、市、区）行政区划，依托文化资源，在每个旗(县、市、区)或同一种特色文化区域重点培育和推出一个文化品牌，走出一条树品牌促发展新路。呼和浩特和林县“东山文化园”、呼伦贝尔市新巴尔虎左旗“巴尔虎蒙文诗歌那达幕”、根河市“敖鲁古雅风情　使鹿文化特色”、兴安盟扎赉特旗“神山祭祀文化”、通辽市库伦旗“安代”艺术、赤峰市巴林右旗“格斯尔”史诗、锡盟锡林浩特市“潮尔歌”艺术、乌兰察布市察右后旗“察哈尔文化”、鄂尔多斯市乌审旗“敖伦胡日呼”文化活动、巴彦淖尔市乌拉特中旗“鸿雁之乡”、阿拉善盟阿拉善左旗“苍天的驼羔”蒙语诗歌、包头市固阳县“固阳·秦长城文化艺术节”、乌海市“书法进课堂”等13个地方特色浓、有代表性和影响力的文化品牌成为自治区第一批“一旗一品”文化品牌。该活动的总体目标是：经过三年左右的努力，在全区旗县范围内打造一批富有本土特色、展现内蒙古形象、深受群众喜爱、具有良好的社会效益和经济效益、在国内外产生较大影响的文化品牌。该活动获2012年度自治区党委宣传部评选的“全区宣传思想文化工作创新奖”。

【内蒙古民族电影戛纳行】

2012年5月，内蒙古文联、电影家协会、内蒙古电影集团共同组成以自治区著名导演、编剧、演员为主要成员的内蒙古民族电影代表团，带着《老哨卡》等8部近年来在国际国内产生影响并获奖的民族电影新片赴法国参加了第65届戛纳国际电影节。期间，除参加中国电影代表团活动外，重点对内蒙古民族电影新片进行展映、推介、销售活动，为今后拍摄的民族电影打开渠道，抢占国际电影市场的销售平台，宣传民族电影和蒙古族民族文化。8部影片中，有3部签约其他电影节展映协议，有3部签了购买放映权意向。此外收到多个国家电影局的邀请，参加他国举办的国际性电影节。

【第三届中国职工艺术节“朵日纳杯”民族器乐展演】

8月1日至3日，由中华全国总工会、中国文学艺术界联合会、中央精神文明建设指导委员会办公室、中央电视台和中国音乐家协会联合主办，内蒙古职工文联承办的第三届中国职工艺术节“朵日纳杯”民族器乐展演在呼和浩特市举行。中国文联党组副书记、副主席、书记处书记、第三届中国职工艺术节组委会主任覃志刚，内蒙古自治区党委常委、宣传部部长乌兰，中国文联国内联络部主任罗成琰，内蒙古文联党组书记、副主席王金喜等参加颁奖晚会并为获奖单位和个人发奖。来自全国23个省、自治区、直辖市的230多名产（行）业职工代表参加了本次活动。

中国职工艺术节每五年举办一次，“朵日纳杯”民族器乐展演活动是本届中国职工艺术节唯一一个在少数民族地区举办的首次单项活动。活动以比赛的方式进行，分为吹奏乐、拉弦乐、弹拨乐和综合组四种组别，综合设立第一、二、三等奖、优秀奖和组织奖，本次民族器乐展演活动共收到来自全国各地、各产业（行业）工会和文联选送的98件作品。经过初评复评，共有48个节目入围，其中23个节目进入现场决赛，产生4个一等奖、10个二等奖、14个三等奖和20个优秀奖。内蒙古职工文联获优秀组织奖。

【“浩瀚草原——中国美术作品展”】

10月27日，新中国成立以来首个规模最大的、以反映内蒙古美术创作为主题的展览，“浩瀚草原——中国美术作品展”在中国美术馆开幕。本次展览由中国文联、内蒙古自治区党委宣传部、中国美协、中国美术馆、中央民族大学共同主办。中国文联党组书记、副主席赵实，中宣部副部长翟卫华，中央统战部副部长朱维群，内蒙古自治区党委常委、宣传部部长乌兰，中国文联副主席、中国美协主席刘大为，中国美协分党组书记、驻会副主席吴长江以及相关单位代表，老艺术家代表和部分参展画家出席了开幕式。

展览通过中国画、油画、版画、雕塑等400余件不同历史时期几代美术家创作的美术佳作，全方位、多角度反映了内蒙古的草原风情、人文地理和民族生活，描绘了改革开放以来特别是近年来内蒙古各族人民坚持科学发展、推进富国强民战略、建设美好家园的瑰丽画卷。

【纪念毛泽东同志《在延安文艺座谈会上的讲话》发表70周年座谈会】

4月18日，内蒙古文联在呼和浩特召开纪念毛泽东同志《在延安文艺座谈会上的讲话》发表70周年座谈会。会议由内蒙古文联党组书记王金喜主持，内蒙古文联主席巴特尔、副主席特·官布扎布、副巡视员荣毅等领导出席了会议，来自全区文艺界的代表50余人汇聚一堂，重温毛泽东同志《在延安文艺座谈会上的讲话》。与会专家和代表立足《讲话》精神，围绕“在现今如何学习和践行《讲话》精神”这一主题，从多个方面进行了深入交流。内蒙古文联主席巴特尔指出，今天《讲话》仍然是文艺创作的重要指导性纲领，重温《讲话》，对于如何践行第九次文代会及第八次作代会精神具有重要意义。他希望内蒙古的文艺家要把握时代精神和时代潮流，坚持“三贴近”，实践“走、转、改”，努力成为德艺双馨的文艺家。内蒙古文联党组书记王金喜在会议总结中强调，期望内蒙古的文艺家通过座谈，将胡锦涛同志对当前文艺工作及文艺工作者的要求贯彻到创作实践中，以促进内蒙古多出优秀文艺作品和文艺人才，最终推动内蒙古文艺事业的健康发展。

【第三届中国蒙古舞蹈大赛暨第三届内蒙古电视舞蹈大赛】

由内蒙古文联、文化厅、广电局、鄂尔多斯市人民政府主办，鄂尔多斯市文化局、鄂尔多斯市东胜区委、区政府、内蒙古舞蹈家协会、内蒙古电视台承办的第三届中国蒙古舞蹈暨第三届内蒙古电视舞蹈大赛于9月7日至12日举办。来自北京、新疆、甘肃和内蒙古12个盟市以及蒙古国等地的30多个艺术团体的41个参赛作品进行了5场决赛。以电视现场直播的方式进行，在内蒙古汉语卫视频道和蒙古语文化频道全程现场直播5场决赛和颁奖晚会，覆盖全国32个省市、自治区和蒙古国、俄罗斯。特别邀请了中国舞协分党组书记、驻会副主席冯双白担任综合素质评委，中国舞协分党组副书记、秘书长罗斌担任大赛评委会主任。中国舞协主席赵汝衡出席了颁奖晚会。

大赛以内容丰富、题材多样、情感突出、编导年轻化、演员成熟化为特点，展现了中国当代蒙古舞蹈艺术的水准。大赛期间还精心组织了舞蹈艺术学术研讨，来自各国、各地的艺术家和评论家们通过比赛和艺术对话，进行国际性的学术交流，共谋蒙古舞蹈艺术的发展。

【内蒙古当代蒙古族诗人研讨会】

5月26日，由中国作协主办，内蒙古作协协办的“内蒙古当代蒙古族诗人研讨会”在北京召开。中国作家协会主席铁凝，内蒙古文联党组书记王金喜，内蒙古文联副主席、作协主席特·官布扎布等领导及诗人、知名作家、著名评论家、媒体记者约50人参加研讨会。研讨会集中围绕纳·赛音朝克图、巴·布林贝赫和阿尔泰、勒·敖德斯尔、特·官布扎布、特·思沁、恩克哈达等7位当代蒙古族诗人的创作进行了研讨。《人民日报》、《文艺报》、《中国艺术报》、中国作家网、内蒙古电视台、《北方新报》、《宣传思想文化工作》、内蒙古文联网都进行了报道，《内蒙古日报》蒙文版用了七个版面对七位诗人进行专题报道。

【全区音乐创作培训班】

9月14日至19日，全区音乐创作培训班在呼和浩特举办，来自全区12个盟市及满洲里、二连浩特和区直属文艺团体院校的50余名学员参加了为期一周的培训。自治区党委宣传部常务副部长周纯杰在培训班开班仪式上发表重要讲话，对内蒙古音协近年的工作给予高度的评价和肯定。参加此次培训的学员年龄都是45岁以下的青年词曲作者，聘请了区内外著名的词曲作家和区内各大院校的最优秀的教授和学者担任授课老师，举办了《创作感悟与体会》、《旋律主题的发展手法》、《歌曲创作漫谈》、《小型乐队与小型合唱的和声编配》、《作品与想法》、《舞蹈音乐与器乐曲创作的几个问题》、《歌曲创作与为歌曲配器》、《歌曲曲调及其要素与动机》、《关于我区少儿歌曲创作的几点想法》、《左岸与右岸——歌词与歌曲的关系》等讲座，从不同角度、层面和思维方式入手，既有专业技法的讲授，又有理论方面的阐述，还有创作思维和创作实践的交流，更有对生活的理解与感悟，使学员们受益匪浅。

【走进联合国“天堂草原”摄影展】

1月25日，由内蒙古文化交流协会、内蒙古港澳台侨联谊会、内蒙古摄影家协会联合举办的走进联合国“天堂草原”摄影展在纽约联合国总部大楼的会议厅开幕，联合国CCCI会会长戴安娜戴维斯，中国驻联合国大使李家东及各国驻联合国代表，各国驻美使节，美国文化艺术名流、商界、华商各界知名人士300多人出席了开幕式。展览作品反映了内蒙古的自然、人文景观和蒙古族及三少民族独具特色的民族风情，展示了草原文化精彩传承的新故事和近年来实施富民强区的新成就。这是内蒙古摄影作品首次走进联合国，开启了让世界走近内蒙古，了解内蒙古之门。

【聚焦内蒙古——自治区成立65周年大型图片展】

7月18日至24日，由自治区文联、摄影家协会联合组织策划的“聚焦内蒙古——自治区成立65周年大型图片展”在呼和浩特开展，18日在新华广场举行开幕式，乌兰夫基金会会长周德海，自治区党委宣传部常务副部长周纯杰，自治区党委组织部副部长、人力资源与劳动保障厅厅长萨仁，内蒙古文联党组书记王金喜等有关领导出席开幕式，内蒙古文联主席巴特尔在开幕式上讲话，内蒙古文联副主席尚贵荣主持开幕式。展览主要以加快经济文化强区建设、实现富民强区新跨越的总体发展思路为主线，从全区各行业最具代表性的亮点入手，以230余块精致展板，2500余幅精美画面，400多米展线令人耳目一新。展出期间，参观的人数达到12万余人次，收到了非常好的社会效果。9月12日至9月18日，图片展移师北京，在中央电视塔广场再次展出，中国文联和中国摄影家协会及各有关部门领导应邀参观了展览，人民网、新华网等首都多家媒体进行了相关报道，展出一周参观人数达13万余人次。

【内蒙古首期书法研修班】

4月24日，由中国书法家协会书法培训中心、内蒙古书法家协会共同主办的首期内蒙古书法研修班在呼和浩特铁路局党校举行了开班仪式。内蒙古文联主席巴特尔，内蒙古党委宣传部文艺处处长包银山，中国书法家协会副主席、内蒙古书法家协会主席何奇耶徒，中国书协培训中心主任刘文华出席开班式并讲话。来自全区各盟市的书法家和书法爱好者110人参加了研修班，本次书法研修班为期两年，每年集中面授两次，特别聘请中国书协培训中心教授和著名书法家担任教师。4月27日，中国书协分党组书记、中国书协驻会副主席赵长青和中国书法杂志社常务副社长郭志鸿

还专门到办学驻地看望了研修班的学员和全体教师，他希望大家珍惜宝贵的学习机会，加强对传统的学习和认识，不断提高创作水平。

获奖情况

2012年，文联和各协会在全国、全区评奖比赛活动中，共有356部作品获奖，其中正规奖项63个，全国奖13个，自治区奖22个，提名奖27个。摄影家阿音获第九届中国摄影金像奖，吴运生作品《神九问天唱凯旋》获山西平遥国际摄影大展优秀摄影师奖；民协选送的乌审旗代表队在由中国民协主办的晋陕蒙秧歌伞头选拔赛上荣获三等奖，剪纸作品《驯烈马》、《奶食飘香》、《吉祥草原》分别获第三届中国剪纸艺术节金奖、铜奖，第九届中国民间艺术节暨第十一届山花奖·民间广场歌舞评奖活动中，选送的《安代舞》荣获银奖；谷芳的油画《赛马归来》获2012造型艺术新人展新人提名奖，巴·毕力格的漫画《创意》获2012第六届中国·嘉兴国际漫画双年展最佳创意奖，刘贤亮的《乌珠穆沁的节日》、安玉民的《祥云》等4件作品，被评为“翰墨新象”全国中国画作品展、“锦绣中华”——中国画作品展、2012年全国中国画作品展优秀作品。著名舞蹈表演艺术家斯琴塔日哈荣获第二届中国舞蹈艺术“终身成就奖”；邢原平的电影剧本《信义兄弟》获第三届中国影协杯优秀电影剧本奖，并获电影百合奖优秀编剧奖，民族题材电影《天边》荣获第十二届达卡国际电影节最高奖——“国际影评人大奖费比西大奖”。2012中国（青海）世界山地纪录片节上，内蒙古电视台的纪录片《阿妈的宝贝》获“社会类最佳短纪录片”奖，《过冬》荣获“人文类最佳短纪录片”奖。在全区第十一届精神文明建设“五个一工程”评奖中，音协申报的五首歌曲作品中有四首获奖，作协推荐的五部作品获优秀奖，18部作品获入选作品奖，其中2012年度草原文学重点扶持作品长篇报告文学《毛乌素绿色传奇》获全国“五个一工程”奖。第十届“骏马奖”评选中，白金声的长篇小说《阿思根将军》、纳·乌力吉巴图的散文集《父亲与故乡》、查刻勤的蒙译汉诗集《阿尔泰诗选》、伍·甘珠尔扎布的汉译蒙文集《毛泽东诗词》四部作品获奖。作协会员巴图孟克的长篇小说《有声的雨》(蒙古文)获朵日纳文学奖大奖；莫·哈斯巴根的中篇小说《苍狼与歌谣的故乡》(蒙古文)、特·官布扎布的历史散文《蒙古密码》(汉文)、纳·乌力吉巴图的散文集《父亲与故乡》(蒙古文)、宝音巴图的诗集《九宝之韵》(蒙古文)、海日寒的评论集《本土文化诗学》(蒙古文)获朵日纳文学奖；马英翻译的诗集《八仙圣水》、岱钦翻译的传记文学《风雨坎坷六十年——新中国开国蒙古族将军孔飞传记》获朵日纳文学奖翻译奖；敖其尔巴尼的诗集《水迹》(蒙古文)获朵日纳文学奖新锐奖。话剧《小村总理》荣获自治区第十一届“五个一工程”优秀奖后又荣获中国戏剧文化奖话剧金狮剧目奖，编剧王秀琴荣获编剧奖；在第三届中国校园戏剧节上，二人台短剧《喜上喜》荣获剧目奖，演员武燕妮荣获二等奖，内蒙古戏剧家协会荣获组织奖。电视剧《我叫王土地》获得了金鹰奖“优秀电视剧奖”。曲协副主席王占新获第二届二人台艺术节金奖。额博获内蒙古杰出人才奖，文学翻译家协会主席乌兰图雅获得蒙古国文学突出贡献奖。东方民族艺术团女群舞《鄂尔多斯奈日》获中国蒙古舞蹈大赛暨内蒙古电视舞蹈大赛表演银奖，乌云塔娜三弦独奏《森德尔姑娘》获第三届职工艺术节民族器乐展演二等奖，葛·娜仁托雅的作品《我在草原等你来》在第二届“民族之声”全国声乐、器乐作品征评活动中荣获歌词创作金奖，《雨中草原》荣获第十一届全区精神文明建设“五个一工程”入选作品奖。

对外及对港澳台地区文化交流

2012年，内蒙古文联及所属部门共组织了对外文化交流活动39次，参加人员652人。王金喜书记一行4人赴奥地利、德国开展文化交流访问活动，巴特尔主席率内蒙古民族电影代表团参加了戛纳电影节，尚贵荣副主席一行5人和阿左旗乌兰牧骑赴德国、法国等国开展文化交流访问演出活动，官布扎布副主席随中国作家代表团出访土耳其，文联组织了呼伦贝尔莫力达瓦达斡尔族自治旗乌兰牧骑艺术团30人参加了捷克国际民间艺术节，内蒙古艺术学院30人参加了中国文联在香港举办的庆祝国庆63周年活动期间的专场演出。摄影家协会与内蒙古文化交流协会、内蒙古港澳台侨联谊会在纽约联合国总部大楼联合举办了走进联合国“天堂草原”摄影展，电影家协会与蒙古国电影家协会签署了中蒙电影合作协议。作协、美协、摄协、书协参加了第三届乌兰巴托·中国内蒙古文化周活动，期间举办了中蒙作家学术论坛、中国经典作品赠送仪式，签署了《中华人民共和国内蒙古自治区作家协会与蒙古国作家协会开展文学交流与合作的协议》，举办了美术书法摄影作品展；杂协携“蒙派杂技”赴香港、蒙古国、加拿大、南非等国家和地区演出，受到热烈欢迎。这些交流增进了内蒙古人民与世界各国人民之间的理解与友谊，扩大了草原文化在国际上的吸引力和影响力。

各文艺家协会

【作家协会】

评选出2011年度《草原文学重点作品创作扶持工程》的15部入选作品，举行了签约仪式，并选派了知名专家、学者进行指导，与作家出版社签订了出版发行协议书，7部汉文作品于12月底出版，1部蒙文作品在内蒙古人民出版社出版。另外，评出2012年度16部入选作品。推荐15部蒙汉文作品报中国作协参评“骏马奖”，有四部作品获奖。6月26日，与内蒙古文联、中国少数民族作家学会主办了第二届“朵日纳”文学奖评选颁奖活动。推荐作家参评自治区第十一届“五个一”工程奖，五部作品获优秀奖，18部作品获入选作品奖。与中国作协在北京合办了“内蒙古当代蒙古族诗人研讨会”，协助自治区党委宣传部和中国作协创作研究部在北京举办了肖亦农长篇报告文学《毛乌素绿色传奇》研讨会，全国人大常委会原副委员长布赫出席研讨会，李敬泽、周纯杰、玛拉沁夫等专家学者对该书进行了研讨，《文艺报》刊发专版，在全国范围内引起关注。召开了2009届文研班学员胡刃的长篇历史小说《成吉思汗子孙秘传》四部曲研讨会、蒙古族作家吉格登旺吉拉作品研讨会、蒙古族女作家乌云格日勒作品研讨会，在鄂伦春旗召开了内蒙古第十五届鄂伦春、鄂温克、达斡尔民族“篝火神韵·鄂伦春”文学创作笔会。承办了由中国作协主办的“进一步繁荣少数民族文学事业”座谈会。组织内蒙古作家代表团一行八人参加了第三届乌兰巴托·中国内蒙古文化周活动，对蒙古国进行了友好访问。访问期间举办了中蒙作家学术论坛、中国经典作品赠送仪式，签署了《中华人民共和国内蒙古自治区作家协会与蒙古国作家协会开展文学交流与合作的协议》。推荐两位青年作家参加鲁迅文学院十八期高研班学习，六名作家参加内蒙古文联举办、鲁迅文学院承办的内蒙古影视剧作家培训班。推荐7位作家参加中国作协重点作品扶持选题。推荐11名中青年作家加入中国作家协会，发展内蒙古作协会员105人。推荐内蒙古籍中国作协会员4名作家到杭州休假，4名作家北戴河休假，5名到雾灵山休假。新建“中国少数民族作家学会正镶白旗创作基地”暨“内蒙古作家协会正镶白旗创作基地”、内蒙古作家协会扎赉特旗创作基地并举行揭牌仪式。与内蒙古教育学会共同主办，内蒙古自治区小作家协会承办了“内蒙古首届青少年文学创作论坛”，来自全区十二个盟市文学界、教育界的作家、教师以及部分优秀小作家代表共200多人出席了论坛。完成了自治区党委宣传部草原文化节蒙语诗歌朗诵会朗诵诗筛选的任务。

【戏剧家协会】

实施了《蒙古剧振兴工程》之一“内蒙古自治区首届小型蒙古剧剧本评奖”系列活动。征集到了84部蒙古剧剧本，其中现实题材作品58部，历史或民歌题材26部，蒙文剧本66部，汉文剧本18部。经评审《万丽花》等18部作品荣获一、二、三等奖。《拜年》等48部作品获得优秀剧本奖。8月19日至24日在鄂尔多斯市乌审旗举办了“内蒙古自治区首届蒙古剧编剧培训班”，通过专家授课、剧本点评、现场观摩，以及学员之间相互交流，为学员们创作出更好的作品起到举足轻重的作用。培训班结业时举行了“内蒙古自治区首届蒙古剧剧本评奖”颁奖仪式。11月《小型蒙古剧剧本选》（蒙、汉文）出版发行。派出专家为内蒙古大学戏剧电影电视剧创作研究班和锡林郭勒盟“首届小品小戏培训班”讲授戏剧理论课。参加了内蒙古第九届草原文化节剧目筛选和修改提高工

作。策划、组织了蒙古语小戏小品蒙古剧专场晚会。参加了全国省级文艺家协会秘书长研修班。发展了4名全国剧协会员和3名自治区剧协会员；推荐5名编剧参加鲁艺影视剧培训班；为自治区党委宣传部“电影、电视剧、戏剧优秀剧本征集活动”推荐部分优秀剧本；为内蒙古大学影视剧文学研究班推荐了学员等。

【摄影家协会】

1月6日，协助兴安盟委、盟行政公署主办了“中国·阿尔山首届国际摄影节”。中国摄影家协会副主席王悦、中国人民解放军摄影家学会副主席宋举浦、中日摄影家交流学会副会长井冈今日子和俄罗斯、蒙古、韩国的摄影家参加了摄影节活动。同时，举办了摄影展览和讲座。5月14日至17日与鄂托克前旗人民政府、中国艺术摄影学会、《中国摄影家》杂志社联合主办“中国·上海庙第二届马兰花摄影节”，200余位来自全国各地的知名摄影家及摄影爱好者齐聚上海庙，对鄂托克前旗的经济建设、人民生活 、历史文化、旅游资源、艺术创作等各领域展开了全面的拍摄，进一步提升地区知名度。5月30日与内蒙古森工集团旅游局、毕拉河林业局主办“杜鹃杯”多情山水魅力毕拉河摄影大赛。7月和9月相继在呼和浩特和北京举办“聚焦内蒙古——自治区成立65周年大型图片展”。7月25日，与内蒙古旅游局、四子王旗格根塔拉草原有限责任公司联合主办蒙古族传统节日《那达慕》摄影艺术展。9月2日，在呼和浩特内蒙古美术馆主办“大写的人”《王铎百年诞辰图片展》，10月19日在鄂尔多斯市康巴什文化中心巡展。8月20日，与东乌旗党委、政府联合承办了由中国艺术摄影家协会、全国公安摄影家协会主办的乌珠穆沁·国际摄影节暨《吉祥乌珠穆沁》国际摄影大赛颁奖典礼。摄影节由《吉祥乌珠穆沁》国际摄影大赛获奖作品展、亚洲摄影展、走进非洲摄影展、蒙古国摄影展、吴生作品展五个展览组成，邀请到荷兰、蒙古国、非洲、韩国，中国香港、台湾等国家和地区的摄影家参展并一同在东乌旗采风创作。8月4日，接待联合国人居署署长希西丽娅女士、纽约国际社区关怀理事会主席戴安娜戴维斯、英国人类关怀研究所所长彼德，联合国人居署翻译、工程师巴赫夫妇等四人参观访问，进行文化交流等活动。承办蒙古国乌兰巴托——内蒙古文化周活动期间的摄影展。4月份以来，与内蒙古老年摄影家协会组织百名老年摄影家志愿者先后10余次深入革命老区井儿沟村进行调查研究，为村民拍摄照片数千幅，并于9月28日举办《走进革命老区井儿沟村》纪实摄影展，向村民赠送装裱好的一百幅全家福和个人照摄影作品及数百幅村民照片；联合内蒙古党委老干部局，内蒙古老区建设处和内蒙古老干部活动中心等单位向该村赠送电视机、衣物和米面等物品，看望了老党员、老革命。12月底举办了内蒙古第21届摄影艺术展获奖作品展览及颁奖活动。组织会员赴锡林郭勒盟、乌兰察布市、阿拉善盟、通辽市、兴安盟、赤峰市、鄂尔多斯市等地摄影采风创作。出版《内蒙古摄影史》，举办摄影理论研讨会4次，发展内蒙古摄影家协会会员253人，全国会员13人，建立摄影家协会创作基地4个。

【美术家协会】

组织全区美术工作者参加中国美术家协会主办的纪念毛泽东同志《在延安文艺座谈会上的讲话》发表70周年全国美术作品展览、第五届中国北京国际美术双年展、庆祝中国人民解放军建军85周年全国美术作品展暨第12届全军美术作品展、浩瀚草原——中国美术作品展览、“美丽家园·魅力新疆”第七届中国西部大地情——中国画、油画作品展、时代风采——2012中国百家金陵画展（油画）、第十届全国水彩画展等各类全国美术作品展览18项；送选作品320余件，入选参展作品255件；协助和参与组织中国美术家协会、内蒙古党委宣传部主办的“浩瀚草原——中国美术家赴内蒙古采风写生活动”及浩瀚草原——中国美术作品展览的举办。征集、评选了参加“纪念毛泽东同志《在延安文艺座谈会上的讲话》发表70周年全国美术作品展览”内蒙古自治区送选作品，7件作品入选参展。作为协办单位，协助中国美术家协会举办了“美丽家园·魅力新疆”第七届中国西部大地情——中国画、油画作品展。4月30日至5月6日，在内蒙古美术馆举办了“纪念毛泽东同志《在延安文艺座谈会上的讲话》发表70周年内蒙古自治区第三届写生作品展览”。展出中国画、油画、版画、水彩、粉画等画种作品360件，评选出获奖作品87件。11月2日至11月8日，举办了喜迎十八大暨庆祝内蒙古自治区成立65周年内蒙古自治区美术作品展览，展出中国画、油画、版画、雕塑、水彩、粉画、漆画、漫画等画种作品288件，评选出获奖作品78件。9月至10月，承办了自治区人民政府新闻办、自治区党委外宣办在蒙古国举办的“内蒙古文化周”内蒙古美术作品展。完成了自治区重大历史文化题材美术创作工程、中华文明历史题材美术创作工程美术作品收稿、上报工作。与自治区妇联、河北省美术家协会、自治区书法家协会、山西省美术家协会等单位联合主办、协办了全区女画家美术作品展览，郭占魁、罗振义书画联展，中国当代油画家砂金作品展等画展、联展、个展。向中国美术家协会推荐2名少数民族青年美术工作者参加全国少数民族美术创作高研班学习。发展自治区美术家协会会员46名，推荐11人申请加入中国美术家协会会员。

【书法家协会】

4月28日，组织举办了由中国书法家协会分党组书记赵长青和中国书法家协会书法培训中心主任刘文华分别出资在内蒙古呼和浩特市和林格尔东山书法艺术园捐建的“常青林”“文华林”揭碑仪式。6月23日，与内蒙古北疆印社在锡林浩特文体中心联合主办“走进锡林郭勒全区书法篆刻艺术邀请展”。7月13日，与内蒙古奥淳酒业有限责任公司共同主办“奥淳杯”第二届内蒙古青年书法篆刻作品展，双方签署战略合作协议。7月27日，在内蒙古美术馆举办青城之夏·呼和浩特青年五人书法展。8月16日，与中共固阳县委宣传部联合主办“走进固阳”全区书法篆刻艺术观摩展。9月10日，与书法报社、内蒙古书画院主办的故乡情——内蒙古书法篆刻全国巡回展在吉林省前郭尔罗斯蒙古族自治县第三中学展出。10月17日，与中共阿拉善盟委宣传部联合主办“内蒙古书法家协会五届三次理事扩大会暨走进阿拉善——全区书法篆刻观摩展”，展出书法篆刻作品60余件，并举办了北碑之韵——何奇耶徒临赵之谦书法汇报展、郑福田诗词讲座。

【民间文艺家协会】

继续推进民间文化遗产抢救工程，《中国剪纸集成·和林格尔卷》已交稿等待出版；《中国剪纸集成·包头卷》搜集整理工作已启动；《内蒙古民俗集成·苏尼特左旗卷》已出版，并成功召开了首发式暨研讨会；《内蒙古民间故事集成·乌审旗卷》、《内蒙古民间故事集成·乌珠穆沁旗卷》、《内蒙古民间故事集成·鄂托克旗卷》、《内蒙古民间故事集成·鄂托克前旗卷》、《内蒙古民间故事集成·阿拉善左旗卷》、《内蒙古民间故事集成·苏尼特左旗卷》（蒙文）6卷正在出版阶段；《内蒙古民间故事集成·三少民族卷》已搜集整理完成，正在出版阶段；《内蒙古谚语集成·正镶蓝旗卷》已出版发行。协助中国民间文艺家协会专家组命名鄂尔多斯市鄂托克旗为“中国成吉思汗圣火文化之乡”；命名锡林郭勒盟正镶白旗为“内蒙古察哈尔民歌之乡”并建立“内蒙古察哈尔民歌传承基地”、“内蒙古蒙古文木刻版印刷技术发源地”，命名察哈尔右翼后旗为“内蒙古察哈尔文化研究开发保护基地”。协助承办了由中国民协、中国苏力德文化研究中心主办的中国苏力德文化研究中心专家委员会第一次全体会议暨全国文艺之乡工作经验交流会。组织皮影雕刻参加全国皮影展演荣获三等奖；发展自治区级会员82名，向中国民协推荐了18人。

【音乐家协会】

组织策划了内蒙古第九届草原文化节“内蒙古经典民歌演唱会”、“马头琴专场音乐会”，指导阿拉善盟阿左旗乌兰牧骑编排赴欧洲文化交流演出节目，并随同赴欧演出。协助自治区党委宣传部完成了全区第十一届精神文明建设“五个一工程”评选工作，并举办了获奖歌曲演唱会。与呼和浩特第十三届昭君文化节组委会、呼和浩特市委宣传部联合在内蒙古人民会堂举办了“乌兰托嘎、斯琴朝克图作品音乐会”及“歌声飘过草原——内蒙古青年歌手演唱会”。与中央音乐学院联合在北京举办了“南方的鸿雁——辛沪光合唱作品音乐会”。协助内蒙古职工文联承办了第三届中国职工艺术节民族器乐展演活动及比赛，与呼伦贝尔文联、广播电视台、音乐家协会联合举办了首届“呼伦贝尔音乐节”暨“春茗杯”器乐广播电视大赛，与内蒙古电视台少儿频道一起组织部分专家参与全国少年儿童歌曲大赛内蒙古地区的推荐与选拔工作，协助自治区党委宣传部举办了“内蒙古文化名人网上行”音乐访谈，组织部分词曲作家和会员为“内蒙古文化精品网上看活动”提供了相关资料和素材。召开了内蒙古音乐

家协会音乐文学学会第二次代表大会，并举办了“走进托县”创作采风活动，组织选手参加了“长江杯”第三届少儿钢琴展演比赛，参加了在黑龙江省杜尔伯特蒙古族自治县召开的中国蒙古文期刊学会第26届年会及采风活动。发展自治区级会员98名。

【舞蹈家协会】

承办了第三届中国蒙古舞蹈大赛暨第三届内蒙古电视舞蹈大赛，并举办了相关研讨会，在内蒙古文艺工作团成立六十六年庆典之际，策划、编辑、出版了《草原骄子》——内蒙古文艺工作团老团员回忆录一书。组织区内专业、业余34个演出团体、62个舞蹈作品、700余人前往北京参加了第六届华北五省区市舞蹈大赛，获17个一等奖、若干二等、三等奖，两个园丁奖和三个组织奖。

【电影家协会】

组织内蒙古民族电影代表团参加了第65届戛纳国际电影节，与内蒙古电影集团、蒙古国电影家协会的负责人共同出席了中蒙电影合作协议签约仪式，涉及电影拍摄、发行放映、剧本创作等多个环节，开创了国际间电影产业宽领域、深层次、多渠道合作共赢的发展之路。组织推荐学员参加了鲁迅文学院举办的内蒙古影视剧中青年创作培训班和由内蒙古党委宣传部、内蒙古文联、内蒙古大学联合举办的影视剧创作研究班，举办了内蒙古自治区优秀电影文学剧本征集活动，在锡林郭勒盟西乌珠穆沁旗巴彦花镇阿拉坦兴安嘎查建立了“内蒙古影视拍摄基地”，为民族电影《月亮之上》策划组织了首映式活动，举办了《新世纪的蒙古人——郁晓鹰电影作品研讨会》，自治区影视文化界的相关领导、知名影视界评论家、各大媒体和各界人士近50人参加了研讨会。发展自治区新会员3人，并向中国电影家协会推荐优秀会员1名。

【电视家协会】

在鄂尔多斯市康巴什召开了内蒙古自治区西部地区纪录片研讨会，中央电视台纪录频道业务主管、国内知名纪录片导演，还有阿拉善盟、乌海市、巴彦淖尔市、鄂尔多斯市、呼和浩特市、乌兰察布市、锡林郭勒盟、二连浩特市等八个盟市电视台及内蒙古电视台纪录影视发展中心、蒙古语卫视频道、汉语卫视节目中心等部门负责人和一线创作人员，共计60余人参加了会议；在北京与中国电视艺术家协会、《当代电视》杂志社、巴彦淖尔市委宣传部共同举办了电视连续剧《我叫王土地》作品研讨会，人民日报、光明日报、新华社、中央电视台等十四家媒体记者参加研讨会并刊发深入报道。在呼和浩特召开电视连续剧《生死依托》作品研讨会。6月，与内蒙古电影家协会、内蒙古戏剧家协会共同组织了为期一个月的“鲁迅文学院内蒙古影视剧作家培训班”。组织推荐28部作品参评全国金鹰奖，电视剧《我叫王土地》获“优秀电视剧奖”，主持人缪丽茹获优秀主持人提名奖，电视剧《嘎达梅林》摄像陈珂获得提名奖，电视剧《嘎达梅林》、电视形象宣传片《中蒙青年友好形象宣传片》作品也获得提名奖。参与推荐内蒙古自治区“五个一工程”奖评奖工作，推荐的纪录片《赛场遗梦》获奖。召开了世界山地纪录片节获奖作品研讨会。

【曲艺家协会】

组织参加了“第七届中国曲艺牡丹奖”，选送的乌海市曲协参赛作品——小品《县长下乡》进入决赛荣获提名奖，在“第五届全国少儿曲艺大赛”中，选送的乌力格尔《将军穿铠甲》荣获三等奖，是唯一进入决赛的五个少数民族自治区的少数民族节目，指导老师荣获园丁奖、内蒙古曲协荣获优秀组织奖；推荐民间艺人那仁套格套参评并获选“扎根基层、服务百姓的优秀曲艺工作者”。按照自治区党委宣传部、自治区文明办要求，组织专家、艺术家、演职人员根据道德模范人物的原型材料创作编排了小品、歌曲、数来宝、好来宝、评书、呱嘴等11个节目，组织25人的演出团队赴兴安盟、阿拉善盟、乌海市开展了“全区道德模范故事汇基层巡演”，共演出九场，观众人数近六千人次，广受好评。12月在乌力格尔、好来宝之乡通辽举行了“全区蒙古语相声小品曲艺大赛”，在呼和浩特举行了“全区第二届相声小品曲艺大赛（汉语）”。完成了《内蒙古文化艺术长廊》项目关于《内蒙古蒙古语相声经典》、《内蒙古好来宝经典》项目的搜集整理工作，进入审稿、编辑阶段。

【杂技家协会】

2月，赴蒙古参加了由蒙古乌兰巴托中国文化中心和自治区对外文化交流协会共同举办的2012“欢乐春节”杂技专场晚会；10月随自治区文化访问团赴俄罗斯图瓦共和国参加了内蒙古文化周的演出活动；8月应世界500强之一的彼得维斯特跨国集团邀请，赴南非参加了集团年会庆典活动。组织参加了自治区文化厅每年一度的百团千场“下基层”演出和文联组织的“送欢乐、下基层”慰问演出活动。12月13日至22日举办惠民演出季10场演出。参加了昭君艺术节的演出、上海中国达人秀演出活动、湖北电视台“我爱我的祖国”文艺晚会。内蒙古杂技团演出分队先后赴加拿大、美国、智利等国家和中国香港地区进行商业巡回演出，民族杂技品牌节目大受欢迎。11月26日，演出队一行20人，赴位于非洲西海岸的安哥拉商演，首次正式登上非洲大陆进行商业演出。启动了“十二五”重点剧目（民族歌舞杂技剧）《日·月元上都》的创作计划，与北京市杂技家协会联系合作，为华北五省区杂技“新人新作”优秀作品展演做了大量的前期准备工作。对杂技演员一线队伍进行了整合，把已经毕业的20多名学员及时补充到了演员一线队伍。从河北省吴桥杂技艺术学校先期招收了11名学员，与内蒙古大学艺术学院联系，选派了2名优秀演员，以旁听授课形式，参加相关专业知识的专科学习培训。

【翻译家协会】

首批优秀蒙古文文学作品翻译出版工程进展顺利，共有28部（篇）作品入选，其中长篇小说5部，中篇小说10篇，短篇小说13篇，25篇（部）作品如期完成翻译，与作家出版社签订《<优秀蒙古文文学作品翻译出版工程>出版发行协议书》，并将书稿交与作家出版社进行修订。2012年度工程共收到各类推荐作品计1005篇（部），评审确定了2012年度工程入选作品，《内蒙古现当代蒙古文诗歌精选》斯拉夫文专集和《中国内蒙古现当代蒙古文文学优秀作品欣赏》日语专栏完成翻译进入出版阶段。举办了首届呼市地区翻译家联谊活动，并慰问6位呼市地区老翻译家。7月3日，经自治区机构编制委员会批准正式列入自治区文联所属协会编制序列。推荐翻译人才50名参加内蒙古大学举办的蒙译汉文研班，发展新会员5人。

【理论研究室】

协助文联召开纪念《讲话》发表70周年座谈会、“全国文联工作理论研讨会”，同时在赤峰市召开第五届“草原文化与文学艺术论坛”，并编辑出版了《草原文化与文学艺术论丛》第六辑，收录选编关于草原文化、草原文学、草原艺术等各个方面的39篇论文。启动了“草原艺术研究工程”项目，涵盖美术、音乐、舞蹈、电影电视、艺术理论评论等9个艺术门类，是总结自治区近60年来艺术创作的重要项目。创办了《草原·文艺论坛》（双月刊），组织学员参加了第六届中国文联中青年文艺评论家高级研修班，推荐8篇（部）作品参评“第八届中国文联文艺评论奖”，宋生贵作品《文化创意视野中的民族艺术》获得二等奖。所属《金钥匙》编辑部召开了“探索、超越——内蒙古大学2009级文研班母语文学创作对话”座谈会。

【职工文联】

5月19日至23日在阿尔山森工集团举行了第二届全区产业（企业）报纸文艺副刊的评奖活动，评出特等奖一个，一等奖3个，二等奖5个，三等奖6个，优秀奖6个。举办了“北重杯”第四届全区职工书法美术摄影作品评奖会，评出一等奖6件，二等奖14件，三等奖26件，优秀奖97件，并将一二三等奖报送至第三届中国职工艺术节单项活动参评，共有27件作品入围。职工文联都获得了优秀组织奖。承办了第三届中国职工艺术节“朵日纳杯”民族器乐展演，中央电视台、中国网络电视台、内蒙古电视台、内蒙古日报等多家媒体做了报道，8月6日《中国艺术报》专版报道了此次活动。9月14日至18日组织书法、美术、摄影艺术家下基层，先后走进包铝集团、包钢集团、北重集团、一机集团等企业，与企业的书画摄影爱好者共同创作、现场指导、互动交流。参加了中国国画院画家走进伊泰山水画展启动仪式，内蒙古电力第五届职工艺术节书画、摄影、剪纸、收藏等展览。会员单位组织了丰富多彩的文艺活动，如包钢集团的送文艺下基层，魅力达人秀，一年一度的职工书画摄影展，包铝集团的“放飞梦想”职工书画作品展，北重集团第十三届职工文化艺术节，一机集团的“和谐一机、美好生活”喜迎十八大美术书法创作讲学活动，呼铁局的第八届职工艺术节、铁路职工才艺大赛、全区巡回演出等，二冶集团举办的演唱会下基层，中海油天野化工首届职工趣味运动会，党政工团党员领导干部纪念七一拓展活动、迎十八大书画展，建厂56年征文活动等等，神华准能公司的第二届文化艺术联合会代表大会，北方联合电力集团劳动技能大赛和喜迎十八大征文活动，神华新街能源公司的职工采、制、画技能大赛和青年职工文艺汇演等。

直属单位

【《草原》杂志社】

举办了“洛夫诗歌朗诵会”和“坚持·草原诗会暨温古诗歌朗诵会”。参加了由内蒙古文联、呼伦贝尔市文联和鄂伦春旗文联等单位在鄂伦春自治旗联合举办的内蒙古第15届鄂伦春、鄂温克、达斡尔民族暨“篝火神韵·鄂伦春”文学创作笔会。出席了内蒙古大学文学院召开的2009级文研班学员胡刃的长篇历史小说《成吉思汗子孙秘传》四部曲研讨会。协助自治区政协、《乌兰夫纪念诗词》编委会出版了《乌兰夫纪念诗词》。

【《花的原野》杂志社】

组织了第四届八省区“八骏杯”大中学生蒙古文作文大赛，5万余名学生参加；举办“花的原野”杯蒙古文中篇小说大赛，组织内蒙古作家、编辑等赴甘肃省肃北蒙古族自治县等地进行学习文化交流活动，向肃北蒙古族学校赠送刊物及图书，并举行座谈会；赴阿盟参加《额济纳河》刊物首发式，赴兰州西北民族大学参观学习。编辑出版《波·敖斯尔文集》一套五册。接待蒙古国学生一行15人考察参观，开办了两期内蒙古大学文研班学员作品专号，参加锡林郭勒盟文联翻译家协会成立会议、内蒙古蒙文报网联盟内蒙古作家协会首届《塔林托雅》蒙古族文学大会、青海省第三届蒙古族文学创作会议暨第六届“孟赫阿尔察”诗歌那达慕、“布和贺什格”杯诗歌大赛及牧民草原书屋宣传活动。

【内蒙古美术馆】

举办各种美术、书法、摄影等艺术展览14个，完成美术馆馆藏作品征集工作。与澳洲艺术家Gary Proctor先生的对外交流活动对接，并达成2013年进行互展的意向。

辽宁省文联

综　述

2012年，辽宁省文联深入学习贯彻党的十八大及十七届六中全会、全国九次文代会、省委十一届二次全会等会议精神，牢牢把握“高举旗帜、围绕大局、服务人民、改革创新”的总要求，团结和带领全省文艺工作者，精心组织开展主题文艺活动，扎实有效推进文化惠民活动，突出抓好出人才出作品的重要任务，推动各项工作取得了可喜成绩，为繁荣辽宁文艺事业作出了积极贡献。

重要会议与活动

【省文联第七届委员会主席团第三次（扩大）会议】

3月2日，省文联召开第七届主席团第三次（扩大）会议。省文联党组书记、副主席李春晓传达了中国文联第九届第二次全委会的会议精神，主席、党组副书记郭兴文代表第七届主席团作了题为《积极引领　奋发进取　为加快推进文化强省建设贡献力量》的工作报告。省文联副主席宋国锋代表主席团向全省广大文艺工作者发出了《关于遵守〈中国文艺工作者职业道德公约〉的倡议书》。会议审议通过了《关于更替和增补省文联第七届委员会委员的决定》、《关于更替省文联第七届主席团成员的意见》、《辽宁省文联更替第七届主席团成员选举办法》，更替和增补马琳、马占林、朱文飚、关蓉晖、佟昭、张颖、李宏伟、何明洲、张振武9人为省文联第七届委员会委员。主席团还作出决定，聘请田连元、张超、潘兆和3人为第七届委员会主席团顾问。李春晓书记作会议总结。会后，经函选，刘辉、佟昭、何明洲3名同志当选辽宁省文联第七届主席团副主席。

【省文联第七届委员会第二次（扩大）会议】

7月30日、31日，省文联第七届委员会第二次（扩大）会议在沈阳召开。省文联主席、党组副书记郭兴文就省文联2012年上半年工作情况和下半年工作安排作了通报。省委宣传部副部长丁宗皓发表讲话。会议通报了《关于吸收省法官文学艺术联合会为省文联团体会员的决定》；审议并通过了《关于更替和增补省文联第七届委员会委员的决定》，确认高戈平、韩瑞祥、滕贞甫同志为省文联第七届委员会委员，白长鸿、许桂芬、张万勤同志不再担任省文联第七届委员会委员职务；审议并通过《关于更替省文联第七届主席团成员的意见》，白长鸿同志不再担任省文联副主席职务，由沈阳市文联党组书记、主席关蓉晖接替；同时，省文联第七届主席团聘请白长鸿同志为省文联主席团顾问。省文联党组书记、副主席李春晓作了总结讲话。

【省文联第七届委员会第三次（扩大）会议】

12月25日，省文联第七届委员会第三次（扩大）会议在沈阳召开，省文联第七届主席团成员、委员会委员、部分企业文联负责人以及文联机关干部等100余人出席会议。会上，省文联主席、党组副书记郭兴文代表第七届主席团作了题为《站在新起点　抓住新机遇　全面推动辽宁文艺事业大发展大繁荣》的工作报告。丁宗皓副部长代表省委宣传部，对2012年省文联在服务大局、文化惠民、出人才出作品等方面的工作给予了高度肯定，同时他结合党的十八大精神的学习宣传贯彻，对今后文联工作提出了希望。李春晓书记作会议总结。会议还通报了第七届主席团《关于吸收省检察官文学艺术联合会为省文联团体会员的决定》，增补付晨明、郝英林2人为第七届委员会委员，选举付晨明为第七届主席团副主席。会上，省文联对在2012年文化惠民活动尤其是文艺基地辅导中表现突出的50名优秀文艺志愿者进行了表彰。

【迎接学习宣传贯彻党的十八大主题文艺活动】

9月4日，由省文联、省美协、省摄协、省书协共同主办的“党在我心中”——迎接党的十八大胜利召开美术、摄影、书法作品展在辽宁美术馆隆重开幕。展览共展出美术作品90幅、摄影作品120幅、书法作品110幅，展示了自党的十六大以来辽沈大地的巨大变化，展现了全省广大人民群众在各级党委和政府的带领下围绕辽宁老工业基地的全面振兴奋力拼搏、敢于创新的精神风貌。

9月8日，“喜迎十八大和谐满辽宁”辽宁省首届大地书法大赛在丹东市落下帷幕。此次活动由省文联、丹东市委宣传部、辽沈晚报社主办，全省2000多名大地书法家参与，100人获奖。活动颁奖仪式上，大地书法家还进行了300人同时书写唐诗300首的群体创作表演。

9月13日，由省文联、省美协主办的辽宁风光优秀美术作品展在辽宁美术馆隆重开幕。展览共展出350件作品，其中金奖作品6件、银奖作品10件、铜奖作品24件、优秀作品120件。画作描绘了辽沈大地旖旎多姿的优美风光，展现了辽宁蓬勃发展的火热景象。

9月21日，由省文联主办的辽河情——游子归兮·辽宁籍书画名家优秀作品展在辽宁美术馆隆重开幕。应邀参展的有杭鸣时、刘声雨、王首麟、于恩东等12位国内外知名的辽宁籍书画家，宋雨桂、冯大中、聂成文、李仲元等省内12位著名书画名家也倾情助展。画展期间还举办了交流座谈会。

11月3日，由省文联、省广电局、省音协联合主办，辽宁歌剧院、沈阳音乐学院协办的“赞歌献给党”——喜迎党的十八大胜利召开原创歌曲音乐会在沈阳音乐学院音乐厅奏响。省文联高度重视该活动，专门组织省音协举办词曲创作笔会，创作歌曲66首并选出18首精品以音乐会的形式呈现出来，讴歌了建党90余年来的丰功伟绩。

11月26日、27日，省文联举办全省文联系统领导干部学习贯彻党的十八大精神研讨班，特邀省委宣传部副部长常卫国作了关于学习十八大精神的报告。研讨班认真学习了胡锦涛同志在中国共产党第十八次全国代表大会上的报告、习近平同志在十八届中共中央政治局第一次集体学习时的讲话、《中国共产党章程》以及党和国家领导人就文艺工作的相关重要讲话，就如何深刻理解和把握党的十八大的主题和报告的基本精神、总体部署、主要任务；如何深刻理解科学发展观的历史地位、指导意义，特别是对文艺工作的指导意义；文联组织如何在建设社会主义文化强国中发挥作用以及加快推进重点文化惠民工程，让社会主义文化成果更好地惠及人民群众等相关问题展开热烈讨论。

【纪念《讲话》发表70周年文艺活动】

5月16日，省文联、省文艺理论家协会举办辽宁文艺界纪念《在延安文艺座谈会上的讲话》发表70周年研讨会。王卓、张洛、吴云华、崔凯、白长鸿、高海涛、衣国锋、胡玉伟、王一民、李铭、鬼金等艺术家及文艺工作者先后发言，解读《讲话》的当代价值。

5月18日，由省委宣传部、省文联、沈阳音乐学院主办的“延安风·中国魂”——纪念毛泽东同志《在延安文艺座谈会上的讲话》发表70周年音乐会在沈阳音乐学院举行。音乐会上，音乐家用独唱、合唱、联唱、二重唱等表现形式演唱了《黄河大合唱》、《东方红》、《我爱你中国》、《春天的故事》、《走进新时代》、《把幸福给你》等歌曲。

【学习宣传道德模范活动】

5月8日，由省文联、省音协、省广播电视台、大连市文联和旅顺区委联合主办的“跟着郭明义学雷锋”原创歌曲演唱会在旅顺区委礼堂上演，700余名观众观看了演唱会。来自旅顺地区企业、农村、学校、医院、政府机关、驻军等各单位和文联合唱团的全体演职人员100多人分别演唱了由省音协组织创作的学习郭明义歌曲17首。

12月17日，由省文联、省曲协主办的辽宁省道德模范颂曲艺调演在沈阳梨园剧场成功举办。活动以歌颂近年来涌现在辽宁各条战线上的道德模范人物的先进事迹为主题，用相声、小品、二人转、鼓曲等多种曲艺形式传播模范精神。本次调演参赛作品均为原创，最终评选出节目一等奖14个、节目二等奖14个、优秀组织奖11个。

【迎接第十二届全国运动会活动】

由第十二届全运会组委会新闻宣传部联合省委宣传部、省体育局、省文联共同主办的“激情十二运精彩在辽宁”迎全运辽宁美术、摄影、书法（楹联）展览于8月9日在辽宁美术馆开幕。展览是向第十二届全运会倒计时一周年的献礼，参展作品中美术作品110幅、摄影作品120幅、书法作品176幅。评委会对各艺术门类参展作品评出一等奖、二等奖、三等奖、优秀奖，并颁发证书。此外，主办方特邀24位书法名家书写了由楹联家专门为辽宁籍奥运冠军创作的楹联书法作品。

【面向基层文化惠民活动】

深入开展“送欢乐下基层”、“高雅艺术进校园”等活动。全年，省文联及各团体会员组织“送欢乐下基层”慰问演出团深入沈阳、大连、鞍山、本溪、锦州、营口、阜新、辽阳、盘锦、铁岭、葫芦岛等地演出100余场，参与演出的文艺工作者近2000人次，受众13万人。“中国戏曲推广日”、“高雅艺术进校园”专场演出、古典室内乐系列公益性音乐会、星期爱乐大讲堂、辽宁省第六届“舞协杯”群众舞蹈表演赛、“送书画下军营”、“千名书法家走基层送春联”、“万名摄影志愿者万幅作品送万家”等文化公益活动，进一步丰富了基层群众的精神文化生活，受到社会各界的普遍好评。

加强文艺基地建设，深入开展“文艺进基层，辅导面对面”活动。省文联研究制定了《关于加强文艺基地建设的意见》，规范文艺基地建设。建立文艺基地活动周制度，每月利用一周时间派文艺志愿者对文艺基地的文艺爱好者进行集中辅导。对文艺志愿者进行实名制管理，充分发挥文艺志愿者的作用。2012年，全省新建文艺基地57个，文艺基地数量达到103个。各级文联积极组织艺术家深入基地开展“文艺进基层，辅导面对面”活动，参与辅导教师400多名。举办辅导、培训、讲座700余场次，直接受益群众2万余人。全年继续在全省推广“百姓健康舞”。组织专业辅导员深入基层辅导，在辽阳、营口、朝阳、葫芦岛等市举办“百姓健康舞”展演活动。全省形成骨干舞蹈队122支，参与群众50余万名。《中国艺术报》、《辽宁日报》、中国文联网等多家媒体予以报道。

10月23日、24日，省文联在丹东凤城市大梨树举办辽宁省第三届乡村优秀文艺节目展演，全省100余名乡村文艺爱好者参与演出。活动最终产生节目金奖8个、银奖11个、铜奖9个，创作金奖5个、银奖5个、铜奖6个，展现了新农村建设的火热景象，体现了新时期农民积极向上的精神风貌。

11月22日，省文联、省美协、省摄协、省书协、省民协在辽宁美术馆联合举办辽宁省文联文艺基地美术、摄影、书法、民间工艺作品展。共展出来自四个协会在全省各地建立的60余个文艺基地的艺术作品260余件，集中展示了四个艺术门类文艺基地的建设成果。

省委常委、宣传部部长张江对省文联开展的文化惠民工作十分重视，并作出重要批示：“很好。在文化惠民上，省文联做了大量工作，请在常态化实效性上下更大气力，并请省文联组织动员各市文联做好工作。”

【岁岁芳菲——辽宁文艺界2012新春大联欢】

2月6日，由省文联举办的“岁岁芳菲”——辽宁文艺界2012新春大联欢在沈阳辽宁大厦隆重举行，来自全省文艺界的300多名老中青艺术家参加。大联欢演出由著名表演艺术家田连元、黄晓娟主持。民乐组合《龙的传人》、歌曲《鸿雁》、芭蕾舞剧选段《胡桃夹子》、评剧《戏剧春秋》、相声《打灯谜》、话剧《郭明义》片段等节目依次亮相，展示辽宁文艺家的风采。《辽宁日报》、《辽沈晚报》、《重庆晨报》、搜狐网、东北新闻网、北国网等新闻媒体对活动进行了宣传报道。

【各市文联主席（党组书记）会议】

6月4日，省文联在沈阳召开各市文联主席（党组书记）会议，主要就基层文化建设的相关问题展开讨论。省文联副主席洪兆惠传达了省委宣传部常务副部长张玉珠在辽宁省全民文化素质提升工程暨“文艺进基层，辅导面对面”活动启动仪式上的讲话；会上向各市文联下发了《省文联关于加强文艺基地建设的意见（征求意见稿）》和《省文联“文艺进基层辅导面对面”活动方案（征求意见稿）》，听取了各市文联负责人关于基层文化建设的情况汇报。

【意象抚顺——抚顺优秀美术作品展】

1月5日，由省文联、抚顺市政府主办，省美协、抚顺市委宣传部、抚顺市文联承办的“意象抚顺——抚顺优秀美术作品展”在中国美术馆开幕。展览共展出了抚顺籍画家的109幅作品，中国画、油画、水彩、版画等门类齐全、种类多样，展示了抚顺美术界创作追求的多样性和开放性。参展作品具有鲜明的时代气息和浓郁的地方特色，

展现了抚顺美术创作的整体水平和艺术个体的生命活力。

【中国·盘锦国际湿地摄影大展】

10月23日，由中国摄协、省文联和盘锦市政府联合举办中国盘锦湿地摄影大赛优秀获奖作品大展在辽宁盘锦开幕。本次活动共收到国内外作品11542幅，评选出金奖2幅、银奖8幅、铜奖16幅、优秀奖150幅；展览期间还举行摄影名家看盘锦摄影展、单项题材摄影展、中国盘锦国际湿地摄影大展启动仪式、中国盘锦国际湿地摄影大展颁奖晚会以及大型主题影友联谊会等一系列活动。

【万里海疆行大型书画展】

6月8日，省文联会同省海洋与渔业厅等单位在辽宁美术馆联合主办世界海洋日辽宁主场宣传活动暨万里海疆行大型书画展。展览共展出由辽宁籍的书画家倾情创作的书画名家作品120幅，其中美术、书法作品各60幅。展览还展出青少年书画作品149幅。

创作与研究

【相关协会评奖及颁奖晚会】

2012年，省文联同省剧协、省美协、省舞协、省曲协联合评选出了第十四届辽宁戏剧玫瑰奖21人、二度玫1人，第三届辽宁美术金彩奖获奖作品16件，第五届辽宁舞蹈荷花奖作品奖13个、指导奖7个，第三届辽宁曲艺牡丹奖特别贡献奖1人、创作奖9人、表演奖16人、新秀奖6人、理论奖2部。

12月5日，省文联同四个艺术家协会在沈阳杂技团剧场隆重举办“芳兰竞苑”辽宁戏剧玫瑰奖、美术金彩奖、舞蹈荷花奖、曲艺牡丹奖颁奖晚会。晚会邀请了四个奖项的部分获奖者，集中展示了戏剧、舞蹈、曲艺的获奖作品，并在现场为获奖者颁发了证书、奖牌，进行了表彰。

【2012·辽宁文艺论坛】

12月12日至14日，2012·辽宁文艺论坛在营口举行。论坛的主题为“大众文化消费语境下的中国电视剧品质”。与会者针对对当下国产电视剧发展存在的问题进行讨论，肯定了电视剧品质研究的必要性和紧迫性，通过对电视剧发展的实际问题的研究，使创作者与评论者进行了有效互动，为理论评论和艺术现场做了有效连接。

【第四届辽宁中青年文艺评论骨干读书班】

10月23日至25日，由省文联、省理协主办的第四届中青年文艺评论骨干读书班在营口举行。延续前三届读书班密切关注文艺现实、有针对性地进行文艺研究的精神，本届读书班的主旨是通过谈论审美接受，解决批评工作者所持的艺术观念问题，从而有效地开展艺术批评。

【第三届辽宁省少儿曲艺大赛】

6月17日，由省文联、省曲协、鞍山市铁东区政府主办的第三届辽宁省“鞍山铁东杯”少儿曲艺大赛在辽宁科技大学礼堂举行。近200名选手参赛，最终产生一等奖12个、二等奖22个、三等奖10个；评出优秀作品奖10个和优秀指导教师奖11个、优秀组织奖1个、组织工作奖12个。

对外及对港澳台地区文化交流

【中韩艺术交流活动】

1月5日至8日，韩国江原道艺术总会会长崔池洵一行4人来到省文联进行访问，期间在沈阳、本溪、辽阳等地进行文化交流，并与省文联签署了具体的文化合作协议。

8月16日，由省文联、韩国江原道艺总、省美协、省书协共同主办的纪念中韩建交20周年——中韩美术书法作品交流展在辽宁美术馆隆重开幕，展览共展出美术、书法作品274幅，其中包括韩国艺术家书画作品55幅，中国艺术家的书画作品219幅。

【辽宁省文联戏剧家代表团赴法文化交流】

4月23日至28日，应法国Asphodèles（常青藤）剧团邀请，以省文联副主席、戏剧评论家洪兆惠为团长的戏剧家代表团一行4人赴法国进行戏剧文化交流。双方就戏剧艺术观念、剧场艺术的认同感等进行了交流，就2013年法国方面来辽宁的演出、讲学及辽宁戏剧家赴法国交流等事宜达成了共识。代表团还参观了Asphodèles剧场，观看了剧团的演出录像。

【辽宁民俗代表团赴波兰文化交流】

应中国驻波兰大使馆的邀请，以省文联副巡

视员万海亭为团长的辽宁民俗文化代表团一行17人于6月18日赴波兰举办辽宁民俗文化展示活动。此次展示活动由省文联与中国驻波兰大使馆、省外办共同主办，代表团分别在卡托维兹市和华沙各举办一场展示活动。王国伟、刘吉程、夏丽云、宋洪坤、王秉忠、马松林、李琦彬、吕宏臣、夏秋、赵博海、蔺心宇等辽宁艺术家在活动现场为波兰人民展示了中国传统艺术。

【辽宁文化代表团赴欧洲三国文化交流】

应中国驻波兰大使馆、德国勃兰登堡州HOLON经济技术文化交流协会、乌克兰全国艺术家协会的邀请，以省文联党组书记、副主席李春晓为团长的辽宁文化代表团一行6人于6月下旬赴上述三国进行了文化交流活动。代表团分别会见了德国勃兰登堡州HOLON经济技术文化交流协会、波兰密茨凯维奇学院、乌克兰艺术界的相关负责人，并就相关艺术门类领域的合作交流达成协议。

【出访富山世界儿童舞台艺术节】

由国际舞台艺术联盟协会主办，日本富山县承办的富山世界儿童舞台艺术节于7月30日至8月6日在日本富山县隆重举行。应富山县艺术文化协会会长小泉博的邀请，省文联派出由副主席伊忱为团长的代表团，以友好省、县特邀代表的身份参加了儿童舞台艺术节。此次活动有19个国家、世界18个国际演出团体、日本国内16个演出团体以及富山县45个演出团体，共2200多人参加。演出持续6天，共演出11场次，近70个节目。辽宁应邀派出的省民族艺校的学生艺术团，表演了杂技舞蹈剧《寻梦》。

机关建设

【加强学习型领导班子、学习型机关建设】

坚持中心组学习制度，并将学习范围扩大到处级领导干部，全年共组织中心组学习12次，党组书记做辅导讲座2次，重点学习了党的十七届六中全会、党的十八大以及十七届中央纪委六次全会精神、党风廉政建设重要文件和国家有关法律法规，做到了“三有、三化”，即有学习计划、有安排部署、有学习记录，学习制度化、经常化、系统化。

【扎实推进创先争优活动】

深入开展“下基层、转作风、惠民生、促发展”为民服务活动。领导班子率先垂范，每名领导班子成员深入基层联系点帮建4次，帮建资金5万余元。全系统7个党支部全部与基层单位达成共建对子，帮扶基层单位有基层社区、农村学校等，帮扶困难家庭16户，困难学生9名，捐赠帮扶款1万余元，捐赠书画24幅，为基层送欢乐、辅导2次。对各党支部和党员开展创先争优活动情况进行了群众评议，省文联7个党支部、在职55名党员全部接受评议，测评率达100%，对各支部开展创先争优活动情况的总体评价满意率达100%。对党员参加创先争优、立足岗位履行职责情况，总体满意率达100%。

【加强基层党组织建设】

组织党员干部参观沈南第一党支部纪念馆，举办省文联纪念建党91周年书法临帖展、省文联喜庆十八大美术、书法、摄影展，召开贯彻落实十八大精神交流会等；开展向郭明义、周恩义、杨善洲、罗阳等先进人物学习活动，在党员干部中形成立足岗位创先争优的浓厚氛围。

【深入开展廉洁从政教育】

组织党员干部观看《忠诚与背叛》、《战斗正未有穷期》、《苏联亡党亡国20年祭》等教育片。制定了党风廉政建设责任制，层层分解班子成员党风廉政责任。重点抓好领导干部个人有关事项报告制度、述职述廉制度、任前谈话制度和廉政档案制度的落实。

【营造爱国、敬业、诚信、友善的机关氛围】

全年举办“如何欣赏古典音乐”、“简述书法发展史”、“《在延安文艺座谈会上的讲话》的当代价值”、观看“大鲁艺”纪念片、党的十八大专题辅导报告等活动，组织干部职工观看《一九四二》、《建党伟业》、《建国大业》等爱国主义教育影片，组织纪念建军85周年赴雷达十二旅十九营参观活动、纪念《在延安文艺座谈会上的讲话》发表70周年青年座谈会，撰写读书心得20余篇，组织机关和事业单位乒乓球比赛，让积极进步的正能量充满整个机关。

【加强文联干部队伍建设】

严格贯彻落实《干部选拔任用条例》，推行中层领导干部竞争上岗，全年组织1次竞争上岗，2名优秀干部走上领导岗位，从事业单位调入机关1

名正高级专业技术人员，接收军转干部1名，晋升正科3名、副科2名。

直属单位

【省文艺理论研究室】

省文艺理论研究室顺利完成全年工作。《艺术广角》进一步打造刊物新形象，举办“纪念创刊25周年”系列活动，受到广泛关注；加强自身的理论研究能力，组织、策划、开展以辽宁省文艺理论家协会为平台的辽宁文艺论坛、中青年文艺评论骨干读书班等重要理论评论活动，为辽宁理论评论的发展做出贡献；积极组织人员参与各种全国性的理论评论和文学创作活动，在与全国同行的不断交流中学习先进经验，扩大自身和研究室团队整体的影响力。

【《音乐生活》杂志社】

《音乐生活》杂志社坚持国家级音乐核心期刊的权威性，提高期刊质量，圆满完成了全年期刊的出版和各项工作任务。协助举办第十届中国少年儿童歌曲卡拉ok电视大赛；举办十八大歌曲评选活动，并选择优秀作品在专栏中发表；开设教育在线专栏，推出优秀论文，推动全省基础音乐教育活动深入发展；开设词家鉴赏等新专栏，介绍优秀词作品；建立杂志社网站，提高杂志知名度和影响力。

【辽宁美术馆】

辽宁美术馆以弘扬先进文化，构建公共文化服务平台，丰富群众精神文化生活为己任，圆满完成了全年各项工作任务。全年共举办30多场次的展览，其中举办艺术家个展9次、艺术拍卖3次，接待观众数万人次；在收藏工作中，坚持数量与质量兼顾，全年征集优秀美术作品132幅；同时全馆职工积极开展“送文化下乡”活动，与抚顺市特殊教育学校结对开展“为民服务创先争优”活动。

【辽宁画院】

辽宁画院以创作研究为中心带动各项工作有序进行。全年围绕各类展览活动共完成写生习作及主题创作百余件，其中30余件作品入选参加省及全国各类展览活动；响应省委宣传部和省文联的要求，组织画家进行学习郭明义宣传组画的创作活动；组织参与“中华文明历史题材美术创作工程”；举办“迎接党的十八大召开·辽宁画院建院30周年美术作品展”，共展出作品130多件。

【辽宁图片资料馆】

辽宁图片资料馆全年紧紧围绕全省宣传工作重点并结合图片资料馆的工作特点，参与省“两会”、辽河治理改造、“全运会”场馆建设、新农村建设、城市建设改造、世界物质文化遗产及非物质文化遗产等项目的拍摄活动，共拍摄、收集图片8000余张，记录了全省各项事业的发展历程；同时，利用现代技术手段完善图片资料的数字化、多媒体化和网络化专业建设的工作，图片资料的整理、编辑、存储、编目等基础性工作取得新进展。

各文艺家协会

【戏剧家协会】

3月，开展高雅艺术进校园活动，邀请沈阳京剧院演员到浑南三小开展戏剧教育、戏曲知识普及活动；启动中国戏曲推广日活动，举办京剧专场演出。4月，接待法国常青藤剧院工作人员来访，双方就如何开展交流与合作进行洽谈；举办首届全省中青年编剧读书班，组织省内知名编剧及高校老师进行剧本研讨；副主席、秘书长韩宁随辽宁戏剧代表团赴法国进行文化交流；举办中国戏曲推广日——辽剧专场演出、鞍山评剧票友专场演出活动。5月，推荐编剧李忆峰参加中国剧协第四届中青年编剧研修班；举办第十六届辽宁省少儿戏曲小梅花荟萃活动综评；举办中国戏曲推广日——沈阳评剧票友专场演出、中国戏曲推广两周年纪念演出活动。6月，辽宁省第二届“源泉杯”评剧票友大赛在凌源市举行，共70多名戏迷票友参加；在凌源市凌河广场举行“凌源之夏”艺术家进基层，百姓面对面广场演出。7月，在凌源市建立评剧团辅导基地。8月，组织参加第十六届中国少儿戏曲小梅花荟萃活动，6名小选手均获得“金花”称号，其中杨恩中、褚沣谊获得“十佳”称号；在本溪市消防大队溪湖中队建立辅导基地。9月，组织大连话剧团《雷雨》剧组赴韩国演出；推荐的沈阳京剧院创作的剧本《将军道》获得第四届“中国戏剧奖·曹禺剧本奖”；推荐的作品《王婆骂鸡》获全国小戏小品大赛导演一等奖、表演一等奖、最适合基层演出奖；在大连市沙河口区李家街道建立辅导基地，并在大连市劳模广场举行“2012‘星海之恋’大型广场文艺演出——艺术家与百姓面对面”活动；与铁岭市剧协举办铁岭市校园戏剧作品展演活动；召开李静文从艺40周年座谈会。10月，举办中国戏曲推广日——京剧票友专场演出活动；推荐省内导演蔡菊辉参加全国优秀青年导演高级研修班；推荐的肢体剧作品《杨门女将之穆桂英挂帅》荣获第三届中国校园戏剧节唯一导演奖；进行第十四届辽宁戏剧玫瑰奖综评。11月，举办中国戏曲推广日——凌源评剧团辅导基地汇报专场演出活动；召开第四届辽宁省戏剧骨干讲习班；主办第九届东北三省戏剧小品大赛。12月，为获得第十四届辽宁戏剧玫瑰奖代表颁发奖牌和证书；举办第十一届东北三省戏剧理论研讨会。

【音乐家协会】

2月，承办中国音协辽宁考区沈阳、大连考点的冬季音乐考级工作。3月，组织召开省音协考级一线教师联谊会；召开“迎十八大”音乐创作选题论证会；赴义县地藏寺乡杨树沟村捐赠打击乐器并采集民间资料。5月，与国际文化经济交流中心共同主办铃木严吉他专场音乐会并邀请铃木先生在沈阳大学音乐学院举办大师班讲学；协办“延安风·中国魂”——纪念毛泽东《在延安文艺座谈会上的讲话》发表70周年音乐会；组织省内词作者19人赴铁岭某部队举行迎十八大作品第一次歌词创作研讨会；举办第三届全国青少年电子琴优秀选手展演辽宁地区选拔赛，遴选9名选手参加全国比赛；纪念毛泽东同志《在延安文艺座谈会上的讲话》发表70周年“跟着郭明义学雷锋”合唱音乐会系列展演在沈阳南风大剧院拉开帷幕，省内13支群众合唱团参加演出。6月，副主席、秘书长汪敏随辽宁文化代表团赴德国、波兰、乌克兰进行文化交流。7月，举办迎十八大作品第二次歌词创作笔会，收到歌词作品115首；承办中国音协辽宁考区的暑期音乐考级工作。8月，举办迎十八大作品第一次歌曲创作笔会，征集作品近90首；举办第三届全国青少年电子琴优秀选手展演；在沈阳大学音乐学院举行辅导基地挂牌仪式。9月，在营口市民族乐团举行辅导基地挂牌仪式；邀请德国小提琴家亚当·科斯特里奇和钢琴大师伊文·沃瓦洛夫来沈讲学演出交流；在本溪工人街道办事处举行辅导基地挂牌仪式；举办第三届全国少儿钢琴展演辽宁地区选拔赛，遴选10名选手参加全国比赛，张京媛、付筱羲、崔伟轩获优秀奖，王艺儒等六名选手获半决赛入围奖，省音协获优秀组织奖；举办“跟着郭明义学雷锋”合唱音乐会系列展演活动，省内11支群众合唱团参加。10月，在沈阳大学音乐学院举办“失歌症”研究中心结业音乐会；主办第二届国际吉他艺术节；举办吉他、钢琴大师班课，邀请德国明斯特音乐学院的古典吉他教授埃伯斯先生，钢琴教授伊姬娜女士，意大利著名钢琴家、作曲家、声乐艺术指导大师罗兰多·尼克罗西先生授课。11月，主办“古典与流行的交响——曹野手风琴独奏音乐会”；邀请加拿大单簧管演奏家安德烈·莫依桑和钢琴教育家让·索勒涅来举办讲学演出交流活动；主办辽宁省青少年宫系统钢琴教师培训班。12月，举办理论沙龙活动，围绕“就我省的理论评论队伍现状，浅谈今后发展建设及举措”展开讨论。全年举办古典室内乐系列音乐会19场、星期爱乐大讲堂42场。

【美术家协会】

1月，与辽宁美术馆共同赴沈阳军区驻本溪某部装备处开展送文化下军营活动；慰问协会老艺术家；主办春光美2012年全国工笔实力名家邀请展，共展出全国名家工笔画作品71件。2月，由副主席、秘书长王易霓带队一行20余位画家赴英国采风。3月，推荐作品参加“纪念毛泽东同志在延安文艺座谈会上的讲话70周年”全国美术作品展。4月至5月，主办与你相遇——赵奇绘画作品展并举办研讨会。5月，由副主席张策带队，组织美术家赴俄罗斯采风；省美协青年美术家分会正式注册成立；举办李景秀国画作品展、大地与心灵的咏唱——张鹏写生作品展。6月，主办真·美——李铁子油画作品展、曲今伟水性材料画展、万里海疆行大型书画展、关宏臣油画写生作品展；在朝阳梨树沟辽宁美协创作培训基地举办写生创作培训班，同时建立“省美协创作基地”和“省美协清风岭写生基地”。6月至7月，主办辽宁省第二

届动漫艺术展暨漫画作品展。7月，与大连市人民政府、中国农工民主党大连市委员会主办第十三届大连艺术博览会，国内外300多名艺术家云集大连，展出艺术作品近2万件；完成郭明义宣传画创作；完成“激情十二运，精彩在辽宁——辽宁优秀美术作品展”初评工作；在中国美协公布的“庆祝建军85周年全国美术作品展”评选名单中，辽宁地区获优秀奖作品7件，入选作品29件。8月，在铁岭昌图县画家村举行昌图写生创作基地揭牌仪式；承办“激情十二运，精彩在辽宁”迎全运辽宁美术、摄影、书法（楹联）展，共展出美术作品101幅；辽宁省美术家协会工笔画分会正式注册成立；在本溪县铁刹山村举行辽宁省农民画家辅导基地授牌仪式。9月，与铁岭市文联、中共昌图县委、昌图县人民政府共同主办的“黑土丹青”昌图国画展在中国美术馆开幕，共展出昌图籍画家作品80幅；承办辽河情——游子归兮·辽宁籍书画名家优秀作品展；主办孙国伟个人画展、阳光·大地·风采——周卫油画作品展、岁月无声——黄洪涛中国画作品展。10月，与省总工会、省摄协等单位主办首届辽宁省职工美术、摄影展；辽宁省美术家协会青年分会第一次会员代表大会在沈阳召开；主办走进经典——辽宁画家画世界采风作品展暨辽宁省美术家协会写生创作培训班作品展、海天四千里——刘勐油画作品展、启点——解危油画作品展、许贵辽西风情油画展。11月，在本溪桓仁满族自治县普乐堡镇举行美术辅导基地揭牌仪式；主办第三届辽宁美术金彩奖评选，评出获奖作品16件；主办走过春秋——白国文绘画作品展、书林画语——马书林中国画作品展、张学信油画作品回顾展。12月，为获得第三届辽宁美术金彩奖的作者代表颁发奖牌和证书；主办旅日画家里燕画展、叶鹰宇油画作品展。

【摄影家协会】

1月，举办王金祥《穿越阿尔金》摄影画册首发式及座谈会；举行2012辽宁摄影界迎新春联谊会；走访省内老摄影家。2月，举办张小龙摄影30年作品展。3月，与省委宣传部、省互联网管理局主办“建设富庶文明幸福新辽宁”网络拍客摄影大赛。4月，举办张晓伟“我心中的呼伦贝尔”专题摄影展。5月，在朝阳县建立摄影创作辅导基地并举办辅导讲座；举办“印象北陵”摄影展及颁奖仪式；组团参加第九届中国摄影艺术节。6月，举办首届辽宁影像摄影联展；与中国摄影报、喀左县政府主办“秧歌舞中华”全国摄影大展颁奖仪式；组织摄影家参加“走进帕米尔、决战昆仑山”中国摄影家首届“奥林匹克”摄影团体PK大赛。7月，举办第六十二届世界小姐中国区总决赛东北赛区活动之一摄影大赛、开原旅游风光摄影大赛；组织摄影家到沈阳康平县开展“万名摄影志愿者万幅作品送万家”文化惠民公益活动；在本溪县建立摄影创作辅导基地并举办辅导讲座。8月，承办中国盘锦国际湿地摄影大展；与省美协、省书协共同承办“激情十二运，精彩在辽宁”迎全运辽宁美术、摄影、书法（楹联）展，展出摄影作品120幅；在康平县建立摄影创作辅导基地并举办辅导讲座，同时举行“环保杯”《生态康平、文明城市》首届秀美新康平摄影展开幕式；组织人员参加2012中国·青海三江源国际摄影节，梁建勇的《再见.割苇人》、于沈光的《彩墨丹青》获摄影大展奖，李杰男的《帘之梦》、田勇的《群体展》获摄影优秀奖，王玉文获最佳贡献奖，省摄协获优秀组织奖；举办辽宁摄影家欧洲采风作品展、“建设坚强电网 助推沈阳经济”摄影作品展暨颁奖仪式。9月，主办第二届辽宁影像摄影联展；组织摄影家参加2012年平遥国际摄影大展，于沈光获优秀摄影画册奖，孔伟的《劳动者本纪》组照获社会生活类优秀摄影师奖。10月，主办历史的回顾、变迁的足迹——2012北方重工摄影展、“喜迎党的十八大·铁西振兴十年工业摄影展”开幕式暨颁奖仪式、“易购杯”第十五届辽宁省摄影艺术展、首届辽宁省职工美术摄影展；承办“生态辽宁”摄影展、中国·盘锦国际湿地摄影大展获奖作品展；在兴城市建立摄影创作辅导基地并举办辅导讲座。11月，主办“万名摄影志愿者万幅作品送万家”文化公益活动暨辽宁摄影家艺术作品捐赠仪式；在昌图县建立摄影创作辅导基地并举办辅导讲座。12月，举办第二期辽宁省中青年摄影骨干培训班；在盖州市建立摄影创作辅导基地并举办辅导讲座；组织参加由中国摄协举办2012首届中国凤凰国际摄影双年展；主办“水与环境”摄影展、开原旅游风光摄影大赛、施大光摄影作品展；举办第五届辽宁省青年摄影十佳金镜头奖评选活动。全年编辑出版《辽宁摄影》杂志4期。

【书法家协会】

3月，举办赵博海个人书法展。4月，举办王琥个人书法作品展。5月，在营口举办老街书法基地授牌仪式；由中国书协主办的全国“乌海杯”书法作品大展在乌海市举办，省内15人入展，曲奎萍、李琪、刘长龙获优秀奖（展览最高奖）。6月，举办辽宁“王氏三轩”书法展；与辽宁广播电视台青少部共同举办辽宁省青少年电视书法大赛；与黑龙江省、吉林省书协主办“关东风”东北三省教师书法作品联展。7月，举办张振忠个人书法作品展、军旅书法家李京臣书法展。8月，由中国书协主办的首届王羲之奖全国书法作品展在山东举行，省内18位书法作者入展，吴振宇获优秀奖（展览最高奖）；与沈阳市书协、沈阳市书画院举办张广茂书法展。9月，召开辽宁省书法基地授牌仪式暨书法志愿者服务队成立大会，来自全省110名书法志愿者和30个书法基地的代表出席大会；承办“喜迎十八大，和谐满辽宁”——辽宁省首届大地书法大赛、2013年度《中国书法》发行工作会；与辽宁党刊集团主办墨韵秋香·辽宁省直机关部分领导干部迎十八大书画展。10月，承办北国逸韵·行草十家展并举办专题研讨会；由中国书协主办的首届全国“三名工程”书法作品评审会在北京举办，省内张世刚、何连仁、胡崇炜作品入选。11月，为迎接“第五届全国妇女书法作品展”，举办全省女书法骨干作者辅导班；第二届全国老年书法作品展在武汉开幕，省内作者来常新、杨玉林获优秀奖（展览最高奖）；全国第二届册页书法作品展在开平市谭逢敬艺术院开幕，省内20位作者入展，许彪获优秀奖（展览最高奖）。12月，由中国文联、中国书协主办的第四届中国书法兰亭奖评选在绍兴揭晓，省内作者朱明月获篆刻一等奖、刘长龙获书法二等奖、孙学辉获书法三等奖、杨宝林获理论三等奖；举办辽宁省第二十七届书法临帖班、“铁法能源杯”辽宁省首届青年书法作品展和第二届篆隶楷书法展、2012年度省书协学术讲座。

【舞蹈家协会】

3月至4月，组织省直文艺院团相关负责人、各市舞协秘书长、部分舞蹈家一行29人赴云南采风。4月，完成年度会员入会审批工作，审核批准57人为省舞协会员，上报申请加入中国舞协会员33人。4月至8月，4次赴长春参加“东北地区电视舞蹈大赛”筹备会。5月，与省文化厅主办舞蹈专业论文评选活动，收到参评论文82篇，其中17篇论文获一等奖、22篇论文获二等奖、43篇论文获三等奖；与辽阳市文联、市舞协、市宏伟区文体局在区文化广场举办辽宁省“百姓健康舞”展演暨宏伟区“百姓健康舞”展演活动。5月至10月，聘请沈阳音乐学院舞蹈老师分别在盘锦、锦州、辽阳、本溪举办“专家进基层，辅导面对面”舞蹈专业知识培训班。6月，在辽阳市宏伟区文化中心举行舞蹈辅导基地挂牌仪式并进行演出。6月至11月，选派舞蹈老师分6次到沈阳市皇姑区聋人学校舞蹈基地开展辅导活动。7月，举办东北地区电视舞蹈大赛初赛（辽宁赛区），共收到参赛舞蹈作品101个，评选出38个节目进入半决赛；与朝阳市文联、市体育局、市舞协举办“迎全运、爱家乡、建辽宁”辽宁“百姓健康舞”朝阳展区展演活动。8月，与葫芦岛市舞协承办百姓健康舞展演暨连山石油街道东门社区百姓健康舞活动基地授牌仪式。9月，“东北地区电视舞蹈大赛”决赛在长春举行，获得9个金奖、6个银奖、5个铜奖。10月，举办第六届“舞协杯”群众舞蹈表演赛，来自沈阳、大连、阜新等10个城市的23个节目、500余名表演者参赛。11月，与省文联共同主办第五届辽宁舞蹈荷花奖评奖，省直、各市院团、校共申报35个作品（课），11个作品获金奖，10个作品获银奖。12月，为获得第五届辽宁舞蹈荷花奖获奖者颁发奖牌和证书。全年选派舞蹈老师分18次到沈阳茂泉社区舞蹈辅导基地，开展“百姓健康舞”的教学，分别7次到铁岭市银州区地运所村小学舞蹈美育基地辅导。

【曲艺家协会】

4月，与省文联共同主办第三届辽宁曲艺牡丹奖评选活动。6月，与省文联等主办第三届辽宁省“鞍山铁东杯”少儿曲艺大赛，近200名参赛选手参赛，产生一等奖12个，二等奖22个，三等奖10个，评出优秀作品奖10个和优秀指导教师奖11个，优秀组织奖1个，组织工作奖12个。9月，举办2012辽宁曲艺精品培训班，来自全省各市30余名曲艺作者参加培训班。11月，中国曲艺家协会第七次全国代表大会在北京举行，辽宁曲艺代表

团一行15人出席大会。12月，与省文联主办辽宁省道德模范颂曲艺调演，评选出节目一等奖14个、节目二等奖14个、优秀组织奖11个；为获得第三届辽宁曲艺牡丹奖代表颁发奖牌和证书。

【民间文艺家协会】

1月，第十届中国民间文艺山花奖颁奖典礼在海口举行，辽宁共有四项民间文艺成果获奖：夏秋主编的《满族民间故事·辽东卷》获山花奖民间文学奖，沈阳师范大学詹娜撰写的论文《农耕技术民俗的传承与变迁研究》获山花奖民间文艺学术著作奖，大连韩月琴剪纸《双龙汇》获山花奖民间工艺美术奖，鞍山《海城高跷秧歌》获山花奖民间艺术表演奖。4月，由中国文联、河南省人民政府共同主办的第四届清明文化节在河南开封举行，辽宁民协推荐的节目朝鲜族秋千“双人高度触铃”获全国秋千山花奖大赛银奖。5月，推荐代表参加由中国民协、中国文学艺术基金会、上海市文联共同主办的中国民间工艺传承人培训班。6月，在抚顺师专举行辽宁省民间手工艺传承基地挂牌仪式；举办辽宁省民间艺人剪纸培训辅导班；推荐阜新剪纸艺术家赴河北省蔚县参加第三届中国剪纸艺术节；副主席、秘书长夏秋及王国伟、夏丽云、刘吉程等9位民间艺术家随辽宁民俗文化代表团赴波兰参加辽宁民俗文化展示活动；推荐人员参加在河北蔚县举办的冀晋鲁豫辽五省历史文化名村(镇)村(镇)长论坛；中国社科基金项目《中国剪纸集成——医巫闾山卷》出版。7月，召开民俗文化研讨会。9月，由中国文联、中国民协、甘肃省人民政府共同主办的第九届中国民间艺术节暨第十一届中国民间文艺山花奖·民间艺术表演奖评奖活动在甘肃平凉市举办，推荐的盘锦西安镇上口子高跷秧歌《庆丰收》荣获金奖，并入围中国民间文艺山花奖。9月，在阜蒙县大固本镇举行剪纸创作基地挂牌仪式。10月，承办中国（本溪）剪纸创意产业园开园仪式暨剪纸艺术节。11月，主编的农家书屋工程《满族民间故事集》出版。

【电影家协会】

1月，走访协会艺术家；举办新年电影招待会及主席团会议；参加第二届全国“影协杯”电影剧本征集评选活动，编剧张卫军的《新居》获提名奖。2月，启动首届DV影像作品征集、评选工作。3月，举办关爱女性、纪念三八妇女节女会员观摩活动；推荐9部作品参加全国2012“夏衍杯”电影剧本征集评选活动。4月，参加中国影协举办的影视创作研讨会；理事张猛编剧、导演的影片《钢的琴》获第三届“中国影协杯”优秀电影剧本评选优秀电影剧本奖；庆祝中国共产党成立90周年全国影评征文揭晓，会员李静获一等奖，牛州成、陈柯获二等奖，舒瑞召等五人获三等奖。5月，组织青年编剧、导演观摩3D影片，并就3D电影技术及现状、发展态势进行研讨；完成首届DV影视大赛作品评选工作，最终评出故事片类一等奖3名、二等奖5名、三等奖10名，纪录片类一等奖3名、二等奖5名、三等奖5名，广告片类一等奖1名、二等奖4名、三等奖6名，试验片类二等奖1名；举办第二届东北三省优秀电影论文评奖活动，评出一等奖10名、二等奖25名、三等奖35名，并编辑出版《东北三省电影评论文集》。6月，推荐作品参加第三届“北京影协杯”电影剧本征文活动；推荐会员参加“影视题材剧本推介会”及电影产业发展论坛、大众电影百花奖观众评委竞选、省统战部举办的体制外艺术人才培训班。7月，启动《东北三省电影评论文集》编辑工作；推荐作者参加广电总局举办的电影编剧培训班及省文化厅、文学院举办的青年编剧人才培训班；推荐10名优秀电影艺术家成为省委宣传文化人才。8月，举办电影剧本《萧观音》研讨会；完成《东北三省电影评论文集》的编辑、校对、印刷工作。9月，电影《郭明义》获第十二届全国“五个一工程”优秀影片奖，电影主题歌《把幸福给你》获全国“五个一工程”优秀歌曲奖；参加第二十一届电影金鸡百花电影节系列活动；推荐编剧参加中国文联举办的首届中青年编剧研修班。10月，推荐作品参加全国2012“夏衍杯”电影剧本征集评选活动，理事卢苏宁的剧本《大雪留痕》获创意电影剧本奖；举办“关爱老年”重阳节老艺术家及文联老干部电影观摩活动；在阜新市阜蒙县建立影视创作基地，并就电影剧本《萧观音》进行研讨；参加第三届“塞上江南影视节”系列活动。11月，电影《郭明义》、《贵妃还乡》、《守望者》获省第十二届精神文明“五个一工程”优秀作品奖，《西藏班》、《望娃》获省第十二届精神文明“五个一工程”入选作品奖；在辽宁师范大学建立影视艺术创作与辅导基地，并举办辅导班。12月，举办第三届东北三省电影评论奖；推荐DV影像作品参加全国微电影大典；举办新年电影招待会。

【电视艺术家协会】

4月，举行全国十省区数字影像大赛评奖活动。5月，推选作品参加第九届中国金鹰电视艺术节电视艺术论文评选；举办第二十六届中国电视“金鹰奖”辽宁地区初评；举办DV零距离——辽宁省首届DV影视大赛选。5月至6月，举办第六届辽宁农村小康电视节目工程征集、评选活动；参加葫芦岛影视家协会成立大会。6月，推选12部作品参加全国第四届新农村电视艺术节，其中5部作品获奖；推选作品参加第五届中国旅游电视周，其中3部作品获奖；举办首届辽宁电视评论奖评奖活动。6月至7月，调研并撰写《整合资源 战略合作 打造辽沈广电系统发展新格局——关于辽宁广播电视台和沈阳广播电视台战略合作的调研报告》。7月，推荐10名优秀电视艺术工作者成为省宣传文化人才；推选作品参加2012全国名优电视节目评选。7月至8月，与辽宁广播电视台播音主持管理中心、北方节目制作中心共同承办第六届“校园金话筒”辽宁赛区活动。8月，参加中国电视艺术家协会四届七次理事会议；推选作品参加“首届中国海洋纪录片周”。10月，与辽宁师范大学共同主办第三届“鸿宝杯”动画、漫画、DV大赛、举办“数字影视艺术创作与人才培养”论坛；在阜新市阜蒙县建立影视创作基地并对影视创作主题进行研讨。11月，参加电视剧《我们走在大路上》剧本论证会、辽宁本土题材剧本创作研讨会；在辽宁师范大学建立影视艺术创作与辅导基地、举办辽宁省影视创作实务高级培训班。12月，中国电视艺术家协会第五次全国代表大会在北京召开，辽宁电视代表团一行8人出席会议。

【杂技家协会】

6月，承办第三届辽宁省魔术比赛暨第二届辽宁省大学生魔术节。7月，推荐选手参加北京两岸四地大学生魔术比赛，李诺亚方舟荣获金奖和东方电子杯“特别奖”。11月，推荐选手参加第三届东北三省魔术比赛。12月，推荐作品参加第五届东北三省杂技论坛。

【文艺理论家协会】

5月，举办辽宁文艺界纪念《在延安文艺座谈会上的讲话》发表70周年研讨会。6月，完成申报第八届中国文联文艺评论奖作品的初评工作，奖项于10月份揭晓，申报的2篇文章、1部著作获奖，辽宁省文联获组织奖。9月，与省传记文学协会、省社科联共同举办张作霖、张学良传记研讨会。10月，承办第四届中青年文艺评论骨干读书班。12月，承办2012·辽宁文艺论坛；在瓦房店横山书院举行创作基地挂牌仪式。

吉林省文联

综　述

2012年是实施“十二五”规划承上启下的重要一年，是喜迎党的十八大隆重召开的重要一年，也是文艺界学习贯彻党的十七届六中全会精神和第九次全国文代会精神、不断开创文艺工作和文联工作新局面的重要一年。吉林省文联按照高举旗帜、围绕大局、服务人民、改革创新的要求，积极践行“爱国、为民、崇德、尚艺”的文艺界核心价值观，自觉遵守“坚持爱国为民、弘扬先进文化、追求德艺双馨、倡导宽容和谐、模范遵纪守法”的职业道德公约，为推动吉林文化的大发展大繁荣，做出应有的贡献。

会议与活动

【召开纪念毛泽东同志《在延安文艺座谈会上的讲话》70周年座谈会】

5月21日，召开纪念毛泽东同志《在延安文艺座谈会上的讲话》70周年座谈会，其目的不仅在于重温《讲话》的重要内容，继承延安时期所开创的革命文艺传统，更在于深刻理解《讲话》精神在今天的时代内涵，把《讲话》精神进一步发扬光大。省内有关专家、省直院团及长春市有关艺术单位负责人参加座谈会。大家一致认为，70年来，《讲话》一直引领、照耀着社会主义文艺发展的方向，在建设社会主义文化强国的今天，文艺创作和生产面临着越来越多的机遇和挑战，继承《讲话》精神，并在实践中不断充实、丰富、发展和创新，具有非常重要的现实指导意义。

【艺术家深入长春市双阳区山河街道采风慰问演出】

5月22日，纪念毛泽东同志《在延安文艺座谈会上的讲话》发表70周年，组织艺术家走进双阳区山河街道采风慰问演出。这是省文联“走基层、转作风、改文风”、“送欢乐下基层”，为实现“科学发展、加快振兴，让城乡居民生活得更加美好”系列活动之一。艺术家们通过歌舞、二人转、魔术等艺术形式，讴歌时代，唱响未来，践行“爱国、为民、崇德、尚艺”的文艺界核心价值观。此次活动在当地引起强烈反响，一千多人现场观看演出。吉视乡村频道在5月27日和6月3日分两期播出。

【承办中国文联文艺志愿服务团赴吉林采风慰问演出活动】

4月，接到中国文联文艺志愿服务团拟在纪念毛泽东同志《在延安文艺座谈会上的讲话》发表70周年期间，赴吉林石化公司采风慰问演出活动任务后，作为承办单位之一，省文联多次赴吉林市，与市委、市政府、吉化公司协商，确定方案，协助落实相关事宜，得到了中国文联和省委宣传部的肯定和好评。5月26日，中国文联文艺志愿服务团采风慰问演出在吉林石化公司体育场举行，上万人观看演出，为产业工人送上了一道文化大餐。文艺志愿服务团小分队还来到吉林市昌邑区大荒地村，为当地农民进行了演出。中国文联党组书记、副主席、书记处书记赵实、中国文联党组副书记、副主席、书记处书记李屹、全国政协常委、中国文联副主席、中国书法家协会顾问段成桂、省委常委、宣传部长庄严、副省长王化文和中国文联各艺术家协会的领导、吉林市委市政府的领导出席参加整个活动。新闻联播、新华每日电讯等众多媒体做了报道。

【向电影大家致敬——张笑天影视作品研讨会】

8月24日，第11届中国长春电影节“向电影大家致敬”系列活动——“张笑天影视作品研讨会”在长春举办。此次“向电影大家致敬”系列活动是在中国文学艺术界联合会支持下，由中共吉林省委宣传部、吉林省文联、长影集团、长春电影节组委会、中国电影家协会及中国电影基金会联合主办。在“张笑天影视作品研讨会”中，与会者认为，张笑天是从吉林大地上诞生的电影编剧大家，也是在海内外有影响力的作家，通过总结研讨张笑天的创作理念和成就，对繁荣和发展当下影视事业有积极作用。中国文联党组书记、副主席赵实发来贺信，省委常委、省委宣传部部长庄严出席会议并讲话。原省级老领导谷长春，来自北京和长春的近百名文学艺术界、电影界的老艺术家们参加研讨会。

【东北地区电视舞蹈大赛】

由中国舞蹈家协会、吉林省文联、辽宁省文联、黑龙江省文联、吉林省文化厅主办，吉林电视台、吉林省舞蹈家协会、辽宁省舞蹈家协会、黑龙江省舞蹈家协会共同承办。经过3省舞蹈家协会征集作品329个，5000余名选手参赛预赛，1600多名选手进入半决赛，经评审团评出86个作品进入总决赛。经过4个多月的激烈角逐，9月20日在长春落下帷幕。此次大赛共分为专业院校、群文成人、少儿、专业院团等4个组别，分别评出金、银、铜奖，《羚羊的外套》等作品获专业院校组金奖，《踏舞石化》等获群文成人组金奖，《太平女儿鼓》等获少儿组金奖，《写意春秋》等获专业院团组金奖。中国文联党组成员、书记处书记李前光，省委常委、宣传部部长庄严，副省长王化文等出席颁奖晚会，并给予了很高评价。东北地区舞蹈电视大奖赛是新中国成立以来东三省首次举办的电视舞蹈大赛，也是吉林省新中国成立以来举办的首次电视舞蹈大赛。在规模、作品质量、参赛人数上为东北三省舞蹈大赛之首。

【吉林省首届建设社会主义新农村摄影巡展】

自5月下旬开始，吉林省首届建设社会主义新农村摄影巡展分别在梨树县霍家店、延吉市、长春市、舒兰市展出，累计展出近千幅摄影作品，作者多来自基层，来自农村，他们有对吉林农业、农村、农民的深厚情感，以新农村建设为题材，全面深刻地展现了在党的农村政策指引下，我省农村形成的高效生态的现代农业、繁荣兴旺的农村经济、文明健康的生活方式、丰富多彩的文化生活和奋发向上的精神风貌。在霍家店村展出，使影像与现实结合，获得从平面到立体的展示效果，近距离地贴近农民，让农民亲眼在图片上看到自己家乡的变化，很亲近。

【吉林、海南、江西三省书法交流展·吉林首展】

6月8日，吉林、海南、江西三省书法交流展·首展开幕式在吉林省博物院举行。吉林省有关部门的领导、三省文联的领导和三省书协的领导以及吉林省书法家们和书法爱好者出席开幕式。此次书法联展共展出三省书法家精心创作的书法作品200余幅。这些作品楷、行、草、隶、篆各体俱全，形式多样，内容丰富，流派纷呈，是南、北、中三地书法艺术的集中展示，受到参观者的一致好评。同时也为书法爱好者提供了书法研究、相互学习、交流借鉴的机会，对推动三省书法创作水平的提高十分有益。

【松江风情·吉林省小幅画展】

5月23日，松江风情·吉林省小幅画展在长春东北亚艺术中心开幕。共展出小幅画作品600余幅，画种包括中国画、油画、版画、水彩（粉）画。用充满激情的绘画语言和多元精致的表现手法，描绘着白山脚下，松江两岸的山川物貌和风土人情，展示着吉林大地日新月异的变化与发展，体现美术家们在《讲话》精神指引下，坚持深入生活，写生创作，在生活的源泉中汲取营养，激发灵感，创作出许多思想性与艺术性俱佳、人民大众喜闻乐见的美术作品。

【与部队官兵共庆建军85周年】

7月27日，在建军85周年前夕，省文联组织文艺工作者深入到吉林省公安边防总队教导大队与部队官兵共度节日，文艺工作者们为官兵们送上了他们喜欢的歌曲、舞蹈、相声、京东大鼓等节目。根据真人真事改编的滑稽京东大鼓《吻情》，讲述了一个军民情深的故事，其感人情节，让官兵十分感动。由大学生官兵自编自演的歌舞《90后当兵来》，表现了大学生官兵在部队锻炼成长，完成了由普通大学生向军人身份的转变，艺术家与部队官兵们的互动，共叙军民鱼水之情。文艺工作者还参观了部队军营、食堂、靶场、训练基地和部队文化设施，感受了军营生活。

【出席韩国江原道艺总会成立60周年庆祝活动】

10月24日至11月3日，吉林省文联代表团应中国吉林·韩国江原道友好城市邀请，出席在韩国

江原道举行的“韩国江原道艺总会成立60周年庆祝活动”，代表团向韩国江原道艺总会赠送巨幅摄影作品《千鹤图》。访问期间与江原道写真作家协会共同举办韩中摄影交流展，吉林省摄影家的作品吸引了众多韩国摄影家的关注。

【赴吉林省对口援疆地阿勒泰地区进行采访创作】

9月，以吉林省文联、吉林省摄影家协会组成的文化援疆创作团赴吉林省对口援疆地阿勒泰地区进行采访创作，创作团深入到牧区采访吉林省援疆干部，了解他们的工作、生活情况，与他们交流，向他们学习舍小家，为边疆建设克服种种困难积极工作的精神。访问期间采访创作团还参观了阿勒泰地区文联的文化艺术展览，并与当地文联的同志进行了广泛的文化交流。

【推荐基层文联参加全国性文联活动】

组织基层文联参加全国基层文联工作经验交流会，长春市文联在大会上做经验介绍，延边州文联、榆树市文联作书面典型介绍。组织基层文联参加中国文联全国基层文联负责人研修班，松原市、白山市、敦化市、伊通县文联负责人参加，为基层文联创造更多机会参加学习和交流。推荐吉林省基层文联参加全国基层文联组织网络体系建设典型经验征集评比活动，吉林省松原市文联、敦化市文联获得三等奖。

机关建设

【人事干部工作】

完成了吉林省民俗学会、吉林省二人转艺术家协会、吉林省音乐家协会、吉林省书法家协会换届人选报批工作。吉林省编委批复同意《文艺争鸣》杂志社并入吉林省文艺理论研究室，加挂《文艺争鸣》杂志社牌子，收回原文艺争鸣杂志社1名自收自支事业编制，调整后，吉林省文艺理论研究室执行全额拨款事业编制10名。完成处室领导干部2人、非领导职务5人提拔任用工作和6名招录公务员转正定级（其中3人定为副主任科员，3人为科员）。完成评定职称工作，有1人被评为中级专业技术职称资格。推荐吉林省文化产业拔尖人才7人、吉林省宣传文化系统专家人才6人。办理多位同志退休手续。有50多人次参加各类培训。完成非时政类刊物体制改革，依据吉办发【2011】56号文件的要求，非时政类报刊出版单位体制改革，省文联《小说月刊》、《民间故事》、《轻音乐》杂志社列入改革之列，按照体制转为企业的工作步骤，已经完成转企。

【党的工作】

召开吉林省文联机关党员大会，经过积极认真的筹备，3月27日，召开吉林省文联机关党员大会，总结机关党的工作，选举吉林省文联、吉林省作协机构分设后，中共吉林省文学艺术界联合会第一次机关党员大会，选举尹爱群同志为吉林省文联机关党委兼职书记、李建伟同志为专职副书记。省直机关纪工委书记宋洪旭出席会议并讲话，尹爱群同志做加强机关党建工作的讲话。按照党风廉政建设责任制的规定和省直机关工委的要求，省文联党组在落实2012年党风廉政和反腐败工作责任制时，注重与部署业务工作的紧密结合，坚持集体领导与个人分工负责相结合，一级抓一级、责任具体落实到领导和职能部门。注重抓党员的经常性思想教育和集中培训，党员干部队伍素质明显提升。从加强廉政教育入手，开展较为鲜明的理想信念，党风党纪，廉洁从政教育。组织参观廉政建设和警示教育展览，观看反应优秀党的好干部的影片《杨善洲》。党的十八大召开后第一时间组织收听收看，就学习宣传贯彻落实党的十八大精神研究部署，发出通知，并结合文联工作做出具体安排。组织学习中共中央政治局关于改进工作作风、密切联系群众的八项规定，结合文联实际提出具体要求。进一步完善《吉林省文联党组情况报告制度》、《吉林省文联党组决策重大事项议事规则》。学习贯彻省十次党代会精神，开展纪念建党91周年活动，组织新党员“宣誓”、老党员重温入党誓词、表彰先进党支部和优秀党务工作者等活动。积极组织学习《中国文艺工作者职业道德公约》，努力践行文艺界核心价值观，进行以“爱国、为民、崇德、尚艺”为核心的职业道德教育，努力提高全体职工的整体素质。机关党委成立后，改选基层党支部，成立机关工会和机关妇女工作委员会，完善基层组织。积极做好老干部工作，经常走访慰问老党员、老红军、老干部，为老干部过生日，组织他们去郊区田间，农舍体验生活，感受农村的新变化。关心女职工工作和生活，“三八”节为女职工送上慰问金，组织大龄单身青年参加联谊会，为他们搭建沟通和交友平台。走访慰问有病住院、生活困难的职工。为确保机关各项工作的有章可循，在过去已有各项制度的基础上，进一步建立完善了人事、编制、公文、印信、档案、保密、财务、资产、接待、车辆、物业管理等11项规章制度，为保证各项制度的落实，还专门下发了《关于进一步加强和完善各项工作的通知》。开展“三帮扶”工作，通过积极努力，为村里解决改厕资金10万元，为100户农家建造了100个环保厕所，大大改善了村舍的卫生环境。同时为村里开展文化活动解决了1套音响设备。春节期间省文联党组书记尹爱群带队深入帮扶村，看望村级干部，鼓励他们因地制宜选项目，抓生产生活。看望慰问老党员、贫困户，组织书法家写春联、摄影家现场拍全家福，并为贫困户送去米、面、油等节日慰问品，受到村民的欢迎。在双阳区艺术节前，帮助山河街道策划编排节目，并获奖。组织艺术家两次走进双阳区、双阳区山河街道采风慰问演出，为百姓送上了一道丰富的文化大餐，活跃了群众的业余文化生活。

直属单位

【吉林省书画院】

组织大型系列活动“关东风情考”黑龙江伊春——嘉荫行，考察写生，体察森林文化，北大荒黑土文化，经过比对研究，强化吉林本地文化的特征，以利于本土绘画借鉴与发展，收到了预期的效果。编辑出版了《吉林省画院作品集》，共录近年来画院老中青画家254幅精品力作。在纪念毛泽东同志《在延安文艺座谈会上的讲话》发表70周年全国美术作品展上，孙志卓的作品《脉之链》，卜昭禹的作品《地平线下的律动》入选。曲胤达的《白桦》、孙志卓的《芳菲》参加吉林省“松江风情”小幅画作品展。卜昭禹的《冬捕记忆》、《集日》、《转场》、《白云黑土》、《萨满的诞生》、《关东三宝》、《水平线下的律动》、《冰清玉洁》，孙志卓的《镜妆》、《戴月归》、《翠柳》、《月之约》、《鹊鸣山乡》、《春已老花杳杳》、《落霞匆匆》、《玫瑰》、《渔家女》入选吉林省迎接十八大优秀中青年书画家作品展，并出版作品集。孙志卓参加由深圳正当代文化传媒主办的“全国著名中国画家邀请展”，展出20幅新作，并出版作品集。作品《飞天》参加吉林省文联、美协、书协与吉林省民航集团联合主办的名家作品进机场陈列展。作品《芭蕉》参加吉林省文化进机关美术作品展览。陈涤的《雅克萨之战》、卜昭禹的《马可波罗游记》、孙志卓的《中华医药》历时数月创作了作品草图，参与由中国文联，财政部、中国美协主办的“中国文明历史题材美术创作工程”创作和竞标。

【文艺期刊】

把握刊物导向、打造品牌、注重刊物质量，按照每本刊物的定位，出好每期刊物。《文艺争鸣》编发的朱寿桐的《重新理解文学批评》在2012《新华文摘》10期转载；孟繁华的《学术的“通途”与“小路”》在2012《新华文摘》15期转载。与沈阳师范大学联合举办“学术期刊与学术生产”研讨会，与新疆石河子大学联合举办“全球视野下的边疆文学研讨会”，举办“文艺争鸣”奖评奖活动，编辑《“文艺争鸣”获奖作品及二十年文选》一书，已由吉林人民出版社出版。《小说月刊》继续坚持“创办中国畅销小说王牌杂志”为目标，坚持“才情加深度”选稿风格，以“趣、情、奇、讽、绝、妙、味”定位小说风格特色，加大小说关注现实的力度，全年发稿约五百余篇，报刊转载、收入选本、获奖共164篇，255篇次，居全国同类杂志之首。《小说选刊》选取三篇；《读者》选取两篇；《青年文摘》选取两篇；《意林》选取三篇；《青年博览》选取两篇；《小小说选刊》、《微型小说选刊》转载数量与往年持平。加大网上宣传，增强与作家互动，在小小说作家网上，《小说月刊》版块与作家互动帖子已经达到两万五千条。利用网上平台，为广东作家陈柳金开展网上研讨会。利用QQ群团结各地作家，现已满五百人，应作家们要求，又增开一个QQ群，加强了与各地作家的沟通。成功举办“郑州二七区地税杯”全国小小说大赛。此次大赛共收到有效稿件八百余件，获奖作品出合集一部。此次赛事新浪、搜狐、网易、腾讯、TOM、人民网等

四十余家网站进行了宣传。首席编辑何光占被选为“2012年中国小小说十大热点人物”，本赛事入选“2012年中国小小说界十大热点事件”。《民间故事》在城镇化大潮下，面对农民进城打工，开辟“打工仔故事”栏目，发表打工仔学习、生活、创业的故事，把刊物发到农家书屋，让更多在乡人员和家属了解他们在外创业的情况，反映很好。开辟“廉政故事”栏目，刊载廉政故事，起到警示、教育人们的作用，刊载的故事在中国文联、中国民协举办的“全国廉政故事”大赛中获得一等奖。在中国故事节——第二届梦想之旅故事会上，刊发的《最美妈妈》和《暴走妈妈》分别获一、二等奖。《轻音乐》抓管理、保质量，在内容上注重可读性，全年出版36期，发行量稳定。

各文艺家协会

【戏剧家协会】

5月21日，举办纪念毛泽东同志《在延安文艺座谈会上的讲话》70周年座谈会。6月开始，由吉林省文联、教育厅、团省委、戏剧家协会联合举办吉林省第六届大学生戏剧节，历时两个月，全省23所大专院校24个社团30台剧目参赛，观众达数万人。剧目涵盖话剧、音乐剧、戏剧小品等艺术形式，其中原创剧目占一半以上。戏剧节期间，举办了10场戏剧讲座。戏剧节的每场演出均设立观众互动和评委点评环节，部分获奖优秀剧目推选参加全国第三届校园戏剧节。10月，选派的剧目《2012·我们等待戈多》获得第三届中国校园戏剧节大奖——中国戏剧奖·校园戏剧奖优秀剧目奖，吉林省文联、吉林省剧协获优秀组织奖。此剧大奖的获得，是吉林省的首次，也是东北三省的首次。11月，组织并参与第九届“大庆杯”东北三省戏剧小品大赛，吉林省有12个剧目参赛，均获得各类奖项。12月，组织参加在沈阳举办的“第十一届东北三省戏剧理论研讨会”，吉林省有32篇论文参加研讨，有1篇获特等奖，9篇获一等奖。创办《吉林文艺沙龙》官方微博。积极开展为戏剧工作者创作维权工作。

【电影家协会】

8月，在第11届长春电影节期间，举办“向电影大家致敬”系列活动。此次系列活动是在中国文学艺术界联合会支持下，由中共吉林省委宣传部、吉林省文联、长影集团、长春电影节组委会、中国电影家协会及中国电影基金会联合主办。系列活动包括“《苏云传》首发式暨缅怀苏云同志座谈会”、“王滨同志诞辰百年纪念会”以及“张笑天影视作品研讨会”三项活动。苏云同志是长影人的奠基人之一，也曾是长影和中国电影家协会的主要负责人，为新中国电影事业作出了重要贡献。王滨同志是新中国优秀的电影艺术家，他创作的《桥》、《白毛女》等经典影片，成为新中国电影的里程碑式作品。张笑天同志是新时期著名的电影剧作家，成果丰硕，影响广泛，也是吉林省电影家协会名誉主席。在不同的历史时期，他们秉持坚定的理想信念和崇高的艺术追求，传承并弘扬了中国电影的爱国主义精神、现实主义传统和艺术创新精神，潜心创作、辛勤耕耘，为电影艺术繁荣和电影事业发展作出了卓越贡献。8月，在长春电影节上，长影集团共有《辛亥革命》《大太阳》《爱情维修站》三部影片入围角逐金鹿奖。组织电影歌曲演唱艺术团参加在长春文化广场举办“群众文化活动精品展演”，把毛主席视察长影的事件编排成小品演出并穿插优秀电影歌曲。在市工人文化宫门前广场举办电影歌曲专场消夏晚会。在第31届大众电影百花奖评奖中，长影集团领衔出品，成龙、李冰冰主演的主旋律电影《辛亥革命》入围百花奖全部8个奖项。《温暖的山梁》和《东西屋南北炕》两个剧本获得“夏衍杯”创意电影剧本奖。编辑出版优秀电影论文集《东北三省电影评论文汇》。宋江波导演的电影《铁人王进喜》在澳门获得“金莲花优秀影片奖”。

【音乐家协会】

3月30日，吉林省音乐家协会第七次会员代表大会召开，会议回顾总结了省音乐家协会第六次会员代表大会召开以来的工作，审议并通过了第六届理事会的工作报告，修改并产生了新的协会章程，选举产生了第七届省音乐家协会理事会，许民当选为新一届省音乐家协会主席。3月至11月，由省广电局、省文联主办，省音协与吉林电视台联合承办第二届吉林省青年歌手电视大赛，全省共设14个赛区，历时七个多月，近千人参加比赛。经过初赛、复赛、半决赛、决赛，最终评出五个类别一等奖5名、二等奖10名，三等奖15名，优秀奖26名。4月，选拔推荐吉林省7名曲作者、3名词作者入选中国青年音乐家人才信息库。6月，推荐吉林省青年曲作者袁立平入围中国青年音乐家采风团，全国共30人，他是东三省唯一入围的曲作者。通过参加培训、采风，袁立平创作的作品《人在他乡》获中国音协2012全国打工歌曲创作大赛银奖。8月，组织选拔推荐2012全国打工歌曲创作大赛作品，参加全国比赛。9月，省音协与东北师大音乐学院联合主办第三届东北亚国际钢琴艺术节，有近200名选手参加比赛，有16名选手获得一等奖。9月，与柏斯琴行举办吉林省首届“长江杯”青少年钢琴比赛，26名选手参加比赛，最终评出3名选手参加全国钢琴展演活动。12月，承办吉林省著名作曲家尚德义教授80寿辰声乐作品音乐会。出刊《轻音乐·歌词》6期。

【美术家协会】

5月23日，由省文联、省美术家协会共同举办纪念毛泽东《在延安文艺座谈会上的讲话》发表70周年，“松江风情——吉林小幅画展览”，共展出全省各地美术家和美术工作者精心创作的中国画、油画、版画、水彩画、水粉画等画种小幅画作品600余幅。参展作品充分利用小幅画有限的尺寸空间，以小见大，用充满激情的绘画语言和多元精致的表现手法，描绘着长白山脚下、松花江两岸的山川物貌和风土人情，展示着吉林大地丰富多彩的社会生活和日新月异的发展变化。5月23日，由吉林省文化厅、省文联、省文史馆、吉林艺术学院、省美术馆、省博物院和省美术家协会共同主办的甘雨辰画展在省博物院开幕，省长王儒林发来贺信，对画展的成功举办表示祝贺。5月26日，由省文化厅、文联、美术家协会、吉林艺术学院、长春市文联等主办“王建国油画展”在长春世界雕塑公园艺术馆举办。8月26日，在东北亚艺术中心举办“吉林情怀——曹无、袁武画展”。9月28日，与省书协、省摄协共同主办“文化名家进机关书法绘画摄影作品联展”。10月16日，在长春龙嘉机场与省书协承办省文联主办的“首届吉林省名家书画展”。10月31日，举办“首届吉林省版画双年展”等。在纪念毛泽东同志《在延安文艺座谈会上的讲话》发表70周年全国美术作品展览中，我省有5件作品参展。《美术》杂志2012年第6期，以8个版面的篇幅介绍“白山松水——吉林省美术作品”进京展作品。5件作品入选2012第五届北京美术双年展；4件作品入选2012全国中国画工笔画展。3件作品入选庆祝中国人民解放军建军85周年全军美展；2件作品入选首届中国美协会员油画精品展；2件作品入选中国青年油画展，其中孙昌武作品《陈趟沟的传说》获佳作奖；2件作品入选2012首届全国中青年油画展。

【曲艺家协会】

为弘扬民族优秀文化，整合优秀快板人才资源，4月5日，成立吉林省快板艺术委员会和“吉林省曲艺之友”。4月，推荐的《吻情》、《皇上召见》、《撞车》参加第七届中国曲艺家牡丹奖，获提名奖。参与“长白神韵”大型艺术演出。5月，在中国曲艺家协会“送欢乐、下基层”惠民文化活动中，吉林省推荐的佟健获得先进个人表彰。省曲艺家协会副主席、京东大鼓表演艺术家王大海，获得全国鼓曲类最高奖项牡丹奖，此奖获得是吉林省首次，也是东三省唯一一位。举办吉林省首届相声作品征文暨表演大赛，历时三个月，7月圆满落幕。征集作品近百部，作品主题新颖鲜明，紧跟时代的步伐，突出体现了较强的思想性和引领性。内容丰富，形式多样，参与面广，上至80多岁的长者，下有10多岁的学生，不仅有本省的参加，也有新疆、河北、山东、深圳等外埠的作者参与。经过初评、复评、终评，评出各类奖项。举办曲艺下基层，大型纪念活动和“曲艺之友”落户飞跃社区揭牌演出等。组织“喜迎十八大、明天更美好”群众文艺演出；八一前夕，送欢乐下基层走进部队营房为官兵慰问演出；参与承办“送欢乐下基层”吉林省文联艺术家赴朝阳区大型文艺演出等。协助成立长春市朝阳说唱艺术团。参加中国曲艺家协会第七次代表大会，李壮、王明明当选为中国曲协第七届理事会理事。

【舞蹈家协会】

7月，举办中国舞蹈家协会少儿舞蹈教学展演暨吉林省第十五届少儿舞蹈大赛。参赛单位达120个，小演员达八千余人。本次舞蹈大赛评出30个节目参加东北地区电视舞蹈大赛。9月，举办东北地区舞蹈电视大赛，经过3省舞蹈家协会征集作品329个，5000余名选手参赛。选拔147个作品，

1600多名选手进入半决赛，经过专家评审评出86个作品进入总决赛，分专业院校组、群文成人组、少儿组、专业院团组，上万人观看演出。省委常委、宣传部长庄严出席颁奖晚会，并给予了很高评价。同时举办了《东北舞蹈创新与发展论坛》研讨会。10月，组织专业院团、院校参加中国舞蹈家协会在河南郑州举办的“荷花奖”当代舞、现代舞作品比赛，参赛的东北师范大学音乐舞蹈学院三人舞《返乡》的作品荣获“当代舞”比赛金奖第一名。

【民间文艺家协会】

2月，在吉林市昌邑区土城子满族朝鲜族乡渔楼村举办第二届鹰猎文化节，内容包括鹰把式亮相、满族歌舞表演、鹰把式祭山神活动、雪野鹰猎表演、参观鹰猎之家、观看捕鹰、熬鹰、驯鹰、养鹰等图片展。鹰猎文化已有400多年的历史，鹰猎民俗作为非物质文化流传了下来。4月，在“中国秋千展演暨第十一届中国民间文艺山花奖·民间绝技绝艺(秋千)”评奖活动中，组织推荐的珲春五中秋千队获奖。11月，在贵阳市举办的第九届中国（贵阳）民间艺术节暨第十一届中国民间文艺山花奖·民间鼓舞鼓乐评奖活动中，组织推荐的延吉市文化馆民俗艺术团表演的《长白鼓韵》获奖。12月，在江西省婺源县举办的“全国民歌展演暨2012婺源·中国乡村文化旅游节”活动，组织推荐的延边大学卧龙艺术团《船之歌》获金奖。举办“喜迎十八大·吉林省首届非物质文化遗产生产性保护传承才艺展示博览会”、吉林省贡品文化保护传承基地挂牌暨《吉林贡品文化丛书》编纂启动仪式等活动。组织推荐吉林省民间艺人丛永莉、聂明明、闫雪玲、于英参加6月在河北省蔚县举办的“第三届中国剪纸艺术节暨第二届蔚县国际剪纸艺术节”活动。组织吉林省民间工艺品参加5月在安徽省合肥市国际展览中心举办“2012中国民间工艺品博览会”等。

【摄影家协会】

2月，在蛟河市成立全国首个“农民摄影家协会”，受到了中国摄影家协会的关注，《中国摄影报》头版刊发消息。5月，以“利用网络资源助推吉林摄影传播与发展，关于《关东摄影网》的现状与发展的思考”为主题的第八次“吉林文艺沙龙”活动在长春举行，受到了各方关注。吉林省首届“建设社会主义新农村”摄影大展巡展，分别在梨树县霍家店村、延吉市、长春市、舒兰市展出，作品多以农业、农村、农民为题材，深刻地展现了农村形成的高效生态的现代农业、繁荣兴旺的农村经济、文明健康的生活方式、丰富多彩的文化生活和奋发向上的精神风貌。展览设在农村，使影像与现实结合，获得从平面到立体的展示效果。8月，参与主办第四届延边国际摄影文化周、第二届《全国农民摄影大展》全国巡回展、“天景杯”《优美吉林美好环境》摄影大赛等。参与组织吉林省2012年摄影技师、高级技师（国家一级摄影师）的考试工作，吉林省有50人通过了考核。协助吉林人民出版社搜集出版《长白山》一书有关长白山风光、动植物、林区伐木工人的生活等相关内容的图片，该书已经完成。文化援疆创作团赴吉林省援疆地阿勒泰地区进行创作采风。举办的“吉林省千名摄影志愿者千幅摄影作品进万家”活动、“留下你的笑脸”网络摄影比赛、“创业风采”摄影大赛暨影展等。李玉辉拍摄的《大地留金》获全国首届农村土地整治摄影大展优秀作品奖。邱会宁拍摄的《冬季渔夫》、《沸腾雪原》入选2012第36届美国林恩国际摄影展。邱会宁拍摄的《沸腾雪原》、《日影》、《雪中谋生人》、《驼群》、《角力》、《马背民族》六幅作品入选2012第21届奥地利特伦伯超级摄影巡回展。在“全国第二届农民摄影展”上，吉林市有三名农民摄影家李志成的《生命的赞歌》、齐双的《谷场》、《玉树临风》，刘太东的《丰收的谷穗》、《彩虹大地》五幅作品获得优秀奖。

【书法家协会】

3月31日，吉林省书法家协会第六次代表大会召开。会议审议并通过了第五届理事会的工作报告，修改并产生了新的协会章程，选举产生了第六届省书法家协会理事会，毕政当选为新一届省书法家协会主席。全国政协常委、中国文联副主席段成桂，省军区副政委刘伯和出席了大会。2012年新春佳节前，组织书法家走进净月开发区兴隆山镇，为当地小学、农民、教职员工书写春联，送祝福。6月8日，吉林、江西、海南三省书法联展首展在吉林省博物馆展出，共展出三省书法家精心创作的书法作品200余幅。这些作品楷、行、草、隶、篆各体俱全，形式多样，内容丰富，流派纷呈，是南、北、中三地书法艺术的集中展示，受到参观者的一致好评。同时也为书法爱好者提供了书法研究、相互学习、交流借鉴的机会，对推动三省书法创作水平的提高十分有益。11月在江西省展出，同样受到了广泛欢迎。7月，举办了“备战兰亭吉林省书协骨干作者培训班”，段成桂、刘恒等著名书法家主讲，全省70余名骨干作者参加培训。4月30日，在中国美术馆举办吉林省书协顾问廉世和书法展。7月26日，在白城市博物馆举办曹伯铭第二故乡四十年书法汇报展。8月29日，在长春承办中国书协副主席胡抗美书法艺术展。9月12日，举办“优游四体——张金梁书法展”。9月22日，举办“刘成书法展”和书法艺术系列丛书首发式。在《书法报》“跨世纪·2012中国书法十大年度人物”评选中，刘成获此称号。9月10日，承办在松原市举办的“故乡情——内蒙古书协全国巡回展吉林前郭尔罗斯展”。12月，在第四届中国书法兰亭奖中丛文俊获“艺术奖”，王铁成、宋旭安、倪俊冬、李耘莉、祝洪新获“佳作奖”。

【杂技家协会】

3月，参加第八届中国杂技“金菊奖”第七次理论作品奖评选，报送论文10篇。其中，付天阳的《论现代高科技手段与杂技艺术的结合》获铜奖；王岩《论杂技主题晚会的艺术元素及审美趋势》、常盛《中国当代杂技发展要素浅析》、付秀玉《杂技赛场与市场关系辩析》获优秀论文奖，协会获优秀组织奖。6月24日，举办第二届吉林省大学生魔术比赛暨第三届东北三省魔术比赛预选赛，27位优秀的大学生魔术师进入决赛，比赛旨在培养大学生的艺术修养，发现吉林省大学生魔术新秀，推动吉林省魔术艺术的发展，将更多的省内优秀魔术作品推向更大的魔术舞台，历时1个月，分近景、舞台两组，杨岱儒、金圣策获二等奖，田雨、葛亮、王硕分别获三等奖和优秀表演奖。长春市魔术师齐迹获舞台魔术金奖。11月，在哈尔滨参加第三届东北三省魔术比赛，吉林省齐迹的舞台魔术《羽翼传奇》、丛林的近景魔术《中国环》获金奖，葛亮的舞台魔术《启航》、张得民的近景魔术《移形幻影》、杨岱儒的魔术《变幻三重奏》分别获银奖，于胜杰的舞台魔术《扇变》、李俊熙的近景魔术《牛奶巧克力》获铜奖。12月，举办第五届东北三省杂技论坛，来自东北三省及全国杂技界代表60余人参加论坛，本届论坛更加突出杂技理论的地域特征和探讨市场走向与关系问题的发展研究，紧紧围绕杂技艺术继承创新和发展的角度进行主题印证，论文题材广泛，涉及杂技创新路径方法，继承发展、创作理念更新、市场营销、品牌打造、杂技审美价值取向等诸方面。

【电视艺术家协会】

4月，在参加“十省区数字影像大赛”中，吉林省共有10部作品获奖，微电影《没有如果》获一等奖。4月至6月，在“第26届中国电视金鹰奖”参评作品征集推选中，共推选30件作品、1名电视节目主持人（郭佳）参加评奖，郭佳获优秀主持人提名奖。5月至6月，在“第四届新农村电视艺术节”作品征集推选中，共推选优秀对农电视栏目、优秀对农电视作品、优秀农村题材电视剧等几大类20余部（人）。其中，长春电视台的高原获得优秀对农栏目主持人、《希望田野》获优秀对农电视栏目。7月，组织征集推选作品“第五届中国旅游电视艺术周”活动。11月至12月，第24届吉林省电视文艺“丹顶鹤”奖评奖在延吉市举办，共有100余部作品参评，共评出综合电视文艺、专题电视文艺、电视文艺栏目等九大类奖项。其中，吉林电视台的《美好吉林——2012年吉林省春节联欢晚会》和《长白山》、长春电视台的《中华之光——王大珩》、吉林市电视台的《星光快车》、延边电视台的《唱响家乡——群众喜爱的原创歌曲》、敦化广电局的《春陌苍苍》等优秀作品分获各类电视文艺一等奖；辽源电视台的张相、司庆生、秦勇、邓涛获最佳编导奖；敦化电视台的田玉光获最佳撰稿奖；吉林电视台《长白山》摄像组获最佳摄像奖；吉林电视台的郭佳、柏安获最佳主持人奖；白城电视台的谢群、刘岩获最佳广告奖。

【二人转艺术家协会】

3月29日，吉林省二人转艺术家协会第六次会员代表大会召开。会议审议并通过了第五届理事会的工作报告，修改并产生了新的协会章程，选举产生了第六届省二人转艺术家协会理事会，苏威当选为新一届省二人转艺术家协会主席。2月，推荐的吉剧院演员闫丰、孙雪出演《杨三姐告状》

在参加中国曲协、河南省文化厅共同举办的河南马街书会邀请赛，获大赛一等奖。5月28日，在参加牡丹奖天津赛区新人奖、表演奖中，吉林推荐的闫丰获得表演奖提名，孙雪获新人奖提名。以孝老爱亲道德模范张蕾，带着父亲上大学，一边读书一边尽孝的感人故事组织创作的二人转《孝女情深》，在中国曲协组织的全国巡演中，是唯一一个以二人转的形式出现的节目，著名二人转表演艺术家闫淑平、佟长江表演，他们以声情并茂演绎感人的故事，使观众感动落泪，受到各方的好评。已在10个省市区，演出了30场。5月，在中国曲协表彰的面向基层群众，服务百姓的优秀曲艺家和曲艺工作者会上，闫淑平、佟长江受到表彰。5月14日，推荐吉剧院演员孙忠宏、盛喆、刘洋的《非诚勿扰》获得杭州赛区牡丹奖表演奖提名；刘爱双、王昊天的《雨伞下》获得节目奖提名。与吉视乡村频道策划打造《二人转总动员》栏目，自2006年至今，从吉林省扩展到辽宁、黑龙江和内蒙古，累计参赛人数超百万，并参与策划吉视乡村频道“2011年度二人转总动员颁奖晚会”。9月，承办由中国曲协、省文联、长春师范大学主办的闫淑平作品演唱会和研讨会，中国曲协分党组书记董耀鹏出席。10月，协助中国曲协、中国农业银行共同举办的“中国农行道德模范故事汇”，以吉林省舒兰市农行典型创作的《女财神》二人转参加全国巡演，受到各方好评。

【民俗学会】

3月15日，吉林省民俗学会第六次会员代表大会召开。会议审议了省民俗学会五届理事会的工作报告，修改并产生了新的学会章程，选举产生了第六届省民俗学会理事会，施立学当选为新一届省民俗学会理事长。4月，举办清明文化讲座、清明祭祀活动，为新落成孔子像作祭孔子赋。6月，举办端午文化讲座，参与策划长春文庙扩建工程。9月，启动村落民俗文化志调查活动等。学会获2012省社科联社科普及先进单位，施立学获省社科联社科普及优秀专家、中国社科院全国社科普及名家奖励。

【企业文联】

2012年6月至11月，由吉林省文明办、省文联主办、省企业文联承办的“道德模范故事汇”基层巡演活动，历时5个多月，在省内8个市、州，行程三千多公里，进行了10场演出，用文艺形式宣传“道德模范”，慰问基层群众。

黑龙江省文联

综　述

2012年，黑龙江省文联深入学习党的十八大和省十一次党代会精神，进一步推动学习型、发展型、开放型、和谐型文联建设，积极组织文艺活动，大力推进文艺事业和文化产业发展，为推动黑龙江省文艺事业大繁荣大发展作出了贡献。

围绕中心、服务大局，以迎接党的十八大召开为核心，举办了多项丰富多彩的文艺活动。省文联先后举办了“党的旗帜高高飘扬”——迎接党的十八大胜利召开文艺晚会；纪念毛泽东同志《在延安文艺座谈会上的讲话》发表70周年“龙歌”音乐会；配合省委宣传部组织了“火热时代、多彩龙江”——黑龙江2012文艺家深入生活采风创作活动，期间专门组织了慰问演出、书画笔会，参观写生等活动。围绕省委、省政府中心工作，举办了黑龙江省美术家协会第七届新人新作展、黑龙江省第六届新人新作书法展暨第九届临帖书法作品展、第二十四届黑龙江摄影艺术展等活动。

搭建平台，实施文艺品牌战略，推出一批体现时代精神，具有龙江特色的作品。“龙江书刻”精品展暨全国书法名家作品邀请展在香港开幕；黑龙江省美术馆精心策划了“画说龙江”——黑龙江省美术馆馆藏晁楣、张祯麒、杜鸿年、郝伯义经典版画作品陈列展；黑龙江版画院25周年新作展暨黑龙江美术创作研究院美术作品展；省音协举办了“迎风飘扬的旗”——第六届新年合唱音乐会；省剧协举办了黑龙江省戏剧大赛·第十二届“小梅花”评选活动；省摄影家协会与有关部门协作举办了中国黑河国际旅游摄影艺术节；省民协与有关单位共同举办了第十二届哈尔滨民间民俗博览会。

精心组织展赛活动：黑龙江省音乐家协会组织了第七届黑龙江省音乐大赛声乐比赛；省杂技家协会举办了第三届东北三省魔术比赛；省剧协举办了“大庆杯”第九届东北三省戏剧小品大赛；省美术馆举办了黑龙江美术50年——哈尔滨艺术学院师生美术作品回顾展、风景的变换——英国当代名家版画邀请展；省民协举办了中国·鸡西兴凯湖肃慎文化民间艺术节等活动，发掘了一大批文化精品。

积极推介优秀文艺作品：在第十二届精神文明“五个一工程”奖评选中，省文联推荐的多部作品获奖。由省杂技家协会推荐、省艺术研究所吴璇撰写的《文化杂技：当代中国杂技新形象》在中国杂技“金菊奖”第七次理论作品颁奖会上荣获银奖；黑龙江电视家艺术家协会推荐的15部作品在全国十省区影像大赛中获奖；在第三届中国职工艺术节单项展演活动中，黑龙江省喜获奖项；在第五届中国旅游电视艺术周优秀电视节目评选中，省视协推选的黑龙江省四部作品获奖；在中国首届水上民歌展演活动中，黑龙江省赫哲族民歌“水上赫尼那”荣获银奖；在第十一届“和平杯”中国京剧票友邀请赛中，黑龙江省取得了佳绩。

加强培训，培养德艺双馨人才：2012年第四期全国曲艺精品创作班在黑龙江省举办；省音协开办了第二期钢琴教师研修班；省舞协专门为以张丽莉老师为原型而创作的舞剧《最美一朵茉莉花》举办了研讨会；省书协下设的“龙江书刻”研究所成立；黑龙江省鸡西市被中国民协授予“中国肃慎文化之乡”称号，并在该市成立了“中国肃慎文化研究中心”；黑龙江省泰来县和平镇被省曲协授予“黑龙江曲艺之乡”称号。

深入边防、积极开展文艺下基层活动：省文联2012年积极组织了中国文联“送欢乐、下基层”赴黑龙江边防线慰问演出采风活动；在“十八大”召开前夕，还专门组织艺术家开展了“迎十八大”文艺家走进军旅采风活动。

拓展渠道，加强国内外文化艺术交流：黑龙江省美术馆专门组织了“对话兵马俑”——欧盟

与中国雕塑家作品提名展中欧巡展；“风景的变换——英国当代名家版画邀请展”；省书协组织了黑龙江·山东妇女书法刻字作品交流展、首届黑龙江书刻精品海南展、省书协副主席王凯霞书法刻字英国展；黑龙江省书协、摄协、省新闻图片社联合举办了“龙乡情”黑龙江、河南、伊春、洛阳、濮阳两省三市书法、摄影作品联展。这些活动，大大加强了国家和地区间的文化交流。

挖掘资源，进一步推动文化产业发展：省委宣传部、省文联与合利集团共同举办了第三届中国·黑龙江万象国际木雕艺术节，市场运作前景光明；省文联与有关单位创办的中国·黑龙江造型艺术产业园区被命名为省级文化产业示范园区；2012年《章回小说》杂志社积极拓展渠道，增量发行，实现了积极的市场引导与优质服务的结合。

重要会议

【黑龙江省文联六届二次全委（扩大）会议召开】

3月12日，黑龙江省文联六届二次全委（扩大）会议在哈尔滨召开。会议总结回顾了2011年工作，研究部署了2012年工作，增补黑龙江省文联第六届委员会委员。

省委宣传部副部长赵德信、省文联主席傅道彬、省文联党组成员、副主席计世伟、省文联副主席于文秀、王举、王立民、王亚平、曲冬梅、宗成滨等领导出席会议。省文联六届委员会委员、各团体会员单位负责人等60余人参会。会议由省文联副主席索久林主持。会上，计世伟传达了中国文联九届二次全委会精神和全省宣传部长会议精神。省文联主席傅道彬代表第六届主席团作了题为《抢抓机遇 乘势而上 不断开创黑龙江文艺事业繁荣发展新局面》的工作报告。

黑龙江省文联六届二次全委（扩大）会议的召开，将进一步推进学习型、发展型、开放型、服务型、和谐型文联建设，开创文联工作的新局面。

【2012年黑龙江省美术家协会工作会议召开】

2月28日，2012年黑龙江省美术家协会工作会议召开。省文联主席傅道彬，省美协主席团成员、各市地美协负责人等百余人参加会议。会议由省美协副主席田卫平主持。

会上，省美协副主席徐焕昌传达了2012年中国美术家协会工作会议精神，省美协秘书长赵丹琪作了题为《坚持正确文艺方向，把握美术发展规律，持续推进龙江美术大繁荣大发展》的工作报告。总结了2011年省美协工作，提出了2012年省美协工作要点。省美协主席吴团良代表美协主席团讲话。省文联主席傅道彬代表省文联讲话，他对过去一年黑龙江省美协工作给予充分肯定，希望大家今后更好地围绕中心、服务大局，更多地打造精品、推出力作，更好地深入基层、服务群众，在新的历史起点上，以高度的社会责任感、昂扬的精神状态、出色的艺术劳动，共同推动黑龙江省美术事业再上一个新台阶。

会上，全体代表进行了热烈讨论。专业委员会的代表们对艺委会的组织发展、学术作用、活动策划等方面进行了深入讨论，并提出了大展早准备、小展日常化、注重学术引导、注重理论研究等诸多好的建树。各市地美协、院校的代表在拓展工作思路、开展相互合作、加强人才培养、推出优秀作品、举办高质量展览及建立创作基地等方面进行了深入探讨。

【2012年黑龙江省舞蹈家协会主席团（扩大）会议】

3月2日，2012年黑龙江省舞蹈家协会主席团（扩大）会议召开。省文联党组成员、副主席计世伟、省舞协主席团成员、秘书长以及各市地舞协负责人出席了会议。会议由省舞协主席何新力主持。

会议传达了2012年中国舞蹈家协会工作会议精神。总结了2011年协会工作，同时研究部署了协会2012年的工作要点，讨论了中国舞协对会员进行重新登记事宜，发展了一批新会员。

省文联党组成员、副主席计世伟在会上总结发言。他对舞协2011年的工作给予了充分肯定。他希望舞协工作今后要发挥团队优势，调动大家的积极性，大家各司其职，团结一致保发展、促繁荣。文联的工作重在出精品、重在推人才、重在队伍建设。

通过讨论，大家统一了认识，明确了目标，对今后工作充满了信心。

【2012年黑龙江省书法工作会议】

4月1日，2012年黑龙江省书法工作会议在哈尔滨召开，省书协主席马国良、中央数字电视书画频道董事局主席王平、省委宣传部副部长赵德信、省文联主席傅道彬、省书协副主席马顺强、王立民、张戈、胡志平、赵学礼、赵隽明、魏锁亭、省书法活动中心副主任王斌，以及各市地书协、省直系统书协负责人百余人出席了大会。

会上，马国良作了题为《努力创作精品，推进我省书法事业大发展、大繁荣》的讲话。傅道彬代表省文联作了讲话。张戈代表省书协主席团作了题为《再接再厉、和谐奋进、努力开创我省书法事业发展新局面》的工作报告。会议增补了省书协第三届理事会理事。

会议结束后，举行了书法笔会交流。

【黑龙江省曲艺家协会五届四次主席团办公会议】

4月12日，黑龙江省曲艺家协会五届四次主席团办公会议召开。省曲艺家协会主席黄恺、副主席孙静波、宗成滨、孙庆华、孙淑梅、郑彦清、周鸿儒等参加了会议。省文联党组成员、副主席计世伟出席会议。

会上，孙静波作了题为《奋发有为、务实创新、推动龙江曲艺事业繁荣与发展》的工作报告。会议部署了2012年工作，认真学习并讨论了中国文联关于《中国文艺工作者职业道德公约》及文艺界核心价值观，与会人员表示坚决拥护并自觉遵守。

计世伟做了会议总结。他肯定了省曲协近年来的工作后，强调黑龙江省曲艺事业的发展要在抓人才、抓队伍、抓创作、出精品上下功夫。

【黑龙江省音乐家协会五届六次主席办公会议】

4月18日，黑龙江省音乐家协会五届六次主席办公会召开。省音协主席陶亚兵主持会议。

会议重点部署了2012年工作，审核一批申请加入省音协的音乐爱好者。2012年省音协将做好以下几方面的工作：举办“这片黑土地——纪念毛泽东同志《在延安文艺座谈会上的讲话》发表70周年龙歌音乐会”；做好中国音协举办的主要活动；举办全国少儿电子琴展演活动、举办优秀打工歌曲评选、推荐获奖作品参加全国评比、协助中国音协共同办好“成才之路”第四届全国未来词曲作家、演唱家研习班活动等。做好协会日常工作、组织第七届黑龙江省音乐大赛、举办龙年唱“龙歌”——第六届迎新年合唱音乐会、创立黑龙江音乐网等项工作。

【黑龙江省艺术设计协会四届二次常务理事（扩大）会议】

4月21日，黑龙江省艺术设计协会四届二次常务理事会召开。设计协会第四届理事会常务理事、各专业会员单位负责人以及会员代表参加了会议。

会议总结了2011年工作，部署了2012年工作，重点对中国设计艺术出版社组建工作、黑龙江设计艺术奖评奖、黑龙江2012年创意设计系列活动进行了系统部署。

根据工作需要，经讨论任命王磊等8人为省艺术设计协会副秘书长。

【黑龙江省七位词作家当选为中国音乐文学学会理事】

5月6日，中国音乐文学学会第八次代表大会召开。中国文联副主席、著名词作家陈晓光、中国文联副主席、著名作曲家徐沛东和来自全国的150余位音乐文学家出席了大会。

会议听取并审议通过了《推动中国音乐文学事业进入到一个崭新里程》的工作报告和《关于修改学会章程》的报告。会议选举产生了新一届中国音乐文学学会主席、副主席、理事，聘任了学会正、副秘书长。黑龙江省出席大会的代表胡小石、张虹、张书君、王继祥、戚婉秋、付广慧等七位词作家当选为理事。

重要活动

【2012年中国文联“送欢乐、下基层”赴黑龙江边防线慰问采风活动】

2011年12月31日至2012年1月3日，中国文联“送欢乐、下基层”赴黑龙江边防线慰问演出采风活动在黑龙江省举办。活动由中国文学艺术界联合会、中共黑龙江省委宣传部、黑龙江省文学艺术界联合会、黑龙江省军区政治部主办。

采风活动由中国文联党组书记、副主席赵实亲自带队。采风团由中共黑龙江省委常委、宣传

部部长张效廉、省军区政治部主任夏中国、中共佳木斯市委书记王兆力、省委宣传部副部长赵德信、省文联主席傅道彬、省文联副主席计世伟、索久林等领导，以及来自省内外40余位书法、美术、摄影、曲艺、戏剧、音乐等门类的著名文艺家和文艺工作者组成。

在为期三天的慰问演出采风过程中，采风团艺术家分别赴“东方第一哨”和黑瞎子岛等地慰问边防守备部队，赴同江市赫哲族民族村采风。通过创作采风、慰问演出、书画笔会等形式，为边防守备部队和基层群众送去欢乐和祝福。

1月1日清晨，赵实书记及采风团全体成员与广大官兵一起，在“东方第一哨”举行升国旗仪式，共同迎接2012年新年的第一缕曙光。团员魏金栋、曲冬梅、康术臣用歌声为哨所战士送上了最真挚的节日祝福。团员们还参观了营房和哨所。哨长陈国良说：在新年哨所战士最需要精神食粮的时候，来自北京和省内的艺术家们为我们送来了丰盛的“文化大餐”，感谢社会各界对子弟兵的关爱。

随后，采风团一行登上了黑瞎子岛进行慰问演出。这是文艺界人士首次踏上回归祖国的黑瞎子岛，开了艺术家慰问边防官兵的先河。团员们在连队荣誉室《嘉宾留言册》纷纷签名赠言，并为部队赠送国产获奖影片光盘，采风团成员与部队文艺爱好者一起，举办了“送欢乐、下基层”慰问演出。

中国文联党组书记、副主席赵实在演出前致辞。演出由曲艺表演艺术家牛群主持，上至68岁的评书表演艺术家刘兰芳，下至80后的全国歌唱比赛金奖得主，知名文艺工作者为一线官兵献上了两个小时的精彩节目，并与战士们一起包饺子。演出过程中，采风团艺术家精心创作的美术、书法、摄影作品赠送给现场的战士们。

当天下午，采风团全体成员与部队领导及战士代表共同举办了采风座谈会，与部队和地方艺术爱好者面对面交流，辅导点评作品，畅谈创作体会。

1月2日，采风团赴同江市街津口赫哲族民族乡采风。艺术家们还来到赫哲族博物馆、三江口广场等地参观采风，观看了赫哲族历代出土文物、手工制品和生产工具等，了解到赫哲族以渔猎为主，独特的生活方式和风俗习惯，从中汲取生活营养，捕捉艺术灵感。

省委常委、宣传部部长张效廉全程陪同中国文联艺术家来黑龙江省边防哨所慰问演出采风活动。

中国文联“送欢乐、下基层”赴黑龙江边防线慰问演出活动，是2012年中国文联“送欢乐、下基层”的第一次活动，也是黑龙江省实施文化工程的重要举措，充分体现了广大艺术家对边防守备官兵的关怀和热爱。

【黑龙江·山东妇女书法刻字作品交流展】

1月4日，“黑龙江·山东妇女书法刻字作品交流展”在省博物馆展出。展览由黑龙江省文化厅、省文联、山东省文联、黑龙江省书协、山东省书协主办，黑龙江省博物馆、黑龙江省妇女书协、山东省书协妇女专业委员会等单位承办。

黑龙江省文联主席傅道彬、省文化厅副厅长王珍珍、省作协副主席王立民，以及山东省泰安市文联主席江济源、副主席仇东等山东代表团、部分参展作者、两省书画界人士、新闻媒体等参加了开幕式。开幕式由黑龙江省博物馆馆长庞学臣主持。

本次展览精选黑龙江、山东两省20余位女书法刻字作者的100幅书刻作品参展，体现了女性书刻作者独特的秀美精琢和巾帼不让须眉的气度，展示了现阶段中国女性书法刻字的艺术水平。

开幕式后举行了座谈会，与会者对黑龙江·山东两省的血脉关系等问题进行了深入的探讨。

【漫画一生——华君武捐赠作品展】

2月9日，“漫画一生——华君武捐赠作品展”在黑龙江省美术馆开幕。展览由中国美术家协会、全国美术馆专业委员会、黑龙江省文联主办，上海美术馆、黑龙江省美术馆承办。

省委宣传部副部长赵德信、省政协科教文卫体委员会主任潘春良、省文联主席傅道彬以及全国各地嘉宾代表、华君武先生亲属海琦女士等出席了开幕式。

华君武先生自上个世纪30年代涉足上海的漫画世界，他以幽默的绘画语言，沿着大众化、民族化的发展方向，形成了具有中国气派的艺术风格，以漫画的形式讴歌“真、善、美”，鞭笞“假、恶、丑”，为中国美术事业做出了卓越的贡献。本次展览共展出华君武先生无偿捐赠的漫画作品196件，全面展示了华君武一生中各个时期的漫画作品和艺术发展脉络，展示了他紧扣时代脉搏，构思幽默机智，富于战斗性的漫画哲理。

展览期间，大量观众慕名而来，一睹华老遗作的风姿，感受艺术大家的不凡。

【这片黑土地——纪念毛泽东同志《在延安文艺座谈会上的讲话》发表70周年“龙歌”音乐会】

5月22日，“这片黑土地——纪念毛泽东同志《在延安文艺座谈会上的讲话》发表70周年‘龙歌’音乐会”在哈尔滨开幕。音乐会由省委宣传部、省文联、省延安精神研究会主办，省音乐家协会、哈尔滨师范大学音乐学院承办。省人大常委会副主任陈述涛、省政协副主席陶夏新、省军区政治部主任夏中国、武警黑龙江总队政治部主任刘振所，省委、省政府、省委宣传部、省文联、省文化厅等单位领导与现场两千多名观众一起观看了演出。

新中国成立以来，黑龙江省创作了数量众多、题材广泛的优秀“龙歌”。值此《讲话》发表70周年之际，打造了本台“龙歌”音乐会，以歌颂伟大的党、歌颂美丽富饶的黑龙江。音乐会分为美丽黑龙江、红色的记忆、温暖的情怀和放歌新时代四个乐章。

本台音乐会由黑龙江电视台国家一级编导黄恺任总导演，由哈师大音乐学院院长陶亚兵担任指挥和艺术总监。音乐会采用独唱、合唱、合伴唱、交响曲等多种艺术表现形式，舞台背景运用现代高科技LED屏，音舞诗画相结合。参加演员由曲冬梅、崔杰夫、张美薇、梁岚、王庆辉、侯赛男等省内著名歌唱家和各高校艺术系知名声乐教授、省青歌赛、省音乐大赛获奖选手的中、青年歌唱家组成，还特别邀请海政文工团汤峻、解放军艺术学院张妮等黑龙江籍歌唱家参加演出，以此来提高整台音乐会的演出层次和轰动效果。音乐会由哈师大师生交响乐队伴奏，哈师大音乐学院师生合唱团伴唱。

“这片黑土地——纪念毛泽东同志《在延安文艺座谈会上的讲话》发表70周年‘龙歌’音乐会”的举办，借助“龙歌”这一代表性的文艺品牌，展示了黑龙江省独特的地域风情，深厚的文化底蕴，丰富的艺术资源；调动了全省广大文艺家的创作热情，打造更多的精品力作。通过“龙歌”唱响黑龙江，振奋龙江人改革奋进的精神，鼓舞龙江人民昂扬的斗志，从而加快促进黑龙江文艺事业的大发展大繁荣。

【第三届中国·黑龙江万象国际木雕艺术节】

6月14日，“第三届中国·黑龙江万象国际木雕艺术节”在宾西中俄木材交易中心开幕。本届木雕节由国家住建部雕塑建设指导艺术委员会、中共黑龙江省委宣传部、省文联、中俄木材交易中心有限公司、中国·黑龙江造型艺术产业园区承办，省美协雕塑委员会、省木材行业协会、黑龙江万象艺术交流中心、黑龙江新望广告文化传播公司、北大荒文化发展有限公司协办。

原省委书记孙维本，原省委副书记单荣范，省政协、省军区、省委宣传部、省文联以及国家发改委、住建部，省商务厅、省工商局、省发改委、省工信委、省林业厅、省文化厅，哈尔滨市人大、市政府、市工商局、市发改委、市工信委、市商务局、市林业局等相关单位领导，大兴安岭、黑河、牡丹江、绥芬河等市地有关领导出席了开幕式。国家及省内外多家新闻媒体到会进行了采访。

为期4天的本届木雕节进行了十个方面的内容运作：一是邀请国内外特邀艺术家创作展示；二是开展民间艺术家创作活动；三是举办大学生木雕创作大赛；四是举行黑龙江刻字艺术优秀作品展；五是举行黑龙江万象木材博物馆揭牌仪式；六是进行中国·黑龙江造型艺术产业园区特聘艺术家签约仪式；七是举办中国·黑龙江造型艺术产业论坛；八是邀请省内著名美术家、书法家举行万象国际木雕艺术节书画笔会；九是进行木雕创作成果暨民间艺术家作品互动体验活动；十是进行民间艺术家、大学生木雕创作大赛、刻字艺术优秀作品评奖活动。

本届木雕节以绚丽多姿、丰富多彩的木雕艺术活动，以群众及中外艺术家广泛参与和形式多样的展演及交易活动，让木雕品牌获得更多人的关注，让木雕艺术成为繁荣社会主义文化的重要形式。

【黑龙江省文联青年文艺工作者学习实践文艺界核心价值观活动】

5月3日，黑龙江省文联团委组织黑龙江省书法、摄影、戏剧等艺术门类青年文艺工作者，深

入兴隆林业局青峰林场进行艺术实践活动。

省文联副主席计世伟，机关党委副书记王丹等出席了此次实践活动。此次活动围绕学习和践行“爱国、为民、崇德、尚艺”的文艺界核心价值观和《中国文艺工作者职业道德公约》、以建设“富强龙江、文明龙江、和谐龙江、大美龙江、幸福龙江”为宗旨，是今年黑龙江省青年文艺工作者下基层的一项重要活动。活动期间特邀请原省书法家协会副秘书长、《书法赏评》杂志社常务副主编、著名书法家卞云和亲临指导创作，并现场挥毫泼墨，其作品当场赠送林场职工。

此次活动，激发了广大青年文艺工作者热爱文艺，献身文艺的热情，增强了服务基层、奉献社会的责任意识。

【黑龙江省戏剧大赛·第十二届“小梅花奖”评选活动】

黑龙江省戏剧家协会、黑龙江省京剧院于5月11日至13日，举办了黑龙江省戏剧大赛·第十二届“小梅花奖”评选活动。此项赛事已成为黑龙江省戏剧工作的品牌项目。

本届大赛共有200多名选手参赛，其中年龄最小的4岁，最大的28岁。比赛分专业、业余两个组别进行，经评委会认真评选，从京剧、龙江剧、小品、话剧片段表演等类别中评选出状元花、梅花之星、五度梅花奖、四度梅花奖、三度梅花奖、二度梅花奖、金花奖、银花奖、铜花奖等奖项。本次大赛的部分优胜者将被推荐参加“中国少儿戏曲小梅花荟萃活动”。

【黑龙江省美术馆50年哈尔滨艺术学院师生美术作品回顾展】

5月23日，“黑龙江省美术馆50年——哈尔滨艺术学院师生美术作品回顾展”在黑龙江省美术馆展出。展览由省委宣传部、省文联主办，省美术馆承办。

展览展出作品均来自于哈尔滨艺术学院师生，共200余件。本次展览是该学院美术专业成就的集中体现，参展作品涵盖美术专业的各个品类，绘制精到，风格各异，题材广泛、色彩绚丽、全面展示了哈尔滨艺术学院老艺术家精湛的艺术造诣。

开幕式结束后，举办了纪念毛泽东同志《在延安文艺座谈会上的讲话》发表70周年老美术家座谈会，参会美术家以纪念《讲话》70周年为主题，围绕美术创作、文艺发展等问题展开了交流研讨。

【“火热时代　多彩龙江”——2012年黑龙江省文艺家深入生活采风创作活动】

2012年黑龙江省文艺家深入生活采风创作活动座谈会7月5日在哈尔滨召开。黑龙江省委书记吉炳轩出席会议并作重要讲话。黑龙江省委常委、宣传部部长张效廉主持会议，省直有关单位负责同志，来自黑龙江省文学、美术、书法、摄影、音乐、戏剧、曲艺、广播影视界的文艺家代表出席座谈会。

会上，黑龙江省歌舞剧院原副院长胡小石、省作家协会副主席王阿城、省画院副院长曹香滨先后发言，交流了新形势下如何深入生活采风创作的经验体会。会后进行了采风出发仪式。

由省委宣传部、省文化厅、省广电局、省新闻出版局、省文联、省作协、省画院等单位主办的“火热时代　多彩龙江”——2012黑龙江省文艺家深入生活采风创作活动，从7月初到8月底进行，省直和相关市（地）组成八个采风组，分赴“八大经济区”采风。

【走进绿色军旅——黑龙江省艺术家迎庆十八大走进军旅采风活动】

9月9日至12日，“走进绿色军旅——黑龙江省艺术家迎庆十八大走进军旅采风活动”举办。活动由黑龙江省军区政治部、黑龙江省文学艺术界联合会共同主办。

采风团由黑龙江省军区政治部副主任吴其海，黑龙江省文联党组成员、副主席计世伟等领导，以及省内20余位书法、美术、摄影、曲艺、音乐等门类的著名艺术家和艺术工作者、军旅艺术家组成，黑龙江电视台、《黑龙江日报》记者随行采访。

在为期三天的慰问采访活动中，采风团艺术家赴黑河慰问七连官兵及爱辉艇组官兵、慰问“黑河好八连”、长发哨所、长发修理所、边防七团官兵和大黑河岛哨所。通过创作采风、慰问演出、书画笔会等形式，为边防守备部队官兵送去欢乐、送去祝福。

【第十三届哈尔滨民间民俗艺术博览会】

9月4日，“第十三届哈尔滨民间民俗艺术博览会”在哈开幕。此次“哈博会”由中共黑龙江省委宣传部、中共哈尔滨市委宣传部主办，黑龙江省文联、哈尔滨市文联、哈尔滨市城市管理局、黑龙江英利达经贸有限公司共同承办。省文联党组副书记、副主席燕鹏、市委宣传部长张丽欣，市人大副主任才殿国等省市领导参加了开幕式。

本届“哈博会”展位数量达到320个。展会分为60余个民间艺术展区和115个综合展区，展出来自省内13个市（地）50余个类别、170个小类、品种数以百计的艺术精品，展出作品涵盖了黑龙江省民间民俗各个艺术门类。

本届“哈博会”推行市场化运作模式，以展销结合的形式扩大招商规模，进一步和文化旅游市场紧密结合。使中外游人在休闲观光中感受民俗艺术气息，了解到黑龙江省的民间艺术品牌。

本届“哈博会”组织评选出民间艺术创作金奖、银奖、铜奖和优秀作品奖，对组织单位评选出优秀组织奖，对给予博览会宣传报道的新闻媒体授予特殊贡献奖并颁发证书。

【秀木可雕——首届龙江书刻精品展】

9月10日，“秀木可雕——首届龙江书刻精品展”在海南省海口市举办。展览由黑龙江省文联、海南省文联主办，黑龙江省书协、海南省书协承办。中国书协、黑龙江省书协和海南省书协的领导以及书法爱好者百余人出席了开幕式。黑龙江省文联主席傅道彬、海南省书协主席吴东民分别在开幕式上讲话。

本次展览共展出龙江书刻精品50件。参观者络绎不绝，海南多家媒体对展览进行了报道。

【画说龙江——黑龙江省美术馆馆藏晁楣、张祯麒、杜鸿年、郝伯义经典版画作品陈列展】

8月10日，“画说龙江——黑龙江省美术馆馆藏晁楣、张祯麒、杜鸿年、郝伯义经典版画作品陈列展”在黑龙江省美术馆展出。展览由中华人民共和国文化部主办，文化部艺术司、黑龙江省文化厅、黑龙江省文联承办。

北大荒版画是驰誉中外的地域版画学派，晁楣、张祯麒、杜鸿年、郝伯义是这一学派的开创者、奠基人、引领者和最重要的代表画家。

在展览举办的同时，龙江美术讲堂特邀郝伯义先生作《北大荒版画溯源》专题讲座。

【风景的变换——英国当代名家版画邀请展】

8月25日至9月5日，由黑龙江省美术馆、黑龙江省版画院、英国圣拉巴斯版画艺术中心主办的“风景的变换——英国当代名家版画邀请展”在黑龙江省美术馆展出。

此次展览是对2011年9月至11月黑龙江版画走进英国的回展，也是中英文化交流在版画艺术上的又一次碰撞。展览共展出英国著名版画家詹姆斯·希尔、凯丽·阿克罗伊德的版画作品66件。

“风景的变换——英国当代名家版画邀请展”的举办，为黑龙江省版画作者和爱好者搭建了近距离接触国外版画艺术的平台。

【第三十一届中国·哈尔滨之夏音乐会之哈尔滨师范大学音乐学院专场音乐会】

8月7日，“第三十一届中国·哈尔滨之夏音乐会之哈尔滨师范大学音乐学院专场音乐会”在哈尔滨工程大学起航活动中心剧场拉开了帷幕。

“哈尔滨师范大学音乐学院专场音乐会”以“国际手风琴艺术周开幕式音乐会”为序幕，共组织了十一场各具特色的音乐会。其中，“俄罗斯华裔作曲家左贞观作品音乐会”、原创交响音乐剧《柴可夫斯基》尤其引人注目。

【“党的旗帜高高飘扬”——迎接党的十八大胜利召开文艺晚会】

10月26日，“党的旗帜高高飘扬”——迎接党的十八大胜利召开文艺晚会在哈尔滨举办。晚会由中共黑龙江省委宣传部、省文学艺术界联合会、中共哈尔滨市委宣传部、哈尔滨市文联主办，黑龙江省歌舞剧院、省音乐家协会、省舞蹈家协会、哈尔滨歌剧院、哈市音乐家协会承办。省和哈尔滨市有关单位领导与观众两千多人一起观看了演出。

本台晚会是省和哈尔滨市联合打造的一台迎庆十八大胜利召开的综合性演出。由黑龙江电视台著名导演赵荣丽执导。演出历时一个半小时，参演人员800余人。参加演出的有曲冬梅、齐燕、王文、刘淑珍、王庆辉、侯赛男等活跃在黑龙江省一线的专业中青年歌唱家，更有小朋友、大学生、武警战士、老年人等群众演员参加。

此台文艺晚会的举办，集中展示了黑龙江省经济、政治、文化、社会建设和生态文明建设以及党的建设所取得的伟大成就，全面展示党的十七大以来黑龙江省文艺事业繁荣发展的辉煌成果。

【中国·鸡西兴凯湖肃慎文化民间艺术节】

9月20日，“中国·鸡西兴凯湖肃慎文化民间

艺术节”在鸡西市举办。同时，中国民间文艺家协会为鸡西市“中国肃慎文化之乡”授牌。中国民间文艺家协会、省委宣传部、省文联、省民协、鸡西市的领导以及省内外民俗专家出席了揭牌仪式。授牌结束后，与会领导、专家学者观看了大型民间文化实景剧《鸡西·穆棱河传说》。

鸡西市是肃慎民族的发源地。艺术节期间，由省民间文艺家协会和鸡西市委宣传部承办的鸡西兴凯湖肃慎文化高端论坛同时举行。来自北京、辽宁、吉林、黑龙江等地的知名学者，探讨了新开流文化与肃慎文明之间的历史渊源及其在鸡西地区的发展与传承等方面的课题。

【中国黑河国际旅游摄影艺术节】

8月19日至25日，“中国黑河国际旅游摄影艺术节”在黑河市举办。艺术节由中国艺术摄影学会、黑龙江省摄影家协会、黑河市委、市政府主办，黑龙江省摄影艺术研究院、黑河市委宣传部、黑河市文联承办。

艺术节展出了中俄摄影家的摄影作品。摄影家们结合自己独特的艺术视角，把他们对黑河的自然风光、人文景观的感悟，用镜头捕捉、用生动的视觉形象和摄影语言展示给观众。

艺术节期间，举办了“黑河市经济社会发展成就展”、“中俄摄影家聚焦黑河——黑河自然风光人文景观展”和“旅俄历史国际展”，开办了题为《强国与当代旅游摄影》的主题论坛。

【第24届黑龙江省摄影艺术展览】

11月3日，“第24届黑龙江省摄影艺术展览”开幕，展览由黑龙江省摄影家协会主办。

本次展览共展出四百余幅摄影作品。参展作品类别包括自然风光、社会生活、数码创意等方面。摄影作者来自社会各阶层、有职业摄影者，更多的是业余摄影爱好者。

【迎风飘扬的旗——第六届新年合唱音乐会】

12月3日，“迎风飘扬的旗——第六届新年合唱音乐会”在哈尔滨音乐厅举办。音乐会由黑龙江省文联主办，省音协、省音协合唱分会承办。省内相关领导及业内人士出席音乐会。

自2009年起，省文联已多次举办“龙歌”系列音乐活动。黑龙江新年合唱音乐会作为打造“龙歌”系列品牌音乐活动，已成功举办五届，在黑龙江省有着广泛影响。

本届音乐会荟萃了《太阳岛上》、《喊一声北大荒》、《我爱你塞北的雪》等经典“龙歌”曲目，还推出了《北国雪》、《黑龙江的波涛》等新创作、新编配的合唱曲目。

【黑龙江省版画院25周年新作展暨黑龙江美术创作研究院美术作品展】

11月20日，“黑龙江省版画院25周年新作展暨黑龙江美术创作研究院美术作品展”在哈尔滨开展。展览由省文联、省美术馆、省版画院共同主办。

“黑龙江版画院25周年新作展”共展出省版画院42位作者的81件作品，均为“第十九届全国版画展”至今一年多的新作。

“黑龙江美术创作研究院美术作品展”共展出美术创作研究院美术家们创作的70余件作品，参展作品弘扬了黑龙江优秀精神，倾诉黑土地自然与人文的大美与大爱，反映了该院艺术家们目前的价值取向、艺术追求、创作状态与风格面貌。

【龙江书刻精品暨全国书法名家作品邀请展】

由黑龙江省文学艺术界联合会、《大公报》共同主办的“龙江书刻精品展暨全国书法名家作品邀请展”日前在香港沙田大会堂开幕。

香港新闻联主席、《大公报》董事长兼社长姜在忠，黑龙江省文联主席傅道彬、《大公报》驻黑龙江办事处主任焦红瑞等出席了开幕式。

本次展览共展出70件“龙江书刻”精品，“全国书法名家作品邀请展”同时展出。一幅幅精品力作体现了书法名家弘扬祖国传统文化的翰墨情怀。

【全省第六届新人新作书法展暨第九届临帖书法作品展】

11月1日，“全省第六届新人新作书法展暨第九届临帖书法作品展”在哈尔滨开幕。展览由省文联主办，省书协和省书法活动中心承办。省书协主席马国良、省文联主席傅道彬、副主席计世伟等领导以及书法爱好者百余人出席开幕式。

本次展览共展出244件作品，这些作品内容丰富，形式多样，展示出很高的艺术水准。展览将新人展和临帖展合在一起举办，是一种新的尝试，将临帖作品和创作作品集中展示一堂，更加直观其艺术效果。

【迎庆十八大——黑龙江省美术家协会第七届新人新作展】

12月6日，“迎庆十八大——黑龙江省美术家协会第七届新人新作展”在哈尔滨开幕。展览由省美协主办，省美术馆承办。省暨哈市领导与观众300余人出席了开幕式。

本次展览，经过层层遴选，共有120件作品参展。其中包括中国画、油画、版画、雕塑、水彩、漆画、综合材料等作品，基本涵盖了绘画中的各个门类。从中我们可以感受到作者对于时代脉搏的敏锐把握和社会飞速变化的深刻思考。在创作方法上涉及写实主义、象征主义、表现主义等等，在造型上涉及具象、变型、抽象、装饰等手法。充分显示了青年作者艺术视野的开阔、创作思维的活跃。

文艺家协会

【东北地区第二期钢琴教师研修班开班】

2月14日，东北地区第二期钢琴教师研修班开班。本期研修班由黑龙江省音乐家协会、牡丹江市文联共同主办。

自2006年起，黑龙江省音协、牡丹江省音协已成功举办了6期钢琴教师研修班，陆续邀请中国音乐学院、黑龙江大学等知名音乐院校的名师开展教师培训工作。来自东北三省钢琴教师积极参加研修班进行学习。

东北地区钢琴研修班的举办，对提高东三省钢琴教师教学水平，培养音乐骨干力量，扩大文化交流起到了积极的作用。

【第七届黑龙江省音乐大赛声乐比赛】

5月19日至20日，“第七届黑龙江省音乐大赛声乐比赛”开赛。本次大赛由黑龙江省文联、黑龙江省音乐家协会主办。

黑龙江省音乐大赛是黑龙江省委宣传部批准设立的音乐类奖项，已成功举办六届。今年有400余位选手参加比赛，选手们通过音乐大赛这个平台展示自我，共同切磋，相互学习。

【第四期全国曲艺精品创作班】

7月13日至18日，由中国曲艺家协会和黑龙江省文联共同主办的第四期全国曲艺精品创作班在黑龙江农垦宝泉岭管理局举办。来自全国的70余位优秀曲艺作者参加了创作班。

本期曲艺精品的创作班内容丰富、形式多样，中国曲协副主席崔凯、山东快书表演艺术家赵连甲、曲艺作家郝赫、中国煤矿曲协副主席宋德全、相声新秀李伟建等老中青三代曲艺名家分别就艺术的继承与创新、小品创作实践、曲艺语言的艺术、相声创作实践技巧等话题为学员们作了精彩讲解。

学员们共带来新创曲艺作品42部，他们将这些作品在创作班上交流探讨，打磨推出了一批有水平、有特色、有亮点的作品，如相声《裸婚》、《宅男也疯狂》，小品《邻居》、《撞车》，山东快书《一壶香米酒》、快板《最美妈妈》、二人转《天上人间》，河洛大鼓《矿山汉子矿山的魂》，湖北小曲《香溪女》等。这些作品题材新颖，具有时代感和代表性，令人耳目一新。

创作班期间，宝泉岭分局的业余演出队和部分学员一起举行了专场文艺演出。

【黑龙江省文联推荐作品获第十二届精神文明“五个一工程”奖】

近日，黑龙江省文联推荐、大庆歌舞剧院创作的舞剧《鹤鸣湖》荣获中宣部第十二届精神文明建设“五个一工程”戏剧奖；由黑龙江省文联推荐、车行作词、李昕作曲的歌曲《爱中华》荣获歌曲奖。

【黑龙江省获第三届中国职工艺术节单项奖】

12月9日，在中华全国总工会、中国文联、中央文明办、中央电视台联合主办的“第三届中国职工艺术节”上，黑龙江省企业文联报送，齐齐哈尔阳光热力集团魏宝麟创作并表演的小品《特别的爱给特别的你》荣获曲艺小品类一等奖和最佳导演奖；大庆石化公司于凯峰演唱的《星光灿烂》荣获声乐类二等奖；大庆油田文联戏曲家协会选送的传统剧《我本是卧龙岗散淡的人》以及京歌《我是大庆石油人》分别荣获戏曲演唱类二等奖。

上海市文联

综　述

2012年，上海市文联紧紧围绕全市文化建设的重心，不断改进和增强对文艺事业的服务和引导，不断推动和促进文艺界和各方面统一思想、达成共识，共同推动上海文艺事业繁荣发展。搭建合作平台、开拓服务项目，努力作好演艺人才社会化服务工作。转变文联维权工作功能定位，拓宽文艺行业维权的途径，作好文艺维权服务。全年共组织“送欢乐、下基层”巡展、巡演活动近200场，举办文联艺术家讲坛51场，举办“漫话文明　文明漫画”社区巡展20场，受益人数达46000余人次。

市文联实行团体会员制。至2012年底，有团体会员14家，各协会会员总数约17600人。

会议与活动

【上海文艺界新春团拜会隆重举行】

2月6日，壬辰龙年正月十五下午，上海展览中心友谊会堂三楼宴会厅洋溢着浓浓的节日气氛，2012年上海文艺界新春团拜会在这里隆重举行。市委常委、市委宣传部部长杨振武，市人大副主任钟燕群，市政协副主席钱景林，市委宣传部副部长陈东、朱英磊，市文联领导吴贻弓、宋妍、杨益萍、迟志刚、何麟、王依群、沈文忠与朱践耳、仲星火、吕其明、舒巧、贺友直、王安忆、王汝刚、叶辛、张元民、江明惇、陆在易、施大畏、周慧珺、凌桂明、程海宝、穆端正、戴炜栋等数百位文艺工作者欢聚一堂，共度元宵佳节。大厅里一片欢声笑语，各剧种名家新秀纷纷登台，精彩节目高潮迭起，为团拜会增添热闹的气氛。新春团拜会由宋妍主持，杨振武、吴贻弓分别致辞，向辛勤耕耘在文艺园地的广大文艺工作者致以新春的祝福，祝愿大家在新的一年身体健康、工作顺利、再作贡献。

在新春团拜会上，市文联对2011年度表现优秀的中青年文艺家进行了表彰，经各协会主席团认真讨论、推选，并经文联党组综合评审确定，史依弘、刘明亚、朱洁静、汤晓风、何根祥、吴天戈、张丰、张军、李守白、陆求实、陈龙、陈蓉、周红、金焰、金磊、俞桉桉、洪健、速达、喻荣军等19位在各自文艺领域表现优秀的中青年文艺家获此荣誉。

【纪念著名越剧表演艺术家袁雪芬90诞辰系列活动举行】

3月26日，《袁雪芬越剧唱腔精选（早期）》在逸夫舞台举行首发及签售仪式。这部精选集汇集了袁雪芬早期出版的唱片中的20余个唱段，包括《梁祝哀史》、《香妃》、《一缕麻》等袁派代表作中的经典唱段。3月27日，袁派名剧《祥林嫂》在相隔30多年后，由上海越剧院一团团长方亚芬率领众多优秀青年演员，首次以“零外援”的形式再度完整呈现。3月28至29日，作为纪念著名越剧表演艺术家袁雪芬90诞辰重要系列活动之一的“一代宗师·百年流芳——纪念艺术大师袁雪芬演出专场”在逸夫舞台举行。本次纪念活动由市文广局、市文联、文汇新民联合报业集团等主办，上海越剧院、市戏剧家协会等承办。来自上海、浙江、江苏三地的30多位越剧明星演员及新秀在专场演出中演绎了20多段袁派经典之作。

本次纪念活动的推出，不仅仅是为了纪念和缅怀，更为重要的是让当代的戏曲工作者铭记戏剧前辈们为艺术事业奉献创新的精神，以及精益求精、日臻完善的艺品和人品，推进艺术流派的争奇斗艳，推动年轻一代更好成长。

【第22届上海白玉兰戏剧表演艺术奖揭晓】

4月17日晚，第22届上海白玉兰戏剧表演艺术奖获奖演员名单揭晓暨颁奖晚会在上戏剧院隆重举行。在这台以“玉兰绽放·粉墨今生”为主题的晚会上，本届“白玉兰”奖各归其主。市委常委、宣传部部长杨振武宣布著名戏剧理论家、评论家、活动家刘厚生获得第22届上海白玉兰戏剧表演艺术奖特殊贡献奖。中国戏剧家协会主席、上海市戏剧家协会主席、上海白玉兰戏剧表演艺术奖评委会主任尚长荣，中国文联副主席、中国电影家协会副主席奚美娟等为获奖演员颁奖。全国政协常委、市政协副主席周汉民，市政府副秘书长蒋卓庆，市委宣传部副部长、上海白玉兰戏剧表演艺术奖组委会主任陈东出席颁奖晚会，他们向获奖演员表示热烈祝贺，为戏剧事业的繁荣发展致以真诚的祝愿。

由于年事已高，刘厚生无法亲自来沪领奖。之前，市委宣传部副部长陈东与市文联党组书记宋妍，市文联党组副书记、上海白玉兰戏剧表演艺术奖评委会副主任何麟已专程赴京向他颁奖。

陕西省戏曲研究院眉碗团著名演员李东桥凭借秦腔《西京故事》中的出色表演夺得本届“白玉兰”主角奖榜首，他与姚百青、洪涛、金士杰、田蕤等10人获得主角奖。总政话剧团著名演员郭达凭借话剧《生命档案》中饰演秦忠武一角获得配角奖榜首，他与边肖、丰君梅、许美霞共4人获得配角奖。新人主角奖和新人配角奖、集体奖也当场一一揭晓。

第22届上海白玉兰戏剧表演艺术奖吸引了16个剧种、35个院团的87位演员参评，演员水平相当，竞争十分激烈，充分反映出“海纳百川、追求卓越、开明睿智、大气谦和”的城市文化品格。同时，评奖结果也充分体现出该奖“促进新人成名家，推动名家成大师”，努力营造良好的戏剧演艺人才发展的宗旨和方向。

【第29届上海之春国际音乐节】

4月28日晚，第29届上海之春国际音乐节在上海大剧院隆重开幕。市委常委、副市长屠光绍，市委常委、宣传部部长杨振武，著名音乐家吕其明、曹鹏共同开启开幕水晶球，市文联党组书记宋妍主持开幕式，市文广局局长胡劲军致开幕词，市人大副主任杨定华、市政协副主席吴幼英及周小燕、朱践耳、陆在易、凌桂明等艺术家出席了开幕式。在4月28日至5月18日音乐节举办期间，来自中国、美国、法国、葡萄牙、俄罗斯、亚美尼亚、苏格兰、日本、古巴、波兰、特立尼达和多巴哥等十多个国家的表演团体和艺术家们为上海市民奉献了39台精彩纷呈的音乐舞蹈演出，另有1个“节中节”——管乐艺术节和3项专业赛事以及覆盖全市各区县的大中小型群文活动陆续登场。

5月18日晚，第29届上海之春国际音乐节闭幕式暨闭幕演出在上海文化广场举行，市人大常委会主任刘云耕，市委常委、副市长屠光绍，市委常委、宣传部部长杨振武，市人大常委会副主任钟燕群，市政协副主席钱景林等市领导出席闭幕式。杨振武同志讲话并宣布本届音乐节闭幕。上海文化广播影视集团总裁薛沛建主持仪式，上海音乐学院院长许舒亚致闭幕辞。市文联主席吴贻弓、党组书记宋妍、副书记王依群、秘书长沈文忠、音协主席陆在易、舞协主席凌桂明出席闭幕式。闭幕演出俄罗斯大型音乐剧《基督山恩仇记》集歌舞、戏剧、音响、灯光和多媒体于一体，艺术手段丰富，场景豪华精致，演员阵容强大。该剧编剧埃尔克夏·博罗宁、歌词作者尤力·金都是俄罗斯杰出的作家艺术家，为了适应音乐剧的表现，他们在忠于原著的基础上作了精心的删节和改编，将原著曲折的故事情节和鲜明的人物形象，通过精心创作的舞台形象、优美动听的旋律、完整流畅的舞蹈展现在观众面前。

【上海市检察官文学艺术联合会成立】

4月27日，上海市检察官文学艺术联合会第一次会员大会暨成立大会在华亭宾馆隆重召开。全国政协教科文卫体委员会副主任、中国检察官文联主席张耕，上海市委常委、市政协副主席、政法委书记吴志明，上海市人民检察院检察长陈旭，上海市文联党组书记宋妍出席会议并发表讲话。上海市文联党组副书记、专职副主席何麟出席了成立大会，并与廖昌永、奚美娟、施大畏、叶辛等12位文艺界知名人士一起被聘为上海市检察官文联顾问。参加成立大会的还有上海市人大、市政协、市高级人民法院、市公安局、市司法局、市国家安全局、市民政局等单位领导和全市各级检察院检察官代表400余人。

上海市检察官文联是本市第一个市直机关成立的文联，大会选举产生了第一届领导班子成员，上海市人民检察院副检察长郑鲁宁当选为第一届检察官文联主席。

【青浦区文学艺术界联合会成立】

青浦区文学艺术界联合会第一次代表大会3月29日下午在区委党校举行。区委副书记房剑森，区委常委、宣传部部长韦明，市文联党组副书记、专职副主席何麟及青浦区文联会员代表、有关文化单位代表等50余人参加了会议。本次代表大会选举产生了第一届领导班子成员，张瑞云当选为第一届文联主席，朱琦、张军、李品龙、余维廉、吴建英、范林元当选为副主席，秘书长由朱琦兼任。

【"生活·艺术"纪念《讲话》发表70周年上海美术作品展】

为纪念毛泽东同志在延安文艺座谈会上的讲话发表70周年，由中共上海市委宣传部、上海市文化广播影视管理局、上海市文学艺术界联合会主办，上海市美术家协会、上海中国画院、上海美术馆、上海油画雕塑院、刘海粟美术馆、中共一大会址纪念馆承办的"生活·艺术"纪念毛泽东同志《在延安文艺座谈会上的讲话》发表70周年上海美术作品展于5月17日上午在上海美术馆隆重开幕，中共上海市委常委、宣传部部长杨振武，上海市文化广播影视管理局局长胡劲军，上海市文联党组书记宋妍，上海市文联巡视员、专职副主席迟志刚，上海市文联党组副书记、专职副主席何麟，上海美术家协会主席、中国画院院长施大畏，上海文化发展基金会秘书长郦国义，著名艺术家贺友直、陈佩秋等及观众600余人出席展览开幕式。开幕式由上海市文化广播影视管理局艺术总监滕俊杰主持，宋妍、胡劲军、杨振武先后致词，杨振武、贺友直、陈佩秋为展览开幕剪彩。

展览分引言：艺术源于生活、高于生活（1942～1958），第一部分：艺术表现时代生活（1959～1982），第二部分：生活点亮多元艺术（1983～2012）三个板块，精选了1942年至2012年七十年间各个时期以生活为创作对象的优秀美术作品150余件，包括中国美术馆、上海美术馆、上海中国画院、上海美协、上海油画雕塑院、刘海粟美术馆等机构的珍贵藏品，较为完整地反映七十年来各个历史时期艺术创作的主体面貌，讲述了中国现实主义创作的发展道路，推动当前艺术创作更加面向生活、反映生活、弘扬真善美。

【音乐剧发展论坛】

由上海市文联、上海大剧院艺术中心主办，上海之春组委会办公室、上海文化广场剧院管理有限公司承办，上海市戏剧家协会、上海音乐家协会协办的"第29届上海之春国际音乐节音乐剧发展论坛"于5月19日在上海文化广场成功举行。上海市文联党组书记宋妍、上海大剧院院长张哲、上海市文联党组副书记王依群等及来自中国、日本、英国、俄罗斯等国家和地区的近60名海内外音乐剧专家学者和业界人士出席了论坛。大家就音乐剧创作与制作、音乐剧本土化、音乐剧产业的现状与展望、音乐剧人才的培养和观众的培育等诸多课题展开了深入的研究与探讨。论坛分为主题发言和专题研讨两大板块，围绕"交流、展演、合作、发展"四个关键词展开，力求在建立音乐剧艺术国际间交流、共赢格局，以前瞻性国际性视野进行思考与探讨，促进中国音乐剧引进制作创作与教学的经验交流，深入挖掘中国音乐剧市场潜力，多元开发中国音乐剧交易渠道，推动中国音乐剧产业的发展与繁荣等方面形成广泛共识。

【冯远中国画作品展亮相上海美术馆】

5月26日下午，由中国文联、文化部、全国政协书画室、清华大学、中国美术家协会、上海市文广局、上海市文联主办，上海美术馆、上海市美术家协会联合承办的"笔墨尘缘——冯远中国画作品展"在上海美术馆开幕。市委副书记殷一璀参观画展。全国政协副主席李金华，上海市政协主席冯国勤，全国人大常委金炳华、龚学平，中共上海市委常委、市纪委书记杨晓渡出席开幕式。中共上海市委常委、宣传部部长杨振武，中国文联党组副书记覃志刚，上海市文广局党委书记陈燮君，上海市文联巡视员专职副主席迟志刚为开幕式致辞，冯远致答谢词。开幕式由上海市文化广播影视管理局艺术总监滕俊杰主持。出席开幕式的还有中国美协副主席、中国美术学院院长许江，中国美协副主席、上海市美协主席施大畏，著名画家贺友直、陈佩秋等。

此次展览是冯远从艺40年来首次个人作品展，全面展示了他自上世纪80年代从浙江美术学院（现为中国美术学院）毕业以来30余年的美术创作历程。展览分为"历史溯怀"、"技道萦怀"、"苍生情怀"、"传统追怀"四个部分，共展出181件作品，从多个侧面展示了冯远在中国画传承与发展上孜孜不倦的探索。冯远专为本次展览创作的巨幅作品《今生来世》也首次与观众见面。

【长宁区文学艺术界联合会成立】

5月26日，上海市长宁区文学艺术界联合会第一届代表大会暨成立大会在长宁区政府隆重召开，市委宣传部副部长陈东，市文联党组书记宋妍，市文联党组副书记、专职副主席何麟到会祝贺。长宁区委书记卞百平，区委副书记、区长李耀新，区人大副主任陆继业，区委常委、区委宣传部长章卫民，副区长陈志奇及长宁区文联会员代表、有关文化单位代表等共100余人出席了成立大会。大会选举产生了长宁区文联第一届领导班子成员，周文贤当选为第一届文联主席。成立大会上还举行了区文联揭牌仪式及区文联名誉主席、主席、副主席的证书颁发仪式。陈东代表市委宣传部向长宁区文联的成立表示祝贺。她说，地区文联是集聚、整合区域文化资源的重要力量，长宁区文联的成立必将极大推动长宁的文化建设。

【吴贻弓荣获第十五届上海国际电影节终身成就奖】

6月16日，第十五届上海国际电影节盛大开幕。开幕式上，市文联主席、著名导演吴贻弓被授予“华语电影终身成就奖”。吴贻弓是中国最具影响力的导演之一，他的影片洋溢着浓郁的生活气息和真实的艺术感，饱含着丰富的人生哲理，具有独特的诗体风格。6月21日，第十五届上海国际电影节“向大师致敬——吴贻弓个人回顾展开幕式暨影片《阙里人家》放映活动”在上海影城举行。市文联主席、著名导演吴贻弓，市文联党组书记宋妍、副书记何麟，上海影协主席张建亚、常务副主席许朋乐，电影节组委会执行副主席、上影集团党委书记、总裁任仲伦等出席了开幕式，并与数百名电影工作者和电影爱好者们一起观看了影片。

作为上海国际电影节金牌栏目的“向大师致敬”单元，本届电影节期间特别放映了中国“第四代导演”领军人物吴贻弓执导的三部经典影片《城南旧事》、《阙里人家》和《巴山夜雨》，重温吴导镜头下诗意的影像风格。

【心织笔耕——张雷平水墨艺术展】

6月17日下午，由上海市文联、上海市美协、上海美术馆、上海中国画院共同主办的“心织笔耕——张雷平水墨艺术展”在上海美术馆开幕，市人大常委会主任刘云耕，市政协主席冯国勤，全国人大常委金炳华，全国人大常委龚学平，市委常委、宣传部部长杨振武，市人大常委会副主任钟燕群，市政协副主席钱景林，市委宣传部副部长陈东、朱咏雷，市文广局党委书记陈燮君，市文联领导宋妍、杨益萍、迟志刚，何麟、沈文忠及著名美术家陈佩秋等800多人出席开幕仪式，陈燮君、杨振武分别致辞。

张雷平是上海画坛非常独特的一位女画家，也是当代中国画坛具有鲜明艺术风格和代表性的水墨画家。她的水墨创作虽源于传统海派水墨的根基，但并不囿于笔墨技巧的范式，展现了中西结合而富于视觉冲击力的审美新意象。此次展出作品主要有花鸟和山水两类，全面展示了张雷平四十多年来的水墨艺术实践历程和丰硕艺术成果。

【上海市文学艺术界联合会第七次代表大会】

7月3日至4日，上海市文学艺术界联合会第七次代表大会在上海展览中心隆重举行。来自文学、音乐、戏剧、电影、美术、摄影、舞蹈、书法、曲艺、民间文艺、杂技、电视、文学翻译等专业艺术领域代表和上海演艺工作者联合会、上海创意设计工作者协会及区县文联代表约700人济济一堂，回顾总结上海六年来文艺事业发展的历程和成果，共商新形势下文艺繁荣发展大计。中共中央政治局委员、市委书记俞正声，中国文联党组书记、副主席赵实出席开幕式并讲话。市委副书记、市长韩正，市领导刘云耕、冯国勤、殷一璀、屠光绍、杨振武、李希、尹弘、朱争平、钟燕群、钱景林等出席开幕式。市文联党组书记宋妍主持开幕式，市文联主席吴贻弓致开幕词，市总工会副主席周志军代表人民团体致贺词。

俞正声同志代表市委、市政府，向大会的召开表示热烈的祝贺，向全体与会代表和全市广大文学艺术工作者致以诚挚的问候和崇高的敬意。他希望全市广大文艺工作者：胸怀大局，把握方向，唱响社会主义的主旋律；执著追求，锐意创新，努力攀登艺术的新高峰；崇德尚艺，德艺双馨，当好人类灵魂的工程师，创作出更多无愧于历史、无愧于时代、无愧于人民的优秀作品，为上海建设国际文化大都市、实现创新驱动转型发展贡献力量。

赵实在讲话中肯定了上海第六次文代会召开六年来的工作，希望上海市文联在文化建设和文艺发展进入崭新历史阶段之际，认真贯彻落实党的十七届六中全会精神和第九次全国文代会精神，更好地服务大局、服务群众、服务文艺创作、服务文艺工作者，最大限度地发挥党和政府联系文艺界的桥梁纽带作用。

大会于7月4日选举产生了由169人组成的第七届文联委员会，审议通过了《关于上海市文学艺术界联合会第七次代表大会工作报告的决议》和《关于修改〈上海市文学艺术界联合会章程〉的决议》。为期两天的大会在团结、和谐的气氛中圆满闭幕。

【市文联召开七届委员会第一次全体会议 施大畏当选文联主席】

7月4日下午，上海市文联第七届委员会召开第一次全体会议。市委常委、宣传部部长杨振武出席会议并讲话。会议选举产生了上海市文联新一届主席团。施大畏当选为第七届主席，王汝刚、叶辛、何麟、何承伟、沈文忠（专职）、宋妍（专职）、迟志刚、张元民、张建亚、陆在易、尚长荣、周志高、奚美娟、凌桂明、程海宝、谭晶华、穆端正等17位同志为市文联副主席，王依群、黄豆豆、廖昌永为市文联主席团委员。（以上均按姓氏笔画为序）

杨振武代表市委、市政府对新当选的市文联委员和主席、副主席、主席团委员表示热烈祝贺并提出殷切希望。他说，新一届文联要高举中国特色社会主义伟大旗帜，坚持邓小平理论和“三个代表”重要思想，以科学发展观和社会主义核心价值体系统领文艺工作，坚持“二为”方向，贯彻“双百”方针，切实增强政治意识、大局意识和责任意识，坚持正确的文化立场、文化选择和文化取向，团结凝聚广大文艺工作者紧密围绕在党的周围，全心全意为人民服务，为建设社会主义文化强国作出更大贡献。

施大畏表示，当选文联主席不仅是一个崇高的荣誉，更是光荣的使命、重大的责任和庄严的嘱托。新一届文联将在市委、市委宣传部的领导下，认真学习，努力履职，团结凝聚上海文学艺术工作者，振奋精神，开拓进取，勉力谱写上海文化大繁荣大发展的崭新篇章，为推动上海国际文化大都市建设而奋斗。

【俞振飞先生诞辰110周年纪念活动】

7月7日，由上海戏剧学院、上海市文联主办，上海戏剧学院附属戏曲学校、上海戏剧学院戏曲学院、上海市戏剧家协会、上海京剧院、上海昆剧团、上海青年京昆团联合承办的“京昆合璧 儒雅风流”——俞振飞先生诞辰110周年纪念活动在上海宾馆隆重举行。市文联党组书记、专职副主席宋妍，上海戏剧学院院长韩生代表主办方致词。来自全国各地的学者、专家及俞门弟子50余人应邀出席活动。

纪念活动上，举行了《俞振飞书信选》、《俞粟庐书信集》首发式及俞振飞艺术研讨会。大家对俞振飞先生的成长经历、艺术思想、教育理念等进行了广泛而深入的探讨。俞振飞先生的夫人李蔷华女士，著名京剧表演艺术家梅葆玖先生、程永江先生及俞门弟子代表均在纪念会上对俞振飞的艺术与品德作了深情的讲述和回顾。

本次纪念活动还包括7月7日和8日晚在上海天蟾逸夫舞台的两场演出。7日的《王芝泉教学成果展演》，由上海戏校第一代昆曲传人、昆剧名家王芝泉的弟子谷好好、杨亚男、钱瑜婷、王倩澜等精彩呈现。8日的《京昆折子戏专场》则汇集了蔡正仁、岳美缇、张静娴、金锡华、张铭荣、王世民、陈朝红等京昆名家，他们有的是俞振飞先生的嫡传弟子，有的是俞振飞先生在戏校担任校长期间培养的学生，他们的倾情献演是俞振飞先生“京昆合璧”大家风范的最好诠释。

【2012喀什上海文化周】

8月19日上午，由“我眼中的喀什—上海”摄影展，“上海书展”喀什专场、沪喀两地非物质文化遗产交流展以及“情满天山驭动喀什”汽车展组成的2012喀什上海文化周“四联展”，在新疆喀什国际展览中心隆重开幕。中共上海市委常委、宣传部部长杨振武，新疆维吾尔自治区党委常委、宣传部部长胡伟，中央新疆工作协调小组办公室副主任张国立，喀什地委书记程振山，上海市文联党组书记、专职副主席宋妍等出席开幕式并剪彩。

“我眼中的喀什—上海”摄影展是由上海市文联、喀什地区文联主办，上海市摄协、喀什地区摄协承办。展览包括两大主题：一是反映喀什百姓安居乐业、城乡建设飞速发展新面貌；二是拍摄在沪交流学习、工作创业的喀什干部群众，展示上海援建喀什的工作实效，反映沪喀两地的深厚友情。展览共展出20多位沪喀两地优秀摄影家的作品100幅。

【上海市消防文学艺术联合会成立】

8月22日，上海市消防文学艺术联合会成立大会在第二军医大学礼堂隆重举行。原公安部党委委员、纪委书记、督察长祝春林，全国公安消防文学艺术联合会主席谢模乾，上海市公安消防总队总队长赵子新、政委张华锋，上海市文联党组书记、专职副主席宋妍，上海市文联专职副主席沈文忠出席会议。参加成立大会的还有公安部、上海市公安局等单位领导和全市消防官兵代表共800余人。成立大会上，祝春林与谢模乾共同为上海市消防文联揭牌，赵子新为消防文联特邀顾问颁发了聘书。会上，宋妍代表上海市文联向大会的召开表示祝贺，希望广大消防系统文艺爱好者更加积极地参加各种文艺活动，更加热情地参与文艺交流，共同助推消防文联工作，把消防文联建设成为消防战线广大文艺工作者、爱好者的“和谐温馨之家”。

【上海市第七届书法篆刻大展】

9月25日上午，上海市文联和上海市书协主办的第七届上海书法篆刻大展开幕式在上海图书馆展厅举行。本次大展以“喜迎十八大”为主题，旨在展示上海书法艺术的阶段性最高成果，推动上海书法创作和理论繁荣发展。市文联党组书记、专职副主席宋妍，市文联巡视员、副主席迟志刚，上海书协名誉主席周慧珺，上海书协顾问钱茂生，上海书协主席周志高等出席开幕式，并为20位大展获奖作者颁发获奖证书。迟志刚、周志高在开幕仪式上讲话，获奖作者代表方英在开幕式上发表了感言。

本次大展面向社会公开征稿，共收到907件投稿作品（其中篆刻作品79件），在经过公正、严格、科学和专业的评选后，共评选出入展作品231件（其中篆刻作品43件），优秀作品20件（其中篆刻作品3件）。和历届展览相比，本次展览所展示的作品既有深刻的寓意和丰富的内涵，又有强烈的时代气息，充分体现了上海书坛创作整体风貌和艺术魅力。开幕式上还举行了《喜迎十八大——上海市第七届书法篆刻大展作品集》的首发仪式。

【2012上海国际摄影节暨第十一届国际摄影艺术展览】

10月11日上午，2012上海国际摄影节暨上海第十一届国际摄影艺术展览在上海世贸展览中心隆重开幕。中共上海市委常委、宣传部部长、摄影节组委会主任杨振武，上海市文联主席施大畏，上海市文联党组书记、专职副主席宋妍，中共上海市长宁区委员会书记卞百平，中共上海市长宁区委副书记、区长李耀新，上海市长宁区人大常委会主任朱言文，世界华人摄影学会顾问、上海市摄影家协会顾问简庆福，中国摄影家协会副主席朱宪民、张桐胜、王悦，市文联党组书记、专职副主席宋妍，市文联巡视员、副主席迟志刚，上海市文联副主席、上海市摄影家协会主席张元民，上海市文广局艺术总监滕俊杰，英国职业摄影家协会主席西蒙·立奇等应邀出席开幕式。杨振武宣布摄影节开幕。李耀新、迟志刚在开幕式上致辞。出席开幕式的还有来自美国、英国、法国、加拿大、荷兰、摩洛哥、印度、希腊、伊朗等国的著名摄影家、摄影策展人和知名摄影机构，以及来自各省市自治区的摄影家协会代表。英国、法国、印度、希腊、伊朗等国家的驻沪总领事馆也纷纷派代表出席。

本届国际摄影艺术展览经17位国际和国内资深评委从32个国家和地区、29个省市自治区参展的16000余幅作品中遴选，共展出获奖和入选作品800幅。《惊魂一刻》（沈雷摄，中国浙江）、《岁月如歌》（王溶江摄，中国上海）等4幅获得纪实类照片组金奖；《路上》（宋持月摄，中国江苏）等3幅获得了电子影像组（艺术类）金奖；《火机广告》（裴安海摄，中国安徽）等2幅获得了电子影像组（创意广告摄影类）金奖；《瞻前顾后》（何元华，中国四川）等5幅获得了艺术类照片组金奖。世界三大摄影组织国际影艺联盟(FIAP)、美国摄影学会（PSA）和英国皇家摄影学会（RPS）同时为本届国际影展的照片组、电子影像组和纪实组颁发金、银、铜牌。摄影节期间，还举办了国际摄影邀请展、国际摄影名家论坛和国际摄影画廊等活动。此次展览以虹桥世贸中心为主展区，并分设6个分展区和十多个分展馆，分别展出本届国际影展的交流展作品，组织各种类型的摄影展互动展出。

【上海戏剧编剧高级研修班举办】

10月15日上午，上海戏剧编剧高级研修班在上海戏剧学院举行开班典礼。市委宣传部副部长陈东、朱英磊，市文联党组书记、专职副主席宋妍，上海文教办副主任马博敏，上海戏剧学院党委书记楼巍、院长韩生等出席开班典礼。陈东为学员上了题为《唱响主旋律、提倡多样化，新时代文艺创作者的责任》的第一课。朱英磊在开班典礼上作了讲话。

此次办班是由上海文教结合办和上海市文联联合主办，上海戏剧学院、上海市戏剧家协会承办，在中共上海市委宣传部直接推动和指导下，本着为上海建设文化人才高地，培养、挖掘优秀戏剧创作人才的目的，在学员招收的定位上打破体制，不拘一格，经选拔录取正式学员23人，旁听生14位。这些学员来自北京、福建、陕西、上海等地，一部分是艺术院团的专业编剧，还有一部分来自不同行业的业余戏剧创作者。

本期研修班学制为一年，邀请国内著名剧作家、戏剧理论家授课，采取理论学习和创作实践相结合，集中教学与名师传授、逐个辅导的方法相结合，立足高端，追求实效，最终达到培养优秀编剧人才、发现优秀编剧人才、提高编剧能力水准、助推上海艺术原创的目的。

【2012上海国际版画展】

10月30日下午，“原点的维度”2012上海国际版画展在上海美术馆开幕。市文联主席、市美协主席施大畏，市文联副主席迟志刚，上海市对外文化交流协会副会长郑家尧，中国上海国际艺术节组委会执行副秘书长、中国上海国际艺术节中心总裁王隽，中国国家版画院院长广军，云南省美协主席郝平，上海市对外文化交流协会副秘书长晏利民，上海美协副主席张雷平等与国内外版画艺术家共400余人出席了开幕式。本届展览围绕最具起源意味和历史积淀的样式：木刻——版画的原点——开展思考和讨论，探讨传统样式在当代艺术中的位置与可能，探询当代艺术与传统的联系与渊源。来自西班牙、希腊、乌克兰、奥地利、德国、波兰、英国、加拿大、美国、韩国、孟加拉国和中国的52位作者的122作品参加展出。

【第三届“金玉兰”上海国际木偶艺术节】

由市文广局、市文联、文广集团、中国上海国际艺术节中心、联合国教科文组织国际木偶联合会中国中心、中国木偶皮影艺术学会联合主办，市剧协、上海木偶剧团、上海演艺广告公司承办的第三届“金玉兰”上海国际木偶艺术节暨首届国际木偶艺术论坛于11月9日至12日举行。市委宣传部副部长陈东，上海市文化广播影视管理局局长胡劲军，上海市文联党组书记、专职副主席宋妍，联合国教科文组织国际木偶联合会中国中心主席、中国木偶皮影艺术学会会长、第三届上海国际木偶艺术节组委会副主席李延年，联合国教科文组织国际木偶联合会秘书长雅克斯·特鲁多等分别参加了开幕和闭幕仪式。本届木偶艺术节汇聚了英国、法国、俄罗斯、西班牙、塞尔维亚等多个国家，以及中国木偶艺术院团的11台剧目共计20场演出，并分别产生“最佳剧目奖”、“优秀剧目奖”、“视觉艺术奖”、“艺术创意奖”、“评委会特别奖”和其他各类单项奖。由法国Xzart木偶剧团演出的《与众不同的兄弟》获得本届木偶艺术节大奖——“最佳剧目奖”；上海木偶剧团选送并表演的《白雪公主》荣获“优秀剧目奖”、“表演奖”和“导演奖”，成为获得奖项最多的团队；上海戏剧学院戏曲学校选送并表演的《戏偶东方》荣获“评委会特别奖”。11月11日下午，在首届国际木偶艺术论坛，与会的舞台艺术实践家和文艺评论家围绕“当代木偶艺术的发展趋势”和“在木偶艺术传承发展中的求索及木偶艺术人才培养”两大主题进行广泛的学术交流，成为本届木偶艺术节的一大新亮点。

【“上海海派艺术研究中心”建设合作签约仪式举行】

12月13日下午，闵行区人民政府、市文联共建“上海海派艺术研究中心”建设合作合同签约仪式在闵行区政府会议中心举行。市文联党组书记、专职副主席宋妍，市文联巡视员、副主席迟志刚，闵行区政协主席吴申耀，闵行区委副书记赵祝平，区委常委、宣传部部长赵丹妮，闵行区副区长于勇等相关领导出席了签约仪式。迟志刚、赵丹妮分别致辞。于勇、迟志刚代表双方签署了建设合作合同。

上海海派艺术研究中心是以政府为主导，探索市文联和闵行区政府合作模式，实现资源共享的新路子。中心将落户在闵行文化公园内，由闵行区落实土地，解决了基建的首要问题，之后，双方将共同成立理事会、艺委会等，共同协商完成中心的建设运营。

对外文化交流

【市文联接待韩国釜山艺总代表团】

应上海市文联邀请，以韩国釜山广域市艺术团体总联合会（以下简称釜山艺总）副会长郑英子女士为团长的釜山艺总代表团一行4人于5月9日至12日来沪访问，参加上海之春国际音乐节活动。5月9日，上海市文联巡视员、专职副主席迟志刚，上海市文联副主席、上海市舞协主席凌桂明，上海市音协秘书长郭强辉，上海市作协诗歌委员会主任季振邦代表上海市文联接待了釜山艺总代表团。访问期间，代表团先后观摩了“海上新梦《远山近海》——金复载作品音乐会”、“《浩乐风华》——上海民族乐团2012-2013演出季开幕音乐会”两场演出。

【上海文艺家代表团赴德国举办“上海时空”艺术周】

2012年是中德建交40周年，也是中德文化年，以市摄影家协会副主席兼秘书长曹建国为团长的上海市文艺家代表团一行4人于8月2至10日在汉堡举办了“上海时空”艺术周。其中，8月3至8日在汉堡豫园举办了《水墨的维度》上海当代水墨作品邀请展，共展出上海12位不同绘画门类艺术家的36件水墨作品。8月9日上午，《上海记忆》上海、汉堡摄影家作品交流展在汉堡市政厅隆重开幕。展览作品展示了历经沧桑的上海老建筑，镜头还深入到上海人生活的所有可能的细节，展示了一份可靠的、真实的、永恒的上海记忆。在访德期间，代表团对柏林中国文化中心的展示厅、汉堡图书馆和多个艺术展示机构进行了考察、访问，并与当地的艺术家和艺术经纪人进行了座谈。

【上海戏剧家代表团赴欧洲交流】

以市文联党组书记、专职副主席宋妍为团长的上海市戏剧家代表团一行6人于9月赴英国、法国、荷兰参加爱丁堡戏剧节等活动，与苏格兰戏剧家协会、法国表演艺术家联合会及荷兰戏剧节、阿姆斯特丹戏剧节等机构进行了深入交流，并洽谈了合作意向。代表团观摩了爱丁堡戏剧节的闭幕仪式及荷兰戏剧节、阿姆斯特丹艺穗节的参演节目，听取了两节组委会对各自办节理念、机构运作、经费来源、节目遴选等重要方面的详细介绍，并向艺术节组委会大力推介了上海市文联具有特色的国际性艺术节庆活动及海派特色戏剧院团和剧目。在双方共同努力下，达成了初步的合作意向。荷兰戏剧节总裁和艺委会主任定于2013年赴上海进行访问，并将对沪上著名院团的戏曲节目进行观摩遴选，希望有更多的上海优秀作品能够登上欧洲著名艺术节的舞台。

【上海当代水墨作品邀请展在希腊举行】

9月24日，由上海市文联、上海市对外文化交流协会、上海市美术家协会及希腊雅典海达瑞区政府联合主办的《水墨的维度》上海当代水墨作品邀请展在希腊雅典海达瑞区政府市政厅艺术中心举行开幕仪式。此次展览，上海方精选了14位优秀中青年艺术家40余幅水墨作品，作品展示了当代艺术家对水墨的实验、探索、研究的心得体会和价值取向，为中国水墨研究、发展拓宽思路提供了可能性，同时也向希腊观众充分展示了当代中国水墨画传承与探索的新动向和新成果，引起前来观展的希腊同行们的极大兴趣和关注。

文艺家协会

【海上新梦VI民族器乐原创作品音乐会】

5月3日，《海上新梦VI民族器乐原创作品音乐会》在上海音乐厅举行。受上海音乐家协会之邀，上海民族乐团携手郭文景、王建民、顾冠仁等多位著名作曲家及新一代的青年作曲家与演奏家们，为观众们奉献一场内容丰富、创新意味浓厚的民乐盛宴。本次音乐会不仅体现了上海之春国际音乐节“新人新作”的宗旨，而且也展现出上海“不断创新、海纳百川”的文化氛围，不同类别乐器与民族管弦乐队合作的创新演出方式奏响了民族乐音的新篇章，给上海之春国际音乐节增添了一道绚烂的风景线。

【第29届上海之春国际音乐节二胡邀请赛和首届声乐大赛】

由上海音乐家协会承办的第29届上海之春国

际音乐节二胡邀请赛和首届声乐大赛于5月12日和5月13日先后落下帷幕。第29届上海之春国际音乐节二胡邀请赛经初、复赛的激烈角逐，从来自全国各地的选手中遴选出12名选手进入决赛。最终，上海音乐学院陆轶文获得金奖和《第四二胡狂想曲》最佳演奏奖；中国音乐学院刘宇和上海音乐学院应怡婷获得银奖，其中刘宇同时获得《独弦操》最佳演奏奖；上海音乐学院卢璐、李志卿和中央音乐学院王轶群获得铜奖。中央音乐学院杨澜、杨悦和苏肖婷，中国音乐学院张咏音和张馨月、上海音乐学院梁杨子获新人奖。第29届上海之春国际音乐节首届声乐大赛各大奖项也各归其主，华东师范大学的刘琨、上海音乐学院的何晓楠分别获得美声、民声组金奖。上海音乐学院的陈京蔚和郑斌获得美声组银奖，四川音乐学院史倩和上海武警文工团朱志容获得民声组银奖，华东师范大学高凌媛和上海音乐学院李石、田园获得美声组铜奖，上海歌舞团梁彬、华东师范大学石春轩子和上海师范大学周燕燕获得民声组铜奖。

【华东六省一市专业舞蹈比赛】

5月13日晚，随着颁奖晚会暨精品展演在上海大剧院隆重举行，“2012华东六省一市专业舞蹈比赛”圆满落下帷幕。市委宣传部副部长陈东出席晚会并宣布闭幕，中国舞蹈家协会分党组书记、驻会副主席冯双白，中国舞蹈家协会分党组副书记、秘书长罗斌为获奖选手颁奖。本届比赛组委会主任、上海市文联党组书记宋妍，组委会副主任、上海市文联党组副书记王依群，山东省文联巡视员丁殿广，江苏省文联党组成员、书记处书记郑泽云和上海市舞蹈家协会主席凌桂明等六位评委出席晚会，并分别宣读获奖名单和为演员颁奖。经过5月10日至12日三场决赛的激烈角逐，群舞组评委会大奖由浙江歌舞剧院有限公司《红色英雄》摘得，单项组评委会大奖则空缺。上海戏剧学院舞蹈学院的《就恋那方土》，上海歌舞团、上海东方青春舞蹈团的《上海往事》，上海歌剧院舞剧团的《浔阳遗韵——丽人行》同获群舞组创作一等奖、表演一等奖；上海戏剧学院舞蹈学院的《羽化灵蛇》捧得单项组创作一等奖、表演一等奖。

【玉兰芬芳——上海著名戏曲演员演唱会】

5月20日下午，“玉兰芬芳——上海著名戏曲演员演唱会”在兰心大戏院举行。著名京剧表演艺术家、中国剧协主席、上海市剧协主席尚长荣为本次系列纪念活动题词：“艺术净化心灵，文化促进和谐。”市文联党组副书记王依群，市文联专职副主席、党组成员、秘书长沈文忠与现场观众一起观看了演唱会。

演唱会汇聚了近20位来自沪上京、昆、越、沪、淮等各专业戏曲院团的佼佼者，演员们先后获得上海戏剧界最高奖——白玉兰戏剧表演艺术奖。其中，茅善玉、梁伟平、方亚芬、华雯、王志萍、王珮瑜等人还获得过中国戏剧梅花奖。当天，名家们演唱了京剧《智取威虎山》；越剧《祥林嫂》；沪剧《红梅颂》、《江姐》、《苏娘》、《红叶魂》；淮剧《家有长子》等现代曲目和新编剧目，以及传统或改编戏曲如京剧《珠帘寨》、《锁麟囊》；昆剧《牡丹亭》；越剧《碧玉簪》、《蝴蝶梦》；淮剧《女审》等名段。

【市摄协成立50周年系列活动】

2012年是上海市摄影家协会成立50周年，作为其重要纪念庆典活动之一的《上海摄影50周年回顾展览》暨《上海摄影史》首发、赠书仪式，于7月25日在上海图书馆隆重举行。市委宣传部副部长陈东，市文联党组书记、专职副主席宋妍，市文联巡视员、副主席迟志刚，市文联副主席、上海市摄影家协会主席张元民等出席了本次活动。“上海摄影50周年回顾展览”是一个时间跨度50年的上海市摄影艺术综合性展览，展出作品110多幅，绝大部分照片是1962年上海市摄影家协会成立至90年代上海老摄影家拍摄的作品，部分兼顾近年来中青年摄影家拍摄的优秀作品。多元风格的综合性展览，凝聚了上海老、中、青摄影家对生活的关注和热爱，也呈现了上海摄影艺术创作的整体实力。

7月27日，纪念上海市摄影家协会成立50周年大会在上海国际贵都大饭店举行。市文联党组书记、专职副主席宋妍，市委宣传部秘书长陈启伟出席大会并向获得“五十年摄影工作”荣誉证书的老摄影家代表颁发证书，并赠送《半个世纪光影路——上海市摄影家协会成立五十周年回忆文集》。上海市摄影家协会副主席兼秘书长曹建国在会上作了市摄协成立50周年工作报告。

【“江、浙、沪、台”两岸四地手工艺精品展】

10月25日上午，由上海市宝山区文化广播影视管理局、上海民间文艺家协会、江苏省民间文艺家协会、浙江省民间文艺家协会和台湾工艺研究发展中心共同主办的“江、浙、沪、台”两岸四地手工艺精品展在上海宝山国际民间艺术博览馆拉开帷幕。市文联巡视员、副主席迟志刚，市文广局副局长王小明，市文联副主席、民协主席何承伟，宝山区委常委、宣传部部长杜松全，宝山区人民政府副区长陶夏芳出席仪式。作为第十四届中国上海国际艺术节的一项重要展览活动，本次展览是两岸四地手工艺精品首次同台展示，集中展出了长三角地区和台湾极具文化特色的手工艺代表之作，包括木雕、石雕、陶艺、布艺、竹艺、漆器、纸艺、金属工艺、刺绣等9大类手工艺品，展品总数近200件。参展作品既体现了各地本土传统手工艺的特点，又糅合了现代设计元素，融艺术性、时尚性和生活性于一体。

【“倾听上海”首届上海故事大赛】

10月28日下午，由上海市群艺馆、上海民间文艺家协会联合主办，《上海故事》杂志社承办的“倾听上海”首届上海故事创作、演讲大赛颁奖典礼在上海星舞台隆重举行。市文联巡视员、副主席迟志刚，市文广局副局长王小明，市文联副主席、民协主席何承伟等领导出席颁奖典礼并为获奖选手颁奖。大赛得到了上海以及全国各地故事爱好者的广泛参与和积极响应，共收参赛稿件240多篇，涌现了一批从不同侧面反映上海城市生活、体现上海城市精神的佳作。经大赛评审组多轮评选，由郁林兴创作的故事《一条玛瑙项链》获创作一等奖。在随后举行的故事讲演大赛中，由李佳讲演的故事《记忆中的旋律》获讲演一等奖。同时，大赛还评选出创作二等奖3个、三等奖5个、优秀奖20个；讲演二等奖3个、三等奖5个、优秀奖7个。

【第二届中国长三角油画名家邀请展】

11月21日上午，由上海市文联、上海市美协主办的“画忆江南”——第二届中国长三角油画名家邀请展在刘海粟美术馆开幕。市文联党组书记、专职副主席宋妍，市文联巡视员、副主席迟志刚，市文广局副局长王小明，市美协副主席邱瑞敏、周长江、俞晓夫，江苏省美协副主席、南京艺术学院副院长陈世宁，江苏省美协副主席徐明华、安徽省美协名誉主席鲍加、浙江画院名誉院长潘鸿海，以及来自江苏、浙江、安徽、山东、上海的艺术家300余人出席了开幕式。迟志刚主持开幕式，宋妍、陈世宁、邱瑞敏分别致辞。

此次邀请展共展出浙江、江苏、安徽、山东、上海35位油画家新近创作的90幅精品佳作。作品主题突出、风格鲜明，富有艺术创造力和感染力，以不同的角度、不同的手法、表现出艺术家们对作为我国长江文明所特有的“江南”文化内涵的诠释，熔铸了他们的艺术追求和对长三角这片日新月异的沃土的热爱。本次展览在刘海粟美术馆展出后，移师安徽省博物馆、江苏省美术馆巡回展出。

【市曲协成立50周年滑稽、评弹专场演出】

12月2日、3日，“曲苑芬芳五十载”——上海市曲艺家协会成立50周年庆贺演出滑稽、评弹专场在兰心大戏院隆重上演。中华人民共和国原外交部部长唐家璇为曲协成立50周年题词。市委常委、宣传部部长杨振武发来贺信表示祝贺。市委宣传部副部长陈东，市文联党组书记、专职副主席宋妍等出席了庆贺演出活动。原江苏省政协副主席、中国曲协苏州评弹艺术委员会主任陆军、江苏曲协主席盛小云、浙江曲协副主席蒋希均也专程前来祝贺。中国曲艺家协会、上海滑稽剧团、上海评弹团、人民滑稽剧团、青艺滑稽剧团、陈云故居暨青浦革命历史纪念馆等单位纷纷发来贺信、贺电表示祝贺。来自曲艺界的老中青少四代同堂，共庆曲协五十华诞。此次演出汇聚了目前家喻户晓、深受广大老百姓喜欢的曲艺名家，参演人数近百名，精选了近20个优秀节目进行展演，得到了沪上曲艺爱好者的热烈追捧。

【第九届CASIO杯翻译竞赛颁奖典礼】

12月19日，第九届CASIO杯翻译竞赛颁奖典礼在上海影城举行。市文联专职副主席兼秘书长沈文忠，上海译文出版社总编史领空，上海译文出版社副总编兼《外国文艺》主编吴洪，卡西欧（上海）贸易有限公司副总经理岩丸阳一，以及俄语组、英语组专家评委夏仲翼、郭振宗、翟象俊、徐振亚、朱宪生等出席了颁奖仪式。吴洪、徐振亚代表专家组就参赛选手的亮点和问题进行了分析。获奖代表赖小婵、金美玲分别就本次参赛体会作发言。

CASIO杯翻译竞赛迈入第九个年头，除26个省市、自治区、直辖市，更有美国、俄罗斯、法国

和德国等海外选手参与。参赛选手遍布各行各业，除教育界外，还有自由职业者、外企职员、公务员、解放军，以及来自食品业、金融界、科技类从业人员。

事业单位

【文联艺术团开展2012迎春大团拜文艺专题配送演出】

由上海东方宣传教育服务中心主办，全市各社区文化中心承办，上海市文联艺术团组织的“欢乐上海·和谐家园”2012东方文化迎春大团拜文艺专题配送演出，把喜庆佳节的欢乐氛围带到了基层群众身边。

本次文艺专题配送作为文联艺术团面向全市范围的主打活动之一，覆盖了全市10个社区，总计演出14场，吸引了来自各个社区近7000名群众到场观看。整个系列演出以形式多样的表演艺术、精湛的艺术水准以及周密的演出编排，赢得了广大社区群众的欢迎和好评。其中，仅在艺术表演形式上，演出就融合了古典、现代及不同文化元素，包括歌舞、杂技、相声、器乐等，使得整场演出异彩纷呈，精彩连连。此外，演出阵容也是本次演出的亮点之一，顾竹君、陈健、沈惠中等沪上100余名知名表演艺术家的倾情加盟，各具风格的表演也赢得了现场一阵又一阵的掌声。

【大型音乐话剧《歌唱祖国》】

市文联艺术团联合市剧本创作中心、浦东新区上钢新村社区党工委等多家单位创排了大型音乐话剧《歌唱祖国》，并于7月1日和2日在逸夫舞台进行首演。市文联党组书记宋妍，市文广局党委书记陈燮君，市文明办级巡视员陈振民，市文联党组副书记何麟、王依群，市文广局纪委书记沈卫星，浦东新区宣传部部长邓捷，上钢社区党工委书记苏锦山等领导于7月1日观看了演出。

大型音乐话剧《歌唱祖国》是由著名剧作家瞿新华对曾荣获第十一届全国精神文明建设“五个一工程”优秀作品奖的广播连续剧《歌唱祖国》进行二度创作后推出，以《歌唱祖国》的词曲作者王莘老人和老伴王惠芬的深情回忆形式，呈现了歌曲创作的曲折经历，彰显了该歌曲在全国乃至全世界华人中的巨大影响力。剧中所映现出的新旧社会对比及其象征性，融汇了多重丰富情感，将历史与现实聚合成了共同的心灵讴歌，以独特的视角和磅礴的气势，为观众带去源自内心的强烈震撼和巨大启迪。该剧由上海话剧中心导演杨昕巍执导，著名演员马冠英、赵肖男、邵诣等主演，陈伟国、费丽君、虞杰、何易等倾情助阵，同济大学影视学院的师生和社区江畔馨风艺术团成员也在舞台上一展风采。作为十八大献礼剧，该剧于7月至10月期间在全市各区县举行巡演。

江苏省文联

综　述

在省委、省政府的坚强领导和省委宣传部的有力指导下，省文联以科学发展观为统领，以建设文化强省为目标，团结凝聚广大文艺工作者开展了一系列卓有成效的工作，取得了显著成绩：社会主义核心价值体系建设深入开展，文艺创作生产更加繁荣，文艺人才优势更加凸显，文艺惠民服务更加有效，文艺品牌建设全面推进，文艺理论创新成果丰硕，文联组织的凝聚力、影响力和服务能力不断提高，全省文艺事业和文联工作迈上了新台阶。

重要会议

【省文联第八届委员会第三次全体（扩大）会议】

2月14日至15日，省文联在南京召开第八届委员会第三次全体（扩大）会议。省委常委、宣传部部长王燕文出席并讲话。省委宣传部副部长梁勇、省文联第八届主席团、省文联领导王湛、王慧芬、杨企鹏、叶飚荣、郑泽云、省文联全体委员、各县（市、区）文联主要负责人等共200多人参加会议。省文联党组书记、常务副主席王慧芬作题为《勇担历史使命　推动繁荣发展　奋力开启文艺事业和文联工作新征程》的工作报告。会议增补王清平、刘仁前、吉龙生、闫海峰、陈炜、陈满林、徐宁、郭晓伟、曹茂良为第八届江苏省文联委员，常州市文联等10个单位作大会交流发言。大会对顾芗等36项全省各级文联2011年度在全国获得文艺奖项获得者及省剧协、省书协、省民协3个获奖总数、获奖质量位居全国前三名的“优秀组织奖”获得单位给予嘉奖表彰。其中，2011年获得第二十五届中国戏剧梅花奖“梅花大奖”的顾芗获得10万元奖励。

【江苏省音乐家协会第六次会员代表大会】

12月17日至18日，在南京召开江苏省音乐家协会第六次会员代表大会，省文联主席王湛，省委宣传部副部长梁勇，省文联党组书记、常务副主席王慧芬，党组副书记、副主席杨企鹏，书记处书记、党组成员叶飚荣、郑泽云，以及150余位音乐界代表出席会议。梁勇、王慧芬分别在开幕式上讲话。省文联副主席、省音协第五届主席团主席朱昌耀致开幕词。与会代表审议通过了《工作报告》和《江苏省音乐家协会章程（草案）》，选举产生了由54人组成的江苏省音协第六届理事会。经选举，朱昌耀当选为省音协第六届主席团主席，方鸣、有德乡、吴小平、杨丽娟、邹建平、俞子正、崔新、蒋婉求（按姓氏笔画排序）当选为副主席。

重要活动

【时代风采——2012中国百家金陵画展（油画）】

11月16日，由中国美协、江苏省委宣传部、省文化厅、省文联主办，省美协承办的时代风采——2012中国百家金陵画展（油画）在省美术馆开幕。省人大常委会副主任赵龙，省政府副省长曹卫星，省政协副主席张九汉，省政府副秘书长肖泉，省委宣传部常务副部长章剑华，省委宣传部副部长梁勇，省文联名誉主席顾浩，省文联主席王湛，中国美协展览部主任杜军，为获奖者颁奖并为开幕式剪彩，高云、杨企鹏、叶飚荣、郑泽云、言恭达、宋玉麟、周京星、李向伟、尚辉、尹石、陈世宁、胡宁娜等有关单位和部门的领导、专家，与来自全国各相关省市美协的负责人、获奖作者、在宁各艺术院校师生、美术爱好者等500余人一同参观画展。开幕式由省文联党

组书记、常务副主席王慧芬主持。杜军代表中国美协分党组书记、驻会副主席吴长江，章剑华受江苏省委常委、宣传部部长王燕文委托在开幕式上分别致辞。梁勇宣读本届画展金奖的获奖名单和本届画展组织奖获奖名单。金奖作品和获得者是（按姓氏笔画为序）：《空房》许永城(广东)、《1912·泰坦尼克》杨玉贵(江苏)、《我们》汪莺莺(江苏)、《大空间》张艺嘉(江西)、《收获》张文平(北京)、《夏日海岸》张立农(河北)、《症——疗》赵舒燕(浙江)、《戏剧人生》俞小飞(江西)、《流年》费翼峄(北京)、《昆曲遗流》钱流(江苏)；组织奖获得者是：北京美协、浙江省美协、河北省美协、广东省美协、江西省美协。

【第七届中国曲艺“牡丹奖”颁奖晚会】

9月15日，由中国文联、中国曲协、江苏省委宣传部、江苏省文联主办，江苏省曲协承办的第七届中国曲艺“牡丹奖”颁奖晚会在南京奥体中心体育馆举行。全国政协副主席、中国文联主席孙家正，中国文联党组书记、副主席赵实，江苏省政协主席张连珍，省委副书记石泰峰，中国文联党组成员、书记处书记李前光，江苏省委常委、省纪委书记弘强，省委常委、宣传部部长王燕文，省人大常委会副主任林祥国，副省长何权，省政协副主席周珉，省高级人民法院院长公丕祥，武警江苏省总队政委张红朝，省文联名誉主席顾浩，省文联主席王湛，省政协原副主席陆军，中国文联副主席、中国曲协主席刘兰芳，中国曲协分党组书记、驻会副主席董耀鹏，中国文联理论研究室主任陈建文，中国曲协分党组副书记、秘书长刁惠香，江苏省文联党组书记、常务副主席王慧芬，以及黄敵钧、冯巩、黄宏、王汝刚、李时成、吴文科、崔凯、郭刚、盛小云、程永玲、籍薇、邓光辉、李培隽、曲华江、杨企鹏、叶飚荣、郑泽云等中国文联、中国曲协、江苏省有关方面领导出席颁奖晚会。孙家正、赵实、张连珍、石泰峰、林祥国、何权点亮灯笼启动颁奖盛典，孙家正宣布第七届“中国曲艺牡丹奖”颁奖盛典开幕。本届“牡丹奖”颁奖系列活动也是“中国·江苏首届文化艺术节”活动内容的重要组成部分。

【2012兰亭群星荟金陵·全国书法精品邀请展】

9月29日，作为首届中国·江苏文化艺术节重点活动之一，由江苏省文联主办，省书法家协会承办的2012兰亭群星荟金陵·全国书法精品邀请展在省美术馆开幕。省委常委、宣传部部长王燕文，省人大常委会副主任丁解民，省文联主席王湛，省委宣传部常务副部长、省书法院院长章剑华，省委宣传部副部长梁勇，省文联党组书记、常务副主席王慧芬，省文联党组副书记、副主席杨企鹏等相关单位领导，江苏省书协主席团成员尉天池、言恭达、孙晓云、徐利明、李啸，省书协顾问张杰，及来自全国各地的“中国书法兰亭奖·艺术奖”获奖作者等500多人出席开幕式。王慧芬主持了开幕式，章剑华致辞，江西省书协主席毛国典代表参展者发言。王燕文、丁解民、王湛、章剑华、梁勇、杨企鹏、尉天池为展览开幕剪彩。

【“幸福江苏·光影十年”喜迎十八大摄影作品巡回展】

9月28日，作为首届中国·江苏文化艺术节重点活动之一，由省委宣传部、省文联、省广电总台主办，省摄协承办的“幸福江苏·光影十年”喜迎十八大摄影作品巡回展在南京图书馆开幕。省委常委、宣传部部长王燕文，省文联主席王湛，省委宣传部常务副部长章剑华，省委宣传部副部长周琪，省文联党组书记、常务副主席王慧芬，省广电总台台长、省广电集团有限公司董事长卜宇，省文联党组副书记、副主席杨企鹏，省文联书记处书记、党组成员叶飚荣、郑泽云，省摄协主席团成员，以及本次影展获奖代表、摄影爱好者数百人出席开幕式。王慧芬在开幕式上致辞，周琪宣读获奖名单。王燕文、王湛、章剑华、周琪、王慧芬、卜宇等为获奖作者颁发证书并为开幕式剪彩。南京首展后，展览全省12个省辖市进行巡回展出。

【评弹音画《唐宋古韵忆江南》】

9月22日，由省委宣传部、省文化厅、省文联、省演艺集团主办，省曲协、省文联大型活动部、省演艺集团评弹团、省演艺集团民乐团、苏州市评弹团、苏州市评弹学校承办的评弹音画《唐宋古韵忆江南》在南京举行。省委常委、宣传部部长王燕文，省文化厅党组书记、厅长徐耀新，省文联党组副书记、副主席杨企鹏，省演艺集团董事长、总经理朱昌耀，省文化厅副厅长高云，省文联书记处书记、党组成员郑泽云等观看了彩排，并看望了全体演职人员。省文联主席王湛，省政协原副主席、中国曲协苏州评弹艺委会主任陆军等观看了演出。

【江苏省百名文艺家百场惠民活动】

省文联不断创新文艺惠民的内容和形式，提高惠民活动的质量，进一步拓展“双百”惠民活动的内涵和外延，将电影展映、美术、书法、摄影展览等纳入惠民活动的范畴。2012年，省文联结合重大节庆日和“三解三促”、文艺品牌、文艺评奖等活动，组织文艺家深入乡村、企业、社区、学校、军营，开展丰富多样的文艺惠民活动118场（次），惠及人民群众20多万人次。

【首届江苏省“钟山奖”电影剧本征集】

2012年6月至2013年4月，由江苏省文联、省广播电影电视局、省委宣传部文化发展基金会主办，省影协、省剧本中心、省广电协会电影分会承办的首届江苏省“钟山奖”电影剧本征集活动结束。组委会共收到来自全国的专业编剧、业余作者、在校学生171人566部作品。经两轮初审，共有39部作品获奖，其中二等奖3名，三等奖3名，优秀奖10名，优秀剧本提名奖23名（一等奖空缺）。

【首届江苏省优秀中青年美术家书法家精品展】

11月30日，由省文联主办，省美协、省书协共同承办的首届江苏省优秀中青年美术家书法家精品展在省美术馆开幕。省政协副主席周珉，省文联名誉主席顾浩，省政府副秘书长肖泉，省委宣传部副部长梁勇，省文联党组书记、常务副主席王慧芬等领导，以及入选展览的20位优秀中青年美术家、书法家出席开幕式。王慧芬在开幕式上致辞。入选展览的10位优秀中青年美术家分别是庄道静、周阿成、郭子良、陆庆龙、贾俊春、王法、孙宽、曹明凤、章文浩、李建民，10位优秀中青年书法家分别是汤志平、刘灿铭、谢少承、管峻、仇高驰、宇文家林、李啸、黄继革、林再成、王卫军。展览共展出20位书画家的100幅书画作品。

【江苏省第四次新人美术作品展】

8月8日，省美协第四次新人美术作品展在省美术馆开幕。省委老领导、省文联名誉主席顾浩，省文联领导王慧芬、杨企鹏、郑泽云，省美协主席团成员宋玉麟、高云、陈世宁、周京新、尹石、李向伟、胡宁娜，以及省文联、文化厅等相关单位负责人出席，王慧芬、宋玉麟分别在开幕式上致辞。

【江苏省第八届新人书法篆刻作品展】

5月28日，由省书协、张家港市委宣传部、张家港市文联共同主办的江苏省第八届新人书法篆刻作品展在张家港开幕。省文联党组书记、常务副主席王慧芬，中国书协副主席、省文联副主席言恭达，张家港市委常委、宣传部部长杨芳等出席开幕式。王慧芬在开幕式上讲话，杨芳致欢迎辞，言恭达副宣读获奖作者名单，获奖作者代表张斌发言。展览共收到来稿作品3394件，其中篆刻作品99件，展览增设“新人作品奖”，经评审，20件作品荣获“新人作品奖”。

【第三届全国漆画展】

12月1日，由中国美协、江苏省文联主办，南京艺术学院、中国美协漆画艺委会、江苏省美协承办的第三届全国漆画展在南艺开幕。江苏省政协主席张连珍，省人大常委会副主任林祥国，中国美协分党组书记、常务副主席吴长江，省委宣传部常务副部长章剑华，中国美协艺委会办公室主任丁杰，中国美协漆画艺委会主任冯健亲，省文联党组副书记、副主席杨企鹏，省文化厅副厅长高云，省美协主席宋玉麟，省美协副主席兼秘书长尹石等出席开幕式并为展览剪彩。吴长江、杨企鹏、冯健亲先后致辞。

【庆祝党的十八大——江苏省社会主义新农村摄影大赛优秀作品展在南京开幕】

11月28日，由省农委、省文联、省摄协共同举办的庆祝党的十八大——江苏省社会主义新农村摄影大赛优秀作品展在南京开幕。省人大常委会副主任李全林，省文联党组书记、常务副主席王慧芬，省文联党组副书记、副主席杨企鹏，省农委副巡视员张定，省文联副主席、省摄影家协会主席沈遥，省摄协副主席于先云、李培林、赵浏兰，省摄协秘书长吉龙生等出席开幕式。王慧芬发表讲话。经评选，158幅作品入选，38幅作品获奖。

【喜迎十八大·江苏省合唱展演】

11月3日，由省文联、省音协主办，省音协合唱联盟承办的“喜迎十八大·江苏省合唱展演”颁奖音乐会在南京艺术学院举行。省委宣传部副部长梁勇，省文联领导王慧芬、郑泽云等出席颁

奖晚会，来自南京、苏州、无锡、盐城、徐州、连云港等地的11支获奖团队参加演出。梁勇等领导和嘉宾为11个获奖团体及3名优秀指挥和3名优秀伴奏颁发了获奖证书，王慧芬发表讲话。无锡山禾合唱团、南京工人合唱团、江苏省文化馆爱之声合唱团荣获金奖，陈晓平、余华、吕晓一获优秀指挥奖，张中谚、尹彦翔、王琛瑜获优秀伴奏奖。

【时代之声——欢庆党的十八大胜利召开暨弘扬“新时期江苏精神”优秀创作歌曲音乐会】

12月13日，时代之声——欢庆党的十八大胜利召开暨弘扬“新时期江苏精神”优秀创作歌曲音乐会在南京紫金大戏院举行。省委常委、宣传部部长王燕文，省委宣传部副部长梁勇，省文联党组书记、常务副主席王慧芬，省演艺集团董事长、总经理朱昌耀，省文化厅副厅长高云，省文联书记处书记、党组成员叶飚荣、郑泽云等相关主承办单位领导与千余观众一同观看了演出。

【江苏省花鸟画研究会25周年优秀作品展】

11月23日至26日，由省美协、省花鸟画研究会联合主办的江苏省花鸟画研究会25周年优秀作品展在南京举行。省文联名誉主席顾浩，省文联顾问、省中华文化促进会副主席、秘书长高以俭，省文联书记处书记、党组成员叶飚荣等出席开幕式。展览共有215幅作品参展。叶飚荣在开幕式上讲话。

【2012江苏省工笔画展览】

10月20日，由省文联、徐州市文联主办，江苏省文联书画研究中心、江苏省喻继高艺术馆基金会承办的2012江苏省工笔画展览在徐州开幕。省文联党组书记、驻会副主席王慧芬，徐州市委书记曹新平，省文联党组副书记、副主席杨企鹏，徐州市委宣传部部长张彤，徐州市副市长李燕，徐州市文联党组书记、主席王雪春，中国工笔画学会副会长、著名工笔花鸟画家喻继高，以及参展作者和徐州各界人士千余人出席。开幕式上，王慧芬致辞。

【宁、锡、澄三地书画家作品邀请展】

5月22日，由省文联、省美协、省书协、江阴市委宣传部共同主办，江阴市文联、市文广新局和无锡市江南书画院承办的宁、锡、澄三地书画家作品邀请展在江阴市开幕。全国总工会原副主席、中国职工书法家协会名誉主席徐锡澄，省文联党组书记、常务副主席王慧芬，无锡市文联党组书记、主席雷群虎等出席开幕式。展览展出宁、锡、澄三地书画家120件作品。王慧芬在开幕式上发表讲话。

【2012南京·第二届全国农民画展】

9月26日，由中国民协、江苏省文联、南京市政府共同主办，江苏省民协、美协、南京市委宣传部、南京市文广新局、南京市文联、南京市文化集团、六合区政府承办的2012南京·第二届全国农民画展和中国农民画学术研讨会暨第二届南京六合农民画文化艺术节在六合开幕。南京市委常委、市政府副市长郑泽光，省文联党组书记、常务副主席王慧芬，中国民协分党组成员、副秘书长张志学，省文联党组副书记、副主席杨企鹏，以及中国民协、江苏省民协、六合区委、区政府各部门领导，冶山镇领导和来自全国20多个省市自治区的70多位“中国现代民间绘画画乡”、“中国民间文化艺术之乡”的代表出席开幕式。王慧芬发表讲话。同时，《2012南京六合·第二届全国农民画展优秀作品集》和《2012南京六合·第二届全国农民画学术研讨会论文集》进行首发。开幕式当天，还举办了2012南京六合·中国农民画学术研讨会。中国民协、江苏省文联、省民协、省美协、南京市文联的10多位专家和学者及市、区相关部门的领导与来自全国的农民画画乡的代表共80多人参加研讨，与会人员就传承、发展农民画对推进农村精神文明建设的意义展开讨论。南京六合、湖北宜昌、福建龙海、吉林东丰、江苏邳州等农民画画乡的代表根据本地农民画发展状况进行了交流发言。

【庆祝党的十八大第二届全国农民画获奖作品邀请展暨博里农民画展】

11月20日，由中国民协、江苏省文联、淮安市淮安区政府主办，江苏省民协、淮安市文联、淮安区委宣传部、区文广新局、区文联承办，博里镇政府、区文化旅游开发区协办的庆祝党的十八大第二届全国农民画获奖作品邀请展暨博里农民画展在古镇河下举行开幕仪式。省文联党组副书记、副主席杨企鹏，淮安市委常委、宣传部长戚寿余，省民协驻会副主席张丹等出席开幕式并剪彩。杨企鹏致辞，然后杨企鹏、戚寿余共同为文化部授予的“中国民间文化艺术之乡”揭牌。展览展出第二届全国农民画的60件获奖作品及博里农民画家的20件优秀作品。

【第二届全国农民画获奖作品巡展暨邳州农民画展】

12月10日，由中国民协、江苏省文联、徐州市文联、邳州市政府主办，省民协、邳州市委宣传部、邳州市文联、邳州市文广新体局承办的第二届全国农民画获奖作品巡展暨邳州农民画展在邳州市博物馆开幕。中国民间文艺家协会顾问、江苏省文联副主席、省民间文艺家协会主席陶思炎，徐州市文广新体局调研员、市民间文艺家协会主席汪诚谊，中国民协理事、江苏省民间文艺家协会驻会副主席张丹等出席开幕式并剪彩。展览共展出第二届全国农民画60幅获奖作品和26幅邳州农民画。

【2012韩·中国际艺术交流展】

9月5日至9日，应韩国艺总大邱广域市联合会邀请，江苏省文联文化艺术代表团一行8人，在省摄协秘书长吉龙生带领下赴韩国大邱广域市进行文化交流，5日下午，双方在韩国大邱文化艺术会馆举行2012韩·中国际艺术交流展开幕式。展览共展出江苏摄影艺术家的60幅作品和韩国大邱书画名家作品50余幅。

【春满江苏——2012年江苏省文艺界元宵节联欢会】

2月6日，由省文联、省作协共同主办的春满江苏——2012年江苏省文艺界元宵节联欢会。省委书记、省人大常委会主任罗志军、省委副书记、省长李学勇、省政协主席张连珍、省人大常委会副主任林祥国、省政协副主席周珉、省文联主席王湛、省政协原副主席冯健亲，以及省直宣传文化系统各单位负责同志出席了联欢会。罗志军发表讲话，勉励全省文艺工作者认清肩负的光荣使命，更加自觉、更加主动地投身文化建设工程，坚持“二为”方向和“双百”方针，坚持贴近实际、贴近生活、贴近群众，创作生产更多的优秀文化产品，为加快建设文化强省、推进“两个率先”贡献智慧和力量。联欢会由省委常委、宣传部部长王燕文主持。为江苏文化事业发展做出突出贡献的老艺术家、在文化艺术领域卓有建树的中青年艺术家和文艺新人200多人参加联欢会。

重要赛事

【第七届江苏戏剧奖·小戏小品奖大赛】

12月2日至5日，由省文化厅、省文联和镇江市政府主办，省剧协、镇江市文广新局、镇江市文联承办的第七届江苏戏剧奖·小戏小品奖大赛在镇江举行。来自全省各地的锡剧、柳琴戏、淮海戏、吕剧、淮剧、扬剧、泗州戏、滑稽戏以及普通话小品和方言小品等200多件作品参赛，42个作品进入复赛，经评选，共有28个剧目获奖，《一抹残阳》等4个小戏获得小戏类优秀剧目一等奖，《守望》等3个小品获得小品类优秀剧目一等奖。5日晚，在镇江举办颁奖晚会，省文联党组书记、常务副主席王慧芬，省文化厅副厅长高云，镇江市副市长曹丽虹，省文联书记处书记、党组成员郑泽云，省剧协主席汪人元，省剧协副主席、秘书长黄霞芬及镇江市文广新局、市文联等相关单位领导出席颁奖晚会。王慧芬、高云、曹丽虹分别致辞。

【江苏舞蹈“莲花奖”第26届CBDF国际标准舞全国锦标赛暨首届CBDF艺术表演舞锦标赛】

11月25日，由中国国际标准舞总会、江苏省文联、无锡市委宣传部、江阴市委宣传部主办，江苏省舞协、无锡市文广新局、无锡市文化艺术管理中心、无锡市文联、江苏省国际标准舞协会、江阴市文广新局、江阴市文联及深圳港龙舞蹈文化机构承办的江苏舞蹈“莲花奖”第26届CBDF国际标准舞全国锦标赛暨首届CBDF艺术表演舞锦标赛在无锡、江阴闭幕。中国舞协名誉主席、中国国标舞总会会长贾作光，中国文联原副主席、中国国标舞总会换届领导小组组长胡珍，江苏省文联党组书记、常务副主席王慧芬，省文联书记处书记、党组成员郑泽云等领导出席开幕式，并观看演出。比赛设置了摩登舞和拉丁舞的职业、业余、职业新星、业余新人、企业家、师生、壮年、专业院校、青少年等不同等级和不同年龄段组别的赛程，来自全国各地101个代表队的2600多对次的国标舞者入围。

【江苏舞蹈“莲花奖”第三届社会舞蹈大赛暨第五届少儿舞蹈比赛】

9月23日，江苏舞蹈“莲花奖”第三届社会舞

蹈大赛暨第五届少儿舞蹈比赛在苏州文化艺术中心闭幕。共有126部作品参赛，57个节目进入决赛。经评比，南京空军小百灵幼儿园《亲亲小羊》等14个参赛作品获得少儿组创作金奖，徐州星光舞校《下雪了，真滑》等18个参赛作品获得少儿组表演金奖；无锡锡山区锡北镇文化中心《梅花·吟》等4个参赛作品获青年组创作金奖，中国矿业大学《恰同学少年》等7个参赛作品获青年组表演金奖；扬州江都红枫艺术团《运河长》等7个参赛作品获常青组创作金奖；徐州老年大学《红旗颂》等8个参赛作品获常青组表演金奖。

【第5届江苏摄影“金瞬奖”评选】

12月，省摄协组织第五届江苏摄影“金瞬奖”评选活动。经评定，评选出江苏摄影“金瞬奖”获奖摄影家20位，其中，叶建华等17人获得创作奖，孙慨等3人获得理论评论奖。

【第28届江苏省电视“金凤凰奖”评选及颁奖晚会】

1月10日，由省文联、省广电总台主办,省视协承办的第27届、28届江苏省电视金凤凰奖颁奖礼在广电总台举行，共颁发了电视剧奖、电视纪录片奖、电视文艺奖、电视美术、动漫片奖7类148个奖项。其中,电视剧类：扬州广电总台的《潮人》获得电视剧类特别奖，幸福蓝海影视文化集团股份有限公司的《断刺》等8部作品获得最佳作品奖，江苏中天龙文化传媒有限公司、大连五洲影视有限公司、东阳池上影业有限公司、海宁华邦影业有限公司等7部作品获得优秀作品奖。电视栏目剧：江苏省广电总台影视频道的《无法舍弃的女儿》等2部作品获得一等奖，镇江市广播电视台民生频道的《爱情里的对和错》等2部作品获得二等奖，江苏省广电总台影视频道的《表姐的故事》等3部作品获得三等奖。电视纪录片类：江苏省广电总台的《雨花台》等9部作品获得一等奖，南京广播电视台的《1912南京记忆》等9部作品获得二等奖，江苏亚细亚影视制作有限公司、中共金坛市委宣传部、常州广播电视台、金坛市广播电视台、南京电影制片厂的《华罗庚》等8部作品获得三等奖。电视文艺类：中共江苏省委、中共江苏省委宣传部、中共南京市委宣传部、江苏省演艺集团、江苏省广电总台的《颂歌献给伟大的党——江苏省暨南京市庆祝中国共产党成立90周年大型群众歌会》获得特别奖，江苏省广电总台卫视频道的《扬帆2012——江苏卫视龙年春节晚会》等14部作品获得一等奖，宜兴市广播电视台、清华科技园、宜兴市人民政府的《携手宜兴启迪未来——2011清华启迪园科技年会歌舞晚会》等18部作品获得二等奖，南京广播电视台少儿频道、南京青奥组委文化教育部的《青奥口号发布仪式直播晚会》等18部作品获得三等奖。电视美术动漫片类：镇江市广播电视台、南京鸿宝影视文化有限公司、镇江市水利投资公司、中央新影集团的《水漫金山》获得一等奖，无锡广新影视动画技术有限公司、无锡广播电视集团的《木头村》获得二等奖，江苏楚凤文化发展有限公司的《迷乐奇》获得三等奖。电视广告片类：江苏省广电总台电视传媒中心包装工作室的《幸福领跑篇——总台形象宣传片》等9部作品获得一等奖，泰州广播电视台的《我爱中国文化我爱我的祖国》等11部作品获得二等奖，盐城广播电视台的《两扇门》等8部作品获得三等奖。电视节目主持人类：江苏省广电总台卫视频道的孟非等5人获得一等奖，江苏省广电总台卫视频道的李好等5人获得二等奖，江苏省广电总台综艺频道的陆之瑞等7人获得三等奖。

【“晓邦杯”江苏省少儿舞蹈新作品比赛】

8月14日，由省舞协等单位共同主办的“晓邦杯”江苏省少儿舞蹈新作品比赛在太仓举行。省文联书记处书记、党组成员郑泽云，太仓市委常委、宣传部部长陈雪嵘，省舞协副主席、秘书长胡春田等出席并为获奖者颁奖。组委会共收到来自15个市、县的40多个节目，20个节目进入决赛，经评选，《三月童谣》、《月亮船》、《昆苗》、《新姑苏天堂》、《快乐假期》、《雨中情》、《龙腾虎跃》、《外婆老街》、《Happy girl》、《过年啦》、《绢舞纷飞》、《快乐的小百灵》12个节目获得金奖，《放飞》、《阳光下共成长》等8个节目获得银奖。

【“红梅飘香”青年戏曲演员演唱大赛】

9月19日，由省委宣传部、省文联主办，省剧协承办的高雅艺术进校园——“红梅飘香”青年戏曲演员演唱大赛决赛在南京理工大学举行。省委常委、宣传部部长王燕文，省老领导、文联名誉主席顾浩，省政协原副主席陆军，省委宣传部常务副部长章剑华，省文化厅党组书记、厅长徐耀新，省文联党组书记、副主席王慧芬，南京理工大学党委书记陈根甫，省文联书记处书记、党组成员叶飚荣、郑泽云等领导观摩比赛。共有全省11个地市和省演艺集团报送的33位选手参赛，15名选手进入决赛，省昆剧院张争耀表演的《牧羊记·望乡》获得第一，锡剧演员季春艳表演的《嫁媳》获得第二，锡剧演员汤达表演的《水泼大红袍》获得第三。

人才培养

【第16期全省文艺家读书班】

7月17日至21日，由省文联主办，连云港市文联协办的第16期全省文艺家读书班在连云港市举办。省文联名誉主席顾浩，省文联主席王湛，省委宣传部副部长梁勇，省文联党组书记、常务副主席王慧芬，连云港市委常委、秘书长、宣传部部长张光东，省文联党组副书记、副主席杨企鹏，省文联书记处书记、党组成员叶飚荣、郑泽云，省文联副主席顾芗、孙晓云、盛小云、沈遥，各省辖市文联、各县（市）区文联负责人，省文联各艺术家协会、各部门负责人，以及文艺家代表150多人出席开班仪式。王湛主席主持开班仪式。梁勇在开班仪式上讲话，王慧芬作开班动员。读书班邀请了南京大学文化与自然遗产研究所所长贺云翱教授主讲《文化建设的现代化意义》，解放军海军指挥学院张晓林教授主讲《当前我国海洋安全形势》，中国文联副主席、中国美协副主席冯远主讲《从生活到艺术——谈美术创作》，南京大学戏剧影视系周安华教授主讲《从〈金陵十三钗〉谈中国第五代导演的文化转型》，举行了孙晓云、顾芗、吴元新、盛小云、吴建宁、汪奇魔6位我省中青年德艺双馨文艺工作者“爱国、为民、崇德、尚艺”的事迹报告会，还举行了交流座谈、参观考察等活动。

【江苏文艺·名家讲坛】

2012年，共举办7场名家讲坛。5月11日，邀请北京电影学院教授杨恩璞先生作题为《摄影成功之道初探》的专题讲座。6月28日，邀请省摄协副主席、常州市摄协主席汤德胜做题为《镜头下的厚重》的专题讲座。7月26日，邀请省文联副主席、省摄协主席沈遥作题为《风光摄影艺术》专题讲座。9月15日，邀请中央电视台著名节目主持人马东走进南京大学作题为《语言艺术与节目主持》的专题讲座。9月27日，邀请著名美术评论家、南京艺术学院教授丁涛作《中国历代名画欣赏——清末上海画派代表画家作品赏析》讲座。10月26日，邀请全国政协委员、中国文联委员、中国书协副主席、江苏省文联副主席言恭达主讲《当代中国书画艺术审美自觉中文化创造的哲学思考》。11月29日，邀请中国书协理事、省书协副主席、秘书长李啸作题为《明道　正则　写心》的专题讲座。

【江苏省中青年德艺双馨文艺工作者先进事迹报告会在南京举行】

11月27日，由省文联、南京市文联举办的江苏省中青年德艺双馨文艺工作者先进事迹报告会在南京举行。省委常委、宣传部部长王燕文出席报告会并讲话。省文联主席王湛，省委宣传部副部长梁勇，省文联领导王慧芬、杨企鹏、叶飚荣、郑泽云，南京市委宣传部副部长、市文联党组书记、常务副主席陈炜等出席报告会。孙晓云、顾芗、吴元新、吴建宁、汪其魔、盛小云6位德艺双馨的艺术家代表，结合各自的艺术实践讲述他们的艺术人生。12月17日至24日，省文联领导王慧芬、杨企鹏、叶飚荣、郑泽云分别带队，在镇江、苏州、徐州、盐城、泰州、扬州6市举行巡回报告会。期间，无锡、常州、南通、淮安、宿迁等市分别组织文艺工作者到上述6市听取艺术家们的报告。

【第22期江苏省知名演员读书班】

6月11日至14日，省剧协在宜兴举办第22期江苏省知名演员读书班，中国剧协分党组书记、驻会副主席季国平，省文联书记处书记、党组成员郑泽云，省剧协主席团汪人元、顾芗、黄霞芬等，和来自全省戏剧界知名演员30余人参加开班典礼。郑泽云在开班典礼上作动员讲话。读书班邀请中国剧协分党组书记季国平主讲“中国戏曲，拿什么赢得未来”，省剧协主席汪人元主讲“戏曲润腔研究”，八一电影制片厂文学部主任、导演翟俊杰主讲“中华文化和戏剧艺术”。

【江苏省优秀中青年摄影家评选】

11月，省摄协组织江苏省优秀中青年摄影家

评选活动。经评选，叶建华、田鸣、田松沪、孙慨、吴强、杨天民、周叶、姜明灯、屠国啸、黄丰、龚娟（女）、韩丛耀等获得江苏省优秀中青年摄影家荣誉称号。

【2012首届江苏省优秀动漫艺术专业人才评选颁奖】

12月26日，由江苏省文联主办，省动漫艺术家协会承办的2012·首届江苏省优秀动漫艺术专业人才评选颁奖仪式在省文联举行。省文联领导王慧芬、杨企鹏，省委宣传部文艺处处长李朝润，省动漫艺术家协会主席严克勤，中国动画学会副会长左顺荣等领导和嘉宾到场为获奖人员颁奖。王慧芬在颁奖仪式上讲话。经评选，22人获得优秀奖，吕江、薛峰、陈汉星、殷俊、贾涛获得优秀教学指导奖，朱伟清、朱义昌、吴坤、左顺荣、丁冬、耿剑秋获得优秀出品制片奖，高毅、张庆明、罗克、毛笃军、吴晖获得优秀导演奖，卫民、沈俊苗获得优秀创意策划奖，李玉峰、高庆获得优秀编剧奖，陶陶获得优秀设计制作奖，袁晓黎获得优秀学术研究奖，另有22人获得优秀奖提名。

【首届江苏省优秀青年民间文艺人才评选表彰暨作品展】

3月16日，由省文联、省民协共同主办的首届江苏省优秀青年民间文艺人才评选表彰暨作品展在南京举行。省文联领导王慧芬、杨企鹏，以及省民协主席团、理事会全体成员等出席表彰仪式。省文联党组书记、常务副主席王慧芬在表彰仪式上发表讲话。省文联副主席、省民协主席陶思炎宣读评选结果。王慧芬、杨企鹏等领导颁发证书。史小民、张清雷、刘燕平、蒋凤娇、俞挺、邹英姿、李玫、邹鑫华、陈银付、井秋红、孙静、程万里12位青年民间文艺工作者获得首批“江苏省优秀青年民间文艺人才”称号。

【2012中国杂技创意与创作高级研修班暨美式滑稽培训班】

10月11日至14日，由中国杂协、江苏省文联共同主办，省杂协承办的2012中国杂技创意与创作高级研修班暨美式滑稽培训班在南京溧水开班。中国文联副主席、中国杂协主席边发吉，中国杂协分党组书记、主会副主席、秘书长邵学敏，国家文化部艺术司孙志强，江苏省文联书记处书记、党组成员郑泽云等领导出席开班仪式并致辞，来自全国各地杂协和杂技团选送的学员30多人参加培训。研修班邀请来自美国的哑剧表演大师ZAVALA、加拿大舞蹈杂技编导谢依娜和中国杂协主席边发吉等国内外著名杂技编导、专家，以及央视国际艺苑制片人雷莹、解放军八一电影制片厂著名导演翟俊杰等国内影视界专家、学者为学员授课。

【江苏省首届中小学书法教师高级研修班】

8月10日，由省书协和省中小学研究室联合主办的江苏省首届中小学书法教师高级研修班在南京开班。研修班为期6天，来自全省各地、在中小学从事书法教育教学的170多位优秀教师参加研修。省文联党组书记、常务副主席王慧芬，省教育厅副厅长丁晓昌，省书协主席尉天池，副主席、秘书长李啸及有关单位负责人出席开班典礼。王慧芬、丁晓昌分别在开班典礼上讲话。省教育厅基础教育处处长马斌进行了开班动员。研修班邀请尉天池、徐利明、李啸、刘灿铭、王继安、黄正明、仇高池、刘有林8位书法名家授课，教授中华书法文化、书法教育教学、书法技艺研习等内容。

【首届“小茉莉花奖”江苏省青少年音乐大赛暨2012年“奥玛尔钢琴杯”江苏音协考级优秀选手展演】

10月13日，由江苏省文联、扬州市文化广电新闻出版局、扬州市文联、省音协共同主办的首届“小茉莉花奖”江苏省青少年音乐大赛暨2012年“奥玛尔钢琴杯”江苏音协考级优秀选手展演在扬州开幕。经评选，获得钢琴组前三等奖的共9名，优秀奖16名；获得古筝组前三等奖的共8人，优秀奖共14人；获得声乐组前三等奖的共9名，优秀奖12名。14日晚，在扬州举行颁奖晚会。省文联书记处书记、党组成员郑泽云等领导出席并为各位获奖选手颁发荣誉证书和奖品。

理论建设

【2012中国书法·金陵论坛】

7月15日至16日，由中国文联、江苏省人民政府主办，中国书协、江苏省委宣传部、省文化厅、省文联执行主办，南京市浦口区政府、省书协、江苏省文化发展基金会承办的“2012中国书法·金陵论坛”在南京浦口举行。全国政协副主席、中国文联主席孙家正，江苏省政协主席张连珍，省人大常委会副主任李全林，副省长曹卫星出席开幕式并启动论坛开幕。中国文联党组成员、书记处书记夏潮，中国文联理论研究室主任陈建文，中国书协主席张海，中国书协分党组书记、驻会副主席赵长青，中国书协顾问邵秉仁，中国书协顾问、江苏省书协主席尉天池，中国书协副主席申万胜、言恭达、陈振濂，江苏省委原副书记冯敏刚，省文联主席王湛，省委宣传部常务副部长章剑华，省委组织部副部长赵永贤，省委宣传部副部长梁勇，省文联党组书记、常务副主席王慧芬等领导和嘉宾出席开幕式。开幕式由言恭达主持。谢和平、周文彰、苏叔阳、张颐武、梁江、向云驹、肖云儒、王平、丛文俊、黄宗贤、张颢瀚、黄惇、孟建等30多位文化学者、当代书法学术界理论家以及入选本次论坛论文的作者参加了论坛。夏潮在开幕式上讲话。期间，举办了2012中国书法·金陵论坛当代著名书法家作品邀请展，与会代表还参观了南京市浦口区求雨山文化名人纪念馆以及四方建筑艺术展。

【第二届江苏省文艺评论奖】

4月至11月，省评协组织第二届江苏省文艺评论奖，共收到96件优秀作品，84篇参评，33篇文章入围终评。经过初评、终评及公示，《象征行为与民族寓言——十七年历史剧话语形态论》等2篇文章获一等奖，《〈电声〉的办刊理念及电影史的意义》等3篇文章获二等奖，《中国画创作现状与呼唤经典作品》等5篇文章获三等奖，《后青春时代的爱情书写》等10篇文章获优秀奖。南京、苏州、泰州3个市文联获组织工作奖。12月19日，举行第二届江苏省文艺评论奖颁奖典礼。省文联党组书记、常务副主席王慧芬发表讲话，省委宣传部副部长梁勇，省文联党组书记、常务主席王慧芬，书记处书记、党组成员叶飚荣，省评协主席团成员、理事，全省各市文联分管文艺评论工作的领导，各市文联创作研究室及市文艺评论家协会负责同志，第二届江苏省文艺评论奖的获奖代表和有关专家学者出席颁奖典礼。

【周良与苏州评弹研究学术研讨会】

5月19日，由中国艺术研究院曲艺研究所、中国说唱文艺学会《中国曲艺杂志》总编辑部、江苏省文联、省曲协、苏州市文联、苏州市文广新局、苏州市曲协联合主办的周良与苏州评弹研究学术研讨会在苏州举行。中国文联荣誉委员、中国曲协名誉主席罗扬，中国曲协分党组书记、驻会副主席董耀鹏，中国艺术研究院曲艺研究所所长、中国曲协副主席吴文科，江苏省政协原副主席、省政协昆评室名誉主任陆军，江苏省文联书记处书记、党组成员叶飚荣，苏州市文联主席、党组书记成从武，中国曲协副主席、江苏省文联副主席、省曲协主席盛小云等领导以及来自北京、江苏、上海、浙江等地曲艺界的专家、学者六十余人出席开幕式。会议回顾周良先生数十年艺术生涯所做出的突出贡献，探讨他从事评弹研究工作所积累的宝贵经验。开幕式上，董耀鹏、叶飚荣、成从武分别致辞。

自身建设

【开展“三解三促”活动】

按照省委、省政府统一部署，省文联建立了20个“三解三促”活动联系点，把采风创作、文艺惠民、展览展演等与“三解三促”有机结合起来，2012年共走访基层群众125人，慰问帮扶贫困户18个。

【全省文艺版权保护培训班】

6月11日至13日，由省文联、省版权局联合主办，南通市文联、省文联事业部承办，在南通举办。省文联领导王慧芬、杨企鹏，省版权局副局长傅杰三，南通市人民政府副市长杨展里，南通市文广新局党组副书记、副局长范平等出席开班仪式。王慧芬、傅杰三分别在开班仪式上发表讲话。培训班邀请国家版权局版权司原副司长许超，华东政法大学教授、博士生导师王迁和南京市中级人民法院高级法官卢山，分别作专题辅导报告。培训期间，举办了文艺版权工作经验交流座谈会，参观南通中国家纺城和海门叠石桥国际家纺城。

【江苏省行业、产业文联工作交流会暨行业、产业文联干部培训班】

6月20日，由省文联主办、中石化南京工程公司承办的江苏省行业、产业文联工作交流会暨行业、产业文联干部培训班在中石化南京工程公司举办。省文联党组副书记、副主席杨企鹏，中石

化南京工程公司领导张学智和全省各行业、产业文联主席、副主席、秘书长以及中石化南京工程公司和省文联组联部等相关单位的领导出席会议。在开班仪式上，杨企鹏发表讲话。

【江苏省艺术人才培训中心淮安分中心成立】

12月25日，江苏省艺术人才培训中心淮安分中心在淮阴师范学院挂牌。省文联党组书记、常务副主席王慧芬，淮安市委常委、宣传部部长戚寿余，省文联党组副书记、副主席杨企鹏，省文联书记处书记、党组成员郑泽云，淮安市人民政府副市长王红红，淮阴师范学院党委书记郑勇，省艺术人才培训中心主任徐宝亚，淮安市文联主席马庆伦、淮安市文化广电新闻出版局局长杨斌等领导和嘉宾，以及淮阴师范学院部分师生代表出席了揭牌仪式。王慧芬和戚寿余为分中心的成立揭牌。杨企鹏、王红红、郑勇分别代表省文联、淮安市政府和淮阴师范学院在揭牌仪式上致辞。

【江苏省艺术人才培训中心无锡分中心成立】

12月31日，江苏省艺术人才培训中心无锡分中心在无锡演艺集团正式挂牌成立，江苏省文联党组书记、常务副主席王慧芬，副书记、副主席杨企鹏，无锡市人民政府副市长华博雅，省文联副主席、无锡市演艺集团董事长、总经理刘仲宝，无锡市文化艺术管理中心主任黄浩然，省文联组联部副主任、培训中心主任徐宝亚等领导和无锡市演艺集团全体演职人员出席了揭牌仪式。王慧芬书记和华博雅副市长为无锡分中心揭牌。

【全省文联办公室系统业务工作培训班】

5月10日至11日，省文联在南京举办全省文联办公室系统业务工作培训班，邀请专家作《公文写作规范》和《年鉴编纂规范》的讲座。来自全省13个省辖市文联办公室，以及省文联各文艺家协会、部门、中心等相关部门40余人参加培训。

浙江省文联

综 述

2012年，是党的十八大和浙江省第十三次党代会胜利召开之年，是毛泽东同志《在延安文艺座谈会上的讲话》发表70周年。在中共浙江省委和省委宣传部的领导下，浙江省文联及各团体会员牢牢把握高举旗帜、围绕大局、服务人民、改革创新的总要求，围绕2012年宣传思想工作的主要任务，根据省七次文代会提出的工作目标，团结广大文艺工作者，组织开展了一系列卓有成效的工作，取得了显著成绩

会议与活动

【七届二次全委会】

1月9日，省文联召开七届二次全委会，深入学习贯彻党的十七届六中全会和省委十二届十次全会精神，学习贯彻胡锦涛总书记在第九次全国文代会上的重要讲话精神，回顾总结2011年工作，分析研判当前形势，研究部署2012年工作。省文联党组书记、副主席、书记处常务书记吴天行受省文联主席团委托，在会上做《牢记历史责任 勇于开拓创新 为推动浙江文化强省建设作出更大贡献》的工作报告。省委宣传部副部长龚吟怡到会讲话。省文联主席许江主持会议。省文联副主席黄先钢、程蔚东、赵和平、王国富、麦家、陈振濂、傅丹、郑朝阳，省文联党组成员、书记处书记柳国平、高克明，书记处书记张均林与会。省文联第七届委员会全体委员参加了会议。

【浙江省文艺界迎春团拜会】

1月9日，省文联举办2012年浙江省文艺界迎春团拜会。200多名省文联第七届委员会委员及来自全省文艺界的代表欢聚一堂，互诉衷肠、共话友谊，对浙江省文艺事业的繁荣发展致以美好祝福。

【全省文联系统组联工作交流会】

4月，省文联举办全省文联系统组联工作交流会。省文联党组书记、副主席、书记处常务书记吴天行出席会议并讲话，省文联书记处书记张均林主持会议。来自各市文联、各行业（企业）文联和有关县（区、市）文联的有关负责同志和组联干部40余人参加了会议。与会代表围绕基层文联组织建设和组联工作创新发展等议题交流了工作经验，热议基层文联发展。

【首届浙江省德艺双馨中青年文艺工作者表彰大会】

5月23日，在纪念毛泽东同志《在延安文艺座谈会上的讲话》发表70周年的日子里，首届浙江省德艺双馨中青年文艺工作者表彰大会在杭隆重举行。省委常委、省委宣传部部长茅临生到会为受表彰者颁奖，并为浙江省文艺家志愿者服务总团授旗。首届浙江省德艺双馨中青年文艺工作者评选表彰活动由省委宣传部、省人力资源和社会保障厅、省文联共同举办，是浙江省宣传战线加强文艺队伍思想道德建设的重要举措，也是浙江省文艺界践行“爱国、为民、崇德、尚艺”核心价值观的有效载体。刁玉泉、龙翔、孙永、吴凤花、吴海燕、杜昉、汪永江、苏舟、海飞、周正平、周信群、林为林、赵冰波、安建、翁仁康、翁国生、尉晓榕、崔巍、傅拥军、戴家妙20名文艺家被评为首届浙江省德艺双馨中青年文艺工作者。

【第七届中国曲艺“牡丹奖”全国曲艺大赛（杭州赛区）】

5月，由中国文联、中国曲艺家协会、浙江省文联、杭州文广集团主办的第七届中国曲艺“牡丹奖”全国曲艺大赛（杭州赛区）圆满完成赛事，浙江曲艺在新人奖、文学奖、表演奖等重要奖项上均获提名。第十届全国人大常委会副委员长顾秀莲，全国政协教科文卫体委员会副主任、中国文学艺术

基金会理事长胡振民，中国文联党组成员、书记处书记李前光，中国文联副主席、中国曲协主席刘兰芳，浙江省人大常委会副主任徐宏俊，浙江省文联党组书记、副主席、书记处常务书记吴天行等领导出席颁奖晚会，并为获奖选手颁奖。

【《东海之歌》首演】

5月，由浙江省文联、舟山市委宣传部联合举办的大型原创音乐会组曲《东海之歌》首演在舟山群岛新区精彩开场，拉开了省文联纪念毛泽东同志《在延安文艺座谈会上的讲话》发表70周年系列活动的序幕。汇聚了浙江交响乐团和浙江歌舞剧院优秀演奏家和歌唱家的强大团队，满怀着艺术奉献人民、艺术服务发展的激情，演绎了一场颂扬海洋文化、讴歌浙江精神、展望未来美景的磅礴赞歌，受到了舟山干部群众的热烈欢迎。

【“百花·沃土”浙江省美术作品特展】

6月，为隆重纪念毛泽东同志《在延安文艺座谈会上的讲话》发表70周年，由省委宣传部、省文联、中国美院主办，省美术家协会、浙江美术馆承办的“百花·沃土”浙江省美术作品特展隆重开幕。画展以文献梳理、经典再现的形式，表现了70年来浙江美术界对《讲话》精神的理解和坚守，强调“沃土”（生活源泉）对“百花”（艺术创作）的重要作用。特展共整理文献111人，整理作品147件，展出作品82件，直观反映《讲话》发表以来几代美术工作者对革命事业、对国家民族的深厚感情，展现他们对革命理想的真诚歌颂。

【第六届“浙江戏剧论坛”】

6月，第六届“浙江戏剧论坛”在杭成功举办。论坛以“百花扎根沃土、艺术奉献人民”为主题，纪念毛泽东同志《在延安文艺座谈会上的讲话》发表70周年，交流展示近年来浙江省在戏剧理论研究方面所取得的成果，分析研讨当前戏剧发展的现状和未来走向。省文联副主席、书记处书记、省戏剧家协会主席黄先钢，省委宣传部文艺处处长曹鸿等出席论坛。

【首届公望富春·中国山水画大展】

6月，由中国美术家协会、浙江省文学艺术界联合会主办，富阳市人民政府、浙江省美术家协会承办的首届公望富春·中国山水画大展隆重开幕。全国政协副主席、中国文联主席孙家正为展览题词，浙江省委书记、省人大常委会主任赵洪祝发来贺信。中国文联党组副书记、副主席、书记处书记覃志刚为大展开幕剪彩。中国海协会副会长王在希，中国美协分党组副书记、秘书长刘健及省文联党组书记、副主席、书记处常务书记吴天行，杭州市委常委、宣传部长翁卫军，省文联领导柳国平、高克明等出席开幕式。

【传承与弘扬——浙江民间文艺十大特聘专家师生精品展】

9月，为喜迎党的十八大胜利召开，推进民间艺术的传承和弘扬，扩大浙江民间艺术的影响力，由省文联和省民协联合举办的“传承与弘扬——浙江民间文艺十大特聘专家师生精品展”在杭州工艺美术博物馆隆重开幕。省政协副主席徐辉，省文联党组书记、副主席、书记处常务书记吴天行，省文联党组成员、书记处书记黄先钢、高克明等领导出席开幕式。中国民协分党组书记、副主席罗扬，省文联党组成员、书记处书记柳国平分别在开幕式上致辞。十位特聘专家在开幕式上获颁“浙江省民间工艺传承贡献奖”。

【第三届中国西湖国际魔术交流大会】

9月19日至22日，由中国杂技家协会、浙江省文学艺术界联合会、浙江日报报业集团主办，浙江省杂技家协会、钱江晚报、杭州红星文化大厦·红星剧院承办的第三届中国西湖国际魔术交流大会在杭州隆重举行。大会安排了国际魔术比赛、国际魔术讲座、国际魔术嘉宾展演、魔术道具展销等丰富多彩的环节。共有来自14个国家和地区的300余名魔术师和魔术爱好者及数千观众参加了大会各项活动。

【青年志业——8090浙江青年艺术作品展】

为了迎接党的十八大胜利召开，11月9日，由省文联、省美协、宁波市文联主办的“青年志业——8090浙江青年艺术作品展”在宁波美术馆拉开帷幕。省委宣传部副部长龚吟怡，省文联主席、省美协主席、中国美术学院院长许江，省文联党组成员、书记处书记高克明，宁波市委常委、宣传部部长余红艺，省文联副主席、宁波中华文化促进会主席傅丹等出席了开幕式。展览受到了美术界的高度关注和好评，并吸引了大批青年美术家加入到展览的各项活动中来。本次展览展出了200多位青年艺术家的近300件作品。

【浙风·浙派浙江省历届国展省展获奖作者书法篆刻精品展】

11月18日，“庆祝十八大——浙风·浙派浙江省历届国展省展获奖作者书法篆刻精品展”在杭州图书馆举行。本次展览明确提出了“浙风·浙派”的艺术宣言，其主旨就是打造当代浙江书坛的创作人才核心队伍，标注当代浙江书坛的风格流派特质，展示当代浙江书法的艺术创造高度。作为检阅浙江书坛30年成绩的一项重要举措，本次展览汇集了浙江书协成立30年来，会员中在全国大展中获奖及在全省大展获得金奖以上的100位作者的优秀作品。

【浙江省文艺界学习贯彻党的十八大精神座谈会】

12月6日，省文联召开浙江省文艺界学习贯彻党的十八大精神座谈会，邀请全省文艺界各艺术门类的文艺家代表畅谈学习宣传贯彻十八大精神体会。省文联党组成员、副主席、书记处书记黄先钢主持会议，省文联领导柳国平、张均林与会。省文联各直属文艺家协会、机关处室和直属单位的负责人参加了座谈。

创作与获奖情况

浙江省文联把推动创作繁荣作为文联工作的重点，通过强化文艺家协会自主操控创作项目考核、建立省级权威评奖体系、建设协会艺委会和编剧中心创作平台、开展重点作者培训和重点作品打磨等有效措施，不断提高创作的组织化程度，积极带动全省文艺创作的繁荣。

一年多来，经省文联及直属各协会组织创作、培训和加工打磨，浙江省书法家在全国首届手卷书法作品展等国家级书法大展中获得27个大奖，245件作品入选全国大展。17名美术家的作品入选全国大展。在第二十六届中国电视“金鹰奖”评选中，浙江省1部作品获得唯一的最佳电视剧奖，3部作品获优秀电视剧奖；在第四届新农村电视艺术节暨第六届全国农村小康题材电视专题片评比中，有17部作品分获含一等奖在内的各个奖项。在第十一届中国民间文艺“山花奖”工艺美术作品奖评选中，浙江省获得2个“山花奖”，占工艺美术奖获奖数的五分之一，浙江省民间文艺家还在第七届中国民间工艺博览会中夺得了6个金奖。在第七届中国曲艺“牡丹奖”评选中，浙江省有12个节目入围决赛，2名曲艺家获得“牡丹奖”表演奖，有3个节目在全国第五届少儿曲艺大赛中获二等奖、2个作品获得作品奖。在美国辛辛那提世界合唱比赛上，浙江合唱团获得冠军，再次为浙江合唱艺术赢得国际声誉。在第三届中国西湖国际魔术交流大会中，浙江省魔术师获近景组金奖。在第四届全国少数民族文艺会演中，浙江省舞蹈工作者获表演金奖、编剧奖等11个奖项；在华东六省一市舞蹈大赛中，浙江省舞蹈家拿下了评委会大奖和2个创作、表演金奖，创下了参评赛事来的最好成绩。省文联及相关文艺家协会还推出了首届“浙江戏剧奖·金桂表演奖”、首届浙江舞蹈奖，评选了第二十二届浙江电视“牡丹奖”，表彰了一批具有较高艺术造诣、广受群众欢迎的文艺家和青年艺术人才。

省戏剧家协会参与策划并力推的音乐剧《告诉海》，获全国第十二届精神文明建设“五个一工程”奖；省戏剧家协会编剧中心组织创作的绍剧《八戒别传》获得第十三届上海国际艺术节优秀剧目奖，剧本获第八届中国戏剧文化奖金奖。省音乐家协会组织创作的大型音乐会组曲《东海之歌》入选省“文化精品工程”并在舟山、杭州等地成功演出。省文联及有关协会还组织创作了越剧《玉簪记》、绍剧《百岁出征》等戏曲剧本，交付剧团排练。省美术家协会组织全省美术家积极参加由中宣部、中国文联等主办的“中华文明历史题材美术创作工程”创作活动，初选入围数位列全国第一。绍兴市文联推出12集电视纪录片《绍兴美术家》。舟山市文联组织创作长篇电视连续剧《东海客栈》，并完成电视剧《怒海枪火》、《第二故乡》的剧本创作。杭州市文联精心打磨并推出大型交响音诗《宋词》和话剧《活着》，赢得文艺界的广泛关注和市场的好评。

文艺惠民与服务基层

【走、转、改】

在全省文艺界深入开展“走转改”及“进村

入企”大走访活动，举办全省文艺界党的群众路线主题教育实践活动情况交流会，探索文艺惠民、文艺为民的新渠道、新机制；深入开展“与时代同行”采风活动，组织全省文艺家分批分阶段深入农村、社区、企业、学校、军营等基层一线进行采风创作；成立浙江省文艺家志愿者服务总团，加强各文艺家协会基层联系点建设，推动各文艺家协会全面铺开文艺采风、体验生活、文艺辅导和文艺惠民活动；先后举办8场“送欢乐、下基层”大型活动，努力将“送欢乐、下基层”打造成社会关注、群众欢迎、文艺界踊跃参与的惠民品牌；组织“戏剧家志愿者采风辅导团”、“电影下农村”、农村小康题材电视专题片拍摄评比、“曲艺走进乡村”、“魔术进校园”、“书法进万家”、“摄影进乡村、温暖合家欢”、“舞蹈艺术温暖回家路”等一系列惠民活动，把更多优秀的精神食粮送到基层。

【中青年文艺人才系列培训】

举办了中青年优秀舞蹈编导研修班、中青年摄影人才高级研修班、书法篆刻书学研修班、合唱作曲研修班、浙苏皖三省电影编剧研修班、中青年电视专题编导及摄像培训班、民间工艺传承人培训班、杂技创意创新大讲堂等人才高级培训班，邀请国内一流的专家学者授课，吸收全省基层优秀文艺骨干和中青年文艺人才参加。赴美国哥伦比亚大学举办浙江电视传媒培训班，学习国际先进理念，拓展艺术家的国际视野。省文联要求培训班重点吸收在编导创作一线和基层活动前沿、有丰富经验和发展潜力的文艺骨干参训，体现服务文艺工作者、服务基层群众的宗旨。

【书法进万家】

省书法家协会举办“书法进万家·写福送春联”活动，发动省书协顾问、主席团成员、秘书处成员及各地市书协主席等46位书法家创作春联书法作品，并统一印制6万件送给基层群众。

【舞蹈温暖回家路】

省舞蹈家协会和钱江晚报、杭州歌剧舞剧院联合举办了“温暖回家路”系列惠民活动，组织60余名90后的文艺工作者在萧山国际机场、九堡客运站等春节返乡旅客集散地开展文艺演出，慰藉返乡旅客情绪，营造欢乐祥和的节日氛围。

【摄影进乡村】

省摄影家协会在春节期间发动全省摄协开展“摄影进乡村、温暖合家欢”活动，为基层群众送去艺术家的祝福，并在浙江摄影网论坛开辟了“温暖合家欢”图片展示专区。活动得到了各地摄协的积极响应。温州市摄协、嘉兴市摄协、嵊州市摄协、遂昌县摄协等纷纷组织摄影家赶赴偏远乡村，为村民免费拍摄全家福。

【魔术进校园】

省杂协组织了浙江省知名魔术家，赴杭州各高校和中小学，对高校魔术社团的活动进行指导，为中小学生表演精彩魔术，并现场进行了魔术技艺讲授与培训，受到了同学们的热烈欢迎。

对外文化交流

【印象浙江——中国浙江摄影图片展】

4月，为庆祝浙江省与日本静冈县结好30周年，由省人民政府主办、省摄影家协会承办的“印象浙江——中国浙江摄影图片展”于近日在静冈会议艺术中心隆重开幕。浙江省省长夏宝龙、静冈县知事川胜平太、静冈县议会议长植田彻为摄影图片展剪彩。省文联党组书记、副主席、书记处常务书记吴天行主持了开幕仪式。省外事办公室、省政府新闻办公室、省财政厅、省商务厅、省文化厅、省旅游局、省地震局领导及静冈县的嘉宾友人出席了开幕式。

【2012中国浙江波兰电影周】

3月，由浙江省文联、浙江省电影家协会主办的2012中国浙江波兰电影周顺利落幕。中国电影家协会分党组书记、副主席康健民，浙江省委宣传部副部长龚吟怡，浙江省文联党组书记、副主席、书记处常务书记吴天行，浙江省政协常委、省电影家协会主席林晓峰，浙江省文联党组成员、书记处书记高克明等领导出席了相关活动。波兰电影代表团带来《上帝的小村庄》、《女大当嫁》、《别样威尼斯》、《战乱天使》、《指日可待》、《迟到的勇气》、《甜蜜灯芯草》7部波兰近年出品的优秀影片到浙展播。波兰电影人并赴杭州、绍兴等地考察调研浙江电影的发展状况，在浙江大学举办了大学生见面会，与年轻学生和电影爱好者就电影艺术展开热烈交流。

机关建设

【党组中心组理论学习扩大会议】

4月，省文联召开党组中心组理论学习扩大会议，传达了省委关于认真学习宣传贯彻人民日报三篇评论员文章的有关指示精神，通读学习了人民日报三篇评论员文章，并就结合学习做好省文联下步工作提出要求。省文联党组、书记处成员，机关处室、直属协会和直属单位负责人参加了学习。

8月，省文联召开党组中心组理论学习扩大会议，认真学习胡锦涛总书记在省部级主要领导干部专题研讨班开班式上发表的重要讲话精神。省文联党组、书记处成员，机关处室、直属协会和直属单位负责人参加了学习。

11月，省文联召开党组理论学习中心组扩大会议，传达学习党的十八大精神。省文联党组书记、副主席、书记处常务书记吴天行传达了党的十八大精神，省委常委、副省长、宣传部长葛慧君同志关于学习宣传贯彻党的十八大精神作了有关部署，并对深入学习贯彻大会精神进行动员和部署。省文联领导林晓峰、黄先钢、柳国平、高克明、张均林，机关各处室负责人、各协会秘书长及直属单位主要负责人参加会议。

【暑期读书会】

8月，省文联召开暑期读书会，深入学习贯彻胡锦涛总书记在省部级主要领导干部专题研讨班开班式上发表的重要讲话及刘云山同志在全国宣传部长座谈会上的讲话精神，认真学习省第十三次党代会精神，紧密结合文艺工作和文联工作实际，部署开展喜迎党的十八大胜利召开等下半年重点工作。省文联副处以上全体干部参加了学习。

【全体干部职工大会】

11月8日上午，省文联全体干部职工集体收看中国共产党第十八次全国代表大会开幕式，认真学习领会胡锦涛同志向大会所作《坚定不移沿着中国特色社会主义道路前进，为全面建成小康社会而奋斗》的报告。

文艺家协会

【浙江省中青年电视专题编导、摄像培训班】

3月，由省电视艺术家协会主办的浙江省中青年电视专题编导、摄像培训班在杭举行，来自全省各市、县电视台的创作人员70余人参加培训。培训班邀请了浙江广电集团高级编辑、著名文艺编导刘郎、浙江卫视一级导演顾俊杰、浙江广电集团高级编辑沈蔚琴、浙江传媒学院影视艺术学院副院长卢炜、浙江传媒学院影视艺术学院摄影系主任余源伟等知名专家、学者为学员们授课。

【浙江摄影网建设经验交流会】

3月，省摄影家协会在富阳举办浙江摄影网建设经验交流会。会议总结了浙江摄影网两年来的工作情况，介绍了2012年度网站工作打算，表彰了2011年度网站通讯报道先进摄协、“摄影送下乡、温暖合家欢”活动先进摄协和浙江摄影网论坛优秀版主。浙江省各市摄影网代表、国内部分著名摄影网站代表及有关专家参加了会议。

【浙江省首届故事会】

浙江省曲艺家协会和杭州市文联于3月24日至26日联合举办了浙江省首届故事会。省文联党组书记、副主席、书记处常务书记吴天行，中国曲协分党组副书记、秘书长刁惠香，省委宣传部副巡视员何启明，省文联书记处书记张均林，省文联副主席、杭州市文联党组书记陈一辉等领导出席了相关活动。故事会期间，举办了2012年浙江省曲艺创作会和第七届中国曲艺“牡丹奖”评选浙江报送节目的选拔。3月26日晚，浙江省首届故事会颁奖晚会暨浙江、山东曲艺交流演出隆重举行，为首届故事会画上了圆满的句号，也为全国曲艺界的学习互补开了新篇。

【首届浙江省数字影像大赛】

4月，由浙江广电集团和省电视艺术家协会共同举办的首届浙江省数字影像大赛获奖结果尘埃落定。《打烂仗》获故事片一等奖，《孟姜女》获动漫片一等奖，《独唱伤悲》获音乐舞蹈片一等奖，甘剑宇获最佳导演奖，左拉获最佳剪辑奖，《长城脚下的义乌兵后裔》等一批优秀数字影像作品得到嘉奖。

【全省优秀中青年舞蹈编导高级研修班】

4月，由省舞蹈家协会举办的2012年全省优秀中青年舞蹈编导高级研修班第一次集中培训顺利结束，受到了学员的广泛好评。此次培训重在提升浙江省舞蹈编导骨干的创作水平，提高浙江省舞蹈原创作品的艺术水准，推动全省舞蹈创作的繁荣发展。研修班邀请了著名舞蹈编导、北京舞蹈学院副教授马南、张云峰等国内舞蹈界知名专家担纲指导老师，传授舞蹈编导的先进理念，并把与学员展开一对一的具体辅导作为研修的主要内容。

【浙江画院“走进嘉兴”采风创作活动】

4月，由浙江画院与嘉兴市委宣传部、嘉兴市文联、嘉兴市文广新局联合举办的“喜迎十八大　水墨咏三城”——浙江画院“走进嘉兴”采风创作活动在嘉兴市南湖革命纪念馆广场举行了启动仪式。在此次采风创作活动中，浙江画院的40余名画家将分为4个分队，深入嘉兴创业创新城、人文生态城、和谐幸福城“三城”建设一线，感受党的诞生地嘉兴的沧桑巨变和时代新貌，并将创作100幅美术作品在党的十八大召开前后展览出版。

【越画吴风——浙江画院作品展】

4月，由苏州市委宣传部、浙江画院等主办的“越画吴风——浙江画院作品展”在苏州美术馆新馆隆重开幕。作为浙江画院2011年在苏州园林采风的成果检阅，此次展览展出了浙江画院专职画师、研究员及学员写生、创作的苏州园林题材作品78件。这些作品以中国画的传统笔墨语言和画师独特的视角来表现苏州园林，重视笔墨的技巧、画面意境的塑造和个人情感的写意抒发，画面多清雅秀润，富有文人气息，带有浓厚的浙江地域色彩。

【省文艺评论家协会第一次会员大会】

5月，浙江省文艺评论家协会第一次会员大会在杭州召开。全省150余名文艺理论评论工作者欢聚一堂，共商浙江文艺理论评论工作发展大计。大会选举产生了浙江省文艺评论家协会第一届理事会及主席团，省文联党组书记、副主席、书记处常务书记吴天行当选协会主席，卢敦基、吴秀明、范志忠、胡志毅、曹启文、曹意强、盛子潮等当选协会副主席，曹启文任协会秘书长。聘请了王元骧、王伯敏、龙彼德、刘江、朱关田、李炽强、杨成寅、沈祖安、陈坚、周大风、郑朝、骆寒超、蒋风13名老文艺理论评论家为协会第一届顾问。

【书法创作、篆刻创作、书学理论骨干研修班】

5月，省书法家协会2012年度书法创作、篆刻创作、书学理论骨干研修班开班。此次研修班面向省书协会员及具有相当创作、研究水平的在浙书法家。经省书协相关专业委员会的严格评审，从500多名申报对象中筛选出100名书法创作班学员、50名篆刻创作班学员和30名书学理论班学员。这些已经各具成就的书法家将在2012年参加每季度一次、每次为期三天的集中培训，进行临摹与创作专门训练及有关书法理论、文化艺术修养等方面的主题培训。研修班邀请省内外夙负盛名的专家学者任教。

【浙江省书协历届顾问理事书法作品展】

5月，为隆重纪念毛泽东同志《在延安文艺座谈会上的讲话》发表70周年，省书法家协会举办“浙江省书协历届顾问理事书法作品展”暨浙江省书协成立30周年“荣誉奖”、“贡献奖”表彰会，并就重温《讲话》精神开展座谈。全国政协文史和学习委员会副主任、原浙江省政协主席周国富，省委常委、宣传部部长茅临生，副省长毛光烈，省委宣传部副部长来颖杰，省文联党组书记、副主席、书记处常务书记吴天行，省文联党组成员、书记处书记柳国平、高克明，省书协名誉主席朱关田、主席鲍贤伦，省书协主席团成员、各团体会员单位负责人及全省各地的书法家500余人参加了活动。

【浙江高校魔术联盟】

5月，省杂协会同全省高校魔术社团在杭成立了“浙江高校魔术联盟”，并举办首届“明日之星”魔术比赛，为全省高校的青年魔术师和魔术爱好者打造了良好的展示平台。据悉，浙江省目前已有20所高校成立了魔术社，总人数超过1200人。“浙江高校魔术联盟”的成立，标志着浙江省魔术事业发展又取得了可喜的新进展。

【浙江省第二十一届国际标准舞锦标赛】

6月，由浙江省文联和省舞协举办的浙江省第二十一届国际标准舞锦标赛成功落幕。来自全省的45支队伍、1600多名选手参加了这次比赛，规模创历届之最。大赛精彩纷呈，体现了浙江省体育舞蹈的最高水平，受到广大舞蹈爱好者的热捧和全国舞蹈界的好评。

【老艺术家房子新书首发式】

6月29日，省戏剧家协会、省电影家协会为年届八十的老艺术家房子的新书《我的艺术人生——戏剧文化之旅》，举办了隆重的首发式。省文联党组成员、书记处书记、省剧协主席黄先钢，省文联党组成员、书记处书记高克明，省政协常委、省电影家协会主席林晓峰，及钱法成、陆再炎、沈祖安、胡小孩、顾天高、胡效琦、宋迎秋、韩韬、陈献玉、王柏良、胡琼玲、赵美成、王丽娟等浙江省文艺界的老领导和知名艺术家们到场祝贺，房子的老战友们也从全国各地赶来。首发式热烈温馨，为浙江省艺坛又添佳话。

【锐意先锋摄影工作坊】

7月，由省摄影家协会主办的锐意先锋摄影工作坊在杭开课。工作坊邀请了著名摄影评论家孙京涛、任悦、李楠及国际摄影大奖“荷赛金奖”获得者、著名摄影家陈庆港担任指导老师，为学员们提供了为期4天的高端培训和指导。

【浙江省中青年摄影人才研修班】

8月，2012浙江省中青年摄影人才研修班在杭举办。省文联党组成员、书记处书记柳国平出席了开班仪式。此次研修班历时四天，中国青年报摄影部主任晋永权的《纪实摄影的历史和现实》、《中国摄影家》杂志主编李树峰的《摄影价值观与创作道路》、中央美院美术馆学术部策展人蔡萌的《摄影策展，一种知识生产与理论实践》、上海师范大学教授林路《当代摄影的多元化空间——从景观摄影到人文纪实》从不同的角度呈现了四场精彩的讲座。

【2012浙江戏剧创作年会】

8月，由省戏剧家协会和省作家协会戏剧文学创作委员会联合举办2012浙江戏剧创作年会在杭召开，共有来自全省各地的戏剧编剧及导演、评论家60余人参加。本次年会共收到大戏剧本31部、独幕越剧1部，经过筛选，最终确定对其中23部作品进行讨论加工。这23部剧本题材丰富，有历史剧，有体现现实生活的，还有在神话、小说、电视剧的基础上加工改编而成的；体裁多样，有话剧、越剧、睦剧、婺剧、绍剧、戏曲、现代戏等，基本反映了浙江省近年来大戏剧本的创作面貌。

【浙江省合唱作曲研修班】

9月，由省音乐家协会主办的浙江省合唱作曲研修班在杭圆满结束。培训由国家一级作曲家、原总政歌舞团副团长、中国合唱协会理论创作委员会副主任孟宪斌先生，上海音乐学院民族音乐系副系主任徐坚强副教授，广东省音乐家协会副主席、著名的作曲家、音乐教育家曹光平教授，中央音乐学院、首都师范大学音乐学院和中央民族大学音乐学院作曲系客座教授甘霖先生，云南省音协常务理事、音乐创作委员会副主任、云南艺术学院副院长刘晓耕教授担任主讲老师。

【浙江省民间工艺传承人培训班】

9月，由省文联和省民协主办的浙江省民间工艺传承人培训班于近日在杭州成功举办。中国民间文艺家协会分党组书记、驻会副主席罗杨，省文联党组成员、书记处书记柳国平及省民协主席、中国美术学院设计艺术学院院长吴海燕，省民协副主席、秘书长蒋水荣，省民协副主席潘一钢、宓风光，浙江省民间文艺十大特聘专家、中国工艺美术大师张爱廷、嵇锡贵、金全才、徐朝兴、陆光正、陈水琴、周锦云、高公博、陈阿金等出席了培训班开班仪式。多位全国民间文艺界的专家、学者在培训班上作了专题讲座。

【首届“浙江戏剧奖·金桂表演奖”】

12月，浙江戏剧表演艺术的唯一权威奖项“浙江戏剧奖·金桂表演奖”颁奖晚会在杭州剧院隆重举行。浙江越剧团国家一级演员王滨梅、浙江婺剧团国家一级演员杨霞云、浙江绍剧团国家一级演员施洁净、诸暨越剧团国家一级演员楼明迪、温州瓯剧团国家一级演员方汝将、浙江昆剧团国家一级演员杨崑6位获奖演员在欢呼声中接过了“金桂表演奖”奖杯，并发表获奖感言。“浙江戏剧奖·金桂表演奖”是浙江省文联和省剧协经过五年的酝酿，在广泛调研的基础上，推出的全省性戏剧表演艺术常设性奖项。该奖两年评选一次，评选对象是浙江省各专业、职业剧院（团）、具有高级职称、不超过45周岁的中青年戏剧演员，并要求参评者必须有一台新创作的大戏或一台折子戏专场。

【首届“浙江舞蹈奖”】

12月，2012舞动浙江——首届“浙江舞蹈奖”揭晓，并举办了精彩的颁奖盛典。浙江歌舞剧院一级演员、青年舞蹈家刘福洋、杭州歌剧舞剧院青年舞蹈家刘海波喜获首届“浙江舞蹈奖”，林琳、管继华、孙红木、鲜于开选、李炽强等5位老艺术家获得了“浙江舞蹈奖·荣誉奖”。“浙江舞蹈奖”是省文联和省舞协推出的浙江唯一的常设性舞蹈艺术奖项。该奖每两年举办一届，每届获奖艺术家不超过8名；另设“浙江舞蹈奖·荣誉奖”，表彰已经离开舞蹈创作表演一线，但在历史上对舞蹈事业作出过突出贡献的浙江艺术家。

安徽省文联

综　述

2012年，全省宣传思想文化战线务实开拓、接续奋进，在紧贴中心中展现作为、在融入大局中加快发展，各项工作都保持良好态势、取得显著成绩。在省委的坚强领导下，按照省委宣传部的部署和要求，省文联领导班子以迎接、宣传和贯彻党的十八大为主线，深入贯彻党的十七届六中全会、省第九次党代会和全国第九次文代会精神，全面落实省委、省政府关于宣传思想文化工作的各项部署，团结和凝聚全省广大文艺工作者，紧紧围绕推进文化强省建设，切实履行联络协调服务职能，创造条件打基础，锐意进取抓提高，齐心协力促繁荣，各项工作取得新成效。

会议与活动

【“十月阳光”系列文艺活动】

主题是喜迎党的十八大胜利召开、庆祝新中国成立63周年。一是创作出版文学作品集《皖江听涛：皖江城市带承接产业转移示范区建设巡礼》。省皖江办和省文联共同组织，旨在展示皖江示范区的风采，讴歌皖江人在示范区建设中所展现的创业精神，季宇、潘小平、许春樵、裴章传等知名作家深入示范区建设实地采访、采风，创作了一批宣传示范区经济建设热潮、反映建设者思想感情、讴歌建设成就的文学作品，最终选取40篇作品结集出版。11月15日举行首发式。二是举办“农民工·我的兄弟姐妹”全国摄影大赛获奖作品展。由省文联、中铁四局和合肥市委宣传部共同主办，5月4日上午在合肥开幕，省人大常委会副主任郭万清出席开幕式，农民工代表、中铁劳模、中铁十大新型农民工徐露平，中铁四局三八红旗手黄家芳，与领导一同为开幕式剪彩。展出的近200幅作品充满艺术感染力和视觉冲击力，多角度、多层面地反映了农民工顽强拼搏的工作场景、艰苦简陋的生活环境、乐观向上的生活态度和勇于奉献的高尚品格。大赛共收到全国1000多位作者的近2万幅（组）作品，146幅作品脱颖而出，获奖作者遍及23个省市区。三是安徽省直机关书画作品展。展览由省直机关工委、省文联主办，9月27日上午在省博物馆开幕。省委常委、秘书长唐承沛，省人大常委会副主任郭万清，省政协副主席田唯谦，省级老同志邵明、陈瑞鼎、刘生出席开幕式并参观展览。此次展出的200多幅书画作品遴选自省直机关80多个单位报送的近千幅作品。四是举办了“颂歌献给党”歌曲创作征集等文艺活动。活动收到来自全国各地歌词、歌曲作品近500余件，最终评出一等奖1首、二等奖2首、三等奖3首、优秀奖12首。

【纪念毛泽东同志《在延安文艺座谈会上的讲话》发表70周年系列文艺活动】

主题是引导文艺工作者坚持走与时代、与人民相结合的创作道路，为人民放歌，为崛起抒情。一是举办“盛世百花”安徽省优秀歌唱家演奏家专场音乐会。由省文联、省音协和中科大主办，5月17日晚在中科大礼堂举行。音乐会上，曾获各类国际、国内大奖的音乐家献出精彩的节目，给人们以高雅的艺术享受，博得了全场观众一阵阵热烈的掌声。二是举办“盛世百花”合肥市滨湖新区广场演出。由省文联、合肥市滨湖新区指挥部和各市文联联办。大多数节目由各市文联选送，具有较强的地域性，包含歌舞、戏曲、杂技、魔术、民乐、诗朗诵等。淮北市临涣镇民间唢呐艺术团的民乐合奏拉开了整场演出的序幕，唢呐演奏《浏阳河》、黄梅歌舞《天女散花》、庐剧《讨学钱》、越剧《十八里相送》、舞蹈《清风荷影》、歌曲《滚滚长江东逝水》等节目受到现场千名观众的热烈欢迎。三是编印《文艺规律再认识》论

文集。季宇、唐先田、王达敏、赵凯、段儒东、裴章传、陈祥明、傅爱国、许辉、许春樵等知名文艺评论家、作家撰写专题论文25篇。这些论文有的深入阐释《讲话》在中国文艺发展史上重要的历史作用和现实意义，有的结合创作实际重点探讨当代文艺创作规律的把握，有的着重关注当代文艺理论的创新发展。

【“百花迎春”之“江淮杜鹃秀”】

2012“百花迎春”中国文学艺术界春节大联欢活动由中国文联与西藏、安徽、海南、河北4省区联办，位于第二板块的安徽节目“江淮杜鹃秀”时长逾60分钟，由颂扬徽班进京的《徽班春秋》气势恢弘开场，徽剧清唱、安徽民歌戏曲联唱、介绍安徽丰厚文化底蕴和历史名人的现场访谈、歌舞《江南江北我的家》把文化安徽、锦绣安徽生动地展现在观众面前，最后，众多皖籍名家明星参与表演的歌舞《希望的田野上》充分展示了江淮儿女为加速崛起、建设充满活力的文化强省而奋发向前的精神风貌。除访谈节目外，所有参演节目均为安徽文艺家创作。

【阜阳市成功申报“中国书法城”】

8月28日举行授牌仪式，省政协副主席田唯谦，省级老同志任海深出席。全国政协外事委员会副主任、省政协原主席杨多良发来贺信。全国百名书法家作品邀请展同时开幕。此次邀请展由中国书协、省文联、阜阳市委、市政府主办，为期一周，共展出全国百位书法名家的近百幅作品。活动现场举办了百名少儿书写书法长卷活动。

【“放歌江淮”送欢乐、下基层活动】

首场演出“走进怀远”在怀远县涡北新城区何巷社区举行，近万名群众冒着严寒观看演出，14个演出节目中，有三分之一为原创。“走进歙县”在大雨中浓情上演，节目中融入的徽州元素、演员们的敬业和奉献精神深深打动了现场观众。多位中国戏剧“梅花奖”获得者和国家一级演员参加演出，书法家们现场为群众书写春联。

【“新农村舞蹈教室”试点项目】

“新农村舞蹈教室”是中国舞协实施的一项全国性文艺惠民工程，2011年7月在安徽省率先试点，全省19个“新农村舞蹈教室”全面启动，学员近500人。“新农村舞蹈教室”教学成果展演7月3日在合肥举行。参演作品均为原创群舞，有的关注农村留守儿童的生活学习、心理体验，有的将童心童趣、快乐游戏表现得淋漓尽致，有的传承传统文化、反映地域民俗风情，有的倡导保护环境、亲近自然和拒绝沉湎于网游。

【第六届安徽曲艺节】

由省文联主办，省曲协、蒙城县政府承办，9月19日隆重开幕，17个参演单位的近60个曲艺节目参加演出，参演节目涵盖相声、小品、亳州清音、淮北大鼓、淮河大鼓、太湖渔鼓、黄梅大鼓、评书、山东快书、河南坠子、安徽琴书、淮北琴书等近20个曲种，参演人数近200人。9月21日圆满落幕，颁奖晚会21日晚在蒙城大剧院举行，中国文联副主席刘兰芳出席开幕式并颁奖，刘兰芳表演了评书《康熙买马》、著名相声演员李立山和李慧桥表演了相声《语言的艺术》。这是安徽曲艺节首次在县城举办。

【2012“和谐旋律、唱响江淮”大型公益音乐活动】

由省音协、安徽音乐广播主办。主题活动意大利著名钢琴大师卡洛伽罗迪·利伯托“琴缘”视听音乐会、比利时“迪克西兰”铜管重奏乐团演奏会分别于5月30日、7月23日在合肥市举行。精彩的演奏和高超的技艺让在场的观众领略了异国大师的演奏风采，给观众带来了高雅的艺术享受。此次大型公益音乐活动还包括“华彩夜莺 乐动心弦”大型民族交响音乐会等，先后在芜湖、马鞍山、安庆、池州、铜陵等地举行。

【第三届长三角地区“金手杖”奖魔术大会】

由安徽省文联主办，安徽省、浙江省、上海市、江苏省杂协共同承办，11月2日至3日在合肥举行。参照国际惯例，此次活动由魔术分组别比赛、魔术大师讲座、魔术道具展览、颁奖晚会暨优秀获奖节目展演4个部分组成。60多名选手、34个魔术节目参加比赛，近景魔术节目《简爱》、舞台魔术剧《魔爱》和少儿魔术节目《少儿手彩》获金奖，近景魔术节目《爱疯手机》、舞台魔术节目《水晶羽毛》和少儿魔术节目《飞表不见》获银奖，近景魔术节目《小帅漫画世界》、舞台魔术节目《女人花》和少儿魔术节目《五彩缤纷》获得铜奖。来自香港、台湾、大陆的中国和韩国魔术大师、获此次比赛金奖的演员在颁奖晚会上表演了精彩节目。大会期间还邀请韩国著名魔术师泽克举办专场魔术讲座。长三角地区“金手杖奖”魔术大会由上海市文联首次主办，皖浙沪苏4省市文联每年轮办。

【《中国民间故事全书·安徽黄山卷》出版发行】

全书共7册、270万字，历时6年编纂而成，为安徽省第二部县卷本丛书。全书的编纂、出版得到中国民协和黄山市委、市政府的大力支持。首发式8月2日在黄山市举行。

【第五届安徽省中老年社区舞蹈比赛】

10月13日在合肥举行。由各市舞协推荐的37个节目参加角逐，《古扎丽古丽》《桃夭》《旗帜》荣获特等奖，《俺们都是幸福花》等10个节目获表演金奖，《欢腾的鼓乡》等14个节目获表演银奖，《越活越年轻》等10个节目获表演铜奖，《旗帜》《俺们都是幸福花》《舞动兰花》获创作一等奖，《粉墨登场》等5个节目获创作二等奖，《巢湖好》等5个节目获创作三等奖，望江县文体局、滁州市舞协、阜阳市舞协等12家单位获优秀组织奖。

【第二届中国“拉魂腔”电视演唱大赛】

由安徽、江苏、山东、河南4省文联联合主办，宿州市委宣传部和泗县县委、县政府共同承办。拉魂腔是泗州戏、淮海戏、柳琴戏的总称，俗称“戏曲三兄弟”。选手来自4省的20多个县级以上专业剧团。经过3场紧张的复赛和决赛，李亚军、卢蓓蓓等8名选手获金奖，邵广亚、彭玉萍等12名选手获银奖，李英玲、冯洪健等20名选手获铜奖。

【安徽省文学创作先进县评选活动】

评选条例要求申报先进县（市）的县区必须达到一定的硬性指标，如县（市）领导对文学事业高度重视，有较突出的文学创作实绩，有较健全和运转正常的作家组织，有一份正常编印的文学报刊，有广泛的基层文学爱好群体，有普遍和有效的文学活动，有开展较大型文学活动的记录，等等。宿州市埇桥区、肥东县、南陵县、明光市、黄山市黄山区被评为第一批全省文学创作先进县。

创作与研究

【成立安徽省文化艺术基金会】

由省文联主管，宗旨是从社会广泛筹集资金，支持文艺精品创作和扶持文艺人才、促进安徽文艺事业的繁荣、推动安徽文化产业的发展、为建设文化强省作贡献。业务范围是接受捐赠及组织募捐、资助文艺精品创作、奖励优秀文艺人才、支持公益文化活动、开展文化交流活动、扶持文艺名人名家创业、参与投资文化产业项目。已募集资金1000多万元。

【实施长篇小说精品创作工程】

设立长篇小说精品创作重点作品扶持办公室，聘请专家组成重点作品扶持项目论证委员会，对申报的选题进行评估、论证。对入选的重点作品给予3万至5万元扶持经费，由省文联、省作协帮助明确创作计划，定点深入生活，并约请全国名刊、名社编辑对每部作品初稿提出具体修改意见，帮助作品刊发、出版，与中国作协创研部、《文艺报》等积极联系，大力推介，集中召开研讨会，在全国形成声势、形成影响，推出一批新人。对在全国产生较大影响的作品，将给予进一步奖励。

【长篇小说《农民工》研讨会】

由中国作协创研部、光明日报文艺部、安徽省委宣传部、安徽省文联、时代出版传媒主办，5月27日在北京举行。中国作协书记处书记、评论家李敬泽，《光明日报》副总编辑李春林出席研讨会并讲话。雷达等评论家从小说社会价值、审美价值、文学史意义、人物塑造与情节结构、叙事与语言等方面进行热烈研讨，来自大别山区的两位普通农民工发言。《农民工》由安徽作家许辉、苗秀侠合著，以一个普通农民工张如意的故事为主线，以杨稳当、王四清等农民工的故事为副线，讲述了一群淮河流域的农民，从进城务工求生存、求温饱，到求自立、求发展、最终创业有成的奋斗故事。

【皖浙苏三省影视编剧研修班】

5月21日在安徽省滁州市举办，皖浙苏3省近50位影视创作者参加研修学习和考察采风活动。安徽省文联一级编剧王长安从艺术理论的角度，阐述一个优秀编剧所应具备的基本素质；北京电影学院教授、博士生导师刘一兵以案例逐一剖析了剧本的成败因素并指导编剧进行自我创作能力的基本训练；著名导演翟俊杰直言不讳地批评了当下影视作品中的种种弊端。与会人员参观了吴敬梓纪念馆、明中都鼓楼、醉翁亭等历史文化遗

存，走访了小岗村。

【第四届安徽省文联文艺评论奖评选活动】

活动共收到推荐参评文章41篇，经审查，符合参评条件的40篇。经评审委员会认真评审，12篇文章获奖。一等奖2篇：《20世纪二胡音乐主题思想之嬗变》，作者汪海元；《经典重拍的障碍与超越：以新版电视剧〈红楼梦〉为个案分析》，作者胡功胜。二等奖4篇：《广西左江岩画龙舟竞渡图考释》，作者童永生、惠富平；《新现实主义电影的锐度与广度》，作者祝凤鸣；《物质化时代欲望人生的展现和思考：六六小说创作论》，作者朱菊香、方维保；《海子诗歌的影响研究》，作者周勇。三等奖6篇：《新文化运动中“科学”观念的检讨》，作者尹奇岭；《民国时期自然灾害下人与自然的关系：以现代文学为中心的考察》，作者张堂会；《近现代江淮书风的文化品格》，作者陈志；《怪力乱神的奴性哲学：贾平凹〈古炉〉片论》，作者王晴飞；《吴玉如书法艺术刍议》，作者王灵均；《感受传承与发展　领悟幽雅与和谐：安徽省第十七届摄影艺术展览获奖作品述评》，作者赵昊。省影视协、合肥市文联获组织工作奖。

【优秀文艺作品不断涌现】

省文联文艺家创作的长篇小说《新安家族》、纪实性作品《美丽的西沙群岛》获第十二届全国“五个一工程”奖，歌曲《放歌江淮》《江南江北我的家》获第十二届安徽省“五个一工程”奖，论文《阡陌文化定位的得与失：关于庐剧历史问题的思考》获第四届中国戏剧奖·理论评论奖，许春樵的长篇小说《屋顶上空的爱情》、李国彬的中篇小说《墨底》分别在《当代》、《小说月报》（原创版）发表，徐晓虹创作的大型浮雕《照壁怀古——徽州人文之光》和《皖南事变新四军烈士：叶挺、项英、袁国平、周子昆》两件作品获2011年度全国优秀城市雕塑建设项目单项作品最高奖优秀奖，评论《经典重拍的障碍与超越：以新版电视剧〈红楼梦〉为个案分析》获第八届中国文联文艺评论奖二等奖，行草册页作品《金冬心题画记》获第四届中国书法兰亭奖佳作一等奖，小品《御史拜寿》获第七届中国曲艺“牡丹奖”节目奖，民间歌舞《春到花鼓乡》获第九届中国民间艺术节银奖，舞台魔术剧《魔爱》获第三届长三角地区“金手杖奖”魔术大会金奖，电影剧本《乳娘》入选“十二五”百部农村电影工程，27个文艺作品或文艺工作者分获第三届中国职工艺术节一、二、三等奖，《清明》杂志再获华东地区优秀期刊奖，花鼓灯艺术家冯国佩荣获中国舞蹈艺术“终身成就奖”，“新徽派”版画《盛世黄山图》乘神九遨游天庭，彰显了安徽文艺家的创作实力和风采。

人才培养

【举办第三届全国行草书大展】

由中国书协、安徽省文联、合肥市政协主办。共征集作品1.2万幅，经过评审团审定，共选出入展作品367幅，优秀作品19幅。其中，安徽书法爱好者提交作品1596幅，有52幅征集入展，1幅被评为优秀作品。11月17日展览开幕式举行，中国书协分党组书记、驻会副主席赵长青；安徽省委常委、合肥市委书记吴存荣，省政府副省长谢广祥，省政协副主席田唯谦，省级老同志沈善文、任海深、刘生；省书协名誉主席刘子善、陶天月、张良勋及书法家、书法爱好者共500多人出席开幕式。开幕式上向优秀作品作者代表颁发证书和奖金。一些行草书法名家、获奖者来到书展现场，与书法爱好者面对面交流。之后，还举办了全国行草书创作暨江淮书风研究论坛。

【中国·中部六省书法联展】

由中国书协和安徽、山西、河南、江西、湖南、湖北6省文联主办，7月12日在合肥开幕。省人大常委会副主任郭万清，省政协副主席田唯谦，省级老同志刘生出席开幕式。中国·中部六省书法联展是由安徽省书协倡议发起。展出的300件书法作品均出自中部六省书法名家及后起之秀之手，篆、隶、楷、行、草兼备，且风格各异，较好地反映了中部地区的书法艺术风貌。此次展览是总结展。开幕式之后召开了总结座谈会，各省代表就书法事业发展、区域文化合作和书法的社会功能等议题进行探讨。

【第四届安徽美术大展】

由省文化厅、省文联、省美协联合主办。从10月18日至12月10日分别举办了中国画、油画、版画、水彩粉画、雕塑、艺术设计、陶瓷艺术、漫画等分项展，共计1686件，通过各画种艺委会组织专家评委初评、复评，评选出各画种展览的优秀作品共计约326件，其中国画作品63件；油画作品47件；版画作品41件；雕塑作品24件；水彩粉画作品45件；艺术设计作品60件；陶瓷艺术作品20件；漫画作品25件。本届作品在质量、数量方面都有较大突破，首次将艺术设计、陶瓷艺术、漫画等美术门类作为独立展项，呈现出各个美术门类齐头并进的多样化发展格局。获奖作品展12月22日在省博物馆开幕，省人大常委会副主任郭万清出席并宣布展览开幕。

【第十八届安徽省摄影艺术展】

由省文联、省摄协主办，10月12日在合肥开幕，省委常委、省军区政委宋海航，省人大常委会副主任郭万清，省级老同志任海深出席开幕式。本届影展共收到1123名摄影家和摄影爱好者的来稿13276幅，作品数量比上一届猛增3000余幅，创下全省摄影展览来稿数量之最。本次影展的摄影作品分为“纪录”、“艺术”、“商业”三类。与历届影展相比本届作品在摄影创作的关注点、传统表现与创新理念、作品艺术风格多样性等方面有明显提高。

【皖军书法华夏行北京展】

由安徽省文联、省书协和北京市文联、市书协联合主办，11月21日上午在中国人民革命军事博物馆拉开帷幕。中国文联原党组书记胡振民，中国文联书记处书记夏潮，中国书协名誉主席李铎，中国书协分党组书记、驻会副主席赵长青，安徽省人大常委会副主任郭万清，省级老同志张春生出席开幕仪式。北京市委常委、宣传部部长鲁炜参观展览。“安徽书法华夏行”是在省文联大力支持下，省书协和荣事达三洋电器股份有限公司共同打造的书法品牌性活动，先后举办了贵阳站、四川站展览。

【“知白守黑”张良勋张学群书法作品展】

由中国书协、安徽省文联主办，中国书协主席张海题写展标。5月12日在安徽省博物馆开幕。全国人大农业与农村委员会副主任委员、原省委书记王金山，全国政协外事委员会副主任、原省政协主席杨多良，省政协副主席田唯谦，省高级人民法院院长周溯，省级老同志沈善文、任海琛、陈瑞鼎、卢家丰出席开幕式。张良勋是中国书协原理事、省书协名誉主席，张学群为中国书协理事、省书协主席。前后两任省书协主席联袂举办作品展在安徽书坛还是第一次。展出的近百幅作品均为新近创作的精品力作。

【首届鲁彦周文学奖评奖活动】

鲁彦周文学奖以“繁荣文学创作，振兴文艺皖军，力推新人新作”为宗旨，每两年评选一次，参评作品体裁暂定为小说和影视文学。评奖对象为45周岁以下的安徽籍或在安徽工作、居住的青年作者；非安徽籍或不在安徽工作、居住，其作品由安徽报刊出版社和影视制作单位发表、出版和制作拍摄的作者亦可参加评选。首届“银联杯”鲁彦周文学奖评选工作自2012年5月起面向社会全面展开，共收到参评作品146部，其中长篇小说42部，中篇小说96部，电影文学剧本8部。首届鲁彦周文学奖获奖作品7部：长篇小说奖《大江边》（作者李凤群），《蓝旗袍》（作者贾立峰），中篇小说奖《像老子一样生活》（作者海飞），《葛仙米》（作者弋铧），《欢乐》（作者杨小凡），《水乳交融》（作者俞胜）；电影文学剧本奖《我是植物人》（作者周展）。12月22日，由省作协、鲁彦周研究会、《清明》杂志社联合主办的首届鲁彦周文学奖颁奖典礼在合肥举行。文化部原部长、著名作家王蒙，北京市委常委、宣传部部长、副市长鲁炜发来贺信。中国作协书记处书记李敬泽，鲁彦周研究会名誉会长方兆祥、周本立和会长龙念等揭晓获奖作品并颁奖。省文联负责同志向中国银联安徽分公司颁发“繁荣文学突出贡献奖”。

【第四届“桃园杯”世界华语诗歌大奖赛】

由《诗歌月刊》杂志社和淮北矿业集团工会联合举办。共收到来自全球华语诗人诗歌作品2000余首，诗人吴少东、江峰创作的组诗《夭夭之桃》《桃花中国》获特等奖，李满强、王文海等31位诗人作品分别获得一、二、三等奖和优秀奖。颁奖仪式4月7日在桃园煤矿举行。来自海内外的著名诗人、评论家、翻译家以及诗歌爱好者、矿工代表300余人出席颁奖仪式。

【在美国举办“徽风”2012安徽新徽派美术作品展】

应张恨水女儿、美国大华府中华文化艺术同盟主席张明明之邀，由省美协主办，3月29日至4月4日分别在华盛顿和马里兰州举行，展出的近百

幅国画、油画、版画新作充分展现了徽文化的隽美与神韵。这是继赴韩国、俄罗斯之后，安徽美术家第三次向世界展示新徽派美术的魅力。同时组织36位画家赴美采风、参观和学习。

直属单位

【安徽文学艺术院】

召开第三届签约作家新年座谈会暨年度总结会。举办第三届签约作家与全国重点期刊主编、编辑对接会，《小说月报·原创版》、《小说选刊》、《广州文艺》、《边疆文学》、《江南》、《西湖》等文学刊物主编、编辑应邀出席。联办李云长篇小说《风起大通》研讨会和陈斌先、王建平小说研讨会。举办第三届中青年作家高级研讨班暨安徽作家看亳州大型采风活动。开展安徽作家写潘集、走进淮北烈山大型采风活动，《印象潘集》由安徽文艺出版社出版发行。组织安徽作家代表团赴欧洲采风考察。颁发首届“龙川杯”安徽小说新星奖。编辑出版《安徽文学·安徽文学院第三届签约作家专号》。

【安徽文艺理论研究室】

组织省内有关专家撰写学习毛泽东同志《在延安文艺座谈会上的讲话》体会文章，汇编成《“文艺规律”的再认识》论文集。编辑、出版《阳光·田野·幼苗》新农村少儿舞蹈美育学术论文集、《新徽派美术创作现状与未来发展》学术论文集和两期《文艺百家》、6期《安徽文艺界》。举办第四届安徽省文艺评论奖评选活动。报送6篇文章参加第八届中国文联文艺评论奖评审，其中一篇获二等奖。与省音协联办第四届安徽省音乐论文奖评选活动，58篇论文参评。

【《清明》杂志社】

始终将正确的政治导向贯穿于编刊和创作之中。奖惩并重，调动工作人员的主观能动性；强化责任，全面落实岗位责任制；严格执行责任追究制，重点抓上稿率、转载率、改编率、出勤率等硬指标，一事一议，实行责任追究。在全省16市建立工作点，在全国各大中心城市寻找代理商，继续扩大发行量。举办成都西南实力派作家创作改稿会、深圳南方文学论坛、广东《魅力浮山》报告文学创作等多项活动，与优秀中青年作家建立良好关系。面向全国开展庆祝党的十八大胜利召开专题征文活动，编辑出版专刊。组织和参与“歌颂新农村”散文创作休宁笔会、“幸福铜陵”写作计划铜陵笔会、“安徽城市新变化”报告文学创作和淮南、淮北、马鞍山、南陵、巢湖等地采风活动。联办长篇小说《风起大通》研讨会。

【《安徽文学》杂志社】

在时间紧、任务重、人手少、稿源匮乏、发行渠道尚未完善的情况下，坚持按时出版发行。两次修改刊物封面，在视觉诉求上力求简洁、大方，努力争取第一视觉点；在内文版式上，根据栏目需要，不断注入现代元素，力求向国内一流文学期刊靠近；在色彩上，每期给刊物一个色彩定位；在栏目设置上，尽量扩大兼容性，除小说、诗歌、散文3个主打栏目外，还开辟文学方阵、文学评论、随笔、报告文学、本省作家小辑、历史图景、文学新星等栏目。走访全省近百余名重点作者、十几个文学社团，掌握创作骨干力量基本情况，开展有目的组稿工作。加大文学新人和新作品的宣传力度，重点发掘80、90后作者，努力为安徽文学积蓄新力量。举办首届《安徽文学》创研班。在铜陵、肥东、滁州、岳西等地建立工作站。全年发表400多位省内外作者的各类文学作品300多万字，其中中篇小说《牧歌》、短篇小说《奉心的禅》、《青花瓷碗》等作品被《小说月报》等知名文学期刊转载。

【《艺术界》杂志社】

对照岗位职责、工作标准，联系个人的思想和工作实际，深入查找在能力方面存在的差距。围绕“重点应加强哪些方面的能力建设”提出个人能力建设的具体措施，力争在本职岗位上做出显著成绩。先后制定一系列发稿、审稿及财务报销等制度。分解重点任务，细化各自职责，注重彼此相互配合。将审稿、校对环节和发行工作，落实到人，力求责任分明、各司其职。

【《传奇·传记文学选刊》杂志社】

对“风云人物”传奇金牌栏目进行深度拓展，“领袖们的春节”、“远去的飞鹰”等传记类纪实作品在读者中产生较大反响，栏目所选发稿件转载率上升20%。新开设“乡村轶事”、“新农村传奇”等栏目，近距离地关照新农村现实生活，努力吸引新一代农民读者群。龙源期刊网读者阅读调查排名位列前90位，比上年上升10位。与北京21世纪文化传媒有限公司、安徽古井集团、天方茶业有限责任公司合作，举办天方杯“徽茶·雾里青”有奖征文活动。推出《传奇·传记文学选刊》合订本。注重更新传奇博客和手机版内容，强化作者、编者、读者和同行之间网络互动，利用新媒体加大宣传力度，邮发量上升20%，安徽农家书屋覆盖面达90%。通过聘任、兼职等办法解决编辑人才不足的问题，有计划地组织编辑和在职人员岗位培训，继续开展“传奇之旅”文化采风活动，参与图书的选题策划和出版工作。评选年度优秀作品、优秀编辑和经营成绩显著人员并给予奖励。

【《诗歌月刊》杂志社】

召开诗歌朗诵会，并辟出专版刊发有关作品，表达中国诗人对钓鱼岛的领土立场。举办“森信·宝力杯”世界华人诗歌大奖赛、第四届“桃园杯”世界华语诗歌大奖赛。以刊发德高望重老诗人作品为抢救性工程，以刊发中年实力诗人作品为主题工程，以发现和培养诗歌新人为未来工程，全年共刊发700余位诗人诗歌10万余行，评论作品100余篇。“本期头条”作品100%被收入专辑、专集和各种选刊，50%作品被《中华文学选刊》、《中国诗选》、《中国年度诗选》、《2012年度优秀诗选》、《中国诗歌年鉴》、《现代诗歌导读》等权威选本选载。与广东、上海、深圳、黑龙江等地企事业单位多方位合作，利用征文比赛、征集广告、发行代理和作品研讨活动，通过市场运作，增强办刊实力。组织诗人、评论家，深入宁夏、吉林、广西和云南等地采访采风，推动诗歌走近生活、贴近群众、根植于泥土。

各文艺家协会

【作家协会】

召开第二届全省文学内刊主编联席会议暨“安徽作家看埇桥”采风活动，会上举行《江淮文学丛书（第一辑）》首发仪式，颁发首届金穗文学奖、2011南陵采风文学奖。参加“皖江听涛”大型采风活动并主持大型文学作品集《皖江听涛》编辑出版工作。开展系列文学交流活动，邀请北美洛杉矶华文作家协会代表团一行10余人访问安徽，邀请第五届茅盾文学奖得主刘醒龙与20余位省内作家面对面交流；组织安徽作家代表团一行12人赴欧洲4国与当地华语文学界交流，组织三批作家赴宿州、池州、肥东等地采风、采访。坚持办好《作家文荟》杂志。举办“印象雾里青”全国散文、诗歌创作大赛，全部优秀作品集中在2012年第2期《作家文荟》刊发。精心实施安徽省长篇小说精品创作工程，开展安徽省文学创作先进县评比活动，推荐2位作家进入鲁迅文学院学习。积极申报中国作协重点作品扶持项目，其中两部作品入选。发展省作协会员近200名。

【美术家协会】

与省文化厅、省文联联合主办第四届安徽美术作品大展。动员和组织全省美术家参加由中国文联、中国美协主办的中华文明历史题材美术创作工程。在美国举办徽风：2012中国安徽新徽派美术作品展。版画《甘南日记》、油画《伏藏·记忆》、中国画《锦绣龙川图》入选由中国文联、中国美协、中国文艺基金会共同主办纪念毛泽东同志《在延安文艺座谈会上的讲话》发表70周年全国美术作品展览。与文艺理论研究室联办2012安徽文艺创新发展论坛：新徽派美术创作现状与未来发展学术论文征文活动。举办安徽省青年美术作品展、“真彩”杯第二届全国少年儿童现场绘画大赛、2012“牵手国寿、运动快乐”第二届全国少年儿童绘画作品展。联办“中部崛起·环湖共荣”2012新徽派美术名家学术邀请展、“光明顶”——向石涛、渐江顶礼书画艺术展、“问道水墨”当代中国画10家作品展、“梦回家山”周逢俊山水花鸟画故乡汇报展、王梦龙故乡行花鸟画展、“黄土情”周路版画展等。起草《关于单位或个人以安徽省美协名义举办展览（活动）细则》，编辑《安徽省美协成立50周年会员大典》、《水墨安徽》中国画册，成立省美协陶瓷艺术委员会、设计艺术委员会。增补第五届理事会理事14名。

【书法家协会】

春节前夕，组织书法家分赴4个乡镇义务为民写春联，送出春联万余幅。召开纪念毛泽东同志《在延安文艺座谈会上的讲话》发表70周年座谈会。主办或承办第三届全国行草书大展、中部六省书法联展、全国百名书法家作品邀请展等全

国性展览和省书协主席团暨各市书协主席作品展、第十一届安徽省书坛新人作品展、“知白守黑”张良勋张学群书法作品展、皖军书法楷书20家作品展、“安徽书法华夏行”（北京站）展览、首届安徽省隶书作品展、第五届安徽省篆刻艺术展、“追梦林散之”全国书法名家作品邀请展、“徽风蜀韵”张学群李兵书画展、纪念邓石如诞辰270周年中国书协部分理事暨怀宁书画作品展览、“墨证菩提”陈智书法艺术展等。积极营造书坛学术氛围，主办《司徒越书法集》首发式，召开纪念邓石如诞辰270周年书法研讨会、行草书创作暨“江淮书风”学术研讨会。加大书法普及和人才培养力度，举办安徽省中小学书法骨干教师高级研修班、继续开展“书法培训下基层”活动，研究制订安徽书坛“百千万人才工程”实施方案。对2011年度获得由中国书协主办的全国性大展奖的12人（次）予以奖励，颁发奖金8万余元。协助阜阳市成功申报“中国书法城”。切实加强自身建设，召开第四届安徽书坛老书家迎春茶话会、省书协主席团扩大会，成立省书协篆刻委员会、隶书委员会、草书委员会、篆书委员会并召开第一次会议，完成省书协会员电子档案录入工作。

【摄影家协会】

开展多项主题活动，进一步扩大摄影艺术的社会影响，重点是举办“中国中铁四局杯”农民工·我的兄弟姐妹全国摄影大赛获奖作品展、第十八届安徽省摄影艺术展、摄影作品赠基层活动，还组织举办了2012上海桃花节“浦东小上海风情”杯华东六省一市摄影邀请大展、万佛湖摄影大赛、“国祯杯”节能减排绿色发展摄影大赛、雪花纯生·中国古建筑摄影大赛安徽赛区比赛、“灵秀青阳”摄影大赛、第二届“国元证券杯”黄山脚下最美油菜花摄影大赛、“印象雾里青”全国摄影大赛、安徽省“美好乡村”摄影大赛、寻找“最美七仙女”泳装、古装模特摄影大赛、首届“我眼中的亳州”摄影大赛、第九届中国安徽国际汽车展“奇瑞汽车杯”摄影大赛、第三届“休闲养生在徽州”全国摄影大赛、“淠史杭杯”摄影大赛、“我眼中的邮储银行”摄影大赛、2012卡西欧“魅力中国”全国摄影大赛、“美好安徽”摄影大赛、“气象万千”摄影比赛、“百大情”铜陵好人好事好风光摄影大赛、“狮林杯”黄山秋冬风光摄影大赛、燕子河大峡谷景区摄影大赛、首届“凤阳旅游风景线”摄影大赛、首届“昌辉杯”新安源头·醉美溪口摄影大赛等一系列活动。省摄协会员继续享受黄山、天柱山风景区摄影创作免除门票、索道票，黄山市徽州区等地创作免除门票的优待。办好《大家摄影》杂志，加强“安徽摄影家网”、“大家摄影网”网站建设，为会员交流营建便捷快速、实时互动平台。通过举办摄影学习班、创作班、研讨会、影友联谊会，不断提高摄影爱好者的摄影技术和审美修养，发展省摄协会员近700人。

【音乐家协会】

组织主题音乐活动，举办“盛世百花”安徽省优秀歌唱家、演奏家专场音乐会、省音协西洋管乐专业委员会成立10周年专场音乐会、“长江之歌”安徽省优秀男高音中国作品演唱会。扎实推进音乐创作，举办“颂歌献给党”歌曲征集、第四届安徽省音乐论文征集评选活动。扩大音乐交流，举办“和谐旋律　唱响江淮”卡洛伽罗迪·利伯托先生“琴缘”视听音乐会、比利时“迪克西兰”铜管重奏乐团演出、“华彩夜莺”乐动心弦大型民族交响音乐会、索贝音乐季吕思清小提琴独奏音乐会、女高音歌唱家郭橙橙独唱音乐会、“流金岁月”王银梅独唱音乐会等。省音协名誉主席时白林应中央音乐学院邀请赴青岛举办“泥土芳香溢华夏”黄梅戏音乐今昔纵横谈专题讲座。精心组织选拔选手参加全国音乐赛事、采风活动，赵艺凡获“长江钢琴杯”第三届全国少儿钢琴展演优秀演奏奖，省音协获优秀组织奖；陈于同、刘畅、章惠分获第三届全国青少年电子琴优秀选手展演比赛铜奖、优秀奖和优秀指导教师奖；淮北市民乐团演奏的《灯节》、《煤海新歌》，六安民乐团演奏的《春天的故事》、《立春》获第十四届中国上海国际艺术“浦东洋泾杯”长三角地区民乐团邀请赛金奖，省音协获优秀组织奖；阜阳市“金旋律”合唱团获得由中国音协合唱联盟、中央电视台音乐戏曲频道《歌声与微笑》周赛冠军、月赛亚军。发现和培养音乐新秀，推荐许冬子、李叶、程丽媛参加由中国音协举办的采风创作培训班学习，举办第十届安徽省小提琴比赛、“乐博杯”安徽省钢琴大赛，组织开展全国音乐考级（安徽考区）活动，推荐28人入选中国音协会员、发展省音协会员60人。

【戏剧家协会】

举办安徽省少儿戏曲“小梅花”评选活动，推荐优胜者参加全国少儿戏曲“小梅花”荟萃评选活动，获4金2银好成绩，省剧协获组织奖。联合湖北、江苏省剧协与安庆电视台举办第三届中国“黄梅之星”青年演员电视演唱大赛。推荐的论文《阡陌文化定位的得与失：关于庐剧历史问题的思考》获第四届中国戏剧奖·理论评论奖，省剧协获优秀组织奖。省剧协牵头，联合江苏、山东、河南省剧协与泗县文广新局举办第二届中国（苏鲁豫皖）拉魂腔电视演唱大赛。推荐的由安徽艺术职业学院创作的短剧《选村长的那点事儿》获第三届中国大学生校园戏剧节优秀剧目奖和“校园之星”奖，省剧协获组织奖；黄梅戏《寸草心》参加“长江流域戏剧节”，省剧协获组织奖。与铜陵市联办王丽娟演唱黄梅戏专场。与安徽省黄梅戏职业艺术学院联办第六届中国（安庆）黄梅戏艺术节——黄梅戏艺术发展研究论坛。完成新一届中国戏剧“梅花奖”申报工作。

【舞蹈家协会】

圆满完成中国舞协文化惠民工程“新农村舞蹈教室”项目安徽试点工作，举办教学成果展演。召开“新农村舞蹈教室”工作会暨少儿舞蹈创作研习会、安徽省专业舞蹈创作研习会。举办“起舞江淮”首届安徽省专业舞蹈比赛、第五届安徽省“杜鹃花奖”中老年社区舞蹈展演，承办中国舞协第178届全国少儿舞蹈汇演。推荐的舞蹈《花鼓灯》获第二届国际民间民俗健身舞蹈展演“最具动感奖”和“金舞”纪念奖杯，群舞《荷花湖》《攀登》《济癫乐》、独舞《学艺》获2012华东六省一市专业舞蹈比赛演出三等奖、入围奖，舞蹈《俏媳妇》、《舞动兰花》、《空竹乐》参加全国百姓健康舞展演。组织舞蹈工作者赴台湾考察交流、舞蹈骨干观摩“桃李杯”舞蹈比赛和舞剧《一把酸枣》、《孔雀》。在合肥、蚌埠、淮南等地开办14期舞蹈教师培训班，400多人参加培训。1.4万余人通过中国舞蹈考级，推荐中国舞协会员5人，发展省舞协会员31人。

【民间文艺家协会】

承办中国民协在合肥举办的2012年民间工艺品博览会。完成《中国民间故事全书·安徽黄山卷》编纂出版工作，在黄山市举行首发式。协助歙县成功申报“中国徽文化之乡”、“中国牌坊之乡”并举行挂牌仪式。与合肥市文化馆、市民协共同主办安徽民间工艺精品展，展出20余种、近200件民间工艺精品。举办首届安徽省剪纸艺术节暨全省民间工艺精品邀请展。命名歙县霞坑镇为安徽省民间书画之乡。选送的《春到花鼓乡》获第九届中国民间艺术节银奖。荣获第三届中国剪纸艺术节暨第二届蔚州国际剪纸艺术节活动优秀组织奖。编辑《安徽省民间工艺师盛典》。

【曲艺家协会】

大力开展主题活动。举办第六届安徽曲艺节；出版发行《笑满江淮：优秀曲艺征文作品选》；应邀组织专家赴太湖县开展艺术指导和交流活动。积极参加全国和区域性重大赛事活动。组织推荐的小品《御史拜寿》获第七届中国曲艺“牡丹奖”节目奖；安徽大鼓《老两口谈心》、淮北大鼓《赶黑驴》分获由中国曲协主办的河南马街书会曲艺大赛节目一、二等奖；男女相声《想不想长大》、音乐快板《听爷爷讲那过去的故事》分获由中国曲协主办的“泰州杯”第五届全国少儿曲艺大赛节目二、三等奖；小品《说变就变》、《身边的现象》，相声《咱村的那些事》、《局长家的狗》，山东快书《夜半对话》分获第五届中部六省曲艺大赛一、三等奖；山东快书《夜半对话》、安徽大鼓《三次红手印》、评书《你无权离开》分获由中国曲协主办的第二届“包公杯”全国反腐倡廉曲艺作品征集活动二、三等奖。李慧桥、王若祥、夏芹当选中国曲协第七届理事会理事。夏重梁获中国曲协为民服务先进个人。发展省曲协会员11人，推荐中国曲协会员5人。

【影视艺术家协会】

皖浙苏三省影视编剧研修班暨影视创作采风活动在滁州成功举办。组织公益电影放映活动，为学雷锋志愿者和新四军老战士及社区居民放电影；开展“经典老电影，走进敬老院”活动，义务为合肥市周边10家敬老院放映15场电影，观影老人近千人次；联办“电影之夏”纳凉晚会，放电影30多场。遴选推荐优秀影视理论、评论文章参加第四届安徽省文联文艺评论奖评选，获得组织工作奖。组织影视评论家为影片《甲午大海战》撰写评论文章，其中5篇在媒体上发表；举

办安徽出品电影《合欢树》观摩研讨会，邀请央视电影频道专家出席；组织新闻媒体对安徽拍摄电影《黄土情》作宣传报道。与万达国际影城等单位联办纪念中国电影诞生107周年电影藏品展。编印内部出版物《安徽影视》，为会员提供相关影视资讯。

【杂技家协会】

成功举办第三届长三角地区“金手杖奖”魔术大会，参赛节目从内容到形式都有创新，表演手法丰富多彩，节目技巧多样化，体现了长三角地区魔术艺术的勃勃生机，展现了长三角地区魔术人才的深厚潜力，省内各大媒体予以宣传报道，安徽电视台还制作了专题节目播出。组织魔术节目参加大型公益惠民活动和迎春茶话会演出。配合安徽杂技团打造的主题杂技晚会《时空之旅》在四川省都江堰市成功上演。协会负责同志撰写的《革故鼎新 前程似锦：浅谈杂技团转企改制后的出路》一文在《杂技与魔术》上发表。

福建省文联

综　述

2012年，福建省文联牢牢把握“高举旗帜、围绕大局、服务人民、改革创新”的总要求，深入贯彻落实党的十七届六中全会和十八大精神，按照全国九次文代会、八次作代会和省委第九次党代会、九届二次、五次全会的工作部署，立足福建科学发展跨越发展的伟大实践，围绕迎接、学习、宣传、贯彻党的十八大，开拓进取、奋发有为，团结凝聚全省文艺工作者开展一系列卓有成效的工作，推动了福建文艺的大发展大繁荣，为加快文化强省建设作出了积极贡献。

重要会议和活动

【省委常委会听取省文联专题汇报】

1月15日，原省委书记孙春兰主持召开省委常委会，听取省文联关于全国第九次文代会、第八次作代会主要精神的汇报，研究福建省学习贯彻意见。原省文联党组书记范碧云代表省文联作了汇报，孙春兰同志作了重要指示：要进一步学习贯彻会议精神；要进一步加大支持力度；要进一步加强文艺家队伍建设。

【省文联六届五次全委会暨2012年全省文联工作会议】

1月31日，省文联六届五次全委会暨2012年全省文联工作会议在福州三明大厦召开。省文联领导、主席团成员、各文艺家协会、各直属单位、机关各处室负责人、老干部代表和各市、县（区）文联、行业文联主要负责同志近200人参加会议。会议由省文联党组成员、副主席罗训涌同志主持，原省文联党组书记、副主席范碧云同志作了题为《再接再厉　奋发有为　在更高目标、更新起点上推进福建文艺大发展大繁荣》的工作报告，杨少衡作会议小结。会议代表列席了2月1日在福建会堂召开的全省宣传部长会议，听取了原省委书记孙春兰和省委常委、宣传部长袁荣祥的重要讲话。

【省文联主要负责同志调整干部大会】

6月6日下午，省文联召开全体干部大会。省委组织部副部长袁毅、省委宣传常务副部长林辉、省委组织部干部一处处长王强、省委宣传部干部处处长刘志坚出席会议。袁毅同志宣读了省委关于福建省文联主要负责同志调整任免的决定：张作兴同志任省文联党组书记、书记处书记、副主席，免去范碧云同志省文联党组书记、书记处书记职务。受省委常委、宣传部部长袁荣祥和省委常委、组织部长姜信治的委托，林辉同志在会上讲话，充分肯定范碧云同志任省文联党组书记期间作的大量卓有成效的工作，对以张作兴同志为班长的省文联党组提出希望。

【省文联六届六次全委会】

6月27日，省文联六届六次全委会在福州于山宾馆召开。省文联第六届全委会委员68人及拟增补委员5人共73人参加会议。会议由省政协副主席、省文联主席张帆主持，省文联党组成员、副主席杨少衡代表第六届主席团作了题为《承前启后，继往开来，开拓文联工作新局面》的工作报告，省文联党组成员、副主席罗训涌传达了中国文联党组书记赵实6月18日到省文联调研时的重要讲话精神。会议增补了徐姗娜、黄卫平、许旭明、黄莱笙、黄国聪五名同志为省文联第六届委员会委员，增补了张作兴同志为省文联第六届委员会副主席。省文联党组书记张作兴在会上讲话，强调下半年即将召开党的十八大，全省文艺工作者和文联工作者要站在新的起点，面对新的形势，增强责任感、紧迫感和使命感，抓住机遇，乘势而上。要加强学习调研，建设学习型的文联组织；加强组织建设，进一步增强文联的凝聚力和影响力；加强创新创作，推出更多更好的文艺优

秀作品。张帆主席作了会议小结。

【全省文联系统学习贯彻党的十八大精神读书班】

12月26日至28日，全省文联系统学习贯彻党的十八大精神读书班在厦门举办。省文联党组书记张作兴，党组成员、副主席杨少衡、罗训涌，省文联副主席、省电影家协会主席章绍同，厦门市文联党组书记张萍等各市、县（区）文联负责人和秘书长，行业系统文联负责人以及省文联处级干部近150人参加了读书班。省委学习贯彻党的十八大精神宣讲团成员、省委宣传部原副部长、社科院原党组书记杨华基作专题讲座。与会同志分赴厦门和漳州两条线路进行采风学习，并围绕“在十八大精神指导下，文艺工作者如何学以致用”、“在贯彻十八大的大背景下，以什么样的精神状态迎接文化建设的战略机遇期”、“在建设文化强国、文化强省中肩负的使命和历史担当”、“在繁荣文化事业、发展文化产业中发挥主力军和生力军作用”等四个问题进行讨论交流。杨少衡、罗训涌同志分别谈了学习体会。张作兴同志作总结发言。本次读书班严格按照中央“八项规定”要求，开短会、讲短话、求实效。

【领导走访调研活动】

中国文联党组书记赵实一行来闽调研指导工作：6月18日，中国文联党组书记、副主席、书记处书记赵实专程莅临福建省文联调研指导工作，并出席第五届海峡两岸合唱节。中国文联党组成员、副主席杨承志，中国文联副主席、中国音协分党组书记、副主席徐沛东，中国文联国内联络部主任罗成琰，中国文联国际联络部主任黄文娟，中国音协分党组成员、副秘书长王建国、韩兴安，中国文联办公厅秘书处处长张天文等随同调研。赵实书记一行在省委常委、宣传部部长袁荣祥和省文联党组书记张作兴的陪同下，看望了部分在榕老文艺家，听取了省文联工作汇报并作重要讲话。袁荣祥部长出席汇报会并讲话，省委宣传部副部长、文明办主任马照南，省文联党组成员、副主席杨少衡、罗训涌，省文联副主席范碧云、陈济谋、章绍同、陈奋武以及省文联各机关处室、协会、事业单位副处以上干部参加了汇报会。

省委常委、宣传部部长袁荣祥走访中国文联中国作协：3月2日，省委常委、宣传部部长袁荣祥在省文联原党组书记、副主席范碧云和党组成员、副主席、省作协主席杨少衡等陪同下，专程到中国文联、中国作协走访。袁荣祥一行参观了中国文联54000平方米集办公、活动、服务为一体的“中国文艺家之家”，与中国文联党组书记赵实、中国作协党组书记李冰分别进行了亲切友好的座谈。会谈中，赵实书记、李冰书记对袁荣祥同志上任之初就亲临中国文联、中国作协给予高度赞誉。

省委常委、宣传部部长袁荣祥到省文联调研：8月30日下午，省委常委、宣传部部长袁荣祥在省委宣传部副部长、省委文明办主任马照南，省委办公厅秘书二处处长王建南及省委宣传部有关处室负责人的陪同下到省文联调研指导工作。在汇报座谈会上，袁荣祥部长听取了党组书记张作兴代表省文联党组的工作汇报，对近年来省文联在文艺创作生产、领军人物培养、对台对外交流、协会组织建设等方面取得的成效给予充分肯定，对下一阶段文联工作提出要求。袁荣祥一行还视察了省文学讲习所，为省首批优秀文艺界人才舒婷、吴乃光、石广智3人颁奖，并与省优秀文艺人才、书画家进行座谈。

省委常委、副省长陈桦到省文联调研：9月21日下午，省委常委、副省长陈桦在省政府副秘书长、机关事务管理局局长彭照杉，省政府副秘书长李强，省委宣传部常务副部长林辉，省编办主任林武，省财政厅副厅长张小平，省公务员局副局长黄正风，省国土资源厅总规划师周锦来，省发展改革委副巡视员林月玲等陪同下到省文联调研指导工作。陈桦一行听取了省文联工作汇报，与文艺家代表座谈交流。在听取张作兴同志关于省文联工作的汇报后，陈桦副省长高度评价了省文联近年来在推动文化大发展大繁荣、建设文化强省中发挥的重要作用，强调省文联要充分发挥文艺工作者之家的优势，大力抓好高层次文艺人才队伍建设，突出抓好文艺精品创作，做好服务等。陈桦副省长一行还视察了三坊七巷的“八闽书院”，观看了“迎党的十八大、颂福建精神”书画笔会。

省文联党组书记张作兴到中国文艺家之家参观考察：6月29日上午，省文联党组书记张作兴一行前往中国文艺家之家参观考察，拜访中国文联党组书记赵实，同中国文联党组成员左中一、办公厅主任夏朝华、国内联络部主任罗成琰进行了座谈。省文联党组成员、副主席、书记处书记杨少衡、罗训涌，办公室主任张杰、组联处处长黄河清、省摄影家协会秘书长潘朝阳等陪同考察拜访。期间，恰逢神舟九号飞船成功着陆，大家还观看了电视直播。

重要文艺活动

【迎接贯彻党的十八大系列文艺活动】

9月26日，与省纪委、省委宣传部、省直党工委等单位联办“保持纯洁性、迎接十八大——‘清风赞’廉歌创作演唱会”，宣传了福建省五年来廉政文化建设，推进了廉政文艺创作，营造了迎接十八大的喜庆氛围。10月30日，在福州画院隆重举办“激情海西——摄影家眼中的福建科学发展跨越发展”大型摄影作品展，展览分关怀鼓舞、建设海西、风采八闽、文化福建四个章节，共展出改革开放以来福建省摄影家们创作的摄影佳作150余件，全景式、宽领域、多视角地展示了党中央对福建的关心重视、福建科学发展跨越发展的光辉历程和巨大成就。省委常委、宣传部长袁荣祥，人大副主任李红，省政协副主席李祖可等领导出席了开幕式。

十八大前，还举办了“雅颂八闽”喜迎十八大福建省曲艺精品汇演、“本色精存”——福建省世界遗产与非物质文化遗产文献展、“中国文化与文化中国”——喜迎十八大在闽作家学者座谈会，与中央电视台联拍反映“生态文明”建设题材的大型电视纪录片《走向美丽》和反映援藏题材的电影《追你到天边》等30多项活动，在“福建文艺网”、《福建文学》等媒体开设喜迎十八大专栏。

十八大后，相继举办了庆祝十八大书法创作笔会、第5届艺术节中“福建省美术书法摄影新人新作获奖作品展”、第4届福建省曲艺节、“中国百姓健康舞”福建省全民推广启动仪式等20多项活动，营造热烈喜庆、积极向上的浓厚氛围。

【纪念毛泽东同志《在延安文艺座谈会上的讲话》发表70周年活动】

5月22日，与省委宣传部联合举办的纪念毛泽东同志《在延安文艺座谈会上的讲话》发表70周年座谈会在福建会堂举行。省直宣传文化系统单位、各设区市委宣传部、省各文艺家协会、各设区市文联部分领导及我省文艺界代表参加会议。参会代表重温《讲话》精神，畅谈文艺精品创作的实践体会和意见建设。省委常委、宣传部长袁荣祥出席会议并讲话。省文联党组成员、副主席杨少衡代表全省文联系统在会上发言。

5月19日，与省委宣传部、省文化厅、省炎黄文化研究会等联合主办的《延安精神颂——纪念毛泽东同志〈在延安文艺座谈会上的讲话〉发表70周年》朗诵音乐会在福州举行，朗诵音乐会以“发扬延安精神，讴歌时代风采”为主题，来自社会各界300多名文艺工作者通过诗朗诵以及歌曲、舞蹈等多种表演形式，为观众献上了一台精彩的文化盛宴。

5月24日，与省诚信促进会联合主办的“纪念延安文艺座谈会讲话发表70书画摄影篆刻剪纸艺术展”在省美术馆举行，共展出画摄影篆刻剪纸艺术作品154件。此外，举办了征文比赛等10余项主题鲜明的文艺活动。

【对台文艺交流活动】

5月27日，由省文联、中国作家协会港澳台办公室主办，台湾《印刻文学生活志》、台湾东华大学华文文学系联办，海峡文学艺术发展研究中心等承办的“海峡两岸作家论坛”在福建会堂举办。论坛以“传承与创新”为主题，吸引了海内外文坛广泛关注，全国政协常委、中国作家协会党组副书记、副主席、鲁迅文学院院长张健，省委常委、宣传部长袁荣祥出席开幕式并致辞。全国政协委员、中国作家协会主席团委员张胜友与台湾东华大学华文文学系主任须文蔚分别代表大陆和台湾作家在开幕式上讲话。陈建功、张胜友、孙绍振、项小米、郑愁予、陈若曦等众多两岸知名作家、评论家共300余人参加论坛研讨会，社会反响强烈。

8月17日至22日，由福建省文联、台湾两岸关系发展促进会主办，福建省舞蹈家协会、台湾舞蹈家协会等承办的国台办重点项目——“第三届海峡两岸青年舞蹈嘉年华暨2012年福建省百名优秀舞者赴台交流活动”在高雄市成功举办。活动汇集两岸14个团队、200多名两岸青少年舞者。期间，举行了“2012年海峡两岸青少年优秀舞蹈展演”，举办了“海峡两岸舞蹈交流与合作研讨会”，

签署了缔结“海峡两岸舞蹈交流合作单位”的协议书，福建省舞蹈家协会和台湾舞蹈家协会等单位相互交换“两岸舞蹈交流合作”牌匾。福建省百名优秀青少年舞者赴台交流前还举办了出发仪式，省委宣传部副部长、省文明办主任马照南为交流团授旗。

12月9日至15日，由中国文联、中国曲协、福建省文联主办，福建省曲协与台北曲艺团承办的国台办重点项目——第二届“海峡两岸欢乐汇”暨曲艺理论研讨会在台湾成功举办。活动为期一周，以“两岸同曲，海峡传情”为题，以福建闽南方言说唱曲种为主，组织南音、锦歌、福州评话、竹板歌等节目，由中国曲协主席姜昆，福建省委宣传部副部长、省委文明办主任马照南，中国曲办分党组副书记刁惠香带队，率领戴志成、李伟建、武宾等曲艺名家、福建省曲艺表演艺术家和台北曲艺团演员一道，为宝岛民众奉献了3场精彩演出，开展了“两岸曲艺创新发展”为主题的座谈会，举行福建南音表演艺术家台南收徒仪式，展现中华曲艺的魅力和两岸曲艺家的风采，增进两岸曲艺文化交流，增强两岸人民骨肉亲情和文化认同。

12月11日至15日，与省文化厅、省旅游局联合主办的“第四届海峡摄影节”在霞浦县举行。本届摄影节以“同牵两岸心，共摄华夏景”为主题，共展出18个国家及地区摄影家的100多个主题影展、4000多幅作品，架设了海内外交流的桥梁。开幕式由中国摄影家协会顾问、省摄影家协会主席张宇主持，中国摄影家协会分党组成员、秘书长高琴和霞浦县委书记杨培钦致辞，省委常委、宣传部长袁荣祥，江西省原副省长、人大副主任朱英培，宁德市委书记廖小军，省文联党组书记张作兴等领导出席开幕式，来自美国、新加坡、泰国、马来西亚、印尼、韩国、土耳其及中国港澳台地区和浙江、内蒙古、江西、福建等海内外摄影家参加了本次活动。活动期间，还举行了第四届福建摄影大会暨海峡摄影论坛、福建百名摄影家百幅作品送渔区活动。

此外，赴台联办首届世界闽南文化节暨闽南语电影影展，与地市联办了首届海峡两岸原创微电影大赛、第2届海峡青少年小提琴决赛、海峡两岸第3届闽南语电影文化研讨会、第4届海峡两岸电视主持新人大赛、2012海峡诗会——两岸诗刊交流、2012“海峡文缘论坛”（厦门）、“闽台新童谣”歌曲征集评选、海峡两岸三地流行音乐高峰论坛等一系列对台交流活动，受到了两岸文艺界、媒体的赞誉，得到了国台办、中国文联的充分肯定。

【文艺名家推介活动】

“陈奋武翰墨”书法作品展：6月30日上午，由省委宣传部、中国书法家协会、中国美术馆、福建省文联主办，福建省书法家协会承办的“陈奋武翰墨”书法作品展在中国美术馆隆重开幕。这是福建文艺名家推广工程的首个项目，共展出省文联副主席、省书协主席陈奋武精心创作的50余件优秀作品，篆、隶、正、行、草皆备，条幅、横幅、中堂、屏条品类齐全。6月29日，中央政治局常委、全国政协主席贾庆林专程参观展览。中国文联党组书记、副主席赵实，中国文联党组副书记、副主席覃志刚，福建省委常委、副省长陈桦，福建省文联党组书记张作兴等领导陪同参观。7月4日，贾庆林同志再次莅临展厅看望陈奋武先生。6月30日，全国政协副主席、中国文联主席孙家正参观展览。7月7日下午，原福建省委书记孙春兰，省委常委、秘书长叶双瑜参观展览。开幕式由张作兴同志主持，陈桦、赵长青、范迪安分别致辞，省政协常委、省文联副主席范碧云宣读中国书法家协会名誉主席沈鹏题词以及贺信贺电，陈奋武先生致答谢辞。中国文联党组书记赵实，台盟中央常务副主席汪毅夫，原福建省委副书记、中国书协理事赵学敏，中国文联副主席徐沛东、中国书协分党组书记赵长青、副主席胡抗美，中国美术馆馆长、中国美协副主席范迪安等17位中央有关部门领导，乔清晨等27位将军，张燮飞、潘心城等省老领导以及书法界、企业界、新闻界嘉宾逾千人出席开幕式。

董希源国画作品展：11月4日，与中国文联、全国政协书画室、中国美协艺委会、省委宣传部、共青团福建省委等单位联合主办“壮写河山歌盛世——董希源国画作品展”在全国政协礼堂举行。此次展览共展出董希源先生近年来创作的《锦绣山河美如画》、《彩虹天空任翱翔》等50多幅山水、花鸟国画作品。全国人大常委会副委员长、民进中央主席严隽琪，全国人大常委会原副委员长司马义·艾买提，全国政协原副主席罗豪才、张克辉，中央统战部副部长陈喜庆，文化部副部长董伟，中国文联党组成员、副主席左中一，中国美协分党组副书记、秘书长刘健，省委宣传部副部长马照南，省文联党组书记张作兴等领导出席开幕式，刘健、马照南、张作兴分别作了热情洋溢的讲话。

【联办全国性文艺活动】

联办首届全国曲艺理论学术研讨会：12月20日至22日，与中国文联理论研究室、中国曲艺家协会联办的“首届全国曲艺理论研讨会”在漳平举行。中国文联党组成员、书记处书记李前光，中国曲协分党组书记、驻会副主席兼秘书长董耀鹏，分党组副书记刁惠香、副主席马小平和籍薇及12个专业艺术委员会主任、副主任，中国文联理论研究副主任杨发航，省文联党组成员、副主席罗训涌等60多名领导、专家、曲艺演员参加，李前光同志在开幕式上讲话，龙岩市委常委、宣传部长邱荣和漳平市委书记赖招源分别致辞。与会专家围绕新形势下如何突破理论建设瓶颈探讨、交流，提出建议，形成共识。期间，中国文联、中国曲协文艺志愿团举办了“送欢乐　走进漳平”大型文艺晚会，赢得数万观众好评。

创作与研究

【理论研究】

加强理论研究和理论建设：成立省文联艺委会，新成立美术理论委员会、音协长笛专业艺术委员会等协会学术委员会、专业艺委会。举办首届福建女作家高级研修班、2012福建省文学艺术高级讲习班、福建省首期知名演员读书班、首届舞台灯光音响高级研修班等各门类的艺术知识研修培训班。

冰心研究方面：召开“冰心文学第四届国际学术研讨会”，共收到论文85篇，来自美国、日本、中国台湾等国家和地区以及全国各地的百余位冰心研究专家、学者，对冰心研究进行了多角度、全方位地探讨。与中国当代文学研究会女性文学委员会合作签约，协办“2011年度优秀女性文学奖”。继续到重庆、成都等省高校宣传，扩大“冰心学位论文资助项目”的影响，全年新增资助硕士研究生3人。出版四期《爱心》杂志和一期专刊。

【创作情况】

继续加强唐山过台湾、闽商、闽侨、妈祖文化等福建特色题材的创作，深化推进福建长篇小说精品工程，积累、扶持、签约并奖励一批有潜力的选题和创作。继续与省炎黄文化研究会联合举行“走进”系列采风活动，开展福建大跨越·作家大采风、海峡两岸故事采风行、中青年书法创作座谈会暨艺术采风、“长汀经验”歌曲创作等各门类文艺家走基层采风创作活动，举办福建省“中华文明历史题材美术创作工程”申报动员大会和看稿会，第四届“中国书法兰亭奖”福建评稿会、福建省画院年度创研展、大型国家重大理论文献电视片《八闽开国将军》研讨会、“红土地、蓝海洋”作家笔会等研讨会、座谈会、笔会近20场。启动“福建濒危剧种、曲种抢救工程”，与莆田市联合打造大型音诗乐舞《千秋妈祖》等文化品牌，启动“画说海西”美术文献创作，编辑出版《潮涌平潭》大型文集。

【获奖情况】

一年来，共获得国家级文艺奖项近百件（人）次，许多优秀文艺创作成果获得省政府表彰奖励。其中，文学方面：长篇小说《我的唐山》荣获第十二届“五个一工程”图书奖；论文《八十年代、话语场域与叙事的转换》获得第八届“中国文联文艺评论奖”文章类一等奖；文学作品《保姆大人》获得“2011年度优秀女性文学奖”一等奖；散文《政和红茶》获得第五届冰心散文奖单篇作品奖；《福建文学》、《台港文学选刊》、《故事林》杂志荣获第四届华东地区优秀期刊。音乐方面：歌曲《我要去延安》、《两岸一家亲》荣获第十二届“五个一工程奖”。在第三届全国少儿钢琴展演比赛和第三届全国青少年电子琴展演中，均获得1金1银1铜的好成绩。在第十届全国声乐比赛中，荣获1个民族唱法三等奖。歌词理论专著《歌词美学》正式出版，填补了当代中国歌词理论的空白。戏剧方面：新版闽剧《别妻书》荣获第四届“中国戏剧奖·曹禺剧本奖”。校园话剧《日租房》荣获第三届“中国戏剧奖·校园戏剧奖”。美术方面：申报中华文明历史题材美术创作工程重点项目实现零的突破，进入全国第五。52人作品

入选第三届全国漆画展，占入选总数的四分之一。21人作品在中国美术家协会组织的多项全国性展览中获得最高奖。书法方面：在第四届中国书法兰亭奖中荣获两个二等奖的佳绩，取得重大突破。1人获得中国当代书法名家系统工程“三名工程”大展奖（最高奖）；8人作品在中国书法家协会组织的多项全国性展览中获奖。摄影方面：在第十一届上海国际影展中，获得纪实类1铜1优秀、艺术类1银2优秀的好成绩。曲艺方面：泉州南音乐团李白燕荣获第七届“中国曲艺牡丹奖”表演奖，填补了我省该奖项的空白。在第五届全国少儿曲艺大赛中，荣获1个二等奖的好成绩。民间文艺方面：在第三届中国剪纸艺术节中，获得1个铜奖、3个优秀奖。在中国第二届客家文化节中，获得1个精品汇演金奖、1个精品汇演银奖、1个客家山歌银奖。在“全国民歌展演”中，获得1个银奖。舞蹈方面：在“华东六省一市专业舞蹈比赛”中，我省推荐的七个节目分别获得两个创作二等奖、两个创作三等奖、两个表演三等奖及三个入围奖的好成绩。此外，其他门类在全国重要文艺赛事中也取得良好成绩。

自身建设

【机关建设】

认真开展“保持党的纯洁性”主题教育活动，广泛开展“下基层、解民忧、办实事、促发展”活动，在省直机关下基层活动检查中受到好评。加大干部教育力度，严格做好干部选拔任用和落实四项监督工作，坚持重大事项和工程公开招投标和监督审计制度，成功联办系列廉政文化建设活动。顺利推荐我省文艺家代表参加中国视协、曲协、摄协全国代表大会，选派两名年轻优秀干部到基层挂职锻炼，推行事业单位专业管理领导岗位面向全社会公开招聘办法，试行省文联干部内部交流挂职锻炼和聘用协会不驻会副秘书长办法，领导班子建设和文联机关干部队伍建设进一步加强。

完善办文、办会、财务、车辆、外事、老干工作等相关制度，推进文联机关各项工作规范有序开展。扎实推进信息化办公平台建设，全面提升福建文联网站的各项功能，改造升级为“福建文艺网”。推进文联所属非时政类刊物转企改制的阶段性工作，《台港文学选刊》成功改版《台港文学选刊·和声》。新成立省文联驻北京办事处，完成文艺家之家大楼、省画院办公楼和三坊七巷“八闽书院”等基础设施的改造，建设文联机关食堂。老干、工青妇等活动积极活跃，在省直机关组织的第三届合唱节中蝉联金奖，荣获“先进职工之家”、省市共建福州市全国文明城市工作先进单位、第十一届省级文明单位的称号。

【服务文艺家、服务基层、服务群众】

加大人才培养推介力度：在文艺界广泛开展“爱国、为民、崇德、尚艺”的文艺界核心价值观、《中国文艺工作者道德公约》和“福建精神”等学习实践活动。深入实施文艺人才“千百十”计划、福建文艺名家推广工程，进京举办陈奋武、董希源作品展。继续摄制《海西文化名人坊》专辑，在福建电视台播出。选派数位中青年作家和文艺评论工作者参加中国文联文艺研修院、鲁迅文学院进修班等。建立各协会获全国奖项文艺人才资料库，推进福建文艺名家信息库建设。坚持做好老文艺家的走访慰问、寿辰庆贺、从艺纪念等工作，举办“银发创作”系列活动等，热心服务老艺术家。

扶持基层文联和文艺工作发展：建立第二批19个全省特色文艺示范基地，联办“一县（市）一歌”创作、传唱、比赛活动。配合中国音协、中国美协在湄洲岛、永定土楼建立创作基地，争创中国文联（泰宁）创作基地、中国摄协（霞浦）文艺创作基地、中国书协（中国闽台缘博物馆）创作交流基地。指导厦门、泉州市争创“中国书法名城”，助力福建东山、马尾新城争创中国曲艺之乡，新建立漳州灵通山省作协创作基地等10多个省级文艺家创作基地。吸纳福建检察文联为团体会员，新挂靠交通书画协会等10个协会、学会，新发展10个乡镇社区、企业文联。

开展文艺惠民和文艺拥军活动：元旦、春节期间，组织文艺家参加“文化三下乡”活动，赴基层老区、建设一线和部队军营开展慰问演出、写春联、书画笔会等活动10余场次；进基层办讲座培训25场，听众上万人；开展“送书下乡”志愿者服务，向基层捐赠文艺图书3000多册；免费培训“新农村少儿美育舞蹈教材”和“百姓健康舞”骨干教师上千人；推广“百姓健康舞”全民参与活动，参与群众上万人；指导开设评话书场，共演出70多场，受益群众两万多人；扶持民间戏剧团体发展，举办首届全省民间职业闽剧团演员大赛，吸引观众两万多人；冰心文学馆全年免费向社会开放，参观的海内外观众近5万人次。“八一”期间，省音协、舞协、曲协、画院等纷纷组织“进军营”慰问演出活动5场，为基层官兵奉献了精彩的文化大餐。各地文联、行业文联发挥自身优势，组织300多名文艺工作者，举办各类文艺活动500多场次。

直属单位

【文艺理论研究室】

6月，联办第六届“2012福建省文学艺术高级讲习班”，培养文艺新人，繁荣文学创作和文艺评论。10月，在原有福建文联网基础上全面改造升级，正式开通福建文艺网，共设200个大小栏目，制定网站发布内容三级审查制。12月，承办“2012海峡文缘（厦门）论坛”。此外，继续开展“海峡两岸文化艺术采风调研与学术交流研讨”系列活动，编辑出版《福建文艺界》4期，《文艺理论信息参考》12期，摄制《海西文化名人坊——福建当代作家艺术家电视传记系列片》第八集专辑。

【文学艺术对外交流中心】

全年办理包括电影家、舞蹈家、曲艺家代表团赴台，文艺家代表团赴港、赴美、赴欧洲等10个出访团组的手续办理。配合省外事部门做好电子护照网上团组办理改革工作。

【省文学院】

主办或联办一系列文学活动，开展文学研究、交流工作，拓展活动空间。2月，举办福建省女作家高级研修班，全省50多名女作家参加培训。联办“中国作家看晋江·五店市正月”笔会。3月至4月，主办庄逢时福建青年散文奖，联办2011年度“逢时杯”海内外散文大赛、第六届《福建日报》新人新作奖。推进福建长篇小说精品工程，签约作家林那北的长篇小说《我的唐山》荣获第十二届“五个一工程”图书奖。完成三坊七巷内文学讲习所的基础设施改造，并更名“八闽书院”。

【省画院】

2月，举办“2012年省画院年度创研展”。7月，联办“凤山杯”第二届福建省水彩画展。8月，举办“书画怡情到警营活动”。9月，联办“闽晋台书画家文化寻根采风暨作品联展”。9月至10月，举办“本色精存——福建省世界遗产与非物质文化遗产美术文献展”。11月，举办纪念福建省画院成立30周年系列活动，设立“书画精品馆”，举办画师优秀作品展，编辑出版《画院画家——福建省画院30年画家作品集》、《福建省画院30年文献集》、《学术先锋——福建省画院30年画师优秀作品集》。12月，举办首期艺术惠民讲习班，为书画爱好者免费讲座、品评作品。

【冰心文学馆】

3月，与中国当代文学研究会女性文学委员会合作签约，协办2011年度“优秀女性文学奖”。4月，赴成都举办《冰心巴金世纪友情》、《有了爱就有了一切——冰心走过的文学道路》展览。5月，参加“相聚普陀·相约文学博物馆”——第36届国际博物馆日系列活动。8月，举办冰心文学馆建馆15周年纪念座谈会。10月，赴重庆联办“冰心文学第四届国际学术研讨会”。12月，召开冰心研究会成立20周年座谈会，编辑出版冰心研究文集《繁星闪烁（二）》。继续开展研究生论文资助项目，新资助硕士研究生3人。上半年配合长乐“文化一条街”规划，启动二期改造工程。全年开放展馆，共接待海内外观众5万人次。

【《福建文学》杂志社】

上半年联办“纪念《毛泽东同志在延安文艺座谈会上的讲话》发表70周年征文活动”，评选一批有影响力的作品，其中6篇小说被《中篇小说选刊》、《小说月报》、《小说选刊》等转载。6月，联办“第六届福建省文学艺术高级讲习班”。此外，举办全国微型小说大奖赛，近20篇作品被《微型小说选刊》、《青年文摘》、《小小说月报》、《小小说月报》等转载。与安溪县文联联办“感德情·茶乡美”征文活动。协办“蔡丽双杯·赤子情”全球新诗大奖赛。被评为第四届华东地区优秀期刊。

【《台港文学选刊》杂志社】

5月，承办国台办重点项目“海峡两岸作家论

坛”，两岸知名作家、评论家及各界嘉宾300余人参加开幕式，吸引两岸数十家媒体采访报道。9月，举办“我看今日中国”海外华文征文活动，联办“文化中国与中国文化”座谈会。10月，承办“中国世界华文文学学会成立10周年、世界华文文学学科建设30周年纪念大会暨第十七届世界华文文学国际学术研讨会”，来自10多个国家和地区的200多位华文作家、学者与会。11月，联办“海峡文化创新与福建发展”分论坛。创新办刊理念，与中国华艺广播公司合作申请CNQ刊号《两岸视点》，与厦门金凯龙印制有限公司合作创办新版《台港文学选刊·和声》，被评为第四届华东地区优秀期刊。

【《故事林》杂志社】

坚持正确舆论导向和出版方向，加强策划社会热点故事，改进刊物封面设计，进一步提高刊物质量，被评为第四届华东地区优秀期刊。5月，参加福建省期刊协会第三次会员代表大会，主编汪梅田同志当选省期刊协会第三届理事会常务理事。10月，组织《故事林》第七届“海峡两岸采风”新故事大赛评奖。

【第三产业服务中心】

登记注册“福建省艺术品产业协会”、“海峡民间艺术馆”，申报文化产业专项资金。建设文联机关食堂，解决文联干部职工午餐和内部会议用餐问题。完成文艺家之家物业等交接事宜。办理文联31名非编工作人员全年工资发放和医保、社保缴纳工作。

各文艺家协会

【作家协会】

围绕出作品出人才，与炎黄文化研究会共同组织走进莆田荔城、平和、泰宁、泉州鲤城、浦城等多批次采风创作活动，编辑采风文集。2月，与晋江市政府联合组织“中国作家看晋江”采风活动。4月，在福州于山宾馆举办邵武作家马星辉长篇小说《李纲传奇》研讨会。5月，与福建省文联海峡文艺发展研究中心等联合举办国台办重点交流项目“首届海峡两岸作家论坛”。6月，举办“启明杯”首届福建省儿童文学作品奖评奖活动，联办“碧湖生态园杯”全国散文奖评奖。7月，组织“走进平潭”采风活动，编辑出版大型文集《潮涌平潭》。10月，与宁德市文联共同承办“闽东诗群”研讨会。与厦大出版社共同举办青年作家怡霖散文集首发式座谈会。12月，举办“红土地、蓝海洋”笔会。下半年举办第26届福建省优秀作品文学征集评奖活动。一年来，4位会员在“第五届冰心散文奖”、“孙犁文学奖”、“首届周庄全国儿童文学短片小说大赛”、“2011年度女性文学奖”等评奖赛事中获得佳绩，2位会员的散文集入选中国作协年度重点作品扶持工程。

【戏剧家协会】

6月，举办“首届全省民间职业闽剧团演员大赛”。8月，举办福建省首期知名演员读书班。9月，指导、选送的新版闽剧《别妻书》获“第四届中国戏剧奖”曹禺剧本奖。10月，组织选送厦门大学校园话剧《日租房》参加“第二届中国校园戏剧节”，荣获“中国戏剧奖·校园戏剧奖”。11月，举办第十一届“福建省水仙花戏剧奖表演奖比赛暨第26届中国戏剧梅花奖福建选拔赛”。此外，继续实施“福建当代戏剧名家名作推广工程”，举办福建省首届舞台灯光音响高级研修班，编辑出版《返本开新——王仁杰剧作研究论文选》。

【美术家协会】

2月，举办新春雅集笔会。3月，召开省美术家协会主席团会议。5月，联办“烛光翰墨——福建省九地市美协主席团成员作品展”。6月，与省书法家协会、龙岩市文联联合举办“纪念福建省苏维埃政府成立80周年”闽西采风活动。举办福建省教师优秀美术作品展。8月，召开福建省“中华文明历史题材美术创作工程”申报动员大会，共征集近50件参加评选。9月，举办“福建省美术家协会漆画艺委会委员新作巡回展暨学术研讨会”。10月，成立福建省美术家协会美术理论委员会。11月，举办首届福建省写意画大展。12月，与省书法家协会、省摄影家协会、龙岩市文联等共同承办“第五届福建省艺术节美术书法摄影作品展”。举办“第十六回福建省东海浪（新人新作）展”。

【音乐家协会】

1月至7月，举办“闽台新童谣”歌曲征集评选活动。2月，组织词曲作家赴长汀采风创作。3月，组织“龙海行”采风创作活动。3月至7月，联办“百首红歌进社区”活动。3月至8月，联办“一市县一歌”歌曲征集评选活动。6月，举办海峡两岸（湄洲岛）音乐创作基地授牌仪式，联办“妈祖之歌——第三届海峡两岸妈祖歌曲青年歌手大奖赛”。承办“正荣杯”第七届长三角青年歌手大赛。邀请著名词作家阎肃来榕举办歌词创作讲座。7月，主办“第十三届福建省青少年手风琴比赛”。8月，主抓、选送的两首歌曲《我要去延安》、《两岸一家亲》荣获第十二届“五个一工程”奖歌曲类“优秀作品奖”。主办“福建省第二届海峡青少年小提琴总决赛”。10月，“主办全国少儿钢琴展演比赛福建赛区选拔赛”。12月，联办福建省“裕荣杯”海峡青少年古筝演奏比赛。此外，春节、八一期间，积极组织音乐家参加“送欢乐、下基层”和“八一”慰问演出活动。完成2012年全省社会音乐艺术考级工作，成立长笛艺术委员会。在“长江杯”第三届全国少儿钢琴展演比赛、第三届全国青少年电子琴展演等比赛中，均获得优异成绩。

【电影家协会】

4月，赴台举办“2012世界闽南文化节暨闽南文化影展论坛”系列活动。7月，承办“第三届海峡两岸闽南语电影文化研讨会”，编辑出版《海峡觅珠——海峡两岸闽南语电影文化交流初探》。与厦门市电影家协会联合组织海峡两岸微电影大赛作品初评工作，选送作品参加首届“北京影协杯”微电影创作评选大赛。

【摄影家协会】

1月，参加中国摄影家协会“送欢乐、下基层”摄影惠民活动。10月，举办“第23届福建摄影展”。12月，举办以“同牵两岸心·共摄华夏景”为主题的第四届海峡（霞浦）摄影节，出版《第四届海峡摄影界优秀作品集》，规格之高、规模之大创我省摄影艺术展览之最。年底，举办福建省摄影家协会成立50周年纪念活动，出版《福建摄影50年年鉴》、《会员作品集》、《论文集》等系列丛书。一年来，与有关市、县及部门等联办“福建省第五届三八夕阳红摄影暨书画诗词作品展”、“激情劳动——职工摄影作品展”、“地税杯”摄影展等活动10余场，组织会员赴长乐、德化、甘南、苗寨等地创作采风，举办春秋摄影培训班2期、技能鉴定班1期、图像处理班2期、摄影函授班1期，继续出版《福建摄影报》，出版福建《摄影家》丛书第5辑。连续第三届在上海国际摄影艺术展中荣获佳绩。推选张宇、潘朝阳、石广智、马金焰、郑德雄、焦红辉、张玉宝参加中国摄协第八次全国代表大会，张宇、潘朝阳当选为中国摄协新一届理事，张宇为中国摄协顾问。

【曲艺家协会】

上半年召开曲艺创作座谈会，组织曲艺工作者创作一批宣传十八大精神的曲艺作品。指导福州创新平滑艺术团开设评话书场，共说书20多场。1—6月，联办“福建省首届福州评话展演季”活动，组织评话艺术家说书70场。5月，举办纪念《延安讲话》发表70周年座谈会。6月，举办“闽韵流香”福州评话名角名篇汇演。举办福州评话发展与未来（闽江学院）论坛，探索非物质文化遗产的教育与传承。8月，开展曲艺“送欢笑进军营”活动。12月，协同中国曲艺家协会在漳平举办“送欢乐下基层”走进漳平慰问演出。赴台举办国台办重点交流项目“第二届海峡两岸欢乐汇暨曲艺理论研讨会”。联办“第四届福建省曲艺节”，充分展示福建曲艺创作表演丰硕成果。协办首届中国曲艺理论学术研讨会。全年选送优秀作品参加第七届中国曲艺“牡丹奖”、第五届全国少儿曲艺大赛等，均获佳绩。其中南音表演艺术家李白燕荣获牡丹表演奖，填补我省在该奖项上的空白。推选陈秋平、陈晓萍、陈晓岚、吴世安、王秋怡、王素华参加中国曲协第七次全国代表大会，陈秋平、陈晓萍当选中国曲协新一届理事。

【舞蹈家协会】

1月，举办“中国舞蹈家协会第152届少儿舞蹈展演”。召开省舞蹈家协会主席团会议。5月，组织、选送优秀作品参加华东六省一市专业舞蹈比赛，获2个二等奖，4个三等奖和3个入围奖的佳绩。召开纪念《讲话》发表70周年座谈会。8月，赴台举办国台办重点交流项目“第三届海峡两岸青年舞蹈嘉年华暨福建省百名优秀舞者舞台交流活动”。12月，举办“舞动八闽——中国百姓健康舞福建省全民推广启动仪式”，活动规模之大、参与面之广，创我省群众舞蹈之最。此外，继续开展新春“送欢乐、下基层”、“八一”拥军慰问、

“新农村少儿舞蹈美育工程”“百姓健康舞”骨干教师志愿者培训班和“舞蹈美育走进省未教所帮扶教育”等文艺惠民活动，规范开展少儿舞蹈考级等工作。

【民间文艺家协会】

1月，组织第十届中国民间文艺“山花奖”获奖者赴海口参加颁奖典礼。9月，召开省民间文艺家协会主席团座谈会。组织参加“第二届中国客家文化节”、“全国民歌展演暨2012婺源·中国乡村文化旅游节”、“第三届中国剪纸艺术节”、“第七届中国（长春）民间艺术博览会”，均获得优异成绩。

【书法家协会】

2月，组织书法家“三下乡”，为基层群众写春联。4月，召开福建省书法建设工作现场会，交流“一乡一室一基地”建设经验。4月至5月，为纪念毛泽东同志《在延安文艺座谈会上的讲话》发表70周年，举办走进安溪、永春、南平、古田采风活动。6月，承办“陈奋武翰墨”书法晋京展。8月，举办第四届“中国书法兰亭奖”福建评稿会暨书法家走进石狮采风活动。9月，配合省委宣传部举办“弘扬福建精神——全省楹联书法大赛”，编印参赛作品集。11月，组织书法家走进龙海采风。下半年举办全省书坛新人新作展。全年为会员举办个展、联展20多人次。推荐百余人次参加全国展览、评奖，74人次在国家级书法展览中获奖。

【电视艺术家协会】

7月，举办50集大型国家重大理论文献电视片《八闽开国将军》研讨会。11月，与泉州电视艺术家协会、泉州电视台联合承办“第四届海峡两岸电视主持新人大赛”，授权台湾世新大学为在台活动承办方，与台湾各院校建立长期有效的交流关系，扩大赛事影响力。此外，与央视纪录频道联合制作大型电视纪录片《走向美丽》，宣传长汀县水土治理成就。组织电视艺术家深入西藏采访，创作援藏题材电影《追你到天边》。推选代表团参加中国视协第五次全国代表大会，张宗云、吴建生、孙永明当选中国视协新一届理事。

【杂技家协会】

3月，参加中国杂技家协会年度秘书长、理事扩大会议。8月，召开省杂技家协会常务理事扩大会。10月，赴漳州调研基层文艺创作。12月，参加“东北三省”杂技论坛会议。重阳节期间，组织慰问杂技界老艺术家。

基层文联

【厦门市文联】

积极倡导以“爱国、为民、崇德、尚艺”为主要内容的文艺界核心价值观，不断推进社会主义核心价值体系建设。开展学雷锋文明志愿活动，举办“道德讲堂”，联合承办“全国道德模范故事汇”巡演厦门大会堂专场、第五届和谐邻里节“道德模范故事汇”巡演活动，引导文艺工作者践行文艺界核心价值观。以文化“四下乡”为切入点，组织文艺家到社区、部队、农村送展览、送演出，开展了“民间文艺进校园”、“戏剧进校园”“周末文艺舞台”、“义务写春联”等活动。

积极争取，上下联动，引进文化品牌活动，弘扬本土文化。承办了《中华情》第二届“海峡两岸民间文艺嘉年华”，“送欢乐、下基层—情系外来工”专场演出、“我们的节日——海峡两岸端午文化节”、“我们的节日——海峡两岸莲花褒歌会”等重大文化品牌活动，进一步弘扬民间和本土文化。

主动作为、积极拓展，对外对台文化交流呈常态化、多样化趋势。选派舞蹈家参加南洋文化节、赴巴林首都麦纳麦参加中阿合作论坛第二届中国艺术节；选派作者参加2012年中韩作家会议，组团赴美加国际友城交流。举办“两岸小作家夏令营”；赴台参加“世界闽南文化节暨闽南题材电影研讨会”；参与承办“第二届台海新闻摄影大赛”；举办第二届海峡两岸现代科技音乐节。

狠抓创作，大胆探索，着力提升文艺创作和研究水平，一批精品力作得以涌现。大型漆画屏风《国色天香图》、《青翠云霄图》入选人民大会堂委员长会见厅并永久陈列。歌仔戏《蝴蝶之恋》获得第十二届精神文明建设“五个一工程”奖；长篇小说《城里城外》获得第十二届精神文明建设“五个一工程”提名奖；南音《情归何处》选段获第七届中国曲艺牡丹奖节目提名奖和表演入围奖；许多优秀作品还在省级各文艺门类比赛中获奖。

深入调研、理清思路，不断加强文联的自身建设。撰写《在大力发展文化创意产业背景下文联组织拓展职能和发挥更大作用的理论思考》、《关于加强厦门市文艺家协会队伍建设的调查与思考》、《加强和创新社会管理视角下文联组织地位作用、存在问题及对策建议的探讨》等调研报告，提出了《关于进一步加强市文联工作机构暨协会建设的建议》等改革思路。成立了协会工作部，作为市文联的内设处室，给予协会工作相关的人员经费和专项经费。

【政和县文联】

政和县文联有文学、摄影、美术、书法、舞蹈、音乐、戏曲、诗联、民间艺术9个协会，下属事业单位政和版画院，核定2人编制。会员370多人，其中国家级会员10人、省级会员21人。

2012年，举办政和版画作品展、舞蹈晚会专场、走进政和·郭崇业水彩画展、风情风光摄影展、“文学笔会”采风、“大岭银杏摄影创作基地”采风创作等迎接、庆祝十八大系列活动，营造热烈浓厚的氛围。开展“第四届浙南闽北民间文化节”展示交流笔会活动、参加第十届中国·海峡项目成果交易会、第五届海峡两岸（厦门）文博会，参与《中国竹具工艺城政和》、《政和记录》编撰工作；配合宣传部运作维护《政和新资讯网》。召集文学、摄影、美术及社会有识之士交流研讨政和文化中心广场雕塑、景墙浮雕、地雕等文案策划，服务县委政府中心工作。

文艺创作积极活跃，出版散文集《捡漏》、《政和革命斗争史话》，36篇文学作品在《散文百家》、《福建文学》等国家级、省市级报刊发表；编撰《这边独好》摄影作品集，《古厝茶香》获“大不同-华宁杯”中国茶文化摄影艺术展优秀奖，《晒秋》获“神奇屏南”全国摄影比赛优秀奖；舞蹈《京韵花翎》、《熊城茶韵》在魅力校园庆祝香港回归十五周年校园综艺盛典中荣获金奖；舞蹈《举手发言》在中国舞蹈家协会第152届少儿舞蹈展演中获三等奖；《如歌年华》、《丰硕》、《百岁香》等23件美术作品入选2012国际第二届藏书票小版画双年展和第十四届全国藏书票暨小版画艺术大展等全国、省级的文化交流会展获奖；46件版画作品发表在《美术界》、《农村大众》等十几家报刊杂志。被省委宣传部、省文联授予“第二批福建省特色文艺示范基地”。

江西省文联

综　述

2012年，江西省文联认真学习宣传、贯彻落实党的十七届六中全会和十八大精神，坚持社会主义先进文化前进方向，围绕工作主题主线，加强创作引导，加强人才培养，加强自身建设，努力提高领导文艺工作的能力和水平，组织和引导全省文艺工作者为构建社会主义核心价值体系、不断推出人民群众喜闻乐见的精品力作，积极发挥文艺引领风尚、教育人民、服务社会、推动发展的作用。

会议与活动

【举办迎接庆祝、学习宣传党的十八大系列活动】

以迎接庆祝党的十八大、学习宣传十八大精神为主题，开展了系列文艺活动。先后举办吉林、海南、江西三省书法联展，江西十大名家美术精品联展，江西省第六届书法临帖展等展览；组织美术家赴地铁建设现场采风创作；推出优秀原创歌曲电台节目；组织群众性大型灯谜有奖竞猜游园等活动，营造了迎接庆祝十八大、学习宣传十八大的良好氛围。

【举办纪念毛泽东同志《在延安文艺座谈会上的讲话》发表70周年系列活动】

省文联与省委宣传部联合举办纪念毛泽东同志《在延安文艺座谈会上的讲话》发表70周年系列活动，主要有：1.隆重举办了座谈会。5月23日，江西省纪念讲话发表70周年座谈会在南昌举行。省委常委、宣传部长姚亚平，省政协副主席陈清华出席会议，全省文艺界老中青代表100多人聚集一堂，共商文艺发展大计，共谋文艺振兴之策。会上，老中青和基层文艺家代表先后发言，姚部长作了重要讲话。2.举办了“江西文艺·名家讲坛”活动。先后邀请胡抗美、于平、赖大仁等领导和专家举行专题讲座，解读《讲话》的时代精神和当代意义。3.组织系列创作采风活动。先后组织文学、民间文艺、美术、音乐、摄影、书法等艺术门类的文艺家深入革命老区、鄱阳湖区、农村、厂矿等地，搜集素材，采风创作。4.举办了系列展览。全省青年书法作品展、“和谐江西·幸福万家”全家福摄影展等展览，集中展示了采风创作成果和近年来江西文艺发展成就。纪念《讲话》发表70周年系列活动的成功举办，进一步引导江西文艺工作者确立了在讲话精神指引下坚持以人民为中心的创作导向，增强了“为人民抒写、为人民放歌”的自觉性主动性。

【开展全省道德模范故事高校巡讲活动】

省文联与省委宣传部、省文明办、省教育工委等联合主办全省道德模范故事高校巡讲活动。围绕弘扬核心价值观、讲述身边好人、感知道德力量，9月10日至17日，省文联组织巡讲团在全省12所高校进行了道德模范故事巡讲。省委常委、宣传部长姚亚平会见了巡讲团成员，提出明确要求。巡讲活动受到高校师生的热烈欢迎，共计2万余名师生聆听了巡讲。通过巡讲，进一步发挥了道德模范的榜样引领作用，引导大学生树立正确的世界观、人生观、价值观，营造了学习模范、争当模范的良好氛围。

【举办第二届汤显祖戏剧节】

继2010年成功举办首届汤显祖戏剧节，江西省文联认真总结经验，努力在扩大影响、扩大规模、增强学术性上下功夫。9月22日至28日，省文联与中国剧协、抚州市政府、省文化厅等联合主办第二届中国（抚州）汤显祖艺术节。副省长朱虹等出席艺术节开幕式。为期7天的艺术节围绕“东方艺术、精彩人生”的主题，举办了艺术大展演、汤显祖学术论坛、“汤翁故里寻梦之旅”等七项大型活动。上海、浙江、山西等省市的知名院团携多部优秀经典剧目进行展演交流，展示了各地戏曲艺术发展的成果。学术论坛和考察采风活动，深入探讨了江西戏剧文化，增进了全国戏剧界的交流。多元、多样、多层次的活动，进一步提升了艺术节的品位，扩大了艺术节的影响。

【举办江西第二届摄影艺术节】

为推动江西摄影创作、展示近年来全省摄影事业发展成果，11月25日至27日，省文联与萍乡市委市政府共同主办了江西省第二届摄影艺术节。省人大常委会副主任陈安众、省政府顾问孙刚、省政协副主席汤建人及中国摄协领导和省内外著名摄影家、摄影爱好者数千人出席开幕式。艺术节期间，共举办了80多个摄影专题展，1500多名摄影家的4000多幅摄影作品参展。此外，高峰论坛、百名摄影家百幅精品进百户农家、全国知名摄影家采风等活动充分体现了艺术节“本土性、专业性、群众性、参与性”的特点。此次摄影艺术节是江西历史上规模最大、规格最高、活动最多、影响最广的一次摄影盛会。

【举办全国古村落保护现场会暨村落文化论坛】

4月25日至28日，省文联与中国民协、中国文学艺术基金会、吉安市委市政府共同主办了全国古村落保护现场会暨村落文化论坛。副省长朱虹等领导以及来自全国各地的知名专家学者、民间文艺工作者等共220余人出席了活动。与会领导和专家学者，深入探讨了社会转型期古村落保护发展的途径和方法，为新农村文化建设和民间文化遗产的抢救工作等提出了许多建设性的意见和建议。中央电视台、人民日报、新华社、光明日报、凤凰卫视、文汇报等十几家媒体，对此次活动进行了专题或重点报道。

【举办全国民歌展演暨2012婺源·中国乡村文化旅游节】

为弘扬中华民族优秀民间文化，加强全国民间文艺的交流与合作，促进各地民歌的抢救、保护与传承，12月16日至18日，省文联与中国民协、上饶市委市政府联合主办了“全国民歌展演暨2012婺源·中国乡村文化旅游节”。文化旅游节，对促进文化和旅游的深度结合，推动地方经济、文化、社会和自然全面协调发展，提升地方的知名度美誉度，产生了积极作用，成为江西富有魅力的地方文化节庆活动。中央电视台《新闻联播》对活动进行了报道。

【举办中国月亮文化研讨会】

9月24日至26日，省文联与中国民协、宜春市政府联合主办了“共论明月——中国月亮文化研讨会”。中国民协有关委员会、全国著名民间文学、民俗专家学者和江西民间文艺工作者共计200余人参加了会议。研讨会就如何弘扬月亮文化，打造城市名片；如何处理好民间文学与非物质文化遗产的关系等议题展开深入探讨，取得了一系列共识。

【倡导践行文艺界核心价值观】

中国文联发布文艺界核心价值观、启动文艺志愿服务活动后，省文联迅速响应，积极推进，制定和下发江西省文联关于开展学习践行“文艺界核心价值观”和《中国文艺工作者职业道德公约>活动的实施意见》和《江西省文联关于深入开展文艺志愿服务活动的意见》，激励和引导江西广大文艺工作者自觉践行“爱国、为民、崇德、尚艺”文艺界核心价值观，大力弘扬“奉献、友爱、互助、进步”的志愿精神，深入农村、厂矿、社区、高校等地开展“送欢乐、下基层”等文艺惠民、为民、乐民活动，推动文化共建共享，受到社会各界的普遍欢迎。

创作与研究

【策划实施“八一起艺”文艺创作工程】

为以精品创作带动全省文艺创作，提振江西文艺界士气，省文联策划了总名为“八一起艺”工程的重点文艺创作项目，即一是创作一批在全国有影响、有力度、有深度的文学作品；二是创作一幅长200米反映锦绣赣鄱的摄影作品；三是创作一幅反映江西人文风光的国画长卷；四是创作一幅反映中华名山大川的通景式瓷板画；五是创作一幅历代歌咏江西的书法长卷；六是创作一批优秀歌曲；七是创作一部长篇电视连续剧；八是创作一部舞台剧。明确了牵头单位、责任人、配合部门和资金安排原则，以及后续宣传推介工作。“八一起艺”文艺创作工程得到了省委、省政府领

导的肯定和支持，得到了全省文艺界的积极响应。

【大力推进全省文艺创作与繁荣工程】

按照“集中资金抓重点，切出一块兼顾面”的资金安排原则，突出项目的“真实性、必要性、把握性和可操作性”，多次组织专家会同有关部门负责人对申报项目进行调研和论证，确定了《走向田野》、《民俗江西》、《苏区记忆》等挖掘整理江西文化资源、宣传推介江西的系列文学丛书和文艺创作项目。同时首次将基层文联项目纳入其中，涵盖了8个设区市和县文联，安排资金100万元，占年度资金总额的四分之一，得到了省财政厅的充分认可和基层文联的普遍欢迎。

【举办各类研讨会、培训班、创作交流会】

先后举办中央苏区题材创作座谈会、江西版画创作研讨会暨研修班、首届书法高级研修班、全省舞蹈创作研讨会、全省文联组联工作暨信息工作会议。承办全国第四届中青年编剧研修班，推荐选派江西多名青年剧作家参加培训。协办第二期全国中青年德艺双馨文艺工作者高级研修班，组织江西作家艺术家与全国文艺名家进行座谈交流。高规格、高质量的研修培训，探讨了新形势下文艺发展态势，增进了江西文艺工作者与全国文艺名家的交流，开阔了理论视野，更新了创作观念。

机关建设

【汪天行任省文联党组书记】

7月27日，省文联召开全体干部职工大会。省委常委、宣传部部长姚亚平，省委组织部副部长曾庆红，省委宣传部常务副部长陈东有，省文联领导以及省委组织部、省委宣传部相关处室负责人出席会议。曾庆红副部长宣读省委任命：汪天行同志任省文联党组书记，免去郜海镭同志的省文联党组书记职务，提名汪天行同志任省文联副主席。

【完成非时政类报刊改革】

积极落实江西文化体制改革决策部署，结合文联实际，按照省委确定的任务书、路线图、时间表，精心组织，层层推进。省文联所属《星火》、《创作评谭》、《心声歌刊》、《摇篮》四个刊物顺利转企改制，完成了清产核资、财务审计、企业法人确定、工商税务登记、资本金核定等工作。期刊改革既遵守了国家的法律法规，圆满完成了省委的任务部署，又保持了人员和事业的稳定，推动了刊物进一步发挥好阵地、纽带、平台和形象的作用。

【做好省文联定点扶贫工作】

省文联扎实做好定点包扶村广昌县甘竹镇龙溪村扶贫工作，想方设法筹措资金，组织力量帮助当地改善生产生活条件，争取了紫土栽培、水渠修缮、道路建设项目等基础建设。同时，依托省文联优势资源，积极推动当地非物质文化遗产孟戏的传承保护工作，促成“中国龙之乡”项目立项，申请雯峰书院修复专项经费，支持广昌县成功举办莲花艺术节。多次组织文艺志愿者赴村慰问演出，并捐赠书籍、摄影和书法作品等，把文化送到最基层。

【抓好协会工作】

2012年指导省民协、省评协、省摄协相继换届。三个协会换届工作，组织领导坚强有力，代表产生民主集中，会议选举顺利圆满，会务安排周到细致，得到了与会代表普遍好评。通过换届，协会工作呈现出新的气象，进一步增强了凝聚力、号召力和战斗力。制定和印发了《关于省文联及各协会主办或参与举办社会活动审批管理办法》、《省文联关于加强所属协会、事业单位创收经费管理的暂行规定》和《江西省文联社会组织管理办法》等文件，进一步规范了办文办会工作。认真做好江西出席全国曲代会、视代会和摄代会的代表和理事的推选工作。

【做好人才推荐】

积极推荐文艺人才申报各类评选表彰和荣誉称号。赵小元获国务院特殊津贴，毛国典被评为2012年江西省中青年文化名家，李小军、陈蔚文、钟林被评为2012年全省宣传文化系统“四个一批”人才。推荐龙红当选十二届全国人大代表，赵小元、熊纬、毛国典当选十一届省政协委员。

【加强机关作风建设】

开展“走基层、转作风、改文风”活动，全面完成创先争优活动和干部作风集中整治活动，加强干部作风建设，进一步提升了文联形象，提高了工作效率。

【抓好常态化工作】

加强和改进机关党建、精神文明创建、综治工作、节能减排和文艺舆情信息工作，召开全省文联组联工作暨信息工作会议，举办综治工作培训。举办喜迎十八大——省文联干部职工美术书法摄影展，活跃了机关氛围。老干部工作扎实有效，积极落实老干部政策，举办文联老文艺家纪念《延安文艺座谈会上讲话》发表70周年座谈会，组织重阳节秋游活动，开展好退休老同志年度体检。

【营造“八面来风”，树立文联新形象】

在店面管理、脸面净化、楼面改造、台面更新、场面做大、层面提升、体面迎客、情面予人八个方面进行改造和提升，美化绿化了机关大院，改造了大院自来水和管道煤气，组织笔会创作书画作品装饰文联大楼。

【机关获奖情况】

2012年省文联先后被评为全省社会治安综合治理先进单位、中国文联舆情信息工作先进单位（连续四年）、省级文明单位（连续六届）、省直机关文明单位（连续八届）。

各文艺家协会

【作家协会】

3月31日，省作协、省诗词学会、省民协、抚州市文联在抚州市联合举办了江西诗人清明祭扫汤显祖墓园活动。清明节前后，江西诗人还在全省各地祭扫了陶渊明、谢灵运、胡铨、文天祥、黄庭坚、辛弃疾、杨万里、洪迈、宋应星等历史文化名人墓园活动。

4月14日至15日，江西省第十届谷雨诗歌节暨2012江西谷雨诗会在资溪举行。诗刊社常务副主编商震、北京师范大学教授谭五昌及来自全省各地的60多位诗人和作家参加了诗歌节和诗会。诗会举行了以“诗歌与青春一起飞”为主题的大型朗诵会，举办了“面向21世纪”江西诗歌论坛。商震和谭五昌分别作了主题为“诗歌与生活”、“诗歌的当下困境与现实突围”的演讲。期间，与会人员在大觉山风景区开展了采风活动。

5月14日至19日，中国作协主办、江西省作协承办的“重返红色岁月”采风活动在赣南举行。叶辛、关仁山、王松、武歆等20余位作家深入赣州市章贡区、兴国县、于都县、瑞金市等地，采访采风，参观考察，感受赣州历史文化和发展新貌。采风团成员还与当地部分作家进行了面对面交流，探讨红色革命题材作品的创作。

6月29日，省作协与铜钹山国家森林公园管委会举行第二期铜钹山创作基地揭牌活动。

7月15日，省作协与江西工人报社、江西赣西供电公司在新余联合举办“颂歌献给党·诗与电的交响”诗歌朗诵音乐会。组织江西诗人深入电力生产一线进行采风，邀请江西省知名广播电视主持人担纲诗歌朗诵。音乐会结束后，省人大常委会副主任、省总工会主席陈安众等领导对获奖者进行了颁奖。

8月17日，由省作协组稿的《人民日报》迎接党的十八大江西特刊《放歌》出刊。十八大前夕，省作协还组织了《赣南的果实》等一系列散文作品在《光明日报》等报刊发表。与江西人民广播电台打造“跟着文字去旅行”江西旅游散文节目，推出江西作家旅游散文。

10月21日至26日，由江西省作协承办的2012三名楼笔会（江西滕王阁、湖北黄鹤楼、湖南岳阳楼）在赣东北地区举行，湖北、湖南、江西三省近30位作家代表参加了笔会。10月21日，省委常委、宣传部长姚亚平会见了参加活动的作家。笔会期间，三省作家考察了龙虎山、铜钹山、三清山、婺源等地，并围绕“崛起的湘鄂赣文学”主题举行了座谈和研讨活动。

2012年，省作协组织创作《走向田野》大文化散文丛书。丛书分“千年封禁铜钹山”“婺源的桥”“谷村纪事”“地下江西”“风水三僚”等题材，旨在多方面散文化地阐述江西具有代表意义的文化生成与价值，项目获得江西省“文艺创作与繁荣工程”资金资助。同时，组织创作弘扬中央苏区精神的《苏区记忆》丛书。

文学成果丰富。长篇小说方面：刘华的《红罪》、范晓波的《出走》、祝春亭与人合著的长篇小说岭南三部曲第三部《大江红船》、温燕霞的《半天云》、阿袁的《鱼肠剑》、张学龙的《龙骨》、褚兢的《贪官忏悔录》、程维的《双皇》出版。中短篇小说方面：阿袁的中短篇小说集《郑袖的梨园》出版，陈世旭的《一看就是新警察（2）》，樊

健军的《1994年的寒露风》、《酒干倘卖无》，陈然的《一根刺》，陈蔚文的《惊蛰》，阿袁的《守身如玉》、《米红》在全国刊物发表。散文方面：陈世旭出版《陈世旭散文选集》和《谁决定你的世界》两本散文集。刘上洋创作的散文《江西老表》在2011中国散文排行榜评选中位列第二。王晓莉、陈蔚文、范晓波、李晓君等在《北京文学》、《天涯》、《散文》等报刊发表散文作品。温燕霞、蓝燕飞、陈青峰等出版散文集《客家我家》、《暗处的生命》、《虚构的出走》、《行走赣西：写意萍乡》等。夏磊散文《月碎沱江》获首届中国徐霞客游记文学奖。诗歌方面：程维、三子、林莉、邓诗鸿等的诗作在《诗刊》、《作品》、《诗选刊》等报刊发表，有多部诗集出版。江西《21世纪江西诗歌精选》出版，选入116位江西诗人的作品。报告文学和纪实文学方面：蒋泽先的纪实文学《秋杰老师》，温燕霞反映江西移民扶贫工作的长篇报告文学《大山作证》，罗旋的纪实文学《蒋经国早年之谜》出版。

【民间文艺家协会】

1月12日，省民协召开第五次会员代表大会，省委宣传部部长刘上洋出席大会闭幕式并作重要讲话，李小军当选新一届协会主席。

4月25日至28日，由中国民协、中国文学艺术基金会、江西省文联、吉安市委市政府共同主办，省民协等承办的全国古村落保护现场会暨村落文化论坛在吉安市举行。副省长朱虹以及来自全国各地的知名专家学者、民间文艺工作者等共220余人出席了活动。与会专家学者深入探讨社会转型期古村落保护发展的途径和方法，为新农村文化建设和民间文化遗产的抢救工作等建言献策。期间，专家、学者还出席了庐陵民俗园落成仪式，拜谒了民族英雄文天祥陵园，参观考察了蜀口古村、渼陂古村等地人文景观和古村落，观看了陂下喊船、永新盾牌舞等民俗文化表演。

7月17日至24日，由中国民协、江西省民协和台湾口传文学会共同主办的海峡两岸江西赣州客家民间文化交流活动在赣州举行。两岸专家学者和民间文艺工作者深入龙南关西围屋、赣县白鹭古村，兴国三僚村等，考察了赣南古村落形态，参加了中国石城第二届乡村旅游文化节，考察客家民俗活动。举行海峡两岸江西赣州客家民间文化座谈会，就客家源流、赣闽粤和台湾客家文化特征、赣南客家文化的独特性和对世界客家文化的影响和贡献等话题进行了探讨和交流。海峡两岸文化考察团还在南昌参观了滕王阁、八大山人纪念馆等南昌人文景观。活动对促进赣台民间文化交流具有积极作用。

9月10日至17日，由省民协具体策划、组织实施，由省委宣传部、省文明办、省文联、省教育工委等共同主办的“全省道德模范故事高校巡讲活动”在江西12所高校举行。活动期间，共计2万余名师生聆听了道德模范巡讲团的巡讲，受到了师生普遍欢迎。

9月24日至26日，由中国民协、江西省文联、宜春市政府主办，省民协等承办的“共论明月——中国月亮文化研讨会”在明月山风景名胜区天沐温泉度假村举行。中国民协有关委员会、全国著名民间文学和民俗专家学者和江西民间文艺工作者共计200余人参加了会议。会上在弘扬月亮文化研究，处理好民间文学与非物质文化遗产的方面形成了一些共识。

9月27日至29日，由省民协主办，金溪县委县政府、省民协灯谜委员会等承办的江西省第十四届灯谜锦标赛在金溪举行。省文联、省民协有关负责人和金溪县委县政府领导及来自全省各地的灯谜文艺工作者共100余人参加了活动。金溪县灯谜活动为全省各县区发展一县一品的民间文艺样式，提供了成功的范例，进一步丰富了群众节日文化生活。

12月16日至18日，由中国民协、江西省文联、上饶市委市人民政府主办，江西省民协、婺源县委县政府承办的“全国民歌展演暨2012婺源·中国乡村文化旅游节”在婺源举行。大赛由全国各省（市、区）民协组织推荐参赛队伍（选手）、参赛节目报名，通过初赛、复赛，选拔出新疆、内蒙古、福建、江西、吉林、四川、江苏、广西等15支队伍（选手）参加首届全国山歌大赛总决赛，展示了全国丰富的山歌形态。乡村文化旅游节积极促进了当地旅游文化发展。

2012年省民协抓好《民俗江西》系列丛书创作，主要有：《客家传统礼俗大全》、《赣南围屋建筑风俗》、《江西年俗》、《景德镇瓷俗》、《兴国跳觋习俗》等，抓好《中国民间故事全书县卷本》编纂工作、《江西古村落画册》的编辑出版、《中国名村》系列图书创作。

6月27日至28日，省民协组织中国民协、中国艺术研究院、中国社科院等单位和机构的专家学者对石城的灯彩艺术进行了田野考察。经过专家评议和中国民协研究讨论，授予石城县“中国灯彩艺术之乡”称号。这是江西继宁都、樟树和萍乡之后，成功申报的第4个中国民协文艺之乡（基地）称号。

7月，省民协在美国国家地理中国分部《华夏地理》杂志推出了《国宝江西——找回中国人的信仰世界》专辑，组织龚鹏程、萧春雷、明洁、比尔·波特、艾绍强等知名学者撰写了《道在江西》《江右的巨匠时代》、《祖庭烟雨》、《云居山问禅》等文章，并配以近50幅图片，将江西“道教”、“文学”、“佛教”、“风水”等作了全景式和具有纵深感的审视和回望。副省长朱虹为该刊作序。

推荐人员参加“第七届中国（长春）民间艺术博览会”，获金奖；组织会员参加“2012中国民间工艺品博览会”，获1个金奖、2个银奖；组织鄱阳民歌手参加“中国水上民歌大赛”，获银奖；组织剪纸艺术家参加“第三届中国剪纸艺术节”，获铜奖。

【摄影家协会】

6月10日，省摄协召开第五次代表大会，省委常委、宣传部部长姚亚平出席大会开幕式并作重要讲话，徐渊明当选新一届协会主席。

6月13日，省摄协开通“江西摄影网”。

11月25日至27日，由省摄协承办的江西省第二届摄影艺术节在萍乡市举办。艺术节包括开幕式、大型综合摄影展、高峰论坛、名家影友面对面、百名摄影家百幅作品送百家、民俗采风、摄影比赛等活动。其中86个摄影展展出1500名摄影家的4000余幅摄影作品。艺术节开展的“风光摄影与旅游产业发展”高峰论坛、名家影友面对面和“百名摄影家百幅作品进百户农家”文化公益活动，得到了广大影友和农民群众的热烈欢迎。

2012年省摄协策划组织各类摄影比赛展览8个：即与团省委等单位主办的“我的全家福”摄影展，与省国土厅主办的“土地整理摄影赛”，与共青城市政府主办的“大美共青摄影比赛”、与赣粤高速公司主办的“第五届赣粤高速杯摄影展”、与省农业厅主办的“全省农业摄影大赛”、与资溪县政府主办的“纯净资溪·全国摄影大赛”、与中国银行主办的“江西风光独好摄影比赛”和两年一度的“江西省青年摄影艺术展”。

协办摄影活动5个：即凤凰沟摄影大赛、南昌影像摄影比赛、“五代同堂”摄影展、大众摄影走进丰城联谊会、华东交大摄影协会成立暨“发现交大”摄影比赛。

组织摄影创作采风7次：即组织2批30余名摄影家赴共青城采风，组织30余名摄影家赴资溪大觉山采风，组织100余名摄影家赴石城县采风，组织30余名摄影名家赴奉新县采风，组织小分队赴萍乡武功山采风，组织20余名摄影家赴广昌驿前姚西村采风，并配合文联扶贫工作，为扶贫村广昌龙溪村赠送30幅摄影作品和200本画册。

创办《江西摄影》杂志。采用大度16开本、100个页码，每季度出刊一期，印数5000份，用DM杂志形式刊发，赠送全省会员、全国摄影机构、全省各级党政一把手和南昌市区内公共娱乐场所。

在全国各类摄影比赛摘金夺银。毛翼、杜学东在第11届上海国际摄影展中，为江西夺得1金1银的优异成绩。由燕平、彭学平、宋小勇组成的江西队在新疆获得中国摄影家首届奥林匹克团体大PK赛银奖（5万元）。杨晓宁获得三门峡黄河湿地白天鹅国际摄影大展金奖，曾国平、贾长江等在第二届“太极湖杯”中国武当国际摄影大赛中，获得“2银2铜、30多个优秀奖”的佳绩。贾长江、周锦辉、彭学平获得全国古建筑摄影大赛1个金奖、2个银奖。肖戈获得“中国摄影在线2011年度国际摄影展览十杰”，以及2012年阿根廷f2国际摄影展的银牌奖。江西在全国首届农村土地整治摄影大展取得“1金、4铜、11幅优秀奖”的佳绩，并荣获优秀组织工作奖。

【戏剧家协会】

2月20日，省剧协召开第七届常务理事会暨2012年工作会议。省剧协第七届主席团成员、常务理事、各设区市剧协负责人参加会议。会议总结了2011年的工作，审议了2012年工作计划。

7月11日至25日，由中国剧协、江西省文联主办，《剧本》杂志社、江西省剧协承办的“2012第四届中青年编剧研修班”在庐山举办。省剧协选派江西3名剧作者参加研修班，积极完

成了选定办班地点、保障教学设施、编印教学手册、组织采风活动、服务学员生活、接送授课老师等各项工作任务，得到中国剧协和研修班师生普遍好评。

9月22日至28日，由中国剧协、抚州市政府、江西省文联等联合主办、江西省剧协协办的第二届中国（抚州）汤显祖艺术节在抚州市举办。副省长朱虹等领导和专家学者、演出队伍1300余人出席开幕式。艺术节比较全面地展示了我国戏曲艺术的成果，增进了各地艺术院团的交流，提升了汤显祖艺术节的知名度和影响力。10月28日，抚州市政府与江西省文联就“汤显祖戏剧”奖落户抚州举行了备忘录签字仪式。

2012年，省剧协选送江西师范大学的短剧《那一片红》荣获“第三届中国校园戏剧节专业组优秀剧目”，编剧卢伟敏被评为“校园戏剧之星”，省剧协获“组织奖”。报送姜朝皋的作品《风雨铜雀台》参评第二十届曹禺戏剧文学奖（第四届中国戏剧奖·曹禺剧本奖），获提名奖。推荐抚州采茶歌舞剧院排演四折子戏《临川四梦》入选参加第五届（张家港）长江流域戏剧艺术节，获“优秀剧目奖”。

【书法家协会】

4月27日，省书协举办江西新疆书法联展，展出100件书法作品。展览展示了两地书法成就，进一步增进了两地书法家的了解和友谊，促进两地书法艺术的学习和交流。

5月18日，省书协举办江西省第七届青年书法作品展览。大赛共收到全省各地427名作者作品，评出一等奖6名、二等奖12名、三等奖25名、优秀奖48名。江西青年书法展两年举办一届，已经成为江西省书协的一个品牌赛事。

6月4日至8日，省书协举办中国·中部六省书法联展，展出300件中部六省书法名家的作品。展览塑造了中部文化形象，打造了书法艺术品牌，促进了中部六省书法艺术交流，扩大了合作发展空间。

6月8日至10日，省书协举办江西省首届妇女书法展览。展览共收到来自全省各地妇女书法家和书法爱好者的作品200余件，评出入展获奖作品157件。活动展示了江西妇女书法创作成果，发现了书法人才，壮大了江西女书家队伍。

6月22日，省书协举办江西省第四届楹联书法作品展览。展览共收到来自全省楹联作品500余件，评出一等奖5名，二等奖10名，三等奖18名。

7月，省书协举办江西省首届篆刻、现代刻字展。展览共展出篆刻作品82件，现代刻字作品86件，是当今江西篆刻、现代刻字艺术的集中展示，代表江西的最高水平，遴选作者参加全国第九届刻字艺术展，有1人获奖，18人入展。

11月8日至10日，省书协举办吉林、海南、江西三省书法联展，联展由三省文联主办、三省书协承办。展览汇集了来自吉林、海南、江西三省优秀书法家的200多幅书法作品，是三省书法界向党的十八大献礼之作。

11月23日，省书协举办江西省第六届书法临帖展，展览共收到来自全省各地市近500余件书法作品，是历届临帖展参与人数最多的一次。

2012年，省书协积极举办各类培训班和看稿会，主要有：第二届篆刻培训班、江西省首届书法高级研修班开班、（全国第二届老年书法展、三届行草书展、二届篆书展、三届隶书展、孔子书法艺术展）国展看稿会、第四届中国书法兰亭奖看稿会等，进一步开阔了江西书法作者的创作视野，提升了创作水平，为在全国大展中取得好成绩奠定了坚实基础。

2012年省书协主席毛国典入选中国书协首届全国“三名工程”（名家、名作、名篇）。

【美术家协会】

4月14日，由省文联主办、省美协等单位承办的“汪天行书画陶瓷精品展”在南昌紫金城艺术中心隆重开幕，展览展出了汪天行（时任省文化厅副厅长、2012年7月任省文联党组书记）的艺术精品近百件，省市领导、书画艺术界同仁及观众近千人出席开幕式。

4月13日，为纪念《讲话》发表70周年，中国美协、江西省文联主办，省美协承办的“大美鄱湖——百位画家画江西”大型采风写生活动启动仪式在南昌举行，中国美协和省有关方面领导出席并向采风团授旗。丁杰、颜泉、陈祖煌等30余位省内外知名画家到鄱阳县等地采风写生。数天的采风活动中，艺术家先后深入鄱阳县的大岛渔村、长山岛、老街等地进行写生创作，领略湿地风光，了解渔家风俗，积累了鲜活生动的创作素材。

5月、6月，为纪念毛泽东同志《在延安文艺座谈会上的讲话》发表70周年，省美协组织省市著名画家50余人，分两次深入南昌市地铁第一线采风写生创作，以手中画笔记录和描绘工人冒酷暑、战高温，建设现代化城市的精神风貌。

6月26日至7月8日，省美协会同有关单位在中国国家博物馆为省美协名誉主席王林森举办“赣鄱神韵——王林森山水画展”，约3.5万人参观展览。展览的举办进一步扩大了江西美术家在全国的影响。

6月26日至30日，由省文联、省美协主办的第七届江西省青年美展在省文联艺术展览中心展出。展览共展出各类美术作品300多件，是江西青年美术创作人才队伍的一次大检阅。

10月22日至11月11日，省美协在南昌召开江西省版画创作研讨会和全省版画创作研修班，组织全省版画创作骨干60余人参加。通过全国名家授课、研讨座谈等形式，达到了转变观念、交流经验、丰富技巧、提高水平、凝聚队伍的目的。

10月，省美协选送作品参加2012中国百家金陵画展（油画），张艺嘉的《大空间》、俞小飞的《戏剧人生》分获金奖，省美协获优秀组织工作奖。

2012年省美协先后举办“画韵琴心书画展”、“水墨心象——陈先水中国画作品全国巡回展”、“正大气象——汤立大写意画展”、“大漠放歌——黄茗芊画展”、“秀美赣鄱——程明书画展”、吴齐从艺六十年书画展、“游目骋怀——龙友书法展”、“瓷都群芳——瓷都女陶艺家精品展”、庆祝十八大胜利召开黎川油画展、汪为新书画展、全省第三届工业设计展、“手绘天空——省首届高校学生建筑美术作品展”、第二届国防教育书画展、第四届省平面艺术设计双年展等画展。

2012年1月，省美协接受为毛主席纪念堂管理局井冈厅创作国画的任务，一年中，省美协组织画家到赣南和吉安体验生活，搜集素材；到北京等地观摩名作，收集资料。党的十八大后，将邹良才的《红色故都瑞金》、孙宪的《井冈朝晖》、帅安的《井冈雄风》作品顺利交赠毛主席纪念堂，得到各方好评。

对外交流活跃。4月，组织画家20余人赴俄罗斯写生，并出版写生作品集。10月，组织画家数人赴韩国参加中韩建交20周年书画艺术展。12月，派员随省赣台交流协会赴台参加赣台文化交流。

【音乐家协会】

4月20日，省音协召开了“江西省音乐考级工作会”。来自抚州、九江、宜春等考点负责人参加了会议，与会人员就省音协《关于进一步加强和完善江西省音乐考级工作的实施意见》表示赞同，认为实施意见的颁布和实施有利于规范和加强全省音乐考级工作。

9月7日，为响应省文联提出的“八一起艺”文艺创作工程中的音乐创作活动，省音协召开主席团会议筹划“歌声起艺”创作，专门就创作一批具有江西风格的优秀歌曲（包括影视主题歌和插曲）进行了深入讨论，明确了立足于本土词曲作家原创，展示江西的生态环境、人文历史以及改革成果的创作要求。

2012年，省音协《心声歌刊》完成转企改制，2012年共刊登歌曲120余首，歌词58首，音乐论文40篇，新开设了“喜迎十八大”歌曲专栏、名家风采、国家非物质文化遗产介绍（江西篇）等专题栏目，继续举办了一年一度的全国歌曲创作大赛，评选出了一等奖5首、二等奖7首、三等奖9首，优秀奖12首，推出了一批新作。

2012年，省音协驻会副主席熊纬作曲的歌曲《莲花红、莲花白》获中宣部全国第十二届精神文明建设“五个一工程”奖。省音协组织创作的歌曲《茶香中国》、《那一片红》获江西省精神文明建设“五个一工程”歌曲奖；组织选派选手参加异彩中华——“马思聪杯”全国少儿小提琴独奏展演，6名获“金星奖”，6名获“银星奖”；推荐选手参加“长江杯”第三届全国少儿钢琴展演比赛，获D组铜奖，省音协获优秀组织奖；推荐选手参加2012全国打工歌曲创作大赛，江西青年词作者黄小名创作的《行走的青春》获铜奖。

【舞蹈家协会】

3月和9月、10月，省舞协分别召开主席团会议，对协会各重大事项及有关问题进行集体研究讨论决议、分工和部署，进一步加强了协会规范化管理，坚持了主席团集体领导原则。

3月19日至21日，省舞协举办“基础教学科学实验（少儿软开度、技术技巧教学法）”师资培训班，邀请中国舞协南方舞蹈学校教师王玫授课。参训人员普遍认为通过培训学习，更新了教学观

念，掌握了科学实用的训练方法。

5月10日，由华东六省一市舞协联合举办的2012华东六省一市专业舞蹈比赛在上海举行。江西省舞协推荐的南昌大学现代舞《生如夏花》获创作三等奖。

5月23日，省舞协推荐宜春市采茶灯秧歌《福哥喜妹》参加第三届中国秧歌节，获全国优秀传统秧歌展演——优秀表演奖。

9月26日，省舞协在省文联文艺之家召开“全省舞蹈创作研讨会”。省文联分管领导、省舞协主席团成员以及来自省直文艺院团、高校舞蹈院系代表以及各设区市舞协等负责同志共30余人参加了研讨会。会议分析了江西舞蹈的整体发展形势，对江西舞蹈创作发展形成一些共识。

10月15日，省舞协联合《江西晨报》推出了“舞艺者”系列人物专访，这是继2011年推出了“江西十大舞林高手”系列人物专访之后，再次宣传江西十位优秀中青年舞蹈家，进一步扩大了舞蹈人士的社会影响力和知名度。

2012年，省舞协认真做好考级工作。分别于2月、3月、4月分赴各设区市地进行考级调研，召集全体考级教师召开考级调研会，充分听取意见。制定《关于进一步加强和完善江西省舞蹈考级工作的暂行办法》，并与各考级承办单位签订了《关于设立舞蹈考级考区的协议》。分别于8月和11月开办两期“全省师资培训班”，对从事舞蹈考级培训的教师进行科学、规范、系统的培训考核。6月成立考级教材编委会，并于6月、7月、8月先后三次召开编委会工作会议，对新版教材大纲的修改调整、录像拍摄计划、考级组合配乐制作等方面进行讨论和修改，将于2013年在全省试行新版考级教材，进一步加强和推动江西舞蹈考级事业的健康发展。

【影视家协会】

6月30日，由省影视协主办的电视剧《古村女人》研讨会在中国文联文艺家之家举行，中国文联副主席、中国电视艺术家协会主席赵化勇及著名电视评论家、学者李准、仲呈祥、曾庆瑞等出席研讨会。与会专家认为，该剧从中国农耕文化中发掘出前进的力量，是南方农村戏的样板。光明日报、中国文艺报、艺术报、新浪网等媒体进行了报道。

8月18日，由省影视协选送的电视剧《古村女人》获第四届新农村电视艺术节优秀电视剧奖，该剧编剧张芸获唯一一个最佳编剧奖。该剧女一号扮演者谢兰获最佳女主角奖。选送的上饶电视台作品获得专题片一等奖。

9月，由省影视家协会选送的《古村女人》获第二十六届中国电视金鹰奖优秀电视剧奖。这是近10年来，江西本土剧作家创作的首部荣获金鹰大奖的长篇电视剧。

9月，在由江西省影视协参与主办的首届全国十省区数字影像大赛中，江西作品获一等奖作品一件，二等奖一件、三等奖三件的良好成绩。

11月22日，在由江西省影视协参与主办的海峡两岸电视主持新人赛中，省影视协选派的选手有一人获二等奖。

2012年，由省影视协联合萍乡市委、市政府拍摄的电影《这样一位将军》获江西省“五个一工程”奖。

【曲艺家协会】

2月4日，省曲协选送喜剧小品《超级享受》参加2012中国・宝丰马街书会曲艺邀请赛，荣获节目一等奖。

5月，省曲协推荐陆泽浦同志为中国曲协“送欢笑、到基层”惠民文化活动先进个人，并于5月9日参加了在北京人民大会堂举办的“曲艺界纪念毛泽东《在延安文艺座谈会上的讲话》发表70周年系列活动”。

5月，省曲协选送萍乡春锣《将军回乡》参加第七届中国曲艺牡丹奖全国曲艺大赛，获文学提名奖。

8月，省曲协选送鄱阳大鼓《我给妈妈打电话》参加第五届全国少儿曲艺大赛，获节目三等奖。

8月，省曲协组织春锣剧《法中有情》、对口春锣《送郎路上》、鄱阳大鼓《草根英雄》参加第五届中部六省曲艺大赛，鄱阳大鼓《草根英雄》荣获节目一等奖，其他两个节目获二等奖；省曲协获优秀组织奖。

9月，省曲协按照章程和相关规定，认真做好中国曲协第七次全国代表大会代表和理事推荐工作，推荐柳青、李媛媛、陆泽浦、彭利萍4位同志为江西出席中国曲协第七次全国代表大会代表。柳青、李媛媛当选中国曲协第七届理事会理事。

【文艺评论家协会】

1月12日，省评协召开第三次会员代表大会，省委宣传部部长刘上洋出席大会闭幕式并作重要讲话，赖大仁当选新一届协会主席。

6月16日，由省评协具体负责组织，由江西省文联与光明日报联合举办“文艺副刊与文化繁荣研讨会暨光明日报文化周末创办座谈会”在九江举办。来自全国各地的多位文化艺术界的专家学者，围绕文艺副刊如何更好地在社会主义文化大发展大繁荣的进程中发挥积极作用进行了深入探讨。

11月19日，省评协与赣州市、瑞金市文联联合召开“中央苏区题材创作座谈会”。邀请中国作家协会副主席何建明和省内外知名作家、评论家出席。会上大家共同探讨了如何挖掘革命历史题材富矿，如何用文学作品尊重、还原并保护历史真实与真相等一系列重要话题。

2012年省评协选送刘忠诚的《论郑怀兴戏剧的深层生成》参加第八届中国文联文艺评论奖评比，获作品类二等奖。2012年，赖大仁、颜敏、李洪华、胡颖峰、李伯勇等江西中坚评论家，在《文艺报》、《中国艺术报》、《光明日报》等全国媒体发表多篇重量级评论文章，评析江西文学现象、推广江西文学群体，点评江西作家优秀作品。

【杂技家协会】

省杂协积极应对文化体制改革大势，在省杂技团转企改制的情况下，整合依托各类资源，保持会员队伍不散，坚持组织开展送戏下乡活动，1月至3月下乡演出32场，6月下乡演出11场，10月至12月下乡演出119场，全年共计162场，创历史新高，受到了基层百姓的热烈欢迎。

【企业文联】

2月17日，省企业文联组织部分理事单位30余人前往江铜集团学习采风。采风团一行参加了贵溪冶炼厂生产车间、德兴铜矿生产基地，举行了联谊会。

3月17日，省企业文联第三届四次理事会在桑海集团召开，省企业文联主席团成员、常务理事、理事等近80人出席了会议。会议总结了2011年工作，部署了2012年任务，通过了增补副主席、常务理事、理事人员名单。大会宣布了2012年省企业文联执行主席单位为“桑海集团”，举行了交接仪式。

4月6日至8日，为迎接2012全国亿万职工全健排舞大赛江西分赛区选拔赛暨2012江西省全健排舞大赛全省职工排舞大赛，省企业文联举办“2012江西省全健排舞大赛赛前培训班”。此次培训班共有30多个单位、70多位学员参加。

5月26日至30日，为纪念毛泽东同志《在延安文艺座谈会上的讲话》发表70周年，省企业文联组织理事单位近20人赴延安开展学习采风活动。为提高企业领导干部的摄影创作水平，省企业文联还聘请了摄影家同行进行摄影创作指导。

7月6日，省企业文联组织主席团成员单位赴正邦集团、泰豪集团两家民营企业开展走访活动，参观基层车间、企业文化展厅及集团产品展厅。两家企业介绍了集团经营理念、文化建设等情况。活动促进了江西国有企业与民营企业的交流和学习。

8月8日至13日，省企业文联组织会员单位领导赴宁夏、青海采风学习，同时开展企业走访学习考察交流活动。采风团走访了宁夏地矿局、青海移动通信集团有限公司。活动增进了省际企业文化的沟通和交流。

10月25日至26日，省企业文联和省国资委联合在宜春地矿疗养院举行了第二届书法、摄影、保健知识培训班，邀请书法家、摄影家、保健专家进行专题辅导授课。

山东省文联

综　述

2012年，在山东省委、省政府和中国文联的坚强领导下，在省委宣传部的具体指导和大力支持下，省文联及所属省戏剧、音乐、曲艺、舞蹈、杂技、电影、电视、美术、书法、摄影、民间文艺家协会等单位，坚持深入贯彻落实科学发展观，深入贯彻党的十七届六中全会、十八大精神和省第十次党代会精神，团结拼搏，开拓创新，圆满完成各项工作任务。

主要工作

【重大主题文艺活动】

紧密围绕喜迎党的十八大、纪念毛泽东同志《在延安文艺座谈会上的讲话》发表70周年、省文博会等党和国家的重大事件及省委省政府的中心工作，开展了“春天的问候——文艺工作者赴基层慰问演出系列活动”“‘三个一百’艺术创作工程——齐鲁颂·山东中国画山水作品晋京展”“第四届山东文博会戏曲杂技晚会”“山东省京剧优秀青年演员折子戏展演”“和谐之声——山东省合唱艺术周”“山东省青年微电影大赛及展映”等艺术活动都受到社会各界的广泛好评。2012年，省文联及各艺术家协会包括部分二级协会全年共举办、承办艺术活动120余项。

【文艺精品创作生产】

2012年，省文联及各艺术家协会带动和组织全省艺术家及文艺工作者共创作生产了美术、书法、摄影、音乐、舞蹈及微电影等艺术作品10万余件（项），并积极角逐全国的各项大奖。其中，6名青年戏剧演员进入“CCTV第七届全国青年京剧演员电视大赛”决赛，歌曲《好男儿就是要当兵》等获“五个一工程奖”，舞蹈《六月杞缘》获中国回族舞蹈比赛二等奖，孙立生、李连伟获第七届中国曲艺牡丹奖，微电影《金兰桂琴》获中国大学生电影节一等奖，电视剧《厂花》等获中国电视金鹰奖，100余件美术作品入选“国际(大同)壁画双年展”等全国美术展览，30余件书法作品在全国第三届青年书法篆刻作品展等展览中获奖，2名摄影家在第23届全国摄影展等展览中获得1银1铜的好成绩，剪纸艺人范祚信、齐秀花在第三届中国国际剪纸艺术节上获奖，2部艺术评论作品在第八届中国文联文艺评论奖中获论文类一等奖、著作类二等奖。2012年，省文联11个艺术门类共荣获103项全国各类艺术大奖。

【第五届山东国际大众艺术节】

第五届山东国际大众艺术节以“喜迎十八大、相约十艺节”为主题，于8月19日至9月28日为期近1个半月时间，为广大人民群众奉献了35项、105场各具特色的艺术展演活动。包括艺术展览、舞台演出、群众文化活动、文化产品博览交易、艺术高端论坛五大版块，涵盖戏剧、音乐、曲艺、舞蹈、杂技、电影、电视、美术、书法、摄影、民间文艺、雕塑12个艺术门类。艺术节期间，万余名艺术家、文艺爱好者、国外艺术家及其作品参加演出和展览，约20万人次的观众参与到艺术节中。

【文化艺术惠民活动】

2012年，省文联及各艺术家协会以文艺小分队的方式经常深入社区、农村、厂矿、军营，举办了“百县千村书法文化下乡活动”“振兴地方戏系列工程之一——艺术家走进大众”“牵手平安行——画家进警营”“曲艺走进莱钢”“杂技进警营”等50余场、近千人次参加的“文艺走基层”活动。

【对外文化交流】

2012年，省文联及各艺术家协会应邀组织省青年舞蹈家舞蹈团赴韩交流演出；组织赴俄罗斯、乌克兰考察访问，归国后创作了一批反映俄罗斯风情的美术作品，举办了“锋动俄罗斯”油画作品展；组织美术家赴韩国参加了“2012山东·仁川——中韩国际美术交流展”；组织书法代表团访问日本、韩国，参加了山口县书道联盟第30回展、安东国际书艺大展；组织山东民间艺术考察团赴澳大利亚、新西兰考察；组织电视艺术家赴新马泰电视台考察。还举办了“山东·上海书法作品交流展”“握手——山东·澳门摄影作品展”等艺术活动。

【服务艺术家和文艺工作者】

2012年7月，认真组织承办了全省文艺界的综合性的最高奖第五届山东省“泰山文艺奖”评选。经过认真严肃、公开公正、科学规范的评选，授予吕剧《砖头记》等15件作品为一等奖，歌曲《蓝色经济扬帆远航》等45件作品为二等奖，国画《虎丘古塔》等75件作品为三等奖，曲艺小品《面试》等22件作品为单项奖，共计157件作品获奖。

2012年，省文联及各艺术家协会加强文艺人才培养工作，大力培养各艺术门类的高端创新人才。邀请全国著名专家学者先后举办了第二届青年戏曲演员高级研修班、山东省首届京胡演奏员研修班、儿童舞蹈编导创作讲习会、山东省泰山文艺奖舞蹈类创作研讨会、田露民间舞蹈编导创作讲习会、山东省微电影创作高级研修班、全省电视文艺研讨会、全省电视系统创新编排与频道竞争力研讨会、山东省书协创作骨干团队首期研修班、山东省篆刻重点作者创作研讨会、传统文化与书法方向研究生课程班、2012年花鸟画写生创作培训班、摄影函授培训、山东文艺评论培训班等。组织“王羲之书法特色学校”挂牌活动，创办了“山东省星光国际文化艺术学校”。

【自身建设和基础设施建设】

2012年，文联机关各部室及时组织学习党的十八大精神。认真开展了“实施作风能力建设系统工程‘能力年’主题实践活动”和党务公开活动。组织开展了“三个一切”群众路线主题教育活动。积极解决了离退休干部住房资金倒挂问题，完成了医疗保险改革工作。完成处级干部竞争上岗和调整工作。组织2名干部下派驻村第一书记挂职锻炼相关工作。做好挂靠社团管理工作，及时印发《文联信息》，完成《山东文联成立60周年》编撰工作。基本完成山东艺术网的改版工作。举办了鲁剧《温州一家人》研讨会，撰写的1篇调研报告在全国基层文联组织网络建设研讨会上进行了交流。《新聊斋》杂志不断拓宽发行渠道，质量进一步提高，发行量逐步提升。《书画艺术导刊》办刊质量和风格都得到美术界及社会各界的认可和赞誉。各单位深入开展精神文明创建活动，顺利通过了省直机关党工委的“省直机关文明单位”的审核验收。

山东文化艺术之家建设取得重大进展，2012年11月22日省政府办公会议确定了建设方案，在济南西部新城的泉城大剧院附近一体建设的3座高层建筑，其中的一号塔楼作为山东文化艺术之家。

各文艺家协会

【戏剧家协会】

4月，与山东省戏曲艺术发展促进会共同承办了由山东省委宣传部、山东省文化厅、山东省文联主办的山东省第二届青年戏曲演员高级研修班；举办了“首届山东地方戏新创作小戏展演闭幕式暨第二届山东省青年戏曲演员研修班汇报演出”。

5月，承办了由山东省委宣传部、省文化厅、省文联主办的振兴地方戏系列工程之一“艺术家走进大众”活动。

6月，与有关单位承办了由省委宣传部、省文化厅、省文联主办的“山东省京剧优秀青年演员折子戏展演”。

8月，与有关单位在山东剧院承办了由省委宣传部、省文联主办的“哈萨克斯坦国家歌舞团的歌舞盛会演出”；参与了“吕剧表演艺术家郎咸芬从艺60周年研讨会”；在第十六届中国少儿戏曲小梅花评奖中，推荐的4位小演员获得金奖；获得全省宣传文化系统“三个一切”群众路线主题教育活动“理论研究成果奖”和“工作案例优秀成果奖”。

9月，与省戏曲艺术发展促进会共同承办了“第四届山东文博会戏曲、杂技晚会”；参与策划、组织第五届山东国际大众艺术节活动之

一——“唱支山歌给党听”高静个人演唱会；参与举办了“山东省首届吕剧艺术节”，在全省报送的118台吕剧小戏中选出70台小戏折子戏参加了决赛，充分展示了我省吕剧艺术的魅力。

10月，在济南举办了由山东省委宣传部、省文化厅、省文联共同主办的“山东省首届京胡演奏员研修班”；举办了“山东省首届京胡研修班汇报演出”；与安徽、江苏、河南省剧协联合承办了“中国第二届拉魂腔戏曲演唱大赛”，山东1位演员获得金奖，省剧协获“优秀组织奖”。

10月至11月，与淄川聊斋俚曲艺术团联合创作了以优秀共产党员孟祥民事迹编创的大型聊斋俚曲戏《环保卫士》；与省政协教科文卫体委员会联合主办了“海南——山东省政协文化交流暨吕剧赴琼演出活动”；在百花剧院举办了由省委宣传部、省文化厅、省文联主办的“热烈庆祝中国共产党第十八次全国代表大会胜利闭幕——吕剧优秀剧目展演”活动。

12月，举办了“山东省迎新春京剧演出月”活动，展演了传统京剧《龙凤呈祥》、新编历史剧《重瞳项羽》、京剧名剧《铡美案》，繁荣了山东的舞台艺术。

【音乐家协会】

3月，在潍坊学院召开了2012年全省音协系统工作会。

5月，经山东省教育厅批准，建立了山东省星光国际文化艺术学校；组织7家合唱团在济南历山剧院举办了由省委宣传部、省文联主办的“和谐之声——山东省合唱艺术周”，并在此期间成立了“山东省合唱联盟”。

4月至5月，组织艺术家参加了由省委宣传部、省文化厅、省文联主办的“春天的问候”和“纪念毛泽东同志‘5·23’讲话发表70周年——文艺工作者赴基层慰问演出”活动。

6月，在济宁市举办了“山东省电子琴大赛暨参加第三届全国青少年电子琴展演比赛选拔赛”。

7月，在潍坊市与昌乐县人民政府主办了“山东省第三届‘郦郚杯’吉他大赛”；在济南主办了“山东省青少年打击乐大赛”。

8月，在济南与中国手风琴学会主办了“2012《佰笛杯》全国手风琴展演比赛”。

9月，举办了“第三届山东省全级别钢琴大赛暨第三届全国少儿钢琴展演选拔赛”“史蒂芬·穆勒钢琴独奏音”“我是一个兵·军旅歌唱家刘子林独唱音乐会”“第三届山东省钢琴大赛暨‘长江钢琴杯’第二届中国音协高校音乐联盟全国钢琴展演选拔赛（山东赛区）”。

推荐的《好男儿就是要当兵》、《相亲相爱》荣获第十二届中宣部“五个一工程”优秀歌曲奖。

【曲艺家协会】

1月，组织近20名艺术家赴莱钢送欢乐到基层，为奋战在生产一线的钢铁工人送去慰问和祝福。

4月，联合中国曲协北方鼓曲艺术专业委员会等单位在济南“明湖居”共同主办了“全国曲艺鼓曲艺术交流座谈会”和“古曲新韵百姓情·全国曲艺鼓曲艺术展演”。

5月，在济南的梨园大戏院成功承办了三台风格、题材不同的“山东省文艺界纪念毛泽东同志《在延安文艺座谈会上的讲话》发表70周年——曲艺节目展演”。

6月，组织了部分知名艺术家送欢乐到警营，为枣庄公安消防支队和当地百姓奉献了一场精彩文艺演出。

9月，在中国文联、中国曲协主办的第七届中国曲艺牡丹奖评选中，推荐的李连伟荣获表演奖，孙立生荣获理论奖，5个节目进入提名奖；成功承办了“第五届山东国际大众艺术节——秋色明湖·中国曲艺牡丹奖获奖节目展演”。

【舞蹈家协会】

5月，在“第三届中国秧歌节”上，组织推荐的济宁《阴阳板》、德州《跑驴儿与抬花杠》获得优秀表演奖，舞协获优秀组织奖。

6月，在山东剧院举办了“山东省第七届青少年舞蹈比赛”“第五届泰山文艺奖舞蹈类预选展演”。

7月，组团赴韩国参加了“木槿花”杯国际青少年舞蹈大赛，获得一等奖、二等奖各1名的成绩。

8月，举办了“红领巾之歌——山东省第九届《小飞天》奖儿童舞蹈大赛暨山东省第七届青少年舞蹈比赛颁奖晚会”。

10月，在宁夏全国回族舞蹈比赛中，组织编排的舞蹈《六月杞缘》荣获作品、表演二等奖，舞协获优秀组织奖；组织山东代表团参加了在宜昌举办的全国中老年舞蹈比赛，2个作品分别获大奖，舞协获优秀组织奖。

11月，组织了山东省青年舞蹈家舞蹈团赴韩参加“2012 中国山东省——韩国庆尚北道艺术交流活动”。

12月，在山东剧院举办了“美的旋律——山东省青年舞蹈家舞蹈团赴韩汇报展演”。

2012年，先后举办了“山东省第九届《小飞天》奖儿童舞蹈大赛编导创作讲习会”“山东省泰山文艺奖（舞蹈类）创作研讨会”“田露民间舞蹈编导创作讲习会”“孟燕舞蹈创作研讨会”“山东省第九届《小飞天》作品研讨会”等研讨活动。

【杂技家协会】

1月，组织了杂技、书法、美术等门类的艺术家文艺队伍到济南市公安消防特警大队举行慰问活动。

2月，荣获第八届中国杂技金菊奖第七次理论作品奖组织工作奖。

5月，与青州市委宣传部、青州市关工委等单位在青州市东夷文化标志园主办了关心下一代、让生活充满爱“关爱在行动”启动仪式暨鲁艺爱心传递公益晚会。

8月，组织了第六届山东省杂技魔术大赛预选赛。

9月，在东阿举办了第六届山东省杂技魔术大赛颁奖晚会。

【美术家协会】

1月，组织美术家到莒县和胶南举办文化下乡活动。

3月，与有关单位主办了“翰墨传情——中国国家画院张志民工作室学员主题画展”“张宝珠中国画展”；在莒州书画院举办了沂蒙画派研究院揭牌仪式暨“情系沂蒙——沂蒙画派国画作品展”。

4月，与山东省委宣传部、省文联主办的“齐鲁颂·山东中国画山水作品晋京展”在北京中国美术馆开幕。

5月，举办了山东省美协2012年花鸟画写生创作培训班、“纪念毛泽东同志《在延安文艺座谈会上的讲话》发表70周年——2012年泰山文艺奖中国画预选作品展”；与山东省委宣传部、省文联、日照市人民政府等单位主办了“莒文化·沂蒙魂·颂齐鲁”沂蒙画派国画作品展。

6月，举办了“山东省美协水彩艺委会首届水彩粉画艺术展”；在省文联领导下具体组织实施了“齐鲁颂‘三个一百’美术创作工程——百处山东重要名胜古迹”的创作评选工作，并在山东博物馆举行了作品展览以及作品集的出版活动。

7月，受邀组织山东艺术家赴俄罗斯乌克兰艺术考察团，归国后创作了大批反映俄罗斯风情的美术作品，并制作《锋动俄罗斯》作品集。

8月，与有关单位举办了“当代美术发展与‘齐鲁画派’建设高端论坛”；与省公安厅共同举办了“牵手平安行——画家进警营”联谊活动。

9月，在第五届山东国际大众艺术节中，举办了“第六届山东美术新人新作展”“第四届齐鲁风情油画展”；在韩国仁川举办了“2012山东·仁川——中韩国际美术交流展”；在“大同·国际壁画双年展”上，山东有8件作品被列为当代壁画经典，陈列于当代经典壁画展区。

10月，与有关单位共同协办了“庆祝2012年山东财经大学成立·刘春宏教授从艺30周年书画艺术作品展”。

11月，在山东青州举行了中华文明历史题材美术创作工程暨“三个一百”美术创作工程——百位山东历史文化名人创作草图观摩会。

2012年，推荐的荆贵家、任敬彬等6人的美术作品荣获“八荒通神——哈尔滨中国画作品双年展”优秀作品奖；徐春文、王日东等7人的美术作品荣获“画说武当——全国中国画作品展”优秀作品奖；云门张岩、张正军等9人的美术作品荣获“锦绣中原——中国画作品展”优秀作品奖；范杰、陈兆芬、杨群峰3人荣获“美丽家园·魅力新疆”第七届中国西部大地情——中国画、油画作品展优秀作品奖；云门张岩、张京刚等5人的美术作品荣获首届“公望富春·中国山水画作品展”优秀作品奖；曲宝来、段国锋等3人美术作品获得“第十届全国水彩粉画展”优秀作品奖。

【书法家协会】

2月，在中国书协书法进万家活动工作总结会议上，被评为中国书法进万家先进集体；参加了中国书协、中华汉璞书画研究院主办的“翰墨香江，书画同源”2012年中国书画名家香港邀请展。

4月，在济南承办了“中国书法名城（之乡）联谊会一届三次理事扩大会暨二届一次理事会”。

6月，与有关单位联合主办了纪念毛泽东同志《在延安文艺座谈会上的讲话》发表70周年——“阳光路上·全国书画展”；应邀组织山东省书协代表团参加了山口县书道联盟第30回展等有关书法方面的考察活动；推荐的莱州云峰山被命名为“中国书法名山”，郑文公碑被命名为“中国书法名碑”。

7月，与省文联组织书法家先后到济南军区26军防空旅和济南警备区开展了拥军慰问活动。

8月，在山东省博物馆承办了由中国书协、中共山东省委宣传部、省文化厅、省文联联合主办的首届“王羲之奖”全国书法作品展览。

8月，举办了“首届中国书法·王羲之论坛”“首届省书协会员千人双年展”。

9月，与有关单位联合承办了由中国书协主办的“孔子艺术奖全国书法篆刻作品展”。

10月，应邀选送20件书法作品赴韩国参加了2012安东国际书艺大展和系列书法文化交流活动。

11月，省文联副主席、省书协主席顾亚龙应中组部邀请赴上海中国浦东干部管理学院为第五期院士专家理论研究班做了一场题为“传统文化与书法”的专题讲座。

11月，主办了“郑道昭奖书法作品展”；与山东省文联、上海市文联、上海市书协联合主办了“山东、上海书法作品交流展”。

2月至11月，在清华大学举办了顾亚龙书法艺术高级研修班，开设了山东省书协创作骨干团队首期研修班、“传统文化与书法”方向研究生课程班、书法创作提高班等。

12月，山东省书法家协会第二届“百县千村”书法文化下乡活动在济南市历城区相公村举行，山东省130多个县市区同时启动此项活动。

2012年，山东省有26位书法作者在全国第三届青年书法篆刻作品展、中国贵州“百里杜鹃”书法作品展等全国各项展览中荣获优秀作品奖；4篇论文入选2012中国书法·金陵论坛。

【摄影家协会】

2月，成立山东省鸟类生态摄影艺术协会。

4月，在泗水召开山东省摄影工作会。

5月，在博山镇、潭溪山、万德镇泗水分别建立山东省摄影家协会创作基地。

6月，举办了“黄河人家”幸福垦利全国摄影大赛；北京摄影函授学院山东函授站开办首届山东省级会员提升班。

7月，组织了“见证百年发展 定格辉煌瞬间·古贝春文化旅游摄影大赛”“文化惠民走进敬老院”等活动。

在第五届山东省国际大众艺术节期间，举办了“握手——山东澳门摄影作品交流展”“江河情深——山东黑龙江摄影作品交流展”。

9月，积极响应中国文联“万名摄影家进万家”号召，举办“通达杯——最美东风”摄影大赛走进社区。

11月，组织山东代表团赴韩国全罗北道参加摄影艺术交流展览。

12月，组织山东代表团出席在北京召开的中国摄协换届工作会，侯贺良、田凤仙荣任理事；在济南举办了由山东省文联主办的“光影心田”田凤仙摄影作品展。

在第二届全国农民摄影大展上，推荐的兰瑞东、刘忠摄影作品《楼上楼下》、《留影》分别荣获铜质收藏奖；兰瑞东摄影作品《数字时代》荣获优秀奖；在首届农村土地整治摄影展中，推荐的王子勇摄影作品《基础水利设施建设》荣获优秀奖；在上海国际摄影艺术展览手机大赛中，推荐的苏适摄影作品《摇篮》获得三等奖；推荐的马杰、王敏摄影作品《家园黄昏时》、《大自然的赐予》分别荣获首届印象西藏摄影作品大赛金奖和铜奖；推荐的刘涛摄影作品《人像》、《情感》荣获第11届奥地利特伦伯超级摄影巡回展特别专题组入选作品奖；推荐的隋育红摄影作品《云摄影》荣获 2012“伯奇杯”全国创意摄影大展优秀作品奖。

【电影家协会】

2月至5月，承办了由省委宣传部、省文明办、省文联联合举办的“身边的精彩·山东省微电影展映”活动。

6月至8月，举办了第五届山东青年微电影大赛。

5月至7月，组织参与“北京大学生电影节第四届大学生影评大赛征文”活动。

11月至12月，与章丘市委党校承办了由省委宣传部、省文联、省广电局共同主办的“山东省微电影创作高级研修班”。

2012年，省影协名誉主席赵冬苓编剧，省影协副主席钱晓鸿导演的电视剧《小小飞虎队》荣获了2012年国家“五个一工程奖”；省影协名誉主席赵冬苓编剧，省影协理事李九红编审的电影《北川重生》荣获了2012年中宣部“五个一工程奖”；省影协理事王毅、贺志宝共同导演的《十五岁的笑脸》荣获2012年第九届美国圣地亚哥国际儿童电影节最佳故事片奖并入围2012年中宣部“五个一工程奖”；推荐的菏泽市电影发行放映公司被中国文联和中国影协授予2012年“百花放映·情系基层”百县千村万场放映单位及“百花放映·红色之旅”放映单位。

【电视艺术家协会】

1月，在济南举办了山东省首届新媒体影像作品大赛。

3月，在烟台举办了第二十四届山东电视艺术“牡丹奖”评奖活动。

4月、6月、9月，分别在济南、青岛、泰安主办了“创新编排与频道竞争力研讨会”“宣教节目策划与报道创新研讨会”“活动策划与广告营销研讨会”三次电视研讨活动。

5月，在济南召开了2012年度全省电视文艺研讨会暨联络协调会；承办了华东六省一市视协工作年会暨全国部分省视协工作经验交流会。

6月，组织全省部分电视工作者赴新马泰电视台考察；组团赴韩国，与韩国文化教育部门联合举办了中韩青少年文化交流活动。

8月，在淄博举办了国际大众艺术节系列活动之一的山东省第四届小主持人金话筒比赛全省总决赛。

10月，在济宁曲阜举办了第五届县（市、区）级电视艺术评奖活动。

作为主办者之一选送5名选手到福建泉州参加第九届华东地区主持新人大赛，其中1名选手获得三等奖；在第二十六届金鹰奖评选中，报送的长篇电视剧《厂花》、《北方汉子》、城市形象宣传片《新潍坊》获得二等奖，《济南第三届电视观众节跨年狂欢夜》等2部作品获提名奖；在第五届《中国旅游电视周》评选中，推荐的《小城大事》等4部作品获得旅游电视专题、旅游报道等类别好作品奖，《阿露的九曲溪》等4部作品获得旅游电视专题等类别优秀奖；在第四届“新农村电视艺术节”暨第六届“小康电视节目工程”年度优秀对农电视栏目评选中，推荐的《乡风海韵》获得一等奖；在“人文中国——世居系列”全国电视纪录片专题片推选活动中，推荐的《风雨怀德堂》获一等奖，《莱阳路的前尘今世》等2部作品获二等奖，《孔子故居——阙里街》获三等奖；在第二届名优电视栏目推选中，推荐的《美食淄博》获得生活服务类“2012十大创新电视栏目”；在首届全国十省区数字影像大赛评选中，报送的《妆》荣获故事类一等奖，《小洁》、《芙蓉泉之谜》等18部作品获得故事、纪录、音乐舞蹈、动漫等类别二等奖，《四年一梦》、《在路上》等8部作品获得故事、纪录、音乐舞蹈等类别三等奖。

主办或参与组织了“第九届华东地区主持新人大赛”“首届全国十省区数字影像大赛”“第二十六届金鹰奖评选”“第五届《中国旅游电视周》评选”“首届全国十省区数字影像大赛评选”“第四届‘新农村电视艺术节’暨第六届‘小康电视节目工程’年度优秀对农电视栏目评选”等活动。

【民间文艺家协会】

4月，举办了“中国北方村落文化遗产保护工作论坛”；组织中国民间文艺之乡考察组赴莱芜进行了“中国长勺鼓乐之乡”的考察验收。

5月，为纪念毛泽东同志在《延安文艺座谈会上的讲话》发表70周年，组织举办了“2012山东省故事征文大赛”，共评出一等奖2名，二等奖4名，三等奖6名。

8月，组织中国民间文艺之乡考察组赴肥城进行了“中国桃文化之乡”的考察；组织山东民间艺术考察团赴澳大利亚、新西兰考察，与当地民间艺术家进行了沟通与交流。

9月，举办了“话说齐鲁·首届山东省民间故事大赛”“全国中秋文化研讨会”。

在第三届中国剪纸艺术节评奖中，范祚信剪纸作品《红楼梦人物》获银奖，齐秀花剪纸作品《十二生肖》获铜奖，齐秀芳剪纸作品《九龙图》获优秀奖；省民协副秘书长马知遥的论文《非遗保护的困惑与探索》在第八届中国文联文艺评论奖中荣获二等奖。还完成了《中国民间故事集成》（枣庄卷）的出版，启动了《中国剪纸集成》山东各卷本普查编纂工作。

河南省文联

综 述

2012年，在河南省委、省政府的正确领导和省委宣传部的有力指导下,河南省文联及各团体会员深入贯彻党的十七届六中全会和十八大精神，认真落实河南省委书记卢展工同志关于“文联是桥、文联是家、文联是体、文联是力”的指示精神，把握文联工作的规律特点，围绕中心工作，开展了“中原行”等多项有较大社会影响的主题文艺活动，在全省工作大局中发挥了文艺的独特作用；扎实推进了文化惠民活动；营造环境、搭建平台，推出了一批文艺精品和文艺人才；着力加强评奖办节、评论评介和期刊出版工作，发挥了很好的文艺导向作用；不断拓展对外文化交流渠道，学习先进，推动中原文化走出河南，扩大影响；不断加强文联组织自身建设，文联团结和谐向上的局面进一步加强。通过团结凝聚全省广大文艺工作者和文联工作者开展一系列卓有成效的工作，取得了显著成绩，为推动河南省文艺事业大发展大繁荣做出了积极贡献。

会议与活动

【赵素萍到河南省文联调研】

1月18日，中共河南省委常委、宣传部部长赵素萍一行到河南省文联调研并召开座谈会。河南省文联主席马国强介绍了省文联有关情况。赵素萍指出，文联是非常重要的部门，起着独特的作用。党的十七届六中全会提出文化的大发展大繁荣，给文化艺术各项工作带来了春天。河南作为历史厚重、文化人才辈出的省份，在气候土壤都比较适合的时候，关键看我们怎么去做。省文联提出的近期和长远的工作计划都非常符合省委的要求。希望文联在新的一年有新的发展。

【河南宝丰马街书会曲艺邀请赛】

2月3至4日，由中国曲艺家协会、河南省文联等主办，河南省曲艺家协会、中共宝丰县委县政府等单位承办的“2012年河南宝丰马街书会曲艺邀请赛”及“河南优秀少儿曲艺节目展演”在宝丰马街书会精彩上演。来自全国13个省市的上百名曲艺演员相聚中原，献艺宝丰。本次大赛的26个参赛节目涵盖了河南坠子、京韵大鼓、快板书、相声等19个曲种。经过评审，12个节目获得一等奖，12个节目获得二等奖。河南坠子《拳打镇关西》夺得本届“书状元”。

【第四届中国鹤壁民俗文化节】

2月4日至22日，由中国民协、河南省文联、河南省文化厅、鹤壁市人民政府主办的“第四届中国鹤壁民俗文化节”在鹤壁市举行。其间，举行了社火表演、浚县大伾山古庙会、第三届中国春节文化高层论坛暨推进春节申遗工作研讨会等系列活动，专家学者对鹤壁民俗文化的历史与现状、功能与价值、保护与传承、传统春节文化的变异与消亡，以及春节申遗的有关课题进行了深入研讨。

【“墨舞神州”全国电视书法大赛】

2月22日晚，“墨舞神州”全国电视书法大赛颁奖文艺晚会在河南电视台8号演播厅举行，全国政协副主席、中国文联主席孙家正，中国文联党组副书记、副主席覃志刚，中纪委驻司法部纪检组长、党组成员韩亨林，人力资源和社会保障部副部长杨士秋，中国书协主席张海，河南省领导王明义、张程锋、张广智、孔玉芳、靳绥东、张世军等出席。“墨舞神州”全国电视书法大赛由河南省教育厅、河南省广播电影电视局、河南省文联主办，张海书法发展基金会倾力支持。整个活动历时7个月，共收到全国参赛书法作品5000余件，参与者从耄耋老人到年幼少儿。最终评出成人组特等奖2名，一等奖6名，二等奖10名，三等奖33名；学生组（小学、中学、大学三组）每组一等奖5名，二等奖10名，三等奖20名。

【中国戏剧家协会七届二次理事会】

2月25日，中国戏剧家协会第七届理事会第二次会议暨2012年工作会议在郑州召开。会议回顾过去、交流经验、部署任务，共商戏剧事业和剧协工作发展大计。其间，举办了“戏剧与中原经济区建设”论坛。论坛对河南省委、省政府为中原戏剧的发展提供的良好发展环境给予高度评价，高度评价了中原戏剧取得的巨大成就，并就优秀剧目的创作、戏剧在中原经济区建设中的地位和作用、剧种与文化生态的关系等问题，进行了深入的探讨。

【全省文联工作会议】

3月13日，全省文联工作会议在郑州召开。会议传达了全国、全省宣传部长会议精神和中国文联九届二次全委会精神，表彰了全省文联系统先进集体，总结了省文联2011年工作，研究部署了2012年的工作。会上，省委宣传部副部长李庚香讲话。他对省文联2011年工作给予高度评价，并强调，省文联要站位全局、服务大局，在打造华夏历史文明传承创新区方面有新作为、新成效；要以人为本，多办实事，在满足人民群众精神文化需求方面有新作为、新成效；要把握导向，创新创造，在出精品、出名家、出品牌方面有新作为、新成效；要转变方式，加强建设，在服务广大文艺工作者方面有新作为、新成效。省文联主席马国强作了题为《强抓机遇，乘势而上，进一步开创河南文艺工作和文联工作新局面，为推动河南文艺事业大发展大繁荣作贡献》的工作报告。

【赵实到河南省文联调研】

3月31日，中国文联党组书记赵实在中国文联办公厅主任夏朝华等的陪同下到河南省文联调研。调研期间，河南省委书记、省人大常委会主任卢展工，省委副书记、组织部部长邓凯，省委常委、宣传部部长赵素萍，副省长张广智等分别会见赵实。

赵实在河南省文联参观了“河南省美术、书法、摄影优秀作品展”，并与河南文艺界代表座谈。河南省文联主席马国强主持座谈会，党组书记吴长忠汇报了河南省文联近年来的工作情况。赵实说：河南是中华民族、华夏文明的发祥地，历史文化优秀，资源博大精深。这里是出思想、出文化、出作品、出名家的地方。现在，河南涌动着中原崛起、建设中原经济区和华夏历史文明传承创新区的进取、创新的精神。河南文联的工作风风火火、红红火火、有声有色，成绩斐然。河南省文联的班子队伍精神面貌很好，有创造、创新、进取精神，工作有思路，有步骤、有措施、有组织的推动，取得了很好的成果。

座谈会结束后，赵实同与会的河南省文艺界代表合影留念。

【2012中国（开封）清明文化节】

4月1日，由中国文联、河南省人民政府主办，中国民协、河南省委宣传部、河南省文明办，河南省文联和开封市委、市政府联合承办的“2012中国（开封）清明文化节”在开封清明上河园隆重开幕。中国文联党组书记、副主席赵实，中国文联副主席、中国民协主席冯骥才，中共河南省委常委、宣传部部长赵素萍等领导和专家出席开幕式。本届清明文化节以“传承文明、拥抱春天”为主题，整个活动为期10天。其间，举行了颁薪火仪式表演、全国秋千大赛、清明文化论坛、清明书会、书画作品展、武术展演、宋式婚礼展示、民俗绝活、马球、蹴鞠以及祭奠先贤等系列活动。

【纪念《讲话》发表70周年】

4月至5月，河南省文联组织艺术家开展纪念毛泽东同志“在延安文艺座谈会上的讲话”发表70周年系列活动，组织书法院作者笔会，创作主题书法作品50余幅。举办美术书法作品展，共展出100余幅书画作品。召开老中青三代作家座谈会，畅谈对《讲话》精神的理解与感悟。大家一致认为，《讲话》所提出的文艺理论及基本思想，不仅在当时有振聋发聩的作用，即便在今天仍具有发人深省的现实意义。

【中原行——中国当代著名画家作品展】

5月11日，由中国文联、中国美协、中国国家画院、中共河南省委宣传部、河南省文联主办，河南省美术家协会承办的“中原行——中国当代著名画家大型采风活动”在郑州国际会展中心启动。来自全国各地及河南的200余名当代著名画家参加了启动仪式并，受到中共河南省委书记、河南省人大常委会主任卢展工等领导的亲切接见。仪式结束后，画家们分赴河南各地采风写生，创

作出200余幅作品。

9月12日至23日，由中国文联、中国美术家协会、中国国家画院、中共河南省委宣传部、河南省文联、河南省人民政府驻京办事处等共同主办，河南省美协承办的“中原行——中国当代著名画家作品展”在中国国家博物馆展出。共展出包括靳尚谊、刘大为、冯远等在内的百余位中国当代著名画家精心创作的国画、油画、版画、水彩等132幅作品。期间，中共中央政治局常委李长春参观了展览。9月12日，全国政协副主席、中国社科院院长陈奎元，全国政协副主席、中国文联主席孙家正和曹刚川、张思卿等领导，中国美术界著名画家500余人出席展览开幕式并参观展览。人民日报、光明日报、中国艺术报、中央电视台新闻频道等多家媒体进行了报道。

11月27日，在北京展出的132幅作品亮相于河南省美术馆举办的“中原行——中国当代著名画家作品展郑州展”，中共河南省委书记、河南省人大常委会主任卢展工等省领导参观了展览。

【曲艺高校巡演】

5月25日晚，由共青团河南省委、河南省教育厅、河南省文联共同主办的“曲艺高校巡演”活动启动仪式在郑州大学新校区举行。本次“巡演”活动旨在让曲艺走进校园，让更多的大学生了解曲艺热爱曲艺，为曲艺的发展拓展更大的舞台。

【河南省第六届专业舞蹈大赛暨第二届河南舞蹈“洛神”奖评奖】

6月至7月，由河南省文化厅、河南省文联、河南省教育厅主办，河南省舞协承办的河南省第六届专业舞蹈大赛暨第二届河南舞蹈“洛神”奖评选活动在郑州举办。大赛共报送作品105部，评出一等奖16部、二等奖22部、三等奖12部。本次大赛参赛范围广，作品题材丰富，表演水平上乘，创下历届之最。

【河南省“道德模范故事汇”基层巡演】

由河南省文明办、河南省文联、河南省曲协联合举办的2012年河南省“道德模范故事汇”基层巡演活动于9月27日在开封市举行启动仪式暨首场演出，10月份在新乡、信阳、许昌等城市进行多场巡演，节目以河南省的全国道德模范、身边好人好事为原型创作排演。现场观众深受感动，得到了河南省文明办的好评。

【中国·郑州2012中秋文化节暨河南省第六届民间工艺美术博览会】

由河南省文联主办的“中国·郑州2012中秋文化节暨河南省第六届民间工艺美术博览会”于9月30日至10月4日在郑州举办。本次活动以“人民幸福，社会祥和”为主题，以充分展示河南民间文化遗产抢救保护成果为内容，组织了中原民间绝艺表演、民间工艺绝技展、河南“老字号”“中原贡品”邀请展、中原陶瓷艺术展、河南民间美术作品展、全国廉政剪纸艺术精品展六个大项，200多家单位（个人）参展。

【承办中国文联区域性会议】

10月16日至19日，河南省文联承办了“中国文联加强和改进文联工作专题研讨会”。中国文联理论研究部和部分兄弟省市文联负责同志参加了会议。与会同志一致认为，当前文联组织和文联工作面临难得的发展机遇，同时文联组织的工作体系亟待完善，管理体制、工作机制、组织形式和活动方式需要进一步创新。

【中国·上蔡第十届重阳文化节】

10月22日，由中国民协、河南省文联、驻马店市政府主办的“我们的节日——中国·上蔡第十届重阳文化节”在上蔡县开幕。活动以“弘扬传统文化、喜迎党的十八大、同庆老人佳节、共建和谐社会”为主题，向10位“老寿星”代表颁发了长寿金，向10位驻马店市尊老敬老模范代表，10位上蔡县孝心模范、孝道家庭代表颁奖，慰问了上蔡县敬老模范刘黑和上蔡县中心敬老院的老人。

【贯彻学习党的十八大精神】

11月8日,河南省文联认真组织全体干部职工集中收听收看党的十八大开幕式盛况。11月21日，省文联召开全体干部职工、离退休干部会议，传达贯彻党的十八大精神，对省文联贯彻落实党的十八大精神进行部署。党组书记吴长忠指出，要“突出一个主题，营造一种氛围，开展好七项活动”。突出一个主题，即在筹划今后一时期和明年的工作思路和举措时，要突出学习宣传贯彻党的十八大这个主题，以“出精品、出人才、创品牌”为目标，精心策划一些配合全省工作大局的大活动，组织创作生产、编辑出版一批重点文艺作品，把文联工作的特点体现出来，把文联的职能作用发挥出来，在河南省文艺界营造学习宣传党的十八大精神的浓厚氛围。开展好七项活动，即开好一个会，办好一个培训班，组织一次大型文艺演出活动，组织撰写一批文章，组织一个诗歌专版，组织一次电视诗歌朗诵会，开展一系列惠民文化活动。主席马国强强调，认真学习、深刻领会、全面贯彻党的十八大精神，是当前文联工作的重中之重，全体文联人要把学习党的十八大精神转化为推动河南文艺事业发展的精神动力和自觉行动。

12月8日至12日，河南省文联组织了“全省文联系统‘十八大精神’学习班”，邀请了河南省委党校教授作“十八大精神”专题辅导报告。

【庆祝党的十八大胜利召开系列活动】

11月9日，河南省文联举办的“热烈庆祝党的十八大胜利召开河南美术、书法、摄影精品展”在郑州开幕。共展出150余件主题作品，省领导赵素萍、张广智等出席了开幕式并参观展览。

由河南省委宣传部、省文联主办，省杂协、濮阳市委、市政府承办的“热烈庆祝党的十八大胜利召开——河南省杂技魔术精品展演”于11月22日晚在河南省人民会堂举行，赵素萍、张广智等领导及观众2000余人观看了演出。这场演出阵容强大，精英云集，不乏国内外获大奖的节目。河南电视台卫星频道于12月2日进行了转播。

【参与“百花迎春”节目演出】

根据中国文联安排，2013年第十一届“百花迎春”大联欢首次吸纳河南为参演单位，并承担时长近40分钟的压轴部分节目。10月至12月，省文联积极主动与“百花迎春”导演组就参加演出的相关艺术家、节目编排、道具制作、行程安排等具体问题进行了良好的交流与沟通，做了大量的前期准备，付出了积极的努力。2013年1月13日，中国文联“百花迎春”大联欢在北京人民大会堂顺利演出，河南板块名家云集，节目精彩，场面大气，受到现场观众的一致好评。

对外文化交流

受法国国家文化联盟及奥地利文化联合总会邀请，以著名书法家宋华平为团长的河南省文联文化访问团一行5人于3月19日至28日赴法国、奥地利进行文化交流访问。通过交流，中欧艺术家增进了了解，并表达了今后加强交流合作的愿望。

5月至9月，第23届中日友好自作诗书交流展在中国郑州、日本东京先后开幕。展览共展出作品173件，其中中方作品87件，日方作品86件。8月，中韩美术书法交流展在郑州举行。展览汇集了来自中韩两国的书画艺术作品百余幅。为中韩建交二十周年暨中韩友好交流年增添了文化氛围。

机关建设

2012年，河南省文联机关在党组领导下努力落实年初工作目标和工作思路，充分发挥组织协调、参谋助手和服务保障作用，积极主动参与大型活动，进一步加强行政管理和后勤服务，为单位的正常运行提供了有力保障。特别是进一步规范了文秘工作，严格了财务管理制度，车辆、物业、节能减排等管理更加科学。机关党委建立学习制度，开展向英模人物学习活动，积极做好民主评议党员、干部培训等工作，认真组织学习《廉政准则》，开展党员干部廉洁自律自查自纠。机关工会开展“面对面、心贴心”活动，增强了机关的凝聚力。老干部工作在联谊服务方面有了新的提高，受到机关老艺术家好评。二级单位体制改革进展顺利。联络处在完成《河南文艺界》全年编辑、出版任务的同时，为推介河南省文艺家，更加全面、深入地报道河南文艺界情况，又增发专版16版、专刊2期。

2012年，河南省文联荣获“中国文联年度舆情信息工作先进集体”称号。荣获中国艺术报社“年度通联工作优秀奖”。荣获“全国基层文联组织网络体系建设典型经验征集评比”活动组织工作奖。河南省文明办对省文联省级文明单位年度复查时，考核优秀。

直属单位河南省文学院

【文学中原崛起系列活动】

8月29日，由中国作协、河南省委宣传部主办，中国作家出版社集团、河南省作协、河南省

文学院承办的“中国作家馆”开馆仪式暨“文学中原崛起”新闻发布会在北京国际图书博览会上隆重举行。本届中国作家馆以“文学中原崛起”为主题，旨在通过北京国际图书博览会，展示我国文学事业取得的成就，尤其是崛起的中原作家群体取得的创作成就。中国作协主席铁凝，中国作协党组书记、副主席李冰，中国作协副主席、党组成员、书记处书记何建明，河南省委常委、宣传部部长赵素萍等领导以及40余位中原作家群代表出席活动。

围绕着“文学中原崛起”这一主题，在图博会短暂的五天时间里，还连续举办了“中原崛起——中原作家群论坛”、中原作家之夜、周大新《安魂》新书发布会、郑彦英《中国风情》新书发布会、京豫作家创作交流座谈会、中原崛起——中原作家群读者见面会、大气人生——文学豫军读者见面会等系列活动。《人民日报》、《光明日报》、中央电视台、新浪网、中国新闻网、人民网等40多家媒体连续进行跟踪报道，在京城乃至全国文坛刮起了一股强大的“文学中原风”，取得了良好的效果。

中国作家馆首次设立主宾省并选择中原作家群，体现了中国作协和全国文学界对河南作家的认可、尊重与厚爱。“文学中原崛起”系列主题活动的成功举办，有利于在世界范围内宣传、推介中原作家群，并促进中原作家群的创作再上一个新的台阶。

【签约作家】

10月30日，又一批作家纳入河南省文学院的管理序列，中原作家群的梯队建设得到进一步完善。本次签约作家共32位，来自不同行业、不同阶层、不同地域，从符合条件的130位申报作家中经过初评、复评挑选出来。从签约即日起，他们在创作、作品出版、经费、推介等多方面将得到扶持。实施签约作家制度，是文学豫军推动文学创作发展，培养壮大中原作家群的重要举措和有益尝试。这一制度的实施，为作家成长创作提供了良好的环境和平台，形成了多出作品、出好作品的竞争激励机制，对于不断推出文学精品，加强文学创作队伍建设，进一步提升中原作家群的实力和影响等都发挥了积极作用。

各文艺家协会

【首届“杜甫文学奖”】

“杜甫文学奖”是由河南省委宣传部批准、河南省作家协会主办的河南省最高荣誉的文学奖项，旨在传承中原文化，发展先进文化，推动河南文学事业的繁荣与发展。该奖项由河南文学奖演变而来，是河南省作家协会着力打造的文学品牌和文化品牌。首届河南“杜甫文学奖”参评作品数量多，水平高，各文学门类优秀作品云集，这些作品把握时代脉搏、聚焦社会冷暖、关注人的情感，从一个侧面呈现出近几年河南省文学事业繁荣发展的大好局面，充分体现出广大作家的责任感和使命感。根据《杜甫文学奖评奖条例》，最终评选出长篇小说、中篇小说、短篇小说、诗歌、散文杂文、报告文学、理论评论、儿童文学八个门类，共20部获奖作品。

【文学活动】

李佩甫长篇小说《生命册》作品研讨会，与会者一致认为，《生命册》无疑是一部植根于平原大地的灵魂之书，是一部书写平原的百科全书，为“平原三部曲”巅峰之作。

“中原诗群高峰论坛暨第二届河南诗人联谊会”，与会专家学者一致认为，近年来，河南由文化资源大省向文化强省的转变有目共睹，这为“中原诗群”的发展和“诗歌河南”的建设提供了前所未有的历史机遇。“中原诗群”作为国内诗界一支不可忽视的地域力量，无疑将对推动河南文化产业化及中原经济区建设发挥巨大的推动作用。

河南省第十七届黄河诗会。与会的诗人、评论家一致认为，李白、白居易、李贺、李商隐等创造了河洛诗歌的辉煌时代，对后来的中原诗人影响至深。大家围绕中原诗群的现状与未来进行了深入研讨，普遍认为中原诗歌进入新诗以来生态最好的时期。

【文学创作】

河南省作协会员共出版新书百余部，成果显著。《生命册》、《寂寞的汤丹》、《花红触地》、《拆楼记》、《手的十种语言》、《聆听》、《少林美佛陀》、《蜜月》等作品先后出版；河南文艺出版社历经一年编纂的“80后诗丛”顺利印行出版，囊括了活跃于当下诗坛年轻诗人们的作品。

【文学获奖情况】

长篇小说《生命册》先后荣获2012年度人民文学奖、中华读书报年度作家奖、光明日报优秀图书奖、钱江晚报“全民阅读活动”2012年度虚构类文学奖银奖等。短篇小说《挂职笔记》摘得第三届《小说选刊》年度大奖短篇小说奖，同时荣获第二届《人民文学》中短篇小说奖。组诗《黄土高天》获“闻一多诗歌奖”“上官军乐诗歌奖·杰出诗人奖”。短篇小说《月牙泉》获第二届西部文学奖。散文《普者黑的灵魂》获中国西部散文奖。诗歌《我是你头上的一盏矿灯》获《诗歌月刊》二等奖。

河南省五位作家的作品荣列2012年度中国作协重点作品扶持篇目，分别是：乔叶的《妹妹，晚安》、傅爱毛的《问身》和王剑冰的《天大地大》三部长篇小说作品，付饶的报告文学作品《南海第一井》，以及张院萍的网络文学作品《风吹草动》。

【第七届“叱咤中原——河南戏剧演员排行榜”】

第七届“叱咤中原——河南戏剧演员排行榜”十大演员于1月10日揭晓。魏俊英荣获“梨园之星奖”，郑庆恩、徐俊霞荣获“最具实力奖”，刘昌东、徐爱峰荣获“最具明星奖”，索海燕、张娜荣获“最具魅力奖”，牛艳荣、曹会敏、曹会芳荣获“最佳新人奖”。

【黄河戏剧奖】

黄河戏剧奖·第二届理论评论奖共评出获奖作品20篇，其中5篇文章获一等奖，8篇文章获二等奖，7篇文章获三等奖。

黄河戏剧奖·第二届戏剧文学奖共评出获奖作品20部，5部剧本获得金奖，8部剧本获得银奖，7部剧本获得铜奖。

黄河戏剧奖·首届梅花表演奖大赛12名演员角逐，9名选手荣获黄河戏剧奖·首届梅花表演奖。

【第六届河南省红梅奖戏曲大赛】

7月23日，第六届河南省红梅奖戏曲大赛结果揭晓，共评出金奖31名，银奖48名，铜奖20名。

【第九届河南省少儿戏曲“小梅花”大赛】

8月至9月，第九届河南省少儿戏曲“小梅花”决赛在郑州举办，最终评出小状元、小榜眼、小探花各一名，金奖36名，银奖30名，铜奖30名。

【五选手荣获“中国少儿戏曲小梅花”金花称号】

8月12日，第十六届“中国少儿戏曲小梅花荟萃”活动结束，河南省1人荣获金花称号并获得十佳称号，4人获得金花称号。河南省剧协荣获优秀组织奖。

【三作品获第四届中国戏剧奖·曹禺剧本奖】

9月6日，第四届中国戏剧奖·曹禺剧本奖在曹禺先生故乡湖北潜江揭晓，省剧协报送的3部作品《朱安女士》、《红旗渠》、《大红灯笼》同时获奖，《朱安女士》名列榜首，创造了该奖设立以来一个省份同时获奖数量最多的全国纪录。河南省剧协荣获组织奖。

【“商丘杯”第五届黄河戏剧节】

“商丘杯”第五届黄河戏剧节于9月10日在商丘市开幕。来自河南、安徽、山西等省的34个院团参加，涵盖了豫剧、曲剧、越调、京剧、柳琴戏、推剧、话剧等多个剧种。其覆盖范围之广、参赛剧目之多、演出时间之长、艺术水准之高，创黄河戏剧节新纪录。10月14日晚，“第五届黄河戏剧节颁奖晚会暨最受欢迎演员评选”在河南电视台《梨园春》节目现场举行，1人荣获“最受欢迎演员奖”，4人荣获“最具潜力演员奖”；9部作品荣获剧目奖金奖，9部作品荣获剧目奖银奖，3部作品荣获特别演出奖；话剧《红旗渠》和豫剧《王屋山的女人》荣获黄河戏剧节大奖。

【2012唱响中原戏曲名家全省巡演】

10月12日，中原喜迎十八大，百县千镇戏曲行——2012唱响中原戏曲名家全省巡演第一站在中牟新世纪广场隆重揭幕，随后赴全省主要县（区）巡演。参演院团为河南省戏剧家协会梅花奖艺术团及全省专业戏曲院团，演出以豫剧为主，兼顾京剧、曲剧、越调等，演出阵容囊括梅花奖、文华奖、白玉兰奖、红梅奖、小梅花奖等获奖演员。

【音乐交流】

5月至10月，河南省音协以走出去请进来方式，为河南的音乐交流疏通了渠道，组织本省词曲作者赴驻马店、周口市采风，召开歌曲创作座谈会等，主办了总政歌剧团著名歌唱家黄华丽音

乐会，美籍华人著名钢琴演奏家、教育家孙以强钢琴独奏音乐会，河南交响乐团与波兰尤文图斯国家交响乐团联合出演的“中波友好交响音乐会”等。

【专场音乐会】

6月至12月，河南省音协推出了多场音乐会，如马奇独唱音乐会，“庆七一”管乐交响音乐会，室内乐音乐会，赵承志、杨树元管乐音乐会，“为人民放歌”张永杰师生音乐会，“青韵飞扬”薛青独唱音乐会，“金钟之声”2013年新年音乐会等等，为推介河南优秀音乐人才提供了良好平台。

【第五届河南省专业声乐器乐大赛】

7月23日至26日，由河南省文化厅、河南省文联主办、省音协承办的第五届河南省专业声乐、器乐大赛在河南大学举行。349名选手参加复赛，评出一等奖（49名）声乐28人，器乐21人，二等奖（74名）声乐49人，器乐25人，三等奖（63名）声乐41人，器乐22人。

【河南省第十九届歌曲创作评选】

由河南省文化厅、河南省文联、河南人民广播电台主办，河南省群众艺术馆、河南省音协、河南人民广播电台节目创作中心承办的河南省第十九届歌曲创作评选于12月14日在郑州举行。共收到近400首作品参选，评出一等奖30首，二等奖38首，三等奖28首。

【音乐惠民活动】

一年来，河南省音协组织音乐家到桃花峪黄河大桥工地、舞钢市、鹤壁市、漯河市、周口市以及焦作理工大学等农村、厂矿、高校，开展“放歌中原”音乐惠民活动，受到广大老百姓的热烈欢迎。

【音乐获奖情况】

在福州开幕的第五届海峡两岸合唱节比赛中，河南省教师合唱团获得银奖。由9名获奖选手组成的河南代表队赴大连参加第三届全国青少年电子琴优秀选手展演比赛，全部进入决赛并最终获得1金1银3铜和4个优秀奖，河南省音协获得优秀组织奖。第三届全国青少年钢琴展演中，3名选手共获一个铜奖，两个入围奖。

【承办美术作品展】

河南省美协多次承办了由中国美协等举办的大型活动，如“锦绣中原”中国画作品展，“荆浩杯”中国画双年展，全国第三届中国画线描艺术展，全国中国画名家作品邀请展等。其中，在全国第三届中国画线描艺术展中，河南作者获奖作品15幅，入选作品28幅，创造了连续三届作者入选数、获奖数均为全国第一名的好成绩。

【河南省第十七届新人新作展】

河南省第十七届新人新作展共收到全省美术爱好者作品1500余幅，展出1300幅作品，最终评出优秀作品400余幅。一年一度的新人新作展已连续举办了十七年，为河南美术事业发展打下了坚实的群众基础。本届是收到作品最多的一次。

【美术作品展】

为多出精品、多出人才、重点扶持学术性较强的专业，河南省美协举办了系列展览。中原风——铸铜雕塑艺术展共展出148件（组）铸铜雕塑作品，留痕中原——河南15人版画展共展出75件作品，河南省第三届艺术设计作品展览共展作品500余件套，河南省首届水彩·粉画写生作品展共展作品198幅，“油画中原——河南省百名油画家走进开封”作品展共展出作品126幅。

【主办个人画展】

全年举办了多人次个人画展，如马国强水墨人物画展，中原气象·李明山水画汇报展，信步大别山——王永亮山水作品展，鲍国增花鸟画学术展，正大气象——汤立大写意花鸟画展，赵根成中国人物画作品展，寄心闲远——李健强书画展，葵风·人间世——赵曼水墨作品展，丁中一中国画作品展，光明中国——王林中国画巡展，寄情田园·张毅敏书画作品展，王彦发绘画作品展，“大地”突然——于会见油画作品展，大地之子——王刚当代艺术巡展，“骚动的池塘”化建国水墨巡展，刘彦勇彩墨作品展，薛林兴《和平美人》中国画环球公益巡展，为推介美术人才提供了舞台。

【命名“书法之乡”】

4月中旬，中国书协正式命名洛宁、孟津为“中国书法之乡”，并举行了隆重的授牌仪式。目前，河南被命名的“书法之乡”共有8家，名列全国前茅。

【《神州翰墨书法手机报》上线运行】

《神州翰墨书法手机报》是由河南省书协和河南移动公司联办的中原第一书法信息平台，它将书法文化和书法艺术与现代化通信手段融合，快捷便利地向书法作者和书法爱好者提供书法知识，普及书法教育，提升公众的书法欣赏水平，促进书法艺术的繁荣发展。《神州翰墨书法手机报》设书坛新闻、征稿信息、习作点评、书法辞海、经典赏析、中原书家、书坛锦绣、书苑杂谈等栏目。让读者随时随地，方便快捷地掌握精彩书法资讯、尽览名家名作，“神州翰墨书法手机报”于6月正式上线运行。

【书法交流】

10月19日，“中国当代章草十六家书法作品展”在河南博物院开幕。参展作者有十六位：张家祥、李健、谢安钧、陈新亚、夏京州、钟海涛、李贵阳、白立献、陈濂波、陈硕、倪进祥、罗小平、孙立、吴勇、陈明之、徐强。他们中的许多人都曾在历届国展中入展、获奖，显示出较高的艺术水准和创作实力。

12月8日，“豫风皖韵”安徽·河南楷书作品联展在郑州开幕。展出的是两省47位优秀楷书作者的94件精品力作，开启了两省楷书交流的新篇章。

【书法作品展】

河南省书协先后举办了第二届“四堂杯”全国书法大赛颁奖典礼暨展览、河南省第四届篆刻艺术展、河南省第二十一届群众书法作品展、宋华平书法作品展、“喜迎党的十八大中国书法之乡十八县（市）书法巡展”等等。

【书法进万家】

河南省书协组织知名书法家先后到郑州、开封、许昌和南阳等地农村义写春联；举办廉政楹联百家百联书法品鉴活动；书画作品展义卖善款捐款等等。2012年，在中国书协中国书法进万家活动中，河南省书协被评为先进团体会员集体，辉县市书协、洛宁县书协被评为先进基层集体，钟海涛、马天保、姜宝平、周明新被评为先进个人。

【承办全国摄影展】

“千年帝都、牡丹花城”全国摄影大赛共收到1万5千多件作品，评出金质收藏作品4幅，银质收藏作品8幅，铜质收藏作品16幅。“菊乡水韵，大宋皇城”全国摄影大赛收到全国投稿3万余件，评出金质收藏作品1幅，银质收藏作品3幅，铜质收藏作品5幅。“天鹅卡杯黄河湿地白天鹅国际摄影大展”收到国内外1.4万余件作品，评出金质收藏作品1幅，银质收藏作品3幅，铜质收藏作品5幅。“愚公故里，魅力济源”全国摄影大赛评委从1.2万余件作品中评出金质收藏作品1幅，银质收藏作品3幅，铜质收藏作品15幅。“音画交响、四季云台”国际摄影大展从400幅作品中评出典藏作品4幅，珍藏作品12幅，收藏作品20幅。

【摄影活动】

河南省摄协先后举办了“镌刻在世纪工程上的永恒记忆”摄影展，第五届新人新作展，新密杏花摄影大赛，“秀美山水，传奇天中—魅力驻马店”摄影大赛，郑州市中心医院24小时纪实摄影活动，第十七届河南省摄影艺术展览，郑州国际马拉松摄影大赛，聚焦中原经济区摄影展，“走进太极拳发源地——温县”，喜迎十八大河南摄影精品展等等。为推出摄影精品起到了很好的宣传作用。还组织摄影家先后赴昆明、江西、安徽、山西、广西、黔东南、黄河小浪底、呼伦贝尔以及肯尼亚、尼泊尔采风创作，积累素材。邀请旅美摄影艺术家、美国纽约摄影学院教授林铭述先生来郑讲学。

【摄影阵地建设】

河南省摄协主办的河南省金像摄影学校、北京摄影函授学院河南分院的各项工作顺利进行，与中国传媒大学初步合作把河南省社会招生的唯一招生点设在了河南省金像摄影学校，有大专和本科两种学历，金像摄影学校同时被定为中国传媒大学教学实践中心。河南省摄影家协会网通过多年发展，已经成为协会联络会员，摄影交流，发布信息，举办网上影展等的重要阵地，网站在全国同等协会网站中的各项指标已遥遥领先。数字化河南图库已有20万张图片库存，在业界及社会上影响越来越大。协会的内资刊物《风景线》、《图说天下》为河南省的摄影家和摄影爱好者搭建了平台，对摄影的专业化引导和发展将发挥越来越重要的作用。

【摄影惠民活动】

9月18日，河南省摄协组织200名摄影家来到郑州中牟南水北调移民新村，为老乡们拍摄全家福、举办摄影展览，并将展览作品送给村民。村民们高兴地说“现在家里啥都不缺，墙上还真的就少一张照片”。省摄协在周口、洛阳、许昌、南阳等地都举办了此类活动，在社会上引起强烈

反响。

【摄影获奖情况】

作品《黄河流年》、《为历史作证》获第九届中国摄影作品金像奖；七位摄影家获中国摄影家协会举办的“南水北调工程”全国摄影作品大展十佳摄影师奖；在2012中国平遥国际摄影作品展上，李宗献凭借《夜色长城》荣获优秀摄影师奖，作品《真水》、《20世纪70年代中国农村影像报告》摄影作品集获优秀摄影画册奖，作品《矸石山》获新闻类摄影作品奖；第四届济南国际摄影作品双年展中，孙艳初凭借《沉迷》获最佳摄影师奖，作品《无形》获展览奖；朱伟民作品《外国人眼中的大理》入展“谁的大理2011-2012跨年度摄影作品大赛”。

【曲艺采风活动】

6月至10月，河南省曲协组织曲艺作家20余人先后深入到濮阳范县、平煤神马集团进行采风，集中创作出了一批反映河南省农村厂矿改革开放取得辉煌成就的相声、小品、评书、快板、快书、河南坠子、河洛大鼓、三弦书、大调曲子等曲艺作品。并将部分优秀作品在《河南曲艺》专辑发表，部分节目经排练，再赴采风当地演出，深受观众欢迎。

【河南省第九届相声小品电视大赛】

河南省第九届相声、小品电视大赛于7月25日至27日在濮阳市范县举行。全省共有10个相声和12个小品节目参加了决赛，最终，评出相声节目表演一等奖3个，二等奖3个，三等奖4个，最佳逗哏奖1个，最佳捧哏奖1个，作品奖2个；小品节目表演一等奖4个，二等奖4个，三等奖4个，最佳表演奖2个，编剧奖2个，导演奖2个；组织奖17个。

【曲艺获奖情况】

河南省曲协选送的论文《乱里世界、静里春秋——河南坠子艺术流变与传承》荣获“第七届中国曲艺牡丹奖·理论奖”；作品文本《留守娃》、《朱主任赶猪》荣获“第七届中国曲艺牡丹奖·文学奖”。

在第九届“河南省五四文艺奖”和第四届“河南青年文化新人”评选活动中，河南省曲协报送的3部作品获第九届“河南省五四文艺奖”金奖，3部作品获第九届“河南省五四文艺奖”银奖；2人获第四届“河南青年文化新人”称号。河南省曲协荣获“优秀组织奖”。

在“第五届中部六省曲艺大赛”中，河南坠子《晴雯撕扇》获一等奖，相声《羡慕嫉妒恨》、大调曲子《民间验方》、小品《白沙果》获二等奖。

在“泰州杯”第五届全国少儿曲艺大赛中，相声《造句子》荣获一等奖，快板《中原赞》荣获二等奖，相声《军歌嘹亮》、小品《眼睛》荣获三等奖，《造句子》荣获作品奖，郭齐鸣荣获园丁奖，河南省曲协荣获“优秀组织奖”。

【电影《念书的孩子》在美国获奖】

8月，由河南省作家孟宪明编剧、河南金象影业有限公司出品的电影《念书的孩子》荣获第九届美国圣地亚哥国际儿童电影节“最佳影片”第一名大奖，男主角的扮演者、郑州小学生李佳奇荣获“最佳演员”奖。该影片展现了中国留守儿童的生活现状。影片的海外版权已被好莱坞片商买下。

【组团参加中国视协第五次代表大会】

12月1日至5日，中国电视艺术家协会第五次全国代表大会在北京隆重召开。河南省郑彦英、周绍成、张志功、都晓、庞晓戈参加了会议，经大会选举，周绍成、张志功当选为理事。

【电视节目活动】

河南省影视家协会与黑龙江省电视艺术家协会等单位共同主办了首届全国十省区数字影像大赛。河南省高校大学生的56部作品参加了故事类、记录类、音乐舞蹈类的比赛，4部作品荣获二等奖，19部作品荣获三等奖。

有千余名选手参加的第四届海峡两岸电视主持新人大赛11月在福建泉州举行，河南省1人获得优秀奖，4人获得新人奖。

【电视作品获奖情况】

第九届中国金鹰电视艺术节作品评比中，河南的《少林寺传奇之大漠英豪》获得优秀电视剧奖。

中国视协市县电视委员会成立大会暨“三门峡杯”首届全国市县形象电视宣传片推选活动中，河南的电视专题片2部获得最佳作品奖，5部获得优秀作品奖，4部获得好作品奖。

“第二届名优电视栏目推选表彰暨第二届电视节目创新论坛”上，河南的《梨园春》、《百姓》被评为“2012十佳电视栏目”，《你最有才》被评为“2012十好电视栏目”，《对9当歌》被评为“2012十大创新电视栏目”，冯皓、张克宣被评为“2012电视栏目优秀策划人”。

第四届新农村电视艺术节暨第六届新农村小康电视节目工程评比中，河南电视台新农村频道获得“年度优秀对农频道奖”，2部作品获得“年度对农电视（专题片）最佳作品奖”，6部作品获得“年度对农电视（专题片）好作品奖”，1部作品获得“年度对农电视栏目好作品奖”。李雯获得“年度优秀对农电视节目主持人奖”。

在第五届中国旅游电视节目评选中，河南省共有10部作品荣获电视专题类优秀作品奖，其中2部作品获得电视专题类最佳作品奖。

第五届女性风采优秀电视作品推选展播活动中，河南的1部作品获得三等奖、1部作品获得优秀及创业就业主题奖，2部作品获得优秀奖。

“人文中国——世居系列”全国电视纪录片、专题片展评、展播活动中，河南4部作品分别获得一、二、三等奖。

【国标舞全国公开赛】

4月29日至5月1日，河南省舞协主办的第六届“舞动中原”国际标准舞全国公开赛在郑州举办。来自全国的近3800组选手参赛，524组选手获奖。

【广场舞“幸福跳起来”】

5月至9月，首届广场舞“幸福跳起来”比赛活动在郑州、洛阳、商丘、三门峡、南阳、平顶山、驻马店、安阳、焦作9市开展，每周比赛一场，近万人参与。9月15、16日，以“喜迎十八大·幸福跳起来”为主题，在郑州进行了总决赛，16个节目获得一等奖，16个节目获得二等奖，20个节目获得三等奖。

【舞蹈获奖情况】

在第八届中国舞蹈“荷花奖”当代舞、现代舞评奖中，河南省上报40个节目，6个节目获奖，其中，作品金奖1个、银奖2个、铜奖2个，编导铜奖1个，河南省舞协荣获组织奖，创历史最好成绩。

【魔术进校园】

河南省杂协牵头主办的“魔术进校园”系列活动4月21日晚在郑州大学新校区举行。河南省著名魔术师和郑大校园内的魔术新星联袂演出，使大学生们充分领略了魔术的魅力，增强了魔术艺术的影响力，演出受到在校大学生热烈欢迎。

【杂技惠民活动】

河南省杂协组织知名艺术家于5月上旬深入到郑州富士康厂区、巩义、新郑、中牟四地为工厂职工和当地群众奉献了高水平的文艺演出，丰富了基层群众文化生活。该活动在中共河南省委宣传部《“欢乐中原”群众文化活动简报》刊发。

【杂技获奖情况】

河南省杂协推荐的理论文章《对杂技市场的再思考》在第八届中国杂技金菊奖第七次理论作品评奖评选中获得铜奖，省杂协荣获组织奖；魔术《鸽影魅影》在第八届中国杂技金菊奖第五次全国魔术比赛中获铜奖，省杂协荣获组织奖。

【“河南民俗经典——马街书会”座谈会】

2月3日，“2012年河南民俗经典——‘马街书会’座谈会”在宝丰县举行。座谈会上，专家学者就马街书会生成的根脉、起源、保护、传承、发展及产业构建等，从民俗学的多重角度进行阐述，对马街书会今后人才培养、环境建设、社会保障、文化旅游产业构建、艺术形式和内容的丰富创新等提出了建设性意见。

【第二届全国廉政剪纸艺术大赛】

6月至8月，“中国·三门峡第二届全国廉政剪纸艺术大赛”在三门峡市举行，共征集到全国24个省、区、市的剪纸作品1236幅，评出特等奖3名，一等奖5名，二等奖15名，三等奖85名。

【“中国民间文化之乡”建设经验交流会】

9月27日至28日，在平顶山舞钢市召开了“河南省‘中国民间文化之乡’建设经验交流现场会”。舞钢市介绍了“中国冶铁文化之都”“中国水灯文化之城”两个文化品牌，禹州市介绍了以“中国陶瓷文化之乡”建设为契机，致力钧瓷文化产业发展壮大的经验。驻马店市泌阳县介绍了盘古文化推进全县社会进步，文化旅游产业快速发展的经验。平顶山市介绍了加强观音文化理论研究，推动文化旅游产业发展的经验。

【“中国民间文化之乡”命名】

2012年，河南省商丘市睢阳区被命名为“中国商文化之乡”，并建立“中国商文化研究中心”，周口市鹿邑县被命名为“中国老子文化之乡”。全省中国民间文化之乡达38个，位居全国首位。9月，在内蒙古乌审旗召开的全国“中国

民间文化之乡”建设经验交流工作会议上，河南省平顶山鲁山县“中国牛郎织女文化之乡”、济源市邵原镇“中国女娲神话文化之乡”的代表作经验交流。

【民俗文化节】

为助推地域文化品牌打造，积极推进文化之乡建设，河南省民协举办了系列民俗文化节：“中国·泌阳第十届盘古文化节”，2012中国·西峡重阳文化节，七夕文化节，陶瓷文化节，太极拳国际年会，“三国文化周”活动，水灯文化节，“三皇故都文化月”，“西游文化节”，“壬辰年比干诞辰3104周年纪念活动”等。全省民间文化之乡在传承优秀民间文化，做大做强文化品牌，致力文化旅游产业构建等方面，为河南文化强省建设和中原经济区建设发挥了积极作用。

【“中原贡品”普查认定】

2010年3月至2011年9月，在河南省首批“中原贡品”普查申报工作中，共申报96项。2012年，依照河南省“中原贡品”认定标准，经过评审，公示，确定了41项《首批“中原贡品”保护名录》。

【民间文化抢救工程系列图书出版】

《中国民间故事全书》新乡市长垣县卷、平顶山市宝丰县卷，《风情舞钢》、《中原民间俗语》、《中国葛天文化之乡·河南宁陵卷》、《中国老子文化之乡·河南鹿邑卷》相继出版。截至目前，列入省民间文化遗产抢救工程系列成果的图书已出版13种，46个单册。

【民间艺术家（品）获奖情况】

“2012合肥中国民间工艺品博览会”，河南省的叶雕、丝绢烙画等11件作品荣获金奖，位居全国之首。河南省民协获优秀组织奖。河南省的剪纸作品在“第三届中国剪纸艺术节暨第二届蔚州国际剪纸艺术节”上荣获金奖。汝瓷作品、高顺旺的唐三彩作品在“第七届中国（长春）民间艺术博览会”上荣获金奖。雕刻作品在“第二届滦河文化节暨全国皮影雕刻大赛”中荣获铜奖。高顺旺等9人的参展参评作品在“第七届中国民间工艺品博览会”上荣获金奖，获奖总数位列全国第一，省民协获优秀组织奖。阎夫立研制的“郑商瓷”作为我国陶瓷艺术类唯一代表，参加2012年韩国丽水世博会。

湖北省文联

综　述

2012年，湖北省文联团结凝聚全省广大文艺工作者，在服务大局中争取作为，在改革创新中增强活力，在开拓进取中奋力跨越，充分发挥了组织、引导、服务、维权作用，文联工作呈现出繁荣发展的喜人景象，文艺创作精品迭出，全年获全国奖项100多个（次），其中在全国性摄影艺术、文艺评论、产行业等文艺评奖活动中，湖北获奖层次之高，品种之全，数量之多，居全国前列；文艺评论、组联、文联信息等项工作成绩突出，先后在中国文联九届二次全委会、全国组联工作会、全国文联工作理论研讨会、全国文联办公室工作培训班上作经验交流发言。

会议与活动

【湖北省文联第九次代表大会】

2012年是湖北省文联的换届年。省委、省政府高度重视省第九次文代会的召开，省委常委会先后两次专题研究省文联换届筹备工作，成立了换届工作领导小组；省政府召开了专题办公会议，提出在政策、项目和资金等方面给予文艺和文联工作更多的支持。省文联组织61个团体会员积极投入到“两会”的筹备之中，选举出省第九次文代会代表654名。9月24日至25日，省第九次文代会在武昌胜利召开，省委书记李鸿忠，省委副书记、省长王国生，省委常委、宣传部部长尹汉宁作了重要报告和讲话，中国文联党组书记、副主席赵实致辞。大会的工作报告总结回顾了过去五年省文联工作，描绘了今后五年文联工作的美好蓝图；章程的修改反映了时代的要求，体现了全省文艺工作者的意愿；选举工作组织有序，文联班子顺利实现新老交替，经过选举，熊召政当选省文联主席，刘永泽当选常务副主席，（以下按姓氏笔画排序）王茂亮、王原平、朱世慧、朱莎莉、池莉、冷军、陆鸣、陈汉桥、易熙君、罗丹青（兼秘书长）、梅月洲、梅昌胜、曹小强、梁必文、彭志敏当选为副主席。

【黄鹤艺典·百花迎春——2012湖北省新春音乐会】

1月16日，由省委宣传部、省文联、省中华文化促进会主办，省演艺集团、武汉音乐学院、省音协、省民族管弦乐学会、湖北中烟工业有限责任公司承办的“黄鹤艺典·百花迎春——2012湖北省新春音乐会”在武汉琴台音乐厅隆重举行。全国人大环境与资源委员会副主任罗清泉，省委常委、宣传部部长尹汉宁，副省长赵斌，省政协副主席李佑才，深圳市政协副主席李连和，省委副秘书长姚中凯，省政协副秘书长杨玉华等领导与来自社会各界的代表欢聚一堂，喜迎新春。本次音乐会分上下两半场：上半场为“黄海怀二胡奖”系列活动湖北作品展演；下半场为湖北音乐新创节目展演。整场音乐会原创作品超过二分之一。

【百花迎春——湖北省文艺界2012年新春大联欢】

1月18日，省文联在武昌楚天粤海大酒店举办“百花迎春——湖北省文艺界2012年新春大联欢”，全省文艺工作者欢聚一堂，喜迎新春佳节。省委常委、宣传部部长尹汉宁出席并讲话。周韶华、王先霈、陈美兰、刘凤、张其军、蒋桂英、沈虹光、刘永泽、彭志敏、巴特尔等百余名艺术家参加。

【湖北省文联八届六次全委会】

2月27日，湖北省文联八届六次全委会在武汉召开。省政协副主席涂勇等领导出席了会议。省委宣传部副部长陈连生出席会议并代表省委宣传部讲话。省文联主席沈虹光主持会议并作会议总结。会议审议通过了省文联党组书记、常务副主席刘永泽代表省文联第八届主席团所作的工作报

告。省文联副主席熊召政在会上讲话。会议宣读了《湖北省文联关于成立周韶华、唐小禾、熊召政艺术工作室的决定》、《湖北省文联响应省委省政府“喜迎十八大、争创新业绩”主题实践活动向全省文艺家发出的倡议书》。武汉、襄阳、宜昌、十堰代表作交流发言。

【建立湖北知名文艺家艺术工作室】

2月27日，在省文联八届六次全委会上，省文联下发了《湖北省文联关于成立周韶华、唐小禾、熊召政艺术工作室的决定》，省领导向三位艺术家颁发了艺术工作室牌匾。周韶华、唐小禾、熊召政三位艺术家，在全国享有很高的知名度，是我省文艺界的领军人物。三个工作室成立近一年以来，充分发挥了文艺领军人物的示范和带动作用，培养了创作团队，推出了一大批融思想性艺术性于一体、深受人民群众喜爱的艺术精品。

【张通副省长率队推进与中国文联省部合作】

3月7日下午，湖北省副省长张通率领省文联党组书记、常务副主席刘永泽，党组成员、副主席罗丹青，襄阳市委常委、宣传部部长杨绪春，随州市委常委、宣传部部长陈传根，襄阳市文联党组书记、主席卓道成，随州市委宣传部副部长、文联主席赵新建等赴北京，与中国文联接洽、商谈、推进多项省部合作项目，并向中国文联赠送了代表湖北文化特色的编钟模型和诸葛亮像。中国文联党组书记、副主席赵实，中国文联办公厅、组联部、人事部及中国影协、中国美协、中国书协、中国摄协等部门和协会负责人参加座谈会。湖北省文联在汇报中提出了鄂西大清江流域文艺采风、第二十二届中国金鸡百花电影节在武汉举办、世界华人炎帝故里寻根节主办、第九届中国摄影金像奖颁奖、承办2012全国组联工作会议等十个合作项目，得到了中国文联及全国有关文艺家协会的支持。

【“荆楚翰墨情”湖北著名书画家义卖活动】

3月31日，省文联组织了“荆楚翰墨情”湖北著名书画家义卖活动。周韶华、唐小禾、陈孟昕等51位文艺名家捐出自己作品参与义卖，共筹得善款近130万元。义卖所得款项用于省文联“三万”活动对口联系点大悟县的宣化店镇、芳畈镇、阳平镇等所辖4个村和新农村对接帮扶点崇阳县等所辖2个村的文艺扶贫帮困工作。

【长江书法研究院成立】

4月7日，长江书法研究院华中师范大学揭牌成立。省委书记李鸿忠、省长王国生致信祝贺，全国人大环资委副主任委员罗清泉出席揭牌典礼并受聘担任名誉院长，省委副书记张昌尔致辞，副省长张通宣读李鸿忠、王国生的贺信。中国书法家协会副主席胡抗美等书法界专家学者和教育部基教司等有关部门负责同志参加揭牌典礼。“华中师范大学长江书法研究院”匾额由中国书法家协会主席张海题写。揭牌典礼由华中师范大学、省文联、省中华文化促进会主办，湖北银行、书法报社、华中师范大学历史文化学院协办。长江书法研究院由华中师范大学主办，省委宣传部、省教育厅、省文联、省中华文化促进会等共建。罗清泉任名誉院长，华中师范大学国学院院长、博士生导师唐翼明教授任院长。

【全国组联工作会议在武汉召开】

4月16日，2012中国文联全国组联工作会议暨全国基层文联负责人学习培训班在武汉开幕。与会代表就各地文联在新形势下如何履行“联络、协调、指导、服务”职能进行深入交流，并总结文联在组织、引导、服务、维权方面的新经验。中国文联副主席、党组副书记覃志刚，副省长张通，省政协副主席涂勇等领导出席了开幕式。会议期间，省委常委、宣传部长尹汉宁会见覃志刚、夏潮等中国文联领导和其他与会代表。

【“中德人文视野中的湖北文化与艺术·2012武当文化论坛”】

4月20日，由省文联、省中华文化促进会与武当山旅游经济特区联合举办，北京华韵尚德国际文化传播有限公司、湖北省文艺理论家协会、今古传奇报刊集团承办的“中德人文视野中的湖北文化与艺术·2012武当文化论坛”在武当山举行。德国著名学者顾彬与刘永泽、李发平、於可训、刘守华等湖北文化名人济济一堂，在中德文化交流的国际视野之中，以湖北文化的源流与发展为对象，聚焦武当山的文化建设，共同论道武当。

【壬辰年世界华人炎帝故里寻根节】

5月16日，壬辰年世界华人炎帝故里寻根节开幕式暨拜谒炎帝神农大典在炎帝神农故里景区举行。全国政协副主席、中国文联主席孙家正出席大典。孙家正在鄂期间，专题调研了我省文联工作，与夏菊花、周韶华、唐小禾、沈虹光、池莉等文艺家座谈，对湖北省文联文艺人才队伍建设工程、“一县一品”文化品牌创建工作等给予充分肯定，勉励湖北文艺工作者努力在文艺精品创作和文化强省建设中作出新贡献。省政协主席杨松、副主席陈柏槐等专程前往看望，副主席涂勇陪同调研。省文联党组书记、常务副主席刘永泽，党组成员、副主席朱莎莉陪同中国文联领导参加了寻根节和调研活动。

【百名艺术家中国大清江采风行】

5月19日，“百名艺术家中国大清江采风行”活动启动仪式在湖北省宜昌市长阳土家族自治县清江“关公号”游船上举办。全国人大环境与资源保护委员会副主任委员、省中华文化促进会名誉主席罗清泉出席并向采风活动支持单位颁发了荣誉证书，省委宣传部常务副部长杨万贵为采风活动授旗，宜昌市委副书记、市长李乐成与长阳县委书记马尚云致欢迎辞，省中华文化促进会主席、省文联副主席熊召政发表讲话，省清江水电开发公司总经理王小君介绍了相关情况。启动仪式由省文联党组书记、常务副主席、省中华文化促进会副主席刘永泽主持。本次活动分三阶段进行，黄华三、石建国、梁岩、杨维民、汪国新等来自全国和湖北省百名的知名艺术家分别于5月、6月、10月赴长阳、恩施等地开展创作采风。

【第九届中国摄影艺术节】

5月26日，第九届中国摄影艺术节在武当山落幕，当晚举行了盛大的金像奖颁奖晚会。十届全国政协副主席李蒙，中宣部秘书长官景辉，省委常委、宣传部部长尹汉宁，省政协副主席陈天会，中国文联书记处书记李前光，全国工商联副主席孙安民出席晚会，并为获金奖的摄影家颁奖。省摄影家协会顾问丁遵新（理论评论奖）、顾问李亚隆（创作奖）、理事黄一璜（理论评论奖）等30余位艺术家获此殊荣。本次艺术节是中国摄影界迄今规格最高、参展规模最大、精品力作最多的摄影盛会，共吸引了来自全国2000位摄影艺术家，设9处摄影展区，展出3900多幅作品。

【湖北省市州文联工作会议暨中青年文艺家培训班】

5月28日至29日，湖北省市州文联工作会议暨中青年文艺家培训班在潜江召开。会议紧紧围绕纪念毛泽东同志《在延安文艺座谈会上的讲话》发表70周年，加强文艺工作者队伍建设，学习践行文艺界核心价值观和《中国文艺工作者职业道德公约》，在基层文艺领域开展文艺志愿者活动，促进湖北文艺大发展、大繁荣的主题，研究部署了全年全省文联工作。

【2012年湖北省微电影大赛】

6月16日，2012年湖北省微电影大赛在楚天传媒大厦举行了隆重的启动仪式。来自中国影协、共青团湖北省委、省文联、武汉大学等单位的领导、专家、代表近200人参加了新闻发布会。大赛以“青春·梦想·使命”为主题，由团省委、省文联、湖北日报传媒集团、省学生联合会主办，省电影家协会、湖北日报传媒新媒体中心、武汉金海岸文化传播有限公司承办。本次大赛共收到参赛作品近300部，最终评出一等奖一名、二等奖两名、三等奖十名、优秀奖若干名。

【“灵秀湖北”中外摄影家千湖行大型采风活动】

6月25日，“灵秀湖北”中外摄影家千湖行大型采风活动在湖北黄石启动。本次活动汇聚了来自意大利、德国、丹麦等国家和我国澳门地区4位职业摄影师，还有中国摄影家协会分党组成员、副秘书长高琴，中国画报协会副会长兼秘书长段继文，《中国摄影》杂志编委于云天，中国摄影报社副社长方焕然等内地41名摄影精英。

【尹汉宁赴京考察中国文艺家之家】

7月25日，省委常委、宣传部部长尹汉宁专程赴京，走访中国文联领导，并就深化与中国文联的合作、争取更大支持举行座谈。中国文联党组书记、副主席赵实，党组副书记、副主席李屹等领导出席座谈会。省委宣传部副部长陈连生，省文联党组书记、常务副主席刘永泽等陪同考察。座谈会前，尹汉宁参观了总建筑面积达54000平方米，集办公、展览、活动、服务于一体的“中国文艺家之家”，并要求我省在建设荆楚文苑等文化项目时予以借鉴。

【“我的父老乡亲”文艺演出】

9月27日，由省文联、武汉东湖新技术开发区、省剧协主办，武汉东湖新技术开发区教育文化卫生局、武汉东湖新技术开发区左岭街道办事

处及武汉欧亿德建设工程有限公司承办，在武汉东湖新技术开发区左岭街黄陂岭社区建设工地隆重举行了“喜迎十八大　共绘新蓝图‘我的父老乡亲’文艺演出”活动。全国政协提案委员会副主任王生铁，省文联党组书记、常务副主席刘永泽，党组成员、副主席朱莎莉、易熙君，党组成员、纪检组长聂为斌，武汉东湖新技术开发区有关领导和近万名群众观看了节目。

【湖北国画院成立】

10月10日，湖北国画院成立庆典在武汉市洪山礼堂举行，省委常委、宣传部部长尹汉宁，省人大常委会副主任任世茂，省政协副主席涂勇，原省政协副主席杨斌庆，省委副秘书长姚中凯，省政府副秘书长张猛，省委宣传部副部长陈连生，省发改委副主任肖安民，省文联主席熊召政，省文联党组书记、常委副主席刘永泽及省文联党组全体成员出席。中国美术家协会研究部主任梅启林、中国国家画院艺术交流部主任胡宝利也出席了庆典仪式。湖北国画院是经省编制办公室批准，由省文联主管并成立的省级专业画院。画院还兼顾对我省业余美术爱好者进行培训的职能。画院现有画家50名。

【第二届湖北书法艺术节】

10月13日，第二届湖北书法艺术节在武汉中南民族大学光谷美术馆举行开幕式，至12月30日，第四届“性灵派”全国书法展览在湖北美术馆隆重开展，本届书法节历时三个月，共举办了51个各类书法活动，其中由中国书协等单位举办的全国性展览主要有：“第二届全国老年书法作品展”、“全国书法名城九城书法联展”、“楚天智海杯全国书法大赛”、“第四届谷城杯全国中小学生书法大赛”等；属于全省性的书法活动主要有：“第七届湖北书法篆刻作品展”、“首届书画名家作品展”、“湖北青年代表书家接力展”、“湖北中年六人书法作品展拍会”等；属于国际间交流的展览有：“第十三回中日兰亭书法交流·湖北展”、“第十八回中韩书法交流展”、“中德文化交流周”等活动；属于区域协作举办的展览主要有：“黄州、惠州、儋州、眉山四市书法联展”、“宜—荆—荆书法篆刻作品联展”，武汉市“书写大武汉”万人书法大赛；评选奖励方面组织了“第五届湖北书法黄鹤奖”评奖活动；书法理论学术方面举办了“第二届荆楚书道论坛”等。襄阳市樊城区牛首镇的农民举办了“喜庆十八大”襄阳农民书画展。除此之外，还有杨斌庆、徐本一等各具特色的书法个展。

【全国百名摄影家穿越神农架】

10月15日至18日，由省委宣传部、省文联、省旅游局、神农架林区人民政府主办，省摄影家协会、神农架林区党委宣传部、神农架林区旅委、湖北画报社承办的“百名摄影家穿越神农架”大型采风摄影活动举行。摄影家们穿越了国家级自然保护区、国家地质公园、国家森林公园和大九湖国际湿地公园，用摄影人独到的视角和光影手法表现神农架的神秘、神奇和神妙之美。

【湖北首届杂技·魔术类比赛】

10月16日晚，湖北首届杂技·魔术类比赛颁奖晚会在武汉市人民剧院举行。来自全省的40多位魔术师参与了本届比赛，角逐金银铜12个奖项。原中国文联副主席、著名表演艺术家夏菊花，中国杂技家协会副主席、中国杂技家协会魔术委员会主任戴武琦，省委宣传部副部长陈连生，省文联主席熊召政，党组成员、副主席兼秘书长罗丹青，党组成员、纪检组长聂为斌，副主席、省杂技家协会主席梅月洲，副主席、武汉市文联党组书记陈汉桥等领导出席颁奖晚会并为选手颁奖。省文联党组书记、常务副主席刘永泽在晚会开幕式上致辞。40多位魔术师携60多个魔术节目参与了比赛，最终12个节目脱颖而出，魔术师方小龙、李栢翰获得金奖，魏艺通、赵欣等10人获得银奖和铜奖。此项活动被列入“2012湖北文化发展十件大事”。

【第二届全国老年书法作品展】

11月26日，第二届全国老年书法作品展在湖北省武汉市海山文化艺术城开幕。中国文联党组成员、书记处书记夏潮，中国书协副秘书长潘文海，湖北省人大常委会副主任周洪宇，省政协副主席陈柏槐，省人大常委会原副主任韩忠学，省政协原副主席杨斌庆，武汉市政协原主席叶金生，省委宣传部秘书长别业超，省文联党组书记、常务副主席刘永泽，党组成员、副主席朱莎莉，党组成员、副主席兼秘书长罗丹青等和来自全国各地的老年书家、书法爱好者及20余家媒体记者近1000余人参加了开幕式。此届展览于5月启动，共收到投稿作品31485件，共评出入展作品254件，其中优秀作品49件。第二届全国老年书法作品展由中国书协、省文联联合主办，书法报社、省书协、武汉海山投资集团有限公司承办。

【大力开展文化惠民活动】

2012年，省文联组织相关协会先后开展了“唱响湖北——主题音乐采风”、“书法进万家”、“曲艺山乡行”、扶贫摄影大赛、戏剧之友艺术周、电视观众节等活动。各市州和产（行）业文联开展了各具特色的文艺惠民活动。武汉市文联通过举办票友艺术节、节假日城市剧场慰问农民工等活动，积极推进武汉“艺术之城”建设。十堰市文联主办了抗洪灾、献爱心书画义捐。鄂州市等地文联成立了文艺志愿者分会。武钢、邮政、电信文联组织艺术团深入一线开展“送欢乐、下基层”；武铁、长航、铁四院、江汉油田文联开展了文化列车千里行、送文艺上船、文艺大篷车到工地、文艺轻骑队下井队慰问演出活动。据不完全统计，一年来，全省各级文联、协会和文艺社团组织开展各种形式的文艺惠民活动达1万余场次。

文艺创作与研究

【《国门英雄》热映央视一套、八套黄金档】

年初，由国家海关总署、省委宣传部、省文联、武汉市广播影视局、奥山影视文化有限公司等联合出品的现实题材电视剧《国门英雄》，成为央视一套首部跨年之作登录荧屏。党的十八大召开期间，该剧又在央视八套黄金时段播出。35集的《国门英雄》是国内首部全面展示海关工作、生活的电视连续剧，该剧由李春明、邓琦琳任总顾问，邹志武任总监制，尹汉宁任总策划，赵福地、刘金胜、刘永泽任艺术总监，薛继军、陈连生、罗丹青任出品人。

【《嗯嘎·女儿会》赴京参演获奖】

6月11日至7月6日，由省音协副主席宋乔担当音乐总监、作曲的土家风情歌舞诗剧《嗯嘎·女儿会》，作为湖北省唯一参赛剧目赴京参加第四届全国少数民族文艺汇演，并荣获“最佳音乐奖”。《嗯嘎·女儿会》的音乐是在恩施土家族苗族自治州原生态文化的基础上进行艺术创新的成果，集中体现了鄂西民族文化的神韵，其音乐、语汇均具有浓郁的鄂西土家族传统文化特色。《嗯嘎·女儿会》剧组在京比赛期间还受到党和国家领导人胡锦涛、温家宝等的亲切接见。

【中宣部《决策参考》刊发“一县一品”调研报告】

7月，中宣部政策法规研究室《决策参考》第26期全文刊发了湖北省文联课题组撰写的《湖北“一县一品”文化品牌创建工作调查》（7000字）。此前，这一活动已在全国引起广泛关注。中国文联将湖北文联创建经验写入全国第九次文代会工作报告，《人民日报》等报刊刊发了一系列评论、消息、长篇报道等；全国十多个省、市、区来我省学习考察，并在当地开展创建活动。

【限制与自由——冷军油画作品展】

10月27日，《限制与自由——冷军油画作品展》在北京开幕。中国文联副主席、中国美协名誉主席靳尚谊等全国美术界知名人士出席开幕式。这是冷军首次在北京举办个人画展。冷军是省文联副主席、省美协副主席，其作品多次参加国内外大展，数次获全国美展大奖。

【沈虹光散文集《落地》首发式暨作品研讨会】

11月6日，由省文联主办、创研部承办的“沈虹光散文集《落地》首发式暨作品研讨会”举行。全国政协提案委员会副主任王生铁，省委宣传部副部长陈连生，中国文联出版社社长奚耀华，省文联主席熊召政，党组书记、常务副主席刘永泽及党组全体成员和省文化厅党组成员、纪检组长段天玲等出席了首发式。王先霈、郑传寅、樊星等文艺理论家和肖慧芳、程彩萍、方光诚等戏剧家代表参加研讨会。散文集《落地》收录了沈虹光近年来创作的81篇散文随笔，记述了湖北地方戏的人物和剧种。沈虹光从一个内行人的角度，记述了她到湖北各地看地方戏的感受，以及对剧种剧目的理解评价。

【第二届湖北产（行）业职工歌手大赛颁奖演出】

11月10日，“黄鹤楼”杯第二届湖北产（行）业职工歌手大赛颁奖演出在武昌滚石剧场举行。省文联党组书记、常务副主席刘永泽到会并致辞，省总工会副主席冀群风宣读了本次大赛的评奖结果。本次大赛评选出优秀歌手一等奖3名，二等奖6名，三等奖10名，优秀奖15名，创作奖10名，组织工作奖17名。

【第三届湖北舞蹈“金凤奖”（职业舞蹈）评奖】

11月16日，由湖北省文联、省舞协共同主办的第三届湖北舞蹈“金凤奖”（职业舞蹈）评奖在珞珈山剧院举行了隆重的颁奖晚会。中国文联原党组成员、全国政协委员董良翚，省文联党组书记、常务副主席刘永泽，党组成员、副主席朱莎莉、易熙君，党组成员、纪检组长聂为斌，副主席梅昌胜、梁必文、王原平、曹小强、梅月洲，副巡视员周汉曦等出席。本届“金凤奖”自3月份评奖工作启动以来，全省各市、州文联（舞协）、文化局等相关单位共报送参评节目53个。经初评，34个作品入围决赛，经过两场角逐，评选出一等奖6名、二等奖8名、三等奖10名。

【第八届中国文联文艺评论奖湖北获奖作品颁奖大会】

11月17日，由省文联举办的“第八届中国文联文艺评论奖湖北获奖作品颁奖大会暨第二届湖北省中青年文艺理论家高级研修班开班式”在汉举行。中国作协书记处书记李敬泽、中国文联理论研究室主任陈建文、省委宣传部副部长陈连生，省文联党组书记、常务副主席刘永泽以及省文联党组全体成员出席会议。此次出席大会的还有我省知名文艺理论家陈美兰、於可训、陈方既等。在第八届中国文联文艺评论奖评选中，我省获得一个特等奖、一个一等奖、三个二等奖，成绩在全国名列前茅。

【第十二届湖北曲艺“百花书会”评奖活动】

12月10日，第十二届湖北曲艺“百花书会”颁奖晚会在黄石广电中心演播厅举行。省委宣传部纪检组长问青松，省文联名誉主席沈虹光，党组成员、副主席、秘书长罗丹青，党组成员、副主席易熙君，党组成员、纪检组长聂为斌，副巡视员周汉曦等领导和嘉宾，黄石市委书记周先旺，市长杨晓波，市委常委、宣传部部长罗光辉及黄石市总工会、黄石市文联等相关单位的领导和嘉宾出席了活动并为获奖节目颁奖。中国文联副主席、中国曲艺家协会名誉主席、著名评书表演艺术家刘兰芳专程来晚会现场，与省文联副主席、省曲协主席陆鸣，省曲协副主席田克兢等多位本土著名表演艺术家同台献艺。本届“百花书会”从2012年3月正式启动，共收到来自全省各市、州、区县及相关团体参评作品90余件，涵盖湖北小曲、湖北大鼓等10多个曲种。经过初评和专家评审，共有26个作品获奖。

【第四届湖北省现代陶艺展】

12月10日至18日，“第四届湖北省现代陶艺展”在湖北美术学院美术馆开展。本次展览由省文联、省美协、湖北美术学院联合举办，共展出80件陶艺作品，湖北美术学院院长徐勇民等艺术家获得学术奖。

【第三届湖北少儿文艺金蕾奖颁奖典礼】

12月29日，第三届湖北少儿文艺金蕾奖颁奖典礼在武昌“京韵大舞台”举行。湖北省文联主席熊召政，党组成员、副主席朱莎莉、易熙君，副巡视员周汉曦，省文化厅副厅长李耀华、副巡视员徐永胜等领导和京剧表演艺术家杨至芳等文艺家出席晚会并为获奖者颁奖。本届评奖，在201个表演艺术类参评节目（作品）中，评选出少儿表演艺术类一等奖9个、二等奖20个、三等奖23个；少儿表演艺术创作奖1个；少儿文艺表演类组织工作奖5个。在511件展览类参评作品中评选出少儿文艺展览艺术类一等奖20个、二等奖35个、三等奖48个；少儿文艺展览艺术类组织工作奖7个；少儿文艺展览艺术类辅导奖4个。

【文艺创作获全国奖项情况】

2012年，全省文艺工作者、文艺团体共获得全国性奖项100多个(次)，一批鄂产文艺精品叫响全国。戏剧：歌剧《洪湖赤卫队》、京剧《徐九经升官记》获第2届全国优秀保留剧目大奖。话剧《信仰》获中宣部第12届“五个一工程奖”。话剧《信仰》、《裂变1911》两部作品和赵瑞泰等7人获第8届全国戏剧文化奖话剧金狮奖。李芷轩、钱廖丽获“中国戏曲小梅花金花”奖。陈燕等五人获第3届全国黄梅戏青年演员电视大赛“黄梅之星”称号。音乐：《巴士恋歌》获中宣部第12届“五个一工程奖”。《他乡恋歌》、《行走的青春》获中国音协主办的首届全国打工歌曲大赛金奖和铜奖。武汉大学常青合唱团获第11届中国国际合唱节铜奖。《屈原魂》获中国音协“中国音乐杯”世纪华人原创歌曲大赛词作金奖。歌曲《情系神州》、《魂牵梦绕的土地》分获“2012音乐·中国杯第3届全国大型音乐展演赛”作曲金奖、“放歌中华”全国大型音乐展评银奖。舞蹈：《小脚女人》、

《党》获第8届中国舞蹈“荷花奖”评奖作品十佳奖。《嗯嘎·女儿会》获第4届全国少数民族文艺会演表演金奖、编导奖和“最佳音乐奖”。《龙凤呈祥》获中国舞协秧歌节优秀表演奖。曲艺：小品《密码》获全国曲艺大赛一等奖，湖北大鼓《唱支山歌给党听》、《信义兄弟》和快板书《精武英雄霍元甲》、相声《龙年说龙》获二等奖。湖北小曲《千古知音》获第7届中国曲艺牡丹奖大赛提名奖。美术：李乃蔚获庆祝建军85周年全国美展暨第12届全军美展优秀奖。邵昱皓获第十届全国美展水彩水粉画展中国美术奖提名。书法：陈方既获第4届中国书法兰亭奖终身成就奖，《张天弓先唐书学考辨文集》获理论奖；李由、黄文泉书法作品获佳作奖。金强书法作品获第2届全国群文美术书法作品大展银奖。摄影：丁遵新、黄一璜获第9届中国摄影金像奖理论评论奖，李亚隆获创作奖。影视：电影《信义兄弟》、电视剧《国门英雄》、广播剧《首义三杰》获中宣部第12届“五个一工程奖”。动画片《家有浆糊》获第26届中国电视金鹰奖优秀动画片奖。民间文艺：撒叶儿嗬获第9届中国民间艺术节暨第十一届山花奖·民间广场歌舞比赛。《双喜牡丹》获中国剪纸艺术节铜奖。剪纸《花样鞋剪纸》获“中国四花剪纸大赛”金奖。杂技：“转轮炫技”获第10届武汉国际杂技节“黄鹤金奖”。文艺理论：《书理思辨》获中国文联第八届文艺评论奖著作类特等奖，《三峡社会变迁与纪实摄影流变》获文章类一等奖，《西方语境下的中国美学发展》、《俄苏钢琴艺术成就对中国钢琴艺术发展的影响和启示》、《东巴象形文书法、印章的审美之维与艺术自觉》获文章类二等奖。

采风与文化交流

【对外文艺交流】

10月15日至20日，由来自书法、美术、音乐、舞蹈、曲艺、电影等艺术门类的湖北文艺家采风团奔赴甘肃省学习考察、采风交流。六天行程中，文艺家们沿着丝绸之路一路向西，先后参观了酒泉卫星发射中心、嘉峪关、榆林石窟、敦煌莫高窟、甘肃省博物馆，观看了敦煌民间歌舞表演，并和甘肃省文联、甘肃省国画院、甘肃省当代书画院、敦煌佛学书画院等方面的艺术家进行了交流和座谈。双方艺术家挥毫泼墨，现场创作了多幅书画作品。

10月30日至11月2日，中法文化艺术沙龙在巴黎卢浮宫隆重开幕，湖北省画家梁岩的画展是此次活动的重头戏。梁岩此次有75幅作品展出，包括《远古的呼唤》、《岁月》、《乡情》、《圣土》以及北京2008奥林匹克美术大会参展作品《衣食父母》等力作，其中60多幅是他3年来的新作。本次中法文化艺术沙龙由中国文化部、法国国家美术协会主办，法国巴比松市政府、卢万河畔莫雷市政府、米勒博物馆等协办，主要内容包括梁岩水墨肖像画展、罗虹油画作品展、有中国“民营电影之父”之称的董平的电影传奇展，以及中法其他十余位画家的作品联展。

12月2日至11日，湖北省组成湖北文化交流团，在德国埃尔福特市举办了“武当天下灵·湖北文化展演周”系列活动，并考察访问了英国莎士比亚的故乡斯特拉夫镇，展开两座山的对话、两座城的握手。代表团由湖北省委宣传部、省文联、武当山经济特区以及潜江市、十堰市、咸宁市、襄阳市政府和文艺界人士一行18人组成，省文联党组书记、常务副主席刘永泽任团长，党组成员、副主席朱莎莉，武当山旅游经济特区书记李发平，潜江市委副书记龚定荣任副团长，省委宣传部文艺处处长杜海波任秘书长。代表团访问了世界物质文化遗产保护地之一的瓦特堡，展开了两处世界文化遗址之间的对话，达成合作的意向。在马丁·路德曾受洗为基督徒的奥古斯汀修道院举行了《六百年武当》摄影作品展开幕式，举办了“荆楚书道书法展”，对英国文艺复兴时期伟大的戏剧家和诗人莎士比亚的故乡——斯特拉夫镇进行了友好访问，盛情邀请皇家莎士比亚剧团参加2014年第三届曹禺文化周。访问期间，代表团还在德国新天鹅堡、法兰克福、科隆、波恩，英国伦敦等地展开文艺采风活动。

机关建设

【开展“三抓一促”，加强自身建设】

省文联党组按照省委“三抓一促”的要求，认真履行职能，加强自身建设。高度重视领导

班子和干部队伍建设，认真抓好省文联党组中心组学习，深入开展“创先争优”、“治庸问责”、党风廉政等活动。完成了省电视协、省杂协的换届，积极推进省书协、省美协的换届筹备工作。认真做好文艺家权益保护。做好文艺人才培养、干部教育培训、干部选拔作用等工作，从基层挑选优秀公务员到省文联机关工作，提升了机关工作效能。加强机关制度化规范化管理，工作目标责任制管理、综治创建、档案达标、保密、人口和计划生育、信访等各项工作规范有序，获得好评。

【积极参与“三万”活动】

根据省委办公厅、省政府办公厅《关于2012年在全省开展“万名干部进万村挖万塘”活动的通知》文件要求，湖北省文联“三万”活动工作组对口帮扶大悟县土门、严畈、陈河、杨兵4个村。省文联下派工作经验丰富、业务能力强的干部组成工作组常驻驻点村，与农民同吃、同住、同劳动，认真落实2012年“三万”活动各项工作任务。工作组以“挖万塘，强基础，惠民生”为主题，抢抓水利建设的重大政策机遇，依靠基层组织开展农田水利建设，共完成当家塘整治24口，新挖15口。

直属事业单位

【文学艺术院】

完成了全省重点文艺创作签约项目，有17个项目被评为2012年的重点项目，与项目人全部签约，扶持款划拨到位；筹建了湖北国画院；完成了历史文化书籍《荆楚文化源与流》的组稿和编辑；与武汉电视台联合拍摄20集“亲吻岁月”文化名人电视专题片，并播放；在房县建立了创作基地并挂牌；《名家典藏》正常出刊六期，宣传了多位文艺名家，推出了多位名家的作品。

【今古传奇传媒集团】

2012年，今古传奇传媒集团有限公司一方面坚定不移地推进转企改制的战略方针；另一方面，坚定不移地推进“保市场、保利润、保转型”的战略调整，全力以赴谋划企业转制、经营转型。年初，提出今年的五大战略，即：人才战略、品牌战略、新刊突破战略、广告邮发齐破千万战略、利润翻番战略；推行四大措施，即：转企改制措施、开放性办刊措施、独立经营措施、多种经营措施。公司按照这种大的思路稳步推进，其中在独立经营措施、新刊突破战略、开放性办刊措施、人才战略及转企改制措施等方面取得较大进展。公司全年实现营业收入2860万元，其中发行收入2600万元，实现广告收入960万元，实现利润300万元，比去年同期上升74%。

2012年，湖北画报社有限公司进一步深化了人事制度改革，签订了目标责任状，落实了各项规章制度，《湖北画报》、《湖北画报・湖北旅游》杂志抓住机遇，紧跟市场，创造较好的经济效益，杂志影响力也进一步加强。除每期正常出刊外，还先后编辑出版了京山招商、英山旅游、安陆旅游、随县旅游及建始旅游等画册,《监利专刊》、《嘉鱼专刊》、《南水北调移民专刊》等一系列专刊，《湖北画报・两会特刊》,《激情跨越湖北这五年》大型图片展览集。

2012年，书法报社有限公司总产值突破2000万，实现利税180万。承办了由中国炎黄研究会、省文联、随州市人民政府共同主办的“神州杯”世界华人颂炎帝书法大赛，与广西“跨世纪”集团公司在南宁联合举办了2011中国书法十大年度人物评选颁奖盛典，承办了“楚天智海杯”全国书法大赛、“谷城杯全国中小学生书法大赛”、“第二届湖北艺术节・湖北实力中年书法家作品展览拍卖会”、“书法报第八届（2012）全国少儿书画现场大赛”总决赛、“第五届中国重阳书画展”、“第二届中国千字文书法艺术节”等活动。

各文艺家协会

【戏剧家协会】

1月17日，省剧协组织牡丹花艺术团“送欢乐，下基层”。5月，省剧协组织部分主席团成员、我省著名戏剧家和市州剧协、基层戏剧院团负责人赴台湾进行艺术考察和交流。9月27日，由省剧协具体承办的“喜迎十八大 共绘新蓝图——我的父老乡亲”专场文艺演出在东湖新技术开发区左岭街黄陂岭社区的建设工地举行。10月19日至27日，第三届中国校园戏剧节在上海举行，省剧协推荐的话剧《西望乐山》荣获专业组最高奖——优秀剧目奖，短剧《青春的使命》荣获普通组优秀剧目奖，省剧协获优秀组织奖。

【音乐家协会】

1月16日，省音协在武汉琴台音乐厅承办省文联“黄鹤艺典——百花迎春”2012湖北省新春音乐会。2月，省音协、扬子江音像出版社联合出品制作的《唱响湖北》160首湖北优秀歌曲专辑，被省委书记李鸿忠带往欧洲作为湖北文化礼品赠与访问各国要员。3月11日，承办台湾著名词作家“庄奴湖北行”座谈会，聘请庄奴先生为湖北音协音乐文学学会荣誉会长。4月8日，组织词曲作者王原平、方石、雷子明、戴慧明、陶卫、梁和平、周龙然、杨军、谈焱焱、亚芬等赴长阳集中进行重大主题歌曲创作，并与武汉电视台协办“武汉之歌——第五届流淌的歌声电视文艺评奖”。6月18日至20日，完成了“灵秀湖北”歌词征集歌词初评工作，从来自全国的2300余首词作中评选出入围歌词100首。7月6日，与文学艺术院联合承办了黄中骏“悟乐品曲”首发式暨推进音乐评论工作座谈会。11月，一批歌颂党的歌曲作品在全国音乐核心期刊《音乐创作》2012年第11期集结发表。

【美术家协会】

3月，“墨分五色——中国当代水墨艺术邀请展”在湖北省美术院美术馆开展；举行“第二届湖北美术节”表彰大会；举办“荆楚翰墨情”湖北名家作品义卖会。4月，联合主办“大江画魂——施江城长江画展”。5月，组织“纪念延安座谈会讲话70周年”的采风活动。6月，联合举办了“至上拍——第2回湖北中国画提名展”。7月，“第六届全国漆画高级研修班”在武汉开班。10月，举办“清风徐来——湖北省扇画艺术十人展”；参与了第四届“谷城杯”全国中小学生书画大赛的艺术及评选指导工作；组织湖北省“中华文明历史题材美术创作工程”。10月29日，“画说武当”全国中国画作品展举行，我省获奖、入选的艺术作品共14幅。11月，主办“维度——2012中日韩陶艺家交流展”、“随方就圆——湖北水墨画邀请展”。12月，主办“墨润九州——长江画派美术作品进京展”。

【曲艺家协会】

3月，启动第12届湖北曲艺“百花书会”评奖活动。4月至5月，推选优秀节目湖北小曲《千古知音》和相声《送你一支玫瑰花》参加第七届中国曲艺牡丹奖评奖活动，湖北小曲《千古知音》入选第七届中国曲艺牡丹奖，并赴东莞参赛，获表演提名奖。6月，启动了“2012和谐湖北·曲艺走进江汉大平原”活动，组织会员编排节目赴军械士官学校进行慰问演出，组织第五届全国少儿曲艺比赛的节目，选拔9个节目参加全国少儿曲艺大赛；与武汉大学联合主办《武汉大学首届传统文化晚会》。6月至8月，选送优秀少儿曲艺节目参加第五届全国少儿曲艺大赛，其中少儿渔鼓《赔茶壶》、音乐快板《石油娃》获得二等奖；选送优秀曲艺节目并随队赴山西参加第五届中国中部六省曲艺大赛，分获一个一等奖和四个二等奖；9月，筹备组建湖北曲艺网站。

【摄影家协会】

1月，“2012湖北摄影界新春联谊会”举行，开通湖北摄影家协会网站，向中国摄影家协会推荐选送申报第九届摄影金像奖工作。3月，举行2011摄影艺术培训班结业典礼。4月，湖北摄影家协会第八届二次理事会暨“聚焦天堂寨、神韵大别山”首届中国大别山摄影节活动在罗田天堂寨景区举行。5月，与湖北省人民政府扶贫开发办公室联合举办“湖北扶贫”摄影大赛。6月，举办2012湖北省摄影家协会摄影艺术培训班、“湖北省建设成就摄影大赛”等。7月，举办首届“丰太旅游杯”摄影大赛、首届“普仁杯”摄影大赛。8月，举办“点亮荆楚”湖北省电力摄影比赛和《湖北摄影家60年作品展》。10月，举办“2012神农架第一届婚纱摄影艺术大赛”。11月，举办“神旅杯”第二届神农架风情摄影大赛、全省第一届“文化共享杯”群众摄影艺术作品大展、“首场湖北名家摄影艺术品拍卖会”。

【舞蹈家协会】

3月，在武汉举办了全省舞蹈公益讲座。5月，在十堰举办了全省舞蹈创作高级培训班，组织选拔、推荐优秀舞蹈作品参加了第三届中国秧歌节展演。恩施市民族文工团选送的湖北民俗舞蹈《龙凤呈祥》获得传统秧歌优秀表演奖，并作

为优秀节目参加了秧歌节的开幕式。8月，征集、推荐20多件优秀作品参加了第二届中国舞蹈“荷花奖理论评论奖”，选拔、推荐优秀舞蹈作品参加了第八届中国舞蹈“荷花奖”评奖，武钢文工团选送的《小脚女人》、武汉音乐学院舞蹈系选送的《觉》均获作品十佳奖。7月至10月，开展了中国舞考级活动。定期召开了2次主席团会议，审核同意发展了55名会员，向中国舞蹈家协会推荐会员10名。

【民间文艺家协会】

5月，派遣出两位优秀的工艺大师参加在上海举行的“中国民间工艺传承人培训班”，与黄石市民协联合主办了“湖北省2012刺绣艺术精品展”。6月，我省剪纸艺人参加中国民协举办的“中国剪纸艺术节暨第二届蔚州国际剪纸艺术节”，池福新的《双喜牡丹》获铜奖、徐慧斌的《龙凤呈祥》获优秀奖，省民协获组织奖；组织我省艺人参加2012年中国民协在合肥举办的工艺品博览会，刘小红的双面打子绣《青花瓷瓶》获金奖，万水清《鳊鱼跳龙门》、李群英《三英战吕布》、李立志《门神》、张云《越王勾践剑》获银奖，省民协获优秀组织奖。9月，考察并命名南漳县为“湖北省古山寨之乡”，郧西为“湖北省七夕文化之乡”，孝感为“湖北省孝文化之乡”；中国民协分党组书记、驻会副主席罗杨带领专家组考察咸宁市咸安区的嫦娥文化，并命名咸安区为“中国嫦娥文化之乡”、“中国中秋节俗传承基地”。考察并命名宜昌太平溪镇为“湖北省民间舞蹈之乡”。《荆楚民间文化大系》第二辑出版。

【书法家协会】

1月，组织书法家多次到农村、进社区、下基层送文化、写春联；召开书法界新春联谊会。5月，启动“喜迎十八大，走进大别山”活动。6月，湖北省第七届书法篆刻艺术展创作培训班在大冶市举行。7月，召开筹建湖北书法院（东湖印社）会议，第十三回中韩书法交流展开幕式在韩国光州广域市举行；在大冶举办2012年新会员培训班。8月，在中日建交40周年之际，由中国湖北省书法家协会、日本兰亭会、书法报社共同主办的第十三届中日兰亭书法交流·湖北展举行。9月，由中国书法家协会书法名城（之乡）联谊会，襄阳市委、市政府主办，省书协、襄阳市委宣传部、襄阳文联等承办的“中国书法名城书法联展”开幕；中国书法名城验收组来到黄冈，对黄冈市申报书法城进行验收；组织第五届书法黄鹤奖理论奖评审；召开第二届书法艺术节新闻发布会。10月，湖北省第七届书法篆刻展览在大冶会展中心开幕；第二届荆楚书道论坛举行；中韩第18回书法交流展·湖北展在湖北美术院美术举行开幕式；“再现荆楚”杨斌庆楚文化书法作品展开幕。

【电影家协会】

成功争取金鸡百花奖在武汉举办。2012年湖北省微电影大赛承办。9月在绍兴举办的第21届中国金鸡百花电影节颁奖仪式上，武汉市副市长刘英姿接过金鸡百花电影节节旗。组织电影创作与拍摄工作，与有关单位和公司联合拍摄了电影《沙湖沔阳洲》；与武汉世纪恒星影视文化发展有限公司拍摄的电影《顺风车》在北京拍摄完成；由湖北省文联、省电影家协会、湖北中盟影视公司联合拍摄的电影《拐杖老师》在巴东拍摄完成。

【文艺理论家协会】

主办“文化强国与文化创新——王岳川湖北大学讲座”；参与承办“蔡冬梅书法展”，举办研讨会，积极推荐作品。7月，参加中国文联文艺理论研讨会；遴选文艺理论评论作品参加第八届中国文联文艺评论奖评比。举办第二届湖北中青年理论家高级研修班。积极推进《文艺新观察》的改版工作。按计划出版四期《文艺新观察》。3月，在《文艺新观察》第一期上发表的《长江画派十人谈》对于进一步梳理“长江画派”的历史渊源和发展未来，使之成为湖北著名的文艺品牌有着重大意义。9月，《文艺新观察》第三期开辟荆楚书道专栏。发表了陈方既《关于书法创新的思考》、王太雄《中国书法艺术的当下审美形态：观赏与阅读的完美统一》以及唐翼明的《为什么要学书法》三篇文章。参与举办沈虹光散文集《落地》研讨会，并在2012年第四期《文艺新观察》上刊发沈虹光作品评论小辑。

【杂技家协会】

4月，湖北省杂协召开第三次会员代表大会。中国杂协名誉主席夏菊花，省委宣传部副巡视员朱兴兰，湖北省文联党组书记、常务副主席刘永泽，党组成员、副主席李宁，党组成员、秘书长聂为斌，以及全省杂技家代表91人出席了会议。会议选举产生了省杂协第三届主席团，武汉市杂技团团长梅月洲当选为主席，艾兵、周德平、胡兴华、邬鹏程当选为副主席。7月，由中国少数民族文化艺术基金会、中国杂技家协会和东方电子举办的“2012年第五届两岸四地大学生魔术交流大会”在北京大学百年纪念堂举办，武大学生李柘翰在比赛中获得铜奖。10月，通过半年的准备，湖北首届杂技·魔术类比赛经过紧张的初赛、复赛，决出2个金奖，4个银奖，6个铜奖，在武汉市人民剧院举办了颁奖晚会。武汉杂技团的“转轮炫技”节目在第十届武汉国际杂技节中获得“黄鹤金奖”。协助武汉杂技团承办第十届武汉光谷杂技节“高峰论坛”。武汉杂技团圆满完成了2012年2月至5月赴韩国演出任务及9月至12月赴美国演出的任务。

【电视家协会】

发起并组织实施完成首届“湖北省十佳优秀青年电视艺术工作者”评选活动。完成第十七届湖北省广播电视文艺奖少儿、广告、纪录片等奖项的评选。举办湖北省第三届高校视频大赛评选。完成《龙凤呈祥》2012中国农民春节联欢晚会，受到省委主要领导高度好评和观众广泛的赞誉。与中央电视台合作完成第二十二届星光奖《鲜花属于你》。作为协办单位，参与省广电《湖北好人》颁奖典礼大型公益活动。举办湖北省纪念中国共青团成立90周年文艺展演大型活动。举办《凤之魂》——凤舞神州大型文化专题片封镜晚会。完成专家院士换届大会联欢会。举办第十届《春满楚天》——湖北地方台春节节目评选颁奖晚会。完成《垄上冲锋号》晚会。举办敬老爱老主题晚会《人间重晚晴》。受邀赴中国香港、新加坡参加电视艺术类研讨活动活动。圆满完成了换届大会工作，产生了新的一届主席团及理事。

湖南省文联

综　述

2012年，是党的十八大胜利召开之年，是全面贯彻党的十七届六中全会精神的第一年，是落实省第十次党代会精神的开局之年，也是我省文艺工作和文联工作任务繁重、成果丰硕的一年。一年来，在省委、省政府和省委宣传部的正确领导下，在中国文联的指导下，省文联及各团体会员坚持用科学发展观统领文艺工作和文联工作，牢牢把握“高举旗帜、围绕大局、服务人民、改革创新”的总要求，深入学习贯彻党的十七届六中全会精神和党的十八大精神，认真履行联络、协调、服务、指导职能，团结带领广大文艺工作者，开拓进取，奋发有为，为繁荣湖南文艺事业，推动文化强省建设做出了积极贡献。

会议与活动

【湖南省文学艺术界联合会第九次代表大会】

6月25日至26日，湖南省文学艺术界联合会第九次代表大会在长沙隆重召开。省委书记、省人大常委会主任周强，中国文联党组书记、副主席赵实，省委常委、省委宣传部长许又声在大会上作重要讲话，全体省委常委出席。周强代表省委、省人大常委会、省政府、省政协、省军区向大会的召开表示热烈祝贺，向与会代表和全省广大文艺工作者致以崇高的敬意和诚挚的问候，对省文联过去五年工作给予充分肯定，对全省文艺界和广大文艺工作者提出殷切希望。赵实高度评价湖南省近年来文艺事业发展取得的显著成绩。许又声在肯定文联工作成绩的基础上，对新阶段文联工作提出三点要求。大会审议通过了工作报告和关于修改省文联章程的决议，选举产生了省文联新一届主席团。与会代表一致评价，这次大会，高扬“树正气、讲团结、求发展”的主旋律，洋溢着和谐融洽、坦诚务实的良好氛围，是一次统一思想、发扬民主、振奋精神、开拓进取的大会。

【湖南文艺界深入学习贯彻十八大精神座谈会】

11月26日，省委宣传部、省文联、省作协在长沙联合召开湖南文艺界深入学习贯彻十八大精神座谈会。省政协副主席、省文联主席谭仲池，中国作家协会副主席谭谈，省委宣传部副部长魏委，省文联党组书记、副主席江学恭等出席会议。大会由江学恭同志主持。60多名来自各文艺门类的代表和部分市州文联负责人参加了会议。省文联党组成员、副主席夏义生组织学习了人民日报《向人民交上一份合格答卷》的社论。与会人员踊跃发言，介绍了学习党的十八大报告和新党章的心得体会，高度评价了十八大的历史性贡献，围绕推进社会主义文化强国建设的重大理论和现实问题展开了讨论，对如何在文艺界贯彻落实十八大精神进行了交流。

【《讲话》精神指引与文艺理论阵地建设研讨会】

《在延安文艺座谈会上的讲话》发表70周年之际，《讲话》精神指引与文艺理论阵地建设研讨会5月21日上午在长沙隆重举行。研讨会由省文联党组书记、副主席江学恭主持。省政协副主席、省文联主席谭仲池，中国艺术报社副总编康伟等主办单位领导及来自全国各地的专家学者40余人聚集一堂，探讨《讲话》在中国文艺思想史上的划时代意义，阐发《讲话》的当代价值及其对于文艺理论阵地建设的指引作用，表达广大文艺工作者对《讲话》的崇高敬意。与会专家围绕着《讲话》对当代文艺发展的指导意义、湖南文艺现状和发展态势、省文联《创作与批评》杂志与湖南文艺发展的关系等议题展开了热烈的讨论。还就如何深刻把握《讲话》的精神实质、如何使《讲话》精神与文艺的当代使命对接，如何用《讲话》精神指导当下的文艺工作和创作实践等问题深入交换了意见。

【“传承与振兴：湖南花鼓戏的昨天、今天和明天”研讨会】

9月28日，省文联组织召开了“传承与振兴：湖南花鼓戏的昨天、今天和明天”研讨会，会议由省文联党组书记、副主席江学恭主持。省政协副主席、省文联主席谭仲池出席会议并讲话。省文化厅原副厅长乔德文、省文联原执行主席范正明以及老一辈花鼓戏艺术家代表钟宜淳、吴傲君和年轻一代花鼓戏艺术家代表周回生、谢晓君等40余人参加了座谈讨论。大家积极建言献策，共商湖南花鼓戏传承与振兴大计。大家认为，要传承和振兴湖南花鼓戏，迫切需要解决人才、资金和精品生产等有关方面问题。要靠事业留人、市场留人、待遇留人；希望政府加大直接投入，也希望通过制定出台地方性法规条例，通过积极引导社会力量参与，多渠道解决资金投入问题；要还戏于民，改革创新，面对新的观众群体，表现新的都市生活，拓展创作视野，丰富表现手段，努力使湖南花鼓戏不但能传承下去和振兴起来，并且还能走向全国，走向国际。

【首届湖南省文学艺术奖】

经过十年不懈努力，湖南文艺界终于拥有了湖南省文学艺术政府奖——湖南省文学艺术奖。该奖是经省委、省政府同意，在省委宣传部的正确领导和大力支持下设立的，具体由省文联组织实施，每3年评选一次。首次评奖工作从2012年3月份开始。11月5日，省委、省政府隆重举行首届湖南省文学艺术奖颁奖大会。本次评奖共评选出文学、戏剧、电影、电视(含广播文艺)、音乐、舞蹈、美术、书法、摄影、曲艺、杂技、民间文艺、文艺理论评论14个门类60部获奖作品。省委常委、省委宣传部长许又声，省人大常委会副主任肖雅瑜，省政协副主席、省文联主席谭仲池等领导为获奖艺术家颁奖。这次评奖，在全省文艺界引起了很大反响，极大地调动了广大文艺工作者努力创作精品力作的积极性。

【首届湖南省文艺人才扶持“三百工程”】

实施湖南省文艺人才扶持“三百工程”，即重点关注和扶持老、中、青文艺家各100名，建立湖南省文艺人才库。对老文艺家总结艺术人生给予适当资助；对有培养潜质的中青年文艺家，按艺术门类进行培训，并加强宣传扩大社会影响；有计划地组织艺术上特别有成就的文艺家在国内外开展交流、学习；对文艺作品组织研讨，并在出版、演出、展览方面提供资助；对入选者中的成就突出者，优先推荐参加国务院政府特殊津贴等相关人才工程的评选。首次评选活动由省委宣传部、省人力资源和社会保障厅及省文联共同组织，于2012年4月启动，经本人申报、单位推荐、资格复审、初评、复评、公示等程序，从近千名申报者中评选出重点关注和扶持的老中青文艺家共299人。相关单位将出台政策，制定措施，投入经费，对入选人才进行长期跟踪扶持。

【湖南省美术馆】

在省委、省政府的高度重视下，湖南省美术馆列入了全省“十二五”规划和全省“十二五”文化事业重点项目。2012年5月，省发改委正式批复省美术馆立项。12月，省发改委正式批复省美术馆工程可行性研究报告。与此同时，省发改委批准省美术馆项目节能评估报告，省住房和城乡建设厅批复了省美术馆规划定点选址报告，省国土资源厅批复了省美术馆建设用地预审，长沙市环保局批复了省美术馆项目环境影响报告表。12月26日，省美术馆举行了奠基仪式。根据省发改委的批复，省美术馆项目建设投资2.99亿元，总建筑面积24000余平方米，建设周期3年。目前，省美术馆工程拆迁工作已开展入户调查。省美术馆概念设计公开招标也按要求通过招标代理公司启动。

【喜迎十八大“2012艺术湖南——湖南省重大历史题材美术创作工程”】

湖南省文联与中国美术家协会、湖南省委宣传部共同主办了喜迎十八大“2012艺术湖南——湖南省重大历史题材美术创作工程”。整个筹备和创作历时5年，作品分别于2012年7月11日至18日和9月11日至16日在湖南省展览馆和北京中国人民军事博物馆举行了展览，共展出美术作品78件，其中中国画40件、油画25件、版画8件、水彩画5件，全面展示了这一重大艺术创造工程的丰硕成果，向党的十八大献上了湖南人民的一份厚礼，引起了首都和全国文化艺术界的高度关注和广泛

好评。有包括《人民日报》、《光明日报》、《中国文化报》、《中国艺术报》在内的30余家主流媒体对活动的盛况、规模、意义进行了全方位报道。

为配合重大历史题材美术创作工程，省文联、省美协还举办了“释放·2012”湖南首届女画家美术作品展和纪念毛泽东《在延安文艺座谈会上的讲话》发表70周年——2012·第四届湖南省青年美术作品展，推出了一系列美术精品，推荐了一大批美术新秀。

【“走进革命老区平江”采风创作活动】

省文联组织全省40余位实力画家开展了“走进革命老区平江”采风创作活动，推出了一大批内容贴近基层、艺术水准较高的美术作品。3月30日“走进革命老区平江”采风写生活动作品展在省画院美术馆开幕，共展出80余幅艺术家们的精品力作。展览免费向市民开放，至4月1日结束。开幕式上还首发了湖南人民出版社出版的《走进平江》作品集。

【长株潭两型社会试验区文艺采风活动】

省文联与省两型办联合主办了长株潭两型社会试验区文艺采风活动。10月30日上午，省文联与省两型办联合在橘子洲两型社会展览馆举行隆重的出发仪式。省委常委、长株潭“两型社会”建设综合配套改革试验区工作委员会书记张文雄宣布长株潭两型社会试验区文艺采风创作活动启动。活动分三阶段进行：第一阶段是采风，从10月30日至11月1日，先后赴长沙、湘潭、株洲，对长株潭两型社会试验区进行采风采访；第二阶段是创作，11月底前，采风团成员都要完成一定的创作任务，并陆续在各大报刊发表；第三阶段是采风成果展览、出版阶段，2013年1月，将在长沙主办长株潭两型社会试验区采风创作美术、书法、摄影展览，出版大型采风著作。活动中，一批知名文艺家深入长株潭建设第一线，以丰富多彩的文艺形式展示试验区“两型”理念，扩大试验区的影响，推出了一批反映长株潭两型社会试验区建设成就、弘扬创造精神、表现百姓生活变迁、讴歌真善美的文艺精品。

【首届湖南省电影、电视剧、戏剧编剧研修班】

10月22日至26日，“龙女温泉”首届湖南省电影、电视剧、戏剧编剧研修班在郴州市龙女温泉柳毅山庄举办。此次研修班旨在培养本省的优秀编剧人才，推出一批优秀的电视剧、电影、戏剧作品，为全省编剧人才搭建起一个向全国编剧大家学习、请教、交流的桥梁和一个编剧人才互相帮助、切磋、提高的平台，为优秀编剧人才脱颖而出、施展才能提供广阔空间。全省各地共有40多位剧作家报名参加研修，报送了近50个剧本。全国著名的影视、戏剧编剧和专家仲呈祥、翟俊杰、王兴东等为学员们授课辅导，潘一尘、邹世毅、范正明等专家对选送的剧本逐一进行了点评并给出修改建议。省政协副主席、省文联主席谭仲池全程主持研修班。

【“颂歌献给党，喜迎十八大”省会大型交响音乐会】

在党的十八大召开之际，2012年11月5日晚，由中共长沙市委、长沙市人民政府、湖南省文联联合主办的“颂歌献给党，喜迎十八大”省会大型交响音乐会在湖南大剧院隆重举行。省委常委、省委宣传部长许又声，省政协副主席、省文联主席谭仲池等领导出席音乐会。音乐会在管弦乐《红旗颂》中拉开帷幕。独唱《只有你最伟大》、《把一切献给党》、《江山》、《祖国，慈祥的母亲》、《情怀》，辣妹子组合演唱的《苗岭连北京》、《龙船调》，男女声二重唱《举杯吧，朋友》，以及管弦乐《我的祖国》、《红色娘子军》组曲选段、《激情燃烧的岁月》，二胡协奏曲《红梅随想》等红歌金曲，唱响了共产党好、社会主义好、改革开放好、各族人民好的主旋律。音乐会由国家一级指挥肖鸣担纲指挥，湖南省交响乐团演奏。

【第三届“十月诗会”暨“全国知名作家资兴采风活动”】

由《十月》杂志社与湖南省文联联合主办的第三届“十月诗会”暨“全国知名作家资兴采风活动”，9月22日至24日在湖南资兴举行，来自全国各地的50多名知名作家、诗人、学者相聚东江湖畔，畅叙诗学文艺，共话诗歌未来，开展为期三天的研讨、采风活动。中国作协原党组副书记王巨才，省政协副主席、省文联主席谭仲池，省文联党组书记、副主席江学恭，《人民日报》文艺部高级编辑刘虔，《十月》杂志社常务副主编陈东捷等领导、知名诗人、作家出席了开幕式，并为2012年度“十月诗歌奖”获奖作品颁奖。诗会期间举行了“新世纪诗歌观察与思考”研讨会，并深入东江湖、雾漫小东江、三湘四水东江湖、寿佛寺、湘南植物园、东江湾、江北工业园等地进行了实地采风和创作。

文艺交流

【加强与兄弟省市文联联系】

组织艺术家赴四川学习考察，参观了汶川县、茂县、映秀镇、水磨镇等重灾区灾后重建情况，与四川省文联进行了座谈交流。接待了陕西省文联学习考察团、新疆吐鲁番地区文联考察团一行，就历史文化名城建设、如何发挥文化在推动发展中的作用、如何开创文联工作新局面等话题进行了沟通与交流。

【主办国际文化交流活动】

5月，组织了湖南省杂技团赴加拿大交流演出，此次演出观众超过两万人，是全球第一台杂技与交响乐合作演出。中国驻加拿大使馆章均塞大使观看演出后，称赞湖南省杂技团为加拿大带去了丰富的文化享受和祖国的亲切关怀。8月，与日本神奈川大学瑶族文化研究所共同主办“2012年国际瑶族传统文化”研讨会。来自中国、日本、美国、德国和中国香港、台湾地区的知名学者专家齐聚一堂，共同探寻瑶族历史渊源和发展历程。10月，与省海外联谊会、省青联策划了“牵手丹青”湖南、香港、澳门3地青年美术家作品创作、巡展活动。12月，应中国驻尼泊尔大使馆的邀请，组织湖南民间文艺家协会参加了“中尼建交50周年友好文化周”活动。尼泊尔副总统贾阿出席了开幕式。

创作与获奖

【戏剧】

选送话剧《永不凋谢的姊妹花》参加第三届中国校园戏剧节，获校园戏剧最高奖——“中国戏剧奖·校园戏剧奖”专业组“优秀剧目奖”，该剧编剧获“校园戏剧之星”称号，省戏剧家协会获“优秀组织奖”；选送小演员张凯然、赵雅杰表演的湖南花鼓戏《刘海砍樵》选段，参加第十六届中国少儿戏曲小梅花荟萃活动，分别获得地方戏专业组“金花”和“银花”称号，指导老师获“优秀指导老师奖”，省戏剧家协会获“组织奖”。

【美术】

组织创作《衡岳松云图》巨幅山水画，被全国人大常委会收藏，悬挂于第四会议室。省画院魏怀亮、周玲子两人作品入选“纪念毛泽东同志在延安文艺座谈会讲话发表70周年全国美术作品展”。在2012年全国美协创作中心工作会议上，湖南省美术创作中心再获优秀中心的殊荣。

【摄影】

省摄影家协会蒋志舟8幅作品入围IPA首届国际摄影艺术展，其中《月色》荣获人体奖金奖，《耕耘者》荣获创意类银奖，《老夫少妻》荣获人像类铜奖。旷惠明作品《还乡》获第55届“荷赛”艺术与文化类三等奖并受邀出席在阿姆斯特丹举行的颁奖典礼。欧阳星凯的《洪江》入选2012莫斯科摄影双年展、《人民路》获得第12届平遥国际摄影大展优秀摄影师（社会类）作品奖和评审委员会奖两项大奖。

【书法】

在全国第九届刻字艺术作品展中，省书法家协会吴贤军作品获优秀奖。

【曲艺】

省曲艺家协会选送节目参加中国曲艺牡丹奖评选，常德丝弦《乡嫂骂夫》获得提名奖；选送节目参加全国第三届少儿曲艺比赛，相声《张家界》获得三等奖；选送节目参加第五届中部六省曲艺比赛，渔鼓小品《赌妻》获得一等奖。

【民间文艺】

省民间文艺家协会选送作品参加2012中国民间工艺品博览会，周佳霖的棕编《十二生肖》获金奖，万平生的根雕《掷铁饼者》获银奖；在第三届中国剪纸艺术节上，张询的作品《神话系列》获铜奖，徐明星的作品《醉八仙》、何娟的作品《花木兰》、刘章喜的作品《歌从延安来》、李民族的作品《清明上河图》荣获优秀奖，省民间文艺家协会获优秀组织奖；在第七届中国（长春）民间艺术博览会上，游杰辉的卵石巧雕作品《边城遗梦》获银奖，唐立新的《岳州扇——中堂大挂扇》获铜奖。

【设计艺术】

省设计艺术家协会选送作品参加2011深圳·香港城市/建筑双城双年展，魏春雨教授荣获

“公众奖”。

【电影】

省电影家协会协助拍摄的电影《湘江北去》、《辛亥革命》荣获了第十二届中宣部精神文明建设“五个一工程奖”；电影《辛亥革命》获第31届“百花奖”优秀故事片奖；电影《湘南起义》《青春雷锋》被广电总局列为向“十八大”献礼的重点影片。

【电视】

在第26届金鹰奖评选中，省电视艺术家协会报送的电视剧《风华正茂》获优秀电视剧奖，《第八届金鹰艺术节闭幕式暨第25届中国电视金鹰奖颁奖晚会》获优秀电视文艺节目奖，摄像龙建平获最佳文艺节目摄像奖，动画片《呆家家》获优秀动画片奖。

机关建设

【成立对外文化交流处】

在省委、省政府，省委宣传部、省人力资源和社会保障厅的大力支持下，成立了省文联对外文化交流处，为湖湘文化走向世界拓宽渠道、搭建平台。

【公开选拔充实力量】

坚持德才兼备、以德为先的用人标准，注重综合能力和专业水平考评，严格按照公开、平等、竞争、择优原则，通过湖南省公务员集中考试和自主招聘形式，公开招录公务员2名，公开招聘事业单位工作人员5名，补充到急需用人的岗位。

直属单位

【湖南省文联文艺理论研究室】

完成了中国文联重大课题“文艺工作者职业道德准则”子课题的研究，《中国文联年鉴》湖南省文联部分、《湖南宣传年鉴》湖南省文联部分、省委党史办主编的迎接十八大的《伟大的进程》一书的湖南省文联部分的编撰。

【创作与评论杂志社】

《创作与评论》由双月刊更改为月刊，刊物保持了较高的水准，取得了可喜的成绩。在期刊界两年一度的中文社会科学引文索引（CSSCI）来源期刊遴选活动中，再度入选。《中篇小说选刊》、《读者》、《中华文学选刊》、《人大复印资料》等全国各大选刊纷纷转载刊物文章。省委宣传部阅评简报、《文艺报》刊文肯定刊物的成绩。同时，杂志社与省戏剧家协会、省文艺评论家协会联合承办了“湖南花鼓戏的昨天、今天与明天”研讨会；与省文艺评论家协会、省文联文化产业投资有限公司联合承办了“《讲话》精神指引与文艺理论阵地建设”研讨会；与湖南人民出版社联合召开了“军旅作家李荣报告文学《砥柱》和诗歌《高处的天空》”研讨会；与长沙市文联、湖南文化促进会新乡土诗歌研究会联合召开了“‘侗族大歌’全国巡回演唱会及杨林《侗族大歌》诗集”发布会。

【湖南省画院】

承办了“纪念毛泽东同志在延安文艺座谈会讲话发表70周年”湖南省画院作品展；组织创作《衡岳松云图》巨幅山水画，被全国人大常委会收藏，悬挂于第四会议室；组织了省画院作品贵州展，在贵州省博物馆展出作品60余件。

【湖南省文联文化产业投资有限公司】

公司顺利和国字号文化企业荣宝斋签订合作协议，共同投资成立荣宝斋（湖南）有限责任公司，在长沙太平街开办了荣宝斋（长沙）分店。和湖南省江华县政府合作开发了瑶族文化园，修建了瑶族大道，举办了纪念著名作家叶蔚林系列活动，出版了《叶蔚林全集》。文化产业集团公司组建前期工作也基本完成。

各文艺家协会

【戏剧家协会】

举办了湖南省第五届京剧票友艺术节和2012湖南青年戏剧季活动，选拔和推荐优秀节目参加“中国戏剧奖”评选。

【音乐家协会】

主办了喜迎十八大永州歌词创作笔会、郴州歌曲创作笔会，组织了刘淮保《海国图志》专辑首发仪式、邝厚勤歌词作品研讨会、“难薰清音、阳春新韵”专场古琴音乐会等活动。

【舞蹈家协会】

完成了全省中国舞协会员普查工作，协助省民间文艺家协会选拔“山花奖”广场歌舞比赛舞蹈类节目。

【美术家协会】

举办各类美术展览50余次，筹备成立了湖南省中国画学会、湖南省油画学会、湖南省工笔画学会等专业学会。

【摄影家协会】

举办了省第十六届摄影艺术展和全国、省级摄影活动、比赛30余次，多次举行了“摄影志愿者摄影作品送万家”“摄影温暖送工厂”文化公益活动，摄影家们将摄影作品和《湖南摄影报》赠送给村民和工人并现场拍照。

【书法家协会】

承办了中部六省书法作品展、湖南·苏州女书法家作品联展；举办了第九届湖湘书法月活动；主办了湖南第五届新人新作展、湖南第五届大学生书法作品展、第六届网络书法展、杨远征书画作品展。

【曲艺家协会】

召开了湖南省曲艺家协会第八次代表大会，选派代表参加了中国曲艺家协会第七次代表大会。

【民间文艺家协会】

创办了湖南省民间文艺家协会官方网站，组织人员参加了中国民协在上海举办的中国民间工艺传承人培训班。

【设计艺术家协会】

举办了庆祝湖南省设计艺术家协会成立八周年系列活动，邀请英国考文垂大学教授、中央美术学院院长潘公凯教授、中央美术学院城市学院副院长黄建成教授来长讲学。

【企（事）业文联】

与省书法家协会、湖南白沙溪茶厂联合举办了“诗书百咏·安化黑茶”书法展，出版了《“诗书百咏·安化黑茶”书法展作品集》；与省美术家协会、长沙产业经济与技术促进会联合举办“丹青竹韵·雷锋精神——雷孟宣中国画展”；与省国土资源厅新闻中心联合主办了“有那么一群人——走近地质灾害群测群防员”采访活动；编辑出版了会刊《财富地理》杂志。

【文艺评论家协会】

组织了“文化大发展大繁荣背景下衡阳文艺创作的现状与展望”研讨会等四场高水准学术交流活动，成立了湖南省音乐评论委员会。

【电影家协会】

组织会员单位完成了《湘南起义》、《青春雷锋》等影片的创作生产。

【杂技家协会】

组织优秀杂技演员远赴加拿大，与加拿大基奇纳·滑铁卢交响乐团合作同台演出；协助湖南省杂技艺术剧院有限责任公司，创排了大型杂技多媒体梦幻剧《芙蓉国里》，填补了省会长沙旅游演艺专场剧目的空白。

【电视艺术家协会】

组织专家评委举行了第26届中国电视金鹰奖湖南作品推评、第9届湖南电视小金鹰奖评奖会，推选出37部作品、4名主持人参评第26届金鹰奖，并评选出第9届湖南电视小金鹰奖一、二、三等奖。

广东省文联

综　述

2012年，是党的十八大胜利召开之年，也是我省加快发展，全面推进幸福广东建设的重要一年。在中国文联和省委宣传部的指导下，省文联按照高举旗帜、围绕大局、服务人民、改革创新的要求，深入贯彻落实党的十七届六中全会和十八大精神，认真组织实施省文联六届五次全委会的各项部署，弘扬爱国、为民、崇德、尚艺的文艺界核心价值观，积极履行联络、协调、服务、指导职能，继续深化“大文联”工作新格局构建，不断创新文艺服务人民群众的方式方法，着力推动文艺精品创作生产、文艺人才队伍建设和文化成果全民共享，为加快推进文化强省建设做出了积极的贡献。

会议与活动

【迎接和学习贯彻落实十八大精神系列活动】

10月30日，由省委宣传部、省文联主办，省书协、省博物馆承办的“喜迎十八大·弘扬广东精神　建设幸福广东”广东省百名书法家作品邀请展暨名家挥毫活动在省博物馆隆重举行。广州军区原政委、上将、省书协顾问杨德清，省委常委、宣传部部长庹震，宣传部副部长顾作义，省文联主席刘斯奋，党组书记、专职副主席白洁等领导嘉宾和书法界人士数百人出席开幕式。展览展出了省书协主席团、顾问、理事及省内近年来在国家级书法展览中取得优异成绩的中青年作者的作品126件，代表了新时期广东书法的艺术风貌，表达对祖国、对党、对人民的深厚情感。

11月8日，中国共产党第十八次全国代表大会在京隆重开幕。省文联全体领导、干部职工在机关三楼多功能厅集中收看了开幕盛况。

11月15日至25日，省文联、省美协、深圳市文联在广州市艺博院举办了“庆祝党的十八大胜利召开——深圳市美术作品展”。展览是广东省美术界为庆祝党的十八大胜利召开而举办的一项重要活动，展出了140余件展现深圳建设成就的优秀作品。

11月26日，省文联召开党组理论中心组（扩大）集中学习会，省文联全体领导，各直属单位负责人及机关、省当代文艺研究所全体干部职工参加学习。会议深入学习、深刻领会十八大精神理论精髓及省委贯彻落实十八大精神的要求，深入思考如何以十八大精神为指导，结合工作实际做好贯彻落实。

12月3日，由省文联、省剧协主办的“贯彻十八大、戏剧进校园”活动在华南理工大学经贸学院举行，演出了《人质》、《雷雨》等在省第七届戏剧演艺大赛（话剧赛区）中获奖作品的精彩片段。省文联、省剧协、华南理工大学的领导嘉宾及师生600百多人观看演出。

12月8日，由省文联、省音协主办，省合唱联盟、省合唱协会等协办的2012广东星海音乐节“森林天籁”合唱艺术盛典在广州华南植物园举行。盛典规模盛大，包括全省合唱艺术交流展演、全省首批群众合唱团评级授予荣誉、欢乐合唱嘉年华3大内容，吸引来自全省各地的50支合唱团的3500名歌唱演员参加。活动旨在传播党的十八大“尊重自然、顺应自然、保护自然”的生态文明理念，落实“五位一体”的新思想。该音乐节是由省委宣传部批准设立的音乐综合性活动，是广东音乐界最专业、规格最高、规模最大的音乐盛事。

12月28日，由省委宣传部、省文联主办，省摄协承办的“大美广东”摄影大展在省文联艺术馆开幕。省委宣传部副部长顾作义，省文联领导白洁、陈丹、刘小毅及省摄协主席团成员、近百名入选作者和影友们出席开幕式。大赛广泛发动全省26个团体会员积极参与，组织摄影家分赴全省21个地级市采风创作，征得近2000多名会员和摄影爱好者的稿件8000余幅，经多次筛选评稿，最终选定300多幅优秀作品，展览精选130幅展出。大展是继“幸福广东”摄影大赛后的又一次大型展赛，旨在庆祝党的十八大胜利召开，首次分“名山、胜水、古迹、庙宇、景观”等5个板块全面推广岭南山水名胜，宣传南粤景观资源，提升广东文化软实力。

【纪念《讲话》发表70周年系列活动】

5月23日，省委宣传部、省直机关工委、省文联在广州友谊剧院联合主办“纪念毛泽东同志《在延安文艺座谈会上的讲话》发表70周年戏剧晚会”。中共中央政治局委员、省委书记汪洋，省委副书记、省长朱小丹，省委常委、秘书长林木声，省委常委、宣传部长庹震，副省长雷于蓝等领导出席观看演出。晚会由来自广东梅花戏剧团的18位中国戏剧梅花奖艺术家联袂主演，集中展示粤、潮、汉等各大剧种的精品力作。

5月24日，省委宣传部、省文化厅、南方广播影视传媒集团、省文联、省音协、省曲协在广州文化公园中心台举办“岭南百花开”——岭南音乐新作品征集颁奖音乐会。音乐会展示了岭南音乐新作品征集活动的部分音乐、曲艺获奖作品，歌颂毛泽东延安文艺座谈会“讲话”70周年来广东文艺事业的蓬勃发展，鼓励艺术家投入创作。

【全省文联工作大调研】

9月至12月，省文联领导率5个调研组，分赴全省各地开展实施文联大调研工作，通过发放调查问卷、召开座谈会、走访当地文艺家等举措深入基层一线。

9月16日至17日，白洁、廖曙辉率第一调研组赴佛山调研，召开调研座谈会，出席第二届佛山岭南文化艺术节，参观书画展览，考察南风古灶陶瓷文化街。9月3日至7日，曹利祥、黄浩率第二调研组深入汕尾、潮州、汕头调研，并开展文艺志愿服务活动，慰问老游击队员，开展书画、摄影交流。

9月10日至14日，李萍、陈丹率第三调研组分赴中山、珠海、河源、梅州开展调研，召开座谈会，实地考察4市的文艺家创作基地。

9月18日、20日，10月17日至19日，李仙花率第四调研组分赴广州、江门、韶关、清远调研，参观艺术展，听取创作基地建设情况。

10月23日至25日，11月12日至13日，12月5日至6日，白洁、廖曙辉率第一调研组赴揭阳、惠州、茂名调研。参观茂名市规划展览馆，考察揭阳文化产业阳美玉都、惠州龙门农民画创作中心等。

11月5日至7日，12月12日至14日，刘小毅率第五调研组赴深圳、东莞、云浮、肇庆调研。考察东莞长安文联“文艺家之家”、深圳观澜版画村、云浮市幸福文化绿道、肇庆市博物馆端砚展等。

12月5日，曹利祥、黄浩率第二调研组赴阳江调研。与阳江文联实地座谈，参观阳江非遗博物馆和漆艺馆等。

【六届五次全委会暨2012年广东省文联工作会议】

3月26日，省文联六届五次全委会暨2012年广东省文联工作会议在广州召开。省委宣传部副部长顾作义，省文联全体领导、六届委员会委员、团体会员负责同志、省文联机关各部室干部、所属事业单位领导班子成员及港澳委员等150多名代表出席会议。白洁向大会作题为《崇德尚艺　不辱使命　以“大文联”推动广东文艺事业大发展大繁荣》的工作报告。会议增补李萍、刘小毅为省文联第六届专职副主席，增补彭泽成为省文联第六届兼职副主席，更替和增补11名主席团成员和14名全委会委员。

【吞吐大荒——许钦松山水画展】

4月17日至24日，由中国文化部、中国文联、全国政协书画室、广东省政府、省委宣传部等联合主办，省文联、省美协等协办的“吞吐大荒——许钦松山水画展”在中国美术馆举办。中共中央政治局常委、全国人大常委会委员长吴邦国在广东省人大常委会主任欧广源、省委副书记朱明国等陪同下观展。全国人大常委会副委员长乌云其木格，全国政协副主席、全国工商联主席黄孟复，全国政协副主席、中国文联主席孙家正，中宣部副部长翟卫华，中国文联党组书记、副主席、书记处书记赵实，文化部副部长王文章，省文联党组书记、专职副主席白洁等出席开幕式。展览精选2000年以来许钦松精心创作的60多件山水作品，其中丈二以上的巨幅作品11张，是其多年艺术创作的一次

阶段性总结和回顾。

5月29日至6月24日，“吞吐大荒——许钦松山水画展（广东站）”在广东美术馆举行。中国中央政治局委员、省委书记汪洋在省委常委、秘书长林木声等陪同下观看画展。全国人大华侨委员会副主任委员、广东省委常委、宣传部部长庹震，副省长雷于蓝，省政协副主席徐尚武等出席开幕式。

【全省第三届少儿美术优秀作品展】

4月21日，省文联、省美协在广东艺术馆举办广东省第三届少儿美术优秀作品展。展览展出了从来自175个单位的投稿作品3553幅中评选出的优秀作品400件，包括一等奖20件，二等奖30件，三等奖50件，入选作品300件。

【第七届中国曲艺“牡丹奖”全国曲艺大赛】

6月12日至15日，由中国文联、中国曲协、省文联、省曲协举办的第七届中国曲艺“牡丹奖”全国曲艺大赛鼓曲唱曲南方片在东莞中堂举行。中国曲协主席刘兰芳为东莞中堂镇颁发“中国曲艺之乡”的荣誉牌匾。

【2012年广东青年美术大展 】

9月4日，由省政府指导，省委宣传部、省文化厅、省文联、省美协共同主办的“2012年广东青年美术大展”在广州艺术博物院开幕。省委常委、宣传部部长庹震，副省长雷于蓝等领导嘉宾及各界人士数百人出席并观看展览。这是新中国成立以来广东省举办的首次面向45岁以下青年艺术家，规格最高、规模最大的综合性美展。大赛吸引了来自全省各地的作品2289件，经过4轮评审，共有涵盖国画、油画等6个种类的447件作品入选，最终确定8个金奖、16个银奖、30个铜奖、40个优秀奖。

【第七届戏剧演艺大赛】

9月10日，由省文联、省剧协主办的广东省第七届戏剧演艺大赛圆满落幕。大赛历时4个月，从36个参赛单位的276名演员中最终产生金奖56名，银奖68名，铜奖95名，参演奖43名，创下历届参赛人数最多、参赛剧目最丰富的纪录。

【中国文联第三期全国文艺家高级研修班】

9月23日至26日，由中国文联主办、中国文联文艺研修院承办、省文联协办的第三期全国文艺家高级研修班在广州举办。中国文联党组副书记、副主席、中国文联文艺研修院院长李屹作开班动员讲话和主旨报告。来自各全国文艺家协会的部分主席团成员、分党组成员参加了研修学习和实地采风。

【第六届青少年曲艺“明日之星”】

10月28日，由省文联、省曲协主办的第六届广东省青少年曲艺“明日之星”选拔赛决赛暨颁奖晚会在均安举行。大赛吸引了来自广州、佛山等10地（市）的70多个节目、近百名选手参赛。经过激烈角逐，梁丹凭、章馨月、罗妍获得金奖。

【第四届广东省“南雅奖”书法篆刻展】

11月18日，第四届广东省“南雅奖”书法篆刻展在长安镇图书馆开幕，白洁、廖曙辉、刘小毅及来自全省各地的1000余名书法篆刻爱好者出席开幕式。展览于3月启动，投稿人数3000余人，征集稿件近4000件，稿件数量和质量均达历史新高。经遴选，共评出金奖作品5件，银奖作品10件，铜奖作品20件，入展作品187件，入展提名作品69件。

【全省政法系统第三届美术书法摄影作品联展】

11月30日，由省委政法委、省委宣传部、省文联、省美协、省书协、省摄协联合主办，省直政法各部门协办的广东政法系统第三届美术书法摄影作品评选展览在广州艺博院开幕。省委副书记、政法委书记、省社工委主任朱明国，省委常委、宣传部部长庹震，省政府党组副书记、省公安厅厅长梁伟发，省法院院长郑鄂，省检察院检察长郑红，省文联领导刘斯奋、刘小毅等出席开幕式。展览展出美术作品81件，书法作品86件，摄影作品70件，领导题词14件。

【第三届岭南舞蹈大赛——群舞比赛】

12月13日至16日，由省文联、省舞协主办的“第三届广东省岭南舞蹈大赛——群舞比赛”在广州市花都区举行。大赛设院团组、院校组、非专业组、中老年组等4个组别，吸引省内外各专业舞蹈艺术团体、院校创作编排的25部作品和14个地级市舞协、群众艺术馆选送的66部作品报名参赛，参赛人员1100余人。期间大赛组委会聘请全国知名舞蹈编导、教育家开展了为期4天的“第三届岭南舞蹈大赛暨2012中国舞蹈名家讲座”。

【“虎门杯”全省第二十四届摄影展】

12月19日，由省文联、省摄协主办的“虎门杯”广东省第24届摄影展览颁奖仪式暨虎门镇荣获“广东摄影之乡”授牌仪式在东莞虎门举行。中国摄协副主席张桐胜，中国摄协分党组成员、副秘书长顾立群及影友500多人参加活动。展览9月7日启动，10月25日截稿，征得稿件10700多幅（组），最终评定出纪录类、艺术类等6个组别的367件入选作品，其中77件获得金、银、铜奖。

文艺志愿服务与文化惠民活动

【广东省文艺志愿服务团成立】

5月23日，“广东文艺志愿服务团授旗仪式”在广州友谊剧院举行。省委常委、宣传部部长庹震为省文联、广东文艺职业学院和戏剧等12个省级文艺家协会文艺志愿服务团授旗，标志着文艺志愿服务工作全面启动。

【文艺志愿服务团延安行】

6月24日至29日，组织由白洁任团长，曹利祥、刘小毅任副团长，涵括音乐、舞蹈、美术、书法、杂技、电视等6个门类艺术家和部分地市文联主席的广东文艺志愿服务团，赴延安八一敬老院、“鲁迅艺术文学院”旧址、枣园、杨家岭、宝塔山等开展主题为“寻根之旅、感受之旅、学习之旅”的广东文艺志愿服务暨艺术采风学习活动，并先后与陕西省文联、西安市文联、延安市文联交流座谈。活动旨在纪念毛泽东同志《在延安文艺座谈会上的讲话》发表70周年，溯源中国特色社会主义文艺理论，学习和借鉴兄弟省市文联工作经验。

【首届广东省“百姓艺术健康舞”推广活动】

5月20日，由省委宣传部、省文联主办的首届广东省“百姓艺术健康舞”推广活动在江门启动，标志着全省“开心广场、百姓舞台”系列群众性文化活动拉开序幕。

6月至8月，推广活动在全省各地级以上市的市区、街道、县镇、自然村等区域内开展。

9月至10月，组织由省委宣传部、省文联、省舞协等领导、专家组成的评委会，综合考评各地健康舞推广、编创情况，选拔优秀健康舞编创组合和特色团队。

12月28日，“2012首届广东省百姓艺术健康舞展演”在广州英雄广场举行。

推广活动得到各地市委宣传部、文联和舞协的大力支持，在全省设立推广点近400个，参与群众近30万人。

【名人名家讲堂文学艺术系列讲座】

9月18日，由省档案馆、省文联主办的名人名家讲堂文学艺术系列讲座第一讲在省档案馆学术报告厅举行。省文联主席刘斯奋以“岭南文化与广东文化强省建设”为主题讲述岭南文化。省直单位干部、广州地区部分高校师生和附近社区的群众100余人参加讲座。

【新农村少儿舞蹈教室】

10月24日，由中国舞协、广东省教育厅、省文联、省舞协等主办的“2012新农村少儿舞蹈教室”活动正式运作。广东作为全国3个试点省之一，在韶关、汕尾、河源、清远、肇庆鼎湖区等5个地市（区）的25所小学建立了“新农村少儿舞蹈教室”。

【“香飘四季”杯曲艺社团粤曲演唱邀请赛】

11月6日，省文联、省曲协、东莞市文联等主办的“香飘四季”杯曲艺社团粤曲演唱邀请赛在麻涌镇文化广场举行。各界嘉宾、群众2000多人观看比赛。活动吸引了广州、中山等10个市的15支队伍，300多名粤曲爱好者同台竞技，最终评选出金、银、铜奖获得者各5名。

【“送欢乐、下基层”走进茂名石化】

12月6日，白洁率由音乐、舞蹈、曲艺、杂技、书法等门类艺术家组成的广东文艺志愿服务团，赴茂名石化公司开展“送欢乐、下基层”慰问演出和书法交流。这是广东文艺志愿服务团成立来首次走进大型企业慰问演出，通过艺术的形式宣传党的十八大精神，丰富企业职工精神文化生活。

【“送欢乐、下基层”走进新丰】

12月25日至26日，白洁率广东文艺志愿服务团，赴韶关开展“广东文艺界送欢乐、下基层——文艺志愿者走进新丰”新春慰问演出活动。在粤北新丰县南门塘任予文化广场举办1台戏曲艺术精品演出；深入新丰县黄礤镇下黄村，为贫困户送上电视机、春联、挂历等1批慰问品和慰问金。

【“摄影大篷车”下基层】

全年，组织“摄影大篷车”开赴清远、乳源等8地举办采风、展览、理论研讨活动，相关领导及摄影家、摄影理论家、摄影爱好者数千人参加。

活动帮助基层影友解决摄影具体问题，调整摄影工作开展不平衡的局面。

理论研究

【广东艺术家沙龙】

3月30日，由省文联、省批协主办的“广东艺术家沙龙”第一期在暨南大学举办。10余名知名书法家、文艺评论家围绕“书法创作与人文精神”的主题展开探讨。

5月29日，省文联、南方日报社、省批协在南方日报社举办第二期沙龙——“艺术走向公众”座谈会暨“南方艺术教育公益行动”启动仪式。

6月9日，省文联、省批协、省民协、省美协在省文联艺术馆举办第三期沙龙——“后申遗时代文化的保护与传承”。

7月29日，省文联、九三学社广东省委、省批协举办主题为“消费时代的诗意寻找——浮水印的诗酒之约”的第四期沙龙。

8月11日，省文联、省批协、省杂协举办第五期沙龙，出席的领导嘉宾围绕“魔术艺术的现状与发展”展开探讨。

9月19日，省文联、省网络公司、省批协联合举办第六期沙龙——新媒体与文艺发展新态势。

【第三届广东文化创意产业论坛】

4月14日，省文联、南方网、省文研所在广东商学院共同举办“网络文艺与文化竞争力”——第三届广东文化创意产业论坛。省文研究所、《粤海风》杂志社、广东商学院人文与传播学院、省内著名门户网站运营商、网络文艺研究知名学者、网络文艺创作代表等300余人参加活动。

【岭南地方戏曲传承与创新研讨会】

5月13日，中国剧协、广东省政协办公厅、省文联在广州主办“岭南地方戏曲传承与创新研讨会”。省政协主席黄龙云，中国剧协主席尚长荣，著名粤剧表演艺术家红线女等来自北京和粤港澳地区的戏剧界专家50多人就戏曲艺术传承与创新、岭南地方戏曲创作与教育展开探讨。

【海丰之光——马思聪诞辰100周年学术思想论坛暨作品音乐会】

5月30日，省文联、中央音乐学院、华南理工大学、中共海丰县委主办的“海丰之光”——马思聪诞辰100周年学术思想论坛暨作品音乐会在广州大学城和星海音乐厅交响乐厅举行。与会专家学者深入探讨了马思聪学术造诣和音乐创作，拓展了研究的领域和视角。

【全省文联文艺舆情信息暨文化发展调研工作会议】

6月8日，全省文联文艺舆情信息暨文化发展调研工作会议在广州召开。省文联各机关部室、直属单位、团体会员单位的领导及舆情员70人参会。会议传达了全国文联文艺舆情信息工作会议精神和全省宣传思想文化调研工作调研要点，部署了2012年舆情信息和文艺调研工作重点，表彰了2011年度10名优秀舆情信息员、通讯员和10篇舆情好信息。

【文艺论著】

出版《广东历代书家研究》、《广东省民间工艺精品集》第四辑，《中国名村》、《广东民间故事全书》、《中国剪纸集成》等的部分地方卷本，《广东文艺批评文选》第二辑。

出版《文艺舆情信息月报》8期。形成《以“大文联”为目标，建设枢纽型人民团体组织网络体系》、《广东微电影现状及发展报告》、《关于我市新区文艺组织建设的专题报告》（深圳）、《经济欠发达地区“大文联”建设情况调查及对策》（茂名）等调研报告，为做好工作规划和推进文化建设提供有益的决策参考。

民间文化保护与发展

【广东省首届花灯文化节】

2月4日至6日，由省文明办、省文联、省民协、东莞市委宣传部主办的“广东省首届花灯文化节暨2012第三届洪梅花灯节”在东莞市洪梅镇举行。省委常委、宣传部部长林雄，副省长雷于蓝，省文联领导白洁等出席开幕式。来自全省各地200多个品种的25000多盏花灯作品绽放异彩，3天迎客27万人次。

【首届岭南民俗文化节】

3月1日至7日，省委宣传部、省文联等在广州市黄埔区南海神庙举办首届岭南民俗文化节、第八届广州民俗文化节暨黄埔“波罗诞”千年庙会。中共中央政治局委员、省委书记汪洋宣布文化节开幕，省委常委、宣传部部长林雄，副省长雷于蓝，省文联全体领导出席开幕式。岭南民俗文化节首次大规模集中展示广东民间文化艺术，接待各界观众123万人次。

【全国古村落工作经验交流会】

3月20日至22日，由中国民协、省委宣传部、省文联、省民协等联合主办的“全国古村落工作经验交流会暨第二届中国古村保护与发展研讨会”在梅州市、汕头市澄海区举办。省委宣传部部长林雄，中国民协分党组书记罗杨，中国民协副主席刘华、潘鲁生、曹保明，省文联领导白洁、曹利祥以及来自全国各地的著名专家学者、民间文艺工作者和古村落代表180多人出席会议。

【全省首届剪纸艺术作品展】

6月3日至9日，省文联、省民协、省美协在省文联艺术馆联合举办全省首届剪纸艺术作品展，展出从广州等18个地市（区）征集到的老中青三代200多位作者的近400幅剪纸作品。作品精致丰富，凸显南派剪纸艺术特色。

【首届中国水上民歌大赛暨广东省第三届民间歌会】

7月4日至5日，省文明办、省文联、省民协、东莞市委宣传部在东莞市沙田镇联合举办“广东省第三届民间歌会（水上民歌专场）”，来自广州、中山等地的23个作品展开角逐，活动最终评选出5个金奖作品，8个银奖作品，10个铜奖作品。

【首届广东省民间文化技艺大师评选】

8月至11月，组织首届广东省民间文化技艺大师评选活动，并在首届广东民间工艺博览会上对20位优秀民间文化技艺大师进行表彰。这是继开展首届文艺终身成就奖、首届中青年德艺双馨文艺工作者的评选表彰后，又一项树立崇德尚艺模范典型的重要活动。

【广东古村落保护与发展论坛】

9月9日，由南方日报社、省文联、省民协联合主办，海珠区委宣传部等承办的“广东古村落保护与发展论坛”暨“广东十大最美古村落评选考察行启动仪式”在广州市海珠区黄埔古村举行。60余名来自全国及省内的专家和民间艺术工作者为广东古村落保护和发展建言献策。

【中国第二届客家文化节】

11月18日至20日，中国民协、省文联、省旅游局、河源市委、市政府在河源文化广场联合举办中国第二届客家文化节。中国文联副主席刘兰芳，中国民协分党组书记、副主席罗杨，省委宣传部副部长蔡伏青，省文联领导白洁出席开幕式。文化节涵括客家文艺精品汇演等系列活动，来自全国20多个客属地区的数十支文艺团体1000多名演员参与演出。

【首届广东民间工艺博览会】

11月22日至26日，由省文联、省二轻工业集团公司联合主办，省民协、省工艺美术协会承办，各地市文联、民间文艺家协会和工艺美术协会、广东文艺职业学院、广东民间艺术学院协办的首届广东民间工艺博览会、第五届民间工艺精品展（青年专场）暨广东省民间文化技艺大师作品展在琶洲中洲中心举行。省委常委、宣传部部长庹震，宣传部副部长顾作义，省文联领导刘斯奋、白洁等出席开幕式。博览会汇集全省21个地市的1万余件艺术精品。

【我们的家园——广东十大最美古村落颁奖盛典】

12月19日，由省文联、南方日报社、省民协举办的“我们的家园——广东十大最美古村落颁奖盛典”在佛山市南海区西樵镇举行，广州市海珠区琶洲街道黄埔村等获得“广东十大最美古村落”称号，代表广府、潮汕、客家、粤北古村落的风格，表现出水乡、山居、海洋文化特点，基本囊括全省古村落精华。

对外及对港澳台地区文化交流

【醉美连南——中国广东连南瑶族工艺美术展】

5月11日至18日，澳大利亚华人团体协会、省文联、广东中华民族文化促进会、省民协等在澳大利亚悉尼市车士活中华文化中心举办了“醉美连南——中国广东连南瑶族工艺美术展”，近400件刺绣和绘画作品吸引了1万余名澳大利亚朋友参观。澳洲华人团体协会主席吴昌茂、威乐比市市长PATREILLY、中国驻悉尼领事馆副总领事刘侃出席。

【首届粤港澳台魔术节】

8月9日至12日，中国文化部艺术司、省文化厅、省文联、省杂协等在广州友谊剧院举办首届粤港澳台魔术节。副省长雷于蓝，中国杂协名誉主席夏菊花，中国文联副主席、中国杂协主席边发吉，文化部艺术司副司长陶诚等出席开幕式。粤港澳台地区近30名选手参加本届大赛。这是新中国成立以来广东首次举办的杂技魔术行业大赛。

【第九届四洲杯粤港澳粤曲演唱大赛】

9月15日，由省政协、省文联主办，省曲协等协办的第九届“四洲杯”粤港澳粤曲演唱大赛颁奖晚会在友谊剧院举行。中共中央政治局委员、广东省委书记汪洋，省政协主席黄龙云，广东省委副书记朱明国出席典礼并颁奖。省委、省人大、省政府、省政协领导林木声、庹震、王宁生、梁伟发、雷于蓝、汤炳权、温兰子、覃卫东、杨懂等出席并观看演出。

【2012情满中秋——广东省中青年粤剧金银大奖汇报演出】

9月24日至25日，省文联、省剧协、澳门佛山联谊会在澳门永乐戏院联合主办了“2012情满中秋——广东青年粤剧金银大奖汇报演出”。大赛旨在弘扬粤剧文化，增进粤澳两地文化艺术交流与合作。

“规划到户、责任到人”扶贫开发

【“学雷锋行动月”暨“扶贫双到”活动】

3月28日，白洁、陈丹率扶贫工作组到黄磜镇下黄村开展“学雷锋行动月”暨“扶贫双到”活动。捐赠首批扶贫资金10万元，挂牌成立下黄村文化室。

【“六一”爱心慰问】

5月29日，李仙花、陈丹率机关妇委会和扶贫工作组赴下黄村开展“爱心父母大联盟活动”，送去94位文联机关“爱心父母”的礼物。

【“扶贫济困日”暨创先争优共建活动】

6月30日，白洁率党组领导班子、优秀党员和先进支部代表、省书协、省摄协、省舞协驻会专职副主席到下黄村开展“扶贫济困日”暨创先争优共建活动。捐赠全省200名书法家的214件书法作品和100幅著名摄影家的作品；举办“名家名作进农户”活动；成立下黄村摄影展览基地；将下黄村作为“新农村舞蹈教室”全省第一个教学点并举行授牌仪式；组织优秀党员和先进党支部代表慰问下黄村困难户并赠送慰问品。

在省文联的帮扶共建下，新丰县黄磜镇下黄村被新丰县委、县政府评为年度“文明村”称号，下黄村党支部被评为“先进党支部”和“先进基层党组织”称号。

自身建设

【思想、组织、作风、制度建设】

组织学习贯彻中央、省委和中国文联有关重要会议精神，先后开展多个专题的中心组集中学习，不断加强各级领导班子和党组织建设，以“学习型、服务型、效能型、创新型、和谐型、廉洁型”的机关建设带动业务工作的提升发展。重点抓好机关中层领导干部和所属事业单位领导班子配备，形成较好的用人导向。安排干部参加组织部、党校、宣传部组织的各类培训班270人次、军队转业干部培训班1人次，组织专业技术人员开展继续教育，全年组织在职培训620人次，得到省委组织部和省直工委的通报表彰。完成所属事业单位分类改革和岗位设置工作，基本完成事业单位绩效工资方案。完成106名老干部的生活保障和管理工作。

【广东电网公司文联成立】

12月4日，广东电网公司文联成立大会暨企业文化作品展暨现场书画笔会在广州举行，增强了文联的凝聚力和号召力，拓展了业务活动的联系面。

直属单位

【广东文艺职业学院】

承担《广东省建设文化强省规划纲要》的文化工程子项目，筹建作为“十二五重点建设项目”的广东民间艺术学院。完成郭兰英艺术分院歌剧院装修改造和艺术设计、音乐系10间工作室的建设；成功举办70多场供需见面会，应届毕业生就业率94.61%；新增设影视多媒体技术（数字媒体艺术）专业；完成《戏剧表演》国家精品课程的中期质量验收工作；获得包装外观设计专利4项、包装结构设计专利1项；建立“中央音乐学院和东华大学现代远程教育广东文艺职业学院学习中心”；11月5日至7日在郭兰英艺术分院歌剧院举办“2012维尔特合唱指挥大师班”。

在第十届中国环境艺术设计学年奖作品评比中获得铜奖；在第十一届中国合唱节上获1金1银和“5A级合唱团”荣誉称号；在第十一届中国(珠海)吉他艺术节暨全国吉他大赛中荣获民谣弹唱组以及民谣组合组1金、1银、1铜；作品《一封家书》获得中国国际漫画节全国大学生原创动画大赛手机动画类提名奖。

【岭南美术出版社有限责任公司】

围绕国有经营性文化事业单位转企改制，完成转企改制工作。确立“理清发展思路，创新发展模式，转变经营理念，把握发展机遇”的发展思路，积极推进建设以资产、资源为纽带，跨地区、跨部门、跨媒体多种联合，与国有文化媒体、文化出版界广泛合作新型发展模式。全年营业销售收入5506万元，同比增加398万元，同比增长7.8%。全年利润总额205万元，同比增加19万元，同比增长10.20%。

【广东省当代文艺研究所】

明确以学术立所的发展思路，制定《关于鼓励和支持我所研究人员积极开展科研工作的有关规定》；按照省编办批准的编制标准和各类人员的结构比例，重设岗位，推行全员聘任制，健全和完善用人机制；出版《与林墉艺术对话》；完成《传承本土文化与学校教育》、《文化与旅游》的提案工作；参与《江南传奇之十五贯》的编剧工作。

【广东书法院】

3月2日至4日，举办广东书坛备战“全国第二届册页书法展”冲刺培训班；4月23日，组织“全国第二届册页书法作品展”大赛评审工作；4月28日，举办“艺税和声”——中国当代百位书法名家墨迹展；6月9日，举办“八路君”第三回书法展；7月6日至8日，举办广东书坛备战第四届“兰亭奖”、冲刺三届“隶书展”、“行草展”、省四届“南雅奖”培训班；10月13日，举办广东书坛备战第五届全国妇女书法展创作冲刺班；12月，举办“喜庆十八大——首届全国书法院艺术交流展”暨“第四届岭南书法大讲坛”。

编辑出版《首届全国书法院艺术交流展作品集》、《中国当代百位书法名家墨迹展作品集》等。

各文艺家协会

【戏剧家协会】

4月，举办“广东省第三届少儿戏剧小梅花荟萃活动”。4月，配合做好中国戏剧奖·曹禺剧本奖及理论评论奖评审推荐工作，《大明悲歌》获得提名奖第一名。5月，举办“纪念毛泽东《在延安文艺座谈会上的讲话》发表70周年戏剧晚会”。5月，承办“岭南地方戏曲传承与创新研讨会”。7月，组织主席团成员、梅花戏剧团成员赴新疆采风。8月至9月，举办广东省第七届戏剧演艺大赛。9月至11月，组织“第九届广东省鲁迅文学艺术奖（戏剧类）”初评工作，投票选出13件作品参加总评。12月，举办首届粤剧跟斗竞技大赛赛事和颁奖礼。

【电影家协会】

2月，举办“豪华落尽显真淳——胡炳榴艺术创作回顾座谈会”。3月，完成《广东微电影现状及发展报告》。4月，举办“首届南方微电影大赛”，组织“以小搏大，出奇制胜——广州影院推销中小成本国产片经验交流会”。5月，主办第二届中国影视未来偶像争霸赛活动。6月，参与举办“深圳首届儿童电影公益展”。8月，召开《蝴蝶结》笔会。9月至11月，组织“第九届广东省鲁迅文学艺术奖（电影类）”初评工作，投票选出9件作品参加总评。10月至12月，主办第九届广州大学生电影节。

【电视家协会】

4月至5月，组织第26届中国电视金鹰奖参评及中国纪录片十佳十优作品的推选工作。5月至8月，举办“2012广东十佳明星主持人大赛”。6月，启动“广东省首届优秀电视频道评选表彰活动”。6月，组织第四届新农村电视艺术节暨农村小康电视工程电视作品报送工作，完成中国（青海）世界山地纪录片节“玉昆仑”奖评选活动推选作品

的报送工作。7月，完成第五届中国旅游电视周六类电视作品推选工作。8月至9月，主办“城市电视创新与发展——东莞论坛”。9月，推选的电视纪录片《哈军工》、《深呼吸》和《启航——广州亚运会开幕式文艺晚会》分别荣获第26届中国电视金鹰奖“优秀电视纪录片奖”和文艺节目组委会特别奖。9月，完成首届中国海洋纪录片周作品的征集报送工作。9月至11月，组织“第九届广东省鲁迅文艺奖（电视类）”初评工作，投票选出10件作品参加总评。12月，组织参加中国视协主办的澳门国际电视节活动。

【音乐家协会】

1月，召开“2012年广东省音协工作交流会”。5月，举行“岭南百花开——岭南音乐新作品征集颁奖音乐会”。7月，主办首届广东星海音乐节，启动“广东音乐民乐新作品创作活动”及“广东音乐民族管弦乐新作品征集”。8月，举行“第三届全国青少年电子琴优秀选手展演比赛”广东赛区选拔赛。9月，组织推荐优秀作品参加中宣部第十二届、广东省第八届精神文明建设“五个一工程”歌曲、广东省文艺精品（音乐作品）评选。9月至11月，组织“第九届广东省鲁迅文艺奖（音乐类）”初评工作，投票选出10件作品参加总评。10月，承办“首届广东环境文化节——广东环保歌曲创作大赛”。11月，承办广东赛区“长江杯”第三届广东省少儿钢琴展演比赛（小金钟）。12月，举行“第八届2012年度十大发烧唱片榜颁奖典礼”。12月，2012广东星海音乐节“森林天籁”合唱艺术盛典举行。12月，举办2012广东星海音乐节之“对话：岭南乐派”高峰论坛。

【舞蹈家协会】

5月，承办的重点文化惠民工程“2012首届广东省百姓艺术健康舞推广活动”在江门启动。5月至6月，举办第161届中国舞蹈家协会教学成果展演。7月至12月，主办“第三届HIP·HOP达人街舞挑战赛”。8月，在汕尾、清远等5个地市、区挑选25所偏远贫困小学建立“新农村少儿舞蹈教室”。9月至11月，组织“第九届广东省鲁迅文艺奖（舞蹈类）”初评工作，投票选出10件作品参加总评。11月，组织省优秀现当代舞作品参加“第八届中国舞蹈‘荷花奖’当代舞、现代舞评奖”。12月，主办“第三届广东省岭南舞蹈大赛——群舞比赛”。

【美术家协会】

3月，主办“大家——当代岭南中国画双年展”。4月，主办“第二届广东当代陶艺大展”。8月，举办“广东省群众廉政书画作品展”。9月，举办“月朗风清——广东省纪检监察系统书法美术摄影展”，举办“2012广东青年美术大展”。9月至11月，组织“第九届广东省鲁迅文学艺术奖（美术类）”初评工作，投票选出12件作品参加总评。11月，举办“庆祝党的十八大胜利召开——深圳市美术作品展”。12月，与省教育厅及20多所高校举办“第二届广东大学生美术作品双年展”。12月，选送出84件作品参加“中华文明历史题材美术创作工程”草图评选。全年配合主办“百年雄才——黎雄才艺术回顾展”、协办“山月丹青——纪念关山月诞辰100周年艺术展”、协办“吞吐大荒——许钦松山水画展”，协办“寻找冰兄——2012·广州廖冰兄漫画文化大展”。

【书法家协会】

5月，承办邵秉仁书作展。5月，中国书协展览中心创作（湛江）基地挂牌成立。6月，主办“八路君”第三回书法展，召开五届四次理事会，民主推荐新一届省书协领导班子人选。8月，主办第四届广东省新人新作书法展。8月，编撰出版《广东历代书家研究》丛书（第一辑）。10月，承办“广东省百名书法家作品邀请展暨名家挥毫活动”。11月，主办第四届广东省“南雅奖”书法篆刻展。9月至11月，组织“第九届广东省鲁迅文学艺术奖（书法类）”初评工作，投票选出9件作品参加总评。全年在全省举办以进社区、进乡村、进企业、进校园、进军营为主要内容的“中国书法进万家”活动。全年编印会刊《岭南书坛》四期。

【摄影家协会】

3月，举办第22期北京摄影函授学院函授班及2011届广东摄协摄影专修班毕业典礼。3月，组织中国摄影“金像奖”评选，3人分获创作奖、图片编辑奖、图书奖。3月至10月举办第二届“伯奇杯”全国创意摄影大展。5月至12月，承办“大美广东”摄影大展。5月，组织摄影艺术交流采风团参加第八届杜鹃节暨阿荣旗库伦沟摄影艺术节活动。6月，举行省第七届摄影理论研讨会。9月至

10月，举办“虎门杯”广东省第24届摄影展览。9月，配合举办广东省政法系统第三届摄影美术书法评选作品展。10月，组织32名摄影家赴美国举行“岭南文化”摄影艺术交流展。9月至11月，组织“第九届广东省鲁迅文学艺术奖（摄影类）”初评工作，投票选出8件作品参加总评。12月，在广州文化公园举办“美国文化之旅”汇报展览。全年，“摄影大篷车”活动走过清远等8站。全年，协办“双到”摄影作品展、“从西关海出发 镜头里的原味西关”摄影大赛、第十届南海（阳江）开渔节暨“大飞洋游艇杯”摄影大赛等。

【曲艺家协会】

5月，推选东莞市中堂镇获中国曲协“中国曲艺之乡”认定和命名。6月，举办“岭南（广东）曲艺发展论坛”理论研讨，举办第七届中国曲艺牡丹奖鼓唱曲唱类（南方片）赛事。7月至9月，承办第九届政协“四洲杯”粤曲演唱大赛。9月至11月，组织“第九届广东省鲁迅文学艺术奖（曲艺类）”初评工作，投票选出9件作品参加总评。10月，承办“粤韵留芳——追思粤乐大师苏文炳专题晚会”。10月，举办第六届青少年“明日之星”选拔赛以及民族乐考级。11月，策划组织“全省曲艺社团粤曲演唱邀请赛”。12月，参与佛山市少儿粤曲大赛。12月，中国文联、中国曲协文艺志愿报务团送欢乐走进东莞麻涌镇文艺晚会，赴广西荔浦、增城、中山、阳江等地进行曲艺调研。全年，开展“和谐粤韵大家唱”曲艺社团义务演出活动。

【杂技家协会】

6月，举办东涌杂技魔术专场活动。8月，承办2012首届粤港澳台魔术节。9月至11月，组织“第九届广东省鲁迅文学艺术奖（杂技类）”初评工作，投票选出5件作品参加总评。全年，广州杂技团分赴新加坡、韩国、俄罗斯等地，演出大型杂技晚会《英雄小子》，广州军区战士杂技团深入基层慰问官兵，广州杂技团、深圳福永杂技团、汕头杂技团、龙川杂技团、佛山市杂技协会、珠海杂技团、东莞杂技团等开展进社区、下乡演出活动。全年出版《广东杂技简报》5期。

【民间文艺家协会】

2月，举办广东省首届花灯文化节暨2012第三届洪梅花灯文化节。3月，举办岭南民俗文化节。3月，召开“中国古村落经验交流会暨第二届中国古村落论坛”，并举行《中国名城名镇（名村）全书》示范卷《茶山村》、《前美村》的首发式、广东省第三批(客家地区)古村落授牌仪式以及“寻找广东十大最美古村落”启动仪式。4月，出版《广东民间故事全书·梅州·梅江区卷》。3月至10月，举办“岭南古风——寻找‘广东十大最美古村落’”评选活动。5月，在澳大利亚举办“醉美连南——中国广东连南瑶族工艺美术展”。6月，举办“首届广东省剪纸艺术作品展”。7月，举办“中国首届水上民歌大赛暨广东省第三届民间歌会·2012沙田水韵文化节”。8月，开展首届广东省民间文化技艺大师评选工作，评选出20名德艺双馨的民间文化技艺大师。9月，出版《广东民间故事全书·梅州·丰顺卷》。9月至11月，组织“第九届广东省鲁迅文学艺术奖（民间文艺类）”初评工作，投票选出10件作品参加总评。11月，参与举办中国第二届客家文化节。11月，举办首届广东民间工艺博览会、第五届广东民间工艺精品展（青年专场）暨首届民间文化技艺大师作品展。11月，出版《广东省民间工艺精品集（第四册)》、潮州歌曲理论研究书籍《潮歌问》。

【文艺批评家协会】

6月，举办“岭南（广东）曲艺发展论坛”。7月，举办“广州文艺批评的回顾与展望——第三届广州市青年文艺批评论坛”。8月，配合中国文联开展第八届当代文艺评论奖征文活动。9月，召开主席团会议。9月至11月，组织“第九届广东省鲁迅文学艺术奖（文艺批评类)”初评工作，投票选出8件作品参加总评。12月，与广州市批协联合举办“学习十八大精神，科学发展文艺理论”研讨会。12月，举办“放歌岭南唱大潮——柳忠秧《岭南歌》诗集发布会暨诗歌研讨会”。全年举办7期广东艺术家沙龙。编撰《广东文艺批评文选》第二辑。

广西壮族自治区文联

综 述

2012年，在广西壮族自治区党委、政府的坚强领导下，在自治区党委宣传部的有力指导下，广西文联及各团体会员深入贯彻落实党的十八大精神、自治区十次党代会精神和全国九次文代会、八次作代会精神，高举中国特色社会主义伟大旗帜，坚持“二为”方向、“双百”方针和“三贴近”原则，坚定不移地用社会主义核心价值体系引领文艺思潮，坚定不移地发展社会主义先进文化，以科学发展观统领文艺工作和文联工作，认真履行联络协调服务职能，团结凝聚广大文艺工作者，服务大局，服务群众，团结奋进，开拓创新，推动了各项工作向前发展。

重要活动

【广西文联第九次代表大会】

2012年12月18日至21日，广西文联第九次代表大会在南宁召开，会议代表663人。自治区党委、政府对这次文代会给予高度重视和关切关怀。自治区主席马飚暨四大班子领导同志和中国文联、中国作协领导接见全体代表并出席了大会开幕式。马飚主席代表自治区党委、政府发表了重要讲话，对广西文艺事业和文联工作的发展有着重要的指导作用；中国文联党组书记、副主席赵实，中国作协党组副书记、副主席张健在讲话中，对广西的文艺工作予以了充分肯定。自治区党委常委、宣传部长沈北海同志在闭幕式上作了讲话，对贯彻落实党的十八大精神和马飚主席讲话精神提出了明确要求。大会审议通过了工作报告、修改后的广西文联章程，选举产生了广西文联和所属13个文艺家协会新的领导机构。韦守德当选第九届广西文联主席。全体与会代表向全区广大文艺工作者发出了倡议书。大会的筹备和会务工作克服了时间紧、变化多、驻地分散等不利因素，周密部署，团结协作，为会议的顺利召开提供了有力保障。经过各方面共同努力，这次文代会真正开成了一个高举旗帜、民主团结、求真务实、繁荣发展的大会。

【学习、宣传、贯彻党的十八大主题文艺活动】

广西文联和各全区性文艺家协会开展了系列主题活动，迎接和庆祝党的十八大召开，《喜迎党的十八大庆祝建市十周年——潘琦书法精品展》在来宾市大剧院开展。广西民族团结摄影书画展、首届广西基层群众优秀书法作品展、广西青年美术家学术提名展、歌颂党歌颂祖国的精品歌曲创作笔会等活动，为迎接十八大的召开营造浓厚的文化氛围。十八大召开后，先后举办了文联党组学习中心组讨论会、机关全体工作人员学习动员会、专题辅导宣讲报告会等，赵如锋副主席还参与了自治区宣讲团，深入学习宣传党的十八大精神，用十八大精神统一思想和行动，统领广西第九次文代会的筹备工作。

【毛泽东同志《在延安文艺座谈会上的讲话》发表70周年主题活动】

围绕毛泽东同志《在延安文艺座谈会上的讲话》发表70周年这一主题，广西文联举行了一系列活动。5月18日，自治区党委宣传部、广西文联召开了纪念毛泽东同志《在延安文艺座谈会上的讲话》发表70周年广西文艺界座谈会。15位作家、艺术家代表分别发言。大家围绕《讲话》内容及其对于文艺事业发展的重要指导意义，结合当下文艺创作的实际，以及各自的艺术道路、艺术实践和艺术人生，畅谈学习体会。5月中旬，广西美协组织举办了广西近现代重大历史题材美术创作工程作品展，自治区领导郭声琨、马飚、陈际瓦、沈北海、黄道伟等参观了展览，并给予高度肯定和评价。5月21日，举办了广西文联文艺志愿服务活动启动仪式。此外，还举办了广西书画研究院书画作品展、广西领导干部九人书法展、广西首届榜书作品展、中国美协采风团赴广西少数民族地区写生慰问等活动。

【文艺惠民】

深入开展文艺惠民活动。深入实施“千村万户文艺惠民工程”。2012年以来，广西文联先后以贺州市和南宁市为试点，逐步开展“千村万户文艺惠民工程”的实施和推广工作。贺州市培养和扶持了一批乡村文艺团体和文艺人才，命名了黄洞村等20个村为文艺村、30户村民为文艺户。广西文联予以授匾，并给予他们一定的经费支持，活跃了基层群众的文化生活。南宁市文联将工程建设与党建示范村、文明村、村级公共服务中心建设相结合，与发展乡镇文联相结合，目前南宁市所属县及邕宁区管辖乡镇全部成立了文联。“千村万户文艺惠民工程”愈来愈成为凝聚民心、团结群众，构建和谐社会的有利品牌。曾被媒体称为“全国首创”，其重要特点是从过去的“送文化”到现在的“种文化”，从“穷开心”到“富娱乐”。坚持组织文艺家深入基层。积极参与自治区党委宣传部组织的广西“乡土情深”文化科技卫生三下乡服务、“和谐建设在基层”广西文化惠民·免费书写赠送春联活动；广西文联“三贴近”艺术团分别在东兴市、武鸣县、藤县、忻城县举办了四场“送欢乐、下基层”慰问演出，为广大群众献上祝福和欢乐。

【文艺志愿服务活动】

5月21日，举办了广西文联文艺志愿服务活动启动仪式。5月下旬，成立了广西文联以及十三个文艺家协会的文艺志愿服务团。设立了广西文联文艺志愿服务活动办公室，并向全区文联系统下发了《关于深入开展文艺志愿服务活动的意见》。组织成立了广西文联以及十三个文艺家协会的文艺志愿服务团。各市文联也相继成立了文艺志愿服务团，广泛开展各种服务活动。全区广大文艺志愿者积极投身于“千村万户文艺惠民工程”中，活跃于厂矿企业、学校、田间地头，认真培育基层文艺骨干，开展一系列丰富多彩的文艺活动，如戏剧、诗歌走进校园，书画入乡村，民间艺术进高校。积极深入基层、深入农村进行慰问演出、展览展示、辅导讲座等非富多彩的文艺活动，据不完全统计有200多场次。并向革命老区和贫困地区赠送了一批电脑、图书、书画作品等，得到了社会的广泛赞誉。

【文艺进校园】

6月7日，广西影协、广西剧协参与主办广西大学第七届“青铜奖”DV大赛，为培养年轻文艺人才作出了贡献。6月23日，广西剧协举办第三届广西校园戏剧节，推出一批大型剧目。12月26日，广西作协在广西教育学院举办“青春，送你一首诗”朗诵会，成为近年来诗歌进校园的品牌活动。

创作与研究

【展览与采风创作活动】

通过举办各种展览、比赛、评奖等活动，不断推动创作，推出优秀作品和优秀人才。2月6日，广西文联和各全区性文艺家协会举办或参与举办了2012“歌海元宵”广西文艺界联欢晚会。3月28日，举办2011年度“广西广播电视奖”电视文艺优秀作品评选会。4月至6月，2012全国儿童歌曲大奖赛广西选拔赛在南宁举行。4月9日，举办“七彩龚州——全国著名书法家挥毫平南历代名诗名词书法展”。4月19日，在广西博物馆举办倪益谨摄影作品展。4月30日，举办中国·广西国际标准舞全国公开赛暨广西第十七届国际标准舞锦标赛。5月25日，举办“极端视角”——张志浩、孙劲风南北极探秘摄影展。5月30日，“潘琦书法长卷展”在南宁跨世纪书画艺术馆开展。6月30日，“八桂书风”第三届网络书法作品展在环江毛南族自治县举行。7月19日，举办第三届“小桂花风采”广西少儿舞蹈展演。8月31日，由广西书法家协会举办的首届广西行草书法作品展在南宁展出。9月1日，绿叶增春——中国文联著名表演艺术家书画艺术作品南宁联展在自治区博物馆开幕。9月23日，由广西民间文艺家协会等单位主办的广西首届平话山歌大赛在南宁举行。10月11日至14日，举办第三届广西彩调艺术节。11月12日至15日，举办2012广西（梧州）粤剧节。第八届广西剧展于10月至12月在南宁、来宾、河池等地举行。11月3日，首届广西规范交谊舞公开赛在南宁举

行。11月6日，举办男高音歌唱家翁葵从艺40周年独唱音乐会。11月6日，举办“绿镜头——生态广西”全国摄影艺术大赛暨第九届广西摄影艺术展。11月30日“第十届全国水彩·粉画作品展”在广西民族博物馆举办。12月15日，举行首届“广西小舞蹈家”评选。12月17日，由广西书法家协会、贺州市人民政府联合举办的“贺州杯”全国书法小品展在贺州市开幕。12月22日，“翰墨丹青艺道行”——覃志刚、覃日飞、覃志强书画展在南宁跨世纪美术馆举行。另外，还组织文艺家赴四川、云南和我区少数民族地区采风创作，邀请广东曲协赴桂林考察广西文场等。广西作协推荐作品参选2012年中国作协重点作品扶持项目、广西民协举办了广西民间工艺大师等评审，广西摄协在上林建立了第六个创作基地，为繁荣文艺，推动创作提供了平台。

【获奖情况】

2012年，全区各文艺家协会会员创作的作品，以及由广西文联和有关协会组织或参与组织、创作、选送的作品，获全国性和国际文艺奖项38余件（人）。其中：音乐剧《桂花雨》获第十二届“五个一工程”奖，第四届全国少数民族汇演剧目金奖、演员奖、最佳音乐奖、最佳导演奖等10个奖项；长篇纪实文学《非洲小城的中国医生》获第十届全国少数民族文学创作“骏马奖”；草书《古人书论数则》获第四届中国书法兰亭奖佳作奖二等奖；舞蹈《伶俐密娅》获第九届中国民间艺术节暨第十届山花奖·民间广场歌舞金奖；话剧《老街》获全国戏剧文化奖·话剧金狮奖；歌剧《大秦灵渠》获第三届中国校园戏剧节“中国戏剧奖·校园戏剧奖”优秀剧目奖、优秀作曲奖、优秀表演奖；舞蹈《北川之恋》获第八届中国舞蹈“荷花奖”当代舞、现代舞十佳作品奖；论文《杂技经营的理性思考》、《情景魔术〈花木兰〉创作谈》、《浅析角色定势影响杂技情景化的作用》获第八届中国杂技金菊奖第七次理论作品奖·优秀论文奖；魔术《瑶山谣》获2012年第128届意大利国际魔术大赛银奖第一名（金奖空缺）；木偶剧《拇指姑娘》获第21届国际木偶联会大会暨国际木偶节优秀剧目奖（二等奖），第三届上海国际木偶艺术节暨邀请赛视觉艺术奖、作曲奖、表演奖；十三篇文章在全国基层文联组织网络体系建设征文中获奖；中国艺术报驻广西记者站获中国艺术报社2011年通联工作优秀奖。中国民协授予平南县为“中国诗词文化之乡”、“中国牛歌戏之乡”，南宁市青秀区为“中国芭蕉香火龙之乡”，马山县为“中国会鼓之乡”。广西书协被评为2011年度中国书法进万家活动先进团体会员集体。

【文艺理论研究和桂学研究】

3月17日，广西文联和有关协会举办了李岚清篆刻书法素描艺术学术研讨会。4月17日至19日，举行中国美术家协会2012舆情工作会议。3月12日，举办阳太阳艺术馆项目专家座谈会。11月2日，举办广西民间文艺家协会成立五十周年纪念座谈会。11月，举办“五个一工程奖”作品创作座谈会。4月19日，举办少数民族民歌手培训研讨会及采风创作。3月3日至5日，举办“文学与地域”·广西侗族文学创作研讨会。5月13日至23日，举办广西近现代重大历史题材美术创作工程成果学术研讨会。7月11日，召开广西水彩画创作学术研讨会。9月28日，召开广西青年美术创作研讨会。12月7日，常剑钧剧作学术研讨会。11月1日，举办2012广西文艺论坛暨《广西当代文艺理论家丛书（第一辑）》研讨会。7月19日，举办第九届广西文联文艺评论奖评奖、中华文明历史题材美术创作工程动员会及作品评选等理论研讨活动。同时，组织了广西文学讲习班、第十期广西青年文学讲习班、广西散文新锐创作培训班、广西合唱指挥培训班、广西书法读书培训班、广西第九届全国刻字艺术展冲刺班等一系列培训学习活动，并选派文艺家参加全国少数民族文学研讨会、第五届全国少数民族创作会议、鲁迅文学院第十七和十八届中青年作家高级研讨班、鲁迅文学院西南六省区市第二届青年作家培训班、第一和第二期西部书界新秀书法研修班、中国杂技创意与创作高级研修班、广西作家·情系乐业2012樱花笔会等，为探讨各文艺门类的创作热点问题和提升本土文艺家专业素养提供了平台。

广西桂学研究会以“整合文化资源、保护文化遗产、创新文化理论、打造文化品牌”为主旨，做了大量文化研究工作。目前已通过签约的形式组织学者开展课题研究39个，第一批课题研究成果专著正在出版当中；《桂学文库·广西历代文献集成》（53册）已经出版；广西师范大学申报的

“桂学研究”项目，获得2012年度国家社科基金重大项目立项，广西桂学研究会的文化实力和社会影响力正不断扩大。

对外及对港澳台地区文化交流

充分利用文学艺术界的优势，以多种渠道、多种方式开展文化交流互访，组织文艺家赴法、德、俄、芬、瑞典、比利时等国开展文化交流访问，较好地完成了交流工作、展示形象、建立联系、开拓渠道的任务。6月2日至13日，广西文联党组副书记、副主席黄德昌率广西作家代表团，赴俄罗斯、芬兰、瑞典开展文化交流活动。9月5日至16日，由广西文联党组书记、副主席韦守德为团长的广西文联代表团，赴法国、德国、比利时开展文化交流活动。

与港澳台地区特别是台湾地区的文化交流不断增强。积极参与自治区政府组织的桂台经贸文化合作交流活动。作为台湾花莲县各界千人代表访桂系列活动之一，2012年10月，接待了第二批花莲县文学艺术参访团一行36人。参访团在我区南宁、柳州、桂林等地进行了为期7天的参观访问和文化交流，两岸文艺工作者就美术、书法、文学、摄影等方面展开了较深入的座谈，并在笔会上共同挥毫泼墨，共谱海峡两岸文化交流新篇章。广西音协举办了台湾声乐家李蕙敏学术交流音乐会及台湾声乐家李蕙敏及钢琴家丝国兰学术交流座谈会，传递了两岸文艺界“以文会友”的深厚情谊。

机关建设

2012年，文联机关举办了深入开展“解放思想、赶超跨越”大讨论活动学习会等活动，选派人员参加全国文联工作理论研讨会、全国文联系统维权研讨班、全国文联组联工作会议暨全国基层文联负责人学习培训班、中国作协文艺报年会、西南地区六省（市、区）文学工作协作会议，加强和丰富了干部职工的理论修养、职业素养和文化生活。9月，继续举办全区文联系统文艺家读书班。上半年，广西文联党组成员分别带队赴我区各地进行专题调研。各调研组围绕如何落实“全区文联一盘棋”，如何联手打造文艺活动品牌以及如何实施“千村万户文艺惠民工程”等课题，走访了相关市、县（区）文联，并召开了由各市及有关县（区）文联领导、协会领导和艺术家代表等相关人员出席的座谈会，广泛听取意见、建议，进一步总结全区文艺工作和文联工作的成就和经验，并协助部分基层解决了一些实际问题。基层文联建设进一步加强。公安边防文联广西边防总队分会成立；乡镇文联增加了100多个。《广西文艺界》和广西文联网在工作动态、创作活动、基层展示、文艺时讯等各个方面充分宣传、展现文艺工作和文联工作成果。各团体会员也相应建立网站，编印会刊通讯，在各个层面不断扩大广西文艺的社会影响力。

直属单位

【广西文学杂志社】

5月18日，在南宁翔云大酒店举行2011《广西文学》“金嗓子”文学奖颁奖仪式。6月8日至10日，参与广西文联“千村万户文艺惠民工程”文艺志愿服务团走进阳朔等地。2012年第七期起开辟了“内刊选粹”栏目，选载各市县文艺期刊优秀作品，为基层文艺爱好者搭建了平台，加强了全区文艺期刊之间的联动，专栏广受好评，被认为是促进广西文学繁荣发展的“功德之举”。9月，在河池市南丹县举办“广西散文新锐创作培训班”，本次培训班，特邀鲁迅文学院原副院长，著名作家、评论家王彬，《散文选刊》主编葛一敏，广西作协常务副主席、著名散文家严风华授课。来自全区的散文新锐及南丹本地文学爱好者共60人参加了培训班活动。第11、12期以合刊的形式推出“广西诗歌双年展”，刊登91位广西诗人的250多首诗歌作品，呈现了广西诗人的总体面貌和整体实力，形式新颖、内容丰富，引起诗歌届的广泛关注和好评。

【美术界杂志社】

2012年是《美术界》创刊40周年，在40年的办刊历程中，《美术界》杂志社坚持与时俱进，不

断进行改革和创新，发展成为当代美术家展示创作新成果、进行艺术交流的园地。刊庆之际，《美术界》杂志社举办了全国美术名家邀请展，展出百余幅国内知名美术名家的中国画新作，集中展现了当代美术名家的风采。5月，编辑出版“纪念毛泽东《在延安文艺座谈会上的讲话》发表70周年”作品专辑，选刊了“讲话”发表以来我国美术工作者创作的三十多幅有代表性作品。7月，为推动中国连环画这一文学性与绘画性相结合的画种的发展，充分发挥其在当今文化大发展大繁荣中的重要作用，编辑出版了“第二届架上连环画插图展览”作品专辑，同时发表了中国文联副主席冯远撰写的评介文章和相关评论和报道。10月，为纪念中国人民解放军建军85周年，编辑出版了军旅画家创作的作品50幅，其中苗再新的中国画《中国钓鱼岛》等5件作品被《新华文摘》转载。11月，编辑出版“广西青年美术家作品”专辑，推介了32位七十年代后出生的广西青年画家创作的中国画和油画作品。12月，纪念《美术界》创刊40周年，举办了《全国美术名家作品邀请》展出了中国画作品110幅，出版了《春华秋实——庆祝美术界创刊40周年纪念画集》。

【南方文坛杂志社】

3月，光明日报公布中国人民大学书报资料中心文章转载率排行榜，《南方文坛》2012年全文转载量位居全国语言文学类期刊第六，《南方文坛》改版15年，一直保持在语言文学类期刊前10名，影响因子和转引量继续居于全国同类期刊的前列。4月23日《人民日报》的《2012年中国文学发展状况》“文学评论”部分，对2012年度《南方文坛》“第三届今日批评家论坛”以及所刊发的六篇文章给予高度肯定。8月，在北海召开年度选题（含外聘人员）策划会。7月6日，在宁波与《人民文学》、宁波大学联合主办“经典坐标与当下写作”学术研讨会。10月底进行2012年度优秀论文奖的初评及终评，评出六篇优秀论文。11月3日、4日，在桂林与中国现代文学馆、广西师大联合主办第三届“今日批评家”论坛，来自各地的30余位“70以后”青年批评家就“批评的感受力与判断力”进行讨论，《文艺报》《文学报》中国作家网等重要媒体作了专题专版报道。11月3日、4日，在桂林与广西师范大学联合召开了《背景——独秀女作家作品集》首发式暨研讨会；同时还举办了《南方文坛》2012年度优秀论文奖颁奖仪式，并组织获奖作者及评委进行了采风活动。广西区内外媒体有报道。12月6日至7日，协办“常剑钧剧作学术研讨会”。并组发了常剑钧创作研究小辑。2012年中国作家网开创中国文学评论网页，以《南方文坛》为蓝本，并以其“今日批评家”栏目命名网页。同时以更大的热忱和版面强化对广西文艺和广西作家、评论家的推介力度。

各文艺家协会

【作家协会】

3月3日至5日，举办“文学与地域”·广西侗族文学创作研讨会。5月17日至19日，由广西作家协会、南宁市文联承办的第二届广西作家节在南宁举行。作家节期间，举行了纪念《在延安文艺座谈会上的讲话》发表70周年座谈会，2011年《广西文学》金嗓子文学奖颁奖仪式，《广西当代作家丛书》、《广西文艺理论家丛书》首发式，广西女作家（杨映川、蒋锦路、丘晓兰）作品研讨会等亮点活动。12月26日，广西作协诗歌朗诵艺术团以“青春，送你一首诗”为主题的“诗歌进校园”活动，走进了广西教育学院，深受广大师生的欢迎。6月，广西壮族作家钟日胜报告文学《非洲小城的中国医生》获第十届骏马奖。5月，编辑出版了文学积累工程——《广西当代作家丛书》（20卷）第四辑。完成了2012年中国作家协会重点作品扶持项目的推荐工作，钟日胜、丁桦，杨仕芳、莫之棪、梁晓阳的作品获得了推荐，其中杨仕芳的长篇小说《故乡在别处》获得了中国作协重点扶持项目。12月，召开第十届广西青年文学独秀奖评审会，评选出第十届广西青年文学独秀奖。8月，恢复举办中断了18年的广西文学讲习班，第十期广西青年文学讲习班在柳州开班。12月18日至22日，广西作家代表团共118人参加了广西文联第九次、广西作协第八次代表大会。

【戏剧家协会】

2012年，现代壮剧《天上恋曲》获“国家舞台艺术精品工程2009—2010年度重点资助剧目”，“中国戏剧奖·曹禺剧本奖”提名奖；原创四幕民族歌剧《大秦灵渠》在“魅力校园·青春飞扬”第三届中国校园戏剧节中一举拿下四项大奖：最高奖——“中国戏剧奖·校园戏剧奖”优秀剧目奖、“优秀作曲奖”、“优秀表演奖”、“优秀组织奖”；新编历史桂剧《七步吟》成功获得国家舞台艺术精品工程年度资助；音乐剧《桂花雨》获国家“五个一工程奖”、第四届全国少数民族汇演剧目金奖；木偶剧《拇指姑娘》夺得第21届国际木偶联会大会暨国际木偶节优秀剧目奖（二等奖）；本土话剧《老街》喜获“金狮奖”。9月5日，举行“人在他乡——韦浙雍2011—2012小品专场晚会”。12月7日，召开“常剑钧剧作学术研讨会”。10月11日至14日，举办第三届广西彩调艺术节。11月12日至15日，举办2012广西（梧州）粤剧节。3月9日，举行大型公益文艺活动——“戏剧进校园”高校代表座谈会。6月23日，举行“第三届广西校园戏剧节·大学生戏剧奖”颁奖典礼。6月7日，举办第七届“青铜奖”DV大赛。5月28日联合举办了大学生戏剧创作与辅导座谈会。5月31日，赴百色进行文艺志愿服务活动。7月2日至5日，举办第二十七届“茅江之夏”农村彩调大赛。第八届广西剧展于10月至12月在南宁、来宾、河池等地举行。12月19日至22日，广西文联第九次、广西剧协第八次代表大会，选举产生了新一届领导机构成员。

【音乐家协会】

2月21日，组织了“五个一工程奖”作品创作座谈会。4月至6月，与广西电视台公共频道共同主办2012年全国儿童歌曲大奖赛广西选拔赛。6月21日至24日，举办2012广西合唱指挥培训班，全区共有530名学员参加了此次培训班。6月25日至29日，配合区党委宣传部组织以第四届签约词曲作家为主体的广西词曲作家采风团赴龙胜、三江、融水三地进行采风活动。7月至8月，组织开展2012年中国音协音乐考级活动。9月6日，在广西艺术学院音乐厅组织举行台湾声乐家李蕙敏学术交流音乐会；次日，召开台湾声乐家李蕙敏及钢琴家丝国兰学术交流座谈会。8月至11月，继续完成“五个一工程”精品创作的工作，组织词曲作家进行采风及召开歌词、歌曲创作笔会，创作了一批歌曲作品。11月6日，与广西大学共同主办“岁月如歌——男高音歌唱家翁葵从艺40周年独唱音乐会”。12月19日至20日，召开广西音乐家协会第八次代表大会。来自全区的56名代表参加了会议。大会通过了音协新的章程修改草案，通过了协会2007年以来的五年工作报告，并选举产生了新一届主席团及理事会。

【美术家协会】

3月12日，广西美术家协会在桂林举办阳太阳艺术馆项目专家座谈会。3月12日至22日，接待和参加中国美术家协会组织的纪念毛泽东同志《在延安文艺座谈会上的讲话》70周年广西采风写生团，全国各地20多位美术家参加。3月17日，协办“李岚清篆刻书法素描艺术学术研讨会”，自治区文联、中国美术馆馆长，自治区文化厅、自治区博览局、广西艺术学院等领导、嘉宾及来自广西近50名文艺界专家学者参加研讨会。2012年4月16日至17日，举办阳太阳艺术馆项目策划论证会。4月18日至19日，举办阳太阳艺术馆设计方案评审会。4月17日至19日，承办的“中国美术家协会2012舆情工作会议”。中宣部、中国文联的有关负责同志，中国美协领导、广西文联有关领导，以及来自各省、市、自治区美协的领导和驻会干部等50多人参加会议。由广西文联主办、广西美术家协会承办的广西近现代重大历史题材美术创作工程作品展在广西博物馆隆重开幕。5月13日，召开“广西近现代重大历史题材美术创作工程成果学术研讨会”，广西文联领导与专家学者等57人了出席研讨会。6月28日，广西近现代重大历史题材美术创作工程创作总结会在南宁市明园饭店会议厅举行。7月11日，召开广西水彩画创作学术研讨会。7月30日，在广西南宁召开了“中华文明历史题材美术创作工程”动员会，成立了中华文明史创作工程组委会。9月28日，举行广西青年美术创作研讨会。12月3日，由广西美术家协会主办的广西青年美术家学术提名展在广西博物馆开幕。12月20日，广西美术家协会第八次美代会在南宁召开，大会选举产生了广西美术家协会新一届领导班子。

【曲艺家协会】

3月19日至20日，广东省曲协杨子春、苏惠良、梁少峰、黄白龙、肖小青一行5人赴桂林荔浦，考察广西文场。广西曲协李伟群、李侃、何红玉、蒙海宽、邱有源、覃明德等曲艺专家陪同考察。广西文场具有悠久的历史，已列于国家级“非遗”名录。荔浦县有着深厚的文场底蕴，城乡演唱广

西文场风气甚浓，素有“文场之乡”的美誉。考察团一行通过观看多场群众演唱，参观文场社团，与当地有关领导、群众、专家座谈，对如何将荔浦县的群众文场演唱活动持久地开展下去，为该县下一步申报“广西文场之乡”提出可行性建议。这是两广曲艺家首次共襄振兴曲艺之计，双方表示，今后要开展多项目的合作交流，为促进南方曲艺的大发展、大繁荣作出贡献。12月22日至23日，广西文联文艺志愿服务活动办公室会同广西曲艺家协会组织曲艺志愿者赴钦州开展曲艺创作培训辅导活动。来自钦州市和钦南区、钦北区、浦北县、灵山县的曲艺工作者和曲艺爱好者三十多人参加了此次培训。志愿服务团和钦州市文联还组织学员们观看了“庆澳门回归祖国十三周年暨桂澳文化交流活动（钦州行）粤剧联谊晚会”，现场观摩澳门、钦州两地粤剧家的精彩演出。

【舞蹈家协会】

4月30日，协办中国·广西国际标准舞全国公开赛暨广西第十七届国际标准舞锦标赛。7月19日，组织了广西“小桂花”少儿舞蹈节目比赛，比赛分南宁及柳州两个赛场，都按计划顺利完成。11月3日，举办首届广西交谊舞比赛，赛事如期完成，得到广泛称赞，各新闻媒体也作了报道。11月，成功举办首届广西“小舞蹈家”的评选活动，该活动是以展现少儿舞蹈独、双、三的个人表演能力为主，受到广大爱好者的关注和赞扬，各新闻媒体也作了报道。11月，选送的舞蹈节目《北川之恋》获中国舞蹈“荷花奖”现代舞、当代舞比赛十佳作品奖，广西舞协获优秀组织奖；12月20日，顺利完成广西舞协第七次代表大会的各项议事日程和换届选举工作。

【民间文艺家协会】

3月30日至4月3日，组织隆林县民间打磨秋表演队前往河南省开封市参加中国民协主办的秋千民间绝技比赛。7月5日，藤县《疍家歌》二重唱、平乐县《平乐船歌》分别获得中国首届水上民歌大赛金奖和银奖。由中国民间文艺家协会、广西文联主办，广西民间文艺家协会承办的少数民族民歌歌手培训采风创作活动于4月18日至22日在桂林举行，这次活动收到了学员创作的山歌习作1000多件。8月28日前往平南县寺面镇开展情系老区捐书活动，向寺面镇图书馆捐书208册。9月23日，由广西民间文艺家协会等单位主办的广西首届平话山歌大赛在南宁举行。

【摄影家协会】

9月，出版《全国摄影名家作品集》。摄影作品的作者均是各省、市、自治区摄影家协会主席、副主席、秘书长及摄影名家。11月6日至11日，举行“绿镜头——生态广西全国摄影艺术大赛作品展览”暨“第九届广西摄影艺术展览”并出版《绿镜头——生态广西全国摄影艺术大赛作品集》。“绿镜头——生态广西全国摄影艺术大赛”的举办，得到了国内外摄影艺术家们的积极参与，收到6000多件作品，经过评委公平、公开、公正的评选，共评选出获奖入选作品198幅（组）；同时举办的“第九届广西摄影艺术展览”，在3000多件来稿中评选出237幅（组）获奖入选作品。12月19日至20日，广西摄协第八次全区代表大会在南宁召开。大会投票产生了新一届主席团成员和理事。在上海第十一届国际摄影艺术展览中，会员梁广辉先生（梧州市）的一件作品《人类的朋友》获得了电子影像组（艺术类）银奖，另两件作品《赶集而归》、《再生经济》获得纪实类照片组入选。

【书法家协会】

1月14日，组织20名著名书法家在南宁市民族广场开展义务书写赠送春联活动。2月，广西书法家协会被评为2011年度中国书法进万家活动先进团体会员集体；梧州市书法家协会、环江县书法家协会被评为先进基层集体；王政林、刘小静、刘先明、林恒四人被评为先进个人。3月3日至5日，为迎接第九届全国刻字艺术展，做好广西的刻字创作投稿工作，和平果县文联承办了“广西第九届全国刻字艺术展冲刺班”。3月19日，在广西文联网和广西书法网刊登了“八桂书风”第三届网络书法展征稿启事。3月21日，在广西文联网和广西书法网刊登了首届广西行草书法作品展征稿启事。4月12日，在广西文联网和广西书法网刊登了广西榜书作品展征稿启事。4月14日、15日，为容县中学书法爱好者和书法高考班学生作了专题讲座《书法的创作》；考察了该县书协活动中心，并为活动中心挂牌。5月13日至6月11日，广西书协推荐陈虎、何月、陈叶飞、李达旭、黄云海参加由张海资助，在郑州举办的第一期西部书界新秀书法研修班（行草班）一系列的创作培训与研讨活动。5月23日，“墨境情缘——广西领导干部九人书法展”在南宁开幕。5月30日，“潘琦书法长卷展”在南宁跨世纪书画艺术馆开展。6月30日，“八桂书风”第三届网络书法作品展在环江毛南族自治县举行。7月2日，广西书法家协会与广西艺术学院中国画学院在邕举行书法艺术教育合作建设签约仪式。7月15日，举办了广西首届榜书作品展，向毛泽东同志《在延安文艺座谈会上的讲话》发表70周年献上一份厚礼。8月31日，由广西书法家协会举办的首届广西行草书法作品展在南宁展出。9月28日，由自治区党委宣传部、文联、文化厅主办，广西书法家协会、广西书画院承办的广西基层群众优秀书法作品展在广西民族博物馆与广大书法爱好者见面。10月8日至11月8日，广西书协推荐黄振波、覃克寒、谢德欢、刘畅、吴汉春参加由张海资助举办的第二期西部书界新秀书法研修班（楷书班）。10月31日，《喜迎党的十八大庆祝建市十周年——潘琦书法精品展》在来宾市大剧院开展。12月10日，举办“广西书法读书培训班”。12月，第四届中国书法兰亭奖佳作奖，广西的陈仲平、黄德杰、傅绍尉、廖炳智、刘东干、潘文志、唐少平7人入展，其中潘文志获二等奖。12月17日，由广西书法家协会、贺州市人民政府联合举办的“贺州杯”全国书法小品展在贺州市开幕。广西书法家协会第七次代表大会于12月19日在南宁召开，本次大会审议通过了协会第六届理事会工作报告，审议通过了新修改的《广西书法家协会章程》，并在民主、和谐气氛中选举产生了新一届理事会理事47名；选举产生了新一届主席团。12月22日，“翰墨丹青艺道行”——覃志刚、覃日飞、覃志强书画展在南宁跨世纪美术馆举行。12月26日，“翰墨道德经”——陈际瓦、陈利丹、韦守德、杨世全魏碑书法作品展于在南宁开展。

【杂技家协会】

3月21日，第八届中国杂技金菊奖第七次理论奖颁奖在昆明揭晓。由广西杂技家协会选送参评的三件作品，唐春烨、丁岚合著的《杂技经营的理性思考》，廖小润创作的《情景魔术〈花木兰〉创作谈》以及李艳创作的《浅析角色定势影响杂技情景化的作用》获“优秀论文奖”。广西杂技家协会获“组织工作奖”。5月5日，由桂林市杂技团、博白县杂技团及桂林演艺文化公司等多家单位共同策划排演，以桂林山水文化为主题的大型玄幻杂技歌舞秀《山水间》在广西桂林市漓江剧院启幕。6月25日，组织会员参加贵州省杂协组织的赴黔东南艺术交流和采风活动。7月，广西杂技团投资六百多万元的多功能剧场竣工使用。9月25日，由广西文联、广西杂技家协会与东兴市联合主办的“送欢乐，下基层”魔术杂技文艺慰问演出，取得了圆满的成功。10月中旬，组织会员参加了中国杂协在南京溧水县举办的“中国杂技创意与创作高级研修班”。10月25日，由广西文联、广西杂技家协会选送，桂林杂技团林彬创编、广西戏剧院桂剧团演员孙巧梅表演的魔术节目《瑶山谣》，在第128届意大利国际魔术大赛上以全场最高分的成绩，摘取了本届大赛的银奖（金奖空缺）。

【文艺理论家协会】

3月17日，由自治区党委宣传部、自治区文化厅主办，自治区文联承办，广西美协、广西书协、广西理协承办的“李岚清篆刻书法素描艺术研讨会”在南宁举行，50多位领导和专家出席了研讨会。5月19日，参与举办了广西女作家（杨映川、蒋锦路、丘晓兰）作品研讨会。5月13日至23日，参与举办广西近现代重大历史题材美术创作工程成果学术研讨会。11月1日，2012广西文艺论坛暨《广西当代文艺理论家丛书·第一辑》研讨会、第九届广西文联文艺评论奖颁奖仪式在邕举行。2012年8月，自治区文化厅举行“自治区建设民族文化强区规划纲要专家评审会”，黄健、容本镇、李建平、黄晓娟等应邀出席并发表了意见和建议；2012年10月，中国文联在昆明举办第八届中国文联文艺评论奖暨第六届当代文艺论坛，广西文联委派容本镇、张利群代表广西参加；2012年11月，自治区党委宣传部、自治区文化厅、广西社科院联合举行“广西精神与跨越发展”研讨会，容本镇、李建平等应邀出席并在会上作重点发言。3月21日，第八届中国杂技金菊奖第七次理论奖颁奖在昆明揭晓，唐春烨、丁岚合著的《杂技经营的理性思考》，廖小润创作的《情景魔术〈花木兰〉创作谈》以及李艳创作的《浅析角色定势影响杂技情景化的作用》获“优秀论文奖”。7月19日，第九届广西文联文艺评论奖评奖结果揭晓，《广西

文学艺术六十年》（潘琦等著）获著作类一等奖；《死亡：历史的切片》（李仰智著）、《论文学批评在价值冲突中的核心价值体系构建》（张利群著）获论文类一等奖。组织撰写《广西文学艺术六十年》，出版《广西当代文艺理论家丛书》（第一辑）、《广西文艺研究与评论文选（2007～2012）》（上、下编）。

【电影家协会】

2012年，参与拍摄完成电影《阿佤山》、《天琴》、《宝贝别哭》、《能帮就帮》、《心中的天堂》和《三天三夜》，其中，《阿佤山》被国家广电总局列为向十八大重点献礼的影片，在十八大召开的前两天同时公映于云南和广西，并在北京、四川、贵州等地上映后陆续在全国发行，引起了社会的关注和广泛赞誉。《天琴》从全世界1300多部送选影片中脱颖而出，成为入围第三届北京国际电影节的260余部电影之一。《天琴》是在《刘三姐》之后，表现壮族人民生活的电影中，使用壮族山歌插曲最多的一部。也是广西电影集团成立后，着力拍摄的第一部表现壮族人民生活和爱情故事的优秀影片。《宝贝别哭》作为唯一的少儿题材公益电影参加第15届上海国际电影节入选中国新片传媒大奖竞赛单元；参加法国“2012巴黎中国电影节”获“公益儿童电影奖”；参加美国“第8届好莱坞中美电影节”获“金天使奖”，并被评委誉为“最佳慈善公益电影”；获邀参加美国“圣地亚哥国际儿童电影节”和澳大利亚“悉尼国际华语电影节”。6月7日，由广西大学文学院、广西电影家协会和广西戏剧家协会联合主办的广西大学第七届“青铜奖”DV大赛落幕，今年“青铜奖”共收到来自广西、山东、福建、云南高校学生DV作品52部，其中剧情片26部，纪录片10部，广告片16部。大赛评出了最佳剧情片、最佳纪录片、最佳导演奖等11个奖项。

【电视艺术家协会】

2012年，参与拍摄完成电视剧《绝战》、《老爸驾到》、《绝杀》、《蓝蝶之谜》和五集纪录片《方舟——桂林抗战文化城记事》，其中，《方舟——桂林抗战文化城记事》在乌克兰欧亚广播电视学会举办的“我们共同的胜利”国际电影电视节上获“兄弟情谊奖”单元优秀节目奖。《绝战》在2012年度广西广播电视奖优秀电视文艺作品评选中获得一等奖。3月28日，2011年度广西广播电视奖优秀电视文艺作品评选在南宁举行。此次评奖共有109部2011年出品的电视文艺作品角逐九类奖项，71部作品获奖。获得一等奖的作品有电视剧《毒刺》和《马迭尔旅馆的枪声》；电视纪录片《追寻历史的足迹》和《洱海瑶》；电视文艺专题《山寨与时尚》；电视综艺节目《永远跟党走——南宁广电庆祝建党90周年文艺晚会》、《2011亚洲超级模特大赛》、《2011歌海元宵——广西文艺界元宵联欢晚会》；电视广告片《亚超风云》、《反腐倡廉朋友篇》、《奥奇奴羽绒广告片》和《HiTV高清互动电视对比篇》。12月19日，广西电视艺术家协会在南宁召开了第六次代表大会，来自自治区及各地市的视协会员代表出席了大会。本次大会审议了第五届广西电视艺术家协会工作报告和广西电视艺术家协会章程修正案（草案），并选举出了第六届广西电视艺术家协会领导机构。2012年，中国电视艺术家协会举办了第二十六届中国电视金鹰奖和第四届新农村电视艺术节，广西视协积极协助中国视协完成了两项评奖的作品征集活动。《电视文学》出版共4期，发表电影剧本4部、电视连续剧剧本4部、广播剧剧本2部、戏剧剧本4部、影视评论16篇，100多万字。

海南省文联

综　述

2012年海南省文联认真履行联络协调服务的基本职能，坚持思想理论建设，开展以“爱国、为民、崇德、尚艺”为主要内容的文艺界核心价值观和文艺工作者职业道德践行活动。围绕中心、服务大局，加强自身建设，加强文艺队伍建设，广泛开展群众性文化活动，举办多种主题性文艺活动，坚持开展送欢乐下基层活动，开展文艺志愿服务活动，文艺惠民活动丰富务实，推动两岸及港澳地区文化交流，广泛调研，加强与基层文联的联系合作，倡导“一县一品”创建活动。组织推动文艺工作者深入生活开展创作，催生作品出人才，以文艺精品和文艺品牌进一步提升国际旅游岛核心竞争力。

重要活动

【第十届中国民间文艺山花奖颁奖盛典 】

1月5日晚，中国文联、中国民间文艺家协会、省委宣传部联合主办，省文联承办，省民协协办的第十届中国民间文艺山花奖颁奖盛典，在省歌舞剧院举行。

全国政协副主席何厚铧宣布颁奖盛典开始，省政协主席于迅，中国文联党组副书记、副主席、书记处书记李屺，省委副书记李宪生，省政协副主席陈莉出席颁奖盛典。

全国各地的近三百位民间文艺工作者，会聚海口见证中国民间文艺的灿烂与辉煌，共同展望美好明天。

中国民协分党组书记、驻会副主席罗杨主持开幕式。李屺、陈莉分别致辞。

本届山花奖共颁发了民间艺术表演奖、民间文艺学术著作奖、民间工艺美术作品奖、民间文学作品奖共4大类92个奖项。侗族大歌《蝉之歌》等23部作品获民间艺术表演奖；《中国宝卷研究》等18部作品获民间文艺学术著作奖；紫砂陶《大双竹提梁壶》等38件作品获民间工艺美术作品奖；《满族民间故事・辽东卷》等13部作品获民间文学作品奖。

颁奖盛典上，舞蹈《舞动山花》、《新民歌联唱》、魔术《年画》以及藏族女子阿佳组合演唱的《美丽家园》、《月亮上行走》、侗族大歌《蝉之歌》、黎族舞蹈《欢乐的盛会》、云南哈尼族舞蹈《哀牢迴响》等特色鲜明的民族民间文艺节目，博得了现场观众的热烈掌声。

颁奖晚会由中央电视台任鲁豫、周宇主持。颁奖晚会持续近2个半小时，在全体演员表演的舞蹈《爱我中华》中拉下帷幕。

作为本届山花奖颁奖活动的重要组成部分，当天上午，中国民协、省文联在海口会展中心联合举办了海南民间艺术精品展，开展海南民间艺术精品评选活动。当天晚上颁奖活动前，省文联还在省歌舞剧院广场，组织开展黎族竹竿舞等海南民族民间歌舞展演系列活动，借助山花奖颁奖的平台，展示海南民间文化艺术魅力。

【“海南木棉红”热情绽放中国文学艺术界2012春节大联欢】

1月8日下午，由中国文联主办，中国文联演艺中心、西藏自治区文联、安徽省文联、海南省文联、河北省文联承办，各全国文艺家协会协办的“百花迎春——中国文学艺术界2012春节大联欢”在北京人民大会堂大宴会厅举行。全国文学艺术界的艺术家代表2000余人参加大联欢。大联欢共分为序“龙腾新春”、“高原格桑美”、“江淮杜鹃秀”、“海南木棉红”、“燕赵太平颂”和尾声“中国万岁”6大板块，以东、南、西、北4个文化风貌各异的省区为线，从格桑美到杜鹃红，从木棉树到太平花，祝福的鲜花开遍祖国的四面八方。

省文联组织了省歌舞团，武警文工团、海南大学艺术学院等单位160余人的演职员参加演出。海南板块以“海南木棉红”为主题，表演了改编芭蕾舞剧《红色娘子军》、歌舞《我爱五指山，我爱万泉河》、《西沙我可爱的家乡》、合唱《万泉河水》等节目，展示了天涯海角的热情与浪漫。文艺工作者们演绎了家喻户晓的红色娘子军故事。杜近芳、白淑湘、薛菁华、冯英、祝希娟等几位“吴琼花”的扮演者，电影中的主要演员王心刚、牛犇、电影《红色娘子军》连歌的作者已逾80高龄的黄准欢聚一堂,共话《红色娘子军》创作的前前后后。一曲《红色娘子军》连歌把人们带回了那个难忘的年代。一曲《南海谣》，歌唱家谭晶把碧海椰林、礁岛罗布、浪花朵朵、海天一色般的海南美景描摹得淋漓尽致。李双江、戴玉强、张英席演唱《我爱五指山，我爱万泉河》、姜昆、杨澜、郭达、巩汉林、唐杰忠、王馥荔等相声《海南说海》将晚会气氛推向新的高潮。

【“唱响海南”全国歌曲创作征集评选活动词曲作家海南采风】

由中国音协和省委宣传部联合主办、省文联承办的“唱响海南”全国歌曲创作征集评选活动进入采风创作阶段。10月11日，中国音协副主席、著名作曲家孟卫东为团长的“唱响海南”全国著名词曲作家采风团一行抵达海口。10月12日上午，孟卫东、韩新安、戚建波、王晓锋、何沐阳、车行、李昕、唐跃生、李维福、李杰、陈道斌、赵麟、孟文豪、韩葆等词曲作家和音乐评论家一行14人，开始为期8天的环岛采风活动。10月17日上午，采风团来到永兴岛，亲身体验了这里的椰风海韵和渔民生活，并与三沙市各界进行了联欢交流。李昕、韩葆、李维福、孟文豪、王晓峰、姚峰、李杰、孟文东等先后演唱了自己创作的歌曲，《好日子》、《走向复兴》、《从头再来》、《红旗飘飘》等一首首耳熟能详的歌曲，赢得了阵阵掌声和欢呼。永兴岛是音乐创作采风活动的最后一站，几天的采风，《人在海南》、《海南姑娘》、《椰子树的思念》、《喜欢》等歌词基本成型，进入谱曲阶段。

采风期间，词曲作家们还体验了临高哩哩美、儋州调声、崖州民歌等本土音乐，在洋浦开发区、三亚亚龙湾、琼海博鳌等地亲身感受了大特区建设的成就。

【“如歌岁月”大型文艺晚会纪念《讲话》发表70周年】

5月23日晚8点，海南文艺界纪念毛泽东同志《在延安文艺座谈上的讲话》发表70周年主题文艺晚会《岁月如歌》在省歌舞剧院举行。

省委书记、省人大常委会主任罗保铭，省委常委、宣传部长许俊，省委常委、省委秘书长孙新阳，省人大常委会副主任陈海波，省政府副省长林方略，省政协副主席赵莉莎等观看。

文艺晚会分“红色记忆”、“绿色家园”、“蓝色梦想”三个篇章，以对延安时期红色经典歌曲的记忆为切入点，以时间为脉络，以梳理海南不同时期重要文艺成果为主线，通过音乐、舞蹈、曲艺、戏剧、民间文艺等艺术门类节目，以现场歌舞表演、现场书法创作、视屏诗词朗诵、视频图像播放等方式，回顾缅怀经典，展示社会主义文艺事业的繁荣发展，反映海南70年来经济、社会、文化的繁荣发展，展示海南文艺工作者在新的历史时期，坚持继承发扬延安文艺座谈会讲话精神，坚持文艺根植于人民，文艺为人民服务，为社会主义服务的方针，坚持“百花齐放、百家争鸣”，创作出众多优秀文艺作品，推动海南科学发展、绿色崛起，推动海南国际旅游岛文化大发展大繁荣的奋斗历程。

【庆祝三沙市成立“爱我三沙”文艺晚会】

7月24日晚，为庆祝海南省三沙市揭牌成立，由省委宣传部、省文联策划主办的“‘爱我三沙’——庆祝三沙市成立大型文艺晚会”，在省歌舞剧院举行。省委书记、省人大常委会主任罗保铭，省政协主席于迅，南海舰队副政委、南航部队政委刘明利等领导观看了演出。

晚会在大歌舞“爱我三沙”中拉开序幕。中央电视台著名节目主持人朱军，海口电视台主持人车美琳担纲晚会主持。总政话剧团团长、著名话剧表演艺术家林达信，总政歌舞团著名歌唱家王丽达、张海庆，空政文工团歌唱家袁东方，武警文工团歌唱家王莹，北京军区战友文工团演员宗晓琳、李志军、陈淼，总政歌剧团青年演员马晓雯等以及广州军区歌舞团相声演员逗乐、逗笑与海南优秀歌手芦海东等强大的演员阵容参演。

晚会分“南海魂”、“南海情”、“南海颂”三章。“南海魂”通过对经典老歌《大海啊故乡》的演绎，表达了大海与人类如母亲如故乡般广博而深邃的情感。配乐诗朗诵《历史的回望》，大歌舞《我的南海我的爱》深情回望了中国南海的历史渊源，抒发中华儿女爱我三沙的深厚情感。“南海情”表现世代生息于三沙的南海人对这片生养海域的深厚情感，表现南海人的精神风貌和生活情趣。节目由舞蹈《渔歌舞悦》、相声《西沙情》；经典歌曲联唱《南海谣》、《我爱这蓝色的海洋》《渔家姑娘在海边》、相声《西沙情》、口技《走进三沙》、音乐短剧《爸爸生日快乐》组成。“南海颂”表现驻守西沙的中国士兵为守卫祖国南海舍小家而顾大家的无私奉献精神，由歌舞《西沙，可爱的家乡》《亲吻祖国》、小品《军嫂情》、男子群舞《誓言》组成。

全场晚会在大歌舞“爱我中华”中结束。

【海南奥林匹克花园长篇小说大奖赛颁奖典礼】

3月25日下午，由省文联，省作协，海南奥林匹克花园有限公司，海南骏豪旅游发展有限公司，天涯社区共同主办的“海南奥林匹克花园长篇小说大奖赛”，在海口举行隆重的颁奖典礼。

大奖赛历时三年半，吸引近300部作品参与角逐。海南作家崽崽的长篇小说《我们的三六巷》获“特别大奖”，100万元人民币奖金创下国内文学创作奖项奖金的最高纪录。中国作协副主席莫言、山东省作协主席张炜、湖北省作协主席方方、江西省作协主席陈世旭、海南省作协主席邢孔建等众多著名作家、文学评论家汇聚这一文学盛会。

省委书记、省人大常委会主任罗保铭，为特别大奖得主崽崽颁奖，省政协主席于迅，省委常委、秘书长许俊，省委常委、宣传部长、副省长谭力出席颁奖仪式，并为获奖者颁奖。

【海南省文艺志愿者服务活动】

省文联响应中国文联号召，广泛招募文艺志愿者，6月29日上午，举行海南省文艺志愿服务团成立仪式，省文联作协党组书记、省文联主席张萍为志愿服务团授旗，希望文艺志愿者要成为文艺界核心价值观的自觉践行者，在“爱国、为民、崇德、尚艺”的精神引领下，融入志愿服务活动；文艺志愿服务队伍，要成为真正为社会提供丰富精神食粮的大家庭，在这个大家庭中真正体现并弘扬“奉献、友爱、互助、进步”的精神。省文联制订了《关于深入开展文艺志愿服务活动的意见》，并成立了海南省文联文艺志愿服务工作委员会，加强组织领导和指导管理。

6月30日晚，省文艺志愿服务团赴万宁市石梅村，为当地群众进行首场专场文艺慰问演出，拉开省文艺志愿服务团组建后的服务序幕，有近千名群众观看演出。慰问演出节目丰富多彩，有琼剧《贵妃醉酒》选段，口技《鸟语花香》，歌伴舞《阳光路上》、《五星红旗》，舞蹈《幸福赞歌》、《祝福吉祥》，魔术《精彩十分》，快板《如此表演》，独唱《石榴园》、《海韵天堂》、《飞得更高》、《穿越梦想》等。

参加本次慰问演出的演员，都是海南文艺界一批比较活跃的中青年艺术家和文艺工作者，包括著名琼剧表演艺术家、中国戏剧梅花奖获得者陈素珍，曲艺家于培华，青年魔术师熊艳明，青年歌手吴晓芸，海南哈鹰组合主唱邢日清，曾在奥地利金色大厅举办专场演出的琼海市嘉积中学舞蹈团也参加演出。精彩演出赢得现场观众热烈掌声。

【青春纪实剧《执着》进京演出受赞】

10月22日至23日，作为代表海南参加全国优秀剧目展演的青春纪实剧《执着》，连续两晚在北京中国剧院演出，深受业内人士和观众的好评。

全国政协副主席、中国社会科学院院长陈奎元，全国政协副主席、中国文联主席孙家正，国家林业局局长赵树丛，中宣部副部长申维辰，中国文联党组书记、副主席赵实，文化部党组副书记、副部长赵少华，文化部副部长董伟，共青团中央书记处书记周长奎，国家行政学院副院长周文彰，中国作协副主席何建明以及中央外宣办、教育部有关司局领导，海南省政协主席于迅，省委常委、宣传部长许俊到场观看了演出。

赵少华观后表示，《执着》既能吸引老年人又能吸引年轻人，讲述的故事以及演出本身都十分令人感动。著名舞蹈理论家和评论家、中国舞蹈家协会副主席冯双白对《执着》给予了高度的评价，认为无论是内容还是舞台表现都非常成功，大量运用了多种舞台表现形式，让主题故事得到了更加鲜明和集中地体现。北京汇佳职业学院的辅导员姚伟国带学生观看，感觉这场演出很有教育意义。他说，剧中人物“宁做鹦哥岭上无人知

晓的一棵树，也不做繁华都市里任人观赏的一盆景”是一句非常响亮的话语，它能够引起不少当代大学生的反思，可以帮助他们坚定为了理想和梦想而吃苦。

《执着》由省委宣传部、省文联、省文体厅、省林业厅共同指导，由省文联作协党组书记、省文联主席张萍总策划，三亚市艺术团创作。由序幕《抉择》和《挑战》、《见证》、《告白》、《发现》四幕以及尾声《执着》组成，以鹦哥岭青年团队的7个人物为原型，经过艺术再加工，在舞台上演绎他们的青春故事，生动展示出这群大学毕业生坚守理想、执着奉献的精神风貌。整个舞台剧从编剧、服装设计、舞美到表演都力求做到顶级，既体现了艺术上的创新性，又保证了与时代精神的高度契合。

此次在京演出，由共青团中央、海南省委主办。

【《一种有远见的生活方式》图书首发式暨鹦哥岭青年团队图片故事展】

8月23日上午，省文联与省委宣传部、海南日报报业集团、省林业厅，在省博物馆联合举办《一种有远见的生活方式》图书首发式暨“坚守理想、奉献青春”鹦哥岭保护区青年团队图片故事展。图书内容包括长篇通讯《选择一种有远见的生活方式》、报告文学《青春绽放 碧水青山》和青春感言三部分，全面挖掘了鹦哥岭青年团队创业、生活、科研的故事及鹦哥岭的历史、地理等。

展览以图片故事形式，配以文字、视频、图表，以《一种有远见的生活方式》为主题，在1100幅展出图片中，通过选择、执著、奉献、成长四个篇章，展示了鹦哥岭青年“坚守理想、奉献青春”的当代精神风貌。

首发式上，主办方向鹦哥岭自然保护区、团省委、省林业厅、省教育厅、武警部队、省图书馆、省博物馆、省新华书店等单位赠送了图书。

【《蓝调海之恋》新闻发布会暨影视产业发展研讨会】

6月12日，省文联主办，省影视协、海南大学人文传播学院协办，在海口举行电影《蓝调海之恋》新闻发布会，宣布该片将于6月15日在全国各大院线公映。影片由省文联作协党组书记、省文联主席张萍总策划，北京元之真影视文化发展有限公司出品，省文联与北京元之真联合摄制，中国电影股份有限公司北京电影发行分公司全国发行。影片从动议拍摄到完成上映，经历了大约两年多时间。外景在三亚拍摄，影片除了大量三亚迷人的自然风光外，还有具有浓郁三亚特色的人文风情等。

海南影视产业发展研讨会同时举行，专家表示，影片对宣传海南起到了积极促进作用。如何吸引影视人才，发挥“天然摄影棚”优势，推动海南影视发展值得各界反思。海南的影视业要融入全国乃至世界的影视产业发展态势中扬长避短，发挥优势，要有体制机制上的保证，科学发展有序推进，树立精品意识，挖掘特色题材，打差异牌，打特色牌，走个性化发展的路子。

【“珍珠海岸 美丽陵水”中国当代书法名家作品展】

9月13日，“珍珠海岸 美丽陵水”中国当代书法名家作品展，在陵水黎族自治县文化广场体育馆里开展，百余件墨宝作品、名家现场泼墨书写，让观众享受了一场视觉盛宴。省政协副主席、省委统战部部长王应际，省文联作协党组书记、省文联主席张萍，省文联专职副主席、中国书协副主席、省书协主席吴东民，中国书协副主席聂成文等出席开幕式。展出的100余件作品都是名家们精心创作的，或碑、或帖、或手札、或写经，真草篆隶四体皆备，10多位书法家还现场挥毫，博得在场观众的阵阵掌声。

【第二届国际书画双年展】

11月25日上午，第二届国际书画双年展在省博物馆开幕。

本次书画展展出来自中国、巴西、德国、法国、韩国、美国、日本等20多个国家和地区的170余件书画精品。作者都是活跃在当代画界的领军人物和实力派书画家，如赵长青、段成桂、旭宇、吴东民以及来自美国的屠新时、加拿大的何镜贤等。作品形式多样，风格各异吸引了众多书画爱好者前来观看。省委常委、省政法委书记肖若海，省委常委、宣传部长许俊，副省长陈成出席开幕式，并观看了书画展。

展览由海南省文联、儋州市政府主办，省书法家协会、省书画院、儋州市文联承办。

【送欢乐、下基层活动】

1月2日，省文联组织传统经典琼剧《凤冠梦》

到万宁市大茂镇为群众演出，国家一级演员、梅花奖获得者陈素珍亲自带队并出演该剧的女主角李春娘。1月6日，省文联送欢乐到儋州市排浦镇沙沟、沙脊村，为当地群众慰问。虽然因为途中演员乘坐的车辆出现故障使演出推迟了1小时，但群众仍坚持在现场等候，群众的这份理解与热情让所有演职人员都倍感激动与鼓舞。节目形式多样，内容丰富，有舞蹈、独唱、二重唱、口技、舞蹈小品等。儋州山歌《颂文明》、调声舞蹈《盼情郎》，沙脊村村民郭梦靓的一首《儿行千里》参与到演出中来。1月9日，省文联与南方出版社组织“送书下乡”到万宁市北坡镇潮洋村。1月14日，省文联文艺家队伍，带着粮油、饼干等慰问品，深入扶贫点屯昌县屯城镇良史村，对困难群众、五保户、孤寡老人、孤儿进行春节慰问。1月16日晚，省文联组织古装琼剧《玉兔情缘》，在临高县为群众送上新年的问候和祝福。

此外，书法、摄影、音乐、舞蹈、曲艺等文艺家协会还组织轻型、流动、快捷的演出慰问小分队，开展送书、送年画挂历、义务写春联、慰问扶贫点困难群众等活动。

【创建中国书法之乡——千人挥毫颂儋州】

9月26日，“创建中国书法之乡——千人挥毫颂儋州”活动在儋州市民文化公园举行。为全市营造一个浓厚的“爱书法、学书法、写书法”的文化氛围，加快推进儋州市创建“中国书法之乡”步伐。

副省长陈成出席活动并宣布“创建中国书法之乡——千人挥毫颂儋州”活动开始。

儋州市委书记张琦，市政协主席邓泽永，省文联作协党组书记、省文联主席张萍，中国书法家协会副主席、省文联专职副主席、省书法家协会主席吴东民，副市长郑钢出席活动。陈成、张琦、邓泽永、吴东民、谢雄峰、郑钢，省书协主席团成员、书法家们一道现场挥毫，书写书坛百米长卷。现场的1000多名书法爱好者同时现场挥毫泼墨，共同描绘儋州绿色崛起新画卷。

此次活动由儋州市委市政府、省文联主办，儋州市委宣传部、省书协承办。

【琼台文化交流活动】

海南省文化交流团赴台湾交流

8月14日至21日，由省委宣传部、省台办和省文联牵头，海南省文化交流团作家包括韩少功、蒋子丹、孙皓晖、林森、书法家吴东民、画家王锐等宣传文化艺术部门及新闻媒体业务骨干一行21人，赴台湾进行为期8天的文化交流活动，得到了台湾相关部门和文化名人的高度关注和热情接待，他们多次组织文艺专业人士与交流团座谈，并陪同考察。文化交流团先后在台北、嘉义、台南、屏东、高雄等地拜会中国文化大学、台北海南同乡会、台湾文化部门、台湾戏曲学院、成功大学、台南市记者协会以及中山大学等文化组织机构，并与台湾文化名人星云大师、余光中、龙应台、罗门等面对面交流。海南省文联与台湾文化艺术交流协会签订协定：双方将密切交流，分享经验，加强文化艺术、书画摄影、表演艺术、民俗文化和文化产业等方面的往来合作，为两岸文化艺术交流合作共创双赢，共创琼台两地文化交流发展新里程。海南省文化交流团的到访引起了当地媒体的密切关注，台湾《新新闻报》在重点版面对琼岛文化交流团的行程进行专题报道。

海南省文化交流团团长韩少功认为，此行取得了丰硕成果，与台湾文化各界进行了广泛深入交流，其中既有台湾文化名人，又有台湾基层文化人士，增加了琼台文化界对加强两岛文化交流合作的共识，如果说两岸的经济合作是手牵手，文化交流则是心连心。《新新闻报》社长、台湾新闻工作者协会理事长陈万好认为，祖国的两大宝岛签署文化合作协定，必将开启两岸文化交流新里程。

“山海传情”2012海峡两岸（海南）名家书画展

8月22日上午，由省台办、省文体厅、省文联、省农垦总局和两岸经合（北京）文化交流中心共同主办，海南紫宣文化发展有限公司承办的“山海传情”2012海峡两岸（海南）名家书画展，在省博物馆开幕，共展出包括林凡、言恭达、陈振濂、高云、吴东民、王书平、王岳川、李奇茂、杨铭仪、唐健风、罗彩琴、孟昭光等海峡两岸书画名家的力作80余幅。

省委书记、省人大常委会主任罗保铭参观了展览，一边欣赏书画作品，一边与艺术家亲切交流，感谢他们为推动本次活动开展所作出的努力，勉励大家创作更多优秀的作品，促进海峡两岸文

化交流。他指出，国际旅游岛建设离不开文化的支撑，需要优秀的文人墨客汇聚海南，弘扬中华民族的优秀文化，宣传海南的本土文化。

“跨越海峡的呼唤”2012两岸音乐诗会

11月24日晚，“跨越海峡的呼唤”2012两岸音乐诗会在省歌舞剧院举行。

音乐诗会在开场舞《报春鸟》中拉开序幕。共分为“天”、“地”、“人”、“和”四个部分。中央电视台“海峡两岸”节目主持人李红朗诵了潘维的诗歌《立春》，著名配音演员童自荣朗诵了台湾诗人余光中的诗作《乡愁》和《民歌》。

中央台办副主任叶克冬，省委副书记李宪生，省委常委、宣传部长许俊，副省长符跃兰，省人大常委会副主任陈海波，省政协副主席张海国观看了演出。叶克冬、李宪生向两岸诗人罗门、舒婷、颜艾琳、潘维颁发了两岸诗歌桂冠的奖项。

音乐诗会在歌曲《相亲相爱》，中落下帷幕。

音乐诗会是2012“两岸诗会”的重要组成部分，还包括以“美丽中国”为主题的两岸诗歌交流论坛和赴保亭开展以“体验海峡两岸交流基地”为主题的采风活动。

两岸音乐诗会由省委宣传部、省台办、省文体厅、省文联、海南广播电视总台、诗刊杂志社主办，中国诗歌学会、海峡两岸（海南）文化交流联合会、台湾文学艺术交流协会、北京师范大学中国当代新诗研究中心协办，海南省广播电视总台音乐广播承办，得到了中共中央台湾工作办公室的指导。

琼台艺术家海口交流座谈

8月28日上午，应省台办的邀请，在文昌、屯昌采风写生创作的台湾新闻工作者协会理事长、台湾文化艺术交流协会理事长陈万好、高雄市艺术联盟画会理事长李进发、台湾师大美研所硕士、长荣大学美术系助理教授麦惠珍、高雄市艺术联盟会副会长徐朝英等台湾书画家，带来他们创作的31幅书画作品，赶来海口，在省文联与海南省文联艺术家们交流座谈。台湾艺术家的书画作品，展现了海南文昌、屯昌两地乡土乡村乡情乡貌，海南元素突出，尤其是台湾油画家技法新颖，理念创新，给人强烈的视觉感和亲切感。

省台办、省文联、海南报业集团等单位的领导嘉宾和海南文学、戏剧、音乐、舞蹈、书法、美术、影视、曲艺、民间文艺等门类文艺家代表参加座谈。代表们分享了两地艺术家在台湾交流的美好回忆，代表认为两地文化交流的春天已经到来，台湾和海南文化同根同源，充满亲情、让人感觉亲切，两地艺术家的广泛互动交流，能更好地激发创作灵感。代表还认为两地在艺术领域还要不断拓展交流力度，两地艺术交流是心连心的交流、是情感的交流、是互动互补共同提高的重要途径。

台湾画家李进发、麦惠珍、徐朝英在发言中共同谈及在海南采风写生创作的感受体会，他们说，海南与台湾生活习俗、人文等接近相同，对他们创作起了积极的作用，在文昌、屯昌写生、采风，留下了很深的印象，特别是省台办、两市县有关部门、当地艺术家给予的积极帮助，令他们十分感动，有回家的感觉，特别亲切。

重要会议

【省文联五届二次全委会】

3月29上午，省文联在寰岛泰得国际大酒店召开五届二次全委会，全体委员齐聚一堂，共商文艺发展大计。省委常委、宣传部长、副省长谭力到会祝贺并作讲话。谭力指出，文化艺术工作者是海南国际旅游岛的“灵魂工程师”，要承担起“铸魂”的使命。谭力强调省文联要发挥主力军作用，积极推动海南文化建设，不断增强国际旅游岛竞争力，影响力和创造力。

会议还回顾了2011年全省文艺和文联工作，总结了经验，安排部署了新一年的任务。会议要求2012年，省文联要全面贯彻落实党的十七届六中全会精神和九次全国文代会精神，加强组织队伍建设，积极开展文艺活动、推动精品创作、打造文化品牌、提高海南文艺核心竞争力，建设独特魅力的国际旅游岛文化，为海南文化大发展、大繁荣做出新贡献。

出席大会的省文联五届委员根据章程规定，以无记名投票方式进行选举，张萍当选省文联主席。

会议按章程增补了第五届省文联委员。会议期间，与会代表学习讨论了全委会工作报告，传达学习中国文联九届二次全委会精神。

【省文艺评论家协会第一次会员代表大会】

11月28日，省文艺评论家协会第一次会员代表大会在海口召开，会议表决通过了《海南省文艺评论家协会章程》草案，选举产生第一届理事会和主席团。李少君当选为省文艺评论家协会主席。刘复生、杨兹举、彭玉斌、徐仲佳、李景新、苏鹏程、钟南平、江非、谷晓晶、满国徽、马良、焦勇勤、杨全当选副主席。首批会员共80名，主要来自全省宣传文化单位和高等院校，他们当中既有一些全国有影响的评论家和理论研究者，也有初露头角的文艺评论新锐，人员组成涵盖文学、戏剧、音乐、舞蹈、书法、美术、摄影、影视、民间文艺、曲艺等领域，具有广泛的代表性。协会成立后，将组织开展文艺评论和理论研究，举办研讨、观摩、采风等活动，支持和引导群众性文艺评论活动，壮大文艺评论队伍、发挥文艺批评对文艺创作的引领作用，推出成果。

文艺家协会

【影视家协会】

1月15日至16日，联合举办“首届中国·海南爱国拥军影视金曲大奖赛”及颁奖晚会。3月24日，联合举办海南·琼中“海峡两岸三地华语电影高峰论坛”。6月12日，协办电影《蓝调海之恋》新闻发布会暨海南影视产业研讨会，组织会员观摩影片，为海南影视产业的发展积极建言献策。7月，参加由中国电影家协会与福建省电影家协会组织召开的“十八大”献礼电影题材研讨会暨第三届海峡两岸闽南语电影文化研讨会。7月21日，联合举行“红色娘子军杯中国女导演看琼海电视大奖赛”的开机仪式。8月31日，协办“首届海南DV看琼中民间影像大赛”；9月，参加第21届金鸡百花电影节及第9届中国金鹰电视艺术节。与中国台湾电影研究会联合在北京举办海南·琼中“海峡两岸三地华语电影高峰论坛”暨十大华语电影揭晓新闻发布会。12月26日至30日，组织北京卫视高清纪实频道、沈阳电视台、海南广播电视台、海南大学、海南师范大学在内的16名专家、学生组成8个行动采风小组深入琼中乡镇开展采风拍摄。

【摄影家协会】

1月6日，举办第六届中国(三亚)国际热带兰花全国摄影大赛。3月1日，联合举办“昌化江畔木棉红·中国艺术名家海南昌江文化之旅—全国摄影大赛”。3月22日，联合主办2012年南圣镇“三月三”海南五指山“醉美南圣”摄影大赛。5月18日，组织会员前往东方革命老区、昌江县等地为黎族同胞开展惠民服务活动。5月26日，组织30名摄影家参加(武当山)第九届中国摄影艺术节，同时举办了“美丽的南海”、“鸟的天堂”摄影展。6月9日，联合举办“百年老街摄影大赛”。6月25日，主办“南国威尼斯摄影大赛”。7月22日，联合主办2012“美丽梧桐五月花”全国摄影大赛。8月12日，举办“三沙情”黄启清纪实摄影作品展。12月21日，赴台湾进行两岸、两岛摄影交流活动，在台南市举办“南海风情”摄影展。12月29日，举办“大美海南绿色屯昌”中国海南岛欢乐节大型摄影展。12月，在瑞典举办“海南岛屿风光风情”摄影作品展。

【美术家协会】

2月18日，组织画家16人到东昌农场采风，现场为干部职工创作。主办2012中国（海南）·俄罗斯国际书画艺术交流展，开幕式结束后，组织画家随同俄罗斯画家赴我省东方市江边乡俄查村黎寨进行实地采风写生。3月4日，参加“昌化江畔木棉红·2012中国艺术名家海南昌江文化之旅”霸王岭采风创作活动。5月23日，联合主办海南师范大学美术学院2012届毕业生作品展暨第二届“学院奖”优秀作品展。6月10日，举办海南大学艺术学院设计系2009届毕业作品展。11月，承办“绿色海南、欢乐屯昌”油画写生大赛。11月3日，承办“2012中韩艺术国际交流展”。11月27日，联合举办第二届“琼台杯”海南省青年美术作品展暨颁奖活动。

【民间文艺家协会】

1月，承办第十届中国民间文艺“山花奖”颁奖盛典活动，协办海南民间艺术精品展。3月，举行海南民间艺术精品展获奖作者颁奖活动。5月，组织黎锦和椰雕民间技艺传承人赴上海参加中国民协组织的全国民间工艺传承人技艺培训学习。6月至8月，组织开展全省民间珍稀艺术资源调研活

动，形成《海南省民间珍稀文化艺术资源情况调研报告》。

【曲艺家协会】

组织代表参加了中国曲协2012年工作会议、第六届理事会第三次会议、第七届全国代表大会。参加省文联文艺志愿者万宁石梅村的文艺演出活动。在纪念毛主席延安文艺座谈会上的讲话发表90周年的联欢会上，组织诗朗诵相声和魔术等节目表演。4月，副秘书长邢日清受中央电视台邀请《向幸福出发》栏目演出，12月，副秘书长曾强永策划举办的第九届德艺双馨中国文艺展示活动新闻发布会暨第七届中国青少年艺术节表彰大会在海南省群众艺术馆举行。

【舞蹈家协会】

5月25日，举办“中国舞蹈走出去”研讨会，邀请著名舞蹈理论家欧建平介绍中国舞蹈在当前世界中的地位和影响以及当今世界舞蹈的发展趋势。策划并承办海南文化体育公园“欢动海南”公益文体演出活动“六一”儿童节专场演出，期间举办了3场“喜迎十八大”专场广场文艺演出；6月22日至23日，承办第十四届椰娃艺术节；协助省直工委开展“喜迎十八大”专题文艺演出活动，协助屯昌县举办“全面欢乐汇”大型文艺活动，为“海南岛欢乐节”在屯昌举行预热造势；组织优秀会员深入基层免费传授舞蹈基训和编舞技法；派出李金桃、辜杰红、梁智等人赴儋州、白沙、南航部队、海口海关等多家单位和县一级文艺团体免费授课，帮助提高基层文艺队伍水平。

【音乐家协会】

年初，组织声乐专业骨干赴京参加中国文联举办的中国文艺界“百花迎春”晚会海南板块演出。与省总工会联合举办“唱响劳动者之歌”全省合唱比赛。4月10日，主办了海大音乐教师罗晓海个人与学生视唱音乐会、孙毅教授二胡师生音乐会；5月至7月，参与“如歌岁月”“爱我三沙”主题文艺晚会创作演出。6月，举办青年古筝演奏家任洁“古筝首演作品独奏会”、声乐教师孙志贤独唱音乐会、海南省艺校教师岳世一娃独唱音乐会。11月25日，主办“和谐欢歌”许潇尹独唱音乐会。举办中国音乐家协会考级委员会海南考区的音乐考级活动。做好“唱响海南”全国歌曲创作征集评选和采风活动。参与“青春之歌”——鹦哥岭青年团队的宣传活动，创作鹦哥岭组歌系列歌曲作品。

【书法家协会】

1月8日，召开五届二次理事扩大会议，总结部署工作，对年度国展入展（入选）获奖者表彰。1月10日至15日，组织书家前往文昌、琼海、万宁、陵水等地义务为群众写春联。3月24-25日，举行“迎全国九届刻字展”刻字艺术精英班，邀请王志安、汪凯讲解点评作品。5月13日，承办黑龙江书刻精品海南展与海南省第八届刻字艺术展。5月18日，主办省第三届书学研讨会。5月18日，组织书法家赴五指山、保亭等地采风交流。6月8日，承办的吉林、海南、江西书法作品联展在长春开幕。9月13日，承办“珍珠海岸·美丽陵水”——中国当代书法名家作品展。9月26日，承办“创建中国书法之乡——千人挥毫颂儋州”活动。11月25日，承办第二届（海南）国际书画双年展。

【戏剧家协会】

5月3日至9日，参与省琼剧院泰国访问演出活动。5月24日，参与组织举办的“2012年海南省琼剧编导、演员新秀传习培训班”在侨乡文昌开班，陈育明、邢纪元、周庆辉、张拔山、黄良东、李桂琴、黄庆萍、周冰等琼剧名家为52名中青年从艺人员现身施教。参与组织举办“2012海南省琼剧会演”。全省9个专业琼剧团的9台大戏演出。7月2日，召开第五届理事会第二次（扩大）会议与会理事会议。协助和指导新编历史琼剧《海瑞》的创作、排练。8月8至13日，组织选送选手赴江苏泰州市参加第16届中国少儿戏曲小梅花荟萃全国总决赛。10月15日至19日，参与省琼剧院第八次访港演出，在香港高山剧场为旅港海南乡亲演出5场大戏。

文艺创作表演入展获奖情况

年内，全省文艺创作成果突出，一批作品入选获省级国家奖项，一批文艺工作者和文艺家获各类表彰。

【戏剧】

在第16届中国少儿戏曲小梅花荟萃全国总决赛中，省剧协选送的3位参赛选手演唱琼剧选段，其中，邓蔺珊、魏坤获金花奖，黄振更获银花称号；选送海南大学人文传播学院海棠剧社表演的短剧《故去的亲人》获第三届中国校园戏剧节“优秀剧目”奖，孙红伟获“校园戏剧之星”称号，省剧协获组织奖；陈世雄理论文章获第四届中国戏剧奖·理论评论奖优秀奖，邓菡彬评论文章获提名奖，省剧协获组织奖。

【舞蹈】

大型原创歌舞诗《黎族故事》获第四届全国少数民族文艺汇演剧目金奖(最高奖)、最佳导演奖、最佳编剧奖和最佳演员奖等11项大奖；蒙麓光组织创作的原创舞剧《天堂鸟》获首届省艺术节文华大奖，蒙麓光获文华导演奖；舞台剧《执着》，获首届省艺术节文华大奖、作为国家优秀剧目晋京演出；颜业岸副创作、嘉积中学男子舞蹈团表演的群舞《搏·鳌》获第十届“桃李杯”舞蹈比赛群舞组铜奖；白金峰和杨艺编导的舞蹈《阿斯俩目》在全国第三届回族舞蹈展演中获金奖；辜杰红理事编导的儿童舞蹈《椰郾娃》，获第七届中国青少年艺术节儿童舞蹈比赛金奖；群舞《搏·鳌》、罗小珠与他人合作的舞蹈《花帽新韵》、黄秀霞创作的群舞《插秧女》进入全国第十届艺术节“群星奖”复赛；吴圣彪、吴勇、陈璐、梁文惠编导的舞蹈《骑楼里的女人》、颜业岸创作的舞蹈《南海潮》，获首届省艺术节“群星奖”一等奖；伍敏创作的舞蹈《月亮湾的女儿》、赵腾创作的歌舞诗《故郡神游》，欧宗英创作的舞蹈《打稻歌》，分别获首届省艺术节“群星奖”比赛二等奖、三等奖。

【影视】

电影《蓝调海之恋》获澳门国际电影节最佳制片奖、最佳导演奖、最佳摄影提名奖；检察官文联拍摄的《征地风波》、《沉默的村会计》等六集栏目剧在央视十二频道滚动播出；农垦题材电视连续剧《我爱你中国》的剧本创作完成；拍摄完成《琼中计生宣传片》。

【摄影】

省摄影家协会一年度获在由中国摄影家协会主办的全国摄影大展中，获二级收藏1幅、获三级收藏2幅、获五级收藏4幅、入选52幅；在文化部举办的全国摄影赛中，李志斌、兰建琼、王裕超、林伟等人作品分获金银铜奖；蒋聚荣被中国体育摄影学会与文明杂志社评为百名“中国体育·杰出摄影家”，获第九届中国航展“杰出航空航天摄影师”奖杯。李树林作品《城貌新姿》、《欢舞之水》、《七仙岭之城》、盘德雄作品《保城晨曦》获中国摄影家协会主办的2012年中国海南七仙温泉嬉水节“嬉水狂欢 风情保亭”国际摄影大展赛优秀奖。

【美术】

曾祥熙、吴东民、邓子芳、陈茂叶、蔡於良、乔德龙、黄文琦、阮江华、张华忠、齐英石首次集体晋京展出，受到全国政协领导和全国美术界的高度评价。王家儒、张风、林明俊、刘培军等16人入选第7届东京2012国际书画大展，其中王家儒、张风、林明俊、刘培军作品获奖，王家儒水彩画、刘培军国画被大展组委会收藏。阮江华入选2012中国当代最具学术价值和市场潜力的30位山水画家。丁孟芳水彩画《渔歌·网 系列之六》王锐、吴一丹油画《回望》、分别入选第十届全国水彩画、油画作品展。谭龙建国画《果香图》入选“中国魂·艺术与奥林匹克同行”艺术展。陈里思的版画《我是太阳》、符嘉臻的油画《星火燎原》、岑选炳与陈华合作的油画《海风轻轻地吹》入选“纪念毛泽东同志《在延安文艺座谈会上的讲话》发表70周年”全国美术作品展。

【音乐】

“雅马哈杯”第三届全国青少年电子琴优秀选手展演中，范一玫、张陆海瑶获银奖、王语琪获铜奖。何红获优秀指导教师银奖，省音协获优秀组织奖；“长江杯”第三届全国少儿钢琴优秀选手展演活动，王可一获银奖、吕佑恩获银奖、符芳印获金奖、张黎获“优秀指导教师奖”、省音协获“优秀组织奖”。省音协选送、澄迈文体局农民八音音乐团表演的《长寿之乡乐融融》、昌江黎族自治县文体局组织表演的《欢乐黎寨》分别获第三届中国职工艺术节朵日纳杯民族乐器展演民族器乐类节目二等奖、三等奖。

【书法】

24位作者的作品入选第九届全国刻字艺术展；吴东民两幅书法作品被中国美术馆收藏。江寿男行草书获全国第十届书法奖，冯伟、轩敏中获第四届中国书法兰亭艺术作品奖。

【曲艺】

许永青创作小戏《鸳鸯情》获“中华颂”第

二届全国小戏、小品、曲艺作品大赛二等奖。边防文工团小品《英雄无悔》在中国曲协和公安部联合举办的曲艺小品大赛中获三等奖；梁志宏创作的音诗画《群英谱》在广州军区文艺汇演中获创作一等奖，表演二等奖。战胜、唐世江创作的小品《两道门》、音乐快板《南海颂歌》分获首届海南省艺术节“群星奖”戏剧类二等奖、曲艺类二等奖（一等奖空缺，二等奖一个）；唐世江创作的小品《网恋》在吉林卫视播出。彤群旺在省直机关举办的“喜迎十八大文艺调演”活动中表演的魔术、杂技《喜气洋洋迎盛会》获三等奖。

基层文联

【五指山市文联】

2012年，五指山市文联坚持“二为”方向、贯彻“双百”方针，积极发挥联络、协调、服务职能，围绕中心，服务大局，努力增强文联工作实效性，团结广大文艺工作者，开展文艺创作，开展文艺活动，发挥先进文化的引领作用。

一是加强队伍建设。坚持以德艺双馨标准加强文艺队伍建设，推荐五指山“百灵鸟”黄婷丹参加第二届海南省中青年德艺双馨文艺工作者评选。整合资源，成立五指山市候鸟艺术协会，扩充文艺人才队伍，充分发挥候鸟老人艺术家的余热繁荣发展文艺事业。

二是开展文艺活动。挖掘资源，开展南圣、水满、毛阳旅游线路上的“牙胡梯田”文艺品牌创建活动。承办海南省第三届书学理论研讨会暨中部五市县书法展。组织摄影家参加五指山“醉美南圣”摄影大赛活动。参加国家一级美术师黄居正书画讲座创作交流。组织作品参加“三月三”五指山市黄蜡石、根雕、摄影艺术作品展。参加环海南岛国际公路自行车赛活动、第二届五指山热带雨林登山赛活动、“万宁国际摄影大展”启动仪式暨世界女子冲浪锦标赛等活动拍摄工作。

三是创作成果丰硕。收集精选自明代至当代文化名人以五指山为主题创作的古诗词200多首，结集出版诗集《如诗的五指山》。老艺术家许永青创作小戏《鸳鸯情》获“中华颂”第二届全国小戏、小品、曲艺作品大赛二等奖，《宝岛佳景任您游》获第三届全国歌曲作品大展赛作词金奖，《妈妈教我唱渔歌》获中国文学音乐协会主办的音乐作品大赛作词作曲优秀奖。中国摄影家协会主办的2012年中国海南七仙温泉嬉水节“嬉水狂欢 风情保亭”国际摄影大展赛中，李树林作品《城貌新姿》、《欢舞之水》、《七仙岭之城》、盘德雄作品《保城晨曦》获优秀奖。王娟套色版画《阳光》获全省职工、干部美术作品展金奖；省首届“群星奖”艺术展中，4幅美术作品入展，王娟套色版画《闹市》获优秀奖，黑白版画《婚庆》入选。8幅书法作品入展，其中有2幅作品获三等奖。4幅摄影作品入展，《祝愿》、《呐喊》、《向海》获优秀奖，李树林作品《在希望的田野上》获三等奖。2012南圣“三月三”节海南五指山“醉美南圣”摄影大赛，陈启安作品《晨曲》获特级收藏奖，李树林作品《南圣三月三开幕盛典》（组照）获金奖，盘德雄作品《青春岭瀑布》和尹秋艳作品《苗族风情》分获铜奖。王蕾在省内报刊杂志发表散文诗《三月黎山》，论文《如何利用网络传承和保护黎族文化》在黎族文化论坛上宣读，论文《黎族传统器乐的传承与保护》被采用出版。

重庆市文联

综　述

2012年，重庆市文联坚持以邓小平理论、“三个代表”重要思想和科学发展观为指导，深入学习贯彻党的十八大和市四次党代会精神，高举旗帜、围绕大局、服务人民、改革创新，以建设社会主义核心价值体系为根本要求，以满足人民群众精神文化需求为根本目的，以多出文艺精品、多出优秀人才为根本任务，以服务广大文艺工作者为根本职责，为把重庆建设成为长江上游地区的文化中心、城乡统筹发展的文化强市作出了新的积极贡献。

2012年，重庆市文联通过多种形式的学习纪念活动，在全市文艺界大力践行社会主义核心价值体系，弘扬文联精神，更好地发挥了文化引领风尚、教育人民、服务社会、推动发展的作用。党的十八大召开以后，重庆市文艺界掀起了学习贯彻党的十八大精神热潮，以丰富多彩的艺术形式宣传贯彻党的十八大精神。

2012年，重庆市文联、各市级文艺家协会、各基层文联将自身的品牌活动和重庆市的重大文化活动紧密结合，通过开展丰富多彩的主题文艺活动，努力营造健康向上的文化氛围，丰富人民群众的精神文化生活，践行“爱国、为民、崇德、尚艺”的文艺界核心价值观，弘扬“奉献、友爱、互助、进步”的志愿者服务精神。组织了“送欢乐、下基层”文艺志愿者服务活动，主办了第二届中国·奉节国际摄影展、首届海峡两岸电视艺术节、百花争春——重庆文艺界2012年新春联欢会、第四届重庆大学生戏剧节、第三届重庆市舞蹈比赛、第三届重庆市曲艺大赛等活动。同时，重庆市文联整合各艺术门类、各市级文艺家协会和基层文联的力量，健全保障机制，努力培训人才，打造重点作品，开展文艺评论，大力发展繁荣重庆文艺。

2012年，重庆市文联着力加强机关建设，加强内部管理，创建市直机关文明单位，扩大文联影响。承办了中国艺术报社2012年通联工作会议，举办了第22届西部文联工作会，召开了三届二次全委会，成立了重庆市故事家协会，并积极推进重庆市文艺家活动中心大楼建设。

一年来，重庆市文联组成小分队赴渝中区、永川区、大足区、铜梁县、奉节县、云阳县、巫山县、巴南区、长寿区、城口县等地调研，考察基层文联组织建设情况，并指导大足区文联、綦江区文联、万盛经开区文联和渝北区美术家协会、书法家协会、音乐家协会成立，指导璧山县文联、秀山县文联和北碚区文联换届，指导渝中区文联、永川区文联、燃气文联等基层文联进一步健全文联组织机构，规范文联活动。组织渝中区、彭水县等7个区县文联负责人参加全国文联组联工作会和中国文联培训班，指导永川区文联培训镇街文联干部。2012年10月22日，指导重庆市首家村级文联——巴南区花溪街道先锋村文联挂牌成立，2012年12月13日，指导重庆市检察官文联成立。重庆市文联承办了重庆市人力社保局和重庆市文联联合开展的2011年先进基层文联和优秀基层文联工作者评选工作，开展了评选表彰2012年度全市先进基层文联和优秀基层文联工作者的工作，并召开了2012年全市基层文联工作会。截至年底，重庆市共有全国会员1789人，市级会员13017人，基层会员34125人。

机关会议和机关建设

【掀起学习贯彻十八大精神热潮】

党的十八大召开以后，重庆文艺界掀起了学习贯彻党的十八大精神热潮，组织召开全市文艺界座谈会，组织召开推进文艺创作座谈会，深入

学习党的十八大精神，积极动员全市文艺工作者把思想和行动统一到党的十八大精神上来，以丰富多彩的艺术形式宣传贯彻党的十八大精神，为建设文化强市再立新功。在党的十八大闭幕之日，重庆市文联、重庆市书法家协会即联合举办了以“神州庆盛会，翰墨书新篇”为主题的“庆祝党的十八大胜利闭幕大型书法笔会”，以书法这一特有的传统艺术形式再现十八大报告中的佳言警句。重庆市文联还及时制定具体措施，全面开展“贯彻十八大，文艺促发展”主题活动，举办学习党的十八大精神征文比赛，以实际行动贯彻党的十八大精神。

【以多种形式纪念毛泽东同志《在延安文艺座谈会上的讲话》发表70周年】

2012年是毛泽东同志《在延安文艺座谈会上的讲话》发表70周年，为隆重纪念这一历史性文献，重庆市文联和各市级文艺家协会精心组织采风、展览、座谈等活动，以实际行动践行《讲话》精神。

一是开展大规模创作采风活动。由重庆市文联承办的重庆市首期中青年文艺人才骨干培训班分赴山东、辽宁和云南进行考察采风，重庆市文联机关全体职工到成都学习考察文化创意产业，13个市级文艺家协会也分别组织会员开展了形式多样的创作采风活动。

二是举办重温《讲话》精神座谈会。重庆市文联和重庆市文艺评论家协会联合召开纪念《讲话》发表70周年座谈会，就如何传承《讲话》精神，繁荣新时期文艺创作及文艺批评进行深入交流。重庆市戏剧家协会、重庆市音乐家协会、重庆市摄影家协会等市级文艺家协会也分别召开座谈会，探求文艺发展规律，探讨文艺发展方向。

三是举办美术书法摄影作品展览。5月21日，由中共重庆市委宣传部、重庆市文联主办，重庆市美术家协会、重庆市书法家协会、重庆市摄影家协会承办，重庆中国三峡博物馆协办的重庆市纪念《讲话》发表70周年美术书法摄影作品展在重庆中国三峡博物馆开幕，从近千名艺术家的上千件作品中确定的140幅展品，集中展示了近年来重庆市美术、书法、摄影艺术的创作成果。此外，由重庆市美术家协会主办的“纪念《讲话》发表70周年重庆市美术作品展”也于5月18日在重庆美术馆开幕，从623件作品中选出的526件作品参加展出，115件佳作被评出优秀作品。

【第二十二届西部文联工作会】

为了加强西部各省区市（兵团）文联之间的联系和友谊，交流新形势下进一步做好文联工作的经验和做法，11月8日至14日，由重庆市文联承办的第22届西部文联工作会议在渝圆满召开，来自内蒙古自治区、广西壮族自治区、贵州省、云南省、陕西省、青海省、宁夏回族自治区、新疆建设兵团等西部省区市文联的领导和代表，同来自北京市、山西省、山东省等特邀省市文联的领导和代表欢聚一堂，共同学习党的十八大精神，共商西部文联发展大计。中共重庆市委常委、宣传部长徐海荣出席欢迎宴会并作重要讲话。重庆市文联党组书记、副主席王超致辞。

【承办中国艺术报社2012年通联工作会议】

3月29日至31日，《中国艺术报》2012年通联工作会议在重庆市召开，来自中国文联、《中国艺术报》及全国25个省市区及产业文联的领导和中国艺术报全国记者站站长共52人欢聚一堂，交流通联工作经验，共商文艺传媒发展大计。中国文联党组成员、书记处书记夏潮，中国艺术报社社长向云驹，中共重庆市委宣传部副巡视员夏长荣，重庆市文联党组书记、副主席王超，中国艺术报社副总编辑康伟，重庆市文联党组成员、副主席杨矿，重庆市南岸区区委常委、宣传部部长黄红等出席会议。会议期间，与会代表参观考察了重庆红色革命传统教育基地，缅怀革命先烈事迹，接受红岩精神的洗礼。重庆市文联以精心的筹备和优良的会务确保了会议的圆满召开，在国内媒体面前树立了重庆文联的良好形象。

【首届重庆市中青年文艺人才骨干培训班】

4月9日至22日，由中共重庆市委宣传部、重庆市文联联合主办的重庆市首届中青年文艺人才骨干培训班在市委党校举办。重庆市各市级文艺家协会、各区县的60余名文艺骨干参加培训。

重庆市首届中青年文艺骨干培训班是市委宣传部、文联力抓文艺创作、力推文艺人才的一大举措。此次培训聘请了重庆市乃至全国文艺界的知名文艺家、专家和学科带头人授课，采取形势分析、政策解读、案例分析、艺术实践、学习体验、文艺理论、现场考察等多种学习形式，通过将近1个月的时间、4个阶段的学习实践，达到文艺创作有很大提高、文艺素养有很大提升、文艺管理水平有很大进步的目的，最终培养一批优秀的本土青年文艺创作骨干和文艺管理干部，为重庆市文艺创作出精品出人才储备力量。在结业典礼上，何罡等10位学员被评为优秀学员，冯佳等10位学员的调研报告被评为优秀调研报告，李健等10位同学的文艺作品被评为优秀作品。

【重庆市文联三届二次全委会】

为总结重庆市文联二届六次全委会以来的工作，分析当前形势，部署2012年工作任务，进一步开创重庆文艺工作和文联工作新局面，重庆市文联于2月16日在重庆市天宇大酒店召开三届二次全委会。来自重庆文艺界的140多名重庆市文联委员和特邀代表，重庆市文联机关的处级干部参加了会议。会议由重庆市文联党组成员、副主席陈若愚主持。

重庆市文联党组书记、副主席王超受重庆市文联三届主席团委托，向全委会作工作报告。报告指出，如何站在新的历史起点，抢抓新机遇、应对新挑战，是当前文联面临的紧迫课题。重庆市文联必须居安思危、未雨绸缪，乘势而为，迎难而上，不断增强责任感和紧迫感，开拓重庆文艺工作和文联工作新局面。重庆市文联党组成员、副主席龙川在会上传达了重庆市宣传文化工作会精神。会议通报了市文联第三届委员会有关人事变动情况，表彰了2011年度文联系统先进单位和先进文艺工作者。

【开展市直机关文明单位创建】

年初，在重庆市文联党组的指导下，重庆市文联机关党委决定创建市直机关文明单位。在认真总结近几年精神文明建设经验的基础上，重庆市文联机关党委详细制定了创建规划，分解落实了创建任务，制定了文明手册，开展了经常性创建工作。经过一年的努力，2012年12月27日，在重庆市文联创建市直机关文明单位考评验收会上，重庆市文联文明单位创建工作得到重庆市市直机关党工委的充分肯定，并验收合格。

【重庆市首家村级文联挂牌成立】

10月22日，重庆市首家村级文联——巴南区花溪街道先锋村文联挂牌成立。先锋村党委书记潘玲当选为首任文联主席，鲁迅文学奖获得者、先锋村荣誉村民、著名诗人傅天琳被聘为荣誉主席。先锋村是集工业园区、农民新区、商贸区等为一体的社会主义新农村。全村15个村（居）民小组，总人口6518人。近几年，先后获重庆市“中国重庆文化艺术节重庆百万群众庆直辖合唱比赛金奖”“重庆市文明村标兵”“全国计生工作先进单位”等多项荣誉。目前，先锋村文联下设舞蹈、音乐、文学、体育、书法美术和摄影6个协会，有会员160人。

文艺活动和文艺展览

【“送欢乐、下基层”文艺志愿者服务活动】

“送欢乐、下基层”是文联系统开展文艺惠民活动的一大品牌。1月15日，由中国文联和中共重庆市委、重庆市政府联合主办的2012中国文联“送欢乐、下基层”慰问团赴重庆市涪陵区两江广场进行了慰问演出，艺术家向涪陵区委区政府和群众代表捐赠了美术、书法、摄影作品，并分赴涪陵区白涛街道和南沱镇睦和村，把优美的文艺节目送给数千移民群众。元旦春节期间，重庆市文联以村镇、社区、工厂、军营、学校为重点，带领广大艺术家和文艺工作者先后赴九龙坡区、大渡口区、永川区、潼南县、第三军医大学、重钢集团长寿新厂区等地，开展了50多场慰问演出活动，向贫困群众赠送全家福照片及慰问品，向留守儿童赠送书包文具等学习用品，向现场观众赠送春联窗花作品。9月26日，由重庆市文联、中共重庆市九龙坡区委、九龙坡区政府主办，九龙坡区委宣传部、九龙坡区文联、重庆市文联文艺志愿服务团承办，重庆文艺志愿者走进九龙坡，为数百名建筑工人进行了慰问演出活动。重庆市摄影家协会开展的以全市道德模范、感动重庆人物为对象创作而成的“当雷锋传人·做重庆好人”大型肖像摄影展及千名摄影志愿者千幅作品送千家活动在群众中反响强烈，并在《中国艺术报》上图文刊登。重庆市音乐家协会、重庆市杂技艺术节协会、重庆市曲艺家协会等市级文艺家协会也分别把精美的乐器、精彩的节目送给了百姓，给基层群众带去了欢笑。重庆市曲艺家协会主席王毅荣获中国曲艺家协会授予的“送欢乐、

下基层”先进个人称号。

【“新春联进千家万户”活动轰轰烈烈】

为让广大市民过一个欢乐、文明、和谐的新春佳节。重庆市文联牵头组织开展了2012年“新春联进千家万户”活动。

自1月10日举行“新春联进千家万户”活动启动仪式以来，“新春联进千家万户”活动得到了各区县（自治县）、市级部门、社会单位和广大人民群众的热烈拥护和积极参与，在全国范围内产生了广泛影响。截至春节，共征集到新春联2260多条，初选出210条。应征者除重庆作者外，还有全国20多个省市的楹联爱好者。1月15日，中国文联“送欢乐、下基层”到重庆市涪陵区，书法家为群众现场书写。重庆市文联陆续组织一系列“撰春联、写春联、送春联、贴春联”活动，把春联送进农村、送进社区、送进工厂。重庆市文联“送欢乐、下基层”到潼南县、长寿县、第三军医大学，组织书法家现场书写春联送给群众，并开展了“新春联进公租房”书写活动、送新春联进三峡移民家底等示范活动。

在重庆市文联的全力推进下，重庆市38个区县（自治县）开展了现场书写春联活动，活动此起彼伏，亮点纷呈。截至春节，重庆市共组织书写新春联674040多副，印刷新春联4221600多副，共计送出新春联近500万副。

【“百花争春——重庆文艺界2012新春联欢会”】

2月4日上午，由中共重庆市委宣传部、重庆市文联、重庆市作家协会主办，重庆市文联承办的“百花争春——重庆文艺界2012年新春联欢会”在重庆市天宇大酒店宴会厅隆重举行。来自重庆市各市级文艺家协会的老中青三代艺术家代表300余人欢聚一堂，畅叙友情，互致祝愿，共话未来。

原中共重庆市委常委、宣传部长何事忠在讲话中指出，重庆市文联、重庆市作家协会突重破难，埋头苦干，不断拓展服务大局的新方法，不断拓展出作品出人才的新领域，不断拓展服务文艺工作者的新途径，工作有特色，队伍有活力，方法有成效，值得充分肯定。重庆市文联党组书记、副主席王超，重庆市作家协会党组书记、副主席王明凯也分别在会上致辞。在近2个小时的演出中，各市级文艺家协会选送节目精彩亮相，异彩纷呈。

【第二届中国·奉节国际摄影展】

由中国摄协家协会、中共重庆市委宣传部、重庆市文联等联合主办的2012第二届中国·奉节国际摄影节于10月26日至28日在重庆市奉节隆重举办。中国文联党组成员、书记处书记李前光，中共重庆市委常委、宣传部部长徐海荣，重庆市人大常委会副主任郑洪，重庆市副市长张鸣，重庆警备区副政委洪和平，中国摄影家协会副主席张桐胜，重庆市奉节县委书记谢礼国等领导出席开幕式并致辞。

第二届摄影节共涵盖22个主体展览，主要展出了英国摄影家作品展中英奉节夏令营摄影作品，法国、阿根廷、意大利摄影家作品，中国市长协会女市长分会摄影作品，“学雷锋传人，做重庆好人”大型肖像作品，王耘农个人肖像作品，青年摄影家专题展览作品，“壮丽长江·诗城奉节”国际摄影大展入选作品，以及宜昌市、巫山县、云阳县、忠县摄影家等特别邀请作品。摄影节以打造“游览观光的胜地，文学艺术的天堂”为目标，共征集到来自意大利、阿根廷、法国、英国等国家和国内18个省市的400余名摄影家的6000余幅作品参展。经过中国摄影家协会专家组的评审，“壮丽长江·诗城奉节”国际摄影大展共选出金质收藏作品2件，银质收藏作品6件，铜质收藏作品12件，优秀作品100件。

【首届海峡两岸电视艺术节】

12月7日至9日，由中国电视艺术家协会、重庆市文联、重庆广播电视集团(总台)、重庆市北碚区政府和台湾中华广播电视节目制作商业同业公会联合主办的首届海峡两岸电视艺术节在重庆市北碚区举行。全国政协常委、中国文联副主席、中国电视艺术家协会主席赵化勇，台湾中华广播电视节目制作商业同业公会理事长汪威江，中共重庆市委常委、宣传部部长徐海荣出席开幕式。艺术节举行了海峡两岸电视合作高峰论坛和海峡两岸电视节目交流合作洽谈会，推选出了一批深受海峡两岸同胞喜爱的优秀电视节目和优秀电视演员，以及业绩突出的电视制作、播出机构。《舌尖上的中国》等30部电视作品获“海峡两岸电视艺术节两岸交流优秀作品”奖，侯勇等两岸10名演员获“海峡两岸电视艺术节两岸交流优秀演员”奖，九洲文化传播中心等10家电视机构获“海峡两岸电视艺术节两岸交流优秀电视机构”奖。

【第四届重庆大学生戏剧节】

由中共重庆市委宣传部、重庆市文联、重庆市教育委员会、重庆市文化广播电视局联合主办的第四届重庆大学生戏剧节于3月26日至4月28日在重庆高校隆重举行。与往届相比，演出36场、观众达3万多人次的此届重庆大学生戏剧创作剧目更多，演出样式更丰富，演出质量更高，参加院校更广。经认真评选，10部戏获得优秀创作剧目奖，7部戏获得优秀演出奖，35位演员获得优秀表演奖，5个作品获得小戏小品类优秀创作剧目奖，30人获得优秀指导教师奖，13所高校获得优秀组织奖。

【第三届重庆市舞蹈比赛】

由重庆市文联、重庆市文化广播电视局共同主办，重庆市舞蹈家协会、重庆市艺术创作中心承办的第三届重庆市舞蹈比赛于11月16日圆满落下帷幕。自3月大赛启动以来，重庆市相关专业院、校、团及各区（市）、县舞蹈家协会等相关单位认真组织、积极参与，共有88件参赛作品、37个报送单位报名参赛。10月30日初赛结束后，筛选出了37件优秀作品（其中原创32件，学习5件）进入11月15日在重庆市劳动人民文化宫剧院的决赛，并于11月16日晚举行了隆重的颁奖晚会。重庆市政协副主席谢小军，中国舞蹈家协会名誉主席、一级演员白淑湘，中国舞蹈家协会顾问、一级编导李毓珊，中共重庆市委副秘书长薛竹，重庆市政府副秘书长王余果，重庆市文化广播电视局汪俊，重庆市文联党组成员、副主席杨矿出席颁奖晚会。

【第三届重庆市曲艺大赛】

由重庆市文联、重庆市曲艺家协会联合主办的重庆市第三届曲艺大赛暨首届车灯大赛于2012年3月31日在山城曲艺场拉开序幕。此届大赛极具时代特色和生活气息，参与面广，专业性强，整体水平高，年轻选手参赛踊跃，“80后”甚至“90后”参赛选手占整个选手的70%以上。经过广泛发动、精心组织，共有42件曲艺作品和5件车灯作品进入决赛。经过紧张角逐，最终评出表演一等奖5名，二等奖10名，三等奖13名，创作奖6名。

【重庆文艺界“走基层，转作风，改文风”活动主题美术摄影作品展】

2012年，重庆市文联先后与重庆晨报、四川美术学院、华龙网等合作，在重庆市杨家坪西城天街完成大型艺术公益活动“重庆晨报艺术社区行”首站展览——“瓜瓢村的故事”重庆文艺界“走基层，转作风，改文风”活动主题美术摄影作品展，与重庆市大渡口区委宣传部、文广新局联合主办“第十七个世界读书日宣传活动暨重庆市文艺界‘走基层，转作风，改文风’创作采风主题美术摄影作品展”。

文艺创作和文艺评论

【重点打造优秀文艺作品】

中共重庆市委常委、宣传部长徐海荣于8月28日到重庆市文联调研，针对如何打造精品力作与文艺家代表进行了认真座谈。调研结束后，重庆市文联结合实际，及时做出调整，把打造精品力作作为文联的核心工作来抓，并开展了“我与精品力作”征文活动，机关职工积极建言献策，人人写出心得体会，51篇心得文章被汇编成册。为切实推进文艺创作，按照“围绕中心，服务大局”的指导思想，重庆市文联相继召开工业题材文艺创作座谈和以“中华文明历史题材美术创作工程”为题的重庆市创作动员会，话剧《铁肩》（原名《钢人》）、《月缺月圆》等新剧目正在创作之中，21件中华文明历史题材美术作品被送往北京。此外，重庆市文联还配合钟纪明完成为全国人大常委会会议厅创作的大幅山水画《灵秀武陵山·宜居桃源境》，与重庆市环保局合作，拍摄环保创模微电影，并举办了2012年首届重庆市微电影展播。拍摄数字电影《青春·com》以及轻喜剧电影《好汉老顾的婚路历程》，与重庆市石柱县联合拍摄青春励志电影《黄连有点甜》。

【晏济元诞辰110周年书画作品展暨晏济元书画艺术研讨会】

由中国文联、中国美术家协会、重庆市政协共同主办，全国政协书画室、中国人民对外友好协会支持，中国书法家协会、重庆市文联等协办的“世纪文化与百年艺术人生——晏济元诞辰110周年书

画作品展暨晏济元书画艺术研讨会”于5月27日在北京全国政协礼堂举行。全国人大常委会副委员长、民革中央主席周铁农，全国政协副主席、中国文联主席孙家正，重庆市政协副主席吴家农等领导和文艺界人士出席了开幕式。

晏济元，名平，素贞老人、老济、济公、江州散人、世纪老人，生于1901年，四川内江人，祖籍山东高密。中国美术家协会会员，曾任重庆市美术家协会副主席、重庆国画院副院长等职。2011年2月10日因病在成都去世，享年110岁。晏济元是当今画坛具全方位的高寿书画家，早年与张大千同承师脉，学古敌古，独辟蹊径，讲求书画同源，重视野外写生。他擅长山水、人物、花鸟、篆刻，书法，亦精通诗词，在国内、国际都颇有影响。此次展出的40件画作中，观众能强烈地感受到这位百岁老人的艺术风范。出版有《晏济元》《晏济元精品选》《晏济元民间藏品选》《晏济元书画作品集》等画册。

开幕式后，召开了“晏济元世纪文化与百年艺术人生”研讨会。

【凌宗魁先生从艺55周年暨作品研讨会】

2012年是著名谐剧表演艺术家凌宗魁先生从艺55周年。由重庆市文联和重庆市文史馆联合主办，重庆市曲艺家协会和重庆市曲艺团联合承办的“凌宗魁先生从艺55周年暨作品研讨会”于6月9日在山城曲艺场隆重召开。重庆市关心下一代工作委员会主任、原四川省重庆市常务副市长肖祖修，原全国政协常委、原重庆市政协副主席窦瑞华，中华曲艺学会名誉会长、国家非物质文化遗产专家委员会委员、中国文联国内联络部原副主任常祥霖，重庆市文联党组书记、副主席王超，重庆市文联党组成员、副主席杨矿，重庆市文化广播电视局副局长李廷勇，重庆市文史馆党组成员、副馆长郭太国、李大刚，重庆市著名戏剧家阳晓、柯逾劢，重庆师范大学中文系教授鲜于煌，贵州省曲艺家协会副主席段春林等领导专家及凌宗魁的弟子共100多人出席研讨会。研讨会由重庆市曲艺家协会主席王毅主持。

凌宗魁的表演和创作，取材贴近生活，语言贴近群众，讽刺贴近实际，代表了广大人民群众的心声。与会人员纷纷发言，从不同角度点评凌宗魁的艺术成就，认为他的作品来源于生活，针对性强，艺术性高，在令人开怀大笑的同时，也带给人思考。会后，还举办了两场凌宗魁作品专场表演。

【重庆京剧《金锁记》专家研讨会】

由重庆市京剧团据张爱玲同名小说创作演出的《金锁记》，于2011年在第12届中国戏剧节上亮相，斩获优秀剧目、优秀导演、优秀表演三项大奖，赢得了专家和观众的一致好评。为了进一步探讨该剧的创新意义，中国戏剧家协会《中国戏剧》杂志社于2012年2月14日在中国文联文艺家之家举办了该剧的研讨会，中国戏剧家协会专职副主席、分党组书纪季国平，著名戏剧专家黄维钧、安志强、刘彦君、童道明、林荫宇、王敏、赓续华、黎继德、罗松、安凤英、韩剑光，重庆市文联党组成员、副主席杨矿，重庆市文化广播电视局副局长李廷勇，红岩文化产业（集团）公司党委书记吴彦来，《金锁记》导演李六乙，重庆市戏剧家协会主席申列荣，重庆市京剧团团长张军强，重庆市京剧团书记程联群等人参加了研讨会。会议由《中国戏剧》杂志社主编赓续华主持。

研讨会上，与会专家对京剧《金锁记》的文本改编、导演艺术、音乐唱腔设计、舞台呈现及演员表演，均给予了高度的评价，认为京剧《金锁记》深刻地再现了张爱玲最优秀的长篇小说的社会批判精神，是一部新戏剧、新戏曲、新京剧。京剧《金锁记》是重庆市继川剧《金子》领先全国之后产生的又一部具有全国性影响的优秀剧作。

【重庆市环保创模系列微电影拍摄完成】

为扩大创建国家环境保护模范城市的宣传效应，《重庆市环保创模系列微电影》在重庆市文联、重庆市电影家协会以及市创建国家环保模范城市领导小组的共同努力下完成拍摄。《重庆市环保创模系列微电影》力求通过微电影便捷而独特的叙述方式，将严肃的环保话题转换成轻松幽默的艺术形式，普及环境科学知识，激发观众对重庆这座城市的热爱，自觉珍惜和保护自然资源。该电影以一个外国记者来重庆旅游的见闻为线索，讲述了近年来重庆在创建国家环境保护模范城市过程中的发展和变化。该片共分《重庆蓝天》《重庆碧水》《重庆绿地》《重庆夜色》《重庆希望》5部，由重庆市文联党组成员、副主席杨矿和重庆市电影家协会会员王月线共同编剧，重庆帝都影视文化传媒公司投资，重庆著名导演杨平导演，其演员均为重庆人，充分体现了重庆的本土气息。

【重庆第三届电影剧本征集评选结果揭晓】

为提高剧本原创能力，打造更多现实主义题材精品力作，由重庆市文联主办，重庆市电影家协会、重庆电影集团承办的重庆市第三届电影剧本征集评选活动5月启动以来，共收到全国21个省、市、自治区及重庆地区70余部电影剧本，充分反映了近年来政治、经济、文化、社会发展的巨大变化。经专家认真评定，剧本《三脚狼》获一等奖，《牧童与村姑》和《一只特立独行的猪》获二等奖，《南海亮剑》、《桂花村的姑娘》和《逃生》获三等奖，《美丽的承诺》等10部剧本获优秀剧本奖。

【电影《派饭》在韩国院线公映】

3月10日，由重庆市文联党组成员、副主席杨矿和天津作家杨爱军编剧，著名导演齐为民执导，重庆市文联、重庆市巫山县政府、北京海晏和清影视文化有限公司联合拍摄的儿童电影《派饭》在韩国主流商业院线放映。《派饭》是部教育题材的影片，讲述了重庆市巫山县为支教老师跳石村轮流在学生家里吃饭的故事。凭借感人至深的故事内容、精致优美的拍摄画面，以及深刻的教育意义，《派饭》拍摄完成后，即获得了国家重点推荐影片，不仅应邀参加上海国际电影节，入围中国新片展映单元暨电影频道传媒大奖，在上海、黑龙江教育院线放映，还应邀参加了日本、澳大利亚、美国、英国等电影节展的放映。《派饭》是我国电影近年来首次登陆韩国主流商业院线的一部影片，这对中国儿童电影市场有着历史性的意义。

【杂技剧《花木兰》获国家舞台艺术精品工程资助剧目】

1月6日，在国家舞台艺术精品工程授牌仪式上，由重庆市杂技艺术节协会、杂技艺术团创作的杂技剧《花木兰》获“2010—2011年度国家舞台艺术精品工程资助剧目”，实现了重庆杂技在该奖项上零的突破，为重庆市争光。1月7日中央电视台《新闻联播》进行了报道。自2009年以来，杂技剧《花木兰》已演出700多场，观众达70万人次，获得观众热烈欢迎和专家的一致认可。杂技剧《花木兰》入选国家舞台艺术精品工程这一我国舞台艺术最具权威性的国家级大奖，不仅提升了重庆市杂技艺术在全国的影响力和竞争力，也奠定了重庆杂技在全国杂技界的领先地位。

【创作评论硕果累累】

话剧《河街茶馆》荣获第四届中国戏剧奖·曹禺剧本奖提名奖，音乐剧《毕业生》获得中国戏剧奖·校园戏剧优秀剧目奖，重庆市戏剧家协会和移通学院获“优秀组织奖”。歌曲《又唱红梅赞》在中央电视台《天天把歌唱》栏目首播后，又在中央电视台音乐频道唱响，并和《百里三峡美如画》等四首作品同获重庆市“五个一工程”奖。在第三届全国青少年电子琴优秀选手展演比赛中，由重庆市音乐家协会组织选送的8位选手包揽B组金、银、铜奖及C组优秀奖，重庆市音乐家协会荣获优秀组织奖。电影《我最好的朋友江竹筠》和《八卦宗师》进入电影院线公映。电视纪录片《那山那老人》获第26届金鹰奖优秀纪录片奖。在第四届全国新农村电视艺术节上，《瓜田新事@重庆农民微博卖瓜》等10部作品分别获得专题片最佳作品奖、优秀奖、好作品奖及优秀电视栏目奖，获奖数量位列全国前茅。重庆市民间文艺家协会组团参加第三届中国剪纸艺术节，获一银一铜的好成绩。在第八届中国文联文艺评论奖上，重庆市文联选送的邱正伦《中国美术观：中国美术的自主表达》和王海涛的《山高水长——谈孙颖的“汉唐古典舞”和他的当代艺术贡献》共同荣获文章类二等奖，成为重庆市文联参评本奖项以来所取得的最好成绩。

各文艺家协会

【印象·武隆首届全国青少年书法大赛作品展暨颁奖典礼】

为传承祖国优秀文化，展示青少年书法成果，印象·武隆首届全国青少年书法大赛于5月12日在重庆市武隆县隆重举行。本次活动由重庆市文联、重庆市书法家协会、武隆县政府联合主办，重庆市书法家协会教育委员会、武隆县教育委员会、武隆县文联、武隆喀斯特集团公司承办，武隆县

实验小学为实施单位。原重庆市政协副主席窦瑞华，中国书法家协会教育委员会秘书长章巧珍，重庆市教育委员会副主任钟燕，重庆市文联党组成员、副主席杨矿，重庆市书法家协会主席刘庆渝，重庆市政府原副秘书长、重庆市书法家协会顾问余恢毅，重庆市教育委员会语委办主任余世琳，重庆市书法家协会顾问缪经纶，重庆市书法家协会副主席张裕纲等领导出席了开幕式。来自全国各地的获奖候选作者、重庆市书法艺术学校以及武隆县相关学校教职工共600余人参加活动。

印象·武隆首届全国青少年书法大赛现场决赛共有68名来自全国各地的参赛选手参加，以现场命题、现场创作的方式进行角逐。经认真评审，共评出一等奖10名，二等奖20名，三等奖38名。与会领导为获奖作者颁奖。会后，与会人员观看了印象·武隆首届全国青少年书法大赛书法作品展。

【首届全国中小学书法教学高峰论坛】

3月30日至31日，龙乡墨韵·首届全国中小学书法教学高峰论坛、首届全国中小学教师书法作品展暨重庆市铜梁县书法特色教育现场会在重庆市铜梁县举行。本次活动由重庆市文联、重庆市书法家协会和重庆市教育科学研究院主办，重庆市书法家协会教育委员会会、铜梁县教育委员会、铜梁县文联承办，铜梁县师范附小为具体实施单位。原重庆市政协副主席窦瑞华，中国书法家协会教育委员会秘书长、中国书法家协会培训中心书记、教授章巧珍，《书法报·少儿书画》主编陈明华与铜梁县相关领导出席了开幕式。来自全国各地的获奖者代表、重庆市书法艺术学校及铜梁县部分学校领导和教师500余人参加了活动。

与会领导和嘉宾为龙乡墨韵·首届全国中小学书法教学高峰论坛、首届全国中小学教师书法作品展先进单位和获奖者代表颁奖，并观看了龙乡墨韵·首届全国中小学教师书法作品展和铜梁县师生书法展览暨现场表演。论坛还就书法教师素质要求、书法特色学校建设、书法教研及创作辅导等主题举办了专题讲座。

【重庆市第四届青少年书法艺术节】

由重庆市语言文字工作委员会、重庆市文联、重庆市书法家协会、重庆教育科学研究院联合举办，重庆市书法家协会教育委员会会和重庆市渝北区教育委员会承办，渝北区空港新城小学实施的“重庆市第四届青少年书法艺术节”于12月4至5日在重庆市渝北区隆重举行。艺术节为重庆市书法艺术学校授牌，为少儿书法50佳、先进单位和先进个人以及第28届中日青少年书法竞赛重庆获奖者颁奖。与会人员观看了“墨坊杯·重庆市第三届青少年书法大赛”优秀作品展、“新城杯·重庆市第五届青少年书法小品展”。艺术节期间，还举办了重庆市第四届书法教育论坛。

【“记录两江——两江新区百日会战”纪实摄影大赛】

3月23日，由重庆两江新区管委会、重庆市文联、重庆市摄影家协会联合主办的“纪录两江——两江新区百日会战”纪实摄影大赛正式启动。自2月16日重庆市两江新区2012年重大基础设施项目建设“百日会战”动员大会召开以来，重庆市级部门、两江新区各行政区、功能区、承建单位迅速出击，全力以赴，在两江新区1200平方公里的土地上，掀起了声势浩大的百日大会战。上万名两江建设者投入到85个重大基础设施项目之中，基础设施建设快速推进，新区变化日新月异。本次摄影大赛采取社会参与和集中采风两种形式，聚焦新区百日会战和新区1200平方公里范围内重要项目、重要活动进行拍摄创作。30多名来自各行业的摄影家和重庆资深摄影记者参加了首次集体采风活动，深入鱼复工业园、龙兴工业园的立交桥、五星级酒店、两江大道、变电站、国际影视城民国街以及韩泰轮胎、奥特斯厂房等建设现场进行拍摄，记录行进中的两江新区，见证新区发展，见证变化中的城市。

【《谱系审计》摄影展】

5月20日下午，王耘农的“谱系审计——埃塞奥罗莫人+坦桑马赛人”摄影展在重庆市九龙坡区黄桷坪独立映像艺术工作室举办。重庆市政协副主席吴家农，重庆市政协秘书长王长寿，中共重庆市委宣传部常务副部长周勇，重庆市文联党组书记、副主席王超等领导及重庆市上百摄影界人士出席了开幕式。

此次展览是重庆市摄影家协会副主席王耘农首个个人摄影艺术展，展出的30件非洲人像摄影作品均取材于他赴东非考察时所拍摄的一群普通民众。展览名为“谱系审计”，意为“以‘谱系’式的方式围绕社会、人文进行‘审计’研究，以便让更多的人对人格、人权、道义进行反思”。这是王耘农结合自身工作业务，追求摄影艺术的一种新尝试。

【“张礼慧和她的女儿们”师生音乐会】

6月7日，由重庆市音乐家协会主办、重庆师范大学音乐学院承办的“张礼慧和她的女儿们”师生音乐在重庆师范大学校友会堂音乐厅举办。中共重庆市委宣传部副部长周勇，重庆市教育委员会主任周旭，重庆市文化广播电视局党委书记、局长汪俊，重庆市文联党组书记、副主席王超、重庆市文联党组成员、副主席龙川及重庆师范大学主要领导到场聆听了音乐会。

张礼慧自2008年从市歌剧院调入重庆师范大学音乐学院任院长以来，潜心从事学术钻研及教育工作，同时还身兼多项社会职务，其德艺双馨的优良品质获得社会各界的广泛认可。此次音乐会是张礼慧作为重庆师范大学音乐学院院长以来，首次举行的师生音乐会，受到各方高度关注，现场座无虚席，盛况空前。

【中国当代名家——吴传麟遗作展】

3月24日，由中共重庆市委对外宣传联络办公室、人民美术出版社、重庆市文联、四川美术学院、重庆中国三峡博物馆联合主办的“中国当代名家—吴传麟遗作展”在重庆市三峡博物馆开展。此次重庆展览是吴传麟遗作展全国巡展的首站。重庆市文联党组书记、副主席王超出席开展式，并为展览剪彩。

吴传麟祖籍山东淄川，1939年12月出生，毕业于中央工艺美术学院，2007年12月去世，是我国著名的国画家、书法家、工艺美术家和美术教育家。此次共展出的52幅作品，包括山水画和书法作品，大多是1米多长的大幅作品。吴传麟的艺术创作以国画为主，山水、花鸟、人物、书法均有大成，深得国内外艺术收藏界推崇。

【朱宣咸中国画版画小品展】

“清气——朱宣咸中国画、版画小品”展于10月13日至28日在重庆市中山四路·巴渝会馆举行。展览由重庆市文联、重庆市文化资产经营管理有限公司主办，重庆嘉禾实业有限公司承办，鸿恩书画院，朱宣咸艺术陈列室协办。

朱宣咸出生在浙江省台州市，1949年底随军到重庆，是中华全国美术工作者协会(今中国美术家协会)重庆执委，参与全国美展评审、重庆市文联成立等，是新中国美术事业的重要开拓者之一。展览展出了朱宣咸自1940年大半个世纪以来的部分中国画、版画作品。原中共重庆市委常委、纪委书记赵海渝，重庆市文联党组书记、副主席王超，重庆市文联副主席、市书协主席刘庆渝，重庆市文化资产经营管理有限公司总裁陈扬，重庆市文化广播电视局副局长李廷勇，浙江省台州市文联主席丁琦娅，台州市文联副主席林月辉，重庆市美术家协会副主席兼秘书长徐亮，四川美术学院副院长张杰，西南大学美术学院院长陈航，以及来自英国驻重庆领事馆等国家的外国友人，浙江台州市文联机关干部与各界人士300余人出席了开幕酒会。

【郭显中中国画作品展】

由重庆市文联、重庆市美术家协会主办，重庆市文艺家活动中心和芒种文化传媒有限公司承办的“自然意象——2012郭显中中国画作品展”于10月16日至20日在重庆中国三峡博物馆举行。该展的学术主持由美术评论家林木教授担任。开幕式由重庆市文联党组成员、副主席龙川主持。重庆市文联党组成员、副主席杨矿和重庆市美术家协会副主席、秘书长徐亮分别代表重庆市文联和重庆市美术家协会致辞。原重庆市政协副主席窦瑞华宣布展览开幕。重庆艺术界名流及书画爱好者近500余人参加了开幕式。

郭显中系中国美术家协会会员、重庆市美术家协会理事。本次展览展示了郭显中近年来有代表性的50余幅中国画作品。作品笔力苍辣、手法灵动，彩墨浑然相映，蕴涵着无限的激情与勃勃生机。

【聂晖个人诗书画展在马来西亚开展】

受马来西亚国际现代书画联盟邀请，由马来西亚国际现代书画联盟、马来西亚南方大学联合主办，中国书法家协会妇女工作委员会、中国书画家联谊会、重庆市文艺家活动中心、重庆市青年联合会协办的“东方雅韵——聂晖个人诗书画展”10月6日至13日在马来西亚南方大学文物艺术馆举办。开幕式由马来西亚国会议员邓文村先生主持。马来西亚国际现代书画联盟总会长符永刚博士、马来西亚南方大学校长祝家华博士等出席开幕式并致辞。

聂晖是中国书法家协会会员、中华诗词学会会员、中国古琴学会会员、重庆市南岸区书法家协会副主席。其书画作品多次在全国获奖，并被评为重庆十佳才女，第二届青年文化名人等。本次展览共展出重庆市青年女书法家聂晖近十年创作的书画作品73件，其书画作品以自做诗、词、对联为主，意境优美，古雅高远，富于情趣。

【重庆市戏剧家协会获“全市先进社会组织”称号】

经重庆市文联推荐，重庆市戏剧家协会获“全市先进社会组织”称号。全市先进社会组织评选，是重庆市民政局为充分肯定社会组织在构建社会主义和谐社会中做出的显著成绩和突出贡献，在全市范围内开展的评选表彰活动，每5年举办一次。近年来，重庆市戏剧家协会开展了一系列卓有成效的工作，筹排演方言喜剧《抓壮丁》、电视剧《三峡移民故事》，方言话剧《移民金大花》，举办“重庆市建设社会主义新农村现代戏汇演”和重庆大学生戏剧节，承办第12届中国戏剧节等，获得良好的社会反响，在重庆市9000余个参评的社会组织中脱颖而出，被授予“全市先进社会组织”称号。

【重庆市故事家协会成立】

经过近两年的筹备，重庆市故事家协会作为全市性的文艺社会团体，在重庆市民政局核准登记，目前已吸纳首批会员60余人。重庆市著名相声、喜剧演员仇小豹当选为主席，苏少玲、罗佳、韩咏秋、程大琼、邓涛等5人当选为副主席。中国曲艺家协会牡丹奖终身成就奖获得者徐勍、全国故事大王肖化等被聘为重庆市故事家协会顾问。重庆市故事家协会成立后，积极发挥专业、人才优势，以服务人民为宗旨，致力于发掘、收集、整理、改编重庆题材的历史和现实故事，建设重庆人民的精神家园。2012年，重庆市故事家协会与中共重庆市委宣传部、重庆市文明办联合举办了重庆市道德模范故事汇巡演，以及相声、故事进校园活动。

四川省文联

综　述

2012年，四川省文联及各团体会员在省委、省政府的正确领导下，在省委宣传部的有力指导下，深入学习贯彻落实党的十七届六中全会和十八大、省委九届九次全会和省第十次党代会精神，围绕中心、服务大局，面向基层、服务群众，认真履行联络、协调、服务的职能，在实施精品创作工程、德艺双馨人才工程、文艺惠民工程、“走出去”工程、市场推广工程、强身健体工程等方面做了大量工作。

重要活动

【四川省文联第六届四次全委会在成都召开】

1月9日，在成都沙湾加州花园酒店召开四川省文联第六届四次全委会。省文联第六届主席团成员、全委会委员以及2011年度全省文联系统先进单位代表等近200人参加了会议。省文联党组书记、常务副主席黄启国向全委会作《工作报告》。会上，宣布了《2011年文联系统先进单位表彰决定》，并对先进单位进行表彰。同时审议并通过了增补、替补省文联全委会委员等事宜。

【“百花天府”——四川省文学艺术界2012春节大联欢】

1月9日下午，由四川省文联主办的“百花天府——四川省文学艺术界2012春节大联欢”活动在成都国际会展中心金色歌剧院隆重举行。省人大、省委宣传部、省文联名誉主席、省文联党组、省文联主席团、省直宣传文化系统领导、各市州分管文艺工作的领导，省级各文艺家协会负责人和老文艺家代表出席并观看了演出。大联欢演出分为“春天花开”、“金秋硕果”、“冬日畅想”和“尾声”四大板块。演出展示了省文联在刚刚过去的2011年各艺术领域所取得的成就，四川省文艺界在党和政府领导下呈现出的新气象、新变化和新发展。

【“大渡河之春”主题文艺采风活动】

3月22日至23日，在雅安汉源开展以“美丽汉源、人文汉源、和谐汉源、巨变汉源”为主题的“大渡河之春”主题文艺采风活动。22日晚，四川省文联党组书记、常务副主席黄启国，中国电影文学学会副会长、浙江省作协名誉主席黄亚洲，雅安市委常委、宣传部长姜小林以及40余名省内外著名作家、诗人、书法家、画家出席了启动仪式，并与当地近千名观众观看了慰问演出。随后的采风活动中，艺术家们走访了清溪古城，漫步茶马古道，参观了汉源老街、九襄石牌坊等。23日下午举行笔会，书画家们现场创作了近百幅书画作品，作品分别在雅安、汉源展出。作家、诗人创作的文学作品，将在全国报刊刊发并结集出版。

【纪念《讲话》发表70周年系列活动】

四川电影界隆重举行纪念《延讲》发表七十周年座谈会暨第二届“四川电影发展高峰论坛”。纪念《延讲》发表70周年暨第二届“四川电影发展高峰论坛”在宜宾市长宁县隆重举行，40余人出席了活动。此次活动以本土电影创作与文化强省建设为主题，结合纪念《讲话》发表70周年，开展座谈会、第二届“四川电影发展高峰论坛”、送电影下乡、四川电影惠民展映月、采风等活动。

“四川省第十届‘春熙放歌’——走进宜宾大型文艺演出”。5月20日，四川省第十届“‘春熙放歌’——走进宜宾大型文艺演出”在宜宾市酒都剧场隆重举行。本次演出由来自省内著名歌唱家、器乐演奏家担纲，同时汇集专业艺术院团和宜宾市优秀文艺队伍，以男、女声独唱、组合表演、少数民族歌舞、现代舞、器乐演奏等表演形式。

四川省美术家协会召开纪念《延讲》发表70

周年暨学习省第十次党代会精神大会。5月24日上午，四川省美协召开纪念毛泽东同志《在延安文艺座谈会上的讲话》发表70周年暨学习省第十次党代会精神的大会。与会人员表示要继承和弘扬《讲话》精神，做好新时期美术工作，实现美术事业大发展大繁荣。

【成都第十一届儿童电影周开幕】

5月30日，2012成都第十一届儿童电影周在东方世纪电影城开幕。在峨眉电影院线所属的东方世纪电影城、乐山华联电影城、峨眉影城、遂宁永逸电影城和中江影城等5个影院设立会场展映儿童电影周影片。同时，东方世纪影城、乐山华联影城、峨眉影城均设有特色儿童电影厅，每天不间断排映优秀儿童影片。儿童电影周从5月30日至6月5日，持续七天。

【“第五届全国少儿曲艺大赛四川赛区选拔赛暨首届四川省少儿曲艺大赛”】

“第五届全国少儿曲艺大赛四川赛区选拔赛暨首届四川省少儿曲艺大赛”于5月15日在成都开赛。这是我省首次举办大规模的少儿曲艺大赛，赛事于2月在全省正式启动，参评表演总人数213人，其中单个曲目人数最多的100人，最少的1人；参赛覆盖区域7个市州21个学校；所涉曲种共11个，包括谐剧、清音、金钱板、竹琴、四川方言、琵琶弹唱、荷叶、藏语说唱、相声、快板、评书。30个节目进入5月15日的初评，25个艺术质量较好的节目进入6月9日上午的决赛。6月9日晚在四川歌舞大剧院举办了颁奖仪式。

【“蓉城艺术名片——杨学宁芙蓉花油画作品展”】

6月28日“蓉城艺术名片——杨学宁芙蓉花油画作品展”在四川省沫若艺术院开展。省文联党组书记、常务副主席蒋东生，四川日报报业集团董事长余长久，省文联党组副书记、副主席陈黔鲁等领导出席了开幕式。本次画展展出画家杨学宁芙蓉花油画作品50余幅。开幕式后围绕“蓉城艺术名片”的主题展开杨学宁芙蓉花油画作品“自然之花、民俗之花、艺术之花”的文化研讨。

【喜迎十八大系列活动】

少儿舞蹈诗《红色少年》在成都首演。7月28日晚，大型少儿音乐舞蹈诗《红色少年》在成都锦城艺术宫隆重首演。中国文联党组成员、副主席杨承志，四川省委常委、宣传部长吴靖平，省政协副主席陈杰，中国舞协分党组副书记、秘书长罗斌，四川省文联党组书记、常务副主席蒋东生，省委宣传部副部长朱丹枫等有关领导出席并观看了演出。此次演出是继2011年《红色少年》成功演出之后进一步创新打造的精品之作，是新中国成立以来首部以红色经典历史题材为背景并紧扣时代的大型少儿音乐舞蹈诗。

“唱响山歌——四川省首届传统民歌大赛”在纳溪举行。本届民歌赛于6月5日启动，经过选拔，20个节目成功晋级，9月27日在泸州市纳溪区举行的决赛。大赛评出金奖2个、银奖4个、铜奖7个。四川省文联党组书记、常务副主席蒋东生出席颁奖典礼并颁发大赛金奖，省文联副书记、副主席陈黔鲁讲话，中国民协副主席、四川省文联副主席、省民协主席沙马拉毅、省非物质文化遗产保护中心主任何政军以及泸州市、泸州市纳溪区等相关领导出席了晚会。

优秀四川电影展映活动暨四川省电影电视剧创作培训开班典礼在大英县举行。9月18日，四川省电影家协会、中共大英县委和县政府主办的以“百花回报沃土，电影扎根人民”为主题的优秀四川电影展映活动在遂宁市大英县东方生态博览园隆重举行，400余人参加了启动仪式。活动主办方向大英县赠送了38部优秀影片影碟。影片在大英县部分影院以及各乡镇村免费向群众放映。启动仪式结束后，举行了“四川省电影电视剧创作培训开班典礼”。开班典礼上彭立教授作了题为《当代中国影视与文化创业、文化产业的关系》的讲座。

中华经典诗词“宋词雅韵”吟诵晚会在眉山隆重献演。10月10日晚，经典诗词《宋词雅韵》吟诵晚会在三苏故里眉山市演出，这是全国首场大规模以宋词为主题的舞台演出。四川省委常委、宣传部长吴靖平，省政协副主席陈杰，省委宣传部副部长朱丹枫，省文联党组书记、常务副主席蒋东生，省文联党组副书记、副主席陈黔鲁以及眉山市委书记李静，市委副书记、市长宋朝华等当地四大班子领导出席晚会。晚会上，演员、观众和省市领导吟诵了宋代文学家苏轼、辛弃疾、李清照、柳永、范仲淹、岳飞等的22首诗词。

“最美全家福”摄影工程走进四川茂县黑虎羌寨。10月19日，四川省摄影家协会组织摄影家深入茂县黑虎寨，开展摄影文化惠民活动，并为他们现场赠送打印照片。“温暖·家园——最美全家福”摄影惠民工程自2009年启动以来，先后走进汶川萝卜寨、理县桃坪羌寨、北川陈家坝村、绵阳安县晓坝乡、什邡红白镇、绵竹年画村、青川清溪镇、东河镇、都江堰、成都玉林社区等地。

巴蜀文艺奖杂技比赛在自贡举行。10月25日，四川省第七届“巴蜀文艺奖”杂技比赛在盐都自贡举行，来自德阳、遂宁、成都、南充、宜宾、自贡和四川职业艺术学院的7支参赛队的130余名演员参加了比赛。四川省文联党组副书记、副主席陈黔鲁，自贡市委副书记谭豹，市委常委、宣传部长向华全，市人大常委会副主任李晚玲，副市长石岷嘉，市政协副主席钟莉等出席观看了比赛。本次比赛是第一次用现场评比的形式，评出巴蜀文艺奖杂技奖。经过大赛评委会的综合评定，7个作品呈报省文联进行最后的终评。

“光影四川·魅力南江”大型电影惠民活动走进巴中南江县。10月29日至31日，四川省文联、省电影家协会赴中国红色革命老区巴中市南江县，开展“光影四川·魅力南江”大型“送电影到基层”系列惠民活动。活动受到了当地领导和群众的热情欢迎。29日下午，举行了活动启动仪式。省文联、省影协向南江县赠送了影片、图书、画册。影片在南江县部分影院、广场以及各乡镇村免费向群众放映。启动仪式结束后，还举办了作品研讨会。

【四川·江苏书法交流展】

10月14日上午，由四川省书法家协会、江苏省书法家协会共同主办的“四川·江苏书法交流展”开幕式在成都美术馆(成都画院)隆重举行。中国书协顾问、江苏省书协主席尉天池，四川省委宣传部副部长朱丹枫，中国工程院院士、四川大学校长谢和平，四川省文联党组书记、常务副主席蒋东生，省文联副主席黄启国，省文联党组副书记、副主席陈黔鲁，中国书协副主席、四川省文联副主席、省书协主席何应辉，中国书协理事、江苏省书协副主席、江苏省美术馆馆长孙晓云等，与来自全省的书法爱好者400余人共同参加了开幕式并观看展览。本次展览是继2000年两地青年书法交流展之后，再次从江苏、四川两省提名优秀书法篆刻家创作的作品中评选出136件书法精品参加展览。首展已于4月22日在江苏无锡展出。

【2012第五届中国西南六省区市摄影联展】

11月17日，“第五届中国西南摄影联展”在成都西南民族大学老校区民族博览中心隆重开幕。中国摄影家协会党组副书记、副秘书长王郑生，四川省文联党组书记、常务副主席蒋东生，省文联党组副书记、副主席陈黔鲁，省文联党组副书记李兵以及其他五省、区、直辖市文联、协会的相关领导出席了摄影展开幕式。开幕式结束后，出席本次活动的领导和嘉宾与西南民大师生、摄影家、摄影爱好者们一起观看了摄影展。

【“光影四川，幸福生活”四川微电影佳作年度评选颁奖典礼】

以“光影四川，幸福生活”为主题的四川微电影佳作年度评选颁奖典礼于12月1日下午在四川省文联会议厅举行。省文联党组书记、常务副主席蒋东生，党组副书记李兵，峨影集团副总裁、省电影家协会常务副主席兼秘书长王春良等与本届年度大奖部分参赛选手和省内部分媒体出席了颁奖大典。本届评委会将作品征集定位于“微电影”，活动历时7个月，在全省范围内公开征集作品1000余部，由著名导演苗月、舒崇福、著名演员雷汉担任评委。评选出了最佳影片、最佳导演、最佳编剧等9个奖项。

【第七届巴蜀文艺奖评奖】

巴蜀文艺奖是经四川省委、省政府同意设立的全省性专业文艺奖，是我省文艺界的最高奖项，每三年评选一次。第七届巴蜀文艺奖评奖工作于3月份正式启动，参评作品（作者）数量多，与上届相比增加了35%。经过初级评委会、专业委员会、终审委员会三级评选，本届巴蜀文艺奖评出112个奖项。其中，金奖14个，银奖25个，铜奖46个，未设等级奖27个，巴蜀文艺奖特别奖26个，本届新增巴蜀文艺奖终身成就奖，有12位文艺家得此殊荣。

文化惠民

【参加四川省第十二届迎新春科技大场活动】

1月5日，组织参加“四川省第十二届迎新春

科技大场”活动。省文联向当地政府赠送了巨幅美术作品。书画家们为群众免费书写了上千幅春联，摄影家们现场“即拍即打”拍摄并赠送了上百幅照片，美术家们则为当地政府各部门创作并赠送了近百幅美术作品。

【“文化惠民活动”走进洛带古镇】

5月19日下午，四川省杂协、省曲协共同举办的“‘文化惠民’走进洛带古镇”文艺演出在洛带古镇江西会馆广场举行。本次演出共11个节目，内容涵盖四川清音、小品、杂技、扬琴、脱口秀、快板、二胡、魔术、舞蹈等多种艺术形式,吸引了龙泉洛带镇的群众及古镇游客近千人观看。

【四川省杂技家协会送艺术慰问“荣军”】

8月1日下午，为纪念中国人民解放军建军85周年，四川省杂技家协会组织德阳杂技团的艺术工作者赴“四川省革命伤残军人大邑疗养院”慰问在此疗养的革命伤残军人。德阳杂技团精心选调节目，经过再次编排，给为国家做出了杰出贡献的荣军们奉献了一台杂技艺术精品节目。

【“民间艺术进高校”首场讲座】

11月8日，四川省民协以“民间有大美”为主题的“惠民工程系列讲座之民间艺术”第一场在四川师范大学举行。我省多名民间艺术大师现场开讲。绵竹年画博物馆馆长，省非物质文化遗产项目绵竹年画的代表性传承人胡光葵为同学们详细介绍了年画的起源、种类、上色方法和特点，并提出了“用现代理念经营保护传统文化，传承传统文化发展当代文化”等观念。中国竹编艺术高级指导教师、国家级非物质文化遗产“青神竹编”传承人张德明深入浅出地介绍了“青神竹编”的技艺。

【“文艺惠民工程”杂技专场慰问演出】

12月13日下午，四川省杂协举办的“文艺惠民工程”杂技专场慰问演出在罗江精彩上演。整台演出由德阳市杂技团担纲，由十余个优秀杂技节目组成，展示了德阳杂技的成果与魅力。演出受到了老百姓的热烈欢迎。

【四川省文联文艺家之家正式开工】

12月24日，四川省天府新区省级文化中心、四川社科馆、四川大剧院开工新闻发布会在成都市锦江宾馆举行。四川省委常委、宣传部部长吴靖平，省人民政府副省长黄彦蓉出席发布会。四川省文联文艺家之家是省级文化中心项目三大子项目之一，位于天府新区新川创新科技园，紧邻红星路南沿线，占地面积40亩，建设起止年限为2012年至2015年，总面积23552平方米，估算总投资2.6亿元。省文联从2009年开始推动“文艺家之家”的筹建工作。2012年5月，四川省文艺家之家项目被省重大项目领导小组办公室列为全省2012年文化基础设施建设重点工程。8月1日，“文艺家之家”建设项目经省发改委正式批复立项。

全国性文艺活动在川举办

【“送欢乐、下基层”大型文艺慰问演出走进资中】

1月5日，由中国文联、中国文化艺术基金会、四川省委宣传部、四川省文联共同主办，内江市委宣传部、市文联、资中县委、县人民政府承办的“送欢乐、下基层”大型文艺慰问演出走进资中，为资中县的老百姓带来了精彩的节目和新年的祝福。省文联党组副书记、副主席陈黔鲁，省文联副主席、省舞蹈家协会主席王玉兰，内江市委常委、宣传部长潘梅，市人大常委会副主任张世忠，市文联主席、宣传部副部长刘浩等与近五千名观众一同观看了演出。

【全国首届农民工春晚】

1月12日晚，由四川省委宣传部、四川省文联、中央电视台CCTV-7《阳光大道》栏目等单位专门为农民工举办的“2012全国农民工春节大联欢”晚会在四川大学体育馆上演。四川省委常委、副省长钟勉，中国文联党组成员、书记处书记夏潮，全国政协常委、中国文联副主席、中国电视艺术家协会主席赵化勇，原成都军区副政委张少松，中国电视艺术家协会分党组书记、副主席张显，四川省政协副秘书长左小川，中央电视台七套党委书记傅玉祥，四川省人大教科文卫委员会主任杨国安，省政协文体医卫委员会主任苏海红，省委宣传部副部长朱丹枫，省文联党组书记、常务副主席黄启国等出席晚会。由著名演员和来自全国各地的优秀农民工演员组成的演员阵容，打造了这台精彩晚会。晚会于正月初三、初四在CCTV-7面向全国观众播出。

【2012第十一届中国（绵竹）年画节开幕式暨四川省文联文艺惠民工程“情系百姓”大型文艺演出】

1月13日，由四川省委宣传部、省文联、省文化厅、省旅游局、中共德阳市委、市人民政府主办，中共绵竹市委、市人民政府承办的2012第十一届中国（绵竹）年画节开幕式暨四川省文联文艺惠民工程“情系百姓”大型文艺演出在绵竹市文化广场隆重举行。

四川省委宣传部副部长朱丹枫，省文联党组书记、常务副主席黄启国，中国曲艺家协会分党组成员、副秘书长曲华江，省旅游局副局长吴勉等出席了开幕式，并与近5千名观众一同观看演出。本届绵竹年画节以“到绵竹过中国年”为主题，从腊月二十开始，一直持续到正月十五，历时24天。除了本次演出外，节日期间还有年画精品展、双忠祠开馆、祭关帝、大型河灯展等活动。

【“中华文明历史题材美术创作工程”创作动员大会】

7月24日，经中宣部批准，由中国文联、财政部、文化部主办，中国美协、四川省文联承办的“中华文明历史题材美术创作工程”创作动员大会在峨眉山市红珠山宾馆召开。中宣部副部长翟卫华，中国文联党组成员、副主席、书记处书记左中一，中国文联副主席、中国美协副主席冯远，中国作协党组成员、书记处书记白庚胜，四川省委常委、宣传部长吴靖平，省委宣传部副部长朱丹枫，省文联党组书记、常务副主席蒋东生等领导出席会议。受省委书记、省人大常委会主任刘奇葆委托，吴靖平代表中共四川省委向会议召开表示祝贺。各省（区、市、解放军、建设兵团）文化厅（局）代表，各省（区、市、解放军、建设兵团）美协负责人，“创作工程”创作指导委员会成员，美术家代表，各级新闻媒体近200人参加大会。

【第二届全国新农村文化艺术展演】

9月20日，“第二届全国新农村文化艺术展演”在四川省达州市举行。中国文联党组副书记、副主席李屹，四川省委常委、宣传部长吴靖平，省政协副主席陈杰，省政协副主席、省工商联主席陈次昌，国家文化部全国文化信息资源共享工程建设管理中心主任李宏，中国文联国内联络部主任罗成琰参加了活动。本届新农村文化艺术展演由院团文艺与群众文化、广场展演与剧团演出构成，集合了时代主旋律、原生态、现代流行、地域风情、民间艺术等多种文化元素。

【中国曲艺家协会送欢笑走进遂宁文艺晚会】

9月25日晚，遂宁市荣获“中国曲艺之乡”授牌仪式暨“喜迎十八大，曲艺走基层”中国曲艺家协会送欢笑走进遂宁文艺晚会在遂宁市河东新区会展中心隆重举行。中国曲艺家协会分党组书记、驻会副主席董耀鹏，四川省文联党组书记、常务副主席蒋东生，中国曲协分党组副书记、秘书长刁惠香，四川省文联党组副书记、副主席陈黔鲁，遂宁市委书记崔保华，中国曲艺家协会副主席、四川省曲协名誉主席、著名清音表演艺术家程永玲等参加了授牌仪式。会上为遂宁市授予“中国曲艺之乡”匾牌并为该市获得首批省级曲艺乡镇和社区的单位授牌。随后，中国曲协的文艺家和四川省及遂宁本地艺术家共同奉献了一台精彩的文艺晚会。

创作与获奖

2012年，省文联召开了一系列重点作品创作研讨会，包括“纪念毛泽东同志《在延安文艺座谈会上的讲话》发表70周年重点作品创作研讨会”，四川省文联创作工作会，电视剧《苏东坡》作品研讨会等。与中国舞协联合打造的大型少儿情景歌舞剧《红色少年》，于2012年7月在成都首演成功，并于12月在北京演出。开展了四川重大题材美术作品、中华文明历史题材美术作品创作。完成了京剧《浣花吟》、“迎接十八大召开”音乐作品的创作，电视片《才女春秋》、纪录片《天府四重奏》、儿童教育励志国学电影《床前明月光》三部曲等一批重点作品的创作在2012年取得重大进展。组织文艺作品参加全国各类国家级比赛。由省文联和长影集团联合出品的故事影片《大太阳》荣获了中宣部第十二届精神文明建设“五个一工程奖”，廖全京的《勇者魏明伦》荣获第四届中国戏剧奖·理论评论奖，施敏的四川清音《中华医药》在2012中国·宝丰马街书会上获一等

奖，敖昌群、林戈尔的音乐作品在第十六届全国音乐比赛中分别获奖，凉山州歌舞团女子月琴弹唱《阿嫫妞妞》荣获第二届“巴黎中国曲艺节”“卢浮”铜奖，四川谐剧《采访时刻》获第五届全国少儿曲艺大赛少年组一等奖，任平的四川清音《中华医药》荣获第七届中国曲艺牡丹奖表演奖，四川扬琴《情怀》荣获第七届中国曲艺牡丹奖节目奖，吕金光获中国书法第四届“兰亭奖”三等奖，张雁在首届张芝奖全国书法大展上荣获最高奖，王道义在王羲之奖全国书法作品展荣获优秀奖（最高奖），孙培严在全国第三届隶书展中获优秀奖（最高奖），省民协组织彝族磨儿秋表演队参加“中国秋千展演暨第十一届中国民间文艺山花奖·民间绝技绝艺”比赛获金奖，张爽获杂技金菊奖第七次理论作品奖优秀论文奖，遂宁杂技团《双人技巧》参加意大利第十四届国际马戏杂技节获第一金奖，王达军、王建军、陈锦三人分获第九届中国摄影金像奖图书奖及创作奖。

文艺人才培养

按照四川省委组织部、宣传部、统战部，省人社厅以及中国文联有关要求，推荐了省第十批学术和技术带头人及后备人选、第十一批省优专家人选、享受国务院津贴专家人选，向中国文联有关协会推荐副主席候选人人选，向省委有关部门推荐艺术家担任省人大代表、省政协委员等。开展了全省音乐、舞蹈考级工作，2012年参与各艺术门类考级总人数达10万人。选拔了一批影视戏剧表演、舞蹈音乐人才加入文联艺术团。截至2012年底，省级各文艺家协会会员全年共增加了1399名，国家级会员增加了151名。王达军、陈华分别被选为中国摄影家协会、中国电视艺术家协会副主席。举办了第7期全省文联系统领导干部培训班。各协会举办了书法创作、音乐创作表演骨干、摄影创作、曲艺创演等一系列培训班。推荐选派人员参加各级党校、中国文联研修院的学习。推进了培训基地建设，分别授予遂宁市文化馆和新盐市街小学“四川清音培训基地”、“四川省曲艺学校”称号。拟定了《关于进一步改进和加强对四川文艺界“出人才、出作品”宣传报道工作的意见》，促进对文艺人才特别是有突出成就的文艺家的宣传。与《中国艺术报》、《四川日报》和四川广播电视台等媒体合作，设立了文艺专栏宣传我省优秀文艺作品和人才。

文艺家协会换届工作

【四川省美术家协会第六次会员代表大会】

9月17日，四川省美术家协会第六次会员代表大会在成都太成宾馆召开。省委宣传部副部长朱丹枫，省文联党组书记、常务副主席蒋东生，重庆市文联党组书记、常务副主席王超等领导到会祝贺。美术家代表200余人参会。省美协副主席、秘书长梁时民作了《第五届省美协工作报告》。按照相关程序，大会投票选举出了以阿鸽同志为主席的四川省美协第六届主席团成员，决定梁时民同志任常务副主席，并聘梁时民同志为省美协第六届秘书长。会议圆满完成了所有议程。

【四川省戏剧家协会第七次全省代表大会】

11月29日，四川省戏剧家协会第七次全省代表大会在成都福德酒店召开。省委宣传部副部长朱丹枫，省文联党组书记、常务副主席蒋东生，省文联副主席、副书记陈黔鲁，省剧协第六届主席团成员及来自全省各市州的代表130余人参加了大会。大会听取了省剧协秘书长刘宁所做的《团结一心、扎实工作，努力开创四川戏剧和剧协工作新局面》的工作报告，选举产生了以陈智林同志为主席的新一届领导班子。大会聘请刘宁同志为省剧协第七届秘书长，聘请栗茂章、严福昌、廖全京为名誉主席。

【四川省音乐家协会第七次会员代表大会】

12月5日至6日，四川省音乐家协会第七次会员代表大会在成都花园宾馆召开。省委宣传部副部长朱丹枫，省文联党组书记、常务副主席蒋东生，党组副书记李兵，省音协第六届主席团成员和来自全省各市州的音乐家代表130余人共同出席了大会。大会听取省音协秘书长朱嘉琪所做的《谱和谐乐章·显时代风范——为促进四川音乐事业的繁荣和发展而奋斗》的工作报告，选举产生了以敖昌群为主席的新一届的领导班子，聘请朱嘉琪为省音协第七届秘书长，聘请黄万品、安春振为省音协名誉主席，聘请张文治、武明实、张龙、李西林为省音协顾问。

【四川省民协第七次会员代表大会】

12月19日，四川省民间文艺家协会第七次会员代表大会在成都福德酒店召开。中国民协名誉主席、四川省文联名誉主席冯元蔚，省委宣传部副部长朱丹枫，省文联党组书记、常务副主席蒋东生，党组副书记李兵，秘书长钱江平，省民协第六届名誉主席黎本初、侯光，以及省民协第六届主席团成员和来自全省各市州的民间文艺家代表109人共同出席了大会。大会听取了秘书长孟燕所做的题为《开拓进取，谱写四川民间文艺新篇章》的工作报告，修订了《四川省民间文艺家协会章程》，选举产生了以沙玛拉毅同志为主席的新一届的领导班子，聘请孟燕同志为省民协第七届秘书长，聘请王康、马德清、薛豫川为顾问。

【四川省书协第六次会员代表大会】

12月27日，四川省书法家协会第六次会员代表大会在成都福德酒店召开。省委宣传部副部长朱丹枫，省文联党组书记、常务副主席蒋东生，党组副书记、副主席陈黔鲁，党组副书记李兵，秘书长钱江平，以及省书协第五届主席团成员和来自全省各市州的书法家代表110余人共同出席了大会。大会听取了代跃所做的《坚持继承创新 促进繁荣发展——为全面开创四川省书法事业新局面而努力奋斗》的工作报告，审议并通过了《工作报告》，修订了《四川省书法家协会章程》，选举产生了以何应辉同志为主席的新一届领导班子，省书协第六届主席团聘请代跃同志为省书协第六届秘书长，聘请张景岳、刘奇晋、蒲宏湘、谢季筠、黄启国为顾问。

【四川省曲艺家协会第六次会员代表大会】

12月28日，四川省曲艺家协会第六次全省代表大会在成都召开。省委宣传部副部长朱丹枫，省文联党组书记、常务副主席蒋东生，党组副书记、副主席陈黔鲁，秘书长钱江平，以及省曲协第五届主席团成员和来自全省各市州的曲艺家代表100余人共同出席了大会，大会听取了曲协副主席兼秘书长李蓉所做的《创新思路 奋发有为——推动四川曲艺事业大发展大繁荣》的工作报告，审议并通过了《工作报告》，修订了《四川省曲艺家协会章程》，选举产生了以林戈尔同志为主席的新一届领导班子。省曲艺家协会第六届主席团聘请李蓉同志为省曲协第六届秘书长。

机关建设

党的十八大召开后，及时召开全系统干部职工参加的学习传达贯彻党的十八大精神大会，下发了学习贯彻意见，接着召开党组中心组学习会，各部门、各协会、直属单位主要负责同志学习座谈会。以自学与集中学习相结合，学习与工作相结合，通过知识竞赛，在四川文艺报、四川文艺网开辟学习专栏等形式，学习宣传十八大的新思想、新论断、新要求。围绕“大兴密切联系群众之风，大兴求真务实之风，大兴艰苦奋斗之风，大兴批评和自我批评之风，大兴团结和谐之风”的总要求，开展作风整顿。加强了机关文化建设，推进学习风气的形成。开展了“除陋习、树新风”活动。做好群团工作，大力开展工会、妇委会活动。采取了结对联户、踩点入户、民情通户、服务到户的方式，“挂包帮”工作取得明显成效。加强离退休人员工作，下发《中共四川省文联党组关于加强离（退）休人员工作的意见》。加强组织建设。向省委编办申请增加省文联机关、省美术馆编制，解决省电视家协会、省电影家协会、省评论家协会机构编制问题。在省级一些部门和部分县区新建了文联组织。加强机关环境建设，整治脏乱差，加强后勤保障。

各文艺家协会

【戏剧家协会】

与成都市京剧艺术研究院合力打造京剧新剧目《浣花吟》。积极组织参加“第四届中国戏剧奖理论·评论奖”评选，协会荣获组织奖。10月，组织参加由中国文联、教育部联合主办的第三届中国校园戏剧节在举行。四川大学创作的《今夜无眠》获大赛颁发的中国戏剧奖·校园戏剧剧目奖，协会获得戏剧节颁发的组织奖。组织参加“中国少儿戏曲小梅花荟萃”，成绩优异，三个折子剧目已进入复赛，赵浩鑫小朋友荣获“小梅花

金奖”及“十佳”称号，李美琪小朋友荣获“小梅花银奖”。协会荣获大赛颁发的组织奖。开展“戏剧进校园”的演出活动50多场次，观众达五万多人次。加强戏剧艺术交流，与成都市总工会共同举办了“第二届全国十二城市职工京剧展演”活动，参加长江流域戏剧发展战略联盟会。11月29日，召开了四川省戏剧家协会第七次会员代表大会。

【电影家协会】

4月25日至27日，召开了第二届“四川电影发展高峰论坛”。5月30日，以“缤纷世界·七彩童年”为主题主办2012成都第11届儿童电影周。从5月开始，四川影协电影惠民工程走进成都市的10个社区，放映了《关云长》、《杨善洲》等20多部影片。以“百花回报沃土·电影扎根人民”为主题，9月18日至19日在遂宁市大英举办四川优秀电影展映活动启动仪式及四川省电影电视剧创作培训班开班典礼。10月29日至31日在革命老区南江县开展“光影四川·魅力南江”大型“送电影到基层”系列惠民活动。主办“大学生微电影节”。组织金鸡百花奖获奖影片在成都地区的高校巡展活动。评选出四川地区的优秀作品《爸爸我长大了》、《银杏树》等10部优秀数字电影作品参加“身边的精彩”——山东省微电影节。协助北京大学生电影节，组织第四届大学生影评大赛在四川地区的影评征文活动，获优秀组织奖。着力打造戏曲电影《槐花几时开》、纪录片《空谷幽兰》、纪录片《金沙江飞排》、纪录片《理塘锅庄》、电影文学剧本《银杏之恋》、电影文学剧本《麻婆豆腐》、电影文学剧本《草原骑警》等电影类文艺作品。2012年发展了8名省级会员和2名中国影协会员。

【电视家协会】

6月，组织参加中视协“农村小康电视节目工程”评选活动。完成了涵盖全省农村题材的电视专题片、电视剧、电视栏目和节目主持人的初评工作。8月，选送作品50件116部（集）参加第26届中国电视“金鹰奖”四川地区的作品征集和推选活动。10月12日，在成都召开四川省电视艺术家协会第五次会员代表大会。11月22日，组织选拔5名大专院校优秀学生代表四川队到福建泉州参加“2012年第四届海峡两岸暨全国十省市电视主持新人大赛”。坚持办好理论期刊《西部电视》。

【舞蹈家协会】

1月13日，由中国舞蹈家协会、四川省文联、省舞蹈家协会联合主办的中国大型少儿音乐舞蹈诗《红色少年》启动仪式在省文联隆重举行。7月28日，《红色少年》在成都锦城艺术宫隆重首演。12月4日晚，在国家大剧院，《红色少年》精彩选段《红星照我去战斗》参加了由中国文联主办、中国舞协承办的“百花芬芳·盛世风华”表演艺术精品展演晚会。11月16日至18日在都江堰市举办2012文化惠民展演暨第四届“金秋乐”全省中老年舞蹈比赛。

【音乐家协会】

组织实施“迎接十八大召开”音乐作品创作活动。征集全省参评省“五个一工程”申报作品，并组织评委召开作品评审会，完成省上及中宣部“五个一工程”评审上报工作。参与中共四川省委宣传部、中国移动公司共同承办“社会主义核心价值观歌曲”评审及推介活动。参加成都市音乐家协会第二十三届作品研讨会并作创作辅导。朱嘉琪、李牧雨创作的歌曲《大道朝天》荣获四川省“五个一工程奖”。4月，推荐赵迎、张骁、余启翔等三位青年音乐家入选“中国音协青年音乐家培训工程”。10月，为德阳全市音乐工作者办培训班，创作、修改作品80余件。11月，举办“音乐创作骨干培训班”，参加人数达70余人，创作新作品100余件。7月至9月组织全省21个市州社会艺术音乐考级工作，建立了2012年全省考级考生信息档案系统，考生人数突破4万。与川庆钻探工程公司联合举办声乐培训班，为企业文艺人才的培养提供支持。组织演出。5月，在宜宾酒都剧场成功举办了“第十届春熙放歌——走进宜宾，纪念毛泽东同志《在延安文艺座谈会上的讲话》发表七十周年”演出活动。协助成都市总工会举办“喜迎十八大——职工歌手大赛”。11月，组织考级优秀选手赴湖北参加全国少儿优秀钢琴比赛展演。与四川电视台妇女儿童频道举办“2012全国儿童歌曲大奖赛”四川区选拔赛，并选出三支优秀队伍参加中国音协、中央电视台主办的该项大赛的决赛。举办“江西电视台2012红歌会成都唱区选拔赛”。12月，完成四川省音乐家协会换届工作。

【美术家协会】

9月17日，召开四川省美术家协会第六次会员代表大会。7月24日至26日，协助中国美协、四川省文联承办的全国“中华文明历史题材美术创作工程”动员大会，会后省美协召集重点创作人员，积极动员部署，选送26件作品初稿，入选3件。继续抓“四川重大题材”美术创作，先后两次与17名作者签订了创作协议。按计划推进美术馆新馆建设。邀请全国百名艺术家分三批到德阳、绵阳、广元、阿坝、凉山等地参加“大美四川——全国百名名家画四川美术作品展”大型采风创作活动，收到作品60余件。组织参加由中国美协油画艺委会主办的《吾土吾民——系列油画邀请展》、中国美协主办的《纪念毛泽东在延安文艺座谈会上的讲话70周年美术作品展》、国家文化部、总政治部、中国美术家协会主办的《庆祝中国人民解放军建军85周年全国美术作品展》、中国美协举办的第七届“西部大地情”、第五届“北京国际双年展”等系列全国性展事。5月，出版了沿滩农民版画集《我们很幸福》。6月18日，举办《蝶变二·青春絮语 西南民大2012年版画研究生、本科生作品展》，共计展出作品90件。9月，在达州举办《新农村印象 全国版画邀请展》，展出了130件来自全国各地受邀版画家的作品。10月31日至11月15日，在省美协创作基地浓园国际艺术村举办《2012四川省第六届新人新作作品展》。12月，与成都一汽大众在四川博物院共同举办《艺术大众·2012版画一汽》版画展。2012年，在全省创建了11个创作基地。编辑出版《四川美术》杂志12期。草拟《建立四川美协官方微博的建议》和《建立四川美协官方微博的实施方案》。2012年省美协新入会会员103名。

【摄影家协会】

5月25日，在成都市西村艺术品空间举办四川省第十五届摄影艺术展。参展作品分为社会生活类、自然景观类、专题与图片故事类、数码创新观念类四个组别。评出金奖8幅/组，银奖16幅/组，铜奖25幅/组。5月26日，王建军、陈锦、王达军等三位同志荣获第九届中国摄影金像奖。5月27日，在甘孜州康定县举办四川省第十五届摄影大会暨摄影展，参展作品300余幅。8月28日，在成都市贝森北路西村艺术品空间举办2012年四川省新人新作摄影展。11月16日至20日，举办2012第五届中国西南六省区市摄影联展。7月，赴南部县举办了“万名摄影家送万幅作品到万家”活动，10月，赴茂县黑虎羌寨开展摄影文化惠民活动。

【书法家协会】

年初，组织20位书法家到汶川县水磨镇开展“送文化、下基层”惠民活动。元月5日，组织11位书法家到绵阳安县，参加“四川省第十二届迎新春科技、卫生、文化赶场”大型惠民活动。配合中国书协启动万套《中国书法》杂志捐赠西部万名大学生活动。3月，完成全省女书法家及女书法爱好者的统计工作。5月9日，在成都召开创作工作会。6月9日，组织21名书法家参加在乌鲁木齐举行的“中国新疆国际书法大展”。9月8日，举办《沿滩新城杯居住与人文——四川省第七届书法篆刻新人新作展》。9月，举办《四川省第二届书法创作“谢无量奖”评奖暨四川省第五届书法篆刻作品展》。10月14日，在成都美术馆（成都画院）隆重举行与江苏省书法家协会共同主办《四川·江苏书法交流展》。首展于4月22日在江苏无锡展出。10月24日至28日，在韩国庆州与国际书法艺术联合韩国本部大邱庆北支会联合举办“2012年庆州国际书艺大展”。6月至9月，在省书协创培中心组织了4期创作培训班、1期临帖培训班。11月2日，主办“2012年四川省书法家协会篆刻年会暨‘印韵盐都-城市之玺’篆刻展”。11月16日至18日，四川省第三届理论研讨会在眉山举行。2012年张雁在由中国书协举办的专项展《首届张芝奖全国书法大展》中获奖（最高奖），王道义在由中国书协举办的专项展《王羲之奖全国书法作品展》中获奖优秀奖（最高奖），孙培严在《全国第三届隶书展》中获优秀奖（最高奖）。2012年，新增会员71名，28位作者成为中国书协新会员。

【文艺评论家协会】

启动了换届的前期筹备工作，提出了省评协第三届班子候选人建议人选。面向全省征集文艺评论家近年来发表的有关评论四川文艺作品及文艺现象的论文，拟编辑出版《评论四川——四川文艺评论选编》一书。积极参与重大文艺活动，组织参加“藏羌彝文化走廊文化资源调查”工作方案座谈会、“四川省纪念毛泽东同志《在延安文艺座谈会上的讲话》发表70周年座谈会”、《当代文坛》创刊30周年座谈会、省委宣传部主办的“两化”互动统筹

城乡总体战略理论座谈会、“全国新农村文化建设座谈会”、“四川抗战文化研究”课题进展工作会、《四川电影评论三十年》编辑座谈会等。

【曲艺家协会】

1月，在成都举办2012四川曲艺界“名家新秀”迎新春晚会。4月12日至13日，举办“包德宾作品回顾展演”及“包德宾作品研讨会”。5月19日，纪念5.23毛泽东同志《在延安文艺座谈会上的讲话》发表70周年，与省杂协共同举办“文化惠民”活动走进洛带古镇。组织“第五届全国少儿曲艺大赛四川赛区选拔赛暨首届四川省少儿曲艺大赛”。6月9日，承办第五届全国少儿曲艺大赛四川赛区选拔赛暨首届四川省少儿曲艺大赛，及“花开的声音”——四川省优秀少儿曲艺节目展演晚会。与中国曲协、遂宁市市委市政府市委宣传部等多家单位携手，共同举办“喜迎十八大 曲艺走基层”文艺晚会。6月25日，组织到四川省第一个“中国曲艺之乡”广安市岳池县，参加当地党委组织的“喜迎十八大，百场戏曲下乡村”活动。7月，遂宁市被中国曲协授予“中国曲艺之乡”称号。9月26日，邀请中国曲协分党组书记董耀鹏一行，中国快板名家李立山、李世儒、董怀义等赴彭州调研，为“天下快板聚彭州”和打造彭州“中国快板城基地”签订合作协议。9月25日，举办“中国曲艺之乡”授牌仪式暨送欢笑走进遂宁文艺晚会。组织四川代表队参加“中国宝丰马街书会曲艺擂台赛”、“巴黎中国曲艺节”、“第七届中国曲艺牡丹奖”、“第五届全国少儿曲艺大赛”。2月，施敏演唱的四川清音《中华医药》，四川省曲艺团胡郦珈、曾洁演唱的四川扬琴《情怀》、曾恋演唱的四川清音《四川更美丽》分获“中国宝丰马街书会曲艺擂台赛”一等奖、二等奖。5月，四川省曲协副主席、秘书长李蓉荣获“中国曲协为民服务先进个人”荣誉称号。6月，彝族月琴弹唱《阿嫫妞妞》获第二届巴黎中国曲艺节“卢浮”铜奖。8月，参加第五届全国少儿曲艺大赛，四川谐剧《采访时刻》荣获少年组一等奖；四川荷叶《学校来了北大生》、四川清音《农家喜奏交响乐》获少年组二等奖；四川金钱板《福娃唱成都》获少儿组三等奖。9月，清音表演艺术家任平凭借新创作的一曲《中华医药》荣获第七届中国曲艺牡丹奖·表演奖，四川扬琴《情怀》荣获第七届中国曲艺牡丹奖·节目奖。2010启动曲艺新苗工程，至2012年创建四川省曲艺学校近30所。努力办好《四川曲艺》杂志。协助中国曲协完成了《非物质遗产文化名录》(曲艺)部分编撰。制定了《四川省曲协工作管理手册》。四川省曲协现已有全国会员241人，省级会员1197人。

【杂技家协会】

6月25日至30日，参加西南杂技联合采风。5月19日，为纪念毛泽东同志《在延安文艺座谈会上的讲话》发表70周年，与省曲协共同承办了“文化惠民”大型文艺演出走进洛带古镇。8月1日，组织德阳杂技团的杂技家赴“四川省革命伤残军人大邑疗养院”。为成都市实验小学西区分校学生教授魔术课(每周一节)。10月25日，在自贡举办四川省第七届“巴蜀文艺奖”杂技比赛。完成重点作品《圣火吉祥》剧本的创作工作。2月，张爽《杂技艺术训练方法的变革》获第八届中国杂技金菊奖第七次理论作品奖优秀论文奖。10月，遂宁市杂技团《比翼——男子双人技巧》获第十四届意大利拉蒂那国际马戏节金奖。10月，遂宁市杂技团《高椅》获第十届中国武汉国际杂技艺术节银奖。

【民间文艺家协会】

5月29日上午，中国民间文艺家协会正式授予四川省西充县“中国(纪信)忠义文化之乡”的称号并授牌。9月，在泸州纳溪区组织举办迎接党的十八大“唱响山歌——四川首届传统民歌大赛”，评选金奖2名、银奖4名、铜奖7名，另外还颁发了特别组织奖和优秀组织奖。4月1日至3日，在河南开封举办的“中国秋千展演暨第十一届中国民间文艺山花奖·民间绝技绝艺(秋千)”上，凉山州甘洛县彝族的原生态“磨儿秋”民间表演队获金奖。8月5日至6日，组织阿坝州藏族歌手参加中国民协主办“2012首届中国情歌(藏族拉伊)大赛”，获三等奖，省民协获优秀组织奖。9月3日至5日，组织参加在唐山滦县举行的“皮影俏滦州和中国‘滦河杯’皮影雕刻大赛”，成都叶牧天老师在雕刻大赛上获优秀奖。9月12日在第九届中国民间艺术节上，甘孜县踢踏舞《踢踏飞扬》获金奖。11月，开展“民间有大美——省民协惠民工程之民间艺术走进高校”系列活动。12月19日，召开省民协第七届代表大会，选出新一届领导班子。

贵州省文联

综　述

全年开展各项文联工作和文艺工作210余项。目前，拥有团体会员单位32个，县级文联87个，乡级文联45个。下设12个文艺家协会、三个杂志社、“两院两室一所”和机关行政处（室）共计26个部门，在编人员137人，省管核心专家1名，省管专家3名，全国“四个一批”人才1名，贵州省“四个一批”人才10名。全国文艺家协会会员1430人，贵州省文艺家协会会员13408人。

会议与活动

【贵州省七次文代会】

12月24日至26日，省七次文代会在贵阳召开。省委书记赵克志，中国文联党组书记、副主席赵实出席大会开幕式并作重要讲话，陈敏尔、喻红秋、顾久、左定超等省领导出席开幕式，喻红秋部长在大会闭幕式上作重要讲话；省直各厅局领导、各市州宣传部长出席会议。来自省文联32个团体会员的各民族、各艺术门类的460名代表及28名特邀代表审议通过了李碧川作的《贯彻落实党的十八大重要精神，高举社会主义先进文化旗帜，为建设贵州多民族文化强省而努力奋斗》工作报告。大会向全省文艺界发出《致全省文艺工作者倡议书》。顾久当选省文联第七届委员会主席团主席，李碧川、李远刚、汪信山、欧阳黔森、陈加林、彭治力、禄琴、王阿依、包俊宜、殷文霞、侯丹梅、姚晓英、龙耀宏、唐亚平、张贵华当选副主席，徐凡军任省文联第七届委员会秘书长，128名代表当选为省文联第七届委员会委员，聘请杨长槐、徐圻为省文联第七届委员会名誉主席。

【围绕国发二号文件开展文艺活动】

1月12日，《国务院关于进一步促进贵州经济社会又好又快发展的若干意见》文件颁布实施后，省文联党组向中国文联呈报《关于贵州省文联贯彻落实国发二号文件精神，请求中国文联进一步加大帮扶工作力度的请示》，5月，中国文联作出《关于贵州省文联请求进一步加大帮扶工作力度的复函》，明确进一步加大帮扶贵州省文艺事业繁荣发展的五条意见。全国各文艺家协会积极响应，并形成对口帮扶的良好态势。12月，中国文联文艺志愿服务中心副主任廖恳一行赴贵州省文联就文艺志愿服务开展情况及2013年中国文联文艺志愿服务工作进行调研，在安顺建立文艺志愿服务基地试点。

【“多彩贵州·山花竞放”——2012贵州文艺界新春大联欢】

1月15日，“多彩贵州·山花竞放”2012贵州文艺界新春大联欢在贵阳国际生态会议中心举行。来自贵州省文学、美术、戏剧、音乐等12个文艺家协会的老中青艺术家、九个市州文联、各产业厅局文联，以及长期以来一直支持关心贵州文艺事业发展的社会各界的朋友们齐聚一堂，共庆龙年新春佳节。此次活动由100多位贵州省著名艺术家和300多名文艺工作者、演员联袂参演，观众达2000多人。

【省第十一次党代会专场文艺演出《同心跨越》】

由省委办公厅、省委宣传部、省委统战部共同主办，省文化厅、省文联、省广播电视台共同承办。4月15日晚，栗战书、赵克志、王富玉等省领导、老同志和出席省第十一次党代会的代表共1300余人观看了演出。晚会分为《同心同德·光荣梦想》、《同心同向·团结和谐》、《同心同行·奔向小康》等篇章，来自省戏剧家协会、省音乐家协会、省舞蹈家协会和省歌舞剧院、贵

州民族大学音乐舞蹈学院、都匀市歌舞剧团的艺术家和艺术工作者激情满怀地奉献了一个个美轮美奂的贵州多民族文化视听饕餮。有歌曲《中华同心》、《您又来到乌蒙山》、《同心同行奔小康》，诗歌朗诵《背篼干部精神赞》，原生态舞蹈《山与路》，“彝人传奇”的彝族民歌《迎春歌》等，整场演出，高潮迭起，具有浓郁贵州民族特色，又有与时俱进的时代旋律。

【2012形象中国·百家报社聚焦魅力镇远全国新闻摄影采访】

8月21日至25日，该活动在镇远县举行，由省文联、中国地市报新闻摄影学会、中共镇远县委、县人民政府、贵州青酒集团有限责任公司主办，省摄影家协会、省文联办公室、镇远县文联等承办。活动分开幕式、开镜仪式、摄影创作基地授牌、采风采访活动、全媒体高层论坛、摄影作品评选评奖、闭幕式等版块。来自北京、上海、新疆、山西等全国近百家地市级报以上媒体记者齐聚镇远。

【朝霞侗歌培训基地挂牌仪式】

4月8日至9日，“朝霞侗歌培训基地”挂牌仪式在从江县高增乡小黄村侗寨小学举行。该活动由中国文学艺术基金会、省文联主办，从江县文联协办。活动向小黄村侗寨小学赠送了“朝霞侗歌培训基地”匾牌，聘请10名“朝霞侗歌培训基地”民间艺人，小黄村小学180多名学生成为“朝霞侗歌培训基地”学员。

【贵州文艺百花园创作基地挂牌暨文艺家采风】

5月3日至4日，“贵州文艺百花园创作基地”挂牌暨文艺家采风活动在长顺举行。此次活动由省文联、长顺县委、县政府、县文联联合主办。签署了共建“贵州文艺百花园创作基地”协议书，并赴该县敦操乡斗麻村岩脚组和打召村冗矮组，体验“背篼干部”事迹，了解民风民情。编辑出版《麻山深处的背篼干部》（DVD带书）大型专题片。

【心系建设者】

12月6日，连续举办了5年的“心系基层·心系建设者·贵州文艺界赴安顺北街社区”慰问演出在安顺市西秀区北街社区文庙广场举行。活动由省文联主办，安顺市文联承办，西秀区文联、北街办事处协办。

【第二届贵州省德艺双馨文艺工作者评选表彰】

3月，中共贵州省委宣传部、省人社厅、省文联联合下发《关于评选表彰第二届贵州省德艺双馨文艺工作者的通知》。12月，评出万光伟、王松雪、朱宏、杨艳常、李俊、李文明、肖勤、吴江勇、汪洋、赵鹏、姚晓英、唐亚平、徐明春、彭波、禄琴等15名“第二届贵州省德艺双馨文艺工作者”。

创作与研究

【获奖情况】

大型电视连续剧《奢香夫人》获中宣部第12届“五个一工程”优秀电视剧奖和第26届中国电视金鹰奖；中短篇小说集《丹砂》获第十届全国少数民族文学创作“骏马奖”；《俤家踩亲舞》获中国民间文艺山花奖舞蹈大赛金奖；侗族琵琶弹唱《侗乡巧绣娘》荣获中国曲艺牡丹奖提名奖；越剧《碧玉簪》获第十六届中国少儿戏曲小梅花荟萃活动“小梅花”银奖；小黄朝霞少儿侗族大歌合唱队获在韩国举行第五届“歌韵东方”国际合唱比赛民歌组金奖和卓越风雅艺术表演奖；《阿爸的背篼》获2012全国打工歌曲创作大赛金奖；《森林是我美丽的家》获第二届全国儿童电视歌曲大奖赛银奖；歌曲《手牵着心连着》、大型布依族民族现生态舞剧《利悠热谐谐》获第12届省“五个一工程”奖；话剧《青春百分百》获第三届中国校园戏剧节专业组剧目奖和导演奖；《田园晚秋》获第三届中国职工艺术节书法美术作品展美术类一等奖、《笙舞传情图》获美术类优秀奖、《出师表》获书法类三等奖，《沙漠驼影》获第三届中国职工艺术节摄影艺术展艺术类摄影作品三等奖、《笼》获记录类摄影作品优秀奖、《组装》《婀娜多姿》《峡谷深处》《手的力量》获优秀奖；《铁梨花》《荧屏上的“红流”：长征电视剧》分获第28届中国电视剧“飞天奖”入围奖、评论三等奖，《惊世之谜·雷山》获一等奖。

对外及对港澳台地区文化交流

3月25日，美国魔术大师Lee Asher赴黔讲座，讲座分为技艺讲座、专题讲座两个板块。8月17日至18日，与俄罗斯作协、俄罗斯圣彼得堡大学相互推介作家作品。俄罗斯圣彼得堡大学孔子学院副院长、文学博士，汉学家罗季奥诺夫与贵州作家座谈交流中俄文化。

机关建设

【建设与改革】

《山花》、《南风》、《音乐时空》在体制改革中寻求新的发展和突破。《山花》确保中国文学期刊“四小名旦”地位，全年首发小说近30篇次被《小说选刊》、《小说月报》、《新华文摘》等权威刊物转载；《南风》积极与读览天下、龙源期刊、中国知网、博看网建立网上发行、订阅合作，进一步开拓新的合作模式和销售渠道；《音乐时空》继续加强与新浪娱乐、腾讯视频、麦米电子杂志网等10多个网站合作，加强本土音乐人才和作品宣传推介；《今日文坛》、《贵州作家》进一步加大文艺评论人才培养，加强本土作品评论推介；《贵州文联简报》、《贵州文艺界》和贵州省文联网、贵州民族民间文化网、贵州摄影家协会网、贵州书道联盟网、贵州书艺联盟网、贵州青少年文学艺术网、贵州作家网、贵州电视家协会网、《南风》杂志网等全方位宣传报道贵州文艺界新闻、新作。创建了中国美协贵州创作中心及长顺文艺、镇远国际旅游摄影、从江朝霞侗歌等创作培训基地等。与广播电台“9+2”音乐先锋榜栏目和音乐广播联合打造贵州音乐展播平台等。

完成省文联六届十一次、十二次、十三次全委会、省舞协第五次、省摄协第六次、省书协第六次会员代表大会及换届工作。

创建学习型党组织，贯彻落实《贵州省文联建设学习型机关实施意见》，建立“三级联动”学习制度，免费发放了《机关党建》、《做最好的党员》、《雷锋精神学习读本》等各类党建书籍杂志110余册，积极开展“百万公众网络学习工程”活动等。进一步加强“帮县联乡驻村”、党建扶贫工作力度，选派4名干部帮促天柱县、1名干部赴关岭县开展党建扶贫。先后组织29次共计150人次赴石洞镇开展“帮联驻”工作，走访慰问农户271户，慰问资金21.6万元，帮助落实项目资金146万元。

反腐倡廉工作常抓不懈。举办党风廉政建设专题学习辅导2次，参加学习的副处、副高以上干部122人次；组织开展党风廉政建设知识竞赛活动1次，参加的处以上干部及副高以上业务人员50多人；发放《党风廉政建设》等反腐倡廉学习辅导材料160余本；组织观看反腐倡廉警示教育片2次，参加人员80多人次；组织协会、部门负责人及党员干部十余人观看电影《忠诚与背叛》；举办反腐倡廉曲艺大赛，近万人及上千个节目参加乡（镇）、县（区）、市（州）初赛，331个节目进入复赛，41个节目参加决赛。

【文艺人才培养】

7月下旬，举办基层文联领导干部培训班，各市、州文联党组书记、主席，省级各文艺家协会主席、秘书长，部分县、区文联党组书记、主席约40余人参加培训，聘请专家、教授为学员作了《如何围绕政府中心工作开展文联工作》、《后发优势理论与贵州后发赶超》、《贵州的历史与文化》、《贵州文化产业发展现状和对策》等专题讲座。分别举办“风景”摄影专题创作研修班、贵州民族民间蜡染文化传承人培训班、贵州音乐原创振兴计划创作研讨班、电视节目主持播音员化妆培训班、贵州省数字放映技术交流培训会等，近500余名本土作家、艺术家、文艺新人参加培训。

各文艺家协会

【作家协会】

组织评奖，推出文学精品。9月11日，首届贵州少数民族文学“金贵奖”和第三届乌江文学奖颁奖典礼在贵阳举行。贵州少数民族文学“金贵奖”由省作协和省民委共同主办。“乌江文学奖”由省作协主办，中共铜仁市委宣传部、中共思南县委、县人民政府具体承办。推选出15部乌江文

学奖、4部《乌江文学》刊物奖、16部贵州少数民族文学“金贵奖”。8月，推荐第十届全国少数民族文学创作骏马奖评委、作品，仡佬族作家肖勤的《丹砂》获中短篇小说骏马奖。

提供平台，培养文学人才。9月10日至26日，承办鲁迅文学院西南六省区市第二届青年作家培训班。来自四川、重庆、西藏、云南、广西和贵州的44名青年作家参加培训。邀请部分文学刊物的负责人与学员进行交流对话。7月27日至31日，举办全省少数民族文学创作会议暨第五届贵州少数民族文学创作改稿班。来自全省苗、布依、侗、仡佬、彝、土家、回、水等少数民族作家共90余人出席会议。并向《民族文学》、《山花》、《贵州作家》等相关刊物提供稿源。与省民委共同向社会征集反映贵州少数民族题材的影视文学剧本，以挖掘和弘扬贵州多姿多彩的民族文化，构筑贵州人的“精神高地”。

促进交流，增强思想碰撞。7月9日，在鲁迅文学院全国作家高级研修班开办十周年之际，省作协、黔西南州委宣传部共同主办了“走基层、转作风、改文风·中国著名作家走进黔西南”活动。6月11日至22日，组织“贵州作家西部行”采风活动，前往甘肃、陕西两省进行采访交流。10月25日至28日，中国书画研究院常务副院长、清华大学美术学院艺术顾问高炳山等9人赴黔东南采风创作，创作30余幅作品。5月11日，举办毛泽东同志《在延安文艺座谈会上的讲话》发表70周年座谈会。4月26日，举办“亚光作品研讨会”。

【美术家协会】

推出艺术精品。9月21日至25日，与中国美协合作，举办“中国版画进万家·走进多彩贵州”活动暨“2012全国版画工作年会”系列活动。邀请中国美协组织的全国版画名家到黔东南、黔南、安顺、六盘水采风并举行活动启动仪式。6月，毛主席纪念堂管理处委托贵州省山水画家张润生、乔任侠、王忠才、杜小牧、韩亚明等6位画家赴北京创作纪念堂“长征厅”主题壁画，省委领导非常重视，批示由省委办公厅和省委宣传部领导、省美协协助相关艺术家做好组织工作，确保作品质量。10月中旬，在省委办公厅举行作品交接仪式。

培养艺术人才。省美协、省书协、贵阳市文联在贵阳市共同举办“贵州省青年美术、书法重点作者创作改稿班”，60多位青年作者参加看稿、改稿、研讨活动，特邀省内有丰富经验的专家一对一的分析讲解。7月6日至16日，在贵阳美术馆举办“黔灵毓秀·青春艺术——2012贵州省高等学校美术专业毕业生优秀作品展览”，作为“2012贵州青年艺术节”的重要内容，此展由省美协与省委宣传部、省教育厅、省人社厅、贵州日报社、贵阳市政协联合主办。展览入选作品280余件，评出获奖作品80多件，并出版展览画册。

夯实创作基础。9月8日，在铜仁万山特区举行了省美协写生基地挂牌仪式；10月10日，在贵阳进行中国美协贵州省创作中心揭牌仪式，举办“全国名家美术作品邀请展”；10月12日，在铜仁江口县举行省美协、贵州美术研究院、贵州省青年美协写生、创作基地挂牌仪式。编辑出版《贵州美术》、《“多彩贵州·盛世中华——全省第三届中国画精品展”作品集》等画册。

【音乐家协会】

7月1日至2日，“理想之歌”傅庚辰作品音乐会在贵州演出。音乐会涉及节目11个，共有20多个曲目，参加演唱的除了贵阳交响乐团近100名乐手以外，还有贵州大学艺术学院合唱团、贵阳合唱团、汇美少儿合唱团、贵州花灯剧团近300名演唱人员，以及北京和贵州省歌手12人。7月2日，在省文联召开了“理想之歌”傅庚辰作品音乐会座谈会。

音乐考级工作和电子琴、钢琴展演选拔。从5月中旬到7月下旬音乐考级完成报名，分别开始各地的考级。组织省内音乐界专家奔赴省内九个各市、州对考生进行专业评定。10000余人参考。

贵州省音乐创作研讨培训班。5月，此次研讨培训班由中共贵州省委宣传部、省文联联合主办，省音协、中共盘县委员会宣传部、盘县文体广电旅游局共同承办此次研讨培训班。来自省内各市、州的音协负责人和词曲作者约90余人参加了研讨班学习。

采风创作活动。组织7名省内音乐家走进瓮安采风创作活动，并协助瓮安完成歌曲作品征集活动和歌曲演唱大赛；组织50余名省内著名词曲作家赴思南进行采风创作活动，并协助思南完成乌江风情原创歌曲大奖赛评选活动；组织70余名省内词曲作家赴盘县进行采风创作；组织10余名省内著名词曲作家赴黔西南进行采风创作；组织6名省内著名词曲作家赴遵义进行采风创作；组织7名省内著名词曲作家赴榕江进行采风创作，并协助榕江完成“萨玛节”晚会和歌曲征集评选活动。

编辑出版《贵州音乐名家系列作品精选》。

【戏剧家协会】

8月29日，承办“云上丹寨腾飞梦想”——贵州省文联、清华大学情系丹寨大型文艺晚会。晚会历时近2个小时，18个精彩的歌舞节目精彩纷呈。

推荐花灯小戏《村官断案》参加第五届长江流域戏剧艺术节，分别在张家港锦丰镇、大新镇、乐余镇演出。大型布依族民族现生态舞剧《利悠热谐谐》荣获第12届贵州省精神文明建设“五个一工程”奖；该剧由中共黔西南州委、州政府，贵州省文联主办，中共册亨县委、县政府、贵州省戏剧家协会承办，由国内知名艺术家合力打造，以创新形式展现瑰丽的布依文化，被誉为布依文化史发展的里程碑。

【民间文艺家协会】

民族民间文化遗产抢救工作成果丰硕。6月11日，省民委、省文联、省民协联合举办的“贵州民族民间蜡染文化传承人培训班”在黄平县开班。来自全省各地38名民间蜡染文化传承人以及蜡染制作技艺成绩突出的民族民间艺人参加了为期8天的培训。同期，省民协民间蜡染艺术委员会成立，潘梅当选艺委会主席。编撰《中国蜡染文化》一书，该书被列入中国民间口头与非物质文化遗产推介丛书出版规划。3月，举办“贵州省十大民间蜡染工艺大师和十大民间蜡染艺术精品”评选活动。

民间文化交流及民间文艺展演活动捷报连连。1月5日，赴海南参加第十届中国民间文艺山花奖颁奖典礼，组织推荐的侗族大歌《蝉之歌》《武陵神功》《给拖裹》分获山花奖。4月1日至3日，由省文联、省民协组织推荐的松桃苗族自治县《八人秋》在中国秋千展演暨第十一届中国民间文艺山花奖·民间绝技绝艺（秋千）评奖活动中荣获金奖，并入围第十一届中国民间文艺山花奖·民间绝技绝艺（秋千）评奖活动。6月16日至18日，在第三届中国剪纸艺术节上，推荐的贵州民间剪纸作品《三国演义》获得银奖，《清明上河图》、《红军长征图》、《仡佬号手》获优秀作品奖。

民俗传统与文化创新研讨会气氛活跃。7月7日，由省民协、黔南民族师范学院主办的第五届贵州民族民间文化青年论坛“民俗传统与文化创新”研讨会在都匀召开，来自贵州大学、贵州省社科院等8家单位的近40名专家学者齐聚一堂，就优秀民俗传统文化与社会主义核心价值体系构建、优秀民俗文化与社会主义文化的大发展大繁荣、优秀民俗传统文化与贵州时代精神、少数民族口头传统与民俗文化、黔南民族文化与发展等方面做了多层次的研讨。

【书法家协会】

积极开展各种活动，服务人民群众和广大会员。5月，组织万套《中国书法》杂志捐赠西部万名大学生活动，将800个受助名额分配到各高校，每个受助学生每年免费获得价值600元的《中国书法》杂志，总价值48万元。5月至10月，推荐优秀会员10人参加两期中国书法家协会举办的“西部书界新秀书法研修班”，学员每期学时一个月。

组织“中国书法家进万家行动计划”系列活动。3月，由省文化厅、省美协、省书协、贵阳市文联共同主办的“贵州省青年美术、书法作品展”在贵阳美术馆开展。组织书法名家30人为筑城广场书写历代题咏贵阳诗词书法作品，并刻石分置在筑城广场的园林景区内。4月，由中国书法家协会、毕节地区行政公署主办，省书协、毕节地区旅游局、毕节地区文联、黔西县人民政府承办的“百里杜鹃”杯全国书法大赛在黔西开幕。5月至6月，由省禁毒办、省公安厅、省教育厅、省文化厅、省广播电影电视局主办，省书协、省美协协办，贵州广播电视台新闻综合广播承办的“和谐生活，拒绝毒品”书法绘画比赛组稿、评审工作完成，展览于6月25日在人民广场举行开幕式。5月31日，由省委宣传部、省文明办、省教育厅、团省委、省妇联、省文联、省关工委主办，贵阳市实验小学承办的2012“祖国好·家乡美”系列活动—摄影绘画书法作品展示暨庆“六·一”文化艺术展示开幕式在贵阳市实验小学举行，9月，在省文联举行了2012“祖国好·家乡美”主题实践活动——全省中小学生“名诗名言”书法大赛省级初评、终评。8月19日，贵州省第五届行草书展

在六盘水市体育馆举行开幕仪式，此展是中国凉都·六盘水消夏文化节期间，由省书协、中共六盘水市委、市人民政府主办，六盘水市委宣传部、六盘水市文联、六盘水市书法家协会承办的一次文化盛宴。来自全省的获奖作者及书法爱好者500余人参加了开幕式。收到参赛作品500多幅，评选出获奖作品17幅，入展100余幅，并结集出版。9月26日，由省军区、省民政厅、省文联联合主办，省书协、省美协、省摄协承办的“庆祝新中国成立63周年，喜迎党的十八大胜利召开”双庆书画摄影展在省民族文化宫开幕。共200余人参加开幕式。贵阳市书法家协会、印江县书法家协会被授予“中国书法进万家先进集体”。贵州省书协包俊宜、陈加林、郭晓莉、杨建被授予“中国书法进万家先进个人”。

【摄影家协会】

文化惠民活动。1月18日，省摄协“送欢乐、下基层”元旦、春节惠民活动——《14+1》摄影家走进小河周家寨村义务为村民拍摄全家福，现场打印一百余幅照片赠送村民。

2012“摄影大篷车下基层”系列活动暨省摄协双月赛。2月18日，由省摄影家协会主办，黔东南州摄影家协会协办的2012“摄影大篷车下基层”系列活动暨省摄协双月赛活动在黔东南州拉开序幕。100余人参加活动，评审们对“双月赛”的获奖作品和黔东南州摄协精选的30幅会员作品进行现场点评。4月14日，“摄影大篷车下基层”系列活动暨双月赛评选在毕节市百里杜鹃风景区举行，活动由毕节市摄影家协会承办。省、市摄影家协会分别授予百里杜鹃“摄影创作基地”匾牌。评委们对双月赛获奖作品进行现场点评，并观看了“14+1”中国贵州视觉影像摄影作品展，省摄影家协会生态摄影分会组织了十多位摄影家与当地影友进行座谈，交流对生态摄影创作的拍摄体会。6月16日，“摄影大篷车下基层”系列活动暨双月赛评比——走进遵义。为迎接党的“十八大”胜利召开，这次双月赛的主题在“红色记忆”专题上又增加了“感恩”主题，收到参赛作品800多件，评出一等奖1名：《红色年代》，二等奖2名：《历史的见证》《流光溢彩》，三等奖3名：《忆》《老照片前》《娄山日出》，优秀奖10名。8月18日，省摄协与铜仁市摄协共同举办铜仁站双月赛活动，收到参赛作品500多件，评出一等奖一名：张安键《空蒙山色（组照）》；二等奖二名：任志平《天地精灵》、毛之侠《天堑通途》；三等奖三名：廖江生《水澹云轻兮升烟》、郑剑玺《水墨锦江》、李勋《凯里城市风光》；优秀奖10名。100多名铜仁影友参与。10月19日，“大篷车下基层”暨双月赛活动第五站在都匀市举行，活动由贵州省摄协主办，黔南州摄协协办。150余人参加活动。12月28日，“摄影大篷车下基层”暨双月赛评选活动第六站——六盘水站。本次摄影主题为“工业题材”，由贵州省摄影家协会主办，六盘水市摄影家协会协办。评委专家组对来自全省近90余名作者的500余幅摄影作品进行评选，展出80余幅作品，对六盘水市摄影界新人和主创人员的30幅摄影作品进行现场点评及互动研学。

摄影大赛活动。3月30日，2012贵州摄影界新春联谊会暨“魅力贵定”风光风情摄影大赛启动在贵定县音寨举行。分别为2011年度“黔像奖”先进集体、“黔像奖”优秀个人组织奖以及优秀会员等颁发了证书和奖杯。为结合干部下基层、转变干部作风、为基层会员服务的2012年度贵州省摄影家协会双月赛首站——黔东南站的获奖者颁发了奖金和证书。第五届“多彩贵州”中国原生态国际摄影大展于4月23日在毕节启动。活动期间，举办了“历程——共和国·60年”和“变迁——贵州·60年”等国内外30余个主题展。省摄协邀请和接待来自全国20余个省、市、自治区摄影家协会主席、副主席、秘书长等20余名摄影家采风拍摄。5月26日，龙里县人民政府、省摄协、都匀市摄协联合举行“刺梨花开别样红”即拍即评现场摄影比赛，近200多名摄影家参加，共收到参评作品400多幅，评出一等奖3名，二等奖5名，三等奖10名，优秀奖50名。6月23日，与惠水县政府、黔南州摄协举办贵州惠水第四届好花红艺术节摄影艺术比赛即拍即评活动。全省各地200多位摄影家和爱好者投送了700余幅现场拍摄的图片，评出获奖作品101幅/组。9月14日，省文明办、省妇联、省文联、省摄协、省美协的领导、专家评委对2012 年度“祖国好 家乡美”活动之“多彩家乡”摄影绘画作品进行总评选。截至9月10日，来自九个市州文联、妇联组织报送中、小学组参赛作品摄影596幅、绘画958幅。9月

26日，由省军区政治部、省民政厅和省文联共同主办的贵州省军地书画、摄影精品“双庆联展”在省民族文化宫开展。组织省内军地摄影家30余人的36幅优秀摄影作品参加展出。省摄协、中共盘县县委宣传部联合主办，盘县文联、盘县摄协承办的贵州“煤电之都，文运盘县”摄影大赛，10月12日，由省摄协和盘县县委宣传部、盘县文联组成的评委组，对来自全国各地参赛的1364幅摄影作品进行评选，共评选出收藏作品20幅，入围作品60幅。11月8日，中铁十五局集团都匀置业有限公司、省摄协、都匀市摄协联合举办“中国铁建·东来尚城杯幽默摄影大赛”评选工作揭晓，来自全国各地的2000余幅摄影作品参加评选，评出等级奖10名，优秀奖90名。

摄影采风活动。4月22日至26日，省委宣传部外宣办主办，平塘县委、县政府、省摄协承办“行走平塘山水间”旅游摄影采风活动。省摄协组织10位摄影家与各大媒体记者共计30人参加了此项活动，收集整理图片五百余幅。7月4日，省摄协策划组织《第四届百鸟之都魅力威宁》采风活动，副主席彭年以及省生态摄影分会12位摄影家参加此项活动。2012中国·台江摄影旅游节暨亚洲摄影家走进台江大型活动，于10月8日在台江拉开序幕。本次活动由省人民政府新闻办公室、省文化厅、省旅游局、省文联、中共台江县委、台江县人民政府联举合主办，省摄协与台江县委宣传部承办。来自美国、泰国、新家坡、马来西亚，中国香港、澳门、台湾等15个国家和地区的25个摄影团体300余名摄影家参加活动。亚洲影艺联盟第23届大会名誉主席、省人民政府副省长谢庆生主讲了《摄影的理论与实践》讲座，亚洲影艺联盟摄影家郑国裕先生主讲了《数码与摄影》。活动期间共展出来自亚盟各国摄影家的230多幅精品力作。

摄影培训。9月至10月，开设为期一个月的“风景”摄影专题创作研修班，特邀著名的摄影家、省摄协副主席卢现艺、彭波，贵大艺术学院摄影系杨安迪等现场教学。

【舞蹈家协会】

多彩贵州舞蹈大赛。3月至9月，由省委宣传部主办，贵州广播电视台、省舞协等多家单位协办的中天城投2012多彩贵州舞蹈大赛在贵阳举行，省舞协推荐2个国际标准舞作品代表省直机关工委赛区参加决赛，其中《山楂树之恋》获铜鼓奖，《重来》获优秀奖。

积极推荐作品参加全国性评奖。10月16日至21日，组织舞蹈节目《平坝苗族女子芦笙舞》赴上海参加第二届国际民间民俗健身舞蹈展演，获最佳表演奖；10月中旬，省舞协报送节目参加第八届中国舞蹈“荷花奖”当代舞、现代舞比赛的初评，现代舞《龙场听风》进入全国总决赛，并荣获“十佳作品奖”；8月15日至17日，原生态舞蹈《矮桩舞》、《滚山珠》获“2012年中国·青海西宁国际原生态舞蹈暨现代舞艺术节”优秀节目奖。

舞蹈考级、培训、研讨。9月，省舞协先后在贵阳、都匀、遵义、铜仁、六盘水举行中国舞蹈家协会“中国舞”舞蹈考级，600多人参考。12月，省舞协组织“中国舞”舞蹈教师培训，由中国舞蹈家协会专门指派教师前来授课，20多名学员通过培训和考核，取得资格证书，成为中国舞协考级注册教师。6月初，省作协、省音协、省剧协、省舞协共同主办，贵定县文联、县文体广电局承办贵州省文艺作品创作暨贵定县省级非物质文化遗产《海葩苗长鼓舞》研讨会。

【杂技家协会】

推出精品，增强理论研究。3月20日至25日，刘斯奇、林振强撰写的两篇论文获第八次中国杂技“金菊奖”优秀论文奖。

组织比赛活动，发现培养人才。4月28日，组织省商业专科学院“新生”进行魔术比赛。6月20日，组织贵州民族大学及各高校魔术爱好者在学生活动中心举办贵州民族大学魔术协会4周年《Buffy魔幻之夜》晚会活动，数百名在校大学生观看演出。

组织采风，促进交流。6月25日至30日，组织来自云南、贵州、四川、广西及成都军区战旗杂技团，四省杂技界的专家、学者15人，赴贵州黔东南进行采风考察活动。

【曲艺家协会】

创作作品，倾力演出。4月，为纪念毛泽东同志《在延安文艺座谈会上的讲话》发表70周年、迎接“中国共产党第十八次代表大会”胜利召开，曲艺家们创作了50多件曲艺作品。曲艺家任焰林同志被中国曲协授予“送欢笑、到基层”惠民文

化活动先进个人。6月17日至18日，由中央文明办、中国文联、中国曲协主办，省委宣传部、省文明办、省文联承办，省曲协协办的“全国道德模范故事汇巡演”在贵阳、安顺进行3场演出。

推出作品，提高影响。为积极配合省纪委开展全省“反腐倡廉”工作，积极筹划贵州省“优化发展环境促进提速转型”反腐倡廉曲艺大赛方案，先后组织曲艺家赴毕节、安顺、六盘水、黔南、贵阳、开阳等市、州、县、乡、区进行作品改稿会、艺术辅导、编排及评审预审等工作。9月24至25日，本次活动在省委大礼堂进行决赛。9月26日，在贵州电视台演播大厅成功举行颁奖晚会。组织贵州侗族琵琶弹唱《侗乡巧绣娘》、故事《外公的红军灯》参加“第七届中国曲艺牡丹奖”广东东莞赛区，鼓曲唱曲南方片的全国曲艺大赛。侗族琵琶弹唱《侗乡巧绣娘》荣获中国曲艺牡丹奖·提名奖。整理完成10万多字的贵州曲艺卷，录入《中国曲艺大辞典》一书。5月22日，贵阳市艺术研究院正式挂牌成立。

【电影家协会】

与北京智信恒诚科技有限公司于4月联合举办贵州省数字电影放映技术培训活动，全省近80位放映员参加该项培训活动。5月，在贵州师范大学田家炳书院隆重举行《纪念毛主席在延安文艺座谈会讲话》发表70大会。组织召开微电影研讨会，与会专家对微电影的创作、表现形式、传播、发行等方面进行了研讨。组织电影剧本原创工作，组织研讨、修改电影剧本《茅台春秋》。

积极实施文化惠民工程，组织送电影进社区活动。分赴文昌苑、云岩广场、振华广场等社区和羊艾、沙子哨、王武等监区放映了电影《心灵的底色》、《关云长》、《神探亨特张》、《画皮2》等。

【电视艺术家协会】

推出精品，获奖频频。5月9日，贵州视协推荐的50部优秀电视作品在全国十省区数字影像大赛中获得15个奖项。其中，记录类11个；故事类3个；音乐舞蹈类1个。组织参加第26届中国电视金鹰奖评选活动。贵州获得10部（个）中国电视金鹰奖奖项：其中，电视剧类获优秀奖1部，创作单项最佳美术奖1部，提名奖1部；文艺节目类获优秀奖2部，提名奖2部；纪录片类获提名奖2部；主持人类获提名奖1个。组织参加第五届中国旅游电视周评选活动，6部作品获奖。其中，优秀奖4部，好作品奖2部。省视协被评为2011年全国性反腐倡廉宣教活动先进集体。

拍摄作品，扩大队伍。拍摄制作电视专题片《走进清江村侧记三则》。2月11日至18日，4月16日至17日，5月28日至30日，组织一个电视摄制组3次进入遵义市清江村拍摄全国劳动模范清江村党支部书记何兴明（工作纪实）电视纪录片。5月29日，与贵州广播电视台在金阳召开了“贵州视协县级电视委员会筹备领导小组工作会议”，6月20日至21日，在贵阳举行贵州县（市）电视委员会成立大会，68个县级电视台成为会员单位，来自全省的150多人参加会议。

举办活动，扩大影响。8月30日，贵州视协与贵州语委办联合开展贵州省第15届全国推广普通话宣传周系列活动。活动分为三个环节：推普周走进校园、推普周走进社区、推普周晚会节目展演。编辑了《西部电视》（双月刊）第三期，多方面突出贵州特色，全面展示贵州电视人的理论水平。

基层文联

【毕节市文联】

文艺创作成绩丰硕。《高原》全年出刊6期，刊登小说、诗歌、散文等120多万字；出版发行黔西北文学丛书《魅力毕节》；与中国书协联合出版发行《中国贵州百里杜鹃书法大赛作品集》。《织金三小校歌》荣获全国第五届优秀校园歌曲、校歌选拔活动二等奖。邹正国的作品《对数字时代下音乐著作权保护的思考》荣获2012“放歌中华——全国大型音乐展”铜奖。大方队荣获中国新津首届国际梨花节“花舞人间”杯第四届新津国际灯谜节活动决赛优胜奖。大方县选送由杨慧创作的《杜鹃花魂》荣获2012年南京·第二届全国农民画展暨第二届南京六合农民画艺术节二等奖。8月，由纳雍县文联组织《滚山珠》艺术团到中央14台参加《2012北京欢迎您》暑期特别节目录制现场演出，参加多彩贵州舞蹈大赛获铜奖，到四川参加中国苗家风情节才艺大赛获一等奖等。

组织作品参加全省中小学生祖国好·家乡美“名师名言”书法大赛，4人获一等奖，9人获二等奖，4人获三等奖；在第八届“桃李杯”青少年舞蹈大赛全国总决赛中，大方县选送的3个舞蹈节目全部获奖。组织专家对《试验区小唱》进行制作、拍摄、上挂网络，取得了超过3000多万的点击率。作为贵州建省600周年纪念献礼，以弘扬夜郎文化为精髓的电视剧《夜郎春秋》拍摄正在筹划之中；由原名《乌蒙春晓》改编的电影《莫道君行早》已杀青。

文化公益活动热情。春节期间，组织书法家协会、音乐家协会、舞蹈家协会、曲艺家协会会员积极参加“科技·卫生·文化”三下乡活动，为老百姓义务书写对联30000多幅，表演节目200多个次。7月19日，毕节市、七星关区摄影家协会到七星关区层台镇斯栗村开展“万名摄影志愿者万幅作品送万家”文化公益活动。

采风创作活跃。5月11日至14日，举行构筑精神高地推动跨越发展毕节文艺家“走进迤那·海雀”采风活动；6月中旬，与市委宣传部联合在毕节开展了“全国名家看毕节”的采风系列活动。7月5日，贵州省广播电视信息网络公司毕节市分公司文联成立；新增建立文艺创作基地“百里杜鹃”管委会文艺创作基地。

【铜仁市文联】

文学创作成果丰硕。小说集《赵朝龙小说选》(赵朝龙)(苗族)、散文集《陶或易碎的片段》(刘照进)(土家族)、诗歌《似悟非悟》(末末)(苗族)、长篇小说《猪朝前拱》(张贤春)(土家族)荣获首届贵州少数民族文学“金贵奖”；中短篇小说集《咬紧牙关》(郑一帆)、长篇小说《鸽子花开》(龚晓虹)荣获第三届乌江文学奖；短篇小说《家访》、《灵性》（林盛青）在《民族文学》发表；龚晓虹、罗漠、李胜勇、安元奎、简梦林、末末（苗族）、任敬伟（土家族）、马晓鸣（苗族）、非飞马（土家族）、王小松等作者的中篇小说、短篇小说、散文、诗歌、文学评论等作品在《贵州作家》发表；散文《婉约边城》(赵凌峰)、短篇小说《扶贫纪事》(冯铭）被山东省淄博市列为2012年中考导读，被吉首大学选入高等院校民族预科班语文教材。

举办创作改稿班。邀请叶梅、欧阳黔森等到铜仁开展“作家进校园”讲座；石阡县文联承办了全省少数民族文学创作笔会暨民族文学创作座谈会，近百名少数民族作家出席。邀请谌宏微、乔任侠等画家到铜仁为各区县60余名画家和美术创作人员进行培训，并举办了全市“锦江春潮”美术作品展。

文艺交流。为推进书法艺术的繁荣发展，铜仁市与重庆九龙坡区文联共同举办“贵州铜仁·重庆九龙坡书法交流展”，分别在铜仁、重庆展出。与市农委和印江土家族苗族自治县在“柑橘之乡”朗溪镇举办2012年首届“梵净山金秋柑橘节”。举行了文艺演出、农特产品展销、摄影展览等系列活动。

云南省文联

综　述

2012年，在省委、省政府正确领导下，在中国文联、中国作协和省委宣传部的指导下，省文联及各省级文艺家协会深入贯彻落实党的十八大和十七届六中全会精神,牢牢把握“高举旗帜、围绕大局、服务人民、改革创新”的总要求，按照省委九次党代会部署，坚持用科学发展观统领，集中力量抓大事，一心一意谋发展，认真履行联络协调服务基本职能，充分发挥组织引导维权重要作用，围绕省委、省政府工作大局更加紧密，服务文艺家和文艺工作者的方式更加多样，引领文艺创作和生产更加有力，云南文苑建设在全国文联作协系统产生广泛影响，文艺创作繁荣发展，一批优秀作品和人才在国际国内获得奖励，《大道健行》、《大地之爱》等获得第十二届“五个一”工程奖，《泥太阳》、《我的乡村》、《我的心在高原》、《我的滇西》等4部作品获第19届少数民族文学骏马奖，中国·东南亚·南亚电视艺术周获得省委宣传部颁发的第二届全省宣传文化系统“创新奖”，多项工作得到省委省政府领导、中国文联领导，中国作协的表彰奖励，省委出台《中共云南省委加强和改进新形势下文联和文艺工作的意见》，为繁荣发展云南文艺事业、推动云南民族文化强省建设作出了积极贡献。

会议与活动

【奥地利雷哈尔交响乐团奏响2012新年华章】

2012年1月1日，奥地利雷哈尔交响乐团在云南大剧院为2012年奏响新年华章。为春城人民奉献了一台雷哈尔和施特劳斯时代的原汁原味的轻歌剧作品。

奥地利雷哈尔交响乐团此次云南之行，该乐团在维也纳新年音乐会的曲目基础上，既保留传统的经典曲目如约翰·施特劳斯家族作品如《皇帝圆舞曲》、《蓝色多瑙河》、《拉德斯基进行曲》，又增加部分雷哈尔的圆舞曲和轻歌剧作品，让春城听众欣赏到原汁原味的奥地利著名作曲家雷哈尔轻歌剧作品的风格和特色。

自2009年以来，省文联主办的“春之声——云南新年音乐会”已成功举办了四届，之前已邀请3支国际知名乐团赴昆演出，“春之声——云南新年音乐会”已经成为云南有影响的文化品牌。

【“送欢乐、下基层”走进禄劝】

2012年1月10日，省文联“送欢乐、下基层”文化惠民活动走进禄劝，在翠华镇禄劝中心小学与基层群众分享艺术的欢乐。省文联及禄劝县委、县政府主要领导与现场1000余名群众观看了慰问演出。在举行丰富多样的文化惠民活动的同时，省文联为50户特困户发放慰问金的活动为翠华的父老乡亲送上了实实在在的节日祝福与问候。

此次慰问演出，阵容强大，多为我省中青年获奖演员或获奖节目。在精心准备的15个节目中，涵盖歌舞、戏曲、杂技、曲艺等多种艺术门类。在演出现场的另一侧，书画家为翠华的群众挥毫泼墨，免费书写春联。与此同时，来自省摄影家协会的几位摄影家们为村民拍摄全家福，也忙得不亦乐乎。

结合开展“四群教育”，今年的活动，省文联党组紧紧围绕“深入基层、服务大众、促进繁荣，推动发展”的主题，着重在“暖”字上下功夫，今年特意拿出2.5万元，为翠华镇50户特困户发放慰问金。

“送欢乐、下基层”是云南省文联为深入贯彻学习党的十七届六中全会精神和中国文联第九次、中国作协第八次代表大会、省第九次党代会精神，按照中央关于开展“走基层、转作风、改文风”部署，积极组织所属各文艺家协会和广大文艺工作者，坚持贴近基层，面向普通百姓而广泛开展的一项大型公益性文化惠民活动。

【云南省委常委会听取省文联专题汇报，鼓励文学艺术领域多出人才多出精品】

2012年1月11日，省委书记秦光荣主持召开省委常委会，传达学习中国文联第九次、中国作协第八次全国代表大会会议精神，研究云南贯彻意见。

省委常委会认为，近年来，我省文艺工作取得了显著成绩，培养了一支好的文学艺术家队伍，展现了良好的精神面貌，坚持正确的文艺创作指导思想，创作了一批有影响的作品，为推进“两强一堡”战略特别是民族文化强省建设贡献了力量。省委常委会决定下发《中共云南省委关于加强和改进文联及文学艺术工作的意见》，设立“云南人民艺术家”奖、云南省文学艺术创作奖，规范完善“云南省德艺双馨文艺家”奖、云南省文联文艺创作基金奖，以鼓励文艺创作，推出更多、更好的文学艺术精品，全面推动我省文艺工作和文联工作。

【云南省第六届中国画大展】

2012年2月5日，由省文联、省美协主办，省中国画艺委会承办的“云南省第六届中国画大展”在省图书馆开展。

本次展览，得到了全省美术家和美术爱好者的积极响应，省内外共有325名作者投稿，共收到作品650余件。经过专家认真评选，145件作品入选展览。近年来，云南的中国画创作在山水、人物、花鸟各领域都有显著的成果，“云南画派”在中国画坛占有了一席之地，创作队伍逐渐发展壮大。在此次展览中，脱俗形似的写意画，淡墨勾线的工笔画，笔势飘逸的泼墨画，笔墨简淡的白描画，豪放民俗的重彩画均有展出。很好地展现了云南的中国画创作在山水、人物、花鸟领域的显著成果。

【2012中国剧协（云南）中青年编剧研修班】

2012年2月21日，由中国剧协、云南省文联、云南省剧协主办的“2012中国剧协（云南）中青年编剧研修班”在玉溪举办。本次研修班旨在发现、培养云南中青年编剧人才，促进云南剧本创作，为云南戏剧的振兴和发展做一点实实在在的工作。

剧本作为一剧之本，在戏剧艺术中具有非常重要的地位和作用，剧本的好坏直接决定一台戏的成败。因此，培养编剧，抓剧本创作，是繁荣发展戏剧艺术的基础环节，也是关键环节。云南有一支兢兢业业、甘于奉献的编剧队伍，也不乏优秀剧作家。但是，云南编剧队伍的现状不容乐观，青黄不接、人才流失、创作条件差、剧本难搬上舞台等问题，严重地影响了剧本创作，制约着云南戏剧的进一步发展与繁荣。中国剧协把研修班安排在云南举办，是对我省戏剧人才培养和戏剧创作的大力支持和有效推进。

本次中青年编剧研修班聘请黄在敏、李文启等15位全国知名专家授课和辅导，共有来自全省39名正式学员和众多旁听学员参加学习。

【“高原情怀、大山精神”文学征文颁奖典礼】

2月29日，由省文联、云南日报集团、省作协主办的“高原情怀、大山精神”文学征文颁奖典礼在昆举行。

云南省委书记秦光荣在省第九次党代会上提出：“树立高原情怀，倡导大山精神，坚忍不拔、勇往直前、创造无愧于时代、无愧于人民的新业绩。”这是全新的“云南精神”它蕴涵丰富，立足当下、展望未来、饱含深情、又寄予厚望，为云南跨越发展倡导了一个新的精神指向，提供了一种新的精神动力。

“高原情怀·大山精神”征文活动不仅是响应省委的号召，更是希望广大作家用文学的语言和人文的高度，诠释立足高原，开拓、创新、奋进、高远、包容的高原情怀，以及坚定、担当、务实的大山精神，通过对云南近些年发生的生动、具体、鲜活、感人的人物、事件的抒写，发掘、弘扬，展示云南各民族人民的精神风貌，谱写云南伟大的时代精神，为云南文化的大发展大繁荣作出更大贡献。

此次颁奖典礼是“高原情怀、大山精神”文学征文活动的第一阶段。截至2月下旬，共收到来稿3000余篇，来稿范围广、质量高，云南日报从中选出60篇稿件进行刊载。通过邀请全国知名作家、评论家的评选，共评出获奖稿件9篇，其中一等奖1篇，二等奖3篇，三等奖5篇。

【第七届云南文学艺术创作基金奖】

2012年3月16日，在六届六次全委会召开之际，

第七届云南文学艺术创作基金奖揭晓。自2009年以来，我省文艺家和文艺工作者创作出一批优秀文艺作品，在经过广泛征集作品的基础上，13个文艺家协会组成了专业评委会对第七届云南文艺基金奖的申报作品予以认真评选，本着公平、公正、公开的原则，最终评选出《我们的队伍向太阳》等28件作品为一等奖，大型歌舞《花一样的民族花一样的家》等49件作品为二等奖，《踏着彩虹走向太阳》等79件作品为三等奖。

与此同时，省文联对我省2011年度荣获国际、国内大奖的文艺家们进行了表彰，于坚、范稳、宗庸卓玛、胡春华等获此殊荣。此次表彰，极大地激励了全省文艺工作者的创作热情，为促进云南文艺的大发展大繁荣，推动云南民族文化强省建设起到积极的推动作用。

【云南文苑（云南文学艺术博物馆）举行展藏品捐赠表彰仪式】

2012年3月16日，在六届六次全委会召开之际，云南文苑（云南文学艺术博物馆）举行展藏品捐赠仪式。云南文苑展藏品征集及陈列布展工作领导小组办公室收到了来自著名文艺家、社会各界捐赠实物近2000余件，包括国内外著名文艺大家、古代和现当代的艺术珍品，极大地丰富和充实了云南文学艺术博物馆的展藏品。全国政协副主席、中国文联主席孙家正为云南文苑题写馆名，中国文联副主席冯远，中国文联副主席、中国美协主席刘大为，中国文联副主席、中国音协驻会副主席徐沛东、中国文联荣誉委员、中国摄协原副主席吕厚民等领导分别为云南文苑题写了书法作品，全国人大教科文卫委副主任、云南省原省长徐荣凯，中国文联副主席、云南省委原副书记丹增，中国作协副主席高洪波，原省委常委、省军区政委陶昌廉，省军区原司令员黄光汉，少数民族音乐家张千一、李谷一、宋祖英，舞蹈家刀美兰、迪丽娜尔等捐赠了文学艺术作品，人民音乐家聂耳，著名爱国人士、诗人闻一多亲属，戏剧家关肃霜、画家袁晓岑、王晋元的亲属捐赠了重要手稿、作品和实物，全国政协常委、雕塑家袁熙坤，书法家李群杰、杨修品，作家彭荆风、晓雪、黄尧、夏天敏、张昆华、吴然等捐赠了作品。此外，中共大理州委、州人民政府向云南文苑捐赠了精美的大理石艺术品。

云南文苑作为云南十大标志性文化建设重点工程，在省委、省政府高度重视和亲切关怀下，将建成一座集收藏保护、展览教育、培训交流、游览参观，具有时代性、民族性、艺术性、国际性为一体的云南文学艺术博物馆，成为各族人民群众接受文学艺术熏陶的艺术殿堂、云南文化大观园，对外免费开放的博物馆。自今年2月省文联向社会发布了云南文苑（云南文学艺术博物馆）展藏品征集公告，引起了全国文艺界和社会各界的广泛关注和热烈响应，日前，云南文学艺术博物馆展藏品收集工作正在全面展开，欢迎海内外文艺界和社会各界积极向云南文学艺术博物馆进行捐赠，以实际行动关心和支持云南文学艺术事业，共同推动富裕文明和谐幸福新云南建设、民族文化强省和我国面向西南开放的“桥头堡”建设和云南民族文化大发展大繁荣。

【中国杂技金菊奖第七次理论作品奖在昆明颁奖】

2012年3月21日，中国杂技家协会六届三次理事扩大会暨第八届中国杂技“金菊奖”第七次理论作品奖颁奖仪式在昆明举行，云南省杂技家协会获组织工作奖。由云南省杂技家协会推荐的十篇论文，有八篇获奖，其中木艺璇《培养杂技人才　拓宽育才渠道》获银奖；邓辉《高原杂技路在何方——对文化体制改革中云南杂技走向的思考》、郑炜伟《立足赛场　拓宽市场——浅谈杂技的赛场与市场》、周淼《杂技与故事——从云南杂技发展状况解读民族文化在杂技创作中的运用》、李莉媛《初论舞蹈在现代杂技艺术中的作用》、潘迎春《关于杂技艺术创新的思考》、黎明《浅谈改革转企后云南杂技艺术产业的管理与发展》、张继姝《新形势下情景杂技创新发展之我见》分别获优秀奖。

杂技艺术创作需要理论指导，近年来云南省杂技家协会会员创作的《蹬技——山花烂漫》、《绸调——蓝色遐想》、《灯上芭蕾——梦幻香格里拉》、《浪桥飞人——摘月亮》等一大批杂技节目，在国内外赛场上屡屡获殊荣，夺金摘银。云南省杂技家协会及时组织总结我省杂技艺术创作的新经验，加强理论研究和评论工作，上述省杂协向第八届中国杂技“金菊奖”第七次理论作品评奖而推荐的一批文章，是精心组稿，经过专家修改并对稿件作加工修改而圆满完成的。

【省文联“四群”工作住村联户扶贫，结合实际开展文艺惠民活动】

为认真贯彻落实省委开展“四群”教育，实行干部直接联系群众制度，2012年，省文联组织作家、舞蹈家、书画家以及机关、各协会的文艺家、文艺工作者处以上干部44人分三批次先后前往禄劝县翠华镇，与农民同吃、同住、同劳动，深入挂钩扶贫点和“四群”教育联系点，上门走访贫困户，进行入户走访，了解掌握贫困群众的生产生活现状和所思所想，积极帮助困难群众解决实际问题，寻找脱贫致富门路。一是向禄劝县翠华镇捐抗旱专款33万元，表达文艺家和文联的深情厚谊。二是开展住村联户结对帮扶，严格落实省委、省政府的指示要求。三是建立特色种养殖联系户，引导扶助联系户脱贫致富。四是组织文艺家指导少数民族文艺团体，突出文艺扶贫特色。

省文联“四群”工作队，深入禄劝县翠华镇开展“四群”工作，既深入了生活，锻炼了干部，又从实际行动上尽力帮助扶持了挂钩的贫困农户，受到了县乡村干部和贫困群众的肯定和好评。

【第二届云南旅游摄影大赛】

2012年4月17日，由省委宣传部、省文联、省旅游局主办的，省摄影家协会承办的“第二届云南旅游摄影大奖赛”大奖揭晓。

第二届云南旅游摄影大赛以“七彩云南”为主题，大赛从征集的3000余幅参赛作品中选出入围作品200幅，最终评出获奖作品27幅。郭建林的《七彩云南》一举夺魁。本次展览展出的作品涵盖了云南自然分光、名胜古迹、民族风情、节庆活动等多个层面。一幅幅精美的图片，饱含着拍摄者对七彩云南的真挚感情，凝结着摄影艺术创作的高超智慧，展示着旅游天堂的迷人魅力。

本次大赛一定程度上代表了近年来云南在风光旅游摄影的最新成就，也展示了云南旅游进行二次创业的具体工作成果，是进一步落实云南在旅游与文化互动联合发展的重要成果，此次大赛将激发广大摄影工作者和摄影爱好者对风光旅游摄影的爱好，我们将搭建更多的平台为云南更多优秀的风光、人文、旅游摄影作品走向更高的舞台。

【繁荣少数民族文学事业座谈会】

2012年4月16日至17日，由中国作家协会主办的“繁荣少数民族文学事业座谈会”在昆明举行。来自四川、广西、贵州和云南的作家以及部分少数民族作家也参加了此次会议。会议认真总结了西南近十年来少数民族文学发展中，行之有效的好经验，分析了目前存在的、亟待解决的问题，汇集了共识，将为年内召开“全国少数民族文学创作会议”奠定基础。

2012年被中国作协定为“少数民族文学发展年”，中国作协已对今年少数民族文学事业方面的工作做出了相关安排部署。云南省作协主席黄尧向与会代表介绍了云南少数民族文学工作的基本特点与基本经验：一是省委省政府和各级党政高度重视社会主义文化建设是少数民族文学事业发展繁荣的重要保证。二是强有力的组织机构，主要是各级作协、文联是发展民族文学事业最基本的组织保障。三是实事求是，尊重“差异”，按文学规律指导民族文学创作是发展民族文学事业的基本方法。四是充分重视少数民族青年作家的培养，鼓励“回归”民族本源，大力倡导深入生活，创新发展，是保证少数民族文学事业后继有人、发展有序、持续有劲的基本目标。

【《陆良八老·当代愚公》摄影美术书法展】

2012年5月17日，由中共云南省委宣传部、云南省文学艺术界联合会、中共曲靖市委、市政府主办的“陆良八老·当代愚公”摄影美术书法展在昆明举办。“陆良八老·当代愚公”摄影书法展是云南文艺界学习贯彻党的十七届六中全会精神，积极响应省委号召，围绕中心、服务人民、书写时代的具体行动。在延安文艺精神的指引下，在“陆良八老·当代愚公”精神的感召下，我省文艺家深入到八位老人植树造林的第一线、深入到花木山林场，潜心体验生活、感受氛围、汲取营养，精心创作出了140余幅反映“陆良八老·当代愚公”精神风貌的摄影、美术、书法作品，每一件作品都饱含着作者对当代愚公精神的钦佩和礼赞之情，体现了作者对生活的热爱和对人生的感悟，具有较高的艺术价值和很强思想价值。

【纪念毛泽东同志《在延安文艺座谈会上的讲话》发表70周年座谈会】

2012年5月17日，云南省纪念毛泽东同志《在

延安文艺座谈会上的讲话》发表70周年座谈会在昆明举办，省委领导与文艺家欢聚一堂，重温《讲话》精神的重大意义，弘扬《讲话》精神的核心价值，践行《讲话》精神的时代要求，为推动云南文艺事业的发展和繁荣和云南“两强一堡”的建设建言献策。

70年来，在《讲话》精神的指引下，云南一代又一代文艺工作者积极投身人民群众创造历史的伟大实践，创造了一大批无愧于历史、无愧于时代、无愧于人民的具有云南特色和风格的文艺作品，极大地丰富了祖国的文艺宝库。一是大力推进文艺界核心价值体系建设。全省广大文艺工作者牢固树立并践行“爱国为民、崇德尚艺”的核心价值观、自觉遵守《中国文艺工作者职业道德公约》，努力追求德艺双馨，树立我省文艺工作者良好的社会形象。二是深入生活深入群众，努力创作文艺精品。充分发挥我省各艺术门类的优势，把我省丰富深厚历史文化、民族文化、生态文化、宗教文化、时尚文化、边屯文化资源转化为文艺精品。三是建设一支规模宏大、素质优良的文艺滇军。积极推荐我省文艺家参加中宣部、中国文联、文化部等国家级、省级文艺评奖，积极参与“四个一批”、“省校合作”、“土风计划”等人才培养工程，按照省委的要求，推荐评定好云南人民艺术家、德艺双馨艺术家、云南省文学艺术创作奖、云南文艺创作基金奖，激励多出精品、多出优秀人才，打造一支规模宏大、素质优良的文艺滇军，确保我省在全国新一轮文化建设大潮中不落伍、不掉队。四是加快文艺“走出去”步伐，为“桥头堡”文化建设服务。充分发挥云南与周边国家地缘相近、文缘相通、人缘相亲的优势，进一步加强与东南亚、南亚等国文化交流合作，继续办好“中国·东南亚·南亚电视艺术周”、“中国云南国际版画展”等文艺交流活动，为建设中国面向西南开放的文化桥头堡、民族文化强省作出新的贡献，为人民抒写，为人民放歌。

【第三届中国·东南亚·南亚电视艺术周】

2012年6月4日至7日，第三届中国·东南亚·南亚电视艺术周在昆成功举办。老挝、柬埔寨、印度、孟加拉、缅甸、泰国等国家电视台和香港、澳门电视传媒机构，以及中央电视台、上海、北京、湖南、广东等电视台的贵宾和著名节目主持人参加了本届艺术周。

本届艺术周以电视综艺节目为交流主题，突出“把欢乐带给观众”这一主旨。中国中央电视台、缅甸国家宣传与文化部下属影视管理局、老挝国家电视台、印度Maximum制作公司、香港电视广播（卫星）有限公司、澳门光影电视传媒协会、北京电视台、泰国MCOT大众传媒机构、孟加拉国电视台、湖南广播电视台、柬埔寨国家电视台、上海广播电视台、广东电视台等14家海内外电视台荣获电视综艺节目“山茶花”奖。

【第二届云南国际版画展】

继2008年首届云南国际版画展后，中国美术家协会、云南省文联、云南省文化厅、云南省对外文化交流协会为积极响应国家面向西南开放“桥头堡”重要战略，经过精心筹备，于2012年6月3日至7日在云南省博物馆再次举办具有国际视野和水准的第二届云南国际版画展。本届展览共收到来自全世界48个国家和地区的1138件作品，182件作品入选面向公众展出。其中来自中国版画家吴婉希、唐满文的作品《洁净三联》和《备忘录之海国图志》获得金奖；来自泰国版画家Bancha Nangsue的作品《struggle》和美国版画家Michael Goro的作品《Birth of Venus》、波兰版画家Piech Joanna的作品《Portrait with Lucian Freud's Dog》、中国版画家周崇涨的作品《向空中注视》获得银奖；来自新西兰版画家Barbara Graham的作品《Rosetta stone》和爱沙尼亚版画家Evi Tihemets-Viires的作品《ENDANGERED WORLD》、波兰版画家Krzysztof tomalski的作品《heaven/erth Ⅴ》、韩国版画家Bae Nam Kyung的作品《Teo's Milonga-Leah and Jay(color)》、中国版画家魏泉、张辉的作品《古筑遗痕》、《夏日轻语》获得铜奖。本届展览以“根性的延展”为主题，秉承上一届展览“开放、包容、当代”的理念，其观念与当前云南提倡的开放、高远、包容、务实、创新的“云南精神”有着相同内在精神目标和追求。主办方努力把云南国际版画展办成集版画创作、制作、展示、收藏、交流、研究、培训和市场开发为一体，成为重要的艺术家联谊、交流、创作平台。

【云南少数民族文学研讨会】

2012年6月9日，由中国作家协会、中共云南省委宣传部、云南省作家协会共同主办的“倾听红土地的声音·云南少数民族文学研讨会”在京举行。此次会议是中国作协繁荣少数民族文学创作系列研讨的第二站。会议以云南彝族作家普飞、哈尼族作家存文学、普米族诗人鲁若迪基、佤族诗人聂勒、德昂族女诗人艾傈木诺、纳西族女作家和晓梅、傈僳族作家李贵明和白族作家张乃光等8位作家的作品为基点，以点带面地展示了改革开放以来云南少数民族文学发展取得的可喜成果。从古至今，云南各少数民族用质朴、美妙的文学形式，铭刻着民族的记忆和情感。在这片神奇的土地上，不断涌现着一批批优秀作家，他们带领我们认识云南、了解云南，让我们对这片土地魂牵梦绕。云南文学以其独特的魅力，为当代文学史书写了瑰丽的篇章。

【楚雄师范学院文学艺术界联合会成立】

6月13日下午，楚雄师范学院文学艺术界联合会成立大会在楚雄师范学院举行。大会表决通过了《楚雄师范学院文联章程》，选举产生了第一届主席、副主席、秘书长和副秘书长。楚雄师范学院党委委员、纪委书记李正武当选为楚雄师范学院文联第一届委员会主席。

在大学里成立文联，在我省是第一家，这为我省繁荣发展文学艺术事业开拓了一片新领域，也为学校里的文艺爱好者和工作者提供了一个好的平台。学校成立文联，对充分发挥学校文艺人才和文艺创作资源优势，依托专家队伍，探索高校文艺创作和交流的新模式，促进我省的文艺创作必将产生积极的影响。

【巨屏丙稀壁画《瑞祥春和图》】

应全国人大常委会办公厅人民大会堂管理局邀请，由我省著名画家钟开天历时半年精心创作完成的《瑞祥春和图》，于7月11日启运北京，悬挂于人民大会堂全国人大常委会会议厅。

巨屏丙稀壁画《瑞祥春和图》以云南亚热带雨林为创作元素，将云南典型的山水、少数民族、花鸟、树木草石有机地融入画面。18只形态各异的孔雀栩栩如生，或戏水玩耍，或栖于石上，或展翅飞翔，一片祥和安乐，瑞丽吉祥；《瑞祥春和图》将中国工笔画与写意元素结合，综合运用丙烯、国画颜料和唐卡颜料，用西方画布、油画等元素创新和丰富了中国画画法。作品中西兼容，繁而不乱，工而不板，细而不腻，具有浓郁的中国风格，中国气派。《瑞祥春和图》体现出中华民族伟大复兴，国家欣欣向荣，繁荣富强，和谐盛世的图景。

《瑞祥春和图》是人民大会堂全国人大常委会会议厅改扩建工程以来，受全国人大常委会办公厅人民大会堂管理局邀请，为迎接党的十八大胜利召开而特意创作的作品。

【云南省“朝霞工程”成果展览展演】

2012年7月28日，由中国文学艺术基金会、云南省文联主办的“云南省‘朝霞工程’成果展览展演”在玉溪开幕。

由中国文联发起，中国文学艺术基金会主办的“朝霞工程”于1999年在云南开始实施。云南省文联充分发挥人才优势和专业优势，通过成立艺术团组织轮训、举办艺术培训班、委托专业机构进行培训等方式、无偿资助具有艺术潜质的少年儿童和青年学生完成基础教育和艺术教育，培养了294名品学兼优的艺术人才，为云南的民族文化发展做出了积极的贡献，赢得了社会各界的热烈欢迎和广泛赞誉。为充分展示我省实施“朝霞工程”取得的主要成绩，省文联在玉溪市举办云南省“朝霞工程”文艺节目展演，同时举办“朝霞工程”书画成果展。

【第四届大理国际影会】

2012年8月10日，由中共云南省委宣传部、云南省文学艺术界联合会、大理白族自治州人民政府主办的第四届大理国际影会在大理隆重开幕。开幕式上，组委会授予尹欣、刘明和郑明杰出成就奖，以表彰他们对大理影会成功举办作出的杰出贡献。

本届大理国际影会，以“生活在别处——美丽家园·幸福大理”为主题，共有来自中国大陆、台湾、香港，以及来自美洲、欧洲、非洲、亚洲的10多个国家，200多个影展4000多幅摄影作品展出。主展区分为典藏作品展、画廊收藏展、媒体作品展、专题作品展、邀请展及报名展等多类展览，将延续“以像观人，以影察世”的原则，强调国际性、记录性、真实性。同时中外摄影家们还将用自己的镜头，捕捉大理、展示大理，为魅力大理再添锦色。在为期5天的会期中，除了举办有全球最具影响的专业新闻摄影比赛——2012年

第55届“荷赛”奖获奖作品巡展、第九届中国摄影金像奖原作展，“摄影历史——斯蒂芬·怀特收藏展”，亚洲先锋摄影师成长计划和法国才华基金中国区比赛作品展，还将举办大量与摄影相关的活动、论坛、讲座、画廊交易、火把节和大理非物质文化展示等近30项主题活动，向世界展示摄影之美、艺术之美、生活之美，并以影会为舞台，向世界展示大理的美、云南的美，进一步彰显我国多姿多彩的民族文化的无穷魅力。

大理国际影会是在云南民族文化强省建设中，我省重点打造的具有国际影响力的文化活动品牌。大理国际影会的举办，为大理与世界架起了一座沟通的桥梁，为海内外摄影家及摄影爱好者提供了一个交流的平台，为高原各族群众享受艺术盛宴创造了一次难得的机会，也极大地提升了大理的文化品牌形象，大理国际影会已逐步成为代表全球摄影最高水平、引领摄影技艺发展前沿的国际艺术盛会。

【著名画家刘人岛先生向云南省捐赠56幅精品画作】

2012年8月24日，由中共云南省委宣传部主办，云南省文学艺术界联合会等单位承办的“刘人岛先生向云南省捐赠精品画作仪式”在昆明经济技术开发区举行，云南省副省长高峰向刘人岛先生颁发了收藏证书。2012年8月8日至17日，在云南省博物馆举行了“江山多娇·大美云南——刘仁岛美术作品展”，上万人参观了展览，一批反映美丽云南的精品山水画受到广泛好评。展览结束后，我国现代著名国画家、雕塑家、美术评论家刘仁岛先生决定将56幅反映云南内容的精品画作捐给云南省，受到了社会各界，尤其是文艺界的赞誉和好评。刘仁岛先生将多年来精心创作的56幅云南题材的精品画作无偿捐赠给云南省，彰显了刘先生热爱祖国，致力于边疆和谐民族团结的家国情怀；彰显了他热爱艺术，用艺术造福人类的善行义举；充分体现了一名艺术家强烈的社会责任感和高尚的公益心，这种精神十分值得全省文艺家和文艺工作者认真学习，不断发扬光大。

【第三届“非遗画忆”美展】

2012年8月20日，第三届非遗画忆美展在昆开幕。“非遗画忆——云南非物质文化遗产”主题美术创作课题是我省的一项艺术精品工程，项目2009年启动以来，有近百位著名画家多次深入省内“非遗”所在地，精心创作了百余件表现彝族火把节、阿诗玛长诗、纳西族东巴画、哈尼族农耕礼俗等非遗主题的美术佳作，并通过两届“非遗画忆——云南画院艺术作品展”向公众展示。

此次举办的第三届“非遗画忆”美展，将集中展示该美术创作课题的最新成果：罗江、曾晓峰等42位著名画家通过绘画的形式再现多项国家级、省级非物质文化遗产，展出作品达70余件。该课题通过连续5年的创作与展览，汇聚一批优秀作品后，将邀请国家级专家对画作进行评估，并在全国举行巡回展。

我省自2009年启动为期5年的“非遗画忆——云南非物质文化遗产”主题美术创作课题以来，通过项目的推进和相关画展的举办，有力推动了全省非物质文化遗产的传承与发展，取得了丰硕的成果。目前，我省共有34项非物质文化遗产被列入国家级非物质文化遗产名录。

【大型摄影画册《毛主席是我们家里人》】

2012年9月14日，由省委宣传部、省民委、省文化厅、昆明滇池度假区管委会、省公安文联主办的云南摄影家孙大虹摄影创作的大型摄影画册《毛主席是我们家里人——云南26个民族人文情怀影像纪实》首发仪式在昆明滇池之滨的云南民族村举行。

画册《毛主席是我们家里人》由孙大虹摄影创作、中央文献出版社出版，共收录摄影作品209幅、文字6万余字。作者通过真实鲜活的影像记录，表现了毛主席在各族人民心中的崇高地位，生动反映了在党的领导下各族人民生产、生活翻天覆地的变化。画册中的主要作品已由云南民族村收藏展示。

【“宣拓杯”首届云南省舞蹈电视大赛】

2012年9月21日至28日，由省委宣传部、省文联共同主办的“宣拓杯”首届云南省舞蹈电视大赛决赛在云南电视台举行。

此次大赛是我省举办的规模最大、水平最高的舞蹈电视大赛，大赛收到报名节目达450余件，经过组委会认真评选，共有来自全省各州市及高校、宣传文化系统、企业、驻滇部队选送的89件作品，按国标、街舞，群文类，少儿舞蹈，专业单、双、三舞，专业群舞5个类别参与决赛的激烈角逐。最终云南艺术学院舞蹈学院的群舞《阿罗汉》囊括了专业组群舞类金奖、最佳编导奖和杨丽萍原创作品奖，杨丽萍的爱徒杨伍表演的《高原女人》（单舞）获得专业单双三舞类金奖和最佳表演奖。昆明市五华区青少年宫表演的《妈妈，我想……》获得少儿舞蹈类的金奖，非专业组综合类和群文类的金奖空缺。

【云南省善洲林场文学艺术创作基地】

2012年10月10日，省文联与保山市文联、施甸县委、县人民政府在施甸县杨善洲林场举行“云南省善洲林场文学艺术创作基地”挂牌仪式。省文联党组书记、主席郑明，保山市委常委、常务副市长李治刚，省文联党组成员、专职副主席段斌等领导与施甸县委、县政府领导文艺工作者80余人出席。杨善洲为全省文艺家和文艺工作者树立了一座精神丰碑，也为文学艺术创作提供了取之不尽、用之不竭的生活源泉和宝贵素材。基地的建成将对继续深入学习和宣传杨善洲精神搭建一个良好的平台，为全省和全国广大文艺工作者放歌生活、抒写时代提供广阔的创作空间和宽广的艺术舞台，也将为施甸、保山和全省的文学艺术事业带来一次发展良机。

省、市、县文联领导为“云南省善洲林场文学艺术创作基地”揭牌，省文联还向善洲林场捐赠了反映杨善洲事迹的书籍和书法作品。

【中国曲协“送欢笑到基层”走进开远】

10月14日上午，在党的十八大召开前夕，中国曲协“送欢笑到基层”走进开远专场演出在红河哈尼族彝族自治州开远市迎旭广场上演。姜昆、巩汉林、陈寒柏、刘全利、韩延文、宗庸卓玛等国内著名艺术家登台献艺，央视著名主持人鞠萍和云南省曲艺家协会副主席、笑星夏嘉伟联袂主持本场演出。中国文联、中国曲协和云南省文联、红河州、开远市相关领导和开远市社会各界群众3000余人在现场观看了专场演出。

“送欢笑到基层”是中国曲协的重要品牌活动，也是一项公益性、示范性文化惠民活动。从2005年4月开始，参加“送欢笑到基层”的艺术家和曲艺工作者不畏辛苦，走遍了祖国的南疆北陲，演出100多场，深受基层老百姓欢迎。开远专场演出以“喜迎十八大，曲艺走基层”为主题，是该活动第一次走进云南，走进红河，走进开远。10月16日，中央电视台新闻联播喜迎十八大专题中播出了专场新闻。

【云南当代名家9·7彝良地震赈灾义拍】

爱心传递，温暖彝良。10月15日，云南当代名家9·7彝良地震赈灾义拍在昆明省工商银行财富中心举行。经过三轮激烈的竞买，省内外59名书画家捐赠的作品中，50余幅被爱心人士买走，其中一幅名为《云》的油画，拍出当场最高价5万元，所有拍卖作品的款项将全部捐赠给“9·7”彝良地震灾区。

一方有难，八方支援，一幅画作，一份爱心。云南当代名家“9·7”彝良地震赈灾义拍活动，是云南文艺界继支援“5·12”汶川大地震、抗旱救灾著名美术家书法家作品义拍会等之后的又一次义举。本次赈灾义拍得到了云南省众多著名美术家的大力支持，先后共收到省内外59名书画家捐赠的中国画、油画、版画、水彩画、书法等书画作品66幅。所征集到的作品在义拍前，于10月9日到15日间先进行了预展。

【著名艺术家袁熙坤向云南文苑捐赠艺术作品】

10月21日上午，全国政协常委、著名画家和雕塑家袁熙坤在昆明向云南文苑捐赠了他书写的两幅大观楼长联书法作品和聂耳雕塑作品。捐赠仪式上，赵金部长向袁熙坤颁发了作品收藏证书和荣誉证书。袁熙坤说，作为一个生在云南、长在云南的艺术家，家乡的山山水水是他心中永远的牵挂，特别是人与自然更是他长期以来创作所要表现的重要主题之一。云南丰富的自然人文景观是他创作的重要源泉。此次捐赠的作品当中，大观楼长联是他从小练习书法的题材之一。聂耳是所有云南人的骄傲，2012年是聂耳诞辰100周年，他因此创作了聂耳站立拉小提琴的雕塑作品。他表示一定要将这件作品送到这片诞生了伟大的人民艺术家聂耳和养育了自己的红土地。

作为国际知名的画家、雕塑家，袁熙坤是云南人民的骄傲，他为扩大对外文化交流，吸收各国的优秀文化成果，增进中国同世界各国人民之间的了解与友谊，增强中华文化的影响力做出了重要贡献。他创作的近百尊世界历史名人雕塑成为国际上因雕塑获奖最多的艺术家而被称为肖像外交家。袁熙坤先生将他的作品捐赠给云南文苑，云南文苑会把袁熙坤先生捐赠的艺术作品珍藏好、

展示好，让更多的人能够感受到美术大师、雕塑大师的艺术风范。聂耳雕像将在玉溪市委、市政府的支持下，建设在云南文苑雕塑园区，作为云南文苑标志性艺术品。

【喜迎党的十八大胜利召开——云南美术书法摄影展】

为喜迎党的十八大胜利召开，2012年10月25日，由省委宣传部、省文联共同主办的云南美术、书法、摄影展在省科技馆举办。本次展览共展出近10年来我省艺术家创作的艺术精品200余件，参展作品主题鲜明、风格各异、内容丰富，充满浓郁的时代气息，是我省书法、美术、摄影创作成果的一次集中展示。艺术家们以深厚的艺术积累和非凡的艺术才华，描绘出祖国的壮美河山以及各族人民群众团结奋斗、创新实践的生动画卷，向党的十八大献礼。

展览从各个侧面反映了党的十六大以来，云南经济社会发展的各条战线、各个领域都取得了历史性的辉煌成就，在云岭大地上唱响了共产党好、社会主义好、改革开放好的时代主旋律。用艺术的形式反映我省改革发展的光辉历程，全面宣传我省深入贯彻落实科学发展观，推动云南科学发展和谐发展跨越发展的新思路、新举措、新成效。

【第八届中国文联文艺评论奖颁奖典礼暨第六届当代文艺论坛】

10月30日,第八届中国文联文艺评论奖颁奖典礼暨第六届当代文艺论坛于在昆明举行。中国文联党组书记、副主席赵实，中共云南省委常委、省委宣传部部长赵金等领导及全国各省市区文联主要领导，评论家协会领导人以及全国著名专家学者共140余人出席了会议。

中国文联文艺评论奖设立于2000年，每两年评选一次。第八届中国文联文艺评论奖评选的范围为2010年1月1日至2011年12月31日之间公开出版发行的文艺评论著作和在报纸、杂志、图书上公开发表的文艺评论文章，涵盖文学、戏剧、电影、音乐、美术、曲艺、舞蹈、民间文艺、摄影、书法、杂技、电视12个艺术门类。本届评奖共有42个团体会员、解放军总政治部宣传部艺术局报送405件作品（包括著作82部、评论文章323篇）。同时，评奖办公室共收到自荐作品87件（包括著作26部、评论文章62篇）。经初评、复评和终评，共评出著作类特等奖2部、一等奖6部、二等奖9部，文章类特等奖1篇、一等奖22篇、二等奖47篇。以及组织工作奖15名。我省吴卫民获文章类一等奖，宋家宏、葛树荣分别获著作类和文章类二等奖，云南省文联获组织工作奖。

与会议同时举行的还有第六届中国当代文艺论坛，主题为“文化自觉与当代文艺发展趋势”。论坛分为三个单元，共有14位专家学者在大会上发言，分别对本艺术门类如何树立高度的文化自觉问题作了阐述。不乏真知灼见。

【云南精神与文学艺术论坛】

10月31日，由省文联和云南师范大学主办的“云南精神与文学艺术论坛”在云南师范大学举行。以高远、开放、包容的高原情怀和坚定、担当、务实的大山品质为核心的云南精神，是云南人民在千百年来的生产生活实践中积淀形成的宝贵精神财富，也是对云南地域文化特点的总结和升华，已成为云南谋求新一轮大跨越、实现大发展的精神动力。

论坛上，来自省内外的文艺界专家学者范建华、董耀鹏、胡彦、向云驹、田青、肖云儒、张德祥、谢有顺、黄尧、吴德铭等专家、学者就云南精神在文学艺术作品中的具体体现、云南文艺作品如何弘扬云南精神等问题发表了真知灼见，共同为云南文艺的繁荣发展献计献策。来自全国多位著名专家学者、评论家应邀在论坛上发表演讲，参与解读“云南精神”，并带来了全国文坛最新信息以及他们对文艺问题的精辟见解，使“云南精神与文学艺术”论坛这一文艺平台，超越了云南地域的层面，具有了全国性的意义，从而，把这次论坛提升到了一个更高的层次。

“云南精神与文学艺术论坛”共收到主题稿件60余篇，从历史与现实、理论与实践等多层面、多角度分别探讨了小说、散文、诗歌、戏剧、舞蹈、音乐、影视等各艺术门类对云南精神的精彩呈现，是云南省取得的又一可喜的文艺创作成果。

【七彩云南·金色田园——中国著名画家云南行】

为推进云南民族文化强省建设，全面生动展现云南美丽自然风光、农民幸福生活、农村淳朴文化和金色田园景致，云南省文学艺术界联合会、云南绿色生态烟叶发展研究会、云南美术家协会联合举办了“七彩云南·金色田园”——全国著名画家云南行采风活动。该活动得到了中国文联、中国美协的大力支持，得到了领导和美术家们的一致好评。是云南省文联和云南企业联手开展全国性高端学术活动的一次有益尝试，对云南民族文化强省的建设必将起到积极的推动作用。

2012年9月9日，“七彩云南·金色田园”——全国著名画家云南行采风活动在北京钓鱼台国宾馆举行了启动仪式。2012年11月30日至12月3日，中国文联副主席、中国美术家协会主席刘大为率刘建、任惠中、刘泉义、王珂、祁海峰、刘云、陈政明等著名美术家到云南采风。采风期间，画家们为边寨的美景和边疆人民的动人形象所感动，不知疲倦奋笔写生，用画笔和镜头留下了使他们感动的一瞬和丰富的图像资料。在刘大为主席的带领下，画家们完成了一张名为《金色田园》的大幅作品：金色的田野上，暮归的傣家妇女挑着烟叶从田间归来，欢快的狗和牛群使得画面生机盎然，生动的线条、流动的墨彩，展现了边寨充满魅力的一瞬。

至今为止，已有4批22人次的国画家、油画家完成在云南的采风写生活动，其中有德高望重的谢志高先生，也有11届全国美展的金奖得主苗再新先生，还有任惠中、刘泉义、祁海峰、王珂、范治斌等一批全国著名的中坚力量画家，还有张祖英、尚丁、陈宜明等全国油画的翘楚。画家们对由省文联和省绿色生态烟叶发展研究会、省美协搭建的这一高端交流平台感到满意，对云南丰富的人文资源和美丽风光不吝赞美之言。在迎来全国著名画家的同时，参与陪同的十余位云南画家也获得了学习的机会，打开眼界，得到提高。

【中国文联著名表演艺术家书画联展】

11月23日，为庆祝党的十八大胜利召开，繁荣发展云南文艺事业，由云南省文联、云南省绿色生态烟叶发展研究会联合主办的“绿叶增春——中国文联著名表演艺术家书画联展”在昆开幕。参加展览的六位作者覃志刚、姜昆、唐国强、徐沛东、郁钧剑、张铁林一同亮相开幕式，著名相声演员戴志诚志主持开幕式。

六位艺术家分别是中国文联领导和享有盛誉的作曲家、歌唱家及表演艺术家，他们钟爱书画艺术，寄情翰墨丹青，在从事文艺工作的组织领导和表演艺术创作之余，以书养性，以画抒怀，从传统经典中汲取营养，用艺术感受生活、陶冶情操，并将人生的感悟、生命的感怀和艺术体验融入书画创作，以丰富的人生阅历和不同的艺术视角，表达他们对书画艺术的理解，展露他们多元化的创作才情。

“绿叶增春——中国文联著名表演艺术家书画联展”已先后在上海、成都、南京、杭州、合肥、美国纽约联合国总部、美国洛杉矶、太原、南宁等地成功举办。此次昆明的联展已是展览的第十站，展出了六位艺术家潜心创作的150余幅书画精品，书法真、草、篆兼备，绘画山水、人物、花鸟俱全，内容丰富，形式多样，风采别致，吸引了众多市民前来观看，为云南文艺百花园增添了一份浓浓的绿意，为春城昆明带来一阵怡人的翰墨清风。

【云南省美术书法研究院在昆成立】

12月7日，由省文联主办、云南省美术书法研究院承办的云南省美术书法研究院成立仪式暨首届院展开幕式在云南省博物馆举行。

云南书法美术研究院的成立，是在省委、省政府的大力关心重视支持下的结果，云南美术书法研究院积极创新工作方式，发挥人才优势拓宽工作渠道，积极发展和繁荣云南省书法美术创作、促进书法美术艺术理论研究、弘扬中华民族优秀传统文化，为艺术家与社会、艺术家与艺术家之间的沟通与交流建立这个高效便捷的交流平台，努力培育求真、向善、爱美的精神追求，培养出更多的优秀艺术人才，在实现民族文化强省的宏伟目标中做出新的贡献。

云南省美术书法研究院是经云南省人事厅、省编办批准成立的隶属于云南省文联的专业艺术研究院，其宗旨是研究、传承、培训、交流、发展、创作、弘扬美术书法艺术，以学术、权威、主流、专业为发展方向。

同期举办的首届院展汇集了我省老、中、青三代艺术家近年来的精品力作。集中展示了研究员们近年来的创作成果，体现了云南省目前书画艺术创作的整体实力和水平，对繁荣和发展云南书画创作、促进书画理论研究、弘扬中华民族优秀传统文化具有十分积极的重要意义。展览共展出姚钟华、钟开天、赵浩如、陈永乐、郭伟、孙

建东、郝平、张志平、罗江、赵力中等93位研究员的作品200余件，从创作手法、创作题材等多个方面充分体现了云南特有的山川人物与民族风情，表现了艺术家对于美好生活和对自然物象的礼赞与讴歌。

创作与研究

云南省文联紧紧把握住云南民族文学艺术发展的黄金时期，坚持以社会主义核心价值体系引领文学艺术创作，服务党和政府的工作大局，实施文艺精品战略，不断开创文艺工作新局面。中国作协在昆明、西双版纳等地召开了繁荣少数民族文学事业座谈会，组织并启动了2012省作协定点深入生活创作工程，在北京举办“倾听红土地的声音·云南少数民族文学研讨会”，在蒙自成功举办中国蒙自·青春诗会，组织召开2012云南报告文学创作研讨会。组织作者深入陆良县花木山林场对“陆良八老”植树造林事迹进行采访，规划重点创作题材，并推出报告文学作品。云南省作协组织作家唐似亮创作的纪实文学《大道健行》一书，广播剧《大地之爱》等两部反映杨善洲事迹的文艺作品获得了2012年中宣部主办的全国第十二届精神文明建设“五个一工程”奖，潘灵的《泥太阳》、陶玉明的《我的乡村》、叶多多的《我的心在高原》、李贵明的《我的滇西》等4部作品获第19届少数民族文学骏马奖，云南省文联建立杨善洲文艺创作基地。吴卫民获得第八届中国文联“文艺评论奖”文章类一等奖，宋家宏获得著作类二等奖。杨耀红的剧本《搬家》获得“中国戏剧奖·曹禺剧本奖”提名奖。成功举办第六届云南省中国画大展，与省烟草集团共同举办的“彩云之南·金色田野——中国著名画家云南行”采风活动，邀请了刘大为、袁熙坤等30多名全国著名画家赴云南创作采风。钟开天的巨屏壁画《瑞祥春和图》入选人民大会堂并获得第三届“兴滇人才奖”。组团参加“第二届法国巴黎中国曲艺节”比赛，云南省曲艺节目布朗弹唱《今晚的月色多美好》、白族大本曲《麻雀调》获银奖、白族非物质文化遗产名录绕山灵情歌《花开两朵万年长》和傣族章哈《欢迎你远方的朋友》获铜奖。“宣拓杯”首届云南省舞蹈电视大赛，是云南首次举办的舞蹈电视大赛，175个单位参赛作品达455个，《妈妈，我想……》、《阿罗汉》、《高原女人》等一批优秀作品获得金奖。云南歌唱家何抒在人民大会堂国家舞台成功举办“魅力七彩云南——何纾独唱音乐会”。云南舞蹈作品参加第三届中国秧歌节、第三届中国职工艺术节等赛事。成都军区战旗杂技团创新节目《顶—太极》在第十届中国武汉国际杂技艺术节上夺得金奖。花腰彝《异龙湖恋歌》获中国首届水上民歌大赛金奖，《确哦确比》荣获第九届中国民间艺术节银奖。省音协、省舞协、省民协、省剧协等获得优秀组织奖。

对外文化交流

云南省文联及各省级文艺家协会继续坚持自觉服务国家“大外交”、“大外宣”格局和云南对外交往，实施面向西南开放“桥头堡”建设，积极开展对外民间文化交流与合作。成功举办一系列国际艺术交流活动。一是在中国·东南亚·南亚电视艺术周期间举办的第二届云南国际版画展，吸引了来自全世界五大洲48个国家和地区的1138件作品，有12件作品获奖和170件入选，东南亚、南亚5个国家驻昆总领馆文化官员参展，充分展示当代云南艺术发展的最新成果。二是在第四届大理国际影会中，10多个国家和地区的中外嘉宾300余人出席开幕式，共有10多个国家，200多个影展4000多幅摄影作品展出，成为区域性有较强影响力的国际摄影盛会，增强了中国艺术在国际上的话语权和影响力。组团参加中国文联到法国参加“第二届法国巴黎曲艺节”比赛。美国国际艺术节主席、美国贝翰文大学高级顾问柯伦到云南省文联与云南的艺术家进行交流，对外文化交流更加活跃。三是切实加大与港澳台地区文化交流力度。成功举办云南台湾作家座谈会，香港作家联合会与云南省文联交流座谈会，第2届海峡两岸暨港澳地区艺术论坛，云南文艺代表团成功赴台湾进行交流，促进了海峡两岸艺术家交流与合作。云南省文联参与组织的“忠魂归国”大型公益活动及后续《国家记忆》大型图片展览，进一步强化了海峡两岸同胞与美、英等国际反法西斯同盟共同抗击日本法西斯主义的深厚情感。以上工作，增进了云南与海外文艺界之间的理解与友谊，提升了中华文化的认同感和凝聚力，扩大了云南文化在国际上的吸引力、竞争力和影响力。

机关建设

省文联及各省级文艺家协会继续坚持把自身建设放在重要位置，认真组织学习贯彻中国文联有关指示精神，特别是省委省政府领导同志重要讲话精神，文联干部职工锐意进取，保持昂扬向上的精神状态，努力把文联办成各方面各领域文艺工作者的“温馨和谐之家”。一是大力推进学习型党组织建设。坚持以党组中心组理论学习为龙头，以处以上领导干部、副高以上的专业人才为重点，扎实推进理论武装工作，努力把文联各级党组织建设成为学习型党组织，进一步提高文联各级领导班子的工作能力。以学习型党组织和党员创先争优活动作为全年工作的主线，把理论学习摆在重要的位置，加强理论武装，用科学发展观统领文艺工作和文联工作，努力推进学习型机关、协会建设与党员创先争优活动的开展。认真抓好各级领导班子、干部队伍和基层党组织建设，健全文联干部人事制度，按岗位职责加强干部考核，不断提高干部培训的针对性和实效性。落实从严管理干部要求，努力克服干部管理失之于宽、失之于软的现象，文联老干部服务工作有声有色。二是顺利完成6个协会的换届工作。在云南省委宣传部的有力指导下，顺利完成省音乐家协会、省摄影家协会、省曲艺家协会、省电影家协会、省电视家协会、省民间文艺家协会等六个省级文艺家协会的换届工作。通过民主选举组织考核选拔年富力强、敬业尽职的协会新一届领导班子，一批思想理论修养好、业务知识水平高、组织领导能力强的干部充实到各协会领导班子中，为文艺工作和文联工作开创新局面提供了坚强的组织保证。通过换届，省级文艺家协会工作目标更加明确，工作思路更加清晰，工作措施更加有力，广大文艺工作者和文联工作者精神振奋、意气风发，各项工作站在新起点上，呈现出欣欣向荣、蓬勃发展的良好态势。三是全面加强机关建设和管理。按照省委的统一部署，深入开展“创先争优”、“四群工作”“群众评议机关作风”等活动。抓住成功创建文明单位、廉政文化示范点等契机，制定下发了《云南省文联处级领导职位竞争上岗实施方案》、《云南省文联干部职工外出报备有关事项的通知》、《云南省文联事业单位奖励性绩效工资考核分配办法（试行）》、《云南省文联事业单位设岗聘用实施管理办法（试行）》和《云南省文联关于开展专业技术三—七级岗位设岗竞聘工作》，推荐和评选“西部之光”访问学者人选和“兴滇人才奖”人选。著名画家钟开天获得云南省第三届“兴滇人才奖”、省民间文艺家协会副主席杨海涛获得2012云南省有突出贡献中青年人才奖。

西藏自治区文联

综　述

2012年是党的十八大胜利召开的喜庆之年，也是西藏文艺工作和文联工作取得明显成效、社会影响日益扩大的一年。一年来，在自治区党委、政府和自治区党委宣传部的正确领导下，西藏文联坚持以邓小平理论和“三个代表”重要思想和科学发展观为指导，认真贯彻自治区第八次党代会、中国文联第九次文代会、中国作协第八次作代会和全区宣传部长会议精神，围绕中心、服务大局，面向基层、服务群众，认真履行联络、协调、服务职能，团结和带领广大文学艺术工作者共同奋斗、开拓进取，文艺工作和文联工作取得了新的成绩。

会议与活动

【赴京参加“百花迎春——2012中国文学艺术界春节大联欢”活动】

1月8日，由西藏文联组织由林芝地区民族艺术团、拉萨市城关区娘热藏戏团58人组成的演出代表团，赴京参加“百花迎春——2012中国文学艺术界春节大联欢”西藏板块的演出活动，《一个妈妈的女儿》、《翻身农奴把歌唱》、《回到拉萨》等歌舞唱出了雪域高原的圣洁与美丽，演出获得巨大成功。

【创先争优强基惠民驻村工作专题会议】

2月7日，西藏文联召开创先争优强基惠民驻村工作专题会议，听取文联驻村工作情况汇报，传达学习自治区党委主要领导同志对强基惠民工作的批示精神，讨论研究驻村工作有关事宜。会议指出，驻村干部积极进取，尽职尽责，开展了一系列工作，整体开局良好，初显成效，为今后驻村工作打下了坚实的基础，做出了一定的贡献。党组主席团希望驻村干部在今后的工作中再接再厉，坚定信念、恪守职责、务实求真，出色完成文联党组主席团交给的任务。

【传达学习西藏自治区有关精神安排部署维稳工作】

2月6日、7日，西藏文联连续召开党组主席团扩大会议和全体干部职工会议，传达学习自治区党委有关精神，安排部署近期维稳工作。党组、主席团要求要求文联全体党员、干部职工和离退休老同志，要进一步增强反分裂斗争稳定局势的意识，严格值班制度，管理教育好部门工作人员，安排组织开展管辖范围内不稳定因素和矛盾纠纷的排查工作，做到底数清、情况明。

【传达学习陈全国书记重要批示、全区宣传部长会议精神】

2月16日，西藏文联召开全体干部职工大会，传达学习自治区党委陈全国书记就做好西藏宣传思想文化工作作出的批示精神、全区宣传部长会议精神和近期有关文件精神。会议强调，各部室、各协会和广大文艺工作者一定要充分认识做好新形势下宣传思想文化工作的重要性，深刻领会陈全国书记关于宣传思想文化工作的重要批示精神，切实加强和改善文联工作，抓好文联的建设和发展，把工作做得更细更实，为西藏文艺事业的大发展大繁荣做出应有的贡献。

【西藏文艺界藏历新年座谈会】

2月20日，由自治区党委宣传部主办的“西藏文艺界藏历新年座谈会”在拉萨召开。西藏文联、西藏自治区文化厅、西藏自治区广电局、拉萨市部分文艺家、文艺工作者、部分离退休文艺家、有关部门负责同志共42人欢聚一堂，畅谈友谊，展望文化发展前景，共谋文艺发展大计。自治区党委常委、宣传部部长董云虎出席座谈会并对文艺界提出要为人民群众创作更多更好的精神食粮，以更强的自信和自觉在开拓创新和与时俱进中发展繁荣文化事业，争做德艺双馨的人类灵魂塑造者。董云虎还对广大文艺工作者提出殷切希望，希望广大文艺工作者不负时代重托，投身火热生活、勤于学习、善于创造，在自治区党委的坚强领导下，让文化发展繁荣更好地服务于西藏的跨越式发展和长治久安，让西藏的文化和文化品牌走出西藏、走向全国、走向世界。

【中国文联、中国摄影家协会组织摄影家走进西藏边关为百姓立影留情】

2月21日至25日，在藏历新年期间，中国文联、中国摄影家协会组织13名全国著名摄影家和西藏文联、西藏摄影家一道走进西藏山南地区错那县，活动行程1300多公里，在海拔5200米至2700米落差之间，翻山越岭、走村入户，深入到藏族、门巴族农牧民家中，为群众拍全家福，并深入边境一线，看望慰问边防官兵，把党和政府的关怀送到基层，把一件件艺术作品、慰问品送到边疆军民手中，中国艺术报称赞这次活动是“一次震撼心灵的边关之旅”，自治区党委门户网站转发了这一消息。

【传达学习《胡锦涛总书记参加西藏代表团审议时的重要讲话》精神】

3月20日，西藏文联召开西藏文联党组、主席团及各协会、各部室负责人会议，传达学习《胡锦涛总书记参加西藏代表团审议时的重要讲话》全文和《关于学习贯彻〈胡锦涛总书记参加西藏代表团审议时的重要讲话〉的通知》，并就我会学习、传达、贯彻、落实胡锦涛总书记重要指示提出要确保学习宣传不走调、贯彻落实不走样，原原本本、不折不扣地把胡锦涛总书记参加西藏代表团审议时的重要讲话精神学习好、领会好、贯彻好、落实好。

【贯彻落实3月17日全区维护稳定工作视频会议精神】

3月20日，西藏文联召开西藏文联党组、主席团及各协会、各部室负责人会议，传达学习全区维护稳定工作视频会议精神，安排部署维稳工作。会议要求，全体干部职工、文艺工作者要珍惜成绩、再接再厉，以贯彻落实胡总书记参加十一届全国人大五次会议代表团审议时提出的“继续着力维护社会和谐稳定”的重要指示为动力，大力弘扬“老西藏精神”，进一步全力以赴投入维稳工作，把来之不易的和谐稳定局面巩固好、发展好，努力实现“三个不出”的目标，夺取三月敏感期维稳攻坚战的全面胜利。

【理论学习中心组学习《人民日报》评论员文章】

4月6日，西藏文联理论学习中心组召开学习会，专题学习《人民日报》刊发的《集中精力把两会精神贯彻好》等三篇评论员文章，进一步统一思想认识，研究具体贯彻意见。会议认为人民日报发表三篇评论员文章，充分体现了党中央精神，体现了人民群众的共同愿望，具有很强的理论性、针对性和指导性，在关键时刻起到了“定音鼓”的作用。会议强调，广大文艺工作者一定要坚定信心，振奋精神，扎实工作，努力开创西藏文艺大发展大繁荣的新局面。

【传达中央、自治区党委有关重要要求】

4月12日，西藏文联召开县处级、副高职称以上党员干部会议，及时通报了中共中央对薄熙来同志严重违纪问题立案调查的决定，并传达了中央、自治区党委电报通知精神。会议一致认为党中央决定对薄熙来同志严重违纪问题立案调查，充分体现了从严治党的根本要求和依法治国的执政理念，表明了我们党始终保持自身纯洁性的坚强决心和坚定信心，表明了党和政府坚决维护党纪国法的鲜明态度，深得党心，深得民心，大家表示坚决拥护。文联干部职工特别是党员领导干部决心要从讲政治的高度，自觉把思想统一到中央和自治区党委精神上来，努力维护西藏安定团结、发展稳定的良好局面，不信谣、不传谣，着力于西藏文艺事业的大发展大繁荣，以优异成绩迎接党的十八大的胜利召开。

【召开党员大会传达学习近期有关文件精神】

4月25日，西藏文联召开全体党员大会，传达学习陈全国书记在八届自治区纪委二次全会上的讲话、《关于深入学习贯彻自治区第八次党代会精神不断提高机关党的建设科学化水平的意见》和《关于对唐峻峰同志严重违纪问题处理情况的通报》的通知精神。会议指出，陈全国书记在自治区纪委八届二次全会上作的报告中，鲜明提出的“六个着眼于”和“六个切实加强”，是对党在西藏执政经验和规律的深刻总结，是对当前形势和任务的准确把握，是我们党始终保持与时俱进的品质。会议要求，各党支部和广大党员，要把

党的政治优势和组织优势进一步转化为引领西藏各族人民实现跨越式发展和长治久安的强大力量，不辱使命，不负重托，为建设小康西藏、平安西藏、和谐西藏、生态西藏及促进西藏文艺繁荣发展贡献出文艺界的力量。会议还传达通报了唐峻峰同志严重违纪问题，要求文联全体党员要切实加强学习，以此为戒，加强互联网、手机、电话等媒体的使用与管理，严禁在工作时间上网聊天或做与工作无关的事情。

【西藏民俗志复审会】

5月7日，由西藏文联和西藏民院共同主编的《西藏自治区志·民俗志》第二稿复审会在西藏民族学院召开。自治区方志办、中央民族大学、青海省社科院、西藏民族学院、西藏文联有关领导和专家学者以及藏族民俗学特邀专家20余人参加了审稿会。与会专家学者对《西藏民俗志》第二稿提出重要修改意见，并就修改再审提出建议。

【欢送“创先争优强基惠民活动”第二批驻村工作队】

5月18日，西藏全体干部职工在文联办公楼前欢送文联第二批驻村工作队成员。自治区党委宣传部副部长、西藏文联党组书记沈开运同志参加欢送仪式并讲话。讲话要求驻村工作队员要在第一批工作队工作成效的基础上，继续以高度的政治责任感和历史使命感，以扎实的工作作风，深入基层，融入群众，与群众同吃、同住、同学习、同劳动，与群众一起找路子、谋发展、促稳定，认真完成文联确定的驻村工作目标。

【西藏文艺界纪念毛泽东同志《在延安文艺座谈会上的讲话》发表70周年座谈会】

5月18日，西藏文艺界隆重召开纪念毛泽东同志《在延安文艺座谈会上的讲话》发表70周年座谈会。自治区党委宣传部文艺处负责同志，西藏文联在家领导、各文艺家协会主要负责同志、西藏文艺界代表、部分文艺界老同志以及西藏文联各部室负责人出席会议。8位艺术家和管理工作者代表从不同的角度和侧面，结合各自的艺术实践和学习体会，畅谈了对《讲话》的时代背景、基本精神、思想内涵和现实指导意义。自治区党委宣传部副部长、西藏文联党组书记沈开运在总结讲话中从重温《讲话》精神，深刻认识我国文学艺术事业所取得的辉煌成就和宝贵经验；贯彻《讲话》精神，西藏文学艺术事业发生了翻天覆地的变化；弘扬《讲话》精神，努力开创西藏文艺事业和文联工作新局面三个方面谈了重温《讲话》精神的感受和体会。

【传达学习自治区党委八届二次全委会和自治区党代表会议精神】

6月29日，西藏文联召开全体干部职工大会，传达学习自治区党委八届二次全委会、自治区党代表会议精神。自治区党委宣传部副部长、西藏文联党组书记沈开运主持会议并对文联下步工作提出要求。沈开运在讲话中指出，陈全国书记在区党委八届二次全委会上的重要讲话，体现了科学发展观的要求，具有很强的思想性、指导性、针对性，对指导我们做好当前和今后一个时期的工作具有重要意义。在下步工作中我们要认真学习贯彻自治区八届二次全委会和自治区党代表会议精神，切实做到工作中不出现任何问题和错误，认真落实各项维稳措施，以高度认真负责的态度去对待我们的每一项工作，以优异的成绩迎接党的十八大胜利召开。

【“情系西藏——‘大爱’无极　著名国画家孙泳新先生捐赠书画作品展”】

7月19日，由自治区党委宣传部、西藏文联、西藏高山文化发展基金会共同举办的“情系西藏——‘大爱’无极　著名国画家孙泳新先生捐赠书画作品展”在自治区博物馆举行。自治区党委宣传部副部长、西藏文联党组书记沈开运出席开幕式并讲话。沈开运在讲话中指出孙泳新先生带着精心创作的50余幅洋溢着和谐自然之美，具有中西文化意境和现代生活气息，具有较高的艺术水准，充分体现了孙泳新先生对西藏高山文化慈善公益事业无私奉献的精神和“大爱”胸怀，为进一步促进西藏文化繁荣发展，丰富观众的精神文化生活起到了积极作用。

【“见即愿满唐卡艺术展”】

7月21日，由西藏文联、西藏美术家协会、北京寺上美术馆联合主办的“见即愿满唐卡艺术展”在自治区群艺馆开幕。此次唐卡艺术展，是西藏首届由勉唐画派发源地日喀则唐卡艺术家团体发起的一次大型西藏唐卡画展，共展出唐卡132幅。通过展览，让人们对西藏勉唐画派的传承有了一个全新的认识，让人们更加深刻的了解唐卡画师的生存状态和艺术魅力。

【学习贯彻以“爱国、团结、和谐、发展、文明”为主题的核心价值观座谈会】

7月24日，西藏文艺界近30名文艺工作者齐聚一堂，在西藏文联召开学习贯彻以“爱国、团结、和谐、发展、文明”为主题的核心价值观座谈会。西藏舞蹈家协会主席丹增贡布等五位同志结合各自艺术实践和所思所想所感，畅谈了对西藏社会主义核心价值观的认识和理解。党组副书记、副主席杨世君同志代表文联党组、主席团作了讲话，自治区党委宣传部副部长张晓峰同志在讲话中代表自治区党委宣传部讲了三点意见，西藏文联主席扎西达娃同志主持座谈会，要求文联各部室、协会，各文艺工作者要把思想统一到自治区党委的决策部署上来，把开展好核心价值观的学习贯彻作为当前和今后一个时期的重要任务，摆上突出位置，为推动我区文化大发大繁荣努力奋斗，以优异的成绩迎接党的十八大的胜利召开。

【学习贯彻李长春同志在藏视察调研时重要讲话精神】

7月31日，西藏文联召开全体干部职工大会，认真学习贯彻中共中央政治局常委李长春同志在藏视察调研时重要讲话精神，安排部署近期工作。会上，自治区党委宣传部副部长、西藏文联党组书记沈开运传达学习了李长春常委这次赴藏视察调研时重要讲话精神。沈开运指出，李长春常委这次赴西藏视察调研，充分体现了以胡锦涛同志为总书记的党中央对西藏各族人民的亲切关怀，体现了李长春常委对西藏文化事业的高度重视和对西藏各族人民的深情厚谊。李长春常委讲话高屋建瓴、内涵丰富、思想深刻，具有很强的理论性、指导性和针对性，为进一步推进西藏文化建设指明了前进方向。我们一定要认真学习、深刻领会，全面贯彻落实，把讲话精神转化为推动西藏文艺事业繁荣发展的强大动力，以实际行动和优异成绩回报党中央和李长春同志的关怀和厚爱。

【第五届中国西藏珠穆朗玛摄影大展】

8月1日，以“大美西藏·和谐盛世”为主题，由西藏自治区党委宣传部、西藏文联、拉萨市人民政府、中国摄影家协会和西藏军区主办的“第五届中国西藏珠穆朗玛摄影大展”在布达拉宫广场举行开幕式。自治区党委常委、拉萨市委书记齐扎拉等出席开幕式，自治区副主席多托发表讲话。西藏文联主席扎西达娃在致辞中指出，充分利用我区独特丰厚的摄影文化资源，充分发挥国内外摄影人才的力量，把中国西藏珠穆朗玛摄影大展打造成在国内外有较大影响的西藏摄影文化品牌，是西藏文联多年来始终坚持的一个基本追求。通过542幅（组）摄影作品，用影像的形式生动展现了社会主义新西藏在经济建设、城乡面貌、人民生活、生态环境、戍边卫国等方面的巨大变化和伟大成就。

【学习胡锦涛总书记在省部级主要领导干部专题研讨班上的重要讲话精神】

8月3日，西藏文联召开理论中心组学习会，学习胡锦涛总书记在省部级主要领导干部专题研讨班上的重要讲话精神，并对讲话精神的贯彻和下步文联工作作了研究部署。学习会上，部分处室负责人和文艺家分别结合胡锦涛总书记的讲话和文联工作、文艺工作实际作了发言。会议强调，一定要以胡锦涛总书记的重要讲话精神为指导，进一步统一思想，提高认识，扎扎实实、认认真真做好文联各项工作，以优异的成绩迎接党的十八大胜利召开。

【《祖国的怀抱里》——西藏自治区第二届金色朝霞少儿文艺电视晚会】

9月28日，由自治区党委宣传部、中国文学艺术基金会、西藏文联、西藏自治区广电局共同主办的“《祖国的怀抱里》——西藏自治区第二届金色朝霞少儿文艺电视晚会”在拉萨市歌舞团举行。自治区党委宣传部副部长、西藏文联党组书记沈开运在晚会中简要介绍了西藏开展“朝霞工程”的情况，他指出，西藏地区朝霞工程从2001年开始，充分利用中国文学艺术基金会发放的扶助资金，对受助儿童进行了卓有成效的扶助和培训工作，并取得了较好的成绩。晚会中，中国文学艺术基金会向姜昆黄小勇希望小学捐赠5000册字典，将整台晚会引入高潮。

【配合自治区强基办承办“深入开展创先争优强基础惠民生活动——驻村工作图片展”】

9月26日，由自治区创先争优强基础惠民生活动领导小组主办、西藏文联和西藏摄影家协会承办的“深入开展创先争优强基础惠民生活动——驻村工作图片展”在西藏图书馆开幕。图片展分

领导关怀、建强基层组织、做好维稳工作、寻找致富门路、进行感恩教育、办实事解难事、驻村工作生活、光荣榜8个单元，展出的500余幅图片全部来源于基层干部群众之手，真实地记录了广大驻村干部的工作、生活情况。

【喜迎党的十八大美术书法摄影作品展】

10月17日，由自治区党委宣传部和西藏文联主办，西藏美术家协会、书法家协会、摄影家协会承办的“喜迎党的十八大美术、书法、摄影作品展”在自治区群艺馆隆重举办。自治区党委常委、区党委宣传部部长董云虎等自治区领导出席展览开幕式并参观展览，自治区党委宣传部副部长、西藏文联党组书记沈开运讲话。沈开运在讲话中指出，本次展出的150余幅作品中，美术作品笔墨酣畅，色彩斑斓；摄影作品来自生活，视角独特，藏汉文书法形式多样，内涵丰富。这些作品体现了作者对祖国的热爱对党的热爱对生活的热爱和对人生的感悟，具有鲜明的时代特点、浓郁的生活气息、较高的艺术价值和很好的观赏性。

【集中收看党的十八大开幕式盛况】

11月8日，西藏文联组织全体党员干部集中收看了党的十八大开幕式盛况。收看结束后，自治区党委宣传部副部长、西藏文联党组书记沈开运指出，胡锦涛同志的报告高瞻远瞩，内涵丰富，报告集中全党智慧、体现时代要求、反映人民意愿，务实、深刻、催人奋进。我们一定要认真学习，深刻体会，用报告精神统一思想和行动。广大干部职工纷纷表示，要进一步振奋精神，充分履行好各自的工作职责，在自己的岗位上加倍努力，以优异成绩庆祝党的十八大胜利召开。

【党组中心组集中学习十八大精神】

11月9日，西藏文联党组中心组召开学习会，集中学习党的十八大报告精神，对学习贯彻党的十八大精神作出部署。与会人员认真学习了党的十八大报告精神，并结合自身工作实际，阐述了学习十八大报告的初步体会，并进行了深入讨论。会议认为，党的十八大是在我国进入全面建成小康社会决定性阶段召开的一次十分重要的会议，报告对鼓舞和动员全党全国各族人民在新的历史条件下夺取中国特色社会主义新胜利，确保实现全面建成小康社会宏伟目标，具有重大战略意义。大家一致表示，听了胡锦涛同志的报告，深受鼓舞，非常振奋人心，以后要深入学习、贯彻党的十八大精神，在思想上、行动上与党中央保持高度一致，用十八大精神努力推动文联各项工作。

【全体干部职工认真传达学习贯彻十八大精神】

11月23日，西藏文联召开全体干部职工大会，传达学习中央和西藏关于党的十八大学习贯彻的指示精神，安排部署文联工作。会议要求，文联各部室、各协会和广大文艺工作者一定要把学习宣传贯彻落实党的十八大精神作为当前和今后一个时间的首要政治任务，精心组织、周密安排，迅速掀起学习贯彻党的十八大精神热潮，切实把党的十八大精神学习好、领会好、贯彻好、落实好，不断增强文艺工作者的责任感和使命感，把更多精神文化产品送到基层，把更多健康的、高质量的、喜闻乐见的优秀文艺作品奉献给群众。

【举行十八大精神宣讲报告会】

12月7日，西藏文联举行党的十八大精神宣讲报告会。自治区宣讲团成员、自治区党委党校马列教研部副主任、教授李宏为文联全体干部职工作了一场精彩的宣讲报告。会上，李宏作了题为《以党的十八大精神为指引，奋力夺取全面建成小康社会新胜利》的宣讲报告，从十八大的历史方位，十八大的主题和主要成果，十八大的主要精神，把十八大精神落到实处的关键等四个方面，结合西藏实际，对十八大精神作了深入细致的阐述和解读。

【传达学习自治区党委八届三次全委会精神】

12月14日，西藏文联召开各部室、各协会负责人会议，传达学习自治区党委书记陈全国在自治区八届三次全委会议上的重要讲话精神和自治区党委常委、宣传部部长董云虎在全区宣传文化系统传达学习区党委八届三次全委会精神会上的讲话。会议要求，全体干部职工要继续按照中央和区党委的安排部署，切实把思想认识统一到十八大精神上来，真正把力量凝聚到党的十八大和区党委八届三次全委会确定的各项目标任务上来，切实做到真学、真懂、真用。要进一步学习自治区党委办公厅《关于印发自治区党委会班子改进工作作风密切联系群众“约法十章”的通知》，切实在抓好党的作风建设上下功夫，以更加饱满的热情、更高的标准做好西藏文艺工作，努力开创西藏文学艺术事业新局面，为建设富裕西藏、和谐西藏、幸福西藏、法治西藏、文明西藏和美丽西藏做出积极贡献。

【召开复转军人座谈会】

12月20日，西藏文联领导与复转军人欢聚一堂，召开复转军人座谈会。座谈会上，转业干部、复员军人积极发言，回顾当年的军旅生涯和部队的光荣传统，畅谈了到西藏文联工作的切身感受。西藏文联党组成员、副主席郭守平代表文联党组主席团高度评价了转业干部、复员军人为文联事业的发展做出的贡献，并强调指出，复转军人是文艺事业发展繁荣的重要力量。希望复转军人进一步发扬军队的光荣传统和优良作风，把在部队的好做法、好经验、好传统、好作风应用到本职工作中，充分发挥复转军人在文艺事业中的作用，努力做好本职工作，再立新功。

获奖情况

【在第三届中国剪纸艺术节上，西藏参展作品连续三届获奖】

6月16日，在第三届中国剪纸艺术节暨第二届蔚州国际剪纸艺术节上，西藏参展民间剪纸艺人雪·达珍（杨世贞）的剪纸作品《布达拉宫祥云图》获得铜奖，这是我区民间文艺家协会推荐选派参加中国剪纸艺术节连续第三次获奖。

【西藏音乐家协会选送歌手获首届中国情歌（藏族拉伊）大赛一、二、三等奖】

8月4日至7日，在首届中国情歌（藏族拉伊）大赛上，西藏音乐家协会选送歌手分获一、二、三等奖，西藏音乐家协会获优秀组织奖。

【第十届全国少数民族文学创作“骏马奖”揭晓，平措扎西创作的《西藏古风》获散文奖，鹰萨·罗布次仁的《西藏的孩子》获报告文学奖】

8月16日，第十届全国少数民族文学创作“骏马奖”评奖揭晓，评出25部获奖作品。其中，西藏文联副主席、西藏曲艺家协会主席平措扎西创作的《西藏古风》（藏文）获本届“骏马奖”散文奖，西藏新锐藏族作者鹰萨·罗布次仁的《西藏的孩子》获报告文学奖。

【第十二届精神文明建设“五个一工程”评奖结果揭晓，西藏文联杨年华长篇报告文学《国旗阿妈啦》荣获大奖】

9月24日，在第十二届精神文明建设“五个一工程”颁奖晚会上，西藏文联杨年华长篇报告文学《国旗阿妈啦》荣获“五个一工程”奖。

【第八届中国文联文艺评论奖揭晓　西藏文联推荐作品喜获2个二等奖和组织工作奖】

10月30日，在第八届中国文联文艺评论奖上，西藏文联推荐的党组副书记、副主席杨世君的剧评《遵循“三贴近”原则创作的一部好戏——评话剧〈扎西岗〉》和西藏大学美术学院副教授熊永松的美术评论《略论西藏当代绘画艺术的基本特征》2篇文章喜获二等奖，西藏文联获组织工作奖。

【《国旗阿妈啦》入选“十二五”百部农村电影工程第二批支持项目】

11月19日，在中国影协主办的“十二五”百部农村电影工程新闻发布会暨签约仪式上，《国旗阿妈啦》等5部剧本成为“十二五”百部农村电影工程第二批支持项目，其摄制单位分别与中国影协签订了委托执行协议。

理论研究

西藏文艺理论评论工作有了新的推进，发挥了推动文艺创作繁荣、推动优秀作品广泛传播的积极作用。党组同志以身作则，在《西藏日报》、《中国艺术报》、《中国西藏》等媒体上发表学习体会理论文章。

7月，完成自治区党委宣传部调研课题《党的十六大以来西藏文艺事业进入新的发展繁荣时期》。

8月，党组、主席团在《西藏日报》发表了题为《学习贯彻〈实施意见〉，努力推动我区文艺大发展大繁荣》的学习体会文章。同月，完成区党委宣传部调研课题《关于做好西藏历史题材和现实题材挖掘创作的思考》。

9月，与西藏日报社联手宣传推介西藏文艺界一批成就突出、有一定社会影响的艺术家和民间艺人，推荐一批驻会或会外文艺家协会会员，选

送优秀文艺作品，陆续在《西藏日报》文艺副刊刊发。

创作情况

【文学创作】

由西藏文联成员、副主席吉米平阶完成的系列散文《叶巴纪事》，分别在《中国西藏》杂志社、《芳草》、《西藏日报》、《西藏文学》、《西藏人文地理》上连续刊载，并在西藏人民广播电台“驻村夜话”栏目连续播出。

【美术创作】

“百幅唐卡”工程正式开启，制定“百幅唐卡”绘制工程的实施方案和细则，组织专门人员到西藏各地县乡以及云南等地考察和拜访艺术名家，向区内外美术专业人才和民间美术工作者发布征稿通知，以约稿形式确定每幅历史题材的具体创作人和艺术指标，45幅新唐卡作品完成验收。西藏电视台新闻频道作出三期专访，西藏人民广播电台完成对艺术专家委员会20人次的艺术专访。

10月，组织区内画家和美术院校、军旅画家等人士，评选出45幅佳作参加西藏文联庆祝党的十八大召开的美术书法摄影展。

【书法创作】

9月，在“西藏首届心连心藏汉文书法展”上，从来自全区800余幅书法作品中，评选出180幅优秀作品入展。

10月，在“喜迎党的十八大美术书法摄影作品展”上，组织展出汉文书法作品65件，藏文作品20件。

【摄影创作】

8月，组织100幅会员作品，参加在“2012中国(青海)三江源国际摄影节”上推出的“大美西藏摄影作品展”，西藏摄影家协会获优秀组织奖。

9月，承办“深入开展创先争优强基础惠民生活动驻村工作图片展”。

10月，由中国摄影家协会、中国西藏网主办，西藏摄影家协会协办的“首届‘印象西藏’摄影大赛作品展”在北京国家大剧院开幕。

【音乐创作】

西藏音乐家协会主席美朗多吉为西藏银行创作行歌《西藏银行之歌》，西藏音乐家协会副主席多吉欧珠为日喀则地区法院创作院歌《珠峰下的天平》，为阿里地区改则县人民医院创作院歌《草原上的白衣天使》。

【舞蹈创作】

在“《祖国的怀抱里》——西藏自治区第二届金色朝霞少儿文艺电视晚会”上，邀请区外3名知名演员参与晚会，并提供舞台策划和节目编排。

【戏剧创作】

受自治区党委常委、昌都地委书记罗布顿珠的委托，创作二十集电视连续剧《昌都——1950》。

【曲艺创作】

配合拉萨市曲艺队编排创作了反映我区城镇和农牧区群众在党的惠民政策的关怀下的曲艺节目，并组织演出人员多次深入乡村和社区进行曲艺演出，为十八大的胜利召开增添喜庆气氛，得到广大观众的热烈欢迎。

曲协主席平措扎西亲自指导编排藏历新年晚会的曲艺节目，帮助策划编排各地市的藏历年电视晚会，利用七个月的时间，到日喀则十八个县下乡采风，为创作文化大散文《传奇日喀则》做好前期准备，并开始进入创作阶段。

【民间文艺创作】

5月，由张宗显负责编纂的《西藏民俗志》复审会议在西藏民族学院举行。

7月，根据文联党组主席团的安排，开始从五省藏区搜集到文成公主的故事26篇，歌谣19首，青海民歌（花儿）若干首。

12月，《中国故事集成·西藏卷》、《中国歌谣集成·西藏卷》、《中国谚语集成·西藏卷》藏文三卷集成工作全部完成。

【影视创作】

由西藏影视家协会副秘书长杨年华担任策划、编剧、外联，云南民族电影制片厂和八宿县委县政府、西藏新闻网、西藏民族德勒发展有限公司联合拍摄的影片《雪域丹青》拍摄完成。

协同中央电视台第九频道、河北影视家协会与自治区党委宣传部联合拍摄完成《国旗阿妈啦》2集电视纪录片。

对外及对港澳台地区文化交流

【“昨天今日——西藏当代艺术展”在新加坡举行】

1月13日至4月15日，由新加坡新艺溯馆与西藏美协共同举办的“昨天今日——西藏当代艺术展”在新加坡举行。此次展览是双方的第五次合作展，主办方不仅邀请了六位创作卓越的西藏画家，还特邀了一位民间唐卡画师，这种将传统艺术与当代艺术并列展出的构思，令观众对今日西藏绘画传承性与建设性的文化生态一目了然。

【组团赴澳门参加“雪域明珠——澳门美术摄影作品展”】

4月10日至13日，应澳门美术协会及澳门综艺摄影会的邀请，西藏文联代表团一行6人赴澳门参加“雪域明珠——澳门美术摄影家作品展”。展出的作品是澳门美协及综艺摄影会数位成员近年赴藏绘下、拍下的三十幅画作和四十幅珍贵照片。澳门美术和摄影界艺术家以自身的艺术表达技巧宣传西藏，展示西藏风貌，揭示西藏魅力的真挚情感。活动进一步增进了藏澳两地美术、摄影界的艺术交流，巩固提高了两地始于上世纪八十年代的文化交流。

【“大美西藏——中国当代绘画展”在德国举办】

4月12日，应柏林中国文化中心和德国THK艺术公司的邀请，由西藏文联和西藏美术家协会共同举办的“大美西藏——中国当代绘画展”，在德国柏林中国文化中心开展，受到德国观众一致好评。本次展览是西藏当代画作在德国、欧洲的首次集体展出，画作结合历史与当代，是西藏绘画由“神本主义”向“人本主义”的跨越。12位西藏当代画家的42幅描绘西藏的画作，将笔触同时投向现代元素。画作中不仅有宗教尊严的反映，也有对西藏旖旎风光的描绘；不仅借助丰富色彩呈现具象的景物，也通过变幻的线条展示作者的内心世界和精神情感。展览不仅向德国民众全方位展示西藏文化的魅力，而且增进了中德民众的相互了解。作为“中国文化年”的活动之一，“大美西藏——中国当代绘画展”在结束柏林之旅后在4月22日前往德国西部城市科隆继续展出。

【中国戏剧家协会瑞典戏剧工作坊西藏培训班】

7月31日至8月9日，由中国剧协与瑞典戏剧联盟联合主办的瑞典戏剧工作坊在西藏文联圆满举办。工作坊由瑞典戏剧界享有盛誉的佩鲁剧团一行4人及中国剧协外联部工作人员组成，抵藏当天受到西藏文联的热烈欢迎。西藏文联党组书记沈开运亲切会见瑞典戏剧家一行，并出席两国戏剧家座谈会。培训科目实用有趣，学员们在欢笑声中得到快速培训，领悟到舞台表演艺术的精髓。自治区话剧团、西藏军区文工团、西藏农民工艺术团等艺术团体的近30名文艺工作者踊跃参加。

【藏韵——2012西藏当代绘画邀请展】

11月13日，“藏韵——2012西藏当代绘画邀请展”在上海美术馆开幕。作为近年来首次以西藏当代绘画为主题性质的集中亮相，共展出集布面重彩、宣纸墨画、色粉画、版画、油画等绘画形式的90余件作品。参加这次“藏韵——2012西藏当代绘画邀请展”的受邀画家均为半个世纪来国家培养的西藏第二、三、四代美术家中的代表。西藏当代绘画邀请展大型活动以视觉的方式展示了绘画艺术映射出的深层西藏当代的人文景观与精神，对促进未来西藏当代艺术领域与国内外主流艺术风格的互动与互补将产生深远影响。

机关建设

【高度重视、突出重点，狠抓维稳安保工作组织落实】

先后多次召开党组主席团会议和全体干部职工大会、离退休人员会议，认真传达学习自治区的重大部署，分析维稳工作形势，研究维稳工作措施。始终坚持一把手总带班、党组一班人分别带班，24小时值班和巡逻制度，加强值班力量，强化岗位责任，加强对“零报告”制度的督促、检查力度。进一步开展排查工作，对院内安全保卫、流动人口、重点重要部位进行排查，做到防患于未然，成立了护院队，购置必要护卫器械，做到了守土有责。

【创先争优、强基惠民，重点解决基层的实际问题】

注重加强“两委”班子和基层党员队伍建设，召集“两委”班子成员会议、村党支部、村民大会50余次；举行升国旗仪式，举办新旧西藏对比图片展，深入开展“算富帐、感党恩、要稳定、求发展”教育，教育引导群众认清达赖集团的真实面目，筑牢反对分裂、维护稳定的思想防线；申请上报项目20余项，其中人畜饮水、灌溉水渠、村小学建设、基站铁塔、技术培训等已经实施和正在实施的10余项，涉及资金近500万元；西藏文联党员、驻村队员自发为生活困难村民捐款8000多元，筹集资金购买价值3万多元的各类生活用品，发放慰问金47960元，为驻在村免费配备太阳能卫星电视接收器，为151户979名村民拍摄“合家欢”照和证件证。帮助村民改变落后生活方式，特别是驻八宿县叶巴村成立“爱卫会”并在全村开展卫生检查的做法，得到了自治区党委常委、自治区纪委书记金书波同志的重要批示。驻叶巴村工作队被昌都地区评为先进工作队。

【履行职责、加强管理，文联自身建设成效明显】

进一步加强基础设施建设，职工经济适用房修建、分配工作完成；在文联院内安装增压泵，解决了办公楼、周转房三楼以上用水难问题；文联院内绿化工程完成；新装一批监控设备，实现监控全覆盖；在自治区党委宣传部、区编办的支持下，为十个文艺家协会增加5名事业编制，解决了10名正县级和10名副县级领导职数；在机关内部树立想干事、能干事、干成事的导向，在事业单位、协会中创新人员使用和管理办法，对工作表现突出的同志予以提拔聘用，对各部室、各协会工作人员进行调整充实；加强机关党的建设，实现了机关党委和各支部顺利换届。

各文艺家协会

【作家协会】

1月，向各省区作协发出《关于进一步繁荣少数民族文学事业开展调研工作的通知》，西藏作协成立由主席团主要成员牵头，由作家、学者组成的专题调研组，对西藏少数民族文学发展的历史、现状及少数民族作家队伍建设情况和存在的问题进行全面摸底、分析和总结，形成调研报告。

3月，作协派人参加中国作协在青海西宁召开的三省片区调研会，扎西达娃主席向中国作协调研组和兄弟省区汇报了作协的调研情况。

5月，中国作协与自治区党委宣传部在京举行研讨会，探讨“国旗阿妈啦精神”在当下中国的现实意义。

7月，策划了由西藏当代文学史上三代作家代表参加的纪念座谈活动，作协将活动策划书提交中国作协主席团会议，得到充分肯定。中国作协在西藏作协策划活动的基础上，举办全国各省区“少数民族文学创作系列研讨”活动，西藏作协选派三位藏族作家代表参会。

8月，推荐20部文学作品参加第十届全国少数民族文学创作“骏马奖”，在五省区藏族作家5位获奖者中，西藏平措扎西和罗布次仁作家获此殊荣。

11月，党的十八大胜利召开后，西藏作协组织主席团成员进行学习座谈，作协主席扎西达娃向作家们提出了“建设西藏文化强，讲好西藏故事”的倡议，并对文学创作提出具体要求。

著名作家扎西达娃受聘为自治区党委宣传部和拉萨市策划组织的大型歌舞音乐剧《文成公主》的文学顾问。

为鲁迅文学院第17、18期高级研讨班选送2名作协多年关注培养的藏漂作家学员，其中入学的张羽芊在学习期间完成一部长篇小说创作。

为中国作协推荐6名作家加入中国作协。

【美术家协会】

1月，组团赴新加坡参加“昨日今日——西藏当代艺术展”，受到新加坡美术界和艺术爱好者的高度评价。

4月13日，组团赴德国柏林、科隆举办“西藏印象——当代艺术展”，获得国内外媒体的多方报道。

7月21日，举办“见即愿满”唐卡艺术展。

10月24日，西藏著名画家余友心个人美术展“雪域寻梦”在北京画院美术馆举办。

11月13日，在上海美术馆举办“藏韵——西藏当代绘画邀请展”。

【书法家协会】

2月，组织近百幅书法作品，在文联组织的春节、藏历年期间“送欢乐下基层”活动中，把书法作品送到县区，丰富了基层文化生活，同时对书法的普及提高起到了积极作用。

积极参加全国性书法作品展，樊学礼获第三届中国职工艺术节书画作品展二等奖并入展“全国第三届隶书大展”，李运熙的书法作品参展“第四届北京国际书法双年展”等展览，高延鸿入展“亲情中华首届世界华侨华人美术书法展”等展览。

【摄影家协会】

4月，与上海图书馆、上海摄影家协会联合举办“西部畅想曲——西藏摄影作品展”。同月，与西藏旅游股份有限公司在林芝举办“相约林芝·巡防中国最美的春天——2012年第十届林芝桃花文化旅游节摄影展”，赴贵州省毕节市参加“第五届多彩贵州原生态国际摄影大展”活动。

6月，组织深圳企业家关爱西藏环境、保护野生动物摄影团，向西藏野生动物保护协会捐赠价值2万元相机一部，向尼玛县、双湖区森林公安各捐赠5万元善款。同月，与西藏人文地理杂志社在北京举办“阳光灿烂的雪域高原——西藏自治区及四省藏区优秀摄影作品展”。

12月，西藏摄影家协会将来自祖国四面八方的衣物近千件、价值数万元的衣物分期分批地送给西藏盲童学校拉萨本校和日喀则边雄乡分校。

【音乐家协会】

动员西藏词曲作者，推荐14首音乐作品参加西藏精神文明建设“五个一工程”奖，推荐5首少儿音乐作品参加全国儿童歌曲电视大奖赛活动。

积极参加“首届中国藏族情歌（拉伊）大赛”，西藏音乐家协会报送的那曲地区特异选手多布获一等奖，尼玛洛桑获二等奖，日喀则地区农民选手尼穷和旦增卓嘎的情歌对歌《心中的恋人》获三等奖。

积极动员西藏音乐界的专家和学者参加由拉萨市人民政府和拉萨市雪顿办主办的“首届藏地音乐高峰论坛”活动。

【舞蹈家协会】

舞协秘书长洛金赴昌都八宿县林卡乡普龙村参加文联驻村工作。

【戏剧家协会】

7月至8月，组织自治区话剧团、西藏军区文工团、西藏农民工艺术团等艺术团体的近30名文艺工作者踊跃参加由中国剧协与瑞典戏剧联盟联合主办的瑞典戏剧工作坊。

11月，率拉萨市娘热民间藏剧艺术团参加长江流域12省区市“长江流域艺术节”文艺演出，获金奖和优秀演出奖各一个。

筹办著名音乐家美朗多吉专题晚会。

以西藏剧协的名义推荐自治区藏剧团演员边点旺久入选中国戏剧梅花奖。

新发展戏剧家协会会员4名。

【曲艺家协会】

曲协工作人员下乡指导基层文工团的曲艺工作，提高基层的曲艺创作和表演水平。

西藏曲艺家协会副主席、日喀则地区曲艺创作人员金巴洛珠被评为“中国曲协基层先进曲艺工作者”称号。

组织我区曲艺代表队参加第九届中国曲艺代表大会。

【民间文艺家协会】

3月，出席中国民协工作会议。

4月，出席中国民协唐卡工作会议。

8月，负责接待中国民协唐卡工作组进藏人员一行。同月，推荐在西藏很有影响的罗布斯达、龙桑、次旦朗杰、旦巴四位同志加入中国民协。

【影视家协会】

8月至9月，接待拍摄《国旗阿妈啦》2集纪录片的采风团，并顺利完成拍摄任务。接待深圳市电影电视家协会采风团，并与深圳市文联、电影家协会合作，拍摄了由杨年华策划、编剧的《达娃一家人》。

文艺期刊

由西藏文联主办的西藏文艺期刊《西藏文艺》（藏文）、《西藏文学》（汉文）、《邦锦梅朵》（藏文）、《西藏人文地理》（汉文）和内刊《西藏文联通讯》五个文艺期刊始终坚持“把握方向、办出特色、提高质量、扩大发行”的办刊宗旨，牢牢把握社会主义先进文化的前进方向，传播和谐理

念，培育和谐精神，营造和谐氛围，回应时代呼唤，注重把好政治关、质量关和效益关，根据读者群的变化在办刊内容和形式上积极进行探索，受到广大读者欢迎。《西藏文学》和《西藏文艺》编辑部分别推出“喜迎党的十八大”专刊和专栏，《西藏文艺》编辑部还推出“纪念毛泽东同志在延安文艺座谈会上发表讲话七十周年”专刊，在全区报刊表彰大会上，《西藏文艺》编辑部获全区优秀期刊奖，顿珠多吉同志获优秀编辑奖。

陕西省文联

综　述

2012年，在陕西省委省政府的正确领导下，在陕西省委宣传部和中国文联的关心指导下，陕西省文联坚持以邓小平理论、“三个代表”重要思想和科学发展观为指导，紧紧围绕工作大局，充分发挥党和政府联系文艺界、文艺工作者的桥梁和纽带作用，认真履行联络协调服务指导的基本职能，在深入基层、开展调研的基础上，明确提出了打造九大特色文化品牌，推进文化强省建设的工作思路，通过精心打造陕派文艺评论、陕西戏剧、陕西民歌、韵律陕西、长安画派、黄土画派、三秦书风、西部影视、文艺采风等品牌，多角度描绘陕西人爱国守信、勤劳质朴、宽厚包容、尚德重礼、务实进取的典型形象，全方位展示陕西绿色、现代、开放、和谐、奋进的时代风貌。紧紧围绕迎接党的十八大和纪念毛泽东同志《在延安文艺座谈会上的讲话》发表70周年，组织开展丰富多彩的文艺活动，以良好的精神风貌和丰硕的艺术成果繁荣文化、服务人民，开创了陕西文艺工作和文联工作新局面。

重要会议与活动

【五届三次全委会】

3月13日，陕西省文联五届三次全委会在西安雍村饭店隆重召开。会议传达了中国文联九届二次全委会精神和陕西省宣传部长暨精神文明建设工作会议精神；增补了省文联五届委员会委员；审议通过了中共陕西省委宣传部副部长、省文联党组书记、常务副主席刘斌代表文联主席团所作的题为《打造特色品牌　建设文化强省　全力推进陕西文艺事业的繁荣和发展》的工作报告。

刘斌同志从七个方面全面总结了省文联2011年的工作，就2012年的工作进行了部署。并强调，2012年省文联要全力打造九大特色品牌：一是打造陕派文艺评论品牌，再塑文学陕军形象。二是打造陕西戏剧品牌，塑造陕西人新形象。三是打造陕西民歌品牌，彰显民间文化魅力。四是打造韵律陕西品牌，唱响时代主旋律。五是打造长安画派品牌，重振陕西美术雄风。六是打造黄土画派品牌，描绘改革开放多彩画卷。七是打造三秦书风品牌，书写陕西发展风貌。八是打造西部影视品牌，再显西影辉煌风采。九是打造文艺采风慰问品牌，展现三秦人文精神。

会上，省文联党组成员、驻会副主席兼秘书长黄道峻传达了中共陕西省委常委、省委宣传部部长胡悦同志对省文联五届三次全委会的重要批示。胡悦同志充分肯定了省文联近几年，在省委省政府的坚强领导下，始终坚持“二为”方向、“双百”方针和“三贴近”原则，充分发挥联络、协调、服务和指导的职能，团结带领全省文艺工作者，在组织深入生活，开展对外交流，加强队伍建设方面做出的大量卓有成效的工作。并希望全省广大文艺工作者认真遵守《中国文艺工作者职业道德公约》，努力践行“爱国、为民、崇德、尚艺”的核心价值观，创作出更多具有中国特色、陕西风格的精品力作，为建设文化强省做出新的更大贡献。

【“送欢乐、下基层”到志丹、白河】

新年佳节，由中国文联、中共陕西省委宣传部、省文联组织的以“歌颂祖国　服务人民”为主题的“送欢乐、下基层”慰问团在省文联党组成员、纪检组组长陈普的带领下，前往革命老区延安志丹县和灾后重建的安康白河县开展书法家为群众义写春联、演员为群众义演活动。

省文联“送欢乐、下基层”文化惠民活动从2006年1月开始，已连续6年在两节期间组织摄影、书法、美术、音乐、舞蹈、戏剧、曲艺、杂技等艺术门类的艺术家，深入工厂、农村、军营、街

道；深入贫困地区、受灾地区和革命老区，将艺术送给人民，将欢乐带给群众，受到各地群众的热烈欢迎。

【“展陕西风采 献礼十八大”大型图片展】

8月3日上午，由陕西省文联、陕西省摄影家协会主办的“展陕西风采 献礼十八大”陕西省迎接党的十八大大型图片展开幕式在西安新城广场隆重举行，省上有关领导和省文联党组成员等出席了开幕式。

此次展览历时半年，精心组织筹划，共计展出180块展板，1800幅图片，图文并茂，异彩纷呈，以点带面、生动形象地展现了党的十七大以来陕西省各行各业、各条战线取得的巨大成就，令人振奋，令人鼓舞。图片展除序篇《亲切的关怀、巨大的鼓舞》外，分为《展陕西风采、献礼十八大》、《代表群众利益、坚持执政为民》、《助推工业经济、实现跨越发展》、《发展现代化农业、推进新农村建设》、《繁荣文化产业、打造旅游强省》、《加强法制建设、构建平安陕西》、《坚持对外开放、实现互助共赢》七个部分。10月，此次图片展在北京中央电视塔广场、陕西省部分地市进行了巡回展出。

【风神兼彩——石鲁的创作与写生展】

8月8日，由中国美术家协会、中国美术馆、北京美术家协会、北京画院、陕西省文学艺术界联合会、陕西省美术家协会、中国对外文化集团公司主办，北京画院美术馆承办的“风神兼彩——石鲁的创作与写生（一九五九至一九六四）”展览在北京画院美术馆开幕。

【陕西省文艺工作者深入职工创作实践活动】

8月8日，由陕西省委宣传部、陕西省总工会、陕西省文化厅、陕西省文联、陕西省作协联合主办的陕西省文艺工作者深入职工创作实践活动启动仪式在陕西医药控股集团有限责任公司行政楼前隆重举行，来自省内60余位著名的艺术家和陕药集团的广大干部职工参加了启动仪式。启动仪式由省委宣传部副部长、省文联党组书记、常务副主席刘斌主持，陕药集团董事长昝安胜致辞，省人大常委会副主任、省总工会主席黄玮出席启动仪式并作了重要讲话，省总工会副主席张仲茜，省文联党组成员、驻会副主席兼秘书长黄道峻，省作协党组副书记齐雅莉等领导和刘文西、陈忠实等老艺术家共同为启动仪式剪彩。

启动仪式后，作家艺术家们先后走进陕药集团、西安铁路局、西飞集团，赴车间、听讲解、进行采风活动。所到之处都举行笔会，为一线职工创作书画作品，共计200多幅。并举行两场慰问演出，观众人数近万人。

按照中共陕西省委宣传部、陕西省总工会、陕西省文化厅、陕西省文联、陕西省作协联合制定的《在全省组织开展“文艺工作者深入职工创作实践”活动总体方案》的部署，该项活动还将陆续推出系列实践活动，旨在通过组织文艺工作者深入职工群众，创作一批文艺精品，培训一支职工群众欢迎的基层文化股干队伍，掀起一次送慰问演出到基层活动的热潮，为广大职工提供强大的精神动力，以丰富多彩的职工文化活动引领和推动全省企业文化职工文化的大发展大繁荣。

【中国七夕文化研讨会】

8月22日至8月24日，由中国民间文艺家协会、陕西省文学艺术界联合会联合主办，陕西省民间文艺家协会承办的“中国七夕文化研讨会”在西安隆重召开。

本次研讨会邀请了叶舒宪、乌丙安、宋兆麟、柯杨、李稚田、叶涛、肖云儒、韩养民、傅功振等全国和省内的50位民俗文化研究专家，在七夕佳节之际，共聚一堂，围绕七夕文化在中国传统文化中的地位及其当代价值意义这一主题，进行深入探讨。在开幕式上，中国民协分党组书记、驻会副主席罗杨和陕西省文联党组成员、驻会副主席兼秘书长黄道峻分别作了重要讲话，中国民协副主席、陕西省民协主席王勇超致欢迎辞。

西安市长安区斗门镇是牛郎织女传说的发源地，这里保存有两千多年前的牛郎织女两尊石刻（当地群众称为石爷、石婆），并建有石婆、石爷庙。千百年来，每逢七夕佳节，这里的群众都会举办盛大的牛郎织女祭祀活动和各种丰富多彩的七夕文化活动。研讨会期间，专家们亲临长安斗门活动现场，参与祭祀、乞巧、祈福以及民间手工艺展示等各种七夕主题文化活动，深刻感受传统七夕节的浓郁氛围。

【全省市、县（区）、行业文联负责人培训班】

9月18日至20日，“全省市、县（区）、行业文联负责人培训班”在西安成功举办，全省文联系统70多名学员参加了培训，是自办班以来人数最多的一次。培训中全体学员听取了省委宣传部副部长、省文联党组书记、常务副主席刘斌同志关于“陕西省文化八大工程”的专题报告，学员们结合各地实际对报告进行了深入的讨论交流，对于文联今后的工作及建设发展提出了9条建设性的意见和建议，组织参观了西安关中民俗博物院，听取了中国民协副主席、省文联副主席、省民协主席、关中民俗博物院院长王勇超同志关于《陕西民俗民间文化传承》的报告。通过培训，大家纷纷表示理清了工作思路，提高了全省文联系统服务于各级党委政府的中心工作以及为文艺家服务的工作意识，加深了各地之间互联互动的交流，达到了培训的预期目的。

【第三届陕西音乐奖·器乐比赛】

10月4日至6日，由省文联、省音协共同主办的第三届陕西音乐奖·器乐比赛决赛在西安举行。

第三届陕西音乐奖器乐比赛分初赛、决赛两轮进行，持续近四个月，共有来自全省各市的800余名参加了十余个组别的角逐，在全省各市开展比赛10余场，数千人参与了由当地文联、音协负责在组织的各市初赛。决赛于10月4日至6日在西安市群艺馆举行，各市优秀选手云集，一些选手的演奏更是颇具专业水准，得到了专家评委们的肯定和赞扬。

此次比赛是在以往八届“陕西省器乐比赛”的基础上优化延伸发展而来的，以发现和培养乐器演奏人才为目的。在赛事设置等方面较以往专业设置更齐全、年龄分组更合理、赛程安排更科学。比赛专业囊括了钢琴、电子琴、二胡、古筝、单簧管、萨克斯管、长笛、铜管（含小号、长号、圆号）、手风琴、小提琴（含中提琴）、大提琴（含低音提琴）等专业，覆盖了从学龄前至青年各个年龄段。

陕西音乐奖在陕西省及山西、甘肃、青海等周边都产生了广泛而深远的影响，吸引了部分周边省份选手参赛，西部兄弟省份也开始效仿举办类似赛事活动。

【书画家赴宜君采风慰问】

10月22日至23日，省文联组织陕西书画家，赴“三问三解”活动联系点宜君县采风慰问。

此次采风慰问活动是为深入贯彻落实省委、省政府关于“三问三解”活动的指示精神，旨在对宜君县的旅游景点注入新的文化元素，特别是对惠及老百姓的龟山公园、龙山公园进行主题创作，使其更具文化内涵和文化影响力。省文联党组成员、纪检组组长陈普带队，省文联副主席、省书协主席、副主席，省美协顾问、副主席等十四位书画家参加了此项活动。

在为期两天的活动中，艺术家们首先在云梦山、龙山和龟山文化园进行采风写生活动，并进行了集体创作，为宜君县人民留下了主题鲜明、文化内涵深厚、洋溢着时代精神和较高艺术水准的书画作品。

省文联要求陕西文艺界要以“三问三解”活动为契机，充分发挥陕西省的文化资源优势，把文化惠民与具体帮扶活动深入持久地进行下去，为促进农村社会主义文化的繁荣和发展做出应有的贡献。

【长安精神——陕西当代中青年国画作品展览】

由中共陕西省委宣传部、省文化厅、省文联主办，省美协承办的“长安精神——陕西当代中青年国画作品展览”在半坡国际艺术区、陕西省美术博物馆、陕西美术馆三个展区同时开展。

11月25日上午，开幕式在主展区半坡国际艺术区举行。陕西省委常委、西安市委书记魏民洲，省人大常委会副主任白阿莹，副省长郑小明，省政协副主席、省委统战部部长周一波，省委宣传部副部长、省文联党组书记、常务副主席刘斌、省文联党组成员、驻会副主席兼秘书长黄道峻，省文联党组成员、纪检组组长陈普，省文联副主席、省美协主席王西京等出席开幕式。此次活动从收作品、筛选到展览历时一年时间，是中青年画家及其作品的一次全景式呈现，具有不容忽视的经典性、学术性和文献性。展览共收到全省各地426位作者的2111幅作品，经评审遴选出各地64岁以下的378位中青年国画作者的646幅作品，展示的作品以多彩的构图、多样的风格，诠释了陕西省当代中青年画家的创作新风貌。

【陕西省第三届书法篆刻临作展】

11月24日，由省文联、省书协主办的“陕西省第三届书法篆刻临作展”在西安隆重开幕。

省政协副主席、省委统战部部长周一波，省人大常委会原副主任白云腾，省政协原副主席张保庆，省文联党组成员、驻会副主席兼秘书长黄道峻，省文联党组成员、纪检组组长陈普，省文联副主席、省书协主席雷珍民，省书协名誉主席吴三大、茹桂等出席开幕式。

雷珍民代表省书协主席团致辞。他指出："继承是手段，创新是目的。本次展览不仅是对我省书法篆刻家的一次传统功力的大检阅，同时也为今后书法创作的创新与繁荣并逐步走向辉煌所做的一项重要基础工作。今后省书协将不断总结经验，坚持将这项展览办下去，为夯实陕西书法基础，弘扬文化艺术事业，创建和谐发展的陕西而努力奋斗。"

黄道峻对省书协从陕西书法发展的战略出发举办此次展览所做的大量细致工作表示充分肯定，并提出了希望。

5·23采风慰问活动

为隆重纪念毛泽东同志《在延安文艺座谈会上的讲话》发表70周年，5·23前后，中国文联及所属中国剧协、中国舞协、中国音协、中国书协来陕采风慰问，陕西省文联作为主办及协办单位，开展了一系列丰富多彩的采风慰问活动。

【"根植生活　情系人民"——陕西文艺界走进革命老区大型采风慰问活动】

5月24日，为纪念毛泽东同志《在延安文艺座谈会上的讲话》发表70周年，由省委宣传部、省文联联合主办的"根植生活　情系人民"——陕西文艺界走进革命老区大型采风慰问活动正式启动。出发式上，省委宣传部副部长、省文联党组书记刘斌向采风团团长、省文联党组成、专职副主席兼秘书长黄道峻授旗。

由刘远、雷珍民等近百位我省优秀文艺家组成的采风团，在5月24日至29日一周的时间里，深入柞水县、镇安县、黄陵县、照金革命根据地，深入厂矿、农村、社区、学校等，以文艺演出、书画笔会、学习、采风等活动形式，将先进文化送到基层，让广大群众充分享受改革开放以来所取得的文化成果；同时体会当地独特的民情、民俗、民风，感受当地的新变化、取得的新成就以及今后发展的新战略，从群众中和火热的生活中，获得文艺创作的第一手资料。此次活动行程逾千余公里，观众逾万人。艺术家们以自身的亲历，感受着改革开放30年的变化，以手中的笔墨和镜头记录并反映出时代的变迁，以实际行动践行着《讲话》精神。

活动期间，艺术家们为当地举办慰问演出三场，书画笔会四场，创作歌曲五首，并拍摄了一系列反映采风活动和现实生活的摄影作品，为广大基层群众送上了一道精美的精神文化大餐。

通过采风活动，省文联引导文艺工作者走与时代、与人民相结合的创作道路，努力推动社会主义文化大发展大繁荣，把党和政府的关怀、温暖与广大文艺工作者对老区人民的深情厚谊和美好祝福送到基层群众中间，有力地促进陕西省文化事业产业大发展大繁荣。

【"百花扎根沃土·艺术奉献人民"——走进革命圣地延安】

5月18日至20日，由中国文联、中国书协主办、陕西省书协协办、延安市文联承办的百花扎根沃土·艺术奉献人民"纪念毛泽东同志《在延安文艺座谈会上的讲话》发表70周年暨中国书法进万家—走进革命圣地延安"纪念采风活动在延安举行。活动主要分为书法展、笔会、革命旧址参观、座谈会等几项内容。中国书协分党组书记、驻会副主席赵长青，陕西省文联副主席书协主席雷珍民，延安市委常委宣传部长薛义忠等领导出席了展览开幕式，展览邀请党和国家领导人、省部级领导干部和将军书法家及70位全国著名书法家，以毛泽东同志诗词、语录等为主要内容为展览挥毫泼墨；座谈会上大家对《讲话》发表70年来中国书法所取得的成绩进行了广泛交流。此次活动的成功举办为革命老区延安文化建设和书法事业的发展起到了积极的推动作用。

【陕西省首届美术写生作品展览】

5月21日，由省委宣传部、省文化厅、省文联共同主办，省美协、陕西省美术博物馆承办的陕西省首届写生作品展在陕西省美术博物馆开幕。陕西省首届写生作品展览是为纪念《讲话》发表七十周年的写生大展，也是陕西省美术家协会2012年度的一项重要工作。展览旨在让更多的艺术家投身到写生创作中，不断推出优秀作品和人才，繁荣和发展陕西美术创作。省美协高度重视此次展览的筹备工作。展览共收到700余件优秀美术写生作品，展出作品共计400余件，其中国画294幅、油画82幅、雕塑3件、其他类别27件。本次展览全方位、多角度的表现了我省美术家和美术工作者深入生活、深入实际的创作新风貌，他们以自己的艺术创作践行着毛泽东“文艺为人民服务、为社会主义服务”的伟大思想，体现出我省美术创作“百花齐放、百家争鸣”的勃勃生机，具有很高艺术性、学术性和时代性。

【“中国戏剧家延安行”活动】

5月8日至9日，中国文联、中国剧协、中共陕西省委宣传部、陕西省文联、中共延安市委、市政府和陕西省剧协、陕西省戏曲研究院、中共延安市委宣传部、延安市文联共同举办了“纪念毛泽东同志《在延安文艺座谈会上的讲话》发表七十周年—中国戏剧家延安行”活动。中国文联党组书记、副主席赵实，中国文联党组成员、副主席杨承志，中共陕西省委常委、延安市委书记姚引良，陕西省军区副政委杨辉，中国剧协主席尚长荣，中国剧协分党组书记、驻会副主席季国平，中共陕西省委宣传部副部长、省文联党组书记、常务副主席刘斌，中国音乐家协会主席、陕西省文联主席赵季平，中共延安市委常委、宣传部长薛义忠等领导和郭达、张凯丽、刘远等艺术家出席了本次活动。5月8日晚，在延安解放剧院举行了大型专场戏曲晚会。

【原创舞蹈诗剧《延安记忆》】

5月9日至10日，由中国文联、中国舞蹈家协会主办，陕西舞蹈家协会协办，大型原创舞蹈诗剧《延安记忆》首次在延安解放剧院为延安革命老区群众演出。10日，召开了纪念《讲话》发表70周年暨舞蹈诗《延安记忆》座谈会，中国文联党组成员、副主席杨承志，中国舞协、陕西省舞协，该作品的主创人员及业内著名专家出席并发言，中国舞协分党组书记、驻会副主席冯双白宣读倡议书，座谈会由中国舞协分党组副书记、秘书长罗斌主持。

【文艺演出《我要回延安》】

5月10日，由中国文联、陕西省人民政府主办，中国音乐家协会、陕西省文联、延安市人民政府承办，陕西省音乐家协会协办的大型演出《我要回延安》在宝塔山下延安市体育场成功举办。歌唱家宋祖英、丁毅、吕继宏、张也、高保利、王志昕、杨洪基、郁钧剑、陈笠笠参加了演出并演唱了《爱我中华》《延安颂》《咱老百姓》《再见了大别山》《走进新时代》《南泥湾》《山丹丹花开红艳艳》《歌唱二小放牛郎》《滚滚长江东逝水》《游击队之歌》《小白杨》《又到吴起镇》等歌曲，演出中，还向徐沛东、化方颁发“延安市荣誉市民”称号。

中国文联党组书记、副主席赵实，中国文联党组成员、副主席杨承志，省政府副省长郑小明，中国文联副主席、中国音协分党组书记、副主席徐沛东，中国音协主席、陕西省文联主席赵季平，中国书法家协会党组副书记陈洪武，陕西省政府副秘书长孟建国，省委宣传部副部长、省文联党组书记刘斌和延安市领导冯继红等与各界群众一万五千余人观看了演出。活动是对《讲话》最好的纪念，同时艺术家们从延安的文化中汲取力量，对《讲话》精神有更深层次的感悟，激发创作灵感，丰富表演艺术，推出更多人民群众喜闻乐见的文艺精品。

【中国书法进万家——走进革命圣地延安】

5月18日至20日，由中国书协主办、陕西省书协协办“中国书法进万家——走进革命圣地延安”活动在延安市举行。活动分书法名家展、大型笔会、革命旧址参观和纪念座谈会等内容。中国书协分党组书记、驻会副主席赵长青；省文联副主席、书协主席雷珍民；延安市委常委、宣传部长薛义忠等领导出席开幕式。

5月22日，“首届‘国粹杯’全国书法篆刻大奖赛”获奖作品在延安隆重展出。开幕式上雷珍民主席发表致辞。嗣后，上海书协主席周志高等一行15人参观了延安革命旧址，举办了多场书法笔会，让与会书家受到了革命传统教育。

创作与研究

【建立陕西省音乐创作基地】

5月23日，陕西省音乐创作基地授牌仪式在府谷举行。协会负责人以及县委县政府主要领导参

加了授牌仪式。“陕西省音乐创作基地”的建立是省音协推动歌曲创作组织音乐家深入基层汲取民族民间音乐养分的重要举措。建立后的“陕西省音乐创作基地”将更好地推动我省音乐事业的发展，对我省民族民间音乐的发展、民族音乐文化的传承有着十分重要的意义，同时也为培养、输送更多的优秀音乐人才起到非常积极的作用。

【第二届关中民俗文化艺术研讨会】

10月12日至14日，由中国民协、陕西省文联主办，陕西省民协、关中民俗艺术博物院承办的第二届关中民俗文化艺术研讨会，在西安止园饭店隆重召开。中国民协分党组书记、驻会副主席罗杨，中共陕西省委宣传部副部长、省文联党组书记、常务副主席刘斌，中国民协副主席、陕西省文联副主席、省民协主席、关中民俗艺术博物院院长王勇超出席会议开幕式并致辞，开幕式由省文联党组成员、驻会副主席兼秘书长黄道峻主持。

本次研讨会以“推动民俗文化传承、促进民俗文化发展、加大民俗文化研究、提升民俗文化影响”为宗旨，以研究探讨关中民俗文化艺术的历史变迁和发展规律为主线展开研讨，对整合陕西文化资源，培养文化后备人才，推动文化事业的大发展、大繁荣，起到极大的推动作用。

研讨会自4月份征稿以来，共收到来自陕西省各地市民协、文化馆、群艺馆、大专院校等单位民间文化工作者的论文近百篇。研讨会上，叶舒宪、朱凤瀚、丁进等来自北京、上海等地的10多位知名学者和陕西省傅功振、韩养民、张志春等40多位民间文艺专家、教授，围绕关中民俗文化艺术的地位、资源保护和开发利用，关中民间艺术研究，民俗艺术与创意产业等方面的内容，详细进行了研究和探讨，并分组展开了热烈的讨论，为关中地区传统文化更好地传承与发展献计献策。

【陕西省歌曲创作暨“五个一工程”歌曲创作专题座谈会】

12月，省委宣传部、省文联、省音乐家协会相关负责人、来自我省文艺院团、音乐院校及省内知名词曲作家近80人参加了会议。与会同志学习了十八大精神，深入探讨了当前音乐创作中存在的问题，歌曲创作的价值方向和时代精神。按照省委宣传部的统一安排，会议重点部署了当前音乐精品创作任务，并提出我省词曲作家要不断深入生活、勇于创新，以长远的眼光、开阔胸怀走向全国，面向世界。

交流活动

6月24日至29日，广东文联党组书记、专职副主席白洁率20人采风学习团到陕西省文联和革命圣地延安采风学习，25日晚在曲江宾馆举行了接待宴会和座谈会。

8月3日，贵州省文联党组副书记刘世宏一行28人来陕西文联交流学习，省文联设宴招待并进行座谈。陕西省委宣传部副部长、省文联党组书记、常务副主席刘斌，省文联党组成员、专职副主席兼秘书长黄道峻，省文联党组成员、纪检组长陈普，相关处室主要负责人以及部分协会负责人出席了座谈会。座谈会为陕西、贵州两地文联进一步加强联络，互相学习先进经验，取长补短、共同进步，提供了一次很好的交流机会。

8月31日下午，浙江省文联党组成员、副主席、书记处书记黄先刚一行11人来陕交流座谈。省文联党组成员、专职副主席兼秘书长黄道峻，省文联党组成员、纪检组长陈普，相关处室主要负责人以及部分协会负责人出席了座谈会。双方相互介绍经验，交换认识，就进一步联络交流达成共识。

9月26日至28日，应中国文联的邀请，尼泊尔学院常务副院长、著名作家、评论家耿加乌普雷蒂带领尼泊尔学院代表团一行9人来陕访问。陕西省文联党组成员、驻会副主席高建群及陕西省评协副主席李珩、陕西省文联组联部主任王行舟、著名散文家朱鸿、著名青年作家高鸿等人会见了代表团成员，双方就尼泊尔与中国及陕西的文学创作、文学评论、诗词等方面展开会谈，并就今后陕西与尼泊尔之间的文化艺术交流达成初步意向。

7月5日至8月4日，中国音协主席、陕西省文联主席赵季平随中国文联演出团赴巴哈马、古巴、美国参加中国文化艺术节。12月4日至13日，赵季平随中国文联代表团赴土耳其、泰国进行文化交流活动。

获奖情况

2012年，陕西省文联和各文艺家协会在全国、全省评奖比赛活动中，因集体组织得力、会员技艺精湛，获得了众多奖项。

在第八届中国文联文艺评论奖中，陕西文联荣获组织工作奖。这是继2010年荣获第七届中国文联文艺评论奖组织工作奖以来再度获奖。同时由省文联组织推荐的屈健《“长安画派”绘画思想研究》、常春《唐宋女性书法文化》两篇文章荣获文章类二等奖。

由陕西文联组织推荐的中国文联关于广泛开展基层文联组织网络体系建设典型经验材料征集活动中，有10多个市县文联的典型材料获奖，省文联获组织工作奖。

3月，省文联被省直机关创建文明机关活动领导小组授予“2010—2011年度文明机关”称号。

4月，陕西省宣传思想文化调研工作2011年度表彰会在上，陕西省文联再度荣获陕西省宣传思想文化调研工作先进单位，省文联陈君峰、董静然合写的《如何发挥各类人民团体文化创造的积极性》荣获调研成果二等奖，陈普、刘平安、陈谦、李鹏飞合写的《陕西省基层文联组织建设情况调查》获优秀调研成果奖。

4月，由陕西文联组织推荐的美协、剧协两个项目荣获“2011年度陕西省宣传思想文化工作创新奖”。

7月，在省直机关首届文化艺术节上，省文联获得文艺汇演一等奖、书法美术作品各一个二等奖和优秀组织奖，在全省各单位中名列前茅。

9月，在第十六届“中国少儿戏曲小梅花荟萃”活动中，陕西省戏剧家协会推荐的小演员白昊青、何雨馨、董鑫、杨伟分别荣获了小梅花金花、银花称号，陕西省戏剧家协会荣获优秀组织奖。

9月，歌曲《又到吴起镇》（尚飞林词、赵季平曲）获第十二届全国精神文明建设“五个一工程”奖歌曲类优秀作品奖。

省曲协选送的陕北说书“总书记与咱过大年”参加了由中国曲协举办的“宝丰杯”全国曲艺大赛，荣获节目一等奖。

在第九届中国摄影金像奖颁奖大会上，省摄协的孙晋强获艺术类金像奖。孙晋强连续获得第七、八、九三届金像奖殊荣。

陕西省杂技家协会荣获第八届中国杂技金菊奖第七次理论作品奖组织工作奖；会员王海论文荣获第八届中国杂技金菊奖第七次理论作品奖优秀论文奖；会员魏征获2012中韩国际文化艺术节金奖。

民协：1月，省民协推荐的民间艺术家刘洁琼、雒翠莲、雒胜军等获“第十届中国民间文艺山花奖”。4月，在中国文联、中国民协主办的“中国秋千展演暨第十一届中国民间文艺山花奖·民间绝技绝艺(秋千)”评奖活动中，省民协推荐的陕西华阴司家秋千参加展演活动，获大赛金奖。5月，在中国民协主办的2012中国民间工艺品博览会上，陕西优秀民间艺术家获得五金三银的好成绩。6月，由省民协推荐的陕西省剪纸艺术家樊晓梅、田亚莉、涂永红三人，获得“第三届中国剪纸艺术节暨第二届蔚县国际剪纸艺术节”两个银奖，一个优秀奖。7月，在“中国首届水上民歌展演”活动中，安康民歌《汉水放船》节目参加展演并获大赛银奖。9月，在“第九届中国民间艺术节暨第十一届中国民间文艺山花奖·民间艺术表演奖（民间广场歌舞）的评奖活动”中，省民协推荐报送的绥德黄土地艺术团表演的陕北腰鼓《欢天喜地》荣获艺术节金奖。

各文艺家协会

【戏剧家协会】

中国剧协主席尚长荣与戏剧家汉中（西乡）行活动

6月11日，由省委宣传部、省文联、省剧协共同主办了“纪念毛泽东同志《在延安文艺座谈会上的讲话》发表七十周年——戏剧家汉中（西乡）行”活动。著名京剧表演艺术家、中国剧协主席尚长荣与众多陕西戏剧家，参加了本次活动。12日，在汉中市歌舞剧院举行了专场戏曲晚会。

陕西戏剧家体验生活走进基层——中菲集团采风活动

5月24日，为纪念毛泽东同志《在延安文艺座

谈会上的讲话》发表七十周年，省剧协党组书记甄亮率领我省著名剧作家、评论家赴西安中菲集团进行采风活动。采风团一行先后来到中菲畜牧业养殖基地、西安音乐舞蹈学院、西舞秦腔剧院、古代戏曲博物馆等参观采访，并就如何发展壮大秦腔事业进行了深入探讨。

陕西省第九届少儿戏曲小梅花大赛

4月24日，由陕西省文化厅、陕西省戏剧家协会主办的“陕西省第九届少儿戏曲小梅花大赛”，在陕西艺术职业学院拉开帷幕。本次大赛旨在为弘扬民族文化，培养广大少年儿童对祖国传统艺术的兴趣与爱好，促进少儿戏曲艺术教育健康发展，为陕西省戏剧事业培养和选拔优秀接班人。同时也为“第十六届中国少儿戏曲小梅花荟萃”活动推荐优秀选手 。经过激烈角逐，最终评出一等奖7名，二等奖10名，三等奖15名以及表演奖若干。

9月12日，第十六届“中国少儿戏曲小梅花荟萃”活动，在江苏泰州圆满落下帷幕。陕西省戏剧家协会推荐的小演员白昊青（西安交大一附小）、何雨馨（陕西艺术职业学院）、董鑫（存蝶艺术学校）、杨伟（周至艺术职业学校）分别荣获了小梅花金花、银花称号，陕西省戏剧家协会荣获优秀组织奖。

参加本届终审的小选手是从全国27个省、市、自治区及中直单位的近400名小演员进入了“小梅花”复赛里拔出的120名佼佼者。经过3天6场的激烈角逐，我省京剧程派青衣小选手，陕西省京剧院赵冬红老师的弟子白昊青按照比赛分数，还荣获全国业余B组“十佳小演员”称号，并参加了颁奖晚会的演出。 举办陕西经典喜剧小品鉴赏晚会和第九届陕西喜剧小品电视表演大赛。

5月5日，由省剧协等单位联合主办的“陕西经典喜剧小品鉴赏”晚会在西安人民剧院隆重举行。陕西籍小品大腕郭达、李琦、杨蕾等与我省喜剧小品表演艺术家刘远等演绎了各自的经典小品，给近千名观众献上了一场喜剧盛宴。

11月至12月，举办了第九届陕西喜剧小品电视表演大赛。

参加“喜迎十八大，全省廉政建设优秀剧目巡回演出”活动

8月至9月，由省纪检委、省监察厅、省文化厅主办，省剧协承办的“喜迎十八大，全省廉政建设优秀剧目巡回演出”活动，省剧协推荐的刘远话剧艺术中心演出的话剧《两万五》和陕西省戏曲研究院创作演出的秦腔《太尉杨震》参加巡回演出活动，陕西省戏剧家协会荣获优秀组织奖。

召开“第二届陕西地方戏曲传播研讨会”

10月13日，由西北大学、陕西省戏剧家协会主办，西北大学工会、西北大学传媒学院等承办的“第二届陕西地方戏曲传播研讨会”在西北大学召开，50多名专家学者参加了研讨会。

参加“第六届中国西北五省区秦腔艺术节”活动

11月6日至13日，“第六届中国西北五省区秦腔艺术节”在甘肃省兰州市举行。陕西省戏剧家协会作为协办单位之一，推荐陕西省戏曲研究院创作演出的秦腔现代戏《西京故事》和渭南市秦腔剧团创作演出的秦腔现代戏《关中往事》参加了“第六届中国西北五省区秦腔艺术节”，《西京故事》荣获优秀剧目奖、名列前茅，《关中往事》获优秀剧目奖。

承担《陕西省志·文化艺术志·戏剧卷》撰稿和编辑工作

7月至12月，陕西省戏剧家协会作为牵头单位，承担《陕西省志·文化艺术志·戏剧卷》撰稿和编辑工作任务。同时承担国家“十二·五”规划重点大型出版项目《延安文艺档案》第18—22卷【延安戏剧】撰稿和编辑工作任务。

【音乐家协会】

第三届“霸陵新区杯”唱我中华社区歌会

6月，第三届“霸陵新区杯唱我中华社区歌会”由陕西省音乐家协会、西安市文明办、霸陵新区等单位主办。歌会立足基层、深入社区，以“发现民间好声音，发掘身边大感动”为宗旨，秉承“爱我中华，唱我中华”的主题，采取展演、比赛相结合的方式，用歌声抒发心声，以经典献礼十八大。

歌会邀请了著名剧作家、词作家，国家一级编剧闫肃担任艺术顾问。得到了西安百余个社区的鼎力支持，数十万人现场观看了比赛，近百万人通过媒体了解赛事，参与赛事。歌会共有11大赛区，西安唱区比赛于6月16日至20日举行，角逐出的十强选手6月27日在西安举行展演，7月初赴

江西南昌参加了全国“红歌突围赛”。

佛坪秦岭大熊猫旅游节暨音乐节

7月13日至8月底，由陕西省音乐家协会、汉中市人民政府共同主办的2012中国佛坪秦岭大熊猫旅游节暨音乐节成功举行。活动以“悦动秦岭，欢乐佛坪”为主题，首次融入了音乐、原生态艺术等元素，融极致音乐、完美生态、乐和体验为一体，全力挖掘和弘扬“快乐、健康、环保、科学、和谐”的大熊猫文化。

7月13日，中国佛坪秦岭大熊猫音乐节开幕式隆重举行，音乐节上哈萨克斯坦国家功勋歌舞团带来了异域风情歌舞《怒放》，王向荣、乌兰托娅、吴含等知名歌手和米卓、翟莉等本土歌手表演了《山丹丹开花红艳艳》等歌曲。陕西省人大常委会副主任白阿莹、省政协副主席张生朝、省政协原副主席纪鸿尚等领导出席了开幕式。

《在灿烂的阳光下》大型群众歌会

9月27日，由中共陕西省委宣传部、陕西省文明办主办，陕西省音乐家协会、陕西广播电视台承办的大型群众歌会——《在灿烂的阳光下》在长安大学体育馆成功举办。《在灿烂的阳光下》大型群众歌会是陕西省迎接新中国成立63周年和中国共产党第十八次全国代表大会胜利召开的大型群众文化活动。

歌会以建党、建国、改革开放为基本时间线索，挑选了18支相应时代流行的、人民群众耳熟能详的主旋律歌曲为主要构成内容，分为：序、《红军不怕远征难》《延安颂》《江山》《党啊！亲爱的妈妈》，尾声六个部分：演出了《七律·长征红军不怕远征难》《保卫黄河》《延安颂》《又到吴起镇》《祖国颂》《把一切献给党》《党啊！亲爱的妈妈》《阳光路上》等经典作品，通过舞蹈、领唱、朗诵、舞蹈剧配合合唱团演唱的形式来呈现，讴歌党的光辉历程、讴歌改革开放和现代化建设事业，激发陕西各级党员干部群众的热情和干劲，为党的十八大献礼。同时，活动精心挑选了23支合唱团体参演，成员包括了工人、教师、职工、军人、学生以及少年儿童和社会各界代表，歌会参加演出人数近2000人，演职人员总数达到了2500余人，演出规模为近年来陕西省同类活动之最。

省直机关首届文化艺术节

9月6日至28日，省音协承办的省直机关首届文化艺术节成功举办。文化艺术节共持续了20天，既有高层次机关文化建设理论研讨，又有文化艺术名家与机关文化工作者及爱好者的互动交流，是对机关文化建设成果全方位、多角度、立体式地集中检阅。

9月6日，开幕式暨赵季平作品音乐会在西安人民剧院举行。音乐会由我国著名青年指挥家肖超担任指挥，上演了《长安社火》《古槐寻根》《大宅门写意卢沟晓月》《乔家大院》以及选自《大漠孤烟直》的《音诗觅》等大家耳熟能详的曲目。省委宣传部常务副部长、省文明办主任晏朝，中国音乐家协会主席、陕西省文联主席、西安音乐学院院长赵季平，省直机关工委书记李顺民参加了艺术节开幕式。

9月21日，省直机关首届文化艺术节“喜迎十八大”文艺汇演在西安易俗大剧院隆重举行。来自省直机关37个单位的44个节目、近700名机关干部职工参加了汇演，省直机关有关部门领导同志和1000余党员干部观看了上、下午两场汇演。

9月28日，闭幕式暨颁奖晚会在西安广电大剧院隆重举行。136家单位和个人分获各类奖项，同时还评选出优秀组织奖15家，并对本届文化艺术节部分获奖作品——唢呐与舞蹈《喜庆的日子》、民乐合奏《欢庆》、男声四重唱《公务员之歌》、歌伴舞《阳光路上》等进行了展演。

据统计，省直机关93家单位、6000多名党员干部参与了此次艺术节，征集作品1400多幅，文艺节目近200个，直接参与展演的艺术家、文艺工作者和文艺爱好者上千人，现场观众超万人次。

第14届卡西欧“全国少年儿童电子琴数码钢琴大赛”陕西选拔赛

6月2日至3日，第十四届卡西欧“全国少年儿童电子琴数码钢琴大赛”陕西赛区比赛在西安成功举办。赛前，省内各地相继进行了预选赛。全省约500余名选手参加了预赛，共158名选手进入复赛阶段的比赛。

作为国内最具规模和最具有影响的全国性电子琴赛事，它推动了我国少儿电子琴教育的发展，同时形成了一支献身儿童音乐教育、经验丰富的教师队伍。比赛设立了一、二、三等奖、琴童奖、最佳创作奖、优秀创作奖等奖项。获得一

等奖的选手8月份代表陕西赴新疆乌鲁木齐参加了全国总决赛。

全国音乐考级陕西考区

7月下旬至8月底，2012年中国音协音乐考级陕西考区各项工作圆满结束。此次考级开设了钢琴、小提琴、手风琴、电子琴、萨克斯、单簧管、长笛、二胡、琵琶、古筝、成人歌唱和少儿歌唱等专业。在全省各地市开展考级活动40余场次，期间举行了基层社会音乐教育师资培训、考级学生汇报展演等系列活动，全省有超过万名琴童和基层教师参加了各项活动。

“高雅艺术进校园——赛乐尔钢琴陕西高校巡演暨陶敏霞教授钢琴音乐会”

9月初开始至10月20日，由陕西省音乐家协会主办的“高雅艺术进校园——赛乐尔钢琴陕西高校巡演暨陶敏霞教授钢琴音乐会”分别在西安音乐学院学术厅、陕西师范大学音乐学院、西安文理学院、咸阳师范学院、宝鸡文理学院等高校举行。陶敏霞是西安音乐学院钢琴系教授，是西北地区很有影响的钢琴演奏家，教育家。高雅艺术进校园活动的开展，对加强和改进大学生思想政治教育，构建丰富多彩、健康高雅的校园文化，大力弘扬社会主义荣辱观，进一步培养大学生的爱国情怀，激发大学生的创新精神起到了不可低估的作用。

【美术家协会】

“陕西人文千年重大题材美术创作工程”

“陕西人文千年重大题材美术创作工程”，旨在充分发挥陕西省美术家的聪明才智，调动美术团体和美术工作者的积极性，通过支持和鼓励艺术家创作，推出一批以历史题材为主体内容的作品，反映陕西周秦汉唐以来的重大历史事件、历史史实、涌现出的杰出人物和文明成果，弘扬爱国主义精神和民族优秀文化精神，展示陕西美术群体实力和创作成就，满足人民群众日益增长的文化需求。创作出的所有作品归国家所有，并由国家的收藏机构收藏和陈列。

省美协作为此项工程的承办单位积极筹划和准备，2012年，在征求各方意见的基础上，列出145个选题，并在各大主流媒体及陕西省美术界发出公告，征集创作草图150余幅，经艺术委员会两次审议讨论征集草图，初步确定创作草图150件（幅）。

“陕西省美术家协会名家艺术展播中心”

陕西省美术家协会名家艺术展播中心是全国首家以省级美术家协会为主导并发起的，区别于国家美术馆和私人画廊的艺术品展示机构，在推动陕西美术事业的发展、探索新的文化产业发展模式方面具有积极的意义。陕西省美术家协会名家艺术展播中心是陕西美术基础建设和艺术管理的最新成果，旨在开拓、规范和净化陕西艺术品市场，倾力打造艺术与社会，艺术与市场之间的专业展销平台。

9月2日，揭幕仪式在西安希尔顿酒店举行。陕西省委常委、宣传部部长景俊海等领导和陕西文化界名人400多人出席了开幕庆典。陕西省美术家协会名家艺术展播中心将常年陈列展出包括中国画、油画、版画、水彩、雕塑、漆画、农民画等各个门类陕西名家作品。集中反映着当代陕西美术的学术阵容、创作成果和探索方向。有助于社会各界更为全面地了解陕西美术创作队伍的基本概况。4000多平方米的展播大厅及系列配套设施不仅为全国美术界提供了一个多功能的交流平台，也为业界提供了一个集艺术品欣赏及交易的殿堂。

展览

3月2日，由陕西中华文化促进会、西安曲江新区管理委员会、陕西省美术家协会、周至县人民政府联合主办，西安曲江文化产业发展中心与西安美术馆共同承办的“以行观道·以道观行——道教美术展”在西安美术馆开展。展览以道教文化为主题，是第一届“西安楼观·中国老子文化节”重要活动之一。这次展览以陕西作品为主，分为“早期道教艺术”、“道教建筑艺术”、“道教造像艺术”、“道教壁画艺术”和“当代道教美术作品”几个部分。

5月5日，为了纪念毛泽东同志《在延安文艺座谈会上的讲话》发表七十周年，庆祝陕西省花鸟画研究会成立十周年，陕西第三届中国花鸟画作品展在西安美术博物馆隆重召开。此次画展是继第二届花鸟画展之后，全省花鸟画界最近创造成果的一次亮相与展示活动。338件作品是从600多名画家的作品中精选出的。其中有80多岁的画坛名宿，20多岁的画坛新秀，名扬海内外的大家与许多实力中坚人物。作品题材广泛，形式多样，精品迭出，呈现出繁荣似锦的盛世景象。

5月17日，“西安中国画院最具影响力画家九人联展”在曲江西安通元开宝艺术馆隆重举行。参加此次展览的九位画家分别是：刁呈健、骆孝敏、王建树、李新安、杨霜林、李敏、王犇、邵泳、孙宏涛。作为画院的中坚力量，他们以精湛的美术技艺，各具特色的表现手法，为观众奉献了一幅幅精妙绝伦的美术作品。本次展览展期五天，并实行签约现场销售制度。

5月23日上午，西安美术学院纪念毛泽东同志《在延安文艺座谈会上的讲话》发表70周年大会暨思想的力量——解放区木刻文献展、延安木刻考察实录、陕西省第八届版画展开幕式在西安美术学院美术馆隆重举行。此次“思想的力量——解放区木刻文献展”集中展示了自1937年至1949年，全国各个解放区的著名版画家以及陕西省和西安美术学院在延安时期的老一辈版画家的代表作品，共130件。作品以平版印刷方式进行复制，按照版画的表述形式，还原解放区木刻的风貌。陕西省第八届版画展，汇集了全省各市作品共85件。此次展览集中展示了陕西省版画创作的整体水平和西安美术学院的版画教学成果。

5月23日至28日，由陕西省美术家协会主办的《第七届陕西省版画作品展览》在西安美术学院西部美术馆举办。

6月24日，由陕西省美术家协会、陕西省国画院等主办的“纪念毛泽东在延安文艺座谈会上的讲话发表70周年暨吕少华西安大型山水画展”在陕西省美术博物馆举行。

8月13日，由省委统战部、延安市委市政府、省美协主办的“笔墨千秋情，‘同心’一家亲——海内外百名画家写意延安”活动在延安拉开帷幕。展览结束之后，承办方陕西天龙拍卖有限公司将对部分入选的书画作品进行拍卖，所得款项全部捐赠延安光彩事业。

8月25日，由陕西省文学艺术界联合会、陕西省美术家协会、陕西省美术博物馆、陕西美术事业发展基金会主办的“情系西域 翰墨人生”——西域风情画派创始人徐庶之逝世十周年纪念展暨《中国近现代名家画集》首发仪式在陕西省美术博物馆举行。

8月31日，由中国美术家协会、上海市美术家协会、陕西省美术家协会、西安美术学院、陕西省美术博物馆联合主办的“视而非见——卢辅圣艺术展”，在陕西省美术博物馆盛大展出。本次展览以全新的艺术理念对卢辅圣先生的艺术思想进行了认真梳理，以一种全新的方式来探索一种不同于以往的艺术呈现与交流样式，是一次成功的南北艺术对话。

11月8日至10日“人口文化书画、摄影作品展”由陕西省人口和计划生育委员会、陕西省文学艺术界联合会联合主办，省美协承办，在亮宝楼展出。

【书法家协会】

1月18日，省书协与《西安晚报》联合组织优秀书法家赴户县为群众义写春联，十余名书家参加此次活动，共义务写春联300余幅。

4月5日至7日，陕西省书协与上海市书协联合主办的“首届‘国粹杯’全国书法篆刻大奖赛”评选工作在上海举行，陕西省史星文等12名评委参加评审。经过认真公证评选，从8260幅书法作品中共评出获奖作品147幅。

4月12日，首届“国粹杯”全国书法篆刻大赛获奖作品展在上海市普陀区美术馆隆重开幕。省书协主席雷珍民出席开幕式并致辞。

7月23日，中国“柳公权杯”书法作品展评审工作在铜川举办，省书协组织评委对参赛作品进行了严格评审，共评选出入展作品200幅，其中优秀作品20幅。

7月31日，省书协主席雷珍民带领书法名家王定成、李杰民、李艳秋、陈建贡、曹科、史星文、石瑞芳、张魁、马文彦等，先后到西安卫星测控中心和省武警总队慰问人民子弟兵，现场挥毫，武警总队队长、中国书协理事王春新一同参与慰问，书家共创作作品300余幅。

11月24日，陕西省“第三届书法篆刻临作展”在陕西书画院展览馆隆重开幕。共展优秀临作500幅。省政协主席周一波；省人大常委会原副主任白云腾；政协原副主席张保庆及书法家吴三大等出席，省文联副主席兼秘书长黄道峻讲话。两年一届的临作展是省书协发展战略的重要举措。临帖展将为陕西书法注入活力，对实现书法大省向强省迈进将起到积极的推动作用。

12月28日，由中国书协展览中心主办、柏豪公司承办、省书协协办的“中华龙文化全国书法展”在宝鸡开幕。省文联、省书协领导陈普、雷珍民等出席。此展共展作品308幅，其中优秀作品29幅。

【电影家协会】

9月27日，陕西省电影家协会联合西安大唐西市文化产业投资有限公司、西安五洲文化传播有限责任公司，首次推出陕西微电影大赛，举办了隆重的启动仪式。全方位、多角度地展示当代中国开放、包容、海纳百川的气魄与胸怀，展现目前最具国际色彩与丝路风情的西部文化，着力打造“西市文化、最中国、最时尚”的微电影文化赛事。此次微电影大赛从9月27日至11月30日开始作品征集工作，11月30日至12月24为电影送审、评选及入围影片公布，12月24日，举行获奖影片颁奖典礼。

12月中旬举办了“陕西电影突破与发展交流研讨会”。

【电视家协会】

3月下旬，陕西电视台与台湾中视联合摄制中华民族海内外同胞联合祭祖大典，陕西视协推荐五位理事组成赴台采访拍摄组，与台湾中视洽谈黄陵中华大祭祖联合转播相关事宜，并采访台湾有关名流。

纪念毛泽东同志《在延安文艺座谈会上的讲话》发表70周年，中央电视台、中共陕西省委宣传部、陕西省广播电影电视局、陕西广播电视台联合摄制的大型文献纪录片《大鲁艺》于5月19日，在中央电视台十套晚间黄金时间以特别节目的方式首播，《新闻联播》给予了重点预告后，引起强烈的社会反响。陆续多频道、多波次播出《大鲁艺》。5月27日，大型文献纪录片《大鲁艺》创作研讨会在中国文艺家之家召开，来自中宣部文艺局、中国文联、中国视协及业界专家学者和嘉宾出席了会议。

组织第十一届陕西电视金鹰奖评委会，由省文联、视协、地市台领导及院校专家等组成的十一人评委委员，于6月15日至20日在青海贵德对65件电视作品进行公正、认真的评审。选出44件获奖作品，其中一等奖7件，二等奖13件，三等奖24件。天下黄河贵德清，组织评委委员游览清澈见底的蓝色黄河，参观了国家地质公园、贵德南海殿观音像、中华福运轮、乜纳塔、塔尔寺、青海湖，感受大美青海之蓝天白云、高原湖泊及青青牧场。

8月27日，第十一届陕西电视金鹰奖颁奖典礼暨优秀电视节目论坛活动在西安举行。来自陕西省电视工作者代表共享盛会。

陕西省电视艺术家协会推荐参评中国第二十六届金鹰奖作品共28件，西安电视台《过河》获电视纪录片提名奖，《过河》编导宋陟刚获电视纪录片编导提名奖。

响应省委宣传部及省文联开展的各项评选等活动，报送的电视剧《硝烟背后的战争》，获陕西省第十二届“五个一工程”奖；申报参评陕西省宣传思想文化工作创新奖的作品是纪录片《陕西故事》。

【摄影家协会】

举办了北京摄影函授学院陕西分院第23期摄影培训，招收学员30余人。

完成首届麟游“九成宫”杯全国摄影大奖赛的评选工作。

5月20日在碑林博物馆举办了邢建民《家园》专题摄影展及画册首发仪式。

9月23日在西安美术馆举办李泛个人摄影作品展。10月在西安美院举办吴伟个人摄影作品展。

9月组织会员参加观看平遥国际摄影节。10月组织会员参加观看济南国际双年展。

【民间文艺家协会】

5月10日至14日，由中国民协、中共榆林市委宣传部、榆林市文联主办，陕西省民协、榆林市民协承办的晋陕蒙优秀秧歌伞头选拔赛暨培训活动在陕西省榆林市成功举行。

5月31日，由陕西省民协与东莞莞城美术馆共同主办的“秦风艺韵——陕西民间工艺作品展”在东莞市莞城美术馆隆重开幕。本次展览从5月31日到7月1日，为期一个月，共展出10多个类别200多件陕西民间工艺精品。展览通过实物、图片、通俗易懂的文献资料的展示，重点介绍和推广陕西独特的民间艺术，让南方的观众在观赏的同时深入了解有关陕西民间艺术的历史与知识，同时还开展了陕西民间艺术进校园、泥塑现场体验等多种形式的互动体验活动。

【曲艺家协会】

参加了由中国曲协在安徽合肥市举办的中国曲艺“牡丹奖”大赛，省曲协选送的由省会员赵阳、安君韬表演的陕西快板《咱们陕西嘹的太》和《夸庆阳》获新人入围奖，并在中央电视台进行展演。

组织主席团召开关于《陕西文化艺术志》曲艺部分的撰写工作，成立了专门小组，落实了编撰人。

开展曲艺艺人技术评级工作，年底结束了陕北片工作。

【杂技家协会】

1月应台湾中华道统协会邀请，赴台湾演出23场，受到承办方和各界人士高度称赞，中央四台作了专题报道。

6月2日，召开了陕西省第四届大学生魔术研讨会。

6月29日，组织会员赴陕汽总厂魔术杂技精品演出。

11月4日在革命公园举办“喜迎十八大，魔术杂技下基层”演出，陕西新闻联播、陕西五台作了专题报道。

继续魔术进校园活动，在西安市铁一中举办魔术班。

甘肃省文联

综　述

2012年是甘肃省文艺事业和文联发展历程中具有特殊意义的一年。一年来，在中国文联和甘肃省委、省政府的正确领导下，在省委宣传部的指导下，甘肃省文联团结广大文艺家，努力开拓创新，积极进取，各项工作都取得了新的成绩，为促进甘肃文化大省建设做出了积极贡献。

2012年，甘肃省文联在工作中呈现出一些新特点：一是进一步扩大联络范围，延伸协调手段，提高服务质量，初步形成全省文联一盘棋的格局；二是进一步发挥文联各协会和基层文联的作用，进一步体现了文联各团体会员在文联工作和文艺事业全局中不可替代的重要作用，促进了文艺创作、评论、展演等一系列活动的繁荣发展；三是开创性地举办了一系列全国性的大型文艺活动，进一步加大了通过文艺或借助文艺活动的影响力宣传甘肃的工作力度；四是突出“效能风暴”和“双联”行动工作重点、服务省委工作大局，进一步强化了内部建设和基础管理，工作规范、工作质量、工作作风有了明显改观。

会议与活动

【中国美术家协会2012年工作会议】

2月11日，2012年中国美术家协会工作会议在兰州隆重召开。甘肃省委书记、省人大常委会主任王三运出席大会并致辞。省委副书记、省长刘伟平，省委副书记欧阳坚，省委常委、省委宣传部部长连辑，省委常委、省委秘书长刘立军，副省长咸辉等省领导出席大会。

中国文联党组成员、副主席冯远，中国文联副主席、中国美协主席刘大为以及来自全国各省市的美协主席、秘书长等代表共120余人参加了本次工作年会。

王三运书记在致辞中代表甘肃省委、省政府，对莅临会议的代表表示热烈欢迎，对会议的胜利召开表示热烈祝贺。冯远、刘大为也发表了讲话。中国美协各团体会员对各自2011年的工作业绩和2012年的工作计划进行了简要的汇报。并在交流工作经验、拓展工作思路、开展相互合作等方面进行了深入探讨。会后代表们赴甘南采风。

【四届十六次全委会及主席团会议】

3月15日，甘肃省文联召开四届十六次主席团会议，审议通过了省文联四届十六次全委会工作报告、全委会各项议程，以及增补部分文联委员的决定。会议由省文联党组书记、副主席马少青主持，省文联顾问、主席团成员等参加了会议。

主席团会议结束后，省文联召开四届十六次全委会。中共甘肃省委常委、宣传部部长连辑出席大会并讲话，省委宣传部副部长高志凌主持会议。省文联党组书记、副主席马少青，省文联党组副书记、副主席孙周秦，省文联党组成员、副主席张永基、翟万益，省文联副主席马自祥、孔庆浩、尕藏才旦、许琪、张文轩，省文联顾问谢富饶出席了大会。

省文联党组书记、副主席马少青作了题为《振奋精神，务实创新，努力推动甘肃文艺事业大发展大繁荣》的工作报告，从五个方面回顾总结了2011年省文联工作，从六个方面部署了2012年省文联工作任务。大会表彰了甘肃省第二届“德艺双馨”文艺家，丁如玮等33人荣获“甘肃省中青年德艺双馨文艺工作者”荣誉称号；增补了郭成录、张使任、汪小平、刘梅璞4人为省文联委员。

会上，中共甘肃省委常委、宣传部部长连辑作重要讲话。连辑部长在充分肯定了省文联2011年工作的同时，对今后的工作提出了新的要求，一是要深入学习贯彻十七届六中全会、中国文联九次文代会、中国作协八次作代会以及省委十一届十四次全委会议精神；二是要抓好精品创作；三是要抓好人才队伍建设；四是要加强与外界的交流互动；五是要加强地方文联和系统文联工作；六是要加强文联自身建设。

【“敦煌画派”学术报告会】

2月10日，“敦煌画派”学术报告会在兰州召开，报告会由甘肃省委常委、宣传部部长连辑主持，中国文联党组成员、副主席冯远就打造“敦煌画派”作了重要的学术性报告。

连辑部长在讲话中说，敦煌是国内外艺术家们关注和向往的地方。莫高窟中难以计数的历代壁画让一代代艺术家扎根大漠，痴心临摹，潜心研究。从张大千、常书鸿、段文杰等前辈艺术家一直到今天，敦煌艺术在几代画家的笔下得到了传承和发扬。他们用笔墨丹青让敦煌“飞天”在中国艺术天空绚丽起舞，并且漂洋过海，走向了世界各地。仔细研究敦煌壁画，其中包含了西域色彩和佛教文化，这种开放的艺术形态也源于与其他国家艺术文化的交流碰撞。目前，我们首先需要将“敦煌画派”进行学术定位，在现有基础上作出新的传承，在与省委领导沟通协商之后，针对我省敦煌文化遗产保护的创新、美术发展中的整理和研究，才能使历史的遗产在新的时代感召下发挥出新的光彩。

冯远在报告中重点围绕挖掘甘肃文化艺术资源、打造“敦煌画派”，谈了自己的认识和思考。冯远说，国运兴、文运兴，甘肃在建设文化强国的时代背景下，在建设文化大省过程中，在美术界提出集全省文艺界集体的智慧、能力来创造一个现代的敦煌艺术品牌，这是一个非常令人振奋的学术命题，也是时代赋予甘肃文化界的一个全新的历史使命。他衷心地希望，在甘肃省委、省政府的积极推动下，在各级文化主管部门的支持下，在广大文艺美术工作者的努力下，在社会各界的关注和支持下，“敦煌画派”能早日成为一个有影响的画派。

【纪念毛泽东同志《讲话》发表70周年座谈会】

5月17日下午，由中共甘肃省委宣传部、甘肃省文联、甘肃日报社联合主办的“纪念毛泽东同志《在延安文艺座谈会上的讲话》发表70周年”座谈会在兰州举行。中共甘肃省委宣传部副部长高志凌，甘肃省文联党组书记、副主席马少青，省文联党组副书记、副主席孙周秦，省文联党组成员、副主席张永基等和百余名省城文艺界人士欢聚一堂，重温《讲话》精神，谋划甘肃文化发展。

座谈会上，与会代表结合工作实际畅谈对文艺工作的认识实践和心得体会，并表示要准确把握“二为”方向和“双百”方针，努力开创我省文艺事业的新局面。甘肃省歌舞剧院院长陆金龙、一级编剧肖媄鹿、作家弋舟等代表分别就自己的创作经验阐述《讲话》的指导意义。省委宣传部副部长高志凌指出，文艺工作一定要坚持社会主义文化前进方向，唱响社会发展和时代进步的主旋律；要贴近现实生活，推出人民群众喜闻乐见的精品佳作；要坚持德艺双馨标准，建设一支高素质文艺工作者队伍；坚持继承创新，努力开创我省文艺事业的新局面。

座谈会上，颁发了第四届黄河文学奖。同时，甘肃省书协对2009年5月到2012年3月期间在中国书协主办的各项展览中获奖以及在届展、兰亭奖等书赛中入展的作者进行了表彰奖励。

【纪念《讲话》发表70周年花儿会采风暨研讨活动】

5月18日，由中国文联、中国民协、中共甘肃省委宣传部、甘肃省文联联合主办，甘肃省民协、临夏州文联、中共和政县委、和政县人民政府联合承办的“纪念《讲话》发表70周年花儿会采风暨研讨活动”在和政县举行。中国民协副主席马雄福，中国民协分党组成员、副秘书长吕军，中共甘肃省委宣传部副部长高志凌，甘肃省文联党组书记、副主席马少青等领导以及来自省内外的30多位花儿研究专家和音乐家参加了本次活动。

在5月18日下午举行的研讨会上，北京师范大学刘铁梁教授，中国艺术研究院苑利研究员、中国传媒大学刘晔媛教授，北京大学高丙中教授，中国社会科学院文学研究所贺学君研究员以及兰州大学柯杨教授，西北师大彭金山教授，西北师大张君仁教授等多位专家就“花儿”的活态保护与传承等、发展与创新等方面的议题做了精彩发言。

【甘肃省文联“双联”书画义卖捐赠活动】

5月18日，甘肃省文联组织近40名书画家赴临

洮县八里铺镇高庙村举行“双联”行动书画义卖捐赠活动。活动现场，书画家们在教室搭建的临时创作室内，现场为当地干部、群众创作书画作品，并免费赠送。另一个教室内，墙壁四周挂满了省内知名书画家的作品，省文联秘书长王登渤执锤主持拍卖，10多名当地企业家踊跃举牌竞购。通过本次书画义卖活动，共筹集资金30万元，全部用于高庙村的村级道路建设。

省文联党组书记、副主席马少青，党组副书记、副主席孙周秦，党组成员、副主席张永基，省文联相关部门负责同志，书画家樊威、林涛、巫卫东、左和平、刘满才、秋子等，以及定西市、临洮县、八里铺镇有关领导、负责人参加了本次书画义卖捐赠活动。

【甜蜜家园——汪玉良花鸟画展】

5月9日上午，由中共甘肃省委宣传部、甘肃省文联主办，兰州市文联、甘肃省美协、甘肃省丝绸之路协会协办的“甜蜜家园—汪玉良花鸟画展”在甘肃省艺术馆开幕。中共甘肃省委宣传部副部长高志凌，省文联党组书记、副主席马少青，省文联党组副书记、副主席孙周秦等领导出席开幕式。

汪玉良，号唐汪川人，1934年出生于临夏东乡族的一个农家，是原甘肃省文联副主席，中国作协会员，国家一级作家。文学作品曾获两届全国少数民族文学评奖一等奖、全国少数民族文学“骏马奖”一等奖、冰心图书奖，2006年被中国文化部文化艺术研究院授予“中国艺术名家”称号并颁发“终身荣誉”证书。2010年获中国作家协会颁发的文学创作六十年荣誉证书，同年获甘肃省委省政府文艺终身成就奖。

开幕式结束后，来自省委宣传部、甘肃文艺界的书画艺术家以及社会各界的朋友参加了汪玉良花鸟作品研讨会。研讨会由省文联党组书记、副主席马少青主持。

【2012年中国书协组联工作会议】

7月11日上午，由甘肃省书协承办的“2012年中国书法家协会组联工作会议”在甘肃省瓜州县召开。中共甘肃省委常委、宣传部长连辑，中国书法家协会分党组书记、驻会副主席赵长青，中国书法家协会副主席张改琴，省委宣传部副部长高志凌，省文联党组书记、副主席、省书协主席马少青，省文联党组成员、副主席、省书协副主席张永基，酒泉市委常委、宣传部长杨小丽，瓜州县领导马世林、方学贵等出席会议。

连辑部长在讲话中向会议的召开表示祝贺，向中书协对甘肃文化书法事业的关心支持表示感谢。会上，中书协党组成员、副秘书长潘文海传达了中书协六届三次理事会精神；中书协党组成员、副秘书长张陆一安排了中书协下半年工作；中书协展览部主任刘恒对协会展览工作相关事项做了说明。

此次会议7月10日开始，7月14日结束，来自全国各地的书法名家及各省驻会副主席及秘书长参加实地采风、参观草圣故里文化产业园等活动。

【第九届全国高校京剧演唱研讨会暨全国高校京剧周】

7月20日，由中共甘肃省委宣传部、甘肃省文联、全国高校京剧委员会联合主办，甘肃省剧协、甘肃省职业与成人教育协会、甘肃省联合国教科文组织协会、甘肃省京剧艺术研究促进会、兰州市教育局和兰州职业技术学院6家单位承办的第九届全国高校京剧演唱研讨会暨全国高校京剧周开幕。中共甘肃省委常委、宣传部部长连辑出席开幕式，甘肃省文联党组书记、副主席马少青主持开幕式。

著名京剧表演艺术家孙毓敏担任评委会主任，全程亲临指导评比工作，著名京剧表演艺术家陈美华女士、陈霖苍先生也亲临指导。本次活动有来自全国22个省市自治区76所高校参与，其中包括清华大学、南开大学、复旦大学、中国戏曲学院、西安交通大学、兰州大学等名校。活动期间还举办了理论研讨会1场，京剧讲座1场，大会收到论文33篇，结集出版论文集1部。经过3天的激烈角逐，本次活动共评出一等奖23人，二等奖30人，三等奖27人，展演奖5人，演出奖16个，特殊贡献奖5个，组织奖36个。

【甘肃省文联走进农村慰问电影放映活动】

8月6日至7日，甘肃省文联党组副书记、副主席孙周秦带领甘肃省电影家协会干部一行，前往临洮县八里铺镇高庙村的乡村田野，为乡亲们送去了“联村联户、为民富民”——甘肃省文联走进农村慰问电影放映活动。此次慰问放映活动，是省文联为全面贯彻落实省委关于“联村联户、为民富民”号召的一次践行活动。下乡期间共放映了深受观众喜欢的影片4部：《日照好人》、《一个独生女的故事》、《新来的李老师》、《小小擦鞋匠》。此次电影下乡慰问活动的开展，进一步加强了广大双联干部与帮扶村社和帮扶对象的紧密联系，丰富了村民的精神文化生活。

【第九届中国民间艺术节】

9月12日至15日，由中国文联、中国民协、甘肃省人民政府主办，中共甘肃省委宣传部、省文联、中共平凉市委、市人民政府、甘肃省民协承办的第九届中国民间艺术节在平凉市举办。中国文联党组书记、副主席赵实，甘肃省委书记、省人大常委会主任王三运分别为艺术节发来贺信。中国文联党组副书记、副主席李屹，中国民协分党组书记、驻会副主席罗杨，中共甘肃省委常委、宣传部长连辑，省政协副主席孙效东、张景辉，省委宣传部常务副部长张建昌、副部长高志凌，省文联党组书记、副主席马少青等领导参加了开幕式并观看了演出。广东卫视、江苏卫视、东方卫视、陕西卫视、河南卫视、深圳卫视、宁夏卫视、青海卫视等多家新闻媒体对艺术节盛况进行了报道。

在12日上午举行的艺术节开幕式上，来自全国各地的400多位民间艺术家向观众进行了精彩的艺术展示和表演，内蒙古的《安代舞》、辽宁的《高跷秧歌》、广东的《鳌鱼舞》等具有浓郁民族特色的广场歌舞表演为观众献上了一台艺术盛宴。

第十一届中国民间文艺山花奖·民间广场歌舞评奖是本届艺术节最重要的内容。12日下午，由各省民协初选推荐、中国民协复选后获得参赛资格的广东、云南、贵州、四川、辽宁、甘肃等省的16支民间艺术表演队伍齐聚崆峒古镇，角逐山花奖。

在第九届中国民间艺术节期间，还举办了中国·平凉崆峒文化旅游节，主要内容有平凉地方民间文化艺术系列展演，崆峒山书画、摄影、诗词、歌赋采风，十大名校学生民间艺术传承之旅采风团走进平凉，世界旅游形象大使走进崆峒山，中国主流媒体聚焦平凉等系列活动。

【西部题材影视剧本推介会暨西部影视创作论坛】

6月19日，由中国电影艺术研究中心、甘肃省影协、甘肃省视协、兰州广电总台主办的“西部题材影视剧本推介会暨西部影视创作论坛”在兰州举行。全国政协常委、中国文联副主席、中国视协主席赵化勇，中视协分党组书记、驻会副主席张显，中视协分党组副书记、秘书长王峰，分党组成员、副秘书长张彦民，中国影协分党组副书记、秘书长许柏林，中国电影艺术研究中心（中国电影资料馆）副主任饶曙光，甘肃省文联党组书记、副主席马少青，甘肃省委省政府和兰州市委等相关单位的领导，影视界的专家学者，在兰各大新闻媒体等100多人参加会议。会议由甘肃省文联党组副书记、副主席孙周秦主持。

论坛会上邀请了饶曙光、许柏林、张思涛、赵卫防、曲士飞、俞小一、李相、张锐8位全国著名影视专家、学者、编剧在论坛上就当前国际与国内影视创作趋势与特点以及如何促进与提高西部影视产业发展与创作问题进行了阐述。

【全国卫视看甘肃】

由中共甘肃省委宣传部、中国视协联合主办的“全国卫视看甘肃”大型主题采访活动于6月19日至6月30日在陇原大地全面展开，来自中央和全国各省区市37家电视媒体的近百名记者参加了此次采访活动。

6月19日上午，“全国卫视看甘肃”大型主题采访活动启动仪式在兰州举行。甘肃省委书记、省人大常委会主任王三运宣布“全国卫视看甘肃”大型主题采访活动启动并向媒体代表授旗。全国政协常委、中国文联副主席、中国视协主席赵化勇出席启动仪式并讲话。省委副书记欧阳坚，省委常委、省委宣传部长连辑，省委常委、副省长咸辉，省人大常委会副主任崔玉琴，省政协副主席栗震亚，中国视协分党组书记、驻会副主席张显等领导同志出席启动仪式。连辑在启动仪式上致辞，咸辉主持启动仪式。启动仪式后，王三运又会见了赵化勇一行，并接受全国卫视看甘肃媒体的联合采访。当晚，省委常委、宣传部长连辑就“建设华夏文明保护传承和创新发展示范区”作专题介绍并回答了记者提问。

6月20日至30日，在历时10天的活动中，来自中央及全国各地电视媒体的近百名记者分三路，在甘肃省14个市州进行了采访。

【甘肃诗歌八骏上海论坛】

2012年12月26日至28日，由中共甘肃省委宣

传部、上海市委宣传部、上海市作协、浙江省作协、甘肃省文联、《文学报》和甘肃省文学院等单位联合主办的“甘肃诗歌八骏上海论坛”、“云水与天马——浙江甘肃诗人杭州峰会”分别在沪杭两地举行。中国作协副主席高洪波赋诗祝贺：“八骏喜踏浦江滨，江风海涛洗诗心。携得潮讯归皋兰，挥毫需待又一春。”上海市委宣传部副部长陈东，甘肃省委宣传部副部长高志凌，上海市作协党组书记孙颙，甘肃省文联党组书记、副主席马少青，以及臧建民、马文运、翟万益等主办单位的领导同来自北京、辽宁、四川、湖北、河南、浙江、上海的诗人、评论家叶延滨、赵丽宏、褚水敖等学者、专家50余人出席论坛活动。论坛开幕式由甘肃省文联党组书记、副主席马少青主持，论坛学术主席由《文学报》社长、总编陈歆耕和中国诗歌学会副会长、甘肃省文学院名誉院长叶延滨联袂担任。

创作与研究

【甘肃红色创作年活动】

根据2012年初中共甘肃省委宣传部等7家单位联合印发的《甘肃红色创作年活动实施方案》要求，省文联牵头承担了红色歌曲、红色往事、红色故事、红色书法、红色美术、红色图片创作活动六项任务。并以此为重点，认真谋划创作选题，并成立涵盖各基层文联、产业、企业、行业文联的不同艺术门类的创作领导小组，明确创作任务，责任到人。同时积极组织艺术家到陇东革命老区、红军长征纪念地以及全省生产建设第一线采风创作。创作了一批反映中国共产党革命历程和在党的领导下陇原大地发生深刻变化的文学、戏剧、音乐、美术、书法、电影、电视、民间工艺等各类优秀文艺作品，在全省全国各类杂志报刊发表，或被搬上舞台、银幕、荧屏。《飞天》、《甘肃文艺》等甘肃省文联所属文艺刊物在正常刊发优秀作品的同时还出版了红色创作专号，并出版了各艺术门类的作品专集。还举办了一系列红色创作为题材的采风、笔会、研讨和展览活动，一批优秀作品如话剧《上南梁》、电影《生死金天鹅》等获得全国和全省各类文艺奖项，特别是在敦煌文艺奖、省社会科学奖等评奖活动中屡获殊荣。

【第四届黄河文学奖评选和颁奖】

第四届黄河文学奖共征集到甘肃省作者2010年至2011年在国内公开发表或出版的5个大类的文学作品296部（篇、首）。参评作者总计288人，其中少数民族作者21人，占总人数的7%。参评作品在一定程度上代表了甘肃省两年来文学创作最高水平，是全省文学创作成果的一次集中展示和检阅。

【甘肃省第十八届摄影作品展览暨第三届甘肃摄影“奔马奖”评选】

9月，甘肃省影协举办了甘肃省第十八届摄影作品展览暨第三届甘肃摄影“奔马奖”评选活动。此次展览的220余幅(组)作品，是从全省各地近500位摄影工作者、爱好者手中征集来的5000余幅(组)作品中精选出来的，是近年来甘肃摄影家们新作的代表。来自定西的苟晓燕以作品《法会·鸽子》获得艺术类金奖，武威的许吉年以作品《烧毁的香蕉车》获得记录类金奖。创意类金奖空缺。同时，来自敦煌的吴健获得了我省摄影界的最高奖项“奔马奖”德艺双馨会员奖；天水市摄影家协会获得奔马奖组织工作奖。

【第三届甘肃民间文艺“百合花奖·首届学术理论奖暨终身成就奖”评选】

第三届甘肃民间文艺“百合花奖·首届学术理论奖暨终身成就奖”评选经过初评、复评和终评三个阶段的评选，24部学术专著和30篇学术论文获“首届学术理论奖”，6位学者和艺术家获“首届终身成就奖”，5个单位获“优秀组织工作奖”。本次评奖是“百合花奖”评奖工作开展以来第一次对学术理论奖和终身成就奖进行评选，对促进甘肃省民间文艺学术研究工作、壮大学术研究队伍、推广学术研究成果，以及表彰奖励老一辈民间文艺工作者的贡献，都发挥了重要作用，取得了很好的社会反响。

【首届杂技菊花奖杂技大赛、魔术大赛暨颁奖晚会】

由甘肃省舞协主办的首届杂技菊花奖杂技大赛、魔术大赛暨颁奖晚会4月7日举办了杂技大赛，6月9日举办了魔术大赛，并举办了颁奖晚会。

本届比赛共吸引35个杂技节目和38个魔术节目参赛，19个杂技节目和18个魔术节目进入决赛。经过激烈角逐，杂技《高椅倒立》、《钻地圈》、《绸吊》获本届“杂技菊花奖”杂技一等奖；近景魔术《圣诞梦》、舞台魔术《五彩魔球》获本届“杂技菊花奖”魔术一等奖。当晚的颁奖晚会上，杂技《顶坛》、《蹬技》、《顶技》，魔术《欢乐一刻》、《鸽子》、《挑逗你的眼》等节目，以及80高龄的陇上奇人孔庆仁表演的让报纸自燃和人体通电的绝活，让观众充分感受到杂技和魔术的艺术魅力。

【《文明甘肃》拍摄策划研讨会】

3月，甘肃省视协与甘肃省文明办、甘肃省广电台共同举办了《文明甘肃》拍摄策划研讨会。省视协邀请相关方面领导、专家参加了研讨会。

【第一届西部大学生影视节暨影视论坛】

4月，甘肃省视协与西北师大电视台共同举办了“第一届西部大学生影视节暨影视论坛”。

【电影《阿米走步》观摩研讨会】

由甘肃省拍摄的电影《阿米走步》，被中宣部、广电部推荐入选迎十八大献礼影片。为了更好地推动宣传我省电影文化发展，11月15日，由中国电影家协会主办，甘肃省文联、甘肃省电影家协会协办的电影《阿米走步》观摩研讨会在北京举办。

【西部文学研讨会】

8月10日，南京大学中国新文学研究中心、甘肃省文联、甘肃省作协联合举办了“西部文学研讨会”，这是东部重点高校和我省文学界的第一次深度交流合作，会议以甘肃部分作家的作品为范例，用全国性的视野对甘肃文学创作现状进行了深入分析，探讨了甘肃文学在西部文学中的地位和优势，并对甘肃文学发展方向和趋势进行了研讨，对我省作家的创作具有很强的指导意义。甘肃省文联党组书记、副主席马少青，江苏省作协党组副书记张王飞，著名学者丁帆、王彬彬、吴俊等十六位南京大学当代文学研究专家和二十余位甘肃作家、评论家代表参加了研讨会。

机关建设

【深入开展“效能风暴”行动】

一年来，甘肃省文联以开展“效能风暴”行动为契机，以“双联”行动和“双优一文明”活动为载体，采取各项有效措施，切实加强文联机关各个方面的建设和管理，努力形成管理和服务的长效机制。

【干部队伍建设、老干部工作】

一年来，甘肃省文联不断加强干部队伍建设，重视后备人才培养，加大干部培训、交流力度，完成了公务员招录工作和首期全省文联干部研修班工作，积极选拔、培养优秀年轻干部，壮大和提高文联干部人才队伍。

省文联关心文艺工作者特别是知名老艺术家的工作与生活，进一步做好离退休干部工作，完成了电视专题片《艺苑人生》第二批专辑的拍摄。

【其他工作】

2012年，在经费方面，甘肃省文联得到了有关部门特别是甘肃省财政厅的大力支持，在每年递增200万元的前提下，2013年经费预算已达到980万元，保障了文联各类活动的顺利开展。

2012年，省文联还开展了针对全省文联系统的全面调研工作，掌握了全省文联开展工作的各种情况和第一手资料，形成了详尽的调研报告，促进了全省文联一盘棋战略的深入实施，为文联的换届工作做了前期准备。

各文艺家协会

【作家协会】

本年开展的主要活动有：举办了第四届甘肃黄河文学奖评选和颁奖活动；举办了西部文学研讨会；参加了由中国作协组织的赴陇南灾区重访活动；开展了大规模的红色故事征集活动；组织参加了全国少数民族文学论坛；向中国作协推介重点项目资助作家，甘肃省尕藏才旦、王琰、阿寅三位作家获得了资助；向中国作协推介定点深入生活项目资助，推介的牛庆国、弋舟获得了中国作协定点深入生活项目的资助；先后接待了贵州省作家采访团和浙江省作家采访团，并及时组织甘肃作家与两省作家座谈交流；为推介甘肃作家，参与组织策划了“甘肃领军人才成就展”活动；省作协及相关同志今年参加了司俊杰散文创作研讨会、阿寅文学创作研讨会等多项研讨活动。

【美术家协会】

本年开展的主要活动有：打造“敦煌画派”工作全面启动，并取得初步成效；成功承办了中国美术家协会2012年工作会议，积极争取中国美术家协会对甘肃美术事业的扶持；配合纪念毛泽东同志《在延安文艺座谈会上的讲话》发表70周年，积极推荐参加全国美展作品并举办了全国名家和甘肃美术作品展；为喜迎中国共产党第十八次代表大会的召开，宣传十年来我国从政治、经济、文化等方面取得的重大成果，先后联合有关单位举办了“喜迎十八大，走进崆峒——甘肃美术作品展”、“喜迎十八大甘肃穆斯林美术、书法、摄影艺术作品展”、“喜迎十八大——全国九省市美术作品邀请展”；认真贯彻十七届六中全会和十八大精神，走进基层、贴近群众，以美术作品服务地方文化经济发展和社会建设，让老百姓享受文化建设成果，举办了“情系东乡——东乡县灾后重建一周年甘肃美术、书法、摄影展”，先后组织部分画家分赴民勤、陇西、通渭、西和等地与当地美术家共同采风写生，在平凉举办“喜迎十八大，走进崆峒——甘肃美术作品展”，组织美术家赴临洮县八里铺镇高庙村参加“双联行动”书画义卖捐赠活动，举办了“中国河西·乌克兰”美术联展；2012年美协申报中国美协会员15位，发展省级会员148名。

【戏剧家协会】

本年开展的主要活动有：剧协干部积极参与和响应甘肃省文联统一部署的“效能风暴”行动、“联村联户为民富民活动”；承办了第九届全国高校京剧演唱研讨会暨全国高校京剧艺术周活动；组织了第三届中国校园戏剧节剧目推荐报送工作，推荐报送的作品《刘志丹》入选第三届中国校园戏剧节；承办了首届甘肃省“百姓戏剧小品艺术节”，剧协以优异的组织工作获得“优秀组织奖”；参与承办了第六届中国西北五省区秦腔艺术节；承办了陕西剧协《当代戏剧》杂志兰州读者见面会；会同音协、舞协、民协完成大型舞台剧《鼓舞中国》剧本草稿；2012年甘肃省剧协共发展7名省级会员。

【音乐家协会】

本年开展的主要活动有：组织“纪念、缅怀张枭先生系列活动”；选拔推荐四位独奏选手及一个合奏组赴新疆乌鲁木齐参加第十四届全国少儿电子琴、数码钢琴大赛；举办甘肃省第七届青少年提琴比赛及颁奖晚会；参与组织“第二届中国西北音乐节——西海音乐周”；完成《小演奏家》杂志一至四期编辑出刊及与甘肃省教育出版社交接工作；完成中宣部“五个一”工程“一首好歌”、甘肃省敦煌文艺奖、全国优秀儿童歌曲、全国“打工者之歌”等活动的选拔、评选、报送工作；顺利完成本年度中国音协全国器乐考级甘肃考区各考点的考试，兰州、酒泉、平凉、庆阳、天水等考点共两千多名学生参加了本年度考级；选报甘肃青年音乐家参加“中国青年音乐家培训工程”；举办2012年官鹅沟青少年弦乐夏令营；组织中国音乐家协会理事、中国音乐剧研究会会长,原总政歌剧团团长,国家一级作曲王祖皆为我省专业、业余创作者做音乐创作讲座；组织音乐采风及创作活动；甘肃14名优秀音乐家顺利获批加入中国音协；协同剧协完成大型舞台剧《鼓舞中国》剧本草稿及研讨。

根据连部长指示精神，甘肃音协、舞协、民协协同剧协完成大型舞台剧《鼓舞中国》剧本草稿，并在宣传部进行了论证，已提交兰州市文化广播影视出版局具体实施。

【杂技家协会】

本年开展的主要活动有：组织了首届甘肃杂技“菊花奖”杂技大赛、魔术大赛及颁奖晚会；参加了中杂协的工作会和第八届金菊奖第七次理论作品奖的表彰大会，甘肃杂协获得了理论作品奖组织工作奖，协会推荐的论文有两篇获得优秀论文奖；参加了第三届中国西湖国际魔术交流大会；推荐作品和个人参加了敦煌文艺奖和五个一工程奖的评奖；参加了全省“效能风暴”行动，强化了工作责任心和为全省杂技家及杂技工作者爱好者服务的自觉性：开展了“联村联户”工作。

【舞蹈家协会】

本年开展的主要活动有：向中国舞协报送3篇舞蹈评论文章参加中国舞蹈荷花奖理论评选奖；组织甘肃省舞协主席团成员、各地、州、市舞协负责人参加“情系甘南　舞动草原”——2012年甘肃舞蹈界深入基层采风活动；在兰州、永登、金昌、酒泉、庆阳等地开展中国舞少儿考级工作；苟西岩同志率领三支中老年艺术团的100多位中老年朋友参加2012中国·宁夏石嘴山“荷花风韵”中老年回族舞蹈展演活动；组织陇东、陇南等地七件原生态舞蹈作品参加在青海举办的中国·青海西宁国际原生态舞蹈暨现代舞艺术节，并组织舞协部分主席团成员及工作人员观摩开幕式；推荐报送21件作品参加中国舞蹈荷花奖现、当代舞蹈比赛；组织推荐“舞动陇原”获奖作品参加中舞协举办的“百姓健康舞展演”；开展中国舞师资培训班工作；苟西岩同志赴延安参加了首期全国文艺名家高级研修班学习；接待北京舞协采风团一行；2012年共发展省内会员13人，中舞协会员21人。

【曲艺家协会】

本年开展的主要活动有：报送姚连学、姚磊作品快板书《龙江堤》参加在安徽合肥举办的第二届“包公杯”全国反腐倡廉曲艺作品征集活动评奖，该作品获优秀奖；报送天水文化馆姚常德参加中国曲协举办的“送欢笑、到基层”惠民文化活动先进个人评选，获得先进个人称号；报送甘肃12部曲艺作品、2篇理论文章、2名曲艺新人参加第七届中国曲艺牡丹奖表演、节目、文学、理论、新人全部五类奖项的评奖；报送武警甘肃总队文工团王凡、来轲的小品《聊天》参加2011年度全国优秀曲艺作品评选；完成第七届敦煌文艺奖报送工作；报送甘肃省曲艺团张钢、张华伟相声作品《看电视》参加第六届CCTV电视相声大赛，入围决赛，这也是西北地区唯一晋级本届相声大赛决赛的选手；积极配合甘肃省文联其他部门做好相关工作。

【民间文艺家协会】

本年开展的主要活动有：举办第三届甘肃民间文艺“百合花奖·首届学术理论奖暨终身成就奖”评选活动；举办“纪念《讲话》发表70周年花儿会采风暨研讨活动”；承办第九届中国民间艺术节；推荐协会副主席、著名花儿歌手马玉芝赴广西桂林参加第二届“三月三”民族歌圩节“全国山歌大王争霸赛”，获优秀奖；推荐会员白晓霞、翟存明2篇论文参加第八届中国文联理论文艺评论奖评选；推荐会员计清、何霞、周玉梅赴上海参加了由中国民协举办的“中国民间工艺传承人培训班”；推荐剪纸艺术家刘伟、周玉梅、张锐利的剪纸作品参加了由中国文联、中国民协、河北省委宣传部、河北省文联等单位主办的“第三届中国剪纸艺术节”；按照甘肃省文联关于推荐申报第七届敦煌文艺奖、文艺突出贡献奖和文艺终身成就奖的通知要求，协会认真做好组织推荐工作；推荐甘南州4名藏族拉伊歌手赴青海祁连县参加了由中国民协、青海省文联、祁连县人民政府主办的“2012首届中国情歌（藏族拉伊）大赛”；普及民俗知识，提高青少年对优秀民间文化的认知度，开展“非遗文化进课堂”活动；启动“红色往事”民间工艺创作活动的征稿工作。

【书法家协会】

本年开展的主要活动有：举办了首届“张芝奖”全国书法大展；召开了中国书协2012年组联工作会议；加强书法教育，举办书法创作提高班；召开了甘肃省书法家协会三届四次主席团扩大会议；加强书协组织建设，认真履行服务协调职能；出版发行《甘肃书法》，搭建书法理论研究平台；积极响应文化“三下乡”、“三贴近”的号召，举办了“联村联户、为民富民”翰墨送农家、“双联”行动名家书画义卖捐赠活动、书法名家进校园、为受灾的东乡县捐赠书法作品等一系列在全省上下引起广泛关注的公益活动；推荐1名指导老师、10名青少年书法爱好者参加了中国书协举办的中日青少年书法交流展，赴日本东京进行了交流学习；甘肃省书协妇女工作委员会举办了“甘肃省妇女书法家红色经典创作”活动，并出版了作品集，指导西和县举办了全省妇女书法名家邀请展并出版作品集，积极推荐甘肃省妇女书法家参加全国第五届妇女书法展。

【电影家协会】

本年开展的主要活动有：积极参加文联组织的各项政治学习及活动；参与举办“首届西部题材影视剧本推介会暨西部影视发展论坛”；在临洮县八里铺镇、高庙村开展“联村联户、为民富民”——甘肃省文联走进农村慰问放映；在北京举办电影《阿米走步》观摩研讨会；申报张掖市甘州区平山湖地质公园命名为“国家级影视拍摄基地”；举办电影《生死金天鹅》观摩研讨会；与北京伯璟影视传媒有限公司联合拍摄纪录片《河西走廊》、《被遗忘的部族》《南梁星火》、《北上——红军长征在哈达铺》等影片；编辑出版《影海邮波》一书。

【电视家协会】

本年开展的主要活动有：推选36部作品参加第26届中国电视金鹰奖评选；组织推选的16部作品参加中国视协主办的“第五届中国旅游电视周”，8部作品获奖；推荐的榆中县电视台、金塔县电视台成为由中国视协等单位主办的中国视协市县电视委员会全国理事单位；选送的宣传片《神舟升起的地方——金塔》和《印象华亭》分别获得全国市县形象电视宣传片优秀奖、好作品奖；组织相关单位拍摄新农村题材专题片参加由中国视协和中国农业电影电视中心联合主办的第六届“新农村 新农民——中国农村小康故事”电视节目工程暨第四届新村电视艺术节；甘肃省视协副主席、西北师大教授黄怀璞撰写的《析论西部题材电视剧的审美价值》荣获中国文联第八届文艺评论奖二等奖；组织召开“纪念毛泽东《在延安文艺座谈会上的讲话》发表70周年暨甘肃电视艺术现状与发展座谈会”；同甘肃省影协、兰州市广电总台在兰州联合主办了“西部影视题材影视剧本推介会暨影视创作论坛”；参与由中共甘肃省委宣传部、中国电视艺术家协会联合主办的“全国卫视看甘肃”大型主题采访活动；与甘肃省文明办、甘肃省广电台共同举办了《文明甘肃》拍摄策划研讨会；与西北师大电视台共同举办了“第一届西部大学生影视节暨影视论坛”；按照甘肃省文联党组统一部署，积极参与“联村联户、为民富民”行动及“效能风暴”行动；完成上级交办的各项工作任务，做好日常工作。

【摄影家协会】

本年开展的主要活动有：进一步完善了各专业委员会和“一办四部”即办公室、组联部、展览部、网络信息部、教育培训部；甘肃省摄影家协会网站建设得到了进一步加强；建立了“甘肃摄影工作者之家”；成功举办了甘肃省摄影家协会首期摄影创作提高班；创办了《甘肃摄影》会刊；举办了甘肃省第十八届摄影作品展览及第三届甘肃摄影“奔马奖”评选、展览活动；参与举办了首届丝路·长城中国嘉峪关国际摄影艺术大展；与2012年兰州国际马拉松赛组委会共同主办了2012兰州国际马拉松摄影大赛；与华润雪花啤酒（中国）有限公司共同主办的“雪花纯生 中国古建筑摄影大赛——甘肃赛区”比赛；与敦煌研究院、天祝藏族自治县政府共同举办了“2012莫高杯——魅力天祝”摄影大展；与甘南藏族自治州人民政府决定共同举办“安多杯”·九色甘南香巴拉国际摄影大赛；与中共兰州市城关区委、兰州市城关区政府、新华社中国图片总社、新华社甘肃分社共同举办了大美之城·幸福城关——兰州市城关区“献礼十八大、率先奔小康”摄影大赛；与中共永登县委、永登县人民政府共同主办“魅力苦水”摄影大赛；组织参加了由中摄协主办的全国古建筑摄影大赛、温暖照耀边疆·影像抒写辉煌——祖国边疆建设成就摄影展、丝路·长城中国嘉峪关国际摄影艺术大展；组织会员参加了宁夏回族自治区政府主办、宁夏伊斯兰国际经济文化友好促进会承办的宁夏首届伊斯兰风情国际摄影大赛；组织各种形式的摄影创作采风活动和动员在全省开展贯彻中摄协万名摄影家送万幅作品的活动；组织和支持了单位个人摄影专辑的出版；举办了苏志希、李德奎《金秋北疆行》、《雪域情怀》摄影集创作研讨会，陈兴发《流淌的记忆——影像甘肃》研讨会及定西地区肖长禄摄影研讨会；组织辛国英《兰州视觉》、刘雪《读写镜头——刘雪摄影艺术展》及孙胜军等展览；与“谷仓当代影像馆”共同举办了“上海记忆1980’S”七人联展及研讨会；积极支持民间摄影活动，对在甘肃活跃的谷仓当代影像馆、现代摄影、国际摄影交流协会等活动给予积极的支持。

直属单位

【理论研究室】

本年开展的主要活动有：完成了对甘肃省文联各项重大工作的报道和宣传；完成了本年度1至6期《甘肃文艺》的编辑工作；与兰州大学文学院联合主办了“阿寅长篇小说《土司和他的子孙们》研讨会”；与西北师大文学院、兰州交通大学艺术设计学院、兰州交通大学文学院联合主办了“王天波书画暨书画理论研讨会”；与甘南州文联联合主办了“李城长篇小说《最后的伏藏》

研讨会”；与兰州大学文学院、西北文学网联合主办了“毓新长篇小说《绿如蓝》研讨会”；扩大了《甘肃文艺》的交流。目前，《甘肃文艺》在以往交流的基础上已交流至全国各省文联党组书记、主席，交流至甘肃全省各市州书记、市（州）长、宣传部长、文联、文化馆、书画院，交流至甘肃全省各县区书记、县（区）长、宣传部长、文联、文化馆；完成本年度上传《甘肃文艺网》的网络版工作；参加了中国文联在江苏常州市召开的文艺舆情信息会议；参加了在内蒙古赤峰市举办的全国文联工作理论研讨会；参与完成了《文联大事记》的编辑出版工作；参与并宣传了甘肃省文联的一些重大活动；向中国文联的《中国艺术报》上报稿件11篇，发表6篇。上报舆情信息11篇，刊发3篇；接受了兰州交通大学的15名实习大学生（包括4名外国留学生），实习为期半个月。理论研究室对这15名大学生进行了业务指导。

【文学院】

本年开展的主要活动有：再次推出了“甘肃诗歌八骏”，这是继“甘肃小说八骏”之后甘肃又一个面向全国的文学人才推介系列接力工程，旨在借“甘肃小说八骏”的成功经验和社会影响力，打造甘肃诗歌文化品牌，推荐甘肃诗歌才俊。经过公正的程序，最后评出了娜夜、高凯、古马、第广龙、梁积林、离离、马萧萧、胡杨8位诗人，组成“甘肃诗歌八骏”方队。

【《飞天》杂志社】

本年开展的主要活动有：完成了全年《飞天》杂志的编辑出版任务；与玉门市委宣传部、市文联联合举办了“玉门作者研讨班”；与武威市文联和凉州区委宣传部、区文联联合举办了西北五省区文学期刊“《飞天》凉州·民勤笔会”；与平凉市文联、静宁县委宣传部和县文联联合举办了“第二届知名作家看静宁”文学笔会；举办了“喜迎十八大·首届甘肃作家书画展”；组织编辑人员赴台湾进行了考察学习活动；年内，有40多篇（首）作品被《中篇小说选刊》、《小说月报》、《小说选刊》、《中篇小说月报》、《中华文学选刊》、《作品与争鸣》、《作家文摘》、《小小说选刊》、《微型小说选刊》、《诗刊》、《诗选刊》、《读者》、《散文选刊》等全国性选刊选载和年度权威选本收录。有多部作品在各类评奖中获奖。有些被选入教材。

青海省文联

综　述

2012年，青海省文学艺术界联合会（以下简称省文联）围绕省委省政府工作大局，深入贯彻党的十七届六中全会、十八大、全国九次文代会、八次作代会和省第十二次党代会精神，牢牢把握“高举旗帜、围绕大局、服务人民、改革创新”的总要求，立足青海科学发展伟大实践，认真履行联络协调服务的基本职能，围绕迎接、学习、宣传、贯彻党的十八大，锐意进取、奋发有为，团结凝聚全省文艺工作者开展了一系列卓有成效的工作，为推动青海文艺大发展大繁荣作出了积极贡献。

重要活动

1月10日，在西宁举办省垣2012年新春文艺界大联欢暨纪念玉树地震两周年“玉树欢歌”主题晚会。晚会以多种文艺形式唱响共产党好、祖国好、社会主义好的颂歌，展现玉树人民乐观向上、坚韧顽强的精神，表达对党和国家及全国各族人民的感恩之情。晚会特别邀请24名玉树州红旗小学学生参加演出。省委常委、省委宣传部部长吉狄马加等领导出席晚会。4月11日，由省委宣传部、省外宣办和省文联主办，省摄影家协会承办的《江源玉树，幸福家园》——纪念玉树4·14地震两周年重建家园摄影展在青海博物馆开展。省委常委、省委宣传部部长吉狄马加、省政协副主席鲍义志、韩玉贵、原省政协副主席陈瑞珍等领导出席开幕式，开幕式由省文联副主席张民主持，吉狄马加致辞。展览由“江源玉树”、“大爱无疆”、“寄托希望”、“玉树重建”和“幸福家园”五部分组成。5月23日上午，由省文联主办，省美术家协会、省书法家协会、省摄影家协会承办的“纪念毛泽东同志《在延安文艺座谈会上的讲话》发表70周年美术书法摄影展”在省博物馆开展。省文联副主席马有义主持开幕式，省委常委、省委宣传部部长吉狄马加，省人大常委会副主任刘春耀，省政协副主席鲍义志和省文联党组书记、主席班果为展览剪彩。5月23日，省委宣传部、省文联在西宁召开首届“青海省有突出贡献老文艺家表彰大会”，会上表彰了马西光等32位老文艺家。省委常委、省委宣传部部长吉狄马加，省委宣传部常务副部长王向明，副部长高玉峰、梅毅，部务会成员、省文改办主任刘贵有和省文联领导出席会议，省文联党组书记、主席班果主持大会。6月7日至9日，与青海义海能源有限责任公司联办“义海之夏”——青海省文联“送文艺进企业”文艺采风创作活动。启动仪式由省文联副主席张民主持，省文联党组书记、主席班果致辞，省委常委、省委宣传部部长吉狄马加讲话并亲笔题字寄语义海公司“扎根海西，回报青海”。7月3日至9日，在西宁和互助分别举办中国第二届西北音乐节——“西海音乐会”和“互助油菜花音乐节”。省委书记、省人大常委会主任强卫，省政协主席仁青加，省委常委、秘书长王小青，省人大常委会副主任刘春耀，副省长、省公安厅厅长刘志强，中国音乐家协会主席、西北音乐节艺术总监赵季平及西北五省(区)党委宣传部、文联及音协有关领导出席在青海会议中心举办的开幕式。8月10日至14日，由国务院新闻办、中国摄影家协会、青海省人民政府主办，中共青海省委宣传部、省文联承办2012’中国（青海）三江源国际摄影节。国务院新闻办，中国文联，中国摄影家协会，中央有关单位领导，各省、市、自治区文联，摄影家协会领导，三江源国际摄影节评委和省委常委、省委宣传部部长吉狄马加，省人大常委会副主任刘春耀、副省长张建民，省政协副主席鲍义志以及国内外摄影艺术家等500余人出席开幕式。开幕式由副省长张建民主持，省委常委、省委宣传部部长吉狄马加致辞。8月15日，由省委宣传部、西宁市人民政府、中国舞蹈家协会主办，与省文化和新闻出版厅、省广电局、青海广播电视台、西宁市委宣传部共同承办的2012年中国·青海西宁国际原生态舞蹈暨现代舞艺术节——“天路之约.舞动夏都”在青海大剧院举行。省委常委、省委宣传部部长吉狄马加，省委常委、西宁市委书记毛小兵，副省长张建民，省政协副主席鲍义志及市政府领导出席开幕式。中国文联党组成员、副主席杨承志宣布开幕，吉狄马加致辞。12月19日，青海省大湖出版文化传媒有限责任公司揭牌。省委常委、省委宣传部部长吉狄马加，省文化和新闻出版厅厅长曹萍、副厅长吴解勋、省文改办主任刘贵有、省政府副秘书长张宁出席揭牌仪式。省文联党组成员、省作家协会主席梅卓主持，省文联党组书记、主席班果致辞。12月23日，与全国《格萨（斯）尔》工作领导小组办公室、省《格萨尔》工作领导小组办公室、果洛藏族自治州人民政府、国家社科基金重大委托项目“《格萨尔》抢救、保护与研究”课题组联办“圆光中的《格萨尔》史诗艺术展暨学术研讨会”在京举行。

主要会议

4月10日，省文联六届六次全委会在西宁召开。省文联党组书记、主席班果作工作报告，省委宣传部部务会成员、省文改办主任刘贵有讲话。8月11日，由中国少数民族作家学会、青海湖国际诗歌节组委会、省政府新闻办公室、省文联主办，《世界文学》杂志社、《诗探索》杂志社、省作家协会承办的青海国际土著民族诗人帐篷圆桌会议在海北州举行。省委常委、省委宣传部部长吉狄马加出席并致辞。省文联党组书记、主席班果主持开幕式。来自中国国内和波斯尼亚、拉脱维亚、秘鲁、墨西哥、美国、印度、越南、法国、伊朗等国家的近40位诗人、诗歌评论家和学者参加会议。9月18日至20日，以省文联党组书记、主席班果为团长的青海作家代表团一行六人参加在京召开的全国少数民族文学创作会议。9月28日至29日，省文联召开第七次代表大会。省委书记、省人大常委会主任强卫出席大会并作重要讲话。省长骆惠宁，省政协主席仁青加，中国文联党组副书记、副主席李屹，省委常委、省人大常委会副主任穆东升，省委常委、省委宣传部部长吉狄马加，省委常委、秘书长王小青，省委常委、省总工会主席苏宁，省委常委、西宁市委书记毛小兵，副省长张建民，省政协副主席鲍义志，省相关委办厅局和人民团体负责同志和来自全省各地党委宣传部、文化广电部门、文学艺术界的265名代表及省各文艺家协会部分文艺工作者出席大会。省文联副主席张民主持，省文联党组书记、主席班果致开幕词，省科协党组书记、主席石昆明代表各人民团体致贺词。北京市文联等31个省、市、自治区文联发来贺电、贺信。29日下午，举行闭幕式。省委常委、省委宣传部部长吉狄马加作重要讲话。大会选举产生了省文联第七届委员会和主席团，班果同志当选主席，张民、马有义、李晓燕当选副主席，王庆元被聘任为省文联第七届秘书长。

理论研究

2月14日，与西宁市美协在建银宾馆联办中国人民大学艺术学院院长、油画家徐唯辛油画作品研讨会。3月31日至4月1日，中国作家协会在宁召开甘青藏片区少数民族文学调研会，来自甘肃、西藏和我省的少数民族作家、评论家、翻译家和学者四十余人参加了调研会。6月，组织人员参加四川省文化厅主办的“全国《格萨尔》故里行”活动和在甘孜州举办的2012年全国《格萨尔》史诗学术研讨会。6月28日，由省作协、省土族研究会、中央民族大学民族语言文学学院主办，与省文艺评论家协会、互助县人民政府、民和县人民政府在互助县联办“第四届土族文学研讨会”。省委常委、省委宣传部部长吉狄马加讲话，班果、马有义同志出席研讨会。11月23日，在循化县与循化县委、县政府联办青海省第四届撒拉族文学创作会暨撒玛尔罕作品研讨会。省文联、循化县委领导和省内作家、诗人、评论家及循化县文学作者近150人参加会议，班果同志致辞。

各文艺家协会活动成果

1月15日，《诗歌月刊》2010-2011年度诗人颁奖仪式在青海宾馆多功能厅举行，著名诗人吉狄马加和郑玲获诗人奖。《玉昆仑》、《青海青》文学丛书第二辑8部作品确定。白渔《白渔文存》、王立道《劫后余声》、刘若筠《向晚集》、金光中《饱汉的倒嚼》和青年作家才旦《香巴拉的诱惑》、刘晓林《寻找意义》、马海轶《旁观》、韩文德《清水微澜》入选。第十届全国少数民族文学创作“骏马奖”评奖揭晓，作家曹有云的诗集《时间之花》和扎巴的中短篇小说《寂寞旋风》(藏文)获“骏马奖”。省戏剧家协会副主席付晋青创作的小戏《墙角》由山东渔鼓戏剧团排演，并获山东滨州小戏艺术节最佳编剧奖。组织西宁市戏剧团折子戏《大祭桩》赴张家港参加第五届长江流域戏剧节，获优秀剧目奖。组织省舞协德吉民间歌舞团参加由中华文化促进会、中国网络电视台主办，中华文化促进会舞蹈艺术委员会、北京泛亚恒泰文化传播有限公司承办，黑龙江省等16个省、市文化促进会和14个省、市（自治区）舞蹈家协会协办（韩国站）“多彩秋韵——第二届中老年才艺展演”，获特等奖、金奖、创作奖、民族特色奖、编导创作奖和优秀组织奖。省书法家协会常务副主席陈治元、副主席郭强出席中国书法家协会在北京召开的“中国书法进万家活动”总结表彰大会，省书法家协会再度荣获“中国书法进万家活动”先进集体，乐都县书法家协会和民和县书法家协会荣获“中国书法进万家活动”先进基层集体，杨秀昌、李万西、李炳筑、郭强荣获“中国书法进万家活动”先进个人。选送7件作品参加“第七届西部大地情——中国画、油画作品展”，1件作品获优秀奖，3件作品入选。选送3件作品参加“第十届全国水彩粉画作品展”，1件作品入选。选送3件作品参加中国美协主办的“2012全国中国画作品展”，1件作品获优秀奖，1件作品入选。省摄影家协会主席蔡征艺术类和纪实类12幅摄影作品在“阿根廷国际展”、“第37届美国盛捷国际展”、“ 希腊四年巡展”和“伊朗海亚姆国际摄影展”中获奖，蔡征“《雪域青海》专题摄影展”在阿布扎比举办的“2012阿联酋国际摄影节”上获奖。石永专著《平弦官下述略》由中国文联出版社出版。组织参加在河南开封清明上河园由中国文联、中国民间文艺家协会、开封市委宣传部主办，开封清明上河园有限公司承办的“中国秋千展演暨第十一届中国民间文艺山花奖民间绝技绝艺（秋千）”评奖活动。《土族轮子秋》荣获金奖。马成俊专著《热贡艺术》，由文化艺术出版社出版。“原生态”纪录片《土族最后的寺院话剧——诺延审喇嘛》第一集（样片）在CCTV网络电视台播映。国家社科院院级重点课题《格萨尔》精选本40部之《果惹擦宗》(上下)、《阿达夏宗》、《白岭之战》由北京民族出版社出版发行。《阿达拉姆》等《格萨尔》民间艺人说唱本和《青海民族民间故事集·果洛卷》由青海民族出版社出版发行。整理青海省《格萨尔》著名艺人说唱本《南方米宗》、《孜丹魔幻宗》、《南岭之战》、《欧燕银宗》、《降服霍拉王》，由甘肃民族出版社出版发行。唐涓责编《青海湖》第一期中编发的韩少功小说《韩少功小说新作》被《小说月报》第四期转载、小说《咆哮体》被《小小说》第七期转载。11月29日，歌曲《又见拉萨》获全国第十二届精神文明建设“五个一工程”奖，长篇纪实小说《曾国佐将军》获青海省第九届精神文明建设“五个一工程”作品优秀奖。

文艺惠民活动

年内，与省委宣传部开展“党政军企共建示范村”活动，为“对口帮扶”的门源县泉口镇牙合村实施了道路硬化、亮化和院落美化工程，完成了200平方米18面村文化墙制作，赠送书画作品44幅，为村文化活动广场配置体育健身器材，为村文艺队配置乐器、音响和服装，为村卫生室配置医疗器械等。组织青海省藏戏团12位专业人员对同仁县双朋西学区尕秀完小少儿藏剧团、同仁县扎毛乡扎毛村民间藏戏团、河南县西倾乌兰牧骑业余民间藏戏队进行辅导帮扶。组织省舞蹈家协会德吉民间歌舞团参加省交警总队赴海南、海北、黄南州和海东地区、西宁市三县“下基层交通安全宣传”巡回文艺慰问演出活动，共演出12

场。中国书法家协会分党组书记、驻会副主席赵长青，中国书法家协会副秘书长张陆一和省文联党组书记、主席班果，省文联秘书长、省书法家协会主席王庆元，省书法家协会副主席陈治元赴玉树州玉树县隆宝镇中心寄宿学校举行“兰亭小学”捐建授牌仪式。省摄影家协会主席蔡征受中国文联和中国摄影家协会委托，率国内著名摄影家一行13人，赴西藏山南地区错那县为农牧民群众和边防战士拍摄、赠送全家福200余幅。年初，省文联副主席张民率宣讲组赴我会扶贫点宣讲中央一号文件。年内，海西州德令哈市阳光村三年扶贫工作结束。省文联三年共捐助大米160袋、皮鞋（新）100双、衣物（新）1000件、捐赠图书6134册、《党章》20册、法律挂图10本、少儿读物490本、抗震救灾法律知识问答17本、农业政策读本25本，VCD300盘、电脑3台、书架14组、党员结对帮扶资金24600元以及书写书画作品600余幅、拍摄全家福167幅和价值2万余元的戏剧服装，争取并落实城乡一体化配套资金220万元。

文化交流活动

4月14日至20日，省文联党组书记、主席班果随省委常委、省委宣传部部长吉狄马加率领的“青海民族文化艺术代表团”参加在秘鲁由省委宣传部、省外宣办、省文联和秘鲁国立特鲁西略大学共同主办的《最后净土的入口——中国青海自然与文化创意图片展》和《在词语与意象之间——中国当代诗人、书法家书写毛泽东诗词书法展》。开幕式在秘鲁国立特鲁西略大学礼堂里举行，大学文化中心秘书长阿丰索主持，校长维尔玛·胡里亚·门德斯·希尔女士、拉利伯塔省省长奥塞利德斯·德罗内斯·瓜尔尼斯先生、大学文化中心主任罗西奥·塔沃阿达·比尔科先生及社会名流、诗人作家等百余人莅临。于4月21日至23日，随省委常委、省委宣传部部长吉狄马加为团长的“青海民族文化艺术代表团”赴古巴共和国进行学习交流。省文联副主席马有义率省文联文艺家赴苏、皖、浙三省就文联工作情况进行学习和考察。省文联副主席李晓燕率省文联文艺学习考察团一行21人赴川、滇两省采风学习。省文联党组成员、省作家协会主席梅卓作为中国作家代表团成员，应邀出访芬兰和斯洛文尼亚两国。省作家协会副主席肖黛一行17人，参加在法国、意大利、德国、瑞士等国举办的“文学行走与多元交流”为主题的文学交流和文化考察活动。省文联副主席马有义率省文联文化考察团一行11人应日本茨城县日中友好协会、日本友爱协会邀请，赴日开展书法艺术交流活动。

机关建设

2012年，省文联及各文艺家协会强基固本，切实加强自身建设，努力把文联、协会办成文艺工作者的“温馨和谐之家”。一是大力推进学习型党组织建设，坚持以党组理论学习中心组为龙头，以处以上领导干部为重点，扎实推进理论武装工作。坚持以“推动文艺繁荣、服务科学发展、促进建设富裕文明和谐新青海”为实践载体，深入开展调查研究，进一步提升用科学发展观统领文艺和文联工作的自觉性和坚实性。二是成功召开青海省文学艺术界联合会第七次代表大会。大会审议通过了第六届省文联委员会工作报告和《青海省文学艺术界联合会章程》（草案），选举产生了第七届省文联委员会和主席团。省委书记强卫亲临大会并做重要讲话，广大文艺工作者深受鼓舞和振奋。三是圆满完成了青海省影视艺术家协会第二次代表大会工作。大会审议通过了第一届理事会《工作报告》和《章程》（草案）决议，选举产生了新一届领导班子。省委常委、宣传部部长吉狄马加出席会议并作重要讲话。四是按照省委组织部要求，我会积极组织干部网上自主选学。我会35名干部，在线自主选学近1500个学时，完成了280余门课程。推荐3名干部参加省委党校培训学习，达到了学习的目的，收到了良好的学习效果。五是积极指导各文艺家协会做好会员吸收和专业技能培训工作。至年末，省级各文艺家协会共有全国会员584人，省级会员5069人，文艺人才队伍不断壮大。通过邀请专家授课培训、推荐优秀人才研修深造、开展对外交流等途径使文艺人才的专业及综合素质有显著提升。六是健全基层文联组织。年内相继成立了海东地区文联和平

安县文联。截至目前，我省州（地、市）、县级文联组织有15个，企行业文联（协）6个。七是拓宽思路，引进优秀人才。年内，面向全国公开选拔省音乐家协会副主席（副处级）1名，调入专业人才2名，为文艺事业的可持续发展提供了人才保障。八是加强职业道德建设和作风建设。在省文联范围广泛开展了学习、践行《中国文艺工作者职业道德公约》活动，引导文艺界大力弘扬“爱国、为民、崇德、尚艺”的核心价值观。九是营造和谐健康的工作氛围。邀请专家举办健康讲座，关心干部职工生活、健康，关心慰问离退休老干部、老艺术家。十是组织开展庆祝建党91周年文体活动暨表彰大会。开展野外素质拓展，如爬山、棋牌比赛、知识竞答等多种形式的文体活动，表彰了2011年度创先争优活动先进典型以及优秀工作人员、工会积极分子等一批工作成绩突出的先进集体和个人，激发和调动了干部职工的工作积极性。十一是加强基础设施建设，积极推进非时政类报刊出版单位体制改革工作。年内，省文联加大美术馆建设的前期工作力度，完成了美术馆的选址、可研性报告等前期基础性工作，并赴广东、云南、四川等省考察，学习了解美术馆建设工作，目前该项工作正在有序进行。根据《青海省深化非时政类报刊出版单位体制改革实施方案》的要求，省文联党组重视和加强对《青海湖》编辑部、《俪人》杂志、《西海文摘报》改革工作，深入调研，多次论证“两刊一报”改革的内容、实施步骤以及改制后企业的运行机制等具体改革措施，期间七易其稿，制订《青海省文联非时政类报刊出版单位体制改革方案》，报省文化改革发展工作领导小组得到批准。9月底顺利完成改革前期各项准备工作，于12月19日挂牌成立“青海省大湖出版传媒文化有限责任公司”。通过上述工作，进一步提升了文联服务广大文艺工作者的能力和水平，增强了文联组织的吸引力、亲和力和凝聚力，文联工作者的精神面貌焕然一新。

宁夏回族自治区文联

综 述

在2012年里，宁夏文联及各团体会员深入学习贯彻党的十八大及十七届六中全会、全国九次文代会、自治区第十一次党代会等会议精神，牢牢把握“高举旗帜、围绕大局、服务人民、改革创新”的总要求，团结和带领全区文艺工作者，精心组织开展主题文艺活动，扎实有效推进文化惠民活动，突出抓好出人才出作品这一重要任务，推动文联各项工作取得了可喜成就，为繁荣我区文艺事业、加快文化强区建设做出了积极贡献：主题文艺活动异彩纷呈，亮点频现；认真落实“走转改”，积极组织开展文艺惠民活动；采取多种形式、手段，推作品出人才；文艺交流积极活跃，进一步扩大了对外影响力；各市文联、企业文联工作活跃，特点突出；不断加强文联自身建设，凝聚力、影响力不断提升。2012年是宁夏文联工作成果丰硕、创新发展的一年，全区广大文艺工作者精神面貌焕然一新，文联组织的社会地位和影响有了明显提升。这些成绩的取得，是各级党委、政府和宣传部门正确领导、深切关怀的结果，是社会各界大力支持的结果，更是文联各团体会员和广大文艺工作者、各级文联干部职工共同努力、真抓实干的结果。

重要会议与活动

【“送欢乐、下基层”到乡村】

1月17日，宁夏文联、宁夏书协组织开展了“送欢乐、下基层”到乡村活动，宁夏文联党组书记、主席、宁夏书法家协会主席郑歌平出席，自治区、吴忠市10多位书法家参加。

【自治区党委常委、宣传部部长蔡国英等看望老艺术家】

1月20日，在中华民族传统佳节春节即将到来之际，自治区党委常委、宣传部部长蔡国英在区文联党组书记、主席郑歌平等陪同下，冒雪看望慰问了我区知名文艺家张贤亮和曾杏绯，向他们送上鲜花，与他们亲切交谈，仔细询问他们的身体和生活情况，祝福他们生命之树常青，文化艺术之树常青。

【文艺界2012元宵节联谊会】

2月6日上午，由自治区党委宣传部和自治区文联联合举办的宁夏文艺界2012元宵节联谊会在银川隆重举行。自治区党委常委、宣传部部长蔡国英出席联谊会并致辞，区直宣传文化系统各部门主要负责人；自治区党委宣传部各处（室）负责人；自治区级各文艺家协会文艺家代表；自治区文联第七届主席团成员；自治区文联各部（室）、协会负责人；五市文联负责人等200多人参加联谊会。联谊会由自治区文联党组书记、主席郑歌平主持。联谊会上，文艺家表演了精彩的文艺节目。

【“高原行迹——杨继国摄影作品展暨作品研讨会”】

2月10日，宁夏文联为杨继国举办作品展暨研讨会在银川市隆重举行。宁夏回族自治区领导项宗西、姚爱兴、冯炯华与中国摄影家协会分党组副书记王郑生，区党委宣传部副部长尤艳茹，宁夏文联党组书记、主席郑歌平等有关领导和文艺界嘉宾出席了开幕式，全国著名摄影家、金像奖获得者王文扬、东哈达、费茂华以及宁夏文艺家、摄影爱好者近400人共同参加了活动。活动由宁夏区党委宣传部、统战部、文联、文史研究馆联合主办，宁夏作协、摄协、美协、书协、民间文艺家协会联合承办，在宁夏文化馆展出了摄影作品150件。杨继国先生是一位优秀的民间文艺家，也是中国摄影家协会的一名老会员。近十年里，他在民俗研究的同时，数次深入藏族地区和

西海固及陇东贫困地区进行摄影创作，出版了散文摄影集《六盘山社火》、《走进西海固》等多部具有较高摄影水平和学术价值的著作。

【学习雷锋精神共建和谐新宁夏活动】

3月2日，在学习雷锋精神共建和谐新宁夏活动日里，由宁夏文联协会工作组织文艺家来到自治区康复中心“送欢乐、下基层”，为接受康复训练的听力障碍儿童送去了文学书刊、音乐作品、剪纸作品以及现场为听力障碍儿童拍摄了大量摄影作品。最后各位艺术家与老师和听力障碍的儿童，欢聚一堂共同为她们的明天更加美好，为她们的灿烂笑容而欢乐起舞。

【影视剧本创作研讨会】

2012年3月14日，由宁夏电影电视家协会、宁夏作家协会共同举办的宁夏影视剧本创作研讨会在银川召开，来自全区作家和电影电视艺术家30余人参加了研讨会。自治区文联党组成员、副主席哈若蕙主持了会议。自治区电影电视家协会主席杨洪涛在会上介绍了国际国内影视创作的基本情况，重点从文学的发展方向、市场走向、艺术标准与创作方式介绍了我区影视的发展现状，从文学现状、表现手法、时代需求等不同的侧面剖析了文学剧本创作与影视创作的相互关系，存在的问题及努力的方向。希望艺术家们能按照时代的节拍与要求，创作出人民喜闻乐见的优秀作品。此次会议是宁夏有史以来的第一次作家与电影电视艺术家共同举办的研讨会，是适应新时代新要求，以电影电视的形式放大文学作品的影响力，拓展文学的发展渠道的一次研讨尝试。

【传达学习中国文联九届二次全委会精神】

3月12日，宁夏文联召开党组（扩大）会议，传达学习中国文联九届二次全委会精神。文联党组书记、主席郑歌平领导出席，文联各部（室）、各文艺家协会负责人参加了会议。会议传达学习了中共中央政治局委员、中央书记处书记、中宣部部长刘云山同志对文联工作的指示，中宣部副部长翟卫华同志的讲话，中国文联党组书记、副主席赵实同志代表中国文联第九届主席团所作的题为《爱国 为民 崇德 尚艺 努力推动社会主义文艺大发展大繁荣》的工作报告以及《中国文联2012年工作要点》精神，学习了《中国文艺工作者职业道德公约》等。郑歌平主持会议并提出学习贯彻会议精神的要求。

【文艺创作座谈会】

为贯彻党的十七届六中全会和全国第九次党代表、第八次作代会精神，3月下旬，宁夏召开文艺创作座谈会。宁夏文学艺术领域的作家、艺术家以及宣传文化战线的工作者近百人共聚一堂，讨论了《全区“十二五”时期文学艺术创作规划纲要(讨论稿)》《自治区重点文艺创作生产项目管理办法(试行)》，畅谈推动宁夏文化大发展大繁荣的具体措施，勾画宁夏文学艺术创作发展锦绣未来。宁夏区党委常委、宣传部部长蔡国英，宁夏区政府副主席屈冬玉出席座谈会并讲话。宁夏文联党组书记、主席郑歌平代表文艺界表态说，自治区党委宣传部出台的一系列配套政策和办法，对宁夏文学艺术事业的发展必将产生积极的促进作用。通过打造文艺精品，实现“文艺强区”的目标。广大的文艺家既可以单独作战，也可以联合攻关，通过大家的共同努力，就可以创作出一批具有宁夏风格、宁夏气派和特色的精品工程。哈若蕙、杨洪涛、郎伟、郭文斌、马学礼、陈长祥、柳萍等作家、艺术家参加了座谈会并发言。

【知名书画家赴吴忠进行“走进大移民，感受新变化”文艺采风活动】

为了更好地落实自治区党委的指示精神，全面的宣传生态移民，扩大生态移民的影响力，坚定不移地为生态移民攻坚战提供精神支持和文化支撑。宁夏文联党组书记、主席郑歌平亲自带领第三期宁夏文艺家采风团在宁夏吴忠孙家滩移民新村进行了一天的走进大移民，感受移民新区的建设新成果采风活动。吴忠市有关领导及张少山、王系松书画艺术家十多人参加了此次活动。

【郑歌平主席一行到贺兰县文联调研】

4月12日，自治区文联党组书记、主席郑歌平等到贺兰县文联进行调研。调研组一行听取了贺兰县文联负责人的工作汇报，实地考察了贺兰县文联的办公环境，参观了贺兰县书画作品展，郑歌平主席现场与参展作品作者进行了交流。期间，调研组一行还参加了贺兰书画院成立揭牌仪式，郑歌平主席和贺兰县县长邓彦芳为贺兰书画院揭牌。

【自治区文联领导带队“下基层”深入基层帮扶单位对接工作】

为认真落实自治区党委、政府关于机关干部

“下基层、解民忧、帮发展、促和谐”活动的要求，按照自治区文联党组的统一安排，4月24日、25日、26日，文联各小组前往基层联系单位了解情况。党组成员、副主席哈若蕙带领工作人员到银川市兴庆区胜利街景园社区、康鑫社区，了解社区基本情况，和社区干部群众进行了面对面的沟通交流。党组成员、副主席刘伟带领工作人员深入中卫市沙坡头区宣和镇福兴村、福堂村了解情况、对接工作。通过和村组干部座谈，了解了两村的人口、主要产业、人均收入、目前经济社会发展面临的主要问题等情况。其他两个小组也分别到同心县王团镇石嘴子小学、堡子掌小学和灵武市梧桐树乡梧桐树村对接工作。工作组的同志认真了解了所联系的村和学校的具体情况和需要帮助解决的问题。各工作组通过下乡对接工作和座谈，摸清了联系对象的基本情况，为下一步正常开展工作打下了基础。

【“送欢乐、下基层”——走进“宁夏老年城”慰问演出】

4月26日，由宁夏文联主办，宁夏曲艺杂技家协会、宁夏戏剧家协会承办的“送欢乐、下基层”——走进“宁夏老年城”慰问演出在石嘴山市平罗县陶乐镇人民广场举行，1000多位观众观看了演出。我区著名演员柳萍、徐明智、王燕、赵杰、王景旗、白永尉等20多位艺术家表演了秦腔、京剧、相声、小品、坐唱、魔术、杂技等10多个精彩文艺节目，为“宁夏老年城”的老年朋友和广大观众献上了丰富的文化大餐，受到了观众朋友的热烈欢迎。

【纪念《讲话》发表70周年专场文艺晚会】

5月22日晚，由自治区党委宣传部和宁夏文联主办的宁夏文艺界纪念毛泽东同志《在延安文艺座谈会上的讲话》发表70周年专场文艺晚会，在银川光明广场举行。歌舞《百花迎春》拉开了专场文艺晚会的序幕，京剧器乐演奏《动》旋律欢快，动感十足；女声独唱《幸福相伴》《各族儿女心向党》唱出了对祖国和党的美好祝福；反映生态移民新村故事的快板《老爹的心事》不时引来观众会心的笑声。小品《生老病死》、舞蹈《花儿漫漫》、秦腔联唱、男声独唱、京剧联唱《黄河金岸赋》……来自宁夏文艺界的艺术家们用形式多样的节目，为现场观众带来一台精彩纷呈的演出。

【基层文学会议】

5月17日，由宁夏文联、宁夏作协和《朔方》编辑部主办的宁夏基层文学会议在银川召开，拉开了宁夏文联纪念毛泽东同志《在延安文艺座谈会上的讲话》发表70周年系列活动的序幕。近年来，宁夏文学创作呈现万木同春、花开满园的喜人局面，形成了一支颇具实力的队伍。这支队伍中有名满全国的优秀作家，但更多的是默默无闻的基层作者。会上，五市文联就基层文学工作取得的成效和经验作了交流发言，并听取了基层作家对文学事业发展的意见和建议。宁夏文联、作协还将通过举办作品研讨会、文学讲座、主题创作等各种形式，在文学基本理论、文学技法等方面给予基层作家指导，扶持基层作家进行文学创作。

【庆祝自治区第十一次党代会宁夏美术书法展览暨大型摄影图片展览】

6月6日，为庆祝宁夏回族自治区第十一次党代会胜利召开，由自治区党委宣传部、自治区文联主办，宁夏美术家协会、宁夏书法家协会、宁夏摄影家协会承办的“喜迎第十一次党代会、展示宁夏新风貌”美术、书法作品展和大型摄影图片展览，在党代会代表驻地——悦海宾馆举行。展览展出了来自全区各行业美术、书法爱好者的美术作品34幅、书法作品28幅、摄影爱好者的摄影作品近200余幅。展览为党代会的隆重召开，增添了热烈的欢庆气氛。

【传达学习自治区第十一次党代会精神大会】

6月12日，自治区文联召开全体干部职工大会，传达学习了自治区第十一次党代会精神、张毅书记的重要讲话精神和全区宣传文化系统传达贯彻自治区第十一次党代会精神大会精神。自治区文联党组书记、主席郑歌平主持会议并就贯彻落实会议精神作重要讲话。

【组织艺术家参加军事日采风活动】

今年5月，中共中央总书记、国家主席、中央军委主席胡锦涛签署通令，再次给在完成任务中作出突出贡献的宁夏军区给水团记集体一等功。为了用艺术形式反映该团先进事迹，6月16日，自治区党委宣传部、宁夏军区政治部、自治区文联组织的全区书法、美术、摄影艺术家一行30多人到宁夏军区给水团参加军事日采风活动。在给水团领导的陪同下，艺术家们先后亲身体验了射击

等活动，参观了给水团军营和团史馆，在一件件深藏感人故事的物品，一幅幅反映给水团官兵战天斗地精神和党中央、中央军委领导亲切关怀的珍贵照片，一座座用生命和汗水浇铸的奖杯面前，艺术家们长时间驻足观看并仔细询问。给水团官兵默默无闻、无私奉献青春乃至生命的精神深深地感动了艺术家们。书画家们现场挥毫泼墨，60多件反映给水团精神的书画作品为给水团官兵送上了全区广大文艺工作者的美好祝福。自治区文联党组成员、副主席刘伟带领自治区文联各部门负责人一同参加了军事日采风活动。

【推荐17篇文艺评论作品参评全国第八届文艺评论奖】

中国文联文艺评论奖是文学艺术界唯一的国家级综合奖，自治区文联十分重视，为此，专门下发了《关于征集推荐第八届中国文联文艺评论奖参评作品的通知》文件，具体由宁夏文学艺术院和宁夏文联组联部承担推荐参评工作。经过层层筛选，宁夏文学、美术、书法、音乐、舞蹈、戏剧、民间文艺、曲艺杂技八个艺术门类的17篇文艺评论作品，报送参评中国文联第八届文艺评论奖。

【勤政警示教育大会】

6月25日，自治区文联召开勤政警示教育大会，认真学习贯彻全区勤政警示教育领导干部大会精神、区直宣传思想文化系统勤政教育整改大会精神。会议传达了张毅书记、王正伟主席在全区勤政警示教育大会上的讲话、蔡国英常委在区直宣传思想文化系统勤政教育整改大会上的讲话精神、自治区纪委《关于查处〈宁夏日报〉两起报道责任事故的通报》。区文联党组书记、主席郑歌平就贯彻落实会议精神作了重要讲话。会议由刘伟副主席主持，区文联机关全体干部职工参加了会议。

【党员干部参观沿黄经济区建设】

6月29日，为了贯彻自治区第十一次党代会精神，实施“文化强区”战略，结合建党91周年纪念活动，自治区文联机关党委组织党员干部来到青铜峡市，实地考察沿黄河经济带的建设情况，并与青铜峡市有关部门进行了互动交流。党员干部参观了青铜峡市新农村建设示范村——陈袁滩镇袁滩村滨河社区、青铜古镇旅游商贸区以及中华黄河坛等，亲身感受自治区大力推进沿黄经济区建设带来的巨大变化。参观结束后，自治区文联的党员作家、艺术家和青铜峡市有关部门就党员如何在基层组织建设中发挥模范带头作用进行了交流。

【“新徽商杯”宁夏老年书画展】

7月8日上午，由宁夏老龄办、宁夏书法家协会、宁夏美术家协会、宁夏老年书画协会等单位联合举办的“新徽商杯”全区老年书画展在宁夏文化馆开幕。全国政协人口资源和环境保护委员会副主任任启兴，宁夏回族自治区政协主席项宗西，政协副主席安纯仁及十多位省军级老领导出席了开幕式。展览由宁夏老年书画协会会长薛安国主持，宁夏文联党组书记、主席、宁夏书法家协会主席郑歌平代表展览组委会致辞。宁夏文联副主席宋鸣代表展览评委会宣读了获奖、入展名单。本次书画展览，得到宁夏全区广大老同志的积极响应，他们认真创作、反复推敲、积极投稿，共收到书画作品814幅，其中书法560幅，国画254幅，数量和质量均为宁夏历届老年书画展览之最。经评审委员会认真评审，共评出获奖作品60幅，入展作品200余幅。

本次展览为宁夏书法家协会打造“2012宁夏老年书法年”的重要举措，此举极大地提升了广大老同志的创作激情，丰富了创作经验，进一步地推动了宁夏书法的全面、和谐发展。

【第二届中国西北音乐节——西海音乐会】

7月9日，由陕、甘、宁、青、新五省（区）党委宣传部、文联、音协共同主办的黄河金岸吟诵塞上江南—宁夏塞上音乐会奏响第二届中国西北音乐节取得圆满成功，在西宁落下帷幕。本届音乐节为期8天，12场音乐会缤纷登场，汇聚了青海、陕西、甘肃、宁夏、新疆近年来新创作的优秀音乐作品，演出阵容强大、参演人数众多、节目质量上乘，是一场西北音乐人大聚会、大融合的音乐盛宴，也进一步推动了五省（区）音乐文化创新、交流、发展和繁荣。本次音乐节，宁夏代表团共荣获九项大奖，宁夏音乐家协会获得优秀组织奖，宁夏演艺集团歌舞剧院交响乐团获得演奏金奖，宁夏原创作品《黄河金岸》交响组曲、歌曲《神圣的母亲河》分别获得创作一等奖，钢琴独奏《山林》和二胡独奏《洪湖随想曲》分别获得表演一等奖，歌曲《枸杞红了》等三部作品获得二等奖。

【第六届中国文联中青年文艺评论家高级研修班】

7月18日至22日，由中国文联主办，中国文联理论研究室、中国文联文艺研修院、宁夏文联、宁夏大学共同承办的第六届中国文联中青年文艺评论家高级研修班在宁夏银川开班。来自全国各地的80多位中青年文艺评论家参加学习、研讨。宁夏回族自治区党委常委、宣传部部长蔡国英，中国文联党组成员夏潮出席开班式并讲话。本届研修班还邀请了冯远、仲呈祥、韩震、於可训、董学文等专家授课，课程设置丰富，时间安排紧凑，专家讲授和学员研讨相结合，学习观摩与采访考察相统一，从理论到实践致力于提高中青年文艺评论家整体专业素养。

【第十届全区少儿“希望杯”舞蹈大赛】

由宁夏区党委宣传部、文联、教育厅、文化厅、广播电视总台主办，宁夏舞蹈家协会承办的第十届全区少儿“希望杯”舞蹈大赛在银川成功举办。此次大赛共收到舞蹈参赛作品48个，其中学演舞蹈36个，创作舞蹈12个，参赛教师、小演员达718人。经过评委层层选拔、审定，最终评出，创作类：一等奖2个、二等奖3个、三等奖3个；表演类：一等奖2个、二等奖6个、三等奖8个；展演一等奖1个；优秀组织奖9个。自治区文联党组书记、主席郑歌平等领导、艺术家出席颁奖演出并为获奖者颁奖。

【中国商业电影研讨会】

9月3日，由中国电影艺术研究中心、中国电影资料馆、中国电影报社、宁夏广电总局主办，宁夏电影电视家协会、宁夏电影集团承办的中国商业电影研讨会在银川举行。自治区党委常委、宣传部部长蔡国英会见了中国电影管理局副局长张宏森及参加研讨会的各位专家。蔡国英部长向各位专家介绍了宁夏社会经济发展的基本形势和存在的不足，为深入贯彻自治区关于小省区要办大文化的指导方针，自治区出台了很多关于发展文化产业的措施与办法，特别是《画皮》与《画皮2》的创作成功，成为宁夏特有文化品牌，代表自治区人民对《画皮2》创作团队和到会的各位专业表示衷心的感谢。研讨会上，专家认为，电影《画皮2》自6月28日全球公映，最终票房突破7亿元，刷新华语电影票房排行历史纪录。作为魔幻爱情动作片《画皮2》票房成功的原因不仅仅是创作和市场运作的经验及档期选择的成功，还在于在品牌开发、视听效果、市场运作等方面的开拓。作为华语电影最出色的系列品牌，电影《画皮2》为中国电影应对好莱坞大片的冲击树立了典范、积累了经验，成为中国主流商业电影全新的里程碑。

【“宁夏摄影创作（彭阳）基地”挂牌】

2012年9月13日，在彭阳县民族团结月和第五届文化艺术月开幕之际，宁夏文联、宁夏摄影家协会在彭阳举行了“宁夏摄影创作（彭阳）基地”挂牌仪式。宁夏文联副主席宋鸣等艺术家及固原市委和彭阳县委政府领导出席开幕挂牌仪式。

【全区离退休干部书画大赛作品展】

9月18日，由自治区党委组织部、老干部局、文联主办全区离退休干部书画大赛作品展开幕式在银川举行。全国政协人口资源环境委员会副主任任启兴宣布开幕，自治区党委常委、组织部部长傅兴国致辞。自治区人大常委会副主任刘天贵、自治区政协副主席安纯人，以及部分省(军)级离退休干部和区内知名书画家出席开幕式，自治区文联副主席刘伟宣读了获奖名单。本次展览得到老干部们的积极响应，有419名老干部创作了610幅书画作品参赛，经评审，有332幅书画作品入展。这些作品从不同角度抒发了我区广大离退休干部对党和祖国的热爱之情。

【2012中国·宁夏第三届回族舞蹈展演】

由中国舞蹈家协会、宁夏区党委宣传部、宁夏文联主办，宁夏舞蹈家协会承办的“2012中国·宁夏第三届回族舞蹈展演”于10月14日在宁夏人民会堂圆满落下帷幕。自治区党委常委、宣传部部长蔡国英，自治区文联党组书记、主席郑歌平等领导出席颁奖晚会并为获奖者颁奖。此次展演活动有来自北京、云南、新疆、河北、山东宁夏6个省市20支代表队参加。经过3天的紧张角逐，共评选出一等奖10个，二等奖9个，三等奖6个。其中宁夏大学音乐学院的《花儿与少年随想》、《萨米尔的成长》，宁夏演艺集团歌舞剧院的《阿色俩目》，新疆昌吉回族自治州艺术剧院的《赶牸牛》，北方民族大学音乐舞蹈学院的《沙之源》荣获作品一等奖；宁夏大学音乐学院的《沙

枣花香》，宁夏艺术学校的《一棵树》荣获编导一等奖；石嘴山市文化馆中老年艺术团的《红舞鞋》，宁夏文化馆的《待嫁的阿依莎》，中卫市歌舞团的《同心记忆》荣获表演一等奖。

【荣获第八届中国文联文艺评论奖获奖组织工作奖】

第八届中国文联文艺评论奖获奖结果日前揭晓。宁夏文联因组织工作得力，荣获组织工作奖。宁夏文联推荐的我区著名回族文艺评论家、剧作家杨建国撰写的《贴近老百姓　百姓才爱听——评郭刚与长篇评书〈话说马鸿逵〉》一文获得文章类一等奖；北方民族大学副教授吕颖撰写的《女性文学批评的几个关键问题思考——从“对话与参与”的角度谈起》一文获得文章类二等奖。这也是宁夏文联在此奖项评选以来取得的最好成绩。10月30日，由中国文联主办，中国文联理论研究室、云南省文联承办的第八届中国文联文艺评论奖颁奖典礼在云南昆明举办。中国文联党组书记、副主席赵实，云南省委常委、宣传部部长赵金，中国文联党组成员夏潮出席；中宣部、中国文联、云南省有关部门领导，以及中国文联各全国文艺家协会、各省区市文联分管理论评论工作的领导和理论评论工作部门代表，文艺理论评论家代表，获奖作者代表等参加；宁夏文联党组成员、副主席刘伟代表宁夏文联参加颁奖典礼并领奖。

【组织机关干部和文艺家代表集中收看中国共产党第十八次全国代表大会盛况】

11月8日上午，宁夏文联组织机关干部和文艺家代表在文联会议室集中收看中国共产党第十八次全国代表大会盛况。自治区文联党组全体成员、各部室、协会全体干部职工、自治区各文艺家协会的文艺家代表参加了集中收看活动。宁夏新闻媒体在收看现场采访了我区的知名文艺家。

【组织文艺家到自强社区开展“结对共建行动”】

为了落实好党的十八大精神，推进基层党建和群众文化活动，2012年11月9日，自治区文联党组成员、副主席刘伟，副巡视员、机关党委专职副书记王加玲和有关部室文艺家到自强社区开展“结对共建行动”。副主席刘伟和文艺家们参加了自强社区文化建设情况，观看了社区群众开展的文化活动，与部分群众进行了交流，并同社区同志共同探讨了新形势下“结对共建行动”的任务和方式。文联给社区带去了《宁夏文学精选小说卷》、《宁夏文学精选集散文卷》、《朔方》等文学书籍；美术家、书法家当场挥毫，把共同建设和谐社区的美好祝愿融进作品，送给社区。

【全体干部职工大会传达学习贯彻党的十八大精神】

11月22日，自治区文联召开全体干部职工大会，传达学习贯彻党的十八大精神、自治区党委十一届二次全会精神、张毅书记的重要讲话精神和蔡国英常委在全区宣传思想文化系统学习党的十八大精神学习班上的讲话。自治区文联党组书记、主席郑歌平要求文联各党支部、各部门和各文艺家协会，一定要高度重视、精心组织、周密部署；认真学习、深刻领会、全面贯彻。会议由党组成员、副主席刘伟主持。

【应邀参加中国文联“送欢乐、下基层”文化惠民活动】

为了喜迎党的十八大胜利召开，贯彻落实十八大的会议精神，践行文艺为社会主义、为人民服务的方针，推动中国文联“送欢乐、下基层”文化惠民活动。11月28日，中国书法家协会在山西太原举办了“中国书法进万家——中国著名书法家走进西山煤电集团”慰问活动。来自全国各地的近30位书法家参加了活动，宁夏文联党组书记、主席，宁夏书法家协会主席郑歌平，宁夏书法家协会秘书长宋琰也受邀参加。参加本次活动的书法家在西山煤电公用公司和洗煤厂书写了百米长卷和一批书法作品，以书法的形式带去党和政府对我国一线煤炭产业工人的问候，激励西山煤电集团员工以优异成绩庆祝党的十八大胜利召开。

【党组召开以“学习贯彻党的十八大和自治区第十一次党代会精神、保持党的先进性、纯洁性，建设和谐富裕新宁夏”为主题的民主生活会】

12月21日上午，自治区文联党组召开了以“学习贯彻党的十八大和自治区第十一次党代会精神、保持党的先进性、纯洁性，建设和谐富裕新宁夏”为主题的民主生活会。自治区党委宣传部副部长张克洪到会指导并讲话。自治区文联党组书记、主席郑歌平主持会议，文联部、室、协会负责人列席会议。会上，文联党组班子成员及党员领导干部结合自己分管的工作和群众意见建议开展了批评与自我批评，各部、室、协会负责同志对文联领导班子今后的工作提出了希望和建议。文联领导班子及各部、室、协会负责人还对民主生活会质量进行了满意度测评。

文艺家协会

【摄影家协会】

宁夏摄影家协会举办“欢乐的家园”迎春摄影展

继“关注民生·爱我宁夏”摄影展在光明广场展出引起了全区市民的广泛好评和喜爱之后，春节期间，自治区机关事务管理局、宁夏摄影家协会、省级干部服务处再次于春节期间在怡好园和太阳岛举办了“欢乐的家园”迎春摄影展，此次展览展出作品规模小而精美，从不同角度反映了祖国大好河山的锦绣壮丽、文化胜景的悠久典雅和家园的处处温馨，愉悦和丰富了居民们的春节文化生活。此次展览有15位作者获奖。

中国摄协、宁夏摄协在银川开展“送欢乐，下基层”活动

2月11日至12日，由中国摄影家协会分党组副书记王郑生，全国著名摄影家东哈达、王文扬、费茂华和宁夏摄影家协会主席陈长祥，副主席张春荣等组成的慰问团将温暖和欢乐送到了宁夏百姓的身边。11日上午，300余人在宁夏文化馆二楼聆听了由全国著名摄影家王郑生主讲的金像奖创作专题讲座，金像奖获得者东哈达、王文扬、费茂华等摄影专家对我区17位摄影家的近期力作进行了点评和指导。下午，慰问团一行先后来到自治区劳模张兴宁和纳生金家中，为劳动模范家庭拍摄全家福，摄影家此次携带打印机，现场打印照片亲笔签名后赠送给他们及家人。副书记王郑生与劳模亲切交流，将从北京带来的年画、台历送给了他们。12日，摄影家们来到永宁县纳家户，拍摄了回族婚礼、做礼拜等反映回族群众和谐文化生活的风情民俗作品，随后参观了水洞沟遗址，对黄河边塞古文化摄影题材进行了探索和交流。

【书法家协会】

石嘴山市书协等荣获中国书协先进称号

2月4日上午，2011年“中国书法进万家”活动先进集体、先进个人表彰会在北京亚奥酒店举行。会上授予十个团体会员为先进集体，75个基层单位为先进基层集体，135人为中国书法进万家先进个人。石嘴山市书协和隆德县书协被授予先进基层集体称号；刘平、石庆璧、马洪春、张玉被授予先进个人。

宁夏两青年书法家获全国册页书法展最高奖

5月7日，由中国书法家协会主办的单项展览——全国第二届册页书法作品展览评选揭晓，共评出入展作品411件，其中评出全国最高奖——优秀作品奖27件。宁夏书法家杨华（杨涵之）、潘志骞的书法作品获得优秀作品奖，陈昊的作品入展。

我区年轻作者入展“80榜样”全国80年代优秀书法家提名展

6月22日，由中国书法家协会青少年工作委员会主办，《中国书法》杂志学术支持，文化部青联书法篆刻委员会、青少年书法报社协办，北京新弘文馆承办的“80榜样”全国80年代优秀书法家提名展在北京军事博物馆开幕。提名作者仅限于1980年1月1日至1989年12月31日内出生的20世纪80年代代表书法家。由宁夏书协秘书长、中国书协青少年工作委员会委员宋琰提名，我区年轻作者李磊的作品入选本展览。

宁夏书协工作受中国书协表彰

7月13日，中国书协组联工作会议在甘肃瓜州举行，会上对2012年度《中国书法》杂志发行征订工作进行了总结，宁夏书法家协会因在本年度发行工作中表现出色而受到表彰。

马学智小楷赏析座谈会在银举行

由宁夏文史馆、宁夏文联、宁夏书协、宁夏书画研究院举办的马学智小楷赏析座谈会于7月12日在宁夏文史馆会议室举行。我区书法爱好者60余人参加了本次活动。马学智先生是我区著名书法家（回族），现为宁夏文史馆员、宁夏书画院副院长、宁夏书协顾问，曾任中国书协四届理事、中国书协权益保障委员会副主任，长期在翰墨中笔耕不辍，书法久以草书示人，书风追求简单潇洒，在他的小楷中，历代前贤书风的影响是很鲜明的，魏晋的古朴、唐楷的正大、宋人的意蕴均留有痕迹，此次小楷作品集出版发行，反映出其在小楷方面的探索和研究成果。

宁夏书法作品入展第四届中国书法兰亭奖佳作奖

12月2日，第四届中国书法兰亭奖评审总结会在绍兴举行，标志着兰亭奖评审工作圆满结束。共评出艺术奖10人；佳作奖入展作品232件，一等奖5件、二等奖10件、三等奖13件；理论奖一等奖3篇、二等奖7篇、三等奖9篇。我区书法家陈国鸿、韩绍芳作品在佳作奖评选中入展获佳作奖。

宁夏书协送书法进校园

12月7日，宁夏书法家协会组织中国书法进万家——走进吴忠市利通一小活动。我区书法家30余人参加了活动。宁夏文联党组书记、主席，宁夏书协主席郑歌平也让人带来了内容为“见贤思齐”的作品。宁夏书协秘书长宋琰为汇集在此的吴忠市小学美术书法教师做了关于小学书法教育的讲座。

【舞蹈家协会】

宁夏16名舞蹈家加入中国舞蹈家协会

由宁夏舞协推荐鲁少忠等16名优秀舞蹈工作者加入中国舞蹈家协会。此次获批人员均是我区专业团体、院校的文艺骨干。

【曲艺杂技家协会】

宁夏曲艺杂技家协会召开主席团会议

3月16日宁夏曲艺杂技家协会，在银川召开曲艺家协会主席团会议。会议由曲艺杂技家协会主席徐明智主持，曲艺杂技家协会主席团成员参加会议。会议传达、学习了中国曲协党组书记、驻会副主席董耀鹏在《2012年全国曲协会议工作报告》，以及学习和布置了中国曲协有关“第七届牡丹奖评选办法的通知”、“第五届全国少儿曲艺大赛的通知”和“关于报送2011年度全国优秀曲艺作品参评材料的通知”等，并推选出2011年度中国曲协为民服务先进个人一名。

宁夏曲艺杂技家协会选送理论作品获第八届金菊第七次优秀奖

3月21日至25日，中国杂技家协会第六次理事扩大会及第八届中国杂技第七次理论作品颁奖仪式在云南省昆明市举行。由宁夏杂技家协会选送的宁夏艺术剧院杂技团编导张晓红理论作品《浅谈杂技艺术创新》获得优秀作品奖。

唐志刚获中国曲协“送欢笑、到基层”惠民文化活动先进个人称号

为纪念毛泽东同志《在延安文艺座谈会上的讲话》发表70周年，进一步贯彻落实党的十七届六中全会和九次文代会精神，深化“走转改”活动，中国曲协近日对全国98名积极参加“送欢笑 到基层”惠民文化活动的先进个人进行了表彰。我区曲艺杂技家协会唐志刚同志获此殊荣。

宁夏曲艺杂技走进高校

6月12日下午，在宁夏医科大学体育馆，宁夏文联、宁夏曲艺杂技家协会为宁夏医科大学师生献上了一台精彩的曲艺、杂技、魔术节目演出。优秀传统文化是校园德育建设的丰硕资源。宁夏曲艺杂技作为中国优秀传统文化的传播者首次进入大学校园。宁夏医科大学千余师生不仅观看了我区著名曲艺家、杂技家、魔术家表演的精彩节目，同时还了解了相声、快板、宁夏花儿、坐唱相关知识。

郭刚当选第七届中国曲艺家协会副主席

2012年11月25日至29日，中国曲艺家协会第七次代表大会在北京召开，大会选举产生了新一届理事会和以姜昆为主席、董耀鹏、黄宏、冯巩、郭刚等12人为副主席的新一届领导机构。宁夏文联名誉主席郭刚同志再次被选举为新一届中国曲协副主席。唐志刚当选为新一届理事。

相声演员白永蔚尝试评书演播

由宁夏回族自治区党委宣传部和宁夏广播电视总台主办，宁夏广播电视总台都市广播制作的红色经典纪实小说连播《豫海英杰马和福》于12月10日正式开播。该剧由我区著名相声演员白永蔚演播。

【美术家协会】

宁夏美协“送欢乐、下基层”为银川实验中学师生讲学

3月5日是全国学雷锋日，宁夏美协响应宁夏文联的号召，以雷锋精神为工作指导方针，深入基层、服务人民，为社会奉献一份爱心。当日，宁夏美协副主席秘书长郭震乾、北方民族大学设计艺术学院副院长杨占河为银川实验中学师生义务讲学。

宁夏美术界庆“三八”女画家系列展在各地隆重举行

第102个“三八”国际劳动妇女节到来之际，由宁夏美协主办的女画家系列展在各地隆重开幕。

3月6日，由石嘴山市文联、妇联、宁夏美协联合主办的女画家作品展在石嘴山市展览馆开幕，共展出中国画作品近百幅。3月7日，由银川市文广局与北方民族大学设计艺术学院主办，银川美术馆承办的"柳絮才媛吟春风"——北方民族大学设计艺术学院女性师生美术作品展，在银川市文化艺术中心举行。共展出设计、雕塑、国画、油画、书法等166件作品。3月8日，由宁夏大学美术学院与校工会共同举办的"2012·展开的画布"女教师美术作品展在银川市群艺馆开幕，展览共展出40余幅宁夏大学美术学院女教师的作品。3月8日，"相约春天里——女画家作品展"，在银川恒艺轩文化会所展出。中国画、油画作品50幅。

宁夏美协被评为"中国美协2011年度舆情信息工作先进单位"

4月17日至19日，由中国美术家协会主办，广西美术家协会承办的"中国美术家协会2012舆情工作会议"在广西南宁召开。中宣部、中国文联，中国美协等有关领导，以及来自各省、市、自治区美协的领导和驻会干部等50多人参加了会议。宁夏美协等五个省美协在服务工作大局，打造工作亮点上取得了明显成果，发挥出重要作用，被中国美协评为舆情信息先进单位。

宁夏书协美协组织书画家走基层

12月15日至17日，宁夏书协、美协组织书画家赴隆德县讲课。几位专家从点评入手，分析了会员及爱好者作品中存在的问题，解答了他们提出的问题，最后深入的对书法、绘画的临摹学习做了深入的研讨并进行了示范，培训班取得了良好的效果。自2007年隆德县被中国书协命名为"中国书法之乡"以来，宁夏书协看准其良好的书法群众基础，把该县当作我区书法发展的一个新的增长点。近年来多次在该县举办各类临摹、创作培训班，以往任笔为体、不事临摹的坏习惯得到纠正，一大批优秀作者逐渐成熟，为我区书法大发展储备了人才。

【音乐家协会】

第十四届全国少儿电子琴、数码钢琴大赛宁夏地区选拔赛落下帷幕

6月1日至3日，由宁夏音乐家协会主办、宁夏电子琴学会承办、银川文化艺术中心、银川市青少年宫金凤区少儿艺术培训中心联合举办的"第三届全国青少年电子琴优秀选手展演"暨"第十四届全国少儿电子琴、数码钢琴大赛"宁夏地区选拔赛，在银川文化艺术中心举行。经过各市、县、（区）和大赛组委会层层推荐选拔，共评选出158名选手进入决赛。最后评选出独奏优秀选手和重奏选手，将代表宁夏于8月下旬赴大连参加"第三届全国青少年电子琴优秀选手展演"比赛。

【民间文艺家协会】

宁夏民协选送的剪纸作品获"第三届剪纸艺术节"一金一铜

6月16日由中国文联、中国民协、中共河北省委宣传部、河北省文联等单位主办的"第三届中国剪纸艺术节暨第二届蔚州国际剪纸艺术节"在中国剪纸艺术之乡——河北蔚县隆重举行，来自8个国家、28个省市自治区的剪纸艺术家参加了艺术节。宁夏民协选送郑飞燕的"塞上风情婚俗窗花组合"获金奖，周国霞的"回族风情"获铜奖，3人获优秀奖，宁夏民协获优秀组织奖。

宁夏民间"踏脚舞"获第九届中国民间艺术节银奖

由中国文联、中国民协、甘肃省人民政府、甘肃省委宣传部等单位联合举办的"第九届中国民间艺术节暨第十一届山花奖民间广场歌舞评奖活动"于2012年9月11日至13日在甘肃省平凉市举行。经过16支队伍的激烈角逐，由银川市西夏区兴泾镇回中代表宁夏参演的民间"踏脚舞"，获第九届中国民间艺术节银奖，实现了零的突破，对于保护非物质遗产和宣传宁夏起到了积极的作用。宁夏民协同时获优秀组织奖。

宁夏百姓健康舞蹈荣登央视舞台

由中国舞蹈家协会、中央电视台"舞蹈世界"特别节目——全国百姓健康舞系列展演活动，于12月3日至8日在北京举行。由宁夏舞协选送，银川市文化馆艺术团创作表演的《踏响舞韵》，贺兰县文化馆创作表演的《栲栳》，石嘴山市文化馆艺术团创作表演的《红舞鞋》荣登央视舞台。并获"优秀节目奖"。特别是《栲栳》得到本次展演最高分，荣获"舞动中国全明星——爱心大使"荣誉称号。

【电影电视家协会】

《第五届中国旅游电视周》宁夏旅游电视节目获奖

9月27日，由中国电视艺术家协会，信阳市

委、信阳市人民政府主办的《第五届中国旅游电视周》颁奖晚会在信阳市举行。中国文联副主席、中国电视艺术家协会主席赵化勇等领导出席颁奖晚会并为获奖单位和个人颁奖。宁夏电影电视艺术家协会报送由宁夏广播电视总台影视频道拍摄制作的《红旗飘飘》荣获红色之旅电视节目类最佳作品奖；宁夏沙湖旅游有限公司制作的《沙湖韵致》获旅游广告宣传片类优秀作品奖。

【戏剧家协会】

《青春交响曲》荣获中国校园戏剧节·优秀剧目奖、校园戏剧之星奖

10月27日晚，由中国文联、教育部、上海市政府共同主办的“魅力校园·青春飞扬”第三届中国校园戏剧节颁奖典礼在上海话剧艺术中心举行。第三届中国校园戏剧节入围的24台参赛剧目，是从全国的132个大小剧目中遴选出来的。由宁夏戏剧家协会组织报送，宁夏大学音乐学院排演的音乐剧《青春交响曲》在沪首演成功，荣获第三届中国校园戏剧节“优秀剧目”和“戏剧之星”等奖项。

宁夏大学“兰夏梦”戏剧协会举办成立八周年庆祝活动

11月11日晚，宁夏大学音乐学院音乐厅举行音乐学院“兰夏梦”戏剧协会成立八周年庆祝活动专场演出。宁夏戏剧家协会副主席丁跃、杨建国、石小元、殷小晶应邀观看了演出。“兰夏梦”戏剧协会的同学们除了演出他们精心编排的短剧《百灵》、音乐剧《青春交响曲》等剧目外，还回顾了戏剧协会的成长历程，分享了8年感悟。经过8年的发展和历练，“兰夏梦”戏剧协会已经成为宁夏大学社团活动的品牌。

新疆维吾尔自治区文联

综　述

2012年是新疆各行各业贯彻落实党的十七届六中全会、中央新疆工作座谈会和自治区第八次党代会精神，全面推进跨越式发展和长治久安，各项建设事业取得重大进展的一年。新疆文联在自治区党委领导下，在中国文联中国作协指导下，依照自治区第七次文代会部署，将工作重点放在基层，以“高举旗帜、围绕大局、服务人民、改革创新”为主线，以满足各族人民群众精神文化需求为出发点和落脚点，组织各团体会员，着力以现代文化为引领，弘扬和培育新疆精神，加大基层文艺队伍建设力度，深入农牧区，开展形式多样、生动活泼、各族群众喜闻乐见的文化惠民活动，注重在活动中扩大影响力，在服务中增强凝聚力，努力为推进新疆科学跨越、后发赶超提供强大的精神动力和文化支撑，各项工作都取得了新进展、新突破、新成效。

会议及活动

【文艺界迎春茶话会】

1月28日，自治区文艺界迎春茶话会在乌鲁木齐市喜来登酒店举行。应邀前来的百余名各族知名艺术家欢聚一堂，载歌载舞，共同迎接新春佳节的到来，共同祝福新疆多民族文艺事业的繁荣发展。迎春茶话会由新疆文联党组书记副主席黄永军主持，自治区党委宣传部常务副部长吕焕斌，新疆文联党组副书记主席阿扎提·苏里坦分别致辞，自治区党委组织部副部长邵丽青等领导参加了活动。

【七届二次全委会】

3月27日，新疆文联七届二次全委会在乌鲁木齐迎宾馆召开。会议回顾了2011年工作，分析了文联工作面临的新形势新任务，研究部署了2012年工作。会议由新疆文联党组书记副主席黄永军主持，与会代表围绕自治区党委常委宣传部部长胡伟的讲话、新疆文联党组副书记主席阿扎提·苏里坦代表主席团作的题为《发扬新疆精神 携手共同奋进 全力以赴开创文艺工作和文联工作新局面》的工作报告进行了讨论。会议审议通过了工作报告，通过了《关于更替和增补新疆文联第七届委员会委员的决议》，姚康、李首峰、于文辉、张泽玉、高海滨、池光、付剑峰、古金花、张军旗九位同志增补为新疆文联七届委员会委员。

自治区人民政府副主席铁力瓦尔地·阿不都热西提、自治区党委宣传部副部长施生田等领导出席了会议，新疆文联七届委员会委员、各团体会员主要负责人共百余人参加了会议。

【送欢乐、下基层活动】

为响应中国文联倡导的“送欢乐、下基层”号召，配合自治区党委宣传部启动的“万村千乡文化精神产品惠民工程”，新疆文联将2012年确定为“基层服务年”，号召全疆所属团体会员在2012年广泛开展送欢乐下基层公益性文化惠民活动。

2011年年底，由中国文联、自治区党委宣传部、中国文学艺术基金会、新疆文联联合主办的“送欢乐、下基层——百花回报沃土，艺术奉献人民”活动在阿克苏地区库车县举行，标志着新疆文联2012年基层服务年文化惠民活动正式启动。新疆文联党组书记副主席黄永军带队，组织了音乐、舞蹈、戏剧、书法、美术、摄影、杂技、曲艺、文学等艺术门类的近百名知名艺术家，在县、乡（镇）、塔里木石油指挥部、驻地部队举办了三场大型文艺演出；新疆文联主席、作协主席阿扎带领几位著名作家，在喀什、阿克苏、库车等地为基层各族文学爱好者举办了6场维、汉语“作家大讲堂”；其他艺术门类专家学者为当地各族群众举办了多场次书法、美术、摄影、舞蹈培训讲

座，摄影家为村民照全家福，书法家为村民写春联，美术家为村民写生。这些活动不仅为新年前的库车县营造了欢乐热烈的喜庆氛围，让农牧民感受到了党和政府的深情厚谊，同时各地人群簇拥的观艺场景，也让艺术家们感悟到了基层各族群众对现代艺术和知识的渴望。《人民日报》、新华社、中央人民广播电台、《光明日报》以及自治区各大媒体报道了活动盛况。

11月4日，由自治区党委宣传部、新疆文联主办，昌吉州文联、昌吉市人民政府和新疆文联各文艺家协会承办的“感受新变化 喜迎十八大”名人名家送欢乐、下基层慰问演出活动在昌吉市滨湖镇举行。在黄永军带领下，几十位著名歌舞、戏剧和杂技演员精彩纷呈的表演，不断赢得基层群众的热情掌声；摄影家提前深入滨湖镇的7个乡村，拍摄了一百余张农牧民全家福，制成相框，在演出现场赠送到农牧民手里；5位书法家现场为农牧民写了150多幅春联。

10月底至11月初，为迎接党的十八大召开，新疆文联共筹措76万元资金，拨付14个地州市文联，各文联组织都在当地开展了以“感受新变化，喜迎十八大”为主题的“送欢乐、下基层”活动，活动在全疆呈现出广泛性、立体性、全方位覆盖的联动效应，丰富了基层群众的文化生活，为十八大的召开营造了良好的喜庆氛围。

【电影惠民工程】

7月26日下午，由中国文联、中国电影家协会、自治区党委宣传部、新疆文联和新疆生产建设兵团文联共同主办的“百花放映·情系新疆”大型电影惠民工程暨慰问采风活动在阜康市拉开帷幕。中国文联党组书记、副主席赵实，自治区党委常委宣传部部长胡伟为活动揭幕。开幕式上，中国文联向当地捐赠了四台数字电影放映设备和1000场次电影，并向自治区电影家协会、昌吉州电影发行总站、阜康市电影发行站和奇台县电影发行站颁发了“百花放映”资质单位铭牌。晚会现场汇聚了当地各族群众三万余人，即将放映的主旋律电影《飞天》的主演刘之冰、岳红在现场畅谈电影创作体会，中国文联党组成员夏潮致辞，中国电影家协会分党组书记、驻会副主席康健民，中国电影家协会分党组成员、副秘书长谢力，著名表演艺术家翟俊杰、陶玉玲、杜旭东、佟凡等参加了本次活动。随后几日，活动主办者赴吉木萨尔、奇台县域的乡村、牧场和边防营，为当地百姓、边防战士放映影片并捐赠电脑和电子放映设备。

7月29日，自治区党委书记张春贤在乌鲁木齐会见了赵实一行，感谢中国文联对新疆文化事业发展的重视和支持。自治区党委副书记、人民政府主席努尔·白克力，自治区党委常委、秘书长白志杰，自治区党委常委宣传部部长胡伟，自治区人民政府副主席铁力瓦尔迪·阿不都热西提以及新疆文联党组书记、副主席黄永军，新疆文联党组副书记、主席阿扎提·苏里坦，中国文联副主席、新疆舞蹈家协会主席迪丽娜尔·阿不都拉等参加了会见。随后，赵实一行赴石河子、克拉玛依、独山子、阿勒泰等地调研，并分别与新疆生产建设兵团政委车俊、副司令员成家竹以及各地基层文联负责人进行了座谈。

【梅花奖艺术团来疆慰问演出】

8月2日至10日，由中国文联党组副书记、副主席李屹，中国文联党组成员、副主席杨承志、中国剧协分党组书记、驻会副主席、梅花奖艺术团团长季国平等率领的中国剧协梅花奖艺术团一行42人，应邀来疆进行为期9天的慰问演出和采风活动。8月3日，艺术团在新疆人民会堂举行首场演出，17位梅花奖获得者联手乌鲁木齐京剧团的40多名演员，向观众献上了涵盖京剧、昆曲、豫剧等13个剧种的高水准戏剧大餐，让边疆人民领略了中国传统戏曲的博大精深，博得各族观众经久不息的掌声。8月4日，艺术团为新疆生产建设兵团专场演出，随后又行程万里，先后赴阜康天池景区、吐鲁番古文化遗址、阿勒泰喀纳斯景区、伊犁那拉提草原和乌鲁木齐大巴扎等地慰问采风，给喀纳斯和那拉提草原上的牧民送去了慰问品并表演了精彩的文艺节目。

8月9日，自治区党委书记张春贤在迎宾馆会见了李屹、杨承志、季国平一行。

【新疆油画全国行活动】

2012年2月24日，由自治区党委宣传部、中国保利集团公司、凤凰卫视控股有限公司联合主办的“情系神州——新疆油画全国行”活动在北京召开新闻发布会，并正式拉开巡展帷幕。这项活动最初由自治区党委书记张春贤倡导，于2011年8月开始筹划，新疆文联承办组织创作，先后邀请五十多位国内著名写实派油画家，分六批次深入天山南北采风写生，历时7个月，行程近万里，创作出新疆题材的油画作品70多幅；同时从三十多位新疆本土油画家中遴选出70多幅优秀作品一同入展。

3月20日至4月1日在广东省博物馆展出，4月9日至17日在上海美术馆展出，4月27日至5月6日在新疆国际会展中心展出，5月20日至29日在北京新保利大厦展出。展览受到社会各界的广泛好评，各地观众在欣赏艺术作品的同时，也加深了对发展中的新疆及其风土人情的了解。广东站、上海站、新疆站应广大观众的要求均延长了展期。5月29日上午，中共中央政治局常委、中央政法委书记周永康在北京参观了展览，并给予画展高度赞誉和肯定。8月28日至31日，该画展作为“新疆是个好地方——情系香港·感知新疆”大型经贸旅游文化周活动的重要组成部分，在香港国际会展中心展出，香港各界对油画展乃至新疆文化表现出浓厚的兴趣和高度的赞赏。9月10日上午在北京人民大会堂新疆厅举行了油画捐赠仪式，写实画派艾轩、王沂东、杨飞云、郭润文四位艺术家把在新疆各地采风写生后精心创作的四幅作品捐赠给自治区人民政府，自治区人民政府授予四位艺术家“新疆美术家协会名誉顾问”的荣誉称号。

【哈孜·艾买提作品亮相中国美术馆】

4月7日，由自治区党委宣传部、中央文史研究馆、中国美协、中国美术馆、新疆文联联合主办的“天山魂——哈孜·艾买提美术作品展”在中国美术馆开幕。全国政协副主席阿不来提·阿不都热西提，原全国人大常委会副委员长司马义·艾买提，全国人大民族委员会副主任、委员雪克来提·扎克尔，中国文联党组副书记、副主席李屹，文化部副部长王文章，中国文联副主席、中国美协主席刘大为，国务院参事室副主任、中国美协副主席王明明，新疆文联党组书记黄永军等领导出席了展览开幕式。

展览共展出哈孜·艾买提历年创作的代表作百余幅，涵盖油画、中国画和版画等多个画种，欢乐的歌舞场面、维吾尔的节日庆典、新疆各族同胞的生产生活场景是画家热衷表现的题材。哈孜·艾买提1933年出生在喀什，是新中国培养的第一代维吾尔画家，曾任中国美协副主席、新疆美协主席、新疆艺术学院院长等职，现为新疆文联名誉主席。他从事美术教育40余年，为新疆培养了众多各民族美术人才。

【“千人培训”活动】

2012年，遵照自治区党委关于开展“基层建设年”活动的要求和宣传思想文化工作会议部署，新疆文联针对基层文艺人才短缺、创新能力不强、专业素质薄弱的现状，启用专项资金，动员所属各文艺家协会发挥自身优势，面向自治区、地州、县（市）三级会员和基层广大文艺爱好者，适时开展“千人培训”活动。截至年底，各专业协会及部分期刊杂志社根据基层文艺工作需要，因地制宜举办文学创作、文学翻译、书法、美术、摄影创作、舞蹈编导、少儿舞蹈师资、戏曲创作、合唱指挥、音乐考级师资、电影放映、民间工艺制作、魔术表演等专项培训班36期，受训学员3000余人次；举办不同主题的文艺讲座近30场。年内作协选送了12名维吾尔青年作家赴上海作协创作基地进行创作潜能开发训练，选送了41名各民族作家赴鲁迅文学院深造，选送了32名新疆各地中青年作家到湖南毛泽东文学院学习。多途径多手段培训和扶持基层文艺骨干，既有益于基层文艺队伍建设，也强化了文联服务职能。

【少数民族文学座谈会】

2012年3月24日，由中国作家协会、新疆维吾尔自治区党委宣传部、新疆文联、新疆作家协会共同举办的“进一步繁荣发展新疆少数民族文学事业座谈会”在乌鲁木齐市昆仑宾馆召开。会议由新疆文联主席阿扎提·苏里坦主持。中国作协书记张健、自治区党委宣传部副部长施生田等领导出席会议并讲话。新疆文联党组成员副主席阿拉提·阿斯木、叶尔克西·库尔班拜克，中国作协创联部综合处处长《作家通讯》主编高伟，新疆作协副主席秘书长董立勃等领导出席了座谈会。

会议围绕近十年来新疆少数民族文学发展基本状况、特点和工作经验，理论和实践中存在的主要问题，如何创新体制机制促进少数民族文学发展，对加强少数民族文学工作有哪些具体建议等议题展开座谈讨论。同时，结合新疆实际对少数民族文学母语创作及翻译情况进行了调查。

自治区党委宣传部文艺处副处长阿力木江·阿皮孜，新疆各民族著名作家、翻译家、文

学评论家代表，各少数民族文学期刊杂志社社长、主编及相关学者50余人参加了座谈讨论。

会后，张健一行赴阿勒泰、喀什、阿克苏等地对少数民族文学创作情况进行了实地调研。

【新疆合唱团走进金色大厅】

1月30日，应中国合唱协会邀请，由新疆音乐家协会组团，自治区党委宣传部副部长施生田带队，新疆音协副主席兼秘书长佟吉生、中国移动公司工会主席涂朝辉全程随行，带领新疆移动全球通会员之声合唱团，赴奥地利参加中国合唱协会、欧洲大众国际文化交流会举办的“唱响五洲——维也纳金色大厅元宵夜合唱音乐会”。2月6日元宵夜，14个国内外优秀合唱团体汇聚维也纳，以各具地域特色和文化特点的歌曲唱响金色大厅。新疆合唱团身着维吾尔传统刀郎服饰，演唱了新疆风格的《罗兹兰》和塔吉克歌曲《慕士塔格》，优美的歌声彰显着新疆音乐诱人的魅力，点燃了现场观众的热情，海外华人和外国友人均报以热烈的掌声，演出人员多次谢幕才平息掌声。演出圆满成功。

【中国新疆·国际书法大展】

6月9日，由新疆文联主办，特克斯县委政府和新疆书协承办的“中国新疆·国际书法大展”在乌鲁木齐市美术馆开幕。自治区党委宣传部副部长外宣办主任侯汉敏、新疆文联党组书记副主席黄永军、党组成员秘书长马旭国、党组成员纪检组组长胡中平等领导与国内外著名书法家出席了开幕式并剪彩。本次展览共展出来自日本、韩国、新加坡、法国、加拿大等国以及我国浙江、云南、山东、四川、新疆等省区和港、澳、台书法家优秀作品199件。展出的作品风格迥异、格调高雅，充分显示出书法艺术的独特魅力。为期5天的展览结束后，国内外书法家一起前往国家历史文化名城特克斯县采风写生、笔会交流，并在当地巡展。

机关建设

【学习自治区第八次党代会精神】

中国共产党新疆维吾尔自治区第八次代表大会，是贯彻落实中央新疆工作座谈会精神、实施“十二五”规划、全面建设小康社会进程中召开的一次十分重要的会议。大会实事求是地总结了过去五年的工作和基本经验，深入分析了当前面临的形势和发展机遇，站在新的历史起点上，安排部署了实现新疆跨越式发展和长治久安两大历史任务的指导思想、战略选择和各项工作。自2011年11月至2012年1月，为深入领会自治区第八次党代会精神，新疆文联组织党员干部职工分阶段开展学习交流活动，党组中心组带头学习，黄永军书记主持动员大会、作专题辅导报告，机关党委组织开展集体学习、专题辅导、自学、座谈、讨论、交流等活动，党员干部结合实际谈发展、说变化。通过学习，各族干部职工对党的十七届六中全会和自治区第八次党代会的历史地位和重要意义有了更深刻的认识，对会议的基本精神有了更全面、更准确地理解，对文学艺术工作和新疆的未来充满了信心，纷纷表示，要把前一阶段的学习成果转化为推动今后工作的动力，细心谋划并全力做好今后的各项工作。

【新疆文艺家之家建设项目进展情况】

继2011年7月自治区党委政府确定建设“新疆文艺家之家”意向后，2012年1月12日，自治区人民政府主席努尔·白克力在自治区和乌鲁木齐市有关领导陪同下，现场办公，策划选址事宜；3月初，努尔主席批复前期费用1800万元；4月16日，自治区发改委批复予以立项，乌鲁木齐市规划局受理，并着手设计规划方案；10月8日，努尔主席再次召集文联主要领导和乌鲁木齐市主要领导研究新疆文艺家之家选址事宜，并拨付4000万元用于新址拆迁工作。至年底，项目负责人正积极协调各有关方面，力求最大限度达成共识，争取项目建设尽早动工。

【事业单位用人制度改革顺利推进】

2011年12月2日，新疆文联成立了事业单位人事制度改革和岗位设置工作领导小组，启动了事业单位人事制度改革。截至2012年5月10日，已将所属24个（包括11个文艺家协会、11个文艺杂志社、理论研究室和机关服务中心）事业单位，全部纳入岗位设置和全员聘用的轨道，岗位总量212个，实际参加岗位聘用的有173人。通过实施事业单位岗位设置和全员聘用工作，新疆文联有57位自2008年以来取得新专业技术任职资格的同志得到了任职兑现，有116位同志取得职称等级和工资晋升，占实际应聘人员159人的73%，为下一步实行分类管理，建立公开、公正、公平的用人制度和激励机制奠定了良好的基础。

各文艺家协会

【作家协会】

自治区党委交办的民族文学原创和作品互译工程，是协会工作的重点，自2011年年底至2012年年底，文稿的征集和初审工作仍在进行中，已征集的原创和翻译文稿三百多部。其中组织专家完成了176部初审，推荐76部交宣传部。为了将更多的文学经典译成民文，经反复酝酿论证，从古今中外的文学经典中选出50多部，组织翻译家翻译，大部分已译完。截至年底，有118部原创作品和互译作品已经或即将出版发行。第一批作品问世后，协会按宣传部部署，赴南北疆和东疆，广泛搜集群众反映，征求各方意见，无论是文学工作者还是各层面的干部群众，都认为此项工程是文化大发展大繁荣的成果，对提高各族群众文化生活水平作用明显、意义深远。

“作家大讲堂”自开办以来，已成为新疆作家与广大市民进行交流互动的重要窗口。年内又有4位知名作家陆续走上讲台，为广大群众奉献精神食粮。协会努力把大讲堂推向基层，利用本土及内地著名作家和编辑采风考察的机会，分别在博乐、伊宁、新和、奇台、巴里坤等地举办了19场讲座，参加听课的文学爱好者达2000多人次。

年内，完成了新疆政府“天山文艺奖·文学类和文学翻译类”的初评。征集到全疆各族作家参评作品150多部，组织30多位专家审读，按评奖条例选出45部作品参加复评。参加了全国少数民族文学骏马奖的评奖，组织专家评选，从78部作品中，推选出15部作品参加终评。

加大了对各族文学人才的培训力度。5月，选送12名维吾尔青年作家到上海作协创作基地，进行创作潜能开发训练；7月，选送41名不同民族作家赴北京鲁迅文学院深造；10月，选送32名新疆各地中青年作家去湖南毛泽东文学院学习。年内利用南山风景区的作家之家，举办10期各种主题的文学读书培训班，培训学员170余人次。遵照文联党组把培训活动办到基层去的号召，3月，与哈密地区文联合作在哈密市木卡姆传承中心举办了文学翻译培训班，有35人参加；7月，在伊犁州举办了哈萨克中青年作家培训班，有40人参加。

采用多种方式帮助基层作者开阔视野、明确方向、提高创作水平。年内分别主持召开了哈萨克著名诗人评论家沙力·沙都瓦哈斯作品、阿勒泰青年女作者周智慧的短篇小说集《惟见莲心不染尘》、樟楠的散文作品《一把老黄土》、张新生的散文集《心有星光》、青年女作家李颖超长篇小说《赶大营》、青年作家孙春明反恐长篇小说《刺青》、老作家杜芳清的散文集等个人作品研讨会；6月14日，与上海作协合作举办了阿拉提·阿斯木新书发布会和作品研讨会；组织南疆少数民族作家25人赴北疆体验生活，帮助他们感受时代的新变化新气象，获取更丰富的创作素材；5月，率新疆各民族作者24人赴青海、西藏采风考察，在拉萨与西藏作协召开文学创作和工作交流座谈会；与新疆师范大学文学院联合召开了新疆当代小说创作学术研讨会；7月，与中国作协创研部联合在北京举办了新疆少数民族著名作家作品研讨会，7位相关少数民族作家被请到北京，阿扎提主席亲自主持，铁凝主席到会并做了重要讲话。

年内，接待来自中国作协、湖北作协、湖南作协、四川作协、陕西作协以及《人民文学》杂志社、人民文学出版社、《当代》杂志社、《文艺报》的各级领导和著名作家编辑一百多人，安排相应的座谈交流调研考察采风活动。协助中国作协党组副书记张健一行，走遍了天山南北，顺利完成了对新疆少数民族文学创作现状的调研，其间得到张春贤书记的接见，张健书记对新疆作协工作给予高度评价。10月，协助《民族文学》杂志社在乌鲁木齐举办了哈萨克文版发行座谈会，有200人参加，自治区政协主席艾斯海提、中国作协党组成员副主席白庚胜参加了会议，安排北京一行30人赴库尔勒采风考察。

文学原创和作品互译工程的实施，激发了新疆各族作家的创作热情。年内新疆有五位作家获“全国第十届少数民族文学创作骏马奖”，分别是亚生江·沙地克的长篇小说《诸王传》、乌拉孜汗·阿合买提的中短篇小说集《骏马之驹》、哈

孜·艾买提的长篇纪实文学《我生命中难忘的画像》、瓦依提江·吾斯曼的诗集《响箭》、苏德新获翻译家成就奖。作家阿拉提·阿斯木用汉语创作的小说集《蝴蝶时代》在上海出版，受到文学界广泛好评和关注。阿勒泰青年作家李娟的散文作品《阿勒泰的角落》、《羊道》、《冬牧场》《转场》等著作，正在各地书店热销，继连年获多项大奖后，今年又获西部文学奖和新疆政府的天山文艺奖。诗人沈苇获2012年诗刊诗歌年度奖。散文作家王族的《骆驼之死》和孤岛的《塔里木河的自述》获第五届“冰心散文奖”。青年女作家南子获2012年在场主义散文新锐奖。青年女评论家何英的评论文章，在全国级文学报刊上推出，正改变着新疆文学评论薄弱的状况。业余身残作者李健，历时近十年，创作出了反映新疆民国年间社会动荡变迁的长篇小说《木垒河》，是今年新疆本土文学的一项重要收获，10份月推出后，首印二万册销售一空，多家媒体报道和连载，电视剧的改编也正在进行中。一年里，还有许多作家的作品在全国重要的文学期刊上发表和出版社出版。

【美术家协会】

4月7日至15日，在新疆美协华夏艺术馆举办了第十四届“新疆迎春美术作品展”。该展从350幅作品中精选出125幅参展，包括国画、油画、水彩·粉画、版画等，主题呈现出浓郁的边疆风貌，也彰显着新疆美术创作水平的提升，吸引了4000多美术爱好者和各族市民前往参观。

6月，继续与新疆妇女儿童发展中心联合举办了每年一届的“新疆庆祝六·一儿童节少儿美术作品展”。

7月，与中国美协合作，在新疆国际博览中心举办了“美丽家园·魅力新疆”第七届中国西部大地情——中国画·油画作品展。从征集的7000件作品中精选出参展作品346件（含特邀作品），从中评选出优秀作品58件。在7天展期中，有近万名各族美术爱好者参观。

10月，在乌鲁木齐市美术馆举办了“感受新变化、喜迎十八大·天山情——新疆中国美协会员美术作品展”。画展首次荟萃近80位新疆中国美协会员的精品佳作，有八十多岁高龄的老一辈国画家、油画家和水彩画家，也有近年涌现出的中青年实力派画家，包括汉、维吾尔、哈萨克、蒙古、满、回、俄罗斯等民族，参展的148幅作品包括了中国画、油画、版画、水彩画、色粉画等画种。组委会邀请中国美术界名流担任评委，评选出一等奖、二等奖、三等奖和优秀奖作品74件。获奖作品由新疆文联永久收藏，并由新疆文联颁发奖金。中国美协顾问新疆文联名誉主席著名油画家哈孜·艾买提、新疆美协名誉主席著名油画家克里木·纳斯尔丁、新疆美协名誉主席著名国画家龚建新、中国美协理事新疆美协主席邓维东等将自己展出的油画、国画作品无偿捐赠，由新疆文联永久收藏。

6月，配合文联“千人培训”活动，组织两个培训小组赴博州和阿克苏地区，对当地文联及画院、高校、专业技术培训学校以及直属县、乡文化馆的300多名美术工作者和爱好者进行了为期三天20个课时的专业讲座。

年内，油画艺委会承办了哈萨克斯坦当代著名油画家木拉帅夫的个人展览，展出作者近年来潜心创作的油画作品数百幅。组织了“走进伊犁·最美还是我们新疆”大型主题展览活动，面向全疆征稿，与地州美协组成10人小组赴尼勒克采风写生，一起探讨表现新疆风光的方法，帮助基层作者提高对艺术的理解。展览在伊犁州成功举办，并出版了大型画册《走进伊犁·最美还是我们新疆》。

中国画艺委会在博乐市博物馆举办了“走进博州中国画作品展”，参展作者42人，展出作品86幅；协助自治区文化厅举办了“桑皮纸中国画作品展”（桑皮纸被列为国家级非物质文化遗产名录）；组织画家赴阿勒泰、博州、伊犁、吉木萨尔、奇台、克拉玛依等地写生；自筹资金出版了《中国画写生作品集》。

水彩·粉画艺委会与乌鲁木齐市美协联合，组织全疆各地水彩画家20余人，在谢家沟写生基地开展采风写生交流活动；与油画艺委会在伊宁市举办了“最美还是我们新疆，走进伊犁新疆油画水彩作品展”；年末，选送30余幅作品参加广西举办的“第十届全国水彩粉画展”，初评通过9幅，终评5幅入选。

雕塑艺委会在上海第十二届南京路雕塑艺术展上，展出新疆23名雕塑家的50件作品，雕塑展为期两个月，南京路上平添了一道独特的西域艺术风景，得到各界广泛好评。上海方邀请部分委员参加了开幕式，出版了画册，从展出作品中选出叶繁的一件佳作收藏，作为本次展览永久纪念。年内，雕塑艺委会部分委员参与了全国多项雕塑交流活动，参与了新疆各地州雕塑方案征集和雕塑设计与制作工作。

漫画艺委会筹委会于9月13日召开了新疆漫画界专家作者代表大会，审议通过了艺委会章程（草案），选举产生了第一届委员会。为迎接党的十八大召开营造良好氛围，根据新疆文联“送欢乐，下基层”文化惠民活动要求，于10月举办了“感受新变化，喜迎十八大”漫画下基层（社区）巡回展。

【民间文艺家协会】

按新疆文库年度工作计划，年内组织专业力量，完成了居素甫·玛玛依《玛纳斯》演唱本四册23.5万行、《历代玛纳斯齐演唱记录本》两册11万行、《江格尔演唱记录本》两册8万行、《格斯尔演唱记录本》80万字的整理并附光盘，于11月中旬将稿件交出版社；完成《中国民俗大典·新疆卷》新疆十三个世居民族的民俗事象稿件撰写和初审、复审工作，并列入新疆文库2012年出版计划；再次修订完善了《新疆县级民俗志》编撰提纲和启动方案，报自治区领导和相关单位。

组织三个采录小组深入塔城、博乐、阿勒泰、哈密、喀什、克州、和田等地近20个达斯坦流布较多的乡、村，开展维吾尔达斯坦和哈萨克达斯坦的采录工作，采访艺人40余名，录制视频资料160多小时。

按非遗保护工作要求，指定专人与协会推荐的19名非遗保护项目传承人保持经常性联系，及时发送生活补助金，关心他们的生活和健康状况，力所能及地为他们解决困难；与相关单位合作着手采录、整理哈斯木老人演唱的达斯坦曲目，并将其申报成国家级传承人。

配合文联实施的“千人培训”活动，5月在哈密地区非物质文化遗产保护中心举办了首届新疆维吾尔达斯坦演唱交流活动，来自和田、喀什、阿克苏、巴音郭楞、吐鲁番和哈密等地的40余名维吾尔达斯坦奇（叙事诗演唱艺人）参加了交流，6位专家学者分别作了专题讲座。活动期间采录了30小时的维吾尔达斯坦音视资料；6月在阿克苏地区新和县举办了新疆民族民间工艺制作培训班，来自阿克苏地区七县一市的民间艺人、手工业者、民间工艺制作爱好者和民间文艺工作者共200余人参加了培训班，新疆艺术学院教授、新疆会展中心美术设计师及优秀民间工艺品制作传人为学员作了“民间工艺的色彩应用”、“民族民间图案设计”、“民间雕刻技法”、“维吾尔民族服饰与花帽艺术”等内容的讲座。年内应邀在阿克苏展览中心、自治区图书馆作家大讲堂、哈密市、库车县、新疆师范大学等地作了有关新疆民间文化的7场讲座。

9月，合作承办了“米东杯”第二届新疆回族“花儿”邀请赛暨新疆“花儿”理论研讨会，来自伊犁、昌吉、哈密、巴州、乌鲁木齐等地的7个代表队60名“花儿”歌手、51支参赛曲目参加了比赛，组委会特邀甘、青、宁三省9位全国知名“花儿”传承人与新疆歌手同台表演，交流技艺。来自甘、青、宁、新的43名“花儿”学专家学者提交了46篇论文，21名专家发言，共同研讨新疆“花儿”的起源、艺术特点、流派等，交流了各地开展“花儿”艺术传承、保护的工作经验。专场演出了大型回族民俗歌舞剧《花漫天山》，现场观众达两万余人。

6月，与阿克陶县在帕米尔高原慕士塔格峰脚下的喀拉库勒湖畔承办了“中国《玛纳斯》、《江格尔》、《格萨尔》三大史诗”传承与保护研讨会。全国各地50余名专家学者参加了会议，30多位提交了论文，8位中国著名史诗学专家在会上发言或宣读论文，与会者围绕中国“三大史诗”传承与保护议题展开讨论。来自青海、内蒙古和新疆的中国“三大史诗”代表性传承人为与会者演唱了“三大史诗”精彩片段。

6月，选送作品参加中国民协在河北省蔚县举办的第三届中国民间剪纸艺术节暨第二届蔚县国际剪纸艺术节，新疆有32幅作品入展，5幅参评作品获一银一铜成绩；8月，新疆和田玉文化艺委会组队参加了由中国民协在长春市主办的第四届全国民间工艺品博览会，文军的玉雕作品《新疆姑娘》获金奖；9月，在甘肃省平凉市举办的第九届中国民间艺术节暨第十一届山花奖·民间广场歌舞评奖活动中，哈密地区歌舞团表演的维吾尔歌舞《美丽春天》获银奖；10月，协会选送的沙雅县维吾尔民间歌舞《胡杨林中的麦西来甫》通过

全国民歌展演评委会初选，于12月赴江西省婺源县参加演出。

【书法家协会】

年内，利用节点开展书法进万家社会公益活动。元月，组织书法家及会员在乌鲁木齐揽秀园、红十月、汇嘉园、解放北路等社区为市民书写春联千余幅；慰问新市区环卫清运队人员，书写春联300余幅；5月，组织书法家前往沙依巴克区残联开展“高雅艺术走进残疾人家”活动，与残疾朋友交流座谈，欣赏他们创作的书画摄影作品，并为残疾朋友创作了60余幅书画作品；7月，组织书法家前往武警驻乌鲁木齐某部进行慰问，赠送书法作品200余幅；11月，参加新疆文联在昌吉市滨湖镇举行的“送欢乐、下基层”活动，为当地农民书写春联及书法作品400余幅。

4月，赴南昌参加新疆书法江西交流展，展出新疆书法作品80件，并与当地书法名流举行了座谈交流。8月，在乌鲁木齐市美术馆举办了“重庆书法新疆邀请展”，展出重庆书法代表作品115件，此后受重庆书协邀请，参加了“新疆书法重庆邀请展”，展出新疆书法、篆刻代表作品90余件。9月，举办了“兰庭书苑杯”首届新疆青少年书法大赛，展出210件作品，其中青年组12件、少年组12件获奖；在哈密文艺中心主办“第三届新疆社会主义新农村建设书法展”，入展作品150件，其中12件获奖；在乌鲁木齐美术馆举办了香港书法学会主席容浩然先生书法展，展出作品70件。

响应文联号召，开展“千人培训”活动。7月，在培训中心举办全疆书法培训班，邀请中国书协培训中心洪厚甜老师授课，来自全疆各地60名书法爱好者参加了培训；与自治区教育厅教科所在新疆艺术学院联合举办了“全疆中小学教师书法培训班”，来自全疆各中小学的150名教师参加了学习。8月，在哈密市举办书法培训班，当地40名书法爱好者参加了学习。9月，在阿克苏、库尔勒举办了书法培训班，有100多名书法爱好者参加了学习；在书协培训中心分别举办两期军队自主择业转业干部书法学习班，有200人次参加了培训。年内还举办常规培训班三个，其中成人书法班二个、少儿书法班二个，参加学习的学员200余人次。

【音乐家协会】

3月，召开第六届七次理事会，总结2011年工作，部署2012年计划。4月，召开钢琴学会第三届代表大会，选举产生了新一届理事会理事和主席团。5月，召开二胡学会第二届代表大会，选举产生了新一届理事会理事和主席团。

年内举办了第二届“新歌唱新疆”创作歌曲征集、评选活动，中宣部“五个一工程奖”（歌曲类）新疆赛区的征集、评选活动，“最美的歌声献伊宁-伊宁美”歌曲征集、评选活动，自治区“天山文艺奖”（音乐类）征集、评选活动，首届新疆“海伦·文得隆”杯青少年钢琴大赛，第十四届“卡西欧”杯电子琴、数码钢琴大奖赛新疆赛区选拔赛，首届中国锡伯族民歌大赛，第十四届“全国少年儿童电子琴、数码钢琴大赛”全国总决赛，“新师杯”第三届新疆手风琴大赛，第三届乌鲁木齐独唱、重唱、独奏、重奏大赛等10余项重大赛事；组团参加了在青海举行的“2012第二届中国·西北音乐节”，在湖北宜昌举行的“长江杯”第三届全国少年儿童钢琴优秀选手展演等两项全国大型比赛。

举办了“长江琴韵”——安德烈、元杰钢琴音乐会，强音合唱团成立十周年“祝福祖国”合唱音乐会，“嘎善之夏”音乐周系列活动——关永兰锡伯族经典歌曲独唱音乐会、郭笑娟锡伯族民歌演唱会、关庆珍中外艺术歌曲独唱音乐会、佟尔创作歌曲演唱会、锡伯族诗人阿苏作品诗歌朗诵音乐会、中国武警文工团锡伯族歌唱家美尔更芝独唱音乐会、北京阿吉亚斯流行音乐演唱会等10余场音乐会。

年初，组织新疆移动全球通“会员之声”合唱团赴奥地利维也纳参加了由中国合唱协会、欧洲大众国际文化交流协会举办的“唱响五洲——维亚纳金色大厅元宵夜合唱音乐会”。7月底，接待由中国音协邀请的“日本音乐家友好访华团”一行六人，在中国音乐家协会副主席、新疆音乐家协会主席努斯勒提·瓦吉丁，新疆音乐家协会副主席、秘书长佟吉生的陪同下，与新疆民族乐团、新疆艺术学院音乐系、阜康天池艺术团、吐鲁番地区歌舞团的艺术家们进行了友好交流，前往新疆天池、吐鲁番葡萄沟、交河故城等文化景点采风。

6月1日，与乌鲁木齐市音舞协会共同组织部分艺术家赴乌鲁木齐SOS国际儿童村进行慰问演出。11月4日，组织艺术家参加由自治区党委宣传部、新疆文联主办的“感受新变化、喜迎十八大”送欢乐、下基层名人名家走进昌吉活动。

自7月10日起，中国音协、新疆音协2012年夏季考级工作在乌鲁木齐市及全疆各地同步进行，考级工作比往年更规范、更严格，各专业委员会派出自治区高级专家任考官，对考生进行辅导并举办讲座。截至10月中旬，顺利完成了钢琴、电子琴、小提琴、手风琴、声乐、管乐、二胡等十二个专业一万多人的音乐考级。

根据文联“千人培训”活动部署，开展讲座培训活动。4月22日，电子琴学会秘书长马彪应邀赴克拉玛依市参加油城百姓第十期艺术讲坛，为电子琴爱好者授课，当日下午，在克拉玛依市日报社举办了马彪双排键电子琴专场音乐会；5月16日至17日，与哈密地区文联、地区音协在吐哈油田活动中心联合举办了“哈密地区首届合唱指挥培训班”，新疆音协合唱学会常务副会长、青年指挥家邓文欢为近100名学员授课；9月28日，邓文欢任主讲在克拉玛依市油城百姓第十六期艺术讲坛开办了“唱响十月”合唱专题讲座；11月6日至8日，与中国音协、自治区文化厅在博州青少年宫共同举办了“自治区社会艺术水平考级（电子琴专业）教师资格认证”培训班，来自全疆各地从事电子琴教育工作的20余名教师参加了培训。

【摄影家协会】

年初召开第六届七次理事会，通过了2011年工作总结和2012年工作计划。

发挥摄影艺术在促动地方经济社会文化发展中的宣传作用，4月，承办了新疆·阜康西王母瑶池蟠桃会“影像桃花节”摄影大赛，来自疆内外的30多名摄影家和摄影爱好者参加了大赛；6月，主办了2012中国新疆特克斯国际摄影展；主办了“木垒杯”新疆摄影家首届团体摄影大PK联赛；7月，主办了“走进帕米尔，决战昆仑山”中国摄影家首届“奥林匹克”团体摄影大PK活动；9月，主办了喀纳斯第十二届金秋国际摄影节。

10月，举办了“中国移动杯”新疆第十七届摄影艺术作品展，展览贯彻了以摄影艺术形式讴歌和反映新疆在实践跨越式发展和长治久安两大历史任务进程中所取得的巨大成就的宗旨。11月，承办了由中国文联、中国摄影家协会主办的“温暖边疆　辉煌历程——祖国边疆建设成就摄影展”。

为落实新疆文联部署的“基层服务年”活动计划，8月，在木垒县举办了摄影培训班，学员主要是各乡镇文化干事、摄影工作者和部分自由摄影人，共137人，培训以基础理论讲座与拍摄实践相结合，系统讲解了摄影理论、数码摄影及后期制作等内容，并穿插中外名家作品欣赏、实地采风拍摄、学员作品点评等辅导内容；11月，配合文联主办的“感受新变化　喜迎十八大”名人名家走进昌吉“送欢乐、下基层”慰问演出活动，赴基层走家串户为各族群众拍摄百余幅全家福。

【戏剧家协会】

元月，组织新疆军区文工团、新疆艺术剧院话剧团、兵团歌舞剧团等团体的艺术家，赴乌拉斯台边防连进行“情系北塔山·欢乐边关行”迎新春文化艺术慰问演出活动。

年内，组织新疆师范大学、新疆艺术学院、石河子大学等单位师生编创的18部戏曲作品，代表新疆参加了由中国文联、教育部、上海市人民政府联合举办的“第三届中国校园戏剧节”活动，新疆获4个奖项，其中新疆艺术学院的作品《水晶心理》获“中国戏剧奖·校园戏剧奖”唯一特别奖，新疆戏剧家协会获优秀组织奖；组织部分艺术家到米东区对新疆曲子剧团演出的歌剧《花花尕妹》、《稻香情》作品进行了研讨；组织专家参加新疆师范大学举办的第三届校园戏剧节参赛作品决赛评审；组织专家研讨兵团豫剧团演出剧目《天山人家》和石河子歌剧话剧团、石河子豫剧团演出话剧《兵团记事》；组织专家在新疆曲子剧团召开了新疆曲子创作研讨会，重点研讨关于曲子剧《天山脚下》剧本的创作。

7月，在伊宁市与合作单位承办了首届新疆北疆片区“御极鹿苑圣玛依拉杯”戏曲、曲艺、小品大赛，收到京剧、相声、曲艺等参赛作品107部，经初赛、复赛和决赛，有24部作品获最佳组织、最佳作品、最佳导演、最佳演员等奖项。

7月，接待广东省戏剧艺术家一行12人，在新疆开展为期13天的艺术交流和采风活动，并与博尔塔拉蒙古自治州和伊犁哈萨克自治州剧协的艺

术家们举办了两场联谊会。

10月，在乌鲁木齐哈密大厦举办了新疆首届戏（曲）创作培训班，相关单位戏剧创作人员20余人参加了培训，新疆文联党组成员副主席张君超、国家一级编剧自治区非物质文化遗产专家委员会成员程万里、国家一级编导新疆戏剧家协会理事李明德、兵团歌舞剧团导演演员王俪桥为学员们授课。

11月，配合新疆文联组织戏剧艺术家参加了“感受新变化，喜迎十八大”“送欢乐、下基层”名人名家走进昌吉慰问演出活动；与自治区民政厅联合向特克斯县实施文化扶贫活动，捐赠笑星高建新音像作品5千份。

【舞蹈家协会】

响应新疆文联“千人培训”活动，8月，邀请总政歌舞团一级编导前北京舞蹈学院吴国本教授、北京舞蹈学院孙龙奎教授、中央戏剧学院舞美设计刘小舟讲师、青年现代舞舞蹈家马明金等，面向基层舞蹈编创业务骨干举办了“首届舞蹈编导强化班”；11月，与兵团舞协联合邀请中国舞蹈家协会分党组书记副主席、中国艺术研究院博士生导师冯双白先生，来乌市为新疆各艺术团体、各艺术院校的编导及教员讲授当前中国舞蹈创作的发展趋势；协助中国舞协举办了两期“中国舞少儿舞蹈教师资格培训班”。

7月，举办了“第七届全疆少儿舞蹈大赛”，从各地州、市的390多个节目中选出110个角逐本次大赛的各个奖项，优秀节目选送至中国舞蹈家协会举办的“小荷风采”舞蹈比赛、CCTV电视舞蹈大赛以及其他对外舞蹈艺术交流活动，全疆共有2000名少儿舞蹈选手参赛；8月，在乌鲁木齐红山体育馆承办了“中国新疆首届全国国际标准舞邀请赛暨新疆第十二届国际标准舞锦标赛”，来自北京、深圳、内蒙古、山西、西安及香港特别行政区和新疆各地州县的59个代表队约1500对舞者参加了比赛；在乌鲁木齐市青少年宫举办了“新疆第三届街舞大赛”，有20多支街舞团体和500多名街舞高手参加，选手年龄从8岁到35岁不等，比赛吸引了上千名群众到场观看；10月，在乌鲁木齐市承办了“新疆第六届群众舞蹈比赛”。

7月，在香港举办的“香港回归十五周年盛典晚会暨亚洲冠军赛”中，新疆少儿舞蹈《放飞雏鹰》获金奖。8月，中国舞协在青海省西宁市举办“中国青海国际原生态舞蹈暨现代舞艺术节”，莎车县民间班社原生态舞蹈作品《刀郎木卡姆》获金奖；在“第十届桃李杯舞蹈比赛”中，新疆艺术学院舞蹈学院参赛作品获一个三等奖、三个优秀奖。9月，在“第三届中国蒙古舞舞蹈大赛暨第三届内蒙古电视舞蹈大赛”中，博州歌舞团舞蹈《沙吾尔登》获表演金奖和创编金奖，《海登沙吾尔登》获表演铜奖、创编铜奖和最佳音乐奖；巴州歌舞团创作表演的群舞《波浪沙吾尔登》分获创作银奖、表演银奖。在“2012中国·宁夏第三届回族舞蹈展演”中，昌吉回族自治州艺术剧院的《赶脬牛》和《阿色俩目》获两项一等奖，新疆舞协获组织奖。在“第23届大连国际服装节暨国际狂欢节—华丽霓裳”全国服饰艺术模特邀请赛中，新疆选送的服饰作品《绚丽的天山》获金奖。11月，在文化部举办的“盛世欢歌”全国中老年文艺汇演中，新疆选送的舞蹈《援疆政策亚克西》、《胡杨——生命之舞》获金奖。

年内，协会还举办了“贫困地区少儿舞蹈教育志愿者培训班”，组织专家赴社区、医院等单位义务辅导编排节目；参与了新疆文联“送欢乐、下基层”活动。

【电影家协会】

配合主管部门办好“百花放映·情系新疆”大型电影惠民工程暨慰问采风活动，自4月开始策划，6月踩点，与当地政府及相关部门联络协调，做好了前期准备工作，7月，活动拉开帷幕后，协会做好全程各项辅助工作，为整个活动的成功举办奠定了良好的基础。

8月，携十部优秀主旋律影片抵伊犁州特克斯县，继续开展“百花放映·情系特克斯”活动。在特克斯县广场、乔拉克铁热克乡孟布拉克村等地，为当地群众放映电影，在喀拉峻草原为参加“伊犁州直第四届阿肯阿依特斯大会”的牧民放映电影，并利用草原盛会机遇，以阿肯阿依特斯大会的弹唱、叼羊、赛马等活动现场为背景，拍摄了一部反映当代哈萨克族少年幸福成长的微电影——《巴彦的马》，展示了喀拉峻草原秀美的景色，以及哈萨克族群众日常生活清新质朴的民风。响应新疆文联倡导的“千人培训”活动，在特克斯县开办了“基层电影放映员技术培训班”，解决了农村放映工作中存在的一些技术问题；与县主管文化的领导、文广新局领导、电影公司领导召开了“百花放映·情系特克斯——电影放映座谈会”。

6月，参与自治区纪检委在全疆范围开展的“微艺术·大法纪”廉政文化作品征集评选活动，组织剧本创作，搭建剧组班子，协会微电影工作室创作人员用不到两周时间，拍摄完成了两部廉政微电影——《红领巾》、《借钱》，其中微电影《红领巾》在2400余件参赛作品中脱颖而出，获得大赛一等奖。

在中国金鸡百花电影节优秀民族电影的展演活动，协会尹俭同志创作的剧本《喀纳斯的故事》被台湾有关方面选中，于10月赴台湾参加了中国民族电影展。

【杂技家协会】

积极为杂技表演团体搭建面向基层面向各族群众的活动平台。1月16日，新疆文联党组成员纪检组组长胡中平、杂技家协会副主席秘书长热娜携新疆杂技团演出小分队，赴3601部队参加迎新春文艺晚会；5月4日，组织新疆杂技团、新疆师范大学音乐学院演出团赴解放军测绘大队慰问演出。演出以“心连心·鱼水情”为主题，讴歌了新时期最可爱的人，既活跃了驻地官兵的文化生活，也谱写了一曲军民同心、共创和谐的赞歌。

响应新疆文联倡导的“千人培训”活动，“五一”、“十一”期间，在乌鲁木齐市举办了两期魔术培训班，培训300余人。11月，在喀什地区艺术学校、喀什市歌舞团、喀什市杂技团、喀什师范学校举办“感受新变化，喜迎十八大”送培训下基层活动，活动内容包括欣赏音乐杂技剧《你好！阿凡提》、专家讲座、现场传授杂技与魔术等。

新疆生产建设兵团文联

综　述

2012年，兵团文联认真学习宣传贯彻党的十八大精神和十七届六中全会，中央新疆工作座谈会以及兵团党委六届十次全委（扩大）会议精神，围绕中心、服务大局，坚持以科学发展观为统领，强化以人民为中心的工作导向，以迎接、学习、宣传、贯彻党的十八大精神为工作主线，团结带领兵团广大文艺工作者，以高度的文化自觉、文化自信，以再创兵团文化新辉煌为己任，集中力量抓大事，扎扎实实打基础，一心一意谋发展，开展了一系列旨在唱响兵团精神、活跃基层文化、满足广大干部职工精神文化需求、增强团场凝聚力的文化惠民活动，大力培养人才，努力组织创作精品力作，为推动兵团文化的大发展大繁荣，再创兵团文艺事业新辉煌做出了积极的贡献，取得了显著成绩。

重要工作、会议与活动

【第七届兵团职工文艺汇演】

1月，兵团党委宣传部、文化广播电视局和兵团文联承办了兵团第七届文艺汇演，集中展示了兵团近年来文化艺术取得的成就。兵团歌舞剧团、兵团豫剧团、兵团杂技团、兵团秦剧团等7个专业团体和一师、二师等11支业余代表队参演，历时14天为观众奉献18台异彩纷呈的文艺晚会。《我是兵团，我叫兵》、《放歌伊犁河》、《红星跃天山》、《昆仑山下兵团人》等主题晚会多为原创作品，舞台艺术形式丰富，创作和编排突出了军旅文化和兵团特色，既有新编剧目，也有老戏新排，具有很强的地域色彩和乡土气息。同时，兵团戏剧、曲艺艺术家和演员还会为广大戏迷上演三场戏曲专场晚会。

【“送欢乐、下基层”文化惠民活动】

为深入贯彻落实党的十七届六中全会精神和第九次全国文代会、第八次全国作代会精神，根据中央宣传部等五部门“走基层、转作风、改文风”的要求，按照中国文联、兵团党委的统一部署，2012年1月5日至12日，兵团文联组织兵团美术家协会、兵团书法家协会、兵团音乐家协会、兵团戏剧家协会、兵团舞蹈家协会、兵团杂技家协会和兵团歌舞剧团、兵团杂技团、兵团豫剧团、兵团秦剧团的260多名演职人员和艺术家，历时8天，兵分6路，分别赴二师25团、六师五家渠市103团、新湖农场、十二师104团、十师北屯市185团、建筑工程师第四建筑公司等单位举行了8场“送欢乐、下基层”文艺演出，进连队、进企业、进社区、进小家，走访慰问贫困职工和英雄模范人物22户，把兵团党委和中国文联的关怀和新春的祝福，送到千家万户，让广大职工群众度过一个欢乐、祥和的盛世佳节。“送欢乐、下基层”文化惠民慰问活动，受到了各级领导的高度重视和大力支持，师团分管领导亲自陪同走访看望慰问贫困职工，部分团领导还亲自登台演出，承担主要演员角色。慰问团走到哪里，哪里就会一片欢乐、一派祥和，所到之处受到了各族职工群众的热烈欢迎，《中国艺术报》、《兵团日报》和兵团电视台等新闻媒体进行了专题报道。

【兵团春节电视文艺晚会】

1月15日，兵团党委宣传部、文化局和文联联合举办的青松建化“潮起春天”2012年兵团春节电视文艺晚会在兵团二中体育馆举行。晚会邀请了北京、河北、安徽、上海等对口援疆省市的著名电视主持人参与主持。北京电视台、河北电视台、安徽电视台、上海广播电视台分别选送了现代京剧《沙家浜》片段《军民鱼水情》、小品《春根与秋芬》、黄梅戏《牛郎织女》片段《到底人间欢乐多》、魔术《心灵感应》等节目参与演出。自治区党委副书记、兵团党委书记、政委车俊，兵团党委副书记、司令员刘新齐，兵团领导翟小衡、刘建新、王继亮、宋志国、宋建业、哈尼巴提·沙布开、卢晓峰、刘向松、成家竹出席晚会，与参加自治区“两会”的部分人大代表、政协委员，兵团援疆干部代表，以及晚会特邀嘉宾八师、九师、十四师老军垦代表等一起观看演出。

【文艺家协会负责人联席会议】

2月7日，兵团文联文艺家协会主席、秘书长联席会议在兵团文联会议室举行。兵团文联11个文艺家协会、文联创作组、绿洲杂志社负责人参加了联席会议。兵团文联主席李光武传达了兵团政委车俊在兵团宣传文化系统调研座谈时的重要讲话精神，与会同志对车政委的讲话进行了认真讨论。各协会负责同志回顾了2011年协会工作，提出了2012年协会工作设想，对兵团文联2012年工作计划进行了讨论、补充和修改。李光武主席就如何贯彻好车政委讲话精神，做好2012年工作提出了要求，兵团文联党组成员、文联机关部室负责人出席了联席会议。

【兵团文联四届四次全委会议】

3月16日，兵团文联四届四次全委会议在乌鲁木齐徕远宾馆召开。兵团文联主席李光武、副主席郭成云分别主持会议。兵团党委常委、秘书长成家竹，兵团党委、兵团副秘书长赵广勇，兵团党委宣传部部长万卫平出席会议，成家竹同志作了重要讲话。兵团文联党组成员、秘书长秦安江作增替补委员说明，党组成员、副巡视员刘宁和文联主席李光武分别传达了兵团政委车俊在宣传文化系统调研、座谈时的讲话精神和中国文联九届二次全委会精神，李光武主席作了题为《把握历史机遇，实现跨越发展，再创兵团文艺工作和文联工作新辉煌》的工作报告。7月22日，兵团文联召开了四届五次全委会，兵团文联主席李光武传达了中国文联九届三次全委会精神，总结了兵团文联2012年上半年工作，安排布置了下半年工作任务。会议根据兵团机关干部人事制度改革有关规定，兵团党委决定，郭成云同志不再担任兵团文联党组成员，任兵团文联副巡视员，全委会通过郭成云同志不再担任兵团文联副主席职务。会议选举秦安江同志为兵团文联副主席。

【纪念毛泽东同志《在延安文艺座谈会上的讲话》发表70周年座谈会】

5月23日，为纪念毛泽东同志《在延安文艺座谈会上的讲话》发表70周年，兵团文联与兵团党委宣传部在徕远宾馆举行座谈会，兵团老中青三代文艺家和文艺工作者结合学习贯彻党的十七届六中全会精神和兵团党委贯彻实施《意见》，进行了研讨发言，兵团文联主席李光武在座谈会上讲了话，兵团党委宣传部常务副部长曾建勇主持座谈会并作了总结讲话，《兵团日报》进行了专版宣传。

【“放歌兵团——兵团团场团歌大赛”】

2012年7月12日晚，兵团文联与兵团文广局联合在四师66团举办“放歌兵团——兵团团场团歌大赛启动仪式”。9月27日，“放歌兵团——兵团团场团歌大赛颁奖晚会”在兵团六师五家渠市文化中心举行。这次全兵团范围的团场团歌大赛，是在迎接党的十八大胜利召开、深入贯彻党的十七届六中全会精神、落实中央新疆工作座谈会和全国第三次对口援疆工作会议以及兵团党委六届十次全委（扩大）会议精神的大背景下举办的，也是按照兵团党委“占领阵地、活跃基层、丰富职工群众文化生活”的要求，组织开展的一次大型群众文化活动。活动历时两个月共有兵团13个师70多个团场近百首团（场）歌参加大赛。经过评审组初评、复评并报组委会最终审定，产生特别奖1个、一等奖4个、二等奖4个、三等奖8个、优秀奖8个，三个单位获组织奖。

【承办中国文联百花放映慰问团、梅花奖艺术团赴兵团专场慰问演出】

7月29日，中国文联、中国电影家协会“百花放映、情系新疆”大型电影惠民慰问团，在中国文联党组副主席书记赵实的带领下，来到八师石河子市、六师五家渠市奇台农场慰问演出，看望广大干部职工群众，参观了军垦博物馆，并为兵团赠送了数字电影设备。兵团政委车俊会见了赵实书记一行，卢晓峰副政委、成家竹副司令员出席。8月4日，中国文联党组副书记、副主席李屹，中国文联党组成员、副主席杨承志带领中国剧协主席尚长荣、中国文联副主席裴艳玲等16位全国戏剧梅花奖获得者组成的梅花奖艺术团来兵团慰问演出。兵团司令员刘新齐、副司令员成家竹接见了李屹书记和杨承志一行。此项工作得到了兵

团党委宣传部和六师五家渠市、奇台农场和兵团歌舞剧团等相关单位的大力支持。年底，兵团文联荣获中国文联、中国影协“百花放映”先进单位。

【邀请全国著名摄影家走进兵团采风创作】

为大力宣传兵团、筹备兵团60年大庆展览作品，在中国摄影家协会的支持下，邀请组织10位全国著名摄影家来兵团采风创作。9月17日，全国著名摄影家走进新疆生产建设兵团启程仪式在乌鲁木齐举行。新疆生产建设兵团党委常委、副司令员、宣传部部长成家竹，中国摄影家协会分党组成员、副秘书长顾立群分别在启程仪式上讲话。启程仪式结束后，10位摄影家分三个创作组，分别深入兵团一师阿拉尔市、六师五家渠市、八师石河子市、九师、十师北屯市、十四师的边疆团场、连队、老军垦家庭和边境线、国门哨所和喀纳斯、禾木等景点采风创作。摄影家们不顾长途劳顿，克服各种困难，越天山、穿沙漠、走边关，深入连队、走进职工家中，每天行程四五百公里，历时10天时间，总行程数千公里，先后到20多个团场、企业、学校、医院、连队采访拍摄兵团先进人物和老军垦战士100多位，创作了大批反映兵团人风采和屯垦戍边事业的优秀摄影作品，艺术地再现了兵团人的时代风貌和兵团各项建设事业60年取得的巨大成就。兵团副司令员成家竹，兵团督导组副组长、兵团原党委常委宋志国等领导和兵团摄影家协会负责人分别陪同创作。

【《兵团人不会忘记》对口支援成就摄影展、出版摄影画册】

为迎接第三次全国援疆工作会议的召开，兵团文联与兵团党委宣传部、兵团援疆办联合举办《兵团人不会忘记》主题成就摄影展并出版摄影画册，集中反映全国10省市对口支援兵团的可喜成就，表达兵团人对党中央和对口支援省市的感激之情。从5月8日开始至12月底，《兵团人不会忘记》——全国对口支援兵团成就摄影展，先后在浙江省杭州市、广东省东莞市、北京市、黑龙江哈尔滨市、吉林省长春市、辽宁省沈阳市、山西省太原市、河南省郑州市、江苏省南京市、新疆乌鲁木齐市巡回展出，并在兵团14个师进行展览。与此同时，《兵团人不会忘记》——全国对口支援兵团成就摄影画册由兵团出版社出版发行，并在第三次全国援疆工作会议上发到每位与会代表手中。成就摄影展和摄影画册分“亲切关怀”、“感恩祖国”、“重大举措”、“辉煌成就”、“畅想未来”等16个板块，入选了300多幅纪实摄影作品，真实地反映了全国10省市举全力对口支援兵团的宏大场面。许多观众在观看了摄影展后纷纷表示将以中央新疆工作座谈会为新的契机，把党中央、国务院和各援建省市人民的关心、重视和无私援助作为发展的动力，更好地履行屯垦戍边的伟大使命，让党中央放心，让全国人民放心。

【报告文学《致以共和国的敬礼》座谈会】

7月27日，与兵团党委宣传部在乌鲁木齐徕远宾馆联合举办了报告文学《致以共和国的敬礼》座谈会。报告文学《致以共和国的敬礼》是著名作家蒋巍于3月来兵团深入师团体验生活后，创作出的一部力作。该作5月28日在《人民日报》发表，很快被国内诸多媒体纷纷转载，在社会上引起广泛关注和强烈反响，有力扩大了兵团的影响力和知名度。成家竹副司令员出席座谈会并讲话，《人民日报》社新疆分社社长戴岚、《中国作家》副主编萧立军、中国作协创研部理论处处长李朝全、《作家通讯》主编高伟等评论家作了重点发言。兵团机关各部局和兵团宣传部、兵团文联的领导及有关同志参加了座谈会。年底，《致以共和国的敬礼》被《北京文学》列为中国2012年度最佳作品。

【承办全国报告文学学术年会】

8月14日，由全国报告文学理论研究会主办，兵团作家协会承办的全国报告文学理论研究会第七届学术年会在新疆布尔津召开，来自全国部分省市、自治区的报告文学评论家、报告文学作家和相关报刊编辑记者参加了会议。会议就如何坚守报告文学的特性与应对所谓“无名”局面；报告文学与思想解放、和谐社会建设之再认识；新疆报告文学作家、作品的地域特色研究等议题展开了热烈讨论。

【组织文艺家赴兄弟省文联考察学习】

为了加强与兄弟省文联的学习、交流，7月2日至10日，组织文学创作骨干，由兵团作协主席丰收带队赴河南省交流学习。7月12日至22日，兵团摄影家协会主席郭成云带领9名文艺家和基层文联同志赴黑龙江省、吉林省、辽宁省进行考察学习，先后考察了黑龙江、吉林、辽宁和北大荒文联文学艺术事业发展的先进经验和企业文化建设情况，感受了北大荒文化的独特魅力。

【小品、戏曲、曲艺大赛】

7月22日，兵团文联与新疆文联联合在伊宁市举办了首届新疆北疆片区小品、戏曲、曲艺大赛。大赛共报送参赛作品107部，通过初赛和复赛，最后有36部作品进入决赛，其中兵团进入决赛作品16部。四师文联、六师文化局、八师文联、八师豫剧团分获优秀组织奖。

【“兵团画家画兵团”采风创作活动】

7月底至8月初，兵团美术家协会一行32人深入到五师八十九团、九十团、四师、八师进行采风创作。画家们带着浓厚的情感作画，即兴挥毫泼墨，为老军垦画像，用画笔描绘兵团精神，弘扬兵团精神，收集了大批兵团题材的创作素材。

【基层文学讲习班】

7月29日，兵团文联《绿洲》杂志社在九师举办了文学讲习班，讲习班课程设置了诗歌漫谈、文学期刊的生存现状、影视文学鉴赏、文学与人生修养、小说的虚与实等课程，由兵团作家、绿洲杂志社编辑授课。来自九师基层的60余名学员参加了讲习班学习。

【兵团第三届青年文学创作会议】

9月23日至27日，兵团第三届青年文学创作会议在二师召开。来自兵团各师的40多名青年作者参加了青年文学创作会议。邀请了《诗刊》、《散文》、《花城》和百花文艺出版社5位老师授课。

【兵团第二届剪纸艺术展】

10月9日，兵团第二届剪纸艺术作品展在乌鲁木齐市南湖美术馆开幕。此次展出的140余幅作品大都来自兵团基层作者，部分作品为曾参加过全国展的原创精品。这些作品在继承民间传统剪纸艺术形式的基础上，着力表现兵团生活、多元文化和地域特征。近年来，兵团的剪纸艺术家们以其独有的风格和特色，以弘扬兵团精神，讴歌屯垦戍边事业为创作主题，创作的一大批剪纸艺术作品在国内备受关注，《兵团日报》进行了专版报道。

【喜迎党的十八大胜利召开兵团美术、书法、摄影展】

为喜迎党的十八大胜利召开，11月7日至12日，“喜迎党的十八大胜利召开兵团美术书法摄影展”在兵团机关大楼西大厅举行。共展出书画、摄影作品220幅。兵团党委、兵团副秘书长曲德林在开幕式上讲话，兵团副司令员刘建新、兵团党委常委、秘书长李新明出席和兵团机关各部局委办负责人出席开幕式并观看了展览，兵团机关干部和兵直单位干部职工先后参观展览。

【兵团第二届舞蹈大赛】

11月17日由兵团文联主办、兵团舞蹈家协会承办的兵团第二届舞蹈大赛颁奖晚会在乌鲁木齐举行。此次舞蹈大赛历时4个多月，来自兵团和部队选送的83个舞蹈作品参加了比赛，其中少儿作品23个，非专业组作品35个，专业组作品25个。经过专家评审，评出专业、非专业、少儿组创作表演奖一等奖8个，二等奖12个，三等奖18个；特评出老年组特等奖1个。同时邀请中国舞蹈家协会分党组书记、著名舞蹈理论家、评论家冯双白来兵团举办了讲座。

【推进兵团重大历史题材美术创作工程】

为迎接兵团成立60周年，继续推进兵团重大历史题材美术创作工程，兵团文联组织美术家在去年40幅草图基础上，不断更新构图、修改完善、增删作品，力争兵团60年庆典时，拿出一批高水平兵团重大历史题材美术作品。

【兵团“金戈壁”文学丛书出版】

为总结兵团“双优计划”创作成果，推动兵团文学创作的繁荣，展示兵团作家队伍的整体创作水平和实力，经过近三年的努力，兵团“金戈壁”文学丛书一套35部，其中诗歌集10部、散文集10部、小说集15部于2012年8月由作家出版社出版。

【打造兵团地域文化品牌】

兵团文联和兵团民协、三师图木舒克市文联积极配合中国民协，邀请全国专家先后多次深入三师图木舒克市调研、考察、评估非物质文化遗产，充分发挥三师图木舒克市地域资源优势,积极打造文化品牌，经过各方努力，三师图木舒克市被中国民协命名为“中国刀郎文化之乡”和“中国刀郎文化研究基地”，这是中国民协在新疆和兵团的第一家命名项目。

【《兵团文艺志》编撰工作】

2012年，按照兵团党委的要求，兵团文联完

成了《兵团文艺志》的编修工作，已将修改稿交付兵团史志办。

文艺创作情况

一年来，兵团文艺家创作了大批反映兵团题材的文艺作品，许多作品在全国刊物发表，入选全国展览、展演并获奖。其中，韩天航的长篇小说《牧歌》出版并被《新华文摘》转载；李光武的长诗《荒原》入选《2012中国最佳诗歌》；王伶编剧的电影《冰山下的来客》摄制完毕；长篇电视连续剧《援疆》入选上海重大文艺创作项目并将由上海方面精心打造拍摄；马秀佩、赵笠吏编剧的话剧剧本《最后一个军礼》已完成创作；周康芬编剧的电影《和亲》已进入拍摄阶段；郁笛的散文作品分别在《散文》、《作品》等刊物发表；韩伟的散文《始于红茶的爱》获2012年全国散文作家论坛征文大赛一等奖；谢家贵的散文《守望麻札的老人》获全国散文一等奖；万里明的国画《守望青春》、《今夕何夕》系列、《正午系列》，版画《蝴蝶》分别参加“中国画名家邀请展”、“当代中国水墨艺术邀请展”和“首届版画精品展”；孙彬的美术作品《南疆三月》、张紫燕的国画作品《童年的记忆》入选文化部等单位举办的迎接党的十八大全国美展并获优秀奖；宋志国的摄影作品《塔里木河母亲河》一组六幅获全国摄影大赛金奖；刘跃的摄影作品获国际摄影大赛金奖；谢民摄影作品《雨中拍荷》一组四幅在《摄影与摄像》杂志发表；李永梅等人合作的剪纸作品《欢聚一堂》获全国剪纸艺术节金奖；穆荣、夏雄飞、许翠桃、权艳花、印双红等同志的剪纸作品获优秀奖；宋广斌、曹世文、黄彦、徐吉祥、孙卫东等同志创作的歌曲分别在全国举办的作品征集活动中获奖；蔡志新创作的歌词《回眸人生》在文化部中国大众音乐协会举办的“2012第三届全国大型音乐展演赛”评选活动中荣获金奖；八师13件美术作品参加全国展览，6件作品刊登于国家级刊物或收入展览作品集；董振堂的国画作品《兵团人》长卷由新疆摄影美术出版社出版；4件音乐作品在第十届中国西部民歌（花儿）歌会上获得一个金奖、一个银奖、两个铜奖。

机关建设

【人事变动】

7月22日，兵团文联召开了四届五次全委会，会议根据兵团机关干部人事制度改革有关规定，兵团党委决定，郭成云同志不再担任兵团文联党组成员，任兵团文联副巡视员，全委会通过郭成云同志不再担任兵团文联副主席职务。会议选举秦安江同志为兵团文联副主席。

【加强政治理论学习，努力提升广大文艺工作者素质】

2012年，兵团文联党组注重加强政治理论学习，把学习宣传贯彻党的十八大精神、党的十七届六中全会和中央新疆工作座谈会精神、胡锦涛同志在省部级主要领导同志研修班上的重要讲话、温家宝同志视察新疆和兵团时重要讲话和兵团党委六届十次全委（扩大）会精神，作为兵团文联政治学习的首要任务。在文联系统广泛开展《中国文艺工作者职业道德公约》、“文艺界核心价值观”学习活动，不断提高文艺工作者和艺术家的职业道德和艺术品格，努力营造“爱国、为民、崇德、尚艺”的良好艺术氛围。坚持每月2次政治学习制度，文联党组、机关党支部、机关各部室、创作组和《绿洲》杂志社统一安排、集中学习。在学习形式上，采取自学和集中学、普遍学和重点学，上党课、听报告、看录像讲座相结合的方法。特别是在学习党的十八大报告时，兵团文联党组严格按照兵团党委和中国文联的统一安排部署，每周组织一次专题学习，有时一周组织两次学习，分阶段、分内容，逐字逐句系统学习。文联主席李光武结合党的十八大精神和兵团文联机关加强党的建设、提高党性修养、转变机关作风和兵团文艺事业发展面临的新形势、新任务、新要求，认真备课，为文联全体同志上党课，请兵团纪委专员靳中文同志为文联全体同志举办反腐倡廉讲座，用身边的事教育身边的人，把学习党的十八大精神引向深入，均收到了非常好的效果。为保证学习质量，严格学习纪律，实行考勤签到制度，参加学习人员必须在当天的考勤表上签名，未参加学习的由文联领导标明理由，并将考勤签到表贴在公示栏内，接受大家的监督。并开设了十八大精神学习专栏，将每人的学习心得和体会贴在学习专栏内，既丰富了学习内容，又巩固了学习成果。通过系统学习，让广大党员干部深刻理解新时期党对文艺工作新要求的深刻内涵，牢牢把握推动社会主义文化事业大发展大繁荣的精神实质，把广大文艺工作者的思想统一到党的十七届六中全会精神、和党的十八大精神上来，在武装头脑、指导实践、推动工作上下功夫，进一步增强繁荣发展兵团文艺事业的自觉性，努力提升兵团文艺工作者的政治素质、理论水平和业务能力。

【加强文联机关作风建设，积极开展文明部局创建活动】

2012年兵团文联按照兵团党委和兵直党工委的总体安排，以创建“为民、务实、清廉”机关为目标，加强了文联机关党员干部的思想作风、工作作风和生活作风建设，建立健全了各种规章制度，使机关工作进一步制度化、科学化、规范化，逐步把文联机关建设成勤俭节约、廉洁自律的服务型机关。

一是为配合兵团机关深化作风年建设，兵团文联领导先后多次深入到基层单位调研、走访、座谈，为基层单位举办文艺培训班，为基层文化站、阅览室、图书室赠送文艺书籍1000多册，与二师25团结为扶贫帮困对子，先后两次组织文联处级以上干部深入25团驻连入户，捐钱赠物帮组7户贫困户脱贫致富。二是制定了党员作风建设承诺书，文联机关包括事业单位15名党员结合自己的工作职责，制定了各自的承诺内容，填写了公开承诺书，在公示栏公示，接受大家的监督，有效促进了机关作风建设。三是积极参与兵直党工委等部门组织的征文、法律知识、保密知识竞赛活动；组织撰写兵团文艺回忆录、组织文联干部参观兵团军垦博物馆和亚欧博览会，不断增强大家爱国、爱疆、爱兵团的热情。四是切实精简会议，不断改进会风，积极改进文风。兵团文联严格控制发文数量，凡能通过电话、传真解决的问题，不再另行印发文件，同时严格控制文件篇幅。文稿都实行纸张双面打印，做到节纸、节约成本。五是规范办事程序、提高工作效率。兵团文联对公文做到及时收发转送，严格按照有关规定和程序办理，确保在规定时间内办理和报送完毕。六是规范公务接待活动。兵团文联严格按照有关文件精神，对来访人员的接待一律严格控制陪同人数，在吃、住、行等方面既给客人提供热情周到的服务又不铺张浪费，大大减少了不必要的开支。

【认真贯彻落实兵团机关绩效考核目标管理，切实加强文联党风廉政建设】

党风廉政建设和反腐败工作是一项重大的政治任务和事关全局的重要工作。今年以来，兵团文联党组十分重视和切实加强反腐倡廉工作的领导，认真贯彻兵团党委《关于贯彻落实〈建立健全教育、制度、监督并重的惩治和预防腐败体系实施纲要〉的具体意见》和《兵团绩效考核目标管理办法》，不断完善反腐败领导体制和工作机制，制定了党风廉政建设责任制度，深入开展反腐倡廉宣传和教育活动。一是增强廉洁自律意识。二是加强反腐倡廉教育，筑牢拒腐防变的思想防线。组织全体党员干部、包括离退休人员观看爱国主义教育、廉政建设教育等内容的优秀影片。通过有组织、有计划、有重点的学习，进一步筑牢了党员干部的思想防线。三是健全廉政制度，严明工作纪律。文联党组把加强领导干部廉政建设，严格落实《绩效考核目标管理办法》，建立健全了各种规章制度，以制度管人管事管钱管物。四是认真执行“集体领导、民主集中、个别酝酿、会议决定”的民主集中制原则，凡是“三重一大”都发扬民主，召开党组会，由领导班子集体讨论决定。

基层文联工作

2012年，兵团文联所属18个师、局、大学文联紧紧围绕各师、局、大学党委中心工作，扎实开展富有成效的文艺活动，取得了优异的成绩，得到了领导和职工群众的充分肯定。

一是各基层文联先后召开了全委会，传达了兵团文联全委会精神，总结了工作，表彰了先进，布置了新一年工作任务。

二是开展了“送欢乐、下基层”慰问活动和送

书法进社区、进校园、进警营等活动，如八师石河子市文联组织文艺家走进团场、企业送书画，组织摄影家为职工群众拍摄全家福；六师五家渠市文联开展送书画作品进企业，与内地招商引资企业开展文化交流互动，提升文化在企业中影响力。

三是八师石河子市文联、十三师文联等举办以“纪念中国共产党成立91周年”、“纪念延安文艺座谈会讲话发表70周年”、“廉政建设”、“民族团结”、“文化艺术节”、“对口支援兵团”、“新中国成立63周年”、“喜迎党的十八大胜利召开”等主题内容的美术书法摄影展、集邮展，出版散文集、诗歌集、对口支援摄影成就作品集，拍摄对口支援电视专题片等；十师北屯市文联依托额河玉、额河奇石等地域文化资源，积极发展文化产业，先后到内地市场进行考察，成立额河玉奇石协会，组织爱好者参加新疆玉石博览会，不断拓展文化产业渠道，创新文化产业方式方法，收到了很好的社会效益。

四是召开作品研讨会、举办文艺讲座、文学笔会、作品研讨会，开展师与师、团与团垦区内采风创作活动，活跃了文化生活，促进了基层文联工作发展。

五是许多基层文联依托现有文化阵地，积极组织开展师级广场文化艺术节、团场百日广场文化活动和连队百日文体竞赛、演讲比赛等活动，进一步丰富和提升职工群众文化生活水平。

六是一些师文联充分发挥地域资源优势,积极打造文化品牌,三师图木舒克市被中国民协命名为“中国刀郎文化之乡”和“中国刀郎文化研究基地”，这是中国民协在新疆和兵团的第一家命名项目。

七是加强了文艺阵地建设，一师、四师、五师、六师、七师、八师、十四师等单位文联还通过师市广播电台和政务网等平台，开办文学艺术作品专栏，将本师的文艺作品通过电台、网络进行发布、展示，交流；认真办好师团两级文艺刊物，一师、二师、三师、四师、五师、七师、八师、十师、十二师、十三师等单位的文艺刊物定期编辑印发，四师的团场文联文艺刊物已经发展到19个，充分发挥文艺刊物在宣传党的文艺方针、为基层作者提供发表习作园地的作用，在调动广大基层作者创作积极性的同时，也丰富了基层文化生活，提高了职工群众的文化素质。

八是为鼓励创作，调动创作积极性，一师、四师、九师等单位出台了师级文艺奖励办法，每年拿出一定资金对文艺创作成绩显著的作者进行奖励。

九是加强文联组织建设，部分师文联改选调整了文联及协会领导班子，积极成立团场文联，到目前为止，兵团共有19个师（局、院、大学）文联，126个团（场、局、院）文联，这支文艺队伍，是兵团文艺事业大发展大繁荣的基础力量。

文艺家协会工作

2012年，兵团文联11个文艺家协会工作取得显著成效。一年来，兵团文联各文艺家协会积极组织参加全国各类赛事活动。兵团作协会员共有100多万字作品在国家级刊物发表；摄协先后到石河子大学、二师25团、八师石河子市等单位授课，并按照中国摄协的统一部署，认真开展“万名摄影志愿者万幅作品送万家”活动，先后投入近3万元经费，将兵团63名摄影志愿者的120幅摄影作品放大制作后，赠送给十二师头屯河农场社区、老年活动中心、文化室和阅览室；美协完成了兵团重大历史题材美术创作工程的草图修改，组织画家开展北疆行采风创作活动；书协举办了兵团首届篆刻作品邀请展和书法培训班，开展书法进社区、进企业活动，六师五家渠市书协、八师石河子市书协和运其瑞、王怡平、李仁彬、牛志耕分别被中国书协评为“中国书法进万家”活动先进集体和先进个人；音协积极参与团歌大赛活动，组织开展征集评选“唱响兵团”歌曲活动，举办兵团第二届少儿声乐器乐美术大赛和《新疆兵团音乐史》出版研讨会；舞协为六师五家渠市举办了舞蹈编导培训班，共培训舞蹈编导61人；杂协参选送节目参加了中央电视台“军营大拜年”栏目兵团专场在石河子的现场录制，选送节目《高车顶碗》参加武汉国际杂技节荣获“芳草”银奖，《胡杨魂》、《高车顶碗》节目分别参加中央电视台“元宵晚会”和“少儿春晚”节目录制，并多次在中央电视台播出。

中国石油文联

综　述

2012年，中国石油文联在集团公司党组的亲切关怀和领导下，在中国文联的具体指导下，在主席陈明、常务副主席关晓红、执行副主席李懂章的直接带领下，石油文联秘书处坚持“围绕中心、服务大局、面向基层、创作精品、打造亮点”的原则，凝聚和组织广大的石油文艺工作者，为集团公司综合性国际能源公司建设，积极创作优秀文艺作品，打造品牌文化活动，做了大量细致的组织、联络、服务工作。特别是组织参加和承办了第三届中国职工艺术节，在全国职工艺术节中获得历史性的突破，获得金奖11个，银奖19个，铜奖19个，优秀组织奖9个。石油文联参加创作的电视连续剧《奠基者》、大庆石油作者包铁军创作的作品《黑狗哈拉诺亥》获得中宣部“五个一”工程奖，石油作曲家韩刚创作的歌曲《再唱我为祖国献石油》荣获中央企业精神文明建设“五个一工程”优秀作品奖。石油文联在取得了可喜的文艺硕果的同时，还积极开展了多元化多层次的石油文艺活动，在“西部大庆”长庆油田成功举办了第六届石油职工艺术节小品、曲艺、戏剧大赛，发现和培养了一批石油文艺人才，丰富了石油职工家属的文化生活，提高了文化素质和艺术欣赏品位。特别是开展了送欢乐到一线、到基层和重点工程慰问活动，得到了石油员工的欢迎和好评。

会议、活动与主要工作

【中国石油管道局文联第三次代表大会】

3月，中国石油文化艺术工作者联合会2012年秘书长工作会议召开。会上由石油文联秘书长路遥峰代表石油文联作2011年工作总结和2012年重点工作安排报告。参加会议的10个专业协会秘书长总结了各协会一年来的主要工作，安排了2012年重点工作。

【石油精品文艺工程创作研讨会】

5月24至26日，中国石油文化艺术工作者联合会在武汉召开了“石油精品文艺工程创作研讨会”。石油文联主席陈明、集团公司思政部副总经理、石油文联执行副主席李懂章等领导出席了会议。

【石油舞协第二届五次理事会】

6月，石油舞协在银川召开了第二届五次理事会，来自中国石油、中海油的46名代表在会议上，交流和部署了工作。长庆艺术团、东方物探公司舞蹈家协会、中国海洋石油南海西部地区舞蹈协会、青海油田舞协、宝石化艺术团、冀东油田舞协、吉林油田舞协等均认真进行文艺活动创作、编导、策划，全年深入一线走访慰问，组织演出上百场，观看职工及家属计数十万，为辛勤奋战在油田生产一线的干部职工送去了油田党政组织的关心慰问，送去了欢乐与喜悦，深得广大一线干部员工的赞扬与期许。

【第六届中国石油职工艺术节“长庆杯”曲艺、戏剧、小品大赛】

7月24日至27日，由中国石油文联、集团公司思想政治工作部、中国石油曲艺家协会、中国石油戏剧家协会主办，长庆油田公司承办的第六届中国石油职工艺术节“长庆杯”曲艺、戏剧、小品大赛在长庆油田西安基地成功举办。

7月27日，举办了隆重的颁奖典礼。颁奖典礼由曲广学主持，李懂章宣读比赛结果和表彰决定，陈明主席作重要讲话。来自长庆油田、大庆油田、冀东油田、华北油田、独山子石化的大赛优秀作品纷纷亮相，长庆艺术团也为晚会献上了精心编排的节目；当特邀嘉宾刘兰芳、张保和、奇志等著名演员登台为大家送出了快乐和祝福，全场掌声雷动，

艺术节在欢乐的气氛中落下了帷幕。

【赴长庆油田“送欢乐、下基层”慰问演出】

7月28日开始，由中国石油文联主席陈明带队，组织第六届石油职工艺术节戏剧、小品、曲艺大赛获奖的作品和有关的艺术家组成慰问艺术团，赴庆阳石化、长庆油田陇东油区、长庆油田宁夏片区和宁夏石化、宁夏销售公司，举办了四场次的“送欢乐、下基层”慰问演出活动，近万名生产一线的干部员工及家属观看了慰问演出。

【油田文联广场文化活动结硕果】

6月至9月，大庆油田文联展开历时3个月的广场文化活动，共演出42场，有3083人登台献艺。他们之中，年龄最大的83岁，最小的4岁，有近30万人观看。台上演员纵情演出，台下观众热情欢呼，3个多月的广场夜晚，极大地激发了广大职工群众的热情，得到了广泛的赞誉和普遍认可，成为油田一道亮丽的风景线。

【《优秀石油歌曲集》的编纂工作】

8月以来，认真完成了新中国成立以来优秀石油原创歌曲集的编纂工作，收集整理了经典石油歌曲和石油音乐人各时期创作的原创石油歌曲和优秀主旋律歌曲420首。

【《奠基者》荣获“五个一工程”电视剧奖】

9月24日，由中共中央宣传部组织评选的第十二届精神文明建设“五个一工程奖”揭晓。石油文联参与摄制并选送的电视连续剧《奠基者》荣获“五个一工程”电视剧奖。28集电视连续剧《奠基者》改编自著名作家何建明创作的长篇报告文学《部长与国家》，此作品曾获第三届“中华铁人文学奖”。在此次评选中，共有两部中央企业作品获奖。

【《桂花雨》、《黑狗哈拉诺亥》获“五个一工程”奖】

9月25日，第十二届精神文明建设〞五个一工程〞奖获奖名单公布，由广西壮旅自治区党委宣传部选送的大型原创民族音乐剧《桂花雨》、长篇小说《黑狗哈拉诺亥》榜上有名。《黑狗哈拉诺亥》这次获“五个一工程”文艺类图书奖，由格日勒其木格·黑鹤著广西接力出版社出版，该书曾被评为2011年度〞大众喜爱的50种图书〞，入选2012年新闻出版总署向全国青少年推荐的百种优秀图书。接力出版社从第五届到第十二届，已连续八届获“五个一工程”奖。

【石油歌唱家获国际声乐大奖】

9月，石油歌唱家、武汉销售公司职工李婧参加由中国文化部推荐的十大国际声乐比赛之一“第43届意大利贝利尼国际声乐比赛”，并在来自全国各地的300余名选手中脱颖而出，摘得中国赛区第二名的奖项，获得了10月份赴意大利参加总决赛的资格。之后李婧应邀赴意大利参加2012罗马国际艺术节，在来自意大利、俄罗斯、美国、韩国、加拿大等国80多名参赛选手中获得第二名。

【石油歌唱家走进兰州石化公司开展指导和交流活动】

10月10日，由中国石油集团公司思想政治工作部副总经济师、石油文联专职副主席兼秘书长路小路带队，中国音乐家协会会员、中国石油音乐家协会常务理事、大庆市音乐家协会副主席、大庆油田音乐家协会副主席、“石油歌唱家”王永桦以及中国音乐家协会会员、长庆油田艺术团艺术总监、“石油歌唱家”周姗等一行走进兰州石化公司，与广大职工文艺骨干开展群众声乐艺术指导和交流活动。

【第三届中国职工艺术节“长庆杯”曲艺小品展演活动】

10月15日，由中华全国总工会、中国文联、中央文明办、中央电视台、中国曲艺家协会和中国戏剧家协会主办，中国石油文联协办，长庆油田公司、中国石油曲艺家协会承办的第三届中国职工艺术节“长庆杯”曲艺小品展演活动，15日晚在长庆油田落下帷幕。在为期三天的展演活动中，评委会专家对参演节目进行了认真的审查、筛选，采用现场打分、亮分的办法进行了评比，最终产生了各个奖项。其中包括：荣获一等奖的节目12个；荣获二等奖的节目14个；荣获三等奖的节目10个；最佳表演奖10个；最佳导演奖8个；最佳创作奖7个。与此同时，艺术节组委会决定，对积极做好各项组织工作，热情参与和支持这次活动，并在展演比赛中获得优异成绩的20个工会和文联颁发优秀组织奖，并对本次展演活动的承办单位中国石油集团公司长庆油田分公司颁发特别贡献奖。

【“中国书法进万家”活动】

10月18日，由中国石油天然气集团公司思想政治工作部、中国石油文联、中国石油书法家协会联合举办的“中国书法进万家——走进长庆油田暨新世纪百名石油书法家作品展”活动，在美丽的塞上湖城银川举行启动仪式。中国书协副主席、宁夏回族自治区书协名誉主席吴善璋，中国书协副主席、甘肃省书协名誉主席张改琴，中国书协分党组成员、副秘书长张陆一，中国书协组联部副主任段军，中国石油天然气集团公司老干部局局长、中国书协理事、中国石油书协主席樊胜利，中国石油天然气集团公司思想政治工作部副主任、中国石油文联执行副主席李懂章，油田公司副总工程师兼采油三厂厂长郑明科，以及油田公司工会领导和驻银单位员工代表、书法爱好者出席了开幕仪式。

【中国石油作家协会第五次会员代表大会】

10月27日，中国石油作家协会第五次会员代表大会在北京召开。会上作了石油作协第四届委员会工作报告，总结了四届代表大会以来的工作，部署了下一届的工作任务；讨论修改了《中国石油作家协会章程》；交流了石油文学创作以及石油文学组织工作经验，选举产生了新一届领导机构及组成人员。2012年以来，石油作家的作品《乡村声音》、《卖羊》、《彩色水鸟》、《蛰伏在旧照片上的父亲》等相继获得“孙犁散文奖”、“柳青文学奖”、“十佳散文奖”，石油文学创作呈现出良好的发展态势。

【集邮协会五届三次常务理事会】

11月3日，集邮协会在辽河油田召开了五届三次常务理事会，经过会议选举，辽河油田有关领导分别担任集邮协会主席、执行副主席、秘书长等职位。

【《中国石油系列油画》作品获奖并展出】

12月，石油美术家、独山子石化公司文联副主席付剑锋的《中国石油系列油画》作品之八十八、八十九，分别入选由中国美协、中国保利集团公司、凤凰卫视联合举办的“首届中国美术家协会会员油画作品展”、“大美新疆油画作品展”。作品分别在北京、上海、广州、美国、法国展出，凤凰卫视对付剑锋进行了专访。

【石油文联文艺家小分队赴缅甸开展中缅管线“送欢乐、下基层”慰问活动】

12月25日至2013年1月2日，中国石油艺术家小分队的21名演员，在陈明主席的带领下，经过在云南的集中彩排和动员后，前往缅甸进行慰问演出，在一周时间内，慰问演出了四场，受到中缅管道建设者的热烈欢迎。

12月31日晚的云南会馆演出，中国驻缅甸大使及其工作人员、云南会馆同胞与中缅管道建设者一同观看和联欢，共同庆祝2013年元旦。精彩的节目、活跃的氛围，感染了现场的每一名同胞，掀起了慰问活动的高潮。

【石油文联艺术团在第三届中国职工艺术节闭幕式晚会上登台演出】

12月9日，由中华全国总工会、中国文学艺术界联合会、中央文明办、中央电视台联合主办的第三届中国职工艺术节闭幕式晚会在中国剧院举行。石油文联率领由长庆油田、华北油田的艺术家们组成的石油艺术团，与全国十二个行业职工们在闭幕晚会上共同登台演出，长庆油田选送的音乐舞蹈快板《高举旗帜向未来》、华北油田选送的京剧《杨门女将·探谷》在闭幕式亮相。

【赴冀东油田开展调研活动】

12月19日，集团公司原纪检组组长、中国石油文联主席陈明，集团公司思想政治部副总经济师、石油文联专职副主席、秘书长路小路，石油文联副秘书长徐青等一行5人赴冀东油田公司开展调研工作。冀东油田公司总经理苟三权，党委书记杨盛杰，党委副书记、纪委书记、工会主席金明权，副总经理焦向民，副总经理席励新，总地质师董月霞，总会计师严九等参加了本次调研。

【加强企业文联文艺阵地建设】

至12月，石油文联经过工作，不断积极拓展工作领域，完善组织系统，发展新的团体会员，在7个基层单位新成立了文联组织。石油文联组织快速、健康发展，使石油文艺的繁荣发展得到了组织保障。

中国铁路文联

综　述

2012年，中国铁路文联组织各团体会员单位和铁路作家协会、铁路书法家协会、铁路摄影分会的各专业协会会员积极参与铁路文化建设，立足火热铁路生活，讴歌铁路科学发展。铁路各级文联以服务铁路和干部职工为宗旨，大力反映铁路科学发展的火热生活，积极组织和参与摄影展、书法美术摄影展以及各类展览开展多门类、多样式、多形式的文学艺术创作活动，推出具有时代性和铁路特色的文艺作品。今年以来，发展铁路作协、铁路书协、摄影分会会员180余名，进一步壮大了铁路文艺创作队伍。其中，铁路作协2人被中国作家协会吸收为会员，铁路书协有4人被中国书法家协会吸收为会员，铁路摄协有4人被中国摄影家协会吸收为会员，铁路摄影协会副主席、秘书长原瑞伦当选中国摄影家协会第八届理事会理事。

重要会议、活动

【第二届五次理事（扩大）会议暨秘书长会议】

5月底，在烟台召开了中国铁路文联第二届五次理事（扩大）会议暨秘书长会议，总结了前期工作，交流了工作经验，研究部署了下半年的主要工作。

【第二届六次理事会暨美术分会成立大会】

11月30日，在京召开了中国铁路文联第二届理事会暨美术分会成立大会。会上，铁道部政治部副主任、铁路文联主席齐文超，铁道部政治部宣传部副部长分别讲话，铁路文联秘书才凡作工作报告。在铁路文联首届美术工作者代表大会上，李嘉存当选为美协主席，方铁壁、张连合、李强、王作仁当选为副主席，并举办了首届美协首次书画笔会。

【重点作品采风创作】

《大地飞虹——京沪高速铁路诗报告》由作家出版社出版，该长诗以京沪高速铁路建设和运营为主线，以宏观视角和现代诗歌艺术手法，赞美伟大工程、讴歌铁路建设者，诗意阐释和立体辐射宏伟工程、自然景观、历史人文和京沪高铁对经济社会产生的重要拉动作用，该书还被中国作家协会列入年度重点扶持作品。12月1日下午，中国作家协会重点作品扶持办公室、京沪高速铁路股份公司和中国铁路作家协会联合举办《大地飞虹》作品研讨会，中国作协创研部主任梁鸿鹰、处长赵宁，著名诗人叶延滨、蓝野、方文，京沪高铁公司纪委书记、工会主席宋国伟，建设者代表傅俊凯、周兰新和铁路作家一起对这部长诗进行了学术研讨。

9 月份，6名铁路作家深入青藏铁路延伸线拉日铁路沿线采风创作。其中，冯文超的散文《雅鲁藏布第一桥》在《人民日报》11月21日刊发，刘惠强、张风奇、李志强、成龙的诗歌、散文在《人民铁道报》上整版刊发。

11月上旬，铁路作家深入呼和浩特铁路局相关单位，对呼和浩特车站售票员孙奇同志先进事迹进行采风创作。他们沿着孙奇成长的足迹，通过面对面接触和深入采访交流，立体挖掘孙奇同志先进事迹和崇高精神内涵，将用诗歌和报告文学作品展现孙奇同志敬业爱岗、服务旅客、岗位成才和自强不息的精神，在全路和全社会进一步扩大先进典型的影响力。

中国文联出版社出版了《青藏阅历》——天路心声诗文集。该书20多名作者共忆青藏难忘岁月，感怀艰苦奋斗经历，畅谈世界一流高原铁路，展望铁路科学发展。同时，该书还选入了在国家重点刊物发表、以描绘青藏铁路为主的其他铁路作家的部分优秀作品，进一步弘扬“挑战极限，勇创一流”的青藏铁路精神。

此外，陈久泉的散文集《瓜瓞蕃海》在荣获吉林省第十届长白山文艺奖后，今年又荣获了吉林省第三届文学奖。呼和局姚洪良的长篇小说《在路上》荣获内蒙古自治区“五个一”工程奖，主要内容是描写铁路职工开拓市场、无私奉献的创业精神，此作一经出版就得到社会的关注，2012年6月荣获内蒙古自治区第十一届精神文明建设“五个一工程”奖。田湘的诗歌100首《放不下》诗集由广西出版社出版。

【书画摄影展览】

6月，铁路文联和京沪高铁公司联合开展了“书画摄影颂京沪高铁”采风创作活动，36名铁路书法、美术和摄影名家赴京沪高铁沿线采风创作，历时两个月，创作百余幅作品在部机关举行汇报展并将出版作品集。铁路摄影分会积极开展摄影到基层活动，抽调10名铁路资深摄影家到京沪高铁沿线拍摄桥隧、车站以及客运服务的图片100余幅，并在9月份平遥国际摄影节期间举办“京沪高铁掠影”专题展。在6月份由中国文联、湖北省委宣传部和中国摄影家协会联合主办的第九届中国摄影艺术节上，铁路摄影家协会策展的“高铁——时代的呼唤”专题摄影展参选，展出了29位铁路摄影家的40余幅作品。入选的部分铁路摄影家来到艺术节现场学习观摩，与国内外摄影家进行了学术交流。铁路摄影家协会组织大家参加在杭州举办的中国职工摄影展，曹宁、张铁柱、胡斌、陈加华等作者的8幅作品被评为优秀奖，铁路摄影协会被组委会评为优秀组织奖。12月中旬，铁路文联、铁路摄影分会与济南局文联联合举办铁路摄影展和“送照片到基层”活动，20多名铁路摄影家参加。

铁路书协和各单位书协、美协组织，积极开展创作活动和参加各种展赛。自4月份开始筹备的中国铁路书法家精品展于10月9日在天津文化中心举办。王勇平、潘传贤、卫牢娃、任云程、毛毅等24位铁路书法家的百余幅作品展出，引起良好反响；组织选送25位铁路书画家的25幅作品参加中华全国总工会、中央文明办、中国文联、中央电视台、中国书协、中国美协共同举办的全国第三届职工艺术节书画展。其中，1幅作品获书法二等奖，4幅作品获三等奖，2幅作品获优秀奖，1幅作品获国画三等奖，1幅作品获国画优秀奖，中国铁路文联获优秀组织奖。7月，在由中央国家机关工会、中国书法家协会主办的“迎接十八大——中央国家机关职工书画展”中，铁路书画家14件书画作品获奖和入选，在所有参展单位中作品入选率最高。其中郭毅斌、李志强、梁成谷、刘万全、王学甫的作品获奖，陈令彬、李强、何清青、李鹏、刘嫣、刘新科、陈东山、吕广恒、赵奇克的作品入选。另外，经铁道部、文化部批准，铁路书法家潘传贤作为中国书法家协会代表团成员一行7人赴澳大利亚访问交流。

【扶持铁路中青年作者文学创作】

中国铁路作家协会推荐郝炜华、黄华参加第十六届、十七届鲁迅文学院青年作家高级研讨班学习深造。值得肯定的是，参加中国作协鲁迅文学院中青年高级研讨班的多名铁路作家屡有斩获。李小重创作的小说《发现》刊登在《啄木鸟》第3期头题，长篇纪实文学《跨界出击》被《啄木鸟》和《新东方》刊用，长篇小说《危局》获金盾文学奖。黄丽荣的短篇小说《正月》被《小说选刊》第九期选用。由魏术学担任总编剧的56集动画片《草原豆思》于10月底在中央电视台少儿频道首播。云南省作家协会主办的《边疆文学》月刊第3、4期以两期合刊30万字的超大容量推出了《70后作家短篇小说专号》、《中国作家网》、《文艺报》专门载文进行重点评介，其中铁路作者郝炜华的《山中有只狼》和李金桃的《喝酒》均被列入。黄华在“鲁十八”学习深造期间，在《文艺报》上发表了反映铁路工人生活的短篇小说《爱情保鲜》，引起文学评论界的关注。

【基层文艺创作活动】

全国铁路18个铁路局（公司）文联组织，紧紧围绕迎接党的十八大召开和铁路科学发展的主题，举办各种形式的文学、摄影、美术、书法、歌咏、巡回演出、征文比赛等文艺活动共计30余次（场）。各铁路局文联及所属协会，举办丰富多彩的研讨会、采风活动28次。10月下旬，铁路文联和太原铁路局文联联合举办第二届文学培训班，太原局党委书记、局文联主席张义平到会讲话并授课，来自基层单位的40多名作者参加并进行研讨、采风等。广铁集团公司在5月中旬第八届中国（深圳）国际文化产业博览交易会期间，精心组织了三大类百余种展品，有集团公司文联的《先行》书刊、《龙行南国》书画长卷和《南国铁龙》摄影长廊等，还有铁路站台票、车票、徽章、证券等职工文化藏品，成为“文博会”的一个亮点，取得了良好的社会效益。

中国铁路文联及和铁路局文联组织立足文学刊物阵地，推出大量反映铁路生活的健康向上的文学艺术、书法、摄影作品5000余篇（幅）。这些文学刊物从不同视角、不同方位，再现了铁路职工的生产生活和精神面貌。中国铁路文联主办的《中国铁路文艺》半月刊由广州铁路集团公司承办了9年，2013年起将由铁路文联和中国铁道出版社主办。九年里，《中国铁路文艺》有近百篇优秀作品被全国主流选刊《新华文摘》、《小说选刊》、《读者》等权威刊物选载，期刊的发行量日渐增多，作者的来稿面涵盖全国（包括港、澳、台）及欧洲，并悉心地扶持和培养了一批铁路作者走上文学之路，有的已在全国文坛上崭露头角，仅2012年《中国铁路文艺》的小说、散文被全国主流选刊选登16篇。

中国煤矿文联

综　述

2012年，煤矿文联在中国文联的指导关怀下，紧紧围绕煤炭工业的中心工作，结合煤矿文化艺术的实际情况，牢牢把握“立足矿区，服务矿工”的方向，以开拓创新、求真务实的精神，引导和带领企业基层文联组织和煤矿文化艺术工作者，积极进取，勤奋耕耘，为营造矿区团结、和谐、繁荣、发展的良好局面，促进煤炭工业持续健康发展提供了精神动力。

会议与活动

【学习十八大报告，组织文联干部职工收看十八大开幕直播】

11月8日，中国共产党第十八次全国代表大会在北京隆重召开。当天，煤矿文联组织办公室和阳光杂志社、煤矿文化网的干部职工观看了十八大开幕盛况的直播。随后组织学习讨论了胡锦涛同志代表第十七届中央委员会向党的十八大所作的工作报告。讨论中，大家一致认为，报告语言朴实、思路清晰，是一个求真务实的报告。报告对文化建设的几个重要任务进行了集中阐述，特别提出要彰显和体现社会主义核心价值体系，坚持“二为”方向、“双百”方针、“三贴近”原则，多出优秀文艺作品，为我们今后的文化艺术工作指明了方向。与会同志一致表示要把更多精神文化产品送到矿区，送到基层，把更多健康的、高质量的、喜闻乐见的优秀文艺作品奉献给广大矿工。

【中国煤矿文联第三届理事会第十次会议】

4月，中国煤矿文联第三届理事会第十次会议在北京铁道大厦召开。中国煤炭工业协会副会长、中国煤矿文联主席梁嘉琨，中国煤矿文联名誉主席许传播，中国煤炭工业协会副会长王广德、孙之鹏，大同煤矿集团党委副书记刘敬，冀中能源集团党委副书记、工会主席刘万义等有关方面领导出席了会议。中国煤矿文联理事以及来自全国各煤炭企业集团负责文化工作的领导、工作者代表300余人参加了会议。

会议由中国煤矿文化宣传基金会理事长、中国煤矿文联副主席庞崇娅主持。会上，刘敬代表大同煤矿集团介绍了承办“第二届寻找感动中国的矿工”活动的经验；刘万义代表冀中能源集团汇报了第四届煤矿艺术节开幕式筹备情况并对承办第三届感动中国的矿工活动进行了发言。

会议期间，中国煤矿文联第三届理事投票选举张强为中国煤矿文联秘书长。会议还调整、增补了部分煤矿文联理事。

【同煤杯·第二届感动中国的矿工颁奖大会】

4月7日，“同煤杯·第二届感动中国的矿工”颁奖大会在北京隆重召开，十大杰出矿工、十大杰出人物、3名特殊贡献矿工的事迹，深深打动了与会代表和全国煤炭行业职工的心。

国家安全生产监督管理总局副局长、国家煤矿安全监察局局长付建华主持会议。中宣部副部长申维辰，中国文联党组书记、副主席赵实，中华全国总工会党组成员、经费审查委员会主任李世明，文化部原副部长赵维绥，全国政协常委、中国煤炭工业协会会长王显政，中国煤炭工业协会名誉会长濮洪九，中国煤炭工业协会副会长赵岸青、路耀华、彭建勋、谢和平、王广德、姜智敏、孙之鹏、杨化彭等领导出席会议。中国煤炭工业协会副会长、中国煤矿文联主席梁嘉琨致辞。中国能源化学工会全国委员会主席秦鲁隼宣读对“同煤杯·第二届感动中国的矿工”的表彰决定。

“同煤杯·第二届寻找感动中国的矿工”活动于2011年6月3日启动，是自2006年首届“兖矿杯·寻找感动中国的矿工”活动之后，由国家煤矿安全监察局、中国煤炭工业协会、中国煤矿文

联、中国能源化学工会全国委员会、中国煤矿文化宣传基金会联合举办的大型活动。

在颁奖仪式现场，播出了介绍26名矿工事迹的视频。当主持人宣读颁奖词和评委感言，特邀颁奖主持——中央电视台著名主持人敬一丹、我国著名表演艺术家瞿弦和饱含深情地现场采访获奖矿工时，与会的煤炭行业干部职工及文化宣传、新闻媒体各界的代表眼中，涌出了感动的泪水。

中煤财产保险公司向百名矿工赠送了免费投保总额1.45亿元的意外伤害保险。

在颁奖大会上，申维辰向承办本届活动的山西大同煤矿集团授予“特别贡献奖”奖牌，赵实向下一届活动的承办单位冀中能源集团授牌。

【第四届中国煤矿艺术节开幕】

中国煤矿艺术节是煤炭行业最高水平的综合性艺术活动，已成功举办了三届。5月26日，由国家煤矿安全监察局、中国煤炭工业协会、中国煤矿文联、中国能源化学工会全国委员会、中国煤矿文化宣传基金会共同举办的第四届中国煤矿艺术节在河北冀中能源集团正式拉开帷幕。以创作节目为主的开幕式大型文艺演出《前程似锦》在河北卫视播出后，获得一致好评，在社会上引起了强烈反响。出席开幕式的有中国文联党组成员、书记处书记夏潮，全国政协委员、中国煤炭工业协会会长王显政，中华全国总工会党组成员、经费审查委员会主任李世明，河北省政府党组副书记张和及国资委、文化部等部委领导。他们对本届开幕式给予了高度评价，认为整台文艺演出大气磅礴，独具特色，既反映了十一五期间煤炭工业经济建设和文化建设所取得的巨大成就，又具有较高的思想性和艺术性，是煤炭行业层次最高、规模最大、影响最为深远的艺术盛会，向全社会展示了550万煤矿工人顽强拼搏、奋发向上的精神风貌。中国艺术报、文艺报、中国煤炭报、中国文艺网、国家煤炭工业网等新闻媒体对开幕式进行了全方位的报道和宣传。

开幕式结束后，艺术节各单项活动在全国煤炭企业陆续展开。

【平庄煤业杯·全国煤矿职工文艺成果展览】

8月12日，第四届中国煤矿艺术节“平庄煤业杯·全国煤矿职工文艺成果展览”在平庄煤业集团公司开幕。中国煤炭工业协会副会长、中国煤矿文联主席梁嘉琨，中国作家协会副主席陈建功，中国煤炭工业协会副会长王广德等领导以及全国煤矿文艺作品成果参展单位、平庄煤业职工等近800余人参加了开幕式。这次展览是30年来全国煤矿文艺作品的一次集中展示和检阅，设有文学、艺术、文学期刊三个展厅，共展出作品2000多件。高扬文、张超、苗培时、颂扬、刘炽5位同志获得特别荣誉奖，梁东、张宇、荆永鸣等126名同志获得优秀图书奖。

【靖远煤业杯·全国煤矿职工声乐器乐大赛】

8月16日至18日，第四届中国煤矿艺术节“靖远煤业杯·全国煤矿职工声乐器乐大赛”在甘肃靖远煤业集团举行。大赛共收到全国50多家煤炭企业集团报送的252个参赛节目，经过初评委认真评选，共有75个节目进入决赛。现场决赛分美声唱法、民族唱法、通俗唱法、器乐四个组别进行，经过三天激烈的比赛，共决出一等奖7名、二等奖17名、三等奖30名、优秀奖21名。大赛期间，评委老师、著名艺术家们还专门为比赛选手、靖远煤业集团音乐爱好者们作了声乐和器乐两场音乐讲座，向他们讲解歌唱和演奏经验，与他们探讨音乐艺术，并在颁奖晚会上与他们同台演出。

【双鸭山矿业杯·全国煤矿职工曲艺小品大赛】

9月24日至25日，第四届中国煤矿艺术节“双鸭山矿业杯·全国煤矿职工曲艺小品大赛”在黑龙江省龙煤集团双鸭山分公司举行。本次大赛共收到全国煤炭企业报送的曲艺小品节目62个，其中有29个节目进入决赛。经过现场决赛，共评出一等奖5个、二等奖8个、三等奖10个。大赛期间，评委老师、著名艺术家们还专门对比赛节目及选手表现进行了点评，向他们传授表演经验。在颁奖晚会上，大赛评委王谦祥、张志宽、李增瑞、宋德全等艺术家还与获奖选手代表一同登台献艺。中国煤炭工业协会副会长、中国煤矿文联主席梁嘉琨，龙煤集团公司董事长张升等有关方面领导与来自全国各煤炭企业集团负责文化工作的领导、各参赛选手以及双鸭山矿业集团公司职工等500余人一同观看了颁奖晚会现场演出。

【徐矿杯·全国煤矿职工集邮展览】

10月6日至8日，第四届中国煤矿艺术节“徐矿杯·全国煤矿职工集邮展览”在徐州矿务集团举行，中国煤炭工业协会名誉会长濮洪九，中国煤炭工业协会副会长、中国煤矿文联主席梁嘉琨，中国煤矿文联名誉主席、中煤集邮协会会长许传播等领导出席了开幕式。本次邮展共收到邮集426框（176部），经过筛选和初评，共有304框（97部）邮集入展，分8个类别展出，是煤炭行业历届集邮展览中数量较多、水平较高的一次综合邮展。经过专家评委认真评比，共评出一等奖15名、二等奖34名、三等奖32名。

【汾西矿业杯·全国煤矿职工书法展览】

11月28日，第四届中国煤矿艺术节“汾西矿业杯·全国煤矿职工书法展览”在山西焦煤汾西矿业集团文化活动中心隆重开幕。中国煤炭工业协会副会长、中国煤矿文联主席梁嘉琨，中国书法家协会理事、西泠印社副社长李刚田，中国煤矿文联名誉主席许传播，中国煤矿文化宣传基金会理事长、中国煤矿文联副主席庞崇娅，中国煤矿文联副主席、中国煤矿书法家协会主席张宇等领导出席了开幕仪式，来自全国各煤炭企业集团的领导和书法作者及汾西矿业集团有关单位人员共800多人参加了开幕式。本次展览共收到全国煤炭企业集团公司报送的书法、篆刻、刻字作品近3000件。经过筛选及评委会认真评选，共评出一等奖5名，二等奖10名，三等奖20名，入展作品149幅，入选作品79幅。庞崇娅等领导为获奖作者颁发了获奖证书。开幕式上，中国煤矿文联秘书长张强宣读了《关于授予周军同志乌金大奖的决定》，许传播向周军颁发了证书和奖牌。

【承办第三届中国职工艺术节声乐展演，积极组织煤矿职工参加职工艺术节各项活动】

煤矿文联与开滦集团共同承办了第三届中国职工艺术节声乐展演活动。9月14日至16日，第三届中国职工艺术节“开滦杯”声乐展演在开滦集团隆重举行。中国文联党组副书记、副主席李屹，中国煤炭工业协会副会长、中国煤矿文联主席梁嘉琨，中国文联副主席、中国音协分党组书记、副主席徐沛东以及中华全国总工会、中国文联、中国音协、中国煤炭工业协会、河北省政府、河北省国资委、开滦集团等有关方面领导出席了颁奖晚会。这次声乐展演共收到来自全国各地、各产业（行业）工会和文联选送的作品250多件，评选出61个节目进入决赛。经过3天紧张激烈的比赛，煤炭行业共有11人及5个合唱团获奖，其中开滦集团张鹏及兖矿集团合唱团荣获一等奖。

另外，煤矿文联还积极组织煤矿职工参加职工艺术节民族器乐、戏曲、舞蹈、曲艺小品、书法美术、摄影等方面的活动，并取得了优异的成绩。其中，同煤集团唢呐对奏《百鸟朝凤》获得民族器乐一等奖，阳煤集团群舞《阳光骄子》获得舞蹈一等奖，冀中能源曲艺《百花盛开煤香来》获得曲艺小品一等奖等。

理论研究

【进行煤炭行业文化建设调研，出台了《关于推进煤炭行业文化建设的指导意见》】

4月至8月，煤矿文联抽调专人，参加了煤炭工业协会组织的煤炭行业文化建设调研。调研组行程数千公里，先后深入开滦、京煤、兖矿、铁法、冀中能源、山东能源、吉林煤业等集团公司，了解和掌握了基层企业文化建设的现状，总结了国有煤炭企业在文化建设上的一些好经验和做法。结合这次调研，煤矿文联还对重点煤炭企业的文联组织建设、机构设置、文化场馆的分布、文艺人才队伍的培养、文艺活动的形式等情况进行了认真细致的考察，为今后更好地开展贴近生活、贴近矿工，职工群众喜闻乐见的文艺活动奠定了扎实的基础。调研结束后，出台了《关于推进煤炭行业文化建设的指导意见》。

直属单位

【《阳光》杂志社】

2012年，《阳光》在办好文学版的基础上，创办了艺术版，并试刊三期，发表和介绍了煤矿书法、美术、摄影、曲艺小品、舞蹈、集邮等方面的成就。《阳光》艺术版的问世，是中国煤矿文联为贯彻落实党的十七届六中全会和十八大精神的一项重大举措，是为全国煤矿广大职工发挥文化创造力搭建的一个平台，是全面展示煤炭行业书法、美术、书法、摄影、音乐、舞蹈、曲艺、小品等门类艺术成果的一扇窗口，是激励全国煤矿文化工作者为企业创造优秀文化财富的一块新的

阵地。

10月22日至25日，《阳光》杂志编务工作会议在湖南常德召开。来自全国煤炭行业的工会、文联领导和《阳光》杂志特约编务、煤矿文学创作骨干70多人参加了会议，中国煤矿文化宣传基金会理事长、中国煤矿文联副主席庞崇娅出席会议并讲话，《阳光》杂志社社长、主编徐迅对《阳光》杂志过去一年的工作进行了回顾总结，并对下一步工作做了安排。

2012年度《阳光》杂志发表作品被转载、评介情况。《阳光》2012年第1期发表的王玉峰短篇小说《麦前》被《小说选刊》2012年第2期选载；《阳光》2012年第1期发表的拖雷的中篇小说《饥饿之年》被《中篇小说选刊》转载；《阳光》2012年第1期发表的毛守仁的散文《作家与旅游》被《散文选刊》2012年第4期选载；《阳光》2012年第2期发表的五十弦的中篇小说《补天》被《小说选刊》2012年第3期转载；《阳光》2012年第5期发表的著名作家凸凹的长篇散文《故乡惊奇》，其中“旷野灯红”被《读者》杂志2012年第18期转载；《阳光》2012年第5期的肖建国的小说《县长的钓竿》被2012年第6期的《小说选刊》“佳作搜索”栏目点评；《阳光》2012年第7期姚中华的散文《那年，那月……》获第二十一届“东丽杯”孙犁散文奖三等奖；《阳光》2012年第8期发表的煤矿作家陈年的中篇小说《小烟妆》被《小说选刊》2012年第9期转载；同期配发了著名作家、评论家彭学明、何吉贤对小说的评论。《阳光》2012年第9期刘家芳的短篇小说《别开玩笑》被2012年第10期的《小说选刊》“佳作搜索”栏目点评；《阳光》2012年第10期发表的著名作家陈建功的散文《我作哀章泪凄怆》被2012年11月21日《作家文摘》转载；《阳光》2012年第11期发表的著名作家石英的小说《九秩童心》被2012年11期《小说选刊》转载。

【中国煤矿文化网】

7月7日，煤矿文化网与煤炭教育协会一起联合举办了第二届煤矿文化网络通讯员培训班。中国煤矿文化宣传基金会理事长、中国煤矿文联副主席庞崇娅，中国煤炭教育协会副会长李增全等领导出席了开班仪式，来自全国煤炭企业负责文化宣传的领导、宣传干事及通讯员80多人参加了培训。这期培训班是煤矿文化网聘请优质师资，专门为煤矿从事文化宣传的通讯员量身打造的。培训班结合当前网络发展的新形势，针对煤矿文化网络通讯员关心的问题，有针对性地开设课程，对提高煤炭行业文化网络通讯员队伍整体素质起到了积极的促进作用。培训班上还对第四届煤矿艺术节的宣传报道工作作了安排部署。

10月22日至25日，在湖南常德召开了煤矿文化网络宣传表彰会。会上，中国煤矿文化网站长、主编刘俊对煤矿文化网2012年的工作进行了回顾总结，并对2013年的工作做了具体安排。为鼓励2012年度对煤矿文化网络宣传工作做出贡献的单位和个人，会议还表彰了冀中能源集团、大同煤矿集团、开滦集团等24家煤矿文化网络宣传先进单位和李野筑、李舍、董帅、王凯等15名最佳通讯员、30名优秀通讯员。会议还对由中国煤矿文联、中国煤矿文化宣传基金会、中煤财产保险股份有限公司于2012年3月20日至8月31日联合开展的以“安全、幸福”为主题的“中煤保险杯·煤矿安全文学作品征文”活动中涌现出来的优秀文学作品进行了颁奖。

各文艺家协会

【煤矿作家协会】

9月6日至8日，煤矿作协在陕煤集团澄合矿区举办了第六届中国作家看煤矿活动。中国作协党组成员、副主席何建明，著名作家、评论家、编辑家刘庆邦、孟繁华、徐坤、孙少山、宁小龄、陈东捷、程绍武、马津海、徐迅、荆永鸣、刘俊、凌翼等应邀参加了此次活动。活动期间，作家们深入到澄合矿区铁运分公司、王村斜井、王村煤矿了解矿工生活，体会到一线工人健康向上、积极进取的精神风貌。在“全国作家看澄合座谈交流会”上，澄合作者与全国著名作家面对面交流，与他们探讨文学创作。

8月11日，煤矿作协和《阳光》杂志社举办了“平庄煤业·第五届全国煤矿文艺期刊评奖”暨主编研讨班。本次评选共有全国80多家煤矿文艺期刊参加，经过评审组和专家的严格评选，淮南矿业集团的《银河》，大同煤矿集团的《同煤文艺》

等20家文艺期刊获得“双十佳”全国煤矿文艺期刊奖；皖北煤电集团的《皖煤文化》、开滦集团的《跨越》等20多家期刊获得优秀期刊奖。研讨班期间，中国煤矿作家协会主席刘庆邦，《人民文学》副主编宁小龄，中国青年出版社副总编辑、《青年文学》杂志社社长、主编李师东为研讨班学员讲了课，与大家一同交流创刊经验，探讨文学艺术。此次文艺期刊评奖，发现并推出了一批新的优秀刊物，为激励煤矿文艺期刊的健康发展，促进煤矿文艺事业的繁荣，发挥了积极的作用。

【煤矿美术家协会】

6月13日至15日在江西召开了中国煤矿文联美术家协会创作交流会议。与会的煤矿画家与美术工作者们认真学习、研究了第四届中国煤矿艺术节全国煤矿职工美术展览方案，并就煤矿美术创作的题材、美协工作和煤矿画院建设等问题进行了研究和探讨。中国煤矿美术家协会主席吴凤仪作了题为《煤矿美术创作与发展基本思路》的主题发言。煤矿画家赵小刚、张霖生、罗保根、仲伟权、李振军、文新亚、殷阳7位同志结合自己的创作实践，分别就油画、山水画、版画、花鸟画的创作与大家进行了观摩与交流。

9月7日，中国煤矿陕西画院在澄合矿业公司揭牌成立。中国煤炭工业协会副会长、中国煤矿文联梁嘉琨主席亲自题写了“中国煤矿陕西画院”院名，中国作家协会党组成员、书记处书记、副主席何建明，中国煤矿文化宣传基金会理事长、中国煤矿文联副主席庞崇娅，中国煤矿文联秘书长张强，中国煤矿文联美协主席吴凤仪等领导应邀出席了揭牌仪式。揭牌仪式上，澄合矿业公司工会主席焦振芳首先致辞，中国煤矿文联秘书长张强宣读了《中国煤矿陕西画院组织机构建议名单》的批复，中国煤矿文化宣传基金会理事长、中国煤矿文联副主席庞崇娅与澄合矿业公司叶东生总经理共同揭牌。中国煤矿文联美协主席吴凤仪在仪式上讲话，要求煤矿画家要积极为繁荣发展煤矿和社会美术事业做出不懈地努力，创作出更多更好的美术精品，服务煤矿，奉献社会。

12月20日，中国煤矿工笔画院揭牌仪式暨工笔画展在河南平煤神马集团隆重举行。中国煤矿文化宣传基金会理事长、中国煤矿文联副主席庞崇娅，中国煤矿文联秘书长张强，中国煤矿文联美术家协会主席吴凤仪，中国平煤神马集团党委常委、工会主席倪政新等领导出席揭牌仪式和画展开幕式。庞崇娅和倪政新共同为中国煤矿工笔画院揭牌。仪式结束后，还举行了美术、书法、摄影作者座谈会。

【煤矿曲艺家协会】

12月27日，著名相声演员王谦祥、李增瑞、宋德全和王玉赴西山煤电集团，为基层曲艺爱好者授课培训。此次培训以问答互动方式进行，学员们踊跃提问，四位艺术家认真解答。相声的历史渊源，相声演员应具备哪些素质，矿工题材作品怎么写，捧哏、逗哏怎样配合，面对学员的一系列问题，四位艺术家一一解答，认真详细又不乏幽默诙谐。整个培训气氛热烈，掌声不断，四位艺术家深入浅出、妙趣横生的讲解给学员们留下了深刻的印象，让大家受益匪浅。培训即将结束时，四位艺术家还为曲艺爱好者即兴表演了相声段子，让大家在掌声和笑声中学到了相声知识。王谦祥、李增瑞、宋德全和王玉是西山煤电集团的荣誉矿工，对矿山有着深厚感情。他们常年活跃在相声舞台上，深受广大观众和相声爱好者的欢迎和喜爱。

【煤矿书法家协会】

11月18日，由中国煤矿书法家协会、安徽省书法家协会、淮北市书法家协会、淮北市文联、淮北矿业集团公司联合主办的“李原野书法作品展”在安徽淮北市图书馆开幕。中国书法家协会理事、中国煤矿书法家协会主席张宇，安徽省文艺理论研究会副主任、省书协副秘书长史培刚，淮北市人大常委会副主任张明华、副市长王莉莉等出席展览开幕式。张宇在开幕式上致辞，并代表中国煤矿书法家协会、淮北矿业集团对此次展览成功举办表示热烈祝贺。

李原野系中国书法家协会会员、安徽省青年书法家协会常务理事、淮北市书协副主席、淮北矿业集团铁运处职工，是淮北市乃至安徽省、全国煤炭行业近年涌现出的实力派书法家之一，其作品近30次在中国书协举办的重大展事中入展、获奖，并被安徽省书法家协会评为“全省十佳书法家”。此次展出的50幅书法作品，书体多样、内涵丰富，真草隶篆四体皆具，有鸿篇巨制，也有斗方信札，展览布局新颖，设计独具匠心，极富

视觉冲击力，集中展现了他娴熟、生动的书法技法，显示出李原野对笔墨的超强控制能力，给人以美的享受。

企业文联

【山东能源集团文联】

3月21日，山东能源集团公司举行“感动山东能源十大人物”颁奖典礼。此次表彰的“感动山东能源十大人物”，集中体现了山东能源集团“明德立新、包容超越”的企业核心价值观，是创新创业、推动企业发展进步的突出贡献者，是山东能源职工的榜样。他们中有在冰雪高原创业的并蒂“雪莲”赵连文夫妻；有高龄82岁、29年如一日到井口为矿工缝补工作服，嘱咐安全生产的矿工好妈妈侯秀荣；有在沙漠建矿，屡创奇迹的开拓者吕如霞；有每年都要献出相当于自己身体一半血液的志愿者——献血状元胡安奇；有获得全国“五一”劳动奖章、“富民兴鲁”劳动奖章、每年只休四五天班的矿山铁人沈瑞平。同时，山东能源集团公司还评选出了20名“感动山东能源十大人物”提名奖获奖者，他们每人也都演绎了一幕幕感人至深的故事。“感动山东能源十大人物”的事迹深深打动了在场的每一名观众，整个颁奖典礼历时两个小时，介绍事迹与文艺节目表演穿插进行。广大员工纷纷表示要以先模人物为榜样，努力工作、团结进取，圆满完成各项工作任务，为山东能源集团发展做出积极贡献。

【冀中能源集团文联】

4月26日，冀中能源集团“因为有你——首届道德模范颁奖典礼”举行。这是冀中能源深入贯彻党的十七届六中全会精神，大力弘扬社会主义道德新风的具体实践。中国煤矿文化宣传基金会理事长、中国煤矿文联副主席庞崇娅等领导出席了颁奖典礼。为响应中国煤矿文联“寻找感动中国的矿工”活动的号召，冀中能源在13万职工中开展了首届道德模范评选活动。此次评选活动共分为助人为乐、敬业奉献、见义勇为、孝老爱亲、坚守信念五个奖项。为使评选活动更为公正、透明，冀中能源还专门开设了职工热线，只要是冀中能源的职工家属，都可以报名参加或推荐身边的道德先进参加。经过职工报名推荐，各级单位初审，有关部门综合评审等层层筛选，组委会最终从近百名候选人中评选出“首届十大道德模范人物”。其中，“助人为乐道德模范”梅巧娃荣登2011年“中国好人榜”，“见义勇为道得模范”杨海军被誉为“新时期农民工罗盛教”，“孝老爱亲道德模范”赵海芬、索维利被授予“第二届感动中国矿工的十大杰出人物”。

【重庆能源集团文联】

为庆祝“五一”劳动节，5月3日，重庆能源集团工会举行了第二届职工歌手大赛，来自该集团下属15个单位的22名选手参与了这次角逐。比赛中，22名选手分别用通俗、民族、美声等方式演唱了《五星红旗》、《祝福祖国》、《春天的芭蕾》等歌曲，唱出了对祖国的热爱，展示了重庆能源职工的风采。为了提高比赛的专业水准，组委会还特邀请了张正国、何曙光、刘静等中国音乐家协会会员的专业老师担任评委。大赛共评出一等奖一名，二等奖四名，三等奖五名，同时还向表现优秀的选手授予了“十佳”歌手的荣誉称号。

【中国平煤神马集团文联】

5月29日上午，中国平煤神马集团在矿区文化宫隆重举行书画院建院十周年书画展。平煤神马集团党委书记张友谊，工会主席倪政新及平顶山市书画界有关人士出席了开幕仪式并剪彩。中国平煤神马集团书画院成立于2002年。十年来，书画院承载着“展示集团职工生活、赞颂美好时代、提升文化品位”的使命，像一张流动的名片，向外界展示着平煤神马集团厚重的文化，用扎实的艺术创作，展示了中国平煤神马人乐观进取、蓬勃向上的精神风貌。此次展览从3月份开始筹备，共征集到近500幅作品，最终有100多幅作品入展。

【淮北矿业集团文联】

6月8日，安徽淮北矿业集团举办了安全3D动漫首映式。此次展播是为了贯彻落实全国第十一个“安全生产月”活动及淮北矿业安全生产体系建设工作要求，丰富安全文化、安全教育、安全培训，而采取的职工喜闻乐见的3D动漫、情景模式等表现形式，对安全理论、安全知识、岗位危险源、事故案例、新工人应知应会等内容进行宣传展示，使广大煤矿职工在感受文化的过程中受到教育，使文化与安全宣教有机融合，受到了广大职工的一致欢迎。

【山东煤矿文联】

6月12日，第二届山东煤矿艺术节开幕，开幕式文艺演出在兖矿集团举行。山东煤矿工会、煤矿文化体育协会及兖矿集团领导和职工群众1000余人观看了开幕式文艺演出。精彩演出赢得了现场观众的阵阵掌声。第二届山东煤矿艺术节是由山东省煤矿工会、山东煤矿文化体育协会联合举办的大型活动，是山东广大煤矿职工群众的一次文化艺术盛会。本届艺术节规模宏大、内容丰富、范围广泛，涵盖了文艺演出、电视纪实专题片展评、书法篆刻展览、美术民间工艺展览、摄影展览五大项活动，山东省内所有国有煤炭企业均报名参加。

【大同煤矿集团文联】

6月，在全国第十一个安全生产月期间，同煤集团认真贯彻落实“科学发展、安全发展”的主题，充分利用文化艺术形式，为煤矿安全生产造势，致力于营造“以人为本、安全第一”的文化氛围，举办了一系列艺术水平高、生活气息浓、富有感染力的文艺活动。

6月19日、20日，同煤集团“祝福同煤、安全发展”文艺巡演活动在煤峪口矿、地煤青磁窑矿、云冈矿、四老沟矿拉开帷幕。来自基层20个单位的300多名演员为数千名职工演出了歌舞、音乐快板、情景剧、山东快书、歌伴舞表演唱、数来宝、合唱等精彩节目。

6月26日，同煤集团“科学发展、安全发展”安全知识竞赛在塔山煤矿公司举办，共有朔州煤电公司、地煤公司、临汾宏大公司等6支队伍参加比赛，并当场决出一、二、三等奖。

6月25日至27日，来自同煤31个基层单位的5100名职工聚集在同煤集团公司办公楼广场，引吭高歌，唱响安全。整场合唱比赛精彩纷呈，高潮迭起，一首首耳熟能详的安全歌曲响彻云霄，高亢嘹亮，荡气回肠，唱响了煤矿安全生产的主旋律。

6月28日，同煤集团举行颁奖晚会，为安全杰出人物颁奖。在同煤集团文工团舞蹈演员们优美的伴舞中，著名歌唱家王洁实、著名歌手成方圆登上舞台，深情演唱，流露出对煤矿工人的感激和热爱，赢得观众热情的掌声。登台演出的还有此次文艺巡演中涌现出的优秀节目——同家梁矿演出的山东快书《安全生产立新功》，节目生动有趣、煤矿生活气息浓厚，在观众心中引起共鸣，引来连续不断的喝彩声。整个颁奖晚会形式新颖、气氛热烈、高潮迭起、极富感染力。

【铁法能源公司文联】

7月6日，随着中国煤矿文化宣传基金会理事长、中国煤矿文联副主席庞崇娅和铁法能源公司董事长、总经理韩有波共同按动仪式启动球，第二届感动铁能人物暨模范和谐家庭颁奖典礼在铁法能源公司开幕。铁法能源1500多名职工代表和应邀参加典礼的各级领导嘉宾齐聚这里，收获感动的力量，感受和谐的温馨。颁奖典礼参照中国煤矿文联“寻找感动中国的矿工”活动播放事迹短片、现场采访、宣读颁奖辞、嘉宾颁奖的顺序进行。伴随着感动铁能人物暨模范和谐家庭颁奖典礼的背景音乐，大屏幕中的彩绸一次次地揭开，11名感动铁能人物和10户模范和谐家庭名单依次揭晓。他们当中，既有艰苦奋斗的创业先锋，又有无私奉献的道德模范；既有勇于涉险的救人英雄，又有自强不息的铿锵玫瑰。整场典礼历时两个半小时，获奖人物和家庭的事迹令人震撼、催人泪下，参加典礼的职工和嘉宾无不为之动容，为之感动。

【阳泉煤业集团文联】

为了增强职工安全意识，筑牢企业安全生产的“第二道防线”，阳煤集团文联和女职委组织了“阳煤集团2012年女职工安全小品巡演”队，深入矿区井口进行文艺演出。由一矿选送的《一张诊断书》，二矿选送的《温暖的家》，三矿选送的《带血的螺丝帽》以活生生的事故案例及血和泪的教训向大家阐述了“平安是福”的深刻道理。由寺家庄公司选送的《老婆是安检》，新大地公司选送的《自我完善》以发生在身边的真实故事，用幽默诙谐的语言告诉大家违章的危害性，引导教育职工牢记安全，只有每个人把安全二字放在心上，付诸行动，企业才能和谐、家庭才能幸福。由二矿选送的《班前会上》则强调了安全知识在安全生产中的重要性；三矿选送的《安全连着你我他》凸显了家属安全联保第二防线在煤矿生产中的重要作用，精彩的演出向职工诠释了安全工作的重要性。这些节目贴近生活、短小精悍，深

受矿区职工群众的欢迎。巡回演出持续了数月，有上万人次观看了节目，干部职工纷纷表示，一定要把安全放在首位，遵章守纪、正规操作，安安全全度过每一天。

【开滦集团文联】

3月16日，开滦集团员工艺术节拉开序幕。开滦集团公司2000多名各个领域的精英聚集在一起参加了艺术节开幕式晚会。整场晚会由“两会颂”、“纪念开滦党组织成立90周年”、“劳模赞”、“新开滦新气象”四部分组成，融合了歌舞、诗朗诵、曲艺、音乐短剧等多种艺术表现形式。编导的精心策划、演员高水平的艺术表演，给观众留下了深刻印象。开幕式上，两位开滦的老党员按捺不住激动的心情，现场创作了两幅书画作品，作为庆祝开滦党组织成立90周年的贺礼。诗朗诵《窑坡上飘扬的旗帜》以深沉、凝练的语言回顾了开滦党组织成立的历史和曲折的经过，动情地讲述了开滦工人对中国共产党的深厚情感；矿工歌唱家王海天的一首《把一切献给党》表达了开滦工人对党的感激，对党的事业的忠诚。整场晚会在激情澎湃的《开滦在努力》歌声中落幕。本次开滦集团员工艺术节从3月开始到12月结束，为期10个月，连续举办了全健排舞大赛、员工书画摄影大赛、员工歌手比赛、纪念开滦党组织成立90周年征文、诗歌朗诵比赛、巡回文艺演出等一系列文艺活动。

12月12日，开滦国家矿山公园文化旅游产品推介会在开滦博物馆多功能厅举行。唐山市旅游局有关领导，开滦集团负责人、30家团社组织、友好单位负责人及相关人员以及唐山新闻媒体记者出席了推介会。开滦集团总经理助理王建政对开滦集团文化产业总体发展情况进行了介绍，并明确提出了下一步开滦国家矿山公园打造“精致景区”的工作重点。开滦国家矿山公园管理中心主任、开滦博物馆馆长李军就开滦国家矿山公园2013年旅游特色产品项目的基本情况和特点进行了重点推介。全体与会人员分别就如何搞好2013年矿山公园文化旅游项目的推广和市场营销，提升园区服务质量，打造“精致景区”，实现双赢等内容举行了座谈。通过此次推介活动，向与会者展示了开滦国家矿山公园极具魅力的工业旅游资源，多点开花、亮点频现的旅游推介活动也吸引了与会者对开滦集团文化产业发展的关注。

中国电力文协

综　述

2012年，中国电力文学艺术协会以促进社会主义文化大发展大繁荣为宗旨，积极开展电力行业企业各项文学艺术活动及电力行业文化建设。在中国文联和中电联的指导支持下，努力为转变电力发展方式服务，为电力企业开展丰富多彩的文学艺术活动服务，为激发广大电力员工爱岗敬业爱国奉献精神服务，为培养推出优秀电力文艺人才服务，为电力行业企业文化大发展大繁荣服务，努力加强自身建设和所属专业协会建设，积极组织推动各专业协会开展活动，在繁荣文艺创作、促进电力行业企业文化建设等方面取得了显著成绩。

重要会议与活动

【电力文协2012年第一次主席团（扩大）会议】

会议进一步强调了电力文协工作在全国电力事业发展中的重要作用，明确了工作要求，传达了中国文联、中国作协相关会议精神；会议总结了电力文协2011年工作，谋划了2012年工作。本次会议进一步凝聚了力量，明确了发展方向。

【电力文协2012年第二次主席团会议】

会议提出了2012年几项重要工作，一是从服务电力发展改革大局的高度，完成电力文协在民政部登记成立等相关工作；二是打牢基础，推进电力文协组织体系建设工作；三是开展电力行业文学艺术人才队伍统计调查工作；四是制订并实施电力文协五年发展规划；五是定期召开主席团会议并组织好理事会会议。大会还就电力文协基本完成在民政部的登记成立工作、开展电力行业文学艺术人才队伍统计调查工作、组织课题调研和制订并实施电力文协五年发展规划工作，作了专项说明。本次会议明确了近期工作要点，为今后一段时间更好地开展工作打下了基础。

【加强前期理论研究】

为了谋划电力文协今后一个时期发展规划，电力文协召开了五年发展规划课题开题会。张海洋常务副主席在会上通报了第二次主席团会议的主要成果，传达了电力文协今年工作重点，对五年规划课题和行业文艺人才队伍调查工作提出了要求。会议就“课题”和“调查”两个方案（讨论稿）作了具体介绍。来自九个副主席单位的课题组组员或单位代表对“课题”和“调查”两个方案进行了讨论，提出了意见和建议。

【第一届全国电力职工摄影大展开幕式暨诗集《情融电力献给党》首发式活动】

“七彩凝画卷，诗词颂党恩”，在党的十八大隆重召开之际，由国家能源局、中国摄影家协会、中国电力企业联合会、中国电力文协、浙江省能源集团有限公司主办，中国摄影报社、中国电力摄影家协会承办的第一届全国电力职工摄影大展开幕式暨诗集《情融电力献给党》首发式于10月16日在京举行。国家能源局总工程师吴贵辉、中国文联党组成员、书记处书记李前光，中国摄影家协会分党组书记、副主席王瑶，中国电力企业联合会秘书长王志轩，中国电力文协主席谢振华，浙江能源集团公司副总经理楼晶等主办单位领导和各大电力集团干部职工代表、北京摄影界代表约400人参加开幕式并参观摄影展。以“颂扬成就、展示风貌、提升艺术、繁荣文化”为主旨的本届全国电力职工摄影大展共收到来自全国电力企业的1800多位电力职工的21000多幅摄影作品，参展作者多为工作在电力行业第一线的干部职工；参展作品主题鲜明，构图新颖，

贴近生活，充分展现了改革开放以来，在科学发展观指导下，我国电力工业发展改革取得的辉煌成就，讴歌了全国200多万电力职工努力拼搏、艰苦创业、勇于担当的精神风貌。同时，也显现了电力职工深厚的文化素养和较高的摄影创作水平。本次大展是电力行业发动最广、数量最多、水平最好的一次摄影盛会，在能源行业同类大展中居于领先水平。在开幕式上，国家能源局、中国摄影家协会等主办单位领导向18位金、银、铜质收藏奖获得者颁发奖杯证书，向国家电网公司等13家企业颁发“优秀组织奖”，向浙江省能源集团有限公司颁发“特别贡献奖”。五家主办单位的领导为大展开幕剪彩。诗集《情融电力献给党》由中国电力文协、国家电网公司、中国电力投资集团公司共同组织，中国电力作家协会主编、英大传媒集团中国电力出版社出版。这项活动得到了各大电力企业和广大电力职工的积极响应和热情参与，短短几个月，电力作家协会共征集到了5000多首诗词，作品中饱含了电力人对党的无限忠诚和热爱，充满着对电力事业的追求和赞美，洋溢着“以电相连，用心沟通”的真情实感。经专家精选出139首，由英大传媒中国电力出版社正式出版，作为电力人献给党的“十八大”的一曲颂歌和礼赞。

【协办第三届中国职工艺术节“浙江能源杯”摄影艺术展】

本次活动由全国总工会、中国文联、中央文明办、中央电视台和中国摄影家协会联合主办，电力文协协办，浙江省能源集团有限公司、中国电力摄影家协会承办“第三届中国职工艺术节‘浙江能源杯’摄影艺术展”，这是一项参与范围更广，参与人员更多，工作量更大的全国性摄影展览活动，展览地点在杭州“浙江美术馆”。活动历时半年，展览共收到全国26个省、市、自治区文联、工会组织和各大行业的59个大型企事业单位选送的2875位作者的32468幅作品（上届总共3388幅作品），经严格评选，共展出358幅高质量的纪实类和艺术类照片。整个展览过程安全、有序、热烈、喜庆，展览活动的组织工作、社会影响和艺术效果受到艺术节组委会和中国文联尤其是李前光同志的充分肯定和表扬。

【召开两次中国电力摄影家协会的理事会议】

中国电力摄影家协会一届二次理事会总结了一届一次会议以来八个多月的摄协工作，与会理事以《协会工作汇报》、《关于章程制度修改的说明》、《会费收缴管理办法》、《调整完善第一届理事会理事有关事项的说明》等为主题进行了热烈讨论、审议。大家肯定了摄协工作，提出了建设性意见，通过了会议议题。会议颁发了中国电力摄影家协会理事证书，提出了今后工作的任务和目标。中国电力摄影家协会一届三次理事(扩大)会议总结了一届二次会议后中国电力摄影家协会的各项工作，讨论、研究并部署了协会今后的工作。

【“全国第三届电力书法作品展览”活动】

为庆祝党的“十八大”胜利召开，在中国有电130周年和电力体制改革10周年之际，在有关电力企业的支持下，电力书法家协会于12月5日在北京军博展览馆隆重举行“全国第三届电力书法作品展览”活动，行业内外有关领导和参展作者及观众200余人出席开幕式。这次书展活动，是全电力行业书法艺术最高水平的一次展示。这次活动得到了行业内外关注，为提升电力行业文化形象起到了积极作用。

【“喜迎十八大，走进特高压”书画笔会活动】

在党的“十八大”召开之际，国家电网公司交流建设分公司与中国电力书法家协会在上海松江隆重举办“喜迎十八大，走进特高压”书画笔会活动，这是电力书协围绕企业中心工作，服务企业文化需要，开展的一次重要书法交流创作活动。

【中国电力作协佳作不断】

2012年，中国电力作协团结、动员、组织广大电力作家和文学爱好者，以“出精品、出人才”为根本任务，弘扬主旋律，提倡多样化，不断强化文学创作的精品意识，不断强化作家的社会责任，不断强化协会工作的服务能力。一年来，开展了全国电力职工诗歌征集活动，出版《情融电力献给党》；组织电力作家学习贯彻十八大精神，畅谈了学习十八大精神体会，积极为社会主义核心价值体系建设贡献力量；重温《讲话》，努力打造电力文艺精品。重视电力作家队伍建设，2012年分两批发展新会员42名。2012年是电力作家文学创作丰收年。据不完全统计，2012年度电力作家出版文学专著50余部，其中影响比较大的作品有：贾英华的《末代皇帝的非常人生》等四部“末代皇族”系列新作，杜文娟的长篇纪实文学《阿里·阿里》，曾孟群的百余万字长篇小说《老大这辈子》，李治山的长篇小说《农村兵》，安力达的长篇小说《东望》，潘飞的电力题材的电影文学剧本《送你一匹马》，贾世民的电力题材的电视文学剧本《太阳雨》等。

中国水利文协

综　述

2012年，中国水利文学艺术协会在水利部党组的正确领导下，在各理事单位的积极参与下，以迎接和庆祝党的十八大胜利召开为主题，以推动水利改革发展为目标，认真履行组织、协调、服务的职能，充分发挥各分会的积极性和人才资源优势，联合水利部有关部门，开展了水文化专题论文征稿评奖、论坛、协助水利部与中国作家协会组织作家“行走长江看水利”活动，举办美术书法摄影展览，编辑出版《水文化建设》丛书、《中国水利文艺》丛书，承办“水利系统全国文明单位系列宣传”、南水北调歌曲征集活动等任务，使水利文学艺术活动开展得丰富多彩。

会议活动与重点工作

【参与组织专业作家“行走长江看水利”采风活动】

继2011年水利部与中国作家协会联合发起组织专业作家“行走黄河看水利”采风活动后，又于2012年5月组织了“行走长江看水利”活动。中国水利文协及水利作协配合水利部与中国作协，在水利部长江水利委员会的大力支持下，顺利完成了采风任务。作家们发表了一批反映长江水利建设与发展的文学作品，也为中国作家了解水利改革发展变化的新形势，深入水利生活，创作精品力作提供了源泉。

【喜迎十八大水利美术书法摄影展览】

2012年，为迎接党的十八大胜利召开，深入贯彻落实科学发展观，积极践行社会主义核心价值体系，大力弘扬“献身、负责、求实”的水利行业精神，响应中国文联开展的“党的旗帜高高飘扬，文艺事业繁荣发展”主题文艺活动，着力推进水利文学艺术精品创作，全面展现水利系统干部职工团结进取的精神面貌，由中国水利文协和水利部精神文明办联合举办了“2012全国水利系统美术书法摄影展览”。本次展览共收到作品697件（幅），其中：美术54幅、书法68幅、摄影475幅。经大赛评审组专家们的认真评选，最终评出：美术获奖作品34幅（一等奖3幅，二等奖6幅，三等奖7幅，优秀奖18幅）；书法获奖作品86幅（一等奖3幅，二等奖10幅，三等奖25幅，优秀奖48幅）；摄影获奖作品59幅（一等奖2幅，二等奖6幅，三等奖11幅，优秀奖40幅）。全部获奖作品采取在水利部官方网站长时间段滚动播出的方式进行展示，收到了很好的效果，得到水利系统广大职工的好评。

【治水与中华文明暨李仪祉水利思想研讨会】

为深入研讨治水与中华文明的关系，学习交流我国近代水利先驱李仪祉水利思想，2012年11月，由中国水利文协水文化工作委员会、中国水利学会水利史研究会、陕西省水利厅联合举办了“治水与中华文明暨李仪祉水利思想研讨会”。会前，组织了征文和评选活动。共收到来自全国各地25个水利部门及社会有关单位119名作者的101篇论文。经专家评审委员会评选，评出特别奖3篇；一等奖4篇；二等奖9篇；三等奖17篇；优秀奖23篇；有6个单位获得组织奖。

【联合举办“纪念中央水利工作会议召开一周年”有奖征文活动】

2012年7月8日是中央水利工作会议召开一周年纪念日。为切实做好一年来的水利工作成果宣传，迎接党的十八大胜利召开，中国水利作家协会与水利部新闻宣传中心共同举办了“纪念中央水利工作会议召开一周年”有奖征文活动。此项活动得到了水利系统各部门、各单位的大力支持以及广大水利职工的积极参与，共收到来稿772篇。经过专家评审委员会的评选，评出一等奖作品3篇（报告文学、诗歌、散文各1篇）；二等奖作品15篇（报告文学、诗歌、散文各5篇）；三等奖作品30篇（报告文学、诗歌、散文各10篇）；优秀奖作品36篇（报告文学、诗歌、散文各12篇）；评出组织奖获奖单位10个。编辑出版了获奖作品《放歌水利》一书。

【承办水利系统“全国文明单位（23家）”集中宣传活动】

在全国文明单位创建活动中，全水利系统有23家单位获得“全国文明单位”光荣称号，是水利各部门各单位学习的先进典范。根据水利部领导的要求，受部精神文明建设指导委员会办公室的委托，中国水利文协承担了这23家全国文明单位的集中宣传任务。2012年，首先，以“水利人的精神家园”为题，在水利部官方网站上，以图文并茂加视频的方式，连续播出，同时，在中华文明网上播发，并在《中国水文化》杂志上以“水利系统全国文明单位建设巡礼”为专栏进行系列宣传。收到良好的典型推广效果。

【组织南水北调歌曲征集活动】

受国务院南水北调办公室委托，2012年，中国水利文协组织开展向社会及南水北调系统征集南水北调歌曲的创作活动。活动得到了系统内外的广泛反应与歌曲创作者的积极参与，共收到歌词创作稿265篇，并经有关专家的评选与精心修改，进入谱曲的创作阶段。

【联合组织多项摄影活动】

2012年，中国水利文协组织水利摄影协会与水利部新闻宣传中心联合完成了“迎十八大水利成果展”的照片征集工作；联合举办了“全国水利系统摄影大赛”活动；作为协办单位，参加了由中国艺术研究院中国摄影研究所主办的中外著名摄影家参加的“响沙湾国际摄影周”活动；作为承办单位之一，与中国摄影家协会、重庆市政府等一起举办“今日三峡”摄影大赛活动。

【编辑出版文艺系列丛书】

2012年，中国水利文协与水利部精神文明办联合编辑的“中国水文化建设丛书”：《水之韵》、《水之颂》、《水之行》分别由中国水利水电出版社和黄河水利出版社出版。中国水利文协和中国水利作协编辑的《中国水利文艺丛书（第六集）》由长江出版社出版。中国水利摄影协会组织编辑的《中国当代摄影家作品集（水利卷）》由中国摄影出版社出版。

【中国水利作协年会】

2012年11月，中国水利作协在湖南江垭召开年会。总结一年来水利作协会员发展及推荐工作，交流会刊《大江文艺》的办刊经验，安排下一步协会的各项任务，会议决定：继续办好《大江文艺》，要在拓展内容、提高档次上下功夫。加大改版创新力度，精选精编精办。设立“年度创作奖”，培养文学新秀，加强文学评论建设。

【中国水利文协摄影分会第五届理事会】

2012年12月，中国水利文协摄影分会（中国水利摄影协会）第五届理事会在沈阳召开。会议审议通过了第四届工作报告。选举产生了第五届理事会和领导机构。中国水利摄影家协会章程参照中国摄影家协会第八次代表大会通过的新章程进行了修改，于2013年3月5日以通讯工作会议的方式经全体理事审议通过。会议以“十八大”精神为指导，提出了新时期水利摄影工作的任务和努力方向。

【参加第三届中国职工艺术节】

2012年，中国水利文协发动并组织各分会参加由中华全国总工会、中国文联、中央文明办、中央电视台联合主办的第三届中国职工艺术节，并有多项作品获奖。

【水利邮协活动】

2012年，中国水利文协集邮分会在全国集邮联为纪念中华全国集邮联成立三十周年的表彰活动中，中国水科院邮协荣获“全国集邮先进集体”称号，吴安民、陈殿荣、蔡志明三人被评为先进个人。在第十五届全国邮展中，由水利邮协推荐的李志明的《纪念邮资信封国内平信邮资20分时期》的邮集获得二等奖。

中国化工文联

综　述

2012年度，中国化工文学艺术联合会，紧紧围绕贯彻落实党的十七届六中全会精神和党的十八大精神,主要作了六项工作：一是组织所属专业协会负责人学习贯彻党的十八大精神；二是与中国化工职工思想政治工作研究会联合召开了“中国石油和化学工业第二届企业文化促进大会”；三是中国化工作家协会召开主席办公会议；四是组织参加并落实中国摄影家协会第八次全国代表大会精神；五是中国化工书画家协会成立化工书画院；六是中国化工文学艺术联合会秘书处工作机制调整，与中国化工职工思想政治工作研究会合署办公，工作重点转向行业企业文化建设。

主要工作与活动

【组织所属专业协会负责人学习贯彻党的十八大精神】

党的十八大闭幕后，中国化工文学艺术联合会秘书处立即组织所属协会主要负责同志原原本本地学习了十八大报告和习近平总书记的讲话，并结合石油和化学工业实际，紧紧围绕实现“绿色化工强国梦”，深入学习了党的十八大报告关于加强社会主义核心价值体系建设的理论论述、关于全面提高公民道德素质的理论论述、关于丰富人民精神文化生活的理论论述、关于增强文化整体实力和竞争力的理论论述、关于转变经济增长方式“更多依靠科技进步、劳动者素质提高、管理创新驱动”的理论论述，并提出了当前和今后一个时期的工作任务和工作重点：以文学艺术形式作为企业文化建设的重要载体，不断加强社会主义核心价值体系建设和大力推进社会主义核心价值观在企业管理中的落地生根工程，为实现“绿色化工强国梦”提供强大精神文化动力。

【协助组织筹备了全行业第二届企业文化促进大会】

2012年6月，中国化工文学艺术联合会协助中国化工职工思想政治工作研究会筹备了“中国石油和化学工业第二届企业文化促进大会”。会议在中国石油吉林石化公司召开，旨在以贯彻落实党的十七届六中全会精神，大力推进全行业企业文化建设。出席会议的主要领导：十届全国人大常委会副委员长顾秀莲，中国思想政治工作研究会顾问、中宣部原常务副部长徐惟诚，中国思想政治工作研究会秘书长、中宣部思想政治工作研究所所长王学勤，中国石油和化学工业联合会会长、中国化工职工思想政治工作研究会会长李勇武，中国石油天然气集团公司副总经理、党组成员李新华，中国能源化学工会原主席张成富等。吉林省委省政府、吉林市委市政府的领导到会祝贺。会议期间中国石油吉林石化公司组织了大型文艺演出，独唱、联唱、说唱、大型歌舞、京剧联唱、小品，文艺形式丰富多彩，受到与会者一致赞扬。

【中国化工作家协会召开主席办公会议，筹办文学期刊《黑松林》】

2012年10月21日，中国化工作家协会在江苏黑松林粘合剂厂有限公司召开主席办公会。会议认真学习了党的十八大精神，回顾了自1997年成立以来的工作，提出了当前和今后一个时期的工作任务和工作重点。会议认为文学创作要与“绿色化工强国梦”贴紧靠实，必须进一步加大阵地建设，决定筹划出版作协文学刊物——《黑松林》，并以江苏黑松林粘合剂厂有限公司为中化作协创作基地。会议还就有关人事事项进行讨论，确定了下一届主席、副主席和秘书长的推荐人选，安排了中化作协的换届筹备工作。会议推选产生了中化作协执行副主席、执行秘书长及副秘书长。黑松林董事长刘鹏凯出席会议，并以中化作协副主席身份抓好《黑松林》文学期刊创刊筹备工作。《黑松林》编辑部设在江苏黑松林粘合剂厂有限公司。

【中国化工摄影家协会，继往开来，活动丰富多彩】

李建明出席中国摄影家协会第八次全国代表大会，中国化工摄影家协会致贺信。

召开中国化工摄影家协会三届三次理事会，增补理事7名，发展会员70名，向中国摄影家协会推荐会员两名并获批准，会员队伍达300余人。

积极参加中国摄影家协会组织的各项活动：参加中国摄影家协会和51个团体会员发起的“万名摄影志愿者，万幅作品送万家”活动；参加中国摄影家协会第九届摄影艺术节；参加中国摄影家协会组织召开的全国摄影工作会议；参加中国摄影家协会举办的“金像奖”、24届国展；参加第三届全国职工艺术节摄影展并获“优秀组织奖”。

中国化工摄影家协会与中国石油和化学工业联合会化工园区工作委员会联合承办了中国石油和化学工业联合会与浙江宁波市人民政府联合主办的“中国绿色化工全国摄影大赛”，展现了我国石油和化学工业的发现成就及绿色理念。

出版《中国化工摄影报》12期，并拟于2013年由报改刊，进一步加强阵地建设，适应企业文化建设要求和广大摄影爱好者的需求。

【中国化工书画家协会成立书画院，中国化工舞台表演艺术协会在集团建制内巡回演出】

中国化工书画家协会秘书处挂靠浙江衢州巨化集团，2012年中国化工书画家协会秘书处向浙江巨化集团领导提交组建中国化工书画院的建议书，很快得到批准并给以大力支持，2012年9月中国化工书画院在浙江衢州正式成立。

中国化工舞台表演艺术协会秘书处挂靠四川化工控股集团公司泸天化公司。四川化工控股集团公司是一家跨多个省区的大型企业集团，中国化工舞台表演艺术协会多年来一直承担着集团公司建制内巡回演出任务，2012年巡演12场次并积极参与泸州市地方文化建设活动。

【中国化工文学艺术联合会秘书处工作机制调整，与中国化工职工思想政治工作研究会合署办公，工作重点转向行业企业文化建设】

中国化工文学艺术联合会秘书处与中国化工职工思想政治工作研究会合署办公试运行一年后今年正式运行。合署办公后，工作重点转向行业企业文化建设，以文学艺术活动为企业文化建设的重要载体，促进企业文化建设的提高和升级。

中国石化文联

综　述

2012年，中国石化文联在党组和中国文联的正确领导下，以弘扬时代精神、构建和谐企业为主题，以“一转双创”、“打造世界一流”为主线，以迎接和庆祝党的十八大召开为动力，以丰富和满足百万员工精神文化生活为目标，围绕党组中心工作和集团公司改革发展大局，团结动员广大文学艺术工作者和爱好者，组织开展一系列丰富多彩、形式多样、主题鲜明的文学艺术活动，为凝聚力量、振奋精神、鼓舞士气发挥了积极作用。

会议、活动与主要工作

【中国石化文联各专业协会秘书长会议和文联常委会议】

3月1日，中国石化文联组织召开文联常委会议和各专业协会秘书长会议，讨论通过《中国石化文联2011年工作总结和2012年工作要点》，下发各团体会员单位贯彻落实。各专业协会也相继召开常务理事会议，总结成绩，归纳经验，安排任务。通过这些工作，确保了全系统文艺工作方向明确、方位准确，重点突出、整体推进，为实现中国石化文学艺术事业繁荣发展奠定了基础。

【中国石化2012年新春团拜会】

1月16日，由中国石化文联主办、中国石化音乐舞蹈家协会协办的中国石化2012年新春团拜会在集团公司一楼多功能厅举行，共有来自19家单位的300多名职工演员参与演出。集团公司领导傅成玉、王天普、张耀仓、章建华、王志刚、蔡希有、曹耀峰、李春光、戴厚良、刘运同志出席团拜会，并向公司全体员工、离退休老同志和员工家属拜年。团拜会文艺演出由《春满石化情》、《责任与使命》、《永远跟党走》、《和谐石化颂》、《跨越创一流》5个篇章13组23个节目组成。团拜会坚持自编、自导、自演、自乐的“四自”方针，方案筹划、脚本编制、节目创作、节目演出均由石化职工完成。节目内容蕴含了浓郁的生活气息和鲜活的石化特色，营造了传统节日的欢乐气氛，歌颂了中国石化改革发展的巨大成就，讴歌了各条战线做强做优、打造世界一流的时代精神，表达百万员工昂首踏上新征程，再铸石化新辉煌的豪情壮志。团拜会结束后，党组对团拜会的举办给予了充分肯定和表扬。

【承办第三届中国职工艺术节“中原油田杯”舞蹈展演】

9月24日至27日，由中国石化文联、中国石化音乐舞蹈家协会和中原油田共同承办的第三届中国职工艺术节“中原油田杯”舞蹈展演在河南濮阳举行。来自全国32个省市自治区15个产业（行业）系统的141个舞蹈节目及1300余名文艺工作者齐聚中原大地，用舞蹈的方式为迎接党的十八大召开营造热烈喜庆、团结奋进的良好氛围。活动受到中华全国总工会、中国文联、中央文明办、中央电视台、中国舞蹈家协会等主办单位和全国各省市自治区产业（行业）系统的广泛赞誉，扩大了中国石化影响力。

【“开启新航程——中国石化喜迎党的十八大”摄影展览】

10月7日，由中国石化文联主办、中国石化摄影家协会承办的“开启新航程——中国石化喜迎党的十八大”摄影展览在京开展。此次展出的340幅作品是从中国石化各单位报送的3000多幅作品中精选出来的，展示了近年来中国石化在能源开发、能源保障、能源供应方面取得的重大成就，展现了广大干部员工“爱我中华、振兴石化”的崭新精神风貌。共计1000多名员工观看了展览。

【第三届中国职工艺术节喜获佳绩】

根据第三届中国职工艺术节组委会通知，中

国石化文联及各专业协会积极组织力量、挑选人员、创作精品，参加了民族器乐、戏曲、曲艺小品、声乐、书法美术、摄影艺术、舞蹈7项9个门类的展演活动，共荣获62个作品奖项和11个组织类奖项。其中，茂名石化《车间协奏曲》、中原油田《气龙从咱山里过》和《石油铁军》获舞蹈展演一等奖，天津石化民乐合奏《红花遍地开》获民族器乐展演一等奖，燕山石化毕婕演唱的《玛依拉变奏曲》获声乐展演一等奖，镇海炼化胡延松创作的《工地印象》获摄影艺术展览一等奖。此外，舞蹈展演还获2个二等奖、1个三等奖，民族器乐展演获1个三等奖，戏曲展演获1个三等奖，曲艺小品展演获1个二等奖、1个三等奖、1个优秀创作奖，声乐展演获2个二等奖、2个三等奖、3个优秀奖，书法美术作品展览获7个二等奖、7个三等奖、8个优秀奖、10个入围奖，摄影艺术展览获2个二等奖、2个三等奖、8个优秀奖。

【第六届职工文艺录像调演】

为总结和展示活动成果，进一步推动职工文艺事业的大发展大繁荣，中国石化文联、中国石化音乐舞蹈家协会开展了中国石化第六届职工文艺录像调演活动。活动得到各企事业单位党政和工会、文联组织的高度重视，在系统内掀起了写石化人、演石化事、抒石化情的群众性编创高潮，产生了一大批优秀的作品。活动共收到各类文艺作品206个。通过评审，共有159个作品分获各类奖项，其中声乐类作品36个，舞蹈类作品43个，歌舞类作品15个，器乐类作品6个，综合类作品36个，各类专题晚会23台。

【文化惠民活动】

为响应“送文化下基层”号召，中国石化文联发动各企事业单位文联立足基层，依靠员工，广泛开展形式多样、丰富多彩的文化惠民活动。胜利油田以纪念毛泽东同志“5·23《讲话》”发表70周年为契机，联合山东省作家协会共同举办“槐花正香·百名作家进孤岛活动”。河南油田精心组织庆祝油田成立40周年系列活动，凝聚、激励油田人再创辉煌。江汉油田多年来坚持打造“原创迎春晚会”、“我们的节日”、“文艺轻骑兵”和“消暑纳凉”等传统文化品牌项目，为员工群众送上文化大餐。江苏油田组织文艺小分队、“文艺大篷车”到重点产能建设会战项目现场开展慰问和联欢。西北石油局举办第五届西北石油文化节。燕山石化举办2012年新春团拜会、元宵节系列活动、迎“五一”、“十一”文艺晚会和三场京剧演出。齐鲁石化举办第三十三届美术书法摄影作品展览。茂名石化举办“欢乐今宵”元宵晚会和声乐、小品、舞蹈专场的文艺汇演，参加员工达5000多人次。天津石化举办第二届“检修杯”职工摄影比赛。长岭炼化举办行业歌曲、集邮、诗朗诵、少儿艺术风采、书画、露天电影、健身运动、民族乐器、广场舞展示等13场次“开心广场”系列活动。镇海炼化组织开展“大修我身边的故事”征文、演讲比赛和“大修好新闻”评选活动。洛阳石化举办“油的故事”征文活动，征得纪实文学、散文68篇。江西石油举办“开启新航程喜迎十八大”红歌红舞大赛，唱响共产党好、社会主义好的时代主旋律。山东石油开展“欢乐送油站”活动，组织文艺工作者到偏远加油站巡回演出，被员工亲切地称为“文艺赶大集”、“爱心直通车”。安徽石油举办“迎七一”书法绘画摄影比赛活动。

各专业协会

【作家协会】

按照党组关于开展向李安喜同志学习活动的部署，组织部分作家用文学的形式表现李安喜同志作为国企老黄牛的时代担当，其中胜利油田周洪成创作了报告文学《为温暖与光明而来——党的十八大代表、全国劳动模范李安喜素描》，以整版的篇幅发表在人民日报上；齐鲁石化丁圣光创作了近10万字的系列报告文学《那年最是春好处》、《又是一年好风飘》等，以特稿形式在作协会刊《太阳魂》发表，引起系统内外广泛反响。编印《太阳魂》杂志6期，发表小说27篇，散文90篇，诗歌400首，报告文学6篇，散文诗6章，石化作家6人，美术书法摄影作品12幅。组织出版了第三套文学丛书：《鼎韵文丛》共4本，窦有奎散文集《远帆近影》，丁庆友散文集《黄河从我门前流》，第二届散文大赛获奖作品集《热爱一种有光泽的生活》，胜利油田第十一届“油城金秋诗会”作品集《黄河三角洲之恋》。

【音乐家协会、舞蹈家协会】

2012年音乐家协会、舞蹈家协会已走过10年历程，协会总结回顾了十年来的丰硕成果，表彰了一批先进集体和优秀个人，编辑出版了《石化人的歌》、《园地耕耘》、《朝阳璀璨》、《石化放歌》四部文艺专集。5月，组织了纪念“5.23”讲话发表70周年座谈会。9月，举办中国石化音乐舞蹈高级编导创作培训班，共有78位来自基层单位的文艺活动骨干及河南省文联的专业编导参加培训。

【美术家协会】

积极开展极具石化、石油特色的版画精品创作，扩大在全国专业圈层的影响，截至11月中旬，中国石化作者创作的版画作品在由省、部以上级别的展览中就有多达270余件（次）入选，71件作品获得各项奖励。尤其是在“工业叙事”首届中国工业版画展中，共有26件作品入选，11位作者获奖。选派专人带队与各学术团体进行了多种形式的接触和交流，先后与中国艺术研究院、深圳观澜版画创作中心、湖北美术馆、中国工业版画院、中央美术学院、山东画院、江苏油画雕塑院等专业机构进行了观摩、研讨、技法与理论研究等丰富多彩的交流活动，带动、激发了中石化美术作者的创作热情。

【书法家协会】

组织举办中国石化首届行书大赛，共收到来自68个单位报送的1200件作品，评选出入展作品100件，入选作品200件。其中，金奖作品4件、银奖作品6件、铜奖作品9件、优秀奖作品14件。11月底，召开了中国石化首届行书大赛颁奖、创作研讨会和笔会交流活动，印发由石化文联主席周原作序的《中石化首届行书大赛作品集》。积极组织开展书法培训活动，推荐中国书法家协会会员王文贤、行书大赛一等奖获得者张伟民等先后到华东石油公司、金陵石化、河南油田、洛阳石化等单位进行了创作辅导和交流。组织开展“中国石化法制书法作品展”评审工作。

【摄影家协会】

承办2012年中国石化杯绿色低碳摄影大赛，共收到作品千余幅。组织会员参加国内外各类摄影大赛，展示会员实力和知名度，其中镇海炼化胡延松获得第九届上海国际摄影展三等奖，胜利油田孙劲松获得盘锦湿地国际摄影大赛二等奖，金陵石化李全中获得《青春中国》全国摄影比赛三等奖，管道公司伍迪获2012全国城市摄影大赛优秀奖，巴陵石化兰刚的作品入选2012凤凰国际摄影展。在各省级摄影大赛中，获得等级奖项共计36个，优秀及入选奖96个。会员戚建国的系列作品《工业之蓝》被城市联盟摄影协会邀请，参加了全国十城市同时举办的摄影联展，社会各界影友给予了高度评价。举办摄影技能培训，邀请三届金像奖得主石广智，给会员传经送宝，交流创作经验。

全国公安文联

综　述

2012年，全国公安文联在公安部党委和部政治部领导下，在中国文联正确指导下，认真学习贯彻党的十八大精神，积极落实公安部党委关于加强公安文化建设的指示精神和决策部署，围绕中心、服务大局，面向基层、服务民警，努力履行联络、协调、服务、引导基本职能，积极组织开展公安文化活动，不断加强自身建设，拓展对外交流渠道，培养文艺人才，团结和组织广大公安文艺工作者，在弘扬警察精神，构建人民警察核心价值观，建设和谐警民关系等方面做了大量卓有成效的工作，为繁荣公安文化事业作出了应有贡献。

会议与活动

2012年，全国公安文联以“文化育警、文化强警”为主旨，围绕公安中心工作，组织开展了丰富多彩、形式多样的公安文化活动。

【配合公安部宣传局做好各项大型文化活动的组织宣传工作】

充分发挥联络、协调、服务、引导职能作用，出谋划策，多方联络公安系统和社会各界的文艺人才，与公安部宣传局紧密配合，根据公安中心工作和队伍建设需要，参与组织宣传了一系列大型文化活动。如第十一届“金盾文化工程”评选，激发了各地公安机关的创作热情；2012年全国公安系统相声小品大赛，发现推出了一批优秀文艺作品；2012年公安部春节晚会，对一年来公安文化建设的成果进行了集中展示和检阅；配合公安中心工作和典型宣传等需要，拍摄、制作和播出了电视剧《看守所》等一批优秀影视作品。

【主题文化活动】

为贯彻落实孟建柱同志和公安部党委配合有关职能部门做好“清网行动”宣传工作的指示，春节后，全国公安文联围绕波澜壮阔的“清网行动”，精心组织16位警内外知名作家、编剧组成文艺采风团，分别赴辽宁、浙江等地开展了一系列文艺采风活动。16位作家，以“清网行动”为主题，创作出了长篇报告文学5部、长篇小说3部、中短篇小说24部、电影剧本2部、数字电影剧本11部、电视连续剧本3部。部分作品已在人民日报、作家出版社、天津百花出版社发表和出版发行，一些影视剧陆续开拍。7月中旬，围绕贯彻落实公安部《关于贯彻落实党的十七届六中全会精神进一步推动公安文化大发展大繁荣的实施方案》和6月中旬召开的全国公安厅局长座谈会精神召开的“全国基层公安文化经验交流会暨林西公安文化现场会”，为提升新形势下公安基层基础工作水平，推进基层公安文化建设和基层公安文化理论的研究奠定了坚实基础。11月中旬和12月初，围绕庆祝党的十八大胜利召开，组织举办的首届女警官书画作品展、首届全国公安摄影艺术展等活动，创新了公安文化工作形式，有力营造了全国公安系统庆祝党的十八大召开的文化氛围。

【各艺术门类创作、展览活动】

以各地公安文联为依托，以会员为骨干，团结、培养、发现人才，尽力为他们施展才华创造条件，并以此带动、活跃基层公安机关的文化生活，陶冶民警情操。6月初至12月底，先后组织开展了“无限极杯”公安经侦文化主题征文、全国公安院校“青春·理想·警徽”主题征文、“中国作家走边防”采风、全国公安摄影名家走进湖州公安暨摄影名家作品联展等活动。这些贴近实际、贴近生活、贴近民警活动的举办，以高度的文化自觉和文化自信，开创了公安文化工作新局面，让公安文化舞台更加璀璨，让公安文艺园地更加繁荣。2012年年初和5月中旬至6月上旬，举办了公安文化

建设座谈会，全国公安民警词曲创作培训班、管乐指挥培训班等旨在培养人才、培育精品的文化学术活动，等等。

【公益性文化惠警活动】

按照中国文联“送欢乐、下基层”的通知精神，全国公安文联积极组织开展公安文化下基层活动。2012年年初举办的“全国公安摄影家走进丽水公安”优秀摄影作品展大型公益活动，公安书画艺术家赴地震灾区、革命老区慰问等活动，进一步丰富了基层公安民警的精神文化生活。2012年年末，与公安部政治部、人民公安大学共同开展的为高级警监晋升班学员赠送艺术照片活动，增强了学员们的归属感、荣誉感和职业自豪感，受到学员们的欢迎。

创作与研究

全国公安文联深刻理解和把握文化强国的战略理念，切实用马克思主义中国化最新理论成果武装头脑、指导实践、推动工作，加强了公安文化理论建设。

【立足公安实际，提升公安文化理论水平】

2012年下半年，党的十八大对扎实推进社会主义文化强国建设作出了全面部署。这一部署为推动公安文化繁荣发展提供了新机遇，提出了新要求。为认真学习贯彻党的十八大精神，贯彻落实公安部《关于认真贯彻党的十七届六中全会精神进一步推动公安文化大发展大繁荣的实施方案》，面对公安文化建设新的机遇和更高要求，全国公安文联坚持以科学发展观为指导，认真研究公安文化内涵及发展规律。一年来，文联主要领导多次带队深入基层调研，了解公安文化建设现状和公安民警对精神文化产品的需求，形成了一系列公安文化理论。一是对公安文化的定义有了新的概括。主席祝春林经过调研和缜密的思考，总结形成了公安文化新定义：公安文化是在党的领导和关怀下，承接中华民族优秀传统文化根脉，伴随公安斗争实践和公安事业发展进步，在苦与乐的磨砺、血与火的洗礼、生与死的考验中生成和成长起来的，以忠诚为核心元素，以百万民警为主体，具有英雄文化、法治文化、廉政文化精神特质和剑胆琴心独特魅力的战线文化。这一全新的公安文化的理念，得到了文艺界同仁、公安部领导的高度认同。二是“文化强警”理念的应运而生。党的十七届六中全会明确提出了社会主义文化强国理念，时任国务委员、公安部部长孟建柱同志在学习全会精神时郑重提出，在坚持政治建警、科技强警、从严治警、从优待警的同时，要树立文化育警理念，走文化强警之路。尤其是党的十八大作出了建设社会主义文化强国的伟大部署，公安部党委学习贯彻党的十八大精神，进一步强调提出了文化强警的战略目标。文化强警作为公安事业科学发展的战略选择应运而生、恰逢其时。三是提出公安文化具有“内化”和“外化”功能。文联主要领导以“文化强警”战略理念为主题撰写的《迎接公安文化建设的春天》理论文章（已在2012年4月12日《人民公安报》上公开发表）和为推动基层公安文化建和基层公安文化理论研究形成的《公安文化：人民警察的职业基因》理论文章，对公安文化的“内化功能”和“外化功能”进行了高度概况和集中阐述，提出公安文化具有育警、励警、律警、惠警的“内化功能”，以及团结群众、传播法治、引导舆论、张扬正义、震慑邪恶、减少犯罪，展示公安良好形象，构建和谐警民关系等“外化功能”，逐步完成了公安文化内化于心、外化于形的有机结合。四是深化文化强警战略部署。6月28日，全国公安文联召开二届三次理事会，就贯彻落实公安部党委公安文化建设指示和深化文化强警理念，增强全警文化自觉、文化自信，培养人民警察核心价值观等相关工作作出部署。在9月至12月期间，文联主要领导多次以公安文化建设为主题，深入北京、辽宁、江苏、湖北、广东、云南和全国部分公安院校以及公安部91、92、93期高级警监晋升班，为各级公安机关领导、民警和公安院校师生、学员进行演讲，受到了大家的热烈欢迎。使广大公安民警、公安院校师生和晋监班学员深受鼓舞，大家普遍认为，通过主题演讲，进一步认识到文化浸润对公安工作和队伍建设重要而长远的意义，并将在改进公安工作作风和队伍建设中起到不可替代的作用。同时4月、11月、12月中旬，分别召开公安文化阵地建设、摄影艺术理论研讨会，举办集邮学术讲座。研讨会的召开和讲座的举办，提升了公安文化理论水平，夯实了公安文化理论工作基础，进一步推动了公安文艺阵地建设和各项工作上台阶。

【支持并参与公安文艺精品创作】

为配合公安中心工作和典型宣传需要，精心组织重点文艺创作和重大文艺活动，鼓励和支持原创，加大重大公安现实题材等文艺作品的扶持力度，不断推出思想性、艺术性和观赏性俱佳，广大民警和人民群众喜闻乐见的精品力作。一年来，全国公安文联参与了以湄公河惨案为主题拍摄的电影《愤怒的湄公河》、以中苏国际列车大劫案为主题制作的电影《穿越暴风雪》和电视剧《看守所》制作等公安文艺精品的创作。

【培养和推出公安文艺人才】

立足公安文艺人才队伍实际，努力加大人才培养力度，并为人才成长创造条件。一是会同公安部政治部宣传局，健全完善全国公安文艺人才库，使公安文艺人才管理走向信息化轨道，为发展文艺创作储备了力量。二是跟踪培养鲁迅文学院公安作家研修班学员，经了解，该批学员在培训结束后均已在不同层次的刊物上发表作品，研修成果已初步显现。鲁迅文学院高研班学员、北京市公安局经侦支队民警吕铮撰写的长篇小说《赎罪无门》已由作家出版社出版发行，著名演员、制作人张国立已与全国公安文联接触，准备将该部作品改编为电视连续剧。三是加强公安文化阵地和载体建设，与人民公安出版社联合出版四期《啄木鸟》增刊“公安文学专号”；与北京市新闻出版局联系“公安文学专号”改版事宜，目前进展良好；与人民公安出版社联合在江苏无锡召开公安文化阵地建设座谈会，系统研究公安文化各项阵地建设，为公安文化的可持续发展奠定基础。四是组织杨艾路、李东等公安书画名家作品展，吕铮、孙晶岩等个人文学作品研讨会，吴学华摄影艺术宣传工作座谈会，促进公安文艺精品创作。五是建立健全公安文艺作品和人才表彰奖励制度，对在国家级文化艺术比赛及省部级文化活动中获得荣誉的文艺作品和人才予以表彰奖励，现已授予广东省公安厅“为民公安的足印”英模事迹报告会“剑胆琴心”优秀文艺作品奖，授予上海公安消防总队摄影记者吴学华“剑胆琴心”艺术家奖等。六是举办全国公安民警词曲创作培训班、管乐指挥培训班，为基层公安机关培养艺术人才。

文化交流

进一步加强与港、澳、台警务部门的联系、沟通与合作，加深了感情，增进了友谊，增强了中华民族同源、同族和同根意识，拓宽了公安文化交流平台。

【拓展公安文化成果展示平台】

进一步加强与香港、澳门警务部门和澳门公务人员文化协会的联系与合作，选派北京、广东、福建等公安文艺团队，参加了“2012‘星海之声’海峡两岸暨香港、澳门公务人员合唱音乐会”，并与港澳警务人员和澳门公务人员协会的同仁进行交流座谈、切磋技艺。同时，积极组织参加中国文联等部门举办的国家级演出、评比、竞赛等文化活动。8月上旬，参加由中国音协组织举办的2012“成才之路”第四届全国未来词曲作家、演唱家研习班活动并获得优异成绩。5月至12月，参加由中国文联、中华全国总工会、中央文明办、中央电视台联合主办的第三届中国职工艺术节展演活动。活动中，全国公安文联选派的参赛选手，分别获得1金、3银、4铜的好成绩。同时，全国公安文联获得优秀组织奖。

机关建设

2012年，全国公安文联坚持把加强自身建设放在重要位置，在思想、组织、作风和规范化建设等方面切实加大工作力度。

【明确和坚持正确的公安文化工作方向】

全国公安文联及所属各分支机构，把自身建设放在重要位置，认真贯彻部党委的要求和党总支部署，大力推进学习型党组织建设，通过组织学习文件、开展征文和网上研讨、组织出版书籍等形式，深入学习领会党的十七大、十七届六中

全会和十八大精神，认真贯彻党的文艺方针政策，大力践行人民警察核心价值观和“爱国、为民、崇德、尚艺”文艺界核心价值观，坚持正确的公安文艺创作方向，团结广大公安文艺工作者和会员，围绕中心，服务大局，为促进公安工作和队伍建设发挥了积极作用。

【加强自身规范化建设】

全国公安文联及所属分支机构，严格按照民政部、中国文联的相关规定和《全国公安文联章程》，重点抓好各级领导班子、干部队伍的思想建设、组织建设、作风建设，廉政建设、制度建设，顺利完成了全国公安文学、书法、美术、摄影、集邮、文化理论研究、曲艺、影视、音乐舞蹈、警事文物收藏10个专业委员会的注册登记、理事会理事补选等相关工作。扎实推进各专业委员会的规范化建设，积极为公安艺术家办实事办好事，切实做好会员入会及管理工作，公安文联的战斗力、吸引力、凝聚力进一步增强，社会影响日益扩大。在此基础上，全国公安文联参加了民政部全国社会组织评估。评估专家组，对文联的全面工作给予充分肯定，对评估材料的准备工作给予表扬。同时，中央组织部组织的社团党建调研工作座谈会被公安部直属机关党委安排在全国公安文联召开。继全国公安文学专业委员会成为中国作协团体会员单位后，2012年全国公安书法、摄影、音乐舞蹈、曲艺、集邮专业委员会分别被中国书法家协会、中国摄影家协会、中国音乐家协会、中国曲艺家协会、中华集邮总会吸纳为团体会员单位。

联系点、创作基地及基层文联

为贯彻落实公安部党委抓好公安基层基础工作的精神，更好地服务公安工作和队伍建设，全国公安文联进一步加强和扶持基层公安文化建设。

【发挥基层联系点、创作基地和示范点的引领作用】

为做好公安文化建设的基层基础工作，推动基层公安文化活动的开展，2006年以来，全国公安文联先后在北京、江苏等地公安机关建立了24个基层联系点，在内蒙古鄂尔多斯、福建厦门、河南内乡、浙江湖州建立了公安摄影创作基地、书画创作基地，文学创作基地和管乐创作示范点。2012年，为更好地发挥联系点、创作基础和示范点的引领作用，进一步加强了各点、基地的管理工作，根据实际情况和工作安排，撤销了福建厦门的书画创作基地。7月和12月中旬，分别在内蒙古锡林浩特和湖北警官学院建立书画创作基地和院校校园文化建设示范基地。

【推动并扶持基层公安文联组织的发展】

积极指导基层公安文联的组建工作。目前，除黑龙江、山东和西藏外，全国公安系统已成立31个省级（包括公安部一所文联、公安边防和消防文联）公安文联或类似的公安文艺组织，并带动了部分县级公安机关文联的组建。江苏、安徽、云南等省地市州级公安机关已全部成立公安文联组织。在此基础上，扶持、指导各地公安文联开展了丰富多彩的公安文化活动。北京、福建公安文联分别开展以“激情喜迎十八大，热血清风颂警营”的小品、歌曲创作活动；广西、湖北等地公安文联举办了公安春节晚会；内蒙古公安文联组织开展了著名书画家进警营活动；河南开封公安文联开展“文化春风进千家”活动；云南公安文联组织开展词曲创作、管乐指挥培训活动；福建福州公安文联发行学习雷锋“温暖行动”主题活动邮资纪念封；广东汕头公安局澄海分局公安集邮兴趣小组开展学雷锋爱民实践活动；公安边防文联举办反映边防武警官兵火热战斗生活的边防文学征文活动；公安消防文联举办“喜迎十八大，红门抒豪情”公安消防部队书画作品展等活动。

中国检察官文联

综　述

2012年，中国检察官文联坚持用科学发展观统领检察官文联工作，深入学习贯彻党的十七届五中、六中、七中全会和党的十八大精神，学习贯彻全国检察机关文化建设工作会议和中国文联第九次全国代表大会精神，在最高人民检察院党组领导下，在最高人民检察院政治部指导下，自觉接受中国文联的业务指导和民政部的监督管理，充分发挥检察官文联职能作用，按照“围绕大局，服务中心，打牢基础，促进发展”的总体工作要求，以加强检察文化理论研究为基础，以开展文化艺术创作和文化艺术活动为重点，大力加强自身建设，各项工作取得了较好成绩。

会议与活动

【首届“迎新春、送文化”活动】

1月6日至8日，由中国检察官文联和北京市人民检察院政治部共同组织的首届“迎新春、送文化”春联创作活动在北京举行。全国政协教科文卫体委员会副主任、中国检察官文联主席张耕出席活动并讲话。来自在纪念人民检察制度创立80周年全国检察机关书画摄影展中书法作品获奖的30多位检察人员集中书写了1000多副以检察和法治文化为内容的春联，在春节前夕分别赠送给全国检察系统的英模家庭和高检院机关的离退休老干部，向他们送去高检院党组和曹建明检察长的新春慰问，送去新春佳节的美好祝福，营造文明、健康、团结、和谐的节日氛围。

【学习贯彻最高人民检察院曹建明检察长重要批示】

1月20日，最高人民检察院曹建明检察长就中国检察官文联工作作出重要批示，要求检察官文联在新的一年里，要认真贯彻落实党的十七届六中全会精神，以弘扬社会主义核心价值体系特别是“忠诚、为民、公正、廉洁”的人民检察核心价值观为根本任务，坚持紧贴检察工作实际和一切从实际出发，坚持眼睛向内、重心下移、以我为主、因地制宜、量力而行、规范运行，积极开展适合基层广大检察人员参加的、富有检察特色的大众文化艺术活动，奋力推进检察文化建设和检察队伍建设，以新的优异成绩迎接党的十八大胜利召开。

中国检察官文联迅速召开工作会，传达学习了曹建明检察长的重要批示，并组织专题交流。全国政协教科文卫体委员会副主任、中国检察官文联主席张耕就落实曹建明检察长重要批示精神和做好2012年中国检察官文联工作，提出具体要求：一要坚持围绕大局、服务中心。2012年在全国检察机关开展的以建设社会主义核心价值体系、践行政法干警核心价值观为内容的主题教育实践活动，是与检察官文联工作密切相关的一项中心工作。要充分利用检察官文联这个平台，以文化艺术的形式生动、深入、有效地弘扬、宣传、践行政法干警和人民检察核心价值观。在开展的各项文化艺术活动中，都要坚持“眼睛向内、重心下移、以我为主”，做到“创作向内、笔墨向内、镜头向内、演出向内”，无论是文化艺术创作，还是文化艺术活动，都要歌颂检察官，宣传检察工作、弘扬检察精神，树立检察形象，提升检察机关的执法公信力。二要注重打牢基础、抓好规范。重点是完善规章制度，做到职责明确；建立和完善工作机构；加强检察官文联自身建设。三要注重力求实效、促进发展。坚持紧贴检察工作实际和一切从实际出发，因地制宜，量力而行，规范运行，积极开展适合基层广大检察人员参加的、富有检察特色的大众文化艺术活动，奋力推进检察文化建设和检察队伍建

设。要重点抓好旨在弘扬社会主义核心价值体系和政法干警核心价值观的“以梅喻检”、“以荷喻检”文化活动；配合纪念毛泽东同志《在延安文艺座谈会上的讲话》发表70周年，举办“检察官文化论坛”；配合高检院有关厅局举办全国检察机关“廉洁从检”书画摄影展等文化艺术活动。在抓好工作实效的同时，要抓好促进文联整体的发展，增强文联发展的后劲。

【“以梅喻检”文化活动】

2月29日至3月1日，为了深入贯彻党的十七届六中全会精神，落实中央政法委和高检院党组关于开展“忠诚、为民、公正、廉洁”政法干警核心价值观教育实践活动的部署，以文化艺术的形式推进政法干警核心价值观教育实践活动，由中国检察官文联和江苏省检察官文联主办，南京市检察官文联承办的“以梅喻检”文化活动在江苏省南京市举行。全国政协教科文卫体委员会副主任、中国检察官文联主席张耕主持座谈会并作主旨讲话。江苏省人民检察院党组书记、检察长，江苏省检察官文联主席徐安致辞，最高人民检察院政治部副主任、中国检察官文联副主席胡尹庐代表高检院政治部讲话，中国文联、国内知名书画艺术家、检察系统的书画爱好者代表、各级检察官文联代表参加了活动。

活动由“以梅喻检”主题座谈会、实地采风、书画创作笔会、艺术作品展示和文艺演出组成。在内容和形式上，做到了以梅花为载体彰显检察精神，以文化艺术的形式推进政法干警核心价值观教育实践活动。座谈会上，与会人员认为，此次活动是贯彻党的十七届六中全会精神、践行社会主义核心价值观、配合政法干警核心价值观教育实践活动的一项重要举措；梅花具有的忠贞、奉献、刚毅、执着、知恩、廉洁等高尚品格，与政法干警“忠诚、为民、公正、廉洁”核心价值观的内涵相契合。

【首届中国检察官文化论坛】

5月24日至26日，为了纪念毛泽东同志《在延安文艺座谈会上的讲话》发表70周年，由中国检察官文联和陕西省检察官文联主办、陕西省延安市人民检察院承办、陕西省榆林市人民检察院协办的首届中国检察官文化论坛在陕西省延安市举行。论坛以“重温《讲话》精神，推进检察文化建设”为主题，深入学习《讲话》和党的十七届六中全会《决定》，就检察文化和法治文化的基本理论问题进行研讨和交流，旨在进一步推动检察文化和法治文化理论研究，加强检察文化建设，推动检察工作科学发展。

全国政协教科文卫体委员会副主任、中国检察官文联主席张耕主持论坛开幕式并在结束时讲话。全国毛泽东文艺思想研究会副会长曹桂方教授，中国文化软实力研究中心主任张国祚教授，中国社会科学院法学所副所长、文化法制研究中心主任冯军教授作了主旨发言。张耕主席讲话强调，深入开展检察文化和法治文化理论研究，是深入贯彻党的十七届六中全会精神的必然要求，是适应检察文化和法治文化建设蓬勃开展的客观形势的迫切需要，是提高检察文化素养，造就高素质检察文化队伍，为检察文化和法治文化建设提供人才支撑的迫切需要。他要求，检察官文联要在检察文化和法治文化理论研究中发挥重要作用，以《讲话》和《决定》为指导，努力开创检察官文联工作新局面。要准确把握检察官文联的定位，充分发挥检察官文联指导、协调、联络、服务的职能作用。要坚持以社会主义核心价值体系为引领，认真践行政法干警核心价值观；坚持围绕党和国家工作大局，服务检察中心工作；坚持以人为本、突出检察官的主体地位，以牢牢把握检察官文联工作的正确方向。要坚持检察文化理论研究和检察文化艺术创作、文化艺术活动两手抓，实现检察官文联工作协调、可持续发展。要继续抓好检察文化艺术的交流合作，努力提高检察文化艺术工作的影响力。要进一步抓好检察文化艺术队伍建设和检察官文联的自身建设，不断提高工作能力和水平，夯实检察官文联工作发展的基础。

全国政协教科文卫体委员会副主任、中国文学艺术基金会理事长胡振民，最高人民法院咨询委员会副主任、中国法官协会法院文化分会会长李玉成，陕西省政协副主席王晓安，陕西省人民检察院党组书记、检察长胡太平，新疆维吾尔自治区检察院党组书记、副检察长杨肇季出席论坛开幕式。最高人民检察院政治部副主任、中国检察官文联副主席胡尹庐和中国检察官文联秘书长杨明分别主持大会发言。论坛期间，与会代表参观了延安革命纪念馆、枣园、杨家岭等革命纪念地，接受革命传统教育。

【中国检察官文联第一届委员会第一次常委会】

5月25日，在首届中国检察官文化论坛期间，中国检察官文联第一届委员会第一次常委会会议在延安召开。会上通报了中国检察官文联成立以来的工作情况，审议了2011年8月29日中国检察官文联第一届委员会第一次主席办公会讨论通过的《中国检察官文学艺术联合会会费管理暂行办法》和《中国检察官文学艺术联合会关于接受社会捐赠、资助的暂行规定》。

【中国检察文艺网开通】

6月21日，为了更好地发挥中国检察官文联职能作用，做好检察官文联工作,加强检察文化艺术阵地建设,中国检察官文学艺术联合会官方网站“中国检察文艺网”(网址为：www.cpfla.org.cn)开通运行。

【学习贯彻全国检察机关文化建设工作会议精神】

6月25日，中国检察官文联召开专题学习会，传达学习全国检察机关文化建设工作会议精神。会上传达学习了高检院党组副书记、常务副检察长胡泽君所作的工作报告和高检院党组成员、政治部主任李如林的总结讲话精神，并就如何贯彻落实会议精神、做好检察官文联工作作了具体部署。

全国政协教科文卫体委员会副主任、中国检察官文联主席张耕参加会议并就如何贯彻落实全国检察机关文化建设工作会议精神、做好检察官文联工作提出明确要求。他强调，一要把学习贯彻全国检察机关文化建设工作会议精神和继续学习贯彻党的十七届六中全会精神结合起来，明确检察文化建设的目标、任务、要求和必须遵循的基本原则，特别是要明确检察官文联在检察文化建设中承担的历史使命和工作任务，深刻理解检察官文联的定位、职责、功能，进一步增强做好检察官文联工作的使命感和责任感，努力做好各项工作，充分发挥检察官文联作为检察文化建设重要阵地和平台的作用。二要始终牢牢把握检察官文联正确的工作方向。要坚持用社会主义核心价值体系引领检察官文联工作，大力弘扬“忠诚、为民、公正、廉洁”的政法干警核心价值观；坚持围绕党和国家的工作大局，服务检察机关的中心工作；坚持以人为本，突出检察官的主体地位，弘扬检察精神，凝聚检察力量，树立检察形象。三要立足检察官文联职责，搞好文化艺术创作和文化艺术活动。弘扬改革创新精神，加强检察文化理论研究，不断丰富和完善检察文化艺术内容和载体，创作一批高品质、有深度的检察文学艺术作品，推出一批有特色、高水准的检察文化品牌，为检察人员提供最好的精神食粮，努力打造符合检察工作规律、具有检察职业特点和时代特色的检察文化，以文化艺术的形式推进检察文化建设和检察工作科学发展。四要重心下移，把工作重点和工作重心放到基层，下大力气推进基层检察文化艺术创作和文化艺术活动。要想基层检察文化建设之所想、急基层检察文化建设之所急，尊重基层的首创精神，积极开展适合基层广大检察人员参加的、富有检察特色的大众文化艺术活动，不断满足广大检察人员的精神文化需求。五要正确认识和处理好与各级检察机关、各级检察机关的政治部门、地方各级检察官文联、中国文联和地方文联以及相关部门的关系，始终坚持在各级检察院党组的统一领导和政治部的指导下开展工作，争取各界对检察官文联工作的了解、支持和帮助，推动检察官文联工作全面协调发展。六要着力加强检察官文联自身建设。要继续推动地方各级检察官文联的建立，既要积极，又要慎重；要抓好内设机构和专业协会的规范化建设。通过建章立制，使检察官文联的各项工作规范运作；要加强检察官文联的思想政治建设、业务建设、作风建设、廉政建设，特别要加强廉政建设。在此基础上，中国检察官文联要思考如何结合党的十七届六中全会和全国检察机关文化建设工作会议精神，制定中长期工作规划，作为全国检察官文联遵循的原则性指导意见，以推动检察官文联工作的深入开展。

会议要求，各级检察官文联要珍惜检察文化建设难得的发展机遇，以更大的信心和决心，更加有效的措施，扎实工作，开拓创新，努力开创检察官文联工作新局面，为推动检察文化和法治文化大发展大繁荣，建设社会主义法治国家和文化强国做出应有的贡献，以优异的成绩迎接党的十八大胜利召开。

【“以荷喻检”文化活动】

8月4日至6日，为了贯彻落实党的十七届六中全会和全国检察机关文化建设工作会议精神，配合廉政教育，以荷花品格喻意检察精神，诠释政法干警核心价值观，以文化艺术形式展示政法干警核心价值观教育实践活动成果，激励检察人员弘扬检察精神，将政法干警核心价值观内化于心、外化于行，由中国检察官文联和山东省检察官文联共同举办、山东省枣庄市人民检察院承办的“以荷喻检”文化活动在山东省检察官培训学院枣庄分院举行。全国政协教科文卫体委员会副主任、中国检察官文联主席张耕出席开幕式并讲话。最高人民检察院政治部副主任、中国检察官文联副主席胡尹庐，山东省人民检察院副检察长、山东省检察官文联副主席王建，中共枣庄市委书记、市人大常委会主任陈伟致辞。

活动由“以荷喻检”主题座谈会、实地采风、书画创作笔会、摄影作品展示和文艺演出组成。与会代表认为，“以荷喻检”文化活动，主题鲜明，意境清新，以生动别致的形式拉近了检察机关与社会各界的距离，荷花品格与检察精神内涵相通、密切相连。荷花具有的刚直、大度、慎思、自强、奉献、清廉等高尚品格，与“忠诚、为民、公正、廉洁”政法干警核心价值观高度契合。以荷花文化诠释检察精神，可以充分彰显检察官忠诚的政治本色、为民的宗旨理念、公正的价值追求、廉洁的职业操守。

全国政协教科文卫体委员会副主任、中国文学艺术基金会理事长胡振民，最高人民检察院原副检察长、中国女检察官协会名誉会长胡克惠，山东省人大常委会副主任、山东省检察官文联主席国家森，山东省检察院检察长、山东省检察官文联名誉主席吴鹏飞，高检院有关厅局负责人，中央相关单位负责人，中国检察官文联和地方各级检察官文联代表，部分全国知名艺术家和检察系统的书画摄影爱好者代表参加了这次活动。活动期间，与会代表参观了台儿庄大战纪念馆、台儿庄古城，接受了革命传统教育。

【致信莫言荣获2012年诺贝尔文学奖】

10月14日，中国检察官文联致信著名作家莫言，对莫言荣获2012年诺贝尔文学奖表示祝贺。贺信中说：欣闻您荣获2012年诺贝尔文学奖，我们谨向您致以崇高的敬意和热烈的祝贺！

多年来，您一直对检察文学艺术事业给予关心和支持！ 2011年6月22日，您出席了在北京召开的中国检察官文联第一次会员代表大会，并当选为中国检察官文联顾问。作为中国当代作家的杰出代表，您始终秉持高尚的艺术追求，创作了一大批思想深刻、内涵丰富、深受国内外广大读者喜爱的优秀作品。您此次获得诺贝尔文学奖，是中国文学事业繁荣进步的体现，为全国检察文学爱好者树立了楷模，我们分享您的荣誉，并为之感到骄傲和自豪！

中国检察官文联是经国务院批准的非营利性社会团体，是全国检察人员的共有精神家园。检察官文联认真贯彻党的十七届六中全会精神，贯彻执行党的文艺工作路线、方针、政策，在高检院党组的直接领导下，坚持检察人员的主体地位，坚持检察文化理论研究、文化艺术创作、文化艺术活动“三位一体”的工作思路，立足检察文化，面向法治文化，传承中华文化，放眼世界文化，以文化艺术形式努力服务于检察工作科学发展、服务于检察队伍建设、服务于基层检察机关、服务于广大人民群众，以优异成绩迎接党的十八大胜利召开！

期待您一如既往地关心、支持和帮助检察文化艺术事业的发展和繁荣！

【学习贯彻党的十八大精神】

11月16日，中国检察官文联秘书处召开党的十八大精神专题学习会，张耕主席传达会议精神，并提出了贯彻落实要求，与会同志进行了认真讨论，交流了学习体会。

11月30日，中国检察官文联发出《关于认真学习贯彻党的十八大精神的通知》，要求各级检察官文联和检察官文联筹备组织要以高度的政治责任感和历史使命感，把学习贯彻好党的十八大精神作为当前和今后一个时期的首要政治任务切实抓紧抓好。通过召开专题学习会、研讨会、撰写理论文章、集中学和自学结合等形式，认真学习党的十八大报告、新党章，学习胡锦涛、习近平等中央领导同志的重要讲话精神。要按照高检院党组部署和中国文联的要求，切实把学习贯彻党的十八大精神与做好检察官文联工作有机结合，进一步增强做好检察官文联工作的信心和决心，发挥职能优势，采取有效措施，不断推动检察文化艺术事业繁荣发展。

【全国检察机关“廉洁从检”书画摄影展】

12月11日至18日，为了深入学习贯彻党的十八大精神、推进政法干警核心价值观教育实践活动和保持党的纯洁性教育活动，由最高人民检察院纪检组、监察局、政治部、检察日报、中国检察官文联联合主办，九州兴和文化发展（北京）有限公司承办的全国检察机关“廉洁从检”书画摄影展在首都博物馆举行。最高人民检察院党组书记、检察长曹建明出席开幕式。最高人民检察院党组副书记、常务副检察长胡泽君出席开幕式并致辞。最高人民检察院党组副书记、副检察长邱学强，全国政协教科文卫体委员会副主任、中国检察官文联主席张耕，高检院检委会专职委员童建明、杨振江，司法部原部长邹瑜，高检院老领导王晓光、冯锦汶、胡克惠、熊传震、王克等出席开幕式。高检院党组成员、中纪委驻高检院纪检组组长莫文秀主持开幕式。

中纪委、中政委、最高人民法院、国家安全部、司法部的有关部门负责人，中国文联、中国书法家协会、中国美术家协会、中国国家博物馆、中国法官协会法院文化分会、全国公安文联、中国石油文联、中国文学艺术基金会等有关单位的负责人，全国检察系统英模代表、部分参展作品作者代表、高检院和北京市检察系统干警及国家检察官学院学员代表等共计600多人出席开幕式并参观了展览。展览期间，以检察人员为主体及社会各界人士共计3000余人参观了展览，引起了较大反响，受到了广泛好评。

本次书画摄影展共在全国检察系统征集作品14800多件，从中精选545件展出。参展作品体裁多样、视角开阔，廉政主题鲜明、检察特色突出，多角度反映了检察机关廉政文化建设的新经验和自身反腐败的新风貌，生动展现了检察机关党风廉政建设的新成果。

研讨与研究

【组织编写《检察文化初论》】

6月11日，中国检察官文联召开中国特色社会主义检察文化理论研究课题组会议，全国政协教科文卫体委员会副主任、中国检察官文联主席、《检察文化初论》课题组长张耕出席会议并作重要讲话，中国检察官文联秘书长杨明主持会议。《检察文化初论》课题组第一副组长、中国检察理论研究所副所长谢鹏程，课题组副组长、人民检察杂志社社长徐建波，课题组副组长、清华大学教授张建伟及课题组成员参加了会议。会议讨论确定了《检察文化初论》提纲和写作纲目。

【研讨创办中国检察官文联会刊《检魂》】

11月15日，中国检察官文联会刊《检魂》编辑方案研讨会在京召开。全国政协教科文卫体委员会副主任、中国检察官文联主席张耕出席会议，高检院办公厅、政治部，《检察日报》，检察理论所，检察出版社，《法制日报》等单位同志参加研讨会。

12月1日，中国检察官文联会刊《检魂》创刊问计座谈会在京召开。全国政协教科文卫体委员会副主任、中国检察官文联主席张耕出席会议并讲话。《检察日报》，北京、山东、上海、江苏、浙江、陕西、内蒙古、辽宁等十个省市检察官文联负责同志参加了会议。

12月21日，中国检察官文联创办会刊杂志研讨会在京召开。全国政协教科文卫体委员会副主任、中国检察官文联主席张耕出席会议并作重要讲话。《中国作家》杂志社主编艾克拜尔·米吉提，检察日报社社长李雪慧，《啄木鸟》杂志社社长张曙，《美术》杂志社编辑部主任张瞳，《中国摄影》杂志社主编助理马勇及高检院办公厅、政治部、国际合作局、《人民检察》杂志社、《方圆》杂志社、中国检察出版社、《检察日报》文艺部的同志参加了会议。

获奖情况

【推荐作品在第三届职工艺术节“开滦杯”声乐展演中获奖】

9月16日，第三届中国职工艺术节“开滦杯”声乐展演颁奖晚会在河北省唐山市落幕，由中国检察官文联选送的歌曲《人民检察官下乡来》获得民族唱法二等奖；歌曲《白雪红梅的故事》获得民族唱法优秀奖、《心里有灯不怕黑》获得美声唱法优秀奖；《真心换得百姓心》获得通俗唱法优秀奖；《情怀》获得美声唱法优秀奖；中国检察官文联获得“优秀组织奖”。

【获第三届职工艺术节“神华杯”书法美术组织奖】

10月10日，第三届中国职工艺术节“神华杯”书法美术作品展览在北京炎黄艺术馆落幕，中国检察官文联荣获第三届职工艺术节“神华杯”书法美术组织奖。

【推荐作品在第三届中国职工艺术节“浙江能源杯”摄影艺术展览中获奖】

11月17日，第三届中国职工艺术节“浙江能源杯”摄影艺术展览在浙江省杭州市浙江美术馆举行。由中国检察官文联选送的北京市人民检察院第二分院王宪江《动之以情》获纪录类二等奖、江苏省江阴市人民检察院詹爱平《春江渔歌》获纪录类优秀奖、河北省人民检察院过虹《漓江渔歌》和《龙脊梯田》分别获艺术类优秀奖。中国检察官文联在本次展览中获得“优秀组织奖”。

对外文化交流

【中国检察文化代表团出访土耳其和克罗地亚】

9月17日至27日，应土耳其司法学院和克罗地亚总检察长邀请，中国检察官文联组成以张耕主席为团长，郑鲁宁、杨学工、高二江、龙梅、孙勤为团员，一行6人的中国检察文化代表团，赴土耳其和克罗地亚进行了访问，参观了土耳其检察官绘画作品展览，了解了土耳其和克罗地亚两国的检察文化建设和检察制度的发展情况，就加强相互之间的文化交流合作进行了磋商，增进了友谊。

机关建设

【中组部、中国文联来调研党建工作】

7月13日，中组部组织二局副局长许鹏，中直工委组织部副部长、巡视员马永明，中国文联正局级巡视员、社团工作负责人周雪静，中国文联机关党委副书记、机关纪委书记刘国强一行来中国检察官文联调研社团组织党建工作，高检院机关党委组织部部长任长义陪同调研，秘书处党支部成员参加座谈。调研组听取了党建工作情况汇报后，充分肯定了党建工作的思路、措施和取得的成效，并希望在今后的工作中进一步加强党建工作，以党建带队建，更好地促进检察文化事业发展，服务检察工作，服务科学发展大局。

【业务能力建设】

中国检察官文联通过组织专题学习会、派员参加中国文联、民政部等部门组织的办公室工作、财务管理工作专业培训等形式强化业务学习，增强业务素质。

【规范化建设】

加强检察官文联规范化建设，先后出台了《中国检察官文学艺术联合会会费管理暂行办法》、《中国检察官文学艺术联合会关于接受社会捐赠、资助的暂行规定》，中国检察官文联秘书处《学习制度》、《保密制度》、《印章管理制度》、《财务管理制度》等。

【召开年度总结会议】

12月26日，中国检察官文联召开2012年度述职述廉工作会议。张耕主席总结了中国检察官筹备以来的各项工作情况，对2013年的工作进行了部署，并为获优秀奖的两名同志颁奖。

基层检察官文联

【各地检察官文联筹建】

中国检察官文联努力加强对下指导，积极推动地方各级检察官文联的筹建工作。各省级检察官文联成立时，中国检察官文联张耕主席出席成立大会并就检察官文联工作开展提出要求。2012年度北京、天津、浙江、上海、陕西、新疆、山东、江西、四川、福建、宁夏、内蒙古、黑龙江、湖南、辽宁、重庆16个省市的检察官文联先后成立。各省级检察官文联积极推进各地市级、县级检察官文联成立，2012年度全国近百家地级市检察官文联成立，部分县市区检察院也成立了检察官文联组织。

各级检察官文联和筹备组织，在当地检察院党组的领导下，结合当地检察工作实际，先后举办了各具地方特色的书画摄影展、文艺汇演、观看检察题材电影、演艺人才选拔、检察文化节、检察文化下乡等活动，活跃了检察机关业余文化生活，丰富了检察人员的精神文化生活，凝聚了力量，振奋了精神，促进了工作。

中国人民银行文联

综　述

在人民银行党委的高度重视下，在中国文联的大力支持和具体指导下，2010年9月27日，人民银行正式成立了人民银行文学艺术联合会。人民银行文联现设有书法协会、美术协会、摄影协会、作家协会、音乐舞蹈协会及收藏协会。人民银行文联设秘书处负责日常工作。

截至2012年年底，人民银行系统2000多个分支机构都成立了相关协会，全系统有省级以上各类艺术协会会员680余人。其中，国家级会员116人。会员作品的艺术水准已达到较高层次，在社会及全国金融系统具有一定影响力。在这些人才中，现为中国美术家协会会员的作品先后被国际奥委会、中央电视台及全国大展组委会收藏；现为中国书法家协会刻字研究会委员兼刻字评审委员的作品书法被毛主席纪念堂永久收藏并多次应邀出国作文化交流；有的会员的摄影作品被吸纳到北京奥运会开幕式画卷；有在印钞、造币行业中的会员设计的人民币和纪念币因富有强烈的中国传统艺术风格，获得国内、国际10多次奖项。这些文学艺术骨干不仅在工作岗位上发挥了重要作用，他们还能以自己的特长，以艺术为载体，充分利用文学艺术联合会这一平台带动和感染了一批文学艺术爱好者，并创作了形式多样的艺术作品，为促进人民银行事业的发展做出了积极的贡献，为社会文化发展创造了优秀的精神财富。

人民银行文联自成立以来，在中国文联的指导下，始终坚持以邓小平理论和“三个代表”重要思想为指导，深入贯彻落实科学发展科，带领人民银行广大干部职工，以思想为纽带，以艺术为载体，充分利用文联这一平台，通过展示职工的才艺，增进团结，凝聚和谐。

2012年，是央行文化建设年。人民银行文联在开展各项工作时，紧紧围绕促进央行文化建设，着力发挥桥梁纽带和服务基层、服务职工这两项职能，弘扬优良传统，坚持统筹兼顾的方法，切实处理好中心工作与文联工作之间的关系。在实际工作中，做到了“三围绕”、“三深入”和“三提高”。“三围绕”就是围绕人民银行的中心工作、围绕人民银行的大局工作、围绕人民银行的重点工作；“三深入”就是深入基层、深入生活、深入职工，用心、用情、用意地去创作；“三提高”就是提高作品质量、提高作品的宣传范围、提高作品的普及和培训。发挥桥梁纽带和服务基层、服务职工这两大职能，坚持统筹兼顾的方法，切实处理好中心工作与文联工作之间的关系，准确定位，服务大局推进央行文化建设。

会议、活动及主要工作

【人民银行党委委员、副行长胡晓炼约见中国文联党组书记赵实同志】

2012年1月13日，人民银行党委委员、副行长胡晓炼在人民银行文联有关同志陪同下约见了中国文联党组书记赵实同志，交流了人民银行文联开展工作情况，充分体现出人民银行党委在贯彻党的十七届六中全会精神，思想是重视的，行动是积极的，措施是具体的。

【2012年春节前开展“送欢乐、下基层”活动】

2012年春节前积极响应中国文联关于开展“送欢乐、下基层”活动的号召，组织人民银行系统文艺小分队深入人民银行基层行为职工送春联、写对子，并通过文艺演出慰问基层职工，送去春节的祝福。

【参加“第三届中国职工艺术节”各项展评、展演活动】

为深入贯彻党的十七大和十七届六中全会精神，大力弘扬社会主义核心价值体系，进一步推动央行文化建设，充分展示广大职工时代风采，更好地满足广大职工的精神文化需求，丰富和活跃职工文化生活，2012年5月9日，经会签有关司局并报行领导同意，组成人民银行参加第三届中国职工艺术节推选作品领导小组。

2012年5月17日，人民银行文联召开关于组织参加第三届中国职工艺术节各单项活动的电视电话会议，就参加好此项活动进行动员部署。会上，人民银行文联主席、人民银行参加第三届中国职工艺术节推选作品领导小组组长初本德提出了具体要求。各单位要统一认识，积极参与；要精心组织，认真选拔；要妥善处理好推荐工作与日常工作的关系。以高度的政治责任感将辖内优秀人才、优秀作品挖掘推荐上来。克服怕费事、应付事等不负责的消极态度。妥善处理好推荐作品与创作作品之间的关系，为创作人员提供必要的工作环境、生活环境；各专业协会要认真履职。充分发挥各协会专业人才优势，选拔作品时要坚持公平、公正，把代表人民银行水平的优秀人才、作品推向全国。电视电话会议在北京设主会场，副省级以上分支机构设分会场。

截至6月底，人民银行文联收到各单位选送作品394件。其中，舞蹈作品16件，声乐作品20件，曲艺作品12件，戏剧作品14件，器乐作品18件，书法美术作品157件，摄影作品157件。根据第三届中国职工艺术节组委会的要求，人民银行文联遴选了75件作品推荐给中国文联各单项活动组委会。其中，舞蹈作品6件，声乐作品4件，曲艺作品3件，戏剧作品6件，器乐作品5件，书法作品20件，美术作品15件，摄影作品16件。

在本次活动中，人民银行文联参加的七类项目均获得奖项，获奖比例达32%。其中，5件作品获一等奖，2件作品获二等奖，8件作品获三等奖，9件作品获优秀奖。人民银行文联荣获第三届中国职工艺术节优秀组织奖。通过参加这次活动，为人民银行系统文艺爱好者提供了一个很好的学习、提高和展示的平台，为人民银行文联培养了文艺骨干。

【正式成为中国文联团体会员】

2012年7月5日，中国文联第九届全国委员会第三次会议在京召开。全会审议通过关于接纳中国人民银行文联为中国文联团体会员的决议。随后，人民银行文联及时向人民银行党委上报了《关于中国人民银行文联正式成为中国文联团体会员的报告》，人民银行党委书记、行长周小川，人民银行纪委书记王华庆及其他党委成员签阅。

【中国文联到人民银行文联调研指导工作】

2012年7月17日，中国文联国内联络部主任罗成琰一行四人来人民银行文联调研座谈。中国人民银行党委委员、纪委书记王华庆会见中国文联调研组并作讲话。座谈会上人民银行文联主席初本德报告了人民银行文联自成立以来开展的工作情况。罗成琰主任对人民银行文联近年来的工作给予充分肯定，同时希望人民银行文联能多出经验、多出成绩。

【创办人民银行文联电子杂志《央行文苑》】

为进一步深化央行文化建设、为广大文学艺术爱好者提供展示、交流、学习的平台，人民银行文联在成为中国文联团体会员之际，2012年8月创办了《央行文苑》电子杂志。该电子杂志主要设置了活动剪影、书法广角、美术集锦、摄影天地、文学港湾、音乐时空、舞动人生、收藏古今等栏目，以满足人民银行各种兴趣爱好者的需求。2012年8月，在人民银行文联各成员单位的大力支持下，第一期创刊号《央行文苑》电子杂志正式面世，分管人民银行文联的行领导亲笔为《央行文苑》题名。该刊物在人民银行内部网站“央行文苑”专栏上粘贴，使人民银行文联有了宣传平台。

【参加第十五届北京国际艺术博览会】

2012年8月16日，第十五届北京国际艺术博览会在北京国贸展览中心隆重举行。人民银行文联参加这次活动，推荐系统内11名美术家作品参加了这次展出。这次展出的作品从不同角度展现了央行文化建设的成果和央行员工的风采。

【为人民银行党校新楼落成征集书法美术摄影作品】

为迎接党的十八大胜利召开，为人民银行党校新楼落成营造文化氛围，同时也为了给央行员工提供艺术创作展示平台，经报行领导同意，2012年8月，人民银行文联为党校新楼落成装饰作品进行了征集。据统计，这次作品征集活动共征集作品320幅。其中，美术作品84幅、书法作品138幅、摄影作品98幅，作品中不乏精品和国字号大家的作品。在这次作品征集活动中，人民银行

文联充分发挥了领导、组织、实施的作用，不仅保证了这次任务的完成，同时也为人民银行文联会员提供了一次很好的创作和展示的平台，丰富了职工文化生活，促进了央行文化建设。

【职工摄影作品展】

为庆祝党的“十八大”的胜利召开，同时也为祝贺中国人民银行郑州培训学院成为国家级培训基地，2012年12月人民银行文联举办了喜庆“十八大”人民银行职工摄影作品展，以充分展示广大职工繁荣央行文化建设的风采，丰富和活跃职工文化生活。此次活动既是作为喜庆党的“十八大”胜利召开的一次艺术成果展示，也是人民银行文联开展“面对面、心贴心、实打实、服务职工在基层”活动的集中体现。此次活动，共收到人民银行各级文联（协会）报送作品1042幅。经人民银行文联组织有关专家评选，共评选出特等奖作品5幅、一等奖作品10幅、二等奖作品20幅、三等奖作品30幅、优秀奖作品40幅，入围作品100幅。为进一步营造喜庆氛围，充分展示央行文化建设成果，为摄影爱好者搭建学习交流平台，人民银行文联于2012年12月5日在郑州培训学院举办人民银行职工特邀及获奖摄影作品展览活动。

【关于人民银行文联机构设置的报告】

为切实发挥人民银行文联的职能作用，2012年9月5日人民银行文联向人民银行人事司报送了《人民银行文联机构设置的报告》，明确提出人民银行文联主要职能。具体内容是：在总行党委的正确领导下，以邓小平理论和“三个代表”重要思想为指导，深入贯彻落实科学发展观，围绕人民银行中心工作，依托人民银行系统及各地的文化资源，发挥桥梁和纽带作用，促进央行文化事业的发展。一是努力推动和发展央行文化事业，满足人民银行广大职工日益增长的精神文化生活需求。二是对人民银行系统文学艺术协会进行业务指导、协调和服务。三是围绕人民银行工作中心，坚持贴近实际、贴近生活、贴近群众的原则，弘扬主旋律，提倡多样化，尊重文学艺术创作规律。组织会员深入实际、深入基层、深入职工群众，运用文学艺术形式，努力反映和谐央行建设的伟大实践和时代精神。四是培养良好职业精神和职业道德，发现、培养和扶持文艺人才，壮大人才队伍，推进文艺创新，并对人民银行系统优秀文学艺术爱好者和各文学艺术门类的优秀成果予以推介和表彰。五是指导会员单位及创作人员依据规章制度，独立自主、创造性地开展工作，总结和推广央行文化工作的新经验，使央行文化工作的开展自觉服从于央行中心工作的大局。六是及时反映广大央行文艺爱好者的意见和要求，关心他们的工作、学习和生活，维护他们的合法权益。七是完成人民银行党委交办的工作。

【关于建立人民银行文联文种、文号及印章的需求】

为正常行使并发挥人民银行文联的职能与作用，2012年9月5日，人民银行文联向人民银行办公厅报送了《关于建立人民银行文联文种、文号及印章的需求的报告》。建议建立人民银行文联及文联办公室的文种、文号以及刻制两枚公章，人民银行文联印章为：中国人民银行文学艺术联合会；文联办公室印章为：中国人民银行文学艺术联合会办公室。

【正式启用中国人民银行文学艺术联合会及中国人民银行文学艺术联合会办公室印章】

2012年12月6日，向中国文联报送了《关于正式启用中国人民银行文学艺术联合会及中国人民银行文学艺术联合会办公室印章的报告》并附两枚公章的模板。

【报送人民银行文联2012年工作总结及2013年工作计划】

2012年12月6日，向中国文联报送了《关于人民银行文联2012年工作总结及2013年工作计划的报告》。

【组织职工代表人民银行系统参加第三届中国职工艺术节闭幕式晚会】

第三届职工艺术节，2012年12月9日在中国剧院落下帷幕。在闭幕晚会上，来自人民银行、石油、煤矿、检察、石化、铁路、公安等十二个行业的职工合唱团参与了演出，展现了各行各业职工的风采。

根据中国职工艺术节组委会安排，人民银行13名职工代表人民银行系统参加了第三届中国职工艺术节闭幕式晚会，在闭幕式晚会上人民银行13名职工以优美的形象和歌喉为中国职工艺术节闭幕式增光添彩，充分展示了央行职工的风采。

【报送关于张汉平同志增补为中国文联第九届全国委员会委员的请示】

按照中国文联章程的有关规定，为便于开展工作，更好地履行中国文联团体会员的职责，经报请人民银行党委同意，2012年12月31日，人民银行文联向中国文联报送了《关于建议张汉平同志增补为中国文联第九届全国委员会委员的请示》。

各分会组织建设情况

【人民银行书法、美术、摄影协会广西分会成立】

2012年3月28日，南宁中心支行组织召开了中国人民银行书法美术摄影协会广西分会成立大会暨一届一次理事会。会议选举了一届一次理事会主席、副主席、秘书长，通过了秘书处组成人员；讨论通过了《中国人民银行书法美术摄影协会广西分会章程》；审批了中国人民银行书法美术摄影协会广西分会第一批会员。

【人民银行文联山西分会成立】

2012年4月17日，人民银行文联山西分会组织召开成立大会，会议通过《中国人民银行文联山西分会章程》，选举产生了分会理事和组织机构成员，举行了揭牌仪式，开展了书画笔会、会员书画交流展。山西分会下设书法、美术、摄影、音乐舞蹈、文学创作、收藏6个协会，为山西省人行系统广大文学艺术爱好者搭建了广阔的展示、交流、培训、提升平台。

【人民银行文联浙江分会成立】

2012年5月30日，人民银行文联浙江分会正式成立，设立书法、美术、摄影、文学创作及收藏五个专业协会，至2012年年底，文联浙江分会的二级分会均已成立，形成了条线（专业协会）与块（二级分会）相交的组织架构。

【人民银行西安分行召开西安分行职工艺术委员会理事会议】

2012年5月17日至18日，人民银行西安分行召开西安分行职工艺术委员会理事会议，在对部分书法美术摄影理事调整的基础上，增加了写作、音乐舞蹈、收藏三个专业的内容并增加和改选理事，对2012年职工艺术委员会的工作做了全面安排。

【人民银行文联福建分会成立】

2012年8月29日，人民银行文学艺术联合会福建分会成立，现有书法、美术、摄影、作家等协会。目前，该分会在传承先进文化、树立央行文明形象中发挥了应有作用。紧紧围绕促进央行文化建设这一主线，以弘扬央行文化为己任，充分发挥桥梁纽带作用，组织开展丰富多彩的活动。

【人民银行文联浙江分会组织召开摄影协会第一次理事会议】

2012年10月18日，人民银行文联浙江分会摄影协会在温州召开第一次理事会议，浙江分会主席萧鸣出席会议并作重要讲话。会议总结了摄影协会成立以来的工作开展情况，研究部署了下一阶段工作任务，讨论审批了协会会员。

【人民银行文联南京分行文学艺术联合会成立】

2012年12月25日，人民银行南京分行文学艺术联合会正式召开文联成立大会。大会选举产生了文联理事会以及主席、副主席，聘请了名誉主席和顾问，设立了工作机构，审查通过了《人民银行南京分行文学艺术联合会章程》。文联下设书法美术协会、摄影协会、音乐舞蹈协会和收藏协会四个分会。分行党委书记、行长周学东和人民银行文联副主席贾立如到会祝贺并讲话。

各分会会议、活动及主要工作

【人民银行文联沈阳分会举办龙之韵舞和谐声——2012年春节联欢会】

为进一步丰富辖区职工的业余文化生活，2012年1月18日，人民银行沈阳分行举办了“龙之韵舞和谐声——2012年春节联欢会”在机关四楼会议室圆满落幕。来自机关各处室的干部职工和离退休老同志共同献上一场精彩纷呈的节目，整台联欢会高潮迭起、温馨祥和。

【人民银行文联山西分会开展“送文化、送健康、送快乐”走基层活动】

2012年1月，人民银行文联山西分会组织开展了“送文化、送健康、送快乐”走基层活动。人民银行文联山西分会主席轧瑛带队深入太原辖区四

县（市）支行，举办了书画摄影展览，并为基层职工送去了2000册图书等资料，架起了一座机关与支行交流沟通的桥梁，扩大了文化建设的受众面和渗透力，为县支行文化建设注入了新的活力。

【人民银行成都分行书法美术摄影协会开展送文化下基层活动】

2012年1月10日，成都分行书法美术摄影协会组织分行辖区部分书法美术摄影协会会员到大邑县开展走基层送文化活动，深受当地城镇居民、农民群众和人民银行大邑县支行干部职工的欢迎。

【人民银行文联山西分会开办国学讲堂，创办了《国学小报》】

2012年3月，在传承优秀传统文化方面进行了积极探索，着力打造文化精品工程。积极依托文联分会，创办了人民银行太原中心支行国学讲堂。全年共举办讲座19次，网发《国学小报》27期，将源远流长的中华文明撷其精华传播给广大职工，提升了干部职工个人文化素养。

【人民银行营业管理部召开营业管理部文联工作会议】

2012年5月12日，人民银行营业管理部召开营业管理部文联工作会议，对书法、摄影、歌咏等协会会员进行了增补，对2012年文联工作及活动进行了安排。

【人民银行文联中国印钞造币总公司分会举办“走进企业一线、慰问劳模先进”书法美术联谊笔会】

2012年5月8日至6月21日，人民银行文联中国印钞造币总公司分会组织行业书法美术协会的优秀人才，先后到北钞公司、保钞公司、石钞公司、成钞公司、沈币公司、南币公司等企业举行了“走进企业一线、慰问劳模先进”书法美术联谊笔会活动，向劳模和生产一线职工赠送书画精品，受到热烈欢迎和广泛好评。

【人民银行重庆营业管理部书法、美术、摄影协会组织“走进大自然”为主题的采风活动】

2012年7月7日至8日，为了陶冶职工、教育职工、引导职工更好展现央行文化精神，人民银行重庆营业管理部书法、美术、摄影协会组织辖区广大会员约40人参加以“走进大自然”为主题的采风活动，广大会员互相交流技艺，现场创作了125幅书法、美术、摄影作品。

【人民银行文联浙江分会组织文学创作协会及摄影协会组织开展采风活动】

2012年8月11日至17日，为开拓创作视野交流文联工作经验，人民银行文联浙江分会组织文学创作协会及摄影协会的20余名理事赴沈阳及其辖内中支考察采风。

【人民银行文联郑州分会举办河南省人民银行系统“喜迎‘十八大’系列活动”】

2012年8月至10月，人民银行郑州中心支行举办河南省人民银行“喜迎‘十八大’书法美术摄影展”、“‘难忘激情岁月’发展历程图片展”和“‘央行杯’第一届优秀文学作品评选”活动。活动共收到书法美术摄影及文学作品321件（其中特邀作品8件）。经聘请相关专家评审，书法美术摄影展评出一等奖4件，二等奖7件，三等奖11件，入展作品28件；“难忘激情岁月”发展历程图片展评出集体一等奖2个，二等奖4个，三等奖4个；“央行杯”第一届优秀文学作品评出一等奖5名，二等奖8名，三等奖15名，优秀奖28名。

【人民银行文联浙江分会组织召开文学创作、收藏协会第一次理事会议】

2012年9月26日，人民银行文学艺术联合会浙江分会文学创作、收藏协会在绍兴召开第一次理事会议。会议总结了两个专业协会成立以来的工作开展情况，讨论部署了下一阶段工作任务，研究审批了协会第一批会员。会后举办了“珍宝”鉴赏交流会，收藏协会的理事们分别带着各自满意的藏品互相展示、交流。

【人民银行文联广州分会组织文学作品参加广东省总工会举办的金融文学奖评选活动】

2012年10月，人民银行文联广州分会积极组织文学作品参加广东省总工会举办的《广东省金融系统第一届金融文学奖》评选活动，共上报作品22篇，其中诗歌类7篇、小说类2篇、报告文学3篇、散文10篇。

【人民银行武汉分行书法协会开展了“廉言警语”书法作品展示】

2012年10月，人民银行武汉分行书法协会将创作活动与武汉分行纪委“廉言警语”征集活动相结合，开展了“廉言警语”书法作品展示，现在已经有30多幅作品在分行机关内装裱展出，另有12幅作品被制作成2013年台历发给分行机关干部职工。

【人民银行文联山西分会组织举办全省人行系统职工书画摄影巡回展】

2012年10月至11月，人民银行文联山西分会以庆祝国庆63周年为契机，举办了山西省人民银行系统职工书画摄影巡回展。巡回展在太原中心支行机关、辖区各县（市）支行以及10个市中心支行巡回展出。共展出来自全省人行系统11单位的126件优秀作品。从不同角度描绘了祖国山川的秀美景象，讴歌了改革开放的丰硕成果，反映了山西省独具魅力的风俗民情，记录了人民银行发展的精彩瞬间，展示了基层央行职工文化建设的丰硕成果，在丰富广大干部职工的精神文化生活的同时，传播和渗透央行文化精神理念并使其成为激发活力、挖掘潜力、形成合力的重要方式。

【人民银行武汉分行摄影协会开展《红叶》为主题的采风活动】

2012年11月26日，人民银行武汉分行摄影协会组织机关工会摄影小组、孝感市中支摄影小组、黄冈市中支摄影小组到湖北大悟县开展《红叶》为主题的采风活动。

【人民银行文联浙江分会组织召开书法、美术协会第一次理事会议】

2012年11月28日，人民银行文联浙江分会书法、美术协会在嘉兴召开第一次理事会议。浙江分会主席萧鸣出席会议并作重要讲话。会议总结了书法、美术协会成立以来的工作开展情况，研究部署了下一阶段工作任务，讨论审批了协会会员。会后，举办了“喜庆十八大”交流笔会，共创作出美术作品8幅、书法作品6幅。

【人民银行文联济南分会组织开展辖区职工摄影采风作品展】

2012年11月5日，人民银行文联济南分会组织了主题为“我摄影、我个性、我时尚”摄影采风活动，在创作采风同时开展摄影创作知识座谈交流，举办了摄影作品评奖并举办优秀摄影作品展览。通过对文学艺术爱好的培养培训，加强协会会员发展，吸引更多的央行员工投入到高雅的艺术中来，为建设和谐央行做出新的更大的贡献。

【人民银行书法、美术、摄影协会广州分会举办题为“展现员工风采　喜迎十八大”书法美术摄影作品展】

2012年11月，人民银行书法、美术、摄影协会广州分行分会在广东省内会员中征集作品，举办了题为“展现员工风采　喜迎十八大”书法美术摄影作品展。将会员作品编辑制作成电子杂志，供大家鉴赏。

【人民银行文联浙江分会编制文学创作协会会刊——《浙江金苑》（试刊号）】

2012年12月，指导文学创作协会编制了协会会刊——《浙江金苑》（试刊号）。以此激发广大职工的文学创作热情，全方位、多角度地展示央行职工风采，弘扬央行文化。

【人民银行文联浙江分会制作浙江省人民银行系统摄影比赛获奖作品电子画册】

2012年12月，制作浙江省人民银行系统“创先争优，喜迎十八大”职工摄影比赛获奖作品电子画册。

【人民银行南京分行文学艺术联合会出版《人民银行南京分行职工书法、美术、摄影作品集》】

2012年12月，为庆祝人民银行南京分行文学艺术联合会的成立，展示分行辖区职工书画摄影艺术创作的丰硕成果。人民银行南京分行文学艺术联合会出版了《人民银行南京分行职工书法、美术、摄影作品集》。该作品集收录了49位作者提供的书画摄影作品105幅，可以说是南京分行书画摄影艺术最高水平的一次集中展示。

【人民银行文联西安分行分会创新性地开展了“讴歌央行人”文化建设系列活动】

2012年4月至12月，为打造富有鲜明特色的辖区文化建设品牌，为高效履职提供强有力的文化支撑，西安分行文联分会创新性地开展了“讴歌央行人”文化建设系列活动。

一是组织开展了以“讴歌央行人”为主的文学、书法、摄影、美术、歌曲、音乐舞蹈创作活动，推出一批凸显时代精神、反映辖区重大成就、讴歌央行人的艺术作品。共收到全辖报送的各类作品1000多篇(幅)。活动结束后，及时组织有关专家进行了评比并下发了《关于开展“讴歌央行人”文化建设系列活动作品评比情况的通报》（西银工〔2012〕16号），对活动进行了全面总结和通

报。为使优秀作品发挥恒久的艺术魅力，作为讴歌央行人活动的延续和成果的扩展，编辑出刊了《中国人民银行西安分行“讴歌央行人”职工优秀作品集》（上、下册）。

二是开展了“面对面、心贴心、实打实，送文化下基层”活动。抽调各省会中支工会办领导带队、分行辖区书画、舞蹈、摄影、文学理事会会员组成小分队，分赴辖区陕西、甘肃、宁夏、青海、新疆的中支和县支行开展“送文化下基层”系列活动。为期一个月的“送文化下基层”活动，行程数万公里，先后走访了14个中支和8个县支行，召开了22场座谈会，收回问卷调查310份，分别举办了19场心理、写作、摄影等讲座，现场创作711幅书画作品送给基层支行职工，举办18场送文化下基层文艺联欢会，赠送了价值6万多元的新书籍，达到了预期效果。

三是开展了文化建设理论研讨活动。分行工会办课题组撰写的调研课题《对“讴歌央行人”文化建设精品工程的创新探索》等被《金融时报》理论版全文发表。同时，在分行网站开辟了“讴歌央行人活动专栏”，上传信息1000多条，在《金融时报》等报刊刊登系列活动稿件18篇，照片15幅。与纪委联合举办“第二届清风杯职工书法、美术、摄影展览”。展出作品210幅，参观人数达800多人次，收到了良好的效果。

四是辖区各级文体协会组织纷纷采取送温暖、送政策、送文化、送图书、送健康等方式为职工提供服务。如银川中支赴辖区贺兰、永宁等12个县（市）支行等，开展了“送图书送健康、服务职工在基层”活动，把党委的关怀和慰问送到最基层。吐鲁番中支组织送文化下乡小分队，邀请民间艺人一同深入对口扶贫帮困村鄯善县霍加木·阿里迪村开展送文化下基层系列活动。安康中支抽选工作骨干组建送文化小分队，向基层员工宣讲货币政策、党建、写作知识等，得到基层职工的一致好评。

【组织好春节文化大餐】

2012年春节，人民银行营业管理部书法、美术、摄影协会会同机关工会组织文艺骨干排练节目，为老干部准备了一场丰富多彩的节目，得到了大家的欢迎和好评。同时，为了活跃职工文化生活，体现央行人的良好的、健康向上的精神面貌，组织各处室积极参加春节文艺晚会节目会演。

【编辑出版了《中国人民银行重庆营业管理部职工优秀作品集》】

2012年12月，重庆营业管理部举办了书法、美术、摄影作品展。为充分展示重庆营业管理部职工的文化艺术才华，记载永恒的艺术魅力，编辑印发了《中国人民银行重庆营业管理部职工优秀作品集》。

【开展送文化、送温暖、送作品活动】

2012年是央行文化建设年，为了认真落实“面对面、心贴心、实打实服务职工在基层”的工作理念，一年来，重庆营业管理部开展送文化、送温暖、送作品等系列活动。一是组织辖区书法、美术、摄影协会会员花费大量业余时间，创作大量艺术作品，送基层、送党校。二是开展书法、摄影等讲座5场次。三是开展5次送书、捐书活动，共计赠送价值7万多元书籍。

【人民银行文联中国印钞造币总公司分会举办“印制之声”迎新年文艺演出】

2012年12月28日，人民银行文联中国印钞造币总公司分会策划、保钞公司主办，北钞公司、石钞公司、中钞科技防伪公司协办的“印制之声”迎新年文艺演出在保定举办。本次演出是中国印钞造币总公司文联的一项重大，得到4家企业和广大职工积极响应，精心组织、认真排练，做到了人员确保、时间确保、质量确保。活动的成功举办，不仅提高了各公司的演出质量和文化内涵，也使职工享受到了高品位的文化盛宴。

2012年中国文学艺术界联合会大事记

2011年11月2日至2012年2月5日，中国文联及各全国文艺家协会组织20多支文艺队伍近1000余名文艺家和文艺工作者，分赴黑龙江边防线、重庆涪陵等30多个省（区、市）的基层地区和单位开展“送欢乐、下基层”文艺志愿服务活动，举行慰问演出等活动近百场。赵实、覃志刚、李屹等党组领导分别带队参加活动。

1月5日，由中国文联、中国民协、海南省委宣传部主办的第十届中国民间文艺“山花奖”颁奖典礼在海南海口举行。何厚铧、李屹与海南省有关领导出席颁奖典礼。

1月8日，由中国文联主办的“百花迎春——中国文学艺术界2012年春节大联欢”在北京人民大会堂举行。孟建柱、张榕明、孙家正等党和国家领导人及有关部委领导、中国文联主席团成员、荣誉委员、全委会委员等与2000余名全国各艺术门类文艺家和文艺工作者出席联欢活动。

2月9日，由中国文联主办的2012年驻华使节新春招待会暨音乐专场晚会在中国文艺家之家举行，26个国家的驻华使节以及国内相关单位业务部门负责人出席了招待会。

2月15日，冯远、杨承志在中国文艺家之家会见台湾文艺协会理事长王吉隆。

2月下旬至10月，中国文联办公厅会同机关服务中心，分五批组织部分中国文联主席团成员、荣誉委员及各协会主席团成员、顾问等知名艺术家及家属赴海南、云南、吉林、四川等地采风调研。

2月24日，由中国文联、中国杂协主办的第八届中国杂技金菊奖第七次理论作品奖在京进行终评。

2月29日至3月1日，中国文联第九届主席团第二次会议和第九届全国委员会第二次会议在京召开。孙家正主持会议，翟卫华出席会议并讲话。会议审议通过了赵实所作的工作报告、《中国文联2012年工作要点》和《关于中国文艺工作者职业道德公约的决议》。

3月1日，由中国文联主办的“仁者之歌——感悟《论语》咏诵会”在京举行。胡振民、夏潮出席咏诵会。

3月2日，2012年文艺界全国人大代表全国政协委员联谊会在中国文艺家之家举行。孙家正出席并致辞，赵实出席并讲话，曹卫洲，在京中国文联党组成员、老领导、在京主席团成员、荣誉委员等与文艺界全国人大代表全国政协委员一同出席联谊会。

3月2日，中国文联在京召开新闻发布会，向社会发布“文艺界核心价值观”和《中国文艺工作者职业道德公约》。

3月14日，由中国文联、中国舞协主办的中国舞蹈荷花奖第二届中国舞蹈艺术终身成就奖在京颁奖。冯国佩、李正一、李承祥、斯琴塔日哈、舒巧、孙加保、资华筠、赵青8位舞蹈艺术家获奖。

3月21日，由中国文联主办的全国文联文艺舆情信息工作会议在江苏常州召开。夏潮出席会议。

4月10日，由中国文联、中国曲协主办的祝贺罗扬同志从事曲艺工作60周年暨《曲艺耕耘录》出版座谈会在京召开。李前光出席会议。

4月16至19日，由中国文联主办的全国文联组联工作会议暨全国基层文联负责人学习培训班在湖北武汉举行。覃志刚、夏潮出席会议。

4月21日至30日，应瑞士“山水”艺术基金会邀请，覃志刚率中国美术家代表团一行4人赴瑞士和法国进行交流。

4月25日，由全国总工会、中国文联、中央文明办和中央电视台联合主办的“阳光路上”——2012“五一”国际劳动节大型文艺晚会暨第三届中国职工艺术节开幕式在北京工人体育馆举行。刘云山、李源潮、王兆国、马凯、司马义·铁力瓦尔地等党和国家领导人及王玉普、赵实、胡占凡等主办单位领导出席开幕式。此后，8月至11月间，第三届中国职工艺术节在部分地区陆续举办了戏曲、声乐、民族器乐、舞蹈、曲艺小品等多项展演和书法美术、摄影展览等活动。

4月26日，中国文联与文化部、致公党中央委员会、中华环保联合会联合主办的“感谢祖国、感谢党——陈爱莲舞蹈艺术60周年系列活动”在京启动。杨承志和致公党中央领导王钦敏、严以新等出席发布会。

4月26日至5月6日，由中国文联、文化部、全国政协书画室、清华大学、中国美协、中国美术馆主办的“笔墨尘缘——冯远中国画作品展”在中国美术馆举行。刘云山、马凯参观了展览。华建敏、周铁农、李金华、郑万通及各主办单位、有关部委领导出席开幕式。

5月3日，中国文联在京举行文艺志愿服务活动启动仪式。刘云山发来贺信，赵实出席启动仪式并讲话，翟卫华、覃志刚、李屹、杨承志、夏潮、李前光等出席启动仪式。赵实、翟卫华为中国文联和各文艺家协会文艺志愿服务团授旗。

5月4日，中国文联机关青年联合会成立大会在中国文艺家之家召开，中国文联党组全体同志及全国青联、中直青联有关负责同志出席会议。

5月8日至10日，中国文联与中国剧协、中国音协、中国舞协、陕西省委宣传部等单位在延安共同举办纪念毛泽东同志《在延安文艺座谈会上的讲话》发表70周年系列活动。赵实、杨承志等出席相关活动。

5月8日，李屹会见以权宁彬委员长为团长的韩国文化艺术委员会代表团一行。

5月12日，由中国文联、中国音协、中央音乐学院共同主办的马思聪百年诞辰纪念活动在京举行，包括纪念大会、学术研讨会和音乐会三项活动。覃志刚出席纪念大会。

5月17日，中国文联在京召开纪念《讲话》发表70周年座谈会。孙家正、翟卫华，中国文联党组全体同志、部分文联老领导、在京中国文联副主席、知名艺术家代表出席座谈会。

5月19日至24日，李屹会见到访的国际魔术联盟主席埃瑞克·埃斯文。

5月21日，由中国文联、中国音协、杭州市委宣传部、中央音乐学院共同主办的“临安七部——叶小钢声乐交响作品音乐会”在国家大剧院音乐厅举行。韩启德、孙家正、铁凝、陈喜庆、覃志刚、杨承志、鲁昕、王文章、鲁炜、陈平等出席音乐会。

5月22日，中国文联召开权益保护部成立会议。赵实、李屹、李前光出席会议。

5月23日，由中国延安干部学院、中央文献研究室、中央党史研究室、中国文联和中共延安市委共同主办的“纪念延安文艺座谈会召开70周年专题研讨会”在延安召开。杨胜群、龙新民、姚引良、夏潮、陈燕楠等出席研讨会。

5月23日至26日，由中国文联、湖北省委宣传部、中国摄协主办的第九届中国摄影艺术节在湖北武当山举行。李前光与湖北省有关领导出席开幕式。

5月26日，中国文联志愿服务团到吉林石化举行采风慰问演出活动。活动由赵实、李屹率队。

5月30日，由中国文联主办的“2012濠江之春——澳门与内地艺术家大联欢”活动在澳门举行。李金华、澳门特区代理行政长官陈丽敏和杨承志等出席活动。其间，杨承志还为在澳门的中国文联荣誉委员颁发证书，并拜会了澳门特区政府行政长官崔世安。

6月28日至7月9日，应土耳其摄影艺术联合会、以色列职业艺术家协会、约旦摄影学会的邀请，李前光率3人代表团访问上述三国，在土举办“让影像告诉世界——灿烂的中华文化”世界巡回展，在以、约分别举办摄影研讨会。

7月，中编办批复设立11个协会艺术中心和中国文联文艺志愿服务中心。

7月5日，中国文联第九届主席团第三次会议和第九届全国委员会第三次会议在京召开。孙家正主持会议。会议推举左中一为中国文联第九届书记处书记；增选左中一为中国文联第九届副主席，王瑶为中国文联第九届主席团委员；通过了《关于接纳中国人民银行文联为中国文联团体会员的决议》。

7月12日至15日，中国文联与北京市政府、中央电视台联合在国家大剧院联合举办“党的旗帜高高飘扬”系列音乐会。王家瑞、赵实、杨承志、左中一等出席观看演出。

7月12日至17日，应西班牙马德里普利赛马戏剧院邀请，中国文联副主席李屹率5人代表团访西，与多家合作单位就开展国际性多元文化交流活动等进行工作会谈。

7月24日，由中国文联、财政部、文化部联合主办的中华文明历史题材美术创作工程创作动员大会在四川峨眉山召开。翟卫华、左中一、冯远及财政部、文化部等主办单位相关部门负责人出席会议。

7月26日，中国文联与北京师范大学、全国政协书画室、九三学社中央委员会、国家博物馆、故宫博物院联合举办的“纪念启功先生百年诞辰——启功遗墨展暨《启功全集》首发式”在国家博物馆举行。韩启德、桑国卫、孙家正等出席展览开幕式。

7月28日，由中国文联主办的第六届中国文联

中青年文艺评论家高级研修班在宁夏银川举行。夏潮出席开班式并讲话。

8月，中国文联出版办与中国文学艺术基金会启动2012年度中国文联出版报刊精品工程。经评审，12月，与各协会、文联直属出版报刊单位签订协议，向17个单位的24个出版项目提供1500万元资金资助。

8月2日，由中国文联主办的第十届造型表演艺术成就奖颁奖典礼在中国文艺家之家举行。覃志刚、夏潮等出席颁奖活动。

8月7日，中国文联、中国摄协组织文艺志愿服务团到京郊箭扣村开展文艺志愿服务活动。李前光率队。

8月13日至15日，中国文联办公厅在北京延庆举办2012年全国文联系统办公室业务培训会。左中一出席并作开班动员辅导。

8月15日至21日，应中国文联邀请，以泰中艺术家联合会会长蔡义批为团长的6人代表团访华，李前光会见代表团。

8月20日至25日，由中国文联权益保护部主办的全国文联系统维权研讨班在内蒙古呼和浩特市举办。李前光出席研讨班并作开班动员授课。

8月23日，赵实会见到访的瑞典电视4集团母公司伯尼尔集团副总裁谢曼杨一行。

8月23日，中国文联在中国文艺家之家举行韩雪同志先进事迹报告会，授予河北省沧州市青县文联主席韩雪“见义勇为文艺工作者”荣誉称号。赵实、覃志刚、李屹、杨承志、左中一、夏潮等出席报告会。

8月28日至9月8日，应日本株式会社角川集团、墨西哥作家协会、秘鲁文化部邀请，赵实率6人代表团访问上述三国，拓展与拉美国家交流渠道，接受角川出版集团对中国文学艺术基金会捐赠并商谈数字出版合作事宜。

9月5日至6日，由中国文联、中国剧协主办的第四届中国戏剧奖·曹禺剧本奖在湖北潜江颁奖。杨承志出席颁奖典礼。

9月5日至6日，由中国文联、北京大学、山东省委宣传部主办的“大丈夫——感悟《孟子》咏诵会”在京举行。严隽琪、李金华、胡振民、夏潮等出席咏诵会。

9月7日至9日，由中国文联、湖南省政府、中国视协主办的第九届中国金鹰电视艺术节在湖南长沙举行。赵实、励小捷、田进、赵化勇、夏潮与湖南省有关领导出席开幕式。

9月9日至18日，由文化部、国务院参事室、全国政协文史委、民进中央、中国文联、中国作协、天津大学、中国美协、中国民协、北京画院联合主办的“四驾马车——冯骥才的绘画、文学、文化遗产保护与教育”展览在北京画院美术馆举行。贾庆林、刘云山、刘延东、马凯等参观了展览。罗富和、铁凝、李屹、王文章等出席开幕式。

9月10日至15日，应澳大利亚艺术理事会邀请，左中一率4人代表团访澳，与当地文化艺术机构及华人文艺界、传媒界代表进行工作会谈和交流。

9月15日至21日，杨承志率6人访问团赴台湾出席海峡两岸青少年舞蹈交流展演活动，并与台湾主要文艺机构和团体进行交流，还拜会了吴伯雄、江丙坤等台湾知名人士。

9月15日，由中国文联、中国曲协、江苏省委宣传部、江苏省文联主办的第七届中国曲艺牡丹奖颁奖晚会在江苏南京举行。孙家正、赵实、李前光与江苏省有关领导出席颁奖晚会。

9月15日至22日，由中国文联主办的“今日中国”艺术周在美国纽约林肯中心、耶鲁大学和哈佛大学举行。夏潮率代表团出席了艺术周相关活动并对美有关文化机构进行调研。

9月18日，由中国文联、中国剧协主办的第四届中国戏剧奖·理论评论奖在京颁奖。李前光出席颁奖仪式。

9月18日，李前光会见来华参加“尼泊尔文化节”的尼泊尔国家美术院院长吉兰·马南达尔等一行3人。

9月23日至29日，应中国文联邀请，以尼泊尔学院副院长耿加乌普雷蒂为团长的9人代表团访华，杨承志会见代表团一行。

9月25日，中宣部第十二届精神文明建设“五个一工程”奖在京颁奖，中国文联组织报送的电影《响九霄》，电视剧《雪域天路》、《小站风云》，舞蹈诗《延安记忆》和歌曲《我要去延安》5部作品获奖。

9月26日，中国文联、中国杂协组织文艺志愿者服务团到河南濮阳举行慰问演出活动。活动由李屹率队。

9月26日至29日，由中国文联、中国影协、绍兴市政府主办的第21届中国金鸡百花电影节在浙江绍兴举行。孙家正、夏潮与浙江省有关领导出席开幕式。赵实出席颁奖典礼。王为一、严寄洲荣获中国电影金鸡奖终身成就奖。

9月28日至10月22日。由中国文联、北京市政府、中国美协主办的第五届中国北京国际美术双年展在中国美术馆举行。朱维群、赵实、林军、左中一、钱小芊等出席开幕式。

10月，中国文联全面启动驻中国文艺家之家各单位的内网协同办公平台试运行。

10月19日至10月27日，由中国文联、教育部、上海市政府主办的第三届中国校园戏剧节在上海举行，其间评选出第四届中国戏剧奖·校园戏剧奖。杨承志、王仲伟与上海市有关领导出席戏剧节开幕式。

10月23日，孙家正在中国文艺家之家会见以日中文化交流协会会长辻井乔为团长的日中文交代表团一行。

10月23日，应摩纳哥驻华使馆请求，李屹在中国文艺家之家会见摩纳哥驻华大使凯瑟琳·福特里一行。

10月27日，中国文联与武汉市政府、田汉基金会联合在武汉举办“《前进·进》中华情·唱国歌”文艺演出。夏潮出席。

10月30日，第八届中国文联文艺评论奖颁奖典礼暨第六届当代文艺论坛在昆明举行。赵实、夏潮与云南省有关领导出席颁奖典礼。

11月8日，中国文联荣誉委员、中国剧协名誉主席、著名表演艺术家李默然逝世，享年85岁。胡锦涛、习近平、李长春、李克强、刘云山、刘延东、李源潮等党和国家领导人以不同方式表示哀悼。

11月16日上午，中国文联召开党组扩大会议，传达学习党的十八大精神。

11月16日下午，中国文联召开传达学习党的十八大精神大会。赵实出席并讲话，中国文联党组全体同志出席会议。

11月16日至18日，由中国文联、中国剧协共同主办的裴艳玲从艺60周年纪念活动在京举行。杨承志出席座谈会。

11月19日至23日，由中国文联、香港艺术发展局联合主办的第四届海峡两岸暨港澳地区艺术论坛在香港举行。孙家正出席开幕式并发表主旨发言。杨承志，香港、澳门特区政府及相关机构负责人，来自海峡两岸暨港澳地区的80余位知名文艺家、专家学者出席了论坛活动。

11月20日，中国文联、中国剧协、中国影协在京召开李默然同志艺术人生追思会。赵实出席追思会。

11月20日，中国文联召开文艺家学习贯彻党的十八大精神座谈会。赵实、夏潮出席会议。

11月22日至23日，中国文联党组召开理论学习中心组（扩大）会议，进一步学习贯彻党的十八大精神。

11月24日至28日，由中国文联、中国舞协主办的第八届中国舞蹈“荷花奖”现当代舞评奖活动在郑州举行。杨承志出席活动。

11月25日，中国文联、中国舞协组织文艺志愿者服务团到郑州铁路局机务段和郑州师范学院开展文艺志愿服务活动。活动由杨承志率队。

11月27日至29日，中国曲艺家协会第七次全国代表大会在京召开。刘奇葆出席开幕式并发表重要讲话，孙家正出席开幕式，赵实出席开幕式并讲话，翟卫华、李屹、杨承志、左中一、董伟、黎国如、夏潮、李前光等出席开幕式。来自全国各地近400名曲艺工作者代表参加会议。会议选举产生了中国曲协新一届领导机构。姜昆当选为中国曲协主席。

11月29日至12月2日，由中国文联、中国书协主办的第四届中国书法兰亭奖评审活动在绍兴进行。

12月2日，由中国社会科学院、中国科学院、中国文联、中国对外友好协会联合主办的“纪念郭沫若诞辰120周年全国书画展”在北京劳动人民文化宫开幕。

12月3日至5日，中国电视艺术家协会第五次全国代表大会在京召开。孙家正出席开幕式，雒树刚、赵实出席开幕式并讲话，翟卫华、李屹、杨承志、左中一、田进、黎国如、夏潮、李前光等出席开幕式。来自全国各地260余名电视艺术工作者代表参加会议。会议选举产生了中国视协新一届领导机构。赵化勇再次当选为中国视协主席。

12月4日，由中国文联主办的“百花芬芳 盛世风华”艺术精品展演晚会在国家大剧院举行。孙家正、赵实、翟卫华、夏潮、李前光等出席观看演出。

12月4日至13日，应土耳其文化旅游部和泰国泰中艺术家联合会邀请，杨承志率5人代表团访问土耳其、泰国，出席2012土耳其“中国文化年”闭幕演出并与土耳其文旅部、伊斯坦布尔文化艺术基金会、泰中艺术家联合会等文化机构座谈。

12月9日，由中华全国总工会、中国文联、中央文明办、中央电视台联合主办的第三届中国职工艺术节闭幕式晚会在北京中国剧院举行。李金华及王玉普、赵实、王世明等主办单位、有关部委领导出席并观看晚会。

12月9日至11日，中国摄影家协会第八次全国代表大会在京召开。孙家正出席开幕式，雒树刚、赵实出席开幕式并讲话，翟卫华、李屹、杨承志、左中一、宋明昌、黎国如、夏潮、李前光等出席开幕式。来自全国各地300余名摄影工作者代表参加会议。会议选举产生了中国摄协新一届领导机构。王瑶当选为中国摄协主席。

12月12日，由中国文联主办的“庆贺百岁贾芝从事革命文艺工作80周年座谈会”在北京人民大会堂举行。李屹、黄浩涛等出席座谈会。

12月18日，由中国社会科学院、中国科学院、中国文联、对外友协主办的“郭沫若诞辰120周年纪念会暨第四届郭沫若中国历史学奖颁奖仪式”在北京人民大会堂举行。覃志刚出席并讲话。

12月24日至25日，中华文明历史题材美术创作工程专家评审工作会议在北京中国文艺家之家召开。孙家正、翟卫华、左中一、吕章申出席24日上午的观摩评审活动并讲话。赵实等中国文联党组领导在评审会议期间观摩草图并看望了专家评委。

北京市公安文联

北京市公安文联自2007年10月成立以来，在市局党委领导下，在全国公安文联、北京市文联的指导下，深入学习贯彻党的十七大、十八大精神，积极履行组织、联络、协调、服务、引导职责，坚持围绕中心、服务大局，面向基层、服务民警，推动文联工作持续健康开展，较好地服务和促进了首都公安文化建设的创新发展。

一是围绕中心工作，积极开展公安文化活动。五年来，北京市公安文联带领首都广大公安文化工作者，紧紧抓住党和国家重大活动、重要庆典等难得的历史机遇，积极开展公安文化工作，创作出了一批作品，推出了一批人才，提炼形成一笔精神财富，进一步推动了全局的警察文化建设。2008年北京奥运会期间，组织开展了“聚焦平安奥运”摄影作品征集活动，编印了《2008奥运安保体验日记》、《奥运志愿者诗歌散文集》，组织警营作家参加全国公安文联“难忘2008”全国公安民警诗歌、散文大奖赛作品评选。在国庆60周年安保工作和纪念北京市公安局建局60周年活动期间，组织开展了“我与共和国同行”为主题的书画作品征集和“北京公安民警庆祝建国六十周年书画创作笔会”活动。在党的十八大安保工作中，深入开展以“放歌十八大”为主题的文学、书画、摄影、表演艺术作品征集活动。筹划、组织了“践行北京精神、共建平安北京”首都公安民警书画摄影作品展览，展示了首都公安民警“践行北京精神、共建平安北京”的豪情壮志。有效激发了全局文艺工作者、爱好者的创作热情，充分展示了首都公安民警文武兼备的过硬素质和良好形象。

二是坚持以才兴业，抓好公安文化人才培养。北京市公安文联始终把文化人才队伍建设作为推动和促进公安文化繁荣发展的基础性、关键性工作来抓。会同市局有关部门着手制定首都公安文化人才队伍发展建设规划。坚持做好各类文化人才骨干的培训工作。针对广大民警文化需求不断增长的实际，通过举办“名家书画进警营”、“世界名曲赏析讲座”等各类文化艺术培训班、研修班，邀请局内外文化知名人士和警营文化骨干授课，截至2012年底，已连续举办书画、摄影、文学、曲艺、音乐知识讲座或研讨交流50余期。坚持推举名家、培养新人，为文化人才的成长创造条件。先后成功举办了“首都公安民警书画摄影作品展”，警营美术家张国图、孙立鹏、康阿青、路海艇书画作品展，首都公安民警书画家八人作品展；利用北京警察博物馆开辟了首都警营文化系列展，举办了首都公安民警王全福、宋雨涵摄影展，王井天美术作品展，丁世伟、喜长生、刘贞亮篆刻作品展等，均收到了很好的社会反响。

三是狠抓创作，进一步推进首都公安文化的繁荣发展。多年来，市公安文联坚持正确的创作导向，组织首都广大警营艺术家深入到公安保卫工作第一线，深入到首都公安民警队伍火热的生活中，创作了一大批文学艺术作品，为首都公安文化艺术发展繁荣作出了积极贡献。其中不少作品在全国性文艺评奖中获奖。在2010年上海世博会期间，首都警官乐团受全国公安文联的委托，参加国际管乐展演，一举夺得金奖和优秀指挥奖。警官合唱团在“2011年海峡两岸合唱节”和中国文联组织的“金钟奖”合唱比赛中，分获金、银奖。在全国公安系统组织开展的第十一届“金盾文化工程”优秀作品评选活动中，电影《左利军》、歌曲《平安北京》等作品获得金盾影视奖、金盾艺术奖、金盾图书奖、金盾文学奖等6项大奖并荣获优秀组织工作奖。五年来，文联各专业委员会会员共创作出版文学作品15部，音乐作品30首，戏剧电影剧本19部，相声小品20余个部。先后有100余幅书画、摄影作品在全国和市级展览中获奖。

四是强化指导服务，充分发挥公安文联职能作用。在推进公安文化发展繁荣的实践中，公安文联始终坚持为首都公安保卫工作的中心任务服务、为公安队伍建设服务、为公安民警服务的宗旨，紧紧抓住有利契机，积极找准定位，发挥自身优势，不断推动警营文化建设的普及提高。坚持抓好典型推树工作。组织部分基层领导和文联骨干，深入局属相关单位，先后指导、总结、推广了基层单位在文化环境建设、文化人才培养和文化资源利用等方面的经验，在全局起到了引领示范的作用。主动开展“公安文化下基层”活动。每年坚持开展送文化到基层活动，文联领导率领书画、演艺等文化骨干深入到密云、平谷、延庆、房山等边远山区派出所和消防、巡察等艰苦岗位开展慰问演出、书画笔会活动,为基层民警演出120场次，赠送书画作品近1000幅。公安文联书画专业委员会荣获中国文联授予的“书画进万家”先进集体称号。

五是切实加强自身建设，推动文联工作科学发展。分别依托交管局、警院、昌平分局、朝阳分局、通州分局5个局属单位，组建了文联文学创作、音乐、曲艺、美术、摄影等专业委员会。对我局各类文化人才分类理清，建立各专业人才库，及时发现吸纳新会员。经过5年的发展建设，目前，市公安文联已有专业会员400人，各类文化艺术骨干和爱好者1700人，较好地发挥了文联聚集人才的作用。坚守公安文化阵地。坚持做好一本刊物、一套文集的编辑出版工作。《首都警察文艺》已出版4年，连续编发16期。以历史积淀为目的，编辑出版的《北京公安文学艺术集萃》丛书，涵盖公安文学作品、书画作品、摄影作品以及曲艺戏剧音乐为主要内容的表演作品4个分册，全部为北京市公安民警的原创作品。这套丛书，已经成为北京市文学艺术界享有声誉的公安文化品牌。积极向全国公安文联、中国作协、书协、美协推荐上报优秀作者入会。截至目前，已有15人被推荐加入全国公安文联各相关分会，20余人被推荐为全国公安文联会员，6人加入中国作协，有5名同志被输送到鲁迅文学院深造学习，7位同志被选送参加市文联、市总工会、市作协联合举办的青年作家研习班。

北京市公安文联于2013年6月，被国家人力资源和社会保障部、中国文联授予全国文联系统先进单位，北京市公安文联深知肩上的责任，将不负全局民警重托，以此为激励，在市局党委的领导下，在全国公安文联和北京市文联的指导下，扬起远航的风帆，为公安和社会文化建设作出积极的贡献。

2013年7月，陈启刚同志向傅政华局长授予先进集体牌匾

2012年，首都公安民警书画、摄影作品展览

2012年10月，在西安举办的全国职工艺术节相声小品大赛获得银奖

2011年，参加市文联展演舞蹈消防战士

广州市文联

2012 — 2013年，广州市文联坚持以邓小平理论、“三个代表”重要思想和科学发展观为指导，全面贯彻落实党的十八大精神和党的文艺方针政策，以文艺志愿服务为切入点，全面推进各项业务工作，为推动广州新型城市化发展，繁荣广州文艺事业，构建社会主义和谐社会作出积极贡献。

1. 以主线统领文联工作。

深入开展文艺界核心价值观等学习实践活动，积极开展党的群众路线教育活动，组织文联工作人员和广大文艺家学习贯彻党的十八大精神，为广州新型城市化发展提供文艺支撑。

2. 抓好组织建设，贯彻群众路线。

成立文联系统首个专家咨询委员会，做好12个文艺家协会的换届，积极投身美丽乡村建设，帮扶从化市黄茅村。

3. 打造广州文联特色名片。

承办中国音乐金钟奖，广州文艺奖，参与主办羊城国际粤剧节、中国（广州）大学生戏剧节等一系列活动；办好《中国艺术报》的“广州文艺”专版、“都市小说双年展”评奖、“羊城印象”微电影评奖等。

4. 组织创作文艺精品。

以新型城市化发展为主题，与中共广州市委宣传部联合举办了“文化引领，幸福广州”大型书画摄影展。积极参与广州城市文化名片工程建设。以文联成立63周年为主题，举办一系列座谈会、展览等活动。

5. 广泛开展文艺志愿服务。

广州市文联积极响应中国文联、省文联“送欢乐、下基层”的号召，结合开展党的群众路线教育实践活动和广州市培育“志愿之城”的要求，在全国副省级城市中率先成立“一家亲”文艺志愿服务团，广泛开展文艺志愿服务。中共广州市委常委、宣传部部长甘新为文艺志愿服务团授旗。各文艺家协会和区、县级市文联也分别成立了分团，深入企业、乡村、校园、社区、军营等，大力开展形式多样的文艺志愿服务，既向社会普送文化，更在基层广种文化。目前已开展各类文艺志愿服务60多场次，平均每周2场次。把欢乐和文化送到基层人民群众的生活中，建立了我会文艺活动响亮品牌，受到中国文联、省文联等有关部门领导高度评价和基层群众广泛欢迎。人民日报、中国艺术报、南方日报、广州日报等中央、省市媒体均给予长篇报道。中国艺术报以头版头条《“担凳仔霸头位啦！”》及转第6版，用一个整版的篇幅作了报道。2013年10月8日，人民日报还专门刊发了一期题为《让阳春白雪走进山野 让文学艺术走近群众——广州探索文艺志愿服务新模式》的内参，引起党和国家领导人对文艺志愿服务的关注。

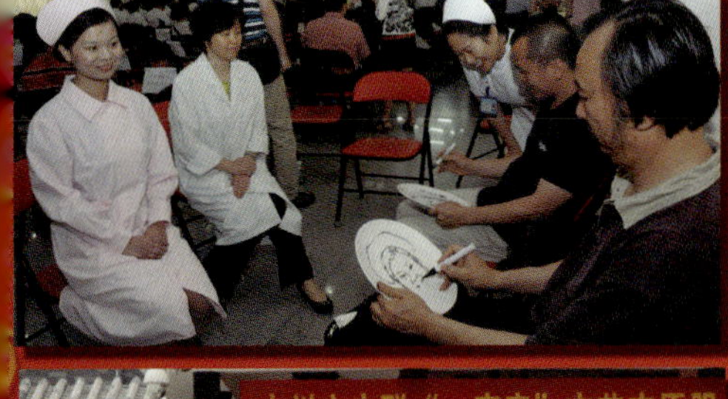

1. 中共广东省委常委、广州市委书记万庆良（右）向市文联赠送《广州新型城市化发展政策读本》。
2. 广州市委副书记、市长陈建华巡察迎春花市挥春点，现场挥毫为市民写“福”字。
3. 中共广州市委常委、宣传部部长甘新向市文联授“广州市文联‘一家亲’文艺志愿服务团”旗。
4. 广州市文联举办“广州市文艺志愿服务培训班”，特邀中国文联文艺志愿服务中心副主任廖恳来授课。
5. 在第四届广府文化节“广州市文联文艺志愿服务分团”授旗仪式中，中国文联文艺志愿服务中心副主任廖恳(右七)，时任广东省文联党组书记、专职副主席白洁（左八），广州市委常委、宣传部部长甘新（右五）为广州市各文艺家协会、学会和区县文联授旗。
6. 在“走进塘坑”文艺志愿系列活动中，中国书法家协会副秘书长潘文海等领导嘉宾为塘坑书法培训基地挂牌揭幕。
7. 在广州文艺界赈灾大型义演文艺志愿活动中，文艺家、企业家进行捐赠，共为灾区雅安募集善款430多万。
8. 歌唱家李素华演唱。
9. 召开庆祝广州市文联成立63周年文艺界座谈会。中国文联国内联络部副主任李培隽，中国文联文艺志愿服务中心项目管理处副处长李倩，广东省文联党组成员、纪检组长双南征，中共广州市委宣传部部长甘新，著名粤剧表演艺术家红线女等出席了会议。
10. 指挥家苗向阳指导学生合唱。
11. 高胡演奏家卜灿荣精彩演奏。
12. 广州文艺志愿者赴增城乡村，书画家乔平、李智勇等现场挥毫创作作品赠送村民。
13. 在走进海珠文艺志愿服务系列活动中，魔术师“东方卓别林”何其昌为群众表演精彩魔术。
14. 在广府文化节“粤韵绕南天”文艺志愿服务专场活动中，梅花奖得主崔玉梅演唱粤曲。
15. 广州市道德模范故事汇巡演活动中，粤剧小品表演。
16. 画家孙戈为医护工作者画像。
17. “讲古”传人彭嘉志在文艺志愿活动中绘声绘色地讲段子。
18. 在纪念抗非十周年文艺志愿系列活动中，著名雕塑家潘鹤、画家陈永锵、作家张欣等文艺家、抗非英雄与青年作对话。

深圳市文联

深圳市文艺界认真学习贯彻党的十八大精神。

纪念毛泽东同志《在延安文艺座谈会上的讲话》发表70周年，市文联举办美术作品展。

2012年，深圳市文联认真履行联络、协调、服务职能，在建设文化强国、文化强市的大旗下，带领全市文艺界围绕迎接庆祝宣传党的十八大、纪念毛泽东同志《在延安文艺座谈会上的讲话》发表70周年等，积极开展一系列主题鲜明、声势浩大、影响广泛的大型文艺活动，文艺精品创作取得丰硕成果。据不完全统计，本年度市属各文艺家协会会员共获国家级奖项188项，省级奖244项，国际奖项26项。本年度，众多文艺品牌在长期不懈的打造中渐臻成熟。深圳青年文学奖、全国打工文学论坛、创意舞大赛、创意剧场之“第一朗读者”、“鹏城歌飞扬”深圳原创歌曲评选、DV大赛、创意书法展、“深圳画家画深圳”活动、曲艺新人新作大赛、深圳合唱节等活动贴近时代与人民，展示了文艺创意风采，体现出专业水准，突出深圳原创和创意精神，亮点频现。深圳文艺界一直致力把优秀的作品和精湛的艺术奉献给人民，本年度，市文联“温暖你我心——文艺进社区活动”完成文艺演出、送讲座、电影、春联和摄影作品共28场次；承办8场深圳市民文化大讲堂讲座；完成24场道德模范故事基层演出及展览。各区文联也积极开展迎新春送春联、文艺展演等惠民活动。

深圳原创歌曲在央视“领航中国——喜迎党的十八大胜利召开大型文艺晚会”上唱响。

第8届国际文博会首度举行两岸四地“新媒体·新科技·新文学”论坛。

深圳原创歌曲从一个侧面展示深圳文化建设的成果，也是深圳献给十八大的一份艺术厚礼。

持续7届的深圳创意舞大赛，催生了一批优秀原创作品。

新品牌“第一朗读者”进行戏剧与诗歌的跨界创意。

在2012中国（广州）星海国际合唱锦标赛上，深圳3支合唱团获金奖，图为深圳音协合唱团在比赛演唱中。

第3届DV大赛颁奖典礼。

深圳市新人新作（表演）大赛曲艺大赛致力打造具有影响力的“深派曲艺”品牌。

深圳市文联艺术团送欢乐下基层，送艺术到民间，让更多人享受到文化发展的成果。

广州市荔湾区文联

2013年5月18日上午，由中国曲协分党组书记、驻会副主席董耀鹏率领的中国曲协督促组一行，在广东省文联党组副书记、专职副主席曹利祥等陪同下，到广州市荔湾区对“中艺之乡”进行复检。广州市文联主席乔平，荔湾区委副书记、区长旻拥军，区委常委、区传部部长李黎，区委宣传部副部长叶辉，区文广新局局长严汉初、区文广新局副局长严洪区文联主席曾小华，区粤剧曲艺协会主席蔡孝本，以及粤剧曲艺名家黄少梅、李小玲、何陈玲玉参加了迎检。

董耀鹏还亲自向荣获“第六届中国曲艺牡丹奖”终身成就奖、著名广东粤曲星腔表演艺术少梅女士献花。

李黎常委首先致欢迎词，接着，从四个方面对荔湾区2003年荣获“中国曲艺之乡”称号的工作进行了汇报：一是各级领导高度重视，积极推进粤剧曲艺创新发展；二是积极开展，不断满足群众精神文化需求；三是加强培训交流，不断提升曲艺人才队伍素质；四是加出阵地建设，不断满足曲艺发展需要。并用“五个加强”谈了下一步打算：一是加强对粤伙局的扶持；二是加强对粤剧粤曲剧本创作的扶持；三是加大对粤剧粤曲演出活动的支四是加强对粤剧粤曲市场的培育和宣传推广；五是设立粤剧粤曲发展专项基金。

旻拥军区长重点介绍了荔湾区委、区政府将“文化引领”确定为荔湾五大发展战略之首，了建设“文化荔湾、低碳荔湾、智慧荔湾、幸福荔湾”的目标，区委、区政府将会进一步力度，积极营造和谐、宽松、宽容的氛围，鼓励文艺工作者大胆创新，不断催生精品力做大做强包括粤曲在内的西关传统文化，为推进新型城市化发展打牢基础。

中国曲协董耀鹏书记用“一亮、二基、三求、四作用、五尊重”对荔湾荣获“中国曲艺之以来的工作进行了总结。一亮，持续擦亮“中国曲艺之乡”品牌；二基，坚持抓基层、打；三求，满足党委政府要求、老百姓需求、曲艺家追求；四作用，充分发挥曲艺的创作表育作用、成果展示窗口作用、曲艺文化传承作用、人才培养摇篮作用；五尊重，尊重人尊重知识、尊重创作、尊重劳动、尊重艺术。并亲笔题词称赞和祝愿荔湾曲艺事业的发繁荣：“10年来，荔湾区领导重视，活动经常，组织严密，保障到位，效果实在，群众，为中国曲艺之乡这块金字国字招牌增光添彩，成为一面旗帜，一个标杆，可喜可贺。衷望荔湾区再接再厉，再创新的辉煌。”

荔湾区拥有一大批粤剧曲艺爱好者，活跃在荔湾机关、学校、企业、社区中，丰富的交出为荔湾群众文化生活增添了亮丽的色彩。今年，蔡孝本创作的粤曲小调《华章荔枝湾》“岳池杯”中国曲艺之乡系列活动铜奖，粤曲《南音新唱十三行》荣获第十届中国艺术节奖。

来自社区的粤剧私伙局认真地表演

活动现场

华林粤韵醉良宵演出现场

在荔湾中国曲艺之乡座谈会上，董耀鹏向广东著名粤曲星腔表演艺术家黄少梅女士献花

泰州市文联

泰州市第四次文代会开幕式

泰州市领导与新一届文联领导班子合影

“祥泰之州”美术书法摄影展开幕

中国泰州秋雪湖国际写作中心签约仪式

第三届泰州文艺奖评审会现场

设立名人工作室

走进城北社区

●综述

2012年，泰州市文联切实履行职能，团结带领全市广大文艺工作者，与时俱进，努力创新，为加快推进文化名城建设作出积极贡献。市文联被评为江苏省文艺评论优秀组织奖、全市宣传文化系统创新奖二等奖、全市宣传宣传文化系统优秀调研文章二等奖。兴化市文联、泰兴市文联被省文联评为2011—2012年度全省先进单位，刘仁前、陶惠林、史爱梅被评为全省先进个人。

●重要会议

11月28日至29日，泰州市文学艺术界联合会第四次代表大会隆重召开。市委书记张雷，省文联党组书记、副主席王慧芬出席开幕式并讲话，市长徐郭平以及市四套班子领导出席大会开幕式。

此次大会选举产生了市文联新一届领导班子，刘仁前同志当选为市文联主席，俞秋言同志当选为副主席，陈扬同志当选为秘书长。丁新吾、万琳、刘秀兰、李晏墅、曹家为、翟明等六位同志当选为市文联兼职副主席（按姓氏笔画排列）。

●重要活动

【组织开展第三届泰州文艺奖评选活动】市文联积极创新评奖机制，聘请省、市相关方面的专家组成专家评审委员会，采取初评与终评二轮评奖机制，并设立了“终身文艺成就奖”荣誉称号。本届文艺奖共收到各类文艺作品234件，评出金奖15名，银奖25名，铜奖38名，终身成就奖1名。

【组织开展首届“祥泰之州”美术书法展、摄影展评选活动】“祥泰之州”美术书法展、摄影展，每两年（逢双年）举办一次，以展带赛，集中检阅、展示我市美术、书法、摄影最强阵容和最高水平。2012年是首届，全市共收到申报作品790件，共评选出金奖6名，银奖13名，铜奖18名。

【深入开展文艺家“走进”系列活动】市文联一是组织数百名文艺家走进海陵区通姜社区，为首届城北文化节举行开幕文艺演出、采风笔会、专题研讨、戏曲晚会等系列活动。二是组织开展了文艺家“走进溱潼古镇”、“走进黄桥老区”、“走进兴化徐马荒”等系列活动。

【组织开展喜迎十八大主题文艺活动】围绕“喜迎十八大”这一主题，市文联组织开展了首届泰州油画展，全市共有60余幅油画作品参加了展览，其规模和质量皆为泰州历史之最。参与组织开展了“江苏文艺节·凤城河之夜广场演出”、“我看这十年”全省摄影图片展、“幸福江苏”大型摄影作品展等文艺活动。

●文艺创作

【泰州市各类文艺创作取得丰硕成果】全市全年累计出版文学专著50多部，全市有近500篇作品发表于《雨花》、《钟山》、《散文》等重量级报刊。刘仁前长篇小说《浮城》、吴双林长篇小说《小城之乱》入选省作协第七批重点扶持工程；顾坚、陈建波、刘华君、夏明霞的长篇小说相继出版。刘仁前长篇小说《浮城》发表于《钟山·长篇小说2012年B卷》，并于2012年12月由人民文学出版社出版。

郑剑君《泥腿子》荣获中国哈尔滨八荒神通中国画双年展优秀奖、《黄桥决战》入选庆祝建军八十五周年暨第十二届全军展。林明《山的那边》入选2012“中国百家金陵”油画展。曹洋、滕江华作品入展书法兰亭奖。曹洋的册页作品获得“全国第三届行草书展”优秀奖。全市有4人入展全国第九届书法刻字艺术大展和第十四届国际书法刻字艺术大展，3人入展全国尺页书法大展。

杨天民《欢歌帕米尔》荣获首届中国摄影家奥林匹克团体PK赛最佳作品奖，另有两幅作品荣获优秀奖；杨天民、汤晓祥、许才清、杨根宏等4人作品入选上海第十一届国际摄影艺术展。

陈德林荣获第四批国家级非物质文化遗产项目代表性传承人称号。窦大康少儿道情《我的家乡真漂亮》荣获全国第五届少儿曲艺大赛少年组三等奖。吴飞《村长娘子》和骆崇泉《城市之光》分别荣获第七届江苏省小戏小品大赛二、三等奖。

【积极搭建文艺创作平台】市文联设立了稻河文学奖，该奖立足泰州本土，旨在奖励本地作家的原创作品，两年一届，逢单年评奖。申报、评奖范围为在《稻河》杂志上所刊的发小说、散文、诗歌三类文学作品，为本土作家搭建展示才华的平台。

●文艺队伍建设

市文联以成立“名人工作室”和“名家研究会”为抓手，设立了“徐文藻美术工作室”、“王鸿祥面塑工作室”、“杨天明摄影工作室”以及“陈德林淮剧流派艺术研究会”，努力造就文艺拔尖人才和领军人物。

●文艺品牌建设

市文联积极引入市场机制，与市农业开发区和泰州天一文化传媒有限公司合作，筹备成立了中国泰州秋雪湖国际写作中心（中国泰州秋雪湖艺术创作交流中心）。国际写作中心由省作协与市文联联合成立，日常管理运行工作由市文联负责。艺术创作交流中心是面向市场、自主经营、自负盈亏的文化实体。8月份，市文联与省作协联合印发了《关于成立中国泰州秋雪湖国际写作中心的决定》，并与相关部门举行了项目签约仪式。国际写作中心建成后，每年拟邀请2名至4名国内外著名作家来泰进行中长期创作。

●文艺惠民

2012年，市文联积极开展“三解三促”活动，由市文联主要负责人带头，分阶段到挂钩联系点进行走访调研，组织开展“送温暖”走访慰问社区困难党员、群众以及“迎新春”送文艺进社区活动。

●组织建设

2012年，市文联提请市编委批准增设了组织联络部、创作研究部、稻河编辑部等3个内设机构。同时，在原有基础上，引进、聘用工作人员4名。指导成立了泰州市公安文联；批准成立了文化创意协会，在阵地建设上有了新的发展。

东莞市文联

2012年，东莞市文联的工作亮点突出表现在以下五个方面：

一是文艺精品创作取得了新突破。歌曲《故乡啊故乡》获第八届广东省“五个一工程奖”。歌曲《花语》和舞蹈《墨韵》获得第九届广东省鲁迅文学艺术奖(艺术类)。13件书法作品入展全国性书展，70件作品获奖和入展全省性书展。《幸福放歌》荣获“2012音乐·中国杯”原创歌曲金奖，《莞邑颂》荣获第二届中国“民族之声”原创歌曲金奖。《猫的烦恼》获得“南开杯”第二届全国（天津）相声新作品大赛“优秀作品”、“优秀表演”双项大奖。完成了第二批东莞历史人文创作工程的签约工作，12个选题签约创作全面展开；签约创作《东莞书画艺术论》，全面系统梳理评述东莞书画历史；完成第四届文学创作签约评审 。举办了陈启文长篇小说《江洲义门》北京研讨会和“中国作家第一村”两周年文化论坛。

二是文艺活动树立了新形象。协助省文联在长安举办“广东省第四届书法南雅奖”展览，协助国家、省曲协在中堂镇举办第七届中国曲艺牡丹奖全国曲艺大赛，举办第九届“四洲杯”粤港澳粤曲演唱大赛，协助中国文联、省文联在麻涌举办了两场“送欢乐、下基层”的演出活动,协助中国文联、省文联在沙田镇举办全国首届水上民歌(咸水歌)大赛，协助中国摄影家协会举办“文化关爱·情暖东莞”第五届中国女摄影家协会会员作品展,协助中国艺术研究院艺术研究所、《中国摄影家》杂志在长安镇举办中外摄影家大PK活动,协助举办“虎门杯”广东省第24届摄影展览 。

三是文联组织建设出现了新面貌。在镇街文联全覆盖的基础上，进一步强化了镇街文联组织建设，召开了全市文联基层建设工作会议和全市镇级文联建设工作座谈会，广泛听取加强镇街文联工作的意见。加强了信息的搜集和发布工作，成立了机关内部信息工作组,开通了“东莞文联”政务微博，完成东莞文学艺术网改版。召开全市文艺舆情信息工作会议，建立一支覆盖12个文艺家协会、32个镇街的舆情信息员队伍。举办了3期道德讲堂 ，弘扬了“爱国、为民、崇德、尚艺”的文艺界核心价值观。

四是文艺出版呈现出新气象。《东莞文艺》、《南飞燕》进行了改版，出版质量有了较大提升，受到读者的普遍认可和肯定。《东莞摄影》升格为文联主办，创办了《东莞书画》杂志。《东莞文艺》举办了“文化名城,幸福东莞”征文、“首届东莞网络征文比赛”和首届东莞文学创作高端研讨会暨首届《东莞文艺》改稿会。《南飞燕》杂志举办了东莞第三届打工文学擂台赛、“我们的节日”征文，举办了第七届“我的打工成才路”大型巡回演讲活动、十周年庆典活动和打工文学高峰论坛，出版了《东莞打工文学作品选》。编辑出版了第四套《东莞当代文学艺术精品选》。

五是地方特色文化品牌建设取得新进展。中堂镇获得了“中国曲艺之乡”的荣誉称号；沙田镇获得“中国水上民歌（咸水歌）艺术之乡”荣誉称号；凤岗镇获“中国客家山歌之乡”的荣誉称号；大朗镇成功申报“广东省毛织文化艺术之乡”；常平镇获得“广东省诗词之乡”的称号；5个村被评为“广东省古村落”。

第二批东莞历史人文创作项目签约仪式

东莞市文联道德讲堂

《东莞打工文学作品选》首发式暨打工文学高峰论坛

东莞市樟木头镇中国作家第一村两周年庆典暨第三届作家村文化论坛

第七届中国曲艺牡丹奖全国曲艺大赛（东莞·中堂赛区）比赛观察

铜川市文联

中国药王养生节美鑫杯美术书法摄影展。

铜川市民间工艺作品展。

星辉文艺奖颁奖典礼。

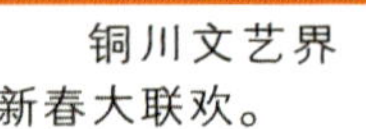

铜川文艺界新春大联欢。

铜川市文联“送欢乐、下基层”慰问演出。

铜川市文联领导班子和所属各文艺家协会班子成员不断解放思想，创新工作思路，紧密围绕市委、市政府中心工作，一方面精心组织策划，开展了一系列具有较大影响的文艺活动。另一方面，通过开展活动努力繁荣文艺创作，不断提高作品质量，取得了可喜的成果。

2009年，铜川市文联先后于4月和9月、10月间两次在西安举办了建市50周年“今日铜川”摄影展和庆祝建国60周年“铜川巨变”摄影展，全面展示了铜川发展建设的新成就、新面貌和人文历史、自然风光，展览图文并茂，生动鲜明，感染力强，在社会上产生强烈反响。经过铜川市文联精心策划、组织开展的“铜川发展巡礼主题采风”活动，组织文艺工作者深入交通、慈善、果业、计生、安监、林业等系统一线体验生活，创作出反映县区、系统改革发展新成果、新风貌的优秀作品，讴歌改革开放以来各行业取得的辉煌成就和巨大变化，为全市经济社会发展鼓与呼。在每年国庆、中秋、元旦、春节之际，市文联组织各文艺家协会深入县区、厂矿、农村，武警支队、消防支队等基层单位开展“送欢乐、下基层”义演、义写、义画活动，以丰富多彩、形式多样的文艺形式活跃人民群众的节日文化生活，营造“和美、和乐、和谐”的节日氛围，把党和政府的关怀送到了人民群众心中。为了促进文艺精品生产，铜川市文联出台了《作家艺术家下基层挂职制度的实施意见》，每年推荐具有一定实力和短期创作规划的作家、文艺家赴基层挂职体验生活，搜集资料，挖掘题材，潜心创作。同时设立铜川“星辉文艺奖”，经各文艺家协会推荐，评审委员会评选，在全市范围内对优秀原创文艺作品进行表彰奖励。通过表彰，进一步激发广大文艺工作者的创作热情，倡导和树立文艺精品意识，促进铜川文艺事业不断繁荣和发展。

在中国孙思邈中医药文化节期间，市文联先后承办了“美鑫杯”美术书法摄影展和全国“柳公权杯”书法大赛活动。特别是备受关注的全国“柳公权杯”书法大赛，创造了铜川历界书展中征稿数量最多、质量最优、影响最广的记录，开启了我市举办全国大型书法比赛的先河。受到全国书家的高度关注、热情参与和社会各界的普遍赞誉。

各项文艺活动的开展，推出了一批优秀的文学艺术作品。据不完全统计，2009年以来，铜川市文艺作品类书藉出版量达70余部，作品质量稳步上升，成果喜人。除此以外，一大批会员的作品在省级以上刊物发表，在各类展演活动中展演并获奖。由铜川市文联主办的文艺双月刊《华原》，坚持正确的办刊宗旨：扎根地域文化，贴近现实生活，推出新人新作，展示创作成果。每年出刊6期，全年刊发各类文艺作品百余万字，目前出刊57期。扶持培养新作者百余人，刊物质量稳步提高，充分发挥了铜川市文艺创作的主阵地作用，广受读者的普遍好评。

实践证明，丰富多彩的文艺活动是出作品、出人才、促进文艺事业大发展大繁荣的必要途径。铜川市文联坚持“以活动为载体，以创作为目的，促进文艺繁荣发展”的工作思路，以繁荣先进文化，建设和谐文化为己任，坚持良好的文艺风尚和创作方向，团结全市广大文艺工作者，不断深入生活、勤奋创作，多出优秀作品和文艺人才，倡导“德艺双馨”，树立精品意识，充分发挥文艺在构建社会主义和谐社会中的重要作用，以活动为纽带，增强了市文联和协会的凝聚力，使得市文联真正成为广大文艺工作者的“温馨之家”。

景德镇市文联

中共江西省委常委、省委宣传部部长姚亚平为“全国文联系统先进集体”景德镇市文联颁奖

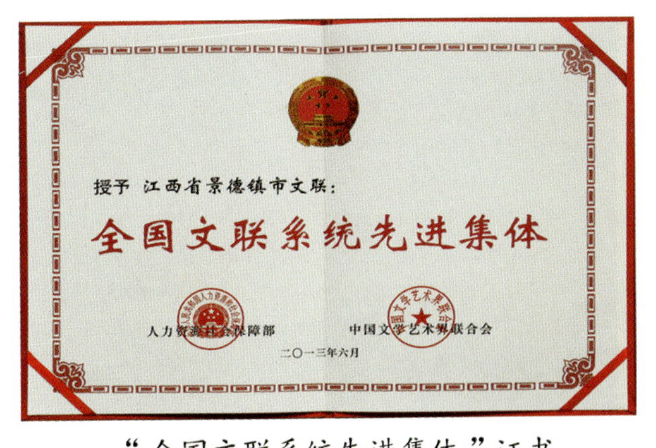

授予 江西省景德镇市文联：

全国文联系统先进集体

人力资源社会保障部　　中国文学艺术界联合会

二〇一三年六月

“全国文联系统先进集体”证书

2013年7月24日，在江西省戏曲家协会、江西省影视家协会、江西省音乐家协会换届大会上，省委常委、宣传部部长姚亚平为荣获全国文联系统先进集体的景德镇市文联颁发了奖牌。

“冷”部门成为“热”焦点，“小”单位也有“大”作为。近年来，景德镇市文联从解放思想观念入手，因地制宜寻特色，强化服务找定位，融入市场求突破，在创新机制、创新服务的过程中闯出发展新路，实现了自身实力的提升，促进了文艺事业的繁荣，推动了文化产业的发展，引领了景德镇市陶瓷创意产业发展的潮流，也在业界打响了景德镇市文联品牌。

景德镇市文联坚持在强化服务中找定位，用真情实意凝聚人心，真心做艺术家的“引路人、代言人、贴心人、经纪人”，使文艺自愿，文艺自觉，文艺自信成为瓷都一道亮丽的风景线，架起了政府和艺术家沟通的桥梁。艺术家们也纷纷把文联当作自己的“娘家人”，纷纷为文联的发展出谋献策、出资出力。为回报社会，景德镇市文联与慈善总会联合成立了景德镇市文艺家爱心基金，组织笔会活动30余次，义捐义卖经费达1000多万元，利用资金反哺社会，捐建农村希望小学和艺术大楼，扶持困难职工、学生、疾病群众和中青年艺术家等，共拨付爱心基金500多万元。

为配合全市实施“陶瓷、航空、旅游”三张主牌的发展战略，市文联以文化创意产业蓬勃发展为契机，坚持机制和体制创新，在市场的大潮中如鱼得水。先后建成了景德镇陶瓷艺术中心和景德镇瓷画馆、景德镇市陶瓷美术馆、昌南瓷画院、景德镇书画院四个文化产业基地，着力开展陶瓷艺术创作、交流、研发、展示、销售等工作，组建“联合舰队”，促进了景德镇市陶瓷文化创意产业整体水平的提升，于2013年6月30日荣获全国文联系统先进集体，受到国家人力资源和社会保障部、中国文联表彰。

玉树州文联

首届中国玉树唐蕃古道诗歌节

首届青海玉树格萨尔国际研讨会

三江源音乐节

2010年4月14日玉树发生了7.1级强烈地震，在震后的39天即2010年5月23日，在临危受命的中共玉树副书记文国栋同志主持下，玉树州文学艺术界联合会在废墟的帐篷里临时成立，玉树州政协副主席、著名人昂嘎，扛起了这面风雨中的特殊旗帜。之后的日子里，玉树文联以它稚嫩的手，在创伤的艰辛中讴歌时予它的真善美。

一、积极组织文艺工作者，全力投入地震应急救灾

灾难发生后，州文联在州委的统一安排下，以高度的责任心和使命感，第一时间组织文艺工作者，像、图片、文字为抓手，全力投入抗震救灾第一线，把身边涌现出的许多感人场面第一时间送到了祖国的八方。州文联组织当地土风歌舞团先后赴广州、上海、北京等地参与玉树灾区慈善演出活动。同时，州文极安排玉树州音乐家协会著名歌手央金兰泽、阿山、阿德·青梅才仁、陈林江措等玉树音乐人，参加各类义演，用音乐的形式抚慰受伤的玉树。

二、响应政府号召，开展灾后文化重建工作

在党中央、国务院的亲切关怀和省委、省政府的正确领导下，玉树人民迅速取得了应急救援的伟利，并全面投入了灾后重建。面对这一实际，州文联本着州委主要领导"灾后我们要建文化的房子"为思想，从组织大型歌舞剧《玉树不会忘记》开始，以致搜集整理《郭拉擦宗》、《达色窝莫龙忍》、《夏堆《桑域大战》等格萨尔王说唱文本，精编出版《玉树古籍丛书》、刻制玉树感恩系列光盘《献给明天》、发行《玉树地震影像志》，到《大美、大悲、大爱、大梦》巨幅救灾主题唐卡创作，在全方位、多角度、次挖掘、保护现有文化基础上，大力扶持、鼓励多领域内的文化新创作。

三、健全组织机构，开辟文艺园地

2012年5月8日，玉树藏族自治州文学艺术界联合会第一次代表大会在重建的尘埃中隆重召开，彭措同志当选为新一届玉树文联主席。文联机构正式挂牌成立。之后，州文联积极筹措资金，多方协商，及时树州作家协会、格萨尔研究协会、摄影家协会、音乐家协会、书法美术家协会、舞蹈家协会等六个原有协式注册登记，完成法定程序。同时积极运作出版《康巴文学》、《玉树格萨尔王文化》、《玉树文艺报》刊杂志，特别就《康巴文学》的期刊名号、题字之事经过了反复研究、斟酌，后在省文联的亲切关怀和州的不懈努力下，期刊名号由中国作协主席铁凝同志亲笔赐字。

四、齐头并进，硕果累累

玉树灾后重建三年期间，玉树文艺人披肝沥胆、呕心沥血创作出了大量的文艺精品，取得了累累硕玉树州民间土风歌舞团男女群舞《雪域欢歌》荣获"群星奖"、"山花奖"；江洋才仁的长篇小说《康巴式》入围茅盾文学奖，《灰飞》入选2012中国作协重点扶持作品；冶青林、扎西江措等七位同志荣膺"201震救灾优秀摄影家称号"；才仁巴桑创作的歌曲《心想事成》获得全国寻找民歌中国大赛银奖，《诺言》奖；索南扎巴创作的歌曲《江源圣城》，获中央人民广播电台2011年藏族风格歌曲征集评选活动铜奖；玉树民族歌舞团，大型民族歌舞剧《玉树不会忘记》及昂嘎创作的歌曲《感动》，荣获青海省第九届精神文明建"五个一工程"奖等殊荣。江洋才让、尼玛松保、扎西旦措、秋加才仁等作品被《钟山》、《诗选刊》、《江南》等国内文学知名期刊所采用。

中国作家协会赴玉树采访团

大冶市文联

——让基层文联成为培育地域文化的“前沿阵地”

近年来，大冶市文联在市委、市政府、市委宣传部的正确领导下，在上级文联的热情指导下，围绕中心，服务大局，主动作为，勇于担当，创新亮点，“接地气、赢人气”，开创了大冶文联工作新局面，探索了基层文联工作的新路子。

一、基本情况。大冶市文联成立于1989年，现有13家直属文艺协会（学会），14个乡镇（场）、街办、经济开发区基层文联，有各类文艺爱好者3万余人。

二、主要荣誉。2013年6月30日，被评为“全国文联系统先进集体”；2010年、2011年连续两年荣获湖北省“一县一品”文化品牌创建奖。《铜草花》杂志被评为湖北省优秀文学期刊。

三、主要工作

1. 出台《关于乡镇文联工作的指导意见》。在全市各乡镇（场）、街办、开发区建立文联组织，实现了乡镇文联全覆盖。
2. 组织编写外宣书——《走进大冶》，综合宣传推介大冶历史、地理、政治、经济、文化、民生、民俗、风物等。
3. 在市委宣传部的有力领导下，努力争取市政府每年对文学艺术界进行150万元财政支持，力度空前。
4. 修订完善《大冶市文学艺术工作激励细则》，对4个类别的文艺作为进行激励，充分调动了文艺社团的积极性。书协承办湖北省第七次书法篆刻作品展；戏协主办全国戏曲名家联袂演唱会；作协多次举办百名作家进校园活动；国标舞协会举办鄂东南城市国标舞邀请赛；诗词楹联学会荣获中华诗词之乡；音协参加中国.广州合唱节比赛获混合声铜奖；老年诗联协会举办诗联“三百”活动；乡镇文联多次开展文艺惠民活动。
5. 精办湖北省优秀期刊——《铜草花》杂志，每年发行《铜草花》约2000本。
6. 承办《大冶宣传》综合宣传月刊，为全市党员干部搭建学习、交流、提升平台。

中华诗词之乡
中国楹联文化城市
中国民间石雕艺术之乡
中国园林古建之乡
中国龙狮运动之乡

机构：主　席：余　伟
　　　副主席：王义根
地址：大冶市委办公楼
邮编：435100

1. 全国文联系统先进集体暨湖北省一县一品文化品牌创建奖授牌仪式。
2. 群众活动蓬勃开展。
3. 大冶市乡镇文联成立大会。
4. 省、黄石市文联领导、大冶市委常委、宣传部长纪春明（左二）为东风农场乡镇文联挂牌。

余　伟／文
王义根／摄

潍坊市文联

——文联社会 艺进万家 创新推动文艺繁荣发展

潍坊市文联以创新为动力，以服务为切入点，全力打造"文联社会 艺进万家"文艺服务品牌，文联工作凝聚力明显增强，社会影响不断扩大。2012年2月，省文联党组书记于钦彦作出批示："'文联社会，艺进万家'品牌活动，是新时期文联工作和文艺工作的一项创新性的举措，内容充实，收效很大，值得我省文联系统学习和推广"。2012年12月，获得中国文联全国基层文联组织网络体系建设二等奖。2013年4月10日，全国文联组联工作会议暨文艺志愿服务工作会议上，潍坊市文联在大会上就文艺志愿服务工作作典型发言。5月4日，山东省文联《文联信息》刊发潍坊文联打造"文联社会，艺进万家"文艺服务品牌的做法，在全省学习借鉴。5月22日，《中国艺术报》在头版刊发长篇通讯，专题报道潍坊市文联打造文艺志愿服务品牌的做法。中国文明网、人民网、潍坊日报等各级主流媒体分别报道。6月4日，潍坊市委常委、宣传部长初宝杰作出批示：市文联突出特色，紧扣服务，创新打造"文联社会，艺进万家"文艺品牌，是服务中心大局、服务基层群众的有效举措，成效显著，在中国文联作典型发言，值得肯定。请印发宣传文化系统各部门学习借鉴，创先争优，力争宣传思想文化各项工作在全省全国进位提升。希望市文联进一步创新内容，完善机制，把"文联社会，艺进万家"全力打造成国内一流的文艺品牌。2013年6月30日，在中国文联第九届五次全委会暨全国文联系统先进集体和先进个人表彰会上，潍坊市文联被人力资源社会保障部、中国文联联合授予"全国文联系统先进集体"荣誉称号。

1.在中国（潍坊）第三届文展会上，文化部原副部长、中国艺术研究院院长王文章，中国文联副主席、中国美协主席刘大为等视察工作。

2.中国民协党组书记、副主席罗杨，中国艺术报社社长向云驹，山东省文联党组书记于钦彦，省文联副主席杨枫等出席第七届杨家埠年画艺术节。

3.由潍坊市人民政府、西泠印社、台湾玄修印社、山东印社主办，潍坊市文联承办的"海峡两岸著名金石学家陈介祺文物收藏展暨学术研讨会"在潍坊举行。

4.潍坊市民间艺术发展论坛举行。文化部原副部长、中国艺术研究院院长王文章，中国民协副主席、山东省文联主席潘鲁生，中国艺术研究院博士生导师孙健君，中国艺术产业研究院副院长西木，潍坊市委常委、宣传部长初宝杰、潍坊市副市长王桂英等出席活动。

5.市委宣传部、市文联领导，在潍坊市文艺志愿服务队成立仪式上，向县市区文联、市直文艺家协会文艺志愿服务队授旗。

6.元旦春节期间，市文联组织书画家为群众写春联送福字。

7.潍坊市文联"文艺走进滨海"启动，发挥文艺工作优势，助推滨海经济发展。

8."潍坊市作家读莫言"活动在莫言文学馆、莫言旧居启动。

9.由潍坊市文联等单位主办的首届中韩文化艺术交流展在潍坊举行。

10.由潍坊市文联整合文艺资源，推出打造的文化惠民品牌"风筝都大舞台"正式启动。

张家港市文联

2012年，张家港市文联深入贯彻落实十八大精神，创新进取，奋发有为，以生动的文艺实践进一步丰富“三个张家港”建设内涵，基层文联事业富有活力，彩纷呈。2月，市文联主席庞曦参加江苏省文联第八届委员会第三次全体（扩大）会议，并作交流发言，市文联荣获“2011年度江苏省市、县（市、区）文联工创新奖”。同年5月，庞曦参加全国基层文联负责人研修班，并进行经验交流。

忠实履行服务职能，自觉融入发展大局。积极参与网格化公共文化服务、文明百村欢乐行、全国版权示范城市创建等全市性重大文化工作。围绕建县（市）0周年，提供照片千余幅，有力保证反映建县（市）50周年的大型图片展顺利展出；有效参与2012中国（张家港）长江文化艺术节，承办第三届“长江杯”江苏学评论奖；组织实施江苏省第八届书法篆刻作品新人展。

勇于担负发展使命，创作优质文艺作品。全年会员个人共出版文艺图书36部计600余万字，发行量30余万册，73件作品在省级以上条线中获奖、入展选）、演出。季静娟摘取第七届中国曲艺牡丹表演奖桂冠。24首音乐作品在《词刊》、《歌曲》杂志集中刊登。徐玲小说《巨大的村庄》获批江苏省作协重点持项目，中海诗歌《终剧场》获入围资助。大型锡剧《一盅缘》获得江苏省舞台艺术精品工程重点资助剧目，主演董红荣获上海“白玉兰奖”戏剧主角奖。

切实加强人才培养，提升整体创作水平。全年组织开展各类采风、观摩、交流、点评、讲座、座谈、展览、展示等专业活动30余次。承办首届中国舞考级师培训。经努力，全市人才队伍建设获得新发展，9人加入国家级专业协会，1人考取艺术硕士，2人荣获“苏州市首届优秀中青年文艺工作者”称号，1人被推荐江苏省宣传文化系统青年文化人才。

有序开展特色活动，文艺惠民初见成效。“文艺进万家”品牌活动紧扣文艺惠民宗旨，春联大放送、欢歌大家唱、书画公益巡展、曲艺雅韵惠民演出等活动序推进，相继开展30余场（次），受益群众超 10万人次。市书法家协会启动“情系西部•翰墨沁香”爱心助学活动，连续5年累计资助甘肃贫困学子25万元。

文联送春联

“长江潮歌”采风团来港采风合影

第三届“长江杯”江苏文学评论奖

庞曦参加全国文联会议

江苏省第八届新人书法篆刻作品展开幕式

首届中国舞师资培训班

2012张家港市书画文化社区行公益巡展走进大新镇

文明百村欢乐行2012大型公益文艺巡演启动仪式

通辽市科尔沁区文联

1.科尔沁区文联主席张玉磬在采风活动上致辞。

2.科尔沁区落实"十八大"会议精神暨"诗教进社区"联谊诗会。

3.科尔沁区文联志愿者深入社区创办"社区少儿书法培训学校"。

科尔沁区"城市的记忆"主题摄影活动启动仪式。

科尔沁区耸立在内蒙古美丽富饶的科尔沁大草原。位于日新月异的环渤海经济圈，处于华北、东北两大经济区的交汇地带，扼华北、东北之咽喉，联京津冀、黑吉辽之枢纽。素有"七省通衢"之美誉。是"孝庄故里"——通辽市政治、经济、文化、交通中心，行政区域面积为2821平方公里，辖10个镇（苏木）、5个国有农牧场、11个街道，居住着蒙、汉、满、回、朝等民族的80万草原儿女。科尔沁区文联以党的"十八大"会议精神为指针，紧紧围绕科尔沁区"文化强区"战略，务实推进"五个一工程"，促进科尔沁区经济社会又好又快发展，为建设"美丽科尔沁"作出了更加积极的贡献。

一是内强素质，外树形象，构建"温暖之家"。凝聚文联旗下"八大协会"、"五个沙龙"的骨干力量，从"形象建设、队伍建设、作风建设"入手，将"文化大发展大繁荣"、"中国梦"的精神实质融入团队建设之中，真正把文联建成了一个凝神聚力、风清气正的"温暖之家"。

二是整合资源，营造氛围，打造"科尔沁文化"品牌。以弘扬科尔沁民族文化艺术成果，推动"科尔沁文化"品牌建设作为主旨。举办"科尔沁民歌大赛"、"科尔沁音乐沙龙原创歌曲演唱会"、"科尔沁草原上的新通辽"征文、"魅力·科尔沁文化论坛"、"科尔沁诗人节"、"翰墨凝缘"——科尔沁书画沙龙五周年纪念展等活动，开展《城市的记忆》主题摄影系列活动，举办《指尖阳光》孤独症儿童画展暨画册首发式，加快推进"科尔沁书画院"建设和科尔沁文化研究工作，推动"中华诗词之乡"创建进程，并汇聚多方力量加大对科尔沁"版画之乡"、"科尔沁原创音乐之乡"等"科尔沁文化品牌"的宣传力度。

三是夯实阵地，激活载体，实现"理念创新"。以开展文化艺术走基层"暖·行动"为主线开启"科尔沁艺术之旅"，创建"社区少儿书法培训学校"，组建"科尔沁少儿艺术团"，创作儿童音乐剧《蓝星星的秘密》，开展"艺术支教"志愿服务工程和"硬笔书法进校园"活动，成立"科尔沁文学艺术发展基金会"，以理念创新推动"科尔沁文联文学艺术界联合会"网站建设和《科尔沁文艺》的办刊质量，加强与外界的交流和联谊，培养和成就了一大批文学艺术的新生力量，使科尔沁区文学艺术界不断呈现崭新的气息。

我们选择/用睿智和良知/凝结成力量/并以高尚的名义/积极的态度/将心灵的声音/传递到更远的地方……

科尔沁区文联电话：
0475—8319397（办公室）
《科尔沁文艺》编辑部邮箱：
wenlian9396@126.com

通辽市委常委、科尔沁区委书记高忱等市区领导出席"翰墨凝缘"——科尔沁书画沙龙五周年纪念展

举办《指尖阳光》——首届孤独症儿童画展暨画册首发式

在"暖·行动"中书法家王景祥（左一）向清河镇敬老院赠送书法作品

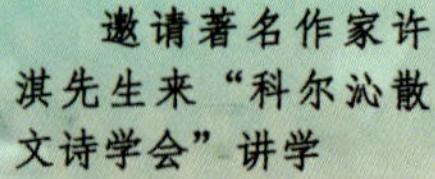

邀请著名作家许淇先生来"科尔沁散文诗学会"讲学

"感悟幸福"——曙光社区诗社原创诗歌朗诵会

首届"科尔沁民歌大赛"颁奖盛典

富阳市文联

近几年，富阳市文联顺应文艺生态的发展趋势，从经费保障、政策扶持和硬件设施等方面入手，搭建富阳文艺发展的整体框架，赢得市委市政府的高度重视，获得保障性政策支持，使得基层文艺创作风生水起，10余人获得国家级奖项，打造出黄公望与《富春山居图》文化建设、郁达夫小说奖和“中国书法之乡”三大活动品牌，推进包括美馆在内的“三馆合一”项目的建设，突破县级文联组织体制——建立乡镇（街道）文联，为富阳“文化强市”建设营造了一个生机勃勃的局面。

富阳市文联在基层文联组织建设方面所做的开拓性工作，受到上级文联的高度关注。2011年12月，浙江省文联对富阳基层文联组织建设进行调研，认为“富阳实现乡镇（街）文联全覆盖，文联组织向基层拓展，公共文化服务向基层延伸，成效显著，这项工作走在了全省前列。”2012年2月，浙江省文联《文联工作信息》刊发富阳市文联建立乡（街道）文联的做法，在全省学习借鉴。4月16日至19日，全国组联工作会议暨全国基层文联负责人学习培训班上，富阳市文联作为全国三个区县（市）级单位之一，以“探建立乡镇（街道）文联，开辟新时期组联工作新视界”为主题做典型交流。2013年3月22日，中国文联党组成员、书记处书记、副主席杨承志率领中国文联第三调研组赴富阳研，她说：“富阳从市级层面到乡镇（街道）均建立了文联组织，汇聚全民参与，为促进文化普惠打下扎实的根基，为我们开展文联工作提供了成功的经验和新的命题。这浙江省文联系统唯一的一家，在全国也是走在前列的，值得我们学习。”4月1日，《中国艺术报》对此作了报道。6月30日，在中国文联第九届五次全委会暨全国文联系统先集体和先进个人表彰会上，富阳市文联党组书记、主席曹玮玲被人力资源社会保障部、中国文联联合授予“全国文联系统先进人格”称号。

文联工作是一项多维度的事业，需要不断思索、不懈追求。站在新的起点，富阳市文联将以更加饱满的精神状态，乘风破浪，奋勇前进，不断开创基层文联工作新局面，圆“中国梦”的进程中承载起特有的历史担当！

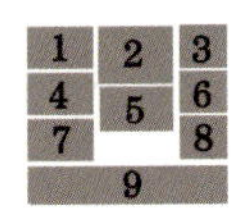

1. 黄公望与《富春山居图》国际学术研讨会。
2. 2012年，中国书法家协会副主席申万胜向“中国书法之乡”富阳市授牌。
3. 首届郁达夫小说奖获奖作家植树纪念活动。
4. 富阳市灵桥镇文学艺术界联合会成立大会。
5. 富阳市第14届郁达夫文艺奖颁奖暨第二届“德艺双馨”文艺工作者表彰大会。
6. 富阳市文联文艺志愿者服务团成立仪式暨首场文艺惠民服务活动。
7. 中国文联党组成员、书记处书记、副主席杨承志率领中国文联第三调研组在富阳调研。
8. 浙江省文联“送欢乐·下基层”闹元宵文化惠民活动——走进中国书画之乡·富阳灵桥。
9. 在中国文联第九届五次全委会暨全国文联系统先进集体和先进个人表彰会上，富阳市文联党组书记、主席曹玮玲荣获“全国文联系统先进人格”称号。

武汉市江夏区文联

江夏区地处武汉南部，人口60余万，"三山三水三分田，还有一分是家园"，是中国京剧首个流派"谭派"创始人谭鑫培大师和新四军著名将领项英的故乡。三国赤壁大战、北伐贺胜桥战役、抗日武汉保卫战均发生于此。

江夏区文联成立于2007年5月29日。文联下属作家协会、书画家协会、戏剧曲艺音乐舞蹈家协会、器乐家协会、摄影家协会、工艺美术家协会、诗词楹联学会、江夏画派中国画研究院、龙泉山文化研究会、老年书画研究会共10个专业协会（院、研究会、学会），登记在册会员1700多名、民间文艺社团和文艺培训机构有120多个。有190多人次被国家和省市级专业文艺组织吸纳为会员。

江夏区文联积极组织或参与谭鑫培京剧文化、江夏画派中国手指画、中山舰文化、湖泗古窑址群等江夏特色文化的打造，2010年，被省文联评为"全省基层文联一县一品文艺品牌创建先进单位"；湖北省非物质文化遗产手指画传承基地正式挂牌。先后组织开展主题文艺活动42场次，专题文艺展演40多场次，各类采风活动12次，深入基层演出1300余场次，累计观众超过100万人次。有2000多件文艺作品在各级媒体发表或获奖，出版50多部文艺专著，两部影视作品在省级电视台播出。定期出版《江夏文艺》、《中国指画》、《江夏诗联》、《龙泉山文化研究》等内部刊物。

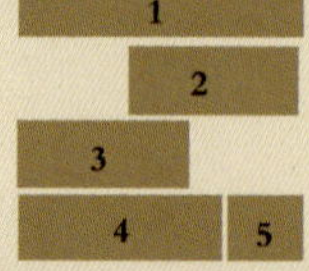

1. 中国最大的宫廷式戏楼——谭鑫培戏楼。
2. 2009年5月，协办"京剧谭门故乡（武汉·江夏）行"活动，谭元寿、谭孝曾、谭正岩祖孙三代，梅葆玖、尚长荣、叶少兰、马长礼、张学津等京剧大家出席系列活动，被誉为中国京剧史上空前绝后大聚汇。
3. 承办武汉市2013"谭鑫培杯"戏曲达人秀活动（全市524名京、汉、楚、豫、越、评、黄梅戏七大剧种票友参赛），历时六个月时间，于11月22日举行颁奖晚会。
4. 江夏区文联主席团成员：主席：蔡明贵，左起依次为副主席：毛志红、王皓、祁金刚、张高荣、熊明泽、蔡明贵（主席）、陈本豪、虞小风、王夫之（兼秘书长）、何炳阳。
5. 举办江夏画派回归江夏中国手指画名家邀请展（作画者为江夏画派中国画研究院院长、中国手指画研究会会长、著名手指画家虞小风）。

湖北省丹江口市文联

2013年8月6日，“丹江口•万正龙城”南水北调印象书法美术摄影奇石展览

丹江口市古称均州，三楚之概胜，名山不次于华岳，大川可同于河洋，土田肥饶，民风淳朴。教发祥地武当山和亚洲最大人工淡水湖——丹江口水库是丹江口市闪光的名片。

丹江口市文联成立于1991年。文联先后成立了作家协会、书法家协会、美术家协会、摄家协会、沧浪文化研究会、奇石根艺协会、音乐舞蹈家协会、收藏家协会、诗词楹联学会、年书画研究会、均州艺术团、楚天明星艺术团等10多个专业协会和团体。登记在册会员00多人，有200多人被国家和省市级专业文艺组织吸纳为会员。

丹江口市文联注重打造沧浪文化品牌，出版了《沧浪原地考》、《神奇的文化丹江口》；注地方乡土文化的发掘，出版了《吕家河民歌》系列光盘和《伍家沟民间故事集》三卷；注团结本土文艺力量，放眼全国，培养文学新人。2012年10月，丹江口市文联创办了《沧浪》学双月刊和《水都风尚》杂志。

丹江口市文联成立以来，先后开展主题文艺活动80场（次），专题文艺展演48场（次），类采风活动100多次，送文化下乡30多次。有700多件文艺作品在各级媒体发表或获奖，版80多部文艺专著。

2013年9月19日，举办“2013中秋之夜•走近沧浪海旅游港书画笔会”，文联主席刘长文创作大幅书法作品

2012年9月28日，《沧浪》文艺期刊首发

2013年9月10日，沧浪文化研究会成立

2012年11月7日，《水都风尚》月报首发推介

2013年4月12日，丹江口市书法家协会、美术家协会和摄影家协会成立

云南省祥云县文联

——全国文联工作优秀集体

祥云县文联在中国文联及省州文联的帮助指导下，在当地党委政府的领导下，勇敢担当起时代赋予的光荣使命，积极投身讴歌时代的文艺创作活动，满足了人民群众的精神和文艺需求，促进了当地文艺事业的繁荣和发展。

近年来，祥云县文联通过成立《祥云文化》编辑部、祥云县文艺志愿者服务团，创作《祥云作家丛书》（29本）、《祥云文化丛书》（9本），重点打造广场健身舞、《祥云文化》（双月刊）和"祥云文化访谈"（视频）三大品牌，不断推出集思想性、艺术性和观赏性为一体的优秀文艺作品，形成了具有地方特色的文艺风格。

2011年12月，云南省文联在祥云县召开了"云南省基层文联工作会暨云南省广场健身舞现场经验交流会"，祥云县被授予"云南省广场健身舞示范基地"。由祥云县文联主办的《祥云文化（双月刊）》被评为"云南省第四届连续性内部出版物银奖"。2012年至2013年，祥云县文联连续两年被授予"云南文艺基金组织奖"。2013年6月，在中国文联九届五次全委会暨全国文联系统先进集体和先进个人表彰会上，祥云县文联被评为"全国文联工作优秀集体"。

文艺志愿者组织群众开展广场健身舞日常活动

祥云县首批文艺志愿者集体宣誓

《祥云作家丛书》

来自印度、尼泊尔、巴基斯坦等南亚国家的文艺家和祥云县文联开展文艺交流活动

英国学者Ed Jocelyn应邀到祥云县开展"红军长征过祥云"文化访谈活动

《祥云文化丛书》

青县文联

青县，北依京津、东临渤海，地处京畿之地，号称盘古故里，津南明珠。青县文联成立于1984年9月，为沧州市成立较早的县文联之一，下辖作协、书协、美协、音协、摄协、民协等十余个协会，会员达2500余人。2012年以来，青县文联认真贯彻党的"二为"方向、"双百"文艺方针以及"三贴近"的原则，认真贯彻落实马列主义、毛泽东思想、邓小平理论、"三个代表"重要思想以及科学发展观，认真贯彻落实"爱国、为民、崇德、尚艺"的文艺界价值观，始终不渝地围绕"善行河北"、沧州"好人之城"以及"道德青县，爱心之城"的建设，积极发动和组织全县文艺工作者、爱好者，弘扬真善美、传播正能量，以主动、高昂的姿态介入当地党委、政府的中心工作中去，组织开展了丰富多彩的文艺活动，极大地活跃了广大城乡居民的文化生活。坚持30年春节下乡送春联、回族圣纪书画笔会已成特色品牌、周周举办百姓大舞台活动、戏曲活动遍布全县各个角落、致力打造盘古文化、运河文化等等……2012年8月，青县公民道德建设先进经验报告会在人民大会堂举行，从而把"道德青县、爱心之城"的美誉推向全国。同月，青县文联主席韩雪先进事迹报告会在中国文联举行，青县文联以及全县文艺工作者为道德青县、沿海强县建设作出了应有的独特的贡献！

1. 举办同聚祥书画笔会。
2. 牵头组织有关活动。
3. 韩雪在自己创作的歌曲作品前留影
4. 坚持经常性搞好书画创作展览活动
5. 组织作家采风团莅青县采风。

杭州市萧山区文联

1. “文艺惠民”——送欢乐到基层。
2. “翰墨丹青 喜迎党的十八大”书画笔会。
3. 新建文艺之家。
4. 萧山区第十一届文艺成果奖颁奖。
5. “从乡村来、到乡村去”百场曲艺走基层巡演。

钱塘江畔百花开，文艺丛中斗奇艳。2012年度，萧山区文联在区委、区政府的正确领导和区委宣传部的精心指导下，肩负使命，勤奋耕耘，坚持以科学发展观为统领，以繁荣和发展文艺创作为重点，团结并组织全区广大文艺工作者积极投身文明幸福新萧山建设，为推动萧山文化大发展大繁荣做了大量卓有成效的工作。举办了纪念毛泽东同志《在延安文艺座谈会上的讲话》发表70周年大会暨文艺专题讲座、迎庆党的十八大主题文艺活动、“从乡村来、到乡村去”百场曲艺走基层巡演、“我爱文明幸福新萧山”系列宣传活动、廉政文化书画摄影艺术作品征集评比、萧山区第十一届文艺成果奖评奖等一系列有声势的大型活动；带领广大文艺工作者扎根本土、潜心修炼，服务群众，创作出了一大批符合时代要求、反映萧山经济社会发展巨变，具有强大吸引力、感染力、震撼力，思想性、艺术性、观赏性俱佳的文艺精品。为宣传提升萧山城市文化品位作出了积极的贡献。

邯郸市文联

7.邯郸市文联文艺志愿者服务活动启动仪式。邯郸市文联向全市16支文艺志愿服务队伍授旗并在仪式上向全市文艺志愿者发出倡议，文艺工作者应者云集，短短几天，报名者达5000之众。市文联带领16支文艺志愿服务队奔赴基层一线，搞展览、做辅导、搞培训、送演出，服务形式多样、内容丰富，得到了基层民众的一致好评。

市文联荣获全国文联系统先进集

郸市文艺创作采风基地”成立。邯郸市共建立国家、省、市、县艺创作采风基地200余个，各种类术家工作室80余个。

家走进建筑工地慰问演出。我市家级会员300余人，省级会员2000市级会员5000余人，县级会员2万这些文艺工作者们活跃在全市的域。

4.邯郸市文联“走基层、建基地、抓基础、出精品”活动（简称“三基一出”活动）现场。该活动举办各种形式的展览、笔会100余次，组织演出30余场，各种类型的文艺培训400余场，累计参加培训人员万余人，受惠群众达10万余人。

5.书法家走进书法培训基地开展书法教授与辅导。

6.邯郸市“百名名家名师进校园”启动活动。

四川省南江县文联

四川省文联党组书记蒋东生深入县文联调研

市委常委宣传部长陈兴国到县文联指导工作

省文联组织艺术家到南江光雾山采风

县四大班子主要领导及县委常委出席县文代会

县文联派员参加对外文化交流活动

县文联文艺志愿者开展文艺进军营活动

县文联举办专场音乐会

县文联举办现场书画活动

南江县位于川东北边缘，是全国第二大苏区川陕革命老区县、中国红叶之乡、中国楹联文化县、四川影视创作基地。巴人文化神秘厚重、红色文化源远流长、民俗文化绚丽多姿、背夫文化独具特色、珍宝资源丰富多彩。光雾山风景名胜区被授予国家地质公园、国家森林公园、国家自然遗产等殊誉。

南江县文联现有在编人员4名、协会11个、会员2000多名。办有南江文艺报和《光雾山文学》期刊。文联综合楼近3000平方米，兴办了集文艺培训、文化传媒、演艺庆典、宾馆超市等文化产业。县文联多次被评为“四川省文联系统先进单位”，专职副主席张英被表彰为“全国文联系统先进个人”。

县文联将围绕对特色文化深度挖掘和旅游文化品牌打造的发展思路，招商引资、共谋发展，致力于推创巴山古乐、巴山巫戏、巴山婚嫁等民俗演艺事业，建造集奇石、根雕、名特、艺术品等展陈、展览、展销的巴山珍宝馆，兴办旅游文化产品的研发、生产、销售等系列文化产业。

诚望社会各界能人志士和文艺界的业内方家喷万丈豪情、施恒长大爱、展博大才华、献锦囊妙计，为老区文艺事业大发展大繁荣推波助澜、锦上添花！

招商引资及文艺事业合作电话：13608241656　0827-8202087

香港岭艺会

香港岭艺会由伍月柳教授创办，已有十年的历史。该会目的是承传岭南艺术宗旨——折衷中外、融汇古今，以及推广向不同阶层，尤其是年轻一派。与此同时希望会员能够藉着岭艺会主办的展览，向各界介绍自己的作品，同时也可以接收其他艺术爱好者的意见、指导，从而提升自己的思想。现任主席赖玉莲教授、副主席周巧儿教授、秘书长许剑明教授。

伍月柳

赖玉莲——荷塘拾趣

周巧儿——崖上人家

许剑明——梯田阡陌秀

中国书法文化博物馆

中国书法文化博物馆始建于1998年，该馆于2005年被黑龙江省人民政府批准为黑龙江省重点文物保护单位。该博物馆占地3.2万平方米，共有14个主题栏目，分别是：将军艺苑、珠河情缘、翰墨滥觞、千秋国粹、印坛异彩、联苑撷英、智慧之光、千龙壁、万寿山、地面碑刻群、岩石雕塑群、青铜雕塑群、世界书艺碑刻群、论语碑廊。博物馆计有碑刻5000余方，书法墨迹作品5000余件，是目前中国碑刻藏品最多的现代书法文化博物馆。该馆具有极其深厚博大的艺术与文化内涵，被省内众多艺术机构、大学辟为艺术创作基地。著名书法家、中国书协名誉主席沈鹏先生已于2007年开始担任该馆终身名誉馆长。近年来博物馆经常与韩国、日本及中国澳门、台湾、香港等国家和地区组织开展书法交流活动，并成功举办了两届“亚布力国际书法艺术节”，所有这些使得中国书法文化博物馆知名度得以大大提升，闻名中外。

中国书法文化博物馆已成为尚志市的地域文化名片，随着时间的推移，这一艺术奇葩定将愈加辉煌，文化价值愈加凸显。

聘请中国书协名誉主席沈鹏先生任中国书法文化博物馆名誉馆长。

孔子铜像

王羲之铜像

博物馆展厅

天下第一印

馆　址：黑龙江省尚志市新建路北环街92号

邮政编码：150600

电　话：0451—56767022

中国书法文化博物馆大门

李可染畫院

西学东渐，开启中国文化自我革新的大幕，中国绘画也面临“三千年未有之大变局”。风云激荡之秋，多少志士仁人奋起担当，为中国画的旧命唯新艰难探索。李可染，就是其中一位怀抱“东方既白”的中国梦而辛勤耕耘的艺术家。

上世纪50年代初，当中国画存亡继绝之际，李可染以“可贵者胆，所要者魂”的勇气与智慧，开始了中国山水画革新的艺术冒险。无数座山峰的艰苦跋涉，无数个夜晚的寂静玄览，李可染以其独特的视角重新诠释了中国山水美学，以其风格鲜明的新图式、新意境、新笔墨，谱写了新中国艺术风貌的新篇章，从而成为20世纪中国画的经典，他本人也因此成为中国山水画开宗立派的大师。在他生前，有朋友说他可以开宗立派，他只是淡然一笑，回答说：“我开的是中国派。”

李可染先生的夫人，著名美术教育家、雕塑家邹佩珠先生应李可染先生众多老友、学生和弟子的请求，经与李可染艺术基金会协商，提议并发起组建了李可染画院。画院吸纳了100余位活跃在当今画坛上的著名艺术家作为画院的理事和研究员。李可染画院作为研究中国画艺术的专业学术团体，将以弘扬民族文化为己任，发扬“苦学派”精神，建立“中国派”画院，为促进中国文化的大繁荣大发展而作出自己的贡献。

这是李可染画院的首届院展，展出三部分内容：一、经过精心挑选的李可染先生的60余幅代表作品，将为观众呈现出这位在中国画艺术语言新生路上冒险者的整体面貌。二、李可染画院理事、研究员精品力作，无疑是一次中国画的当代成果检阅。三、山水专题邀请展，共邀请全国百余位山水画家参展，集中展示他们在山水画领域的新探索、新成就。感谢中国美术馆，特批6个展厅支持这次规模盛大的画展。我们展出的时间是8月7日至8月19日，展览期间还举办中国画写生论坛会。

中国的崛起必以中国文化的全面复兴为前提，也必以中国文化的自信与自觉为根基，艺术，是文化生命的感性表达。李可染和我们都是表达者。

可貴者膽
李可染画院首届院展学术研讨会

李可染画院首届院展
THE FIRST EXHIBITION OF LI KERAN ACADEMY OF PAINTING
可貴者膽
五层
中国画新语言的探索者
李可染作品特展
The Exhibition of Li Keran's Works
2013年8月7日至8月19日12:00
一层2、4、6展厅
山水画作品邀请展
Landscape Painting Exhibition
研究员作品邀请展
Invitational Exhibition
2013年8月7日至8月16日12:00

中国人民革命军事博物馆

——军事博物馆重大军事题材美术书法创作工程

评审会现场

专家审看参评作品

专家与作品创作人员现场交流

为了大力加强先进军事文化建设，扎实推进军博陈列体系建设创新发展，提高军博的艺术影响力，从2010年开始，军博开展了“重大军事题材美术书法创作工程”，精选了500多个重大题材，计划用10年时间完成。经过几年实践，已经初见成效。

陈士富馆长与刘大为主席在审查作品

靳尚谊、詹建俊、钟涵等老艺术家在交谈作品

一、推进重大军事题材美术书法创作工程是推进先进军事文化建设的重大举措

“军博重大军事题材美术书法创作工程”是中国人民革命军事博物馆面向未来创新发展的重大规划，是打造“两个一流”博物馆，实现科学发展、特色发展，形成优势品牌与文化经典的重要举措，也是构建军博新的陈列格局的开创性工作。中国人民革命军事博物馆作为国家级综合性军事博物馆，自建馆以来，创作、收藏了大批经典美术书法作品，仅军事历史题材大型美术作品已超过1000余幅，为宣传我党、我军光辉历史和进行革命传统及爱国主义教育发挥了重要作用。但目前题材分布不均衡，仍未形成完整体系，一些重要战争战例、重大事件、重要人物尚未反映，特别是表现新中国国防和军队现代化建设成就的作品相对较少。此项创作工程将通过遴选优秀的艺术作品逐步填补这些空白，有效增强军博陈列体系的艺术影响力，满足广大观众的观赏需求。

二、选题严谨、程序规范、标准一流

军事博物馆党委决定，于2010年5月正式启动《军博重大军事题材美术书法创作工程》，由馆艺术委员会组织，馆长陈士富作为馆艺委会主任，率先提出构想，并亲自主抓。副馆长、馆艺委会副主任向荣高具体负责落实。成立了以刘大为、靳尚谊、高虹、詹建俊、张道兴、钟涵、吴长江等十几位

毛泽东《清平乐 · 蒋桂战争》 张 海 书法 125cm×248cm

著名美术家组成的评审委员会。为确保选题的准确性，军博艺术委员会组织20余位专家先后3次召开专题学术研讨会，进行深入研究论证。选题以古今军事发展为脉络，以重要战争、战役、重大事件、重要军事人物为对象，注重突出反映新时期国防和军队建设新面貌的选题。最终精选了500余个重大历史选题，公开邀请军内外艺术家参与创作小样，再邀请美术界、书法界、军战史界共50余位专家参与研讨、评审工作，创作小样审定通过后，由艺术家按要求创作，作品完成后，再请专家审定收藏，计划每年创作收藏50件作品。这在建馆史上还是第一次。

三、社会反映强烈，艺术家积极参与

该创作工程得到了军内外广大艺术家的积极响应和

《锦绣河山》 陈士富 中国画 185cm×448cm

[左页]
[上]《上甘岭最后的屹立者》 崔开玺 油画 243cm×320cm

[作品选登]

[右页]
《驼峰航线》 李荣林 油画
《九八抗洪》 顾国建 油画 180cm×420cm
毛泽东《西江月 · 井冈山》 欧阳中石 书法 248cm×125cm

大力支持。为确保作品质量，军博艺术委员会专门组织美术界权威专家研究确定选题创作候选人。近两年来参加选题创作的数十名作者，均属当代活跃在全国、全军美术界，具有丰富创作经验和雄厚创作实力的优秀美术家，有来自全军的专业艺术家，也有来自中央美术学院、中国国家画院、中国美术学院、鲁迅美术学院等重点美术院校及省市画院、美术机构、旅居海外的知名艺术家。其中有18位是曾参加过国家文化部2008年国家重大历史题材美术创作工程的作者，也有全国美展和全军美展金、银、铜奖的获得者。特别是一些顶级的美术书法大家不讲报酬多少，不管平时创作任务多重，都愿意参与军博的美术书法创作，尤其要求创作大尺寸的作品。

2012年初，在军事博物馆举办了首次创作成果汇报展。展览共展出国画、油画、

山下旌旗在望山
頭鼓角相聞敵
軍圍困萬千重
我自巋然不動
早已森嚴壁壘更
加衆志成城黄
洋界上炮聲隆
報道敵軍宵遁

毛澤东同志詞
西江月 井岡山
中石敬書

雕塑、书法作品48件，选题作品大部分为鸿篇巨制，气势磅礴，构图新颖，尤其是在主题表现上给人以耳目一新之感，虽然有些作品还在完善阶段，甚至有些作品还是素描稿，但却反映出艺术家们凝练思维和精益求精的创作过程，足以彰显这批作品的学术价值和社会价值，谱写出以当代视角进行军史画创作的新篇章。展览期间，观众如潮，社会反响强烈，也充分证明了此项工程的强大生命活力。

军博推进重大题材美术书法创作，是以坚持唱响主旋律，弘扬真善美，强化经典意识和国家气派为初衷，站在文化大发展大繁荣的时代背景下，紧跟新时期国防和军队建设成就与未来发展，在国家美术事业快速发展和军队美术创作日趋活跃的新形势下，注重对军事题材不同艺术形式与风格的优秀艺术品的创作、发掘与征集，全面提升军博的文化品位和艺术影响力，也为引领和培养新时代的美术书法家贡献力量。

[作品选登]

[左页]
[中] 毛泽东《七律长征》 李 铎 书法 125cm×248cm
[左下]《张自忠》 许向群 中国画
[右下]《彭德怀在朝鲜停战协议上签字》 沈嘉蔚 油画 213cm×183cm

[右页]
[上]《抗日军政大学》 陈宜明 油画
[中]《方永刚讲授科学发展观》（未完成） 张道兴 中国画 254cm×350cm
[左下]《唐山大地震》（未完成） 陈钰铭 中国画 200cm×250cm
[右下]《核试验基地》 孔 平 油画 200cm×300cm

陕西省美术家协会

陕西省美术家协会 2012 年工作会议

陕西省美协2012年重要工作：

1. 2012年1月2日，陕西美术家代表团赴日本东京进行文化交流。1月5日，在日本文化名城福井举办“长安精神——中国陕西省国画名家作品展”，之后又在日本北海道札幌进行采风写生交流。

2. 2012年2月24日，陕西省美术家协会、陕西美术事业发展基金会倡导并发起的陕西美术家赴旬邑革命老区贫困小学助学义捐活动在旬邑县马栏镇杨坡头齐心希望小学举行。省市县有关领导和马栏镇三所小学全体师生近400人出席了此次活动。来自马栏镇杨坡头、长舌头、后义阳村的三所初级小学的师生接受了王西京、赵振川等画家捐赠的多幅美术作品，以及捐赠的服装200多套和体育器材、图书画册等物品。

3. 2012年5月5日，为了纪念毛泽东同志《在延安文艺座谈会上的讲话》发表70周年，并庆祝陕西省花鸟画研究会成立十周年，陕西第三届中国花鸟画作品展在西安美术博物馆隆重召开。展出的338件作品是从600多名画家的作品中精选出的。

4. 2012年5月20日，由中共延安市委、延安市政府、陕西省美协主办，延安革命纪念馆承办的刘旷美术馆在延安革命纪念馆开馆，刘旷先生及其家属无偿捐献给延安革命纪念馆130多幅作品，由陕西美术事业发展基金会资助出版的《刘旷画集》同期首发。

5. 2012年5月21日，在社会各界隆重纪念毛泽东同志《在延安文艺座谈会上的讲话》发表70周年之际，由陕西省委宣传部、省文化厅、省文联共同主办，省美协、省美术博物馆共同承办的陕西省首届写生作品展在省美术博物馆开幕。展览共收到700余件优秀美术写生作品，展出作品共计400余件。

6. 2012年5月23日，为纪念毛泽东同志《在延安文艺座谈会上的讲话》发表70周年，思想的力量——解放区木刻文献展、延安木刻考察实录、陕西省第八届版画展开幕式在西安美术学院美术馆隆重举行。集中展示了自1937年至1949年，全国各个解放区的著名版画家以及陕西省和西安美术学院在延安时期的老一辈版画家的代表作品，共130件。

7. 2012年5月25日，应台湾文创基金会邀请，由陕西美协主席王西京率领的陕西美术家文化交流代表团，一行十四人抵达台北进行为期8天的采风考察和文化交流。5月27日，在台湾著名的国父纪念馆举行了“长安精神——陕西名家精品、台湾名家精品联展”。

8. 陕西人文千年重大题材美术创作工程的组织和启动。为反映陕西周秦汉唐以来的重大历史事件、历史史实、涌现出的杰出人物和文明成果，弘扬爱国主义精神和民族优秀文化精神，展示陕西美术群体实力和创作成就，满足人民群众日益增长的文化需求。陕西省美协作为此项工程的承办单位积极筹划和准备，在征求各方意见的基础上，列出146个选题，并在各大主流媒体向全省美术界发出公告，征集创作草图共计491件，经艺术委员会五次会议三轮筛选，初步确定创作草图200余件（幅）。

9. 2012年7月27日，为纪念香港回归祖国15周年，弘扬中国优秀文化传统，加强陕西与香港两地艺术交流。由陕西省美术家协会、香港文化艺术推广协会等机构共同主办的“长安精神——陕西当代中国画名家作品展”开幕典礼在香港大会堂展览厅举行。

10. 2012年8月8日，由中国美术家协会、中国美术馆、北京美术家协会、北京画院、陕西省文学艺术界联合会、陕西省美术家协会、中国对外文化集团公司主办，北京画院美术馆承办的“风神兼彩——石鲁的创作与写生（1959至1964）”展览在北京画院美术馆开幕。

11. 2012年8月13日，由陕西省委统战部、延安市委市政府、省美协主办的“笔墨千秋情，‘同心’一家亲——海内外百名画家写意延安”活动在延安开幕。展览结束之后，承办方陕西天龙拍卖有限公司对部分入选的书画作品进行拍卖，所得款项全部捐赠延安光彩事业。

长安精神——陕西当代中青年国画作品展览

刘旷美术馆开馆

陕西省首届写生作品展览

长安精神——陕西名家精品、台湾名家精品联展

长安精神——陕西名家精品、台湾名家精品联展

长安精神——陕西当代中国画名家作品香港展开幕式现场

长安精神——陕西当代中国画名家作品香港展

陕西省美术家协会展播中心揭幕仪式

陕西省美术家协会展播中心揭幕仪式

12．2012年8月25日，由陕西省文学艺术界联合会、陕西省美术家协会、陕西省美术博物馆、陕西美术事业发展基金会主办的“情系西域 翰墨人生——西域风情画派创始人徐庶之逝世十周年纪念展暨《中国近现代名家画集》首发仪式在陕西省美术博物馆举行。

13．2012年8月31日，由中国美术家协会、上海市美术家协会、陕西省美术家协会、西安美术学院、陕西省美术博物馆联合主办的“视而非见——卢辅圣艺术展”，在陕西省美术博物馆盛大展出。

14．2012年9月2日，陕西省美术家协会名家艺术展播中心揭幕仪式在西安希尔顿酒店举行。陕西省美术家协会名家艺术展播中心将常年陈列展出包括中国画、油画、版画、水彩、雕塑、漆画、农民画等各个门类陕西名家作品。该展播中心是新一届陕西美协继设立陕西美术奖、陕西美术事业发展基金会、骊山创作培训中心、大秦岭写生创作基地之后，陕西美术基础建设和艺术管理的最新成果。

15．2012年9月29日，由中国文联、中国美协、陕西省委宣传部、省文化厅、省文联、省美协、西安美术学院、黄土画派艺术研究院联合主办的《人民人民——黄土画派作品展》在陕西省美术博物馆隆重举行。本次画展由90位黄土画派画家精心创作的300余幅作品整体亮相，代表了当代西北地区美术创作的前沿水准。

16．2012年11月25日，为了热烈庆祝党的十八大的胜利召开，省委宣传部、省文化厅、省文联主办，省美协承办的“长安精神——陕西当代中青年国画作品展览”在西安纺织城主展区举办并开幕。展览共收到全省各地426位作者的2111幅作品，经评审遴选出各地64岁以下的378位中青年国画作者的646幅作品，分别在纺织城艺术区、陕西省美术博物馆、陕西美术馆三个展区同时展出，是迄今为止陕西省举办的最大规模的国画作品展览。展示的作品以多彩的构图、多样的风格、多元的话语，诠释了我省当代中青年画家的创作新风貌，艺术传承和艺术创新，是我省美术工作者为党的十八大会胜利召开的一次献礼，反映了陕西当代美术的新发展、新特点。组委会期望通过这次展览进一步促进陕西中青年画家的创作，不断出作品，推人才，为实现陕西美术强省目标而不懈努力。

国家大剧院

艺 术 品 部

作为中国最高表演艺术中心，剧院秉承“人民性、艺术性、国际性”的宗旨，以“艺术改变生活”为核心价值理念，努力成为国际知名剧院的重要成员；国家表演艺术的最高殿堂；艺术教育普及的引领者；中外文化交流的最大平台；文化创意产业的重要基地。

“以表演艺术为核心，符合国家大剧院的品牌形象与艺术品位，形成差异化展览特色，丰富艺术殿堂内涵，为艺术普及、观众培育提供服务。”围绕这个核心定位，大剧院展览坚持与“高品位、高水准、高雅艺术”的“三高”标准相符合，严格把握展览的艺术水平，为观众提供了丰富的艺术内容。

国家大剧院艺术展览与交流是整体活动的重要内容。艺术展览主要分为表演艺术类展览、视觉艺术类展览、文化遗产类展览三个类别。表演艺术类展览是国家大剧院艺术展览的核心，展览策划过程中注重从不同角度挖掘各种表演艺术题材，也尝试将表演艺术与其他艺术相结合进行展出。视觉艺术类展览以展出名家绘画作品、雕塑作品为主，为公众提供多样化的艺术体验。文化遗产类展览面向观众展示民族和世界的优秀人类物质及非物质文化遗产。

自开幕运营以来，共举办了200余场颇受观众好评的艺术展览。艺术展览不仅是国家大剧院“大众心目中艺术殿堂”的重要体现，也成为剧院对外展示的重要窗口。

2013年11月8日，由文化部艺术司和中国国家大剧院等五家单位共同举办的“书林画戏”马书林水墨戏剧人物画作品展在国家大剧院东展厅开幕，图为中国美术家协会理论艺术委员会名誉主任、中央美术学院著名理论家邵大箴先生在开幕式上致辞。

展览开幕式上，中国美术馆馆长范迪安致辞。

展览开幕式上，国家大剧院副院长邓一江先生向画家马书林先生颁发捐赠证书。

“书林画戏”展览期间各界观众参观踊跃，反响良好。

2011年，由国家大剧院举办的“北京舞台美术设计邀请展”在国家大剧院展厅展出。

2011年，由国家大剧院举办的“凝固的旋律”雕塑作品邀请展在国家大剧院展厅展出。

2011年，由国家大剧院举办的“舞·影”现代舞摄影艺术展在国家大剧院展厅展出。

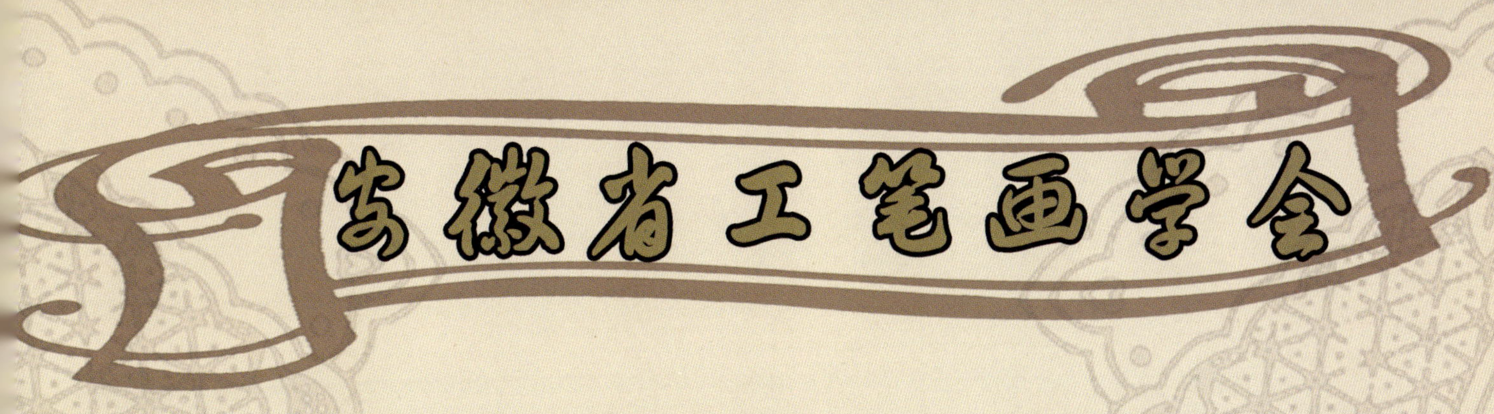

安徽省工笔画学会换届大会于2013年6月4日上午9时在合肥塞纳河畔庐州八号酒店召开。会议由安徽省美协副主席、副秘书长杨国新主持，中国工笔画学会常务副会长、秘书长萧玉田，中国工笔画学会副秘书长王春风，安徽省文联副主席、省美协主席张松，安徽省美协副主席王佛生出席会议。来自各地市、省直机关等全省工笔画学会会议代表共60余人参加了会议。

安徽省工笔画学会前任会长朱秀坤对安徽省工笔画学会过去八年的工作和队伍建设作了总结汇报，并对新一届工笔画学会提出了新的要求和期望。

安徽省文联副主席、省美协主席张松致辞，对安徽省工笔画学会成立以来的工作成绩给予了充分肯定，对新一届工笔画学会如何打造好“新徽派”美术旗帜提出建设性意见。

安徽广播电台主持人梅兰宣读省工笔画学会会长候选人简历，经大会选举，由省美协副主席、副秘书长杨国新公布新一届工笔画学会领导成员名单，大会一致通过，朱秀坤、王仁华当选为名誉会长，谢宗君当选为会长。

安徽省工笔画学会会长谢宗君发表的讲话言短意赅，鼓舞士气、振奋人心。相信在新一届工笔画学会领导成员的带领下，“新徽派”工笔画现象将为安徽省工笔画在全国美术界赢得满堂彩。

中国工笔画学会常务副会长、秘书长萧玉田致辞，代表中国工笔画学会和冯大中会长对安徽省工笔画学会成功换届表示热烈的祝贺！相信在新一届安徽省工笔画学会领导成员的组织下，安徽的工笔画一定会实现更大的发展，使安徽工笔画成为徽文化中最亮的亮点。并表示中国工笔画学会将鼎力支持安徽工笔画学会的工作。

▲安徽省工笔画学会代表大会

▲安徽工笔重彩画展在中国美术馆举行

▲原合肥市委副书记孙志刚亲切慰问安徽省工笔画家

▲安徽省工笔画学会成立代表大会集体合影

▲何家英先生来皖与画家们交流座谈

▲蒋彩萍教授来皖为工笔画家们指导创作

安徽工笔重彩画展在中国美术馆举行

中国水墨书画院

为落实中国共产党第十八次代表大会精神，坚定不移走中国特色社会主义文化发展道路，大力发展国家文化产业，经上级主管部门批准同意，中国水墨书画院于 2012 年 6 月 29 日注册并成立了（中国水墨书画院证号：58542264-001-06-12-3）。

中国水墨书画院成立以来，聘任了中国文学艺术界联合会、中国美协、书协有关领导成员和清华大学美术学院教授及当代著名书画艺术家为书画院艺术顾问。在此基础上书画院成立了院务会，院务会成员有着深厚的美术、书法创作基础，多数成员都在省市以上书美术书法组织中担任过重要职务，并曾多次成功策划过全国书画展览，且在大型书法美术展览中作为评委成员，在全国书画艺术领域产生过积极影响。

在中国共产党第十八次代表大会胜利召开以来，全国人民全面贯彻落实党中央提出坚定不移走中国特色社会主义文化发展道路，为全面建设小康社会而奋斗，这要求书画院搞艺术创作的书画家们积极响应党和国家的号召，为中国文化事业的发展贡献力量。选择在这个重要时刻成立中国水墨书画院是历史的需要，亦是时代的需要，中国水墨书画院有决心更有信心办成一个全国一流的书画院，以此更好地服务社会，服务大众。以下是建院的任务和活动计划：

1. 为众多书画艺术家提供一个学术交流、联络、通讯、服务和谐并进的艺术平台，营造一个学术上平等竞争，艺术上求同存异、取长补短，并提倡挥自由个性观点的良好空间。

2. 适时举办全国性画展和观摩。通过组织写生采风，出国考察举办画展，聘请知名画家来书画院交流，组织国内外艺术团体举办不同形式的艺术交流活动，创造一个良好的艺术环境。

3. 广泛接触社会，加强艺术实践活动，为提高每个书画家的知名度和作品的艺术价值创造良好的机会，使书画院成为维护中老年知名艺术家艺术成果的大舞台，同时利用师资力量优势，大力培养美术新人，为培养造就一批新的青年艺术家贡献自己的一份力量。

4. 积极参加国家的社会福利发展的规划访贫问苦、抗震救灾、支援国家西部大开发建设等社会公益活动，把社会公益活动服务视为已任，使书画院成为既具有艺术性又充满爱心和社会责任感的知名书画院，以更好的回报和服务社会。

5. 为促进书画艺术界的和谐上进，并及时宣传书画院的新闻动态，以进一步加深社会各界对书画院的了解，推广品牌，提升知名度，使书画院的文化艺术事业能够更上一层楼。

袁凤文院长作品《和谐图》

中国文联副主席、中国美术家协会主席刘大为与院长袁风文亲切合影。

中央军委前副主席张万年（左）与院长袁凤文合影。

中国文联副主席、中国书画家协会顾问段成桂（左）与院长袁凤文亲切合影。

众老师在书画院合影［前院长（左）著名画家马庆福（中）著名书法家张艺群（右）］。

中国水墨书画院清华园及全国画家笔会联谊活动

中国水墨书画院受聘仪式

袁凤文院长作品《金秋鸿雁鸣》

袁凤文院长作品《 十月初雪》

袁凤文院长作品《 雁影》

地址：北京市海淀区中关村南大街海淀科技大厦四层　　网址：www.zhongguoshuimo.com
电话：010-68041123　　传真：68941126　　手机：15801082369

中国工笔画学会

中国工笔画学会迁址揭牌活动

中国工笔画学会乔迁新址

2012年5月20日，中国工笔画学会乔迁至北京市莲花池西路28号，并举行隆重的迁址揭牌仪式。

全国人大常委会财经委员会副主任、辽宁省原省委书记、省人大常委会主任闻世震，全国人大常委会教科文卫委员会副主任、国家新闻出版署原署长、贵州省原省委书记石宗源等领导，中国文联副主席、中国美协主席刘大为，中国美协分党组书记、常务副主席吴长江以及会领导冯大中、萧玉田等为中国工笔画协会新址揭牌。中国工笔画学会迁移新址使得办公环境得以巨大改善。新任中国工笔画学会代会长冯大中先生在迁址仪式致辞中对中国工笔画学会未来的发展提出了自己的设想：将在原有办事机构建设的基础上，进一步完善各职能部门的设置。计划在未来几年内，努力将中国工笔画学会打造成一个为全国工笔画家提供专业交流的平台；提供学术保障的后盾；提供形象传播的基地；提供新鲜血液的孵化器。更好地发挥联络、协调、服务职能，让学会机关成为温馨的会员之家，团结广大会员努力践行“爱国、为民、崇德、尚艺”的文艺界核心价值观，坚持以人民为中心的创作导向，弘扬主旋律，传播正能量，为社会主义文化大繁荣、大发展做贡献。

金水长德——中国工笔画名家十人作品展

金水长德——2012中国工笔画名家十人作品展在中国美术馆开幕

由中国工笔画学会主办，北京金水长德文化艺术有限公司承办的“金水长德——2012中国工笔画名家十人作品展”于7月1日上午在中国美术馆开幕。参展的10位画家是祁恩进、罗寒蕾、贾宝锋、王磊、李大成、王冠军、谢宗君、王裕国、窦建波、姚秀明，均是在中国工笔画学会主办的历届大展中遴选出的金奖获得者。

中国工笔画学会代会长冯大中，中国美术家协会副主席、中国工笔画学会副会长何家英，中国工笔画学会艺术顾问蒋采萍，中国工笔画学会副会长唐勇力，中国美术馆党委书记游庆桥等美术界领导和工笔画家数百人出席开幕式。何家英、冯大中和金水长德艺术文化有限公司艺术总监王永利先后致辞，画家祁恩进代表参展艺术家致答谢辞，开幕式由中国工笔画学会常务副会长萧玉田主持。

展览通过展示这十位工笔画家的作品，清晰地看到传统工笔画的技巧与精神的当代体现。

1. 中国工笔画学会迁址揭牌仪式。
2. 代会长冯大中在开幕式上致辞。
3. 常务副会长兼秘书长萧玉田主持开幕式。

纪念潘絜兹先生逝世十周年系列活动

春蚕颂
——纪念中国工笔画一代宗师潘絜兹先生

2012年8月10日是中国工笔画一代宗师、著名美术史论家潘絜兹先生逝世十周年纪念日。8月26日-27日中国美术家协会、中国工笔画学会、北京画院、中国画学会在北京画院联合举办了“春蚕颂——潘絜兹先生逝世十周年纪念会”、“春蚕颂——潘絜兹先生的艺术境界与贡献研讨会”等系列纪念活动。中国文联副主席、中国美协主席刘大为给纪念活动发来了贺信，中国美协分党组书记、常务副主席吴长江，国务院参事室副主任、中国美协副主席、北京画院院长王明明，中国工笔画学会代会长冯大中，中国工笔画学会名誉会长林凡，中国美协副主席、中国工笔画学会副会长何家英，中国画学会会长郭怡孮，国家画院名誉院长、中国美协中国画艺委会主任龙瑞，中国美协分党组副书记、秘书长刘健，中国美协美术理论委员会主任薛永年，中国艺术研究院副院长、中国美协美术理论委员会副主任吕品田，《美术》杂志执行主编、著名美术史论家尚辉，中国画学会副会长兼秘书长孙克，中国美术家协会理论委员会副主任刘曦林，中国工笔画学会顾问蒋采苹，中国工笔画学会常务副会长兼秘书长萧玉田、副会长李魁正、胡勃、谢振瓯、王天胜、牛克诚等美术界领导、专家学者、潘絜兹先生子女潘贺、潘纹嘉及同事、朋友、学生百余人参加了纪念活动并分别作了重要讲话或发言，深切缅怀这位当代中国工笔重彩画的先驱、擎旗者和振兴工笔画的优秀领袖。

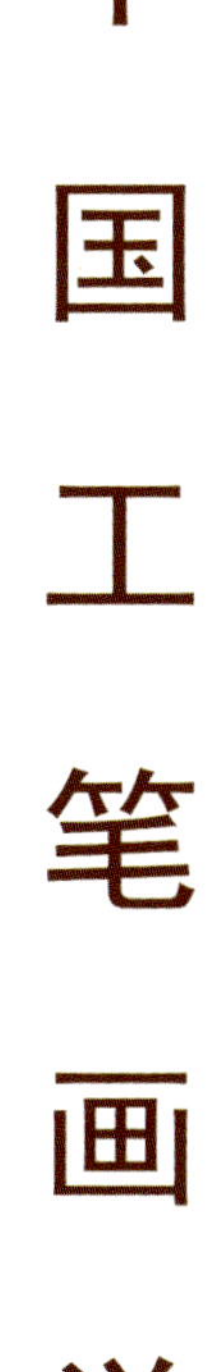

与会专家学者对潘絜兹先生的艺术成就和他对中国美术事业特别是对振兴中国工笔画作出的卓越贡献给予了高度评价。潘絜兹先生博学、慎思、明辨、笃行，具有史学家的眼光、考古家的扎实、大学者的深刻、组织者的凝聚力和艺术家的创造性。堪称德艺双馨、为人师表之典范。他重视对晚辈、对后学人才的培养、鼓励、关爱有加，言传身教，诲人不倦，可谓桃李不言，下自成蹊。他率先举起了振兴中国工笔画的旗帜，团结全国工笔画家戮力以赴， 使中国工笔画艺术薪火相传，弦歌不辍，呈现出蒸蒸日上的大好局面。大家表示将永远铭记先生的功德和业绩。

纪念活动组委会编辑出版了《春蚕颂——纪念潘絜兹先生文论集》，文论集刊载了“纪念潘絜兹先生逝世十周年系列活动”的相关讲话、发言、图片、专家文稿和社会征稿中的优秀论文及潘絜兹先生的部分作品。图文并茂，以潘絜兹先生的工笔重彩画研究为主，涉及潘先生的学术思想、观点、文献史料与研究等，从不同的视角和不同的生活侧面再现了潘絜兹先生高尚的人品，严谨的治学态度，精益求精的艺术实践和“身似顽石堪铺路，心如春蚕甘吐丝”的无私奉献精神。文章都不尚空论，充满新知新见，盈溢着创新精神，与先生一贯倡导的学术创新理念和精益求精风格若合符节。这部文集以其重要的学术价值、史论价值，推动工笔画界及引发后人诸多新的思考和探索。

1. 潘絜兹先生肖像。
2. 冯大中会长在纪念潘老研讨会上致辞。
3. 春蚕颂——纪念潘絜兹先生逝世十周年大会会场一角。
4. 名誉会长林凡，认真聆听著名美术史论家薛永年发言。
5. 何家英、萧玉田在纪念潘絜兹先生研讨会上。

典雅中正 纯厚华滋——全国第三届工笔画展研讨会

中国工笔画学会

1

2

3

4

1. 典雅中正 醇厚华滋—— 全国第三届工笔画展研讨会现场。

2. 会长冯大中出席典雅中正 醇厚华滋 —— 全国第三届工笔画展开幕。

3. 吴长江和冯大中在认真评选参展作品。

4. 评委们在讨论作品。

典雅中正 纯厚华滋

——全国第三届工笔山水画展作品集序

冯大中

中国工笔山水画是中华文明的智慧产物，反映了人们对自然的独特观察方式。尤其是在反映人与自然的和谐关系、承载天人合一的哲学理念方面，它是最具典型性的艺术形式之一，是人类追求理想意境重要的情感载体。书写灵性是工笔山水的灵魂，工笔山水画要在美术史和当代社会获得真正发展，就必须重视其书写灵性的表现，这是让工笔山水画走向学术辉煌的重要因素。

在中国美术史上，工笔画具有悠久的历史。中国美术的辉煌是在中国工笔画发展的基础上架构起来的。近十多年来，加入工笔画创作的人越来越多，尤其是各大美术院校毕业生的加入，形成了雄厚的创作队伍。在国内各种美术活动、展览中，工笔画作品频频摘得桂冠。

相对于当代工笔人物画、花鸟画的复兴与繁盛，工笔山水画的发展相对滞后一些。为了推动和繁荣工笔山水画的创作，重振工笔山水画雄风，全面推动工笔画的学术发展，中国工笔画学会侧重提倡工笔山水画创作，从1989年开始，以专题研究的方式，展开了全国工笔山水画的创作研讨，成功举办了第一届工笔山水画展，蓄积了丰厚的创作题材、人才，也显现了工笔山水画家们的厚积薄发实力，23年过去，成果丰硕喜人 。

本次由中国美术家协会和中国工笔画学会联合主办的这届展览，先后在北京、唐山经过公正、公开的两次评审，从全国各地征集的1300多件作品中，严格遴选出200余件作品参展。

本次展览作品题材广泛，风格多样，是全国工笔山水画创作成果的一次全面展示。画家们广采博纳，不拘一格，融写实、水墨、象征、装饰等诸多语言元素。不仅充溢着对祖国壮美河山的真切热爱，也凝结着对和谐幸福生活的由衷赞美，讴歌了祖国的大好山川，礼赞了中华的锦绣大地，充满着强烈的时代感。画家们贴近生活，拥抱自然，关注民生，潜心创作，将自然的山山水水注入了自己的人文情怀。既有传统题材的山水画作品，也有描绘城市风光和讴歌改革建设成就的新作品，实现了地域性与创作个性的水乳交融。在继承传统的基础上，不断进行探索创新，兼容南北，融合中西。从创作理念、色彩运用、画面构成到笔墨技法等，都丰富了当代山水画的表现语言和精神内涵，对传统工笔语言进行了大胆革新与尝试，形成了典雅中正、纯厚华滋、刚健雄奇的艺术特色。打破了千篇一律的传统山水画的创作模式，拓展了山水画创作的表现手法。

纵观本次展览的作品，尽管从艺术表现语言的精粹性而言，有些作品尚不够成熟、显得稚嫩，尚待锤炼纯化，但其艺术探索的精神，却是值得鼓励和肯定的。

随着社会的发展，绘画领域在造型构成、色彩变幻、材料媒介等方面融进大量的新鲜元素，为工笔山水画的发展提供了条件。但追求“气韵生动，骨法用笔”的中国传统山水画，应在发展形式美感的同时，注重表达新时代的精神和审美趣味。

“会当凌绝顶，一览众山小”。我们国家正处在文化大发展大繁荣的重要历史时期，推动工笔画艺术的发展是我们的责任。让我们在党的十八大精神鼓舞下，在全国工笔画家戮力同心的努力下，深研传统，勇于拓新，为中国工笔画艺术的发展再铸新的辉煌。

中国文联副主席杨承志出席会议并作重要讲话

中国美术家协会分党组书记、常务副主席吴长江致辞

中国工笔画学会会长冯大中作工作报告

中国工笔画学会常务副会长萧玉田主持会议

超越汉唐铸辉煌

中国工笔画学会第二届全国会员代表大会在京召开

2013年9月7日，中国工笔画学会第二次会员代表大会在北京大成路九号隆重开幕。来自全国除港澳台外31个省、市、自治区和中国人民解放军的139名会员代表，中国文学艺术界联合会、中国美术家协会等有关部门的领导、嘉宾，部分特邀代表出席会议。中国文联副主席杨承志，中国美术家协会分党组书记、常务副主席吴长江，中国文联社团办主任周雪静出席大会。大会由常务副会长兼秘书长萧玉田主持。

这次大会的主要任务是回顾中国工笔画学会五年来的工作，展望未来五年我国工笔画事业的发展，总结经验、分析形势、部署任务；选举产生中国工笔画学会新一届领导机构，统一思想、振奋精神，锐意进取、扎实工作，努力开创中国特色社会主义工笔画事业新局面。与会代表均是从事工笔画创作、研究、教学并取得非凡成就、做出杰出贡献的专家、学者和艺术精英。大家欢聚一堂，共商工笔画艺术事业发展大计。

中国文联副主席杨承志代表中国文联对大会的召开表示祝贺，对中国工笔画学会的工作给与了高度评价。她说："在中国文联的领导下，在全国工笔画家和社会各界的支持下，中国工笔画学会以高度的文化自觉，为继承、弘扬祖国优秀传统文化，推动工笔画创新，繁荣工笔画创作，培养工笔画人才，加强理论研究，推进社会主义先进文化建设，做了大量卓有成效的工作，作出了重大贡献。"她希望："中国工笔画学会团结、凝聚全体会员，认真学习贯彻习近平总书记在全国宣传思想工作会议上的重要讲话，胸怀大局、把握大势，坚持以人民为中心的创作导向，践行'爱国、为民、崇德、尚艺'的文艺界核心价值观，追求德艺双馨，弘扬主旋律，传播正能量。组织创作更多具有中国风格、盛世气象、民族情怀，充满生活情趣、深受人民群众喜爱的工笔画精品力作，为弘扬真善美，塑造人们美好心灵，丰富人民精神文化生活、建设社会主义文化强国做出工笔画界的新贡献！"

中国美术家协会分党组书记、常务副主席吴长江代表中国中国美术家协会对大会表示祝贺。他说："学会成立26年来，在潘絜兹、林凡、冯大中等学会历届领导的率领下，中国工笔画学会戮力同心、团结一致，为中国工笔画的时代发展做出了巨大贡献。"他在指出工笔画迎来大好发展机遇的同时表示，相信以冯大中为首的中国工笔画学会新一届领导班子必将薪火相传，继承老一辈工笔画家作风和精神，发展壮大工笔画创作队伍，引导艺术家、理论家潜心创作、潜心研究，不断推出具有昂然向上、有中国气派的工笔画力作，使中国工笔画成为中国当代画坛最具超越意识、变革精神和探索锐力的门类，为中国美术事业在新时代的发展做出新贡献。

冯大中代会长代表中国工笔画学会第一届理事会作了题为《振奋精神，开拓进取，谱写工笔画艺术发展新篇章》的工作报告。报告从以多种形式举办展览为工作重心，努力促进工笔画艺术的发展和繁荣；加强骨干培养，不断壮大工笔画创作队伍；加强理论建设，坚持学术立会；加强信息传播，不断提升社会影响力；发挥专业优势，为构建和谐社会助力；加强自身建设，注重形象立会等六个方面，对过去五年的工作进行了系统梳理和全面总结。报告指出，中国工笔画学会是由全国有志于推进中国工笔画创作、研究和教育的专家自愿结成的学术性团体，担负着发展和繁荣中国工笔画艺术的重大责任。

过去的五年，是广大工笔画家紧扣时代脉搏，坚持"三贴近"、唱响时代主旋律的五年；是广大工笔画家自觉承担历史责任，塑造民族性格，弘扬民族精神，为树立民族文化形象勤奋创作的五年；是广大工笔画家与时俱进，勇于实践，尽情展现工笔画新魅力的五年。在过去的五年中，在中国文联的坚强领导下，学会领导班子认真履行联络、协调、服务职能，充分发挥组织、引导、服务作用，团结和带领广大工笔画工作者，把握发展规律，有力地促进了工笔画艺术的创作繁荣和人才培养，为发展、繁荣中国工笔画艺术做出了重要的贡献。今后，学会将带领全会会员，立足传统，勇于创新，坚持正确的文艺导向，遵循艺术规律，开拓艺术视野，紧紧依靠和团结全体会员，以创新发展的观念，不断开拓工笔画事业的新局面，为构建核心价值体系，促进文化大发展大繁荣发挥应有的作用。

报告还实事求是地指出了五年来学会工作中存在的不足和亟待解决的问题，表示在今后的工作中将予以有效解决或避免。

报告提出今后五年的工作目标和任务是，培育工笔画大展品牌，增强学会影响力；深化理论研究，搭建学术研讨平台；继续加大宣传力度，挖掘深度，发出自己的声音；持续推进工笔画人才培养战略，不断推出优秀人才，壮大队伍；拓展对外交流，持续扩大国际影响；建设服务型学会机关，以创新务实作风扎实做好各项工作。

大会通过了《中国工笔画学会会章》修改草案；大会选举产生了中国工笔画学会第二届理事会、常务理事会，选举理事154人、常务理事55人。

9月7日下午，召开中国工笔画学会第二届常务理事会第一次会议，采用无记名投票方式选举出新一届领导班子，冯大中当选为会长，萧玉田为常务副会长，谢振瓯、王天胜、唐勇力、孙志钧、何家英、陈孟昕、张策、刘金贵、喻慧（女）、牛克诚为副会长。

会议按新会章关于学会常设专家委员会的规定，无记名投票选举出周荣生、刘新华、朱训德、唐秀玲（女）、张伟民、姚思敏、江宏伟、李爱国、祁恩进、林容生、安佳（女）、孙恺（女）、陈湘波、徐累、刘泉义、夏荷生、谢宗君、张见、王冠军等19名专家委员会委员。根据冯大中会长提名，表决任命了秘书长、副秘书长。秘书长由萧玉田兼任。

在第二次全体会议上，新任会长冯大中发表了就职演说，他感谢代表们的信任与厚爱，说："我深知自己肩上的担子沉重、使命艰巨。我一定不负代表和会员们的重托，团结和带领学会新一届领导班子成员，紧紧依靠全体会员，兢兢业业、恪尽职守，戮力同心搞好中国工笔画学会各项工作，担负起发展和繁荣中国工笔画艺术的使命。"

牛克诚副会长宣读了给离任老领导、老艺术家的致敬信。会议还聘请因年龄原因退出领导岗位的林凡先生为名誉会长，朱理存、李魁正、胡勃为艺术顾问。同时还聘请了中国美术界德高望重，一直鼎力支持中国工笔画事业的艺术家刘大为、冯远、吴长江、王明明、范迪安、杨晓阳、刘健、邵大箴、陈白一、蒋采苹、喻继高、徐启雄、刘文西、蒋采苹、 夏硕琦、王玉珏、宋雨桂、薛永年、刘曦林、尼玛泽仁、高　云、马书林、胡　伟等为艺术顾问。冯大中等新一届学会领导为出席会议受聘荣誉职务的老领导、老艺术家颁发了荣誉证书。

大会开得热烈、隆重、团结、和谐、规范。代表们深受鼓舞，纷纷表示愿意在中国工笔画学会的领导下，齐心协力，为促进中国工笔画艺术繁荣发展，努力打造工笔画思想和技法的双重高度，在坚守工笔画本体语言的前提下，升华当代文化语境中的工笔画精神，展拓新的艺术形式，使当代工笔画超越汉晋风骨，唐宋华彩，再铸辉煌。

中国工笔画学会

第二届全国会员代表大会
会长 常务副会长 副会长名单

会　长：冯大中
副会长兼秘书长：萧玉田
副会长：谢振瓯、王天胜、唐勇力、孙志钧、何家英
陈孟昕、张　策、刘金贵、喻　慧、牛克诚

1. 大会主席台。
2. 大会现场。
3. 大会现场。
4. 第二届常务理事第一次会议。
5. 出席会议的领导与全体代表合影。

中国工笔画学会第二届全国会员代表大会 2013.09

中国工笔画学会第二届领导成员

：冯大中

常务副会长：萧玉田

副会长：谢振瓯

副会长：王天胜

副会长：唐勇力

副会长：孙志钧

长：何家英

副会长：陈孟昕

副会长：张策

副会长：刘金贵

副会长：喻慧

副会长：牛克诚

中国工笔画学会专家委员会委员（按年龄排序）

周荣生、刘新华、朱训德、唐秀玲（女）、张伟民、姚思敏（女）、江宏伟、李爱国、祁恩进、林容生、安　佳（女）、孙　恺（女）陈湘波、徐　累、刘泉义、夏荷生、谢宗君、张　见、王冠军

中国工笔画学会第二届秘书长、副秘书长名单

秘书长

萧玉田（兼）

副秘书长（按年龄排序）

黄援朝（女）、刘选让、王裕国、 刘　临、安　佳（女）、孙　恺（女）、夏荷生、金　沙、郭华卫

中国工笔画学会第二届常务理事名单55人（按姓氏笔画排序）

王天胜 王志纯 王冠军 王裕国 牛克诚 石 君 韦红燕(女) 冯大中 朱训德 刘 临 刘金贵 刘泉义 刘选让 刘新华 江宏伟 安 佳(女)祁恩进 孙 恺(女)孙玉敏(女)孙志钧 孙震生 李爱国 吴团良 何家英 张 见 张 策 张伟民 张鸿飞 陈孟昕 陈湘波 林容生 罗寒蕾(女)金 沙 周荣生 胡明哲(女) 宫 丽(女)姚思敏(女)莫晓松 贾广健 贾宝锋 夏荷生 徐 累 徐惠泉 郭华卫 栾 剑 唐秀玲(女)唐勇力 萧玉田 黄援朝(女) 谌宏微 韩书力 喻 慧(女)谢宗君 谢振瓯 潘 缨(女)

中国工笔画学会第二届理事名单154（按姓氏笔画排序）

马 强 马唯驰 王 宏 王 宓 王 磊 王小晖(女) 王天胜 王仁华(女) 王心刚 王申勇 王志纯 王炳炎 王冠军 王艳利 王晓勇 王爱忠 王海滨 王裕国 王筱丽(女) 韦红燕(女) 牛克诚 方政和 孔德平 石 君 未 君 左进伟 叶 华 史 琳(女) 白 桦 冯大中 兰晓龙 邢世靖 朱兴华 朱训德 刘 临 刘龙耀 刘金贵 刘怡涛 刘泉义 刘选让 刘振波 刘新华 齐 鸣 庄道静(女)江宏伟 安 佳(女) 安鹤旭 祁恩进 孙 恺(女) 孙玉敏(女) 孙志刚 孙志钧 孙震生 苏百钧 苏柏斗 李乃蔚 李大成 李月林 李传真(女) 李青海 李青稞(女) 李桂平(女)李爱国 李培全 李静茹(女) 吴团良 吴同彦 吴荣光 何 曦 何家英 余永健 汪港清 沈 宁 宋彦军 张 见 张 琳(女) 张 策 张小琴(女)张冬卉(女)张伟民 张鸿飞 张碧伟 阿里.雷公 陈 子(女) 陈 治 陈 骅 陈孟昕 陈明大 陈湘金 陈湘波 林木炎 林宜耕(女)林容生 杭春晓 尚奎元 罗寒蕾(女)金 沙 金 瑞 周一新 周荣生 郑 力 要红宇(女) 胡明哲(女) 胡泽涛 赵栗辉 宫 丽(女) 宫建华(女)姜伟玲(女)姚占芳 姚秀明 姚思敏 袁玲玲(女)莫晓松 贾广健 贾宝锋 顾迎庆 夏荷生 夏鲁.旺堆 钱青霞(女) 徐 累 徐右冰 徐华翎(女) 徐惠泉 郭华卫 郭继英 栾 剑 唐秀玲(女) 唐勇力 海 天 桑建国 萧玉田 黄援朝(女) 曹香滨(女) 崔景哲 康书增 谌宏微 韩书力 韩学中 韩振刚 董竟成 董婷竹(女)蒋 才 喻 慧(女) 程 健 傅宝民 焦 洋(女) 舒达文 游新民 谢关键 谢宗君 谢振瓯 窦建波 颜晓萍(女)潘 缨(女)

上海榜书研究会

中国榜书名家精品展暨颁证仪式在兰州甘肃省美术馆举行

由世界榜书联合会、上海榜书研究会主办，甘肃省榜书研究会、甘肃红旗拍卖有限公司承办的“中国榜书名家精品展暨颁证仪式”2012年10月7日在兰州甘肃省美术馆举行。大会在激昂雄壮《榜书人之歌》大合唱中开幕，参展作品120幅，到会的海内外书法家及当地群众700余人。

本届大展组委会主任、世界榜书联合会主席、上海榜书研究会会长蔡轩朝，副主席张笃恭、赵烈东，甘肃省人大秘书长张绪胜，甘肃省政协秘书长赵祥明，甘肃省文化厅厅长王兰玲，甘肃省书协副主席秦理斌、申晓君等出席了开幕式。蔡轩朝、张笃恭、张绪胜、赵祥明先后致辞。参加活动的书法家们还现场挥毫为当地留下了珍贵的墨宝。

这次活动是弘扬中华民族榜书艺术的一大盛会，榜书艺术又迎来了一个春天。

地址：中国上海江浦路1515号（上海杨浦区政协大院）　电话：021-55951190　邮编：200092

http://www.shbsyjh.com　E-mail:shbsyjh@126.com

地址：香港新界上水龙探路39号上水广场9楼908-909室　电话：852-31841677

http://www.bang shu shi jie.com　E-mail:bang shu shi jie@126.com

本届大展组委会主任，上海榜书研究会会长蔡轩朝致答谢词

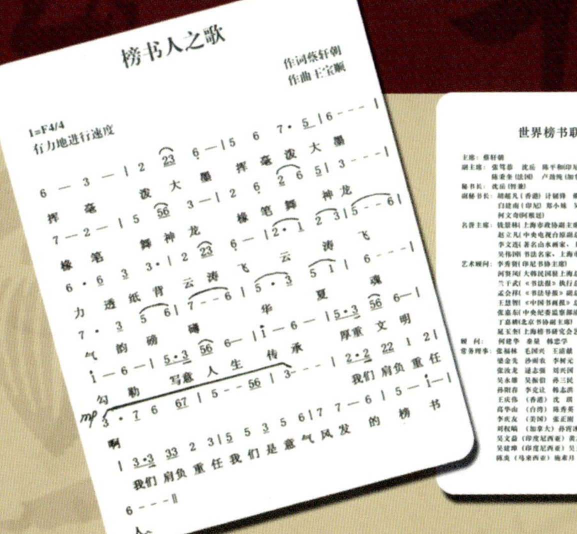

开幕时主席台的领导

授证书法家与领导合影

本届大展组委会主任、上海榜书研究会会长蔡轩朝致答谢词

大会开幕时《榜书人之歌》大合唱

开幕时场景

开幕时场景

广州市天河区员村马骏意笔字画馆

广州市天河区员村马骏意笔字画馆成立于2002年6月。书画馆主要经营文化艺术展览、书画、艺术作品、古玩、根艺等文化艺术产业。书画馆立足广州，辐射全国。

意笔字画馆中展示着“意笔字画”的创始人马骏先生的作品。马骏先生的一幅长达10米的金书“十二生肖”入选吉尼斯世界纪录。

馆长马骏，男，南宁人，生于1947年。现任广西东盟十国文化促进会副主席、中国书画名家联合会副主席、中华意笔字画创始人。

马骏先生自幼喜欢书画，经过几十年探索磨练，领悟民族文化书画同源的真谛，终于成功独创了被誉为中华一绝的“意笔字画”，一笔能画出一幅字画作品，看起来似字又似画，画中有字，字画交融浑然一体。创作时，他把抽象的格局、具体的线条和水墨效果的表现手法融为一体，作品多以动物画（龙、虎、鹰、马等）和山水画为主。笔下作品栩栩如生，情景生辉，耐人寻味，展江湖山岳之势，显珍禽异兽之灵，令人耳目一新，回味无穷。其寓意如“海”、“陆”、“空”的《龙》、《虎》、《鹰》及《风调雨顺》、《龙马精神》、《轻舟已过万重山》、《十二属相生肖图》等代表作品，诗、书、画三体合一，元气淋漓。

马骏先生先后在多地举办个人画展，展品享誉海内外。《人民日报》（海外版）（华南版）、《北京日报》、《中国文艺报》、《羊城晚报》等报刊均有专题报道。

和谐世界《54平方尺珍作》

朝辞白帝彩云间
千里江陵一日还
两岸猿声啼不住
轻舟已过万重山

杨振宁科学家与翁帆新婚志禧的第一年新春，马骏应东莞市委、市政府、东莞大学的邀请为其夫妇即兴创作两幅牡丹。

（32平方尺）花开富贵到永远

（18平方尺）您把美丽带给人间

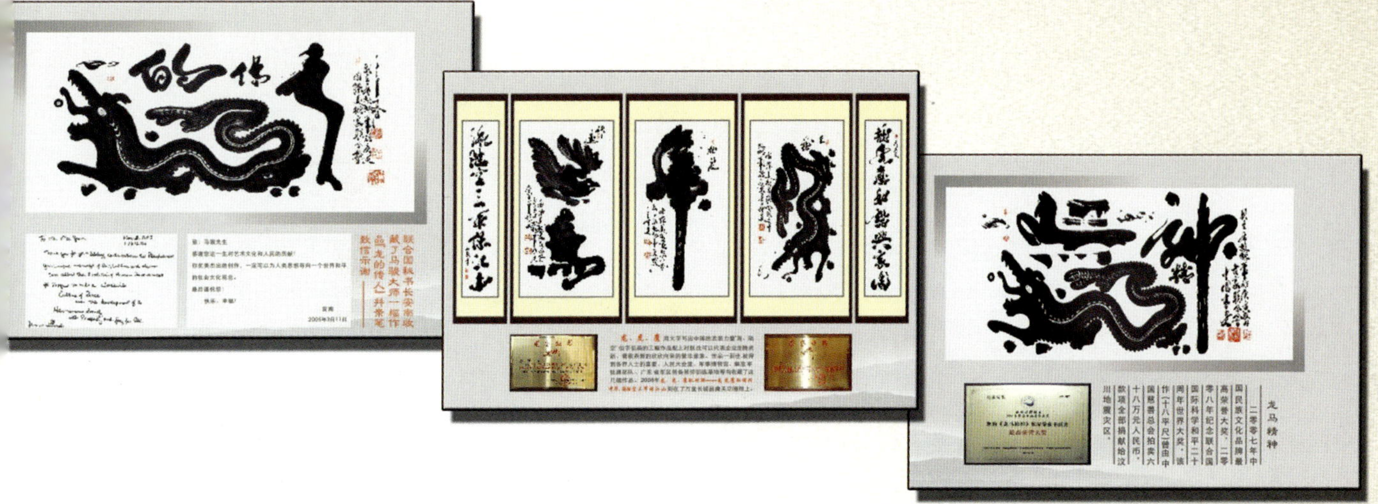

四川博物馆、山西博物馆、成都博物馆、美国尼克松图书馆、加拿大中华文化交流中心、加拿大温哥华中华会馆等海内外几十家博物馆、艺术馆珍藏多幅意笔字画作品，部分作品曾获日本1989年书法大奖“内容一等奖”和“笔锋一等奖”、马来西亚1991华人书画展“金杯奖”、香港1997情暖香港诗书画展“独创奖”，并获亚太地区名家书画展荣誉证书。

马骏先生的代表作品中已有18幅精品作为国礼赠送给瑞典、荷兰、挪威、东盟十国等国家。

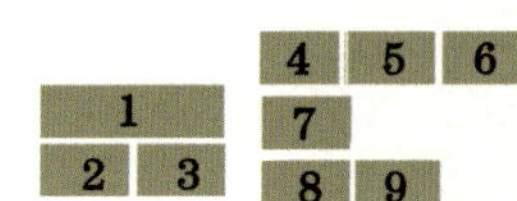

1. 作品《和谐世界》。
2. 作品《轻舟已过万重山》。
3. 作品《牡丹》。
4. 作品《龙的传人》。
5. 作品《龙》、《虎》、《鹰》配对联。
6. 作品《龙马精神》。
7. 作品《马骏现场挥毫》。
8. 作品《云龙》。
9. 马骏先生在世界老年健康论坛上。

中国写意花鸟画金陵组合

陵组合画家简介（按年龄顺序排列）

陈培光号阿光，金陵牡丹陈。1933年出生。江苏省美宫一级美术师、中国美协会员、江苏省文史研究馆馆员、苏省花鸟画研究会名誉会长。以擅画牡丹而著名国内外。

李　罗1963年毕业于南京艺术学院。现为江苏省文史研馆馆员、中国书法家协会会员、江苏省花鸟画研究会顾。以擅长大写意花鸟画、书法、篆刻而享誉画坛。

施永成1943年生。中国美协会员、国家一级美术师、苏省国画院艺委会委员、江苏省花鸟画研究会名誉会长，耐庵书画院名誉院长。以擅长画虎而闻名海内外。

何　鸣1944年生于南京。江苏省花鸟画研究会副会长、苏省文联书画研究中心研究员、南京市花鸟画研究会会、民革中央画院理事。

冯　智1947年生。江苏省美术家协会会员、江苏省花鸟研究会副秘书长、南京书画院特聘画师、江苏省国画院聘参展画家，金陵老年大学特聘教授。

张少武1950年出生。现为江苏省花鸟画研究会副会长、苏省美术家协会会员、江苏省文联书画研究中心研究员，苏省华侨书画院理事。

赵治平1957年生。国家一级美术师。江苏省美术馆副长、江苏省花鸟画研究会副会长、中国美术家协会会员。任江苏省国画院美术馆馆长、刘海粟美术馆馆长。

姚　亮生于1957年。江苏教育报刊总社副主编、副编，江苏省花鸟画研究会副会长，江苏省美术家协会会，江苏省文联书画研究中心研究员。

忆　君高级美术师。江苏省花鸟画研究会副会长、江苏美术家协会会员、南京书画院特聘画家、江苏省文联书研究中心研究员。以擅长银杏画被称为“中国银杏画第人”。

中国写意花鸟画金陵组合是由陈培光所领军的以李罗、施永成、何鸣、冯智、张少武、赵治平、姚亮、忆君9位著名画家组成的一支享誉当今画坛的创作团队，他们以擅长集体合作巨幅花鸟画和册页、长卷而引起画界、理论界及社会相关人士的广泛关注和好评，尤其是他们将“文人相轻”诠释为“文人相亲”的和谐氛围，颠覆了历来文人之间的个中所在。

金陵组合的画家都是江苏画坛成名已久的写意花鸟画名家，他们的理念是依托集体智慧探索中国写意花鸟画创新突破之路，既充分发挥集体智慧，又尽展各人所长，在遵循艺术创作规律的基础上，把不同个体的特性整合成一种更加完美的集体特性。他们的尝试开创了古今之先河，在中国花鸟画坛形成独树一帜的创作风格。

作为开创性的创作团队，金陵组合非常重视通过各种交流方式不断完善创作水平，不仅在国内多处建立创作基地，还经常前往各地写生创作办展。其中由江苏省文联主办的“芳华颂——中国写意花鸟画金陵组合作品巡回展”及学术研讨会先后在省内外多地举办。之后由江苏省美协主办的“中国写意花鸟画金陵组合作品观摩研讨会”在江苏省美术馆举行，来自全国有关部门主要领导以及众多著名理论家、画家出席了研讨会，给予很高评价。

金陵组合现象引起国内许多媒体关注，包括央视书画频道、美术报在内的媒体经常予以多角度多层面报道，其中，《中国书画报》专题部以分期的整版篇幅的全国性大讨论，引起很大反响。中国文联党组书记兼副主席赵实、中国文联副主席段成桂、中国美协党组书记兼副主席吴长江、中国国家画院院长杨晓阳、中国美术家协会原副主席尼玛泽仁、江苏省文联党组书记兼常务副主席王慧芬、江苏省文化厅副厅长高云、江苏省美协主席宋玉麟等等领导先后给予金陵组合良好肯定和积极鼓励。

中国写意花鸟画金陵组合画家（自左而右）忆君、李罗、陈培光、施永成、姚亮、何鸣、赵治平、张少武、冯智。

春华秋实　中国写意花鸟画金陵组合创作　370cm x 240cm

文津书画院

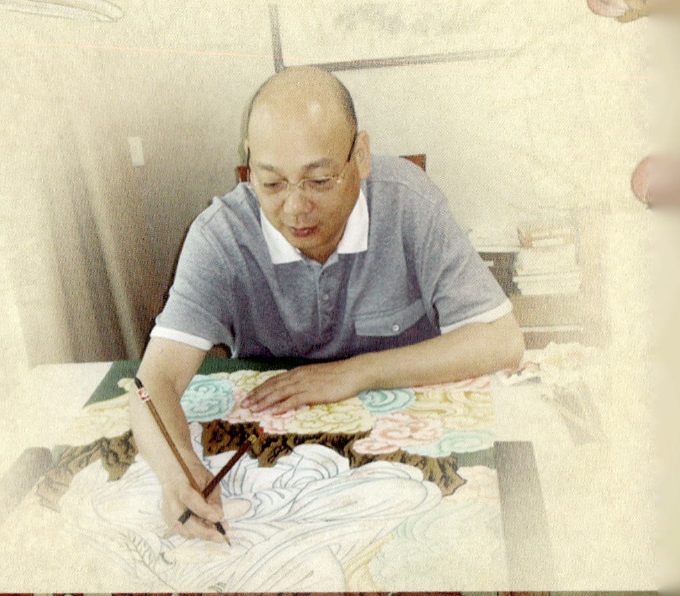

文津书画院是经政府部门批准成立，具有独立法人资格的社会团体，是目前中国规模较大的，具有一定影响力的艺术团体之一。

韩必恒，1963年生于浙江，佛弟子，法名寂恒。露润堂堂主，号笨也。自幼喜爱绘画，一直从事于文化工作。亲受全国著名画家喻继高、方增先、吴山明等名师指点。现任文津书画院副院长、中央电视台中央新影制作中心《中国当代画家》副主编、中华民族文化艺术联合会执行主席。目前寂恒先生书画作品被多家单位永久收藏。富贵吉祥图(工笔重彩孔雀600×170cm)悬挂展示在全国人大会议中心第一会议室。

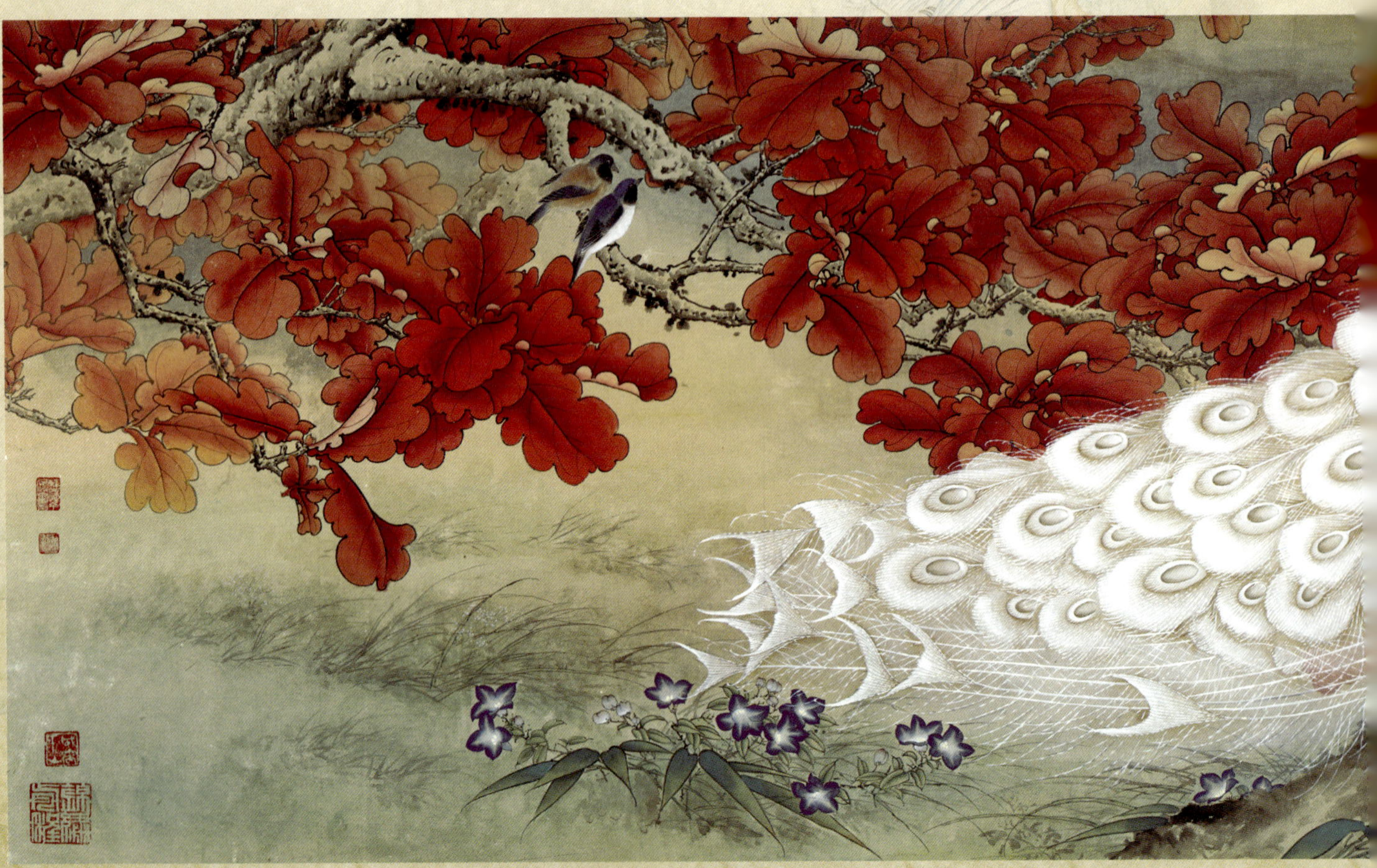

观音

136 × 67 cm

大慈大悲观世音菩萨，寂恒绘制，老衲敬题。

观音

136 × 67 cm

大慈大悲观世音菩萨，寂恒绘制，老衲敬题。

圣禽图

125 × 291 cm

珠花冠，翠耳环、绵丝织就绿罗衫，玉佩金钏镶彩扇，灵眸秀姿气宇端，影娥娜，舞蹁跹，程派低回声婉转，慢遥莲步轻顾盼，清雅富贵好悠闲。

岁在壬辰年春月于京城露润堂，韩必恒绘制，三上斋主人老衲补题。

中国孔子书画院

中国孔子书画院是按照法定程序经政府部门批准成立的社会文化艺术团体。登记证号：53084255-004。

中国孔子书画院坚持改革开放，百花齐放、百家争鸣、德艺双馨的文艺方针，继承发扬优秀文化艺术传统，将中国五千年灿烂文化推向世界，受益人类。

该院集聚了全国众多著名书法家、画家进行艺术交流，创作、创新、研发和培训。并在全国及世界各国条件成熟的地方建立写生基地、创作基地。为广大书画家开辟创作和展示艺术的平台。让众多艺术家走向社会，走向千家万户，艺誉世界。希望有更多艺术家加盟，共同为中国文化艺术繁荣作出贡献。

大力弘扬我国传统书画艺术是建设社会主义文化强国的重要组成部分，是中华民族伟大复兴的重要组成部分。书画家是书画艺术的传承者，继承、研究、创新、全心全意将几千年我国传统文化艺术发扬光大。要同心同德，不遗余力将中国文化艺术推向世界，让世界人民认识她，了解她，学习她，尊重她，从而共同得到崇高的精神享受。

仁爱天下，天下共荣，是我们文艺工作者应尽的责任，也是中国孔子书画院全体同仁的一份责任。

生命在于运动，艺术贵在探索。民族复兴，文化振兴，一个伟大的中华民族一定屹立在灿烂的东方。

周光汉院长在山东书画活动讲话

周光汉院长和著名画家于志学合影

周光汉院长和台湾著名画家罗青教授合影

周光汉院长和著名画家张立辰合影

1200平米展览大厅

中国标准草书学社

中国标准草书学社是当代草圣、国民党元老于右任先生1932年在上海创建的。1984年经中央统战部批准，中国标准草书学社在北京恢复成立。于右任大弟子胡公石任社长，屈武为名誉社长，赵朴初、启功、董寿平等为顾问。中国标准草书学社是全国性学术团体，隶属于中央统战部，业务上受文化部指导。1990年中央统战部委托江苏省委统战部代管。1994年中央统战部致民政部、文化部文中曰："草书社和台北、日本等海外文化交流方面有着深远基础，它既是全国性的一个书学团体，又是海外统战工作的一个重要方面。"几十年来，本社积极弘扬中华传统文化，弘扬标准草书事业，广泛开展海峡两岸文化交流活动，积极为祖国统一战线工作服务。

2012年，中国标准草书学社两件大事：

一是举办了中国标准草书社成立80周年庆典活动。由江苏省委统战部、江苏省文化厅、江苏省文联、中国书法家协会、台北海峡两岸和谐文化交流协进会、台北中国标准草书学会等单位共同举办《中国标准草书学社成立80周年海内外名家书法展》。在江苏省美术馆展出草书社历年珍藏作品，如于右任、刘延涛、胡公石、启功、赵朴初、沈鹏、欧阳中石及各省书协主席和台北名家作品200余幅。国民党荣誉主席连战、吴伯雄为草书社80周年题词庆贺。海内外200余嘉宾参加了庆典活动。台北陆炳文团长率30余人代表团参加，于右任公子于中令专程从美国回南京参加了庆典活动。

二是编著出版了《中国标准草书大典》，由上海辞书出版社精心出版。《中国标准草书大典》由于右任标准草书传人陈墨石先生编著，共有四部书组成：第一部是于右任1936年编著的《标准草书》，于右任生前亲自修正9次，墨石作第11次修正，现从台北重返大陆出版意义非常；第二部是于右任手书的《标准草书千文》和于右任年谱，由陈墨石编著；第三部是于右任的大弟子胡公石先生编著的《标准草书字汇》，先后8次再版，其中墨石作两次修订；第四本是陈墨石编著的《标准草书字典》。墨石用10余年时间，先后书写20余万字，《字典》根据国家教委和国家文委编发的现代汉语常用字编著，共1万余字。《中国标准草书大典》是我国文字史上第一部完整的草书史，同时又是中国书法史上第一部完整的草书《大典》，它有完整的草书体系，具有重要的文化价值和艺术价值。

中国孔子书画研究院

——2013孔子文化创意园全国书画精品大展暨庆祝中国孔子书画研究院成立五周年

为纪念我国伟大的思想家、教育家、儒家学派的创始人孔子，由中国孔子书画协会、中国孔子书画研究院、中国孔子收藏家协会、济南西街工坊创意文化园、济南华阳灯饰有限公司、济南庄正现代开发有限公司、济南大舜茶行联合主办的儒风——2013孔子文化创意园全国书画精品大展暨纪念中国孔子书画研究院成立五周年在泉城济南隆重开幕。

出席开幕式的领导与嘉宾：

联合国孔子基金管理委员会会长、中国孔子收藏家协会荣誉会长孔文先生

中国孔子书画家协会主席、中国孔子书画研究院长、中国孔子收藏家协会会长孔庆旭先生

中国孔子书画研究院常务副院长、中国孔子收藏家协会常务副会长赵军先生

山东省原财办主任、中国孔子收藏家协会常务副会长石建杰先生

山东省委办公厅副主任、中国书画研究院顾问任培金先生

中国孔子书画研究院常务副院长、中国孔子收藏家协会常务副会长甲长贵先生

山东省人大办公厅副主任、中国孔子书画研究院副院长高月塘先生

中国孔子书画研究院常务副院长王建文先生

中国孔子书画家协会常务副主席苏武勇先生

中国孔子书画研究院常务副院长彭岚女士

中国孔子收藏家协会常务副会长张鹤鸣先生

中国孔子书画研究院荣誉副院长李桂胜先生

中国孔子收藏家协会副会长王建明先生

中国孔子书画研究院副院长张太恩先生

山东省画院原院长潘文斌先生

向大会发来贺电的领导：

山东省原省委书记、中国孔子收藏家协会名誉会长苏毅然先生

山东省原省委书记、中国孔子收藏家协会名誉会长梁步庭先生

国防部宣传中心主任、中国孔子收藏家协会名誉会长于宪光先生

向大会发来贺电的文化界前辈、专家学者：

中国美术家协会原党组书记、中国孔子书画家协会名誉主席雷正民先生

中国文化部侨联主席、中国孔子书画研究院名誉院长孙大石先生

参加发布会的新闻媒体：

中国人民网、新华网、中国经济网、中国书画交易网、国际新闻网、大众日报、山东电视台、济南电视台、齐鲁电视台。

网址：http://www.kzshj.com

E-Mail：zgkzsh@163.com

电话：0531-87060879（济南）

杭州兰亭画院

杭州兰亭画院成立于2001年9月，隶属于杭州市文化局，现任院长金晓海（花鸟画）。现有专职及外聘书画家共30人。有126平方米的画廊。以弘扬、普及、提高民族文化为宗旨，是集书画创作、研究、教学、普及、收藏和交流为一体的专业艺术团体。

主要经营：字画零售等产品。作为经营字画零售的企业，我们始终坚持诚信和让利于客户，坚持用自己的服务去打动客户。

金晓海，号晓嗨，1963出生，浙江临安人。中国美院国画专业毕业。现为杭州兰亭画院院长、中国民族书画研究院副院长、中南海紫光阁画院院士、中国文联书画艺术交流中心会员、中国美术研究院研究员、中国新华网书画频道艺术顾问、浙江省诗书画之友社理事、浙江省国际美术交流协会理事、浙江省花鸟画家协会会员、中国扶贫书画院副院长、中国美术研究院研究员。当代画坛十大名家，一级美术师、教授。

作品分别编入《世界华人书画作品选集》、《跨世纪翰墨艺术家书画库》、《当代书画名家大辞典》、《中国书画篆刻艺术大观》、《中国当代书画家名库》、《中国书画家精选》、《中亨杯全国书画大赛精品选》、《西部辉煌全国中国画作品提名展》、《共和国建设档案》、《当代十大名家》等10余部画集中。

【荣誉】

1990年，作品“秋夜”被中国美术学院收藏；

1990年，在西泠印社成功举办个人作品展览；

1992年，参加中国文化部赴马来西亚举办的中国画展；

1992年，在西泠印社成功举办“金晓海花鸟画及百米兰花长卷”展；

1993年，任中国人才研究会艺术家学部委员、中国书画艺术百科全书编辑委员会会员；

1995年，作品“百丛墨兰长卷”（25米）获《书圣杯》国际银奖（缺金奖），被海内外誉为当代“兰花才子”；

1998年，作品《秋艳》入选中国美术家协会举办的“中亨杯”全国书画大展；

2001年5月28日，应中央电视台邀请参加了《中国报导》开播十周年大型活动；25米长卷《百兰图》被中央电视台收藏；

2002年，作品《古宅清韵》入选中国美术家协会举办“西部辉煌”全国书画大展；

2002年、2003年、2005年参加中国文联、中国美协、中国书协联合举办的“第二届、第三届、第五届秦皇岛之夏”中国书画名家邀请展；

2004年，杭州兰亭画院主办的“浙、津、湘、鲁”中国名家书画联展在秦皇岛成功举办；

2004年，在北戴河美术馆成功地举办了“金晓海花鸟画个人展”；

2007年，国家邮政总局发行《金晓海》邮票；

2009年，作品《世界和平》被人民美术出版社出版的大型画集《人民大会堂珍藏书画》收录；

2010年11月，《串串红》、《荷韵》、《兰花》等11幅作品入选中国文联出版社出版的《当代十大名家》。

【出版】

《金晓海墨兰集》、《金晓海花鸟画选集》、《金晓海画集》、《金晓海作品精选》、《金晓海墨兰作品集》、《金晓海墨竹作品集》等。

作品被多家单位收藏。

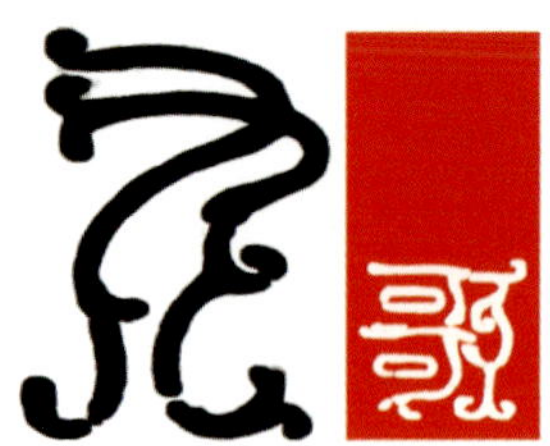

湖南省九歌书画院

HU NAN SHENG JIU GE SHU HUA YUAN

湖南省九歌书画院在原九歌书画研究会（1984年在长沙成立）的基础上于2009年7月在长沙成立。九歌画院在湖南省民政厅注册，由省文化厅业务指导的社团组织。现有院长、副院长、艺术家、工作人员共60余人。

画院艺术家大部分是湖南本土书画家，还有北京、解放军、浙江、湖北、福建等地书画家参加，澍群是首任院长，94岁的大写意花鸟画家易图境为现任院长。

画院成立后在北京、台湾、长沙、岳阳、珠海等地举办展览和艺术研讨会，组织艺术家参加赈灾义卖、助学义卖等活动，组织艺术家到湘西、怀化、台湾、江西等地采风写生。

画院遵照“人本体论”哲学思想，主张以“情”为经线，书画艺术为纬线，团结艺术家努力学习，积极创作。

工作人员：张楚务（秘书长）
颜方方 沈绍林 李桐生 姚焕瑜 高惠洁 彭国柱
唐　风 覃小桥 蔡彭浦 宋代平 杨春杰

图为2009年九歌书画院成立时授牌仪式。（右起一为湖南省文化厅原厅长周用金，右二为院长易图境，余下依次为副院长欧阳笃材、澍群、邬邦生、王友智、杨国平、周中耀）。

地址：湖南省长沙市芙蓉中路一段479号建鸿达现代城1310室

电话：0731—82283350

中国民族画院

中国民族画院，是由中国各民族画派画家组成的以民族画派为主导，隶属于国家民委中国少数民族文物保护协会，以弘扬、普及、提高民族文化为宗旨，是集书画创作、研究、教学、普及、收藏和交流为一体的专业艺术团体。分院遍布中国各主要省、市、自治区、直辖市。画院院址在北京，在大连建有创作基地。以湿地见长的著名女画家陈素坤为现任院长，尼玛泽仁、胡宝利、谭振、耿健等著名画家为名誉院长，石作金为副院长。院委会、艺委会分别为画院的行政和艺术管理机构，下设国画部、油画部、教学部、交流部等专业部门。

中国民族画院直属画家汇总美术创作、美术评论、美术史研究、美术教育、美术出版、艺术设计、美术组织等方面成就卓著的名家、大家百余名，集中全国各地方，各民族有成就、有影响的美术专家、学者，是综合美术各门类的、全国美术国家级美术组织之一。书画艺术门类相对齐全，有国画、油画、版画、水粉画、书法、雕塑、金石等。每年创作作品超过千幅，有30多幅作品在国家级的展览、评选中获得优秀奖、入选奖。并多次举办在全国有影响力的书画展览。

中国民族画院曾组织并指导各地方、民族、派系画家进行美术创作和理论研究，承担过各种级别美术展览的组织、实施、评选、评奖，举办大型的全国性美术展览和各种学术展览，出版学术刊物，开展学术研讨，提倡美术教育，努力做好联络、协调、服务工作，构建和谐向上的美术家之家，促进了中国美术的繁荣和发展。

中国民族画院积极开展广泛的国际美术交流，举办并参加各种类型的国际美术展览，接待世界各国的美术家访华并组织中国美术家出国访问，与各国美术界进行形式多样的交流，增进同世界各国美术家的友谊和合作。

2013海峡两岸文化交流台湾版海报

向田家俊院长赠缔结证书

吴殿堂

崔养恒

海峡两岸文化交流台湾现场

【主要画家介绍】

田家俊　1959年6月出世，山东广饶县人，现为中国民族画院副院长，中国民族画院山东分院院长等。书画作品多次在国内外展览中获大奖，荣获“全国山水画百杰”、“世界书画艺术名人”等荣誉称号。爱好书画艺术，长于研修。在文化艺术研究、交流方面作出了应有的贡献，并于2010年至2013年带领吴殿堂、张属胜、田海山等著名艺术家赴台参加“海峡两岸文化交流书画展”及东南亚同日韩等国的各种重大文化艺术活动，其作品获得海内外各界收藏家的高度好评。

吴殿堂　1953年生于山东滨州。现任中国民族画院山东分院副院长，国家一级美术师，国家民委高级职称，台湾育达大学客座教授。随同民族画院先后参加2010年至2013年历届“海峡两岸文化交流艺术展”并获得高度好评。

崔养恒　1948年生于山东淄博。自幼酷爱书画，中国人民艺术家协会会员。现任中国民族画院山东分院副院长，国家一级美术师，国家民委高级职称，台湾育达大学客座教授。随同民族画院先后参加2010年至2013年历届“海峡两岸文化交流艺术展”并获得高度好评。

陕西省美術博物館

陕西省美术博物馆以“立足陕西、面向西部、辐射全国”为基本定位，充分利用和整合陕西地域美术文化资源，着力构建我国西部地域文化特色，不断强化品牌意识和创新精神，着力提升自身的学术和文化品格，该馆目前已成为一座“设施到位、功能健全、个性突出、管理科学”，并在中国西部乃至全国美术界颇有影响的美术博物馆，为中国美术馆事业发展谱写了新的篇章。

2012年该馆成功举办了“高原·高原——第二届中国西部美术展油画年度展”。

1. 策展地域特色鲜明，立足西部精神传播本土文化。

展览以“西部美学”和“西部精神”为理念，面向西部十二省（市、自治区），征集由西部艺术家或曾在西部生活与工作过的艺术家创作的西部题材油画作品，凭借陕西作为西部文化大省和美术创作大省之优势，为艺术家搭建了展示与提升平台。该展作品题材与形式均为彰显西部特色，表现了作者对西部，尤其是对高原的感悟和理解。

2. 展览主题独特，寓意深刻有担当。

展览以“高原·高原”为主题，旨在通过表现中国西部，特别是黄土高原、青藏高原、云贵高原等高原地区独有的自然风貌和人文风情，提高了国内外对西部人文资源的关注度。“高原·高原”不仅是一种自然概念的延伸，更是一种人文精神的建构，是一种地理高原向精神高原的升华。

3. 理念宣传广泛深入，形式立体。

为使“高原·高原”的文化主题和这个年度系列展深入人心，产生广泛的社会效应，展览组委会从2012年4月启动大展筹备活动开始，以全馆动员、全体参与、团队赴外推广和展览展示结合的方式，全方位为油画展的成功举办和西部美学命题的提炼奠定了基础。

4. 展览结构新颖，布置精心。

大展包括入选作品、学术提名、团体提名和文献图表四个板块。第一板块是西部油画家画西部，从近700件应征作品中评选出170余件作品展出；第二板块是学术提名展，邀请了詹建俊、段正渠和丁方三位在中国当代油画的语言探索和人文关怀方面都颇有成就的艺术家举办个展；第三板块是团体提名展，展出来自新疆的28位艺术家的作品；第四板块是西部油画发展史略年表，将整理的西部油画发展情况分地区以史略年表形式展出，并给每个地区配以文献资料，使观众在欣赏美术作品的同时，可对照当地油画发展的背景资料，更清楚地了解西部油画的发展脉络。

5. 开幕式和颁奖活动别出心裁。

开幕式暨颁奖典礼同期举办，突出作者位置。获奖艺术家依次走上象征荣誉的红地毯，颁奖现场专门制作了艺术家视频资料播放，同时为每一位获奖作者撰写了颁奖词，使获奖艺术家成为整场活动的主角，并得到了应有的尊重与关注。

6. 学术讲座与公共教育活动结构立体，层次丰富。

在长达19天的展览期间，陕西省美术博物馆共举办3次学术研讨和6次公共教育活动。3次讲座分别从学术主题、历史背景和美术馆文化三个方面切入，为观众了解展览打开了另一扇窗户。

“高原展”已经连续2年被文化部评为“国家重点美术馆优秀展览项目”，2013年“高原展”将举办第三届，我们期待着该馆再获丰收。

1. “高原·高原——第二届中国西部美术展油画年度展”展览现场。
2. 各大媒体关注“高原·高原——第二届中国西部美术展油画年度展”。
3. “高原·高原——第二届中国西部美术展油画年度展”颁奖现场。
4. 观众观看“高原·高原——第二届油画年度展”作品。
5. “高原·高原——中国西部美术展中国画年度展”现场。

弘/扬/民/族/文/化　彰/显/时/代/精/神

北京凤凰岭美术馆

北京凤凰岭美术馆是集展览陈列、教学培训、学术研究、收藏鉴赏、名家创作于一体的具有中国文化特色的主流美术馆。并以“弘扬民族文化，彰显时代精神”为宗旨，竭力推动中国书画艺术的繁荣与发展，充分发挥窗口与桥梁作用，全面展现中国画的艺术风貌，积极开展国际间文化艺术交流活动，全力打造旨在全球化语境中凸显中国文化精神的美术馆。

“八方山水”论坛座谈会

1 2 3 5 4 6

- 中国美术家协会主席刘大为到美术馆视察工作。
- 北京市旅游局局长张慧光在开幕式上致辞。
- 中国国家画院原院长龙瑞，中国美术家协会中国画艺委会主任郭怡琮等参观纪念建国六十周年——中国画名家作品邀请展。
- “八方山水”论坛——关于当代中国山水画的现状与问题座谈会。
- “八方山水”论坛成立座谈会。
- 纪念建国六十周年——中国画名家作品邀请展现场。

古元美術館

古元美术馆是以中国杰出的人民美术家、美术教育家古元的名字命名的珠海市第一座市立美术馆，该馆占地10000平方米，建筑面积8161平方米，履行美术馆典藏、研究、展览、教育、服务、交流六大功能。馆内现收藏了古元先生捐赠给珠海市政府的版画原作105幅、水彩画70幅，古元作品复制品52幅，古元作品印刷品6幅以及古元速写8幅。馆内有三层设施完备的展厅、多功能报告厅、恒温恒湿画库、美术研究室、接待室，还有美术书店、咖啡茶座等配套服务设施，可举办各种类型的美术展览，是开展美术教育、学术研究和美术交流的理想场馆。古元美术馆是由政府全额拨款的公益性文化事业单位，每天上午9点开馆，下午5点闭馆，逢周一闭馆，欢迎大家前去参观。

开馆时间：上午9:00－下午5:00　　逢星期一闭馆 全年免费开放

古元美术馆全景

古元美術館

GU YUAN MUSEUM OF ART

古元艺术专厅

玉渊潭之晨（1982年）

玉带桥（1962年）

人桥（1948年）

铡草（1940年）

中国书协香港分会

中共十七大提出文化大发展大繁荣的课题，香港著名社会活动家、实业家、书法家施子清博士和几位香港书法界精英适时倡议筹备成立中国书协香港分会。在中央人民政府驻香港联络办公室与中国书法家协会的大力支持下，中国书协香港分会于2012年12月22日在香港正式成立。

中国书协香港分会以中国书协理事、会员为骨干，由香港资深书法艺术家、热衷书法艺术的主要书法会领袖人物组成。施子清先生、戚谷华女士以中国书法家协会理事身份分别担任主席、副主席。中国书协香港分会旨在团结、联系香港各书法团体，共同推广、提高中华书法艺术，薪火相传，发掘培养各阶层有书法造诣的人才。中国书协香港分会根据香港独特的文化环境，提供多个文化推广的平台；内联外交，繁荣、丰富香港书法活动。

中国书协香港分会2013年国庆节拜访全国政协书画室

2012年12月22日，中国书协香港分会成立典礼

施子清博士，香港太平绅士，又名清霖，号雪香居士。施先生业家、社会活动家、文士、书法家于一身，是著名的儒商。

他自幼酷爱书艺，承母训，以清水为墨，砖作笺，孜孜苦练，成趣。于历代碑帖、时贤墨宝无所不窥，兼收并蓄，自成一格。其作品曾多次在香港、台湾、北京、上海、杭州、福州、厦门等地展出

施氏著作甚丰，已出版的有大型书法专著《施子清书法精品集《书法经纬》、《子清墨韵》、《施子清翰墨》、《子清墨趣》；行书《后赤壁赋》、《施子清书前赤壁赋》；散文专著《诗词拔萃《雪香集》；诗词专著《雪香诗钞》及政论专著《子清刍议》等。

子清先生先后受聘为厦门大学兼职教授；南京大学、华侨大学、福建中医学院客座教授京大学顾问教授；同时，兼任华侨大学副董事长、集美大学常务校董等重要职务，为我国高育事业发展，作出了自己应有的贡献。

他一生热衷回馈祖国桑梓，对教育事业贡献良多。1987年首先在家乡晋江捐资设立施子族教育基金会；1989年捐资设立福建长汀县教育基金会，而后又捐资兴建福建长汀一中科学电脑设备中心；1993年捐赠华侨大学敬萱堂教学大楼一座，同年捐建晋江南医院；1997年设立厦门大学教育基金会，同年捐资香港创办吴淑敏幼稚园以及捐资香港创建东华三院健康中1999年捐资设立北京大学教育基金会；2002年捐资设立南京大学教育基金会，另捐建子清教楼；2007年捐资设立香港城市大学教育基金，赞助就读城大的中国大陆留学生；2009年、20先后捐资香港浸会大学资助学校整体发展及中国当代研究所的工作；捐资赞助少数民族地区学院和其他各地的慈善机构、社会团体、幼儿教育、希望工程等。捐资兴学、教育兴国，为及香港教育事业的发展出钱出力，无私奉献，深得社会一致好评。

施子清先生曾任全国工商联副主席，历任中国人民政治协商会议第八、九、十、十一届委员，第十一届全国政协文史与学习委员会副主任。现为中国文联全国委员、中国书法家协事、中国书法家协会香港分会主席，恒通资源集团有限公司董事局主席及海内外数十个社团长、荣誉会长、永远名誉会长等重要职务。

中国书协香港分会2013年国庆节拜访中国书协

施子清写字照

灵石版画

——2012首届中国灵石国际版画双年展成功举办

2012首届中国灵石国际版画双年展开幕式现场。

灵石县位于山西省中南部、晋中市最南端，县域面积1206平方公里，辖6乡、6镇、3个城区管委会，291个行政村，是全省综改试点县和扩权强县试点县，2012年被省政府命名为全省文化强县。灵石籍著名版画家力群、牛文在全国有着很大的影响，是珍贵的文化资源。为了全面贯彻落实党的十八大关于建设文化强国的重大决策，精心打造"古镇大院文化名地、山水休闲旅游胜地、中国版画艺术基地"三张文化名片，促进县域文化大发展、大繁荣，山西省灵石县于12月17日至18日举办了2012首届中国•灵石国际版画双年展活动。山西省各级领导、国内外版画名家、各界艺术名人齐聚石膏山风景区龙吟书院进行观摩与交流，精品力作让人赏心悦目、目不暇接。

为期两天的2012首届中国•灵石国际版画双年展，由中国美协，山西省文化厅，中共晋中市委、市人民政府主办，中共灵石县委、县人民政府承办。共有来自英国、法国、比利时、保加利亚、阿根廷、德国、波兰、瑞典、日本、俄罗斯、美国等50多个国家和地区115位版画家211幅作品参展。活动期间，主办方精心组织了"2012首届中国•灵石国际版画双年展开幕式"、"2012首届中国•灵石国际版画双年展学术论坛"、"牛文美术馆开馆仪式"三大活动。开幕式上，"中国灵石版画奖"揭晓并颁奖，组委会授予李焕民、晁楣"终生成就奖"，授予谭平"最佳艺术家奖"，向黄洋、陈钊、王霄颁发了"青年艺术家奖"。

江门美术馆

江门美术馆于2012年更名为江门市美术馆，她坐落在江门市院士路五邑华侨广场内，毗邻博物馆，面朝会展中心，环境优美、宁静雅致。美术馆于2005年11月26日开馆，2009年10月20日加挂"李铁夫美术馆"。馆建筑面积9000平方米，分为A、B、C三个展馆，设有六个展厅，一个大型综合艺术演讲厅、多个培训课室和创作室，她是一座按照现代多功能目标规划建设的造型艺术馆。

美术馆集展览、研究、收藏、培训功能于一体，以展示中国近现代美术、海外华侨华人美术、江门五邑侨乡美术为特色。多年来，美术馆举办了上百场具有影响力的艺术展览，她成为向大众实施美育的艺术殿堂。

美术馆馆藏丰富，风格多样，题材广泛。通过名家赠送、展览策划等形式收集了近400件藏品，不乏名家名作，包括：中国版画革命先驱黄新波版画作品、水彩画大师胡钜湛的作品、旅美著名油画家王少陵的作品以及出自刘海粟、黄胄等手笔的一批国家珍贵文物...进一步夯实美术馆的馆藏基础，完善馆藏体系。

江门市美术馆作为中国第一侨乡江门的文化展示窗口，她为五邑艺术事业注入全新的艺术内涵。她将以前瞻的眼光、开放的姿态为中国当代艺术写下浓墨重彩的一笔，为中国艺术的发展作出贡献。

藏品，黄新波，版画，《卖血后》

藏品，胡钜湛，水彩画，《畅游》

藏品，刘海粟，国画，《花鸟轴》

藏品，谭雪生，油画，《大树》

藏品，王少陵，油画，《拂晓》

澳门青年交响乐团

2012年，澳门青年交响乐团迎来了她的15周岁。她继续以“为澳门培养本地人才，扮演澳门音乐文化大使”为宗旨，全年举办超过60场大小音乐会，包括新年音乐会、乐韵传万家大型音乐会、与德国国家青年交响乐团联合演出、乐坛新一代等品牌音乐会和参与社会的活动。除了在本地开展音乐普及教育活动，还到两岸四地进行音乐交流。

2012年8月，乐团应邀赴日本福冈、长崎进行“青春之旅”交流演出，纪念中日邦交正常化40周年并与日本九州岛大学交响乐团同台献技、切磋交流。恰逢纪念广岛、长崎原子弹爆炸日，乐团还于原爆日下午在长崎活水女子大学教堂举行和平音乐会。音乐会由澳门青年指挥家廖国敏执棒，演绎贝多芬《第五交响曲“命运”》、小提琴协奏曲《梁祝》及格林卡《鲁斯兰与柳德米拉序曲》等脍炙人口的名曲。作为年轻一代的艺术家，不仅在舞台上尽情展现音乐才华与成就，同时在中日青年交流活动中传递了友好情谊。

1. 澳门指挥廖国敏携手捷克、韩国音乐家演绎贝多芬三重协奏曲。
2. 德国国家青年交响乐团与澳门青年交响乐团同台献艺。
3. 乐韵传万家大型音乐会。
4. 澳门青年交响乐团参加拉丁幻彩大巡游演出。
5. 庆祝澳门青年交响乐团成立15周年音乐会。
6. 台湾竖琴家李哲艺召开大师班。
7. 日本福冈银行音乐厅演奏《梁祝》小提琴协奏曲。

Appendix

2013

附 录

地方各级文学艺术界联合会名录

北 京 市

东城区文联
主 席：赵 书
常务副主席：王富国
驻会副主席：周晓沪
秘书长：李 宏

西城区文联
主 席：张世俊
党组书记、驻会副主席：汪帮宏
常务副主席：杨海森
驻会副主席、秘书长：王永辉
驻会副主席：魏沁沁

朝阳区文联
主 席：李光羲
党组书记：黄晓伟
秘书长：金 童

丰台区文联
主 席：初建华
常务副主席：李 澎
秘书长：韩玉莲

石景山区文联
主 席：郭 明
秘书长：王成成

海淀区文联
主 席：卫汉青
驻会副主席：叶宏奇

门头沟区文联
主 席：王作楫
常务副主席：王殿玉
驻会副主席：郝景儒、李龙梅

房山区文联
主 席：史长义
副主席：刘月辉
秘书长：赵思敬

通州区文联
主 席：樊淑玲
副主席兼秘书长：陈 晨

顺义区文联
主 席：张中茂
副主席兼秘书长：孟云会

昌平区文联
主 席：周振华
驻会副主席：韩瑞莲
副秘书长：高若虹、罗春杰

大兴区文联
主 席：王青海
秘书长：魏书亮

怀柔区文联
主 席：王铁瑛
副主席兼秘书长：于书文
副主席：吴玉生、孟庆润、刘振宝

平谷区文联
主 席：耿大鹏
秘书长：韩维权

密云县文联
主 席：孙明舜
副秘书长：陈 如

延庆县文联
主 席：赵万里
副主席兼秘书长：王春光

天 津 市

和平区文联
主 席：秦 岭
副主席：张永琛、王 梦、张书珍、高 平

河东区文联
主 席：石春波
常务副主席：澎淑兰
副主席：刘德印、成 群、李向群、李金岭、李萼群、林 聪、盛传伟、赵 伟、薛 钊

河西区文联
主 席：宋安娜
副主席：孟 华、窦宝铁、

刘海峰、刘建强、
王　平、李　青

南开区文联

主　席：罗澍伟
副主席：王永山、方大开、
冉　然、张金锁、
张春生、李治邦、
范　权、姜维群、
苑汝海、黑成义、
蔡长奎、魏文亮

河北区文联

主　席：李耀进
副主席：邢慧珠、余海翔、
张　政、张丽强、
张秋铧、周维治、
庞黎明、赵荫杉、
章用秀、喻建十

塘沽区文联

主　席：李英杰
党组书记、副主席：李延春
副主席：马连华、王广荣、
杨国良、魏永明
秘书长：李英杰（兼）

汉沽区文联

主　席：杨为民
副主席：刘云海、丁树元、
王玉梅、刘硕海、
崔茂元、李孝椿、
赵　峰

大港区文联

主　席：吕春波
副主席：孙长顺、刘　鹏、
关有利、王忍利、
王庆秀、宋俊生、
马立新、刘益功、
王兴隆、卢德福

东丽区文联

主　席：张泽恩
副主席：赵宝山、许向诚、
孙玉河、邢纪庆、
傅清源、王晶一、
宋茂斌、徐洪友

西青区文联

主　席：刘　红
副主席：陈子茹、张树清、
李桂金、王焕墉、
李艳成、宋德成、
孙立君、孙民锁、
周向东、于培福

北辰区文联

主　席：赵文秀

武清区文联

主　席：李伯怀
常务副主席：贾玉山
副主席：陈　平、门玉华

宝坻区文联

主　席：孙　伯
副主席：丁其明、王广忠、
牛文延、刘继辉、
刘洪洋、闫海涛、
孟庆占、赵振章、
王春景、周　明

蓟县文联

主　席：赵海军
副主席：刘北星、尹学云

静海县文联

主　席：刘建国
副主席：李　锋、王洪茹、
杨伯良、孙德民、
张忠芬、姚　新、
王敬模、赵恩才

天津开发区文联

主　席：李东辉
副主席：王　迅、徐胜利、
赵　键、毛幼平、
吴寅秋、王锁庄、
齐义乐、董文胜

天津市政法系统文联

主　席：柴中达
常务副主席：藤锦然
副主席：王　文、王燕鸣、
冯基宇、刘国祥、
曲孝丽、张　钊、
张　健、李立华、
李萼群、杨世勋、
杨明光、周永君、
底永生、赵　伟、
程修韬、藏力军

天津市检察官文联

主　席：杨学工
副主席：王　文、王宝利、
刘　虹、李　智、
张卫国、张有强、
陶　明、韩鲁红

天津港文联

主　席：王存杰
副主席：袁宝童、王庆林、
安卫兵、王金忠、
张建春、杨　莹、
刘　嘉、黄宝平

天津职业大学文联

主　席：刘文江
副主席：徐秀琴、马　岩、
况瑞峰、郭振山、
孙德琪

河 北 省

石家庄市文联

党组副书记、主席：周喜俊
党组书记：邵 平
副主席：肖建科
地 址：石家庄市槐北路156号
邮 编：050021
所属各区县文联：
辛集市文联
副主席：刘立生
晋州市文联
主 席：韩丽娟
副主席：冯增勇
新乐市文联
主 席：张瑞法
鹿泉市文联
主 席：康志良
副主席：牛建新
井陉县文联
主 席：马 佶
正定县文联
主 席：韩梅玉
副主席：刘进忠
栾城县文联
主 席：杨志新
行唐县文联
主 席：刘文武
灵寿县文联
主 席：秘君凤
高邑县文联
主 席：李慧勇
深泽县文联
主 席：刘 炬
副主席：孙晓青
赞皇县文联
主 席：毛爱国
无极县文联
主 席：邢永强
副主席：赵 斌
平山县文联
主 席：付锋明
副主席：许贵增
元氏县文联
主 席：张占毅
赵县文联
主 席：徐哲普

张家口市文联

党组书记兼主席：薛美华
副主席：张润兰、钱宗飞、
李敬东
秘书长：冀海莲
地 址：张家口市桥东区东
河沿51号市人大院
邮 编：075000
所属各区县文联：
桥西区文联
主 席：王海峰
桥东区文联
负责人：王淑琴
宣化区文联
主 席：冯小利
察北管理区文联
主 席：赵 智
下花园区文联
主 席：任明星
张北县文联
主 席：冯 谦
康保县文联
主 席：白 秀
沽源县文联
主 席：岳树旺
尚义县文联
主 席：樊殿武
蔚县文联
主 席：刘 锋
阳原县文联
主 席：李海斌
怀来县文联
主 席：李景波
涿鹿县文联
主 席：付宇乾
常务副主席：刘继红
秘书长：张秀春
宣化县文联
主 席：周贵亮

承德市文联

主 席：衣志坚
副主席：贺成利、李全江、
杨 勇
秘书长：梁 义
地 址：承德市行政中心西楼
邮 编：067000
所属各区县文联：
双滦区文联
主 席：刘广军
承德市公安文联
主 席：张同贵
副主席：沈玉波、张亚军
秘书长：崔立然
承德县文联
负责人：马淑艳
兴隆县文联
主 席：王久侠
平泉县文联
秘书长：王翠琴
滦平县文联
主 席：黄宝铭
隆化县文联
主 席：哈占元
丰宁满族自治县文联
主 席：张艳玲
宽城满族自治县文联
副主席：柳忠义
围场满族蒙古族自治县文联
主 席：张秀超

秦皇岛市文联

主　席：王新庄
地　址：秦皇岛市海港区港城大街176号八达大厦5楼
邮　编：066000
所属各区县文联：
海港区文联
主　席：张鹤云
副主席：张秋实
秘书长：赵永红
山海关区文联
主　席：李　冬
北戴河区文联
主　席：李春光
昌黎县文联
专职副主席：张剑东
副主席：燕小锟
抚宁县文联
主　席：杨洪武
副主席：陈劲草、胡　查
秘书长：王亚男
卢龙县文联
主　席：董承喜
青龙满族自治县文联
主　席：苏俊田
秘书长：纪利国

唐山市文联

主　席：袁　宁
副主席：郑久成
秘书长：李秋利
地　址：唐山市路北区西山道9号
邮　编：063007
所属各区市县文联：
开平区文联
主　席：张　丽
副主席：王淑玲
丰润区文联
主　席：高艾存
副主席：陈文娟、刘　倩
丰南区文联
主　席：黄　永
遵化市文联
主　席：黎　新
迁安市文联
主　席：毛广丰
滦县文联
主　席：李明诚
副主任科员：李真理
滦南县文联
主　席：尹兆忠
常务副主席：杜礼东
乐亭县文联
主　席：孟庆忠
副主席：商铁劲
秘书长：李秀春
迁西县文联
主　席：孟祥莲

廊坊市文联

党组书记：董春霖
主　席：宾广平
副主席：韩　冬、李秋生、孙卫东
地　址：廊坊市爱民西道36号
邮　编：065000
所属各市县文联：
霸州市文联
党组书记兼副主席：樊京吉
主　席：胡树全
常务副主席：陈赤军
副主席：张广安
三河市文联
主　席：刘树滋
副主席：田运友
固安县文联
主　席：史增尚
香河县文联
主　席：陈建伶
副主席：马　军、张玉清
大城县文联
主　席：李会宁
副主席：白　静
文安县文联
主　席：王国山
副主席：郝　健
大厂回族自治县文联
主　席：李旭林
副主席：李世宝
秘书长：张　媛

保定市文联

党组书记：郭树林
主　席：刘素娥
地　址：保定市园南街6号
邮　编：071000
所属各市县文联：
定州市文联
主　席：任淑辉
副主席：聂献颖
涿州市文联
主　席：吕宏琳
副主席：张葆冬
安国市文联
主　席：李玉肖
高碑店市文联
主　席：贺志仁
副主席：陈学文
满城县文联
主　席：郄宝利
秘书长：浩　渺
清苑县文联
副主席：李淑玲
易县文联
主　席：刘金珍
徐水县文联
主　席：申志娟
涞源县文联
党组书记、主席：邓玉明
党组成员、副主席：高树英
党组成员：苑小全
定兴县文联
主　席：王振林

望都县文联
主　席：张建增
秘书长：刘杏丽
涞水县文联
负责人：王亚琴
雄县文联
主　席：杨章锁
容城县文联
主　席：王连成
曲阳县文联
主 席：唐少会
阜平县文联
主　席：郄佳学
博野县文联
主　席：孔繁浩
蠡县文联
主　席：解新占
秘书长：张　哲

沧州市文联
主　席：张福林
副主席：唐文君
地　址：沧州市浮阳南大道14号文联
邮　编：061001
所属各市县文联：
泊头市文联
主　席：赵玉清
任丘市文联
主　席：郑万龙
黄骅市文联
主　席：曹延生
青县文联
主　席：韩　雪
吴桥县文联
主　席：李　英
副主席：马路明
孟村回族自治县文联
主　席：李　利

衡水市文联
党组书记、主席：刘月卯
副主席：朱俊杰、宋峻良
地　址：衡水市人民西路1428号
邮　编：053000
所属各协会：
书法家协会
主　席：尹海金
作家协会
主　席：宋峻良
影视家协会
主　席：张建军
民间艺术协会
主　席：傅新友
硬笔书协会
主　席：冯书根
摄影家协会
主　席：康同跃
舞蹈家协会
主　席：郑广义
曲艺家协会
主　席：石秀玲
音乐家协会
主　席：常曲川
戏剧家协会
主　席：孙磊明
内画协会
主　席：王自勇
老年摄影协会
主　席：刘振洋

邢台市文联
主　席：贾兴安
副主席：赵灵均、苗　莉、马建英
秘书长：付志芳
地　址：邢台市顺德路255号
邮　编：054001
所属各市县文联：
沙河市文联
主　席：王守富
副主席：孙学东
邢台县文联
主　席：冯树人
临城县文联
主　席：贾文博
内丘市文联
主　席：和连芬
副主席：高兴国、王京群
秘书长：苏献果
柏乡县文联
主　席：李志航
南和县文联
主　席：代红杰
宁晋县文联
副主席：艾志明
巨鹿县文联
主　席：张东民
广宗县文联
主　席：李存章
秘书长：孙胜巧
平乡县文联
主　席：孙英力
任县文联
主　席：刘云洲
清河县文联
主　席：李少锋
副主席：房明辉
临西县文联
主　席：卢士奇
副主席：王汝杰
南宫市文联
主　席：贾　倩

邯郸市文联
党组书记兼主席：张海英
副主席：李春雷、李　琦
地　址：邯郸市城内中街161号
邮　编：056000
所属各区市县文联：
峰峰矿区文联
主　席：赵志刚
武安市文联
主　席：王进元

副主席：李彦旻
邯郸县文联
主　席：王　良
副主席：刘文杰、陈书江
临漳县文联
主　席：程利民
成安县文联
主　席：常红民
秘书长：宋　岭
大名县文联
副部长主管：李志强
副主席：魏贵玲
秘书长：郭艳玲
涉县文联
主　席：李淑英
秘书长：李仁太
磁县文联
主　席：董学华
秘书长：杨为民
肥乡县文联
主　席：韩志刚
副主席：苗玉平
永年县文联
主　席：徐扶民
邱县文联
党组书记：邵富亮
副主席：韩修龙
鸡泽县文联
主　席：李建朝
副主席：李亮民
馆陶县文联
主　席：刘文珍
魏县文联
主　席：封新河
副主席：姜化君
邯钢集团公司文联
主　席：张延卿
副主席：楚成华、申王书、高　竞、李毅仁
邯郸工商文联
主　席：张建波
邯郸检察官文联
主　席：吴玉安

山　西　省

太原市文联
主　席：王爱琴
党组书记、常务副主席：李元红
副主席：项红春、哲　夫、黄敏娜、张运刚
秘书长：张运刚（兼）
地　址：太原市南肖墙1号
邮　编：030001
所属各区市县文联：
迎泽区文联
主　席：祝亚琴
杏花岭区文联
主　席：胡玉英
万柏林区文联
主　席：高海琴
小店区文联
主　席：王文刚
副主席：张美卿
晋源区文联
主　席：李永旺
尖草坪区文联
主　席：刘云成
清徐县文联
主　席：刘永成
阳曲县文联
主　席：金丽文
娄烦县文联
副主席：李年环
古交市文联
主　席：李成明

大同市文联
主　席：聂还贵
副主席：杨　旺、高志平、王祥夫
地　址：大同市文联
邮　编：037044
所属各区县文联：
城区文联
主　席：赵佃玺
副主席：魏　军
新荣区文联
主　席：郭　文
阳高县文联
主　席：余跃海
天镇县文联
主　席：张　凡
广灵县文联
主　席：王义淑
副主席：杨树林
灵丘县文联
主　席：白东阳
副主席：房　光、贺秋生、李　赣
浑源县文联
主　席：王明海
左云县文联
主　席：侯建忠
大同县文联
主　席：王保忠

朔州市文联
党组书记：高怀国
主　席：王　平
副主席：安文义
地　址：朔州市振华西街1号市委办公大楼B楼126室
邮　编：036002

所属各区县文联：

朔城区文联

主　席：熊国章

平鲁区文联

主　席：刘文斌

山阴县文联

主　席：黄　冀

应县文联

主　席：蔡升元

右玉县文联

主　席：郭　虎

怀仁县文联

主　席：张存平

阳泉市文联

党组书记：裴秀珍

主　席：侯讵望

副主席：李银苟、王炳俊、李保明

地　址：阳泉市南大东街534号晋东大厦五层

邮　编：045000

所属各区县文联：

城区文联

主　席：张彦斌

副主席：刘淑英、聂解放、贾晨波、郑继平、王秀怀

矿区文联

主　席：常树红

副主席：贾希平、翟贵明、姚仁承、高生亮

郊区文联

主　席：米爱梅

副主席：刘满成

平定县文联

主　席：董巨才

副主席：马艳萍、和彦君

盂县文联

主　席：侯宝德

副主席：梁志宏、李彦青

长治市文联

主　席：葛水平

副主席：王新国

地　址：长治市长兴南路70号

邮　编：046000

所属各区市县文联：

城区文联

主　席：赵雨涛

副主席：贺丽娜

郊区文联

主　席：李文华

潞城市文联

主　席：靳　伟

副主席：江宇辉

长治县文联

主　席：李书玲

襄垣县文联

主　席：崔玉萍

副主席：田渊斌

屯留县文联

主　席：刘晓红

副主席：陈建宏

平顺县文联

主　席：申志强

副主席：张斌胜、王鸿斌、王宏亮

黎城县文联

主　席：赵红梅

壶关县文联

主　席：王文琴

副主席：赵俊杰、王文婷

长子县文联

主　席：李建文

武乡县文联

主　席：刘叶青

副主席：魏　芳

沁县文联

主　席：王泽宇

沁源县文联

主　席：邓焕彦

晋城市文联

主　席：贾大一

副主席：谢红俭、韩有珍

党组成员：聂利民

地　址：晋城市凤城路赵树理文学馆

邮　编：048000

所属各区市县文联：

城区文联

主　席：吕伟新

高平市文联

主　席：王百灵

泽州县文联

主　席：李小鹏

沁水县文联

主　席：苏张林

阳城县文联

主　席：李三平

陵川县文联

主　席：马素花

忻州市文联

党组书记：路向东

主　席：王改瑛

副主席：刘存旺

副调研员：宋培卿

地　址：忻州市文联

邮　编：034000

所属各区市县文联：

忻府区文联

主　席：刘镜圆

原平市文联

主　席：郑建芳

副主席：韩玉光、武振军

定襄县文联

主　席：智建恩

五台县文联

主　席：张嫦娥

代县文联

主　席：贾俊文

副主席：张　俊

繁峙县文联
主　席：王爱中
宁武县文联
主　席：陈智泉
静乐县文联
主　席：宋德珍
副主席：吴亮梅、张月升
神池县文联
主　席：韩志强
五寨县文联
主　席：朱和森
岢岚县文联
主　席：王素芳
河曲县文联
主　席：岳占东
保德县文联
主　席：王汇东
偏关县文联
主　席：杨治国
五台山风景区文联
主　席：安建华

晋中市文联

党组书记：王跃生
主　席：吕　新
副主席：田五先、郝汝椿
地　址：晋中市榆次区新华街199号
邮　编：030600
所属各区市县文联：
榆次区文联
主　席：鹿巨平
副主席：王荣芝、陈耀忠
介休市文联
主　席：许建斌
副主席：焦荷花
榆社县文联
常务副主席：王晋鸿
和顺县文联
党支部书记：常跃生
主　席：赵　茜
副主席：韩世斌
昔阳县文联
主　席：李余彬
寿阳县文联
主　席：赵亚明
副主席：王丽萍
太谷县文联
主　席：白志强
祁县文联
主　席：范培杰
平遥县文联
主　席：赵永平
灵石县文联
主　席：孟繁信
副主席：王俊才
左权县文联
主　席：孟振先
副主席：王治红

临汾市文联

主　席：王富山
副主席：杨红旭、许爱英
地　址：临汾市文联
邮　编：041000
所属各区市县文联：
尧都区文联
主　席：刘　琳
侯马市文联
主　席：李会彦
副主席：高雪玲
霍州市文联
主　席：安忠伟
副主席：武文平
曲沃县文联
主　席：崔晋国
翼城县文联
主　席：周明社
副主席：张发树、王　芳
襄汾县文联
主　席：杨志刚
副主席：杜玉柱、柴晓菡
洪洞县文联
主　席：李清城
副主席：李鸿雁、杨晓夏
古县文联
主　席：秦雪亮
副主席：赵香敏
安泽县文联
主　席：赵俊峰
浮山县文联
主　席：程东晓
吉县文联
主　席：刘旭山
副主席：郭吉祥
蒲县文联
主　席：杨明海
副主席：张　敏
大宁县文联
党支部书记：景红兵
副主席：冯杰伟
永和县文联
主　席：马毅杰
副主席：徐永统
隰县文联
主　席：郝微微
副主席：贠红红
乡宁县文联
主　席：王晋强
副主席：阎晓莉
汾西县文联
主　席：张建忠
副主席：畅双珍

运城市文联

党组书记：段利民
副主席：畅　民　魏荣汉、武俊英、王　英、杜东明、李国勇、杨光汉、李云峰、谭文峰
地　址：运城市红旗东街367号
邮　编：044000
所属各区市县文联：
盐湖区文联
主　席：董吉云

副主席：宋　兵
永济市文联
主　席：高菊蕊
河津市文联
主　席：薛　城
副主席：曹向荣
芮城县文联
主　席：郭昊英
副主席：张　燕
临猗县文联
主　席：闫民虎
万荣县文联
主　席：王旭升
副主席：张克剑　王红妮
新绛县文联
主　席：刁俊杰
稷山县文联
主　席：郑天虎
闻喜县文联
主　席：杨丑龙
夏县文联
主　席：王遂良
平陆县文联
主　席：谭康明
绛县文联
主　席：任浩民
垣曲县文联
主　席：王　涛

吕梁市文联
党组书记：郭银屏
副主席：马建明、秦云贵
地　址：吕梁市离石区兴隆街16号
邮　编：033000
所属各区市县文联：
离石区文联
主　席：李心丽
孝义市文联
主　席：程继红
汾阳市文联
主　席：张立新
文水县文联
主　席：宋建英
交城县文联
主　席：韩笑丰
中阳县文联
主　席：陈海玉
兴县文联
主　席：张明提
临县文联
主　席：贺升亮
方山县文联
主　席：李锦斌
柳林县文联
主　席：弓福安
岚县文联
党组书记：牛　耘
石楼县文联
主　席：白玉生
交口县文联
主　席：李春燕

内蒙古自治区

呼和浩特市文联
主　席：杨　茂
副主席：缪　娜、田　明
地　址：呼和浩特市中山西路青城公园内呼市文联
邮　编：010020
所属各区县旗文联：
新城区文联
主　席：李　育
副主席：王玉静、于　浩
玉泉区文联
主　席：云　静
副主席：杨遇春
赛罕区文联
主　席：韩玉梅
副主席：陈宏飞
回民区文联
主　席：罗胜勇
副主席：赵先军
武川县文联
主　席：王　晖
和林格尔县文联
主　席：马炳仁
土默特左旗文联
副主席：郭建华
托克托县文联
主　席：王建宏
清水河县文联
主　席：石潮瑞

包头市文联
党组书记：石秀茹
主　席：白清元
副主席：白　涛、赵玉林
地　址：包头市昆区乌兰道61号
邮　编：014010
所属各区县旗文联：
昆都仑区文联
常务副主席兼秘书长：张秀玲
东河区文联
主　席：刘燕丹
青山区文联
主　席：郭文焕
石拐区文联
主　席：何少华
九原区文联
主　席：张春霞
固阳县文联
主　席：李　刚
土默特右旗文联
负责人：周　涛
达尔罕茂明安联合旗文联
主　席：秦文秀

包钢文联
主　席：李金贵
一机集团职工文联
主　席：刘　良
北重集团职工文联
主　席：张海军
包铝集团公司职工文联
主　席：张　智
中核北方核燃料原件有限公司职工文联
主　席：李长耀
中国二冶集团有限公司职工文联
主　席：闫爱中
包商银行文联
主　席：李镇西

乌海市文联

主　席：郭振莲
副主席：魏文新、赵爱桃
地　址：乌海市行政中心A座1649乌海市文联
邮　编：016000
所属区文联
海勃湾区文联
主　席：王卫平

赤峰市文联

党组书记：李文智
主　席：宁国涛
副主席：张建华、赵向阳
秘书长：李兆惠
地　址：赤峰市红山区昭乌达路南段
邮　编：024000
所属各旗县区文联：
红山区文联
主　席：焦万树
副主席：王志悦
松山区文联
分管副部长：齐国华
元宝山区文联
主　席：陈志勇
敖汉旗文联
主　席：王玉森
阿鲁科尔沁旗文联
主　席：李云飞
巴林左旗文联
分管副部长：斯琴格日乐
巴林右旗文联
副主席：敖德斯尔
克什克腾旗文联
分管副部长：孙国树
林西县文联
主　席：王禹洁
翁牛特旗文联
主　席：高明林
喀喇沁旗文联
分管副部长：王英凯
宁城县文联
常务副主席：赵群星

通辽市文联

党组书记、主席：杨文环
副主席：格日勒图、齐根柱
地　址：通辽市工会大厦八层
邮　编：028000
所属各区市旗文联：
科尔沁区文联
主　席：张玉磬
副主席：宋文彪
秘书长：李　佳
霍林郭勒市文联
副主席：赵晓英（主持工作）
开鲁县文联
主　席：陈瑞学
副主席：单永利
秘书长：吕彩霞
库伦旗文联
主　席：包丰华
副主席：朝格吉勒图
奈曼旗文联
主　席：梁　琛
副主席：包文华
秘书长：白嘎丽
扎鲁特旗文联
主　席：戴宝林
副主席：葛文龙
科尔沁左翼中旗文联
主　席：王格日勒图
秘书长：刘炳星
科尔沁左翼后旗文联
主　席：包国卿
副主席：陈　光
秘书长：王晓华

呼伦贝尔市文联

主　席：刘爱萍
副主席：包布仁（布仁陶克陶）、王丽霞
地　址：呼伦贝尔市海拉尔区河东胜利大街9号
邮　编：021008
所属各区市旗文联：
海拉尔区文联
主　席：苏海鹰
满洲里市文联
主　席：薛建国
副主席：孙敏杰
扎兰屯市文联
主　席：王静远
副主席：王泽蔚
牙克石市文联
主　席：马晓音
秘书长：董雪松
根河市文联
主　席：胡希珍
额尔古纳市文联
主　席：杨建民
副主席：秦宝亮、丁玉成
阿荣旗文联
主　席：郑治家
副主席：刘志强、郑玉杰
新巴尔虎右旗文联
主　席：马　特
副主席：道力格尔

新巴尔虎左旗文联
主　席：照日格图
陈巴尔虎旗文联
主　席：新苏雅拉
鄂伦春自治旗文联
主　席：敖荣凤
副主席：金宝华
鄂温克族自治旗文联
主　席：苏伦高桂
副主席：邱红梅
莫力达瓦达斡尔族自治旗文联
主　席：孟大伟
副主席：张蕴辉
扎赉诺尔区文联
主席：李满红

鄂尔多斯市文联

副书记：赵丽珍
主　席：乌力吉布林
副主席：王茂荣
调研员：王中明
地　址：鄂尔多斯市东胜区宝日陶亥东街1号
邮　编：017000
各所属旗区文联
东胜区文联
主　席：贾国荣
副主席：张彩云
达拉特旗文联
主　席：刘建广
副主席：付有利、武建平、张　东
准格尔旗文联
主　席：孙俊良
副主席：康秀荣
鄂托克前旗文联
主　席：于国强
党支部书记：达布希拉图
副主席：敖腾高娃
鄂托克旗文联
主　席：敖云达来
副主席：胡凤岐
杭锦旗文联
主　席：王　墨
副主席：巴雅斯呼楞、郝永峰、邢春生
乌审旗文联
主　席：乌云毕力格
副主席兼秘书长：冯海燕
副主席：王　瑞
伊金霍洛旗文联
主　席：高　厉
副主席：刘　军、张　蕊
秘书长：王　安

乌兰察布市文联

主　席：郭俊琴
副主席：邓国宝、曹桂忠
调研员：张建国
秘书长：梁能伟
地　址：乌兰察布市集宁新区市党政大楼北楼319
邮　编：012000
所属各协会：
市作家协会
主　席：王玉水
市书法家协会
主　席：梁能伟
市美术家协会
主　席：王永鑫
市音乐家协会
主　席：安健君
市舞蹈家协会
主　席：蔡晓峰
市电影电视家协会
主　席：邓国虎
市摄影家协会
主　席：李建平
市戏剧家协会
主　席：孙志忠
市民间文艺家协会
主　席：潘小平
市文艺评论家协会
主　席：赵海忠
所属各区市县旗文联：
集宁区文联
主　席：乔海龙
秘书长：王玉平
丰镇市文联
主　席：赵国栋
副主席：宋振文
卓资县文联
主　席：杨国文
副主席：王　丽
化德县文联
主　席：王　生
商都县文联
主　席：王爱贤
副主席：赵有亮
兴和县文联
主　席：武　岳
副主席：何　荣
凉城县文联
主　席：胡旺旺
副主席：高建军、李焕娥
察哈尔右翼前旗文联
主　席：张　斌
副主席：张　鹏、云格日勒
察哈尔右翼中旗文联
主　席：侯志强
副主席：李文彪
察哈尔右翼后旗文联
主　席：赵振明
四子王旗文联
主　席：齐纳尔图
副主席：那巴图

巴彦淖尔市文联

主　席：吴青霞
副主席：李　玲
副秘书长：张　浩
地　址：巴彦淖尔市西区写字楼七楼巴彦淖尔市文联
邮　编：015000

所属各区县旗文联：

临河区文联

主　席：张建忠

五原县文联

主　席：李惠泉

磴口县文联

主　席：贺秀峰

乌拉特前旗文联

主　席：王晓琴

乌拉特中旗文联

主　席：刘广星

乌拉特后旗文联

主　席：张建林

杭锦后旗文联

主　席：丁丽平

兴安盟文联

党组书记、主席：岳晓青

地　址：兴安盟党委综合大楼

邮　编：137400

所属各旗县市文联

乌兰浩特市文联

主　席：李韩峰

阿尔山市文联

主　席：金国庆

突泉县文联

主　席：王连成

科尔沁右翼前旗文联

主　席：朱连升

科尔沁右翼中旗文联

主　席：吴　杰

扎赉特旗文联

主　席：云　峰

锡林郭勒盟文联

主　席：季　华

副主席：阿拉腾格日勒、李　询、吉木斯、若　希、沙格德尔、韩凤麟、乌仁其木格

地　址：锡林浩特市经济开发区党政大楼

邮　编：026000

所属各市县旗文联：

锡林浩特市文联

主　席：巴图朝鲁

副主席：革　命

二连浩特市文联

主　席：李雪东

多伦县文联

主　席：任月海

阿巴嘎旗文联

主　席：呼努苏图

苏尼特左旗文联

主　席：朝鲁门

苏尼特右旗文联

主　席：阿·斯琴巴特尔

东乌珠穆沁旗文联

主　席：苏宝玉

西乌珠穆沁旗文联

主　席：阿·乌仁其木格

太仆寺旗文联

主　席：李　君

镶黄旗文联

主　席：格日勒巴特尔

副主席：额尔登巴特尔

正镶白旗文联

主　席：巴雅尔

副主席：苏雅拉图

正蓝旗文联

主　席：乌云达来

阿拉善盟文联

党组书记：李成云

主　席：马　英

地　址：阿拉善盟文联（巴彦浩特镇原盟委大楼）

邮　编：750306

所属旗文联：

阿拉善左旗文联

主　席：额宝勒德

副主席：李　荣、杜克勤

辽　宁　省

沈阳市文联

党组书记、主席：关蓉晖

巡视员：王荣彦

副主席：王哲年

地　址：沈阳市和平区北三经街66号

邮　编：110003

所属各协会

作家协会

主　席：马秋芬

秘书长：杨卫东

常务副秘书长：白小易

戏剧家协会

主　席：吕晓禾

副主席兼秘书长：陈莉萍

音乐家协会

主　席：陶承志

副秘书长：吕亚宁

美术家协会

主　席：刘　明

副主席兼秘书长：李琦彬

曲艺家协会

主　席：王　平

秘书长：赵　淳

书法家协会

主　席：董　文

副主席兼秘书长：卢　林

摄影家协会

主　席：黄小森

副秘书长：潘　璠

舞蹈家协会
主　席：姚泳全
副主席兼秘书长：黄　莹
民间文艺家协会
主　席：王廷瑞
秘书长：张宝海
杂技家协会
主　席：安　宁
副主席：董争臻
秘书长：任　莉
电影电视家协会
主　席：白明路
副主席兼秘书长：王　君
动漫艺术协会
主　席：孙　明
常务副主席兼秘书长：于　晨
所属各区市县文联：
沈河区文联
主　席：刘　平
专职副主席：苏晓冬
大东区文联
主　席：杨志强
铁西区文联
主　席：商国华
副主席：徐连宝
苏家屯区文联
主　席：程　心
常务副主席：刘　伟
东陵区文联
主　席：董　娇
副主席：杨家坤
沈北新区文联
主　席：朱宝财
秘书长：张志强
于洪区文联
主　席：王凤娟
秘书长：林建国
新民市文联
常务副主席：马百良
辽中县文联
主　席：赵宇风

康平县文联
主　席：杨玉峰
副主席：徐国锋
法库县文联
主　席：张振权
副主席兼秘书长：万冰峰
沈阳市鼓风集团文联
主　席：邓长辉
副主席：杜　平、佟立臣
沈阳造币有限公司职工文联
主　席：王祯杰
副主席：盛　韬
北方重工文联
主　席：刘晓东
沈阳水务集团文联
主　席：奉　卓

朝阳市文联

主　席：隋志超
副主席：马连泉、刘乃侠
秘书长：宋晓珂
组联部主任：索春海
地　址：朝阳大街三段7号市政府院内市文联
邮　编：122000
所属各区市县文联：
双塔区文联
主　席：郑继超
秘书长：任丽华
龙城区文联
主　席：王福玉
秘书长：张春波
北票市文联
主　席：潘国辉
凌源市文联
主　席：张晓峰
朝阳县文联
主　席：高树彦
建平县文联
主　席：贾兴岩
喀喇沁左翼蒙古族自治县文联
主　席：杨景坤

副主席兼秘书长：李　凭

阜新市文联

主　席：王树清
副主席：张　利、金　勇
秘书长：赵　颖
地　址：阜新市细河区解放大街北段21—3号
邮　编：123000
所属各区县文联：
阜新蒙古族自治县文联
主　席：海　峰
常务副主席：李青松
彰武县文联
主　席：王迎春
常务副主席：常星儿
海州区文联
主　席：张　霁
常务副主席：张　玲
新邱区文联
主　席：周永红
副主席：杨松岩
阜新矿业集团文联
主　席：何　川
副主席兼秘书长：胡玉滨

铁岭市文联

主　席：王日昕
副主席：王　荐、孙金瑛
地　址：铁岭市凡河新区金沙路38号
邮　编：112000
所属各区市县文联：
银州区文联
主　席：林明臣
清河区文联
主　席：杜　刚
秘书长：王　威
调兵山市文联
主　席：赵明舒
副主席：邱宝成

开原市文联
主　席：蒋丽娟
副主席：刘付军
秘书长：陈　旭
铁岭县文联
主　席：常友仁
秘书长：孟繁莉
西丰县文联
主　席：王　刚
昌图县文联
主　席：朱秀颖

抚顺市文联

党组副书记兼主席：张弘韬
党组书记：商泽友
副主席：魏　兵
地　址：抚顺市东六路13号
邮　编：113008
所属各区县文联：
新抚区文联
主　席：江　旭
常务副主席兼秘书长：马建国
顺城区文联
主　席：赵启华
副主席：吴东岗
东洲区文联
主　席：梁德奎
望花区文联
主　席：杜洪石
抚顺县文联
主　席：李　军
副主席：周　民
清原满族自治县文联
主　席：曹惠斌
新宾满族自治县文联
主　席：解　良

本溪市文联

党组书记、主席：于凌波
副主席：王重旭、刘晓波
名誉主席：田连元、冯大中
秘书长：韩福章
地　址：本溪市儿童乐园内
邮　编：117000
所属各区县文联：
平山区文联
主　席：邱静明
秘书长：胡立友
溪湖区文联
主　席：王柯琦
秘书长：赵忠大
明山区文联
主　席：韩良贵
秘书长：乔　惠
南芬区文联
主　席：王志华
秘书长：贾春林
本溪满族自治县文联
主　席：高世忠
秘书长：张永红
桓仁满族自治县文联
主　席：姜忠平
秘书长：丛连鹏
本钢文联
副主席兼秘书长：蒋振宇

辽阳市文联

主　席：张　东
党组书记、常务副主席：侯长利
副主席：宁泉溪、孙　浩、党　徽、苏　萍、高劲松
秘书长：韩文献
地　址：辽阳市文联
邮　编：111000
所属各区市县文联：
辽阳县文联
主　席：李玉海
常务副主席：巴　进
灯塔市文联
主　席：苏德勇
宏伟区文联
主　席：吕阳镜
专职副主席：曾爱武
弓长岭区文联
主　席：姚　广
常务副主席：屈旭芳

鞍山市文联

主　席：尹伟达
副主席：金　炜、李宏伟
秘书长：张敬涛
地　址：鞍山市铁东区爱民街6号
邮　编：114001
所属各市县文联：
海城市文联
主　席：刘广才
台安县文联
主　席：王伟光
副主席：李迎春
秘书长：王洗尘
岫岩满族自治县文联
主　席：姜玉忠
驻会副主席：高大庆
秘书长：范光耀
鞍钢文联
主　席：冯凌旭
副主席：袁　鹏
秘书长：李　松

丹东市文联

党组书记：吴多良
主　席：邢培红
副主席：白　鹰
秘书长：张欣荣
地　址：丹东市振兴区鸭绿江大街198号
邮　编：118009
所属各区市县文联：
振安区文联
主　席：潘景荟
凤城市文联
主　席：王安民
副主席：孙　毅
秘书长：岳海英

东港市文联
主　席：于丰敏
副主席：张兵兵
秘书长：孙秋杰
宽甸满族自治县文联
主　席：赵　波
秘书长：焦静冬

大连市文联
党组书记兼副主席：何明洲
主　席：滕贞甫
驻会副主席：宋延平、邢德武
地　址：大连市西岗区长白街6号
邮　编：116012
所属各协会：
作家协会
主　席：素　素
秘书长：孙学丽
戏剧家协会
主　席：杨　赤
秘书长：张晓军
美术家协会
主　席：石　峰
秘书长：孙天娇
书法家协会
主　席：李宴清
秘书长：张　旸
摄影家协会
主　席：王大斌
副秘书长：赵艺卓
音乐家协会
主　席：宋延平
秘书长：朱汉民
舞蹈家协会
主　席：周舜民
秘书长：孙　慧
民间文艺家协会
主　席：张嘉树
秘书长：陈　锦
曲艺家协会
主　席：李志有
秘书长：李卓毅
杂技家协会
主　席：杨剑胜
秘书长：李卓毅
电视家协会
主　席：高满堂
秘书长：朱利祁
影视家协会
主　席：马莲英
秘书长：张廷起
文艺评论家协会
主　席：王晓峰
秘书长：何永娟
所属各区市县文联：
中山区文联
主　席：曲寿巍
常务副主席兼秘书长：刘　辉
西岗区文联
主　席：傅小昇
副主席：王世修
沙河口区文联
主　席：宋晓红
秘书长：李　军
甘井子区文联
主　席：杨文存
专职副主席兼秘书长：崔　清
旅顺口区文联
主　席：宋士军
副主席：吴　昊、王湘平
秘书长：邹　辉
金州区文联
主　席：刘　军
秘书长：迟贤伟
瓦房店市文联
主　席：侯德云
副主席：韩　敏
秘书长：高金科
普兰店市文联
主　席：周永斌
庄河市文联
主　席：白春海
副主席、秘书长：林玉玲
长海县文联
主　席：赵振胜
副主席：贺传峰
职工文联
主　席：段建华
常务副主席：郝国明
秘书长：王　强
公安文联
主　席：赵兴敏
副主席：李朝森、王仁波、王　澜、张宏斌
秘书长：张荣生
残疾人文联
名誉主席：李　扬
主　席：徐　铎
副主席：王　荔、尹　平、孙龙起、程　超、董　迪、王新德
秘书长：李发泉
副秘书长：骆　燕、陈　玫

营口市文联
主　席：韩瑞祥
副主席：白凤德、谢仲科
地　址：营口市辽河大街西3号
邮　编：115003
所属各区市文联：
站前区文联
主　席：王运泽
老边区文联
主　席：周　治
大石桥市文联
主　席：顾宝金
秘书长：冯　伟
盖州市文联
主　席：郭　华
副主席：骆　兵
鲅鱼圈区文联
主　席：张天放

盘锦市文联
主　席：刘　民

副主席：赵俊芝、盖　娟
地　址：盘锦市兴隆台区双兴中路30号市文化大院1号楼
邮　编：124013
所属各县文联：
大洼县文联
主　席：许世友
副主席：夏丽华
秘书长：孙　菁
盘山县文联
主　席：何桂立
双台子区文联
主　席：吕　新
兴隆台区文联
主　席：丁学丽

锦州市文联

主　席：马占林
副主席：王桂荣
地　址：锦州市古塔区和平路三段82号
邮　编：121000
所属各市县文联：
凌河区文联
主　席：刘　学
凌海市文联
主　席：何　宽
北镇市文联
主　席：曹雁奎
黑山县文联
主　席：刘世洲
副主席：王　根、韩耀刚
副主席兼秘书长：史纪坤
义县文联
负责人：高宏伟

葫芦岛市文联

副主席：齐　丽
地　址：葫芦岛市龙港区龙湾大街甲1号
邮　编：125000
所属各区市县文联：
龙港区文联
主　席：李兴华
秘书长：杨　萍
连山区文联
主　席：李凤华
秘书长：张中云
南票区文联
主　席：曹　闯
秘书长：王志刚
兴城市文联
主　席：王晓平
副主席兼秘书长：李　丹
绥中县文联
主　席：杜　群
副主席：张　涵
建昌县文联
主　席：马宝义
副主席：李恩江
秘书长：贾广智

吉　林　省

长春市文联

党组书记兼常务副主席：张守智
主　席：吴德金
副主席：王长元、景喜猷
副秘书长：汪鹏辉
党组成员兼办公室主任：孙中亮
协会工作部部长：王丽君
办公室副主任：耿华钢
组联部副部长：吴建民
地　址：长春市朝阳区锦水路1097号
邮　编：130061
所属各区市县文联：
朝阳区文联
主　席：丛中梅
副主席兼秘书长：肖力群
双阳区文联
主　席：朴连玉
副主席兼秘书长：王　彦
德惠市文联
主　席：于树军
常务副主席：李岱林
副主席：王　淼
九台市文联
党组书记：陈海峰
榆树市文联
党组书记兼常务副主席：宋东安
秘书长：杜　河
农安县文联
主　席：徐志成
副主席：汲丛彬

白城市文联

主　席：曹伯铭
书　记：朱万和
副主席：霍铁军
秘书长：白　雪
地　址：白城市文化东路1号
邮　编：137000
所属各区市县文联：
洮北区文联
党组书记：于立涛
主　席：陈　葳
大安市文联
副主席：赵紫洲
洮南市文联
副主席：王贵春
秘书长：刘凤才
通榆县文联
主　席：张丽枚
镇赉县文联
主　席：宋力民
秘书长：宋　奥

松原市文联

主　席：程永刚
秘书长：刘鸿鸣
地　址：松原市沿江东路189号
邮　编：138000
所属各区县文联：
宁江区文联
主　席：卢景田
秘书长：刘　洋
前郭尔罗斯蒙古族自治县文联
主　席：恩　和
党组书记、副主席：刘道福
乾安县文联
主　席：刘海威
副主席：刘宝锋
扶余县文联
主　席：刘利群
秘书长：邢红军
长岭县文联
主　席：李立忠
副主席：赵连波

吉林市文联

党组书记：范雅杰
主　席：邹铁军
副主席：王慧聪、韩文身
秘书长：刘　成
地　址：吉林市北京路82号
　　　　市委综合楼4楼
邮　编：132011
所属各市县文联：
永吉县文联
主　席：陈本海
副主席：葛治含
舒兰市文联
主　席：王春野
常务副主席：颜　雪
秘书长：赵云娴
桦甸市文联
主　席：刘东华
秘书长：刘晓军
蛟河市文联
主　席：张　彦
副主席：张德胜
秘书长：田　宇
磐石市文联
主　席：王　缓
常务副主席：李　斌
秘书长：付新立

四平市文联

党组书记：李　罡
主　席：唐亚民
副主席：崔维利
地　址：四平市英雄大街
　　　　1719号
邮　编：136000
所属各协会：
作家协会
主　席：于耀江
音乐家协会
主　席：陈殿华
舞蹈家协会
主　席：张　剑
美术家协会
主　席：魏舒菲
书法家协会
主　席：薛　军
摄影家协会
主　席：于云飞
戏剧家协会
主　席：张　信
广播、电影、电视艺术工作者协会
主　席：肖　波
社区文艺工作者协会
主　席：赵　宇
互联网文化工作者协会
主　席：张振海
民间文艺家协会
副主席：陈明宏
所属各区市县文联：
铁西区文联
主　席：周　雁
铁东区文联
主　席：杨学力
双辽市文联
主　席：任宏志
公主岭市文联
主　席：李洪安
梨树县文联
主　席：周宝文
伊通满族自治县文联
主　席：李秀芬

辽源市文联

主　席：荣德辉
副主席、秘书长：刘水波
地　址：辽源市人民大街626号
邮　编：136200
所属各县文联：
东丰县文联
主　席：刘宝仁
副主席：李明林
秘书长：周传波
东辽县文联
主　席：邓永波
副主席：蒋世罡
秘书长：董晓清

通化市文联

主　席：刘丛林
地　址：通化市秀泉路702号
邮　编：134001
所属各市区县文联：
集安市文联
主　席：尹庆刚
梅河口市文联
主　席：林春梅
东昌区文联
主　席：刑露予
通化县文联
主　席：张艳玲
辉南县文联
主　席：赵光泽
柳河县文联
主　席：于近红

白山市文联

党组书记、副主席：王　娟
秘书长：仉培基
副秘书长：安郁民、朱风枝
地　址：白山市浑江大街135号
邮　编：134300
所属各区县文联：
浑江区文联
副主席：杨清水
江源区文联
副主席：刘国华
临江市文联
主　席：姜国栋
副主席：王明强
抚松县文联
主　席：刘秀丽
秘书长：谭庆军
靖宇县文联
主　席：赵　茜
副主席：王　丽
长白朝鲜族自治县文联
主　席：袁长春
秘书长：尹　宁

延边朝鲜族自治州文联

主　席：朴瑞星
副主席：柳东根、崔　妍
地　址：延吉市公园路2799号州政务中心Ｂ座
邮　编：133001
所属各市县文联：
延吉市文联
主　席：姜明洙
副主席：俞　红
图们市文联
副主席：赵东范
敦化市文联
副主席：贾少林
珲春市文联
主　席：金允珍
副主席：公培安
龙井市文联
主　席：李贵华
和龙市文联
副主席：李春南
汪清县文联
主　席：洪美兰
秘书长：李向阳
安图县文联
主　席：李文斌
副主席：王传江

黑龙江省

哈尔滨市文联

主　席：王亚平
副主席：李建华、杨成志、唐　飚
地　址：哈尔滨市道里区兆麟街125号
邮　编：150010
所属各区县文联：
道里区文联
主　席：孙悦春
秘书长：孙　姬
南岗区文联
主　席：陈爱华
秘书长：韩义华
道外区文联
秘书长：尚　丽
香坊区文联
主　席：张海涛
秘书长：康　猛
平房区文联
主　席：于纯芳
秘书长：于淑华
呼兰区文联
主　席：毛猛平
秘书长：白铭波
阿城区文联
负责人：马志飞
双城市文联
秘书长：高明涛
尚志市文联
主　席：徐文华
秘书长：刘延功
五常市文联
主　席：韩　爽
秘书长：朱洪玉
依兰县文联
主　席：赵　勋
方正县文联
主　席：纪冬梅
秘书长：董艳芬
宾县文联
主　席：刘首军
巴彦县文联
主　席：李佩友
木兰县文联
主　席：孟　焕
副主席：赵云峰
通河县文联
主　席：栾天凤
延寿县文联
副主席：苏晓伟

齐齐哈尔市文联

主　席：邱利锋
副主席：姜云龙、朱虹宇
地　址：齐市党政办公中心一号楼
邮　编：161006
所属各协会：
作家协会
主　席：朱虹宇
音乐家协会
主　席：姜云龙
摄影家协会
主　席：陈寿安
书法家协会
主　席：吴学谦

舞蹈家协会
主　席：于力平
戏剧家协会
主　席：艾　平
杂技艺术家协会
主　席：王云良
民间艺术家协会
主　席：李树林
曲艺家协会
主　席：周洪儒
诗词楹联协会
主　席：赵世贵
美术家协会
主　席：王晓峰
影视动漫家协会
主　席：李长筑
所属各县区市文联：
讷河市文联
主　席：徐启发
甘南县文联
主　席：康　胜
富裕县文联
主　席：高瑞如
龙江县文联
负责人：吕同国
依安县文联
秘书长：马　岩
泰来县文联
副主席：才立国
克山县文联
副主席：马建华
拜泉县文联
副主席：张新宇
富拉尔基区文联
主　席：张书君
昂昂溪区文联
副主席：张湘麟
梅里斯达斡尔族区文联
副主席：周文雅
龙沙区文联
主　席：赵炘煜
建华区文联
副主席：王跃进

黑河市文联

主　席：车　义
秘书长：李　琳
地　址：黑河市通江路2号市政府大楼1817室
邮　编：164300
所属各协会：
摄影家协会
主　席：王伟刚
秘书长：张大庆
美术家协会
主　席：常玉辉
秘书长：杨加国
书法家协会
主　席：刘庆海
秘书长：刘宝民
作家协会
主　席：杨晓光
秘书长：唐文波
音乐家协会
主　席：温庆民
秘书长：乔国伟
舞蹈家协会
主　席：徐　颖
秘书长：张　颖
所属各市县文联：
北安市文联
主　席：宋葵花
五大连池市文联
主　席：李向民
五大连池风景区文联
主　席：任伟东
嫩江县文联
主　席：邹灵鹃
逊克县文联
主　席：马明泽
孙吴县文联
主　席：徐　钧

大庆市文联

党组书记：王　璟
主　席：柳　庄
副主席：张云凤、张兴利
秘书长：朱晓鹑
地　址：大庆市东风新村纬二路18号市文联
邮　编：163311
所属各区县文联：
萨尔图区文联
主　席：穆贵发
副主席：杨海臣、包民杰
龙凤区文联
主　席：汪严明
副主席：刘江生、杨欣闽
让胡路区文联
主　席：刁雁林
副主席：徐永民、霍春华
大同区文联
主　席：窦立雪
副主席：于凤军、李　娜、杨满良
红岗区文联
主　席：王　明
副主席：张　征、张俊清
肇州县文联
主　席：黄远志
副主席：张浩天、苗立辉、楚汉英
肇源县文联
主　席：何连珍
副主席：崔秀恩、张　维、刘树歧、付道权
林甸县文联
主　席：杜宏伟
副主席：聂志新、武海军
杜尔伯特蒙古族自治县文联
主　席：宋玉红
副主席：付国宝、任青春

伊春市文联

主　席：王欣红
副主席：邬晓红
秘书长：王殿生
地　址：伊春市通河路新园小区

邮　编：153000

所属各协会：

作家协会

主　席：王　满

常务副主席：于成海

摄影家协会

主　席：吴恒芳

副主席兼秘书长：王殿生

美术家协会

主　席：高首峰

秘书长：丁炳恒

书法家协会

主　席：李润东

副主席兼秘书长：李吉辰

戏剧家协会

主　席：张志麟

副主席兼秘书长：倪玉凤

音乐家协会

主　席：张建国

秘书长：马　可

舞蹈家协会

主　席：赵　丽

秘书长：吴　野

民间文艺家协会

主　席：王茹祥

秘书长：李鸿志

电影家协会

主　席：彭　波

秘书长：付　莹

曲艺家协会

主　席：李树林

秘书长：冯　辉

电视艺术家协会

主　席：王欣红

秘书长：于俊生

所属各区县文联：

伊春区文联

主　席：罗立平

秘书长：陈忠奎

南岔区文联

主　席：卢元梅

副主席：周芙蓉、郎若愚、张　楠

秘书长：张　静

西林区文联

主　席：贾世昌

副主席：黄继胜、陶明哲、王长德、姜　春

秘书长：田雨春

金山屯区文联

主　席：李　娟

乌马河区文联

主　席：李大勇

副主席：罗丽萍

乌伊岭区文联

秘书长：韩福生

铁力市文联

主　席：付　丽

铁力林业局文联

主　席：程　伟

副主席：吴　平、李学东、王树国

秘书长：李秀敏

朗乡林业局企业文联

主　席：李严霜

副主席：李士林、吴胜军、孙其哲、王炳学、刘秀明

秘书长：孙其哲

嘉荫县文联

主　席：李　岩

副主席：张世忠

秘书长：王学明

带岭区文联

主　席：黄有林

常务副主席：于宝利

副主席：魏广慧、张春峰、李福军、王秉术、王乃富、刘　奇、王　霜

秘书长：于宝利

友好区文联

名誉主席：丁志慧

副主席：王志岐、刘东来、那晓光、陈立孝

秘书长：李　娜

新青区文联

主　席：刘　强

副主席：马晓东、李淑文、刘成君、吴海峰、郎建民、贾垂印

鹤岗市文联

主　席：温　刚

副主席：许　玲

地　址：鹤岗市委大楼

邮　编：154100

所属县市文联：

萝北县文联

秘书长：焦玉富

绥滨县文联

副主席：魏振涛

佳木斯市文联

主　席：何昌贵

党组书记、常务副主席：张晓慧

地　址：佳木斯市长安路2666号

邮　编：154007

所属各区县文联：

同江市文联

主　席：吴东辉

富锦市文联

主　席：姜凤君

秘书长：张利弓

桦南县文联

主　席：沈殿金

桦川县文联

主　席：刘　英

汤原县文联

秘书长：李洪河

双鸭山市文联

主　席：关丽娟

党组书记：刑玉奎

副调研员：李　季

地　址：黑龙江双鸭山市文联

邮　编：155100
所属各县文联：
集贤县文联
主　席：陈丽艳
友谊县文联
副主席：杨梅荣
宝清县文联
主　席：王义敏
饶河县文联
主　席：姚云芳

七台河市文联

主　席：王长富
副主席：高和平、谭吉龙
秘书长：柴玉敏
地　址：七台河市党政中心
邮　编：154600
所属县文联：
桃山区文联
主　席：贾金凤
勃利县文联
主　席：孙　宇

鸡西市文联

主　席：姜广繁
副主席：杨一平、门家夫、聂书春
地　址：鸡西市鸡冠区北山路9号
邮　编：158100
所属市县文联：
虎林市文联
主　席：牛成仁
鸡东县文联
主　席：许冬艳

牡丹江市文联

主　席：冯　红
副主席：褚保军、陈庆吉
地　址：牡丹江市江南党政办公中心20108室
邮　编：157099
所属各区县文联：
穆棱市文联
主　席：刘瑞存
海林市文联
主　席：胡敬秋
宁安市文联
主　席：朱文光
东宁县文联
主　席：庄俊刚
林口县文联
主　席：迟立民

绥化市文联

主　席：白雪松
专职副主席：佟　波
地　址：市北林区迎宾路2号市党政办公中心
邮　编：152002
所属各区市县文联：
北林区文联
主　席：陈　枢
副主席：潘耘甫
肇东市文联
主　席：龙　斌
秘书长：商　丹
海伦市文联
主　席：赵春爽
副主席：高　杨
庆安县文联
主　席：孙向阳
常务副主席：汪岩松
明水县文联
主　席：于　澜
副主席：客丽红
青冈县文联
主　席：马振亚
副主席：常诚信
望奎县文联
主　席：张显廷
副主席：王可心
兰西县文联
主　席：赵　庆
安达市文联
主　席：王文玉
副主席：吴庆东
绥棱县文联
主　席：孙传荣
常务副主席：王国武

大兴安岭地区文联

党组书记、主席：沈志军
秘书长：计　伟
地　址：大兴安岭地区文联
邮　编：165000
所属各区县文联：
呼玛县文联
主　席：司瑞新
塔河县文联
主　席：苗　玲
漠河县文联
主　席：孙喜军
加格达宣传部
主　席：王　月
松岭区宣传部
主　席：吕东凤
副主席：刘永鹏
新林区宣传部
主　席：邱　刚
呼中区文联
主　席：孙剑波
图强局文联
主　席：汝广友
阿木尔局文联
主　席：许成光
十八站局文联
主　席：孙善辉
韩家园局文联
主　席：哈雪平
加林局文联
主　席：张书丛
绥芬河市文联
主　席：石长江
抚远县文联
主　席：徐向馆

上　海　市

音乐家协会
主　席：陆在易

戏剧家协会
主　席：尚长荣

美术家协会
主　席：施大畏

电影家协会
主　席：张建亚

书法家协会
主　席：周志高

曲艺家协会
主　席：王汝刚

摄影家协会
主　席：张元民

民间文艺家协会
主　席：何承伟

舞蹈家协会
主　席：凌桂明

杂技家协会
主　席：程海宝

电视艺术家协会
主　席：穆端正

翻译家协会
会　长：谭晶华

演艺工作者联合会
主　席：何　麟

创意设计工作者协会
主　席：汪大伟

松江区文联
主　席：刘晓辉

嘉定区文联
副主席：王　漪

虹口区文联
主　席：陆　健

杨浦区文联
主　席：陈红光

崇明县文联
主　席：陆松平

青浦区文联
主　席：张瑞云

长宁区文联
主　席：周文贤

闵行区文联
主　席：郁贤镜

江　苏　省

南京市文联
党组书记、常务副主席：陈　炜
党组副书记、副主席：李海荣
党组成员、副主席：张　俊
驻会副主席：陶　琪
巡视员：冯宣涛
副巡视员：刘惠敏、杨康乐、章世和
主　席：徐　宁
副主席：于先云、王　勇、叶兆言、孙晓云、邹建平、汪　政、周天江、周京新、徐艺乙
地　址：南京市常府街四条巷12号
邮　编：210002
所属各协会：
作家协会
主　席：叶兆言
戏剧家协会
主　席：陶　琪
电影电视艺术家协会
主　席：周天江
音乐家协会
主　席：邹建平
舞蹈家协会
主　席：王　勇
美术家协会
主　席：周京新
摄影家协会
主　席：于先云
书法家协会
主　席：孙晓云
民间文艺家协会
主　席：徐艺乙
文艺评论家协会
主　席：汪　政
所属各区县文联：
玄武区文联
主　席：周　雯
常务副主席：鲁　中

副主席：樊姝玉

秦淮区文联

主　席：张　望

常务副主席：张　岩

建邺区文联

主　席：仲兆林

常务副主席：陈　瑛

副主席兼秘书长：王海燕

鼓楼区文联

主　席：董　伟

常务副主席：李国荣

栖霞区文联

主　席：周　峰

常务副主席：赵家宝

专职副主席：陈丽君

雨花台区文联

主　席：谢　山

常务副主席：朱天燕

副主席：邵美玲

江宁区文联

主　席：高吉祥

党组书记、常务副主席：李　萍

副主席：王晓丹

浦口区文联

主　席：黄　琴

常务副主席：朱四平

六合区文联

主　席：金世凯

常务副主席：满　震

溧水县文联

主　席：杨连宝

副主席：储国华、章熙秋

高淳县文联

主　席：陈春花

常务副主席：叶琪华

副主席：韩一鸣

徐州市文联

党组书记兼主席：王雪春

副主席：王　勇、王成奇、朱宝增

党组成员兼副调研员：郭念堂

副调研员：王炳成、陈兴洲

秘书长：朱宝增（兼）

地　址：徐州市新城区行政中心东区综合楼

邮　编：221018

所属各区市县文联：

贾汪区文联

主　席：祝培良

副主席：李淑梅

邳州市文联

主　席：薛　燕

副主席兼秘书长：王永远

新沂市文联

党组书记兼副主席：岳浩亮

副主席：谭庆泉

秘书长：张　堂

沛县文联

主　席：朱茂东

副主席：夏中跃、沈　勇、张守俭

睢宁县文联

副主席：王鸿儒

秘书长：马林唤

丰县文联

主　席：白光华

铜山县文联

主　席：王运东

副主席：周兴华

连云港市文联

党组书记兼主席：杨　浩

副主席兼秘书长：武传玉

副主席：张文宝、蔡骥鸣

地　址：连云港市新浦区苍梧路36号

邮　编：222004

所属各区县文联：

赣榆县文联

主　席：王　淙

东海县文联

主　席：吕　宏

灌云县文联

主　席：邱洪彤

灌南县文联

主　席：王冬梅

副主席：宋汉桥

海州区文联

主　席：相裕亭

新浦区文联

主　席：李敬伟

连云区文联

主　席：诸葛洪斌

宿迁市文联

主　席：王清平

副主席：赵伦红、张守跃、陆启辉、张劲扬、赵吕森

秘书长：潘新文

地　址：宿迁市世纪大道88号

邮　编：223800

所属各区县文联：

宿城区文联

负责人：唐　涛

秘书长：李　卫

宿豫区文联

主　席：陈　刚

副主席：朱　珠

秘书长：闫莉莉

沭阳县文联

主　席：刘德兵

副主席：王　浩、徐增祥、刘家前

泗阳县文联

主　席：戈光同

秘书长：范晓辉

泗洪县文联

负责人：张培利

淮安市文联

主　席：马庆伦

副主席：刘跃进、张玲玲

地　址：淮安市健康西路140号

邮　编：223001

所属各区县文联：

清河区文联

主　席：乔　斌

清浦区文联

主　席：金丽萍

楚州区文联

副主席：范晓梅、郭士金

淮阴区文联

副主席：曹晓香

金湖县文联

主　席：张建闯

盱眙县文联

主　席：孙亚兴

洪泽县文联

主　席：王明生
副主席：周凌晨

盐城市文联

主　席：王效平
副主席：蒋婉求、张曙光、薛万昌、陈义海、陆应铸、陆庆龙
地　址：盐城市世纪大道21号市行政中心20楼
邮　编：224005

所属各县市区文联：

亭湖区文联

副主席：俞春兰

盐都区文联

主　席：王迎春
副主席：吕友权、徐志玉、应晓山

东台市文联

主　席：方　星

大丰市文联

副主席：王晓华

射阳县文联

主　席：戴元辅
副主席：李世荣

阜宁县文联

主　席：田新春
副主席：顾冬成

滨海县文联

主　席：李章全

建湖县文联

主　席：徐守忠
副主席：吴晓钢

响水县文联

主　席：朱卫东

扬州市文联

党组书记：叶冠军
主　席：刘　俊
副主席：陈家庆
秘书长：汤旭东
地　址：扬州市文昌中路360号琼花观内
邮　编：225001

所属各市县文联：

仪征市文联

主　席：周永宁
副主席：涂　君、厉庭银、赵小娟

江都市文联

主　席：罗建华
副主席：李景文、李孝跃、韩美芳
秘书长：王晓梅
副秘书长：王小雨

高邮市文联

主　席：黄　平
副主席：杨德标、朱崇平、王学朴

宝应县文联

主　席：何开文
副主席：殷德平、蔡科明

泰州市文联

主　席：刘仁前
副主席：俞秋言
秘书长：陈　扬
地　址：泰州市鼓楼南路368号
邮　编：225300

所属各区市文联：

靖江市文联

主　席：严　羽
副主席：史爱梅、陆　进
秘书长：张汉祥

泰兴市文联

主　席：林　林

兴化市文联

副主席：刘定荣
秘书长：韩世凯

姜堰市文联

主　席：陶惠林
副主席：曹学林、唐天杰、王景峰
秘书长：朱红耀

海陵区文联

主　席：孙广华
副主席：陈　明

高港区文联

副主席：曹明德
秘书长：高卫东

南通市文联

副主席：王　法、周建忠、顾晓群、杨树德
地　址：南通市文峰路5号
邮　编：226001

所属各区市县文联：

通州区文联

副主席：许　君
秘书长：张剑彬

崇川区文联

主　席：郭　华
副主席：管　俊、张　卫

港闸区文联

主　席：李　峰

海门市文联

主　席：何伟华

副主席：朱慧玮
启东市文联
主　席：郁锦标
副主席：李新勇
如皋市文联
主　席：丛立新
副主席：金福林
如东县文联
党组副书记、主席：谢　骏
党组书记、副主席：季铁权
秘书长：石剑波
海安县文联
主　席：张　军
副主席：叶晨玲、丁建民、
　　　　史礼根、
　　　　王子健
秘书长：王兆林

镇江市文联

主　席：王红卫
副主席：蒋　宁、王　川、
　　　　余爱国、蒋光年、
　　　　丁伟民
地　址：镇江市南徐大道68号
邮　编：212050
所属各区市文联：
丹阳市文联
主　席：姜国成
副主席：周书凤、邵同义
句容市文联
主　席：马宏峰
副主席：王义华、王庆涛
扬中市文联
主　席：曹学松
副主席：王中明
丹徒区文联
主　席：王小军
副主席：吴呈昱、束鹏芳
京口区文联
主　席：阚爱萍
副主席：陶宝强
润州区文联
主　席：蒋天舒
副主席：杨　镇

常州市文联

主　席：荣凯元
副主席：胡军生、池银合
秘书长：沙　滩
地　址：常州市大观路10号
邮　编：213003
所属各区市文联：
武进区文联
主　席：陶　可
副主席：王小伟、陆　红
秘书长：戚散花
金坛市文联
主　席：祝洪林
副主席：李　平
溧阳市文联
主　席：芮振华
副主席、秘书长：丁月辉
副主席：陈芳梅、潘振新、
　　　　邓　超、张　静、
　　　　王向东、程安中、
　　　　周国翃

无锡市文联

主　席：雷群虎
副主席：陆永基、张振华、
　　　　刘仲宝、王建伟、
　　　　王建源
秘书长：潘基峰
地　址：无锡市妙光苑1号
邮　编：214026
所属各市文联：
江阴市文联
主　席：刘卫星
副主席：周林海
宜兴市文联
主　席：徐　风

苏州市文联

党组书记、主席：成从武
副主席：王伟林、顾　芗、
　　　　王　芳、王　尧、
　　　　吴　静
地　址：苏州市人民路1088号
邮　编：215002
所属各区市文联：
姑苏区文联
主　席：张苏宁
吴中区文联
主　席：周一风
副主席：凌　奕
相城区文联
主　席：沈炳泉
副主席：王少辉
高新区文联
主　席：王　坚
吴江区文联
主　席：孙俊良
副主席：陈慧奋
昆山市文联
主　席：莫全明
太仓市文联
主　席：汪　放
常熟市文联
主　席：李　忠
张家港市文联
主　席：庞　曦

浙 江 省

杭州市文联

主　席：陈一辉
副主席：胡惠芬、陈　涛
地　址：杭州市延安路472号市政府综合楼3号楼14层
邮　编：310006

所属各协会：

作家协会
主　席：嵇亦工
秘书长：陈博君

民间文艺家协会
主　席：刘小平
秘书长：邵毅霞

戏剧家协会
主　席：赵志刚
秘书长：王姝苹

曲艺家协会
主　席：翁仁康
秘书长：汪黎明

音乐家协会
主　席：宋家明
秘书长：郐建光

舞蹈家协会
主　席：崔　巍
秘书长：程育青

美术家协会
主　席：吴山明
秘书长：张志强

书法家协会
主　席：王冬龄
秘书长：王小勇

摄影家协会
主　席：吴宗其
秘书长：吴宗其（兼）

电影电视家协会
主　席：李小华
秘书长：阙云霞

所属各区市县文联：

萧山区文联
主　席：王东初
副主席：俞梁波

余杭区文联
主　席：甘士明
副主席：戴园丽

临安市文联
主　席：黄贤权
副主席：王亚红

富阳市文联
主　席：曹玮玲
副主席：羊晓君、楼高峰

桐庐县文联
主　席：董利荣
副主席：徐嘉卫、何　璟

建德市文联
主　席：盛振宇
副主席：钟德智

淳安县文联
主　席：何春耕
副主席：方晖华、程中育

湖州市文联

主　席：竺　鸽
地　址：湖州市行政中心
邮　编：313000

所属各区县文联：

德清县文联
主　席：姚文忠
副主席：周云水　章卫华

长兴县文联
主　席：刘月琴
副主席：周秀明

安吉县文联
主　席：严明卯

吴兴区文联
主　席：王　祎

南浔区文联
主　席：嵇银荣

嘉兴市文联

主　席：金琴龙
副主席：胡　晶、田　耘、杨自强、高海金
秘书长：陈双虎
地　址：嘉兴市中山东路922号
邮　编：314001

所属各市县文联：

南湖区文联
主　席：沈　静
副主席：俞华良
秘书长：沈吉慧
副秘书长：陈哲峰

秀洲区文联
主　席：陈以德
副主席：山振华、缪惠新
秘书长：缪惠新（兼）

平湖市文联
主　席：郑忠勒
副主席：张　宏、金　勇
秘书长：高　宏

海宁市文联
党组书记、主席：王　珏
副主席：孙建跃、王玉良、张镇西
秘书长：李　力

桐乡市文联
主　席：王士杰
副主席：徐玲芬、褚万根、全见方、傅林林
秘书长：徐玲芬（兼）

嘉善县文联
主　席：陆勤方
副主席：范国良、徐雪娟、卓国荣、谈萍莉
秘书长：徐雪娟（兼）

海盐县文联
主　席：宋乐明
副主席：张其芬、周蓉晖
副秘书长：杨慧海

舟山市文联

主　席：薛剑平
副主席：张　辉
秘书长：洪晓明
主　任：马列娅
地　址：舟山市定海区蟠洋山路16号
邮　编：316000

所属各区县文联：

定海区文联
主　席：何　斌
副主席：白　马、张伟国
秘书长：白　马（兼）

普陀区文联
主　席：张剑飞
副主席：吴萍儿、忻　怡、郭　峰、周志金
秘书长：蔡　真

岱山县文联
主　席：周　波
副主席：何仁岳、邱宏方、李国平
秘书长：邱宏方（兼）

嵊泗县文联
副主席：白　峰、金　瑛、陈翔鹤
秘书长：郭海斌
副秘书长：曾　燕

宁波市文联

主　席：成岳冲
党组书记：邹大鸣
副主席：韩利诚、何　微、王水维、景松健、殷安建
地　址：宁波市东部新城市行政中心2号楼13楼（宁穿路2001号）
邮　编：315040

所属各区市县文联：

江北区文联
主　席：孙旭东
常务副主席：周少植
副主席：励芒伟、施晓峰、王　静
秘书长：王　静

海曙区文联
主　席：陈建东
副主席：马安娜、王燕芬、王锦文、孙福昌、朱　宁
秘书长：马安娜（兼）
副秘书长：王赤洲

江东区文联
主　席：王　昱
副主席：杨慧月、齐海峰、陈云其、陆爱国
秘书长：朱华红

北仑区文联
主　席：袁　侠
党组书记、副主席：张久红
副主席：顾旭东、王明良、凌晓军、丁俊杰

镇海区文联
主　席：余维勤
副主席兼秘书长：徐崇禧
副主席：徐家明

鄞州区文联
党组书记、主席：邵　斌
副主席：江志勇、史晓卿、钱秀娴
秘书长：钱秀娴

慈溪市文联
党组书记、主席：方向明
党组副书记、副主席：孙群豪、周　萌
秘书长：陈迎平

余姚市文联
主　席：严文龙
副主席：干亚群、俞文胜、吕余龙、寿建立
秘书长：姚来江

奉化市文联
主　席：王亦建
副主席：俞赞江、沈国民、汪仁芳
秘书长：周　杨

宁海县文联
主　席：刘尚才
副主席：黄　珂、王苍生、储吉旺
秘书长：应简璜

象山县文联
主　席：陈明吉
副主席：许吉安、张明珠
秘书长：李秀泓

绍兴市文联

主　席：刘孟达
副主席：马　炜、严国庆、叶树明、向俊杰、金一波、沈　伟、邓巷林
秘书长：陈　民
地　址：绍兴市府山西路武勋坊18号L楼
邮　编：312000

所属各市县文联：

越城区文联
主　席：王文琴
副主席：章彩玲

柯桥区文联
主　席：黄锡云
副主席：杨春燚、陈　飞
秘书长：阮　静

诸暨市文联
主　席：章新康
副主席：吴旭东

上虞市文联
主　席：吕云祥
副主席：袁伟文、丁　毅、蔡　汀
秘书长：袁伟文（兼）

嵊州市文联
主　席：钱子浪
副主席：裘高太、斯继东（兼）
秘书长：裘高太（兼）

新昌县文联
主　席：盛之恒

副主席：王伯军、商力戈、
　　　　袁方勇
秘书长：王志良

衢州市文联

主　席：欧阳建华
党组副书记、副主席：严日旺
副主席：王青阳
秘书长：朱萍萍
办公室主任：邱红日
地　址：衢州市县学街78号
邮　编：324000
所属各区市县文联：
柯城区文联
主　席：施　萍
副主席：王丽君
秘书长：汪凤花
衢江区文联
主　席：陈剑明
江山市文联
党组书记：李自本
主　席：姜　英
副主席：毛洪章、李治本
秘书长：毛雪芳
常山县文联
主　席：姚肖忆
秘书长：王阳君
开化县文联
党组书记：张月桥
主　席：黄高松
秘书长：吴建其
龙游县文联
副主席：黄瑞清（主持工作）
副主席：张水祥
秘书长：蓝忠胜

金华市文联

主　席：金云平
副主席：王亦平
组联部副部长：梅荣衍
办公室主任：张　慧
地　址：市双龙南街801号
邮　编：321017
所属各区市县文联：
婺城区文联
主　席：陈锦章
金东区文联
主　席：陈献军
副主席：潘志余
兰溪市文联
主　席：陈　军
秘书长：王文荣
永康市文联
副主席：麻建成
义乌市文联
主　席：刘　荣
副主席：余新建
秘书长：何维梓
东阳市文联
副主席：郭晓笛
武义县文联
主　席：胡浪波
副主席：梅子明、朱跃军
浦江县文联
党组书记、主席：何金海
副主席：方钢军
党组成员：吴建炜、童笑笑
磐安县文联
主　席：曹明春
党组成员：陈爱卿
秘书长：胡中福

台州市文联

党组副书记、主席：丁琦娅
副主席、秘书长：林月辉
副主席：章正杰
地　址：台州市政府大楼14楼
邮　编：318000
所属各区市县文联：
椒江区文联
党组书记：解军辉
主　席：周　晴
副主席：王　及、汪江浩、
　　　　梅利华
黄岩区文联
主　席：林海蓓
常务副主席兼秘书长：鲍志野
路桥区文联
主　席：罗邦云
副主席：赵世文、王文清
临海市文联
主　席：沈　速
副主席兼秘书长：吕黎明
温岭市文联
主　席：周志云
副主席：周　晗
玉环县文联
党组成员、副主席：黄立轩
党组成员：王佩芬
副主席：金爱花
天台县文联
主　席：陈　虹
副主席兼秘书长：蒋冰之
仙居县文联
主　席：朱岳峦
副主席：殷琳峰
三门县文联
主　席：林　腾
副主席：刘从进、梅长琥

温州市文联

主　席：吴琪捷
副主席：胡凯生、邹跃飞
　　　　崔卫胜、王晓峰
地　址：温州市府东路发展
　　　　大楼北楼6层
邮　编：325000
所属各协会：
作家协会
主　席：吴琪捷
副主席：程绍国、叶世祥、
　　　　李世斌、张文兵、
　　　　郑晓泉、黄哲贵、
　　　　瞿　炜
戏剧家协会
常务副主席：施小琴
副主席：缪小源、陈　锋、
　　　　郑　云、郑曼莉、
　　　　方汝将、李美凤

音乐家协会
主　席：卢桂芳
副主席：邹跃飞、安建华、董夫滕、郑小冰、谢益新、陈巧姑、陈小珍、苏　琼、徐俊雅
舞蹈家协会
主　席：张德华
副主席：应　真、林国生、胡益平、陈秋香、姚晓敏、陈莉萍
美术家协会
主　席：蔡瑞蓉
副主席：梁力宏、曾维华、张真恺、李利民、陈旭海、马胜凯、叶旭华
秘书长：张成毕
书法家协会
主　席：张　索
副主席：吴聘真、李　震、王国强、缪若霞、陈　默、吴　彰、林　峰、林晓林、黄国光
摄影家协会
主　席：朱保钢
副主席：王胜利、周建树、金培林、叶劲草、张洪林、叶剑平、王玉璜
曲艺家协会
主　席：卢和乐
副主席：胡　平、叶海琴、陈小宝、张仕贤
民间文艺家协会
主　席：潘一钢
副主席：金文平、林长春、林子周、吴尧辉、朱友好、曹凌云、孟永国、陈爱琴
影视家协会
主　席：王晓峰
副主席：蔡亚非、蔡贻象、董静海、李　涛、李中坚、孙　榕
所属各区县文联：
鹿城区文联
主　席：陈世尧
副主席：程苏胜、卢桂芳、吴　广、马胜凯、吕相国、应　真、周建树
龙湾区文联
主　席：曹丹艳
副主席：陈　佐
瓯海区文联
主　席：彭福云
副主席：林长春
瑞安市文联
主　席：李　刃
副主席：陈　丹、林　峰
秘书长：鲍永远
乐清市文联
主　席：张文兵
副主席：张保利、高公博、刘瑞坤、倪蓉棣、叶君奋、蔡乐孟、倪朔野
永嘉县文联
主　席：陈伟峰
副主席：杨大力、胡佐光、郑　阳
文成县文联
主　席：王国侧
副主席：叶世杰、王国健、陈丕欢
平阳县文联
主　席：周黎明
副主席：周笙东、赵小飞、任泽健
泰顺县文联
主　席：吴雅平
副主席：潘家敏、王尤琴、周咸俊
洞头县文联
主　席：何增祥
副主席：张志强、陈爱琴、庄明松
苍南县文联
主　席：黄志林
副主席：李　芳
龙港镇文联
主　席：王　杯
浙能温州发电有限公司文联
主　席：陈伟忠
副主席：郑葵忠、郑战跃、陈　华
德力西集团文联
主　席：卢友中
副主席：陈首旦
浙能乐清发电有限责任公司文联
主　席：施援朝
常务副主席：姜志强
副主席：董联军

丽水市文联
党组书记、主席：程定飞
副主席兼秘书长：麻益兵
地　址：丽水市花园路1号
邮　编：323000
所属各区市县文联：
莲都区文联
主　席：邱旭平
龙泉市文联
党组书记、主席：王振春
副主席兼秘书长：季金强
副主席：陈颖慧
青田县文联
主　席：曾娓阳
副主席：陈丽文
秘书长：王微微
云和县文联
党组书记、主席：邱伟生
副主席：宋世明
秘书长：陈跃伟

庆元县文联
主　席：范敏姿
副主席：郑承春、胡睦熙
秘书长：吴昌珍
缙云县文联
主　席：夏伟革
副主席：李根溪
遂昌县文联
主　席：黄美丰
副主席：雷　鸣
松阳县文联
主　席：吕劲天
副主席：杨建明
秘书长：吴关军
景宁畲族自治县文联
主　席：李人海
副主席：蓝良明

安　徽　省

合肥市文联
党组书记：王　浩
主　席：完颜海瑞
副主席：刘晓明、周爱洋
秘书长：朱国强
地　址：合肥市政务文化新区三区A座4楼
邮　编：230071
所属各县市文联：
长丰县文联
主　席：刘贤安
副主席：林家俊
肥东县文联
主　席：许泽夫
副主席：王业芬
肥西县文联
主　席：赵　霞
庐江县文联
主　席：卢昌留
副主席：夏云龙
巢湖市文联
主　席：王有洲
副主席：黄　浩

宿州市文联
党组书记、主席：沈　凌
副主席：杲春昭
秘书长：韩　飞
地　址：宿州市政务新区4层
邮　编：234000
所属各区县文联：
埇桥区文联
主　席：唐代红
书　记：张朝中
萧县文联
主　席：李　鹏
灵璧县文联
主　席：梁　超
泗县文联
主　席：刘兴品

淮北市文联
主　席：陈　辉
副主席：张明山　谢　芳
地　址：淮北市花园路7号南1楼
邮　编：235000
所属县文联：
濉溪县文联
主　席：王明文

阜阳市文联
主　席：任　智
党组书记：王朝阳
副主席：丁友星、郑　方
地　址：阜阳市清河东路539号阜阳市文联
邮　编：236033
所属各区市县文联：
颍州区文联
主　席：曾亚民
副主席：陆惠娟
颍东区文联
主　席：陶智慧
副主席：肖伯红
颍泉区文联
主　席：杨　林
专职副主席：任志宏
界首市文联
主　席：刘红影
副主席：张洁新、韩　瑞
临泉县文联
主　席：冯　峰
副主席：张继良、汤其光
太和县文联
主　席：高庆连
阜南县文联
主　席：冷治武
副主席：张　平、郑　志
颍上县文联
主　席：王　波
副主席：岳　岿

亳州市文联
党组书记、主席：武子轩
副主席：王淳杰、张凤海、孙志保、任　斌、杨小凡、李兴田、任　明、刘传师、罗东亚
地　址：亳州市谯城区希夷大道588号市行政中心2075室
邮　编：236801
所属各区县文联：
谯城区文联
主　席：李　彬
副主席：王文清
涡阳县文联
党组书记：潘学峰

主　席：赵晓蕾
党组成员：吴长敬
蒙城县文联
主　席：卢　晓
副主席：李家群、邵俊强、
韦如辉、吴　军、
胡卫国、郑云海、
刘　勇、姬长明
利辛县文联
党组书记、主席：孙一民
副主席：李宗利、汝　勇
古井文联
主　席：吴　伟
三星文联
主　席：黄克东

蚌埠市文联

党组书记：张文虎
主　席：和宝友
副主席：江　山
地　址：蚌埠市中荣街95号
邮　编：233000
所属各县文联：
怀远县文联
主　席：李永虎
五河县文联
主　席：傅　强
固镇县文联
主　席：王中华

淮南市文联

党组书记：杨天超
副调研员：陈迎耕
地　址：淮南市山南新区和风大街88号
邮　编：232001
所属各县区文联：
凤台县文联
主　席：张纯海
副主席：王红燕
田家庵区文联
主　席：李为民

滁州市文联

党组书记、主席：路传新
地　址：滁州市会峰大厦7楼
邮　编：239001
所属各市县文联：
天长市文联
主　席：张国云
明光市文联
主　席：任亚弟
来安县文联
主　席：孔祥华
全椒县文联
主　席：周可夫
副主席：陆　峰
定远县文联
副主席：郑鹏程
凤阳县文联
主　席：吕建东

马鞍山市文联

党组书记：周正国
主　席：崔训诚
副主席：袁　诚、严歌平
秘书长：邱胜贤
地　址：马鞍山市湖北路24号3楼
邮　编：243000
所属县文联：
当涂县文联
主　席：祝建华
专职副主席：陆　建
含山县文联
主　席：陈　辉
和县文联
主　席：刘必树

芜湖市文联

党组书记、主席：阮传华
副主席：刘莉莉、刑永远
秘书长：王永祥
地　址：芜湖市北门建设银行旁医药大楼
邮　编：241000
所属各县文联：
芜湖县文联
副主席兼秘书长：方成荣
繁昌县文联
主　席：季益堂
专职副主席：吴黎明
副主席：夏成道
南陵县文联
主　席：罗光成
副主席：季金明、吴纯祥
无为县文联
主　席：倪劲松

铜陵市文联

主　席：张文林
地　址：铜陵市湖东路666号行政中心北5楼
邮　编：244000
所属县文联：
铜陵县文联
主　席：鲍安顺

安庆市文联

书记兼主席：盛志刚
副主席：王泽辉、李　慧
地　址：市纺织南路16号
邮　编：246001
所属各市县文联：
桐城市文联
主　席：洪　放
怀宁县文联
主　席：邓建和
枞阳县文联
主　席：钱叶全
潜山县文联
主　席：王江海
秘书长：李冬霞
太湖县文联
主　席：李登求
宿松县文联
主　席：江林顺
专职副主席：贺学友

望江县文联
主　席：任春松
岳西县文联
主　席：黄啸虎
副主席：储劲松、徐进群、方中传
办公室主任：程小清

黄山市文联

党组书记、主席：倪国华
副主席：吴顺辉
地　址：黄山市屯溪区滨江路7—7号
邮　编：245000
所属各区县文联：
黄山风景区文联
主　席：程亚星
屯溪区文联
主　席：汪　琳
黄山区文联
副主席：汪少飞（主持工作）
副主席：李　平
徽州区文联
主　席：吴之兴
歙县文联
主　席：汪祖明
副主席：张跃进、汪乐丰、范海生、赵　林、吴建平、吴利夫
秘书长：汪政宣
休宁县文联
主　席：胡冬发
副主席：倪受兵
黟县文联
主　席：舒　强
副主席：舒铭华
祁门县文联
主　席：章共生

六安市文联

主　席：马常地
党组书记：马德俊
地　址：六安市行政中心
邮　编：237001
所属区县文联：
裕安区文联
主　席：俞道祥
金安区文联
主　席：彭德明
霍山县文联
主　席：吴南江
寿县文联
主　席：黄先舜

池州市文联

主　席：吴昭元
副主席：何成文
地　址：池州市委大楼110室
邮　编：247000
所属各区县文联：
贵池区文联
党组书记、主席：陈春明
东至县文联
主　席：张广祥
副主席：何中华
石台县文联
主　席：詹成林
青阳县文联
主　席：马光水
副主席：崔晓东
九华山文联
主　席：焦得水
副主席：陈寿新

宣城市文联

主　席：肖新民
副主席：曹　虹、胡　进
地　址：宣城市梅溪路189号
邮　编：242000
所属各区市县文联：
宣州区文联
主　席：田　斌
宁国市文联
主　席：许东升
郎溪县文联
主　席：牛四清
泾县文联
主　席：王金虎
旌德县文联
书记兼主席：徐继霞
副主席：蒋兴华
绩溪县文联
主　席：许　媛

福　建　省

福州市文联

主　席：徐　杰
副主席：米　伟、武夏红
地　址：福州市仓山区麦园路52号
邮　编：350007
所属各区市县文联：
鼓楼区文联
主　席：官玉玲
台江区文联
主　席：商宝玉
仓山区文联
主　席：江必达
马尾区文联
主　席：汤海燕
晋安区文联
主　席：孔海钦
副主席：周　静
福清市文联
主　席：林　珍

长乐市文联
主　席：郑黎明
副主席：李德建
闽侯县文联
主　席：林　雄
驻会副主席：徐榕辉
连江县文联
主　席：郑新顺
支部书记：吴安钦
罗源县文联
主　席：黄丽荣
闽清县文联
主　席：黄勤暖
永泰县文联
副主席:侯梦日
平潭县文联
主　席：林振泉

南平市文联

主　席：张建新
秘书长：叶向阳
地　址：南平市滨江中路双溪楼
邮　编：353000
所属各区市县文联：
延平区文联
副主席：薛京山
邵武市文联
负责人：何小鸿
副秘书长：王　敏
武夷山市文联
主　席：赵　勇
建瓯市文联
负责人：贾新萍
建阳市文联
主　席：张宇辉
顺昌县文联
主　席：廖承泉
副主席：吴启荣
秘书长：曹贵生
浦城县文联
主　席：周勤孙
副主席：初学敏
光泽县文联
主　席：许国荣
副主席：徐家寿
松溪县文联
副主席：冯顺志
政和县文联
负责人：李雪慧

三明市文联

党组书记、主席：黄莱笙
副主席：伍林发、史建榕
调研员：龚一风
地　址：三明市梅列区东新四路龙泉大厦4楼
邮　编：365000
所属各区市县文联：
梅列区文联
主　席：史健峰
三元区文联
主　席：曾新森
永安市文联
主　席：吴广文
明溪县文联
主　席：廖康标
宁化县文联
主　席：连允东
大田县文联
主　席：乐加固
尤溪县文联
主　席：洪明升
沙县文联
主　席：罗　辉
将乐县文联
负责人：卢永华
泰宁县文联
主　席：高起光
建宁县文联
主　席：肖方妙

莆田市文联

副主席：郑国贤
秘书长：黄明安
地　址：莆田市政府大院3号楼221室
邮　编：351100
所属各区县文联：
城厢区文联
主　席：林宗哲
涵江区文联
主　席：黄黎晗
副主席：黄义福
荔城区文联
主　席：范志阳
副主席：林春荣
秀屿区文联
主　席：林俊彦
副主席：詹庆新
仙游县文联
主　席：连铁杞

泉州市文联

主　席：许旭明
副主席：肖一鸣
地　址：泉州市南俊路新府口48号5楼
邮　编：362000
所属各区市县文联：
丰泽区文联
主　席：黄荣波
鲤城区文联
主　席：李晓端
洛江区文联
主　席：吴文安
泉港区文联
主　席：李美美
晋江市文联
主　席：陈多多
石狮市文联
主　席：李繁红
南安市文联
主　席：潘从愿
惠安县文联
主　席：林瑞峰

安溪县文联
主　席：林小玲
永春县文联
主　席：陈文经
德化县文联
主　席：周成灿
农行文联
主　席：戴碧华
常务副主席：黄国聪

厦门市文联

党组书记：张　萍
主　席：舒　婷
副主席：张　萍、陈元麟、徐　里、叶之桦、周　旻、吴培文、陈秀卿
地　址：厦门市曾厝垵仓里路2号
邮　编：361005
所属各区文联：
思明区文联
主　席：颜智伟
副主席：叶加河、郁小亮、戴　岩、曾学文、白　磊、林世泽、林丹娅、杨　镇
湖里区文联
主　席：王雪敏
副主席：林进春、傅伯伟、王雁飞、黄炳辉、沈祥清
集美区文联
主　席：周国志
副主席：孙加庆、陈禾青、卢建端、夏　敏
同安区文联
主　席：陈国栋
副主席：陈美玲、叶红旗、邵君宽
海沧区文联
主　席：陈　弘
副主席：姚金洪、陆建英
翔安区文联
主　席：洪龙泉
副主席：许明丽、纪清渊、康　宁

漳州市文联

主　席：汪莉莉
专职副主席：黄良弼
秘书长：李亚根
地　址：漳州市胜利路118号市政府大院4号楼
邮　编：363000
所属区市县文联：
芗城区文联
主　席：李　鹏
副主席：陈艺泉、陈绍友、黄少娜
龙文区文联
主　席：肖　斌
副主席：连惠斌
龙海市文联
主　席：颜耀辉
副主席：许海泉、蔡明辉
云霄县文联
主　席：何明坤
副主席：戴园笙
漳浦县文联
主　席：陈玉宝
副主席：陈水城
诏安县文联
主　席：沈升平
副主席：叶罗平、沈洪生
长泰县文联
主　席：姚悦明
副主席：林河山
东山县文联
副主席：林学东
南靖县文联
主　席：林海川
副主席：张海涛
平和县文联
主　席：何温厚
副主席：林少鸿
华安县文联
主　席：李庆辉
副主席：李金城、陈进昌

龙岩市文联

主　席：王永昌
地　址：龙岩大道1号
邮　编：364000
所属区市县文联：
新罗区文联
主　席：范秉琪
副主席：赖彬文
漳平市文联
主　席：黄永平
副主席：李熙通、卢　海
秘书长：陈永凤
长汀县文联
主　席：胡河林
副主席：廖必任、丘贵荣
永定县文联
主　席：卢济鸿
副主席：廖文茂
上杭县文联
主　席：温文茂
武平县文联
主　席：何育东
副主席：连聪香
连城县文联
主　席：杨永松

宁德市文联

副主席：叶玉琳
秘书长：王如贤
地　址：宁德市蕉城区署前路14号
邮　编：352100
所属区市县文联：
蕉城区文联
主　席：陈　远
福安市文联
主　席：郑　望
副主席：何　农

福鼎市文联
主　席：郑清清
寿宁县文联
主　席：吴佳鑫
秘书长：叶允炳
霞浦县文联
主　席：林建人
副主席：张　斌

柘荣县文联
主　席：杨国辉
副主席：周贻海
屏南县文联
主　席：王多兴
古田县文联
主　席：杨安细

周宁县文联
主　席：郑慧玫
副主席：李升良、郑家志、陈源清、许群峰
闽东画院
院　长：李　辉
地　址：宁德市建新路1号
邮　编：352100

江　西　省

南昌市文联
主　席：赵　军
副主席：杨菊妹、黄振民、邹时光
地　址：南昌市红谷滩新区会展路199号红谷大厦A座9楼
邮　编：330038
所属各县文联：
南昌县文联
主　席：赵金贵
副主席：徐剑英
新建县文联
副主席：万由文
安义县文联
副主席：张　燕
进贤县文联
主　席：黄桂良
副主席：马小清
秘书长：胡磊春

九江市文联
主　席：张国宏
副主席：陆建珠
副调研员：蔡　勋
地　址：九江市环城路180号
邮　编：332000
所属各区市县文联：
庐山区文联
副主席：黄志刚
瑞昌市文联
主　席：谈际贵
九江县文联
副主席：方乐新
武宁县文联
主　席：雷鸿尧
修水县文联
主　席：冷自生
副主席：樊健军
永修县文联
主　席：熊　辉
副主席：柳金花
德安县文联
主　席：胡美玲
常务副主席：孙法平
星子县文联
主　席：饶金星
都昌县文联
主　席：陈向阳
副主席：吴德胜、曹端阳
湖口县文联
主　席：王玉初
彭泽县文联
副主席：陶文宇
庐山管理局文联
副主席：慕德华

景德镇市文联
党组书记、主席：余志华
副主席：王玉娟、江华明
地　址：景德镇市昌江大道29号
邮　编：333000
所属各市县区文联：
乐平市文联
党组书记兼主席：胡志平
副主席：童　萍、程　慧
浮梁县文联
主　席：朱美香
副主席：王高华、吴文华
珠山区文联
负责人：邓　浩、徐智勇
昌江区文联
主　席：黄春水
党组书记：姜进雪

鹰潭市文联
主　席：徐双文
党组书记：刘正良
地　址：鹰潭市委大楼5楼
邮　编：335001
所属各市县区文联：
贵溪市文联
主　席：姚新建
副主席：徐祥发
秘书长：罗先茂
余江县文联
主　席：晏亮保
副主席：詹汉民
月湖区文联
主　席：叶厥武

新余市文联
党组书记：袁传胜

副主席：杨　芳
副秘书长：彭黎明
地　址：新余市科环东路485号
邮　编：338000

所属县文联：

分宜县文联

主　席：杜艳萍
副主席：张爱华

萍乡市文联

党组书记、主席：胡冬春
副主席：吴惠萍
地　址：萍乡市跃进北路66号
邮　编：337005

所属县文联：

莲花县文联

主　席：刘新龙

赣州市文联

主　席：钟小平
副主席：赖国柱、王子琨、曹卫民
副调研员：钟世庆、黄家玲

所属各区市县文联：

章贡区文联

主　席：刘会菁

瑞金市文联

主　席：廖巧云

南康市文联

主　席：廖　诚
副主席兼秘书长：扶诗生

赣县文联

副主席：叶　林

信丰县文联

主　席：刘璋琦

大余县文联

主　席：刘存鸣

上犹县文联

主　席：曾少兵
副主席：吴才河

崇义县文联

主　任：林发贵

安远县文联

主　席：钟一波

龙南县文联

主　席：赖建青

定南县文联

副主席：肖宣东

全南县文联

主　席：李恢明

宁都县文联

主　席：叶靖华

于都县文联

主　席：李小华

兴国县文联

主　席：凌传昌
副主席：钟贞培

会昌县文联

主　席：李　斌
秘书长：许　佳

寻乌县文联

主　席：刘传健
副主席：刘杨青、钟　清
秘书长：黄伟文

石城县文联

主　席：温美权
秘书长：刘　敏

上饶市文联

党组书记兼主席：叶红艳
副主席：齐江宁、杨　剑
地　址：上饶市中山路88号五楼
邮　编：334000

所属各区市县文联：

信州区文联

主　席：王晓岗
副主席：周　正
秘书长：李　璇

德兴市文联

主　席：马秀凤

上饶县文联

主　席：郑渭波
副主席：周文华

广丰县文联

主　席：杨　剑
秘书长：黄金虎

玉山县文联

主　席：许晓可
副主席：王国军、饶小伟

铅山县文联

主　席：姚增华
副主席：甘浪生、周剑宇

横峰县文联

主　席：黄国胜

弋阳县文联

主　席：吴月华
秘书长：张赛莲

余干县文联

主　席：张华峰
副主席：李卫星

鄱阳县文联

主　席：郭淼彬
副主席：刘　杰、袁德华
秘书长：高京荣

万年县文联

主　席：方　庆

婺源县文联

主　席：汪水发
副主席：李宏宇、任春才

抚州市文联

主　席：甘少华
书　记：李　伟
调研员：郝展静
副调研员：邓根香
地　址：抚州市市直1号楼四楼市文联
邮　编：344000

所属各区县文联：

临川区文联

主　席：冯华辉

黎川县文联

主　席：吴润发

南丰县文联

副主席：黎兴旺

崇仁县文联
主　席：方立萍
乐安县文联
主　席：董海花
宜黄县文联
主　席：邓维娟
金溪县文联
主　席：徐飞贤
副主席：罗永平
资溪县文联
主　席：邓爱民
东乡县文联
主　席：殷伟柱
副主席：胡　泊、刘辉华
广昌县文联
主　席：陈　晨
南城县文联
主　席：郑明华

宜春市文联
副主席：吴志勇、徐艳云
地　址：宜春市卫公路3号
邮　编：336000
所属各区市县文联：
袁州区文联
主　席：黄勇萍
丰城市文联
主　席：陈冬珍
樟树市文联
主　席：朱　墨
副主席：欧阳娟
高安市文联
主　席：兰洪彰
奉新县文联
主　席：黄毓英
万载县文联
党组书记：高叙景
主　席：周小峰
副主席：余　刚
上高县文联
副主席：曹华牯
宜丰县文联
主　席：邓晓丽
副主席：杨泽华、韦恩谷
靖安县文联
主　席：邱京华
副主席：蔡长远
铜鼓县文联
主　席：毛广州

吉安市文联
主　席：朱黎生
地　址：吉安市阳明东路2号
邮　编：343000
所属各区市县文联：
吉州区文联
主　席：徐少青
副主席：秦宗梁
青原区文联
主　席：龙海斌
井冈山市文联
主　席：邹巧逢
副主席：刘石平、谢冬庭
吉安县文联
副主席：刘冬兰
吉水县文联
主　席：罗小明
副主席：聂　龙
峡江县文联
负责人：王白理
新干县文联
主　席：刘海根
副主席：谢金文
永丰县文联
主　席：陈金南
泰和县文联
主　席：刘世炳
遂川县文联
主　席：王先梓
副主席：肖　平
万安县文联
主　席：汤建国
副主席：邱裕华
安福县文联
主　席：刘胜生
副主席：杨桂林
永新县文联
主　席：贺剑文

山　东　省

济南市文联
党组书记、副主席：刘　溪
党组副书记、主席：张　柯
巡视员：丁济生
副主席：王振范、韦辛夷、邓宝金
秘书长：赵文明
地　址：历下区龙鼎大道1号龙奥大厦11层F区
邮　编：250102
所属各区市县文联：
市中区文联
主　席：高　峰
副主席：赵　迎、付修红
历下区文联
党组书记：王亚菲
副主席：刘春亮
槐荫区文联
副主席：岳仁强、董建忠
天桥区文联
主　席：杨　军
历城区文联
主　席：何　宁
副主席：周建华、孙瑞云
长清区文联
主　席：刘学勇

章丘市文联
主　席：孟昭顺
副主席：程诗义
平阴县文联
主　席：梁新生
副主席：邢志强
济阳县文联
党组书记：于加新
主　席：鞠　慧
副主席：朱翠平
商河县文联
主　席：信师深
副主席：党传钧、杨希泉
济南政法文联
秘书长：周曙光

聊城市文联

主　席：赵安民
副主席：苏学雷、杜　娟
地　址：聊城市昌润南路8号市政府3号楼
邮　编：252000
所属各区县市文联：
东昌府区文联
主　席：孙龙翔
副主席：张桂林、陈　华
临清市文联
主　席：杨　宁
副主席：刘　北
高唐县文联
主　席：鞠吉世
副主席：王振国、白忠海、于　兰
阳谷县文联
主　席：商素伟
副主席：杨保平、郭素彦
莘县文联
书　记：杨国强
主　席：王贤成
副主席：樊子刚、张　涛、邹海宏
茌平县文联
主　席：于军山
副主席：张　启
东阿县文联
主　席：付红星
冠县文联
副主席：杨思又、郭洪恩

德州市文联

党组书记兼主席：高世伦
党组副书记兼副主席：石　巍
党组成员兼副主席：罗朝彦
所属各区县文联：
德城区文联
党组书记：许　斌
主　席：王太勇
副主席：吕洪卫、张传奇钮玉峰
宁津县文联
主　席：谢文成
秘书长：李妹姚
夏津县文联
主　席：吴风波
副主席：郭兆宪
副主席兼秘书长：孔祥坤
禹城市文联
主　席：李明华
副主席：卢英特
乐陵市文联
主　席：李　浩
副主席：郭建云、杨志刚
齐河县文联
主　席：李友志
武城县文联
主　席：任秀芬
副主席：王立堂、李玉东、牟永来、陈雪梅、张宝义、顾金良
临邑县文联
主　席：费彦胜
齐河县文联
主　席：丁　琴
副主席：赵方新

东营市文联

主　席：任勤林
副主席：西文丽（驻会）、孙乐春、李　艳、王家志、项继云、杨长喜、苏香兰、黄利平、邓丕利、刘晓东
地　址：东营市东营区东三路216号
邮　编：257091
所属各协会：
作家协会
主　席：陈谨之
戏剧曲艺家协会
主　席：陈崇喜
音乐家舞蹈家协会
主　席：苏香兰
美术家协会
主　席：陈宏光
书法家协会
主　席：许好成
摄影家协会
主　席：黄利平
电视艺术家协会
主　席：韩祥明
民间文艺家协会
主　席：吴观渭
雕塑艺术家协会
主　席：任勤斌
所属各县文联：
广饶县文联
主　席：李秀华
利津县文联
主　席：张泽国
垦利县文联
主　席：李　新

淄博市文联

主　席：宗俊海
副主席：姜　岩、何象斌、王建新、宓传庆、

唐秀玲、吕其顺、
郝永勃、赵长刚、
范 杰
地 址：淄博市张店人民西路24号
邮 编：255000
所属各区县文联：
张店区文联
主 席：王 刚
淄川区文联
主 席：袁延民
副主席：刘 洪、李先月
博山区文联
主 席：程 涛
副主席：郝象斌
临淄区文联
主 席：王同国
副主席：路 斌
周村区文联
主 席：雷宏亭
桓台县文联
主 席：史元功
副主席：张聿勇
高青县文联
副主席：张士刚
沂源县文联
主 席：朱乐孝
副主席：郝树江、周清秀

潍坊市文联

党组书记兼主席：孙淑芳
副主席：冯文富、冯传增、
王治喜、陈雪梅
地 址：潍坊市胜利东街99号
邮 编：260061
所属各区市县文联：
奎文区文联
主 席：谭晓昌
潍城区文联
主 席：赵炳平
寒亭区文联
主 席：闫维兵
坊子区文联
主 席：臧运国
安丘市文联
主 席：高 军
昌邑市文联
主 席：付晓丽
高密市文联
主 席：张家骥
副主席：罗宗欣、丁元忠
秘书长：王清民
青州市文联
主 席：魏颜蓓
副主席：尹 欣
诸城市文联
主 席：张崇明
副主席：王砚军
寿光市文联
主 席：潘广科
副主席：王志亭
临朐县文联
主 席：傅越鹏
昌乐县文联
主 席：刘兴国

烟台市文联

书 记：陈海涛
主 席：孙光辉
副主席：尹 涛、董翠娜、
王道兴、严 涛、
郭 磊
地 址：市毓西路17-3号
邮 编：264000
所属各区市文联：
福山区文联
主 席：王岳峰
牟平区文联
主 席：牟进军
烟台开发区文联
主 席：孙希香
龙口市文联
主 席：韩存波
蓬莱市文联
主 席：马德成
莱阳市文联
书 记：宋立修
主 席：郑绍忠
招远市文联
主 席：刘 霞
海阳市文联
副主席：刘水清
莱州市文联
主 席：杜旭昌
栖霞市文联
主 席：张凤文

威海市文联

党组书记、副主席：于加林
主 席：钱启民
副主席：杨海东、毕少军
地 址：威海市市委党校综合办公楼12楼
邮 编：264200
所属各市区文联：
荣成市文联
主 席：李先锋
副主席：张震亚
文登市文联
主 席：鞠传友
乳山市文联
主 席：李 杰
环翠区文联
主 席：宋吉波
党支部书记、副主席：任道金
副主席：周 琳

青岛市文联

主 席：吕振宇
书 记、副主席：孙宪政
副主席：程 基、谢志强
纪检组长：刘华民
副巡视员：柳电飞
地 址：青岛市香港中路19号市政府4号楼7楼

邮　编：266071

所属各区市文联：

崂山区文联

主　席：韦志芳

副主席：孟　繁

城阳区文联

主　席：朱崇伟

副主席：苏熙昭

开发区文联

主　席：杜锡刚

即墨市文联

主　席：宋清涛

副主席：孙　诚

平度市文联

主　席：李振波

胶州市文联

主　席：李再孝

胶南市文联

主　席：薛立群

莱西市文联

主　席：万洪波

日照市文联

主　席：赵德发

书　记：孙正武

副主席：祝茜华、金立泉

地　址：日照市北京路198号市级办公大楼0331室

邮　编：276826

所属各区县文联：

东港区文联

主　席：赵东波

副主席：孙密爵

岚山区文联

主　席：尹　玲

五莲县文联

主　席：周兴龙

副主席：孙桂云

莒县文联

主　席：黄建成

日照港文联

主　席：李永华

临沂市文联

主　席：刘广阔

书　记：龙　岩

副主席：张洪学、李秀青、侯　钧、张世勤、李凤军

地　址：市北城新区天元商务大厦

邮　编：276000

所属各区县文联：

兰山区文联

主　席：张金操

副主席：马咏梅、潘月胜

罗庄区文联

主　席：李传秀

河东区文联

主　席：刘宗桥

郯城县文联

副主席：鲁　冰

苍山县文联

主　席：刘　震

副主席：沙德平、吴仕强

莒南县文联

主　席：陈文善

沂水县文联

主　席：陈爱军

蒙阴县文联

主　席：赵洪玲

平邑县文联

主　席：刘云燕

费县文联

副主席：咸庆英

沂南县文联

主　席：刘兆才

临沭县文联

主　席：王统富

枣庄市文联

党组书记、主席：王延亮

副主席：刘运霞、郭士祥

地　址：枣庄市高新区和谐路568号

邮　编：277800

所属各市区文联：

滕州市文联

主　席：马建钧

副主席：黄　敏、李晓磊、赵公林

秘书长：狄平山

市中区文联

主　席：刘广军

办公室主任：张乃略

台儿庄区文联

主　席：李　楠

薛城区文联

主　席：姚三石

副主席：张茂水

副秘书长：李　红

山亭区文联

主　席：李中国

副主席：姜玉树

峄城区文联

主　席：贺　炜

副主席：李华伟、颜景涛

秘书长：高　伟

济宁市文联

党组书记：张　彧

主　席：王道雨

副主席：汪　林、李　君

副调研员：孙丽萍、孙宜才、侯　健

地　址：市红星中路1号

邮　编：272025

所属各区市县文联：

市中区文联

主　席：孟献红

嘉祥县文联

主　席：孙文献

邹城市文联

主　席：李　樯

金乡县文联

主　席：郑宏图

曲阜市文联
主　席：岳耀方
鱼台县文联
主　席：张德升
梁山县文联
主　席：赵德民
兖州市文联
党组书记：刘玉礼
主　席：张志超
泗水县文联
主　席：汤　颖
微山县文联
主　席：刘修武
汶上县文联
副主席：徐雷申
任城区文联
主　席：张　燕

泰安市文联
书　记：魏　武
主　席：江济源
副主席：仇　东、孙　黎
秘书长：孙启娓
地　址：市市政大楼A2061
邮　编：271000
所属区县文联：
泰山区文联
主　席：孙兆卿
宁阳县文联
主　席：张京臣
东平县文联
主　席：侯庆贵

莱芜市文联
主　席：李贞锋
副主席：孟云霞
地　址：莱芜市龙潭东大街001号
邮　编：271100

滨州市文联
党组书记：尚鸿鸣
副主席：刘相生
副主席兼秘书长：蔡向东
地　址：滨州市黄河五路385号
邮　编：256603
所属各区县文联：
滨城区文联
主　席：刘　岩
副主席：赵景峰
阳信县文联
主　席：刘海新
邹平县文联
主　席：王奎强
无棣县文联
主　席：徐沛琦
副主席：付　军
博兴县文联
主　席：卞　涛

菏泽市文联
主　席：尹慧萍
副主席：孙建东、李耀亮
地　址：市中华路1888号
邮　编：274000
所属各协会：
作家协会
主　席：贾庆军
美术家协会
主　席：梁兆存
书法家协会
主　席：曹　钰
戏剧家协会
主　席：朱桂芹
影视艺术家协会
主　席：刘付德
摄影家协会
主　席：焦延河
音乐家协会
主　席：闫永丽
舞蹈家协会
主　席：李蓓蓓
曲艺家协会
主　席：苏本栋
民间文艺家协会
主　席：王宝祥
所属各区县文联：
牡丹区文联
主　席：张　黎
曹县文联
主　席：马继栋
定陶县文联
主　席：王　萍
成武县文联
主　席：郭成振
单县文联
主　席：张　安
巨野县文联
主　席：鲍　淼
郓城县文联
主　席：左相民
鄄城县文联
主　席：李　超
东明县文联
主　席：李明星

河　南　省

郑州市文联
党组书记：徐大庆
纪检书记：李国昌
主　席：钟海涛
副主席：姜　阳、马素芳、程韬光
副调研员：杨晓敏、张文先、白金尧
地　址：郑州市中原区伊河路12号
邮　编：450007

所属各市县文联：

新郑市文联

主　席：孙宏志

登封市文联

主　席：孙晓玲

新密市文联

主　席：王镜宾

巩义市文联

主　席：邵玉龙

荥阳市文联

主　席：韩　露

副主席：董江源

中牟县文联

主　席：王银玲

三门峡市文联

党组书记：徐龙欣

主　席：张高山

副调研员：杨　凡、南振民

党组成员、创联部主任：耿彩玲

办公室主任：焦新祥

地　址：三门峡市崤山路中段49号市委楼四楼

邮　编：472000

三门峡文艺编辑部主任：胡长洲

三门峡书画院

院　长：樊贵敏

三门峡文艺交流中心

负责人：马顺通

所属各协会：

作家协会

主　席：杨　凡

书法家协会

主　席：张高山

摄影家协会

主　席：马合福

美术家协会

主　席：李俊林

戏剧家协会

主　席：姚梦松

舞蹈家协会

主　席：陶　可（代）

音乐家协会

主　席：南振民

电影电视家协会

主　席：刘　英

民间文艺家协会

主　席：员更厚

曲艺家协会

主　席：黄森林

杂文家学会

会　长：孙振军

诗词家协会

副主席：方留聚

楹联学会

会　长：方留聚

农民书画家协会

主　席：水润仙

黄河文化艺术研究所

所　长：李竹梅

傅圣文化艺术研究院

院　长：付文山

所属各市县文联：

义马市文联

主　席：何宝贵

副主席：王三岗

灵宝市文联

主　席：贠治民

副主席：夏乐义、李　昌

纪检组长：常　丽

卢氏县文联

主　席：祝晓荣

副主席：程专艺

陕县文联

副主席：靳雪松

渑池县文联

主　席：李迎春

副主席：陈少华

湖滨区文联

副主席：张小梅

洛阳市文联

党组书记兼副主席：刘红旗

副主席：段新伟、王　绣

秘书长：孙建邦

地　址：洛阳市洛南新区市委大院2号楼1层

邮　编：471023

所属各市县文联：

偃师市文联

副主席：焦志锋

孟津县文联

主　席：黄　山

新安县文联

副主席：孙双玲

栾川县文联

主　席：宫拂晓

嵩县文联

主　席：朱建芳

汝阳县文联

书　记：马　杰

主　席：马志超

宜阳县文联

主　席：徐慧丽

伊川县文联

主　席：胡社桥

洛宁县文联

主　席：张光杰

焦作市文联

主　席：庞　宏

副主席：吴　明、米　闹

组检组长：姜玉珍

调研员：殷繁政、韩　达

地　址：焦作市学生路43号

邮　编：454000

所属各区市县文联：

中站区文联

主　席：韩丽霞

马村区文联

主　席：丁全国

孟州市文联

主　席：陈思洁

沁阳市文联

主　席：李文奎

修武县文联
主　席：薛文忠
博爱县文联
主　席：侯奉浩
武陟县文联
主　席：党育红
温县文联
主　席：严双军

新乡市文联

党组书记、主席：焦国梅
副主席兼秘书长：牛永海
地　址：新乡市平原路中段43号新华书店6楼
邮　编：453000
所属各市县文联：
卫辉市文联
主　席：李振峰
辉县市文联
主　席：高天生
新乡县文联
副主席：陈荣宇
获嘉县文联
主　席：赵青川
原阳县文联
主　席：胡　珍
延津县文联
主　席：李泉录
封丘县文联
主　席：栾小宝
长垣县文联
主　席：钞艳霞
副主席：李雪艳

鹤壁市文联

主　席：李建东
副主席：王殿民
地　址：鹤壁市淇滨大道政府第三综合楼
邮　编：458030
所属各区县文联：
淇滨区文联
主　席：侯海峰
副主席：赵红玲
山城区文联
主　席：赵海涛
浚县文联
主　席：张东宇
副主席：周学超
淇县文联
主　席：刘熙根
副主席：高渐华

安阳市文联

主　席：李建学
副主席：付东流
秘书长：马省洲
地　址：安阳市洹滨南路47号
邮　编：455000
所属各区市县文联：
文峰区文联
主　席：高建军
副主席：张晓晟
殷都区文联
党组书记：杨海芳
主　席：李宗祥
常务副主席：吴景辰
副主席：秦保家、刘耀青
秘书长：程　兵
龙安区文联
党组书记、主席：段瑞峰
北关区文联
主　席：杨军凡
林州市文联
主　席：尚翠芳
安阳县文联
党组书记：陈金先
主　席：王兴学
副主席：张保周、薛梅菊
汤阴县文联
主　席：左　彬
滑县文联
主　席：徐慧根
副主席：张利民
秘书长：王兆卿
内黄县文联
主　席：焦国建
副主席：刘培生

濮阳市文联

党组书记、主席：王泽培
党组成员、副主席：王濮方
党组成员：张荣君
地　址：黄河路政府七号院市文联
邮　编：457000
所属各区县文联：
华龙区文联
负责人：任尚民
南乐县文联
主　席：张静远
清丰县文联
党支部书记兼主席：南献省
范县文联
主　席：崔太先
台前县文联
主　席：梁尔旭
副主席：葛金光
濮阳县文联
主　席：孟德让
高新区文联
负责人：宋瑞钦

开封市文联

党组书记、主席：张小平
党组成员：樊　城、牛跃达、孟　冉
副主席：樊　城、甘桂芬、孟　冉
纪检组长：牛跃达
调研员：崔　洪
副调研员：刘兆英
秘书长：郭张开
地　址：开封市北土街9号
邮　编：475000

所属各县文联

杞县文联
主　席：胡书清

通许县文联
党组书记、主席：于兆行

尉氏县文联
党组书记、主席：李玉梅
副主席：刘　念

开封县文联
主　席：张士彬

兰考县文联
主　席：姚凤奇

商丘市文联

副主席：王建国、谢国启
地　址：商丘市睢阳区府前路1号市委2楼市文联
邮　编：476000

所属各区市县文联：

梁园区文联
主　席：赵宗允
副主席：葛红霞

睢阳区文联
主　席：张学勇
副主席：唐文君

永城市文联
主　席：蔡　鑫
副主席：赵　峰

夏邑县文联
主　席：吴秀芹

虞城县文联
副主席：陈春月

民权县文联
主　席：杨淑华
副主席：周脉红、金德进

柘城县文联
主　席：薛　梅
副主席：张海军

宁陵县文联
主　席：赵　峰

睢县文联
主　席：薛党军
副主席：陈爱英

许昌市文联

主　席：刘　平
副主席：陈维娟
地　址：许昌市健安大道6号楼
邮　编：461000

所属各市县文联：

禹州市文联
主　席：杨永华
副主席：刘绍典、张德宏

长葛市文联
主　席：常春喜
副主席：孟繁杰

许昌县文联
主　席：屈保军
副主席：谢英杰、计怀友

鄢陵县文联
主　席：和发科
副主席：赵建中、梁爱民

襄城县文联
主　席：杨怀殿

漯河市文联

书　记：朱文红
主　席：张富君
副主席：林素英
地　址：漯河市黄河路647号
邮　编：462000

所属各文联：

郾城区文联
主　席：赵连生

源汇区文联
主　席：陈　晨

召陵区文联
主　席：常海平

舞阳县文联
秘书长：尹光磊

临颍县文联
主　席：杜德明
副主席：张晓明

铁路文联
主　席：姜明朝

平顶山市文联

党组书记：冀聚良
主　席：李　虹
副主席：范大岭、张耀中
组检组长：张祥宇
调研员：岳书敏
副调研员：杨兰芳
地　址：平顶山市新城区市政大厦
邮　编：467000

所属各市县文联：

舞钢市文联
主　席：温慧敏

汝州市文联
主　席：相黎丽

宝丰县文联
主　席：赵民强
副主席：马运欣、陈红丽、魏红朝

叶县文联
主　席：庞江华
副主席：王风雷

鲁山县文联
主　席：袁占才
副主席：李向科

郏县文联
主　席：李国军
副主席：孔艳红、李国勇

南阳市文联

主　席：廖华歌
书　记：薛　霆
调研员：王遂河、马本德
副主席：张现实、孙晓磊
办公室主任：郝川丽
地　址：南阳市滨河东路
邮　编：473000

所属各区市县文联：

卧龙区文联
主　席：潘凤鸣
副主席：孙　杰

宛城区文联
主 席：张延海
副主席：谭洁波、李少波
邓州市文联
主 席：闫俊玲
副主席：余俊勇
南召县文联
主 席：仝太峰
方城县文联
主 席：景文建
副主席：祁瑞红、孙红立
西峡县文联
主 席：郭正伟
副主席：李雪峰
镇平县文联
主 席：杨继红
副主席：王 元、邵 军
内乡县文联
主 席：马鸿莹
支部书记：杨林松
淅川县文联
主 席：多红岗
副主席：张德民
社旗县文联
主 席：宋长宽
副主席：曹洪波
唐河县文联
主 席：郭广申
副主席：赵传文
新野县文联
主 席：罗现渠
副主席：赵 琳、苗杰峰
桐柏县文联
主 席：李书斌
副主席：王先洲

信阳市文联

党组书记：张善伟
副主席：殷 丽
地 址：信阳市羊山新区新五大道综合行政办公区90532
邮 编：464000
所属各区县文联：
浉河区文联
主 席：刘传箱
平桥区文联
主 席：程贵环
副主席：年鹤龄
息县文联
主 席：冯 莉
淮滨县文联
主 席：郭文斌
潢川县文联
主 席：李 红
光山县文联
主 席：张志娥

固始县文联
主 席：赵家义
副主席：张国华
商城县文联
书 记：熊伟生
副主席：杨 佳
罗山县文联
主 席：段发广
副主席：方 伟
新县文联
主 席：李新民
副主席：熊 涛

周口市文联

主 席：马明超
副主席：葛 罡、杨凤臣、张文平
纪检员：马爱萍
调研员：谷迁乔
副调研员：苏运峰、耿丽明
地 址：周口市七一路中段市委院内
邮 编：466000
所属各区市县文联：
川汇区文联
主 席：李江涛
项城市文联
副主席：郭 岭、田 静
扶沟县文联
主 席：庄文涛
西华县文联
主 席：张新华
商水县文联
主 席：孙新华
副主席：刘新雨
太康县文联
主 席：高 雷
鹿邑县文联
主 席：荆武信
副主席：王慧琳
秘书长：岳新华
郸城县文联
主 席：朱耀东
淮阳县文联
主 席：郭树行
沈丘县文联
主 席：卢 煜
副主席：刘迅甫
黄泛区农场文联
主 席：钱国顺

驻马店市文联

主 席：谢元涛
副主席：梁 娟
副调研员：刘康健、禹 静
地 址：驻马店市开源大道市委行政新区2号楼5楼
邮 编：463000
所属各区县文联：
驿城区文联
党组书记兼主席：苏 燕
遂平县文联
主席：梁国栋
西平县文联
党组书记兼主席：奚家坤
副主席：孙艳芹
上蔡县文联
主 席：徐 荣

汝南县文联
主　席：牛志华
平舆县文联
主　席：张体龙
新蔡县文联
主　席：谢石华
正阳县文联
主　席：贺　建
确山县文联
主　席：张　丽
副主席：白　洋
泌阳县文联
主　席：孙德兵
副主席：党建山

济源市文联
主　席：殷拴长
副主席：孔繁茹、刘胜利、李先党、赵公文、李忠伟
地　址：河南省济源市文化城市文联
邮　编：454650

湖　北　省

武汉市文联
主　席：池　莉
党组书记兼常务副主席：陈汉桥
副主席：刘醒龙、董宏猷、冷　军、湛红好、刘寿祥、张少华、陆　鸣、周锦堂、胡志平、曹小强、傅江宁、樊　星
地　址：武汉市汉口解放公园路44号
邮　编：430010
所属各协会
作家协会
主　席：董宏猷
副主席兼秘书长：王新民
音乐家协会
主　席：傅江宁
副主席兼秘书长：鲁　艳
美术家协会
主　席：冷　军
副主席兼秘书长：张少华
戏剧家协会
主　席：周锦堂
副主席兼秘书长：张宝莲
书法家协会
主　席：李　岩
秘书长：张炳绍
摄影家协会
主　席：贾连成
秘书长：喻文斌
民间文艺家协会
主　席：何祚欢
副主席兼秘书长：郝华民
文艺理论家协会
主　席：王又平
副主席兼秘书长：李鲁平
曲艺家协会
主　席：陆　鸣
副主席兼秘书长：李道南
杂技家协会
主　席：梅月洲
秘书长：杨　俊
文化遗产协会
主　席：朱　毅
副主席兼秘书长：万建新
所属各区文联：
洪山区文联
党组书记：喻建设
主　席：蒋　华
黄陂区文联
主　席：周大望
党组书记、常务副主席：张　旭
副主席：李书俊、刘际平、刘华国、刘建新、朱换玉、喻建华、明德运、张品正、胡宗裕、肖仁亮
秘书长：黄　英
新洲区文联
主　席：涂棣喜
江夏区文联
主　席：蔡明贵
副主席：陈本豪、熊明泽、王　皓、张高荣、祁金刚、毛志红、石明仁、虞小风、王永更
秘书长：王夫之
蔡甸区文联
主　席：龙建平
武钢文联
主　席：马启龙
副主席：熊　莺、钟　钢、马　明、董宏量、姚晓明
秘书长：董宏量（兼）

十堰市文联
主　席：杨启国
副主席：柏东明
地　址：十堰市北京路行政服务中心C栋信访大楼5006室
邮　编：442000
所属各区市县文联：
张湾区文联
主　席：王清玉
茅箭区文联
党组书记：林青海
主　席：温春玲
副主席：徐凤海、陶德斌、何朝波
丹江口市文联
主　席：高　飞
郧县文联
主　席：景贵社
竹山县文联
主　席：华赋桂

房县文联
主　席：姜照辉
郧西县文联
主　席：杨世春
秘书长：赵天禄
竹溪县文联
主　席：付修军
副主席：阮家国

襄阳市文联

主　席：卓道成
副主席：刘国荣、刘多斌
地　址：襄阳市襄城区新街11号
邮　编：441021
所属各区市县文联：
襄州区文联
主　席：计保挺
老河口市文联
主　席：鄢宏年
副主席：陈红梅、涂宏伟
枣阳市文联
主　席：吴世忠
宜城市文联
主　席：程　晟
南漳县文联
主　席：雷声国
谷城县文联
主　席：王金文
副主席：季广成
保康县文联
主　席：周才彬

荆门市文联

主　席：潘丹良
党组书记兼副主席：李诗德
副主席：程兴国（驻会）、
　　　　黄发清、韩少君、
　　　　施以文、胡天国、
　　　　成常坤、彭金淋、
　　　　蔡建庭、李　芳
秘书长：全雪莲（驻会）
地　址：荆门市北门路28号市
　　　　委大院办公大楼15楼
邮　编：448000
所属各区市县文联：
京山县文联
驻会副主席、秘书长：李元卿
沙洋县文联
主　席：蔡代明
秘书长：张德强
钟祥市文联
主　席：胡　工
东宝区文联
主　席：苏钊富
副主席：舒文泉
副主席兼秘书长：郑文榜

掇刀区文联
主　席：李　炜
漳河新区文联
负责人：何忠华

孝感市文联

主　席：方明才
副主席：刘碧峰、鲁晓丽
地　址：孝感市委大院内
邮　编：432000
所属各区市县文联：
孝南区文联
副主席：闻　莺
秘书长：吴　婧
应城市文联
主　席：姚红兵
副主席：张　颢
安陆市文联
主　席：易千元
副主席：周敬轩
秘书长：余承鸿
汉川市文联
主　席：陈国娇
秘书长：何　澜
孝昌县文联
主　席：陈金文
副主席：邓曙光
大悟县文联
主　席：刘辉忠
云梦县文联
主　席：陶惠清
秘书长：李宏斌

黄冈市文联

党组书记、主席：陈训金
副主席：郑能新
地　址：黄冈市委大院内
邮　编：438000
所属各市县文联：
麻城市文联
主　席：熊亚兰
副主席：李　明、雷正勇、
　　　　商义东、曾美玲、
　　　　郑　锋、阮　静
武穴市文联
主　席：夏柱彬
副主席：伍江平
红安县文联
副主席：王海波
罗田县文联
主　席：王雅萍
秘书长：胡锦刚
英山县文联
主　席：陈丽娟
秘书长：许子琴
浠水县文联
主　席：华小地
副主席：程小成
蕲春县文联
主　席：卢桂萍
副主席：张　蕾
黄梅县文联
主　席：王敏军
副主席：聂萧袤、詹　玮、
　　　　张文乔
团风县文联
主　席：华　杉
副主席：陈玉萍

鄂州市文联

主　席：刘国安
副主席：方桂英
地　址：鄂州市政府大楼904室
邮　编：436099
所属各区文联：
鄂城区文联
主　席：黄高中

华容区文联
主　席：周大桥
梁子湖区文联
主　席：李君亮

黄石市文联

党组书记：李金洲（兼）
主　席：李社教（兼）
专职副主席兼秘书长：吕永超
副主席：李维平、曹树莹、孙　辉、邱惠敏、夏奇星、姜　敏、邱　杰、朱丽蓉、易　鹏
地　址：黄石市团城山新区二路
邮　编：435003
所属各市县文联：
大冶市文联
主　席：余　伟
副主席：王义根
阳新县文联
主　席：易　鹏
黄石港区文联
主　席：熊　杰
西塞山区文联
主　席：蔡克长（兼）
副主席：皮咏龙（兼）
下陆区文联
主　席：曹建新（兼）
秘书长：杨　建（兼）
湖北新冶钢文联
主　席：姜　敏（兼）
大冶有色文联
主　席：邱　杰（兼）

咸宁市文联

主　席：柯于明
副主席：吕振华、丁敬文
地　址：咸宁市人民政府综合大楼内
邮　编：437100
所属各区市县文联：
咸安区文联
主　席：吴裕舜
赤壁市文联
主　席：丁鹤葆
副主席：戴富球
秘书长：张东海
嘉鱼县文联
主　席：屈明仙
通城县文联
主　席：宋旺龙
常务副主席：刘亚敏
崇阳县文联
主　席：甘万明
副主席：吴梅芳
通山县文联
主　席：方如良
专职副主席：杨道纺

荆州市文联

党组书记：吕金舫
主　席：潘宜钧
副主席：杨　军
秘书长：杨章池
地　址：荆州市沙市区北京中路253号
邮　编：434000
所属各区市县文联：
荆州区文联
主　席：王广森
沙市区文联
主　席：钟　静
秘书长：吴宗燕
石首市文联
主　席：周自强
洪湖市文联
主　席：张久凤
松滋市文联
主　席：曹其华
专职副主席：蒋莫海、陈　熳
秘书长：张　莉
江陵县文联
主　席：黄年虎
公安县文联
主　席：李瑞平
专职副主席：田兴祖
秘书长：陈　霞
监利县文联
主　席：段佐川

宜昌市文联

主　席：周立荣
党组书记兼常务副主席：黄尚荣
副主席：卢　进、吴　强、汪国新、张泽勇、孙才清、陈襄阳、陈永权
秘书长：杜　鸿
地　址：宜昌市云集路21号
邮　编：443000
所属各区市县文联：
西陵区文联
主　席：阎　刚
副主席兼秘书长：董　梅
副主席：邹家友、金　强、陈　刚
伍家岗区文联
主　席：王　辉
夷陵区文联
主　席：李西学
副主席：周士华、徐　军、王丽华、何　强
枝江市文联
主　席：胡志强
宜都市文联
主　席：周友平
当阳市文联
主　席：赵宏伟
副主席：杨　宁、牛　军、王先进
远安县文联
主　席：王友贵
副主席：谭兴国、邱安凤
秘书长：邱安凤（兼）
兴山县文联
主　席：邹志斌
副主席：易行国、李　明、王　进、王　锋
秘书长：王　进（兼）
秭归县文联
主　席：周凌云
长阳土家族自治县文联
主　席：陈哈林
副主席：刘志敏、陈孝荣、田玉成、杨小强、

肖　筱
秘书长：方秉望

五峰土家族自治县文联
主　席：陈池梅

随州市文联
主　席：赵建新
副主席：蔡秀词、郑　强
地　址：随州市委办公楼内
邮　编：441300
所属区市县文联：
曾都区文联
主　席：何泽军
副主席：龚凤鸣
广水市文联
主　席：李少武
随县文联
副主席：王春梅（主持工作）

仙桃市文联
驻会副主席：梁和平
地　址：仙桃大道60号
邮　编：433000

天门市文联
主　席：陶书治
秘书长：黄平喜
地　址：天门市文学泉路79号
邮　编：431700

潜江市文联
主　席：陈洪思
副主席：李　平（驻会）、黄明山
秘书长：王　燕
地　址：潜江市章华大道18号市委宣传部内
邮　编：433100

神农架林区文联
党组书记兼副主席：张可云
主　席：戴　铭
秘书长：孙　娟
地　址：神农架林区松柏镇
邮　编：442400

恩施土家族苗族自治州文联
主　席：刘　跃
驻会副主席：田　苹
副主席：田发刚、杨秀武、沈祥辉、杨　芳、杨　军、金　晖、谭庆虎、谭学聪
秘书长：董祖斌
地　址：湖北省恩施市舞阳大街49号
邮　编：445000
所属各市县文联：
恩施市文联
主　席：李拔权
专职副主席：何智斌
利川市文联
主　席：杨镇全
专职副主席：任永才
建始县文联
主　席：廖利泉
专职副主席：黄华玲
巴东县文联
主　席：刘贤圣
专职副主席兼秘书长：邓　毅
宣恩县文联
主　席：田　词
咸丰县文联
主　席：刘翔高
副主席：吴运辉
来凤县文联
主　席：岳　琼
鹤峰县文联
主　席：向宏艳

湖　南　省

长沙市文联
党组书记、副主席：王　俏
主　席：何立伟
副主席：谢胜文、李小军、唐　樱
秘书长：陈　强
地　址：长沙市岳麓大道218号市政府13楼
邮　编：410013
所属各协会
作家协会
主　席：唐　樱
舞蹈家协会
主　席：易扬伟
摄影家协会
主　席：龚振欧
音乐家协会
主　席：殷景阳
书法家协会
主　席：孔小平
民间文艺家协会
主　席：曾应明
美术家协会
主　席：刘昕文
戏剧家协会
主　席：曹汝龙
曲艺家协会
主　席：任　军
诗人协会
主　席：陈正坤
楹联家协会
主　席：符笑汀
嘤鸣诗社
社　长：郭晓鸣
收藏家协会
主　席：彭　军

群文协会
主　席：李大剑
电影电视家协会
主　席：王昌连
企业文联
主　席：胡子敬
长沙画院
院　长：杨建斌
所属各市县文联：
浏阳市文联
主　席：刘旭辉
长沙县文联
主　席：饶　晗
副主席：易术平
秘书长：沈建波
宁乡县文联
主　席：李　纯
望城县文联
主　席：朱红军

张家界市文联

党组书记：朱法栋
名誉主席：赵辉廷
主　席：罗长江（兼）
副主席：石继丽
秘书长：杨次洪
地　址：张家界市委机关大院
邮　编：427000
所属各协会：
作家协会
主　席：罗长江
秘书长：彭　毅
美术家协会
主　席：舒湘汉
秘书长：吕启琼
书法家协会
主　席：郭汉义
秘书长：陈功文
音乐家协会
主　席：刘庆尧
秘书长：符　玮
摄影家协会
主　席：宋国庆
秘书长：董　兵
戏剧家协会
主　席：尚铁流
秘书长：周海燕
舞蹈家协会
主　席：覃大军
秘书长：朱　明
中南艺术家协会
常务副主席兼秘书长：吕启琼
所属各区县文联：
永定区文联
主　席：胡家胜
副主席：罗　彬
桑植县文联
主　席：余晓华
副主席：王成均
慈利县文联
主　席：邢方荣
副主席：艾新华
武陵源区文联
主　席：胡少丛
秘书长：向兆文

常德市文联

主　席：王军杰
党组书记：封德军
副主席：杨亚杰、殷习清、鲁小平
纪检组长：叶建华
地　址：常德市洞庭大道东段175号
邮　编：415000
所属各区市县文联：
武陵区文联
主　席：戴　希
鼎城区文联
主　席：王　政
津市市文联
主　席：王观宏
安乡县文联
主　席：韩　霆
汉寿县文联
主　席：龚建平
澧县文联
主　席：杨　钢
临澧县文联
主　席：邵国超
桃源县文联
主　席：李方锋
石门县文联
主　席：刘朝阳

益阳市文联

党组书记：易轻群
地　址：益阳市长坡路38号
邮　编：413000
所属各区市县文联：
赫山区文联
主　席：夏政达
副主席：何凯胜
资阳区文联
主　席：汤建设
副主席：庄银娥
沅江市文联
党组书记：卜源光
主　席：曹建华
副主席：彭哲明
秘书长：向东流
南县文联
主　席：牟建强
秘书长：肖　跃
桃江县文联
主　席：胡红霞
副主席：张惠军
秘书长：吴少郴
安化县文联
主　席：熊栋才
副主席：陈可立、罗艳群

岳阳市文联

党组书记：彭东明
主　席：周　迅
党组副书记：刘子华
副主席：黄兰兰
地　址：岳阳市青年中路132号

邮　编：414000
所属各区市县文联：
汨罗市文联
主　席：刘　翔
临湘市文联
主　席：胡子贵
岳阳县文联
主　席：冯　扬
华容县文联
主　席：阮　梅
副主席：李健鸣
湘阴县文联
主　席：熊国庭
平江县文联
主　席：杨　野
副主席：董妙林、李燕辉
秘书长：喻科峰
岳阳楼区文联
主　席：徐喜德
君山区文联
主　席：徐　正
云溪区文联
主　席：谢江南

株洲市文联

党组副书记、主席：黄　勇
党组书记：张明慧
党组成员、副主席：秦世平
副主席：娄　雷
工会主席：罗树慧
调研员：王桂湘
秘书长：唐　璐
地　址：株洲市天元区联谊路136号鼎城大厦9楼
邮　编：412007
所属各市县文联：
醴陵市文联
主　席：唐青柏
株洲县文联
主　席：姜满珍
攸县文联
主　席：廖书虎
副主席：贺国胜、文　枫、文　凯
茶陵县文联
主　席：廖　征
副主席：陈建元、段国平
炎陵县文联
主　席：萧学菊
副主席：刘青崧
天元区文联
主　席：易湘锋

湘潭市文联

主　席：李光泉
党组书记、副主席：陈志光
党组副书记、副主席：毛　娟
副主席：李运启
秘书长：聂鑫汉
组联部主任：王　敏
地　址：湘潭市双拥中路1号市委大楼5楼
邮　编：411104
所属各区市县文联：
岳塘区文联
主　席：陈自安
雨湖区文联
副主席：廖立军
湘乡市文联
主　席：石海平
党组书记、副主席：彭伟平
副主席：朱　霆、陈连平、罗志坚、谭　亮
秘书长：成　辉
韶山市文联
主　席：曹　咪
副主席：赵庆梅
湘潭县文联
主　席：赵炽光
副主席：陈　艳、谢桥泉

衡阳市文联

党组书记：陈　伟
主　席：颜志武
副主席：周厚君
地　址：衡阳市湘江南路47号
邮　编：421001
所属各区市县文联：
南岳区文联
主　席：康松柏
副主席：徐仲衡、丁少俊
常宁市文联
主　席：吴国威
衡南县文联
主　席：胡　素
衡山县文联
主　席：丁美健
衡阳县文联
主　席：王雁鸣
祁东县文联
主　席：肖素芳
衡东县文联
主　席：何彩维

郴州市文联

主　席：王硕男
党组书记：吴　兴
纪检组长：田艳辉
副主席：曹　辉
秘书长：陈复元
地　址：郴州市飞虹路1号市文联大楼
邮　编：423000
所属各区市县文联：
北湖区文联
主　席：罗新云
资兴市文联
主　席：李性亮
副主席：袁俐勤、甘群模、邱德仁
桂阳县文联
主　席：雷昌仁
副主席：雷　云
秘书长：张秋娥
永兴县文联
党组书记：胡年兵

主　席：兰　锋
副主席：邓加文、吴春燕
秘书长：何宗国
宜章县文联
主　席：邓加亮
嘉禾县文联
主　席：尹振亮
临武县文联
主　席：雷航英
汝城县文联
主　席：朱晓萍
副主席：罗路平
秘书长：欧重福
桂东县文联
主　席：陈应时
安仁县文联
主　席：李琼林
党组书记：张杨践

永州市文联

党组书记：陈　文
主　席：吕晓勇
副主席：彭楚明
办公室主任：欧阳红艳
地　址：永州市冷水滩区双舟路216号
邮　编:425000
所属各区县文联：
冷水滩区文联
主　席：曹兰芳
副主席：黄志新、苏爱平
零陵区文联
主　席：胡明高
副主席：刘宝国
秘书长：周光耀
祁阳县文联
主　席：莫　逆
东安县文联
主　席：眭扬眉
双牌县文联
主　席：唐顺尧
道县文联
主　席：黄新姿
宁远县文联
副主席：黎成钢
蓝山县文联
主　席：李贵日
新田县文联
主　席：刘荣杰
江华瑶族自治县文联
主　席：王孟义
专职副主席：蒋建雄
江永县文联
主　席：谭　竣

邵阳市文联

党组书记：罗利民
主　席：张千山
副主席：肖仁福、谭爱民、曾伟子、林彰龙、李茂华、李月秋、刘幼民
地　址：邵阳市红旗路专署办公大楼三楼
邮　编：422000
所属各市县文联：
武冈市文联
主　席：易庆国
副主席：杨立功、曹巨文
邵东县文联
主　席：林　祎
邵阳县文联
主　席：黄建明
副主席：刘毅翔、蒋光友
新邵县文联
主　席：孙亮生
隆回县文联
主　席：廖耀华
副主席：龙太佳
洞口县文联
主　席：杨健君
副主席：谢小红
绥宁县文联
主　席：陶永喜
新宁县文联
主　席：蒋新华
城步苗族自治县文联
主　席：赵和平
副主席：阳盛德

怀化市文联

主　席：杨少波
副主席：李跃明、江月卫
地　址：怀化市人民路新街6号
邮　编：418000
所属各区市县文联：
鹤城区文联
主　席：侯平剑
洪江区县文联
主　席：石向求
洪江市文联
主　席：蒋丽君
沅陵县文联
主　席：王照云
辰溪县文联
主　席：包昌平
溆浦县文联
主　席：邹世礼
中方县文联
主　席：罗江丽
会同县文联
主　席：黄拥军
副主席兼秘书长：张秀云
副主席：杨汉立、林安权、粟志强
麻阳苗族自治县文联
主　席：舒　清
新晃侗族自治县文联
主　席：陈锡智
芷江侗族自治县文联
主　席：张远建
副主席：谭久建、李泽林、彭腾福、杨志东
靖州苗族侗族自治县文联
主　席：谢克全
副主席：李东升、谢科表
通道侗族自治县文联
主　席：李勇军

娄底市文联
党组书记：王骥远
副主席：曾林林
地　址：娄底市乐坪东街13号
邮　编：417000
所属各区市县文联：
娄星区文联
党组书记、主席：俞　凯
副主席：杨奇志、李秋萍
冷水江市文联
主　席：段志东
涟源市文联
主　席：吴中心
双峰县文联
主　席：阳　剑
副主席：阳佑雄
新化县文联
主　席：彭　共
党组书记：傅成杰

湘西土家族苗族自治州文联
党组书记：石伏龙
主　席：黄　叶
副主席：罗应奉
秘书长：向启军
地　址：吉首市文艺路11号
邮　编：416000
所属各市县文联：
吉首市文联
主　席：杨　震
副主席：聂元松
泸溪县文联
主　席：戴贤照
副主席：姚传山
凤凰县文联
主　席：肖五洋
副主席：陈　利
花垣县文联
党组书记：田宇来
主　席：龙宁英
副主席：吴诗剑、麻明进
秘书长：刘尚成
保靖县文联
党组书记：宋世兵
主　席：胡文峰
副主席：饶　强
古丈县文联
主　席：李永生
副主席：姚复科
永顺县文联
主　席：向先林
龙山县文联
主　席：田晓峰
副主席：彭　飙、彭晓冬、陈新祥

广　东　省

广州市文联
党组副书记、主席：乔　平
专职副主席：周国英、唐　平、倪惠英
秘书长：丁大龙
兼职副主席：孙建章、张　欣、张丹丹、陆志强、周国城、费　勇、曹建平
地　址：广州市东风中路503号东建大厦6、11、12楼
邮　编：510045
所属各协会：
作家协会
主　席：张　欣
戏剧家协会
主　席：倪惠英
美术家协会
主　席：周国城
音乐家协会
主　席：刘长安
摄影家协会
主　席：陈　安
舞蹈家协会
主　席：张丹丹
电视艺术家协会
主　席：费　勇
民间文艺家协会
主　席：曾应枫
曲艺家协会
主　席：孔庆炎
书法家协会
主　席：许鸿基
杂技艺术家协会
主　席：曹建平
文艺批评家协会
主　席：梁凤莲
所属各区市文联：
越秀区文联
主　席：李咏祥
专职副主席：陈　丹
秘书长:陈伟娟
海珠区文联
主　席：钟　晖
秘书长：李　雯
荔湾区文联
主　席：曾小华
专职副主席：郭伟波
秘书长：方　燕
天河区文联
主　席：肖　琰
办公室主任：吕　言
白云区文联
主　席：张晓虎
黄埔区文联
主　席：庄汉山
秘书长：赵红亮

花都区文联
主　席：袁良义
专职副主席：张佐明
秘书长：王　智
番禺区文联
主　席：边叶兵
专职副主席：潘志超
秘书长：何志丰
南沙区文联
主　席：黄健生
萝岗区文联
主　席：黄金持
专职副主席：巫水标
从化市文联
主　席：赵　惠
增城市文联
主　席：巫国明
秘书长：李智勇

清远市文联

党组书记兼主席：张银航
地　址：广东省清远市人民二路3号市机关办公大楼3号楼4楼
邮　编：511518
所属各协会：
作家协会
主　席：唐德亮
美术家协会
主　席：李承忠
民间文艺家协会
主　席：李宗矿
摄影家协会
主　席：陈光颂
戏剧曲艺家协会
主　席：卢绍新
舞蹈家协会
主　席：黄　芬
书法家协会
主　席：鲍方义
音乐家协会
主　席：范兰古
文艺批评家协会
主　席：刘国华
所属各区市县文联：
清城区文联
主　席：曾纪勇
英德市文联
专职副主席：黄东滉
连州市文联
主　席：李小林
副主席：杨国辉、李砾珍
佛冈县文联
专　干：黄　芳
清新县文联
主　席：胡庆东
连南县文联
主　席：罗明辉
阳山县文联
主　席：李织明
连山县文联
主　席：黄轩远

韶关市文联

主　席：刘照丁
调研员、秘书长：徐国英
地　址：市政府韶关市文联
邮　编：512002
所属各市县文联：
乐昌市文联
主　席：罗忠德
专职副主席兼秘书长：陈跃进
南雄市文联
主　席：刘甫梅
始兴县文联
主　席：谢义雄
副主席：张菊香
仁化县文联
主　席：罗有发
翁源县文联
主　席：邬国锋
专职副主席：吴怀想
新丰县文联
主　席：张京泉
乳源瑶族自治县文联
主　席：赵良洲
副主席：陈路生
曲江区文联
主　席：骆　聪
副主席：晏保权

河源市文联

主　席：陈晓敏
副主席：刘伟德
地　址：河源市文化广场叶绿野美术馆
邮　编：517000
所属各区县文联：
源城区文联
主　席：郑金兴
紫金县文联
主　席：邓喜建
龙川县文联
主　席：王受庆
连平县文联
主　席：谢顶远
和平县文联
主　席：黄嘉乐
东源县文联
主　席：陈志玲

梅州市文联

主　席：肖伟承
专职副主席：陈桂昌
副主席：唐秀娟
地　址：梅州市委宣传部市文联
邮　编：514021
所属各区市县文联：
梅江区文联
主　席：曾炜剑
兴宁市文联
主　席：罗汉威
专职副主席：巫金华
梅县文联
主　席：钟辉雄
大埔县文联
主　席：陈秀鸿

秘书长：肖伟兰

丰顺县文联

主　席：陈其旭

五华县文联

专职副主席：张小玲

秘书长：李海萍

平远县文联

主　席：朱其广

副主席：朱文清

蕉岭县文联

主　席：汤东康

副主席：黄清文

潮州市文联

主　席：程小宏

副主席：许成锋

地　址：潮州市枫春路中段文学艺术中心

邮　编：521011

所属各区县文联：

湘桥区文联

主　席：戴　冰

副主席：黄少平

潮安县文联

主　席：潘金标

专职副主席：陈贵茎

饶平县文联

主　席：郑明永

副主席：杨静波

汕头市文联

主　席：谢　铿

副主席兼党组成员：许自敬

地　址：汕头市海滨路14号2楼西侧

所属各区县文联：

金平区文联

主　席：刘运纵

龙湖区文联

主　席：侯文芳

澄海区文联

主　席：陈跃子

潮阳区文联

副主席：黄贵生（主持工作）

秘书长：肖涛生

潮南区文联

主　席：黄潮龙

濠江区文联

主　席：陈坤达

南澳县文联

主　席：彭加勇

揭阳市文联

党组书记、主席：许剑芒

副主席：邱柏源

副调研员：郑素协

地　址：揭阳市东山区临江北路市政府大楼市文联

邮　编：522000

所属各区市县文联：

榕城区文联

主　席：黄少辉

普宁市文联

主　席：陈楚豪

专职副主席：李明生

秘书长：黄敏侨

揭东县文联

主　席：林建南

副主席：王映秋、李纯旭

揭西县文联

主　席：邓演杰

惠来县文联

主　席：黄艾睿

副主席：方文瀚、张子仪

汕尾市文联

主　席：邱锦鸿

副调研员、秘书长：王振华

地　址：汕尾市委大楼907号

邮　编：516600

所属各县文联：

海丰县文联

主　席：黄　毅

陆河县文联

主　席：李茂悦

陆丰县文联

主　席：许　益

惠州市文联

党组书记、主席：安想珍

副主席：张建光

秘书长：刘毅雍

地　址：惠州市行政中心5号楼1楼

邮　编：516003

所属各区县文联：

惠城区文联

主　席：徐宏标

副主席：张东城

惠阳区文联

主　席：黄国雄

副主席：隋修德

博罗县文联

主　席：许强军

副主席：冼振荣、周丽芳、赖其珍

秘书长：马艺强

副秘书长：张　根

惠东县文联

主　席：刘　车

秘书长：罗炽坤

龙门县文联

主　席：钟福源

副主席：李春权

秘书长：李桃娟

东莞市文联

党组书记、主席：刘锦明

副主席：宋　媛

秘书长：刘　浩

地　址：东莞市可园北路东莞文学艺术院

邮　编：523000

深圳市文联

党组书记、主席：罗烈杰

党组成员、副主席：谢君心、

冷炳冰、
钱　强、
梁　宇

地　址：深圳市红岭中路1038号

邮　编：518008

所属各协会：

音乐家协会

主　席：熊家源

戏剧家协会

主　席：从　容

作家协会

主　席：李兰妮

评论家协会

主　席：章必功

舞蹈家协会

主　席：李建平

电影电视家协会

主　席：郑凯南

民间文艺家协会

主　席：杨宏海

美术家协会

主　席：骆文冠

书法家协会

主　席：陈钦硕

所属各区文联：

福田区文联

主　席：李雷鸣

罗湖区文联

主　席：郑钢坚

南山区文联

主　席：段　钢

宝安区文联

主　席：戴有斌

副主席：李汉源

龙岗区文联

主　席：李子才

专职副主席：刘浒山

秘书长：高荣明

盐田区文联

主　席：蒋祖逸

秘书长：邹永演

珠海市文联

主　席：马　融

副主席：郭世平、黄杰锋

秘书长：梁卓华

地　址：珠海市吉大九洲大道1115号S楼5楼

邮　编：519015

所属各协会：

作家协会

主　席：卢卫平

副主席：凤亦凡、王海玲、陈继明、夏克军、唐晓红、曾平标、曾维浩、裴　蓓、蔡新华

戏剧曲艺家协会

主　席：姚　俊

副主席：赖琼霞、张林枝、吴海涛、范文茜、张雪梅

美术家协会

主　席：古锦其

副主席：马　丁、包泽伟、刘文伟、李开连、吴黎明、罗方涛、金　凡、席　湖、黄剑波

书法家协会

主　席：杜国志

副主席：罗上武、李安达、彭小明、张英龙、廖炳训、杜　为、倪恩广、李今栋、容义寿

摄影家协会

主　席：马　刚

副主席：郑小跃、陈伟录、苏枝谋、凌　梅、梁力生、屈晓明、朱桂忠、曾权清、陈利浩

音乐家协会

主　席：李需民

副主席：蔡育川、张建勋、何　流、朱仲林、朱庆志、陈硕子、蓝　晖、刘和智

舞蹈家协会

主　席：宋拉成

副主席：周新尤、王天英、佟志刚、沈俊校、吕红卫、左　婷、徐树亮

民间文艺家协会

主　席：蒋永君

副主席：叶良生、梁少华、陈　义、吴志伟、贾小平、何沁兰

影视艺术家协会

主　席：傅　明

副主席：蒋秋霞、张有齐、陈逸峰、裴　蓓

所属各区文联：

香洲区文联

主　席：李　磊

常务副主席：陈坤明

金湾区文联

主　席：陈开祥

斗门区文联

主　席：韦大奇

副主席：何中华、沈俊校

中山市文联

主　席：陈　旭

副主席：陈小禾、陈巧章、李正思

地　址：中山市东区中山三路市政府第二办公区27楼

邮　编：528403

所属各协会：

作家协会

主　席：李容焕

副主席：林荣芝、黄学礼、林凤群、徐海东、阮　波、罗子健

音乐家协会
主　席：郑　胜
副主席：陈洪兴、王　莉、王小龙、高　芝

美术家协会
主　席：黎柱成
副主席：肖　伟、许　宁、廖学军、沈　文、崔平平、刘春潮

舞蹈家协会
主　席：于庆华
副主席：娄亚平、赵　斓、程　璐、戴　琴

戏剧家协会
主　席：李正思
副主席：罗欣荣、赵幼云、王　涛、张培勋、杨春花、黄卓荣、赵幼云

民间文艺家协会
主　席：吴竞龙
副主席：李桂山、黄新本、杨　宁、简国新

书法家协会
主　席：黄衍增
副主席：林国欣、李君田、叶健华、吴步里、骆培华、余乃刚、伍志强

曲艺家协会
主　席：侯兆松
名誉主席：卢启均
副主席：黎宝珍、何冠昌、袁溢荣、黄海棠、莫乃荣、吴章锦、魏国洪、邵伟玲、李凤琴

摄影家协会
主　席：李英中
副主席：张　展、林锦洪、张鉴来、肖柏成、梁立志、谢有权、梁厚祥

收藏家协会
会　长：欧阳健平
副会长：肖德和、区永德、薛林荣、陈耀光、区均焕

诗歌学会
会　长：李容焕
副会长：马丁林、余　丛、王晓波、祝晓林

批评家协会
主　席：谭文卿
副主席：徐文泽、阮　波、郑万里、秦志怀、陈锦霞

乐力音乐协会
主　席：陈　远

中华诗词楹联协会
主　席：胡三白
副主席：邓仲锦、黄才乐、邹优添、高　松

国标舞协会
主　席：黄少铿
副主席：李雪仪、黄锦垣

所属各文联：

小榄镇文联
主　席：梁满坤
常务副主席：项建东
副主席：古　昕、黎柱成、曾国荣、黎东升、骆培华、黄应帮、张乃驹

黄圃镇文联
主　席：文庆华
副主席：黄海燕、苏照恩、陈宇秋、曾伟强、何风云

横栏镇文联
主　席：霍锦添
常务副主席：覃丽坚
副主席：吴国明、赵龙明

火炬开发区文联
主　席：欧锦强

沙溪镇文联
主　席：赵锡雄
副主席：杨　宁、刘绮娴

民众镇文联
主　席：李锡洪
副主席：蒋振炎

东凤镇文联
主　席：李华军
副主席：黄春光、黄启陆、苏华强

三乡镇文联
主　席：郑雪英
常务副主席：郭加鹏
副主席：容浩良

南区文联
主　席：刘钊妍
副主席：王小龙、张炼红

三角文联
主　席：谭荣伟
副主席：梁莲英、刘子瑜

西区文联
主　席：梁泳彬
副主席：何志群、高小红

五桂山文联
主　席：吴从垠
副主席：易昊宏、杨继坤

古镇文联
主　席：何胜强

大涌文联
主　席：周长甫
副主席：郑献辉、李兴畅、余全立、李伯辉

南头文联
主　席：罗颖涛
副主席：蔡剑光、刘伟练、霍常无、罗子健

港口文联
主　席：赖肖里

石岐区文联
会　长：王毅斯
副会长：马海鸥、林锦洪、郑勇机

坦洲文联
主　席：梁耀权
副主席：欧嘉升、罗北成、
　　　　刘　昊、李君杰
公安文联
主　席：周朝阳
常务副主席：胡新华
副主席：狄　聆、黄　衡、
　　　　严华山、方正纲
邮政局文联
主　席：郑晓玲
副主席：张念仁
电子科大中山学院文联
主　席：崔平平
副主席：蒋先进、朱东黎
供电文联
名誉主席：邝　峰、李鸣洋
主　席：林祖跃
副主席：李春光、刘晓燕、
　　　　黄乃武
工商联文联
主　席：黄海波
副主席：卢祖华、温少松、
　　　　黄耀泉、邓颖忠、
　　　　赵玉昆、冯小龙、
　　　　黄小冬、施维雄、
　　　　吴桂昌、胡超雄、
　　　　萧社和、陈　实

江门市文联

党组书记、主席：尹继红
副主席：赵卉芬
秘书长：郭卫东
地　址：江门市港口路102号
　　　　前西2楼
邮　编：529051
所属各市区文联：
蓬江区文联
主　席：李建成
副主席：柯李策、区志勤
江海区文联
专职副主席：曾小洁
副主席：许和发
新会区文联
主　席：李悦忠
副主席：陈慧清
恩平市文联
主　席：冯儒发
台山市文联
主　席：黄伟华
副主席：关永宁
开平市文联
党组书记、主席：冯永胜
副主席：郑　红
鹤山市文联
主　席：凌品权

佛山市文联

主　席：杨凡周
专职副主席：郝卫兵
秘书长：邓国平
地　址：佛山市禅城区卫国
　　　　路5号8楼
邮　编：528000
所属各区文联：
禅城区文联
专职副主席：唐秀云
南海区文联
主　席：吴彪华
副主席：陈初华
顺德区文联
主　席：饶林海
副主席：符学成、陈彩英、
　　　　周本波、廖宇光、
　　　　叶其嘉
秘书长：陈　列
三水区文联
主　席：严振飞
副主席：何晓燕、李辉成
高明区文联
主　席：吴兆华
副主席：钟伯钧、赵　洪、
　　　　邱军平、谭梓源

肇庆市文联

主　席：朱英中
党组书记：叶清森
专职副主席：叶可晃
秘书长：钟道宇
副秘书长：陈炳文、何诗毅、
　　　　　黄莉娜
地　址：肇庆市天宁北路80号
　　　　市委大院综合楼4楼
邮　编：526040
所属各协会：
作家协会
主　席：何初树
副主席：覃志端、唐希明、
　　　　钟道宇、李粤庆、
　　　　陈锦润、八炎奎、
　　　　徐金丽
秘书长：钟道宇
戏剧家协会
主　席：李　玮
副主席：李秋元、谢健江
美术家协会
主　席：莫肇生
副主席：郭穗华、梁宏健、
　　　　鲁　力、梁树彬、
　　　　谢曙光、蓝佐然、
　　　　薛国庆
秘书长：余冠正
书法家协会
主　席：孔令深
副主席：晏任飞、陈　良、
　　　　邓家宁、伍福元、
　　　　李荣华、张巧容、
　　　　梁礼明、唐红卫
秘书长：黄　强
摄影家协会
主　席：梁耀钧
副主席：周忠明、何异能、
　　　　吴　生、梁冠光、
　　　　郭可青、时鲁东、
　　　　郭松柏、徐东宁
秘书长：周忠明

音乐家协会
主　席：王金宝
副主席：王启超、平黎明、
罗建新、袁巧平、
曾雪夫、魏启元
秘书长：王启超
舞蹈家协会
主　席：尹祯民
副主席：卓桂英、李元斌、
梁俊宁、黄志勇、
王　玲、梁永强
秘书长：梁振宁
民间文艺家协会
主　席：莫达昌
副主席：李志强、李书平、
李秀明、程昌良、
李燕伟、胡思源、
梁玉麟、郑国京、
郑敦仕、郭树生
秘书长：郭树生
曲艺家协会
主　席：蔡文菲
副主席：梁贵兴、杜卓辉
秘书长：谢桂生
所属各区市县文联：
端州区文联
主　席：招华标
副主席：谢健江
高要市文联
主　席：林新标
副主席兼秘书长：陈焕明
四会市文联
主　席：黎作业
专职副主席：郑国平
秘书长：张萧萧
广宁县文联
副主席：邓兴平、谭健东、
郑国宗、钟经汉、
江先梅
秘书长：刘东荣
怀集县文联
主　席：钱念先
副主席：罗少山、徐维宁、
高敏雄、谭上洲
封开县文联
常务副主席：谢京中
专职副主席：陈楚源

云浮市文联
主　席：陈苏平
副主席：黄英伟
地　址：云浮市区解放中路
38号5楼
邮　编：527300
所属各区市县文联：
云城区文联
主　席：李向荣
罗定市文联
主　席：马朝辉
云安县文联
主　席：成树雄
新兴县文联
主　席：洪盘东
郁南县文联
主　席：罗荣南

阳江市文联
主　席：李　彪
地　址：阳江市新江北路市
文化活动中心
邮　编：529500
所属各市县文联：
阳春市文联
主　席：陈建华
阳西县文联
主　席：张枝潘
阳东县文联
主席：冯果
专职副主席：敖景梅

茂名市文联
主　席：陈桂强
专职副主席：毛勇强
地　址：茂名市委大院5栋4楼
所属各协会：
美术家协会
主　席：赖为朝
作家协会
主　席：晓　音
摄影家协会
主　席：彭永强
戏剧家协会
主　席：林秀荣
曲艺家协会
主　席：邝玉珠
民间文艺家协会
主　席：胡光焱
音乐家协会
主　席：黄永雄
青年书法家协会
主　席：吴学翔
漫画协会
主　席：周福华
电子琴学会
主　席：徐国经
诗词学会
会　长：冼寿南
教育作家协会
主　席：柯焕德
鲁迅文学研究会
会　长：郑庚胜
书画研究会
会　长：徐文实
写作协会
会　长：何　炎
散文诗学会
会　长：官演武
钢琴学会
会　长：陈加林
信宜市文化艺术中心
主　任：凌远科
信宜市青年文学界艺术协会
主　席：俞淮竞
所属各区市县文联：
茂南区文联
负责人：郑佳

化州市文联
主　席：李木天
副主席：陈文操
信宜市文联
主　席：巫广良
副主席：张绍永
高州市文联
主　席：肖　娴
电白县文联
主　席：陈明校
副主席：赖小娟

湛江市文联

党组书记、主席：邵　锋
副主席：刘名卫、任向东
地　址：湛江市霞山人民大道南43号市人大常委楼5楼市文联
邮　编：524001
所属各区市县文联：
赤坎区文联
主　席：唐宏宇
专职副主席：陈建国
霞山区文联
主　席：叶文健
坡头区文联
主　席：林　景
麻章区文联
主　席：陈光海
吴川市文联
主　席：龙春松
办公室主任：林　奇
廉江市文联
主　席：罗　烈
雷州市文联
主　席：何安成
副主席：蒋　生
办公室主任：藏权源
遂溪县文联
主　席：赵树森
徐闻县文联
主　席：杨世晓

广西壮族自治区

南宁市文联

党组书记：张耀民
副书记：谢鸿桂
主　席：鲁　利
副主席：陆　坚、旋　娟
地　址：南宁市文联
邮　编：530023
所属各区县文联：
邕宁区文联
主　席：施美任
武鸣县文联
主　席：卢大任
横县文联
主　席：黄仕江
宾阳县文联
主　席：阮明南
上林县文联
主　席：周隆英
隆安县文联
主　席：农宜陟
副主席：黄　智
马山县文联
主　席：韦文武

桂林市文联

党组书记、主席：刘纪春
副主席：张　震、陈滨江、秦凌斌
秘书长：秦凌斌（兼）
地　址：桂林市八桂路机关办公大院
邮　编：541001
所属各县文联：
阳朔县文联
主　席：莫高阳
常务副主席：刘金有
秘书长：唐平英
临桂县文联
主　席：李明才
兴安县文联
主　席：彭书华
常务副主席：蒋忠民
副主席：彭维标
灌阳县文联
负责人：蒋人轲
平乐县文联
负责人：苏　兰
资源县文联
主　席：李天金
恭城瑶族自治县文联
主　席：何筱思
灵川县文联
主　席：粟利仁
荔浦县文联
主　席：方洁萍
秘书长：李英明
永福县文联
主　席：杨志德
龙胜县文联
主　席：曾德茂

柳州市文联

党组书记、主席：柯天国
副主席：张细英、蓝建军、符震海
纪检组长：吕柳华
秘书长：韦俊海
地　址：柳州市公园路33号
邮　编：545001

所属各县文联：

柳江县文联

主　席：覃柳珍

柳城县文联

主　席：刘啸军

常务副主席：李诚英

鹿寨县文联

主　席：李柳忠

融安县文联

主　席：覃海玉

三江侗族自治县文联

主　席：杨尚荣

融水苗族自治县文联

主　席：廖　维

副主席：吴　倩

梧州市文联

党组书记、主席：罗金陵

副主席：梁美云

党组成员、副主席：张　亮

调研员：李小舰

副调研员：李秀维

地　址：梧州市建设二路113号

邮　编：543000

所属各市县文联：

岑溪市文联

党组书记：李敏光

苍梧县文联

主　席：潘明华

藤县文联

主　席：欧伟文

蒙山县文联

主　席：吴广升

贵港市文联

主　席：谭　涛

副主席：卢志伟、潘大林、谭桂铭

秘书长：梁少旭

地　址：贵港市石羊塘报社大楼5楼

邮　编：537100

所属各市县文联：

桂平市文联

主　席：梁乃洋

副主席：梁炳荣

平南县文联

主　席：谢世团

副主席：赵庆军

秘书长：陈玄斌

玉林市文联

党组书记：梁卫东（兼）

专职副主席：陈　琦

地　址：玉林市东门路市委

邮　编：537000

所属各区市县文联：

玉州区文联

主　席：谭艳艳

副主席：誉德妮

北流市文联

主　席：梁晓阳

副主席：党武平

秘书长：潘雄杰

兴业县文联

副主席：覃　莉

容县文联

主　席：何赛光

副主席：李旭文

陆川县文联

主　席：黄晓红

副主席：谢小敏、冯　迪

博白县文联

主　席：刘　斯

副主席：黄宇华

钦州市文联

主　席：黄道鸿

副主席：谢凤芹、黄允旗

地　址：钦州市永福东大街11号行政信息中心A座10楼

邮　编：535000

所属各区县文联：

钦南区文联

主　席：陈俍羽

副主席：石昌营

钦北区文联

主　席：赖　幸

副主席：符　斌

专职干部：罗瑞凯

灵山县文联

主　席：朱仕权

浦北县文联

主　席：黄镜天

常务副主席：韦志远

北海市文联

主　席：董晓燕

副主席:伍道杨、谭为民

地　址：北海市北京路海尚巴黎520号

邮　编：536000

所属县文联：

合浦县文联

主　席：甘卫华

副主席：谢　雨

防城港市文联

主　席：江　天

副主席：王渤海

地　址：防城港市港口区云南路天马大厦9楼

邮　编：538001

所属各区市县文联：

港口区文联

主　席：张永志

防城区文联

主　席：张大进

东兴市文联

主　席：陆俊菊

上思县文联

主　席：黎有生

副主席：岑超学

崇左市文联

主席：覃坚敏
副主席：农恒云
地　址：崇左市新城路1号市行政中心人大区111-113室
邮　编：532200

所属各区市县联文联：

江州区文联
主　席：莫灵元
副主席：梁文宏

凭祥市文联
主　席：赵俊杰
副主席：江宗立

扶绥县文联
主　席：周演升

大新县文联
主　席：李阳群
副主席：赵彩英

天等县文联
主　席：冯耀素
副主席：黄存壁

宁明县文联
主　席：吴能贞
副主席：左江月

龙州县文联
主　席：严造新
副主席：农　林

百色市文联

主　席：黄小卡
党组书记：韦从克
副主席：黄志峰、许雪萍
地　址：市城北二路12号
邮　编：533000

所属各县文联：

田阳县文联
主　席：黄焕刚
副主席：蓝　瑛

田东县文联
主　席：黄焕克

平果县文联
主　席：梁颖武
副主席：方海峰

德保县文联
主　席：黄国闯

靖西县文联
主　席：赵继荣
副主席：池　伟

那坡县文联
主　席：李永锋

凌云县文联
主　席：向志文

乐业县文联
主　席：李慈洲

田林县文联
主　席：吴鸿村

隆林各族自治县文联
主　席：卢思雨
副主席：岑　军

西林县文联
主　席：周胜彬
副主席：梁　德

河池市文联

党组副书记、主席：潘红日
党组书记：杨荣来
副主席：韦俊林、韦禹薇
副调研员：陈仁辉、黄有新
副秘书长：韦艳华、石肖永
地　址：河池市南新西路91号
邮　编：547000

所属各协会：

作家协会
主　席：吕成品

书法家协会
主　席：杨耀春

民间艺术家协会
主　席：姚　亮

美术家协会
主　席：覃高阳

戏剧家协会
主　席：杨　忠

舞蹈家协会
主　席：黄　康

音乐家协会
主　席：陈恒芳

摄影家协会
主　席：黄建武
常务副主席：林捍球

理论家协会
主　席：温存超

影视家协会
主　席：袁俊袖

直机关摄影家协会
主　席：黄大强

直机关书法家协会
主　席：龙介池

所属各区市县文联：

金城江区文联
主　席：陈再望

宜州市文联
主　席：左　丹

环江毛南族自治县文联
主　席：蒙壮科

罗城仫佬族自治县文联
主　席：杨衍瑶

南丹县文联
主　席：唐远志

天峨县文联
主　席：罗家华

凤山县文联
主　席：谯可勤、覃显杰

东兰县文联
主　席：黄　坚

巴马瑶族自治县文联
主　席：蓝振林
副主席：韦成旺

都安瑶族自治县文联
主　席：谭云鹏

大化瑶族自治县文联
主　席：黄　格

来宾市文联

主　席：赵　剑
副主席：龙　志、罗　勋、覃　刚

秘书长：蓝海洋
地 址：来宾市人民路1号市行政中心
邮 编：546100
所属各协会：
作家协会
主 席：龙 志
戏剧家协会
主 席：唐云端
音乐家协会
主 席：廖明明
美术家协会
主 席：徐作先
曲艺家协会
主 席：周松岐
民间文艺家协会
主 席：王天若
舞蹈家协会
主 席：张国明
摄影家协会
主 席：覃 刚
书法家协会
主 席：陆远怀
赏石协会
主 席：曹远林
文艺理论家协会
主 席：尹华俭

所属各区市县文联：
兴宾区文联
主 席：周良志
副主席：黄海民、廖钧茂、樊国全、蒙林坚
秘书长：王向新
合山市文联
主 席：覃运银
副主席：吴克帅、黄 冲、陆乃亮、莫文勇、黄海燕
秘书长：凌莉莉
象州县文联
主 席：陈丽云
副主席：罗成贵、黄晓文、覃彩东
秘书长：韦秀琼
忻城县文联
主 席：韦云峰
副主席：郑伶娜、樊圣林、韦业猷
秘书长：玉增佑
武宣县文联
主 席：韦勇强
金秀瑶族自治县文联
主 席：杜绍康
副主席：赵崧佐、罗伟才、卢冰若
秘书长：陶泰宋

贺州市文联

主 席：邱有源
党组书记兼副主席：何建强
副主席：陈世洪
地 址：贺州市贺州大道1号市委办公楼4楼
邮 编：542899
所属各区县文联：
八步区文联
主 席：刘 静
昭平县文联
主 席：周派莲
副主席：何汝玲
钟山县文联
主 席：聂 晶
副主席：潘绍作、黄雪玲
秘书长：董 军
富川瑶族自治县文联
主 席：蒋英聪
副主席：唐恩仕、李世军（兼）
平桂管理区文联
副主席：李 萍

海 南 省

海口市文联

党组书记：潘善武
主 席：陈素珍（兼）
驻会副主席：钟南平、邱运龙
秘书长：邱运龙（兼）
所属各协会：
作家协会
主 席：欧大雄
秘书长：申 辰
书法家协会
主 席：欧阳飞
秘书长：林 萍
戏剧家协会
主 席：陈素珍
秘书长：张建雄
美术家协会
主 席：王 锐
舞蹈家协会
主 席：吴爱琴
常务副主席：吴圣彪
秘书长：罗小珠
音乐家协会
主 席：裴英杰
常务副主席兼秘书长：张德美
摄影家协会
主 席：徐 伟
秘书长：姚家康
影视家协会
主 席：王忠云
秘书长：杜 军
琼山区文联
主 席：蔡於树

三亚市文联

党组书记、主席：吴国华
地 址：三亚市委大院
邮 编：572000
所属各协会：
作家协会
主 席：罗灯光
秘书长：孙令辉

书法家协会
主　席：雷家才
秘书长：黎智辉
戏剧家协会
主　席：卢宏书
秘书长：吴昆明
美术家协会
主　席：许坤涛
秘书长：蒲以宏
舞蹈家协会
主　席：袁海南
秘书长：林青山
民间文艺家协会
主　席：王隆伟
秘书长：梁弼弘

文昌市文联
主　席：王　凡
地　址：文昌市清澜开发区市机关办公西楼315室
邮　编：571300

琼海市文联
主　席：李世恰
专职副主席兼秘书长：卢传福
地　址：琼海市光海路市委大楼
邮　编：571400

万宁市文联
主　席：陈山柏
地　址：万宁市委大院
邮　编：571500

五指山市文联
主　席：冯本雄
地　址：五指山市国兴路市委宣传部内
邮　编：572200

东方市文联
主　席：黄　文
专职副主席：冯　玉
地　址：东方市委宣传部内
邮　编：572600

儋州市文联
主　席：陈家祥
副主席：李龙驹
地　址：儋州市委办公大楼
邮　编：571700

临高县文联
主　席：林　表
副主席：符东鹏
地　址：临高县文联
邮　编：571800

澄迈县文联
主　席：黄大强
副主席：吴多鑫
地　址：县金江镇解放东路
邮　编：571900

定安县文联
主　席：颜立宇
地　址：定安县委宣传部内
邮　编：571200

屯昌县文联
负责人：邓极钊
地　址：屯昌县委宣传部内
邮　编：571600

昌江黎族自治县文联
主　席：黄安雄
副主席：邓世东
秘书长：周　烨
地　址：昌江县石碌镇市民广场行政办公大楼339室
邮　编：572700

白沙黎族自治县文联
负责人：王　勇
地　址：白沙县委宣传部转县文联
邮　编：572800

琼中苗族黎族自治县文联
主　席：冯汉云
秘书长：凌大彪
地　址：琼中县委宣传部内
邮　编：572900

陵水黎族自治县文联
负责人：王兴学
地　址：陵水县文化广场综合楼一楼
邮　骗：572400

保亭黎族苗族自治县文联
主　席：黄培祯
地　址：保亭县文体局办公大楼内
邮　编：572300

乐东黎族自治县文联
主　席：谢星荣
地　址：乐东县委宣传部内
邮　编：572500

重　庆　市

万州区文联
主　席：熊　刚
地　址：万州区天城大道756号
邮　编：404000

江津区文联
主　席：辛　华
地　址：江津区几江镇三通街1号区文化广电新闻出版局
邮　编：402260

涪陵区文联
党组书记：张仲明
主 席：简晓玲
地 址：涪陵区委大院8楼
邮 编：408000

永川区文联
党组书记：罗晓春
主 席：吴治华
地 址：永川区汇龙大道东一路19号
邮 编：402160

黔江区文联
党组书记、主席：钟绍珉
地 址：黔江区委大楼
邮 编：408700

城口县文联
主 席：汪玉平
秘书长：江奉武
地 址：中共城口县委宣传部
邮 编：404900

渝中区文联
主 席：钟志芳
地 址：渝中区和平路211号
邮 编：400010

巫山县文联
主 席：赵宁章
地 址：巫山县行政综合办公大楼县委宣传部
邮 编：404700

大渡口区文联
主 席：唐 勇
地 址：大渡口区文广新局
邮 编：400084

巫溪县文联
主 席：李剑东
地 址：巫溪县文化局
邮 编：405800

江北区文联
主 席：李保海
地 址：江北区委宣传部
邮 编：400020

酉阳土家族苗族自治县文联
主 席：田景全
副主席：简 朴
地 址：酉阳土家族苗族自治县钟多镇和平路
邮 编：409800

沙坪坝区文联
专职副主席：黄 峥
地 址：沙坪坝区小新街83号沙坪坝区文化馆
邮 编：400030

九龙坡区文联
主 席：胡宗伦
副主席：杨 杰
地 址：九龙坡区委宣传部
邮 编：400050

南岸区文联
主 席：刘 钢
副秘书长：高万红
地 址：南岸区南城大道199号
邮 编：400060

北碚区文联
主 席：周洪玲
地 址：北碚区委宣传部
邮 编：400700

大足区文联
党组书记、主席：李 瑛
副主席兼秘书长：彭 剑
地 址：中共大足区委宣传部
邮 编：402360

渝北区文联
主 席：吴云斌
副主席：刘 烜
地 址：中共重庆市渝北区委宣传部
邮 编：401120

荣昌县文联
主 席：林 勇
副主席：满选东
地 址：中共荣昌县委宣传部
邮 编：402460

巴南区文联
主 席：戚万凯
地 址：巴南区委宣传部
邮 编：401320

璧山县文联
主 席：张宗伦
地 址：璧山县中山南路205号
邮 编：402760

长寿区文联
主 席：刘德奉
秘书长：余 炤
地 址：长寿区文广新局
邮 编：401220

梁平县文联
主 席：刘中培
秘书长：李 静
地 址：中共梁平县委宣传部
邮 编：405200

綦江县文联
专职副主席：潘晓容
地 址：县文龙街道沙溪路
邮 编：401420

南川区文联
主　席：唐利春
秘书长：唐维渝
地　址：南川区和平支路6号
邮　编：408400

潼南县文联
主　席：陈春贵
副主席：秦　健
地　址：潼南县文广新局
邮　编：402660

丰都县文联
主　席：余永康
副主席：代　鸿
地　址：丰都县文体广电局办公楼203室
邮　编：408200

铜梁县文联
党组书记、主席：王小波
副秘书长：唐道伏
地　址：铜梁县巴川街道办事处明月街48号
邮　编：402560

武隆县文联
党组书记：刘　民
主　席：刘有法
地　址：武隆县政府3号楼4楼
邮　编：408500

忠县文联
主　席：邓大庆
地　址：中共忠县县委宣传部
邮　编：404300

开县文联
主　席：温　刚
副主席：王兴明
地　址：中共开县县委宣传部
邮　编：405400

云阳县文联
主　席：李建春
地　址：云阳县油江大道宣传文化中心
邮　编：404500

奉节县文联
主　席：黄定坤
地　址：中共奉节县委宣传部
邮　编：404600

石柱自治县文联
主　席：蔡玉葵
秘书长：谭长军
地　址：中共石柱自治县委宣传部
邮　编：409100

秀山土家族苗族自治县文联
主　席：杨敏灵
秘书长：宋亚军
地　址：秀山县文广新局（大礼堂内）
邮　编：409900

彭水苗族土家族自治县文联
党组书记：张　波
主　席：汪家生
地　址：彭水苗族土家族自治县委大楼201室
邮　编：409600

重钢集团文联
主　席：潘向宇
秘书长：焦志华
地　址：大渡口区新山村重钢银河文体楼
邮　编：400084

嘉陵集团文联
主　席：陈卫东
地　址：沙坪坝双碑中国嘉陵集团
邮　编：400050

重庆长航文联
秘书长：江　湃
地　址：渝中区陕西路22号重庆长江轮船公司工会
邮　编：400011

长安汽车集团公司文联
秘书长：钟　聆
地　址：江北区建新东路260号长安汽车集团公司宣传部
邮　编：400021

重庆燃气集团文联
主　席：罗建平
地　址：江北区小苑1村30号重庆燃气集团工会
邮　编：400020

重庆市公安文联
秘书长：崔　路
地　址：渝北区黄泥磅黄龙路555号
邮　编：401147

四 川 省

成都市文联

党组书记、常务副主席：叶　浪
主　席：朱树喜
驻会副主席：罗　波、杨宗林、
　　梁　红
地　址：成都市青羊区金家
　　坝街7号
邮　编：610015
所属各区市县文联：
金牛区文联
主　席：吴明举
副主席：程明刚、田小渝、
　　邓　熠、齐瑞庭、
　　贾迎霜、李有勋、
　　胥厚全
武侯区文联
主　席：罗毅清
专职副主席：曾水云
秘书长：付晓春
新都区文联
主　席：余　勇
副主席：王　莉、余新蓉、
　　周　平
秘书长：骆　恒
副秘书长：乐惠蓉
温江区文联
主　席：魏晓彤
都江堰市文联
主　席：肖　红
邛崃市文联
主　席：刘泳希
副主席：黄芝静
金堂县文联
主　席：李晓旭
秘书长：唐德学
双流县文联
常务副主席：毛国聪
郫县文联
主　席：陈　聪
副主席兼秘书长：吴华章
新津县文联
常务副主席：张晓霞
崇州市文联
主　席：刘嘉聪
常务副主席：古鸣清
锦江区文联
负责人：黄　明
龙泉驿区文联
党组书记、主席：彭钚铀
副主席：刘晓双、魏　平、
　　朗　金（挂职）
彭州市文联
主　席：曹建春
专职副主席：万小红
蒲江县文联
主　席：龚　庆
青白江区文联
主　席：刘　莉
副主席：郑自强
秘书长：邱述新
青羊区文联
主　席：冯照援

广元市文联

主　席：赵泽中
副主席：向淑君
地　址：广元市利州区人民
　　路北段7号
邮　编：628017
所属各区县文联：
利州区文联
主　席：赵维超
元坝区文联
主　席：肖永乐
朝天区文联
主　席：马　军
副主席：钟卫东
秘书长：王佳宁
旺苍县文联
主　席：赵　勇
秘书长：陈建新
青川县文联
主　席：柳桂华
剑阁县文联
主　席：郭子松
苍溪县文联
主　席：刘　模
副主席兼秘书长：周利新

绵阳市文联

党组书记、副主席：马培松
主　席：左代富
副主席：杨荣宏
地　址：绵阳市东津路33号
邮　编：621000
所属各市县文联：
游仙区文联
主　席：李　健
江油市文联
主　席：蒲永见
秘书长：杨　英
三台县文联
主　席：任　燚
盐亭县文联
主　席：王金勇
副主席兼秘书长：陈　江
安县文联
主　席：李　春
梓潼县文联
主　席：曹佳富
专职副主席：刘明霞
秘书长：李　平
平武县文联
主　席：李含军
专职副主席：张洪银

德阳市文联

主　席：范小平
专职副主席：李　斌
秘书长：曾　毅
地　址：德阳市市委5号楼3楼
邮　编：618000

所属各市县文联：

什邡市文联
主　席：肖　科
副主席：赵万凤
秘书长：华晓峰

广汉市文联
主　席：陈修元

绵竹市文联
主　席：钟　声
副主席：周仁华

罗江县文联
主　席：冯小平

中江县文联
主　席：林长龙

南充市文联

党组书记、常务副主席：蒲春梅
主　席：孙中刚
秘书长：楚卫民
地　址：南充市北湖路88号市委大院内
邮　编：637000

所属各市县文联：

阆中市文联
主　席：彭　莉

南部县文联
主　席：邓于明
常务副主席：彭飞龙

蓬安县文联
主　席：王　勇
专职副主席：林　丽
秘书长：曹中明

广安市文联

主　席：童光辉
专职副主席：兰　勇
秘书长：周永生
地　址：广安城南劳动街45号
邮　编：638000

所属各区市县文联：

广安区文联
主　席：吴再华
办公室主任：李小广

前锋区文联
主　席：肖兴旺

华蓥市文联
主　席：左元明
干　部：张远太

岳池县文联
主　席：陈德顺

武胜县文联
主　席：李凌辉
专职副主席：尹才干

邻水县文联
专职副主席：冯宗凡

遂宁市文联

主　席：唐文清
副主席：龙　琴、何开鑫、曾　擎
秘书长：胡永康
地　址：遂宁市河东新区市委5号楼
邮　编：629000

所属各区县文联：

船山区文联
主　席：王余杰
副主席：徐　慧

安居区文联
主　席：冯　唯
副主席：罗贤慧

蓬溪县文联
副主席：胥　霞

射洪县文联
主　席：宋　敏
副主席：张仁康

大英县文联
主　席：杨　锋
副主席：谭　伟

内江市文联

主　席：刘　浩
副主席：冉　华
地　址：内江市委宣传部内
邮　编：641000

乐山市文联

主　席：胡玉玲
专职副主席：甘　良
秘书长：石　宪
地　址：乐山市天星路36号市文联
邮　编：614000

所属各区县文联：

市中区文联
主　席：李大中
副主席：汪　建

沙湾区文联
主　席：罗　红
副主席：唐治江

五通桥区文联
主　席：张贤义
秘书长：梁志雄

峨眉山市文联
主　席：王静蓉
常务副主席：蔡永红
秘书长：彭建群

井研县文联
主　席：万学文

公安文联
主　席：姚　平
副主席：彭清华

自贡市文联

主　席：陈　刚
副主席：明　梅
地　址：自贡市塘坎上路29号
邮　编：643000

所属各区县文联：

贡井区文联
主　席：饶世开

荣县文联
主　席：唐圣勇
富顺县文联
主　席：缪建飞

泸州市文联

主　席：虞　潜
副主席兼秘书长：杨　雪
地　址：泸州市连江路二段12号
邮　编：646000
所属各区县文联：
江阳区文联
主　席：甘　成
副主席：杨　华
纳溪区文联
主　席：许其林
专职副主席：王仕厚
龙马潭区文联
主　席：吴文涛
秘书长：商绍敏
泸县文联
主　席：李中显
副主席：李　木
合江县文联
主　席：宋晓红
副主席：肖大齐、晏晓英、
　　　　匡红兰、谢跃荣
秘书长：赖培东
叙永县文联
常务副主席：马兴岭
秘书长：许庭杨
古蔺县文联
主　席：葛丽霞
秘书长：罗　琳

宜宾市文联

主　席：黄泽江
副主席：潘万和
秘书长：侯春燕
地　址：宜宾市都长街76号
邮　编：644000
所属各区县文联：
翠屏区文联
主　席：陈　苏
宜宾县文联
副主席：杨　伟
南溪县文联
主　席：陈　媛
专职副主席：陈　璁
秘书长：田洪荣
江安县文联
主　席：程世明
副主席：刘学华
秘书长：林　烈
长宁县文联
主　席：王久蓉
常务副主席：刘龙泉
秘书长：杨　蓉
高县文联
主　席：涂　冬
秘书长：陈　敏
筠连县文联
主　席：冯　勇
珙县文联
主　席：郑　静
副主席：伍小蓉、黎成田
兴文县文联
主　席：朱晓莉
专职副主席：魏小金
秘书长：孙先贵
屏山县文联
主　席：冷远林
秘书长：梁　芳

攀枝花市文联

党组书记、主席：李　平
党组成员、副主席：冯中云
专职副主席：刘　虹
党组成员、秘书长：李吉顺
副主席：何　洪、吴汉怀、
　　　　刘新会、李文池、
　　　　廖德军、王　海
地　址：攀枝花市东区人民
　　　　街48号6楼
邮　编：617000
所属各区县（企业）文联：
东区文联
主　席：张志雄
西区文联
主　席：熊锦成（兼）
常务副主席兼秘书长：王建国
兼职副主席：罗兴斌、陈　林、
　　　　　　张雯军、毛文洪、
　　　　　　王　政、向新舜
仁和区文联
主　席：刘亚玲
专职副主席：徐海涛
秘书长：王嘉炜
米易县文联
主　席：李雅斌
副主席：马联芬
盐边县文联
副主席：吴绪文、张少先、
　　　　雷　驯、赖国轩、
　　　　李平阳
秘书长：王　能
攀钢集团公司文联
主　席：余自甦
秘书长：王　幸
攀煤集团公司文联
主　席：李文池
常务副主席：张　杨
副主席：苗艳玲
秘书长：李星桦

巴中市文联

主　席：阳　云
副主席兼秘书长：周　东
地　址：巴中市市委宣传部
　　　　市文联
邮　编：636000
所属各县文联：
巴州区文联
主　席：莫昱超
副主席兼秘书长：张会林

南江县文联
主　席：赖春明
专职副主席兼秘书长：张　英
通江县文联
主　席：赵邦秀
副主席：张宗凯
秘书长：王沭元
平昌县文联
主　席：杜冬梅
副主席：吴　昊
秘书长：王绍军

达州市文联

主　席：马骏华
副主席：谢　军、肖朝萍
地　址：达州市政中心15楼
邮　编：635002
所属各区市县文联：
通川区文联
主　席：龙　飞
常务副主席：李　勤
万源市文联
名誉主席：黄中平
主　席：李寿东
达县文联
驻会副主席、秘书长：罗六清
宣汉县文联
主　席：姚启劲
副主席、秘书长：谢　辉
开江县文联
主　席：李洪霞
驻会副主席、秘书长:梁棹历
大竹县文联
主　席：谢　江
渠县文联
主　席：朱　刚
副主席：赵燕紫、杨　东

资阳市文联

主　席：魏　华
专职副主席：周昌海
地　址：资阳市雁江区广场路9号
邮　编：641300
所属各市区文联：
雁江区文联
主　席：孟基林
简阳市文联
主　席：唐　华
专职副主席：郑传福
安岳县文联
主　席：邹　平
专职副主席：袁　娇
乐至县文联
主　席：罗　斌

眉山市文联

党组书记、专职副主席：李国莲
主　席：王影聪
副主席：杨常沙、顾怜俐、刘小川、周华君、吕应鑫、王晋川、刘正龙、王国荣
秘书长：沈荣均
地　址：眉山市苏源路9号计生大厦6楼
邮　编：620020
所属各区县文联：
东坡区文联
主　席：李旭中
洪雅县文联
主　席：许　剑
仁寿县文联
主　席：李志明
彭山县文联
专职副主席：王碧林
青神县文联
主　席：袁超群
丹棱县文联
主　席：李红兵

雅安市文联

主　席：姜小林
专职副主席：陈　果
秘书长：周友容
地　址：雅安市行政中心5A901市文联
邮　编：625000
所属各区县文联：
雨城区文联
主　席：张　葵
副主席：杨镜渝
名山县文联
主　席：陈开义
汉源县文联
主　席：戴　伟
荥经县文联
主　席：陶雄辉
副主席：黄　燕
天全县文联
常务副主席：龙晓勇
芦山县文联
主　席：寇　彤
宝兴县文联
主　席：李廷彬
副主席：李　凤
石棉县文联
负责人：卓月琼
副主席：赵　红
秘书长：陈林芬

阿坝藏族羌族自治州文联

主　席：周文琴
副主席：何志芬
地　址：马尔康县达萨街112号
邮　编：624000
所属各县文联：
金川县文联
主　席：郑　刚
小金县文联
副主席：杨学品
汶川县文联
主　席：杨国庆
理县文联
主　席：黄　涛

茂县文联
主　席：刘云富
松潘县文联
主　席：赵琏云
九寨沟县文联
主　席：刘善刚
黑水县文联
副主席：杨云光、刘　平
阿坝县文联
主　席：赵　昕
红原县文联
主　席：刘培玉
壤塘县文联
主　席：黄　雷

甘孜藏族自治州文联
常务副主席：格绒追美
地　址：甘孜藏族自治州康定县北三巷甘孜州文联
邮　编：626000
所属县文联：
泸定县文联
主　席：朱　劲
乡城县文联
主　席：江永钢
雅江县文联
主　席：唐世皎
理塘县文联
主　席：王建琼
康定县文联
主　席：毛　宇

凉山彝族自治州文联
主　席：倮伍拉且
专职副主席：彭　波、罗体古
秘书长：沈　英
地　址：凉山州西昌市三衙街15号
邮　编：615000
所属各市县文联：
西昌市文联
专职副主席：撒建军
德昌县文联
专职副主席：但华民
会理县文联
主　席：张　义
普格县文联
副主席：彭玉兰
布拖县文联
主　席：米色日吾
副主席：李　军
金阳县文联
主　席：田建秀
专职副主席：谭福刚
昭觉县文联
主　席：洛古曲尔
专职副主席：李　东
冕宁县文联
主　席：安　东
赵西县文联
主　席：陈　霖
甘洛县文联
主　席：王　蓉
美姑县文联
负责人：萨古曲惹
雷波县文联
主　席：史　建
专职副主席：杨　梅
木里藏族自治县文联
主　席：马　楠

贵　州　省

贵阳市文联
党组书记兼主席：包俊宜
副主席：袁政谦、穆倍贤
地　址：贵阳市中山西路65号
邮　编：550000
所属区市县文联：
南明区文联
主　席：杨　骊
花溪区文联
主　席：刘修华
乌当区文联
主　席：冯　容
副主席兼秘书长：晏　明
白云区文联
主　席：晏学维
清镇市文联
主　席：商善律
开阳县文联
主　席：刘　毅
修文县文联
主　席：李小龙
息烽县文联
主　席：苏　艾

六盘水市文联
党组书记兼主席：徐永俊
副主席：吴学良、方　坤、石忠华
地　址：六盘水市钟山区钟山西路12层大楼10楼
邮　编：553001
所属各县区文联：
盘县文联
主　席：万和平
副主席：李　丰
六枝特区文联
主　席：黄维波
副主席：何爱蓉
水城县文联
主　席：王鹏翔
秘书长：杨智麟
钟山区文联
主　席：熊定才
副主席：施　昱

遵义市文联

党组书记：杨进修
主　席：赵剑平
副主席：刘中国
秘书长：刘小峰
地　址：遵义市汇川区厦门路遵银大厦
邮　编：563000

所属各区市县文联：

汇川区文联
主　席：黄太刚
副主席：柯崇信、陈守刚、刘　华
秘书长：闻世燕

红花岗区文联
主　席：王晓红
副主席：祝平洪、汪红霞
秘书长：王　昆

赤水市文联
主　席：傅树湘
副主席：程世平
秘书长：吴丽辉

仁怀市文联
主　席：周山荣
副主席：易　涌、李战勇

遵义县文联
主　席：张云红
副主席：姚固钊、游天永
秘书长：蔡远兴

桐梓县文联
主　席：邹德斌
副主席：杨　超

绥阳县文联
主　席：姚思强
副主席：王心怡
秘书长：吴延模

正安县文联
副主席：王　龙

凤冈县文联
主　席：安汝刚
秘书长：杨　敏

湄潭县文联
主　席：岳　龙

余庆县文联
主　席：陈忠禄
副主席：钱再伦

习水县文联
党组书记、主席：罗吉宇

道真仡佬族苗族自治县文联
主　席：吴明泉
副主席：刘华芹、邹贵志

务川仡佬族苗族自治县文联
主　席：刘兴华
党组书记兼副主席：高　敏

安顺市文联

主　席：姚晓英
地　址：安顺市金钟西路
邮　编：561000

所属各区县文联：

西秀区文联
主　席：柏光曙

平坝县文联
主　席：罗长江

普定县文联
主　席：杨天福

关岭布依族苗族自治县文联
主　席：李天斌

镇宁布依族苗族自治县文联
主　席：金越生

紫云苗族布依族自治县文联
副主席：谭　林

毕节市文联

党组书记兼主席：罗建明
党组副书记、副主席：李文均
副主席：禄　琴
地　址：毕节市文联
邮　编：551700

所属各市县文联：

七星关区文联
主　席：陈家贵

大方县文联
主　席：李　允

黔西县文联
主　席：罗廷毅

金沙县文联
主　席：袁建军

织金县文联
主　席：刘方略

纳雍县文联
主　席：张贤芬

赫章县文联
主　席：方　正

威宁彝族回族苗族自治县文联
主　席：孔繁毅

铜仁市文联

书记兼主席：杨国勇
副主席：林亚军、龚晓虹
地　址：铜仁市民主路93号
邮　编：554300

所属各区县文联：

碧江区文联
主　席：杨国胜

江口县文联
主　席：董振华

石阡县文联
主　席：杨　芳
副主席：张黔粤

思南县文联
主　席：李光达

德江县文联
主　席：黎静波

玉屏侗族自治县文联
主　席：汪　兴

印江土家族苗族自治县文联
主　席：王　翔
副主席：田谯军

沿河土家族自治县文联
主　席：刘照进

松桃苗族自治县文联
主　席：贺宗广
副主席：田永东、龙志敏

秘书长：吴政辉

黔东南苗族侗族自治州文联

党组书记、主席：陈　波

副主席：文志光、周忠良、白　芬

地　址：凯里市北京东路11号（州政府综合大楼）

邮　编：556000

所属各市县文联：

凯里市文联

党组书记：吴寿华

主　席：陈德祥

副主席：何春泓、杨胜勇、杨秀银、王邵帅、陇光全、吴欣恒

秘书长：杨光辉

施秉县文联

主　席：奉　力

三穗县文联

主　席：吴道科

副主席：万主德

镇远县文联

主　席：王启明

岑巩县文联

主　席：陈　瑶

天柱县文联

主　席：陶通坪

副主席：舒　云

锦屏县文联

主　席：杨秀廷

副主席：朱永贞

剑河县文联

党组书记：文玉深

主　席：杨秀平

台江县文联

党组书记、主席：李芳菲

副主席：徐　康

黎平县文联

主　席：姚吉宏

副主席：吴帮宁

榕江县文联

主　席：黄秀福

从江县文联

主　席：李田清

副主席：王昌银、项　彬

雷山县文联

党组书记：周忠海

副主席：李　铁

麻江县文联

主　席：何林超

丹寨县文联

主　席：张　路

副主席：黄荣娟

黄平县文联

主　席：张庭华

副主席：杨吉平

黔南布依族苗族自治州文联

书记兼主席：黄光兴

副主席：曹　燕、葛明义、潘仁英、汪　洋

地　址：黔南布依族苗族自治州都匀市工人路2号州文联

邮　编：558000

所属各市县文联：

都匀市文联

党组书记、主席：覃玉豪

副主席：罗　义

副主席兼秘书长：杨启刚

福泉市文联

党组书记副主席：熊生祥

党组副书记主席：吴儒波

副主席：冯泽松、贺建飞

副秘书长：罗国林

荔波县文联

副主席：曹本健、芦世勇

秘书长：魏　芳

贵定县文联

主　席：张　鸽

副主席：张申瑜、罗庆荣

副秘书长：耿文福

瓮安县文联

主　席：杨俊松

独山县文联

主　席：王万铭

副主席：蒙泽敏

平塘县文联

主　席：孟祥华

副主席：雷远方、黄兴义

秘书长：徐先文

长顺县文联

主　席：杨俊能

副主席：程　及

罗甸县文联

主　席：杨　桦

副主席：莫显斌、罗春芳

秘书长：黄海霞

龙里县文联

主　席：罗仕朝

副主席：张宗德

党组副书记：刘必楠

惠水县文联

主　席：罗德胜

副主席：陈德云

三都水族自治县文联

主　席：杨胜超

副主席：吴晓霞、潘国会

秘书长：李和玉

黔西南布依族苗族自治州文联

主　席：田刚毅

副主席：郑　勇、杨　春

地　址：贵州兴义市沙井街州委大院内

邮　编：562400

所属各市县文联：

兴义市文联

主　席：吕红新

副主席：唐泽洋

秘书长：周学祥

兴仁县文联

主　席：马学书

副主席：甘明元

贞丰县文联

主　席：龙明军

副主席：伍中林
望谟县文联
主　席：王封秀
册亨县文联
主　席：黄权昌
安龙县文联
主　席：岑　波
普安县文联
主　席：安　科
副主席兼秘书长：张　淼

云　南　省

昆明市文联
党组书记、主席：王　蓉
副主席：李永坤、黄向静
地　址：昆明市呈贡区市级行政中心7号楼
邮　编：650500
所属各协会：
作家协会
主　席：张庆国
书法家协会
主　席：赵翼荣
美术家协会
主　席：赵力中
摄影家协会
主　席：马克斌
常务副主席：陆江涛
音乐家协会
主　席：李学智
舞蹈家协会
主　席：侯　跃
戏剧家协会
主　席：孙跃进
曲艺家协会
主　席：苗　飞
民间艺术家协会
主　席：罗新元
广播电视艺术家协会
主　席：龚志龙
所属各县市区文联
五华区文联
主　席：布艳芬
秘书长：马艳梅
盘龙区文联
主　席：喻星源
常务副主席：马天尧
副主席：彭　磊、杨建昆、王建中
秘书长：杨建昆（兼）
西山区文联
主　席：吴韵梅
副主席：赵健吾、陈开健、张高榕
秘书长：陶光慧
官渡区文联
主　席：顾云顺
常务副主席、秘书长：侯艳萍
东川区文联
主　席：彭玉泰
副主席：王　俊、朱家寿
秘书长：王　俊
呈贡区文联
主　席：李荣华
副主席：张成金、杨　利
秘书长：赵春俊
安宁市文联
主　席：陆毅梅
常务副主席：顾建安
专职副主席兼秘书长：余松涛
晋宁县文联
主　席：李雁侠
专职副主席：陈　敏
富民县文联
主　席：杨琼仙
副主席：张晓明
宜良县文联
主　席：黄家荣
副主席：郑祖荣、宋正培、张俊锐
副主席兼秘书长：刘　伟
嵩明县文联
主　席：张　和
副主席：花开明、李　文、吴彦宁、陈丽蓉
秘书长：杨秀岚
石林彝族自治县文联
主　席：汪明涛
常务副主席兼秘书长：徐跃高
副主席：赵一民、张志斌、徐燕晴
副秘书长：邱道华
禄劝彝族苗族自治县文联
主　席：吴明泽
常务副主席：孙显芳
兼职副主席：张文学、李菊芬、张运平、钟佳文、王　闯、潘学德
寻甸回族彝族自治县文联
副主席：全采琼
秘书长：余文飞

曲靖市文联
党组书记：朱莉娥
主　席：杨卓成
副主席：陶丽萍
秘书长：蔡　华
地　址：曲靖市文昌街17号
邮　编：655000
所属各区市县文联：
麒麟区文联
主　席：徐文模
副主席：尹　坚
秘书长：陶茂莉
宣威市文联
主　席：何汝龙

副主席：陈志娟
副主席兼秘书长：朱　敏

马龙县文联

主　席：杨献忠
副主席：董石玉、陈炳刚
秘书长：王丽君

沾益县文联

主　席：毛吉平

富源县文联

主　席：丁荆芳
副主席：张　浩
秘书长：毛秀常

罗平县文联

主　席：何晓坤
秘书长：陶　玲

师宗县文联

主　席：刘　俊

陆良县文联

主　席：陈赶良
专职副主席：王荣兴
副主席：陈江平
秘书长：韩琨瑶

会泽县文联

主　席：王怀顺
副主席：李永星

玉溪市文联

主　席：武清祖
副主席：王尚宁
秘书长：张保东
地　址：玉溪市红塔区聂耳路48号会堂6楼
邮　编：653100

所属各区县文联：

红塔区文联

主　席：汤亚敏
专职副主席兼秘书长：何建良

江川县文联

主　席：叶自林
副主席：张　曦
秘书长：罗连辉

澄江县文联

主　席：张丽萍
副主席：阮学才

通海县文联

主　席：林启龙

华宁县文联

主　席：吴才龙
秘书长：李俊华

易门县文联

副主席：黄湘辉

峨山彝族自治县文联

主　席：宋绍伟
秘书长：柏　叶

新平彝族傣族自治县文联

主　席：何建安
秘书长：任永坤

元江哈尼族彝族傣族自治县文联

主　席：杨　松

保山市文联

主　席：段一平
副主席：赵玲虹、毛新安
秘书长：刘国海
地　址：保山市隆阳区正阳北路256号
邮　编：678000

所属各区县文联：

隆阳区文联

主　席：张炜华
副主席：杨　敏

施甸县文联

主　席：杨潞伟

腾冲县文联

主　席：卞善斌

龙陵县文联

主　席：杨吉强
副主席：许庆陵

昌宁县文联

主　席：李发祥

昭通市文联

主　席：吕亚平
副主席：吕　翼
副主席兼秘书长：沈　洋
地　址：昭通市珠泉路175号附58号
邮　编：657000

所属各区县文联：

昭阳区文联

主　席：彭　静
副主席：李文献

鲁甸县文联

主　席：丁世新
副主席：云　鹏、曾明沅、戚　鸣

盐津县文联

主　席：蒋显荣
副主席：张一枚
秘书长：杨世权

绥江县文联

主　席：刘邦铭

永善县文联

主　席：陈永明
副主席：杜福全

镇雄县文联

主　席：杨毅波
副主席兼秘书长：尹　马

彝良县文联

主　席：陈衍强
秘书长：潘　群

水富县文联

主　席：季　风
副主席：吴　军

巧家县文联

副主席：姚国剑

威信县文联

主　席：余嘉策

丽江市文联

主　席：王川蓉
党组书记：曹文彬
副主席：李承翰
地　址：丽江市祥和丽城行政中心

邮　编：674100
所属各区县文联：
古城区文联
主　席：李润兰
副主席：李耀煌
秘书长：和文友
永胜县文联
主　席：李果
华坪县文联
主　席：马　湘
副主席：王化永
秘书长：杜　忠
玉龙纳西族自治县文联
副主席兼秘书长：周文华
宁蒗彝族自治县文联
主　席：卢堡生
副主席兼秘书长：李永天

普洱市文联

主　席：杨春才
副主席：段中庆、张富春
地　址：普洱市北部行政中心
邮　编：665000
所属各区县文联：
思茅区文联
主　席：熊为斌
宁洱哈尼族彝族自治县文联
主　席：徐培春
墨江哈尼族自治县文联
主　席：张　俊
副主席：柴凤英
秘书长：孟繁祥
景东彝族自治县文联
主　席：周德翰
景谷傣族彝族自治县文联
主　席：陶成良
专职副主席：张　雷
镇沅彝族哈尼族拉祜族自治县文联
主　席：杨学武
秘书长：陈月华
江城哈尼族彝族自治县文联
专职副主席：刘学宁
孟连傣族拉祜族佤族自治县文联
主　席：周文生
秘书长：沈　燕
澜沧拉祜族自治县文联
主　席：陈远琼
副主席：田　芳
西盟佤族自治县文联
主　席：文清风
秘书长：于　靖

临沧市文联

主　席：李德栋
地　址：临沧市政府大楼内2013号
邮　编：677000
所属各区县文联：
临翔区文联
主　席：王玉芹
凤庆县文联
主　席：杨京凤
云县文联
主　席：杨绍聪
永德县文联
主　席：李有旺
镇康县文联
主　席：施文明
副主席：赵贵荣、陈　斌
耿马县文联
主　席：金永宏
沧源佤族自治县文联
主　席：肖　江
副主席：刘玉红
双江县文联
主　席：吴永达
副主席：陶玉明

德宏傣族景颇族自治州文联

主　席：沙政成
地　址：德宏州芒市勇罕街14-41号
邮　编：678400
所属市文联：
芒市文联
主　席：赵明快

怒江傈僳族自治州文联

主　席：张建梅
副主席：密英文
秘书长：张新繁
地　址：泸水县六库镇州级行政中心
邮　编：673100
所属各县文联：
泸水县文联
主　席：杨亚仁
福贡县文联
主　席：普言东
副主席：江晓春
贡山独龙族怒族自治县文联
主　席：施　华
副主席：丰茂军
兰坪白族普米族自治县文联
主　席：和四水

迪庆藏族自治州文联

主　席：李志宏
副主席：张德华
地　址：香格里拉县康珠大道八号州委办公新区
邮　编：674400
所属各县文联：
德钦县文联
主　席：韦国栋
维西傈僳族自治县文联
主　席：赵　毅
大理白族自治州文联
主　席：杨子东
副主席：廖惠群
地　址：大理市下关幸福路白里州4号
邮　编：671000

所属各市县文联：

大理市文联

主　席：杨周伟

祥云县文联

主　席：李树华

宾川县文联

主　席：王宝康

弥渡县文联

主　席：白成瑾

永平县文联

主　席：张继强

剑川县文联

主　席：欧阳子龙

鹤庆县文联

主　席：吴鸿彦

漾濞彝族自治县文联

主　席：常建世

巍山彝族回族自治县文联

主　席：罗建新

南涧彝族自治县文联

主　席：杨泽新

洱源县文联

主　席：杨文泽

楚雄彝族自治州文联

党组书记：冯梅青

主　席：李茂尊

副主席：吴玉华

地　址：楚雄市阳光大道283号

邮　编：675000

所属各市县文联：

楚雄市文联

主　席：孙庆明

双柏县文联

主　席：苏轼冰

牟定县文联

主　席：柳文跃

南华县文联

主　席：李天永

姚安县文联

主　席：饶云华

大姚县文联

主　席：起云金

永仁县文联

主　席：文芳聪

元谋县文联

主　席：陶付龙

副主席：王洪波

武定县文联

主　席：左学美

禄丰县文联

主　席：周　润

红河哈尼族彝族自治州文联

主　席：邵瑞义

副主席：徐建徽

地　址：红河州行政中心州委楼A区2楼

邮　编：661100

所属各县市文联：

蒙自市文联

主　席：莫　独

个旧市文联

主　席：余春泽

开远市文联

主　席：杨　媛

副主席：王应生

绿春县文联

主　席：李就华

建水县文联

主　席：武德忠

副主席：刘　萍

石屏县文联

主　席：李一兵

弥勒市文联

主　席：黄光平

副主席：杨　华

秘书长：钟艾伦

泸西县文联

主　席：杨　俊

元阳县文联

主　席：白光红

金平苗族瑶族傣族自治县文联

主　席：杨远杰

副主席：徐　阳

河口瑶族自治县文联

主　席：杨向宏

屏边苗族自治县文联

主　席：杨咏翔

红河县文联

主　席：方　萍

副主席：郭志琼

文山壮族苗族自治州文联

主　席：周祖平

副主席：张邦兴、韦　波

地　址：文山州文联

邮　编：663099

所属各县文联：

文山县文联

主　席：何源梅

副主席：谢正勇

砚山县文联

主　席：王永花

副主席：刘海春

秘书长：沈正良

西畴县文联

主　席：苏文林

副主席：杨荣兰、吴贵贤

秘书长：冯在谊

麻栗坡县文联

主　席：袁　微

副主席：曾梓洪

马关县文联

主　席：蔡光超

副主席：李美昌、唐　俊

秘书长：周启清

丘北县文联

副主席：朱志刚

秘书长：张文慧

广南县文联

主　席：兰　明

富宁县文联

主　席：李若玮

副主席：黎盛根

秘书长：郭　梅

西双版纳傣族自治州文联

主　席：李志明

专职副主席：刀洪勇

副主席：罗云智、刀正明、丹　洛、杨洪雯

地　址：景洪市宣慰大道67号景咏办公楼

邮　编：666100

西藏自治区

拉萨市文联

主　席：杨双旺

副主席：李　铭

地　址：拉萨市江苏东路5号

邮　编：850000

那曲地区文联

主　席：塔　杰

副主席：索　加

地　址：那曲地区文化广播影视局院内那曲地区文联办

邮　编：852000

昌都地区文联

负责人：德嘎旺姆

地　址：昌都地委宣传部文联

邮　编：854000

所属各协会：

书法美术协会

主　席：丁增群培

摄影协会

主　席：齐　飞

林芝地区文联

主　席：朱　峰

副主席：普布多吉、崔晓东、扎西洛布、李小兵、聪　吉

地　址：林芝地委宣传部文联办

邮　编：860000

所属县文联：

波密县文联

主　席：董贵军

山南地区文联

主　席：林　萍

副主席：伍金多吉

地　址：西藏乃东县泽当镇格桑路15号

邮　编：856100

日喀则地区文联

主　席：扎　顿

地　址：日喀则地委宣传部文联办

邮　编：857000

阿里地区文联

主　席：贾央次仁

地　址：阿里地区文化路8号文化局

邮　编：859000

陕　西　省

西安市文联

主　席：贾平凹

副主席：于孝军、吴克敬、陈兆朋、叶广芩、王西京、侯红琴、方　明、石瑞芳、杜爱民

地　址：西安市莲湖路大莲花池街莲湖巷2号

邮　编：710003

所属各区县文联：

长安区文联

主　席：田措施

户县文联

主　席：孙　虎

周至县文联

主　席：倪运鸿

副主席兼秘书长：张兴海

临潼区文联

主　席：康金鸿

碑林区文联

主　席：张德勇

未央区文联

主　席：牛青盟

雁塔区文联

主　席：柏小民

延安市文联

党组书记兼常务副主席：赵　翔

主　席：张永革

副主席：吴小伟

地　址：延安市枣园路新洲小镇政府机关大楼

邮　编：716000

所属各区县文联：

宝塔区文联

主　席：李玉胜

副主席：张　怡、张金平

延长县文联

主　席：段君辉

副主席：常海霞

延川县文联
主　席：刘宏祥
子长县文联
主　席：任晓辉
安塞县文联
主　席：张治金
副主席：徐晓宏
志丹县文联
主　席：胡晓鹤
副主席：雷铁琴、肖志远
吴起县文联
主　席：刘宏彦
甘泉县文联
主　席：刘虎林
富县文联
主　席：许春明
副主席：张玉虎
宜川县文联
主　席：李梅梅
副主席：范丹阳
黄陵县文联
主　席：刘　勇
副主席：高乾宁、刘树勋、
　　　　赵少红、蔡佰虎、
　　　　苏玉斌
秘书长：刘宝玲
店头镇文联
主　席：兰　博
阿党乡文联
主　席：李　慧
洛川县文联
主　席：吴安民
副主席：屈丽娜

铜川市文联

主　席：张恩忠
常务副主席：赵志国
地　址：铜川新区朝阳路9号
邮　编：727031
所属各区县文联：
王益区文联
主　席：付双全
印台区文联
主　席：陈有仓
宜君县文联
副主席：和卓雅
耀州区文联
副主席：何晓菁

渭南市文联

党组书记：张百献
主　席：郑俊海
副主席：雷　东、马　丽
地　址：渭南市朝阳街东段
　　　　21号市委大院
邮　编：714000
所属各市县区文联：
韩城市文联
主　席：程　涛
富平县文联
主　席：樊九龄
临渭区文联
主　席：王安原

咸阳市文联

主　席：蒙文星
地　址：咸阳市咸通南路市
　　　　委大院文联
邮　编：712000
所属各区市县文联：
秦都区文联
主　席：冯西海
兴平市文联
主　席：范亚团
副主席：郭东社
泾阳县文联
主　席：李　洋
副主席：宋志祥、李　虹
乾县文联
主　席：史向阳
副主席：畅平利
礼泉县文联
主　席：陈　岳
副主席：卢红雁
永寿县文联
党组书记：戴　莉
副主席：高清水
长武县文联
主　席：和建华
副主席：郭和民、郭　燕
旬邑县文联
主　席：王宇翔
武功县文联
主　席：冯小莉

宝鸡市文联

党组书记、主席：王春霞
党组成员、副主席：陈有向
副主席：王景斌、李　晔、
　　　　冯晓伟、高德里
党组成员、秘书长：冯君礼
副秘书长：赵会科
地　址：宝鸡市行政中心2号楼
邮　编：721004
所属各县文联：
凤翔县文联
主　席：芮晓枫
专职副主席：李少宁
岐山县文联
主　席：牟宏川
专职副主席兼秘书长：吴宏昌
麟游县文联
主　席：李旭之
秘书长：任晓妮
金台区文联
主　席：李巨怀

汉中市文联

主　席：武妙华
党组书记、副主席：鲁玉仁
副主席：李汉荣、马俊惠、
　　　　李　锐、丁小村
地　址：汉中市民主街71号
邮　编：723000
所属各区县文联：
汉台区文联
主　席：马俊惠

副主席：熊兆军
秘书长：鹿建社
西乡县文联
责责人：史邦奇
镇巴县文联
主　席：刘德寿
宁强县文联
主　席：李三旻
南郑县文联
主　席：路汉旭
城固县文联
主　席：程文国
勉县文联
主　席：党新明

榆林市文联

党组书记：徐亚平
主　席：龙　云
副主席：刘区厚、张胜伟
秘书长：高岱峰
地　址：榆林市青山西路汇金大厦6层
邮　编：719000
所属县区文联：
靖边县文联
主　席：霍竹山
神木县文联
主　席：訾宏亮
榆阳区文联
主　席：刘乐怡
府谷县文联
主　席：李林飞
定边县文联
主　席：牛　夫
横山县文联
主　席：张小兰
米脂县文联
主　席：乔雄波
佳县文联
主　席：任军权
子洲县文联
主　席：张建平
吴堡县文联
主　席：任建英
公安文联
副主席：李庆山
神东矿区文联
秘书长：刘培军

安康市文联

主　席：李启良
常务副主席：李大明
副主席：喻　斌、张　虹、李剑平、刘秉平、任黎华、章　涛、李小洛
秘书长：喻　斌
地　址：安康市育栖路137号
邮　编：725000
所属各区县文联：
汉滨区文联
副主席：段小康
汉阴县文联
主　席：王　涛
石泉县文联
副主席：胡树勇
旬阳县文联：
主　席：杨常军
副主席：郭华丽
平利县文联
主　席：姚志学
白河县文联
主　席：阮　郁

商洛市文联

党组书记、常务副主席：王　良
党组成员、主席：谷崇让
党组成员、专职副主席：李志华
调研员：董发亮
副主席：王　飞、王为国、王立志、王晓勇、王新社、田朝霞、刘凤林、南　鹏、鱼在洋、崔学民
副调研员、秘书长：闵朋利
副秘书长：王启华
地　址：商洛市民主路行政中心18号
邮　编：726000
所属各区县文联：
商州区文联
主　席：王　飞
洛南县文联
主　席：王亚鹏
丹凤县文联
主　席：周文治
商南县文联
主　席：姚家明
山阳县文联
主　席：王善盈
镇安县文联
主　席：杨　逍
柞水县文联
主　席：金　江

甘　肃　省

兰州市文联

主　席：汪小平
副主席：王作宝
地　址：兰州市五泉西路29号
邮　编：730030
所属区县文联：
红古区文联
主　席：史贤尧
永登县文联
负责人：路兴国

嘉峪关市文联

主　席：郭成录
副主席：徐树喜
地　址：嘉峪关市建设西路10号
邮　编：735100

金昌市文联

主　席：苏克俭
党组书记、副主席：郭志为
副主席：华西林、左竹林
秘书长：王全义
地　址：金昌市延安路108号市文联
邮　编：737100

所属文联：

永昌县文联
主　席：叶　中
常务副主席：刘峰三

金化集团公司文联
主　席：朱元德

金川集团公司文联
主　席：胡耀琼
副主席：于文燕

白银市文联

主　席：高子强
副主席：王统国
副调研员：曾恒泽、武发香
地　址：白银市白银区人民路100号
邮　编：730900

所属各区县文联：

白银区文联
主　席：孟令钢

平川区文联
主　席：李翔凌

靖远县文联
主　席：贾汝恒

会宁县文联
主　席：孙　平
副主席兼秘书长：张　昱

景泰县文联
主　席：寇明灿

天水市文联

党组书记、主席：王进文
副主席：张映水、杨清汀
地　址：天水市秦州区民主西路18号
邮　编：741000

所属各区县文联：

麦积区文联
主　席：吴全通

秦州区文联
主　席：刘玉璞

清水县文联
主　席：麻占成

秦安县文联
主　席：常文茂

甘谷县文联
主　席：张泽中

武山县文联
主　席：陈晓明

张家川县文联
主　席：马浩瑜

武威市文联

主　席：曹永建
专职副主席：王玉福
副主席：冯天民、陈　石、李国安
副主席兼秘书长：李学辉
地　址：武威市北关西路34号
邮　编：733000

酒泉市文联

主　席：张使任
副主席：付有祥
秘书长：朱明山
副秘书长：董酒堂
地　址：酒泉市肃州区广场西路市政府综合楼3楼
邮　编：735000

所属各协会：

作家协会
主　席：漆进茂

戏剧家协会
主　席：陈万春

音乐家协会
主　席：徐　胜

美术家协会
主　席：李建军

书法家协会
主　席：秦　川

摄影家协会
主　席：朱有仁

舞蹈家协会
主　席：金淑梅

民间艺术家协会
主　席：吴光林

广播电视艺术家协会
主　席：张　凡

艺术收藏家协会
主　席：段应君

所属各区市县文联：

肃州区文联
副主席：张正彬、潘　炬、周彩人
秘书长：潘炬（兼）

玉门市文联
主　席：柴新爱
专职副主席：王新军

敦煌市文联
专职副主席：赵　虎

金塔县文联
副主席：王发云

瓜州县文联
主　席：杨继宅
副主席：康继学、张掌印

肃北蒙古族自治县文联
主　席：戴友春
副主席：张继平

阿克塞哈萨克族自治县文联
常务副主席：马晓伟

张掖市文联

主　席：张成善
副主席：陈　洧、岳西平
地　址：张掖市南环路679号市

政府统办2号楼2楼
邮　编：734000
所属各协会：
作家协会
主　席：岳西平
戏剧曲艺舞蹈家协会
主　席：陈　洧
美术家协会
主　席：巨　潮
书法家协会
主　席：王有君
民间文艺家协会
主　席：张成善
音乐家协会
主　席：郑熙基
摄影家协会
主　席：陈　冈
所属各区县文联：
甘州区文联
副主席：谈振国
民乐县文联
主　席：王振武
副主席：薛石云
临泽县文联
主　席：刘爱国
高台县文联
主　席：葛立才
副主席：蔡　军
山丹县文联
主　席：梁积林
副主席：郭　勇
肃南裕固族自治县文联
主　席：索晓静
常务副主席：安雪琴

庆阳市文联

主　席：秦应平
副主席：范润龙、郭　云、安文丽、安　石
调研员：郑青斌
地　址：庆阳市西峰区庆州西路1号
邮　编：745000
所属各区县文联：
西峰区文联
主　席：安　石
副主席：卢造池、王天宇
庆城县文联
主　席：田治江
副主席：王立军
环县文联
主　席：周爱军
副主席：董文瑞、贾继智、薛　亮、张志怀
华池县文联
主　席：白世虎
副主席：徐向钊
合水县文联
主　席：付瑜莉
副主席：吴康军
正宁县文联
主　席：史彩英
副主席：雷亚龙、邢志超
秘书长：冯立民
宁县文联
主　席：南仁民
副主席：高自珍
镇原县文联
主　席：杨佩彰
副主席：张占英

平凉市文联

主　席：李世恩
副主席：杨学松
地　址：平凉市文化出版局院内
邮　编：744000
所属各区县文联：
崆峒区文联
主　席：邸广平
泾川县文联
主　席：樊晓敏
灵台县文联
主　席：邵小平
崇信县文联
主　席：章国玺
华亭县文联
主　席：朱　平
秘书长：魏文君
庄浪县文联
主　席：孙志勇
副主席：文春霞
静宁县文联
主　席：李满强

定西市文联

主　席：常　青
副主席：牛　忠、郭建民、刘向东、史彦明、张卫平、田向农、杜建君、周　勇
秘书长：牛　忠
副秘书长：雷　鸣
地　址：定西市中华路31号
邮　编：743000
所属各县文联：
临洮县文联
主　席：李廷凤
岷县文联
主　席：贾红喜
渭源县文联
主　席：姬小平
陇西县文联
主　席：张敬元
漳县文联
主　席：张君昌
通渭县文联
主　席：何小林

陇南市文联

主　席：毛树林
副主席：王小静
地　址：陇南市文联
邮　编：746000

所属各区县文联：

武都区文联

主　席：赵元朋

宕昌县文联

主　席：刘　辉

康县文联

主　席：李永康

副主席：田文德

成县文联

主　席：张剑君

秘书长：贺朝举

文县文联

主　席：刘长江

西和县文联

主　席：张　惠

副主席：王　龙

礼县文联

主　席：陈睿达

两当县文联

主　席：罗天志

徽县文联

主　席：张守成

副主席：荆秀成

秘书长：岳克荣

临夏回族自治州文联

主　席：韩小平

副主席：马向真、高志俊

秘书长：张晓东

地　址：临夏市新华街州政府统办楼3楼

邮　编：731100

所属各市县文联：

临夏市文联

副主席：马贵德、郑小明

秘书长：马凤英

永靖县文联

主　席：王国虎

副主席：黄　华、朱伟东

秘书长：孔云儿

和政县文联

主　席：马　洪

秘书长：张定平

东乡族自治县文联

主　席：马忠华

秘书长：周占云

临夏县文联

主　席：杨如刚

康乐县文联

主　席：刘建宁

副主席：周建刚

广河县文联

主　席：马琴妙

副主席：马晓路、吴正湖

积石山县文联

主　席：马德虎

甘南藏族自治州文联

党组书记、主席：王永久

副主席：李　城

地　址：甘南州合作市腾志街111号甘南州文联

邮　编：747000

临潭县文联

主　席：　敏奇才

舟曲县文联

主　席：　张　斌

迭部县文联

主　席：　王维东

玛曲县文联

主　席：　秦文忠

青　海　省

西宁市文联

主　席：汪生鲸

副主席：阿朝阳

地　址：西宁市黄河路90号

邮　编：810001

海东地区文联

主　席：李永新

专职副主席：马英健

副秘书长：辛进魁

地址：平安县平安大道204号

邮编：810600

所属各区县文联：

平安县文联

主　席：沈延昭

专职副主席兼秘书长：王昌雄

乐都县文联

主　席：李明华

副主席：武新秦

民和回族自治县文联

主　席：马晓晨

互助土族自治县文联

主　席：蔡进萍

化隆回族自治县文联

主　席：李成虎

循化撒拉族自治县文联

主　席：贺生杰

常务副主席：马秀芬

海北藏族自治州文联

常务副主席：赵元文（原上草）

地　址：海北藏族自治州农牧科技大楼3楼

邮　编：810200

所属各县文联：

海晏县文联

驻会副主席：杨淑贞

祁连县文联

主　席：尹德寿

驻会副主席兼秘书长：聂文虎

刚察县文联

主　席：三　宝

副主席：鲁海波

门源回族自治县文联
主　席：马安邦
副主席兼秘书长：石生莲

海南藏族自治州文联
主　席：李爱民
副主席：刘新华
地　址：海南藏族自治州共和县恰卜恰镇团结北路23号
邮　编：813000
所属县文联：
贵德县文联
主　席：俄毛却
常务副主席：胡跃岗
秘书长：解世强

黄南藏族自治州文联
副主席：王小平
地　址：黄南州同仁县隆务镇夏琼中路16号
邮　编：811300

果洛藏族自治州文联
主　席：沙日才
地　址：果洛藏族自治州文联
邮　编：814000

玉树藏族自治州文联
主　席：彭措达哇
专职副主席兼秘书长：任青战德
地　址：玉树藏族自治州文联
邮　编：815000
所属各协会：
作家协会：
主　席：江洋才仁
秘书长：秋加才仁
摄影家协会：
主　席:冶青林
秘书长：更尕拉毛
格萨尔研究协会：
主　席：土丁久乃
秘书长：索南多加
美术家协会：
主　席：扎　尕
秘书长：郑万里
音乐家协会：
主　席：才仁巴桑
秘书长；索南扎巴
舞蹈家协会：
主　席：普布永措
秘书长：李　玲

海西蒙古族藏族自治州文联
主　席：斯琴夫
副主席：彤子岐、郭占雄
地　址：海西州德令哈市长江路11号
邮　编：871000
所属各市文联：
德令哈市文联
主　席：黄　雄
格尔木市文联
主　席：贺西京

宁夏回族自治区

银川市文联
主　席：郭文斌
副主席：赵　杰
秘书长：马志恒
地　址：银川市金凤区北京中路166号
邮　编：750011
所属各市县文联：
灵武市文联
主　席：王学江
副主席：俞学保
永宁县文联
主　席：王洪英
贺兰县文联
主　席：郭春杰
副主席：吴惠霞

石嘴山市文联
党组书记：刘　平
主　席：雍进成
副主席：李卫宁、丁淑萍
地　址：石嘴山市行政中心
邮　编：753000
所属各县区文联：
平罗县文联
主　席：岳昌鸿
惠农区文联
主　席：吴　亮

吴忠市文联
主　席：白少麟
副主席：张月琴、赵凯升
地　址：吴忠市利通区朝阳东街110号
邮　编：751100
所属各区市县文联：
利通区文联
主　席：马勿马
红寺堡区文联
主　席：傅国胜
青铜峡市文联
主　席：丁洪山
盐池县文联
主　席：张　玮
同心县文联
主　席：马剑龙

固原市文联
主　席：尹文博
副主席：郭　宁
秘书长：单永珍
地　址：固原市行政中心
邮　编：756000
所属各区县文联：

原州区文联
主　席：马明君
西吉县文联
副主席：陈　静
隆德县文联
主　席:李志勇
副主席：张来平

彭阳县文联
主　席：杜占山
泾源县文联
主　席：杨德才

中卫市文联
主　席：高国通
副主席：麦振江
地　址：中卫市沙坡头区市行政中心3楼338室
邮　编：755000
所属各县文联：
中宁县文联
主　席：王海荣
海原县文联
主　席：张乐君

新疆维吾尔自治区

乌鲁木齐市文联
党组书记：刘振东
主　席：熊红久
副主席：普拉提・艾维祖拉、白　鹰
地　址：乌鲁木齐市新兴街5号楼5楼
邮　编：830092

克拉玛依市文联
党组书记兼副主席：多里坤・吐鲁洪
主　席：赵钧海
副主席：高连成
地　址：克拉玛依市友谊路151号
邮　编：834000

石河子市文联
党组书记、副主席：姚　康
副主席：付学乾、孙　峰、秦建新
地　址：石河子市北二路12号
邮　编：832000

喀什地区文联
书　记：李华新
主　席：吾吐克・吾拉音
副主席：多力坤・毛拉尤夫、汪永华
办公室主任：艾斯卡尔・木沙
地　址：喀什市解放南路264号
所属各市县文联：
莎车县文联
主　席：努尔墩・阿布都赛麦提
巴楚县文联
主　席：麦麦提敏・艾麦提
喀什市文联
主　席：茹军风

阿克苏地区文联
主　席：于洪亚
秘书长：王文林
地　址：阿克苏市南大街45号
邮　编：843000
所属各县文联：
阿瓦提县文联
主　席：方晓林
拜城县文联
副主席：陈　钊
秘书长：任克良
库车县文联
常务副主席：克尤木・卡德尔

和田地区文联
主　席：多里昆・吾守尔
秘书长：孙　冀
地　址：和田市昆仑路1号
邮　编：848000
所属各县文联
皮山县文联
秘书长：傅　贵
墨玉县文联
主　席：吐送・巴克
秘书长：阿不买买提
于田县文联
秘书长：买吐送・吾不力卡斯木
策勒县文联
秘书长：多里昆・加帕

吐鲁番地区文联
党组书记：马　权
主　席：马庭宝
秘书长：刘迎春
地　址：吐鲁番市木纳尔路1268号
邮　编：838000
所属各市县文联：
吐鲁番市文联
主　席：王　磊
副主席：高　瑗
鄯善县文联
主　席：李保民
副主席：蒲玉莲
托克逊县文联
主　席：钱龙宁
副主席；唐　杰

哈密地区文联
主　席：谢源湘
副主席：艾海提・依不拉音、林　江
地　址：哈密地区文联

邮　编：839000

所属市文联：

哈密市文联

主　席：张西善

副主席：杨　俊、张仁幹、阿不拉·斯地克、唐小龙

克孜勒苏柯尔克孜自治州文联

主　席：朱玛克·卡德尔

书　记：吐尔逊·尼亚孜

副主席：莫明·阿不都哈地尔、池　光

秘书长：李　莉

地　址：阿图什市帕米尔路西3院

邮　编：845350

博尔塔拉蒙古自治州文联

主　席：胡　瑛

地　址：博乐市青德里大街199号博州文联

邮　编：833400

昌吉回族自治州文联

主　席：李　明

副主席：陈　平、努而巴哈提

秘书长：徐连宝

地　址：市延安南路69号

邮　编：831100

巴音郭楞蒙古自治州文联

主　席：李有峰

党组书记：艾仁查拉

副主席：魏陆平、艾执提·孜利西

秘书长：胡凤莲

地　址：库尔勒市巴音东路文化综合楼7楼

邮　编：841000

所属各市县文联：

库尔勒市文联

主　席：李金釜

焉耆回族自治县文联

主　席：克热木江·卡德尔

尉犁县文联

主　席：张明亮

和静县文联

主　席：杨　超

若羌县文联

主　席：简小东

轮台县文联

副主席：李　伟、吐尔逊·尼亚改、吐尔逊·斯拉木、王奉琦、杨　磊

且末县文联

主　席：周　扬

副主席：齐　森、张沁伟

博湖县文联

主　席：张瑞冰

伊犁哈萨克自治州文联

主　席：巴合提

地　址：市解放南路72号

邮　编：835000

塔城地区文联

党组书记：张东明

主　席：叶鲁拜·阿布里哈森

副主席：吴国琛、许明伟、吾其巴特、韩文和

秘书长：杨　军

地　址：塔城市光明路商业综合楼

邮　编：834700

阿勒泰地区文联

主　席：阿海·卡德尔汗

副主席：高海滨

秘书长：张建峰

地　址：阿勒泰市地区文联

邮　编：836500

新疆生产建设兵团

农一师阿拉尔市文联

师党委常委、纪委书记：李玉梅

主　席：陈克勤

副主席：李沙平

秘书长：冯思思

地　址：阿克苏市

邮　编：843000

农二师文联

师党委常委副政委：梅桂萍

副主席：辜丽香

地　址：库尔勒市人民西路

邮　编：841000

农三师图木舒克市文联

师党委常委副政委：张新辉

主　席：牛志军

常务副主席：谢家贵

秘书长：傅宣辉

地　址：喀什市

邮　编：844000

农四师文联

师党委常委副政委：肖平模

主　席：凌　伟

地　址：伊宁市

邮　编：835000

农五师文联

师党委常委副政委：余兰萍

主　席：姜亚群
地　址：博乐市
邮　编：833400

农六师五家渠市文联

师党委常委副政委：姜晓龙
主　席：刘　毅
副主席：李仁彬

农七师文联

师党委常委副政委：景建英
副主席：熊干辉
秘书长：张新荃
地　址：奎屯市
邮　编：833200

农八师石河子市文联

师党委常委副政委：王希科
党组书记：王兴才
副主席：孙　峰、付学乾
地　址：石河子市
邮　编：832000

农九师文联

师党委常委副政委：张爱民
副主席：李志俊
副秘书长兼豫剧团团长：魏　炜
地　址：额敏县
邮　编：834000

农十师文联

师党委常委兼副政委：赵敦阳
主　席：张军旗
地　址：北屯镇
邮　编：836000

建工师文联

师党委常委兼副政委：李再君
主　席：曾其祥
地　址：乌市河滩北路57号
邮　编：830011

农十二师文联

师党委常委兼副政委：徐秀玲
主　席：卢国荣
地　址：乌市北京南路160号
邮　编：830011

农十三师文联

师党委常委兼副政委：张明胜
主　席：王善让
秘书长：勾军海
地　址：哈密市
邮　编：839000

农十四师文联

师党委常委兼副政委：赵春香
副主席：于忠胜
地　址：和田市
邮　编：848000

石河子大学文联

党委副书记：吴新平
名誉主席：王振祥
主　席：刘玉社
副主席：赵士田、董忠厚、
王立昌、王怡平
秘书长：李　军
地　址：石河子市
邮　编：830002

塔里木大学文联

主　席：程　军
地　址：阿拉尔市
邮　编：843000

兵团公安局文联

主　席：侯建良
副主席兼秘书长：贺劲松
地　址：乌鲁木齐市光明路19号
邮　编：830002

兵团法院文联

主　席：赵建东
副主席：何利疆、孙新民、
朱德民、聂瑞平、
尚　争、王立文、
胡建民
秘书长：苏永忠

兵团作家协会

名誉主席：石　河、虞翔鸣
主　席：丰　收
副主席：秦安江、钱明辉、
郭晓力、曲　近、
程相申
地　址：乌鲁木齐市光明路
196号
邮　编：830002

兵团美术家协会

名誉主席：黄戈捷、董振堂、
王惠仪
主　席：于云涛
常务副主席：秦建新
副主席：秦建新、刘玉社、
段保国、武怀扬、
万里明
地　址：石河子市
邮　编：832000

兵团摄影家协会

名誉主席：廖周炎
主　席：郭成云
副主席：闫波成、梁　斌、
李春林、王建军、
李沙平、赵红岩
地　址：乌鲁木齐市光明路
196号
邮　编：830002

兵团书法家协会

名誉主席：赵彦良、王少墨
主　席：孙　峰
副主席：王怡平、周　静、
李鲁豫、王涌伟
地　址：乌鲁木齐市光明路15号

邮　编：832000

兵团戏剧家协会

名誉主席：马秀佩
主　席：张爱国
副主席：王　瑛、徐爱华、苟玉莉、韩　晋、任佳花
地　址：乌鲁木齐市光明路15号
邮　编：830002

兵团舞蹈家协会

名誉主席：徐梅花
主　席：蒋　玫
副主席：毛胜瑞、钟兴梅、苏玉荣、张国庆、李向阳
地　址：乌鲁木齐市光明路15号
邮　编：830002

兵团杂技家协会

主　席：申　健
副主席：辛　薇、万　璞、李应龙、冯晓玲
地　址：乌鲁木齐市光明路15号
邮　编：830002

兵团音乐家协会

名誉主席：熊盛华、许鸿谦
主　席：吴　军
副主席：林忠杰、贾　江、李耿瑞、葛少华、陈　磊、徐吉祥、宫积冰
地　址：乌鲁木齐市光明路15号
邮　编：830002

兵团电视艺术家协会

名誉主席：韩天航
主　席：侯友权
副主席：黄土根、刘　岸、史志杰、韩国庆、白新民
地　址：乌鲁木齐市青年路39号
邮　编：830002

兵团诗词楹联家协会

名誉主席：毛乃舜、李书卷、王亚平、星　汉、谭平祥
主　席：王瀚林
副主席：凌朝祥、万栓成、王振祥、梁彤瑾、李英俊、龚青云、纪昌盛、陶大明
地　址：乌鲁木齐市光明路15号
邮　编：830002

兵团民间文艺家协会

主　席：陈　平
副主席：司科新、薛　洁、王永庆、谢家贵、辜丽香、廖肇羽
地　址：乌鲁木齐市光明路15号
邮　编：830002

索　引
INDEX

汉语拼音索引

A

B

C

D

E

F

G

H

J

K

L

M

N

P

Q

R

S

T

W

X

Y

Z

数字索引

标点符号索引

上海话剧艺术中心

2013 年度大戏

2013年5月10日-19日上海公演

SHANGHAI DRAMATIC ARTS CENTRE

韓信

故事梗概

"生死一知己，存亡两妇人"，从受辱胯下到拜将登坛，从自立齐王到鸟尽弓藏，大将韩信的一生几经沉浮。垓下之围、潍水之战、背水一战……两千多年前的战场纷乱将在舞台上重燃硝烟。这是一场男人与男人间的政治斗争、战场角逐。兄弟情义与个人抱负如何抉择？当钟声敲响，丧钟，为谁而鸣？

本演出为中国文学艺术基金会资助项目

出品单位 **中国戏剧家协会、上海话剧艺术中心**

总策划 **季国平**
监制 **杨绍林**
艺术总监 **吕凉**
编剧 **向远方**
导演 **郭小男**
舞美设计 **桑琦**
服化设计 **胡晓辉**
灯光设计 **冯彦臣**
作曲 **吴小平**
音效设计 **姜清华**
制作人 **黄一萍**
制作经理/舞台监督 **金广林**
副导演/形体指导 **何双林**
副导演 **刘姝辰**
技术设计 **周成浩、姚敏**
发型设计 **范晓亮**
化妆设计 **毕毓文**
道具设计 **任培毅**

主演 **刘鹏**

演员 **李国梁、吴静为、赵海涛、杨子奕、康爱石、周小川、付雅雯、李晨涛、黄晨、贾邱、高新昌、王俊东、斯德布、闻小炜、万博、张一、刘栩斌**

媒体评论

"《韩信》是一部纯粹的历史剧，拒绝任何程度的戏说。"

——**劳动报**

"当好莱坞电影颠倒着童年的记忆，全新讲述着小杰克如何爬上豆子长出来的大树去打倒巨人的时候，我们却迫切需要从历史的长河里捞出一个精神上的巨人，来填补当下的中国梦，来给充斥着雾霾和细菌的现实生活加个猛药，这个时候郭小男带来了《韩信》。"

——**星尚画报**

"在这部戏的创作过程中，郭小男保持了他一贯厚重深沉的风格。几位演员虽然年轻，但举手投足也都有历史剧独有的厚重气息。"

——**东方早报**

"在如今'轻话剧'为王的市场条件下，一部具有厚重感、以'张扬时代精神，探问人生意义'为目标的历史作品——《韩信》的上演，注定不同凡响。"

——**文学报**

"剧情跌宕起伏，引发当下思考。"

——**上海文广影视报**

"历史剧《韩信》展现英雄人格。"

——**新民周刊**

上海话剧艺术中心（上海市徐汇区安福路288号）

www.china-drama.com

曹禺题

1953年1月，山东省话剧院（团）组建。60年来在党的领导下，剧团深入部队、农村城镇创作演出，用自己的青春、才艺在山东大地上深深地播下戏剧的种子，经过半个世纪的风风雨雨，经过时代的变迁，这颗种子已经长成一棵大树。

60年代，剧院创作演出了《丰收之后》，进京演出受到周恩来等党和国家领导的赞扬，并在全国戏剧观众中受到好评。

十一届三中全会后，是山东省话剧院历史辉煌时期，先后创作演出了几十部大型话剧，其中《决战》、《苏丹与皇帝》、《眷恋》、《布衣孔子》、《天鹅之歌》等在全国、全省获得很高的荣誉。几十年来，山东省话剧院向全国推出了翟剑萍、王玉梅、王俊州、薛中锐、倪萍、徐少华等若干表演艺术家。

新时期，院长柳玉林带领一班人，秉承剧院传统，锐意改革，大胆创新。与媒体合作成立齐鲁晚报青年话剧团，先后成功举办了四届山东国际小剧场话剧节，在国内外产生了较大影响。创建了《山东省话剧院亲子剧场》品牌，创作演出了几十部具有时代感、创新性、市场前景的剧目。如：中国首部新媒体卡通戏剧《三毛从军记》，大型话剧《大商无算》，大型历史话剧《严复》，大型话剧《嫂子》等。山东省话剧院亲子剧场团队荣获了中华妇女联合会全国巾帼文明岗。

大型话剧《嫂子》
山东省话剧院出品　2012年

特邀导演：曹其敬
特邀编剧：李宝群
特邀作曲：董为杰

特邀舞美设计：刘杏林
特邀灯光设计：邢　辛
特邀服装设计：盖　燕
特邀视频设计：丰江舟

演　员：康群智
　　　　林悦章
出品人：柳玉林
剧照摄影：杨振兴

大型话剧《严复》

山东省话剧院出品　2013年

总 监 制：徐向红

策　　划：陈　鹏

　　　　　刘　敏

编　　剧：马文正

文学编辑：李书圣

导　　演：吴晓江（特邀）

舞美设计：申　奥（特邀）

灯光设计：邢　辛（特邀）

服装设计：汪又绚（特邀）

化妆设计：王婉玉（特邀）

形体设计：张　宇（特邀）

音响设计：马　骁

演员表：

严　复——张　林　陈　曦

李鸿章——柳玉林　孙传信　王　宏

贾吴官——颜　勤　任　兵

舞美主任：薛英锐

制 作 人：李　琦

出 品 人：柳玉林

北京交响乐团

北京交响乐团成立于1977年10月，经历了36年的发展，乐团以其深厚的音乐修养、严谨的技艺、丰富广泛的曲目，成为国内最受欢迎和国际有影响力的乐团之一。我国著名指挥家谭利华现任乐团音乐总监、首席指挥。

作为首都的交响乐团，北京交响乐团拥有一大批艺术造诣深厚的音乐家。老一辈指挥大师李德伦和黄飞立曾长期担任乐团艺术指导，为乐团的发展作出了巨大贡献。

20世纪90年代，北京交响乐团得到了北京市委市政府的大力支持，并在音乐总监谭利华先生的领导下，乐团进行了重大改革与调整，乐团按照国际标准统筹音乐季和策划年度演出，进入了职业化的轨道。乐团已经连续十几年推出音乐季，并邀请世界著名指挥大师、一线演奏家和西方名团合作。这些乐团包括俄罗斯国家交响乐团、英国皇家爱乐乐团、伦敦爱乐乐团、柏林爱乐乐团、德国广播联盟交响乐团、澳大利亚TSO交响乐团等；与北京交响乐团合作的著名艺术大师包括：克里斯朵夫·艾申巴赫、叶夫根尼·斯威特兰诺夫、劳伦斯·福斯特、詹姆斯·贾德、阿诺德·卡茨、弗兰茨·尤斯图斯、让·皮里松和托马斯·桑德琳等指挥大师；国际乐坛最炙手可热的钢琴大师如拉扎尔·贝尔曼、让·伊夫·蒂博戴、朗朗、赫比·汉考克、齐蒙·巴托；小提琴大师瓦吉姆·列宾、弗洛里安·乌里奇、萨拉·张、让·穆耶尔、阿·泰勒弗森、林昭亮、吕思清；著名歌唱家何塞·卡雷拉斯、詹妮弗·拉莫尔、安德烈·波切利、马克·贝迪、莎拉·布莱曼；大提琴家劳埃德·韦伯、乔治安·克罗娜；打击乐演奏家萨德罗和著名电子音乐大师让·米歇尔·雅尔等。

在音乐总监谭利华的带领下，北京交响乐团不断推出曲目广泛、风格多样的音乐会。每年演出达80至100余场。北京交响乐团还多次代表国家及首都参与大型的对外文化交流活动，并多次出访德国、奥地利、意大利、波兰、克罗地亚、匈牙利、土耳其、斯洛文尼亚、塞尔维亚、韩国等国，并在全国各地和港澳台举办巡回演出。

2001年、2003年、2006年、2009年和2012年六度载誉完成了欧洲巡演，欧洲的评论界给予巡演极高的评价。2012年7月29日，作为代表上一届奥运会举办城市中国北京的音乐使者，北京交响乐团于7月在英国伦敦泰晤士河南岸的皇家节日大厅，与英国伦敦爱乐乐团联袂演出《圣火·欢乐颂——北京交响乐团与伦敦爱乐乐团2012伦敦奥运会庆典音乐会》，受到当地观众的热烈欢迎；同年9月，北京交响乐团赴土耳其和德国巡演，所到之处均为欧洲古典音乐重镇，如土耳其的锡德古罗马剧场、科隆爱乐大厅、沃尔夫斯堡剧院以及柏林爱乐大厅，演出取得了强烈的社会反响和骄人业绩。

欧美最具影响力的大报《卫报》、《金融时报》、《欧洲时报》以及北美最具影响力的艺术网站《旧金山古典之声》等媒体都以大篇幅报道北京交响乐团的欧洲之行。著名评论家马德琳·琼斯在题为《北京到伦敦——北京交响乐团在皇家爱乐大厅》一文中表示，“这种精彩演奏让人很难相信，这是出自两种不同文化和国度背景下的不同乐团，奏出的如此风格统一的作品……”《卫报》专栏评论家盖伊·达曼评论：“谭利华指挥的北京交响乐团带给伦敦奥运会的礼物——委约中国作曲家郭文景的新作《莲花》——具有雅致曼妙的美感。”

北京交响乐团十分重视乐团的西方经典曲目建设和推广中国当代作品的演出力度。乐团首演了近百部世界著名作曲家重要的作品。自2007年起北京交响乐团与有百年历史的世界著名唱片品牌EMI唱片公司在全球发行了乐团录制的六张唱片，曲目包括：巴托克的《乐队协奏曲》、鲍元恺的《京剧》交响曲、唐建平的打击乐协奏曲《圣火——2008》、郭文景的打击乐协奏曲《山之祭》、穆索尔斯基·拉威尔的《图画展览会》、斯特拉文斯基的《火鸟》组曲和拉赫玛尼诺夫第三交响曲等。这是EMI首次与中国的指挥家和交响乐团合作录制唱片，具有划时代的意义。2008年7月，北京交响乐团完成了通过公开、公正公平的竞标承接的第29届奥林匹克运动会新版国（会）歌录音工程，这个录音任务包括212首作品。

2012年，在北京市政府的大力支持下，北京交响乐团推出了百场音乐演出季。在多个系列的演出中，不仅“请进来”了几十位世界一线的大师和演奏名家为北京交响乐团音乐季助阵，使2012百场音乐演出季光彩夺目；而且在引进优秀音乐家的同时，还向校园推出了几十场高水平的普及经典音乐会，让“音乐惠民”的政策落到了实处，既丰富了校园文化、社区文化，又使高雅艺术走进了百姓生活。

如今，北京交响乐团正在以昂扬的步伐走进下一个音乐季。乐团将在十八大精神的鼓舞下，继续推进高品质的音乐季演出，继续为中华文化大发展持续性的建设开创新的篇章。

音乐总监、指挥家谭利华

谭利华，当今活跃在国际和中国乐坛上最重要的指挥家。谭利华的指挥风格优雅流畅，具有高超的技巧和感人的艺术魅力。作为一位在国际上享有盛誉的指挥家，谭利华曾应邀指挥了俄罗斯国家交响乐团、伦敦爱乐乐团、英国皇家爱乐乐团、以色列爱乐乐团等世界一流乐团，并与美国、德国、捷克、法国、比利时、意大利、加拿大、瑞士、以色列、西班牙、澳大利亚、阿根廷、墨西哥、哥伦比亚、委内瑞拉、巴拿马等30多个国外著名的交响乐团有过成功的合作。与谭利华合作的大师包括：拉扎尔·贝尔曼、弗拉第米尔·奥弗奇尼科夫、让·伊夫·蒂博戴、弗兰茨·尤斯图斯、郎朗、劳埃德·韦伯以及莎拉·张、宓多里等。

谭利华现任中国音乐家协会副主席，北京音乐家协会主席，国家大剧院艺术委员会副主任，中国交响乐发展基金会副理事长，北京交响乐团音乐总监、团长和首席指挥。

天津京剧院

凌珂荣获第
十届中国艺术节
优秀表演奖

天津京剧院
院长、国家一级
演员、中国戏剧
梅花奖二度梅获
得者王平于2013
年10月荣获文华
表演奖

吕洋荣获第
十届中国艺术节
优秀表演奖

新编京剧《香莲案》

获奖情况：

第六届中国京剧艺术节金奖、2010—2011年度国家舞台艺术精品工程重点资助剧目、2013年11月荣获第十届中国艺术节优秀剧目奖

这是一个古老的传说，流传久远。传说的厚重与深刻，在于历经岁月的消磨，仍能给人以新的触动和感悟。

故事是从一个叫作陈世美的书生，在攀向人生高峰途中的堕落开始的。如果说戏剧作品的本质是澄清堕落的本质，那么有堕落就有升华，于是一位普通而又不凡的女性——秦香莲，带着她的坚忍、自尊、不屈和宽厚走来了。事件就不再仅是抛弃与抗争，而成为她以及被关联的人物与堕落的碰撞、冲突与较量，由此彰显出亲情和人格的光辉。这样的秦香莲适合擅于忧患中坚守、外柔内刚的程派来演。

天津剧院对程派的秦香莲和多个人物，执着地运用京剧传统极富表现力的艺术手段，进行精心的撷选、组合与打造。是传承，也是创造。

在老艺术家的辅佐下，一台新锐重新演绎久为人知的故事，表达的是创作集体共同的一份朴素的愿望：让古老的故事多一种解说、让京剧的程派多一出新戏、愿京剧舞台多一部剧目！

张婵玉

凌珂

吕洋

王嘉庆

王志钢

演职员表

出品人：王　平

总监制：郭季华、张寿和

编　剧：刘连群（国家一级编剧、戏曲理论家）

导　演：白云明（国家一级导演）

唱腔设计：续正泰（国家一级作曲）

音乐设计：李凤阁（国家一级作曲）

舞美设计：周维明（国家一级舞美设计师）

秦香莲——吕　洋饰（国家一级演员、中国戏剧梅花奖获得者）

陈世美——凌　珂饰（国家一级演员、全国青年京剧演员电视大赛金奖获得者）

包　拯——王嘉庆饰（国家一级演员、全国青年京剧演员电视大赛金奖获得者）

韩　琪——王志刚饰

公　主——张婵玉饰

张三阳——窦　骞饰

英　哥——史绍跃饰

冬　妹——王晓睿饰

大太监——马国祥饰

小太监——白亚东饰

门　官——高　航饰

山西省京剧院

山西省京剧院始建于1956年，是山西唯一的京剧艺术表演团体。上世纪五十年代由天津红风京剧团迁晋，更名为太原市京剧团，后归省建制改名为山西省京剧团，1992年扩建为山西省京剧院。1996年组建了以梅派弟子李胜素为领衔并担任团长的“梅兰芳青年京剧团”。多年来，山西省京剧院锐意进取，致力新剧目创作，排演了许多有影响的剧目，如《金谷园》、《大脚皇后》、《三关明月》、《走西口》、《五台圣境》、《知音》等。连续参赛六届中国京剧艺术节。其中，新编历史京剧《走西口》于2008年被评为“国家舞台艺术精品工程”。目前，山西省京剧院正在打造一台新编历史京剧《紫袍记》，以女皇武则天、名臣狄仁杰两位山西同乡二十余年“君臣之道”的故事为题材，为第七届中国京剧艺术节做准备。另外还在筹备晋商题材戏曲电视连续剧《王家大院》，是我省第一部文化和旅游深度融合的大型戏曲演艺项目，可望在2014年和广大观众见面。2002年文化部授予山西省京剧院“全国文化工作先进集体”光荣称号。2006年被文化部评为“省级重点京剧院团”。

大型新编京剧历史剧《紫袍记》

剧情简介

武则天登上大周皇帝宝座之后，重用酷吏诛杀李唐宗室并弹压整饬百官，朝野怨声弥漫。时任豫州刺史的李唐旧臣狄仁杰直言进谏，成功阻止了则天女皇的滥施刑罚，并以“真大丈夫”本色与卓越才干受封拜相。武则天另赐其一袭紫袍，以示隆恩。宰相狄仁杰刚正不阿，力辅社稷，却屡受武三思等人阴谋谗害，紫袍变长枷，几欲丧命。最终，深怀政治抱负又爱惜良才的武则天将文能治国、武能御敌、正直仁厚、以民为天的狄仁杰当作了最信任倚重的大臣，狄仁杰也凭借对黎民社稷的杰出贡献和对武则天的有力辅佐赢得了紫袍加恩，并成功扭转了“武氏代唐”的危机。既是挚友又是“对手”的君臣二人共同开创了“政启开元、治宏贞观”的“武则天时代”……

领衔主演：王　越　单　娜
狄仁杰 —— 王　越
武则天 —— 单　娜
武三思 —— 张　魏
上官婉儿——张彦芬
来俊臣 —— 左向峰
张谏之 —— 王岩柏　安晓强
狱　卒 —— 李国辉　张艳雄
老百姓 —— 本院演员
唐　兵 —— 本院演员
宫　女 —— 本院演员
舞　女 —— 本院演员
突厥兵 —— 本院演员

编　　剧：周长赋
总 导 演：谢平安
导　　演：崔向英
唱腔设计：续正泰
唱腔编配：刘和跃
音乐设计编配：祝　福
武打设计：张四全
舞蹈设计：赵　霖
舞美设计：赵国良
服装设计：蓝　玲
造型设计：李建荣、张　颖
灯光设计：齐世明
舞台总监：魏　捷　、岳晋威

剧务主任：吴志刚
前台主任：要红心
后台主任：张　朋
剧　　务：张　丰
乐　　务：郤进进、毕煜媛
场　　记：高　丽、张二苗
指　　挥：刘和耀
音乐监制：刘　光
音乐统筹：张亚菁
鼓　　师：刘　光
琴　　师：马　琳
二　　胡：周建书
月　　琴：张亚菁

灯　　光：张少杰　、陈尔康
　　　　　陈小龙
音　　响：左俊岐、常苏乐
服　　装：张　朋、张江华
　　　　　武先锋、郑　晓
　　　　　王艳辉
化　　妆：李建荣、魏　平
道　　具：曹永平、徐文秀
装　　置：银　光、蒋大元
字　　幕：高　丽

王越定妆照

紫袍记首演剧照

紫袍记首演剧照

紫袍记首演剧照

紫袍记首演剧照

紫袍记首演剧照

山东省京剧院

山东省京剧院始建于1950年5月1日，至今已有近60年的历史。 2006年1月，被文化部认定为“全国重点京剧院团”之一。2009年被评为“全国文化系统先进集体”。半个多世纪以来，涌现出许多德艺双馨的艺术家，现有多位获梅花奖、文华表演奖和在全国比赛中获得大奖的国家一级演员担纲主演，并有一批优秀青年演员，剧院有几十出久演不衰的优秀传统剧目，阵容整齐，行当齐备，台风严谨。

多年来，曾先后成功地创作排演了《奇袭白虎团》和《红云岗》，并由长春电影制片厂和八一电影制片厂搬上银幕，在全国引起轰动。剧院创作排演的《石龙湾》，获首届中国京剧艺术节“程长庚铜奖”和文化部第六届“文华新剧目奖”；2001年创作排演的《春秋霸主》，获第七届中国戏剧节和第三届中国京剧艺术节“优秀剧目奖”；2004年参加第七届中国艺术节，获文化部第十一届“文华新剧目奖”；2008年创排的现代戏《铁道游击队》,获第五届中国京剧艺术节“一等奖”；2011年创排的《铁血鸿儒》获第六届中国京剧艺术节“银奖”；2013年创排的新编近代历史京剧《瑞蚨祥》获第十届中国艺术节京昆组“文华大奖”（第一名）。

剧院坚持党的文艺方向，巡回全国各地演出，满腔热情、全心全意为人民服务，为社会主义服务，以高标准的舞台表演艺术和严谨的舞台作风赢得广大观众的欢迎与好评。多次出访日本、韩国、澳大利亚、法国、印度及中国台湾、香港、澳门等国家和地区演出，受到海外友人的热情欢迎和高度评价。

《瑞蚨祥》孟洛川、孟母、艾隆师

刘建杰 饰 孟洛川

京剧《瑞蚨祥》介绍

山东省京剧院2012-2013年创作排演的新编近代历史京剧《瑞蚨祥》，经过一年多的精雕细琢，于2013年10月荣获第十届中国艺术节京昆组“文华大奖”（第一名）。该剧讲述了百年老字号“瑞蚨祥”在清末时期国危商敝的环境中求新求变、求同求和、苦心经营、谋求发展的故事，反映了一代鲁商孟洛川顾国谋利的大商风范和仁厚经营的儒商情怀。

此剧较之传统京剧有许多创新点。在音乐设计中，把坠琴及山东梆子、柳琴戏、吕剧等具有山东本土特色的民间曲调融合到人物唱腔中，既有创新，又不离京剧本体。最难得的是，该剧将京剧传统程式化的表演和话剧心理现实主义的技巧相融合，整台戏情节跌宕起伏，人物性格丰满鲜明。剧中开场“扯布舞”和第四场“椅子争斗”诠释了传统戏曲的新意表达。观众反响热烈，多家媒体刊发报道。

该剧反映的“经道义　营民生”、“顾国谋利”的大商之道和仁厚经营的儒商情怀，对现下做人原则、经商之道都有深刻的现实意义。

《瑞蚨祥》第一场“扯布”

《瑞蚨祥》孟洛川、容玉娅

《挑山女人》剧情简介

这是一个真实的故事。

上世纪80年代末，一个年轻漂亮的女人生下了一个双目失明的残疾儿，不久又有了一对龙凤胎。谁知，两年后丈夫离世，婆婆怨恨女人克夫便与他们母子四人断绝了来往。为了抚育三个孩子，她毅然选择了连男人也望而却步的工作——挑山。于是，无论风雨、不计寒暑，女人每天挑着一两百斤的货物，数次往返齐云山那三千七百级石阶，至今已有整整17年……

其间，年轻时相识的村民成子强在她丈夫死后的17年中一路恋着她，暗中追随她、帮助她，却终因儿女反对而未能成婚。当女儿幺妹考取大学后，理解了母亲的痛苦，后悔自己年幼时的行为，去找在省城打工的成子强时，却得知他为救人而牺牲了，这一份痛楚也永远埋在了王美英的心中。之后，王美英并没有卸下担子，仍然在齐云山崎岖的山路上艰难地跋涉着。

在这个挑山女人的身上，浓缩了中华民族善良、勤奋、坚韧、无私的优良品质，她以自己朴实的行为呼唤起当下人们对诚信、对担当、对母爱、对感恩、对坚韧、对宽容的思考和感悟。

获奖情况

1.《挑山女人》荣获第十四届文华奖优秀剧目奖

2. 华雯荣获第十届中国艺术节“优秀表演奖”

3. 李莉荣获第十四届文华奖“文华剧作奖”

4. 孙虹江、华雯荣获第十四届文华奖“文华导演奖”

人民日报
RENMIN RIBAO

习近平会见韩国总统朴槿惠

《挑山女人》“挑”出一方天

用百姓故事传递正能量

坚决打击暴力恐怖犯罪活动

全国医改工作电视电话会议在京召开

人大常委会第六次委员长会议在京举行

奔走在排忧解危的路上

非居民用天然气价格调整

北京戏曲艺术职业学院

[简介] 北京戏曲艺术职业学院是经北京市人民政府批准、教育部备案的全日制普通高等学校，是北京市唯一一所公办艺术类高等职业学院。学院的前身是创建于1952年的北京市私立艺培戏曲学校，1953年由北京市政府接管，更名为北京市戏曲学校。著名表演艺术家郝寿臣、马连良、孙毓敏等曾任学校校长。2002年12月，学院成立，正式举办全日制高等职业教育，2006年北京市艺术研究所与学院合并，充实了学院的教学、科研力量。

60年来，几代艺术家辛勤耕耘，为学院艺术教育事业的发展打下了良好的基础。学校从单一的戏曲专业发展到京剧、地方戏曲、音乐、舞蹈、艺术设计、影视表演等多个专业，从单一的戏曲学校发展到综合性的艺术院校，培养了7000余名艺术人才，毕业生中有20人荣获全国戏剧表演最高奖“梅花奖”。

学院现拥有一支实力雄厚、教学经验丰富、老中青相结合的“双师素质”教师队伍。现有在编在岗职工330人，专任教师271人，其中副高以上职称专家47人。有北京市名师5人，北京市优秀青年骨干教师17人，北京市专业带头人1人。同时，学院长期聘请业界著名表演艺术家、学者和优秀演员作为特聘教授来校任教。

学院在发展的历程中逐渐形成了独特的教育理念。坚持以就业为导向，以素质教育为基础，以职业能力培养为核心，以艺术实践推动教学建设。坚持教书育人、公共培训、艺术生产与实践、理论研究，办学特色鲜明，教学成果显著，被誉为培养艺术人才的摇篮。学院多次被评选为“首都文明单位”、“北京市职业教育先进单位”。2008年1月，学院在“高职高专人才培养工作水平评估”中被北京市教育委员会评为“优秀”。2011年12月，学院被北京市教育委员会评为“北京市示范性高等职业院校”。

[少儿戏剧场启动]2013年6月1日，北京戏曲艺术职业学院少儿戏剧场启动。“少儿戏剧场”是北京戏曲艺术职业学院、北京市戏曲艺术教育基金会共同打造的，以少年儿童为服务对象，以少儿宜观看的剧（节）目为主要内容，以北戏在校学生为演出主体的，集演出、观摩、教育、交流于一体的全国首家少儿综合艺术演出场所。剧场秉承了“戏曲教育从娃娃抓起”的理念，利用北戏自身具备的剧场和艺术教育资源，培养戏曲后备力量，展示艺术教育水平，推出优秀艺术人才；培养少儿戏曲观众，丰富少儿文化生活，提高少儿艺术修养；传承优秀传统艺术，弘扬中华传统文化；创建少儿艺术乐园，服务少儿艺术教育；开展爱国主义教育，传播北京特色艺术，打造知名文化品牌。

2013年北戏少儿戏剧场夏季演出季从6月1日开始到9月1日结束。演出季中共上演了10台28场剧目。10台演出分别为京剧《少年马连良》、京剧《国粹芳华——梅尚程荀》、京剧《四郎探母》、京剧《经典折子戏》、交响音乐会《七月之歌》、舞蹈《桃李芬芳》、话剧《第十二夜》、评剧《经典折子戏》、评剧《什刹海》、京剧《白雪公主》。夏季演出季共计接待观众1万余人。

为适应少儿观众需求，北戏专门为少儿戏剧场打造了多部原创剧目。其中原创京剧《少年马连良》由北戏京剧系打造，并由资深前辈艺术家李仲鸣、续正泰、艾兵加盟创作，剧中角色均由北戏京剧系学生和教师扮演。该剧剧中蕴含着尊师、崇艺、尚德、尊老、爱幼、友情等中华传统美德精髓。激烈的矛盾冲突和情感宣泄使观众不仅可以了解到“小马连良”的成长轨迹，更可感受贯穿其中的美德与情怀，并激发观众们对京剧的好奇与热情。北戏还与首都精神文明建设委员会办公室合作，选取《中华美德故事》系列丛书中12个故事，创排三台中华美德故事演出——一台京剧演出、一台地方戏演出、一台音乐舞蹈综艺演出。这些剧目计划在少儿戏剧场2013至2014秋冬演出季中上演。

《少年马连良》剧照

观众观看少儿戏剧场剧目

北京戏曲艺术职业学院正门

北京戏曲艺术职业学院校园

北戏少儿戏剧场揭牌

北戏少儿戏剧场

顾秀莲女士、张百发先生、董伟先生共同为少儿戏剧场剪彩

少儿戏剧场启动仪式

《少年马连良》剧照

北方昆曲剧院

1957年6月22日，在周恩来总理的直接关怀下，我国长江以北唯一的昆曲艺术专业表演团体——北方昆曲剧院正式建院，周恩来总理亲自任命著名昆曲表演艺术大师韩世昌先生为首任院长。

从建院至今，北昆的艺术家们循着古今相因、革故鼎新的思路，继承、整理了大批优秀传统剧目，创作、改编、移植了一批历史题材和现代题材剧目。

北昆现任院长是国家一级演员、梅花奖获得者杨凤一。在杨凤一院长的带领下，北昆以继承传统剧目为体，以创作新剧目为翼，遵循传承与发展并重的原则。北昆充分发挥老中青艺术家的潜能，全院上下齐心协力，重铸北昆的辉煌。

【昆剧《红楼梦》（上、下本）】

2011年4月7日，由北方昆曲剧院与怀柔文化委员会合作倾力创作的昆曲《红楼梦》（上、下本），在国家大剧院首演。之后，获得第十二届中国戏剧节优秀剧目奖、优秀导演奖、优秀表演奖、优秀舞美奖，获得第五届中国昆剧节优秀剧目奖、优秀表演奖、优秀笛师奖、优秀鼓师奖等8项大奖。荣获中国戏曲学术奖“中国戏曲学会奖”。获得文化部“国家舞台艺术精品工程重点资助剧目”，并为中国第十届艺术节参评剧目。该剧还拍摄了艺术片，于2013年2月26日在北京大学百年讲堂举行了首映式暨首都高校的巡映仪式，荣获中美电影节入围奖。

【昆曲当代剧《爱无疆》】

该剧是十八大献礼剧目，完全由北方昆曲剧院自己的编剧、导演、演员创作完成。2012年5月30日、31日在梅兰芳大剧院正式公演。9月份复排后，10月8日、9日参加“颂扬北京精神，讴歌伟大时代——2012年北京市优秀剧目展演”，在国家话剧院为十八大献礼公演。

该剧以“孝”为主题，既宣扬了孝道，又不失昆曲的典雅，且符合当代审美。该剧作者抓住时机，对昆曲现当代剧的创作进行了理论与实践的有益探索，收到了良好的社会效益和经济效益。

【招生情况】

2012年3月24日—26日，北方昆曲剧院与北京戏曲艺术职业学院联合进行招生考试，招收了50名学生。

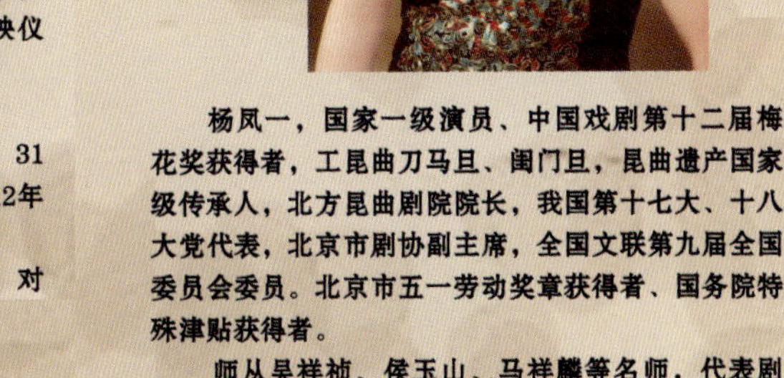

杨凤一，国家一级演员、中国戏剧第十二届梅花奖获得者，工昆曲刀马旦、闺门旦，昆曲遗产国家级传承人，北方昆曲剧院院长，我国第十七大、十八大党代表，北京市剧协副主席，全国文联第九届全国委员会委员。北京市五一劳动奖章获得者、国务院特殊津贴获得者。

师从吴祥祯、侯玉山、马祥麟等名师，代表剧目有《天罡阵》、《百花公主》、《棋盘会》、《白蛇传》、《三上西天》、《挡马》、《长生殿》《牡丹亭》等。她文武昆乱不挡，形成了大气、典雅、深厚的独特表演风格。

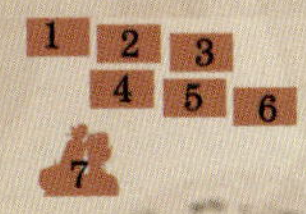

1. 昆曲《爱无疆》张竹梅饰演高母，肖宇江饰演幼年高凌云。
2. 昆曲《爱无疆》杨帆饰演高凌云，张竹梅饰演高母，海军饰演高父之魂。
3. 昆曲《红楼梦》上本　大观园胜景合影。
4. 昆曲《红楼梦》艺术片首映仪式。
5. 杨帆饰高凌云、张竹梅饰高母、李欣饰腾先生、曹文震饰谢文臣、马靖饰高小云、侯雪龙饰陶天鑫等。
6. 昆曲《红楼梦》邵天帅饰演林黛玉。
7. 昆曲《红楼梦》宝黛合照（翁佳慧饰贾宝玉　朱冰贞饰林黛玉）。

四川省曲艺研究院

“第十届中国艺术节全国曲艺优秀节目展演”节目《船会》

“非遗节”四川省曲艺研究院进校园展演

2013年，四川省曲艺研究院将四川曲艺工作的传承保护和创新改革作为重点，在四川曲艺的展演、创作、传承、研究等各方面均做出了成绩，并积极开展文化下乡下基层演出，全年共举办70余场公益性演出，包括进社区、进校园、进军营、慰问留守儿童等，为基层文化建设作出了贡献，是四川省送文化到基层的重要力量。

6月，“第四届国际非物质文化遗产节”盛大开幕，为迎接和祝贺这一盛事，四川省曲艺研究院在分会场组织举办了数场四川国家级非物质文化遗产项目的展演，表演的四川扬琴、四川清音、川剧等受到国内外观众的欢迎。

7月，“第十届中国艺术节全国曲艺优秀节目展演”在山东省滨州市闭幕，四川省曲艺研究院携青年传承人和优秀作品四川扬琴《船会》、四川清音《四川更美丽》登台亮相，获得业内专家与观众的一致首肯，以及当地十数家媒体的大力宣传。

10月中旬，由四川省曲艺研究院组台，集40余位四川艺术家组成的文化部全国“春雨工程”文化志愿者边疆行“大舞台”在广西拉开帷幕。经过历时7天，共计3000公里的路程，四川志愿者广西行“大舞台”将最具四川特色的艺术品种呈献给广西南宁和北海近10000群众和部队官兵。此次演出是以鲜明的四川民间特色、独特的民俗风情、深厚的巴蜀文化为内容，四川清音、四川扬琴、川剧特技、藏族歌舞、藏族锅庄等国家级、四川省级非物质文化遗产项目组成了炫丽大气、丰富多彩的川味盛宴。四川艺术家们与当地群众艺术馆艺术家、军营文艺爱好者、音乐学院学生、海南群众艺术馆艺术家等同台献艺、互动，加强了川桂两地的文化交流。双方约定为两地文化工作者创造更多的沟通机会，建立长效机制，让内陆和边疆人民共享文化发展成果。

四川文化志愿者“广西行”

送文化进基层

四川省曲艺研究院文化下乡演出

“边疆行”四川文化志愿者在南宁广场表演

谐剧第三代传人叮当与其师父沈伐、李伯清同台演出

姜昆祝贺谐剧专场演出圆满成功

11月，在四川广受欢迎，数次登上央视春晚的曲艺品种——谐剧，以专场形式在成都与观众见面。此次演出以谐剧第三代传人叮当为主角，数位巴蜀笑星悉数登台，频频点燃观众笑点。中国曲协主席姜昆和分党组书记董耀鹏也专程赴蓉观看了演出，并参加了接下来的“谐剧研讨会”。

12月，四川省曲艺研究院即将推出一部川味大戏——曲艺音乐剧《锦城绣娘》，该剧以四川非物质文化形态承载非物质文化内容，以舞台艺术的表达手法，传承、弘扬和保护非物质文化。故事源于成都历史上的真实人物和事件，以辛亥革命、抗战、解放战争等重大历史事件为经，以主角惠娘的亲情、爱情恩怨纠葛为纬，讲述了一位绣娘关于爱恨交织、守卫荣誉尊严和传统文化的锦绣人生。剧目约120分钟，音乐将占该剧时长的70%，创作者选择了四川清音、四川扬琴、四川竹琴等四川曲艺代表性曲种，融合现代音乐剧、歌剧等大型舞台剧目创作表演手法，营造出既富有四川曲艺传统风味，又具有现代审美格调的氛围，给观众描绘了一位锦城绣娘和一个蜀绣家庭在蜀都近现代历史洪流中的喜怒哀乐和盛衰沉浮。

2013年年底，国家级非物质文化遗产项目四川扬琴近半个世纪以来的第一部传统曲目集《四川扬琴传统曲目汇编》即将出版，经过音乐、文学、历史学等各方学者甄选校验，该书汇集了四川扬琴传承下来的完整的经典曲目20首，修改了因口传心授造成的错误数百处。《四川扬琴传统曲目汇编》的出版，是四川省曲艺研究院对四川扬琴这一国家级非物质文化遗产项目的抢救性记录的初步成果。

曲艺音乐剧《锦城绣娘》

四川艺术职业学院

四川艺术职业学院位于四川成都的国际花园城市温江，办学历史始于1953年，于2005年经四川省人民政府批准、国家教育部备案，由四川省舞蹈学校和四川省川剧学校（四川省艺术学校）合并升格为公办全日制高等艺术职业学院，2011年6月迁址温江新校区。

在近60年的发展道路中，学院师生曾多次受到毛泽东、刘少奇、周恩来、邓小平、江泽民、胡锦涛、朱镕基、温家宝、李长春等党和国家领导人的亲切接见。在各级领导、业内专家、社会各界人士的亲切关怀和大力支持下，在全体师生员工的共同努力下，仅仅7年时间，学院迅猛发展、不断壮大，校园面积从60亩扩展到300亩，在校学生由1400人达到5000余人，从5年前的5个系12个专业发展为现在的6个系28个专业方向（包括非艺术类专业），现内设音乐系、舞蹈系、艺术设计系、戏剧系、文化管理系、动漫系6大专业教学系，开办川剧表演、舞蹈表演、影视表演、戏剧表演、编导、音乐教育、音乐表演、艺术设计、舞台美术设计与制作、动漫设计与制作、文化事业管理、文化市场经营与管理、文物鉴定与修复、图书管理等艺术类、普通类专业和专业方向28个，几乎对应了全川文化系统全部的工作领域，为全省文化系统提供了有力的应用型人才支撑，如今已成为四川地区较有影响力和美誉度的应用型高等综合艺术院校之一。

60年来，学院为社会培养了邓婕、郭峰、侯宏澜、朱彤、任庭芳、黄启成、朱贵庆、林戈尔、王玉兰、许明耻、陈国礼、唐青石、高远、沙呷阿依、杨韬、江映蓉、张歆艺等一大批优秀艺术人才；唯一的“三度梅”沈铁梅，“二度梅”陈智林、田蔓莎、肖德美、喻海燕、刘谊等十数朵“梅花”均为历届优秀毕业生，学院被誉为影、视、歌、舞明星的摇篮，努力服务西部文化建设与发展。出色完成了文化部、国侨办、省委省政府众多文化演出外事任务，足迹遍布英国、加拿大、美国、俄罗斯、荷兰、新加坡、卢旺达、贝宁、多哥等数十个国家。近年来，学院在文华奖、全国舞蹈大赛、桃李杯、荷花杯、中国歌剧节、中国戏剧节、中国校园戏剧节、中国少儿戏曲小梅花荟萃、四川省舞蹈新作大赛、四川省少数民族艺术节、四川省青年川剧演员大赛等各种全国大赛中摘金揽银，迄今荣获国内外艺术大奖1000余项。舞蹈《俏花旦》、《岁月如歌》、《师徒春秋》、《康定溜溜的城》，川剧《死水微澜》，音乐会歌剧《娥加美》等精品剧目从学院走向全国乃至世界，有力证明了学院在艺术教育领域的实力和水平。

学院以传承优秀民族文化、培养优秀艺术人才为使命，主动承担并认真贯彻落实四川省委、省政府实施藏区“9+3”免费教育计划相关工作，自2009年以来相继开办“9+3”民族美术（唐卡）专业、“9+3”歌舞专业，共招录甘孜、阿坝22个县374名藏区学生，努力为藏区经济社会发展培养优秀的文化艺术工作者。为不让一名学生失学，主动为贫困地区学生建立“绿色扶苗通道”减轻经济负担，该项目曾荣获美国总统艺术人文委员会“站得更高，艺术改变人生”项目嘉奖，总统委员会名誉主席、美国第一夫人——米歇尔·奥巴马、时任中国驻美大使周文重亲自为学院代表颁奖。为振兴川剧，让川剧在年轻一代中传承和发扬，学院主动为川剧学生减免50%的学费，并积极开展“川剧艺术进高校”活动。

近年来，学院初步形成了集艺术人才培养基地和艺术教育园地、艺术创作生产实体和艺术表演团队、艺术传承平台和艺术经营实体等多种功能于一体的构架，正沿着一条以独具魅力的巴蜀特色艺术品种为亮点、高等艺术教育为主体、中等艺术教育为基础、多学科协调发展为主线的特色鲜明、视野开放、学科齐备的综合性高职艺术学院发展之路快步前进，将为培养更多更好的文化艺术人才、促进西部文化大发展大繁荣而努力奋斗。

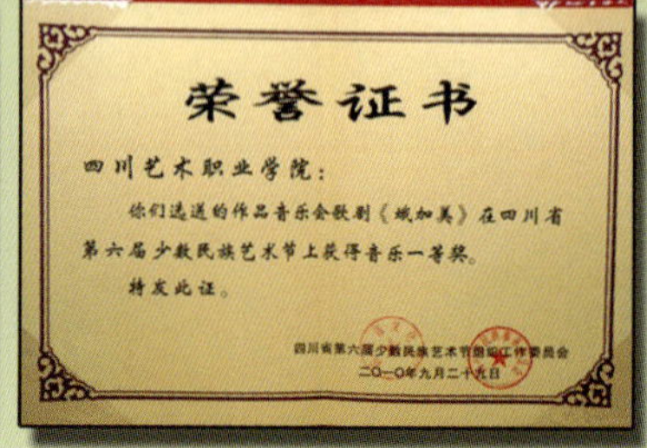

荣誉证书

四川艺术职业学院：

你们选送的作品音乐会歌剧《娥加美》在四川省第六届少数民族艺术节上获得音乐一等奖。

特发此证。

四川省第六届少数民族艺术节组织工作委员会

二〇一〇年九月二十九日

1	2	3	4
5	6	7	8

1. 2008年，在北川擂鼓镇抗震救灾慰问演出合影。
2. 2009年4月23日，省政府副省长黄彦蓉（第一排左四），省文化厅党组书记、厅长郑晓幸（第一排左五）出席学院新校区奠基式。
3. 2009年11月4日，学院副院长蔡伟（左二）、学生林雨佳（左三）出席美国总统人文艺术“站得更高，艺术改变人生”颁奖典礼。
4. 2009年11月12日，省委常委、副书记李崇禧（左一）视察学院“9+3”唐卡专业教学。
5. 2010年12月23日，学院第一届学术委员会成立大会成功举行。
6. 2010年，青春版川剧《死水微澜》获第二届中国校园戏剧节优秀剧目奖、优秀组织奖、优秀演员奖。
7. 2010年，音乐会歌剧《娥加美》获四川省第六届少数民族艺术节音乐创作一等奖。
8. 2011年6月20日，承办四川省庆祝中国共产党成立90周年藏区“9+3”学生文艺汇演，省政府副省长黄彦蓉（第一排左四）观看演出。

福州市艺术学校

福州市艺术学校始建于1957年，福州市文化新闻出版局主管。建校以来，学校培养出一代又一代的表演艺术家与专业人才，占据了福州地方文化艺术的半壁江山。

新校区位于闽江之滨，昙石山旁，校园环境优美，教学设施齐全。为了贯彻落实做大做强省会文化中心城市的精神，将学校未来发展定位为福州现代化沿海城市精神文明建设的重要文化窗口，充分发挥"保护、传承、提升、传播"福州优秀传统文化艺术和民间艺术的教育职能，设置了闽剧、曲艺、音乐、民间舞蹈等专业。集中力量打造精品，以品牌带动学校的发展，努力将学校建设为一所集教学、科研、创作、演出（含旅游定点演出）、旅游观光于一体，具有鲜明地方特色的新型艺术学校。

悠悠闽韵穿透了57年的峥嵘岁月，淙淙琴音奏响了57年的春华秋实。回首来时路，洒满了艰辛的汗水；喜看今日校园，满园蓓蕾竞开；展望新行程，长路漫漫依然在等待着一代又一代艺校人。学校将承载着弘扬、传承、培养福州地方文化艺术与优秀人才的重任，齐心协力，再续华章！

《红裙记》本事

福州书生王成龙，嗜赌成性，妻儿衣食无着。一日，家徒四壁的他又将其妻柳氏娘家的一条红裙当做赌资，转眼输尽。忍无可忍的柳氏，严辞劝其改邪归正。王羞恼交加，又不堪赌头逼债，投水闽江，幸被陕商许希和救起带回长安……柳氏以为丈夫已葬身江流，哀痛无极。船行老板吴二伯怜其不幸，赠银接济。历十三年，柳氏守节抚孤，效孟母教子以仁义，双手劳作熬过艰难岁月。其子王达官也渐长大，每日上街卖饼，分担母忧。王成龙在长安已入赘许家，此时又奉命到福州经商。在吴二伯船行，偶遇王达官卖饼，知其为亲生骨肉，又闻柳氏之贤，不胜感慨。达官为谢王赠银，于"亡父忌日"在家宴请这位陕商。王来到故宅，物是人不非，与柳氏演出一场"欲死还生，欲生还死"、"欲认未认，未认欲认"的人生活剧。然而思虑再三，王房契一张，白银千两，红裙一条，留与柳氏母子作为"补偿"，以赎前愆，并决心一走了之。知悉了实情的柳氏母子，匆匆赶到江边，挥泪跪求，希望夫妻父子得以团圆。王成龙恍如天人交战，柔肠寸断。最后，觉得自已已负柳氏，不可再负许氏，含泪扬帆而去。柳氏终于明白，留得住他身亦留不住他心。而自己的放弃，也许是别人的所得。她无奈，艰难却勇敢地选择了宽容，理解与放弃……

学校力创精品剧目《红裙记》

在闽剧界，流传着这样一句古话："凡是青衣演员必须学会演柳氏、凡是老生演员必须学会演王成龙、凡是小生演员开蒙必须学会演王达官"。作为优秀传统剧目，闽剧《红裙记》问世100多年来，涌现出多种改编本、演出本，成为闽剧最有特色的代表，是培养和训练闽剧演员的必学剧目。

闽剧《红裙记》通过一个家庭的离合故事，彰显了慈爱宽容、善良道义、勤俭耐劳、隐忍耐忍的中华传统美德，具有时代性、社会性。为此，2007年，福州市艺术学校决定重新编排《红裙记》，打造学校历史上首部精品剧目。新版《红裙记》甫一亮相，就一鸣惊人，荣获诸多大奖：

2009年，荣获第四届福建省艺术节暨第二十四届戏剧会演金奖第一名；

2010年，荣获福州市首届"茉莉花文艺奖"一等奖；

2011年，荣获福建省"文艺百花奖"一等奖；

2011年，荣获第十二届中国戏剧节优秀剧目奖；

2012年，应邀晋京参加"2012年全国优秀剧目展演"；

2012年，荣获第十二届全国精神文明建设"五个一工程"福建省贡献奖；

2013年，荣获文化部、财政部颁发的2011—2012年度国家舞台艺术精品工程年度资助剧目。

2013年，应邀晋京参加"中国戏剧梅花奖创办30周年系列活动"展演。

新版《红裙记》在传承中发展，堪称闽剧的翘楚之作，同时也是学校实践教学的一次回报。自2009年公演以来，作为学校精品传承剧目至今已传承了三届。《红裙记》的成功演绎，进一步推动了福州市艺术学校以精品创造品牌，以教学带动传承，以实践弘扬和推动地方传统文化大繁荣。

领衔主演

王成龙——陈乃春 饰（中国戏剧梅花奖、文华表演奖获得者）

柳　氏——林梦萍 饰（中国戏曲演唱大赛红梅奖金奖获得者）

内蒙古乌力格尔艺术团

内蒙古乌力格尔艺术团其前身是内蒙古自治区民族曲艺团，成立于1957年，属国有事业单位。主要从事挖掘整理、创作演出、传承发展蒙古族说唱艺术，是完全使用蒙古语演出的自治区直属专业艺术院团。内设综合办公室、创编室、演员队、舞美队、演出中心5个部门。内蒙古乌力格尔艺术团专业剧场——乌力格尔艺术宫占地面积2400平方米，是一座蒙古包式圆形剧场，设有标准舞台及全套舞台设备，可容纳200人观看蒙古族原生态综合文艺节目。

50多年来，内蒙古乌力格尔艺术团坚持以为广大基层农牧民演出为宗旨，涌现出琶杰、毛衣罕、乌斯夫宝音、巴拉吉尼玛、罗布生、乌云桑、乌日根、金巴等民族说唱艺术代表人物。创排了大量优秀说唱艺术作品：乌力格尔《宝地塔拉的故事》、陶力《格斯尔王》、好来宝《团结奋进的内蒙古》、系列笑嗑《大鼻子安甲》、曲艺专场晚会《马背情韵》、曲艺音诗《草原传奇》、乌力格尔主题晚会《唱响乌力格尔》。

马头琴齐奏

玛克塔拉好来宝《江山情》

群口好来宝《节日礼》

群口好来宝《腾飞歌》

托布秀尔弹唱《江格尔赞》

雅托克弹唱《哈屯赞》

征战调《勇士颂》

黑龙江省龙江剧艺术中心

——龙江剧《鲜儿》

故事以主人公鲜儿的坎坷命运为主线，朱传文因误传而另娶后，其弟传武与鲜儿相爱。在颠沛流离中鲜儿九死一生，最后在二龙山落草为寇，待一对情侣重逢后，鲜儿终因其善良的品格而放弃所爱，在抗日战场与震三江临死前“三拜之后才团圆”结为夫妻，而后放火烧毁山寨，带领一群爱国的二龙山及东北军弟兄参加了东北抗日义勇军，走上了保家卫国的道路。

本剧是作者根据电视剧《闯关东》部分情节创作。大型龙江剧《鲜儿》在原作基础上，进行了创新的构思，重新诠释了鲜儿等一系列人物，重点围绕鲜儿、朱传武、震三江和秀儿的情感线铺排情节，展开矛盾，写出了新意，展示了人物的心灵世界，塑造出了鲜儿这个由闯关东的弱女子到抗日女豪杰的鲜明形象。全剧以美为基调，虚实相间，情景交融，具有诗意化的意境，诗意化的场景和诗意化的语言，充满了黑土味的诗情画意，无论在思想性和艺术性上，都有一定深度。本剧运用了多种艺术手段，为剧目增添了更多的色彩。自2009年搬上舞台以来，《鲜儿》先后获得第十一届中国戏剧节优秀剧目奖、优秀导演奖（胡宗琪）、优秀表演奖（李雪飞）三个一等奖；入围“2009—2010年度国家舞台艺术精品工程”30台剧目；主演李雪飞获第二十五届中国戏剧梅花奖“梅花表演奖”、第十届中国艺术节优秀表演奖；第十四届文华奖“优秀剧目奖”；第十四届文华奖“优秀剧作奖”（编剧费守江、杨北星获得），取得了辉煌的成绩。

相依为命的鲜儿与朱传武在“排帮”谋生，图为二人在木排上憧憬美好的未来

出品人、艺术总监：白淑贤
编　　剧：费守疆　杨北星
导　　演：胡宗琪
编　　曲：杨柏森　吴慧春
音　　乐：隋利军　李寿华
舞美设计：黄海威
音乐场记：边　革
道具设计：杜凌云
化妆造型：王冬艳
司　　鼓：靳佐英
主　　弦：李延滨
演出总监：魏立平

鲜　　儿………李雪飞（小白淑贤）饰
朱传武………高运来　饰
震三江………张国庆　饰
秀　　儿………秦　红　饰
传武娘………蔡桂英　饰
朱传文………徐志权　饰
鬼溜子………韩　流　饰
那　　文………王春环　饰
副　　官………王凌璋　饰

作了二龙山二当家的、叫响了“三江红”名号的鲜儿（“小白淑贤”李雪飞饰）

童年的朱传文、鲜儿、朱传武和众人一起闯关东的画面

失散多年后，鲜儿找到了朱传武一家人，恰好赶上朱传文娶那文为妻，一家人正给鲜儿烧纸

鲜儿决定成全朱传武和秀，留在爱恋自己的二龙山大当家的震三江身边，得意的震三江举枪赶朱传武下山

武汉汉剧院

大型汉剧优秀传统改编剧目《宇宙锋》角逐
第十届中国艺术节和第十三届中国戏剧节

2013年10月15日、16日晚，汉剧《宇宙锋》登上济南市山东大剧院参加第十届中国艺术节角逐后，2013年11月10日晚，汉剧《宇宙锋》再次登上苏州市会议中心大剧院参加第十三届戏剧节角逐。这是拥有400多年历史国家首批非物质遗产汉剧首次在我国规格最高、规模最大、最具影响力的两个国家级艺术盛会上亮相，也是汉剧《宇宙锋》历时60余年后再次以崭新的面貌完整地呈现在全国观众面前。

从梅派到陈派：《宇宙锋》的前世今生

汉剧《宇宙锋》又名《一口剑》，本乃秦汉史籍未载，乃出自稗史轶闻之民间传说。早年由名旦李彩云主演的《装疯》一折，梅兰芳先生曾在汉口看过，并在《舞台生涯四十年》一书中予以评论。他在赞赏李氏表演及声腔同时，还曾提出他在表演赵艳蓉的"装疯"时，似乎太过，有真疯之感。该剧经梅先生移植成京剧后，作了部分调整，该剧成为"梅"派首当其冲的代表作，每到一地作场，《宇宙锋》都会排为三天的"打炮戏"之一，梅先生称：此剧乃他"最为喜爱的一出戏"。新中国成立之初，息影舞台17年之久的陈伯华，经反复挑选斟酌终于在崔嵬、李罗克，邱海清、刘志雄等艺术家的同心协力之下，作为中南地区代表团首选汉剧剧目，参加全国首届地方戏观摩演出获一等奖，受到了梅兰芳先生的高度赞扬。随后，在长春电影厂摄制成戏曲影片在全国放映，使海内外观众通过《宇宙锋》认识了古老而优美的汉剧；因此认识了汉剧大师陈伯华。60来，《宇宙锋》巡回演出于南北各大城市及港澳台地区，成为汉剧"陈派"的经典之作而盛演不衰。陈伯华还将此剧传授给了雷金玉、陈新云、胡和颜、程彩萍、邱玲等一代又一代传人。此次担纲主演的汉剧新秀王荔是陈伯华艺术大师的"第五代传人"。她嗓音甜美、扮相端庄、大气，文武兼备，表演细腻，刻画人物传神真切。曾受到陈伯华大师多年来亲自传授、指导，毕业之初即以《宇宙锋•装疯》一剧荣获全国地方戏青年演员比赛二等奖。后主演《王昭君》荣获中国第十届戏剧节优秀剧目奖。在《宇宙锋》中她扮演的赵艳蓉，除在"装疯"演唱中淋漓尽致地展示了"陈派"艺术的精华外，特别注重人物的内心和性格的细心刻画，前后起伏变化有序，层次分明，高难度的"圆场功"，展示了她深厚的基本功。

宝剑锋从磨砺出：《宇宙锋》的创作历程

作为第一批国家级非物质文化遗产的单位，武汉汉剧院一直致力于传承和弘扬汉剧艺术。建院50年来，剧院曾先后创作大型新编历史剧《闯王旗》、《狐探》、《卓文君》、《双阳公主》、《三斧头将军》等，均获当年创作、优秀演出奖，其中《闯王旗》、《狐探》被国家电影制片人摄制成彩色戏曲片。2007年，由88岁高龄的汉剧艺术大师陈伯华担任艺术总监的《王昭君》荣获第十届中国戏剧节优秀剧目大奖。为备战第十届中国艺术节，武汉汉剧院经过慎重考虑，决定以传承经典、拓展经典为主导，重新编排新版全本《宇宙锋》，力求使经典再现辉煌。

此次重新编排的新版全本《宇宙锋》，编导在保持原剧秦二世欲纳赵艳蓉进宫，赵艳蓉在哑乳娘的帮助下，以相府与金殿"装疯"，从而取得了胜利的基础上，增加了赵高"指鹿为马"、"匡赵联姻"、"盗剑嫁祸"等重要情节，主要表现了赵艳蓉从乖乖女转变为叛逆者的心路历程。此剧别出心裁之处便是不再往将矛盾聚焦在忠奸斗争层面上，而是通过赵艳蓉与父亲赵高的矛盾纠葛，上升到对人性善与恶的探讨，具有很深的现实意义，也容易引起现代人的共鸣。

编剧郑怀兴五易其稿，使该剧前后贯通，形成一体，着力体现了赵艳蓉的忠贞、果敢与善良的人性，更加符合了现代观众的审美观，让观众，尤其是青年观众领略到了古老汉剧华丽纷呈，高贵典雅的艺术风采；导演石玉昆兢兢业业，以大手笔铺排全剧结构，巧妙融合汉剧老中青三代演员，充分展示汉剧十大行当表演特点，凸显焦点人物，展示大剧院的大气派，舞台布局辉煌耀眼，闪光处目不暇接，产生了"创新不离本体，发展继承传统"的艺术效果；主演王荔勤学苦练，深得陈伯华大师真传的她"唱做念舞"并重，淋漓尽致地展示了"陈派"艺术的精华。

让古老汉剧焕发青春光彩：《宇宙锋》的"汉剧梦"

回归戏剧传统是近年来戏剧界的普遍共识，对传统剧目的整理改编越来越受到戏曲单位的重视。第九届中国艺术节上获得文华大奖第一名的剧目就是对传统剧目整理改编的昆曲《长生殿》。在经典折子戏的基础上，通过有节制的连缀手法与适度的删削或增益，整理成为故事相对完整的新的"全本戏"，让传统剧目具有当代生命力，是历来武汉汉剧院继承其传统的重要方式。《宇宙锋》的整理和改编充分体现了当代汉剧演员继承和接续传统的能力，也实现了让古老汉剧焕发青春光彩的"汉剧梦"。

《宇宙锋》于2012年2月在武汉剧院首演，受到了武汉观众热捧，尤其是受到了一批对传统文化心驰神往的大学青年学子的喜爱，他们由衷赞道："想不到古老的汉剧这么美，真是不到林园哪知春色如许啊。"该剧2012年4月25、26日赴北京国家大剧院演出，又受到北京专家的一致好评，专家们充分肯定了全本《宇宙锋》对汉剧在今后发展的问题上探索出了一条道路。他们一致认为："该剧在历史的真实感的前提下顺势顺时的做出了合理的延伸，作为一个传统题材的一个创造，在保留汉剧精华的同时，具有强烈的时代感，跟现实沟通的感觉比较得当，注重本剧种特色，具有学术性、现实性，成功的优势比较明显。故事情节生动，人物刻画分明，角色分配合理，主题思想明确，符合时代要求，有很好的教育意义。作为汉剧艺术大师陈伯华的代表剧目，在继承的基础上，改革创新，为'汉剧'艺术的研究、保护、传承起到了发扬光大的作用。"京剧大师梅葆玖先生也亲临现场观看了演出，他对王荔的表演赞不绝口："我父亲演过《宇宙锋》，陈伯华大师也演过《宇宙锋》，他们两人的版本各有妙处，希望以后我们能有机会携手，来一次京剧、汉剧的合演版。"此后，该剧在武汉市各区、厂矿、大专院校、部队等单位和湖北鄂州等地演出100多场，演出现场总是人山人海，掌声不断。

2012年12月，大型汉剧优秀传统改编剧目《宇宙锋》参加湖北首届艺术节暨第十届楚天文华奖评奖演出，荣获"楚天文华大奖"，领衔主演王荔荣获"楚天文华表演奖"。

2013年10月大型汉剧优秀传统改编剧目《宇宙锋》参加第十届中国艺术节大赛，荣获文化部第十四届文华奖"优秀剧目奖"，领衔主演王荔荣获"第十届中国艺术节优秀表演奖"。

2013年11月大型汉剧优秀传统改编剧目《宇宙锋》参加第十三届中国戏剧节大赛荣获"优秀剧目奖"，领衔主演王荔荣获"优秀表演奖"。

2013年11月汉剧小戏《过河》参加中国文联、中国戏剧家协会、张家港市人民政府举办的第五届全国小戏小品大赛（暨中国戏剧奖•小戏小品奖终评）中，荣获大赛小戏小品"优秀剧目奖"。

西安秦腔剧院有限责任公司

秦腔是中国最古老的剧种之一，被誉为北方梆子剧的鼻祖，是西安市的优势文化资源。西安秦腔剧院成立于2005年，是我市将原西安易俗社、三意社、五一剧团、秦腔一团四个剧团合并组建。市委、市政府按照中央文化体制改革精神，根据国家事转企改制政策，于2007年6月，将“四团合一”后的秦腔剧院整体移交国家级文化产业示范区——西安曲江新区，后通过资源整合重组，对接资本平台、塑造市场主体等改革措施，转企改制组建而成的西安秦腔剧院有限责任公司。

近几年来，公司重点推进剧目的生产开发和打磨提升，围绕易俗社百年纪念活动提升品牌影响力，大力开展文化惠民演出，强化剧场管理运营，有效整合各种秦腔文化产业资源，各项工作呈现出新的喜人局面。

改制以来，公司坚持以“精品化创作”为导向，以“大剧目带动”为战略，加大新戏大剧创排力度。公司共荣获省级以上各类奖项200余个，被评为“陕西省艺术创作先进单位”，其中《柳河湾的新娘》荣获全国第十一届精神文明建设“五个一工程”奖、连续两年荣获“国家舞台艺术精品工程”等多项大奖，《秦腔》荣获陕西省第十二届“五个一工程”奖等多类奖项，取得了社会效益和经济效益的双丰收。

在管委会、文化集团的坚强领导下，公司以易俗社百年华诞为契机，创新发展模式，打造演艺品牌，文化惠民工程深入推进，市场占有率稳步提升，社会效益和品牌价值显著提高。继2009年8月被评为“全国文化体制改革先进单位”之后，2012年9月公司再次荣膺“全国文化体制改革先进单位”荣誉称号，这是对秦腔剧院转企改制和经营发展的最大认可和肯定。公司已成为陕西改制文艺院团的标杆示范和曲江公共文化服务的主力军，为文化繁荣发展作出了积极贡献。

被誉为“世界三大古老剧社”之一的西安易俗社，2012年8月13日迎来了百年华诞。在中央、省、市各级政府和主管部门的大力支持下，在曲江管委会和曲江文化集团的科学领导下，秦腔剧院以十七届六中全会精神为指导，以文化体制改革为背景，以易俗社百年华诞为契机，举办了隆重的纪念大会，齐心老人专门送来了贺信。历时半年的宣传演出活动进一步宣传了百年剧社的光辉历史，展示了文化体制改革硕果，弘扬了陕西传统文化，提升秦腔艺术的影响力和知名度。系列纪念活动，收到各级政府的高度关注和人民群众的广泛好评，取得了巨大的社会影响。

文化部副部长王文章仔细翻阅百年剧目手抄本

《易俗社》百年庆典史诗剧照

易俗社百年庆典启动仪式

省委常委、省委宣传部部长景俊海（中）来院视察

大型秦腔现代戏《柳河湾的新娘》

西安市人民政府副市长段先念（左三）来院深入调研

新编秦腔历史剧《大明宫》

秦腔

大型秦腔现代戏《秦腔》

抚顺市满族艺术剧院

抚顺市满族艺术剧院在辽宁省专业艺术表演团体中占有重要地位，在省内外具有广泛的影响。

近年来，剧院艺术创作成果丰硕。2004年，小剧场话剧《带陌生女人回家》获中国戏剧节小剧场演出季优秀剧目奖，辽宁省第六届艺术节优秀剧目奖第一名；大型话剧《那座山村那条路》参加辽宁省第七届艺术节获得辽宁省第一届文化艺术政府奖文华奖——优秀剧目奖；2010年，剧院创作的大型话剧《长子》获得辽宁省第八届艺术节暨辽宁省第二届文化艺术政府奖文华奖——优秀剧目奖，实现了在省艺术节的“三连冠”，另有12人分别获得导演奖、优秀表演奖、表演奖、优秀舞美设计奖、优秀道具设计奖、优秀美术制作奖。剧院创作的多个剧目获得辽宁省“五个一工程”奖。2013年8月，新排小剧场话剧《两个底层人的夜生活》参加了文化部在北京举办的2013年全国小剧场戏剧优秀剧目展演。

剧院连续3次获得辽宁省委省政府颁发的“文明单位”称号，2次获得“辽宁省文化工作先进单位”称号，有2人被国家人力资源和社会保障部、文化部授予“全国文化工作先进个人”称号，4人获得中国话剧表演金狮奖，10余人获得辽宁戏剧“玫瑰奖”，剧院多次受到辽宁省文化厅和抚顺市委市政府的嘉奖。

剧院有一大批具有高级专业技术职称、高素质的专业艺术人才队伍，相继承担了辽宁省第六届运动会开幕式、辽宁省第七届少数民族传统体育运动会开幕式、2010辽宁省中学生运动会开幕式及抚顺市首届至第四届满族风情旅游节的开幕式、抚顺市委市政府历年的春节联欢晚会、“百姓雷锋”颁奖晚会等重大演出活动，为抚顺的和谐社会建设、文艺事业发展作出了重大贡献。

1.满族舞蹈《婚俗舞》剧照。
2.满族歌曲《绣马甲》剧照。
3.话剧《长子》剧照。
4.小剧场话剧《两个底层人的夜生活》剧照。
5.小剧场话剧《带陌生女人回家》剧照。
6.话剧《那座山村那条路》剧照。

湖北省黄梅县黄梅戏剧院

湖北省黄梅县是黄梅戏的发源地，2006年黄梅县黄梅戏被国务院列入“首批国家级非物质文化遗产”名录，剧院国家一级演员周洪年被授予“首批国家级非物质文化遗产黄梅戏项目代表性传承人”。剧院成立于1949年，建院以来演出足迹踏遍祖国大江南北，2001年被省文化厅评为“全省十佳剧团”、“全省文化先进集体”等光荣称号。1958年5月4日，在武昌向毛泽东、周恩来汇报演出传统剧目《过界岭》，受到中央领导的高度评价，毛泽东、杨尚昆、王任重等中央领导亲自接见了演员并留影。2013年5月，剧院新创禅宗人物黄梅剧《传灯》在国家大剧院演出，最高人民法院院长周强以及中央文化部副部长董伟出席观看并给予高度评价。

国运昌，梨园兴。在新世纪里，我们深信，作为黄梅戏故乡的黄梅戏剧院，根植于戏剧之乡的丰富沃土，沐浴着改革开放的春风雨露，得益于广大观众的浇灌，黄梅戏这朵艺苑奇葩必将愈开愈艳！

院长：吴红军

《传灯》内容简介　该剧获中国第六届黄梅戏艺术节优秀剧目奖

周氏女港边洗衣吞桃致孕，生下无姓儿竟七年不语；母子落难乡野，遭遇恶少欺凌，道信暗中点化，砰然开口，惊退恶少；无姓儿得名弘忍，并当即追随道信北上双峰山学佛。

插秧悟禅、治病救人、割爱别母、得法承嗣历劫难；重神秀、点惠明、收慧能，创顿渐之说、开东山法门；深入碓房、对偈选嗣，不拘一格选人才；亲送法衣、定鼎禅林、护渡六祖过大江……

《传》剧在塑造“大满禅师”弘忍的同时，忍辱负重、懿德双馨的佛母周仙桃，纯真无暇、尊佛重义的尼师秋妹，道行高深、三拒御诏的四祖道信，天资聪颖、禅心独具的行者慧能，经纶满腹、德才兼蓄的上座弟子神秀以及耿直磊落的惠明等形象跃然台上，栩栩如生……

“迷时师渡徒，悟时当自渡，一花五叶菩提树，黄梅禅风传五洲。”

主创人员

总顾问：净慧大师
总策划：余建堂　马艳舟
策　划：涂　浩　唐志红
出品人：吴亚成　吴红军
出品单位：黄梅禅宗文化研究会
　　　　　黄梅县黄梅戏研究院
佛事指导：明　基　崇　谛
项目总监：余文新
编　剧：湛志龙　吴启前
导　演：李建平　宋惠玲
作　曲：徐代泉　江　纯
舞美设计：胡　佐
灯光设计：张顺昌
服装造型设计：俞　俭
配　器：董润怀
表演指导：董学勤　徐亚文
灯光设计助理：俞　腾
司　鼓：李　武
主　胡：江　纯
舞台监督：潘森林

演员表

弘　忍——吴红军 饰
周仙桃——张　莉 饰
道　信——徐记柱 饰
慧　能——卢正杰 饰
神　秀——余文新 饰
秋　妹——柯随新 饰
惠　明——方荣智 饰
张公子——周洪年 饰
毛　毛——王红梅 饰
小秋妹——黄　维 饰
法　显——邢凌云 饰
刘公公——黄少勇 饰
张管家——汤寿庭 饰
村姑、僧侣、沙弥、武士本院演员 饰

演员介绍

弘　忍——吴红军 饰　（获中国第六届黄梅戏艺术节表演金奖）
吴红军：国家一级演员，湖北省黄梅戏传承人，黄梅戏剧院院长。嗓音浑厚，在黄梅戏花脸声腔上颇有研究。
道　信——徐记柱 饰（获中国第六届黄梅戏艺术节表演金奖）
徐记柱：国家二级演员，主攻小生，扮相俊美，音色纯净，唱腔韵味十足。
神　秀——余文新 饰　（获中国第六届黄梅戏艺术节表演银奖）
余文新：国家三级演员，主攻须生，亦能小生，表演自然细腻。
周仙桃——张　莉 饰
张　莉：国家二级演员，主攻青衣、花旦，嗓音甜美，表演细腻真切。
慧　能——卢正杰 饰
卢正杰：优秀青年演员，主攻小生，扮相俊美，表演自然。
秋　妹——柯随新 饰
柯随新：国家三级演员，主攻花旦，扮相甜美，表演自然。

辽宁省鞍山市铁东区青少年艺术中心

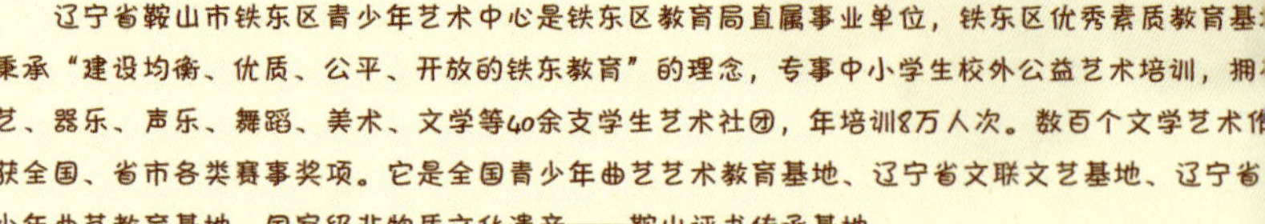

辽宁省鞍山市铁东区青少年艺术中心是铁东区教育局直属事业单位，铁东区优秀素质教育基 秉承“建设均衡、优质、公平、开放的铁东教育”的理念，专事中小学生校外公益艺术培训，拥 艺、器乐、声乐、舞蹈、美术、文学等40余支学生艺术社团，年培训8万人次。数百个文学艺术 获全国、省市各类赛事奖项。它是全国青少年曲艺艺术教育基地、辽宁省文联文艺基地、辽宁省 少年曲艺教育基地、国家级非物质文化遗产——鞍山评书传承基地。

【花开曲苑】鞍山是著名“评书之乡”，为此艺术中心将青少年曲艺教育确立为核心发展项 主要以三种形式推广曲艺艺术——一是在艺术中心创建学生曲艺团，开设评书故事、快板、相声、 曲演唱曲艺课程；二是启动“曲艺进校园·评书进课堂”曲艺教育工程，2012年至2013年6所学校分 将评书、快板、三弦列入课表，形成“非遗”传承共同体，曲艺教育以逐年扩大的趋势走进基础 育课堂，探索出一条普及曲艺艺术、弘扬中华传统文化的可行之路；三是举办全区性曲艺专场赛 汇演活动，扩大曲艺影响力，促进曲艺艺术走向普及发展，优质发展。

2012年6月，辽宁省曲协与铁东区政府主办“鞍山铁东杯”第三届辽宁省少儿曲艺大赛，艺术 心有5个节目获得大赛一等奖，6个节目被推荐参加第五届全国少儿曲艺大赛。其中三人评书《夺 之战》、小品《评书男孩》分获一、二等奖。

【艺术基地】艺术中心受到各级领导部门的高度重视。2012年7月被辽宁省文联确立为“辽宁 文联文艺基地”；2013年4月被中国曲协确立为“全国青少年曲艺艺术教育基地”。中国曲协分党 书记董耀鹏亲临授牌；中国曲协名誉主席刘兰芳为艺术中心赠送曲艺教材。青少年艺术教育步入 速发展通道。

【传艺纽带】2013年铁东区教育局成立艺术教育管理办公室，艺术中心的艺术教育组织协调功 作用进一步强化。闻名全国的艺术家刘兰芳、田连元、鞠萍、宋德全、王敏等带着艺术中心小演 同台演出；辽宁歌舞剧院专家走进校园，为艺术社团师生传授专业技能；辽宁省文联根据艺术中 的培训计划，委派会员做美术、声乐、舞蹈等专项技能培训。艺术中心成为广结优秀艺术资源、 播先进校园文化的优质平台。

1. 中国曲协分党组书记董耀鹏为艺术中心颁发“全国青少年曲艺艺术教育基地”牌匾。
2. 中国曲协名誉主席著名评书表演艺术家刘兰芳为艺术中心赠送曲艺教材。
3. 著名主持人鞠萍、著名相声表演艺术家宋德全与艺术中心小演员同台主持。
4. 艺术中心的三人评书《夺宝之战》在第五届全国少儿曲艺大赛上获一等奖。
5. 曲艺进校园·快板进课堂。

云南省滇剧院

滇剧是云南省主要地方剧种，约有200多年历史。滇剧以昆明官话为舞台标准语言，丝弦、胡琴、襄阳三大声腔分别渊源于秦腔、徽调和汉调，加之丰富的板式调式和杂腔小调，恢弘时黄钟大吕，高亢激越；委婉处小桥流水，优美抒情。表演既承袭中国戏曲大统，又有浓郁的云南地方特色。滇剧传统丰厚，流派纷呈，剧目众多，名家辈出，被誉为“滇粹”、“省粹”，深受广大人民群众喜爱。

云南省滇剧院是滇剧示范性、代表性艺术表演团体。1951年10月在东寺街原西南大戏院旧址成立了云南人民实验滇剧团，1953年更名为云南省滇剧团，1960年扩建并正式冠名为云南省滇剧院，由副省长刘林元兼名誉院长，著名滇剧表演艺术家罗香圃任院长。2008年6月，国务院公布滇剧为第二批国家级非物质文化遗产项目，确定云南省滇剧院为首家保护单位。云南省滇剧院建院60年来，一贯坚持社会主义文艺“二为”方向、“双百”方针和“三贴近”原则，发掘、整理、继承、移植和创作了大批优秀剧目，其中《荷花配》、《牛皋扯旨》、《打瓜招亲》、《借亲配》、《送京娘》、《烤火下山》、《鼓滚刘封》、《高山红霞》、《厨娘》等剧目多次晋京演出，受到毛泽东主席、周恩来总理、朱德委员长、李先念主席等党和国家领导人的亲切接见，博得了首都专家和观众的广泛赞誉。《借亲配》于1959年由长春电影制片厂拍摄成电影在全国广为放映；现代戏《迎春曲》于1979年赴京参加建国30周年献礼演出，获文化部奖；新编历史剧《关山碧血》于1985年赴京参加全国戏曲观摩演出，获文化部编、导、演、音、舞美等11项奖；新编聊斋故事剧《古琴魂》1993年赴成都参加全国地方戏交流演出，获文化部奖。改革开放以来，我院创作了大量的新创剧目，其中，大型新编历史剧《光明宫》1998年获全省展演新剧目奖，2000年获优秀剧目奖；《南国风》2002年参加全省展演获新剧目奖；在2002年全国地方戏精品折子戏比赛中，两位主演分获表演二等奖、三等奖；2004年又举全院之力，创作排演了新编历史故事剧《童心劫》，于2005年参加云南省首届滇剧花灯艺术周荣获综合大奖“振兴滇剧花灯贡献奖”、“艺术创新奖”，并入选参加第七届中国上海国际艺术节，备受好评，继而又入选参加由中国戏剧家协会在宁波举办的第九届中国戏剧节，获优秀入选剧目奖，连登三级台阶。2006年《童》剧经加工修改，精心打磨，又入选参加了由文化部在武汉举办的“全国地方戏优秀剧目（南方片）评比展演”，亦载誉归来。云南省滇剧院创作演出的滇剧小戏《轿子山》入选参加由文化部社文司和山东省文化厅主办的第四届中国滨州博兴小戏艺术节，被评为“适宜农村和基层推广的优秀推荐剧目”；创作演出的滇剧小戏《两千八》入选参加由中国文联和中国戏剧家协会主办的第二届“中国戏剧奖·小戏小品奖”暨第二届“全国小戏小品大赛”，荣获“观众最喜爱剧目奖”和“优秀入选剧目奖”。2008年《南慕罕公主》在纪念改革开放30周年云南省第十届新剧（节）目展演获剧目奖。2011年《郑和下西洋》在云南省第十一届新剧（节）目展演中获编剧、音乐、编舞、表演等多项奖。2011年，又重点打造了新编大型现代滇剧《铁血流芳》，该剧于10月赴京、津演出，获得了专家及观众的好评。云南省滇剧院先后两次应中央电视台戏曲频道《名段欣赏》栏目的邀请，共组织了副高以上职称的演员40多人次的豪华阵容赴京录制了18期共540分钟的滇剧名段欣赏，节目播出后，在观众中引起了强烈反响，扩大了滇剧在全国的影响，除参加省外各项赛事外，在云南省滇剧院举办的各项赛事中，更是成绩不菲，特别在云南省第二届滇剧花灯艺术周上，云南省滇剧院共获剧目一等奖4个，二等奖2个和三等奖4个；获表演一等奖4个，二等奖3个和三等奖3个，喜获全胜。著名滇剧表演艺术家王玉珍荣获第九届中国戏剧梅花奖，为云南省摘取了中国戏剧第一朵“梅花”。云南省滇剧院先后有11位演员荣获云南省戏剧表演最高奖“山茶花奖”。在由中共云南省委宣传部、省文化厅、省文联联合表彰的云南省文学艺术“四个一批”人才中，云南省滇剧院共有10人受表彰。多人次被省文化厅授予“青年表演艺术家”、“优秀青年演员”称号。此外，还应邀先后赴泰国、越南、日本等国家演出，均获成功，受到热情的赞扬，给外国友人留下了难忘的印象。

2013年，云南省滇剧院青年表演艺术家陈亚萍荣获中国剧协第26届梅花奖。

云南省滇剧院现有在职人员136人，离退休人员144人，在职人员中，正高职称15人，副高职称38人，中级职称34人，专业人员平均年龄34岁。剧院下辖演出团、乐团、艺术研究中心、演出经营部、行政办公室。

如今，一批新秀正在茁壮成长，剧院创作力量雄厚，演员阵容强大，队伍年轻，行当齐整，舞台上群芳竞艳，代不乏人。

为了提升滇剧的知名度，扩大滇剧艺术的宣传和影响力，以及振兴滇剧这个国家级非物质文化保护剧种，2011年2月特聘请省政协副主席陈勋儒同志为省滇剧院名誉院长，

云南省滇剧院现任总支书记院长郭维平，党总支副书记任兵，副院长张勇，副院长王润梅，艺术总监马庆。

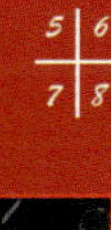

1. 铁血流芳。
2. 郑和下西洋。
3. 童心劫。
4. 王玉珍。
5. 1955年全国政协会议期间，毛主席接见滇剧著名演员彭国珍。
6. 1955年周恩来观看“红梅阁”后接见云南省滇剧院演员。
7. 1959年梅兰芳观看云南省滇剧院演出。
8. “北马南栗”著名京剧表演艺术家马连良与著名滇剧艺术家栗成之合影。

运城市盐湖区蒲剧团

孔向东:山西省芮城县人。现任运城市盐湖区文化局副局长、盐湖区蒲剧团团长。

盐湖区蒲剧团始建于1962年。建团50年来，历经曲折，走过辉煌，不断发展壮大。2003年，在运城市盐湖区委、区政府的高度关注和大力支持下，剧团打破原有体制，实施全面改革，走上了一条健康快速的发展轨道。

近年来，剧团坚持服务基层、服务群众、服务发展的办团宗旨，致力于蒲剧事业的振兴和蒲剧文化产业的发展。先后改编排演了《清风亭》、《周仁献嫂》、《薛刚反朝》、《火焰驹》、《双官诰》、《明公断》等多个优秀历史剧目，移植现代蒲剧《抢来的警官》、《酷情》等。

2005年蒲剧《赵氏孤儿》参加运城市戏剧龙门奖评比演出，荣获综合演出大奖,另有十名演员获得优秀演员奖。同年12月，《赵氏孤儿》又夺得山西省第十届杏花新剧目奖和编剧、导演、音乐、舞美数项大奖，并荣获优秀表演奖第一名。

2006年，新编古装戏《河阳知府》，演出后引起轰动。市、区纪检部门给予充分肯定，并在全市各县配合反腐倡廉工作进行巡回演出,反响十分强烈。

2007年，现代戏《三别牛背梁》(又名《大山里的老师妈》)赴省演出，荣获第十一届杏花新剧目奖、杏花奖优秀表演奖。同年12月参加山西省委宣传部、省文化厅和省剧协组织山西“四大梆子”交响音乐会赴京演出，扩大了蒲剧的影响和受众。

2008年，大型新创古装戏《孝祖虞舜》，在中国盐湖虞舜文化节暨世界舜帝后裔联谊大会开幕之日正式公演,受到了40多个国家来宾的倾心赞誉。同年12月，首次晋京在国家评剧院进行慰问展演，受到首都各界高度赞扬。

2009年，蒲剧团携《清风亭》赴河南平顶山参加第24届中国戏剧梅花奖评比展演，获得中国戏剧梅花奖全国第三名。

2010年，新编现代戏《人大代表》闪亮登场，演红了河东,引起了强烈反响，被誉为是一部“人大代表写人大代表，人大代表演人大代表”的替人民鼓与呼的好戏。7月份，赴太原、榆次、孝义、灵石等地参加文化艺术交流活动。12月份，蒲剧《赵五娘》参加山西省第十三届杏花奖评比展演，令狐大红获杏花表演奖。同年，新编上演了眉户现代戏《槐乡追梦》。

2011年，蒲剧现代戏《祝你幸福》，赴京参加第二届全国戏剧文化奖优秀剧目调演活动，获得第二届全国戏剧文化奖七项大奖。同年，蒲剧团还配合戒毒教育活动，排演了根据真实故事改编的现代戏《罪孽》，并在全省进行巡回演出。

2012年，作为唯一县级团体，蒲剧团参加了由省委宣传部、省文化厅主办的山西省向党的十八大献礼演出活动。新编演的现代戏《祝你幸福》，作为十八大献礼的山西省新创优秀剧目之一，在北京天桥剧场进行展演。同年12月，赴上海参加白玉兰奖角逐，获得了第23届白玉兰奖主角奖第二名和配角奖第一名的好成绩。

剧团不畏严寒酷暑，常年坚持送戏到基层，服务于群众，每年演出300余场次，每到一处都深受广大群众的欢迎和赞誉。目前，剧团正以行当齐全、演技高超、阵容整齐、实力雄厚的崭新形象活跃在三晋大地和晋陕豫黄河三角一带，成为当地戏剧界的一支文化劲旅。

演出结束后受到领导接见

蒲剧《赵氏孤儿》舞台剧照

蒲剧《清风亭》舞台剧照

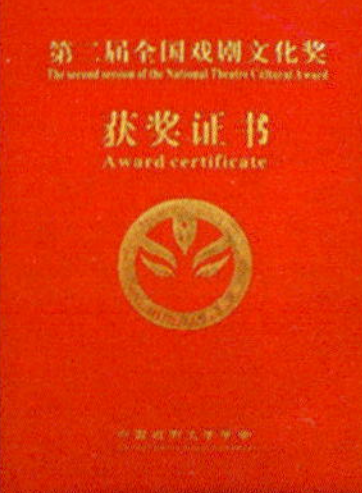

第二届全国戏剧文化奖
The second session of the National Theatre Cultural Award
获奖证书
Award certificate
孔向东（蒲剧现代戏《祝你幸福》饰王大海）获“第二届全国戏剧文化奖·表演大奖”，特颁此证。

蒲剧『赵氏孤儿』舞台剧照

泉州市木偶剧团

赵氏孤儿剧照

泉州市木偶剧团2012年大事记（部分）

2月，剧团奉调赴北京人民大会堂金色大厅参加中共中央主办的“2012元宵晚会”，演出《元宵乐》，受到胡锦涛总书记及中共中央全体常委的接见和表扬。

3月，剧团赴江西井冈山参加中央电视台少儿频道组织的《爱心满天·走进井冈山》学雷锋大型晚会的节目录制，并于3月5日在中央台播出。

3月，剧团因2011年参加“中华民族优秀传统文化展示活动”中的精彩表演，受到胡锦涛总书记的嘉勉。对提升、扩大木偶艺术的知名度作出突出贡献，受到国际木偶联会中国中心、中国木偶皮影艺术学会的表彰。

3月，受文化部委派，举办“国粹港澳校园行，中国木偶戏学术讲座与展示”及演出活动，为普及传播中华民族优秀文化作出贡献，受到国际木偶联会中国中心、中国木偶皮影艺术学会的表彰。

4月，中华全国总工会授予王景贤团长“全国五一奖章”。

4月，由泉州市外事办组团的泉州市文化代表团赴土耳其梅尔辛伊尼赛市参加“2012年中国文化年”暨“土耳其梅尔辛伊尼赛市与中国福建省泉州市缔结友城关系十周年·泉州文化周”演出活动。

4月，由福建省外事办组团赴毛里求斯参加“唐人街美食文化节”演出活动。

泉州市木偶剧团演员们与慕名而来的外国同行一起进校园传播古老的非物质文化遗产——泉州提线木偶戏

参加人民大会堂元宵节联欢晚会

5月，剧团携《钦差大臣》一剧，赴成都参加由国际木偶联会（UNIM）、国际木联中国中心、成都市政府举办的“第21届国际木联大会暨21届国际木偶节”，荣获大会最高奖——“最佳剧目奖”。

9月，赴南非执行“央地合作走进南非”的交流访演，获得极大成功，受到我国驻南非使馆的表扬。省文化厅向泉州市政府发来专函，给予表扬和感谢。

9月，参加泉州市艺术代表团赴法国埃罗省进行友好交流访演。

12月，巴黎时间2012年12月4日17时30分（北京时间2012年12月5日0时30分），在法国巴黎召开的联合国教科文组织政府间保护非物质文化遗产委员会第七次会议上，批准了以泉州市木偶剧团为主体的“福建木偶戏传承人培养计划”入选联合国教科文组织“保护非物质文化遗产优秀实践名册”。这是我国迄今为止第一个入选联合国教科文组织非物质文化遗产优秀实践名册的项目。

12月9日，由剧团创排的大型傀儡戏版《赵氏孤儿》在龙岩参加第五届福建省艺术节暨福建省第25届戏剧会演，荣获剧目一等奖。

赵氏孤儿剧照

温州市瓯剧艺术研究院

方汝将　国家一级演员，温州市瓯剧艺术研究院副院长，他扮相俊美，唱腔富有韵味，表演风格激情且流畅，文武兼擅，富有表现力。曾荣获中国戏曲红梅奖“红梅之星”；上海“白玉兰”戏剧主角提名奖；浙江省戏剧表演“金桂奖”；第26届中国戏剧“梅花奖”等。

现任温州市政协委员，中国民盟委员，温州青联委员，温州市戏剧家协会副主席，温州市十大优秀青年，温州市四个一批人才，温州市专业技术拔尖人才。

瓯剧起源于明末清初，原名“温州乱弹”。温州古称“东瓯”，又有瓯江流贯，故1959年改称为“瓯剧”，并以剧种名行于世，流行浙南闽北（以温州为中心的）一带。

瓯剧以唱温州乱弹腔为主，兼唱高腔、昆腔、徽调（皮簧）及滩簧、时调6种声腔唱调。是我国古老的多声腔戏曲剧种之一，瓯剧有着丰富的传统艺术底蕴，受到日本、美国、韩国、新西兰及中国香港、台湾等国内外学术界的关注和研究。

温州市瓯剧艺术研究院，是瓯剧剧种唯一的一支专业艺术团体，国家文化部昵称为“天下第一团”，曾为毛泽东主席生前做电视直播演出，也得到郭沫若副委员长和谷牧副总理以及著名戏剧家曹禺、马彦祥、理论家王朝闻和京剧表演大师盖叫天先生青睐和赞扬。

50年代瓯剧曾以一出《高机与吴三春》赢得了华东六省一市文艺界的关注，吴三春的扮演者陈茶花同志2次参加全国文代会并受到了毛泽东、刘少奇等党和国家领导人的亲切接见并合影留念。瓯剧在全国、华东地区和浙江省历次演出大赛中，先后获国家文化部文华奖以及全国性演出大奖、金奖、优秀演出奖、电视飞天奖、优秀剧目奖、特等奖等。先后多次应邀出访美国、荷兰、法国、比利时、意大利、瑞士及中国香港、台湾等国家和地区演出交流，获得海内外的好评。

瓯剧艺术研究院现有在编人员86人，高级职称29人。多年来，瓯剧艺术研究院一直对瓯剧传统剧目进行挖掘整理，把继承传统和培养新人作为瓯剧艺术建设的宗旨。

2008年瓯剧被国务院列入国家级非物质文化遗产名录。

《小宴》

《高机与吴三春》

《杀狗劝夫记》

方汝将 饰演 东瓯王

《洗心记——变脸》

昆明音乐家协会

第六届昆明音乐家协会领导班子及昆明文联领导。

成立昆明音乐家协会合唱分会，省市文化主管领导到会祝贺。

[illegible]会主席李学智率[illegible]专家深入安[illegible]马龙农民苗族合唱团帮扶指导工作，接受东南卫视采访。

昆明音乐家协会主席李学智与昆明音乐家协会前任已故主席（马玉昆）、原文联主席张维新，参与声乐分会活动现场。

昆明音乐家协会部分专家参加了昆明市委市政府举办的聂耳诞辰100周年纪念活动。

昆明音乐家协会的专家老师，在香格里拉红旗小学进行葫芦丝演奏课的指导，李春华副主席与学生上课。

昆明音乐家协会成立于1984年6月2日，业务直属管理部门是昆明市文学艺术界联合会，发证管理监督部门是昆明市民政局。昆明音乐家协会在昆明市文学艺术界联合会、昆明市民政局的直接领导和关怀下，已经走过了快30年的发展历程。昆明音乐家协会坚持党的方针路线，坚持“双百”方针、“二为”方向，服务于大众、服务于社会，取知于民、用知于民，从群中来、到群众中去。为昆明地区的音乐普及和行业规范做了不少的工作，也取得了显著的社会效益！

昆明音乐家协会发展到今天，已是第六届新领导班子。在前几届音协主席姚来信、余品金、马玉昆的组织发展工作下已经有了一个完整的体系。并于2010年12月13日，把昆明音乐家协会的重担交给了六届当选音协主席李学智上。昆明音乐家协会从最初没有一个分会，发展到现在的十二个分会的乐器专业体系，是社会的需要，更是民众所需，也是昆明音乐家协会一路走来的保证。十二个分会如下：1. 小提琴分会；2. 手风琴分会；3. 钢琴分会；4. 电子键盘分会；5. 民族乐器分会； 6. 吹奏乐分会；7. 爱乐分会；8. 音乐剧分会；9. 吉他分会；10. 流行音乐会；11. 声乐分会；12. 合唱分会。

在近几年中，昆明音乐家协会服务于社会、部队、社区、企业、农村、学校，也为昆明地区举办过多场音乐会。与《小演奏家》杂志在昆明共同举办了全国小提琴夏令营。举办了全国巴乌·葫芦丝邀请赛，举办了多届敦煌杯民族乐器大赛，举办了多届“星海杯·钢琴大赛”，举办了多届“东方之星·青少年才艺”大赛！配合昆明文联举办多届昆明地区歌曲创作比赛活动，参加多届昆明电视歌手大奖赛海选活动！

山西长治市杂技团
长治市杂技团成立于1972年，近年来，在各界人士的关心支持下，在文化强市战略的推进下，杂技这门艺术奇葩得到前所未有的发展和繁荣。目前，长治市杂技团演员达百余人，可同时上演4台杂技晚会，新创作的杂技主题晚会有“古韵　新辙”、“东山西水天地人”、“风华天下脊”。不同风格的主题晚会一经上演就受到业界和广大观众的认可及好评。大量优秀节目荣获国家、省、市级奖项达50余项，其中《小和尚钻筒》、《滚灯》、《足尖上的咏叹》、《单手倒立》、《立绳》荣获山西省艺术最高奖杏花奖；《滚灯——老鼠娶亲》荣获第六届中国民间艺术节银奖；《千仞红妆——皮条》荣获文华奖、第五届全国青少年杂技比赛银奖；特别是《肩上芭蕾》于2011年12月荣获“荷兰·第十六届恩斯科德国际马戏节”银奖。
近几年，长治杂技团的节目在国内各大旅游景区倍受欢迎，受邀演出接连不断，如：杭州、青岛、广州（长隆大马戏）、安徽、四川、北京、石家庄、上海、重庆、香港等大型景区进行演出，并在2010年非常荣幸的被上海世博会选入花车巡游的演出项目，2007至今，长治市杂技团应邀远赴韩国、美国、菲律宾、泰国、加拿大、日本、土耳其、沙特、法国、巴布亚新几内亚、南非等国家进行交流演出，又于2013年春节，在祖国的宝岛台湾进行了为期一个月的演出，为台湾同胞奉献出一道新春文化大餐。
在今后的发展中，长治市杂技团将以“创新发展”为前进的动力，以培养后继人才为发展的根基，创作出更多、更好的节目，为长治文化的大发展、大繁荣和对外文化交流作出更大的贡献。
广告

中国醒狮之乡——遂溪

民族之魂在醒狮　醒狮之乡在遂溪

广东省遂溪县醒狮是中国南派狮艺的杰出代表，享有“中国醒狮之乡”的美誉，是首批“国家级非物质文化遗产”。中国民间艺术家协会醒狮艺术委员会落户该县。遂溪县有醒狮团255个，其中高桩（梅花桩）醒狮团28个，队员1万多人。遂溪醒狮曾赴美国、法国、英国、俄罗斯、澳大利亚等20多个国家演出并参加2008北京奥运会开幕式前、上海世博会等重大活动表演，曾梅开三度荣获“山花奖”，创造世界吉尼斯“飞跃铁索3.8米”的纪录。遂溪县制作的狮具被指定为新中国成立60周年庆典活动道具，国家博物馆进行收藏。

联系人：陈土旺　　电话：13809733228

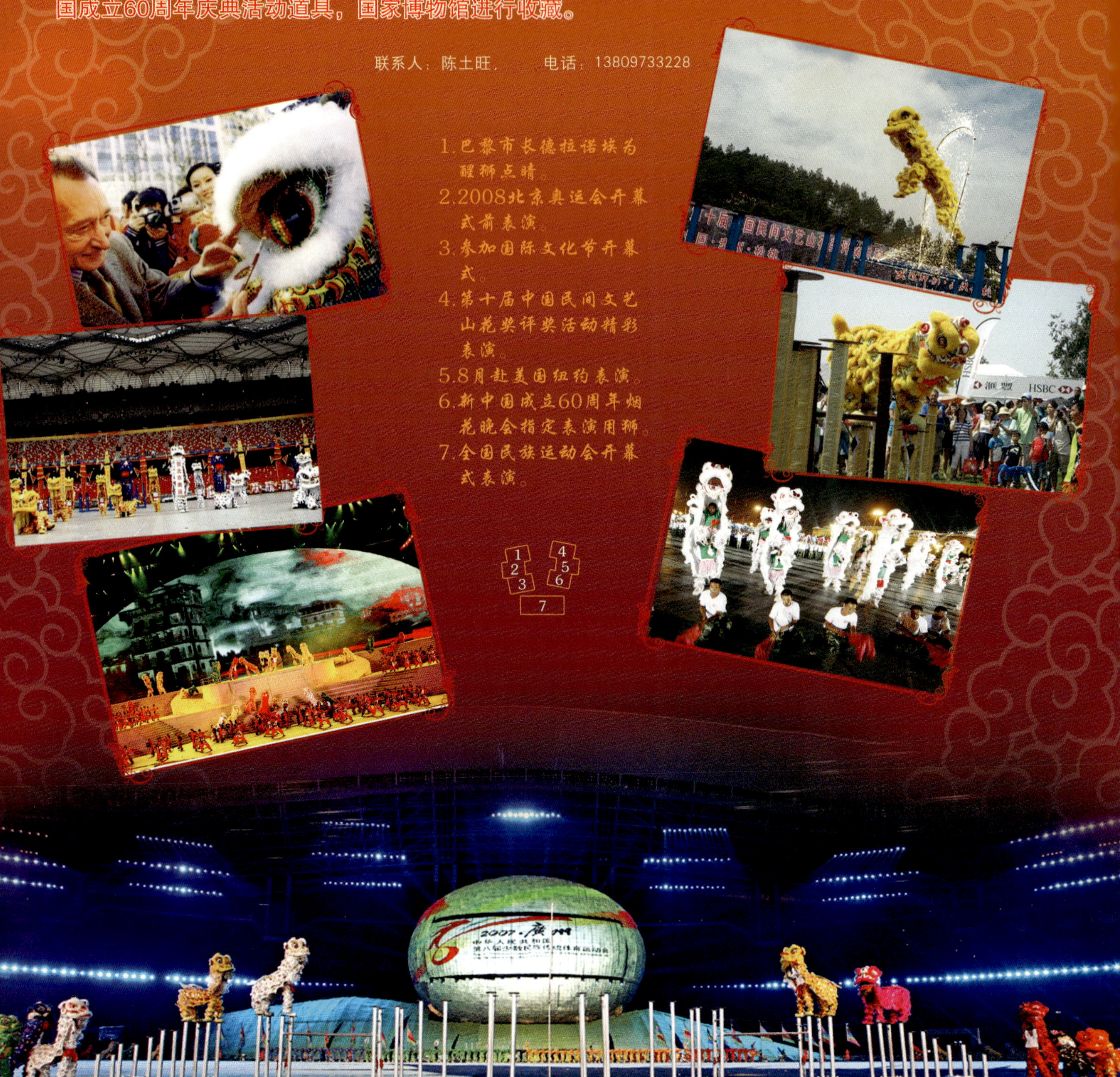

1. 巴黎市长德拉诺埃为醒狮点睛。
2. 2008北京奥运会开幕式前表演。
3. 参加国际文化节开幕式。
4. 第十届中国民间文艺山花奖评奖活动精彩表演。
5. 8月赴美国纽约表演。
6. 新中国成立60周年烟花晚会指定表演用狮。
7. 全国民族运动会开幕式表演。

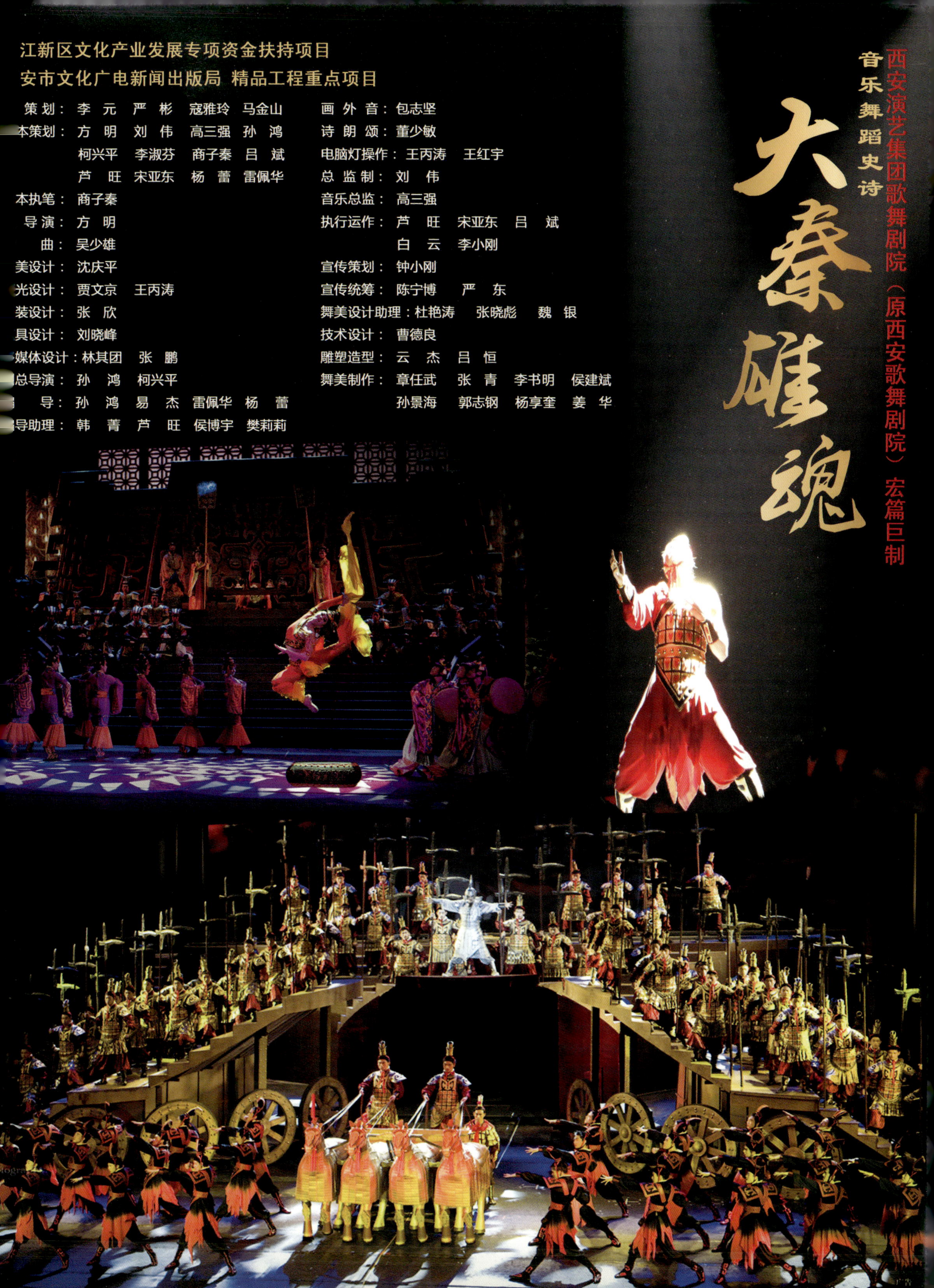

江新区文化产业发展专项资金扶持项目
安市文化广电新闻出版局 精品工程重点项目
策 划： 李 元 严 彬 寇雅玲 马金山
本策划： 方 明 刘 伟 高三强 孙 鸿
柯兴平 李淑芬 商子秦 吕 斌
芦 旺 宋亚东 杨 蕾 雷佩华
本执笔： 商子秦
导 演： 方 明
曲： 吴少雄
美设计： 沈庆平
光设计： 贾文京 王丙涛
装设计： 张 欣
具设计： 刘晓峰
媒体设计：林其团 张 鹏
总导演： 孙 鸿 柯兴平
导： 孙 鸿 易 杰 雷佩华 杨 蕾
导助理： 韩 菁 芦 旺 侯博宇 樊莉莉
画 外 音：包志坚
诗 朗 颂：董少敏
电脑灯操作： 王丙涛 王红宇
总 监 制： 刘 伟
音乐总监： 高三强
执行运作： 芦 旺 宋亚东 吕 斌
白 云 李小刚
宣传策划： 钟小刚
宣传统筹： 陈宁博 严 东
舞美设计助理：杜艳涛 张晓彪 魏 银
技术设计： 曹德良
雕塑造型： 云 杰 吕 恒
舞美制作： 章任武 张 青 李书明 侯建斌
孙景海 郭志钢 杨享奎 姜 华
音乐舞蹈史诗
大秦雄魂
西安演艺集团歌舞剧院（原西安歌舞剧院）宏篇巨制

海燕合唱团

（海淀工人文化宫）

海燕合唱团成立于1998年,归属于海淀区总工会直属事业单位——海淀工人文化宫。合唱团团长由文化宫领导担任，团员来自区基层单位工会会员，是群众性的业余合唱团体。

海燕合唱团注重合唱专家、大师的指导，建团以来先后得到指挥界名家亲临指导，如胡德风、秋里、聂忠明、吴灵芬、田晓宝、刘云厚、亚伦、陈国权、高奉仁、张以达等。在他们的关心和帮助下，海燕合唱团水平不断提高。

多次独立举办专场音乐会或与专业团体共同演出音乐会，主要有：

2001年, 与国家交响乐团同台演出马勒第二交响乐；

2001年, 与外国文艺团体同台演出歌剧《潘赞斯的海盗》；

2005年, 2次在北京世纪剧院及天津音乐厅举办薛范作品专场音乐会；

2006年, 独立担当市委宣传部组织的纪念长征胜利70周年大型合唱音乐会；

2008年, 为英国皇家医学代表团演出“中外名曲”音乐会；

2009年, 与北京交响乐团同台演出了“我和我的祖国”大型交响音乐会；

2010年, 受新四军研究会总部邀请参加纪念何士德诞辰100周年暨纪念皖南事变启动仪式音乐会整场演出；

2010年12月21日, 由合唱指挥大师田晓宝博士执棒成功举办“但愿歌长久，礼赞12年”新年合唱音乐会，尤其

中国合唱协会首届室内合唱交流研讨会

首届全国室内合唱比赛获银奖

广告

参加金钟奖全国合唱决赛

参加第十届群星奖艺术节合唱决赛

歌声与微笑

受到专家及兄弟团队的好评。

2011年6月，参加由古诗词吟诵协会和海淀文化馆主办的古诗词吟诵及演唱音乐会；

多次参加大型公益演出，主要有：

参加了由市委宣传部组织的香港及澳门回归的大型演出；

2次参加由文化部主办，严良堃、郑小英指挥的纪念黄河大合唱60、70周年人民大会堂大型演出；

2011年6月，全国开展如火如荼的庆祝建党90周年唱红歌活动中，海燕3次登上国家大剧院舞台及中央党校舞台，和中央民族乐团同台演出了由文化部主办、陈燮阳执棒的大型民型民族音乐会《艰难·辉煌》；

2011年6月，在国图音乐厅和总政歌剧团交响乐团合作，演出由牛杰执棒的《艰难与辉煌——庆祝建党90周年主题音乐会》；

2011年8月，3次登上水立方舞台，与总政歌剧团同台演出了由王燕指挥的大型景观歌剧《我心飞翔》；

田晓宝教授指挥12周年音乐会

"永远的辉煌"全国比赛取得金奖第一

参加天湖纳木错曹光平作品音乐会，演唱了长达35分钟的清唱剧《长恨歌》

和中央民族乐团同台演出大型民族晚会《艰难辉煌》

海淀区总工会主席惠远霖（前排左起第四人）

吴灵芬教授给海燕指导后与团长洪晓达（左一）、常任指挥黄鸿、常务副团长朱辉合影

《长恨歌》演出后严良堃上台与黄鸿指挥握手并称赞了他

参加"歌剧1+1牵手大腕"闭幕式和廖昌永同台演出

与歌唱家魏松共同录制节目

在2013第3届宁夏“黄河大合唱邀请赛”获三等奖

2012年6月，参加了北京合唱协会组织的国际指挥大师瓦尔特·采恩教授的指挥学习班示范及音乐会演出并得到荣誉证书；

2012年4月，参加曹光平作品音乐会演出，与著名歌唱家黄华丽等演出了长达35分钟的大型清唱剧“长恨歌”；

2013年，参加国家大剧院主办的歌剧1+1活动并与廖昌永同台演出歌剧选段；

2013年4月，参加中国歌剧舞剧院及海外归来男女中音音乐会《中音的对话》；

2013年9月，参加中国合唱协会主办的“国际指挥大师加里宁中国行”示范排练演出并获证书；

多次参加市文联组织的文艺下基层等下乡演出。

多次获奖，主要有：

2007年至2011年连续3次获成人组金奖第一名，6年中夺取三连冠的好成绩；

2013年，第四次在北京合唱节小合唱组获金奖第一；

2008年，在全国首届室内合唱比赛中获银奖；

2009年，被北京市推荐参加中国第七届金钟奖合唱比赛并获优秀奖；

2010年，第四届东州杯国际赛事中获金奖；

2009年至2011年，连续三次获京华之声成人组一等奖并被授予北京市“优秀合唱团”称号；

参加春节北京精神文明办、大剧院举办的市民联欢会

北京音协副主席、北京文联组联部主任陈卫东参观海燕的获奖荣誉柜

北京音协驻会秘书长王瑞璞（左起第六人）到海燕指导后和团员合影

在北空为官兵慰问演出

2011年10月，在西安“相约世园·放歌浐灞”全国比赛成人组获第二名；

2012年3月，在cctv音乐频道“歌声与微笑”比赛中以48张笑脸的满分成绩获第一名；

2012年10月，在文化部举办的“永远的辉煌”第14届中国老年合唱比赛中获金奖第一；

2013年5月，北京市委宣传部、首都精神文明办、市总工会、市文联等主办的《美丽北京》五月的鲜花合唱比赛中，获得金奖第一的佳绩。

海燕合唱团虽然是一支业余合唱团，但在发展艺术特色方面不断进行探索，除能演唱经典合唱曲目外；还演唱了许多原创曲目，如由海燕首唱的原创曲目《天安门——太阳的广场》，被选为2011北京合唱节优秀曲目并被推选参加中国金钟奖优秀作品评选；改编作品《又见西柏坡》由海燕首唱后被选入北京合唱节优秀作品集并广泛流传到全国；原创作品《童谣的北京》由北京文联推选到表现北京精神的新年音乐会中演唱并被北京音乐台列入优秀曲目。

海燕的宗旨：尊重并追求真正的合唱艺术，虚心学习不断进步！

中国合唱协会理事长田玉斌观看海燕演出

中国合唱协会副理事长李培志观看海燕演出后讲话

男声合唱获2013北京合唱节小合唱组第一

重庆市曲艺团

重庆市曲艺团成立于1952年，是我国西南地区成立最早、南北曲种皆备的综合性文艺团体。涵盖清音、扬琴、评书、车灯、盘子、金钱板、谐剧、相声、小品等曲艺表演形式30余种，享有《车灯》、《四川评书》、《四川清音》、《四川扬琴》国家级非物质文化遗产保护项目4项，《四川盘子》市级非物质文化遗产保护项目1项。

发展60年来，重庆曲艺人始终坚持“开拓创新，勇于拼搏”的精神，秉承“传承经典，弘扬精髓”的艺术创新风格，先后创作和演出了《月光下的水仙》、《紫气东来》、《竹枝风流》等一大批优秀的曲艺作品，涌现、成就和培养了徐勍、王毅、凌宗魁、仇钧、刘怀云、刘靓靓等知名艺术家享誉全国。荣获各类国家级奖项12项，省部级奖项30余项。

转企改制后的重庆市曲艺团正如一艘在商海中奋进的战船，努力将自身打造成为一个集策、编、创、演、销五位一体的商业团队，为创传承文化经典，开拓演艺市场作出更大贡献。

爆笑方言喜剧《子弹乱飞》是重庆市曲艺团立足市场量身打造的一台全商业化运作的剧目

大型曲艺剧《月光下的水仙》，曾先后荣获中国舞台艺术精品工程三十强、重庆市第四届“文学奖”和重庆市“五个一工程奖”等多项殊荣

原创曲艺歌舞剧《竹枝风流》，是一部展现巴渝地域风貌、展示巴渝风情，特色鲜明、情意绵长、气韵生动、感人肺腑的当代艺术精品

曲艺大典《紫气东来》——重庆第二届中国文化艺术节闭幕式专场剧目。图为五诵说唱雷琴与舞蹈龙门阵

曲艺大典《紫气东来》——重庆第二届中国文化艺术节闭幕式专场剧目。图为七诵方言行动相声盲子盲贩子

曲艺大典《紫气东来》——重庆第二届中国文化艺术节闭幕式专场剧目。图为八诵传统盘子蝶恋花

第二届“岳池杯”

——中国曲艺之乡曲艺大赛系列活动

2013年9月26日至28日，由中国曲协、四川省文联主办，四川省曲协、岳池县人民政府承办的第二届“岳池杯”中国曲艺之乡曲艺大赛系列活动在岳池成功举办。系列活动设有曲艺之乡曲艺大赛决赛、曲艺之乡·岳池论坛、四川七区市县摄影作品联展和“曲艺大联欢”曲乡惠民演出。全国17个省、市、自治区的32个曲艺之乡（单位）参加了系列活动。中国曲协分党组书记、驻会副主席、秘书长董耀鹏，中国曲协副主席李时成、郭刚，中国曲协副秘书长曲华江，四川省文联党组书记、副主席蒋东生，党组副书记陈鲁、李兵及广安、岳池的领导参加了相关活动。

来自32个曲艺之乡的37个曲艺节目参加了第二届“岳池杯”中国曲艺之乡曲艺大赛决赛，经过激烈角逐，9个节目获得金奖，13个节目获得银奖，15个节目获得铜奖。岳池参赛的四川盘子《思念·月光》、四川荷叶《秋江》荣获金奖，四川车灯《岳池米粉》荣获银奖，四川荷叶《压岁钱》荣获铜奖。

各曲艺之乡、相关曲协负责人和曲艺专家在第二届中国曲艺之乡·岳池论坛上围绕农村题材曲艺创作的特点和走向、基层曲艺人才培养路径、全国各地曲艺之乡建设等话题，扎实深入地进行了总结、交流和研讨。

巩汉林、金珠、师胜杰、王敏等曲艺家及四川省曲艺团和本次大赛部分优秀节目与岳池当地老、中、青、少儿组成的快板、莲厢、金钱板、莲花闹等五个曲艺方阵近2500名曲艺爱好者互动演出，规模宏大，形式新颖，气氛热烈。

第二届“岳池杯”中国曲艺之乡曲艺大赛系列活动，凸显出“背靠乡土、联系乡情、弘扬乡韵、惠顾乡亲”活动宗旨与特色，为各地中国曲艺之乡提供了一个交流、研讨的平台，它的成功圆满，使之成为名副其实的曲乡盛会。

曲艺惠民大联欢活动

“岳池杯”中国曲艺之乡曲艺大赛

曲艺之乡岳池论坛

四川盘子《思念月光》

第二届中国曲艺之乡·岳池论坛

四川荷叶《秋江》

四川车灯《岳池米粉》

浙江永嘉昆剧团

永嘉昆剧是中国昆曲的一个支脉，是在南戏即“永嘉杂剧”的基础上吸取昆山腔优点而形成，流行于浙南闽北一带，俗称“草昆”。由于它产生在永嘉县，所以叫永嘉昆剧，简称“永昆”。

永嘉昆剧团成立于1951年，原称温州巨轮昆剧团，1957年更名为永嘉昆剧团，是继承古老的永嘉昆曲艺术的唯一演出团体。由于长期扎根民间，永昆具有较强的平民气质，表演风格庄谐并存，粗放与婉约兼顾，一些剧目在全国也是独一无二的，因而深受老百姓欢迎。

永昆剧团曾几经波折，一度被撤销，解体。1999年，在一批热爱昆曲的老艺人努力下，集研究与演出于一体的永嘉昆曲传习所重新成立。2005年6月，永嘉昆剧团恢复建制（与永嘉昆曲传习所合署），并扩大了编制，先后两次向全社会公开招生，一批新人也因此脱颖而出。2001年，中国昆曲被联合国科教文组织列入“首批人类口头和非物质遗产代表作”名录。2005年，永嘉昆曲又被列入首批“国家级非物质文化遗产名录”，使永昆同时具有了“世遗”与“国遗”的双重荣誉。

永昆剧团重组至今，已编排传统剧目大戏11本，折子戏30多出，代表剧目有《张协状元》、《琵琶记》、《荆钗记》、《折桂记》、《金印记》等。20多出经典折子戏被拍成影像送中国昆曲博物馆收藏。并相继出版了《永嘉昆剧》、《〈张协状元〉评论集》、《浙江省非物质文化遗产丛书·永嘉昆剧卷》、《永嘉昆曲十年》。永昆已连续五届参加中国昆剧艺术节会演，获得大大小小数十个奖项，领导、专家、观众广泛赞誉。

几经波折的永昆，有过辉煌的时候，也曾有过濒临消亡乃至绝迹的危险，但总有一代代对永昆怀有深厚感情的艺人，为之奔波，为之辛勤工作，使之薪火相传，得以繁衍。如今的永嘉昆剧团在各级领导的关怀下，在广大戏迷的厚爱下，顺应文化体制的改革大潮，扬帆竞进，正在走向新的辉煌！

壶关县人民艺术剧团

壶关县位于山西省的东南部，太行山之巅，因古山口形似壶，且于此置关，故名壶关。壶关县人民艺术剧团，属壶关县自收自支的事业单位，它是原壶关县人民剧团和壶关县秧歌剧团整合后成立的。现有编制75人，在编56人，现有中级演员、演奏员、舞台技师4人，初级演员、演奏员、舞台技师8人。壶关秧歌是土生土长的地方剧种，因为它具有独特的艺术特征、优美的唱腔以及质朴的唱词，被专家和观众誉为“太行山上小黄梅”，2007年被列为国家级非物质文化遗产代表性项目。壶关秧歌剧种起源于生活，剧目来自于故事。剧团坚持上山下乡，为山区群众送戏，被百姓称为“庄户剧团”，新闻媒体多次报道，上级领导多次肯定与赞扬。1965年《戏剧报》第八期载文《走乌兰牧骑的道路》，山西日报发表了《发扬老八路的传统，到山庄卧铺送戏献舞》的报道。人民日报发表了评论文章并加编者按语，向全国县级文艺团体介绍本团的经验。1983年剧团赴河南巡回演出，受到郑州、新乡、焦作广大群众的欢迎和好评。著名豫剧表演艺术家常香玉到现场观看，并与全体演出人员合影留念，常香玉评价戏演得很好，地方风味很浓，很有特色。1986年《雇驴》在山西省首届电影戏曲艺术片颁奖大会上荣获“天龙杯”三等奖，自编现代戏《爱在深处》，在全国现代戏第七届年会上，获超百场演出奖，2003年，山东博兴国际小戏节《地瓜宴》获演出奖，2006年，十七大长治市“移动杯”汇演获优秀小戏奖。2010年山西省国家级非物质文化遗产《珍稀剧种》调演荣获优秀演出奖，壶关秧歌拍摄的七集戏曲电视剧《酸枣》近期将在央视戏曲频道播放。2007年至2012年为贫困村免费送1152场，受到群众和各级领导的欢迎。秧歌、落子并驾齐驱，两朵奇葩争奇斗艳。

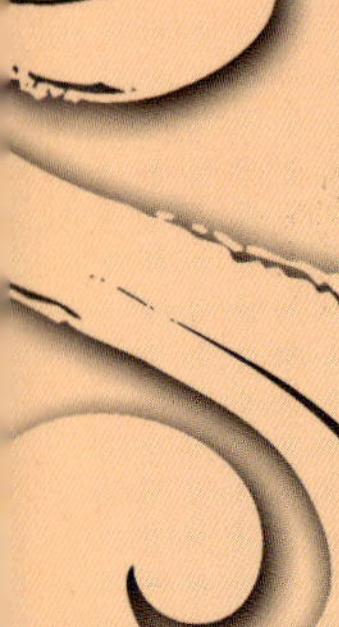

东莞市长安镇中心幼儿园

东莞市长安镇，父辈们的辛勤劳作，让这一辈的孩子们身处富裕之乡，坐享丰厚之生活，多少有点让人心生安逸懒惰之意！然，有这样一所幼儿园：东莞市长安镇中心幼儿园，想社会之所想，及父辈之所急；有这样一位园长：南粤优秀幼儿教师徐维亚，邀请全国著名的编导朱东黎老师，带领舞蹈教师陈灵一起创编了这样一个励志的舞蹈；有这样一群孩子：年龄跨越了小中大班；有这样一群家长，渴望着孩子们重拾自己的梦想，继承自己的力量，而不只是好吃懒做，因为他们都明白"坐吃山空"的道理！

"我喜欢冠军邹市明，一拳一拳真过瘾，上勾拳，左摆拳，直拳力大过千斤！拳击场上升国旗，中国哥哥又夺金，我们现在练拳击，长大我也当冠军！"随着舞蹈当中这首朗朗上口的儿歌，孩子们游戏着、玩耍着、模仿着、憧憬着他们小小的冠军梦——中国梦！"中国梦"具有最大限度为实现国家富强、民族复兴、人民幸福而凝聚人心的伟力，无论面对多少挑战、多大困难，始终以中华民族深厚的文化积淀和历史智慧为底蕴，给人以希望、给人以信心、给人以力量。徐维亚园长根据"中国梦"习近平主席这一重要讲话与我们的舞蹈老师进行探讨、构思、创作，以办园特色体育作为契机，让孩子通过打拳击这个运动项目梦想着"长大我也当冠军"。本次比赛，我们的小演员阵容跟以往有些不同，这次我们挑选了一批小男孩，孩子平均年龄在4岁半到5岁左右，最小的孩子只有三岁半，舞蹈通过"直拳、摆拳、勾拳"这些拳击动作，淋漓尽致地表现出孩子们童真童趣的可爱心理。

作为广东省少儿艺术培训示范基地，长安中心幼儿园一直致力于幼儿艺术潜力的发掘和培养，组建优秀的师资力量，营造浓郁的艺术学习氛围，让幼儿在教学中渗透艺术学习，在环境中渲染美的教育，在生活中受到教师们爱好艺术的潜移默化，整合了孩子视觉空间智能、身体运动智能、音乐智能教育，使孩子们的举手投足、形体姿势、动作协调性得到培养和发展；孩子们可以将视觉和空间的想法具体的在脑中呈现出来，在一个空间的队列中很快找出方向，察觉、辨别、改变和表达音乐的能力，善于运用整个身体技巧，如平衡、协调、敏捷、力量、弹性和速度以及由触觉所引起的能力来表现对节奏、音调、旋律或音色的敏感性。

这期间倾注了中心幼儿园园长和艺术老师们的心血与汗水，他们放弃了节假日的休息时间，剪辑音乐、设计服装、构思舞蹈结构，跟孩子们一起将汗水洒在训练厅里，撒落在地毯上，同时也离不开长安政府各级领导们的关怀，离不开家长们的大力支持和配合，终于功夫不负有心人，孩子和老师们、家长们的共同努力换来沉甸甸的金奖。

西安市雁塔区少儿艺术团

西安市雁塔区地处西安市区南郊，辖区有大专院校40余所。依托此丰富文化底蕴而于2005年成立的雁塔区少儿艺术团，是在区委、区政府的领导、关怀下，区文化体育局主管的一所以"服务辖区市民群众，陶冶雁塔少儿情操，提高少儿文化艺术修养"为宗旨的社会文化单位。艺术团建团8年来，已累计培养各专业层次及各年龄阶段少年儿童千余名，成为雁塔区少年儿童课余活动的重要基地之一。

雁塔区少儿艺术团秉承专业规格的教学理念，致力于打造高质量艺术教学模式、展示雁塔区艺术教育成果、打响雁塔区少儿艺术文化知名度。以高起点的艺术规格，严谨的艺术作风，高水准的专家教师团队，创作编排了一大批脍炙人口的少年儿童作品。在2007年和2011年的第四、第六届小荷风采中，以《火车开到拉萨来》和《红领巾的骄傲》2个原创少儿舞蹈节目，分别获得2次最高奖项"小荷之星"奖；在2011年、2012年连续2年参加了"西安市各界人士新春茶话会"活动，获得了省市领导的高度评价；2012年10月，参加了由陕西省文联、省舞协联合举办的陕西省第三届"荷花杯"舞蹈大赛，获得2金1银的优秀成绩；2013年7月，参加了全国第七届"小荷风采"少儿舞蹈展演，以《羊趣儿》再次获得最高奖——"小荷之星"奖，同时该节目被中央电视台综艺频道"舞蹈世界"栏目组选中，参加了于北京录制的"舞蹈世界——五彩缤纷夏令营"活动，成为陕西省历史上首个问鼎央视的少儿原创舞蹈节目。

《羊趣儿》清华大学礼堂小荷风采演出剧照

央视三套五彩缤纷夏令营演出剧照

《羊趣儿》清华大学礼堂小荷风采演出剧照

央视三套五彩缤纷夏令营演出剧照

央视三套五彩缤纷夏令营和著名节目主持人李思思

《羊趣儿》演员及指导教师和中国舞协分党组书记冯双白

甘肃省歌舞剧院

甘肃省歌舞剧院创作演出的经典舞剧《丝路花雨》，以举世闻名的敦煌壁画和丝绸之路为题材，以和平、友谊为主题，通过敦煌画工神笔张和女儿英娘与波斯商人患难与共、生死相故事，歌颂了劳动人民创造敦煌文化的光辉艺术形象和中外人民源远流长的友谊，以别具一格的艺术风格，将瑰丽多彩的敦煌壁画搬上舞台，形象地再现了敦煌文化的博大精深。

979年《丝》剧获中国文化部颁发的“创作一等奖”和“演出一等奖”；1982年3月，由西安电影制片厂拍摄了《丝路花雨》彩色宽银幕艺术片；1982年荣登世界著名大剧院——米兰立大剧院，成为亚洲第一个进入世界最高艺术殿堂的演出团体；1994年荣获中华民族20世纪舞蹈经典作品“金像奖”，被誉为中国舞剧的里程碑、中国民族舞剧的典范；2009年新版剧荣获中国文化部“首届优秀保留剧目大奖”；自1979年首演至今，《丝路花雨》先后访问过朝鲜、法国、意大利、西班牙、土耳其、日本、泰国、拉脱维亚、荷兰、比利时、罗亚、南斯拉夫、斯洛伐克、斯洛文尼亚、前苏联、西班牙、土耳其及中国港澳台等国家和地区，出访涉外演出现已达到30多个国家和地区，演出2200余场，观众达400多万人次，2004月被上海大世界基尼斯总部认定为“中国舞剧之最”。

重庆文化艺术职业学院

打造西部文艺人才培养高地

2012年4月，经重庆市政府批准，5月，获得教育部正式备案批复，重庆文化艺术职业学院成立，担负起培养宏大艺术人才队伍、为重庆市文化强市战略输送合格的社会主义艺术人才的历史重任。

2012年6月，重庆市第四次党代会提出“大力建设文化强市，为科学发展，富民兴渝提供强大精神动力”的战略任务。自此，全市各区县文化馆、图书馆和乡镇文化站、村文化室基本建成并免费开放。然而，重庆艺术从业人员总量少、演艺人员学历低、基层文化人才队伍缺失制约了重庆市文化强市战略的实施。

据了解，作为“中央文化管理干部学院西部分院”、西部唯一一个“全国基层文化队伍培训基地”的重庆文化艺术职业学院，将被打造成西部文艺人才培养高地，向社会输出专科层次高素质技能型文化艺术专业人才，为重庆乃至中国西部文化的繁荣作贡献。

德高艺强　广纳名师培育高徒

“教师队伍是软实力，是提高教学质量的根本保证，名师能出更多高徒。”据介绍，重庆文化艺术职业学院拥有一支德高艺强的专兼职师资队伍，其中，专任教师大多毕于全国重点高等艺术院校。同时，学院聘请了国家一级演员、国家一级导演、国家一级演奏员等一批全国知名艺术家任教。如：三届梅花奖获得者、中国剧协副主席沈铁梅，重庆演艺集团艺术总监王亚非，重庆市歌剧院院长刘光宇，北京舞蹈学院民间舞系主任、研究生导师高度，美籍华裔指挥家、音乐剧专家刘键，中央音乐学院作曲和作曲理论专业博士、讲师陈小龙等。

在教学中，学院按照“厚德博艺”的办学理念，坚持“突出特色、注重质量、科学发展”的基本方针，努力培养适应时代需要的具有舞台表演力、艺术原创力、文化实践力的高素质技能型演艺人才和基层文化工作者。

家门口求学　部分专业重庆唯一

以往，重庆的艺术生想要进入公办的综合性高等艺术院校深造必须远赴北上广，甚至更远的辽宁、新疆等地。从今年开始，这部分学生能在家门口学习并实现就业。

据了解，作为重庆市第一所本土直属综合性高等专业艺术院校，重庆文化艺术职业学院设立文化传承系、文化管理系、音乐系、舞蹈系、戏剧影视系、艺术设计系和基础教学部，拟开设舞蹈表演（中国舞、国际标准舞、芭蕾舞）、音乐表演（声乐、器乐）、戏剧影视表演（戏曲、音乐剧、杂技魔术）、非物质文化遗产保护与传承、文化事业管理（公共文化服务方向）、文化产业管理、文物修复与鉴定、艺术设计（舞台美术方向）、服装设计等14个以上专业。

今年秋季，学院将在非物质文化遗产保护传统表演艺术（重庆唯一）、文化事业管理（基层公共文化服务方向）、音乐表演（声乐、器乐表演方向）、舞台艺术设计（美术设计方向）4个专业进行招生，首批计划招收200人。普通高中毕业生、中职毕业生及具有同等学历的考生都可以报考，在重庆本地享受艺术深造。

校团（馆）对接促就业

重庆艺术从业人员总量少、演艺人员学历低、基层文化人才队伍缺失的现状，迫切需要优秀专业艺术人才的支撑，在这种大背景下，重庆文化艺术职业学院在成立之初确立了“立足重庆、传承文化、服务基层”的发展定位，依托重庆各专业文艺院团的艺术实践平台和基层文化单位的实习实训平台，以提高学生就业能力为核心，推行“校团（馆）对接，学演研结合”人才培养模式。

据了解，该校毕业生主要面向基层文化事业单位、专业文艺院团、各级各类社会演艺机构、文化企业，从事基本公共文化服务、文化艺术事业与文化产业管理、非遗保护、艺术品管理、文化市场运作、文化艺术项目策划、演绎与演出经纪、文化宣传、文化交流等工作。

1. 中国剧协副主席沈铁梅。 2.知名演员殷桃。 3.知名演员蒋勤勤。 4.青年舞蹈家汪子涵。 5–7.学生演出剧照。

济南市杂技团
济南市杂技团成立于1985年。50多年来，该团致力于杂技艺术的改革创新，涌现出一大批具有鲜明民族风格、浓郁生活气息和高难技巧艺术的杂技节目。1962年香港影业公司拍摄的电影《齐鲁英豪》、1984年北京科教电影厂拍摄的电影《杂技女杰》都有该团许多优秀节目入选。在国内外产生了广泛的影响。济南市杂技团现有在编演职员92人，其中男44人，女48人，离退休人员29人。
改革开放以来，该团不断选派优秀节目参加国际国内的杂技比赛，并取得优异成绩，其中《蹬板凳》节目1986年在英国第十一届世界杂技锦标赛中赢得世界团体冠军“英航杯”和“特技项目对抗赛世界冠军”；1987年在法国“第十届世界明日杂技马戏大赛”中获得金奖；1988年《双层晃板》节目在全国新苗杯杂技比赛中获得金奖，1989年2月，该节目在摩纳哥第十四届蒙特卡洛国际马戏杂技大赛中荣获"银小丑奖"；1991年4月，《蹬板凳》和《晃圈》节目在朝鲜“四月之春”国际艺术节中同时获得金奖；2001年10月，《月影流金》节目在第二届全国少数民族艺术节中获得金奖,演员杨海双荣获该艺术节“新人奖”，并受到了江泽民总书记的亲切接见；2002年11月，《空中彩绸——情未了》节目在第五届武汉国际杂技艺术节中荣获银奖，2003年10月又在巴西第二届国际杂技比赛中荣获空中节目金奖和评委观众最高荣誉奖；2005年2月，《心之攀·转台高椅》在摩纳哥第十七届蒙特卡洛“初登舞台”国际青少年杂技比赛中荣获金K奖和“蒙特卡洛公主杯”两项大奖，并创造了该赛事的历届最高得分，2006年9月又在俄罗斯第六届莫斯科国际杂技大赛中荣获“金象奖”。《扛梯》、《空中技巧》、《软技造型》、《双人技巧》、《大球顶技》、《飞叉》、《立绳》、《蹬技》、《柔术转毯》、《钻圈》、《武术》、《软钢丝》、《顶圈》和魔术《快乐的海尔人》、《花仙子》、《仙人摘豆》、《六连环》等节目也先后在全国杂技、魔术比赛中荣获金奖、银奖和其他荣誉奖。
该团曾多次代表国家政府先后赴日本、美国、德国、匈牙利、墨西哥等50多个国家和香港特区进行友好访问和商业演出，为我国文化交流和杂技艺术的传播作出了突出的贡献,多次受到国家文化部和省市各级的表彰和奖励。并涌现出了以第九届、十届、十一届全国人大代表，全国劳动模范，中国杂技艺术最高荣誉奖“百戏奖”获得者，第二届中青年“德艺双馨”文艺工作者，国家一级演员邓宝金为代表的一批杂技明星，是在国内外有影响、有地位、有实力、有知名度的杂技、魔术专业艺术表演团体。
洛神——绸
红色记忆剧照
钟馗嫁妹——草帽
上海星光杂技团
上海星光杂技艺术团是新世纪诞生的一支以青少年为主体的表演团体，演员阵容整齐，主要演员荣获上海市优秀演员称号。节目新颖，丰富多彩，有强力时代感。
近几年来我团出访美国、德国、奥地利、新加坡、马来西亚、日本、韩国、印度、非洲、泰国以及中国香港等国家和地区，受到海外侨胞和国际友人的一致好评，在非洲的成功演出，受到津巴布韦总统的接见。2013 年在马来西亚为期 3 月的巡回演出，受到当地侨胞和热烈欢迎。在新西兰的演出中，受到新西兰总理约翰 · 基的接见，并且得到文化部颁发的获奖证书。在美国的精彩演出，获得美国国会及州政府颁发的荣誉证书。
我团在国内商业演出中，还参加市政府的公益演出，在 2007 年入选世界夏季特殊奥林匹克运动会闭幕式的表演，为闭幕式取得圆满成功做出积极的贡献，并且获得荣誉证书。2010 年参加上海世博会的演出，为成功、精彩、难忘的上海世博会作出积极的贡献，获得世博会执行委员会颁发的荣誉证书。2011 年参加第 14 届国际游联世界锦标赛，水之华彩音乐嘉年华的演出，获得国际游联世界锦标赛组委会颁发的荣誉证书。
上海东方明珠演出剧照
在日本演出
新西兰总理约翰·基（中）、中国驻新西兰新大使徐建国（左）、上海文广局副局长沈卫星（右）接见上海星光杂技团演员。
非洲津巴布韦总统接见演员
马来西亚丽新油轮演出
美国演出广告
The Shanghai
ACROBATICS & KUNG FU SHOW
Limited Engagement December 16-25
For reservations visit th
Box Office or call
775-788-2900
Harrah's
RENO
www.HarrahsReno.com

湖南省汨罗市花鼓戏剧团

汨罗市花鼓戏剧团的前身是湘阴县楚剧社，成立于1950年，后命名为“国营湘阴花鼓戏剧团”，1966年湘阴、汨罗分县时划分到汨罗，“文化大革命”中改为“汨罗县毛泽东思想宣传队”，后改为汨罗县文艺工作队，1979年更名为汨罗县花鼓戏剧团，1988年1月随县改市更名为汨罗市花鼓戏剧团至今，是我市唯一的专业表演艺术团体。

《帮锤》

《推碾》

《赶驴》

《留人》

天水市秦剧团

天水市秦剧团前身系新中国成立后享誉陕、甘、川、宁的天水“鸿盛社”、宝鸡“民盛社”、四川广元秦剧团，后历经发展定名为“天水市秦剧团”，以演出秦腔传统戏为主，兼演眉户、陇剧、影子腔等剧种，同时还承担着非物质文化遗产“西秦腔”的宣传、保护和研究工作。

天水市秦剧团建团60年来，排演大小剧目共计200多本（出），其中现代剧50多本（出）。特别是近年来，天水市秦剧团以演出市场需求为主导，改变演出结构、提高演出水平，打造了以现代戏《山里红》、《麦积圣歌》为代表的一批优秀舞台艺术精品。

2012年五一劳动节，《麦积圣歌》剧组被甘肃省总工会授予“劳动先锋号”并获天水市首届麦积山文学艺术奖“特等奖。《麦积圣歌》剧组应邀赴北京、上海、乌鲁木齐、嘉峪关、西安、兰州等数十个城市演出累计达到百余场，经济效益、社会效益得到显著增长。

原全国人大常委会副委员长何鲁丽观看《麦积圣歌》演出后，上台与演职人员亲切握手

2011年3月12日司马义·艾买提等领导在北京梅兰芳大剧院观看《麦积圣歌》演出并与演员合影

【大型新编历史秦剧】

麦积圣歌

德宏州傣剧传承保护展演中心

德宏州傣剧团成立于 1960 年。四十多年来，该团先后创作演出了近百个传统和现代剧目，多个剧目在全国、全省获奖。其中，有傣家的《罗密欧与朱丽叶》之称的傣剧《娥并与桑洛》，1962 年参加云南省首届民族戏剧观摩演出引起轰动，被誉为“东南亚明珠”。该剧于 1998 年收入中国少数民族戏曲精品库。傣剧《海罕》、《朗推罕》、《竹楼情深》、《老混巴与小混巴》、《兰嘎西贺》、《南西拉》等在全国、全省获奖，有的剧目到日本等国演出，2004 年《南西拉》在云南省新剧（节）目展演中获金奖，2007 年获中国少数民族戏剧家协会金孔雀大奖，同年 10 月获全国第一届中国少数民族戏剧会演“综合金奖”。2012 年中心又创演了大型傣剧《刀安仁》，通过首演，得到来自国内、省内专家的一致好评。此剧今后将参加国内重大艺术赛事，力争取得好成绩。德宏州傣剧传承保护展演中心先后培养了肖德勋、朗小凹、万小散、李小喜、金保、们从高、向小元、平英等一批优秀的老、中、青民族演员，他们为傣剧艺术的繁荣发展增添了光彩，作出了贡献。

大型傣剧 《刀安仁》 简介

大型傣剧《刀安仁》通过盈江干崖十四任土司刀安仁从一个封建领主毅然身辛亥革命，羽化成为中国民主革命的驱的描写，揭示了辛亥革命的历史必然描写了刀安仁为了民族的前途和理想百不挠，毁家为国的英雄壮举；塑造了刀仁“边塞伟男”、“中华精英”的傣族英形象。

《刀安仁》主题鲜明，内容丰富，事情节跌宕起伏，人物形象鲜明生动，有浓郁的民族风格，是傣剧团继《南西拉以后推出的又一优秀作品。

大型傣剧 《南西拉》 剧情简介

大型神话傣剧《南西拉》是根据傣族叙事长诗《兰嘎西贺》创作演出的，《兰嘎西贺》源于印度长诗《罗摩耶那》，《罗摩耶那》在南亚、东南亚一带具有广泛的影响。

勐嘎纳嘎纳的国王为了公主南西拉找到理想的夫君，决定比武选婿。勐塔达腊沓的王子召朗玛用真诚赢得了南西拉的爱情，这招致了勐兰嘎的捧玛迦的嫉恨。捧玛迦设计，在猴王洞府抢走了南西拉。

面对捧玛迦的威逼利诱，南西拉誓死不从。捧玛迦道出自己有一把拥命的神剑。南西拉为了不让前来营救自己的丈夫不被神剑所伤，决定假意应允捧玛迦，伺机索到捧玛迦的宝剑。

看着南西拉手腕上的金线，召朗玛妒火中烧，残忍地提出要用烈火检验南西拉的忠贞。大火中，南西拉意识到自己不过是召朗玛“口中的槟榔，身上的简帕”，看清了自己爱恋的夫君却比捧玛迦更为凶残。大火过后南西拉怀着一颗对理想爱情绝望的心，毅然离开了召朗玛。

该剧根据傣族长诗《兰嘎西贺》改编创作而成，《兰嘎西贺》是傣族五大史诗之一，广泛流传于东南亚各国的傣剧聚居地区。

成都市非物质文化遗产保护中心

成都市非物质文化遗产艺术研究院

成都市非物质文化遗产保护中心（成都市非物质文化遗产艺术研究院）为成都市文化局所属事业单位。内设非物质文化遗产保护部、研究部、传播部、展演工作部、曲艺团（曲艺传习所）、木偶皮影剧团（木偶皮影艺术传习所）、乐团（传统音乐传习所）等专业部门，是负责全市非物质文化遗产的研究、保护、传承和展演的专门机构。主要负责非遗代表性项目的保护、传承、研究和展演工作，收集、整理档案资料、复排传统经典代表性曲目，创作新节目，为社会提供公共文化服务，积极参加各级各类专业比赛和非遗展演活动，开展对外文化交流，建立活态传承机制、培养传承人。

1. 成都市非遗中心非遗文化进校园系列活动。
2. 成都市非遗中心大型系列公益展演之一《点亮童心·放飞梦想》。
3. 成都市非遗中心非遗文化进校园系列活动。
4. 成都市非遗中心非遗文化进校园系列活动。

海口市琼剧团

素有“南海珊瑚”、“椰城一枝花”之美誉的海口市琼剧团正式命名于1956年，其前身为“新群星琼剧团”，2012年底转企改制成立海口市琼剧演艺有限公司。办团至今54年来，共创作、改编、移植和整理的现代戏、历史戏和传统戏有100多台。多次荣获省级“百花奖”、海口市优秀精神文明产品奖和省琼剧艺术节奖等多个奖项；大型新编近代琼剧《百年苍翠》获得2006年全国地方戏优秀剧目（南北片）评比展演三等奖；2007年，国家一级演员陈素珍同志荣获第二十三届中国戏曲“梅花奖”，这是中国戏曲有史以来首位获此殊荣的琼剧演员。为海南人民争得了荣誉，同时也为琼剧的发展史增添了光辉的篇章。在2008年海南省琼剧汇演中，《百年苍翠》作为大赛特邀演出剧目，获得了“演出特等奖”，陈素珍在该剧中饰海若兰，获得“表演特等奖”；《和亲风云》在此次汇演中，获得五个一等奖（新剧目创作奖、导演奖、音乐设计奖、演出奖、女演员表演奖）。2012年9月底，《百年苍翠》作为海南唯一一个入选“讴歌伟大时代，艺术奉献人民——2012年全国优秀剧目展演”的剧目，在北京演出2场，风靡京城，取得了巨大成功。《百年苍翠》剧目的成功，是海口做大做强文化产业向全国亮出的一张精彩名片。

海口市琼剧演艺有限公司（海口市琼剧团）艺力雄厚，阵容齐整，久负盛名，是各界公认的一流琼剧表演团体，她担负着创作、排演琼剧艺术，对外进行文化交流的任务。每年排演2至3台新剧目，完成近200场的下乡演出场数。此外，作为海南人民的文化交流使者，自1985年以来，曾24次应邀出访过泰国、新加坡、马来西亚、美国、加拿大、法国等国家及中国香港、澳门、台湾等地区进行文化艺术交流活动，得到了海内外观众和琼籍乡亲们的高度评价和喜爱。成功地利用琼剧艺术这个特殊名片来宣传海口、联络感情，增强了解，促进友谊，为海南国际旅游岛的建设和各项事业的发展作出了应有的贡献，并获得了文化部、省市两级政府的表扬和嘉奖。

琼剧的历史

琼剧是海南大众百姓和海外华侨十分喜爱的一个具有地方特色的剧种。琼剧历史悠久，已存在近400年，和粤剧、潮剧、汉剧同称为岭南四大剧种，属南戏一支。琼剧是在明代海南流行的杂剧（源于弋阳腔）的基础上，吸收闽南戏、徽调、昆腔、潮州正音戏、白字戏（潮剧）、广东梆黄，兼收了海南民歌、歌舞八音、傀儡戏、道坛乐曲等逐渐形成的一个弋阳腔支系的地方剧种。琼剧是现在存活剧种中，保存宋元以来戏曲遗音的为数不多的剧种之一，琼剧已入选第二批国家级非物质文化遗产名录。

澳门舞蹈协会

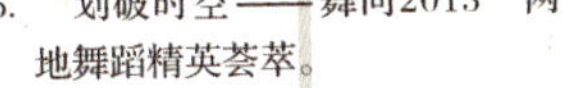

1. 舞协新的舞蹈大室。
2. “第十届澳珠欢舞专题文艺晚会”。
3. 2013中国舞等级考试结业礼暨成绩汇演。
4. 2013“舞韵风华”专题摄影比赛作品展览开幕式暨颁奖礼。
5. “划破时空——舞向2013”两岸四地舞蹈精英荟萃。

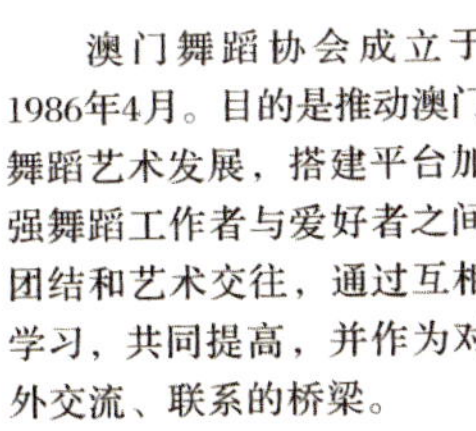

澳门舞蹈协会成立于1986年4月。目的是推动澳门舞蹈艺术发展，搭建平台加强舞蹈工作者与爱好者之间团结和艺术交往，通过互相学习，共同提高，并作为对外交流、联系的桥梁。

成立27年来，先后举办多种类型的活动，包括慈善探访、出版书籍，举办讲座、工作坊、展览，以至全澳性公开比赛，选拔及组织澳门代表队参加国际性赛事。自澳门回归以来，每年举办的两岸四地舞蹈精英荟萃、舞蹈专题摄影比赛与作品展览、与珠海市舞蹈家协会合作每年在两地交替进行的演艺汇演、与北京舞蹈学院合办“中国舞等级考试”教师培训暨学生文凭考试已成为协会的品牌活动；与珠海市舞蹈家协会合作承办湾仔杯艺术才艺大赛、组织少儿舞蹈队往国内、邻埠甚至台湾与多个省市的儿童歌舞团体进行学术交流与汇演、协办由澳门特区政府主办的校际舞蹈比赛等已成为协会年度常规性的工作；开办多项舞蹈培训班，供不同年龄层的人士报读，以提升市民的个人素质和文化修养，从中发掘年青舞蹈人才，是协会成立以来没有间断举办的活动。

为了紧跟社会发展的步伐，一所新的较具规模的活动场所已投入服务。在软硬件的兼备下，在邓锦嫦主席的带领下，协会将会与时俱进，开拓更多元化的舞蹈艺术领域，扩大团结与多方面的合作关系，创新活动模式，为澳门特区社会和谐发展和繁荣作出贡献。

爱护文物 MHAA 传承文化

澳门文物大使协会成立于2004年8月1日，为澳门非牟利团体，以“爱护文物·传承文化”为理念、“加强青少年文化遗产保育意识，推动青少年参与文化政策，促进文化创意产业发展”为宗旨。

本会于2010年8月起，成为联合国教科文组织亚太地区世界遗产培训与研究中心“世界遗产青少年教育基地”之一；更于2012年被授予“2010至2011年度优秀世界遗产青少年教育基地”。

2009年起，本会的工作以三大板块为核心，包括文化遗产教育推广、文化政策调查研究及文化产业经营发展，借此全面发展本会的文化遗产事业。

在文化遗产推广方面，本会于2012年举办了10项教育推广活动，开展了78次“文物之旅”导赏服务，其中包括第五届澳门文物大使培训计划、缤纷乐趣澳门世遗7周年系列活动、听旧城说·遗城诗路等。

第五届澳门文物大使培训计划共吸引过百名青年报名参与，经过甄选、培训及考核，最终45名学员取得准文物大使的资格，并于2013年开展为期一年以导赏服务、教育推广及调查研究为主题的实习。

“听旧城说·遗城诗路”则在多年的“夜游世遗”经验上优化及提升层次，除了由文物大使带领参加者夜游澳门历史城区外，更会糅合听曲赏乐、茗茶观舞，细诉澳门街、澳门情、澳门故事，从视、听、触、味、嗅觉五感为参加者打开不一样的文物之旅。

此外，本会承办由联合国教科文组织亚太地区世界遗产培训与研究中心（苏州）在澳门举行的“2011-2012世界遗产动画片故事绘画活动全国巡回展（澳门站）”活动，反应热烈。另2012年的“文物之旅”导赏服务录得约1560人次参与。

在文化政策调查研究方面，2012年本会共发表30份评论意见，亦开展了3项文化遗产系列讲座活动，推广青少年参与文化政策。

在文化产业经营发展方面，本会持续发展“汇聚文城”文化创意产业品牌，截至2012年，共推出90项产品，借着建立品牌强化推广保育世遗特色。另外，通过一些导赏服务，向市民及游客提供更多元化及实时的文化旅游信息，提供文化服务及文化创意产品。

澳门中华文化艺术协会

澳门中华文化艺术协会于1997年在澳门成立，叶选平先生和何鸿燊博士出任永远荣誉会长。协会之成立，旨于弘扬中华文化，并推动澳门文化事业发展。历年来，协会在会长苏树辉博士、理事长霍志钊先生以及各副会长的领导下，在澳门和内地举办过各项大型文化艺术活动，致力促进与国内外文化艺术团体的交流与合作，为中华文化之传承创新作出贡献。

地址：澳门新口岸北京街36号怡珍阁五楼A座　　电话：(853) 2871-3301
传真：(853) 2831-4729　　电邮：daniel8@macau.ctm.net

邀请中国京剧艺术团在澳门演出

主办《祖国颂》中国著名书画家作品展

澳门华夏文化艺术学会

学会于2005年成立，创会及现任会长关权昌，现有会员156人，是澳门活力充沛的民间艺术社团之一。学会创会以来，曾先后邀请了上海、福建、江苏、广东、山东及留法国等地艺术家及社团来澳举行展览，并先后组织到内地张家界、武夷山、三清山、黄山、广西、福建、山东、武当山进行写生创作活动，而且我会对各项慈善赈灾活动都积极参与，曾先后进行书画义卖筹款，支援华南冰雪自然灾害、汶川地震、丹曲特大泥石流及雅安地震等，共筹得15.2万之善款支援灾区。

学会殷切期望，通过与内地各项文化艺术交流，组织到内地进行写生创作活动，举办澳和内地社团、艺术家的各项各类型画展，从而进一步促进内地与澳门的文化交流，弘扬中华民族的文化传统，激励人们团结奋进，为祖国更美好的未来不懈努力。坚决响应习主席提出各项富强政策，为实现中华民族伟大复兴，实现“中国梦”而奋斗。

1 2 3 4
5

1. 2013年5月，为四川雅安地震灾区筹集善款赈灾。
2. 2011年10月，关权昌、彭群书画作品展在澳门举办。
3. 2011年02月，本会组团前往广东、重庆举办书画展，并与重庆美术家协会进行笔会交流。
4. 本会与内地广州番禺组织“迎亚运贺国庆”大型书画展，在广州、澳门两地展出。
5. 2013年6月，赴湖北文化交流写生活动。

澳门美术协会

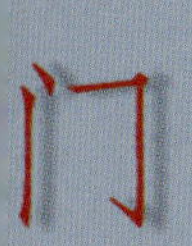

澳门美术协会成立于1956年，前身是澳门美术研究会，她是澳门中西视觉艺术荟萃的熔炉，也是澳门与内地美术交流的民间团体，更是促进澳门书画艺术就普及和提高学术水平的文化艺术社团。

澳门美术协会以热爱祖国、团结美术界、提倡美育、培养美术人才、服务社会为宗旨。每年举办会员作品展，以及邀请国内名家来澳门举办展览，互相交流学习，促进和提高会员的创作水平，开办美术培训班，鼓励会员深入生活，到内地采风、写生，与国内外美术团体互相交流。

澳门美术协会一贯重视青年人的艺术培育与发展，2012年成立美协青年委员会，薪火相传，培育了一批当今澳门文化艺术界或文化创意产业领域的中坚人才。

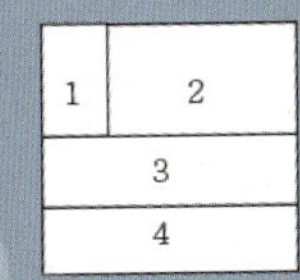

1.澳门美术协会青年委员会美化社区环境。
2.澳门美术代表团赴西安美术交流，澳门画家与嘉宾共同合照。
3.澳门美术协会青委美术作品展2013年6月10日于西藏拉萨隆重展出。
4.2013澳门美术协会会员展，嘉宾与美术协会会员合照。

澳门基金会

澳门基金会为澳门具有公权力的半官方法人机构，其宗旨是为促进、发展和研究澳门的文化、社会、经济、教育、科学、学术及慈善活动，以及推广澳门的各项活动。

自1992年起，本会将工作重点放在推动澳门的教育、科技和文化发展上，促成澳门数家科技、学术机构的建立。并设立报名点招收研究生，发放研究生奖学金和外地来澳学生奖学金。举办澳门文学奖、全球华人散文征文比赛、澳门青少年学生航天科普交流活动、澳门优异生参访团等活动。

“澳门制作　本土情怀”澳门基金会市民专场演出

为进一步向市民提供更多元化的文艺节目，提高生活素质，澳门基金会于2012年推出“澳门制作 本土情怀”澳门基金会市民专场演出计划。于2013年将邀请超过20个本地演艺社团，举办30场不同主题、不同形式之表演，构建交流合作平台，为市民献上精彩的文艺节目，塑造澳门城市动感文化形象。

“‘澳门制作　本土情怀’澳门基金会市民专场演出”开幕式

文学论坛讲座

为促进澳门与外地的文学艺术交流，活跃校园文化生活，本会于2012年起与澳门大学合作开展了“文学艺术家驻校计划”。首位获邀参与计划者为著名作家王蒙。王蒙博士于计划启动仪式上发表题为《从莫言获奖说起》的专题文学讲座。此外，为加强两岸四地华文学者、专家的文学交流，本会与香港《明报月刊》、香港城市大学中国文化中心联合主办“两岸四地——世界华文文学前瞻论坛”，余光中、严歌苓、李昂、潘耀明、李观鼎等20多位两岸四地文坛代表，围绕目前中国与世界华文文学接轨的面貌、中国近代文学及华文文学的发展空间，客观剖析华文文学发展的前景。

“文学艺术家驻校计划——从莫言获奖说起” 文学讲座

两岸四地——世界华文文学前瞻论坛

《澳门艺术家丛书》

澳门艺术家推广计划

本计划邀约澳门艺术家进行个展及出版书刊，并进行交流，首批邀约了过百名澳门艺术家参与。此计划旨在推广澳门文化艺术活动，梳理澳门文化艺术的个性，活跃艺术创作气氛，检视目前的美术创作水平，深化艺术教育，唤起广大市民对文化创意产业的重视与支持。